특성 없는 남자

1-3권
합본 양장판

특성 없는 남자

Der Mann ohne Eigenschaften

1-3권
합본 양장판

로베르트 무질
안병률 옮김

차례

1부 서문의 한 방식

1. 주목할 만한 방식으로는 아무 일도 일어나지 않는다 015
2. 특성 없는 남자의 집과 방 019
3. 특성 없는 남자에게도 특성 있는 아버지가 있다 022
4. 현실 감각이 있다면, 가능성 감각도 있어야 한다 026
5. 울리히 029
6. 레오나, 또는 하나의 시각 전환 034
7. 위태로운 순간에 울리히는 새로운 사랑에 빠진다 040
8. 카카니엔 048
9. 중요한 사람이 되기 위한 세 가지 시도 중 첫번째 055
10. 두번째 시도. 특성 없는 남자의 도덕에 대한 노트들 057
11. 가장 중요한 시도 061
12. 스포츠와 신비주의를 이야기한 후 울리히가 사랑을 얻어낸 그 부인 065
13. 한 천재적인 경주마가 특성 없는 남자의 생각을 성숙시켰다 069
14. 청년 시절의 친구들 075

15. 정신의 혁명　085

16. 신비에 찬 시대의 병　088

17. 특성 없는 사람이 특성 있는 사람에게 끼친 영향　094

18. 모오스브루거　106

19. 훈계의 편지, 그리고 특성을 얻을 기회. 두 왕위계승자의 싸움　121

2부 그렇고 그런 일이 벌어지다

20. 현실의 느낌. 특성의 결여 대신 울리히는 의연하면서도 결연한 행동을 택한다　127

21. 라인스도르프 백작이 고안해낸 진정한 평행운동　133

22. 말로 표현할 수 없을 정도로 고결하고 영향력있는 부인의 평행운동은 울리히를 괴롭힐 준비가 돼 있다　140

23. 한 위대한 남자의 첫번째 개입　146

24. 자본과 문화. 라인스도르프 백작, 그리고 영혼을 저명한 손님과 연결시킨 관리와 디오티마의 우정　151

25. 결혼한 영혼의 고통　158

26. 영혼과 경제의 합일. 이 일을 이룰 수 있는 사람은 오스트리아 옛 문화 중 바로크 시대의 매력을 향유하고자 한다. 그것을 통해 평행운동을 위한 하나의 아이디어가 탄생한다　164

27. 위대한 이상의 본질과 실체　168

28. 생각을 업으로 삼는 일에 별 관심이 없는 사람은 건너뛰어도 좋은 장　169

29. 정상적인 의식상태의 해명과 중단　174

30. 울리히는 목소리를 듣는다　180

31. 너는 누구 편인가?　182

32. 잊혀진, 아주 중요한 소령 부인의 이야기 185
33. 보나데아와의 결별 193
34. 뜨거운 빛과 차가운 벽들 196
35. 레오 피셸 은행장과 불충분한 근거라는 원칙 203
36. 앞서 언급한 원칙 덕분에 평행운동은 누구든 그것이 무엇인지 알기 전에 이해될 수 있는 것이 되었다 206
37. 한 기자가 '오스트리아 해'라는 구호를 발명해냄으로써 라인스도르프 백작을 어려움에 빠지게 한다. 그는 자주 울리히를 찾는다 210
38. 클라리세와 그녀의 악마들 217
39. 특성 없는 남자는 사람 없는 특성들로 돼 있다 226
40. 모든 특성을 지닌 사람은, 그러나 특성과는 상관이 없었다. 정신의 영주는 체포되었고, 평행운동은 명예서기를 얻었다 230
41. 라헬과 디오티마 247
42. 위대한 회의 254
43. 울리히와 위대한 사람의 첫 만남. 세계역사에서 비이성적인 일은 일어나지 않는다. 그러나 디오티마는 오스트리아가 전체 세계라고 주장한다 264
44. 위대한 회의가 계속되다가 끝을 맺음. 울리히는 라헬을, 라헬은 졸리만을 좋아하게 됨. 평행운동이 확고한 조직을 꾸림 270
45. 두 산봉우리의 조용한 만남 278
46. 이상과 도덕은 영혼이라 불리는 거대한 구멍을 채우기 위한 가장 좋은 수단이다 283
47. 모든 쪼개진 것들은 아른하임이라는 한 인간 속에 들어 있다 286
48. 아른하임이 명성을 얻은 세 가지 이유와 전체성의 비밀 290
49. 구외교와 신외교 사이의 대립이 시작되다 296
50. 사태의 진전. 투치 국장은 아른하임을 더 알아가기로 결심했다 303
51. 피셸의 집 309

52. 투치 국장은 자기의 부서업무에서 한 가지 결점을 찾아낸다 317
53. 모오스브루거가 다른 감옥으로 이송되다 321
54. 울리히는 대화에서 발터, 클라리세에게 반발했다 324
55. 졸리만과 아른하임 334
56. 평행운동 위원회에서의 활발한 활동. 클라리세가 경애하는 백작 각하에게 편지를 보내 '니체의 해'를 제안한다 340
57. 거대한 도약. 디오티마는 위대한 사상들에 관해 이상한 체험을 한다 345
58. 평행운동이 의구심을 불러일으키다. 그러나 인류역사에서 자발적으로 후퇴하는 경우는 없다 351
59. 모오스브루거는 깊이 생각한다 356
60. 논리적이고 윤리적인 영토로 떠나는 소풍 367
61. 세 가지 논문의 이상 또는 정확한 삶의 유토피아 371
62. 지구는 물론이지만, 특히 울리히가 에세이즘의 유토피아에 경의를 표한다 375
63. 보나데아가 비전을 품는다 390
64. 슈툼 장군이 디오티마를 방문하다 404
65. 아른하임과 디오티마의 대화에서 407
66. 울리히와 아른하임 사이에서 몇가지 문제가 생기다 411
67. 디오티마와 울리히 418
68. 하나의 여담: 인간은 육체와 일치해야만 하는가? 429
69. 디오티마와 울리히, 이어서 432
70. 클라리세가 이야기를 나누러 울리히를 방문하다 439
71. 위원회가 황제의 70주년 기념행사와 관련한 주요 안건을 논의하기 위해 첫번째 회의를 열었다 447
72. 수염 속에서 미소짓는 과학, 또는 악과의 정식 첫 만남 454
73. 레오 피셀의 딸 게르다 463

74. 기원전 4세기 vs 1797년.
울리히가 아버지에게서 또 한통의 편지를 받는다 475
75. 슈툼 폰 보르트베어는 디오티마에게 찾아간 것을
그의 직무에서 하나의 기쁜 전환이라고 생각했다 481
76. 라인스도르프 백작이 의심을 품다 484
77. 언론의 친구 아른하임 488
78. 디오티마의 변신 493
79. 졸리만이 사랑에 빠지다 503
80. 갑자기 위원회에 들이닥친 슈툼 장군을 알게 되다 510
81. 라인스도르프 백작이 현실정치를 표방하다.
울리히는 협회를 조성하다 519
82. 클라리세가 울리히의 해를 요청하다 526
83. 그렇고 그런 일이 벌어지다.
또는 왜 우리는 역사를 고안하지 못하는가? 536
84. 일상적인 삶도 유토피아적이라는 주장 544
85. 슈툼 장군이 시민정신에 질서를 부여하려 시도하다 554
86. 사업의 왕과 영혼―사업의 합병: 정신으로 향한 모든 길은 영혼에서
출발한다. 그러나 아무도 영혼으로 되돌아가지는 않는다 570
87. 모오스브루거는 춤춘다 588
88. 위대한 일에 말려들기 596
89. 우리는 시대와 함께 가야 한다 599
90. 이상주의의 폐위 608
91. 정신에서의 주가 상승장과 하락장에 대한 숙고 613
92. 부자들의 삶을 지배하는 규칙들에서 626
93. 육체적 문화로는 시민정신에 다가서기 힘들다 630
94. 디오티마의 밤들 632
95. 위대한 문필가: 뒷모습 636

96. 위대한 문필가: 앞모습 642
97. 클라리세의 신비한 능력과 사명 646
98. 언어의 결함 때문에 망해가는 나라에서 662
99. 절반의 지식, 그리고 그것의 풍족한 또다른 절반에 대하여. 두 시대의 유사성에 대하여. 가령 사랑스런 야네 아주머니와 새로운 시대라고 불리는 허튼소리 674
100. 슈툼 장군이 도서관에 침입하여 도서관과 사서, 그리고 정신적 질서에 대한 지식을 모으다 683
101. 서로 적대적인 친척 692
102. 피셸의 집에서 벌어진 사랑과 투쟁 711
103. 유혹 726
104. 전쟁터에 나선 라헬과 졸리만 740
105. 고결한 사랑은 비웃음거리가 아니다 748
106. 현대적 인간은 신을 믿는가 아니면 세계기업의 우두머리를 믿는가? 아른하임의 우유부단 754
107. 라인스도르프 백작은 뜻밖의 정치적 성공을 거둔다 764
108. 구원받지 못한 민족들과 구원의 언어들에 대한 슈툼 장군의 숙고 772
109. 보나데아, 카카니엔: 행복과 균형의 체계 778
110. 모오스브루거의 해체와 보관 790
111. 법학자들에게 반쯤 미친 사람은 없다 796
112. 아른하임은 자신의 아버지 자무엘을 신의 반열에 두었고 울리히를 차지하기로 결심했다. 졸리만은 왕족 출신의 아버지에 대해 뭔가를 더 알아내고 싶어했다 803
113. 울리히는 이성을 초월한 것과 이성의 지배 아래 있는 것의 경계에 관한 언어를 한스 제프, 게르다와 함께 이야기했다 818
114. 관계는 첨예화되었다. 아른하임은 슈툼 장군에게 관대해졌다.

디오티마는 영원으로 떠날 채비를 했다.
울리히는 책 읽는 사람처럼 살아갈 가능성을 꿈꾸었다 839
115. 네 유두는 양귀비 잎 같다 858
116. 인생의 두 나무, 그리고 정확성과 영혼을 위한
사무국 설치 요청 868
117. 라헬의 어두운 날 893
118. 그래도 그를 죽여라! 899
119. 대항 그룹과 유혹 916
120. 평행운동이 혼란을 불러오다 928
121. 토론 941
122. 귀로 961
123. 방향 전환 970

1·2권 옮긴이의 말 987
3권 옮긴이의 말 999

1부

서문의 한 방식

1.
주목할 만한 방식으로는
아무 일도 일어나지 않는다

대서양 상공 위로 저기압이 걸쳐 있었다. 저기압은 러시아 상공의 고기압 쪽으로 움직이고 있었고 아직 이 고기압을 북쪽으로 밀어낼 낌새는 보이지 않았다. 등서선과 등온선은 서로를 지탱했다. 기온은 연중 평균. 가장 추운 달이나 가장 더운 달의 온도, 그리고 일정치 않게 변하는 월별 온도에 비해서 적당한 온도를 유지하고 있었다. 일출과 일몰, 월출과 월몰, 달과 금성, 토성의 띠, 그리고 다른 모든 중요한 현상들도 천문학 서적에 적혀 있는 그대로였다. 대기중 수증기는 최고의 장력을 유지했고, 습기는 아주 적었다. 좀 구식이기는 하지만 사실을 꽤나 잘 드러내주는 한마디 말로 하자면, 때는 1913년 8월의 어느 청명한 날이었다.

차들이 좁고 깊숙한 거리에서 밝은 광장의 평지로 달려나왔다. 보행자들의 검은 무리가 구름 같은 선을 이루었다. 속도가 만드는 힘찬 선이 차들의 부주의한 조급함을 가로지르는 곳에서 차들은 뒤엉켰고, 이내 빠르게 흐르다가, 잠시 동요하더니 다시 그들의 일반적인 흐름을 되찾았다. 수백 가지의 소리들이 서로 얽힌 소음들 사이로 섞이고, 거기서 하나의 고성高聲이 두드러져 가장자리까지 이어졌다가 다시 돌아왔으며, 찢어지는 듯한 소리가 명료하게 울렸다가 이내 사라져버렸다. 이 뭐라 표현하기 힘든 소리만 가지고도, 비록 이곳을 몇년간 떠나 있던 사람이라도 자신이 제국의 수도이자 국왕의 수도인 빈Wien에 와 있다는 것쯤은 눈을 감고도 알 수 있을 것이다. 도시란, 사람과 마찬가지로, 사람들이 걷는 모습을 보면 알 수 있다. 눈을 뜬 채라면, 이러저러한 특징들을 찾아낼 필요도 없이, 거리의 움직임만 봐도 그곳이 어디인지 알아낼 것이다. 이것이 헛된 상상이라고 해도 문제될 것은 없다. 우리가 어디에 살고 있는지를 과대평가하는 습관은 목초지가 어디인지 알아내야 했던 유목시절에서부터 시작된 것이다. 왜 인간은 파장을 이용해 붉은색을 백만분의 1밀리미터까지 정확히 묘사할 수 있으면서도 붉은 코에 대해선 그냥 붉다고 말하는 것으로 만족하며 그 코가 어떤 붉은색인지 궁금해하지 않는가? 여기에는 뭔가 중요한 점이 있다. 반면 왜 인간은 자신들이 거주하는 말도 못하게 복잡한 도시만큼은 그토록 정확하게 알고 싶어하는가? 그런 호기심은 더욱 중요한 것으로부터 우리를 떼어놓고 있는 것이다.

  도시의 이름에 어떤 가치를 두어선 안 된다. 다른 대도시들과 마찬가지로, 그 도시 또한 불규칙성, 변화, 돌발, 우왕좌왕, 사물들과 관심사들의 충돌, 잘 닦인 길과 그렇지 못한 길, 거대하게 규칙적인 박동,

모든 규칙들의 불일치와 혼란 같은 것들로 이루어져 있었고, 그것은 마치 건물과 법칙과 규칙과 역사적 전통의 소재들이 거품을 내며 끓고 있는 그릇 속 같았다. 그 속의 넓고 생기있는 거리를 걸어 내려가고 있는 두 사람은 당연히 이러한 생각을 하고 있지 않았다. 분명히 상층계급에 속했을 그들은, 세련된 옷차림과 행동, 대화방식을 가지고 있었고, 그들의 이니셜이 박힌 속옷을 입었으며, 이것은 그들의 적대적인 무의식을 드러내지 않으면서 그들이 누구인지, 다시 말해 그들이 제국민이며 그 제국의 수도에 거주하는 사람들임을 말해주고 있었다. 아마 그들의 이름은 아른하임과 에르멜린다 투치였을지도 모르지만, 그것은 그리 정확하지 않았다. 왜냐하면 투치 부인은 그의 남편과 8월엔 바트 아우스제$^{\text{Bad Aussee}}$의 휴양지에 있을 것이고, 아른하임 박사도 아직은 콘스탄티노플에 있을 것이기 때문이다. 그들이 누구인지는 아직 수수께끼인 것이다. 사람들은 아주 특이한 방식으로 이 수수께끼를 풀기도 하는데, 그 방식이란 만약 그들이 50걸음을 걸은 후에도 어디에서 서로를 만났는지 생각나지 않으면 서로 잊어버리는 방식이다. 이 두 사람은 그들 앞에 벌어진 일 때문에 갑자기 걸음을 멈췄다. 방금 전 무언가 선에서, 그 고요하고 긴 움직임에서 튕겨나갔다. 급회전을 하며 길가로 미끄러진 그것은 큰 트럭으로 곁길에 바퀴 하나를 걸친 채 전복돼 있었다. 마치 벌통 구멍으로 모여드는 벌처럼, 사람들이 한가운데를 조금 남겨둔 채로 그 작은 원 주위로 모여들었다. 차에서 나온 운전사가 포장지처럼 창백해진 채로 거친 동작을 해 보이며 사고를 설명하고 있었다. 새로 모여드는 사람들의 시선은 처음엔 그를 향하다가, 그 구멍 한가운데에서 마치 커브길의 곡면을 베고 죽은 듯 누워 있는 사람에게로 향했다. 누구나 인정하듯이 그가 그런 유감스런 일을 당하게 된 것은 그 자신의 부주의 탓이었다. 사람들은 교대로 그의 곁에 무릎을 꿇고 그를 도와보려 했다. 어떤 사람은 그의 상의를 펼쳤다 여몄다 해보았으며, 다른 사람들은 그를 일으켰다가 다시 뉘었다가를 반복하기도 했다. 그러나 실제로 구급차가 도착해 적절하고 적법한 조치를 취하기 전까지는 누구도 시간이 가기만을 바랄 뿐, 다른 행동을 하길 원치 않았다.

그 부인과 그녀의 동행인도 다가와 부상자의 머리와 구부러진 등을 보았다. 그러더니 부인은 물러서서 망설였다. 부인은 심장과 명치에서 뭔가 불쾌한 것을 느꼈고 그 느낌을 동정심으로 여겼다. 그러나 그것은 뭐라고 결론지을 수 없는, 사람을 꼼짝 못하게 하는 느낌일 뿐이었다. 잠시 침묵하고 있던 동행인이 입을 열었다. "이렇게 무거운 트럭은 제동거리가 무척 길게 마련이죠." 부인은 이 사려깊은 생각에 속이 조금 편안해지는 것 같았다. 그녀는 이 말을 많이 들어봤지만 제동거리가 사실 뭔지도 몰랐고, 알고 싶지도 않았다. 단지 이 말 덕분에 무시무시한 사고가 어떤 규칙에, 또한 그녀가 더이상 직접적으로 간섭하지 않아도 되는 기술적인 문제에 포함되는 것으로 충분했다. 사람들은 구급차가 경적을 울리는 소리를 들었고, 그에게 달려온 구조대의 신속함은 모든 구경꾼들을 충분히 만족시켰다. 이 얼마나 놀라운 사회적 기능인가. 구조대는 부상자를 들것에 실었고, 그를 들것과 함께 차에 밀어넣었다. 단일한 유니폼을 입은 사람들이 부상자를 위해 일했고, 그 구급차 안은 누가 보더라도 아주 깨끗하고 잘 정돈돼 있어, 꼭 커다란 병실처럼 보였을 것이다. 사람들은 아주 적법하고 규칙에 딱 맞는 사건이 일어난 것 같아 곧 안정된 느낌을 받았다. "통계에 의하면," 그 신사는 말했다. "매년 미국에선 자동차 사고로 19만 명이 죽고 45만 명이 다친다고 하죠."

"그가 죽었을까요?" 그와 동행한 부인이 물었고, 그녀는 아직도 뭔가 뜻밖의 일을 경험했다는, 검증되지 않은 느낌에 휩싸여 있었다.

"아마 살았을 거요." 그가 대답했다. "사람들이 그를 차에 실었을 때, 꼭 살아있는 것처럼 보였거든요."

2.
특성 없는 남자의 집과 방

작은 사고가 일어난 거리는 길고 구불구불한 교통 흐름 가운데 한 곳이었다. 이 흐름은 마치 빛이 퍼져나가듯이 도시의 중심에서 발원하여 외곽지역으로 뻗어나갔고 교외까지 이어져 있었다. 그 우아한 한쌍이 조금만 더 길을 따라갔으면 아마 틀림없이 마음에 들 만한 풍경과 마주쳤을 것이다. 그것은 아직 몇군데 18세기, 혹은 17세기의 양식을 간직한 오래된 정원이었을 테고, 그 단철로 된 울타리 곁을 지나치는 사람은 나무들 사이로 작은 부속건물이 딸린, 지난 시대의 수렵용 또는 여행용 별장 같은 대저택을 볼 수 있었을 것이다. 좀더 정확히 말하자면, 그 집의 지붕은 17세기 것이었고, 정원과 위층은 16세기의 모양을 띠었으며, 개축되었지만 약간 부서진 채로 남아 있는 정면은 19세기 것이어서, 전체적인 외양은 마치 겹쳐 찍힌 사진처럼 초점이 흐려져 있었다. 그러나 그 집은 사람들이 멈춰서서 틀림없이 '아!' 하고 외칠 만한 집이었다. 그리고 희고, 말쑥하고, 예쁜 그 집의 창문이 열려 있었다면, 사람들은 학자의 방에나 있을 법한 서가書架의 우아한 정적을 목격했을 것이다.

이 방과 집이 바로 특성 없는 남자의 것이었다.

그는 창문 뒤에 서서, 정원의 부드럽고 푸른 공기의 필터를 통해 갈색 거리를 보았고, 10분 동안 자동차와 마차, 전차, 그리고 멀리 떨어져 마치 서 있는 듯한 보행자들을—그들의 시선은 소용돌이치는 조급함으로 가득 차 있었다—세어보았다. 그러면서 지나가는 사람들의 속도와 각도, 그들이 내뿜는 삶의 힘들을 평가해보았다. 그의 눈은 재빨리 사람들의 뒤를 쫓았고, 잠시 멈췄다가 놓아주곤 했으며, 잠깐의 공백 동안에는 시선을 그들에게서 떼어내 다음 것으로 건너뛰고 그 뒤를 쫓아가도록 집중하는 일을 소홀히하지 않았다.

잠시 머릿속에서 무언가를 계산한 후, 그는 웃으며 시계를 주머니에 꽂고는 참 우스꽝스러운 짓을 했다고 자책했다. 한 인간이 거리의 흐름 속에서 자신을 지탱하기 위해 해야 하는 모든 노력들—주의력의 도약, 눈 주위 근육의 움직임, 영혼의 흐름—이 계산될 수 있을까. 그는 생각에 몰두했고 불가능한 것을 계산해보려고 애쓰고 있었던 것이다. 만약 계산이 가능하다면, 산출된 수치는 아마 아틀라스가 세계를 들어올리기 위해 필요했던 힘을 훨씬 능가할 것이다. 그러니 오늘날 전혀 아무것도 하지 않는 사람이 얼마나 엄청난 힘을 쓰고 있는지도 계산할 수 있을 것이다.

이 순간 특성 없는 남자는 아무것도 하지 않는 바로 그런 사람이었다.

그렇다면 무언가를 하는 사람이란?

"두 가지 측면에서 생각해볼 수 있지"라고 그는 중얼거렸다. 조용히 하루종일 자기 일을 하는 시민의 근육운동이, 하루에 딱 한 번 꿩장한 무게를 들어올리는 운동선수의 근육운동보다 더 활발할 것이다. 이것은 생리학적으로도 증명된 사실이다. 그러므로 사회적 총합 속의 작은 일상들과 그 모든 종합을 더한 것은 영웅적인 행위보다 더 큰 힘을 세계 안으로 방출하게 된다. 그렇다면 영웅적인 행위란 거대한 환상을 품은 채 산 위에 내려앉는 모래가루만큼이나 보잘것없는 게 아닌가. 그는 이 생각이 마음에 들었다.

그러나 덧붙여둘 것은, 이런 생각이 그의 마음에 든 것은 그가 시민적인 삶을 좋아해서는 아니라는 점이다. 오히려 그는, 한때는 그렇지 않았지만 이제는 자신의 그 시민적인 성향을 괴롭히는 것이 마음에 들었다. 바로 이 고루한 시민이야말로 무시무시할 정도로 새롭고 집단적인 개미떼 영웅주의의 시작을 예감케 하는 것이 아닐까? 이제 시작을 앞두고 있는 그것은 합리적인 영웅주의라 불릴 것이고, 칭송이 자자할 것이다. 하지만 오늘날 누가 그것을 이미 알고 있을 것인가?! 그때만 해도 정말로 중요하면서도 대답을 구할 수는 없는 그런 질문들이 수백 개나 있었다. 그 질문들은 공기중에 널려 있었으며 발에 밟힐 정도였다. 시간은 계속 움직이고 있었다. 그때 미처 태어나지 않았던 사람들은 이런 사실을 믿으려 하지 않겠지만, 이미 그때부터 시간은 마치 낙타처럼 빠르게 흐르고 있었다. 오늘에서야 그렇게 된 것은 아니다. 사람들은 어디로 향하는지 정확히 알지 못했다. 사람들은 무엇이 위고 아래인지, 무엇이 앞으로 혹은 뒤로 가는 것인지 제대로 구별하지 못했다.

"사람들이 무엇을 하든," 특성 없는 남자는 신음하듯 중얼거렸다. "이렇듯 힘들이 뒤엉켜 있는 마사^{馬舍}에서는 어느것 하나 차이가 없는 것이지." 그는 단념할 줄 아는 사람처럼 뒤돌아섰다. 그렇다, 그는 마치 모든 강한 접촉을 두려워하는 환자 같았다. 그는 드레스룸을 지나쳐 가면서 거기 매달려 있던 샌드백을 빠르고 강하게 한대 후려쳤다. 그러나 이것은 단념하는 때나 나약한 상태에서 나타나는 그런 모습은 결코 아니었다.

3.
특성 없는 남자에게도
특성 있는 아버지가 있다

얼마 전 외국에서 돌아온 특성 없는 남자는 평범한 집에 대한 혐오감에서, 그리고 그저 들뜬 기분에서 조촐한 저택을 세냈다. 이 저택은 예전에 시 외곽에 있던 여름용 별장이었으나, 대도시가 저택을 넘어 확장된 이후에는 이미 그 기능을 잃은 지 오래였다. 집값이 바닥까지 곤두박질쳤고, 이제는 땅값이 조금이라도 오를 때만을 기다리는 아무도 살지 않는 집이었다. 그래서 집세는 쌌지만, 살 만한 곳으로 고쳐놓고 현대적인 감각에 맞는 설치를 하기 위한 비용은 뜻밖에도 만만치 않았다. 이런 일은 그에게는 하나의 모험일 수밖에 없었다. 결국 막바지에는 아버지에게 도움을 요청할 수밖에 없었는데, 독립심을 소중하게 생각하는 그로서는 전혀 마음이 편치 않은 일이었다. 그의 나이는 서른둘이었고, 아버지는 예순아홉이었다.
 그 노인은 황당해했다. 사려깊지 못한 것에 대한 경멸이 섞여 있기는 했지만 급작스럽게 닥친 일이기 때문은 아니었고, 그렇다고 아들을 위해 지불해야 하는 희생 때문만도 아니었다. 기본적으로 그는 자신의 아들이 살 곳을 구하고 나름대로의 질서를 세우고 싶어하는 마음에 공감하고 있었다. 그러나 아무리 양보를 하더라도 '성城'이라고 부르지 않을 수 없는 그런 집을 얻었다는 것이 김정을 상하게 했고, 재앙을 부르는 어떤 교만으로 느껴져 심기가 뒤틀렸다.

집안이 넉넉했기 때문에 꼭 그럴 필요는 없었는데도, 그의 아버지는 학창 시절이나 그 이후 변호사 조수로 있었던 젊은 시절에도 지체 높은 귀족가문의 가정교사를 그만두지 않았다. 나중에 대학 강사, 교수직을 맡았을 때 그는 이런 일을 하기를 참 잘했다고 생각했다. 굳이 부업을 하지 않아도 되는 형편이 되었는데도, 귀족집안과의 관계를 잘 닦아놓은 덕분에 그는 그 지역에서 마치 귀족들 전부의 법률고문인 것처럼 높은 지위를 얻었던 것이다. 그렇다, 라인지역 산업가 가문의 딸이었으나 이제는 아들을 놔두고 일찍 세상을 떠난 아내와 혼인할 때 그 집안에서 지참금으로 보내온 재산과 맞먹을 정도로 자신의 재산이 크게 불어난 이후에도, 그는 젊은 시절 애써 구축해놓았고 성인이 되어서 더욱 공고하게 다져놓은 그 관계를 소홀히 하지 않았다. 실제적인 법률업무에서 물러나—아직 고액이 보장된 특별한 상담은 하고 있지만—추앙받는 학자로 자리잡고 있으면서도, 옛 후견인들과 관계된 모든 것을 직접 기록하여 부모는 물론 아들, 손자에 이르기까지 한치의 어긋남도 없이 집안 대소사를 꼼꼼히 챙기고 있었다. 그리하여 어떤 생일이든 결혼식이든, 성명 축일이든 옛일에 대한 회상을 곁들이며 부드러운 경의를 표하는 그의 편지가 빠지는 경우는 결코 없었다. 그러면 경애하는 친구이자 존경하는 학자에 대한 감사의 말이 담겨 있는 짧은 답장이 매번 정확한 시기에 그에게 도착하곤 했다. 그리하여 그의 아들 또한 배려의 수치를 정확하게 배분할 줄 아는 귀족적인 재능을 어려서부터 거의 무의식적으로 깨달아갔고, 동시에 심사숙고하는 고고함까지도 익혀갔다. 그러면서도 아들은 아무리 해봐야 정신만이 귀족일 뿐인 그의 아버지가 말과 농장, 거기다 전통을 소유한 사람들에게 행하는 굴종이 늘 마음의 가시로 남아 있었다. 하지만 아버지가 이런 굴욕감을 느끼지 않은 것은 타산적이기 때문은 아니었다. 그는 오로지 본능에 의해 이런 식으로 위대한 삶의 궤적을 이루어놓았던 것이다. 그가 가진 직책은 교수, 아카데미 회원, 수많은 학술위원회, 정치위원회의 회원에 그치지 않았다. 기사작위도 받았고, 기사단 위원이기도 했으며, 그것도 대십자 훈장을 받은 최고층 기사단 위원이었다. 이미 그에게 귀족원 의원의 칭호를 내렸던 황제는 마침내 그를 세습귀족의 신분으로까지 상승시켰다. 귀족의 신분을 하사받은 이 사람은 귀족원에서 자유주의적 시민진영에 합류했다. 명문 귀족가문 사람들은 시민진영과 대치하는 경우가 없지 않았는데도 그를 후원하는 귀족들 중 누구도 그에 대해 이렇다 할 적대감이나 놀라움을 드러내진 않았다. 사람들은 그에게서 상승하는 시민정신 이외의 아무것도 보지 못했다. 그 노인은 입법에 관계된 실무에서 충실히 자기 몫을 했다. 팽팽히 맞서는 사안을 두고 투표를 하는 경우, 그가 시민 측의 편을 든다고 해도 반대편에선 누구도 그에 대해 악의를 품지 않았을뿐더러 오히려 그가 시민 측에서 환영받지 못하고 있다는 식의 느낌을 받곤 했다. 그가 정치계에서 행한 일은 지금까지 살면서 해왔던 일과 조금도 다르지 않았다. 충직하게 헌신하는 됨됨이를 지닌 사람임에 틀림없다는 인상을 주면서도, 때때로 자상하게 깨우침을 주는 월등한 학식을 지니고 있음을 보여줌으로써 이 두 가지를 통합하는 것이다. 그리하여 그의 아들이 주장하듯, 근본적으로 달라진 것이 아무것도 없는데도 어느새 가정교사에서 귀족원의 스승으로 변모될 수 있었던 것이다.

저택에 관한 이야기를 전해들은 아버지는 그것을 영역 침해로 느꼈다. 법적으로 양도되지 않은 영역, 그래서 더욱 세심하게 존중받아야 하는 영역을 아들이 침범한 것으로 여겨졌던 것이다. 그는 이제껏 살아오면서 아들에게 했던 어떤 질책보다도 더 신랄한 비난을 퍼부었다. 그 비난의 소리는 불길한 종말로 치닫는 길이 이제 막 시작되었다는 예언의 울림을 지니고 있었다. 아버지는 자신의 삶이 송두리째 경멸받았다고 느꼈다. 그럴듯한 일을 이루어낸 많은 사람들이 그러하듯 아버지는 사리사욕이 아니라 보편적이며 포괄적으로 유용한 일에 대한 애정을 삶의 뿌리로 삼고 있었다. 자신의 장점의 바탕을 이루는 것에 대한 신실한 숭배를 삶의 근간으로 삼고 있었던 것인데, 이러한 숭배는 자신이 그 장점을 쌓았기 때문이 아니라 그것이야말로 조화롭고 보편타당한 것이라고 믿었기 때문에 가능했다. 이것이야말로 정말 중요한 일이다. 예컨대 귀족적 기질을 지닌 개는 사람들의 발길질에도 상관하지 않고 식탁 밑의 자기 자리를 찾아가 앉는 법이다. 이는 비열한 근성에서 나온 것이 아니라, 믿음과 충성심을 지니고 있기 때문이다. 아무리 계산에 밝고 냉정한 사람이라도, 자신에게 이득을 주는 사람이나 관계를 정말 깊이 느낄 줄 아는 복합적인 감정을 지닌 사람에 비하면, 그 반만큼의 성공도 거두지 못하는 게 당연한 것이다.

4.
현실 감각이 있다면,
가능성 감각도 있어야 한다

열린 문으로 제대로 들어가려면, 그 문의 틀이 견고한지를 주의깊게 살펴야 한다. 늙은 교수는 이것을 늘 원칙으로 삼고 살아왔는데, 이것이 바로 현실 감각을 지니고 살아야 한다는 생각이다. 그러나 현실 감각이라는 게 있다면—현실 감각이 존재의 정당성을 지니고 있다는 것을 부정하지는 않겠지만—가능성 감각이라고 불릴 수 있는 어떤 것도 있어야 한다.

가능성 감각을 지닌 사람은, 예를 들면 다음과 같이 말하지는 않는다. '여기 이러저러한 일들이 일어났고, 일어날 것이고, 일어나야만 한다.' 오히려 그는, 어떤 일이 일어날 수 있고, 일어날 것도 같고, 일어나야 할 것도 같다고 주장한다. 그리고 누군가 그에게 그것이 이러저러하다고 설명하면, 그것은 아마 달랐을 수도 있었을 텐데, 하고 생각한다. 그래서 가능성 감각이란 모든 일어날 수도 있는 일을 상상하고, 실재를 실재하지 않는 것과 다름없이 다루는 능력을 표현한다고도 말할 수 있다. 그러한 창조적인 소질은 주목받을 만한 것일 수 있다. 하지만 유감스럽게도 가능성 감각은 사람들이 놀랄 만한 것이라 칭송하는 것을 틀린 것이라고 말하고, 사람들이 금기시하는 것을 허용하며, 그 둘을 매한가지 것으로 여겨지게 하는 결과를 낳기도 한다. 사람들이 섬세하게 직조된 세계라고 말하는 것들 속에서, 가능성 감각을 지닌 사람은 환영과 상상력과 꿈과 가정법의 세계 속에서 살아간다. 사람들은 아이들에게서 이런 성향을 엄격하게 몰아내며, 이런 성향을 지닌 사람들을 환상가, 몽상가, 나약한 자, 아는 체하는 사람 또는 공연히 긁기를 좋아하는 사람이리고 부른다.

이런 사람들을 좋게 말하려고 할 때면 바보라는 말 대신에 이상주의자라는 말이 쓰이기도 한다. 그러나 이런 표현은 현실 감각이 없다는 게 실제의 결함으로 드러났을 경우, 현실을 제대로 파악하지 못하거나 지레 투덜대며 현실을 피하는 이들의 약한 대처방식만을 포착하는 것에 불과하다. 그러나 가능성이란 그렇게 신경이 여린 사람들의 환상만을 포함하는 것은 아니다. 그것은 아직 발현되지 않은 신의 의도를 의미하기도 한다. 가능한 체험이나 가능한 진실이 그저 현실의 체험이나 현실적 진실에서 진짜 현실적인 것들의 가치를 뺀 것과 같지는 않다. 오히려 그것들은, 적어도 그것들의 편에 서 있는 사람들의 입장에서 보면, 아주 신적인 것, 불, 비약, 창조의지는 물론, 현실에서는 보이지 않지만 '사명' 혹은 '창안'으로 지칭될 수 있는 의식적인 유토피아주의를 품고 있다. 그러니까 이 땅은 그렇게 노쇠한 것도 아니고, 그렇다고 완전히 축복받은 상태도 아닌 것이다. 편리한 방식으로 현실 감각과 가능성 감각의 인간을 비교해보려고 한다면, 단지 어떤 돈의 총합을 생각해보기만 하면 된다. 예를 들어 가능성을 품고 있는 천 마르크라는 돈은 그것이 누구의 소유인지에 상관없이 천 마르크를 의미하는 것이다. 그래서 내가 그것을 소유했든 당신이 소유했든, 한송이 장미나 어떤 여자가 그대로 있듯이 가능성들도 그대로 남아 있는 것이다. 그러나 현실 인간들은, 능력있는 사람들이 그 돈으로 뭔가를 창조해내는 반면, 바보는 그것을 바지 속에 넣어버린다고 말한다. 심지어 한 여인의 아름다움도 그것을 소유한 사람에 의해서 더해지거나 감해질 수 있다고 믿어 의심치 않는다. 현실은 가능성을 일깨운다. 이는 무엇보다도 분명한 사실이다. 그렇지만 반복되고 있는 가능성은 총합에 있어서나 평균치에 있어서 늘 그대로 남아 있다. 생각된 것을 실재의 것보다 소홀히 여기지 않는 그런 사람이 나타나기 전까지는 그러할 것이다. 이런 사람이 나타난다면 바로 그가 새로운 가능성에 비로소 의미와 형체를 부여해줄 사람이다. 그가 가능성을 깨워 일으킬 것이다.

이런 사람이 어느날 갑자기 분명한 모습을 하고서 나타나는 것은 아니다. 한가한 공상 따위가 아니라면 그의 생각은 아직 태어나지 않은 현실, 바로 그것인 까닭에 당연히 그도 현실 감각을 지니고 있게 마련이다. 그러나 그것은 '가능한 현실'에 대한 어떤 감각이고, 대부분의 사람들이 지니고 있는 자신의 현실적 가능성에의 감각보다는 아주 느리게 목표에 도달한다. 말하자면 그는 숲이고, 다른 사람들은 나무들이다. 숲은 묘사해내기 어려운 반면, 나무들은 규정된 질을 지닌 무수한 목재의 입방미터들이다. 또는 아마 이렇게 말해볼 수도 있다. 일반적인 현실 감각을 지닌 사람은 마치 낚싯줄은 보지 못하면서 찌를 덥석 무는 물고기 같은 사람이며, 반면에 가능성 감각이라고 부를 수 있는 현실 감각을 지닌 사람은 그 실을 물에서 끌어내면서도, 무슨 미끼가 걸려 있는지는 알지 못하는 사람이다. 미끼를 무는 삶에 대해서는 아무런 관심도 없는 대신, 그는 괴상하기 그지없는 일을 하는 위험에 처하곤 한다. 비실용적인 사람은—그는 그렇게 보일 뿐 아니라, 실제로도 그렇다—사람들과의 관계에서 늘 신뢰받지 못하고 예측되지도 못한다. 그는 자신에게 색다른 의미를 주는 그런 행위를 하게 될 것이지만, 일탈적 생각에 합치되는 것이면 무엇이든 그것으로 자신을 추스르곤 한다. 게다가 그는 일관된 생각에서 한참이나 멀어져 있다. 예컨대 어떤 사람이 다른 사람에게 피해를 주는 범죄를 저질렀다면 그는 그 범죄가 사회의 잘못에 기인한 것이고 책임은 범죄자 개인에게가 아니라 사회제도에 있다고 생각할 가능성이 아주 높은 상태에 있는 것이다. 여기서 궁금한 것은, 그 자신이 따귀 한대를 맞는다면, 그것을 사회가 형편없는 탓으로 볼 것이냐, 아니면 개에게 물렸을 때처럼 비인간적인 것으로 볼 것이냐는 것이다. 아마도 그는 우선 따귀 한대를 복수하고 나서, 그러지 말았어야 했는데,라고 후회할 것이다. 그리고 누군가 그의 애인을 빼앗는다면, 결국 그는 여전히 이 현실을 완전히 외면하지 못한 채, 예상하지 못했던 새로운 감정으로 자신의 마음을 달랠 것이다. 이런 발전은 지금까지도 진행중이고, 각각의 개인에게는 그것이 나약함과 강함을 동시에 의미하기도 한다.

특성을 소유한다는 것은 현실에서 어떤 확실한 기쁨을 보장해주는 것이다. 그러니 이제 우리는 자신 스스로에게조차 현실 감각을 부여하지 않았던 어떤 사람이 어느날 갑자기 스스로를 특성 없는 사람으로 간주하는 진행과정을 지켜보아도 될 것이다.

5.
울리히

여기서 이야기되고 있는 특성 없는 남자의 이름은 울리히[Ulrich]다. 누군가를 이렇게 부정확한 세례명으로 부른다는 것이 유쾌한 일은 아니다. 하지만 그의 아버지를 생각해서 성은 알리지 않는 것이 좋을 듯하다. 그의 성향은 유년기와 청년기 사이에 있었던 작문 숙제에서 첫번째로 검증되었다. 그 숙제는 애국심을 드러내야 하는 작문이었다. 애국주의는 오스트리아에서 아주 특별한 주제였다. 왜냐하면 어른들은 독일 아이들에게 오스트리아의 전쟁을 경멸하는 법을 가르치고, 덥수룩한 턱수염을 기른 독일 병사 하나만 다가가도 기가 꺾인 탕자들의 자손에 불과한 프랑스인들은 천 명이라도 도망쳐버릴 거라고 가르치기 때문이다. 또한 적당히 둘러대서 역할을 바꾼 채로, 종종 승리에 도취된 적이 있었던 프랑스, 러시아, 그리고 영국의 아이들도 똑같은 것을 배우고 있었다. 사실 아이들은 사기꾼들이다. 그들은 경찰이나 도둑 놀이를 즐기며, 만약 우연히 자기가 위대한 Y거리 출신의 X가문에 속하기라도 하면, 언제나 그 가문이 세계에서 가장 위대한 가문이라고 생각할 준비가 되어 있는 것이다. 그래서 애국주의란 아이들에게 먹혀들기 쉽다. 그러나 오스트리아에서 사정은 좀 복잡했다. 왜냐하면 오스트리아인들은 그들의 역사를 통틀어 모든 전쟁에서 승리했지만, 그 전쟁이 끝난 후엔 대부분의 경우 무언가를 양보해야 했기 때문이다. 그것이 생각을 일깨워, 울리히는 조국애에 대한 자신의 작문에서 진정한 애국자는 조국을 결코 최고라고 생각해선 안 된다고 썼다. 비록 그가 이렇듯 그의 마음에 쏙 드는 착상에서 그 안의 내용보다는 그것의 광채에 더 깊은 인상을 받긴 했지만, 그는 이 모호한 문장에다가 두번째 문장을 덧붙이기로 했다. '아마도 신 또한 그의 세상에 대해 가능한 가정법으로 말하는 것을 가장 좋아했을 것이다. 왜냐하면 신은 세상을 창조했고, 그것이 다르게 될 수도 있을 텐데,라고 생각하기 때문이다.' 그는 이 문장 덕분에 아주 우쭐해졌다. 그러나 그는 그것을 충분히 이해시킬 만큼 표현해내지는 못했다. 왜냐하면 그의 주제넘은 언급이 과연 조국 또는 신을 모독했는지를 학교 당국이 결정하지 못해 아무런 결론이 나지 않는다 하더라도, 결국 큰 파문을 일으켜 학교에서 쫓겨날지도 모른다는 거정이 앞섰기 때문이었다. 그는 당시 국가의 가장 고귀한 인재들을 키워내는 귀족 고등학교에 다니고 있었다. 그러나 자신의 혈통에서 나온 이 열매 때문에 망신을 당한 그의 아버지는 화가 치민 나머지 울리히를 별로 알려지지도 않은 먼 도시의 학교로 보내버렸다. 그 학교는 싼 학비로 수많은 문제아들을 받아들여 매상을 올리는 교활한 상인기업에 의해 운영되고 있었다.

　마치 구름이 흐르듯이 그로부터 16년, 혹은 17년의 세월이 흘렀다. 울리히는 그 시절을 후회하지도, 그렇다고 자랑스러워하지도 않았다. 이제 서른두살이 된 그는, 단지 경이감으로 그 시절들을 바라보았다. 짧은 기간의 고향 체류를 비롯해, 그는 그사이 여기저기를 떠돌아 다녔고, 도처에서 아주 가치있는 일과 전혀 소용없는 일에 매달렸다. 이미 말했듯이 그는 수학자였고, 그 이상은 더 말할 필요도 없을 것이다. 왜냐하면 그가 돈이 아닌 애정으로 매달렸던 모든 직업에서 어떤 순간이, 즉 다가오는 시간들이 무^{無}로 이끌려가는 듯 보이는 순간이 찾아온 것이다. 이 순간 이후로 오랜 시간이 지난 후에 울리히는 고향이 인간을 좀더 근본적이고 순수하게 만들어주는 신비한 능력을 지니고 있음을 기억해냈다. 그러고는 마치 지금은 영원을 위해서 벤치에 앉지만, 마음속으로는 금방 일어나게 될 것을 예감하는 떠돌이처럼 고향에 정주하게 되었다.

　울리히가 마치 성경에서 했던 것처럼 집을 꾸미려고 했을 때, 그는 원래부터 바라왔던 경험을 하게 되었다. 그는 거의 폐허나 다름없는 작은 재산을 자기 마음대로 새로 고치는 즐거운 상황에 점점 몰입해갔다. 스타일이 고상한 것에서부터 완전히 자유분방한 것까지 어떤 규칙을 선택해도 무방했으며, 아시리아에서 큐비즘까지 모든 스타일을 고려해보았다. 무엇을 선택해야 할까? '현대인은 병원에서 나고 병원에서 죽는다. 그러므로 현대인은 병원에 있는 것처럼 살아야 한다!' 이렇게 이전의 어떤 건축가가 주장한 적이 있었고, 다른 실내장식 분야의 개척자는, 사람들은 고립된 채 떨어져 살기보다는 서로 같이 살면서 신뢰하는 법을 배워야 하므로, 움직이는 벽을 설치해야 한다고 주장한 적이 있었다. 그때는 새로운 시대가 열리고 있었고(그건 언제나 그러하므로) 새로운 시대는 새로운 스타일을 요구하는 것이다! 하지만 울리히에게는 다행스럽게도, 이미 말했듯이 이 저택에는 세 가지 양식이 섞여 있어서, 사실상 새시대가 요구하는 모든 것을 만족시키기는 어차피 불가능했다. 울리히의 머릿속에 언젠가 예술잡지에서 몇번인가 읽었던 다음과 같은 구절이 맴돌았다. '당신이 어떻게 사는지 보여주세요, 그러면 당신이 누구인지 말씀드리겠습니다.' 이 문구를 철저하게 연구해본 뒤, 울리히는 자신의 개성을 자신의 손으로 직접 만들어가야겠다고 결심하고 미래의 가구들을 직접 스케치하기 시작했다. 그러나 그가 육중한 표현양식을 떠올리자마자, 그 대신에 기능적이고 아주 날렵하고 실용적인 양식을 사용할 수도 있겠다는 느낌이 끼어들었다. 그리고 그가 힘이 쇠잔한 듯한 철근 콘크리트 형식을 스케치했을 때, 그는 봄같이 가냘픈 열세살 소녀의 모습을 떠올렸고, 결정을 내리는 대신, 꿈을 꾸기 시작했다.

그 상황이―비록 그에게 심각하게 다가오진 않았지만―바로 잘 알려진 착상들의 연관상실이란 것이고, 오늘날 아주 두드러지게 나타나는 그 상실은 어떤 중심도 없는 확장이며, 동시에 어떤 단위도 없이 수백에서 수천으로 퍼져나가는 기이한 계산법이다. 그는 결국 비실용적인 방을, 회전하는 방을, 만화경 같은 실내장식을, 영혼을 위한 이동식 장치를 생각해냈고, 그의 착상들은 점점 내용을 잃어갔다. 마침내 그는 그를 매혹시키는 지점까지 오게 되었다. 그의 아버지라면 그것을 아마 다음과 같이 표현했을 것이다. '만약 누구에게 하고 싶은 것을 하도록 내버려두면, 그는 혼란스러워져서 머리가 터져버릴 것이다.' 또는 이렇게 표현했을지도 모른다. '원하던 일을 할 수 있게 되면, 무엇을 원했는지조차 헷갈리게 된다.'

울리히는 그 말들을 되씹으며 즐겼다. 이러한 옛날식 격언은 그에게 아주 굉장히 새로운 생각으로 받아들여졌다. 왜냐하면 가능성과 계획과 느낌을 가진 인간은, 마치 정신병자가 구속복 안에 갇혀 있어야 하는 것처럼, 우선 선입견, 전통, 난관과 같은 모든 종류의 억압을 통해 구속당해야 하며, 그러고 나서야 가치나, 성숙, 존속과 같은, 그가 하고자 하는 것을 가질 수 있다는 말이기 때문이다. 사실 이 생각이 무엇을 의미하는지를 예측하는 것은 불가능하다. 이제 고향으로 다시 돌아온 특성 없는 남자는, 외부의 생활환경을 통해 자신을 성숙시키려는 두번째 시도를 하고 있었다. 곰곰이 생각해보던 그는 전통이라든가 선입견, 또는 억압 같은 것조차 이미 생산자들이 고려했을 거라는 확신에서 집의 인테리어를 그들의 천재성에 그대로 맡겨두기로 했다. 단지 옛날부터 거기에 있었던 낡은 윤곽, 작은 홀의 하얗고 둥근 지붕 아래 있는 진한 색의 사슴뿔, 또는 살롱의 형식적 지붕 같은 것을 새롭게 꾸미고 그 모든 것 위에 그에게 좀더 유용하고 편안한 것들을 갖춰놓고자 했을 뿐이었다.

일이 모두 끝났을 때, 그는 고개를 저으며 스스로에게 물었다. '이 것이 결국 내 삶이 되어야 하나?' 그가 마련한 것은 매혹적인 작은 궁전이었다. 이렇게 불러야 할 정도로 그 집은 사람들이 생각하는 궁전과 비슷했다. 각자의 분야에서 선도적 위치에 있는 가구업체, 양탄자 업체, 인테리어 업체가 품위있는 거주자들에게 딱 어울리는 집이라고 보여주었던 바로 그 모습이었다.

여기서 빠진 것이란 단지 이 매혹적인 시계에 태엽이 감겨 있지 않았다는 것뿐이다. 만약 태엽이 감겨져 있었다면 지체 높은 양반과 고귀한 부인을 태운 마차가 달려오고, 하인 하나가 난간을 내려오면서 울리히에게 이상하다는 듯 이렇게 물어보았을 것이다. '신사 양반, 당신의 주인은 어디 있나요?'

이렇듯 울리히는 세상 밖에 있다가 되돌아왔고, 금세 다시 세상 밖에 있는 듯 정착을 했던 것이다.

6.
레오나, 또는 하나의 시각 전환

한 남자가 집을 정리했다면, 그는 여자를 사귀어보기도 해야 하는 것이다. 울리히의 여자친구는 레온티네^{Leontine}라고 불리는, 작은 보드빌 극장의 가수였다. 그녀는 키가 크고, 늘씬하면서도 풍만했으며, 생기없는 모습이 오히려 도전적으로 보였다. 울리히는 그녀를 레오나^{Leona}라고 불렀다.

울리히는 그녀의 눈에 서린 축축한 어둠, 균형 잡히고 예쁘며 기다란 얼굴이 지어내는 고통스럽고 연민에 찬 인상, 그리고 그녀가 무대 위에서 외설적으로 부르곤 하는, 감정이 풍부한 노래가 마음에 들었다. 이 구식의 짧은 노래는 모두 사랑, 연민, 믿음, 고독, 숲의 소음, 그리고 반짝이는 송어에 대한 것이었다. 레오나는 뼛속까지 외로움에 잠겨 작은 무대에 우뚝 섰고, 성숙한 여인의 목소리로 참을성있게 노래했으며, 그사이 이따금 작은 감정의 격앙이 밀려올 때조차도, 그 소리는 점점 무시무시하게 들리곤 했다. 왜냐하면 그녀가 비극적인 것을, 마음속의 우스운 감정과 똑같이 고통스럽게 분해된 몸짓으로 구원해냈기 때문이다. 울리히는 곧 옛날 사진 또는 잊혀진 시절 독일 가족잡지에서 보았던 아름다운 여인이 떠오르는 것을 느꼈고, 그가 그 여인의 얼굴을 곰곰이 생각해보는 동안, 전혀 현실적이라고는 할 수 없지만 이 얼굴을 떠올리게 하는 작은 윤곽들의 전체적인 군상을 보게 되었다. 어느 시기에나 어떤 방식의 얼굴들은 있게 마련이다. 그러나 시대의 취향에 맞는 단 하나의 얼굴은 뚜렷이 부각되어 행복과 미美를 드러내는 반면, 다른 모든 얼굴들은 이 얼굴을 모방하려 애쓴다. 또한 헤어스타일과 유행의 도움으로, 비록 못생긴 사람이라도 그럭저럭 그것을 모방해내기도 한다. 아주 드문 경우이긴 하지만 그렇게 하지 못하는 사람들도 있는데, 그들은 이전 시대의 궁정적이고 이미 사라져버린 미적 이상을 절대 양보하지 않고 표현해내는 사람들이다. 그러한 얼굴들은, 마치 이전 시대의 욕망이 남긴 시체들처럼, 사랑의 그 거대한 환영 속을 방황한다. 그리고 자신에게 무슨 일이 일어나는지도 모른 채, 레온티네가 부르는 노래의 그 광활한 공허 속으로 멍하니 빠져든 사람들은, 대담하고 짧은 탱고의 리듬과는 아주 다른 의미에서 코끝이 찡해지는 듯한 느낌을 받는다. 그때부터 울리히는 그녀를 레오나로 부르기로 작정했고, 그녀를 소유하는 것은 거대한 사자의 가죽을 소유하는 것만큼이나 탐나는 일이 되었다.

그러나 그들의 만남이 시작된 후, 레오나는 시대에 어울리지 않는 특성 하나를 계속 발전시켰다. 그녀는 엄청나게 먹어댔고, 이 악덕은 이미 유행을 한참 지난 것이었다. 그 악덕이 드러난 것은 결국 어린 시절 비싼 음식들을 먹어보지 못해 억눌렸던 욕망이 자유를 되찾은 것이었다. 지금 악덕은 마침내 껍질을 뚫고 다시 주권을 되찾은 어떤 이상의 힘을 소유했다. 그녀의 아버지는 존경받는 소시민이었던 것 같았고, 그녀가 비뚤어진 길을 갈 때마다 그녀를 때렸다. 그러나 레오나는 다른 이유가 아니라, 오직 작은 빵집의 앞마당에 편안히 앉아 지나가는 사람들이나 구경하며 아이스크림을 퍼먹는 일을 좋아했기 때문에 아버지에게 맞아야 했다. 그녀가 관능적이지 못했다고 주장할 순 없겠지만, 적어도 다른 모든 일에서와 마찬가지로 성^{性}에서도 게을렀으며, 하기 싫어했다고도 말할 수 있었다. 그녀의 넓은 육체 속에서는 모든 자극이 뇌에까지 전달되는 데 시간이 엄청나게 걸렸다. 그래서 밤에는 마치 파리 한마리를 관찰하는 것처럼 꼼짝 않고 천장의 한 점을 응시하다가도, 한낮이 되면 초점을 잃고 눈이 풀리기 시작하곤 했다. 또한 레오나는 자주 완전한 정적 가운데 이제 막 알아차린 농담을 듣고 웃기도 했는데, 그 농담은 며칠 전 그녀가 이해조차 하지 못한 채 조용히 듣고만 있었던 것이었다. 반대할 만한 특별한 이유가 없을 때, 그녀는 찬성만 했다. 그녀는 자신이 어떻게 그 직업을 가지게 되었는지에 대해선 한마디도 하지 않았다. 자신조차도 그걸 정확히 기억하지 못하는 게 확실했다. 그러나 가수라는 직업을 생의 필요한 한 부분이라고 생각하는 것, 그리고 예술이나 예술가에 대해 들어본 모든 위대한 것들이 그 직업과 연관이 있다고 생각하는 것은 분명했다. 그래서 담배연기로 가득 찬 무대에서 노래를 부르는 일은 그녀에게 합당하고, 교육적이며, 고귀한 일로 받아들여졌다. 물론 분위기를 살리기 위해 필요하다면, 때때로 외설적인 짓도 마다하지 않았다. 하지만 그녀는 제국 오페라단의 수석가수도 그녀와 똑같은 행동을 했으리라고 굳게 믿고 있었다.

만약 어떤 사람이— 이것은 흔한 일이긴 하지만—자신의 전인격을 단지 육체만으로 지불했을 때 그 사람을 창녀라고 부른다면, 레오나는 정말 때때로 창녀가 되기도 했다. 그러나 누군가 마치 그녀가 열여섯살부터 그래왔던 것처럼 9년 동안 최하급 무대에서 아주 작은 돈을 받아오면서 머릿속이 화장품이나 속옷, 사장의 매출과 탐욕과 횡포, 기분전환을 위해 손님들이 먹고 마시는 음식과 음료의 배당, 가까운 호텔의 방세 같은 것들로 매일 시달려왔으며, 그것들과 싸우고, 상인들이 하듯 계산해야 했다면, 문외한들에게 하룻밤의 기분전환에 불과한 모든 것이, 그것을 직업으로 가진 사람에겐 논리와 실용성과 신분규정과 같은 것들이 된다는 것도 깨닫게 될 것이다. 창녀란 정말 그것을 위에서 보느냐 아래에서 보느냐에 따라 커다란 차이를 드러내게 해주는 것이다. 그러나 비록 레오나가 섹스에 대해 완벽하게 실용적인 태도를 가졌다고는 하지만, 그녀 역시 자신만의 낭만을 가지고 있었다. 단지 그녀에겐 모든 고상한 것, 자만, 사치 같은 것들, 그리고 자부심이나 질투, 환희, 열망, 탐닉 같은 느낌들, 다시 말해 생리현상을 통해 개성과 사회적 신분상승을 추동하는 힘들은 흔히 말하는 마음보다는 하복부, 즉 식사의 과정과 연관을 맺고 있었다. 이런 연관성은 이전 시대에 자주 있었던 것이며, 오늘날까지도 남아 있다. 이는 여러 부작용에도 불구하고, 성대하게 먹어대는 의식을 통해 자신의 사회적 신분과 인간적 우월성을 표현해내고 싶어하는 원시적인 사람들이나 호사스런 농부들 사이에서 여전히 관찰되는 현상이다.

레오나는 그녀의 선술집 탁자에서 그런 임무를 수행했다. 그러나 그녀가 꿈꾸는 것은 한 귀족이 자신을 고용하여 이 모든 것에서 자신을 구출해, 우아한 레스토랑에서 우아한 메뉴판을 놓고 우아하게 앉아 있도록 해주는 것이었다. 그렇게 된다면 그녀는 메뉴에 있는 모든 음식을 한꺼번에 꼭 먹어보고 싶었다. 또한, 그것은 그녀가 어떻게 골라야 하는지, 그리고 정선된 메뉴들이 어떻게 만들어지는지 안다는 사실을 보여주어야 한다는, 고통스럽고도 모순에 찬 만족을 마련해주었다. 후식이 나와서야 그녀는 환상을 지울 수 있었고, 보통의 순서와는 반대로 후식에서부터 다시 한번 성대한 두번째 식사를 했다. 블랙커피와 고무적인 양의 음료로 그녀는 다시금 소화력을 회복시켰고, 그녀의 열망이 식을 때까지 놀라울 정도로 탐식해나갔다. 그러고 나면 그녀의 몸은 그 우아한 것들로 터질 듯 가득 차서, 스스로를 지탱하기가 어려울 지경이었다. 그녀는 게으르게 주위를 둘러보았고, 절대 말을 많이 하진 않았지만, 자신이 먹은 그 호화로운 음식들을 회상하듯 바라보며 식사를 마치는 것을 좋아했다. 그녀가 "폴모네 아 라 토를로그나"$^{Polmone\ à\ la\ Torlogna}$ 또는 애펠 아 라 멜빌레$^{Äpfel\ à\ la\ Melville}$"라고 요리 이름을 발음할 때, 그 말은 마치 누군가 자신이 만났던 사람과 같은 이름을 가진 제후나 왕의 이름을 슬쩍 부르는 듯한 느낌을 주었다.

레오나와 공식적으로 만나는 것이 꺼림칙했기 때문에, 울리히는 보통 사슴뿔과 우아한 가구를 눈요기 삼아 식사할 수 있는 자기 집에서 그녀를 만났다. 그러나 레오나는 그 초대에서 사교적 만족을 빼앗기는 듯한 느낌을 받았고, 특성 없는 남자가 음식점 하나를 열어도 될 만한 엄청난 요리로 그녀를 고독한 밤중으로 유혹할 때, 그녀는 마치 영혼에서 우러나온 사랑을 받지 못할 거라는 사실을 깨달은 여자처럼 자신이 악용되고 있다고 생각했다. 그녀는 아름다웠고, 여가수였으며, 숨을 필요도 없을뿐더러, 매일밤 한 다스나 되는 남자들이 그녀와의 관계를 열망하며 찾아오곤 했다. 그러나 이 사람은, 비록 그가 그녀와 단둘이 있기를 바라긴 했지만, 단 한번도 '오, 마리아! 나의 레오나, 당신의 엉덩이는 날 미치게 해.' 같은 말을 할 준비가 돼 있지 않았고, 그녀를 빤히 쳐다볼 때도 그녀가 익숙해진 바람둥이들이 그렇듯, 솟아나는 욕망으로 콧수염을 핥지도 않았다. 레오나는 당연히 그를 신뢰했지만, 한편으로는 약간 경멸했고, 울리히도 그것을 알고 있었다. 울리히는 또한 레오나의 관계에서 자신에게 기대되는 바를 잘 알고 있었다. 하지만 그가 그런 말을 입에 담거나 콧수염을 기르거나 했던 시절은 이미 오래전 일이 돼버린 후였다. 또한 자신에게 익숙했던 일을 더이상 할 수 없게 되었다는 사실은, 그 일이 아무리 어리석은 짓이었다고 해도, 마치 발작이 손과 다리를 스쳐간 것 같은 느낌을 주는 법이다. 음식과 마실것에 흠뻑 빠져버린 레오나를 볼 때, 그의 눈동자는 흔들렸다. 그녀의 아름다움은 신중하게 그녀에게서 분리될 수도 있었다. 그것은 셰펠^{Scheffel}의 에케하르트^{Ekkehard}가 수도원의 문지방 위로 맞아들였던 공작부인의 아름다움이고(셰펠의 작품에서 수도사 에케하르트와 공작부인은 이룰 수 없는 사랑에 빠지는 두 주인공이다―옮긴이), 장갑을 낀 채 작은 포^{砲}를 손에 쥔 여장부의 아름다움이며, 이미 다 죽어버린 사람들의 기쁨이었던, 무거운 왕관을 머리에 쓴 전설적인 오스트리아의 황후 엘리자베트의 아름다움이었다. 그리고 좀더 정확히 말하자면, 그녀는 여신 주노^{Juno}, 그러나 영원히 불멸의 여신이 아닌, 이미 사라졌거나 사라지고 있는 시대에 주노적이라고 불렸던 여신을 떠올리게 했다. 그러나 레오나는 그 남자가 우아한 초대에 바라는 것이 더 있다는 것을, 그래서 그가 자신만을 빤히 쳐다보고 있다는 것을 알았다. 그러면 그녀는 일어나 다시 아주 큰 소리로 노래하기 시작했다. 그녀의 남자친구에게 그런 밤은, 모든 착상과 사유들이 산 채로 박제화되어 뜯겨나간 페이지 한장처럼 느껴졌다. 또한 모든 것이 연관에서 벗어난 나머지 마치 살아있는 마네킹의 그 기묘한 매력처럼 영원히 고정된 상태의 폭정으로 가득 찬 것처럼 보였다. 갑자기 수면제를 먹은 것처럼, 삶은 굳어진 채 내면으로 가득 차 날카롭게 경계를 이루고 서 있었지만, 결국 전체적으로는 아무 의미도 없었다.

7.
위태로운 순간에
울리히는 새로운 사랑에 빠진다

어느날 울리히는 흉측한 몰골로 집에 돌아왔다. 옷은 찢겨진 채였고, 축축한 수건을 상처난 머리에 대고 있었으며, 시계와 지갑은 사라진 상태였다. 거리에서 싸운 세 남자가 강도짓을 한 것인지, 아니면 그가 의식을 잃고 보도 위에 누워 있던 그 짧은 시간에 어떤 녀석이 슬그머니 그것들을 훔쳐간 것인지 도무지 기억이 나지 않았다. 그는 침대에 누웠고 조각난 기억들이 찬찬히 모이고 감싸이는 것을 느끼면서 다시 한번 이 모험을 곰곰이 떠올려보았다.

세 개의 머리가 갑자기 그 앞에 나타났다. 늦고 한산한 거리에서 사람들 중 하나와 스친 것이라고 막연히 생각했는데, 그건 울리히가 주의를 빼앗긴 채 다른 무엇에 열중해 있었기 때문이었다. 그러나 이 얼굴들은 이미 분노에 차 있었고, 점점 가로등 주변으로 모여들고 있었다. 그때 그는 실수를 저질렀다. 그럴 때는 마치 겁먹은 척하며 뒤에서 걸어오던 녀석을 향해 등을 돌리고 달아나거나, 배를 팔꿈치로 감싸며 도망쳐야 했다. 건장한 세 남자를 당해내긴 역부족이기 때문이었다. 그러나 울리히는 도망치는 대신 우물쭈물하고 있었다. 그는 서른두살이었고, 그 나이에는 적대감이나 사랑을 파악하는 것에도 시간이 필요했던 것이다. 그는 분노와 경멸을 품은 채 그를 쳐다보는 세 녀석이 단순히 그의 돈을 노렸다고는 생각하고 싶지 않았다. 그보다는, 그들이 자신을 향한 적대감을 지니고 있었고, 그것이 드러나는 것이라고 믿었다. 또한 그 부랑아들이 그를 향해 욕을 해대는 순간에, 그는, 그들이 전혀 부랑아가 아니고, 자기와 같은 평범한 시민이며, 분명히 그들에게 계속 밀착돼온 억압에서 해방되어, 마치 대기중에 포함돼 있는 천둥처럼 그, 또는 어느 누구에게라도 드러내 보일 수 있는 적대감을 표현하는 중이라고 생각했고 이 생각에 흥미를 느꼈다. 사실 오늘날 무수한 다수는 또다른 무수한 다수를 향해 지속적으로 적대적인 입장에 서 있다. 자기자신의 범위 밖에서 사는 사람들을 뿌리 깊이 불신하는 것은 오늘날 문화의 한 본질이 된 것이다. 그래서 독일인이 유대인을, 또한 축구 선수가 피아노 연주자를 이해하지 못한 채 서로를 가치없는 인간으로 여기는 것이다. 결과적으로, 그것은 사물이 단지 경계를 통해 존재한다는 것, 그래서 결국 자신의 주변에 대한 어느 정도의 적대적 행위를 통해 존재한다는 것을 의미한다. 교황이 없으면 루터도 존재할 수 없고, 이교도가 없다면 교황도 존재하지 못할 것이다. 그래서 사회 속에서 인간의 가장 심오한 경향은 거부에 뿌리를 둔다. 그것을 그가 그렇게 자세하게 생각해본 것은 아니었으나, 그는 이렇듯 우리 시대의 대기중에 가득 찬 막연하지만 공기와도 같은 적대감을 알고 있었고, 마치 천둥과 번개처럼 갑자기 나타났다가 다시 영원히 사라져버린 그 세 남자를 떠올리자, 그것이 마치 구원과도 같이 생각되었다.

아무튼 그는 세 부랑아와 마주쳤을 때, 너무 많은 것을 생각했던 게 분명했다. 왜냐하면 첫번째 녀석은 울리히가 먼저 턱에 한방을 날렸기 때문에 금방 달아나버렸지만, 번개처럼 달려들어 해치웠어야 할 두번째 녀석이 그의 주먹에 조금 스치는 사이, 뒤에 있던 녀석이 날린 묵직한 한방이 그의 머리에 엄청난 타격을 입혔기 때문이다. 그의 무릎은 꺾였고, 누군가에게 붙잡혔으며, 첫번째 충격에 따라오게 마련인 이상한 육체의 회복이 찾아오는 것을 느끼며 낯선 육체들의 혼란 속으로 뛰어들었고, 점점 거세지는 주먹세례를 받으며 무너져버렸다.

그의 실수가 단지 '인간은 한번에 너무 짧게 도약한다'라는 스포츠적인 한계에 불과했다는 생각이 확실해지자, 그는 이미 자신의 패배에서 희미하게 경험했던 의식의 몰락이 나선형으로 점차 사라지는 동안 느꼈던 또렷한 매혹과 함께, 아직은 훌륭한 정신을 지닌 채, 조용히 잠이 들었다.

울리히가 다시 깨어났을 때, 자신의 부상이 그리 심각하지 않다는 사실을 깨달았고, 다시 한번 그 경험에 대해 생각해보았다. 그러한 폭력은 마치 성급하게 친해지는 관계처럼 항상 어떤 개운하지 않은 기분을 남긴다. 또한 자신이 피해자라는 것에서 벗어나, 스스로 부적절한 짓을 했다는 느낌을 받았다. 그러나 무슨 부적절함이란 말인가?! 300걸음마다 아주 작은 질서위반이라도 처벌할 준비가 된 경찰이 배치된 거리가 있고, 그 바로 옆엔 마치 정글과도 같이 똑같은 힘과 성향을 요구하는 다른 거리가 있다. 인간은 성경과 총, 그리고 결핵균과 결핵약을 만들어냈다. 공평하게도 왕과 귀족들은 교회를 짓는 동시에 교회에 대항하여 대학을 지었고, 수도원을 병영으로 만들고는 수도사들을 다시 병영으로 파견했다. 또한 인류는 부랑아들에게 납으로 가득 찬 고무호스를 쥐여주고는 동포를 때리게 하고, 고독하고 잘못 다뤄진 생—마치 울리히처럼 이 순간 굉장한 고견과 사려로 차 있는 듯 보이는—에겐 깃털로 만들어진 침대를 준비해둔다. 그것이 바로 생의 모순이고 불연속성이며 불완전함이라는 잘 알려진 측면들이다. 그것은 사람들을 웃게도 하고 한숨짓게도 한다. 그러나 울리히에게는 딱히 그런 것만도 아니었다. 그는 마치 유모가 어린아이들의 장난을 견뎌내듯이 그 모순과 불완전함을 견뎌내야 하는, 생에 있어서 체념과 끔찍한 사랑의 혼합을 싫어했다. 침대에 누워 있는 것이 인간적인 무질서에서 어떤 이득을 취하는 것처럼 보였을 때에도 그는 곧장 침대에서 일어나지 않았다. 왜냐하면 사람이 전체 사물의 질서를 회복하기 위해 애쓰는 대신 그 자신을 위해 악을 피하고 선을 행할 때, 여러 측면에서 그것은 사실 그 자신을 희생한 채 양심과 너무 성급한 화해를 하는 것이고, 단견에 불과하며, 사적인 영역으로 도망치는 것이기 때문이다. 그렇듯 꺼림칙한 경험을 하고 나서 울리히는, 이런저런 총과 왕을 없애버리자는 주장, 그리고 크고 작은 진보를 이루는 것이 어리석음과 악을 줄여준다는 주장에 거의 가치를 두지 않게 되었다.

왜냐하면 그런 불운이나 악 같은 것들은 마치 세계의 한발이 앞서 나가면 다른 발이 반드시 뒤에 있는 것과 마찬가지로 순식간에 다시 새로운 것들로 채워지기 때문이다. 사람들은 거기에서 원인과 그 비밀스런 구조를 알아내야 한다! 아마도 그것이 낡은 규칙에 따라 선한 인간이 되는 것보다는 훨씬 중요한 일일 것이고, 울리히는 도덕에 있어서 선행의 일상적인 영웅주의보다는 그것의 일반적인 진행과정에 더 많은 매혹을 느꼈다.

울리히는 다시 한번 지난 밤의 사건을 곰곰이 되새겨보았다. 그 끔찍했던 폭력에서 벗어나 다시 정신을 차렸을 때, 택시 한대가 승강대 옆에 멈춰섰고, 운전사가 부상자를 어깨에 걸쳐 일으켜세우려 했으며, 어떤 여자가 천사 같은 얼굴로 그를 굽어보고 있었다. 그런 순간 깊이 침잠했던 의식 속에서 세상의 모든 것은 동화처럼 보이게 마련이었다. 그러나 곧 현실이라는 전지전능함이 다시 찾아왔고, 그를 일으켜보려는 여자가 곁에 있다는 사실이 마치 쾰른의 향수처럼 모호하고 싸한 느낌으로 그를 감쌌기 때문에, 그는 갑자기 자신이 그리 큰 상처를 입지 않았는지도 모르며, 스스로 우아하게 다리를 펴려 하고 있다는 사실까지 깨닫게 되었다. 그러나 그가 바라던 바대로 몸이 움직이지 않았고, 그 부인은 도와줄 사람이 있는 곳까지 태워주겠다고 제안했다. 울리히는 집까지 태워줄 것을 부탁했고, 실제로 그가 아직 혼미하고 도움이 필요해 보였기 때문에, 그녀도 그러기로 했다. 차 안에서 그는 빠르게 정신을 회복해갔다. 그는 그의 곁에서 무언가 오성적인 감각을 느꼈다. 그것은 자상한 이상주의의 부드러운 구름이었으며, 그가 다시 남자가 돼가는 동안, 그리고 그녀가 눈발의 부드러움을 품은 공기를 느끼는 동안, 그 온기 속에서 회의를 품은 몇개의 얼음조각과 예측할 수 없는 행위를 앞둔 불안이 점점 형태를 갖추기 시작했다. 그는 그녀에게 자신이 겪은 사건을 이야기했다. 틀림없이 그보다 어려 보여 약 서른 정도 돼 보이는 아름다운 여자는 사람들의 야민적인 행동을 탄식하고 그를 위로해주었다.

울리히는 물론 그 일을 생생하게 변호하기 시작했고, 놀라운 모성적인 미인에게 그러한 싸움은 결과로 판단되어서는 안 된다고 설명했다. 그는 말했다. "그런 싸움이 지닌 열정은, 확실히 아주 작은 시간의 영역, 즉 시민적인 삶에서는 어디에서도 찾아내지 못할 속도, 그리고 절대 인식될 수 없는 기호에 의해 진행되는 영역에서 그렇게 많고, 다양하고, 힘차면서도 정확하게 서로 결합돼야 하는 운동을 요구하기 때문에, 거의 의식될 수 없는 것입니다. 반대로, 모든 스포츠맨들은 실전이 있기 전 며칠 동안은 훈련을 중지해야만 한다는 사실을 알고 있고, 그것은 다른 게 아니라 근육과 신경조직들이 의지나 목표, 또는 의식을 떠나 아무 말 없이 그 마지막 약속장소에서 서로 만나야 하기 때문입니다. 그래서 행위의 순간엔 항상 근육과 신경조직들이 '나'와 함께 튀어오르고 싸우게 되는 것입니다. 그러나 법적으로 다른 것들과 구별되는 이 모든 육체, 영혼, 의지 같은 전체적인 인간은, 마치 황소 위에 앉은 유럽처럼 근육과 신경조직에 의해 운반되었고, 만약 한 번이라도 일이 잘못 되어 우연하게 숙고의 작은 빛이 이 어둠을 비출라치면, 모든 시도들은 항상 실패로 돌아가고 맙니다." 울리히는 열정에 차서 말을 이어갔다. "근본적으로, 이러한 인식하는 인간의 거의 완벽한 혼란과 파괴라는 체험은 과거 모든 종교의 신비주의자들에게 잘 알려진 체험과 유사하고, 그것은 영원한 필요라는 것에 대한 시대적 대용물이 되었으며, 그것이 비록 좋지는 않지만 항상 대용물이 되긴 합니다. 또한 권투 같은 스포츠들은 그런 혼란과 파괴를 이성적인 체계 내로 끌어들여, 하나의 신학적인 것이 되었습니다. 비록 사람들이 그것을 아직 일반적인 것으로 받아들이진 못하고 있긴 하지만 말입니다."

울리히가 성급한 열망에서 그렇듯 생기있게 말해버린 것은, 그녀가 그에게 품었던 동정을 잊게 만들고 말았다. 이 상황에서 그녀는 그의 말이 진실인지, 아니면 농담인지조차 구별하기 어려웠다. 어쨌든 그가 스포츠를 통해 신학을 설명했던 것은 그녀에게 한편으론 아주 당연하고, 다른 한편으로는 흥미롭게 받아들여졌는데, 그 이유는 스포츠가 시대적인 주제인 반면, 신학이란 비록 주위에 실재한 수많은 교회들에도 불구하고 아무도 실제적으로 아는 것이 없기 때문이었다. 게다가 그녀는 운 좋게도 현명한 사내 하나를 구해주었다는 생각이 들었고, 혹시 그가 정신이상은 아닌가 하는 의심이 그 사이사이 끼어들기도 했다.

지금 무언가 이해될 만한 것을 말하려 하는 울리히는, 사랑 역시 종교적이고 위험한 경험에 속한다는 것을 말할 기회를 얻었다. 왜냐하면 사랑은 이성이라는 무력에서 우리를 꺼내 근원없이 부유하는 상태로 옮겨놓기 때문이었다.

"그래요." 그녀가 말했다. "그러나 스포츠는 야만적이에요."

"맞습니다." 울리히는 재빨리 동의했다. "스포츠는 야만적이죠. 운동경기 안에는 아주 세밀하게 흩어져 있는 적대감이 가라앉아 있다고 볼 수 있습니다. 물론 다르게 주장할 수도 있겠지요. 스포츠는 사람들을 결합시켜주고, 동료의식을 만들어준다고 말입니다. 그러나 그것은 단지 야만과 사랑이, 마치 거대한 오색의, 말 없는 새 한마리의 한쪽 날개가 다른 쪽 날개와 그리 떨어져 있지 않듯이 서로 비슷한 것이라는 사실을 증명할 뿐입니다"

그는 '날개' '오색의', 그리고 '말 없는 새'에 강세를 두어 말했다. 특별한 의미가 있는 것은 아니었으나, 그 말은 어떤 거대한 감각에 가득 차 있었고, 그것으로 삶은 측량하기 힘든 육체 안에서의 모든 상대적인 모순들을 동시에 만족시키는 듯했다. 그는 옆에 있는 여자가 거의 아무것도 이해하지 못하고 있음을 알았다. 하지만 그녀가 차 안에서 부풀려가던 부드러운 눈송이는 점점 굵어졌다. 그러자 그는 그녀 쪽으로 아주 가까이 다가가 그녀가 혹시 그러한 육체적인 질문에 혐오감을 느끼지는 않는지를 물어보았다. "육체적인 행위라는 것은," 그가 계속 말했다. "정말 요즘 유행에 딱 맞는 것이지요. 또한 근본적으로 그것은 무시무시한 감정을 지니고 있는데, 왜냐하면 잘 단련된 육체는 어떤 자극에도 자동적으로 결정된 행동으로 정확하게—아무 의문도 없이—반응하는 초능력을 지니기 때문입니다. 그리하여 그 육체의 소유자에겐, 그의 성격이 이러저러한 육체의 조각으로 해체되는 것을 지켜보는 불쾌한 감시자의 느낌만 남게 됩니다."

사실 이 질문은 그 젊은 여자를 깊이 감동시킨 듯 보였다. 그녀는 이 말에 흥분했고, 생기있게 숨을 내쉬며 조심스레 조금 물러섰다. 그녀는 숨이 거칠어지고, 살이 떨렸으며, 심장이 두근거리는 것 같았다. 그러나 그때 차가 울리히의 집앞에 도착했다. 그는 웃었으며 구원자의 주소를 물어봄으로써 감사의 뜻을 전할 수밖에 없었는데, 놀랍게도 이 호의는 거절당하고 말았다. 그리하여 그 검고 단철로 된 창살은 놀란 이방인 뒤에서 닫혀버리고 말았다. 아마 그 자리엔 오래된 정원의 나무들이 차에서 흘러나온 빛과 전기 램프의 빛 속에서 높고 어둡게 서 있었을 것이고, 보로드 풍의 작은 저택의 낮은 부속건물들이 잘 다듬어진 에머랄드빛 잔디 위로 뻗어나와 있었을 것이며, 그 안의 벽은 서가와 그림들로 장식되어 있었고, 그곳을 떠나는 여인은 뜻밖의 아름다운 풍경에 사로잡혔을 것이다.

이것이 일어난 일이었다. 또 한번 사랑의 모험으로 한동안의 시간을 보냈더라면 얼마나 속상했을까 하는 생각을 울리히가 하고 있는 동안에, 이름을 감추려 했으며 깊은 베일에 휩싸인 채 그의 곁에 나타났던 여인이 연락을 해왔다. 그의 상태가 어떤지 궁금하다는 것을 평계삼아 이런 낭만적이며 애정어린 방식으로 사랑의 모험을 힘차게 계속한 것은 바로 주소와 이름을 알려주지 않으려 했던 바로 그 여자였다.

그리하여 두 주일 후에는, 이미 보나데아가 14일간 그의 연인이 되어 있는 상태였다.

8.
카카니엔

아직 인간이 재단이나 머리손질 같은 것을 중요하게 여기고 거울을 즐겨보던 시대에, 사람들은 자신들이 누리고 싶어하는 삶의 장소를 상상해보곤 했다. 또는 비록 개인적으로는 그곳이 그리 탐탁지 않을지라도, 자신이 머물 만한 품위를 갖춘 곳을 상상하기는 했었다. 오늘날 이미 그러한 사회적 강박관념은 모든 사람이 손에 스톱워치를 들고 서둘러 움직이거나 제자리에 서 있는 초[超]미국적인 도시에 대한 상상이 돼버렸다. 대기와 땅은 겹겹의 교통로가 통과하는 개미집이 되었다. 비행기, 전차, 지하철, 특급택배 기사들, 자동차들이 질주하고, 엘리베이터가 수직으로 수많은 군중들을 하나의 영역에서 다른 영역으로 펌프질한다. 사람들은 한 운반 수단에서 다른 운반 수단으로 옮겨가는 교차점에서 튀어나와 두 개의 우레같이 빠른 속도 사이에서 긴장했다가 다시 풀어지고, 그사이 약 20초간의 틈을 만들며, 미처 그 틈을 빨아들이거나 찢을 생각도 하지 못한 채 이 일반적인 리듬의 간격 속에서 재빨리 서로 몇마디를 주고받는다. 질문과 대답이 마치 기계의 기어소리처럼 들리고, 모든 사람이 특정한 임무를 띠고 있으며, 직장은 어느 특정한 장소에 집단적으로 조직돼 있다. 걸어다니면서 먹고, 도시의 다른 장소에 준비된 오락거리를 찾으며, 또다른 곳에는 아내, 가족, 축음기와 영혼을 찾을 수 있는 탑이 마련돼 있다. 긴장과 이완, 행위와 사랑은 정확하게 시간적으로 나뉘어 있고, 철저한 공학적 연구를 통해 평가된다. 만약 이러한 행위들이 어려움에 부딪히게 되면, 사람들은 그것을 간단하게 되돌려놓을 수도 있다. 왜냐하면 다른 일들, 더 나은 방법, 혹은 다른 사람이 실수한 부분들은 곧 발견되기 때문이다. 그러한 수정에 오류는 하나도 없다. 어떤 개인이 자신만의 목표를 버릴 수 없다는 소명의식을 가졌다고 생각하는 것은 사회적인 힘을 소모시킬 뿐이다. 사람들이 망설이거나 길게 생각하지만 않는다면, 이 힘에 의해 흘러가는 일반존재는 언제나 좋은 목표에 도달하게 된다. 목적은 금세 완성된다. 인생 또한 짧은 것이기에, 사람들은 인생에 성취의 극대치를 제공하고, 이 행복 외엔 바랄 것이 없게 된다. 왜냐하면 인간이 성취한 것이 곧 영혼이 되며, 아무 성취도 없이 욕망된 것은 오히려 영혼을 해칠 뿐이기 때문이다. 행복은 우리가 원하는 것에 달린 게 아니라, 단지 우리가 성취한 것에 달려 있다. 게다가 동물학은 천재적인 전체는 초라한 개개인들의 총합으로 이루어질 수 있다는 점을 가르치기까지 하고 있다.

그러나 이런 방식이 절대 확고한 것은 아니다. 그러나 그러한 상상은 우리를 데려가 자신의 끊임없이 움직이는 감각을 숙고하게 해주는, 여행중의 환상 같은 것이다. 그런 상상은 피상적이고 불안하며 짧다. 신만이 무슨 일이 일어날 것인지 알고 있다. 아마도 우리는 모든 순간 출발점을 쥐고 있고, 우리 모두를 위한 계획을 만들어내야 할 것이다. 만약 속도에 관련된 일상이 마음에 들지 않으면, 다른 것을 하자! 예를 들면 어떤 느린 것, 베일 같은 물결에 떠밀리는 바다 달팽이의 비밀스런 행복이나 옛날 그리스인이 찬양했던 암소의 깊은 시선 같은 일을. 그러나 그런 것은 전혀 불가능하다. 우리는 일상의 손에 달려 있다. 우리는 밤낮없이 일상으로 달려가며, 그 어떤 것도 거기에서 벗어나지 못한다. 우리가 면도하고, 먹고, 사랑하고, 책을 읽고, 일을 할 때, 그건 마치 네 개의 벽이 조용히 서 있는 것 같다. 또한 불쾌한 것은, 그 벽들이 마치 어디로 가는지 모르면서 무엇인가를 더듬는 길고 구부러진 더듬이처럼, 우리도 모르는 사이 그들의 궤도를 펼쳐놓는다는 점이다. 뿐만 아니라 우리는 시간의 길을 내려는 투쟁을 하고 있는지도 모른다. 그것은 정말 불확실한 역할이고, 만약 우리가 오랜 휴식 후에 내다본다면, 경치는 이미 바뀐 후일 것이다. 저기 날아가는 것은 날아가는 것일 뿐이다. 그것은 다른 것이 될 수 없기 때문이다. 그러나 우리의 모든 충성에도 불구하고, 마치 우리가 도착지점을 지나쳤거나 잘못된 역에 와 있을 때처럼, 그 불쾌한 느낌은 점점 더 커질 것이다. 그리고 어느날 가혹한 명령이 내려올 것이다. '내려!

뛰어내려!' 향수, 머무름, 발전하지 않음, 정체, 잘못된 전정^{剪定}이 있기 전의 상태로의 회귀! 아직 오스트리아 제국이 있었던 그 좋았던 옛 시절엔, 사람들은 그리힌 시간의 기차에서 내릴 수 있었고, 평범한 철로에 놓인 평범한 기차를 타고 고향에 되돌아갈 수 있었다.

그곳, 지금까지는 점점 몰락해왔고 이해받지도 못했으며, 알아채지도 못한 채 그렇게 많은 것이 상징적으로 돼버린 나라 카카니엔^{Kakanien}에도 그리 많지는 않지만 템포^{Tempo}라는 게 있었다. 먼 타국에서 이 나라를 떠올릴 때마다, 눈앞에는 행군과 우편마차 시대의 희고 넓고 유복한 거리가 떠오르곤 했다. 또한 거리는 질서의 강처럼 모든 방향으로 뻗어 있어서 마치 밝은 군복에서 풀려나온 약장^{略章}(약식 훈장―옮긴이)이나 종이처럼 흰 정부^{政府}의 품안에 감싸인 나라들 같았다. 그 어떤 나라들이었는가! 빙하와 바다, 카르스트와 보헤미아의 곡창지대가 거기 있었고, 찌륵찌륵대는 귀뚜라미 소리에 묻힌 아드리아 연안의 밤과 마치 코를 들어올릴 것 같은 냄새가 굴뚝에서 솟아나는 슬로바키아의 마을도 있었으며, 그 마을은 대지가 자신의 아이를 따뜻하게 하기 위해 입을 조금 벌리듯이, 작은 두 언덕 사이에 웅크리고 있었다. 물론 이 거리에도 자동차가 굴러다녔지만, 그렇게 많지는 않았다! 여기에도 하늘을 정복하기 위한 준비가 진행되고 있었지만, 그렇게 심한 것은 아니었다. 여기저기서 남아프리카나 동아시아를 향한 배들이 출항했지만, 그렇게 자주는 아니었다. 세계경제도, 세계권력을 향한 열망도 없었다. 사람들은 세계의 늙은 황소가 가로지르는 유럽의 한가운데 앉아 있었고, '식민지'나 '횡단' 같은 단어는 아직 시작도 되지 않은 먼 말처럼 여겨졌다. 불을 밝혔지만 프랑스인들처럼 너무 지나친 것은 아니었고, 스포츠를 즐기긴 했지만 영국인들처럼 열광하진 않았다. 군비를 지출하긴 했지만 단지 열강들 중 가장 약한 나라에 머물지 않을 정도만을 유지했다. 수도 또한 세계의 다른 대도시보다 조금 작았지만, 그냥 도시들보다는 꽤 큰 편이었다. 이 나라는 느낌이 아닌, 잘 계몽되고 모든 모서리들이 유럽 최고의 행정으로 세심하게 다듬어진 방식으로 통치되었다. 단 하나의 잘못된 점이 있다면, 그들이 고귀한 신분이나 사회적 지위에 의해 뒷받침받지 못한 천재나 개개인들의 창조적인 동기들을 건방진 행동이나 불손함으로 간주했다는 점이다. 그러나 누가 자격없는 사람을 기꺼이 환영할 수 있겠는가! 또한 카카니엔에선 천재가 무뢰한이 되는 경우는 있어도, 다른 곳에서처럼 무뢰한이 천재로 둔갑하지는 않았다.

요컨대 얼마나 많은 특징들로 이 몰락한 카카니엔을 설명할 수 있는가! 그것은 가령 '황제-왕실의'^{kaiserlich-königlich}나 '황제의 그리고 왕실의'^{kaiserlich und königlich}라는 것으로(독일어 k는 '카'로 발음되므로 카카니엔은 두 개의 k로 된 나라를 뜻함—옮긴이), 모든 사람은 둘 중 하나를 달고 다녔다. 그러나 그들 중 누가 과연 '황제-왕실의'의 성향을 지닌 사람인지, 그리고 누가 '황제의 그리고 왕실의'에 부름을 받은 사람인지를 구별해낼 수 있으려면 하나의 신비한 학문마저 요구되었다. 그것은 문자로는 오스트리아-헝가리 제국이라고 씌어졌고*, 말로 할 때는 오스트리아라고 불렸다. 그러니까 그 이름은 공적인 곳에선 엄격하게 다루어졌으나 모든 사적인 곳에서는 가볍게 다루어져서, 사적인 것이

---

* 1866년 프로이센-오스트리아 전쟁에서 오스트리아가 패함으로써 프로이센은 오스트리아를 배제한 채 소독일주의의 기틀을 마련했다. 반면 대독일주의의 꿈이 무너진 오스트리아는 1867년 헝가리 왕국과 연합해 오스트리아-헝가리 제국을 세웠다. 오스트리아-헝가리 제국은 독일인, 마자르인, 슬라브인 등이 거주하는 다민족 제국으로 오스트리아, 헝가리는 물론 현재의 체코, 폴란드, 보스니아, 크로아티아 지역을 아우르는 넓은 영토를 차지하고 있었다(옮긴이—이하 주는 모두 옮긴이의 것이다).

공적인 법규만큼이나 중요하며, 규칙이 실재 삶을 규정하지는 못한다는 것을 보여주는 표식이기도 했다. 규약에 의하면 자유로웠지만, 그것은 가톨릭 교회식으로 다루어졌고, 가톨릭 교회식으로 다루이지긴 했지만, 사람들은 자유롭게 생활했다. 법 앞에선 모든 시민이 평등했지만, 그 모두가 시민은 아니었다. 의회가 있었고, 그 의회가 너무도 강력히 시민의 자유를 주장했기 때문에, 늘 문을 닫고 있었다. 그러나 긴급조항이라는 게 있어서 의회 없이도 그럭저럭 정부를 유지해나갈 수 있었고, 모든 사람이 절대주의를 선호하게 될 경우, 왕권은 다시 의회의 통치를 받아야 함을 선포하곤 했다. 그러한 일들이 이 나라에선 많이 일어났고 거기엔 합당하게 유럽의 주목을 끌어낸 모든 민족주의 운동들이 포함돼 있었다(물론 오늘날엔 잘못 받아들여지고 있긴 하지만). 그들은 아주 격렬해서, 1년에도 몇차례씩이나 국가기능이 장애를 일으키거나 멈추긴 했지만, 이행기나 휴지기가 되면 다시 평정을 되찾고 마치 아무 일도 없었던 것처럼 행동했다. 그리고 사실 아무것도 실제로 일어난 일은 없었다. 오늘날 모든 사람이 동의하고 있는, 타인의 노력에 대한 거부감이 이 나라에선 오래전부터 있었으며, 그 거부감은, 만약 시대 앞의 혼돈 속에서 멈춰지지 않고 발전했다면 위대한 결과를 낳을 뻔했던 순화된 의식이라고 표현될 수도 있었다.

거기에선 같은 시민에 대한 거부감이 사회 개개인의 감정 속까지 격앙돼 있었을 뿐 아니라, 자기자신이나 운명에 대한 불신이 자기의식 속에 깊은 특징으로 자리잡고 있었다. 이 나라에서 사람들은—감정의 아주 높은 차원과 그 밑의 일련들에서까지—생각하는 것과는 다르게 행동했고, 행동하는 것과는 다르게 생각했다. 잘 모르는 관찰자들은 그것을 애교, 또는 나약하게도 오스트리아적인 특성이라고 생각했다. 하지만 틀렸다. 한 나라에서 일어나는 일을 단순히 거주자들의 성격으로 설명하는 것은 틀리게 마련이다. 왜냐하면 한 국민은 적어도 아홉 가지 성격, 다시 말해 직업적, 민족적, 국가적, 계급적, 지역적, 성적, 의식적, 무의식적, 그리고 개인적 성격들을 가지기 때문이다. 사람들은 그것들을 자기 안에 통합시키지만, 그것들이 사람들을 해체하기도 한다. 그리고 한 인간은 이 많은 흐름에서 생겨난 조그만 협곡에 불과하며, 이 협곡으로 그 흐름들은 모여들었다가, 다시 다른 시내로 다른 협곡들을 채우기 위해 흘러나간다. 그래서 모든 지구 위의 인간들은 열번째 성격을 가지게 되며, 그것은 다름 아니라 채워지지 못한 방들로서의 환상이라는 것이다. 이 열번째 성격인 환상은 인간에게 모든 것을 허용하는데, 단 하나만은 허용하지 않는다. 즉 적어도 나머지 아홉 가지 성격이 무슨 일을 하는지, 그리고 그것들로 인해 무슨 일이 일어나는지를 심각하게 받아들이는 일은 허용하지 않는다. 다시 말하면 그것은 인간이 무엇을 이루어야만 했는지를 제시하진 않는다. 이 환상은, 누구나 인정하듯이, 설명하기 어려운 것이며, 이탈리아에서는 영국에서와 다른 색깔과 형태를 지니고 있다. 왜냐하면 다른 것에 비해 두드러진 것은 늘 다른 색과 형태를 지니고 있기 때문이다. 또한 그곳이 어디든간에, 환상이란 텅 비고 불가해한 것이라는 점에선 같은 것이기도 한데, 그 안에서 현실은 마치 아이의 상상에 의해 망가진 작은 장난감 도시 같다.

　모든 사람들의 눈에 볼 수 있게 공개되는 한, 그것은 카카니엔에서 일어났던 일이고, 그 안에 세계에 알려지지 않은, 가장 진보한 나라 카카니엔이 있었다. 그 나라는 어떻게 해서든지 스스로 꾸려나갈 것이다. 인간은 그 안에서 부정적인 자유를 누리고, 항상 자신의 실존이 만족하지 못할 논거들을 느꼈으며, 그 모든 것이 일어나지 않았다는 거대한 환상, 또는 궁극적인 것이 아직 일어나지 않았다는 기분에 사로잡혔다. 마치 인류가 나오게 되었다는 대양의 입김에서 느꼈던 것처럼 말이다.

만약 다른 곳의 사람들이 들었다면 굉장한 일이 일어났다고 믿었을 것을, 그곳 사람들은 '그렇게 됐군'$^{\text{Es ist passiert}}$이라고 말한다. 그것은 그곳의 고유한, 독일어 내에서나 다른 어떤 언어에서도 찾아보기 힘든 언어다. 그 호흡 속에서 일상과 운명의 타격들은 너무나 가벼워져서 마치 솜털이나 생각처럼 돼버린다. 맞다. 아마 많은 반대에도 불구하고 카카니엔은 천재들을 위한 나라이고, 그것 때문에 점점 멸망해가고 있는지도 모른다.

9.
중요한 사람이 되기 위한
세 가지 시도 중 첫번째

고향으로 돌아온 이 남자는, 그가 살아온 삶에서 의미있는 사람이 되기 위한 의지로 불타오르지 않았던 단 한순간도 기억해낼 수 없었다. 울리히는 마치 그러한 소원을 타고난 것처럼 보였다. 그러한 욕망이 다분히 공허와 어리석음을 품고 있었던 것도 사실이었다. 그럼에도 사실 그것은 적지 않게 아주 아름답고 정당한 열망이었으며, 그런 열망이 없었다면 아마 의미있는 사람도 그리 많지는 않았을 것이다.

그 의지 속에 포함된 불운은 너무도 분명했는데, 그것은 그가 어떻게 해야 의미있는 인간이 되는지를, 의미있는 인간이란 과연 무엇인지를 몰랐다는 사실이다. 학창 시절 그는 나폴레옹이 그런 인간이라고 생각했다. 이는 한편으론 청소년이 갖게 마련인 범죄에 대한 동경이었고, 다른 한편으론 선생님이, 유럽을 지배하려 했던 이 폭군을 역사상 가장 폭력적인 악인이었다고 설명해주었기 때문이었다. 그 결과, 울리히는 학교를 졸업하자마자 기병 연대의 사관후보생이 되었다. 아마 그때 만약 누군가 왜 당신은 사관후보생이 되어야 했소,라고 물었다면, '폭군이 되려고요'라고 대답하지는 않았을 것이다. 그러나 그러한 욕구는 예수회 신도들 같은 면이 있었다. 나폴레옹의 천재성은 그가 장교가 된 이후에 처음 발전되기 시작했다. 그러나 어떻게 일개 후보생에 불과했던 그가 장군이 되어야 할 필연성을 상사에게 설득시킬 수 있었겠는가?! 이미 기병훈련 같은 것에서도 그와 상사는 자주 의견대립을 하고 있었다. 그럼에도 울리히는 그 연병장—월권과 명령이 잘 구분되지 않는 평화로운 들판—에 야망이 없어 보인다고 기분 상해하지는 않았다. '무장을 위한 교육'과 같은 평화적인 방식을 그는 전혀 중요하게 생각하지 않았으며, 오히려 그는 영웅주의와 권력과 자부심 같은 영웅적인 상태에 대한 강렬한 염원에 사로잡혀 있었다. 그는 경주마를 탔고, 결투를 했으며, 오직 세 종류의 인간만을 알아보았다. 관료들, 여자들, 시민들. 제일 끝의 부류는 육체적으로 덜 발달돼 있고, 정신적으로도 경멸할 만한 계급으로, 그들의 부인과 딸은 군인관료의 사냥감이 되었다. 그는 숭고한 회의에 빠져들었다. 그가 보기에 군인이라는 직업은 날카롭고 번쩍이는 연장 같아서, 사람들은 그 연장을 이용해 세계를—세계를 위해!—달구고 자르는 것처럼 보였다.

정말 다행으로 울리히는 거기서 아무 일도 당하지 않았다. 그러나 어느날 한 가지 체험을 했다. 한 모임에서 그와 유닝한 새력가 사이에 작은 다툼이 일어났다. 울리히는 당연히 자신의 통쾌한 방법으로 끝장을 보리라고 생각했는데, 오히려 한 시민 남자도 자신의 여자를 보호할 줄 안다는 사실을 알게 된 것이다. 그 재력가는 개인적으로 아는 국방장관과 이야기를 나누었고, 그 결과 울리히는 상사와 오랫동안 대화를 했으며, 그로써 황제와 단순한 장교 사이의 차이점이 그에게 분명하게 드러났던 것이다. 그때부터 전쟁을 수행하는 직업은 더이상 그를 기쁘게 하지 못했다. 그는 무대 위에서 세계를 뒤흔드는 모험을 찾아내기를 기대했고, 그 영웅이 자신이기를 바랐다. 그리고 어느 한순간에 텅 빈 곳에 취한 채 법석을 떠는 한 젊은이를 보았고, 그에게 답하는 것은 돌멩이뿐이라는 사실을 알게 되었다. 그가 이 사실을 깨달았을 때, 그는 소위라는 직함을 얻어낸 감사 못할 인생유전에 작별을 고하고, 그 지위를 내던져버렸다.

10.
두번째 시도.
특성 없는 남자의 도덕에 대한 노트들

그러나 울리히가 기병에서 기술자로 직업을 바꾸었을 때, 그는 말만 바꿔 탄 셈이 돼버렸다. 그 새 말은 철굽을 달았고, 열 배는 빨랐다.

괴테가 살았던 시대에 직물기의 덜컹거림은 하나의 소음에 불과했지만, 울리히의 시대에 와서 사람들은 기계점, 증기해머 그리고 공장의 사이렌 소리에서 음악을 발견하기 시작했다. 하지만 사람들이 마천루가 말 위의 인간보다 위대한 것임을 금방 알아챘다고 믿어서는 안 된다. 반대로, 아직 무언가 인상깊은 것을 찾으려는 사람들은 마천루보다는 말 잔등 위에 올라탔다. 그 위에서 그들은 바람처럼 빨리 달리고, 거대한 망원경이 아닌, 독수리 같은 통찰력을 가지게 된다. 그들의 감정은 아직 지성을 이용하는 방법을 모르고 있었다. 그리고 지성과 감정 사이의 차이는 마치 대뇌와 맹장 사이의 차이처럼 엄청난 것이었다. 그래서 그가 막 청소년기를 벗어날 때 그랬던 것처럼, 사람들이 좀더 위대한 행위라고 경탄했던 일들이 기계보다 한참 구식에 불과하다는 걸 깨달은 것은 그리 대단한 일도 아니었다.

기술학교에 처음 들어간 순간부터 울리히는 열병 같은 것에 사로잡혔다. 이렇듯 새로운 형식의 터빈 발전기나 증기 피스톤의 리드미컬한 움직임을 본다면, 도대체 누가 아폴로 신전 따위를 보려고 할 것인가? 선악善惡이 지속적인 것이 아니라 다만 기능적인 것이어서, 어떤 행위의 선함이 역사적인 상황에 달려 있고, 한 인간의 선함 또한 상황을 이용하는 심리적이고 기술적인 재주에 달려 있다고 판명된다면, 누가 선과 악에 대한 천년 전의 말에 연연해하겠는가? 기술적인 관점에서 본다면, 세계는 단지 우스꽝스러울 뿐이었다. 인간들 사이의 관계는 비실용적이고, 아주 최고의 경우라도 그 방법은 불확실하고 비경제적이다. 누군가가 자신의 일상을 계산기로 풀어나간다면, 그는 모든 사람들의 주장 중 반도 제대로 이해할 수 없을 것이다. 계산기는 믿기 어려울 정도의 총명함을 지닌 숫자들과 선들이라는 두

가지 체계로 이루어져 있다. 그것은 하얗게 래커칠된, 두 개의 서로 미끄러져 들어가는 평평한 사다리꼴의 횡단면을 가진 막대기들이며, 사람들은 그것의 도움으로 어떤 생각을 쓸데없이 낭비하지 않으면서도 아주 복잡한 문제들을 신속하게 풀어낼 수 있다. 그것은 사람들이 속주머니에 품고 다니면서 심장 위에 있는 희고 딱딱한 줄이라고 느끼게 되는 작은 표식이다. 만약 당신이 계산기를 가지고 있고, 누군가 위대한 말이나 감정에 사로잡혔다면, 당신은 이렇게 말할 것이다. '잠깐만요, 우선 그것의 오류 한계치와 가능성의 가치를 한번 계산해봅시다.'

의심할 것 없이 바로 그것이 엔지니어들이 지닌 힘찬 견해들이다. 그들은 자신의 매력적인 미래를 그려본다. 그리고 그 모습이란, 이빨 사이에 파이프를 물고, 스포츠 모자를 눌러쓰고, 훌륭한 승마용 장화를 신은 채 자신이 기획한 사업의 막강한 청사진을 실현시키기 위해 케이프타운과 캐나다 사이를 돌아다니는 것이다. 여행중에 그는 그 기술적인 세계의 조직과 운영에 대한 조언을 구할 수 있고, 때로는 잠언들을 만들어내기도 한다. 마치 에머슨[R. W. Emerson]이 그의 모든 작품들에서 그랬던 것처럼 말이다. "그 사람들은 미래의 예언자로서 지구를 떠돌아다닌다. 그리고 그들의 모든 행위들은 시험이고 실험인데, 왜냐하면 그 행위들은 그 다음의 것들에 의해 추월당할 수 있기 때문이다." 에머슨의 많은 글들에서 뽑아온 것이긴 하지만, 사실 이 문장은 울리히 자신이 쓴 것이다.

하지만 왜 엔지니어들이 이러한 예측에 꼭 맞는 삶을 살아가지 않는지를 말하기는 어려운 일이다. 예를 들어 왜 그들이 종종 조끼주머니의 바닥에서부터 한쪽으로 치우쳐 수직으로 이어진 채 그 위의 단추까지 걸쳐 있는 시계줄을 차고 있는지, 또한 왜 그것이 복부 위에서 마치 시를 읊는 듯한 하나의 상승과 두 개의 하강 곡선을 그리게 놔두는 것인지, 왜 사슴 이빨이나 편자로 된 브로치를 넥타이에 꽂고 다니는 게 그들을 만족시켜주는지, 왜 그들의 옷은 마치 자동차의 앞좌석처럼 생겼는지, 그리고 왜 그들은 자신들의 직업 이외의 것은 거의 얘기도 하지 않고, 한다고 해도 깊이 들어가봐야 겨우 연골쯤에서 멈출 것 같은 자기들만의 어설프고 연관성도 없으며 피상적인 이야기만 해대는 것인지 하는 것들 말이다. 물론 모든 엔지니어들이 그렇진 않겠지만, 울리히가 근무했던 첫번째 회사의 사무실에서 알게 된 대부분의 사람들이 그랬으며, 두번째 사무실도 마찬가지였다. 제도판 위에 딱 붙어서, 그들은 자신이 직업을 사랑하고, 그 안에서 놀라운 덕목들을 소유하게 됐다는 식의 태도를 보여주었다. 하지만 기계가 아닌, 자신들의 생각이 지닌 대담함을 발휘해야 할 때면, 그들은 마치 망치로 사람을 죽여보라는 부당한 요구를 받은 것처럼 행동하곤 했다.

이렇게 해서, 기술을 통해 중요한 사람이 돼보려고 했던 좀더 성숙했던 두번째 시도는 재빨리 끝나버리고 말았다.

11.
가장 중요한 시도

 아마 그 두번째 시도까지의 과정에 대해서라면 울리히는 고개를 내저을지도 모르겠다. 마치 누군가 그에게 영혼의 방황을 설명하려고 할 때처럼 말이다. 세번째 시도는 그렇지 않았다. 한 기술자가 만들어낸 기계가 세계의 끝까지 배달되는데도, 그 기술자가 자유나 사유의 광활함 대신 그의 전문성에만 매달리는 것은 이해될 수 있다. 왜냐하면 마치 기계가 자신을 탄생시킨 수많은 계산을 기계 자신에게만큼은 적용시키지는 못하는 것처럼, 기술자 역시 자신의 기술이 지닌 과감성이라든가 새로움을 자신의 개인적인 영혼에 부여할 수는 없기 때문이다. 그러나 수학자에게는 그런 말이 통하지 않았다. 수학자들은 새로운 정신의 교사이고, 정신 그 자체이며, 시간과 수많은 변환의 근원을 밝히는 원천이다.
 만약 비행^{飛行}, 물고기와 여행하기, 높은 산 밑에 구멍뚫기, 신같이 빠른 속도로 소식을 전달하기, 보이지 않는 것 또는 먼 곳을 보고 듣고 이야기하기, 죽은 사람이 하는 말을 듣기, 잠들어 있는 동안 기적처럼 병 낫기, 사후 20년의 자기 모습 확인하기, 명멸하는 밤에는 아무도 알지 못했던 수천 가지 지상과 지하의 일들을 알아내기 같은 인간의 원초적 꿈이 실현된다면, 그리고 빛, 온기, 힘, 즐거움, 만족 같은 게 인간의 원초적인 꿈이라면, 오늘날의 연구들은 더이상 단지 학문은 아니며, 하나의 마법, 즉 신이 인간 앞에서 망토를 벗어 보여주는, 최고의 영혼과 두뇌의 의식^{儀式}일 것이다. 그리고 그것은 하나의 종교이기도 한데, 그것의 교리는 엄격하고 용감하며 역동적이면서도 칼처럼 냉정하고 날카로운 수학의 논리에 의해 꿰뚫어지고 지탱되고 있다.

물론 이 모든 꿈이, 수학자가 아닌 사람들에게도 단지 환상만은 아닌, 어느 순간 갑자기 실현될 수 있는 것이란 사실을 부정하기는 힘들다. 뮌헨하우스의 나팔소리는 대량생산되는 통조림 소리보다 아름답고, 한번에 7마일을 나는 장화는 자동차보다 아름다우며, 라우린 왕국(게르만족 신화에 나오는 난쟁이들의 왕국—옮긴이)은 철도 터널보다, 마법의 뿌리는 전보 문양보다 아름답다. 어머니의 젖을 빠는 것, 그리고 새를 이해하는 것이 새의 소리가 지닌 발성운동에 대한 동물심리학적 연구보다는 아름답다. 그렇듯 사람들은 현실을 얻는 대신 꿈을 잃어버린다. 인간은 더이상 나무 아래서 엄지발가락과 검지발가락 사이로 하늘을 보지 않으며, 오로지 일을 만들어내기만 한다. 유능해지기 위해서는 굶주리거나 꿈을 꾸어선 안 되고, 스테이크를 먹고 움직여야만 한다. 그들은 꼭 개미집 위에서 잠든 늙고 무능한 인류 같았다. 그래서 그가 새로운 인간으로 깨어났을 때엔, 개미들이 그의 핏속까지 기어 들어가서, 미처 동물적인 노동에서 비롯된 그 초라한 느낌을 떨쳐버릴 새도 없이 이제까지 보지 못했던 아주 굉장한 노동을 해야 하는 것처럼 말이다. 오늘날 마치 수학이 악마처럼 인간들의 모든 삶을 장악해버렸다는 게 확실하기 때문에, 그 점에 대해선 그리 강조할 필요도 없을 것이다. 아마도 모든 사람들이 자신의 영혼을 팔아버릴 수 있다는 그 악마의 이야기를 믿지는 않을 것이다. 하지만 영혼에서 무언가를 이해해야 하는 사람들, 가령 상인이나 역사가나 예술가처럼 영혼으로 밥벌이를 하는 사람들은, 영혼이 수학에 의해 망가졌고, 그래서 한편으로 인간을 지상의 주인으로 만들었지만 다른 한편으론 기계의 노예로 전락시키기도 한 수학이, 어떤 사악한 오성의 원천을 만들고 있음을 증언하고 있는 것이나. 무미건조한 내면, 세부적인 꼼꼼함과 전체적인 무차별성 사이의 무시무시한 혼합, 황량한 개별들 속에서 인간이 겪는 고독, 불안, 악, 비할 데 없는 냉담함, 배금주의, 차가움과 권력적인 행위 같은 우리 시대의 모든 특징들은 바로 논리적이고 엄격한 사유를 향한 욕망에서 비롯된 것이다. 그리고 울리히가 처음 수학자가 되었을 당시만 해도, 유럽 문명의 멸망을 말하는 사람들이 있었고, 그들은 그 멸망이 인간에게 믿음이 없고, 사랑도 없으며, 단순함도 없고, 인간 속에 더이상 신이 거주하지 않기 때문이라고 말했다. 독특한 것은, 그렇게 말한 사람들이 학창 시절엔 모두 형편없는 수학자들이었다는 것이다. 그들의 형편없는 수학 실력은 나중에 명확한 자연과학의 어머니이고 기술의 조모祖母이며 모든 정신의 원초적 어머니인 수학으로부터 독가스와 전투기들이 생겨나면서 증명되기도 했다.

  이러한 위험을 알지 못하는 사람들은 수학자들과 그들의 학생들인 자연과학자들뿐이었다. 그들은 영혼 속에서 그러한 위험의 영향을 거의 받지 않았는데, 그건 마치 앞서 가는 선수의 뒷바퀴 외엔 세상의 어떤 것에도 관심이 없는 사이클 주자와도 같았다. 단지 울리히에 대해서라면, 한 가지는 확실하게 말해둘 것이 있었다. 즉, 그는 수학을 좋아했는데, 그건 수학을 참을 수 없어하는 사람들 때문이었다. 그가 과학을 좋아한 방식은 단지 과학적인 것만도, 그렇다고 단지 인간적인 것만도 아니었다. 그는 과학이 자신의 범주에서 나온 모든 질문들 속에서 평범한 사람들과는 다르게 사유한다는 것을 알았다. 만약 과학적인 전망을 인생의 전망으로, 가설을 시도로, 진리를 행위로 바꾼다면, 그땐 어떤 주목할 만한 과학자나 수학자도 남지 못할 것이고, 그들의 저작은 그 용기와 전복적인 힘이라는 측면에서 역사의 위대한 행위자들에게 미치지 못할 것이다. 아직 자신의 추종자들에게 다음과 같이 말할 수 있는 사람은 세상에 없다. "너는 훔치고, 살인하고, 간음하거라. 우리의 가르침은 너의 죄의 더러운 웅덩이를 산 속에서 솟아나는 맑은 물로 바꿀 만큼 강인하단다." 그러나 과학에서는 2년마다 그때까지 잘못이라고 여겨졌던 것이 갑자기 뒤집히기도 하고, 불명확하고 멸시받던 사유가 새로운 사유방식의 지배자가 되기도 한다. 그리고 그러한 사건들은 전복적인 동시에 마치 야곱의 사다리처럼 우리를 더욱 높은 곳으로 인도하기도 한다. 과학의 진행은 마치 우화처럼 강력하고 걱정도 없으며 영광에 차 있다. 울리히는 사람들이 그것을 명확히 알지 못한다는 걸 알았다. 그들은 얼마나 많은 사유들이 실현될 수 있는지를 몰랐다. 만약 그들이 새로운 사유방식을 배운다면, 그들의 삶도 달라질 수 있을 것이다.

    이제 이런 질문도 한번 해볼 만하다. 세계는 이미 나쁜 길로 빠져버렸으므로, 지금쯤이면 다시 돌아와야 하는 지점에 이른 것은 아닐까? 하지만 이미 오래전부터 세계는 그에 대한 두 가지 답을 마련해놓았다. 왜냐하면 세계가 생겨난 이후, 대부분의 인류는 그의 젊은 시절에 만큼은 전복을 지지했기 때문이다. 그들은 좀더 이전 세대들이 현재에 집착하고, 머리로 생각하는 대신 가슴이나 한조각의 육체로 생각하는 것을 우습게 여겼다. 이 젊은이들에게 윗세대의 도덕적인 한심함은 지적인 한심함만큼이나 새로운 관계맺기의 실패로 비춰졌고, 그들 자신에게 타고난 도덕이야말로 성취와 영웅주의, 그리고 변화를 위한 도덕이 될 수 있다고 생각했다. 그러나 막상 그들에게조차 현실적인 시대가 찾아오면, 그들은 더이상 그것을 알지 못했고, 알려고 하지도 않았다. 그리하여 결국 수학이나 자연과학을 소명으로 받아들였던 많은 사람들이, 울리히의 경우에서처럼 그런 근거들을 가지고 학문을 하기로 결정한 것을 하나의 실수로 인정하게 되는 것이다.

그럼에도 불구하고 그가 몇해 전부터 해오고 있는 이 세번째 직업에서—전문가들에 의하면—그가 이룬 것이 만만치는 않다고 한다.

12.
스포츠와 신비주의를 이야기한 후
울리히가 사랑을 얻어낸 그 부인

보나데아 역시 위대한 이상에 사로잡힌 사람이었다.

보나데아는 울리히가 운 없게 폭행을 당했던 밤에 그를 구해주었고, 그 다음날 아침 베일을 걸친 채 그를 찾아왔던 바로 그 부인이다. 울리히는 그녀에게 보나데아^{Bonadea}, 즉 '선한 여신'이라는 이름을 붙여주었다. 왜냐하면 그녀가 그의 삶에 걸어 들어왔던 방식이 그러했고, 그 옛날 로마 신전에 있었던 순결의 여신 또한 모든 극단을 중용으로 돌려놓는 보기 드문 치환의 능력이 있었기 때문이다. 그녀는 자신이 그렇게 불리는 이유를 몰랐다. 다만 그가 선사한 그 울림 좋은 이름은 그녀의 마음에 들었고, 마치 화려하게 옷을 차려입듯이 그 이름을 걸치고 그를 찾아왔다. "그러니까 내가 당신의 선한 여신이라고요?" 그녀가 물었다. "당신의 보나, 데아?" 그리고 이 두 단어의 정확한 발음이 요구하는 것은, 그녀가 그의 목에 팔을 두르고 고개를 약간 들어올려 애정에 가득 찬 시선으로 그를 쳐다봐주는 것이었다.

보나데아는 전도유망한 한 남자의 아내였고, 잘생긴 두 아이의 다정한 엄마이기도 했다. 그녀가 좋아하는 말은 '아주 존경할 만한'이라는 말이었다. 그녀는 그 말을 사람들이나 하인들, 상점들 같은, 무언가 좋은 느낌을 받은 것들을 표현할 때 쓰곤 했다. 그녀는 마치 사람들이 '목요일'이라고 말하듯이, '진실한, 선한, 아름다운'이라는 말을 늘 자연스럽게 꺼낼 준비가 돼 있었다. 남편과 아이들의 품안에 안긴 평화롭고 이상적인 생활이라는 생각은 그녀의 지적 욕구를 아주 깊숙이 만족시켰다. 그러나 그 생각보다 깊이 들어간 곳엔 '나를 유혹하지 말아주세요'라는 어두운 영역이 떠돌고 있었고, 그 전율로 인해 빛을 뿜는 행복은 심지를 조금 낮춰 부드러운 불빛으로 변하곤 했다. 그녀가 가진 단 하나의 결점은 단지 남자의 시선 하나만으로도 너무 지나치게 흥분한다는 것이었다. 그렇다고 그녀가 남자를 밝히는 것은 아니었다. 그녀는 남들이 자신만의 고민을 가졌을 때 그러는 것처럼 민감할 뿐이었다. 가령 손에 땀을 쥔다든지, 얼굴색이 금세 변한다든지 하는 정도로 말이다. 그건 정말 그녀의 천성이어서, 한번도 그것과 맞서볼 수 없었다. 울리히를 그렇듯 낭만에 가득 차고 비범한 환상을 자아내는 상태에서 알게 되었을 때, 그녀는 첫 순간부터 연민의 먹잇감이 될 운명이었다. 처음엔 동정심으로 시작됐지만, 조금 지난 후에 그것은 금지된 비밀 속에서의 강렬한 투쟁으로 옮겨갔고, 급기야는 죄와 참회 사이의 시소게임으로 나아가게 되었다.

그러나 울리히는 그녀의 삶에 얼마나 많은 남자들이 모여 있는지를—신만이 알 수 있는—알았다. 그런 여자가 걸려들기라도 하면, 대부분의 남자들은 그 여자를 백치와 다름없이 여기고, 몇가지 손쉬운 방법으로 유혹할 수 있으며, 몇번이라도 같은 수법으로 넘어갈 거라고 생각하게 마련이다. 여자에 대한 남자의 몰입에 들어 있는 그 부드러운 감정이란, 마치 한조각의 고기 앞에 선 재규어의 으르렁거림 같은 것이다. 그때는 어떤 방해도 용납되지 않는다. 그 결과 보나데아는 종종 이중생활을 하게 되었고, 그것은 마치 일상에선 존경할 만한 한 시민이 그의 어두운 의식의 틈새에서는 열차 강도인 것과 비슷했다. 그리고 아무도 자신을 품에 안아줄 남자가 없을 때, 이 점잖고 조용한 부인은 자신을 품에 안아줄 사람을 얻기 위해 그녀가 해야 하는 거짓말과 치욕에서 비롯된 자기혐오로 괴로워했다. 관능이 고조될 때, 그녀는 우울해지고 부드러워졌다. 그녀는 열광과 눈물, 생생한 본능과 거부할 수 없이 다가오는 참회의 혼돈 속으로 빠져들었고, 이미 위협하듯 대기하고 있던 억압 앞에서, 우울을 뚫고 하나의 열정이 마치 검은 천에 싸인 북에서 풀려나오는 끊임없는 북소리처럼 울려퍼졌다. 하지만 그녀를 꼼짝 못하게 했던 두 나약함 사이의 고요한 참회의 순간에, 그녀는 고결함에 대한 요구들로 가득 찼고, 결국 이 과정이 그녀를 단순하지 않게 만들어주었다. 그리고 그 요구들이란, 인간은 진실되고 선해야 한다, 모든 불행을 동정해야 한다, 제국의 황실을 사랑해야 한다, 모든 존경받을 만한 것들을 존경해야 한다, 그리고 마치 병문안을 가는 것처럼 도덕적이고 부드럽게 행동해야 한다 같은 것들이었다.

   그런 일이 일어나지 않았다면, 상관할 바는 없는 것이다. 그녀는 자신의 행동을 정당화하기 위해 하나의 우화를 지어냈는데, 그것은 순수했던 신혼 초의 몇해 동안 남편이 그녀의 불행을 자초하고 말았다는 것이다. 울리히와의 사랑이 시작된 바로 직후부터, 그녀는 자신보다 나이도 엄청 많고 몸집도 큰 이 남편이 버릇없는 괴물처럼 보였다고 의미심장하고도 슬프게 말했다. 얼마 뒤 울리히는 그 남자가 자신의 분야에서 능력을 인정받은 전도유망한 법률가란 사실을 알게 되었다. 게다가 그자는 수렵애호가로서, 주로 예술이나 사랑보다는 남성적인 이야기들이 오고가는 사냥꾼들과 변호사들의 모임에서 환영받는 손님이었다. 이 선량하고 공평하며 쾌활한 남자에게 단 하나의 실패는 그의 부인과 결혼한 것이고, 그리하여 소위 말하는 법정용어를 그녀와 관계된 다른 남자들보다 훨씬 더 많이 쓰게 된 것이었다. 한 남자에게 복종하면서 수년간 쌓인 심리적 영향—마음속이라기보다는 머릿속에서 쌓인—은 보나데아에게 자신이 육체적으로 지나치게 고조돼 있고, 그러한 상상이 자신의 의식과 떨어져 있지 않다는 환상을 심어주었다. 그녀 자신도 알지 못하는 어떤 환경과 내적 억압을 혜택으로 누리고 있는 이 남자에게 보나데아는 묶이게 되었다. 그녀는 자신의 약한 의지 때문에 남편을 혐오했고, 남편을 혐오하기 위해 스스로를 나약하다고 느꼈다. 남편에게서 벗어나기 위해 때때로 그를 속이기도 했지만, 가장 적절하지 못한 순간에 그 또는 그와의 사이에서 태어난 아이들에 대해 말했고, 결코 완전히 그를 벗어나기 위한 준비가 돼 있지는 않았다. 많은 다른 불행한 여자들처럼, 그녀 역시 자신에게 단단하게 뿌리박힌 남편에 대한 혐오감을 자신의 태도로—다른 경우라면 그저 불안한 생활 정도였겠지만—받아들였고, 남편과의 투쟁을 통해 그로부터 벗어날 수도 있다는 새로운 체험을 향해 점점 나아갔다.

보나데아의 슬픔을 없애기 위해선 오로지 그녀가 빠져 있는 혼란

속의 억압적인 상황으로부터 빨리 벗어나게 하는 방법밖에 없었다. 그리고 그녀는 그렇게 해줄 남자에게 그녀의 나약함을 이용해달라고, 그리고 그 모든 감정을 없애달라고 말했다. 하지만, 그녀가 그것을 과학적으로 말해야겠다고 생각하고 '그 남자에게 경도된다'고 할 때, 그녀의 고통은 촉촉한 부드러움에 싸인 베일을 두 눈 위에 드리워놓았다.

13.
한 천재적인 경주마가
특성 없는 남자의 생각을 성숙시켰다

울리히가 자신을 전문분야에서 적지 않은 성과를 거둔 사람이라고 평가하는 것이 아주 의미없는 일은 아니었다. 그의 작업은 한 가지 깨달음을 준 것이다. 비록 진리라는 게 문제가 되는 곳이었지만, 그곳에선 찬양이 너무 많이 요구되는 곳이기도 했는데, 그 찬양은 교수 취득 자격이나 학위를 얻었든 못 얻었든, 단지 옛 학자들에게만 돌아가는 것이기도 했다. 좀더 정확하게 말하자면, 그는 사람들이 희망이라고 부르는 곳에 머물렀다. 그리고 학식의 공화국에서는 그 희망을 '공화민'이라고 불렀고, 그들은 다가올 발전에 대비해 많은 부분을 남겨두기보다는 자신의 모든 힘을 일에 쏟아붓는 사람들이었다. 그들은 개인적인 업적은 제한된 반면, 모든 사람들은 발전을 염원한다는 사실을 잊어버렸다. 그리고 도전하는 사람들의 사회적 의무가 무시되기도 했는데, 그 의무란 처음 시작하는 사람들은 몇년 동안 자신의 성과가 그 덕분에 다른 도전자들도 발전하게 되는 버팀목이 될 수 있도록 해야 한다는 것이다.

그러던 어느날 울리히는 그 희망을 포기하게 되었다. 그때는 이미 축구장이나 권투 링에서의 천재들이 이야기되기 시작했고, 단 하나의 천재적인 센터포드나 위대한 테니스 선수가 잘 보도되지도 않는 열 명의 발명가나 테너, 작가들보다 더 나은 시절이 돼버렸다. 그 새로운 정신은 자기자신을 확실히 느끼지 못했다. 그러나 그때 울리히는 어디선가 '천재적인 경주마'라는 기사를 읽었는데, 그 말은 마치 익기도 전에 떨어져버린 과일 같다는 느낌을 주었다. 그 기사는 세인들의 주목을 끌었던 한 경주마에 관한 것이었다. 그리고 그 기자는 세인들의 정신이 그에게 그 기사를 쓰도록 만든 영감의 거친 부분들에 대해선 완전히 모르고 있었다. 그러나 울리히는 단번에 천재적인 경주마가 자신이 살아온 모든 삶과 어떤 연관을 맺고 있는지를 알아챘다. 왜냐하면 말은 기병대에서 신성시하는 동물이었고, 유년 시절에만 해도 말과 여자 이야기 말고는 어떤 것도 들어보지 못했기 때문이었다. 그리고 그가 중요한 사람이 되기 위해 그 말을 떠나 여러 일에 매달린 후, 이제 자신의 노력이 어느 정점에 도달했음을 느꼈을 때, 그 말은 그를 앞질러 달려와 그에게 인사를 건네는 것이었다.

그것은 확실히 시기적으로도 일리가 있었다. 왜냐하면 우리가 존경할 만한 남성적인 정신에서 하나의 존재, 즉 도덕적인 용기, 확신의 힘, 마음과 덕에서 나온 확고함을 지닌 존재를 상상했던 것은 그리 오래된 일도 아니기 때문이다. 그때 우리는 빠름을 어떤 유치한 것으로, 계략을 믿지 못할 것으로, 활발함과 열정을 점잖지 못한 것으로 생각했다. 결국 그러한 존재는 더이상 남지 않았고, 고등학교의 교사들이나 이런저런 글쓰기에서나 구경할 수 있게 되었다. 그것은 이데올로기적인 환영이 되었고, 사람들은 새로운 유형의 인간성을 찾아내야만 했다. 주위에서 볼 수 있듯이, 새로 발견된 존재는 논리적인 개선을 할 줄 아는 창조적인 두뇌를 가지되, 잘 훈련된 육체로 싸울 준비도 돼 있는 책략가들이었다. 또한 어떤 일반적인 정신의 힘이란 게 있어서—그 힘은 침묵이나 불확실성에 침착하고도 영악하게 대응하는데—자신을 공격하는 지점이 육체적인 적인지 또는 문제의 취약성인지까지도 추측할 수 있게 잘 훈련돼 있기도 하다. 위대한 정신과 복싱 챔피언을 심리적·기술적으로 분석해보면, 그 둘의 교활함, 용기, 정확함과 기술, 그들에게 중요한 것에 대응하는 속도 같은 면에서 그 둘은 거의 다를 바가 없을 것이다. 그렇다. 실로 그들은 놀랄 만한 성과를 얻어내는 그들의 성품이나 능력이라는 면에서도 충분히 그 유명한 우리 안의 말과도 차이가 없을 것이다. 왜냐하면 그 울타리 안에서 벌어진 수많은 중요한 특성들은 무시 못할 것이기 때문이다. 여기에 덧붙여둘 것은, 경주마나 복싱 챔피언은 그들의 시합과 순위가 객관적으로 평가될 수 있다는 점에서, 그리고 그들 중의 최고는 실제로도 최고로 인정된다는 점에서 위대한 정신보다 우월하다는 것이다. 그리고 결국 이런 방식으로 스포츠와 아주 객관적인 시합은 천재나 인간적인 위대함이라는 낡은 개념을 몰아내고 그 자리를 차지하게 된 것이다.

그 점에서 울리히는 자신의 시대를 몇년 앞서 살았던 것이 틀림없었다. 왜냐하면 승리를 위해 1센티미터 또는 1킬로그램을 정확히 측정하는 바로 그런 방식으로 그가 학문에 매진해왔기 때문이다. 그의 정신은 스스로를 날카롭고 강한 것으로 증명해야 했고, 그 강함을 요구하는 일들을 수행해나갔다. 정신의 힘이 지닌 유쾌함은 하나의 기대였고, 전쟁과도 같은 게임이었으며, 미래에 대한 일종의 모호하고 교만한 요구였다. 이 힘을 가지고 그가 무엇을 이루려고 했는지는 불확실해 보였다. 그 힘으로 인간은 모든 것을 할 수 있기도 했고, 아무것도 할 수 없기도 했으며, 세상의 구원자가 될 수도, 범죄자가 될 수도 있었다. 정신의 상황은 대충 그런 식으로 마련돼가고 있었고, 그 상황으로부터 기계와 발견의 세계는 새로운 보급품들을 조달받고 있었다. 울리히는 학문을 준비나 단련, 또는 일종의 연습으로 생각했다. 그러나 이 생각이 너무 메마르고, 날카롭고, 편협하고, 전망이 없음이 밝혀졌을 때, 그것은 마치 육체나 의지에 엄청난 압박을 받아 일그러진 표정에 드러나게 마련인 결핍과 긴장처럼 받아들여졌다. 그는 수년간 그 궁핍을 사랑했다. 니체의 말처럼, 그는 '진실을 위해 영혼을 굶주리게 할 수 없는' 사람들을 경멸했다. 후회하는 자들, 용기없는 자들, 연약한 자들이 바로 그들이었으며, 그들은 머릿속에 양식 대신에 종교적이고 철학적이며 꾸며낸 듯한 느낌을 주는 돌—마치 우유에 푹 적셔진 식빵 같은—을 집어넣기 때문에, 그들의 영혼을 그저 허튼 소리로 위로할 뿐이었다. 니체의 견해에 의하면, 금세기의 모든 인간들은 하나의 탐험에 나서고 있고, 다음과 같은 자부심을 가지도록 요구받고 있다. 즉, 모든 쓸데없어 보이는 질문들엔 '아직은 아니다'라는 대답을 해주고, 임시방편이 원칙이 되는 삶, 그러니까 후세의 누군가가 달성해줄 목표를 머릿속에 담고 사는 삶을 살아간다는 것이다. 과학은 강하고 냉정한 지성이라는 개념을 발전시켜왔고, 그 때문에 인류의 오래된 형이상학적이고 윤리적인 생각들이 견딜 수 없게 된 것도 사실이다. 비록 그 자리에 언젠가 지성을 정복하게 될 인류가 영혼의 결실을 맺은 골짜기로 내려온다는 희망을 계속 부여하기는 했지만 말이다.

하지만 어디까지나 그건 예언적인 거리에서 가까운 현재를 바라보기를 포기하지 않을 때, 그리고 경주마가 천재적이라고 불리는 걸 읽지 않아도 될 때 적절한 것이었다. 다음날 아침, 울리히는 왼쪽 발로 자리를 차고 일어나 오른쪽 발로 망설이며 슬리퍼를 더듬었다. 그건 바로 몇주 전에 그와 함께 다른 도시에서 이 도시로 온 슬리퍼였다. 창문 아래 갈색의 아스팔트에선 벌써 차들이 달려가고 있었다. 맑은 아침 공기가 스며들기 시작했고, 하루의 상쾌함이 느껴졌다. 그에겐 마치 출근하기 전의 그 많은 사람들처럼 커튼 사이로 비치는 우윳빛 같은 햇살 아래서 여느 때처럼 그의 벗은 몸을 앞뒤로 움직이고, 엉덩이를 바닥에서 떼며 다시 일어나 주먹으로 샌드백을 타닥, 소리나게 치는 것이 표현할 수 없을 정도로 무의미하게 생각되었다. 하루의 한 시간, 그것은 깨어 있는 열두 시간 중의 한 시간이었고, 단련된 육체에 환영을 불어넣기에 충분한 한 시간이었으며, 모든 모험을 받아들일 준비가 돼 있는 사람들을 만족시켜주는 한 시간이기도 했다. 그러나 그것은 별 의미없는 기대이기도 했는데, 왜냐하면 아무에게도 그 준비에 값할 만한 모험은 일어나지 않기 때문이었다. 두려울 만큼 여러 방법으로 마련되곤 하는 사랑도 결국은 그와 똑같게 마련이었다. 결국 울리히는 자신의 학문에서도 마치 이 산봉우리와 저 산봉우리를 아무런 목표지점 없이 옮겨타는 듯한 자신을 발견했다. 그는 생각하고 느낄 어떤 새로운 방식의 조각들을 얻었다. 그러나 새시대가 안겨준 그 처음의 강렬한 순간은 점점 더 많아지는 조각들 속으로 사라져버렸고, 처음엔 그가 생의 원천이라 믿으면서 그 물을 마셨다면,

지금은 그의 열망조차 바닥이 날 정도로 다 마셔버린 꼴이 되고 말았다. 그때 그는 그 위대하고 전도유망한 직업을 중도에서 그만두었다. 한편으로 그의 동료들은 마치 무자비하게 속물적인 관료나 논리학의 안전보장 요원처럼 보였고, 다른 한편으론 세계를 숫자나 형태 없는 관계들의 환상으로 만드는, 이상하게 창백한 마약중독자처럼 보이기도 했다. 그는 생각했다. '신이여! 제가 평생토록 수학자로 살기 싫어해도 되는 거겠죠?'

 그렇다면 그는 도대체 무엇이 되고 싶었을까? 그때라면 철학자가 되어야 마땅했을지도 모르겠다. 하지만 당시의 철학은 그에게 디도의 이야기에 나오는 잘려진 황소가죽(카르타고의 전설의 여왕 디도는 황소가죽을 늘려 토지의 영역을 표시했다고 함―옮긴이)을 생각나게 했고, 과연 그 가죽으로 사람들이 왕국을 바꿀 수 있을지는 불확실한 상태였으며, 철학에서 새로운 것이라는 게 그가 생각해왔던 것과 그리 다르지 않았으므로 크게 매력을 느낄 수도 없었다. 단지 그는 확실히 알고 있었다고 믿었던 어린 시절 자신의 꿈에서 아주 멀리 떨어져버린 것 같다고만 말할 수 있었다. 굉장히 명확하게 울리히는 자신의 시대가 총애하는 능력과 특성이 자신 안에 있음을 발견했지만, 그 능력을 적용할 만한 가능성은―그가 별로 필요로 하지 않았던 돈을 버는 일 빼고는―그에게서 사라져버렸다. 그리고 결국 축구선수나 경주마가 천재가 되는 마당에, 자신을 구원하는 길이란 특성을 이용하는 수밖에 없었기 때문에, 그는 삶에서 1년 동안을 자신의 능력을 적용할 곳을 찾는 데 보내기로 결정한 것이다.

14.
청년 시절의 친구들

고향에 돌아온 이후, 울리히는 벌써 몇번이나 클라리세^{Clarisse}와 발터^{Walter}를 만났다. 다행히 두 친구가 여름여행을 떠나지 않아서 몇년 동안이나 만나지 못했던 그들을 다시 만날 수 있었다. 울리히가 찾아올 때마다, 그 둘은 피아노를 쳤다. 그들은 한 곡을 끝마치기 전까지 그가 온 것을 알아채지 못하는 걸 당연하게 여겼다. 이번에는 베토벤의「환희의 송가」였다. 니체가 표현했듯이, 셀 수 없이 많은 것들이 전율에 휩싸여 먼지 속으로 가라앉았고, 적대적인 경계들이 무너졌으며, 세계의 조화라는 복음이 다시 중재에 나서서 분리된 것들을 결합시키고 있었다. 그들은 말하고 걷는 방법도 배우지 못한 채 춤을 추며 공기중으로 날아올랐다. 얼굴은 붉게 상기되었고, 몸은 뒤틀렸으며, 고개는 획획 앞뒤로 흔들렸고, 쫙 벌려진 손가락은 장승처럼 일어서는 소리의 무리들 위를 두들겨대고 있었다. 뭐라고 측정할 수 없는 일들이 벌어지고 있었다. 그것은 의미도 없고 경계도 없는, 뜨거운 감정으로 가득 찬 채 터질 듯이 부풀어오른 풍선 같았고, 흥분된 손끝, 긴장된 이마의 주름, 그리고 갈비뼈의 경련에서부터 새로운 느낌이 격렬한 개인의 격정 속으로 퍼져나가고 있었다. 그들은 얼마나 오랫동안 저 연주를 반복하고 있었을까?

울리히는 언제나 이빨을 드러낸 채 열려 있는 그것을, 주둥이가 크고 다리가 짧은, 닥스훈트와 불도그를 섞어놓은 듯한 우상인 피아노를 견뎌낼 수 없었다. 피아노는 친구들의 삶을 굴복시켰고, 심지어는 벽에 걸린 그림과 예술적으로 만들어진 가구들의 빼빼 마른 외형까지도 굴복시켰다. 집안에 하녀가 없고, 오직 요리와 청소를 위해 들르는 가정부만 있다는 사실조차 그런 굴복의 일부분인 것 같았다. 이 집의 창 뒤로는 오래된 나무군락과 쓰러질 듯한 오두막과 뒤섞인 포도밭이 흔들리는 숲까지 뻗어 있었다. 그러나 큰 도시의 외관이 시골로 밀고 들어간 지역이 대부분 그렇듯이, 그 근방의 모든 것들은 무질서했고, 삭막했으며, 듬성듬성했고, 녹슬어 있었다. 그러한 전경前景과 사랑스런 후경後景 사이에서, 그 악기는 활을 잡아당기고 있었다. 부드러움과 영웅심 섞인 불화살은 어둡게 빛나면서 벽을 뚫고 날아갔고, 멋진 소리의 재가 되어 부서지긴 했지만, 숲으로 이어진 길의 중간쯤 선술집이 자리잡은 소나무숲 언덕에도 채 닿지 못한 채, 몇백 걸음만큼의 거리에서 가라앉고 말았다. 그러나 그 방은 다시 피아노를 울리게 할 수 있었고, 그 백만 개의 소리 중 하나는, 마치 발정난 수사슴처럼 그 소리를 뚫고 영혼을 전체로 끌어들이며 소리쳤다. 그리고 그 소리에 대답할 수 있는 건 오직 수천의 다른 고독한 것들 중 그것과 경쟁하며 전체 속으로 울부짖으며 끌려들어가는 같은 종류의 영혼뿐이었다. 이 집에서 울리히가 강인한 태도를 취하는 까닭은 그가 음악을 의지의 실패로, 그리고 마음의 혼란이라고 주장했기 때문이었다. 그는 생각보다 음악을 과소평가했다. 그때 발터와 클라리세에겐 음악이야말로 최고의 희망이자 불안이었기 때문에, 그들은 울리히의 태도를 일부 비난하기도 했고, 다른 한편으론 그를 악한 영혼이라며 높이 평가해주기도 했다.

연주가 끝났을 때, 발터는 기운이 다 빠져 녹초가 된 채 피아노 앞의 반쯤 돌아간 의자에 창백하게 앉아 있었다. 그러나 클라리세는 일어서서 방문객에게 발랄하게 인사했다. 그녀의 손과 얼굴엔 아직 연주가 남긴 전기적인 충전감이 전율을 일으키고 있었고, 그녀의 웃음 사이로는 환희와 환멸 사이의 긴장이 뚫고 지나갔다.

"개구리 왕자!" 클라리세는 발터 또는 음악을 향해 고개를 끄덕이며 말했다. 울리히는 다시금 그녀와 자신 사이의 끈이 지닌 그 탄력있는 힘을 느꼈다. 클라리세는 저번 방문 때 무서운 꿈에 대해 말해주었다. 한 미끈미끈한 생명체가 그녀를 강제로 잠 속으로 밀어넣었는데—그 생물은 배가 볼록하고 부드러웠으며 섬뜩했다—그 커다란 개구리는 발터의 음악을 의미한다고 했다. 두 친구는 울리히에게 감추는 게 별로 없었다. 울리히에게 별 인사도 하지 않은 채, 클라리세는 등을 돌려 재빨리 발터에게로 갔고, 아무 영문도 모르는 발터에게 또 한번 개구리 왕자라고 외쳤다. 그리고 그녀는 아직 음악의 떨림이 남아 있는 손으로 고통을 주듯 거칠게 그의 머리카락을 잡아당겼다. 그녀의 남편은 사랑스럽고 어리둥절한 표정을 지었고 음악의 끈적끈적한 공허로부터 한발 물러섰다.

그후 울리히와 클라리세는 발터를 혼자 두고 저녁 무렵의 햇살이 비스듬히 내리꽂히는 화살 같은 석양 속을 산책했다. 발터는 다시 피아노 곁으로 돌아갔다. 클라리세가 말했다. "무언가 위험한 일을 막는 능력은 생명력이 지닌 힘이야. 위험한 것은 쓸데없는 낭비를 끌어내게 마련이지. 어떻게 생각해? 만약 예술가가 지나치게 도덕에 집착하면 그건 나약함의 증표일 뿐이라고 했던 니체 말이야." 그녀는 작은 둔덕 위에 앉았다.

울리히는 어깨를 으쓱해 보였다. 3년 전 클라리세가 그의 젊은 친구와 결혼했을 때, 그녀는 스물두살이었고, 결혼식 때 그는 니체의 작품을 선물했었다. "내가 발터라면, 니체에게 결투를 신청해보겠어." 그는 웃으며 대답했다.

클라리세의 가냘픈, 옷 안에서 부드러운 선을 만들며 움직이는 등이 마치 활처럼 펼쳐졌고, 그녀의 얼굴 또한 심하게 긴장했다. 그녀는 근심스러운 듯이 등을 돌린 채 가만히 있었다.

"너는 아직 소녀 같아. 영웅심이 있는 것도 여전하고…." 울리히가 덧붙였다. 그 말은 질문 같기도 했고, 그렇지 않은 것 같기도 했으며, 조금은 농담이었지만 또 조금은 부드러운 칭찬이기도 했다. 클라리세는 그가 무슨 말을 하는지 몰랐다. 하지만 방금 그가 말한 두 표현은 마치 짚으로 엮은 지붕을 꿰뚫고 지나가는 불화살처럼 그녀의 마음속을 뚫고 들어갔다.

여기저기서 제멋대로 퍼올린 소리의 물결이 그들 곁으로 다가왔다. 울리히는 발터가 바그너를 연주했던 지난 몇주 동안 클라리세가 그와의 육체관계를 거부했다는 걸 알고 있었다. 그럼에도 그는 바그너를 연주했다. 마치 소년 시절의 악습을 되풀이하는 듯한 꺼림칙한 마음으로.

클라리세는 울리히가 발터에 대해 얼마나 알고 있는지 묻고 싶었는지도 모른다. 발터는 어떤 것도 비밀로 남겨두지 못했다. 그러나 그녀는 묻기가 부끄러웠다. 그때 울리히 역시 그녀 곁의 작은 둔덕에 주저앉았고, 그녀는 전혀 다른 말을 꺼내고 말았다. "너는 발터를 좋아하지 않아." 그녀가 말했다. "그의 진실한 친구는 아니지." 그 말은 도전적으로 들렸지만, 그녀는 웃고 있었다.

울리히는 예상치 못했던 대답을 했다. "우린 어린 시절부터 친구야, 클라리세. 그러니까 네가 아직 아이였을 때, 이미 우린 지난 시절의 우정으로 명백한 관계를 맺고 있었지. 우린 아주 오래전부터 서로를 존중해주었고, 지금은 마음속 깊은 곳에서부터 서로를 불신하게 되었어. 우리 둘은 서로를 혼동했던 그 고통스런 기억에서 벗어나고 싶어 했고, 그래서 서로에게 잔혹할 정도로 정직하고 왜곡된 거울이 돼주고 있는 거야."

"그래서 너는," 클라리세가 말했다. "발터가 무언가를 성취할 거라고 믿지 않는 거니?"

"운명의 타격에 의해서가 아니라, 단지 예정된 한계 때문에 재능있는 청년이 자신을 평범한 사람으로 받아들여야 하는 것만큼 견디기 힘든 일은 아마 없을 거야."

클라리세는 입술을 꽉 다물었다. 생각하기 전에 믿음을 가져야 한다는 그 옛날 젊은 시절의 약속이 그녀의 가슴을 뛰게 했지만, 그건 한편으론 고통스러운 것이기도 했다. 음악! 그 소리는 점점 그들 쪽을 파헤쳐 다가오고 있었다. 그녀는 그 소리를 들었다. 잠시 침묵하는 동안, 격앙에 찬 피아노 소리는 더욱 분명하게 들려왔다. 주의를 기울이지 않으면, 그 소리는 마치 둔덕으로 솟아오르는 흔들리는 불꽃처럼 보였을 것이다.

아마도 발터가 어떤 사람인지를 말하기란 정말 쉽지 않았을 것이다. 비록 서른넷이 넘었고 얼마 전부터 어떤 예술기관에서 일하고 있긴 했지만, 그는 표현력있고 풍부한 눈을 가진 호감 가는 남자였다. 그 편안한 자리는 그의 아버지가 마련해주었고, 만약 그 자리를 거부한다면 생활비도 주지 않겠다는 협박까지 받았다. 사실 발터는 화가였다. 대학에서 예술사를 공부하는 동시에 국립아카데미의 회화반에서 작업을 했고, 그후엔 한동안 아틀리에에 머물기도 했다. 클라리세와 함께 이 탁 트인 하늘 밑의 집으로 이사왔을 때는 신혼 초였고, 여전히 그는 화가였다. 하지만 지금, 그는 다시 음악가가 된 것처럼 보였고, 연애시절의 그 10년 동안에는 이일저일을 전전했었다. 결혼을 하려고 문학잡지의 편집일을 하던 때 그는 시인이었고, 극단 업무를 보기도 했으며, 몇주 후에는 결혼을 포기하고 무대감독이 되었다. 반 년 후엔 그 일에도 역부족임을 깨달았고, 결국 그의 아버지와 장인 될 분이 넓은 마음을 가지고 있음에도 불구하고 견디기 힘들어할 때까지 미술 선생님, 음악 비평가, 은둔자 등의 생활을 하며 지냈다. 나이 든 사람들은 그에게 의지가 부족한 거라고 판단하는 데 익숙해져 있었다. 그러나 이렇게 생각할 수도 있었는데, 즉 그가 평생 동안 그저 아마추어 팔방미인이었을 뿐임에도, 놀랍게도 발터의 미래에 대해 열광적인 평가를 보내주는 음악, 미술, 문학의 전문가들이 늘 있어왔다는 것이다. 울리히의 인생은 정반대였다. 울리히는 모두가 인정하는 가치있는 몇가지 일들을 끝내긴 했지만, 누군가 그에게 와서 이렇게 말하는 경우는 한번도 없었다. '댁은 제가 늘 찾던 분입니다, 우리는 댁 같은 사람이 나타나길 기다리고 있었습니다!' 발터의 삶에서 이런 일은 세 달에 한 번씩은 일어났다. 그리고 모두가 권위있는 비평가들은 아니었지만, 그들은 모두 영향력이 있었고, 전망있는 제안, 진행 중인 프로젝트와 일자리, 인맥과 자원을 가지고 있었으며, 그들이 발굴해낸 발터에게 이 모든 것을 제공했다. 그 결과 발터는 다채로운 인생 역정을 겪을 수 있었다. 어느 하나의 재능에 수렴되지 않을 것 같은 분위기가 그를 둘러쌌다. 아마도 그건 위대한 천부적 재능이라고 할 만한 그런 재능이었을 것이다. 또한 이것이 아마추어 예술주의라면, 독일어권 세계의 지적 삶은 거의 이러한 아마추어 예술주의에 의지하고 있었을 것이다. 왜냐하면 바로 이런 천부적인 재능은 재능을 타고난 사람들의 모든 계층에서 발견되었으며 어느 모로 보나 그들에겐 뭔가 부족한 것이 있는 것처럼 보였기 때문이다.

발터에겐 이 모든 것을 꿰뚫어보는 재능도 있었다. 비록 그 역시 보통사람들처럼 자신의 성공을 스스로의 공로로 믿고 싶어했지만, 그가 가진 특권의 힘으로 그렇게 쉽고 운좋게 상승가도를 달리는 것은 마치 불안정한 체중미달처럼 항상 그를 괴롭혔다. 또한 그는 자주 행동과 인간관계를 갈아치웠는데, 그것은 어떤 변화무쌍함에서 비롯된 것이 아니라 분노에서 촉발된 엄청난 마음의 혼란 탓이었고, 그래서 그는 기반이 이미 흔들리는 조짐이 있는 땅에선 뿌리를 내리기도 전에 자신의 내면의 순수함을 찾아 헤맸다. 그의 삶은 격렬한 체험의 연속이었으며 거기에서 모든 타협에 저항하는, 그러나 그런 방식으로는 고립밖에 자초할 것이 없음을 깨닫지 못하는 영웅적인 영혼의 투쟁이 빚어졌다. 그가 항상 천재들이나 그렇듯 자신의 지적인 순전함을 위해 투쟁하고 고통당했기 때문에, 또한 그리 위대하지 않은 재능을 위해 모든 것을 투자했기 때문에 운명은 그를 조용히 무^{無}의 궤도 깊은 곳으로 데려갔다. 그는 결국 아무것도 그를 방해하지 않는 곳까지 이르렀다. 그 조용하고, 예술시장의 찌든 때에서 멀리 떨어졌으며 반쯤 학자 같은 그의 직업은 그에게 자기 내면의 목소리에 완전히 집중할 수 있는 시간과 독립성을 보장해주었다. 사랑하는 여인을 소유했으니 어떤 마음의 상처도 없었고, 그들이 결혼 직후 얻은 '고독의 가장자리에 있는' 그 집은 창작에 더할 나위 없이 적합했다. 하지만 더 정복할 일이 없어지자 뜻하지 않은 일이 벌어졌다. 그토록 오랫동안 위대한 작품을 창작하겠다며 노력했건만 결국 실패한 것이다. 발터는 더이상 작업을 이어가지 못할 것처럼 보였다. 그는 작품을 숨기거나 버렸다. 그는 매일 아침, 그리고 집에 돌아온 오후에는 문을 걸어잠갔다. 닫힌 스케치북을 들고 긴 산책을 나갔지만 나오는 것은 거의 없었고 작품을 아무에게도 보여주지 않거나 찢어버렸다. 그에게는 이것에 백 가지의 서로 다른 이유들이 있었다. 대체로 최근 그의 세계관은 급격하게 변하기 시작했다. 클라리세가 열다섯살 때부터 그와 나누던 개념인 '시대예술'이니 '미래예술' 같은 말을 그는 더이상 하지 않았고, 어떤 것들과는 선을 그었으며—가령 음악에서는 바흐^{Bach}, 문학에서는 슈티프터^{Stifter}(19세기 오스트리아 소설가—옮긴이), 그림에서는 앵그르^{Ingres}(19세기 프랑스 고전주의 화가—옮긴이) 같은 작가들과—앞으로 올 것들은 허풍에 찬 데다 퇴폐적이며, 극단적이면서도 방탕한 것이라고 설명했다. 그는 지금처럼 지적인 뿌리가 오염된 시대에 순수한 재능은 무엇보다 창작을 포기해야 한다고 점점 더 격렬하게 주장했다. 그러나 그런 강력한 말을 내뱉었음에도 불구하고 그는 집에 틀어박히자마자 항상 바그너의 음악을 뿜어내기 시작하는 모순을 보여주었는데, 그 음악은 그가 몇해 전까지만 해도 속물적이고 허풍에 찬, 퇴폐적 예술의 전형으로 경멸하기 위해 클라리세에게 가르치던 것으로 지금은 진하게 양조된 뜨겁고 얼얼한 술처럼 그를 중독에 빠트렸다.

클라리세는 이것에 저항했다. 그녀는 벨벳 재킷과 베레모 때문에 바그너를 싫어했다. 그녀는 무대디자인으로 세계적인 명성을 얻은 화가의 딸이었다. 어린 시절을 무대장치와 분장용 화장품의 세계에서 보냈고, 연극, 오페라, 아틀리에에서 사용되는 세 가지의 각기 다른 전문용어와 함께 생활했으며 벨벳, 카펫, 천재, 표범가죽, 장신구, 공작깃털, 함, 류트 같은 것들에 둘러싸여 있었다. 그래서 마음속 깊이 예술의 모든 쾌락을 증오했고, 그것이 새로운 무조음악의 기하학이든 지 아니면 근육표본처럼 낱낱이 해부되어 밝혀진 고전음악 형식이든 지 소박하고 꾸밈없는 것에 더 마음이 끌렸다. 그녀가 아식 저녀 때의 교양에 머물러 있을 때 이런 정보들을 처음 제공한 사람이 바로 발터였다. 그녀는 그를 '빛의 왕자'라고 불렀고, 아주 어릴 때부터 그 둘은 발터가 왕이 되기 전까지는 결혼하지 말자고 서로 맹세했다. 그가 감행한 변신과 계획의 역사는 고스란히 지금의 그녀를 만든 고통과 환희의 역사가 되었다. 클라리세에게는 발터만큼의 재능이 없었고, 그녀 역시 늘 그것을 느꼈다. 하지만 그녀는 천재란 의지에 달려 있다고 생각했다. 왕성한 에너지로 그녀는 음악수업을 자기 것으로 만들기 위해 노력했다. 그녀에게 음악적 소양이 없을 가능성은 거의 없었고 힘줄이 잡힌 열 개의 손가락과 결단성까지 갖추고 있었다. 그녀는 하루종일 연습했으며 마치 뼈만 남은 열 마리의 황소가 엄청나게 무거운 짐승을 땅에서 몰아내듯 손가락을 놀렸다. 그림 역시 같은 방식으로 익혔다. 그녀는 열다섯살 때부터 발터를 천재로 생각했는데 오로지 천재와 결혼하겠다는 마음을 늘 굳게 가졌기 때문이다. 그녀는 발터가 성공하지 못하는 것을 용납하지 못했다. 그리고 그의 좌절을 알아차렸을 때 숨통을 조이는, 천천히 변화하는 삶의 분위기에 격렬하게 저항했다. 그때는 발터에게 어떤 인간적인 따뜻함이 필요한 때일 수도 있었고, 그런 무능함으로 고통받고 있을 때는 마치 우유와 잠을 청하는 아기처럼 그녀의 품에 뛰어들려고 했다. 하지만 클라리세의 작고 예민한 몸은 전혀 모성적이지 않았다. 그녀는 마치 기생충이 자기 몸을 뚫고 들어와 편안하게 자리를 잡는다는 느낌을 받았고 그래서 그에게 저항했다. 그녀는 그가 위안받기를 원하는, 세탁장에서 솟아오르는 온기를 비웃었다. 그건 잔인한 일일 수도 있었다. 하지만 그녀는 위대한 남자의 아내가 되고 싶었고 그래서 운명과 한판 씨름을 벌이고 있었다.

울리히는 클라리세에게 담배 한개비를 권했다. 그가 생각한 것을 그렇게 함부로 말한 후에, 무슨 말을 해야만 했을까? 그들이 내뿜은 담배연기는 석양의 빛을 쫓아가다가, 다시 조금 떨어진 곳에서 함께 섞였다.

'울리히는 그것에 대해 얼마나 알고 있을까?' 둔덕에 앉아 클라리세는 생각했다. '아, 그가 어떻게 그런 투쟁을 할 수 있단 말인가!' 그녀는 음악이 주는 격정과 육욕이 그를 억누르고 그녀의 저항이 그에게 어떤 탈출구도 만들어주지 않을 때, 거의 무^{無}에 가깝도록 고통스럽게 일그러지던 발터의 얼굴을 떠올렸다. 아니었다. 울리히는 마치 사랑과 증오, 두려움과 그 높은 곳이 주는 의무로 히말라야 산맥 위에 세워진 것 같은 고통스런 사랑의 게임이 무언지 알지 못하는 게 분명했다. 그녀는 수학에 대한 고견도 없었고, 결코 울리히를 발터처럼 재능있는 사람으로 생각하지도 않았다. 하지만 그게 야만보다 나은 것일까? 예전에 분명히 울리히는 비교가 안 될 정도로 발터보다 테니스를 잘쳤다. 그리고 그녀는 그의 과감한 스트로크에서 원하는 것은 무엇이든 할 수 있다는 듯한 격렬한 느낌을 받았고, 그 느낌은 발터의 그림이나 음악, 또는 생각에서는 결코 찾아볼 수 없는 것이었음을 기억해냈다. 그녀는 생각했다. '아마 울리히는 우리에 대한 모든 것을 알고 있을지도 몰라. 그러면서도 아무것도 말하지 않는 거겠지.' 결국 조금 전까지만 해도 그는 그녀의 영웅심을 신랄하게 비웃었던 것이다. 그 둘 사이의 침묵에서 이상한 긴장감이 감돌았다.

하지만 울리히는 생각했다. '10년 전의 클라리세는 얼마나 친절했던가. 반쯤은 어린아이였던 그녀는 그들의 미래에 대한 신뢰를 불꽃처럼 마음속에 품고 있었지.' 그녀와 불편한 사이가 된 것은 바로 발터가 그녀와 결혼했던 때부터였다. 그때 그녀는 그 불쾌한 자아를 둘로 쪼갰고, 그건 남편을 열렬히 사랑하는 여자가 흔히 다른 남자를 견뎌내지 못하는 그런 종류의 것이었다. '그래도 이젠 많이 좋아졌지.' 그는 그렇게 생각했다.

15.
정신의 혁명

지난 세기전환기 직후의, 지금은 잊혀졌지만 사람들이 새로운 세기가 젊다고 착각했던 시대에, 발터와 울리히는 청년 시절을 보냈다.

그 이전 세기의 후반 50년은 결코 두각을 나타냈던 시기는 아니었다. 기술이나 상업, 연구 같은 점에선 뛰어난 시기였으나, 그처럼 시대의 열정이 초점을 맞췄던 분야를 제외하고는 마치 늪처럼 움직임도 없었고 성과도 없었던 시기이기도 했다. 그것은 마치 괴테나 실러 같은 대가들을 모방한 시작품, 또는 고딕과 르네상스 양식으로 지어진 집들로 그려질 수도 있을 것이다. 그 같은 이상에 대한 요구는 마치 경찰청이 그러하듯이 삶의 모든 표현들을 지배하고 있었다. 그러나 과장하지 않고는 아무것도 모방해내지 못하던 그 이상한 법칙에 힘입어, 당시의 모든 것들은 마치 그처럼 위대한 작품은 이전에 한번도 없었던 것이기나 한 것처럼 법칙에 딱딱 맞춰 제작되었고, 아직까지도 그 흔적들은 거리에서나 박물관에서 흔히 볼 수 있었다. 또한 이와 상관이 없었을지도 모르겠지만, 너무나 정숙해서 항상 옷을 귀에서부터 땅까지 끌리게 덮어 입던 그 부끄러움 많은 여자들까지도 가슴의 곡선이나 풍만한 엉덩이는 꼭 드러냈던 시대이기도 했다. 아무튼 어떤 이유에서든지 우리와 우리 아버지 세대에 끼여 있던 그 30년 또는 50년만큼 우리가 잘 알고 있었던 시대도 없었다. 그러므로 이런 점을 기억해두는 것도 좋을 것이다. 즉, 저열한 시대엔 역겨운 건축물이나 시조차도 가장 최고의 시대의 것과 똑같은 법칙으로 만들어지고, 이전 시대의 성취들을 파괴하는 데 참여했던 사람들은 그 성취를 능가했다고 생각하며, 그런 시대의 핏기없는 젊은이들조차 자신의 젊은 피가 다른 시대의 새세대만큼이나 충분하다고 착각하게 되는 것이다.

그리고 그렇듯 낮게 가라앉았던 시대 직후에 매번 갑자기 작은 정신의 상승이 찾아온다는 것은 놀라운 일이었다. 그때처럼 말이다. 그 잔잔하던 19세기의 마지막 20년 동안 갑자기 전유럽에서 하나의 고무적인 열정이 솟아오른 것이다. 아무도 무엇이 진행되고 있는지 정확히 몰랐다. 아무도 그것이 새로운 예술인지, 새로운 인간인지, 새로운 도덕이나 혹은 사회계층의 변화인지를 말할 수 없었다. 그리하여 모든 사람들은 자신의 상황에 맞는 이야기만을 했다. 도처에서 옛것에 도전하는 투쟁이 일어났다. 모든 곳에서 갑자기 올바른 소리를 하는 사람들이 나타났고—이건 중요한 일인데—실용적인 관심사를 가진 사람들이 지적인 관심사를 가진 사람들과 제휴하기 시작했다. 예전 같으면 억눌림을 당했거나 공적인 삶에서는 발휘될 수 없었던 재능들이 점점 발휘되었다. 그 재능들은 너무도 다양했고, 추구하는 목표도 서로 달랐다. 우월한 자가 숭배되었고, 열등한 자도 숭배되었다. 사람들은 건강한 몸과 태양을 찬양했고, 폐병 걸린 소녀의 연정을 찬양했다. 영웅과 지도자들에 대한 열광적인 지지가 생겨났다. 신뢰심이 있으면서도 의심했으며, 자연스러운 것 같으면서도 어색했고, 튼튼하면서도 병약했다. 한편으로 사람들은 궁전의 오솔길, 가을 정원, 유리같이 빛나는 연못, 보석, 대마초, 병, 악마 등을 생각했지만, 다른 한편으로는 대초원, 광대한 지평선, 용철로와 분쇄기, 홀딱 벗은 레슬러, 노예 봉기, 인류의 조상과 사회붕괴 등을 생각하기도 했다. 이것들은 모순적이었고 아주 다양한 목소리들이었음에 틀림없지만, 하나의 공통적인 숨소리를 내기도 했다. 즉, 그 시대를 해부해보면, 마치 나무로 된 철의 사각 원 같은 비상식적인 것이 튀어나왔지만, 사실 그 모든 것들은 흐릿한 의미의 잔광 속으로 사라져버리고 말았다. 세기 전환기의 마법적인 날들에서 생겨난 그 환영은 너무나 강력해서, 어떤 사람들은 아직 검증도 되지 않은 새세기 속으로 열광하며 빠져들었고, 다른 사람들은 마치 어차피 돌아나올 것이 뻔한 집에 들어가듯이 옛것 속으로 재빨리 들어가버리기도 했다. 누구도 그 두 가지 태도 사이의 차이를 심각하게 느끼지 못하면서 말이다.

원하지 않는다면 지나간 '운동'을 지나치게 과대평가할 필요는 없다. 그것은 정말 마르고 불안정한 인간들인 지식인들에게만 영향을 주었다. 그들은 세계의 모든 다양한 세계관에도 불구하고 쪼개질 수 없는 세계관을 지닌 채 신의 도움으로 다시금 최고의 위치에 올라선 사람들이었고, 하나같이 경멸받고 있었으며, 대중들에겐 어떤 영향도 미치지 못하고 있었다. 아무튼 비록 역사적인 사건이 일어난 것은 아니지만, 작은 일 정도는 일어난 셈이었으며, 두 친구 발터와 울리히는 그런 작은 빛의 흔들림을 체험하며 청년 시절을 보냈다. 마치 단 하나의 바람에 숲이 흔들리듯이, 그 시절에 신념의 혼란을 뚫고 무언가가 스쳐지나갔다. 그것은 이교도 정신이거나 개혁 정신이었고, 상승과 전진이라는 축복받은 감각이기도 했으며, 전성기에나 일어나는 하나의 작은 종교개혁이었다. 누구라도 그 세계에 들어선 사람은, 첫발을 내딛는 곳에서 정신의 숨결이 뺨을 스치는 것을 느꼈을 것이다.

16.
신비에 찬 시대의 병

'정말 그리 오래된 일도 아닌데.' 울리히는 다시 혼자가 되자 생각했다. 특이하게도 두 젊은이에게는 아주 심오한 생각들이 그 누구보다도 먼저 떠오를 뿐만 아니라 둘 사이에서 동시에 떠오르기도 했다. 왜냐하면 한 사람이 뭔가 새로운 것을 이야기하려고 입을 열기만 하면 다른 사람은 이미 똑같은 것을 발견하고 난 뒤였기 때문이다. 젊은이들의 우정에는 뭔가 특별한 것이 있다. 그들은 마치 노른자위 속에서도 새로 태어날 영광된 미래를 느끼는 달걀 같았다. 그들이 세상을 향해 내놓는 것이라곤 아무도 구별할 수 없고 표정도 없는 달걀꼴 같은 것뿐이었을지라도 말이다. 울리히는 다른 세계로 떠났던 자신의 첫번째 여행에서 돌아와 몇주 동안 집에 머물 때 보았던, 발터가 유년 시절과 학창 시절 쓰던 방을 생생하게 기억했다. 여러 도안과 메모, 노트가 적힌 종이들로 뒤덮인 발터의 책상은 한 명망가의 미래를 비추는 빛을 뿜고 있었다. 그 반대편의 날씬한 책장에서 발터가 마치 성세바스티아누스(초기 기독교의 순교자로 말뚝에 묶여 처형당했다가 다시 살아남-옮긴이)가 말뚝 옆에 서 있는 것처럼 열정에 사로잡혀 아름다운 머릿결 위로 램프의 불빛을 받고 있을 때 울리히는 남몰래 감탄하곤 했다. 그들이 읽은 니체나 알텐베르크$^{P.\,Altenberg}$(19세기 오스트리아 작가—옮긴이), 도스토예프스키 같은 책들은 바닥이나 침대 위에 체념하듯 나뒹굴었는데, 그때는 책들이 더이상 필요하지 않거나 그것들을 제자리에 정돈하느라 일어나는 작은 소란으로 대화의 폭풍을 방해받고 싶지 않을 때였다. 위대한 정신이란 스스로의 목적을 채우기에 충분할 뿐임을 발견한 젊음의 오만이 순간 울리히에게 기묘하게 찾아왔다. 그는 대화를 떠올려보려 했다. 그 대화는 마치 잠에서 깨어나 잠속의 마지막 생각을 운 좋게 붙잡았을 때의 그런 꿈 같았다. 그리고 그는 약간 경탄하는 심정으로 생각했다. '당시 우리가 주장을 내세웠을 때, 옳은 말을 하겠다는 것과는 다른 목표가 있었는데, 그것은 우리 자신을 주장하는 것이었다!' 젊은 시절에는 자기자신을 빛으로 밝히려는 욕망이, 빛 가운데 있으려는 욕망보다 훨씬 더 큰 것이다. 그는 이런 기억에서 마치 젊음의 동요하는 느낌을 간직한 듯한 빛을 느꼈고, 어떤 고통스러운 좌절을 느꼈다.

울리히가 보기에, 성인이 되고 나서부터 그는 보통의 잠잠함에 익숙해졌고, 그럼에도 불구하고 때로는 재빨리 식어버리는 소용돌이가 항상 주저하고, 흐트러진 맥박 속으로 흘러가버리곤 했다. 이런 변화가 어디에서 나오는 것인지 말하기는 아주 어려웠다. 중요한 인물들이 갑자기 사라져버린 것일까? 그럴 리는 없다! 게다가 그들은 별로 중요하지도 않다. 한 시대의 수준이란 것이 위대한 인물들에 달려 있는 것은 아닌데, 가령 지난 1860년대나 80년대 사람들의 무지함이 헤벨$^{F. Hebbel}$(독일의 19세기 작가—옮긴이)이나 니체 같은 사람들이 출현하는 것을 막지 못했으며 이 두 사람 중 누구도 동시대인들의 그 무지함을 막지 못했던 것이다. 일상의 삶이 정체돼버린 것일까? 아니다, 그것은 점점 더 강해지고 있었다! 전보다 정신을 마비시키는 모순들이 더 많아진 것일까? 더 많아질 수조차 없다! 옛날에는 불합리한 것들이 없었는가? 엄청났다! 우리끼리 이야기지만 사람들은 이제 나약한 사람을 성원하고 강한 사람을 무시한다. 때로는 멍청한 자가 리더가 되고 훌륭한 재능을 지닌 자가 기괴한 역할을 맡기도 한다. 독일 사람들은 모든 종류의 근원적인 고통—흔히 그들이 썩어빠진 병적인 과장이라고 치부해버리는—따위에는 개의치 않고 가족잡지를 읽고 급진예술 전시회보다 훨씬 더 많이 유리궁전이나 협회회관을 찾는다. 정치는 전혀 '새로운 인간'의 세계관에 관심을 두지 않았고 그 잡지들이나 공적인 기구들은 마치 페스트 병균에 둘러싸이듯 신인류에 둘러싸여 있었다. 언젠가부터 세상은 점점 더 좋아졌다고 말할 수 있지 않을까? 예전에는 그저 소수파의 일원이었던 사람이 그사이에 나이든 저명인사가 되었고, 출판업자와 예술상인들이 부자가 되었으며, 새로움은 끝없이 모색되었다. 세상은 유리궁전뿐 아니라 급진예술을 찾았고, 심지어 더 급진적인 급진예술까지 찾았다. 가족잡지는 머리를 짧게 자르도록 권장했고, 정치가들은 문화예술 분야에서 자기의 의견을 즐겨 드러냈으며, 신문들은 문학사를 만들어냈다. 그러므로 무엇이 사라졌다는 말일까?

무언가 저울질할 수 없는 것이다. 징후. 환영. 마치 자석이 쇳조각을 놓치고 나서 그 둘이 혼란에 빠진 상태와 같다. 실이 실뭉치에서 풀려나온 것 같다. 차가 브레이크를 풀어버린 것 같다. 오케스트라가 잘못된 음으로 연주를 시작한 것 같다. 어떤 세부적인 것들도 증명될 수 없는 상황에 처한 것 같다. 물론 전에도 증명은 불가능하긴 했지만, 모든 관계가 약간은 다른 자리로 옮겨진 것 같다. 예전에는 날씬했던 생각이 뚱뚱해졌다. 예전에는 하찮게 여겨졌던 사람들이 명예를 얻었다. 냉혹한 것들이 부드러워졌고, 분리된 것들이 다시 모였으며, 비타협적인 것이 대중적인 것에 자리를 내주었고, 잘 키워온 취향은 다시 새로운 불확실성들로 돌아가고 말았다. 그 날카로운 경계는 사방에서 섞여버리고, 어떤 하나의 새로우면서도 연합을 꾀하는 설명할 수 없는 힘이 새로운 인간과 사유를 높이 치켜들었다. 그 인간과 사유가 나쁘지는 않았다. 절대로 그렇지는 않았다. 다만 너무 많은 악한 것들이 선한 것 속에 섞여 있었고, 진리 속에 오류가, 의미 속에 굴종이 섞여 있었다. 이 혼합에는 세상의 가장 먼 곳까지 닿는 어떤 권위 있는 부분이 있는 것처럼 보인다. 그것은 천재를 천재적으로, 재능을 희망으로 보이게끔 하는 아주 적은 양의 대용품으로, 마치 많은 사람들이 치커리나 무화과에 아주 풍부한 커피 맛이 난다고 인정하는 것과 같았다. 갑자기 지식인들 사이의 모든 권위있고 중요한 자리는 그런 사람들 차지가 돼버렸고, 모든 결정은 그 사람들이 내리게 되었다. 사람들은 그 책임을 어느 하나로 돌릴 수 없다. 또한 어떻게 모든 것이 그리 되었는지를 설명할 수 없다. 또한 사람들에 대항해서도, 사상에 대항해서도, 또는 어떤 현상들에 대항해서도 싸울 수 없다. 거기에 어떤 재능이나 선한 의지, 또는 개성이 부족하다는 말은 아니다. 아무것도 부족하지 않은 것처럼, 모든 것 역시 부족하기도 했다는 말이다. 그것은 마치 공기 또는 몸 안의 피가 변질된 것 같았고, 알 수 없는 병이 이전 시대의 천재들의 작은 씨앗을 다 먹어치운 것 같았다. 그러나 모든 것은 새로움으로 반짝였고, 결국 사람들은 세계가 더 나빠진 것인지 아니면 자기자신이 너무 늙어버린 것인지를 더이상 구별하지 못했다. 그리하여 새로운 시대는 마침내 도래한 것이다.

　마치 하루가 푸르게 빛을 뿜고 시작했다가 천천히 구름에 덮여 끝나듯이 시대 역시 그렇게 변해갔고, 울리히를 기다려줄 만한 친절함은 이제 남지 않았다. 그는 시대의 병이 만들어냈고, 천재성을 잡아먹어버린 그 비밀에 찬 변화의 원인을 모두 일상적인 우둔함으로 돌려버림으로써 그의 시대에 보복을 가했다. 절대로 모욕적인 의미에서 그런 것은 아니었다. 왜냐하면 그 우둔함이 내적으로 보기에 재능과 혼동될 만큼 비슷하지 않았다면, 그리고 외적으로도 진보, 천재성, 희망, 발전처럼 보일 수 없었다면, 아마 아무도 우둔해지려 하지 않았을 것이고 따라서 어떤 우둔함도 남지 않았을 것이기 때문이다. 적어도 그 우둔함과 맞서 싸우기는 아주 쉬울지도 모른다. 하지만 우둔함은 유감스럽게도 매우 매력적이고 자연스러운 것이기도 하다. 가령 누가 손으로 그린 원본보다도 더 예술적으로 훌륭한 복제 유화를 발견한다면, 그 안에도 어떤 진리가 들어 있으며 그것은 반 고흐가 위대한 예술가였음을 증명하는 일보다 쉬울 것이다. 또한 셰익스피어보다 더 힘있는 극작가가 되거나 괴테보다도 더 균형 잡힌 소설가가 되는 것 역시 매우 쉽고 유익한 일이 되었으며 완고한 사적 공간은 항상 새로운 발견보다는 더 인간성을 갖게 되었다. 우둔함이 이용해먹지 못할 의미있는 사상이란 하나도 없다. 우둔함은 모든 곳에 활동하며 어떤 진실의 옷으로든지 갈아입을 수 있다. 반면에 진실은 언제나 한 가지 옷에 한 가지 길만 있었고, 그래서 늘 불리한 입장에 놓였다.

　그러나 얼마 후에 울리히에게 이 문제와 관련한 기발한 착상이 떠올랐다. 시대의 사상을 최고의 질서 속에 정리하려는 굉장한 노력 이후에 울리히는 만약 그라면 근본적으로 심연으로 들어가 이미 문제를 해결했을 법한 위대한 종교사상가 토마스 아퀴나스—1274년에 사망한—를 떠올렸다. 만약 그가 각별한 신의 은총으로 아직까지 늙지 않고 여러 장서들을 팔에 낀 채 아치형으로 구부러진 문을 나선다면, 그의 코앞으로는 전차가 으르렁거리는 소리를 내며 휙 지나갈 것이다. 과거에는 위대한 토마스로 불리던 그 우주의 학자가 아무것도 모르고 깜짝 놀랄 것을 생각하니 울리히는 웃음이 나왔다. 한 오토바이 운전자는 텅 빈 거리로 나와 왼손과 왼발로 자신의 관점을 우레와 같이 쏟아낸다. 그의 표정에는 무언가 굉장히 중요한 일로 울부짖는 어린아이의 얼굴에 담긴 심각함이 들어 있다. 울리히는 며칠 전 잡지에서 본 한 유명한 여성 테니스선수의 사진을 떠올렸다. 라켓으로 높은 볼을 치려고 할 때 발끝으로 선 그녀의 한쪽 다리는 양말 대님 위까지 노출돼 있었고 다른 쪽 다리는 위쪽으로 치켜들었는데, 그녀의 표정에서 영국 정치가의 모습이 드러났다. 같은 잡지에는 시합을 마친 후 마사지를 받는 여자 수영선수의 사진도 실렸다. 그 선수의 머리와 다리 맡에서 뚫어지게 그녀를 바라보는 두 여성은 평범한 옷차림인 반면, 그 선수는 발가벗은 채 등을 내놓고 침대에 누워서는 한쪽 무릎을 마치 성행위를 허락하는 여자의 자세처럼 허공으로 들어올리고 있었다. 그리고 마사지사는 그 곁에서 다리에 손을 얹은 채 서 있었다. 그는 의사 가운을 입고 마치 그 여성의 육체가 껍질이 벗겨진 채 푸줏간 갈고리에 걸려 있는 고기라도 되는 듯이 그 순간의 모습을 뚫어지게 바라보았다. 당시는 이런 일들이 알려지기 시작한 때였고, 어떤 면에서는 고층빌딩이나 전기처럼 사람들이 반드시 알아야만 하는 일이기도 했다. '어떤 타격도 받지 않고 동시대에 화를 내기는 힘들 것'이라고 울리히는 느꼈다. 울리히는 또한 이 모든 살아있는 모습들을 사랑할 준비가 되어 있었다. 그러나 그가 사회의 분위기가 요구하듯 쉽없이 그들을 사랑할 준비가 되어 있는 것은 아니었다. 오래전부터 그가 행하고 체험하는 모든 일에서 그는 어떤 혐오의 느낌, 어쩔 수 없음과 고독의 그늘을 느꼈는데, 그 보편적인 혐오에서 그는 어떤 보완적인 애착을 발견할 수 없었다. 종종 그는 자신이 현재로서는 어떤 목표도 없음의 재능을 타고난 것이 아닌가 하는 느낌을 받곤 했다.

17.
특성 없는 사람이
특성 있는 사람에게 끼친 영향

울리히가 클라리세와 대화하는 동안, 그 둘은 그들 뒤에서 연주되던 음악이 이따금 멈추었다는 사실을 알아차리지 못했다. 발터는 창으로 다가갔다. 그 둘을 볼 수는 없었지만, 그들이 얼굴이 거의 닿을 정도로 가까이 있음을 느꼈다. 질투가 끓어올랐다. 발터는 매우 관능적인 음악이 주는 비열한 몽롱함에 젖어 다시 피아노 앞으로 돌아갔다. 그의 등 뒤에 뚜껑이 열린 채 놓여 있는 피아노는 마치 현실을 마주하지 않으려고 침구를 붙들고 있는 수면자가 마구 파헤쳐놓은 침대 같은 모습을 하고 있었다. 건강한 사람이 걷는 모습을 볼 때 불구자가 겪게 마련인 그런 질투가 그를 괴롭혔고, 그는 결국 그들의 대화에 끼어들 결심을 할 수 없었다. 그의 고통은 그들과 대항해서 자신을 지킬 만한 가능성조차 허용하지 않았던 것이다.

아침에 일어나서 사무실로 급히 가야 할 때, 하루종일 사람들과 이야기하고 그들 사이에 끼여 저녁에 귀가할 때, 발터는 자신이 중요한 사람이며, 위대한 일에 부름을 받고 있다는 느낌을 받았다. 그는 자신이 사물들을 다르게 보고 있다고 믿었다. 사람들이 무심코 지나치는 곳에서, 그리고 그들이 생각없이 어떤 것을 잡으려고 손을 뻗치는 곳에서, 그는 감동을 받았다. 그에겐 팔의 움직임 하나조차 정신적인 모험으로 가득 찬 것이었거나 그 자체로 사랑에 빠진 사람의 마비 같은 것이었다. 그는 다정다감했고, 그의 감정은 늘 집중이나 침잠, 상승과 하강의 물결에 따라 요동하곤 했다. 그는 한번도 냉정해지지 못했고 오히려 모든 일들을 행운과 불행으로 바라보았으며 그리하여 늘 무언가 흥미로운 생각을 해내지 않으면 안 되었다. 사람들은 그런 사람에게서 비상한 매력을 느끼게 마련인데, 왜냐하면 그런 사람 속에서 끊임없이 발견되는 그 도덕적인 움직임은 타인들에게 깊이 전달되기 때문이다. 가령 사람들과의 대화에서 그는 모든 것을 개인적인 의미로 취급하고, 사람들은 역으로 끊임없이 자신의 이야기를 해도 되기 때문에, 심리학자나 심리치료사와 상담할 때와 같은—물론 무료로—만족감을 얻는 것이다. 다른 것이 있다면, 심리학자 앞에선 자신을 환자처럼 생각하지만, 발터는 중요하지만 지금껏 그냥 지나쳐왔던 삶의 이유들을 밝히는 데 도움을 준다는 것이다. 정신의 자기각성을 넓혀주는 이러한 재능 덕분에, 발터는 모든 경쟁자들을 물리치고 클라리세를 차지할 수 있었다. 모든 것이 그에겐 윤리적인 것이었기 때문에, 그는 장식에 치중한 양식의 부도덕함과 단순한 형식이 주는 위생학을 설득력있게 지적할 수 있었고, 새로운 예술취향에 맞춰 나온 그 맥주넴새 풍기는 바그너 음악에 대해서도 말할 수 있었으며, 심지어는 장래 그의 장인 될 사람을 공작새의 두뇌를 가진 화가라고 말하여 사람들을 놀라게 하기도 했다. 아무튼 그가 자신의 성공을 돌아볼 만한 것은 확실해 보였다.

그러나 아마도 너무나 완벽하고 신선해서 그 이전엔 한번도 있었을 것 같지 않은 그런 계획과 인상들로 가득 찬 채 집으로 돌아오자마자, 이번엔 어떤 심각한 변화가 찾아오는 것이었다. 단지 이젤 위에 캔버스를 올려놓거나 책상 위에 종이 한 장만 올려놓아도 그의 심장에서 굉장한 도약이 일어날 것 같았다. 그러나 그의 머리는 평온해지고, 그 안의 계획들은 동시에 매우 통찰력있고 의미있는 분위기 속으로 스며들고 말았다. 그 계획이 스스로를 찢고, 주위를 맴돌면서 더 중요한 의미를 지니고 있던 둘이나 그 이상의 계획들이 되어 서로 경쟁했다. 그러나 결국 꼭 필요하다고 여겨진 첫번째 움직임과 두뇌와의 연관은 거의 잘려나가다시피 돼버리고 말았다. 발터는 손가락 하나를 들어올릴 정도의 결심도 할 수 없었다. 그는 방금 앉았던 자리에서 다시 일어서기조차 힘들었고, 그의 생각은 마치 방금 떨어져서 녹아내리는 눈처럼 스스로 세운 임무에서 미끄러져 나갔다. 그는 시간이 어떻게 흘러가는지도 몰랐고, 그것을 알아채기도 전에 한밤중이 돼버렸다. 이미 그런 시간에 대한 두려움을 안고 집으로 돌아오는 경험을 몇번 하고 나서는, 한주일 전체가 기분 나쁘게 설핏 든 잠처럼 흘러가버리기 시작했다. 그의 모든 결정과 행동을 느리게 만드는 그 가망없음을 통해 그는 점점 더 가혹한 비극 속으로 빠져들어갔고, 그의 무능력은 마치 무엇을 할 것인지를 결정하려고 하자마자 코피가 거꾸로 역류하는 듯한 고통을 안겨주었다. 발터는 두려웠다. 그가 체험한 일들은 그의 일을 방해했을 뿐만 아니라 그를 두려움에 떨게 했다. 왜냐하면 그것들이 확실히 그의 의지를 넘어선 것이었고, 자주 정신적인 붕괴의 시작이라는 인상을 심어주었기 때문이었다.

지난 몇년 동안 상황이 점점 심각해지는 동안, 발터는 이전엔 별로 가치를 두지 않았던 어떤 생각에서 놀라운 구원을 찾아냈다. 그 생각이란, 그가 살도록 강요받고 있는 유럽이 가망이 없을 정도로 타락해 버렸다는 사실이다. 겉으로는 잘 돌아가는 시대라고 해도, 내부엔 후퇴가 진행되고 있었고, 그 후퇴는 아마도 모든 일에서 진행되며 따라서 정신적인 발전도 그러한 후퇴를 체험할 것이다. 만약 인간이 어떤 특별한 노력이나 새로운 이상들을 제공하지 못한다면, 우리가 그것에 맞서 무엇을 할 수 있느냐는 질문에 맞닥뜨리고 말게 될 것이다. 그러나 그러한 시대에 그 영리함과 우둔함, 천박함과 아름다움의 혼합이 워낙 두텁게 서로 꼬여 있기 때문에, 많은 사람들은 어떤 비밀이 숨어 있다고 단순하게 믿어버린 것이고, 정확히 판단될 수 없는 아주 모호한 것들의 멈출 수 없는 추락을 주장할 것이다. 그것이 인종이 되든 식물이 되든 또는 영혼이 되든 다를 것은 없었다. 왜냐하면 모든 건강한 회의주의가 그렇듯이, 중요한 것은 그것을 통해 스스로를 지속시킬 수 있는 어떤 불가피성을 얻게 되기 때문이다. 비록 이전 같았으면 그런 논리를 웃어넘겼을 수도 있었을 발터 또한, 그 자신이 그 논리들을 시도해보고는, 곧 장점을 찾아냈다. 그때 만약 그가 무능하고 자신을 나쁘게 느꼈다면, 지금은 시대가 무능하고 오히려 그가 건강한 것이 되었다. 아무 성과도 없었던 그의 삶은 단 한번에 엄청나게 값진 것이, 또한 역사적으로 정당한 것이 되었고, 그가 펜이나 연필을 한번 잡았다 놓을 때, 그것은 위대한 희생이라는 분위기를 띠게 되었다.

그러나 여전히 발터는 스스로와 싸우고 있었고, 클라리세는 그에게 고통을 안겨주었다. 그녀는 시대에 관한 대화에는 관심이 없었고 오로지 천재만을 믿었다. 무엇이 천재인지는 몰랐다. 다만 천재에 관한 이야기만 나오면 몸을 떨고 긴장하기 시작했다. 천재성을 느끼거나 느끼지 못하겠다는 것이, 그녀가 제시한 단 하나의 증거였다. 발터에게 그녀는 항상 작고 무시무시한 열다섯살 소녀로만 머물렀다. 한번도 클라리세는 발터의 느낌을 이해하지 못했으며, 그도 그녀를 지배할 수는 없었다. 그러나 그녀는 아주 냉정하면서 강했고, 때로는 실체없이 떠도는 의지로 다시 풍부한 영감을 되찾기도 했으며, 그에게 영향을 주는 비밀스런 능력을 갖고 있었고, 그것은 마치 3차원의 어떤 고정되지 않은 공간에서 나온 충격 같았다. 때로 그것은 섬뜩하다는 느낌을 주기도 했다. 같이 피아노를 연주할 때 발터는 그런 느낌을 받았다. 클라리세의 연주는 강했고, 색채가 없었으며, 그에게는 낯선 어떤 흥분에 복종하는 듯했다. 그들의 육체가 영혼 속까지 뚫고 밝게 빛날 때, 발터는 두려움에 사로잡혔다. 무언가 규정할 수 없는 것이 그녀를 뚫고나왔으며, 그녀의 정신과 함께 미끄러져 날아갔다. 그것은 보통 사람이라면 두려워서 잠가두어야 하는, 존재의 비밀스런 빈자리로부터 나오는 것이었다. 발터는 어디서 그것을 느껴야 할지, 그것이 무엇인지를 알지 못했다. 그러나 그것은 표현할 수 없는 두려움으로, 또한 그 자신 외에는 아무도 모르기 때문에 그가 해야만 하는—그러나 할 만한 능력이 되지 않는—그녀에게 대항하라는 어떤 결정적인 임무가 되어 그를 괴롭혔다.

창문을 통해 클라리세를 돌아보는 동안, 발터는 울리히를 나쁘게 말하고픈 충동을 떨쳐내지 못할 거라는 예감이 들었다. 울리히는 좋지 않은 때 돌아왔다. 클라리세에게 울리히는 해로운 사람이었다. 그는 발터도 감히 건드리지 못하는 그녀의 내부, 즉 재앙의 동굴, 가련함, 병적인 것, 불길한 천재성, 언젠가는 사라질, 속박에서 벗어난 그녀의 비밀스런 빈자리 같은 것들을 아무도 모르게 악화시키고 있었다. 지금 막 들어온 클라리세는 모자를 벗어서 손에 쥔 채 발터 앞에 서 있었고, 그는 그녀를 바라보고 있었다. 아마 발터는 그녀가 자신에겐 없는 힘을 지니고 있다는 느낌을 받았을 것이다. 클라리세가 아주 어렸을 때부터 발터는 그녀를 마치 손에 박혀 한시도 자신을 가만히 두지 않는 가시처럼 생각했고, 그 밖의 다른 무엇이 되기를 바라지도 않았다. 그리고 아마 그것은 그 둘은 모르는, 그의 삶만이 간직한 비밀이었을 것이다.

'우리의 고통은 얼마나 깊은 것인가!' 그는 생각했다. "우리처럼 서로를 깊이 사랑하는 것은 쉽지 않았을 거야." 그는 멈추지 않고 말하기 시작했다. "울리히가 네게 무슨 이야기를 했는지는 알고 싶지 않지만, 이건 말할 수 있어. 네가 경탄하는 그의 능력이란 공허한 것에 불과해." 클라리세는 피아노를 바라보고 미소지었다. 그는 주저하며 뚜껑이 열린 피아노 곁에 주저앉았다. 그가 계속 말했다. "천성적으로 둔감한 사람이라면, 쉽게 영웅적인 기분에 휩싸이지. 그건 1밀리미터 내에 무엇이 감춰져 있는지도 모른 채 1킬로미터 안을 생각하는 것과 마찬가지야." 그들은 때때로 울리히를 울로^{Ulo}라고 불렀고, 그 이름은 어린 시절의 별명이었다. 울리히는 마치 사람들이 유모를 향해 미소지으며 존경심을 품듯이 그들을 좋아했다. "울리히는 더이상 앞으로 나아가지 못할 거야." 발터가 덧붙였다. "너는 그걸 몰라, 하지만 내가 그를 모르고 있다고 믿을 필요는 없어."

클라리세는 의심에 빠져들었다.

발터는 격정에 사로잡혔다. "이 시대엔 모든 게 타락했어. 지식인들은 바닥도 없는 심연에 빠져 있지! 그도 지식인이야. 그건 인정하지만, 그는 총체적인 영혼의 힘을 알지 못하고 있어. 괴테가 개인성이라고 부른 것, 그가 움직이는 질서라고 한 것을 그는 예감하지 못하는 거지. '힘과 절제, 의지와 규칙, 자유와 규범, 움직이는 질서,라는 그 아름다운 이념' 말이야."

그의 입술이 만들어내는 파동 속에 시의 운율이 요동했다. 마치 그 입술이 귀여운 장난감을 날려보내기라도 한 것처럼, 그녀는 그의 입술을 친근한 경탄을 가지고 바라보았다. 그때 그녀는 제정신을 차렸고 다시 작은 처녀로 되돌아갔다. "맥주 마실래?"

"좋아. 난 언제라도 한잔 하잖아."

"집에 맥주가 없는걸."

"묻지나 말았으면," 발터는 아쉬워했다. "생각도 안 났을걸."

클라리세에게도 달리 방법은 없었다. 그러나 발터는 균형을 잃고 있었고, 더이상 제 방향을 찾지 못했다. "우리가 예술가에 대해 얘기했던 것 기억해?" 그가 흐릿하게 물었다.

"무슨 이야기?"

"며칠 전이었어. 인간에게 살아있는 형식 개념이 무엇인지 설명한 적이 있잖아. 내가 내렸던 결론 기억나지 않아? 이전 시대엔 죽음과 논리적인 체계 대신 지혜가 지배했다는 결론."

"아니."

발터는 멈칫했고, 더듬거리더니 동요했다. 갑자기 그가 소리쳤다.

"그는 특성 없는 사람이야."

"그게 뭐지?" 클라리세가 웃으며 물었다.

"아무것도 아니지, 그건 단지 아무것도 아닐 뿐이야."

그 말에 클라리세는 긴장되는 것을 느꼈다.

"오늘날 그런 사람은 수백만이 있지." 발터가 주장했다. "바로 이 시대가 만들어낸 인간 유형이야!" 그 의도하지 않았던 말은 그의 마음에 들었다. 마치 시를 짓기 시작하는 것처럼 그는 의미를 다 파악하기도 전에 그 말을 밀고 나갔다. "그를 한번 살펴봐! 너라면 그를 뭐라고 하겠어? 그가 의사처럼 보이나? 아니면 상인? 화가? 외교관?"

"아니." 클라리세는 싱겁게 말했다.

"그럼 그가 수학자처럼 보이던가?"

"모르겠어, 수학자가 어떻게 보여야 하는지도 모르겠고."

"정말 옳은 말을 했군! 수학자는 그 무엇과도 같아 보이지 않아! 말하자면, 그는 정말 평범한 지식인처럼 보이기 때문에 어떤 특별한 점도 지니고 있지 않은 거야. 로마-가톨릭 수도승들을 빼고는, 오늘날 아무도 자신이 그래야 마땅하다는 모습으로 보이지 않아. 왜냐하면 우리가 우리의 손보다도 우리의 머리를 더 특색 없게 사용하기 때문이지. 하지만 수학처럼 제 자신을 모르는 학문도 없을 거야. 그건 꼭 고기와 빵 대신 영양제로만 살아가려고 결심한 사람이, 아직도 초원이나 어린 송아지, 암탉들을 알아야 한다고 믿는 거랑 똑같다니까!"

그 사이에 클라리세는 간단한 저녁식사를 차려놓았고, 이미 발터는 식사중이었다. 아마도 그의 비유는 그 식사에서 비롯되었을 것이다. 클라리세는 그의 입술을 보았다. 그것은 죽은 그의 어머니를 떠올리게 했다. 억센 가정주부의 입술. 마치 집안일을 다 끝내고 짧게 깎은 수염을 쓿어올리듯 먹어대던 그 입술. 접시에 있던 치즈 한조각을 찾아냈을 뿐인데도, 그의 눈은 마치 막 깎아놓은 신선한 밤栗처럼 빛났다. 비록 그가 작았고, 섬세하기보다는 나약하게 보였지만, 그는 늘 훤하게 보이는 축에 들었고, 또 그런 인상을 주기도 했다. 그는 하던 말을 계속 이어나갔다. "너는 그의 모습에서 어떤 직업도 추측해낼 수 없을 거야. 하지만 그 또한 직업이 없는 사람처럼 보이지는 않지. 그가 어떤지 한번 생각해봐. 그는 늘 자기가 해야 할 일을 알고 있어. 그는 여자의 눈을 들여다볼 줄 알아. 모든 순간에 모든 것들을 제대로 숙고할 수도 있지. 복싱도 할 줄 알고 말이야. 그는 재능있고, 의지력도 있으며, 편견도 없지. 용감하고 끈기도 있고, 대담하며 신중하기도 해. 그가 그 모든 특성들을 소유했다는 것을 부정하고 싶지는 않아. 하지만 그는 그것들을 가지지 못한 거야! 그 특성들이 오늘의 그를 만들고, 그의 길을 정해주었지만, 그에게 속해 있는 것이 아니었지. 그가 화를 낼 때, 그 안의 무언가는 웃고 있지. 그가 슬플 때, 그는 무언가를 준비하고 있어. 무언가에 감동을 받을 때도, 그는 그것을 거부해버리지. 모든 잘못된 행위도 이러저러한 관계 속에서 선한 것으로 드러내기도 해. 그가 특별하다고 생각하는 것은 언제나 하나의 가능성을 지닌 관계에 의해 좌우되는 것이야. 그에겐 어떤 것도 고정돼 있지 않아. 모든 것은 변할 수 있고, 부분은 전체 속에, 추측건대 아마도 그가 조금도 알지 못하는 그보다 더 큰 수많은 전체 속에 존재하는 거야. 그의 모든 대답은 부분적이고, 모든 느낌은 하나의 관찰일 뿐이며, 그래서 그에겐 '무엇이냐'가 중요한 게 아니라, 부수적인 '어떻게'나 이러저러한 부속물들이 더 중요한 것이지. 네가 알아들을 수 있게 말한 것인지 모르겠어."

"하지만," 클라리세가 말했다. "그는 아주 친절해."

발터는 자신도 모르게 점점 커져가는 적대감을 드러내며 말했다. 자신이 좀더 약한 친구였다는 어린 시절의 감정은 그의 질투심을 고조시켰다. 물론 그도 울리히가 그저 몇번의 지적 능력을 보여준 것 외의 특별한 것을 몰랐지만, 이상하게도 그가 자신보다 육체적으로 열등하다는 인상은 주지 않았던 것이다. 울리히가 그린 그림은, 마치 예술작품을 보았을 때처럼 그를 해방감에 젖게 했다. 그것을 그가 직접 그렸다기보다는, 겉으로는 차곡차곡 쌓이는 말▪같지만, 그의 내부에서는 자신도 모르게 녹아 없어지는 어떤 비밀스런 영감에 의해 그려진 것 같았다. 이야기를 마쳤을 때, 발터는 오늘날 모든 현실이 지닌 그런 특성이 녹아 없어지는 존재로 울리히를 표현할 수밖에 없다는 사실을 깨달았다.

"그게 마음에 들어?" 그는 고통스럽게 과장하며 물었다. "설마 진심은 아니겠지!"

클라리세는 흰 치즈를 바른 빵을 씹고 있었다. 그녀는 눈가에 미소를 지을 수밖에 없었다.

"아!" 발터가 말했다. "이전에는 우리도 비슷하게 생각했겠군. 하지만 그저 옛날이야기로 봐서는 안 돼! 그런 사람은 인간이 아니라고."

클라리세는 씹던 음식을 다 삼켰다. "그도 그렇게 말했어!" 그녀가 나섰다.

"뭐라고 그랬는데?"

"오늘날 모든 것은 녹아 없어진다고. 그뿐만 아니라 오늘날 모든 것이 흐물흐물해져 있다고 말했어. 하지만 너처럼 그렇게 나쁘게 이야기한 것은 아니야. 한번은 그가 아주 긴 이야기를 해주었지. 만약 천 명의 인간을 분석해보면, 그들을 이루고 있는 두 다스 정도의 특성들,

감정들, 발전 모델들, 구조 유형들이 쏟아져나온대. 그리고 우리의 몸을 해체해보면 겨우 물과 그 위를 떠다니는 몇다스의 물질이 나온다는 거지. 물은 꼭 나무에서처럼 우리 몸을 타고 오르고, 마치 구름처럼 우리 몸을 지탱시키지. 그건 참 훌륭한 거라고 그랬어. 하지만 사람은 자신을 어떻게 규정해야 할지 모른다고 하더군. 무엇을 해야 할지도." 클라리세는 웃었다. "난 그에게 말해주었어. 시간 있을 때 하루 종일 낚시를 가라고. 그리고 물가에 누워 있으라고."

"그래서? 그 친구가 물가에서 단 십분이나 버틸지 그게 궁금하군. 하지만 인간들은 말이야," 발터는 확신에 차서 말했다. "그런 걸 만년 동안이나 해오고 있다고. 하늘을 쳐다보고, 따뜻한 땅을 느끼면서 말이야. 그들이 자기 엄마를 분석하지는 않듯이, 모든 것을 그렇게 분석하며 살지는 않아."

클라리세는 다시 웃지 않을 수 없었다. "그는 세상이 아주 복잡해졌다고 그랬어. 마치 물 위를 헤엄치듯이 우리는 불의 바다를, 전기의 폭풍 속을, 자기장의 하늘을, 열기의 늪 따위를 헤엄치고 있다고. 그러나 모든 걸 느낄 수는 없지. 결국 남은 것이라곤 형식밖에 없으니까. 그리고 무엇이 인간적인 것인지는 우리도 정확하게 알 수 없어. 그것은 전체야. 학교에서 배운 것들은 다 잊어버렸지만, 대충 그런 게 맞을 것 같아. 그는 오늘날 성 프란체스코나 너처럼 새들을 '형제'라고 부르고 싶어하는 사람들이 있다면, 그들은 난로 속으로 뛰어들거나 전기 배선을 헤치고 땅 속으로 들어가거나 아니면 설거지통을 뚫고 그 안의 배수관으로 들어갈 준비가 돼 있어야 한다고 말했어."

"그래, 맞아," 발터가 그 순간 끼어들었다. "그 네 가지 요소들이 몇다스가 되고, 결국 우리는 관계나 과정, 형식과 과정의 구성물 같은 것들 위를 헤엄치듯 다니게 되지. 그게 하나의 사물인지 과정인지 유령 같은 사상인지 또는 신만이 아는 것인지도 모르는 채 말이야. 그러고 나면 태양과 성냥개비 사이에도 아무런 차이가 없어지고, 소화기관의 한쪽 끝인 입과 다른 쪽 끝 사이에도 별 차이가 없게 돼. 모든 일들은 백 가지의 측면들을 가지고, 그 측면들 또한 백 가지의 연관들을 가지며, 서로 다른 느낌들이 그 모든 것들에 들러붙어 있는 거야. 인간의 두뇌는 즐겁게 사물들을 분할하지만, 사물들은 인간의 마음을 똑같이 쪼개놓고 있어." 그는 벌떡 일어섰다. 하지만 그가 서 있는 자리는 여전히 식탁 뒤쪽이었다. "클라리세," 발터가 말했다. "그는 너에게 위험해. 봐, 클라리세, 오늘날 모든 사람들이 원하는 건 단지 단순함, 땅, 건강뿐이야. 그리고 정말 확실한 건, 네가 원하는 걸 아이들도 원한다는 거야. 그건 아이들이야말로 사람들을 땅바닥에 붙들어놓기 때문이지. 울로가 너에게 한 말은 모두 비인간적이야. 내가 확신하건대, 나는 집에 돌아와 너와 커피를 마실 수도, 새소리를 들을 수도, 잠깐 산책을 나갈 수도, 이웃들과 몇마디를 나눌 수도, 그리고 하루가 조용히 마감되도록 할 수 있는 용기가 있어. 그게 바로 인간적인 삶이지!"

이 부드러운 말은 그를 천천히 그녀 쪽으로 끌어당겼다. 그러나 그때 그의 부드러운 저음 멀리에서 뭔가 아버지 같다는 느낌이 솟아올랐고, 그것이 클라리세를 주저하게 만들었다. 발터가 그녀에게 다가서는 동안, 그녀의 얼굴엔 표정이 사라졌고, 그녀는 피하려고 했다.

그녀 곁에 다가갔을 때, 그는 마치 시골 난로처럼 따뜻한 부드러움을 내뿜고 있었다. 클라리세는 잠시 그 열기 속에서 동요했다. 그녀가 말했다. "지금은 안 돼, 내 사랑!" 그녀는 식탁에서 한조각의 치즈와 빵을 낚아채고는 그의 이마에 재빨리 입을 맞췄다.

"난 밤나비가 있나 나가볼래."

"클라리세," 발터가 애원했다. "지금 같은 철엔 나비가 한마리도 없다고."

"그건 알 수 없지."

방안엔 그녀의 웃음소리만이 남았다. 빵과 치즈를 들고 그녀는 풀밭을 걸어다녔다. 주위는 안전했고, 누가 따라다닐 필요도 없었다. 부드러웠던 발터의 기분은 마치 너무 일찍 불에서 꺼낸 수플레 케이크처럼 가라앉고 말았다. 그는 깊이 한숨을 내쉬었다. 그러곤 머뭇거리며 다시 피아노 앞에 앉아 몇개의 키를 눌렀다. 의도했든 그렇지 않았든 그것은 바그너의 오페라에서 따온 환상곡이었고 그가 자만에 차 있었을 시기에는 연주를 거부했던 이 질서없게 이어지는 주제부의 쿵쾅거림 속으로, 그의 손가락이 운율을 따라 서걱거리기도 했고 가르렁거리기도 했다. 저 멀리 있는 자들에게까지 들렸으면! 그의 척수는 이 음악의 마성에 의해 점점 마비돼갔고, 그의 운명은 좀 가벼워졌다.

18.
모오스브루거

바로 그때 언론에서는 모오스브루거^{Moosbrugger} 사건에 몰두하고 있었다.

모오스브루거는 크고 넓은 어깨에 살이 별로 찌지 않은 목수였고, 머리털은 갈색 양털 같았으며 마치 온후하면서도 강한 발톱을 가진 사내 같았다. 그의 표정 역시 온후한 힘과 정의를 향한 의지를 품고 있었고, 만약 그를 보지 못했다 하더라도, 서른네살 먹은 이 사람의 튼튼하고 충실하며 잘 마른 작업장과 그가 다루는 나무, 그리고 많은 노력과 사려깊음이 동시에 요구되는 목수 일에서 풍기는 향기는 맡을 수 있을 것이다. 신에게 모든 선한 징표를 선물받은 얼굴의 모오스브루거를 처음 마주친 사람은 마치 뿌리 있는 나무처럼 제자리에 서 있을 수밖에 없는데, 그가 늘 두 명의 무장한 법정군인에 의해 연행되고 있었고, 손은 강한 철 쇠사슬에 꽉 묶여 있었으며, 그 손잡이는 연행자 중 한사람이 쥐고 있었기 때문이다.

  누군가 그를 쳐다보고 있음을 알아차렸을 때, 정돈되지 않은 머리카락과 구레나룻, 턱수염을 한 그의 넓고 선량한 얼굴에는 미소가 스쳐지나갔다. 짧고 검은 윗도리에다 밝은 갈색 바지를 입었고, 행동은 마치 군인처럼 넓게 보폭을 내딛었지만, 그 미소만큼은 법정 안에 모인 대부분의 기자들을 사로잡는 것이었다. 그 미소란 아마도 당황한 미소거나 교활한, 아이러니한, 악의에 찬, 고통스러운, 미친, 피에 굶주린, 섬뜩한 미소였을 것이다. 기자들은 분명히 모순에 찬 표현들을 더듬어 찾고 있었고, 완벽하게 고결한 그의 외모에서는 발견될 수 없는 어떤 것을 그의 미소 속에서 절망적으로 구하는 것처럼 보였다.

  그 이유는 모오스브루거가 최하층의 어떤 창녀 하나를 무시무시한 방법으로 살해했기 때문이다. 기자들은 후두부를 뚫고 목덜미까지 이른 상처와 심장을 관통한 가슴 부위, 그리고 등 왼쪽에 난 각각 두 군데의 상처와 들어올려질 정도로 양쪽 가슴이 도려내진 피해자의 사체를 자세히 묘사했다. 기자들은 그렇게 역겨움을 드러내놓고는 거기서 멈추지 않고 배에 난 35군데의 상처를 하나하나 나열했고, 배꼽에서 시작하여 엉치뼈를 거쳐 등에까지 수없이 나 있는 작은 자상과 목이 졸린 흔적까지 설명했다. 그들은 그 끔직함에서 모오스브루거의 선량한 얼굴로 돌아오는 길을 찾지는 못했으나 그들 스스로도 선량한 사람들이었기 때문에 끔찍한 일임에도 불구하고 그 일들을 사실적이고, 전문가답게 정말 숨가쁜 긴장감으로 묘사했다. 그 남자가 정신병을 앓고 있다는 가장 중요한 사실은—모오스브루거는 비슷한 범죄행위로 여러차례 정신병원에 들어간 적이 있었기 때문에—그러나 거의 언급되지 않았는데, 이는 오늘날 좋은 기자들이 그런 문제를 아주 잘 알고 있다는 점에 비춰볼 때 납득하기 힘든 것이었다. 그들은 그 악당을 놓치고 싶어하지도, 또한 그들 자신의 영역에서 병의 영역으로 넘겨주고 싶어하지도 않는 것 같았다. 그 점에서 기자들의 태도는 심리학자들과 일치했는데, 그들 역시 모오스브루거가 멀쩡하다고 말하다가도 금치산자라고 말을 바꾸곤 했다. 또 하나의 놀라운 사실은, 모오스브루거의 과도한 병세가 알려지자 언론의 센세이셔널리즘을 비판하던 수천명의 사람에게는 그것이 '마지막으로 찾아온 새로운 흥밋거리'로 여겨졌다는 것이다. 이들은 바쁜 관료들로부터 열네살짜리 아이들, 가사일로 정신없는 가정주부에 이르기까지 다양한 사람들이었다. 사람들은 그런 괴물이 나타났다는 사실에 안타까워하면서도, 자신들의 생업보다 그 일에 더욱 관심을 쏟았다. 정말 그때는 아무리 딱딱한 성품의 행정관료나 은행장이라 하더라도 잠자리에 들면서 아내에게 "내가 모오스브루거라면 당신 어떻겠어?"라고 말을 던질 정도였다.

울리히는, 수갑 위로 신의 자녀임을 내보이는 그 얼굴을 보자 재빨리 돌아와서 근처 법원의 초병에게 몇개비의 담배를 건네면서 방금 전에 물음 나섰음에 분명한 그 호송차량에 대해 물어보았고, 그것에 관해 들었다. 여하튼 그런 일은 일어난 지 조금 지난 것이 분명했는데 왜냐하면 자주 그런 보도가 나왔기 때문이다. 울리히는 보도된 것을 거의 믿고 있었다. 그러나 당장의 진실이란 그가 모든 것을 단지 신문에서 읽었다는 것뿐이었다. 그가 모오스브루거를 개인적으로 알게 되기까지는 많은 시간이 걸렸다. 그전에는 그저 재판 때 우연히 단 한번 봤을 뿐이다. 뭔가 낯선 것을 실제로 체험하는 것보다 신문에서 보게 될 가능성이 훨씬 더 큰 것이다. 다시 말해 오늘날 추상세계에서 좀더 본질적인 일들이 일어나고 실제세계에서는 더 사소한 일들이 일어난다.

울리히가 이런 식으로 모오스브루거 사건에서 알게 된 것은 대략 다음과 같다.

모오스브루거는 어린 시절 불쌍한 악마였다. 그는 길이란 것이 있어본 적이 없는 아주 작은 마을에서 고아들을 돌보는 소년이었다. 너무 가난해서 한번도 감히 여자아이와 말을 해본 적이 없었다. 그는 언제나 여자들을 바라볼 수밖에 없었는데, 이는 도제생활을 할 때나 떠돌이생활을 할 때도 마찬가지였다. 우리는 누군가 빵이나 물 같은 것을 아주 당연하게 갈망하면서도 쳐다봐야만 한다는 것의 의미를 상상해볼 필요가 있다. 시간이 지나면 우리는 그것을 비정상적으로 갈망하게 된다. 그것이 달려가고, 치마가 장딴지 주위에서 흔들린다. 그것이 울타리 위까지 치솟았다가 무릎 높이까지 내려와 눈에 보인다. 우리는 그것을 보지만, 그것은 불투명해진다. 우리는 그것이 웃는 소리를 듣고 재빨리 뒤돌아보지만 그 얼굴에서 단지 움직임 없는 구멍, 마치 방금 생쥐가 미끄러져 들어간 것 같은 그 구멍 같은 것만을 보게 된다.

 그래서 모오스브루거가 이미 어린 소녀를 살해하긴 했지만 자신을 밤낮으로 부르는 혼령에 쫓긴 나머지 그런 짓을 저지르게 되었다고 볼 수도 있는 일이었다. 그 혼령들은 그가 잠자리에 들 때 침대 위로 내던져졌으며 그가 일하는 곳까지 따라와 괴롭혔다. 그는 그 혼령들이 밤낮으로 서로 이야기하고 싸우는 소리를 들었다. 그것은 정신병이 아니었고, 사람들이 그런 식으로 말할 때 모오스브루거는 견디기 어려웠다. 비록 그조차 자신의 이야기들을 설교에서 들은 말로 꾸밀 때가 종종 있었고, 감옥에서 꾀병을 부리는 사람에게 하는 충고처럼 이야기를 손질할 때도 있긴 했지만 말이다. 그가 주의를 기울이지 못하는 순간 흐릿해지긴 하지만 이야기를 만들어낼 재료들은 늘 널려 있었다.
 방랑자로 생활하던 때도 사정은 마찬가지였다. 목수들이 겨울에 일자리를 찾기는 쉽지 않아서 모오스브루거는 자주 몇주일을 길에서 보내곤 했다. 그는 아마 하루종일을 걸어 도달한 곳에서 아무 쉴 곳도 찾지 못했을 것이다. 그는 밤늦게까지 계속 행군할 수밖에 없었을 것이다. 식사 때가 돼도 돈이 없기 때문에 그의 눈 뒤에서 두 개의 양초가 타오르고 몸이 혼자 길을 갈 때까지 독한 술을 마셨다. 따뜻한 수프가 있는 무료 숙소에서도 그는 잠자리를 구하지 않았는데, 벌레 때문이기도 했지만 모욕을 주는 관료들 때문이기도 했다. 그래서 그는 차라리 몇푼의 돈을 구걸해 농부들의 긴초더미 속으로 들어가는 것을 더 좋아했다. 당연히 그곳에선 어디로 가는지, 왜 그런 모욕을 당하는지 묻는 사람이 없었다. 아침에는 종종 폭력과 방랑, 그리고 구걸을 문제삼는 다툼과 고발이 있기도 했고, 따라서 그런 전과들을 남긴 기록은 점점 두꺼워져갔다. 아마 새로 부임한 판사라면 그것으로 모오스브루거를 다 설명할 수 있다는 듯이 거들먹거리며 이 기록을 펼쳐볼 것이다.

또한 하루 또는 몇주에 걸쳐 제대로 씻지도 못한다는 것의 의미를 누가 알겠는가. 피부가 너무 뻣뻣해져서 좀 자상해지려고 해도 거친 행동밖에 나오지 않는다. 그런 외피 속에서는 살아있는 영혼이라도 딱딱해지고 마는 것이다. 그래도 이성은 덜 영향을 받았을 것이고, 그는 그런대로 쓸모있는 일을 이성적으로 해나가고 있었다. 그 이성은 또한 으깨진 지렁이와 메뚜기로 가득 찬, 걸어다니는 거대한 등대 안의 작은 불빛 같은 것인지도 몰랐다. 그 안에서는 모든 개인적인 것은 부서지고 오직 부글부글 발효하는 신체기관만이 걸어다녔다. 방랑하는 모오스브루거가 마을을 지나갈 때, 또는 황량한 거리를 걸어갈 때 그는 여자들의 긴 행렬과 마주쳤다. 한 여자가 지나치고, 한 30분쯤 후면 또 한 여자가 지나쳤다. 비록 긴 시간간격으로 여자들이 지나쳤고, 그들이 서로 관계가 있는 것도 아니었지만, 여전히 전체적으로는 행렬이었다. 그녀들은 한 마을에서 다른 마을로 가거나 아니면 집 앞에 우두커니 서 있었다. 또한 두꺼운 숄이나 재킷을 걸치고 엉덩이 쪽의 뻣뻣하고 미끈한 곡선을 드러내고 있었고, 따뜻한 집으로 들어가거나 아이들을 안고 나오거나 누군가 까마귀에다 하듯이 돌을 던져도 될 만큼 길에 혼자 나와 있기도 했다. 모오스브루거는 자신은 절대 강간살인범은 아니라고 주장하면서, 그 이유가 여자들이 그에게는 늘 혐오감만 불러일으켰기 때문이라고 했다. 그도 그럴 것이, 고양이 역시 살찐 갈색 카나리아새가 아래 위로 폴짝거리는 새장 앞에 앉아 있거나, 단지 도망가는 모습을 한번 더 보기 위해 쥐를 잡았다가 놓아주고 다시 잡기도 한다. 또한 달리는 자전거를 쫓아가서 단지 장난으로 무는 개는 무엇인가? 인간의 친구인가? 이 움직이고 살아있는 것들, 그리고 조용히 굴러다니고 휙 지나다니는 것과의 관계 속에는 그들 스스로를 즐기는 창조물에 대한 어떤 비밀스런 혐오감이 자리잡고 있다. 그 여자가 소리를 지른다면, 어떻게 해야만 하는 것일까? 단지 정신을 좀 차릴 수 있거나 그것조차 못한다면 그 여자의 머리를 바닥에 눌러서 입을 땅에 처박는 수밖에 없다.

모오스브루거는 아주 외로운 떠돌이 목수였을 뿐이다. 그가 일하는 모든 곳에서 동료들에게 칭찬을 들었지만, 친구는 한 사람도 없었다. 강한 욕망은 때때로 그의 본질을 사납게 변화시켰다. 어쩌면 사실, 그 스스로 말하듯이 그 욕망에서 무언가 다른 것을 만들어낼—극장방화자나 대량파괴자, 위대한 무정부주의자—교육과 기회가 부족했던 것인지도 모른다. 그러나 비밀결사로 함께 행동하는 무정부주의자들을 그는 매우 경멸하여 사기꾼들이라고 불렀다. 그는 분명히 아팠다. 그러나 그의 병적인 본성이 스스로의 태도에 기준을 정해준다는 사실은 명백했고, 이것이 그를 다른 사람들로부터 격리시켰으며, 그 자신에게는 스스로의 자아를 느끼는 더 강하고 높은 감정처럼 다가왔다. 그의 전체 삶은 우습고 놀랍게도 어떡하든 그 자아를 찾기 위한 어색한 투쟁이었다. 이미 견습생 시절부터 그는 자신을 징벌하려던 한 도제의 손가락을 부러뜨렸다. 또다른 도제에게서는 돈을 훔쳐 달아나기도 했다. 그가 말하길, 단지 정의를 위해 한 일이었다고 했다. 그는 어느곳에서노 오래 머물지 못했다. 그가 다른 사람과 일정한 거리를 둘 수 있으면—처음에는 늘 그렇지만—그는 친근한 침묵과 넓은 어깨로 조용히 일하면서 머물렀다. 그러나 마치 오랫동안 알아온 사이처럼 그들이 허물없이 대하기 시작하는 순간, 짐을 싸서 떠나버렸는데, 그것은 마치 자신이 피부 아래 단단히 고정돼 있지 않은 듯한 섬뜩한 느낌이 그를 사로잡았기 때문이다. 한번은 너무 오래 머문 적이 있었다. 한 공사현장에서 네 명의 미장이가 그에게 본때를 보여주기로 결심하고 위층에서 공사구조물을 아래로 떨어뜨리겠다며 으름장을 놓았다. 그는 그들이 낄낄거리며 등 뒤에서 다가오는 소리를 듣고는 믿을 수 없는 힘을 발휘하여 그중 한 놈을 2층 계단으로 던져버리고 다른 두 놈의 팔 힘줄을 모두 끊어버렸다. 이 일로 처벌받은 일이, 그의 감정을 흔들어놓았다고 그는 말했다. 그는 터키로 갔지만 이내 되돌아왔다. 왜냐하면 세계 어느곳에서나 사람들은 그에게 적대적이었기 때문이다. 어떤 신비한 말도, 어떤 선의도 이 음모에 대항하여 이길 수 없었다.

  그런 말을 그는 정신병원과 감옥에서 열심히 배웠다. 그 말들이란 자신의 언어에서 가장 어색한 자리에 속한 프랑스어와 라틴어 계열의 것들이었다. 그때부터 그는 이런 말들을 소유하는 것이 곧 그 힘있는 자들에게 그의 운명을 '발견할' 권위를 부여한다는 것을 알게 되었다. 같은 이유로 그는 심리 과정에서도 강한 고지독일어를 구사하려고 노력하면서, '그 언어가 내 잔인성의 근본에 기여한다'느니 '그런 류의 여자들을 평가하는 것보다 더 부도덕하게 그녀들을 상상하려고 했다'라는 말을 했다. 그러나 이런 표현마저 실패했다는 것을 알았을 때 그는 종종 한껏 무대의 수위를 높여서 스스로 '이론적인 아나키스트'라고 거들먹거리며 주장했는데, 만약 무지한 노동계급을 착취하는 지독한 유대인들이 보내는 호의를 받아들이는 기분이 들면 당장 사회민주주의자들이 자기를 구해줄 거라고 말하기도 했다. 이것은 그 역시 하나의 '지식영역'을 가지고 있음을 보여주었으며 그 영역에서는 담당판사의 유식한 추론도 그를 따라올 수 없었다.

일반적으로 그런 말은 법정서기로부터 '뛰어난 지적 능력'으로 평가받았고, 재판 내내 존경에 찬 주목을 받았으며, 더 가혹한 처벌을 불러오기도 했다. 그러나 근본적으로 그의 득의양양한 자만심은 그런 반응을 인생의 최고점으로 경험했다. 그래서 그는 자신의 신산했던 삶을 아무렇지도 않게 겨우 몇마디의 낯선 용어들로 처분할 수 있다고 믿는 심리학자들을 격렬하게 증오했다. 늘 그렇듯이 그에 대한 정신감정은 심리학보다 높은 지위에 있던 사법부의 변덕스러운 압력에 의해 행해졌고 모오스브루거는 이 기회를 놓치지 않고 공개적인 심리에서 심리학자들보다 자신이 우위에 있음을 증명했고, 심리학자들이 아무것도 모르는 주제에 거드름이나 피우는 바보에다 사기꾼임이며 맘만 먹으면 그들을 속여 원래 있어야 할 감옥 대신 얼마든지 정신병원에 들어갈 수 있음을 폭로했다. 그는 자신의 행위를 부정하지는 않았지만 그것이 위대한 생의 철학이 빚어낸 불운한 사고로 이해받기를 원했다. 킥킥 웃는 여자들은 누구보다도 그에게 적대적으로 대했다. 그들에게는 항상 꽁무니를 쫓아다니는 사내들이 있었고, 완전한 모욕이라고 생각하지 않는 이상 그들의 말에는 콧방귀도 뀌지 않았다. 그는 그 여자들에게 자극받지 않기 위해 될 수 있는 한 피해다녔으나 언제나 피할 수 있는 것은 아니었다. 때로는 머릿속이 텅 비고 불안으로 손이 땀에 젖어서 아무것도 생각할 수 없는 날이 있기 마련이다. 그런 날에 굴복한다면, 길 저쪽으로 첫발을 내딛자마자, 건너편을 어슬렁거리는 독약 같은 자의 지시로 사전순찰에 나선 사기꾼 같은 여자 하나가 남자를 무너뜨리고 속이면서 비밀스럽게 웃고 있는 것을 발견할 것이다. 그런 부도덕한 여자가 그에게 더 심한 짓을 했다고 해서 뭐가 이상하겠는가!

그리고 그런 날은 내면의 불안을 달래기 위한 엄청난 혼란을 품은 채 무기력하게 취한 밤으로 끝났다. 누군가가 취하지 않고도 세상은 불안할 수 있다. 거리의 벽은 마치 배우에게 나가라는 사인을 보내기 직전의 무대처럼 흔들렸다. 달빛을 받으면 도시 변두리 공터는 더욱 조용해진다. 거기가 바로 모오스브루거가 집으로 가기 위해 거쳐야 하는 곳으로, 바로 그 철제다리에서 그 소녀가 그에게 말을 걸었다. 그녀는 으슥한 곳에서 남자에게 몸을 파는, 도망친 하녀에다 무직자인 소녀로, 두건 아래로 쥐처럼 빛나는 작은 눈을 빼고는 볼 것도 거의 없는 작은 여자였다. 모오스브루거는 그녀를 피해서 가던 길을 재촉했지만 그녀는 자신을 집으로 데리고 가달라고 애원했다. 모오스브루거는 곧장 걸었다. 그러고는 코너를 돌아 어쩔 수 없이 이리저리 돌아다녔다. 그는 성큼성큼 걸었는데 그녀는 그의 곁에 바싹 붙어서 뛰어왔다. 그가 멈추자 그녀도 마치 그림자처럼 멈췄다. 그는 다시 한번 그녀를 쫓아내려고 해보았다. 갑자기 돌아서서 그녀의 얼굴에 두 번 침을 뱉었다. 하지만 그것도 소용이 없었다. 그녀는 상처를 줄 수 없는 존재였다.

그 일은 좁은 지역을 지나쳐야 나오는 꽤 먼 공원에서 일어났다. 모오스브루거에게는 그 근처에 소녀의 보호자가 있을 거라는 확신이 들었다. 그렇지 않다면 원하지도 않는 남자를 따라올 용기가 어디서 나오겠는가? 그는 바지주머니의 칼을 잡았다. 그 역시 그 정도는 알았다. 그들은 그에게 달려들 것이다. 그런 여자들 뒤에는 언제나 당신을 경멸하려는 그런 놈들이 숨어 있기 마련이다. 그녀가 혹시 여장을 한 남자는 아닐까? 그는 이 아첨꾼 같은 여자가 마치 커다란 시계추처럼 똑같은 요구를 쉬지 않고 하는 동안 그림자가 움직이는 모습과 숲에서 나는 부스럭거림을 들었다. 하지만 그의 괴력에 덤벼들 자는 아무도 없었고 이렇듯 기묘하게 아무 일도 일어나지 않는 것에 점점 불안을 느끼기 시작했다.

그들이 여전히 어둑어둑한 첫번째 거리에 접어들었을 때 이마에 땀이 고인 채 그는 떨고 있었다. 그는 옆을 돌아보지 않고 아직 열려 있는 카페로 곧장 걸어 들어갔다. 블랙커피 한 잔과 꼬냑 세 잔을 들이켜고는 평화롭게 앉아 있는 동안 한 15분 정도는 지난 것 같았다. 그러나 계산을 마치자 그녀가 밖에서 기다리고 있으면 어떻게 하지, 라는 걱정이 다시 밀려들었다. 그 생각들은 끊임없이 팔과 다리를 휘감는 새끼줄 같았다. 그리고 어두운 거리를 나서서 몇걸음 떼지도 않았을 때 그녀가 곁에 있다는 느낌이 들었다. 이제 그녀는 비굴하지도 않았고 오히려 뻔뻔하고 확신에 차 있었다. 더이상 구걸도 하지 않았으며 그냥 침묵으로 일관했다. 그때 그는 결코 그녀에게서 벗어날 수 없다는 사실을 깨달았다. 왜냐하면 그녀를 쫓아다닌 건 그 자신이기 때문이다. 거의 눈물이 날 지경의 혐오감이 그의 목구멍에서 솟구쳤다. 그는 계속 걸었고 그를 쫓는 사람은 바로 그 자신이었다. 그것은 그가 거리에서 여인들의 행렬과 마주칠 때마다 되풀이되는 것이었다. 한번은 의사가 오기를 참고 기다리지 못한 그가 자신의 다리에 박힌 큰 나뭇조각을 직접 뽑아낸 적이 있었다. 지금 주머니 속에서 오랫동안 딱딱해진 갈을 다시 한번 만지는 순간은 그때와 매우 닮아 있었다.

그러나 거의 초인 같은 도덕적 힘을 발휘해 빠져나갈 방법 하나를 생각해냈다. 이 길을 죽 따라가면 판자 벽 뒤에 경기장이 있었다. 거기서라면 눈에 띄지 않을 것이었고, 그래서 그는 그곳으로 숨어들었다. 비좁은 티켓 부스에서 그는 몸을 낮게 구부렸고 머리는 제일 어두운 쪽으로 돌렸다. 그 은은하고 지긋지긋한 두번째 자아가 그의 곁에 자리를 잡았다. 그놈으로부터 빠져나오기 위해서 그는 잠든 척했다. 하지만 그가 조심스럽게 기어나오려고 할 때 그놈이 다시 나타나서는 팔로 목을 휘감았다. 그때 주머니에서 뭔가 딱딱한 것이 만져졌고, 그는 그것을 끄집어냈다. 그것이 가위인지 칼인지 그는 알 수 없었다. 그것으로 그녀를 찔렀다. 그는 그것이 가위일 뿐이라고 주장했지만, 그것은 칼이었다. 그녀는 부스 안쪽으로 고꾸라졌다. 그는 그녀를 부드러운 땅으로 질질 끌고 나와서는 그녀와 완전히 떨어졌다는 느낌이 들 때까지 계속 그녀를 찔렀다. 그러고는 다시 밤이 고요해지고 놀랍도록 평온해지는 약 15분간 곁에 서서 그녀를 내려다보았다. 이제 그녀는 어떤 남자에게 모욕을 주거나 쫓아다닐 수 없었다. 마침내 그는 그녀가 쉽게 발견되어 묻힐 수 있도록 시신을 길 건너편 눈에 잘 띄는 풀숲 앞으로 옮겨주었다. 나중에 그는, 그때부터는 그녀의 잘못이 없기 때문에 그렇게 했다고 진술했다.

재판이 진행되는 동안 모오스브루거는 변호사에게 예측하지 못할 어려움을 던져주곤 했다. 그는 마치 구경꾼처럼 벤치에 방만하게 앉아서는 검사가 그의 위협적인 특징들을—그 자신은 고귀하다고 생각하는—지적하거나 그가 금치산자라 할 만한 어떤 것도 목격하지 못했다는 증언을 추켜올릴 때마다 '브라보'라는 환호성을 보냈다. 재판을 이끄는 수석판사는 '당신 참 엄청난 괴짜군'이라며 이따금 그의 비위를 맞춰주다가도 생각이 들 때마다 피고의 목에 걸린 올가미를 더 조이는 것을 잊지 않았다. 그러면 모오스브루거는 마치 투우장에 끌려들어간 소처럼 놀라 눈을 굴리며 주변의 얼굴들을 바라보았다. 소와 마찬가지로, 자신이 더 깊은 죄의 단계로 한층 더 내려간 것을 알아차리지 못한 채 말이다.

　울리히는 모오스브루거의 변호가 분명히 어떤 알 수 없는 원칙에 의해 뒷받침된다는 것에 큰 흥미를 느꼈다. 그는 죽일 의도도 없었고, 그의 품성으로 보아 정신이 이상한 것도 아니었다. 그렇다고 살해동기를 도저히 성욕이라고 볼 수는 없었으며 그보다는 단지 혐오 또는 경멸일 가능성이 더 컸다. 따라서 그 행위는 자신이 표현한 대로 그간 본 '어떤 여자의 캐리커처', 즉 그 여자의 혐오스러운 행위에서 비롯된 살인이어야 했다. 그를 제대로 이해한다면, 심지어 그가 그 살인을 정치적 범죄로 인정받고 싶어한다는 것, 그리고 그가 스스로를 위해서가 아니라 법적 구조를 위해서 투쟁한다는 인상을 종종 심어준다는 것을 깨닫게 될 것이다. 그에 대응하는 판사의 전략은 그가 살인자로서의 책임을 회피하려는 서툴고 약삭빠른 시도를 하고 있다고 간주하는 것이었다. "왜 당신은 피묻은 손을 씻어냈나요? 왜 칼을 멀리 내다버린 거죠? 왜 살인 후에 옷과 내의를 새것으로 갈아입었죠? 일요일이었기 때문인가요? 오히려 당신이 피범벅이었기 때문에 그런 게 아닌가요? 왜 당신은 살인을 저지르고도 놀러나갔던 것이죠? 마음에 찔리는 게 하나도 없었나요? 도대체 희생자를 애도하는 마음이 있긴 있는 건가요?" 좀더 교육을 받았더라면 벗어날 수 있는 이런 몰지각한 그물 때문에 모오스브루거가 얼마나 애석해하고 있을지를 울리히는 잘 이해했다. 그런 시도에 대해 판사는 심하게 책망하며 말했다. "당신은 언제나 남을 비난할 줄밖에 모르는군요!" 판사는 경찰기록에서 부랑아들의 진술까지 모든 자료를 모아서 모오스브루거의 유죄를 증명하는 근거로 제시했다. 그 자료들은 서로 아무 관계도 없는 완전히 개별적인 사건들로 이루어져 있었으며 각각의 사건은 모오스브루거의 외부 어딘가에 존재하는 서로 다른 원인을 가지고 있었다. 판사의 눈에 살인은 그가 저지른 것으로 보였으며, 모오스브루거의 눈에 판사들은 주변을 지나치다 그에게 날아온 새처럼 보였다. 판사에게 모오스브루거는 특별한 사건이었다. 모오스브루거 자체가 하나의 세계였으며 그 세계에 대해 뭔가 설득력있는 이야기를 한다는 것은 쉽지 않았다. 거기에는 두 개의 전략이, 두 개의 자아와 두 개의 일관성이 서로 싸우고 있었다. 하지만 모오스브루거는 좋지 않은 입장에 처했는데 그것은 그가 마음속의 기이하고 그늘진 상황들을 그 어떤 영리한 사람보다 잘 표현하기 때문이었다. 그런 상황들은 그의 인생의 혼란스러운 고립에서 직접 비롯되었다. 모든 다른 삶들이 수백 가지로 존재하는 데 비해—이는 그 삶을 이끌어가는 사람에게 그렇게 인식될 뿐 아니라 그 삶을 확인하는 주변 사람들에게도 그러한데—그의 진정한 삶은 오로지 자신 하나만을 위해 존재했다. 그것은 언제나 모양을 잃어버리고 변하는 수증기였다. 물론 그는 다른 사람들의 삶이 근본적으로 다른 것은 무엇이냐고 판사에게 물어볼 수도 있었다. 그러나 그런 생각은 전혀 하지 않았다. 재판정 앞에서는 착착 자연스레 진행되는 모든 일들이 이제는 아무 감각 없이 내면에서 뒤섞였고, 그는 자신의 뛰어난 적수들이 하는 말보다 더 형편없는 것은 없다는 사실을 이해하기 위해 최선의 노력을 다했다. 판사는 도움이 될 만한 개념들을 소개하기도 하면서 최대한 친절하게 그런 노력을 격려했다. 비록 이런 격려가 모오스브루거에게 끔찍한 결과를 초래했음이 나중에 밝혀지기는 했지만 말이다.

그것은 마치 그림자와 벽의 싸움 같았고, 마침내 모오스브루거의 그림자는 오싹한 깜박거림으로 줄어들었다. 재판 마지막 날에 울리히도 참석했다. 수석판사가 모오스브루거 스스로 행위를 책임질 수 있다는 정신과 전문의의 소견서를 읽어나가자 그는 벌떡 일어서더니 재판정에 말했다. "아주 만족스런 결과군요. 이제 내 목표를 이루었습니다." 그 말을 못 믿겠다는 듯한 주변의 냉소적인 시선 때문에 그는 분노에 차서 덧붙였다. "기소한 사람은 나이기 때문에 나는 저 증거에 만족하는 것이오!" 지금 엄격한 형벌을 눈앞에 둔 수석판사는 법정이 그를 만족시키기 위한 것이 아님을 천명함으로써 그를 꾸짖었다. 그러고는 판사는 사형판결문을 읽어 내려갔다. 그것은 마치 재판 내내 시종일관 청중들을 즐겁게 해준 모오스브루거의 바보 같은 지껄임에 이제는 진지하게 책임을 물어야 한다는 것처럼 들렸다. 모오스브루거는 말이 없었고 놀란 것처럼 보이지도 않았다. 그렇게 재판은 종결되었고, 모든 것이 끝났다. 그러나 그의 정신은 비틀거렸다. 그는 자신을 이해하지 못하는 사람들의 교만함에 속절없이 무너졌다. 그는 이미 법원 경찰에 이끌려 나가면서도 몸을 돌려 말을 하려고 했으며 경찰들의 손을 뿌리치며 손을 높이 들고 소리질렀다. "내가 미친놈이라고 고백해야 하긴 하지만, 나는 이 결정에 만족합니다!"

그건 하나의 모순이었지만 울리히는 숨을 몰아쉬며 앉아 있었다. 그것은 분명히 광기였고 각각의 존재의 요소들이 어긋난 것에 다름 아니었다. 그것은 갈라지고 희미해졌다. 그러나 울리히는 인류가 대체로 꿈을 꿀 수 있다면 그 꿈에는 모오스브루거가 등장할 것만 같았다. 그는 언젠가 재판중에 모오스브루거가 무례하게도 '저 불쌍한 어릿광대'라고 불렀던 변호사가 몇몇 사실관계의 오류 때문에 항소하기로 했다는 말을 전할 때야 비로소 정신을 차렸다. 그의 거인 고객은 이미 여행되고 난 뒤였다.

19.
훈계의 편지, 그리고 특성을 얻을 기회.
두 왕위계승자의 싸움

그런 식으로 세월은 흘러갔고, 울리히는 아버지로부터 편지 한장을 받았다.

사랑하는 아들에게. 네가 인생에 조금이라도 발전이 있었다든가 그런 걸 준비하고 있다는 소식 하나 받아보지 못했는데 벌써 몇달이 지나가버렸구나.
지난 몇년 동안 네가 몇몇 분야에서 두각을 나타내고, 그로 인해 전도유망한 미래를 약속받고 있다는 소식을 듣고 나도 만족했음을 네게 알려주고 싶구나. 하지만 정말 내게서 물려받지 않은 네 자신의 천성이 한편으로 너를 유혹하는 그 첫발을 저돌적으로 내딛게 하는 동시에, 너에게 기대를 걸고 있는 사람들에게 무엇을 빚지고 있는지조차 잃어버리게 했다는 것, 또한 네가 보내오는 소식에서 미래를 위한 어떤 조그만 결정도 찾아볼 수 없다는 게 나를 깊은 근심에 빠지게 하는구나.
그건 단지 네가 다른 남자들처럼 이미 삶에서 확고한 자리를 차지할 만한 나이가 되어서만은 아니고, 내가 이제 언제라도 죽을 나이가 되었기 때문이다. 그리고 내가 너와 네 누이에게 똑같이 물려주게 될 유산도 적은 건 아니지만, 오늘같이 결국 네 자신이 마련해야 하는 사회적 지위를 그 재산으로 탕진하게 될지도 모르는 상황에서는, 그리 충분하지도 않을 것 같구나. 학위를 마친 이후에도 넌 여러 영역에 걸친 계획들을 모호하게 이야기했고, 늘 그렇듯이 심하게 과장하기도 했다. 그러나 너는 강의를 따내겠다거나 그런 계획에 맞는 이러저러한 대학과 연락을 취해보고 있다거나, 하물며 영향력있는 그룹들과 접촉하고 있다는 소식을 한번도 보내온 적이 없었다. 그런 것들도 이따금 나를 근심에 빠뜨린단다. 누구든 내가 학문의 자율성을 깎아내리려 했다는 의심을 할 수는 없을 것이다. 너도 알겠지만 이미 47년 전에 출간돼 벌써 12판을 찍은 나의 저서 『사무엘 무펜도르프의 도덕적 책임과 현대 법학』에서 나는 최초로 그에 관한 이전 형법학자들의 편견을 깨고 그 문제를 명확히했었다. 단지 나는 삶에서 고된 노동을 해본 체험 때문에, 인간이 홀로 자립한다는 것, 그리고 한 개인을 지원해주고 그것을 통해 그를 풍부하고 유익한 전체에 속하도록 이끌어준 학문적이고 사회적인 관련들을 무시하는 것을 인정할 수 없었을 뿐이다.

그래서 나는 정말 네가 가능한 빨리 너의 발전을 위해 들인 비용을 갚고, 그리하여 너의 귀향 이후 네가 그런 관계들을 회복하고 더이상 무시하지 않기를 바란다. 그런 의미에서 나는 수년 동안 내 친구이자 후견인이었으며, 이전 회계원 원장이자 지금은 의전관 소속 황실 법률 고문단 의상을 맡고 있는 슈탈부르크 백작에게 네가 곧 가져가게 될 청원을 호의적으로 받아들이기를 부탁하는 편지를 썼단다. 나의 고관 친구들도 이미 친절한 답장을 보내주었고, 다행스럽게도 그는 너를 만나보겠다고 했을 뿐 아니라, 내가 써보낸 너의 경력에도 따뜻한 관심을 보여주기까지 했다. 만약 네가 백작의 마음을 사로잡고 동시에 그 영향력있는 학술모임의 주목을 끌기만 한다면, 나의 힘과 재량이 미치는 한에서 너의 성공은 보장된 것이나 마찬가지가 될 것이다.

백작 측에서 요청하는 것이 무슨 일인지 알면 너도 분명히 기뻐할 거라고 확신하면서 아래에 적는다.

독일에선 1918년 6월 15일을 전후해서 세계에 독일의 힘과 저력을 깊이 각인시키는 축제를 연다는 취지로 빌헬름 2세의 즉위 30주년 기념식이 거행될 예정이란다. 아직 몇년이 남아 있긴 하지만, 믿을 만한 소식에 의하면, 당분간은 완벽한 비공식이라고 할지라도 이미 준비가 진행되고 있다고 한다. 아마 너도 알겠지만, 같은 해에 우리의 경애하는 황제(프란츠 요제프 1세—옮긴이)도 그의 즉위 70주년 기념식을 가질 것이며 그날은 12월 2일이다. 조국에 관련된 모든 문제에 대한 오스트리아인들의 겸손 때문에—이건 꼭 말해야겠는데—다시 한번 쾨니히그레츠^{Königgrätz} 전투*를 경험하지는 않을까 하는 두려움이 생긴다. 다시 말해 효과에 집중하도록 단련된 독일인들의 방법이 우리에게 밀려온다면, 마치 우리가 그 충격을 고려해보기도 전에 단발식 장총을 들여온 그때의 군사행동처럼 되지는 않을까 하는 걱정 말이다.

다행스럽게도, 좋은 관계를 맺고 있는 몇몇 다른 애국적인 인사들은 이미 내가 위에서 말한 걱정들을 알아차리고 있단다. 그리고 내가 말할 수 있는 건, 그러한 우려가 실현되지 못하게 하고 30주년 기념식에 맞서 축복과 배려가 가득한 우리의 70주년 기념식에 전력을 기울이기 위한 행동이 빈에서 진행되고 있다는 점이다. 12월 2일이 6월 15

---

* 1866년 프로이센-오스트리아 전쟁중 벌어진 전투. 오스트리아에 큰 타격을 입혀 결정적인 패인이 되었다.

일보다 더 늦을 게 뻔하기 때문에, 그들은 1918년 전체를 우리 황제의 기념해로 선포하자는 기발한 생각을 해내기도 했단다. 하지만 내 경우엔, 내가 속해 있는 조직의 자격만으로도 그 의견에 대해 말할 기회가 주어지는 것으로 알고 있다. 슈탈부르크 백작에게 너를 소개하면, 바로 그 모든 진상을 알게 될 것이다. 그는 너를 준비위원회의 중요한 자리를 맡을 젊은이로 생각하고 있다.

또한 네게 말해둘 것은, 이미 일전에 이야기한 적이 있는 황실의 외무국 국장인 투치 가족과의 관계를 더이상 무시해서는 안 된다는 점이다. 또한 너도 알다시피 이미 사망한 네 숙부의 미망인의 사촌의 딸인 그의 부인—그러니까 너의 사촌뻘 되는—에게도 헌신을 다해야 한다. 내가 듣기로는, 위에서 밝힌 계획에서 그 부인이 중요한 지위를 맡고 있다는구나. 그리고 친애하는 친구 슈탈부르크 백작은 뜻밖에도 네가 그 부인을 방문하도록 해주겠다고 이미 약속했다. 그러니 너는 머뭇거릴 시간이 없을 게다.

나에 대해선 더이상 말할 것이 없구나. 강연을 빼곤 아까 말했던 책의 신판 작업에 온시간을 쏟고 있단다. 노년 시절에는 그러고도 힘이 남으면 마음대로 쓸 수 있단다. 시간은 짧은 것이니, 잘 활용해야 하는 법이다.

너의 여동생에게 들려온 소식이라곤, 건강하다는 것뿐이다. 그 아인 괜찮고 능력있는 남편을 얻었지. 비록 그 애가 만족하는지, 행복한지를 한번도 터놓고 이야기하지 않았지만 말이다.

너에게 축복이 있기를. 사랑하는 아버지가.

2부

그렇고 그런 일이 벌어지다

20.
현실의 느낌. 특성의 결여 대신
울리히는 의연하면서도 결연한 행동을 택한다

울리히가 슈탈부르크^{Stallburg} 백작을 방문하기로 한 것은 여러 이유가 있어서이지 단지 호기심 때문만은 아니었다.

슈탈부르크 백작은 황제의 왕립궁정에서 일하고 있었고, 카카니엔의 황제는 전설적인 노신사였다. 지금까지 황제에 관한 많은 책들이 출간되었고, 그가 한 일이나 금지한 일, 그리고 허용한 일들이 알려져 있지만, 그와 카카니엔의 마지막 10여년 동안만 해도, 예술과 과학에 정통한 젊은이들에게 그는 실제로 존재하는 사람인지조차 의문시되었다. 사람들이 본 그의 초상화 숫자는 제국의 거주민 수만큼이나 많았다. 그의 생일에 먹고 마셔댄 음식은 거의 예수 탄신일의 수준과 비슷했고, 산에는 횃불이 타올랐으며, 그를 아버지로서 사랑한다는 수백만명의 맹세가 울려퍼졌다. 그를 기리는 축가는 카카니엔 사람이라면 누구나 단 한줄이라도 외우는 시나 노래 중 유일한 예술작품이었다. 하지만 이 대중성과 인기는 너무도 명백해서, 마치 그의 존재를 믿는 것은 이미 수천년 전에 사라진 별을 보면서 지금 존재한다고 믿는 것과 같았다.

차를 타고 궁전에 도착했을 때 첫번째 일어난 일은 택시운전사가 궁전 밖에 차를 세우더니 돈을 내라는 것이었다. 그는 궁전 안을 통과할 수는 있으나 그 안에 차를 세울 수는 없다고 주장했다. 울리히는 운전사에게 화가 났고 사기꾼이나 겁쟁이라고 생각했다. 그러나 자신의 항의가 운전사의 소심한 거절에 맥없이 거부당하자, 갑자기 그는 자신보다 더 강한 힘의 존재를 느끼게 되었다. 그가 궁전 안으로 들어서자, 그곳에는 수많은 붉고 푸르고 희고 노란 코트와 바지, 그리고 모자용 깃털장식이 눈에 띄었으며 그것들은 마치 모래톱 위의 새처럼 태양 아래 완고하게 서 있었다. 그때까지 그는 '경애하는 황제'라는 말을 마치 무신론자들이 여전히 '신께 감사를'이라고 인사하는 것처럼 무심코 통용되는 의미없는 단어라고 생각했다. 그러나 지금 그가 외벽을 바라볼 때 그것은 회색의 침착하게 중무장된 하나의 섬 같았다. 그 섬은 도시의 빠른 속도가 막무가내로 곁을 스쳐가는 동안에도 그곳에 떠 있었던 것이다.

자신을 소개하자 계단을 올라 크고 작은 방이 있는 복도를 따라 안내되었다. 잘 차려입었음에도 불구하고 울리히는 마주치는 시선마다에서 자신의 외모를 검사하는 듯한 느낌을 받았다. 여기서는 아무도 귀족적인 정신과 현실을 혼돈하지 않을 것이고, 울리히에게는 아이러니한 저항과 부르주아적인 비판밖에 의지할 것이 없었다. 그는 내용이라고는 없는 거대한 껍데기 속을 걸어가고 있다고 확신했다. 그 거대한 방들에는 가구가 거의 없었으나 차라리 이 텅 빈 취향에는 위대한 스타일이 주는 쓰라림은 없었다. 그는 일련의 호위병과 하인들을 지나쳤는데, 그들은 위엄이 있다기보다는 좀 제멋대로였다. 한 어섯 명쯤의 잘 훈련되고 좋은 급여를 받는 탐정들이 아마도 더 효과적으로 그 일을 수행할 것 같아 보였다. 회색 유니폼을 입고 은행급사 같은 모자를 쓰고서 하인들과 호위병들 사이를 왔다갔다하는 일꾼들은 마치 자기의 생활공간과 사무실을 분간하지 못하는 치과의사나 변호사 같았다. '이 모든 것에서 사람들은 광휘에 휩싸인 비더마이어 시대를 경외하게 되겠지'라고 울리히는 생각했다. '하지만 오늘날 그 외양과 편안함에서 호텔을 따라갈 수는 없어. 그래서 이 궁전은 더더욱 귀족적인 절제와 완고함에 기대는 것이겠지.'

그러나 슈탈부르크의 방 안에 들어갔을 때, 울리히는 잘 균형 잡힌 텅 빈 결정 같은 곳에서 각하의 영접을 받았다. 그 결정의 한가운데 신중하면서도 벗겨진 머리의, 조금 구부정한 사람이—그의 무릎은 오랑우탄처럼 구부러져 있었다—울리히를 마주하고선 고귀한 출신에다가 저명한 황실의 고급공무원이라면 의당 그래야 할 몸가짐이라고는 볼 수 없는 태도로 서 있었다. 그것은 단지 어떤 태도를 모방한 것임에 틀림없었다. 각하의 어깨는 굽어 있었고, 아랫입술은 늘어져 있었으며, 늙은 공무원이나 회계원처럼 보였다. 갑자기 의심할 나위 없이 그가 떠올린 사람이 거기 있었다. 슈탈부르크 백작은 뻔히 들여다 보였고, 울리히는 70년 동안 최고권력의 핵심에 있었던 사람은 그의 배후를 되돌아보는 것에, 그리고 그가 다룬 문제들에 공헌한 사람처럼 보이는 것에 만족을 느껴야 한다는 사실을 깨달았다. 따라서 이처럼 최고위층 근처에 있는 사람들에게는 그 자신의 원래 모습보다 덜

인격적으로 보이는 것이 훌륭한 예절이며 자연스러운 분별력이 되었다. 이 때문에 왕은 종종 스스로를 나라의 충복이라고 지칭하는 것이다. 울리히는 금세 백작이 카카니엔의 모든 점원과 역내 운반원들처럼 잘 면도한 턱에 짧고 희끗희끗한 구레나룻을 하고 있다는 사실을 알아챘다. 그것은 그들이 황제의 차림새를 모방하고 있다는 믿음에서 나온 것이었으나 더 깊은 이유는 호혜주의 때문이었다.

각하가 말하기를 기다려야 했기 때문에 울리히에게는 시간이 있었다. 생의 한 기쁨이기도 한 위장하고 변신하려는 극적인 충동이 여기에서는 아주 순수하게, 어떤 오점이나 행위한다는 자의식 없이도 드러날 수 있었다. 그래서 그 충동은 연중 계속되는 무의식적인 자기표현 예술의 형태로 강하게 스스로를 드러냈는데, 그것은 비교적 중산층의 관습인, 극장을 짓고 연극을 상연하는 것이었다. 몇시간이나 소요되는 그 예술은 아주 이상하고 퇴폐적이며 정신분열증적인 것으로 그에게 다가왔다. 백작이 마침내 입을 열어 그에게 말했다. "당신 아버님께서는…." 그러고는 말을 멈췄을 뿐인데, 그의 목소리에는 굉장히 아름다운 노란빛깔의 손과 뭔가 모든 형체를 감싸는 잘 조율된 도덕성의 기운 같은 것이 담겨 있어서 울리히를—지식인들이흔히 그러하듯이—무아지경에 빠지게 했다. 이번에는 각하가 직업이 무엇이냐고 물었고, 울리히가 '수학자'라고 대답하자 각하는 "오 흥미롭군요. 학교는요?"라고 되물었다. 울리히가 학교에 적을 두진 않았다고 일러주자 각하는 "오 그래요. 흥미롭군요. 학문이나 대학을 나도 알지요"라고 말했다. 이것이 울리히에게는 너무도 자연스럽고 좋은 대화라고 상상한 것에 딱 어울리는 것 같아서 그는 상황에 어울리는 규칙을 따르는 대신 마치 여기가 집인 것처럼 떠오르는 대로 아무렇게나 생각했다. 그는 갑자기 모오스브루거를 떠올렸다. 여기서는 관용의 힘이 느껴졌다. 그것을 이용해 도전하는 것보다 쉬운 일은 없어 보였다. "각하," 그가 말했다. "이런 좋은 기회에 부당하게 죽을 죄인으로 비난받은 한 사람을 옹호해도 되겠습니까?"

그 질문에 슈탈부르크 백작은 깜짝 놀랐다.

"성도착증 살인자 이야기입니다." 그가 완전히 잘못 말하고 있음을 순간 깨달았지만 울리히는 계속했다. "물론 미친 사람이지요." 그는 상황을 모면해보려고 서둘러 덧붙였고 이어서 '각하, 지난 세기 중반부터 이어져온 우리의 법체계가 낙후되었다는 점을 아셔야 합니다'라고 말하려다 그만두고 가만히 앉아 있었다. 백작에게 지적인 활동에서 자주 별 목적 없이 통용되는 그런 종류의 대화를 강요하는 것은 큰 실수였다. 교묘하게 준비된 몇마디 말이야 정원의 양토처럼 유익하겠지만, 이 상황에서 그런 말들의 효과란 누군가 신발에 부주의하게 묻혀온 더러운 흙처럼 여겨질 것이다. 그러나 슈탈부르크 백작은 울리히가 당황하는 것을 보고 그에게 커다란 자비심을 드러냈다. "그래요. 기억나는군요." 울리히가 그 남자의 이름을 말하자 그는 별 거리낌없이 말했다. "당신은 그가 미친 사람이라고 했는데, 그를 돕고 싶은가요?"

"그는 자신이 저지른 일에 책임을 질 수가 없습니다."

"그래요. 그런 일들은 언제나 아주 유쾌하지 않은 법이죠." 슈탈부르크 백작은 그 일이 내포한 난처함에 아주 곤란해하는 것처럼 보였다. 궁색한 표정으로 울리히를 바라보며 백작은 뭔가 다른 일은 없는지, 그 선고가 마지막인지를 물었다. 울리히는 그렇지 않다고 말하는 수밖에 없었다. "아, 그렇다면," 백작은 다소 안도하며 말했다. "아직 시간이 있군요." 그러곤 모오스브루거 건은 푸근한 모호함에 남겨둔 채 울리히의 '아버지'에 관해 말을 이었다.

울리히의 실언으로 한순간 백작은 평정심을 잃었으나 묘하게도 그의 실수가 백작에게 나쁜 인상을 심어주지는 않았다. 백작은 마치 누군가 외투를 벗겨버린 것처럼 처음에 거의 말이 없었으나 훌륭한 인사로부터 추천받은 사람의 그러한 순진함은 그에게 의연하면서도 결연한 것으로 다가왔다. 백작은 호의적인 의사를 표현하려 할 때 쓰이는 두 단어를 발견한 것이 기뻤다. 그는 당장 애국주의운동의 의장에게 소개장을 쓰면서 "우리는 의연하면서도 결연한 조력자를 찾기를 원합니다"라고 그 말을 써먹었다. 잠시 후 울리히가 그 소개장을 받아들었을 때 그에게는 작은 손에 초콜릿 한조각이 쥐어진 채 까맣게 잊혀지는 한 아이가 떠올랐다. 지금 그의 손가락 사이에는 무엇인가 쥐여져 있었고 그는 명령인지 초청인지 모르게—어떤 항변의 기회도 없이—다시 오라는 지시를 받았다. '무슨 오해가 있었나보군요. 저는 정말 별 의사가…'라고 울리히는 말하고 싶었으나 이미 그 거대한 복도와 웅장한 방들을 통해 나갈 시간이 되었다. 그는 갑자기 멈춰서서 생각했다. '나를 코르크 마개처럼 따서 전혀 원치 않는 곳에 던져두는군.' 그는 내부장식의 단순함을 유심히 응시하고는 아무래도 그것에 무심해질 수밖에 없다는 결심이 확고하게 다가옴을 느꼈다. 여태까지 확실히 밝혀진 것이라곤 아무것도 없는 세상이었다. 그런데 아직, 그에게 느껴지는 확고하고 세밀한 특징이란 무엇이란 말인가? 제길, 단지 그 특징을 놀랍게도 실제적이라고 받아들이는 수밖에 없었다.

21.
라인스도르프 백작이 고안해낸 진정한 평행운동

그 위대한 애국주의운동—이제 그 운동을 짧게 줄여서 평행운동이라고 불러도 좋을 것 같다. 왜냐하면 그 운동은 30주년 기념식에 맞서서 축복받고 근심어린 70주년 기념식에도 그에 상응하는 무게를 실어주자는 것이기 때문이다—을 이끄는 진정한 힘은 슈탈부르크 백작이 아니라 그의 친구인 라인스도르프^{Leinsdorf} 백작이었다. 울리히가 궁정을 방문하던 바로 그 시간에, 지체높은 라인스도르프 백작의 아름답고, 창이 높게 걸린 방에선—정적, 겸손, 금실끈과 명예의 엄숙함 같은 것들이 층층이 쌓여 있던—그의 비서가 손에 책을 들고 그가 부탁한 부분을 읽어주고 있었다. 피히테$^{J.\ G.\ Fichte}$의 '독일 국민에게 고함'에서 뽑은 한 부분으로 그것은 아주 적절해 보였다. "나태라는 원죄에서 해방되려면," 그는 계속 읽어나갔다. "그리고 그에 따른 나약함과 게으름에서 해방되려면, 인간에겐 마치 도덕종교의 창시자들이 그랬던 것같이 자유의 수수께끼를 밝혀낼 수 있는 모델이 필요하다. 도덕적인 신념에 대한 적절한 가르침은 교회의 임무였다. 교회의 표상은 설교가 아니라 오로지 영원한 진리를 선포하기 위한 교훈이라고 봐야 한다." 그는 태만, 고안해내다, 그리고 교회라는 단어에 강세를 두어 읽었고, 경애하는 백작 각하는 호의적으로 그 말을 듣다가 책을 받아보고는, 고개를 흔들었다. "아니야," 그 황제 직속 백작이 말했다. "이 책은 훌륭하지만, 교회와 관련된 신교적인 입장은 틀렸어." 비서는 마치 한 조항을 다섯번이나 보고도 이해를 못하는 말단관료처럼 씁쓸하게 다시 그 부분을 들여다보았다. 그리고 조심스럽게 반론을 제기했다. "하지만 민족적 범주에 대한 피히테의 언급은 대단하지 않습니까?" "나는," 각하가 말했다. "우리가 피히테를 받아들이지 않는 편이 낫다고 보네." 책이 닫힘과 동시에 그의 얼굴도 쾅 닫혀버렸다. 말없이 명령하는 얼굴에 비서 역시 공손한 인사로 임무가 끝났음을 표시했고, 피히테의 책을 곧 건네받았다. 그는 그것을 가져가서 옆 서가에 있는 세상의 모든 다른 철학적 체계 사이에 다시 꽂아놓을 것이다. 그런 일은 요리가 그렇듯이 스스로 하는 것이 아니다. 그냥 남을 시키는 것이다.

"그러면 네 가지 측면이 남게 되지. 황제, 유럽의 전환점, 진실한 오스트리아, 그리고 소유와 교양. 그건 회람공문에도 적어넣어야 할 거야."

각하는 순간 어떤 정치적인 생각을 품었고, 그것은 '그것들이 저절로 일어나게 될 것이다'라는 몇마디 말로 정리되었다. 그는 자신의 조국이 지닌 그 모든 범주들이 조국 오스트리아보다는 독일 민족에 더 가깝다고 느꼈다. 그건 그를 불편하게 했다. 만약 비서가 그의 감정에 아첨할 만한 적절한 말이라도 찾아냈다면(왜냐하면 아무튼 피히테가 선택되었으니까) 그 부분도 기록해둘 만한 것이 되었을지 모른다. 하지만 교회에 대한 공격적인 언급이 그것을 방해하는 순간, 라인스도르프 백작은 구원의 한숨을 내쉬었다.

백작은 그 위대한 애국운동의 창시자였다. 고무적인 소식이 독일에서 들려왔을 때, 그에겐 먼저 황제라는 말이 마음에 들었다. 그것은 곧 민족의 진실한 아버지인 88세의 영도자를, 그리고 한번도 단절된

적이 없던 70년의 통치를 떠올리게 했다. 이 두 가지 생각은 당연히 황제가 걸어온 신뢰할 만한 길을 보여주고 있었지만, 그 위에 놓인 영광은 황제의 것이라기보다는 오히려 그의 조국이 세계에서 가장 오래된 유서깊은 통치자를 소유하고 있다는 자부심에서 비롯된 것이다. 똑똑치 못한 사람들은 그 안에서 진귀함이 주는 기쁨만을 보려 할지도 모른다. (그것은 마치 라인스도르프 백작이 이가 빠지고 흔치 않은 가로줄무늬와 워터마크가 있는 사하라 우표를 엘 그레코의 그림보다 더 소중히 여기는 것과도 비슷했다. 그는 그 둘을 다 가지고 있었고 자기 집의 유명한 그림들을 소홀히 여기지 않았음에도, 사실 그림보다 그 우표를 더 좋아했다.) 하지만 사람들은 하나의 상징이 어마어마한 부 이상의, 얼마나 범위가 넓은 힘을 지니고 있는지를 이해하지 못했던 것이다.

라인스도르프 백작에게 그 오래된 통치자라는 상징 속에는 그가 사랑하는 조국과 조국을 하나의 모범으로 삼아야 하는 세계라는 두 측면이 섞여 있었다. 그 위대함과 고통스러운 희망은 라인스도르프 백작을 뒤흔들어놓았다. 그는 자신을 뒤흔든 것이 '민족이라는 가족'에서 영광스러운 자리를 차지하는 것을—마땅히 그럴 만도 하지만—보지 못한 조국 때문이라고는 말할 수 없었을 것이다. 또한 그것이 오스트리아를 그 자리에서 쫓아냈던—비수를 꽂은 1866년의 술책 (같은해 프로이센과의 전쟁에서 패배함으로써 오스트리아는 독일에서의 영향력을 잃게 됨—옮긴이)으로!—프로이센에 대한 질투라고 할 수도 없었을 것이다. 또한 그의 내면을 충족시킨 것이 단순히 그 옛날 국가들이 지녔던 고귀함이라든가 그것을 하나의 모범으로 보여주고 싶다는 욕망이라고 하기도 힘들었다. 왜냐하면 그가 보기에 유럽의 민족들은 물질적

민주주의의 소용돌이 속으로 빠져들고 있었고, 그것은 그 민족들에게 훈계와 자기성찰이 되어야 하는 어떤 숭고한 상징으로 그의 눈앞에 어른거렸기 때문이다. 분명한 것은, 오스트리아를 모든 것의 선두에 올려놓아야 하는, 그래서 이 '오스트리아의 영광에 찬 집회'가 전 세계에 하나의 '전환점'이 되어 그 독특하고 진실한 존재를 다시 발견하는 무슨 일인가가 일어나야 한다는 것이다. 그리고 그 모든 것은 황제의 88년 삶과 연관돼 있었다. 사실 라인스도르프 백작도 더 자세한 것은 알지 못했다. 확실한 건 그가 위대한 생각에 사로잡혀 있다는 것뿐이었다. 그 위대한 사상은 그의 열정을 불태웠을 뿐 아니라—거기에 맞서 엄하고 책임있게 임하시는 주님이 의심스럽게 머물긴 했지만—확실하게 마치 주권, 조국, 세계 행복의 이상처럼 직접 그렇게 숭고하고 빛을 발하는 생각들에까지 밀려들고 있었다. 그리고 이 사유에 붙어 있는 어두운 면을 백작이 털어낼 수는 없었다. 백작은 인간의 지성으로는 혼동과 암흑이지만, 그 자체로는 영원히 명료한, '신적인 어둠 속에서의 주시'라는 신학적인 가르침에 대해서는 잘 알고 있었다. 그 외에도 그는, 위대한 일을 하는 사람은 원래 그 이유를 잘 모른다는 삶의 굳은 신념을 가지고 있기도 했다. 크롬웰도 이미 말했다. '인간은 결코 그곳이 어디인지 아는 곳에서 멈추지 않는다!' 그래서 라인스도르프 백작은 마음껏 자신의 상징을 즐겼고, 그 상징의 불확실함은 오히려 확실함보다도 더 강하게 그를 고무시켰다.

그런 상징들을 빼고 보자면, 그의 정치적 견해는 지나치게 완고했고 단지 절대 의심할 수 없는 지경에서야 가능한 자유라는 위대한 특징들을 지니고 있었다. 그는 토지세습 귀족으로서 상원의원이기는 했지만, 정치적으로 활동적이지는 않았고 의회나 정부에서 관직을 받지도 못했다. 그는 단지 '애국주의자'였을 뿐이었다. 그러나 바로 그 덕분에 그리고 그의 독립적인 재산 덕분에 그는 근심에 차서 제국과 인류의 발전을 염원하는 모든 다른 애국주의자들의 중심에 서게 되었다. 또한 그저그런 구경꾼이 아니라, 위로부터 도움의 손길을 내밀어 발전을 이뤄야 한다는 윤리적 임무가 그의 삶을 관통하고 있었다. 그는 '민족'이 '선량하다'는 걸 확신하고 있었다. 그것은 많은 관리나 지배인, 그리고 하인들이 그의 재산에 의지하며 살고 있다는 것뿐만 아니라, 그들을 생각할 때마다 마치 오페라처럼 무대 양쪽에서 뛰어나와 즐겁게 무리를 이루는 일요일과 축제일이 떠오르기 때문이었다. 이런 인상에 들어맞지 않는 것을 그는 '선동적인 요소'라고 치부했고, 그건 책임감없고 조야하며 저속한 인간들의 일처럼 보였다. 그는 종교적이고 봉건적인 교육을 받았고, 시민계급과 교류하면서도 충돌 한번 없었으며, 적지 않은 책을 읽었지만 젊은 시절을 감싸준 정신적인 교육 덕분에 평생 책 한 권에서 조화 외엔 이해하지 못했다. 또한 자신의 고유한 규칙을 벗어나는 일탈 따위엔 빠지지 않았던 그는, 동시대인들의 군상을 오직 의회나 신문 속의 대립으로만 이해했다. 그리고 그들 속의 많은 것들을 매우 피상적으로 접했기 때문에, 시민사회란 더 깊이 이해할수록 자기가 생각하는 바에서 벗어나지 않는다는 편견을 날로 키워가고 있었다. 그러니까 신에 의해 창조되었지만 너무 자주 신을 부정하는 세계를 바로잡는 그의 방식은 정치적인 신념에 '진실한'이라는 말을 덧붙이는 것이었다. 그는 '진실한' 사회주의 역시 그와 같은 생각에서 나온 것이라고 굳게 믿었다. 맞다. 그는 사실 처음부터, 스스로도 완전히 인정하지는 못했지만 사회주의자들이 자신의 진영으로 행군해 들어올 다리를 놓겠다는 생각을 은밀

히 간직하고 있었다. 불쌍한 자들을 도와주는 것이 기사의 임무임은
확실했다. 그리고 진실한 귀족에게 시민계급 출신의 공장주와 노동
자 사이에 그리 큰 차이가 있을 수 없다는 점도 확실했다. '우리 모두
는 근본적으로 사회주의자들이다'는 그가 가장 좋아하는 구호였고,
앞으로는 더이상 사회적 차별이 없다는 것과도 대동소이한 말이었다.
그러나 그는 세상에 사회적 차별이 있어야 한다고 생각했고, 노동자
계급이 마땅히 물질적인 번영에 관심을 기울이면서도 다른 나라에서
들여온 비이성적인 선동구호들에 거리를 두고 모든 사람들이 자신에
게 맞는 범위에서 의무와 번영을 찾아가는 자연스러운 세계질서를
깨달아주기를 바라고 있었다. 그런 이유로 그에게 진실한 귀족은 진
실한 수공업자만큼이나 중요하게 보였고, 정치적이고 경제적인 문제
를 풀어나가는 일은 결과적으로는 그가 조국이라고 부르는 조화로운
전망을 이루어나가는 것이 되었다.

경애하는 백작 각하는 비서가 나간 후 15분 동안 그가 무슨 생각을
한 것인지 말할 수 없었다. 아마 모든 것이었겠지. 그 중간 키의, 예순
쯤 돼 보이는 남자는 무릎 위에 양손을 포갠 채, 미동도 하지 않고 책
상 앞에 앉아 있었고, 자신이 조금 웃고 있다는 사실도 눈치채지 못
했다. 점점 불어나는 목살 때문에 그는 짧은 칼라의 윗도리를 입었고,
같은 이유에서, 또는 발렌슈타인 시대의 보헤미안 귀족을 떠올리게
한다는 이유에서 콧수염을 기르고 있었다. 천장이 높은 방이 그를 둘
러싸고 있었고, 또 그 방은 서재라든가 곁방 같은 크고 텅 빈 방들로
에워싸여 있었으며, 그 방들 주위로는 겹겹의 홀, 더 많은 방들, 정적,
겸손, 장엄함이 진을 치고 있었고 양쪽으로 휘어진 계단에는 화환이
도열해 있었다. 그 계단이 끝나는 출입구에선 테가 달린 무거운 외투

를 입고 지팡이를 쥔 큰 덩치의 문지기가 서 있었는데, 그는 아치 장식의 틈을 통해 한낮의 밝은 흐름들을 내다보았고, 행인들은 마치 어항 속의 금붕어처럼 그 곁을 헤엄쳐 지나가고 있었다. 이 두 세계 사이에선 로코코 양식의 장난기있는 포도나무 넝쿨이 높게 솟아 있었는데, 그것은 예술을 좀 아는 사람들 사이에선 그 아름다움 때문에, 그리고 폭보다 높이가 더 높다는 것 때문에 유명했다. 그것은 오늘날 넓고 쾌적한 전원풍의 성을 시민사회의 빡빡한 도시계획에 따라 높게 지어진 시청건물의 뼈대로까지 늘려놓은 첫번째 시도로 평가되었고, 그래서 봉건적인 영주권과 시민민주주의 양식을 이어주는 중요한 통로 중 하나가 되었다. 바로 여기에, 세계정신 속에 예술적으로 증명된 그의 주거지가 세워져 있었던 것이다. 하지만 그걸 모르는 사람들은, 거기에서 마치 하수구 벽에서 떨어져 내리는 물방울만큼이나 볼 만한 게 없었다. 사람들은 단지 그게 없었다면 평범한 거리였을 그곳에서 놀라운, 거의 사람을 흥분시키는 우묵 패인 곳에 창백하고 무시무시한 아치형의 구멍을 볼 것이고, 그 구멍 속에선 금박이 달린 장식과 문지기의 지팡이 끝의 커다란 꼭지가 빛나고 있을 것이다. 날씨가 좋은 날에 그 문지기는 출입구 밖으로 나왔다. 그러고선 마치 멀리서도 보일 것 같은 눈부신 보석처럼 그 자리에 섰고, 한번도 이해되지 못한 채 도열해 있는 집들로 미끄러져 들어갔다. 수없이 지나치는 무명의 군중들에게 거리의 질서를 부여한 것은 단지 그곳에 늘어선 벽들뿐인데도 말이다. 라인스도르프 백작이 그의 이름을 걸고 염려하고 끊임없이 주시하는 게 그들의 질서임에도 불구하고, '민족'의 대부분이 사실상 그 문지기밖에 기억하지 못할 거라는 내기는 한번 걸어볼 만하다.

하지만 경애하는 각하라면 거기서 어떤 위축도 느끼지 않을 것이다. 오히려 그는 그런 문지기를 두고 있다는 사실을 고귀한 남자에게 적합한 '진실한 자기희생'으로 받아들일 것이다.

22.
말로 표현할 수 없을 정도로 고결하고 영향력있는
부인의 평행운동은 울리히를 괴롭힐 준비가 돼 있다

슈탈부르크 백작이 원한바, 울리히가 다음에 만나야 할 사람은 라인스도르프 백작이었지만 그는 그 대신 아버지가 추천해준 '위대한 사촌'을 만나기로 결정했다. 그녀를 직접 보고 싶은 호기심 때문이었다. 그녀를 만나본 적은 없었지만 울리히는 그녀를 조금 싫어했는데, 그와 그녀가 친척인 줄 아는 사람들이 "네가 알고 지내야 할 여자가 있다"고 말했기 때문이었다. 그 말에서 늘 '네가'라는 단어가 강조돼 들리는 것은 '네가' 그런 보석을 감상하기에 특별히 좋은 조건에 있다는 것을 일깨우기 위함이었고, 정직한 조언이긴 하지만 그가 그런 친분관계에 서툴다는 점을 은근히 지적하기 때문이기도 했다. 울리히는 여러번 이 여성에 관해 자세히 말해달라고 했으나 한번도 만족스러운 대답을 듣지는 못했다. 그 대답이란 "그녀는 굉장히 고결한 정신의 소유자"라거나 "최고로 사랑스럽고 현명한 여자" 아니면 많은 사람들이 지적하듯이 간단히 "완벽한 여성"이라는 것이 고작이었다. "몇살이나 됐나요?"라고 울리히가 물었지만 아무도 그녀의 나이를 알지 못했고 그것에 관해 생각해보지 못한 것에 놀라곤 했다. "그럼 연애는 하고 있나요?" "남자관계는요?" 조급해진 울리히가 이렇게 묻자, 질문을 당한 젊은 성인남자는 그를 놀라움에 차서 바라보며 "아무도 그녀를 그런 일에 연관시키지는 않을 것 같군요"라고 말했다. "그래, 고결한 아름다움이라면 제2의 디오티마^{Diotima}(플라톤의 『향연』에 나오는 전설의 무녀로, 영혼의 아름다움을 예찬함―옮긴이)로구나." 울리히는 중얼거렸다. 그리고 그날부터 울리히는 그 여성의 스승으로 칭송되는 사람의 이름을 따라서 마음속으로 그녀를 그렇게 불렀다.

그러나 사실 그녀의 이름은 에르멜린다 투치$^{Ermelinda\ Tuzzi}$였고, 원래는 그저 평범한 헤르미네^{Hermine}였다. 에르멜린다가 확실히 헤르미네의 번역은 아니었지만, 그녀는 단지 어느날 갑자기 그녀의 영혼의 귀에 고귀한 진실의 형태로 들려온 그 아름다운 이름을 섬광과도 같은 직관을 통해 얻었다. 비록 그녀의 남편이 지오반니가 아니라 한스라고 불렸는데도 말이다. 투치라는 이탈리아식 성에도 불구하고 남편은 이탈리아어를 영사관 부설학교에서 배웠다. 울리히가 지닌 나쁜 감정은 그녀의 남편이라고 해서 덜하진 않았다. 투치는 제국 외무성의 관료직분을 가진 자라면―외무성이 다른 정부관료보다 더 봉건적이긴 했지만―당연히 그렇게 보이는 평범한 영사일 뿐이었다. 그는 가장 영향력있는 최고집단의 일원이었으며 총리의 오른팔로―심지어는 핵심 브레인이라는 루머까지 있었는데―여겨졌고, 유럽의 미래에 영향을 끼칠 몇 안 되는 사람이기도 했다. 그러나 평범한 시민이 그토록 고귀한 자리까지 올라가자, 그는 의당 사적인 요구를 배후에서 겸손하게 간직하는 요령과 자질을 가진 자로 여겨지곤 했다. 울리히는 이 영향력있는 기관장을 꼿꼿하게 규칙에 따르는 기갑부대의 장교로―높은 신분으로 1년짜리 신병을 엄하게 훈련하는 임무를 띤—상상하기까지 했다. 거기에 꼭 맞는 다른 한쪽으로서의 그의 배우자는 그 놀라운 아름다움에도 불구하고 야심에 찬, 더이상 젊지 않고 중산층 문화의 코르셋에 갇힌 여자로 생각되었다.

그러나 울리히는 굉장히 놀랐다. 디오티마는 흔히 피상적인 존재인 남자들이 늘 자신의 아름다움을 제일 먼저 생각한다는 것을 아는 여성이 짓는 그 관대한 미소로 그를 영접했다.

"늘 당신을 만나고 싶었어요." 그녀는 힐책인지 친절인지 모를 모호한 말을 던졌다. 그녀의 손은 포동포동했고 가벼웠다.

그는 순간 손을 너무 오래 잡고 있었는데, 머릿속에서만큼은 이 손을 떼어버릴 수가 없었다. 그것은 마치 통통한 꽃잎처럼 그 안에 남겨졌다. 그 뾰족한 손톱은 마치 딱정벌레의 날개 같았는데, 언제라도 그녀와 함께 현실에 존재하지 않는 곳으로 날아갈 준비가 된 것처럼 보였다. 울리히는 이 여성의 손에 스민 고귀함에 압도되었다. 개의 주둥이처럼 원래 좀 뻔뻔스런 신체인 이 손은 아무것이나 건드려도 사람들에게 정절과 고귀함과 부드러움의 자세로 받아들여질 것이다. 그 짧은 몇초 동안 울리히는 디오티마의 깨끗한 목에 통통하게 잡힌 몇 개의 주름을 알아차렸고, 그녀의 머리카락이 그리스식 끈으로 묶여 있어서 뻣뻣하게 곤두선 채 마치 말벌 둥지처럼 보이는 것도 놓치지 않았다. 울리히는 미소짓는 이 여자를 공격하려는 적대적인 충동을 느꼈으나 그녀의 아름다움 때문에 아무런 저항도 할 수 없었다.

디오티마 역시 그를 오랫동안 응시하면서 탐색하는 듯한 시선을 보냈다. 그녀도 이 사촌에 관한 소식을 들었는데, 그것은 다소 비방이 섞인 것들이었으며 그녀와 친족 사이임을 전하는 것이었다. 울리히 역시 그녀가 자신의 외모에서 풍기는 강한 인상에 사로잡혀 있음을 눈치챘다. 그런 일은 자주 있었다. 그는 깨끗이 면도한 얼굴에 키가 컸고, 건장한 몸매에다가 유연한 근육질의 남자였다. 그의 안색은 밝았으나 한편으로 완고하게 보였다. 한마디로, 그는 자신을 대부분의 여자가 호감을 가질 만한 젊은 남자로 지레짐작했다. 그에겐 단지 그녀들의 꿈을 깨게 해줄 힘이 늘 모자랄 뿐이었다. 디오티마는 그를 동정하기로 함으로써 이러한 꿈에서 벗어났다. 울리히는 그녀가 자신을 계속 예의주시하면서 분명히 어떤 비호감을 갖지는 않는다는 것을 알 수 있었다. 아마도 그가 지녔음이 분명한 고상한 성품이 어떤 나쁜 삶 때문에 짓눌렸고 그것이 다시 드러날 수 있다고 생각하는 듯했다. 비록 그녀가 울리히보다 그리 많이 어리진 않았고, 육체적으로는 만개한 듯해 보였지만, 전체적인 외모는 어딘가 억제된 처녀 같아서 낯선 대조를 이루고 있었다. 그렇듯 그들은 서로 말을 나눈 후에도 계속 서로를 탐색해나갔다.

디오티마는 세상에서 가장 위대하고 중요하다고 여겨지는 일을 실행에 옮길 단 하나의 다시없는 기회가 바로 평행운동이라는 말로 대화를 시작했다. "우리는 반드시 진정 위대한 이상을 실현해야 해요. 우리는 기회를 잡았고 그것을 이용하는 데 실패하지 말아야 합니다."

"당신 마음속에 어떤 구체적인 것이 있나요?" 울리히는 단도직입적으로 물었다.

그렇지 않았다. 디오티마는 아무런 구체적인 것도 갖고 있지 않았다. 어떻게 그럴 수가 있겠는가? 세상에서 가장 중요하고 위대한 것을 말하는 사람 중 그 누구도 현실에 존재하는 어떤 것을 말하진 않는다. 도대체 세상의 어떤 것이 그런 이상과 맞먹을 수 있단 말인가? 그것은 더 위대하고 더 중요한, 또는 더 아름답고 슬픈 것들을 다 합쳐놓은 것이 아닌가? 다시 말해 분명히 종말이나 완벽을 암시하는, 가치와 상대적인 것들의 위계가 아닌가? 그러나 누군가 바로 그 순간 세상에서 가장 위대하고 중요한 일을 말하는 사람에게 이 점을 지적한다면, 그는 감정이나 이상이 없는 사람으로 의심받을지 모른다. 바로 그것이 디오티마의 반응이었고, 울리히는 그런 식으로 말했던 것이다.

여성으로서 칭송받는 지성인이었던 디오티마는 울리히의 다른 생각이 불손하다고 생각했다. 잠시 후 디오티마는 미소를 띠며 대답했다. "위대하고 선한 것이 아직 한번도 실현되지 못했기 때문에 선택은 쉽지 않을 거예요. 하지만 민중의 모든 분야에서 우리의 일을 도와줄 단체들을 우리는 건설할 거예요. 모든 민족—실은 전세계—이 물질적인 지배에서 벗어나 영혼의 삶을 일깨우도록 하는 이 자리에 있다는 사실이 굉장히 명예롭게 여겨지지 않나요? 우리가 그저 낡은 시대의 관점에서 '애국적인' 어떤 것을 염두에 두고 있다고 함부로 단정짓지는 말아야 해요."

울리히는 교묘하게 답을 회피했다.

디오티마는 웃지 않고 다만 미소지을 뿐이었다. 그녀는 이처럼 재기 넘치는 남자들에게 익숙했지만, 그들은 늘 똑똑하지만도 않았다. 역설을 위한 역설은 유치해 보였고, 그녀의 사촌에게 이 위대한 국가적 임무에 부여된 존엄과 책임감을 심각하게 직시하도록 만들어야겠다는 생각이 들었다. 그녀는 단호한 어조로 다시 말했다. 울리히는 자기도 모르게 그녀의 말 가운데 오스트리아에서 공공문서를 끼워 묶을 때 사용하는 황토색 끈을 떠올렸다. 그러나 그녀의 입술에서 나온 말은 결코 관료적인 형식의 말만은 아니었다. 그 가운데는 문화적 용어들, 가령 '단지 논리와 심리에 의해 좌우되는 영혼없는 세대'라든가 '영원과 현재'와 같은 말들이 섞여 있었으며, 갑자기 베를린을 언급하기도 했고, 프로이센과는 달리 '감정이라는 부문'을 오스트리아가 여전히 간직하고 있다는 말이 튀어나오기도 했다.

울리히는 몇번이나 이 권좌에서 울려나오는 말을 가로막으려 했지만, 마치 성구실에서 퍼져나온 듯한 높은 관료주의의 향내가 곧 그 딱딱함을 부드럽게 감싸면서 울리히의 시도를 덮어버렸다. 울리히는 경악한 채 자리에서 일어섰다. 그의 첫번째 방문은 완전히 끝나버렸다.

한번 더 생각에 빠져든 이 순간에 디오티마는 그를 다소 과장되게 주의깊고 온화한 예절로 대했는데, 이는 그의 남편에게서 배운 것이었다. 그는 아직은 아랫사람이지만 언젠가는 하원의원이 될 젊은 관료들에게 이런 예절을 써먹었다. 그녀가 그를 다시 초대하긴 했지만 그 속에는 거친 활력을 지닌 사람을 마주친 지식인 특유의 깔보는 듯한 불쾌함이 묻어 있었다. 울리히가 부드럽고 가벼운 그녀의 손을 다시 한번 잡았을 때, 그들은 서로의 눈을 깊이 바라보았다. 울리히는 그들이 서로 사랑함으로써 심각한 불쾌감을 공유할 운명이라는 확실한 인상을 받았다.

'사실,' 그는 생각했다. '아름다움은 히드라 같은 것이지.' 울리히는 그 위대한 애국운동이 자신을 헛되이 기다리도록 내버려두려 했지만, 그것은 디오티마의 인간성 안에 깊이 각인돼 그를 삼켜버릴 준비가 된 것처럼 보였다. 그것은 반쯤은 우스꽝스런 기분이었다. 그의 경험과 성숙함에도 불구하고 자신이 큰 닭의 눈에 들어간 작은 해충밖에 안 되는 것처럼 느껴졌기 때문이다. '하늘에 맹세코,' 그는 생각했다. '영혼의 거대함 때문에 나 스스로를 하찮은 태만에 빠지도록 내버려둘 수는 없지.' 그는 이미 보나데아와 즐길 만큼 즐겼고, 스스로 최고의 자제력을 발휘하고 있었다.

집을 떠날 때 그는 그곳에 도착하자마자 본 한 사람을 다시 발견하곤 기뻐했다. 꿈꾸는 듯한 눈을 한 어떤 시종이 그를 바라보고 있었다. 들어오는 입구의 어둠 속에서 그를 향해 날아온 그녀의 눈은 마치 검은 나비 같았다. 지금, 그가 나가는 순간 그 눈은 검은 눈송이처럼 어둠을 낮게 날아내렸다. 그녀에게는 아랍인 또는 알제리 유대인 같은 면이 있었고, 그 조심성있는 달콤함 때문에 울리히는 또한번 그녀를 제대로 본다는 것을 잊어버렸다. 그가 거리에 다시 나서고 나서야 이 작은 하녀의 놀랍게도 생생하고 발랄한 모습이 디오티마와 닮았다는 느낌이 찾아왔다.

23.
한 위대한 남자의 첫번째 개입

울리히가 돌아간 후, 디오티마와 하녀에겐 아직 희미한 흥분이 남아 있었다. 그녀가 품위있는 방문객을 전송할 때마다 찾아오는 그 작고 어두운 마법은 그녀의 기분을 희미하게 빛나는 벽 위까지 띄워주는 것 같았지만, 그녀는 울리히와 보냈던 시간을, 별로 감동하지 않아도 될 것을 기꺼이 받아들이는—자신을 온유하게 제어하는 능력 덕분으로—성숙한 여인의 의식으로 생각했다. 울리히는 바로 그날, 또다른 남자가 그녀의 삶 속으로 걸어 들어갔던 일을 몰랐다. 그는 마치 웅장한 산의 풍경을 그녀의 발 아래 펼쳐놓은 사람 같았다.

그 도시에 도착한 지 얼마 되지 않아서 파울 아른하임$^{\text{Paul Arnheim}}$ 박사는 그녀를 방문했다.

그는 상상을 뛰어넘는 부자였다. 그의 아버지는 '독일 철강'의 가장 힘있는 경영자였고, 심지어는 투치 국장조차도 그의 부^{富}에 대한 농담을 할 정도였다. 투치는 사람은 말을 아껴야 하고, 재치있는 대화를 위해서 농담을 완전히 피할 수는 없겠지만, 결코 농담이 선한 것은 아니라 믿는 편이었는데 그에게 농담은 시민적인 관습일 뿐이기 때문이었다. 투치 국장은 부인에게 아른하임 박사를 특별히 대우하도록 했는데, 그건 비록 아른하임 같은 사람들이 독일 제국에서 최고의 위치에 있는 건 아니고, 의회에 끼치는 영향력도 크루프 일가^{Krupp}(독일 제강업계의 재벌—옮긴이)에 비할 수 없겠지만, 그의 생각으론 언젠가는 그렇게 될 것 같았기 때문이었다. 그리고 그는 여기다 다음과 같은 은밀한 소문을 덧붙였다. 이미 마흔살을 넘긴 이 아들은 아버지의 자리를 물려받으려 하고 있을 뿐 아니라, 시대의 흐름과 그의 국제적인 관계들을 토대로, 제국의 수상까지 넘보고 있다는 것이었다. 투치 국장의 견해로는, 이는 세계가 멸망하지 않는 한 거의 확실한 일이었다.

그는 자신의 말이 부인의 환상 속에 어떤 격정을 일으켰는지는 예감하지 못했다. 그녀의 범주에서 확실히 '무역상'을 높게 평가하지 않는다는 원칙은 세워져 있었다. 그러나 시민사회의 신조를 가진 많은 사람들처럼, 그녀의 마음속에는 원칙 같은 것과는 상관없이 그의 부에 대한 경탄이 일었고, 그렇듯 엄청난 부자와의 개인적인 만남은 마치 황금빛 천사의 날개가 하늘에서 떨어진 듯한 느낌을 주었다. 남편의 신분상승 이래로, 에르멜린다 투치는 명예와 부가 어울리는 일에 아주 낯설지는 않았다. 그러나 정신적인 업적을 통해 성취되는 명예는 그것을 지닌 사람들과의 교제가 이루어지자마자 재빨리 사라져버렸고, 봉건적인 세습재산이란 한편으론 젊은 대사관원이 진 바보 같은 빚 같기도 하고, 다른 한편으론 전통적인 삶의 방식에 갇힌 상황 같기도 했다. 그것은 거대한 은행이나 자유롭게 쌓인 돈더미의—세계적인 기업과 사업이 마련해주는—풍족함 또는 막대한 돈의 전율과는 상관없는 것이었다. 디오티마가 은행원에 대해 아는 단 하나는, 그녀가 만약 남편의 부인이라는 걸 밝히지 못하면 항상 2등석을 타야 하는 반면에, 은행원들은 비록 중간쯤 되는 사원이라도 출장 시에는 항상 1등석에 탄다는 것이었다. 그녀는 그러한 동양적인 기업들의 가장 최고위치에 있는 폭군들을 감싸고 있을 것만 같은 그 광휘들을 상상해보았다.

그녀의 작은 하녀 라헬^{Rachel}은—말할 것도 없이, 디오티마가 그녀를 부를 땐 이 이름을 불어로 발음했다—디오티마에게 꿈 같은 이야기를 들려주었다. 라헬의 이야기를 최소한으로 요약해보자면, 개인 열차로 이 도시에 들어온 그 부자는 호텔 전체를 세냈고, 작은 흑인노예를 데려왔다는 것이다. 그러나 파울 아른하임이 관심을 끌려는 행동을 한번도 하지 않았기 때문에, 그런 꿈 같은 일들은 사실이 아니었다. 단지 그 무어인 흑인 아이는 정말이었다. 몇년 전 아른하임은 그를 이탈리아 최남단 지방을 여행하다가 만난 유랑극단에서 데려왔다. 그 일은 반은 자랑거리 삼아서였고, 반은 한 창조물을 심연에서 끌어올려 영혼의 삶을 살게 하는 것이 신의 일이라는 갑작스런 기분 때문이었다. 그러나 얼마 지나지 않아 그는 그런 욕구를 잃어버렸고, 열네살이 되기 전부터 그에게 스탕달과 뒤마를 읽히려고 했던 그가, 지금 열여섯살이 된 그를 그냥 하인으로 부리고 있었다. 하지만 하녀가 집으로 가져오는 소문들이 너무 과장되어 디오티마가 웃지 않을 수 없을 정도였음에도 불구하고, 그녀는 그것들을 한마디 한마디 다시 반복하도록 했는데, 소문이 매혹적이고 순수해 보였기 때문이었다. 또한 그것은 '순진함에 이를 정도로 문화가 만연한' 이런 대도시에서나 가능한 일이었으며 그 무어인 소년은 그녀의 상상력을 놀랍도록 휘어잡았다.

원래 디오티마는 재산도 없는 중등학교 교사의 세 딸 중 첫째였다. 그래서 그녀에게 아직은 출세하지 못한 시민 출신 부영사 투치는 좋은 신랑감으로 보였다. 소녀 시절에 그녀는 자부심을 빼곤 아무것도 가진 것이 없었고, 그 자부심은 막상 자부할 만한 내용이 없었기 때문에 예민함을 간직한 채 둘둘 말린 정직성이 되어버렸다. 하지만 그런 정직성조차 때로는 열망과 꿈을 감추고 있고, 하나의 예측 못할 힘이 될 수도 있다. 만약 처음부터 디오티마가 그 먼 나라들에서 벌어질 잡다한 일들의 전망에 유혹됐다면, 아마 곧 실망하고 말았을 것이다. 몇년이 지난 후 그녀의 경험은 그저 그녀의 이국적인 분위기를 질투하는 여자친구들을 향한 신중하게 계산된 우월감 정도로 치부되었을 것이고 결국 수화물 몇을 남기고 마는 삶을 벗어나기 힘들었을 것이다. 한 호의적이고 '진보적인' 뜻을 품은 장관이 시민 출신의 남자를 내각의 핵심부로 끌어들이면서 남편이 갑작스런 출세길을 달리기 전까지, 디오티마의 야망은 오랫동안 5급 관리 정도의 편안한 전망없음에 머무르며 사는 것이었다. 그런데 투치에게 무언가를 바라는 많은 사람들이 그의 곁에 모여들었고, 그 순간부터 놀랍게도 디오티마에게 '정신의 아름다움과 위대함'에 대한 보물창고가 기억나기 시작했다.

그녀는 그것이 분명히 문화적으로 풍부했던 가정이나 세계의 중심에서 나왔다고 여겼으나 사실은 여학교 시절 뛰어난 학생으로 학습했던 것에서 나온 것이었다. 그녀는 그것을 신중하게 평가하기 시작했다. 약간 싱겁기는 했지만 비범할 정도로 믿을 만한 남편의 이성은 자신도 모르는 사이에 그녀에게 주목했고, 남편이 자신의 정신적인 장점을 알아차렸다고 느꼈을 때, 그녀는 마치 별 목적 없이 빨아들였던 물기를 다시 짜내는 축축한 스폰지처럼 기쁨에 차서 자신의 소박하고 '정신적으로 고양된' 생각들을 대화 중간중간의 적절한 장소에 섞어넣었다. 그리고 남편이 더 높은 지위로 올라서는 동안 친구를 구하려는 사람들이 그녀의 집으로 점점 더 많이 모여들었고, 그곳은 '사회와 정신'이 한곳에서 만나는 곳이라는 평판을 받는 '살롱'으로 변해갔다. 여러 분야에서 중요한 일들을 하는 사람들과의 교류를 통해, 디오티마는 진정으로 자기자신을 찾기 시작했다. 그녀가 학생이었을 때와 마찬가지로 지금도 항상 소중하게 여기는 그 정직성은, 그때 배웠던 것들을 다시 복습하면서, 그리고 그것을 친근한 단순함에 결합시키면서, 확장을 거듭해 정신 그 자체가 되었고, 그러는 사이에 투치의 집은 주목받는 지위를 지니게 되었다.

24.
자본과 문화.
라인스도르프 백작, 그리고 영혼을
저명한 손님과 연결시킨 관리와 디오티마의 우정

그러나 라인스도르프 백작과 디오티마의 우정은 그녀의 사적인 모임을 하나의 공적 기구로 만들었다.

친구들을 신체의 부분으로 친다면 라인스도르프 백작은 심장과 머리 사이에 있었을 것이고 디오티마는—만약 이런 말이 아직 쓰인다면—가슴으로 통하는 친구로 여겨졌을 것이다. 라인스도르프는 어떤 부적절한 의도도 없이 디오티마의 정신과 아름다움을 존경했다. 그의 후원은 디오티마의 모임에 확고한 위치를 마련해주었을 뿐 아니라 그가 자주 말하기 좋아하는 것처럼 어떤 공적인 지위를 부여했다.

그 자신을 돌아볼 때, 제국의 라인스도르프 백작은 '애국자'에 불과했다. 그러나 그 지위는 단지 이러저러한 행정기구로 채워진, 왕과 민중 사이의 어느 지점에 있는 것은 아니었다. 거기에는 또다른 무엇인가가 있었고, 그것은 사상, 도덕, 규율이었다. 그는 독실한 신자인 동시에 그의 땅에 공장을 운영하는, 책임감이 깊이 스며든 사람이었다. 그는 이 시대에 인간의 마음이 여러 면에서 교회의 보호에서 벗어나고 있다는 현실에 마음을 열고 있었다. 예를 들어 그는 공장이나 밀, 설탕 거래에서의 어음교환이 종교적인 규율에 합당할 수 있다고 보지 않았다. 또한 현대적이고 대규모로 조성된 부지를 어음교환이나 산업단지 없이 합리적으로 이용하는 방법은 없다고 보았다. 백작의 비즈니스 책임자가 외국투자자와 일하는 것이 지역 귀족과 일하는 것보다 이윤이 많이 남는다고 보고할 때, 그는 거의 외국투자자를 선택할 수밖에 없었다. 왜냐하면 객관적인 정황이란 그 나름대로 합당한 이유들을 가진 것이고, 이것이 그 자신뿐 아니라 수많은 사람들에게 책임감을 지닌 거대기업 수장의 개인감정으로 거부될 수는 없기 때문이었다. 그렇듯 직업적인 양심과 종교적인 양심 사이에는 서로 모순된 것이 있었고, 라인스도르프 백작은 그런 경우 교황청의 대주교라 하더라도 자기와 별반 다르지 않게 행동할 거라고 믿었다. 물론 라인스도르프 백작은 상원의회에서 말할 때마다 이런 불미스런 상황을 개탄하고 삶이 예전의 단순함, 자연스러움, 초자연적인 것, 건전함, 기독교 교리 등을 회복하는 길을 찾아야 한다고 설명했다. 마치 전신교신을 하듯 그가 입을 열어 그런 연설을 할 때마다 그는 다른 회로로 빠져들어갔다. 사실 그 같은 일은 공적인 자리에서 사견을 밝히는 모든 이들에게 일어난다. 만약 공적으로 비난한 일을 사적으로 행한다면서 누군가 라인스도르프 백작을 책망한다면, 그는 삶의 책임감에 관해 아무것도 모르는 선동적인 파괴분자라는 자백을—그것도 성인다운 확신을 가지고—토해내야 할 것이다. 그럼에도 불구하고, 그는 영원한 진리와 사업의 결합을 이루는 일의 중요성을 깨달았는데, 이 일은 전통의 사랑스런 단순함보다 훨씬 더 복잡한 일이었다. 또한 그는 그러한 결합이 오로지 중산층 문화의 심오한 깊이에서만 가능하다고 인식했다. 법, 의무, 도덕, 미의 영역에 걸친 중산층 문화의 위대한 사유와 이상을 바탕으로, 그 깊이는 일상의 다툼과 모순에까지 파고들었고, 그에게는 실타래처럼 얽힌 삶의 줄기를 잇는 교량으로까지 보였다. 그것은 물론 교회의 교리와 같은 엄격하고 적확한 기반을 제공하진 못했지만, 그보다 덜 유익하거나 책임감이 덜하지는 않았고, 바로 그것 덕분에 라인스도르프 백작은 종교적인 이상주의자인 동시에 열정적인 시민주의자가 되었다.

 백작의 이런 신념은 디오티마 살롱의 그것과도 일치했다. 이 모임은 그녀의 '위대한 날'에 대해서는 말 한마디 나눠보지 못한 사람과도 만날 수 있다는 것으로 유명했는데, 이는 그들이 특정 분야에서 아주 잘 알려져 있기에 많은 말이 필요하지 않았기 때문이다. 그러나 세계적으로 유명하다는 분야란 한번도 들어본 적이 없는 경우가 다반사였다. 거기에는 켄치니스트^{Kenzinist}와 카니지스트^{Kanisist}가 있었고 파르티겐^{Partigen} 연구자에 맞서 보^{Bo} 문법가가 나타나는가 하면 양자물리학자에다가 세포성장학자가 등장하기도 했다. 물론 예술과 문학 분야에서 매년 꼬리표를 바꿔 달고 등장하는 새로운 경향을 대변한다는 사람들이 아주 제한된 숫자만 끼리끼리 어울렸는데, 단 항상 젊은 학자들은 디오티마가 조심스럽게 선별하여 따로 초대했으며 이들에게는 각별한 대접을 제공했다. 덧붙여 디오티마의 모임을 다른 유사한 모임과 구별짓는 특징을 말하자면 사업요소라는 점이라 하겠다. 실제에 적용된 사유를 가지고 모여든 사람들—디오티마의 표현대로 하자면 예전에 믿음 좋은 행동가들이 그러했듯이 신학의 핵심부로 모여들었던 형제자매 일꾼들의 총연합처럼—은 한마디로 행동의 요소들이었다. 그러나 신학이 경제학과 물리학으로 대체된 지금, 디오티마의 초대명단에 든 영혼의 지배자들 역시 영국왕립학회보고서에 등장하는 목록과 비슷하게 되었다. 따라서 거기에는 새로운 형제자매 일꾼들이 포함되었는데, 그들은 은행장, 기술자, 정치인, 고위관료 등과 그들의 측근 신사, 숙녀 들이었다. 비록 디오티마가 '지성인'이란 말보다 '숙녀'라는 말을 더 좋아하긴 했지만, 특히 그녀는 여성들을 발굴해내는 데 역점을 두었다. "삶은 이 시대에 지나치게 지식에 의존하고 있습니다." 그녀는 종종 이렇게 말했다. "그래서 우리는 온전한 여성 없이는 살아갈 수 없게 되었지요." 디오티마는 오직 온전한 여성만이 여전히 지성을 활기 넘치는 힘과 함께 끌어안을 수 있는 숙명적인 힘을 소유했다고 확신했으며, 그래서 그 힘은 확실히 여성적 구원을 필요로 한다고 생각했다. 이처럼 여성과 존재의 힘을 섞는다는 개념은 정기적으로 드나드는 젊은 남성 귀족들이 그녀를 신뢰하는 데 크게 이바지했는데, 그것은 그런 일이 당연시되기도 했거니와 투치에게 대중적인 영향력이 있었기 때문이기도 했다. 또한 온전한 존재란 귀족들이 진실로 가져야 할 덕목이었고, 그보다 특별한 것은 남의 이목을 끌지 않고도 짝을 이뤄 깊이 대화에 몰두할 수 있다는 점 덕분이기도 했다. 그래서 부드러운 회합과 마음을 나누는 긴 대화 덕분에, 디오티마가 예감하지 못하는 사이에 그녀의 집은 교회보다 더 인기를 끌게 되었다.

라인스도르프 백작은 디오티마 살롱의 그 자체로 엄청 다채로운 이 두 가지 사회적 요소를 단순히 '진실한 엘리트'라고 부르는 대신 '자본과 문화'라고 이해했다. 하지만 그가 제일 좋아한 용어는 '공공서비스'로, 그의 자부심을 담은 개념이었다. 그는 공장노동자나 가수나 할 것 없이 모든 직업을 시민적인 봉사로, 공공서비스의 한 형태로 생각했다. "모든 사람은," 그는 말하곤 했다. "국가 안에서 공직에 복무합니다. 노동자, 왕자, 기능공 이들 모두는 시민봉사자들이죠." 그는 언제나, 어떤 상황이든, 아무 치우침 없이 이런 생각을 드러냈다. 그의 눈에는 높은 신분의 신사 숙녀들이 저명한 금융가의 부인에게 눈길을 주면서 보가츠쾨이^{Bogazköy}(고대 히타이트 왕국의 수도—옮긴이) 문서나 판새류, 연체동물의 문제에 관해 전문가들과 논쟁하는 것조차 아주 중요한—비록 충분히 이해되지는 않지만—공직을 수행하는 것으로 보였다. 공공서비스라는 이 개념은, 디오티마가 중세 이후 사라진 모든 인류행위의 종교적인 연합이라고 부르는 것의 라인스도르프식 버전이었다.

완벽하게 통제된 강력한 사회—유치하거나 거칠진 않지만 투치 부부의 사회와 같은—는 근본적으로 굉장히 변화가 많은 인간행위를 지배할 수 있는 단일함을 자극하는 것으로부터 생겨난다. 이 자극을 디오티마는 '문화'라고 불렀고, 거기에 좀 덧붙여서는 '우리의 유구한 오스트리아 문화'라고 불렀다. 지성을 품겠다는 그녀의 야망이 커지면 커질수록, 그녀는 이 말을 더 자주 사용했다. 그녀는 이 말을 다음과 같이 이해했다. 루벤스와 벨라스케스의 위대한 그림, 베토벤 시대의 일들, 말하자면 오스트리아인들, 모차르트, 하이든, 슈테판 돔, 부르크 극장, 제국의회의 위엄있는 의식, 맵시있는 옷과 속옷 상점들이 있으며 1,500만 거주자들이 모여사는 제국의 수도 빈의 중앙거리, 고위관료들의 사려깊은 예절, 빈의 요리, 영국에 버금간다는 귀족사회, 그리고 그들의 옛 궁전들, 가끔은 독창적이지만 대부분은 엉터리인 탐미주의의 고양된 목소리들. 그녀는 또한 이 나라에 라인스도르프 백작 같은 저명한 신사가 그녀를 날개 안에 품어서 그 집을 문화적 실험의 중심으로 만들었다는 사실도 이해했다. 자칫 통제 불능에 빠지기 쉬운 개혁에 자기의 집을 개방할 수 없었던 라인스도르프 백작 역시 그 배려에 감격해했다는 사실을 그녀는 몰랐다. 라인스도르프는 종종 그의 아름다운 친구가 자유나 관대와 더불어 열정과 그것에서 비롯되는 혼돈 또는 혁명적인 생각에 관해 말하는 것에 남몰래 놀랐다. 하지만 디오티마는 이것 역시 눈치채지 못했다. 그녀는 언제나 그러하듯 마치 여성 의사 또는 사회봉사자처럼 공적인 경박함과 사적인 예의 사이에 선을 그었다. 그녀는 자신에게 지나치게 사적으로 다가오는 말에 아주 민감했지만 공적으로는 어떤 주제에 관해서든지 자유롭게 말했고 라인스도르프 백작이 이러한 혼합을 아주 매력적으로 여김을 느낄 수 있을 뿐이었다.

그러나 삶이라는 건축은, 다른 곳에서 돌이 깨지지 않는 한, 세워질 수 없는 것이다. 디오티마에게 고통스럽고 놀라운 일은, 꿈에 젖은 듯 달콤했고 상상의 아몬드같이 작고 둥글었던 삶이―그 안에 다른 아무것도 없을 때 그녀의 존재의 핵심이었고, 마치 검은 눈 두 개가 달린 여행용 가죽 트렁크처럼 보인 부영사관 투치와 결혼하기로 결정한 그 순간까지도 있었던―그 성공의 나날 가운데 사라져버렸다는 점이다. 하이든이나 합스부르크처럼 '우리의 유구한 오스트리아 문화'라고 이해한 많은 것들―한동안 단지 지루한 학교수업에만 존재했지만― 속의 실재들을 알아가는 동안 그녀에게는 그것들이 마치 한여름 벌들의 웅웅거리는 소리처럼 아주 영웅적이고 매력적으로 보였다. 그러나 시간이 지나가면서, 그것은 단조로운 것일 뿐 아니라 그녀에게 드리운 오점이 되었고, 심지어 가망없는 것이 되기도 했다. 저명한 인사들과 디오티마의 교류는 라인스도르프 백작이 은행관계자들과 나누는 교류와 다를 바가 없었다. 누가 아무리 강하게 그것을 영혼과 결합시키려 해도 그 시도는 성공하지 못했다. 물론 사람들은 자동차와 엑스레이에 관해서 어느 정도의 감정을 가지고 이야기할 수 있다. 그러나 지금 시대에 눈만 뜨면 쏟아져나오는 수많은 발견과 발명에 관해서 할 수 있는 일이란 그저 놀라는 것밖에 없었고 그래서 결국 그것들은 너무도 따분한 것들이 되어버리고 말았다! 라인스도르프 백작은 가끔씩 들러 정치인들과 대화하거나 새로운 손님에게 자신을 소개하기도 했다. 그가 문화의 심연에 열광하기는 쉬웠지만 누군가 디오티마처럼 문화와 가깝게 지내다보면 그것의 해결할 길 없는 문제가 그 깊이에 있지 않고 폭에 있다는 것을 알게 될 것이다! 그리스의 고귀한 단순함이라든가 예언자의 의미 같은 그렇게 친근한 관심사들조차 전문가들과의 대화에서는 예측할 수 없는 의심과 가능성을 품은 다면성을 띠었다. 디오티마는 영사들조차 항상 둘씩 짝을 지어 이야기한다는 것을 깨달았는데, 그것은 이미 그때부터 한 사람이 구체적이고 이성적으로 말할 수 있는 상대는 다른 한 사람밖에 없었기 때문이고, 그래서 그녀 자신은 아예 상대를 찾아낼 수조차 없었다. 그 순간 디오티마는 자신이 문명이라고 알려진 현대인의 친숙한 병폐에 신음하고 있음을 발견했다. 그것은 비누거품으로 가득 찬, 선이 없는 흐름으로, 수학적이고 화학적이며, 경제학적인, 실험적 연구의 오만한 언어들로 이뤄졌다. 또한 높이 떠 있는 비행기 기내가 아니면 함께 모일 일이 없는 인간의 무능을 대변하기도 했다. 그녀 내면의 고귀한 양심과 사회적 귀족들—그녀 스스로 매우 세심하게 대해야 했던—의 관계는, 그 모든 성공에도 불구하고 그녀에게 큰 실망을 안겨주었고, 점점 더 문화보다는 문명의 전형인 것처럼 보였다.

    그리하여 문명은 그녀의 정신이 더이상 통제할 수 없는 것을 의미했다. 아주 오래전부터, 그리고 다른 어떤 것보다 그녀의 남편을 포함해서 말이다.

25.
결혼한 영혼의 고통

디오티마는 자신의 고통 속에서 많은 것을 읽어내면서 이전엔 알지 못했던 무언가를 잃어가고 있다는 사실을 발견했다. 그것은 영혼이었다.

영혼은 무엇일까? 그것은 부정적으로 정의되기 쉽다. 그건 마치 대수학적인 수열 앞에서 슬그머니 도망쳐버리는 것과 같다.

그러나 긍정적인 것은? 영혼은 그것을 붙잡으려는 모든 노력에서 성공적으로 벗어나는 것처럼 보인다. 그건 한때 디오티마에게 있었던 원초적인 것으로 당시에는 듬성듬성 솔질된 옷처럼 솔직함 속에 둘둘 말려 있었고 예감에 가득 찬 감각이었으나 지금은 영혼으로 불리며 밀랍으로 염색된 마테를링크$^{\text{M. Maeterlinck}}$(벨기에의 극작가—옮긴이)의 형이상학에서, 혹은 노발리스^{Novalis}(독일 낭만주의를 대표하는 작가—옮긴이)에게서, 특히 연약한 낭만주의와 신에 대한 열망을 간직한 이름 없는 물결—얼마 동안 자기자신에 대한 정신적이고 예술적인 저항을 뿜어내던 그 기계의 시대—에서 재발견된 것일 수도 있었다. 영혼은 또한 단 한번도 옳은 길을 찾아내지 못한 채 그녀가 간직한 이상주의의 우스꽝스런 모양대로 만들어진 운명의 주형^{鑄型} 같은 고요함과 부드러움, 헌신과 선^{善} 같은 것으로 더 정확히 설명될 수도 있었다. 아마도 그것은 환상이었을 것이다. 그건 육체의 지붕 아래서 진행되는 본능적으로 식물적인 것들을 예감하는 일이었을 것이고, 그 지붕 위로 아름다운 부인의 영감에 가득 찬 표정이 우리를 주시하고 있었다. 아마도 자신이 따뜻해지고 풍만해지는 느낌을 받는 시간이, 평소보다 감각이 꽉 찬 것처럼 보이는 정말 표현하기 힘든 시간이 찾아왔을 것이다. 그 순간 열망이나 의지는 침묵하고, 가벼운 삶의 도취와 충족이 그녀를 사로잡으며, 생각은 아주 작은 것일지라도 표면을 벗어나 심연에까지 이른다. 그리고 세상 일들은 마치 정원 너머의 소음처럼 자리잡는다. 그러고 나서 디오티마는 억지로 노력하지 않고서도 자기 안의 진실을 보게 됐다고 느낀다. 아직 아무 이름도 없는 그 부드러운 체험들이 베일을 벗는다. 그리고 그녀는 스스로를 조화롭고, 인간적이며, 종교적으로, 곧 내면깊은 곳에서 발원한 모든 것을 신성하게 만드는 원초적인 것—이것들은 문학에서 발견한 많은 문장 중에 몇가지에 불과하지만—으로 체험하며, 그런 깊이에서 나오지 않은 모든 것들을 죄로 내버려둔다.

아마도 그녀가 영혼이라고 불렀던 것은, 그녀의 결혼생활을 유지하는 사랑의 힘 속에 자리한 작은 재산에 불과했는지도 모른다. 투치 국장은 거기에 투자할 적절한 시기를 놓쳐버렸다. 디오티마에 비교되는 그의 장점은 처음부터, 그리고 그후 오랫동안 나이가 더 많은 남자라는 점뿐이었다. 나중에 거기에 신비로운 곳에서 성공한 남자라는 점이 덧붙여졌고, 자신의 일을 알아차리지 못하도록 하면서 자신은 부인의 아주 사소한 일조차도 열심히 살펴보았다. 그리고 달콤했던 연애시절부터 투치는 절대 균형을 잃어버리는 법이 없는 상식적이고 실용적인 남자였다. 또한 행동이나 옷에서 풍기는 세련된 침착함과—사람들이 말하기를—육체와 턱수염에서 나는 공손하고 진지한 냄새, 그리고 옅은 향기를 내며 말할 때의 그 신중하고 묵직한 바리톤 음성은 마치 주인의 무릎 위에 털을 비비고 앉아 있는 사냥개처럼 디오티마의 영혼을 흥분시켰다. 사냥개가 충분히 보호받는다는 느낌 때문에 주인을 따르듯이, 디오티마 역시 남편의 진지하고 실용적인 비호 아래 영원한 사랑의 풍경으로 들어갔던 것이다.

투치 국장은 곧은 길을 더 좋아했다. 그의 생활 습관은 야망에 찬 노동자의 습관과도 같은 것이었다. 그는 승마를 나가거나 한 시간 정도 산책을 하기 위해서 일찍 일어났다. 그것은 몸의 유연성을 지키는 데도 좋았지만, 흔들리지 않는 행동에서 나온 책임감있는 모범이라는 하나의 꼼꼼하고 단순한 습관을 보여주는 것이기도 했다. 그리고 초대받지 않았거나 초대한 손님도 없는 밤에는, 곧장 자기의 작업실로 돌아가 연구에 몰두했다. 그것은 자신의 귀족 동료들과 후원자들보다 뛰어난 수준의 위대하고 실용적인 지식을 유지해야 한다는 강박에 사로잡혀 있었기 때문이었다. 그러한 삶은 확고한 억제력을 만들었고 사랑을 주변의 일상과 함께 배열했다. 환상이 성행위를 통해 줄어들지 않는 다른 많은 남자들처럼, 투치 역시 총각 시절엔—그도 때로는 외교적인 업무 때문에 친구들과 함께 무대 가수와 함께 있는 모습을 보여주긴 했지만—조용히 사창가를 드나들었고, 이 호흡처럼 규칙적인 습관은 결혼 이후까지 이어졌다. 때문에 디오티마는 사랑이란 어떤 더 큰 힘에 의해 일주일마다 단 한번 정도 풀려나오는 무언가 격렬하고 발작적이며 퉁명스러운 것임을 알게 되었다. 매번 정확한 시간에 시작되는 두 사람의 변화는, 몇분 지나서는 흔치 않은 일상에 대한 짧은 대화로, 그러고는 편안한 잠으로 이어졌다. 그러나 그사이 어쩌다가 예감이나 암시 정도로—가령 육체의 수치스러운 부분에 대한 외교적인 농담—이야기된 것은 디오티마를 당혹스럽게 했고 모든 상황을 역설적으로 변화시켰다.

한편으로 그것은 디오티마의 지나친 이상 때문이었다. 그 이상은 거들먹거리며 외부로 정향된 인격이었고, 그녀 주변의 모든 위대한 것과 고귀한 것에 대한 영혼의 요구였으며, 그것이 너무도 넓게 퍼져 있고 강하게 묶여 있었기 때문에, 디오티마는 강렬하게 빛나지만 플라토닉한 사랑을 불러내며 남자들을 혼란시키는 표현을 했고, 그 표현들 때문에 울리히는 그녀와 만날 때마다 호기심이 일었다. 하지만 다른 한편으로는 부부관계가 가지는 폭넓은 리듬이 그녀 내부에서 스스로의 길을 찾았고, 존재의 그 고상한 부분과 상관없이 마치 소박하지만 강인한 일꾼들의 허기 같은 순수하게 육체적인 습관을 발전시켜가기도 했다. 때로는 작은 머리카락이 디오티마의 윗입술 위로 늘어뜨려지고, 그녀의 동화 같은 내면에 성숙한 여인이 가진 남성적인 자립심이 섞일 때, 그녀의 머릿속엔 어떤 섬뜩한 것이 떠올랐다. 그녀는 남편을 사랑했지만, 그 속엔 점점 커져가는 어떤 혐오감이 들어 있었던 것이다. 그리고 영혼에 대한 그 뿌리깊은 모욕감은, 자신의 위대한 문제에 몰두하는 아르키메데스가 자신을 죽이겠다고 협박하는 적병이 아닌, 성관계를 요구하는 적병을 만났을 때 느꼈을 법한 감정과 비견할 만했다. 그리고 남편이 그걸 알아차리지 못했고 그런 걸 생각해볼 리도 없기 때문에, 또한 그럼에도 불구하고 그녀의 육체가 늘 그에게 항복했기 때문에 그녀는 자신을 노예와 같다고 생각했다. 그건 아마도 부도덕해서가 아니라, 그 일이 피할 수 없는 악덕이나 안면경련 같은 모습을 상상했을 때처럼 고통스러웠기 때문이었을 것이다. 아마 그 때문에 디오티마는 약간 우울하기도, 그리고 좀더 이상적이 되기도 했을 것이다. 하지만 불행하게 그때는 마침 살롱이 그녀에게 어려움을 던져주던 시기이기도 했다. 투치 국장은 아주 당연하게도 부인에게 더 지적인 노력을 하도록 고무했다. 왜냐하면 그들과 함께했을 때 자신의 지위에 어떤 도움이 될 것인지를 그가 재빨리 알아차렸기 때문이었다. 그러나 그는 한번도 그들의 모임에 끼지 않았고, 그래서 그가 그들을 진지하게 여기지 않는다고 해도 무방했다. 그 이유는 이 경험 많은 남자가 진지하게 다루는 것은 단지 힘, 의무, 고귀한 혈통, 다른 것들을 포기하고서라도 지킬 이성뿐이었기 때문이다. 심지어 그는 디오티마에게 정부의 예술적인 부분에 지나치게 열의를 쏟지 말 것을 거듭 경고하기도 했는데, 그건 문화가 삶의 양식에 뿌리는 소금은 될 수 있겠지만, 정말 고상한 사람들은 너무 짠 음식을 먹지 않기 때문이라고 말하기도 했다. 그것이 자신의 신념이었기 때문에, 투치 국장은 어떤 주저도 없이 그 말을 했지만, 디오티마는 거의 영향을 받지 않았다. 그녀는 남편이 그녀의 이상적인 추구를 따르면서 허공에 흘리는 미소를 계속 느꼈다. 그가 집에 있든 없든, 그리고 그 미소가—그가 정말 웃었는지는 절대 확실한 게 아니지만—개인적인 것이든 자신의 일 때문에 항상 우월하게 보여야만 하는 남자들의 표정관리든간에, 마치 정당성을 부여받기라도 한 것 같은 그 비열한 모습에서 한치도 벗어나지 못했기 때문에 그녀에겐 점점 더 견딜 수 없는 것이 돼갔다. 종종 디오티마는 영감에 찬 사람들에게 자신의 진실된 모습을 드러낼 자유조차 주지 않는 무신론자와 사회주의자, 그리고 진보주의자가 빠져든 사악하고 무모한 놀이에서 비롯된 물질적인 시대에 그 책임을 돌려보려고 했다. 하지만 그것도 그렇게 자주 소용있는 일은 아니었다.

이것이 그 위대한 애국주의운동이 점점 속도를 낼 무렵 투치 집안에서 벌어진 상황들이었다. 귀족들에게 노출되지 않기 위해 라인스도르프 백작이 그의 여성친구 집에 접선지를 마련한 이래로, 그곳에선 예상치도 못했던 책임감이 팽배했는데, 그것은 디오티마가 남편에게 그 살롱이 지금, 또는 앞으로도 단지 유흥을 위한 곳이 아님을 증명하기로 결정했기 때문이었다. 백작 각하는 그 위대한 운동이 최고의 이상을 필요로 한다는 점에서 그녀에게 동의했고, 그것을 찾는 것이야말로 불타오르는 그녀의 열망이었다. 제국 전체를 자원으로 삼고 세계의 주목을 받으며 무엇을 만들어내야 한다는 생각, 그리고 그것이 가장 위대한 문화적 내용을 담아야 하고, 약간 겸손하게 제한한다 하더라도 오스트리아 문화를 가장 깊숙한 곳까지 보여주어야 한다는 생각은 마치 살롱의 문이 갑자기 열리고 문지방 너머로 끝없는 대양이 마치 복도의 연장인 것처럼 밀려오는 듯한 감동을 주었다. 이 전망에 대한 그녀의 첫번째 반응은 광대무변한 공허에 순간적으로 틈이 생기는 듯한 느낌이었음은 부정할 수 없다.

첫번째 인상은 종종 옳은 것을 지니고 있기도 했다. 디오티마는 무언가 비교될 수 없는 일이 진행되고 있다고 느꼈고, 그녀의 많은 이상들을 불러내었다. 그녀는 소녀시절 제국과 세기들을 셈하면서 배웠던 역사시간의 열정을 그려보았다. 그녀는 그 상황에서 해야만 하는 모든 것들을 해보았지만, 그런 식으로 몇주가 지난 후에는, 그녀에게 어떤 영감도 떠오르지 않는다는 사실을 깨달았다. 만약 디오티마가 어떤 증오―작은 동요일지라도!―를 품을 수 있었다면, 그 순간 그녀가 남편에게 느껴야 할 감정은 바로 그런 증오였을 것이다. 그러나 대신 그녀는 우울해졌고, 그때까지는 몰랐던 '모든 것들에 대한 혐오감'이 내부에서 솟아올랐다.

그때가 바로 아른하임 박사가 자기의 작은 흑인아이를 데리고 왔던 때였고, 디오티마는 얼마 후 그 남자의 뜻깊은 방문을 받게 되었다.

26.
영혼과 경제의 합일. 이 일을 이룰 수 있는 사람은
오스트리아 옛 문화 중 바로크 시대의 매력을
향유하고자 한다. 그것을 통해 평행운동을 위한
하나의 아이디어가 탄생한다

디오티마는 한번도 부정한 생각을 품은 적이 없었지만, 라헬을 방에서 내보낸 후 나쁜 생각들이 그녀의 마음에—그것은 순진한 흑인 소녀의 마음속 같았다—떠올랐음에 분명하다. 울리히가 '위대한 사촌'의 집을 떠난 후 그녀는 간절하게 그 하녀의 이야기를 한번 더 듣고 싶어했고, 그 아름답고 풍만한 여인은 젊어진 기분을 느꼈고 마치 딸랑거리는 장난감을 가지고 노는 것처럼 보였다. 예전에는 귀족들이 흑인 시종들을 두었는데, 그런 관습에서 그녀는 화려하게 꾸민 말이 끄는 썰매라든가 깃털장식을 한 하인들, 그리고 얼음장식을 한 나무들의 흥겨운 이미지들을 떠올렸다. 그러나 상류층의 이렇듯 아름다운 모습들은 이미 오래전에 사라져버렸다. '이제 영혼은 사회에서 빠져나가버렸어'라고 그녀는 생각했다. 그녀는 아직도 흑인을 시종으로 두려고 하며, 마치 학식있는 그리스 노예가 로마인 주인을 부끄러워하듯이 전통의 상속을 부끄러워하는 침입자이자, 부당하게도 귀족적인 그 부르주아에게 마음이 쏠렸다. 비록 그녀의 자아가 여러 생각으로 꼬이긴 했지만, 그것은 기쁘게 날개를 달고 자매의 영혼으로 그에게 스며들었는데, 이러한 감정은 다른 감정보다 훨씬 자연스러운 것이었다. 비록 얼핏 보기에도 아른하임은—이 루머는 여러 설이 있어서 아무것도 아직 확실하진 않지만—유대인 핏줄을 타고난 것처럼 보였고 적어도 부계는 유대인임에 확실함에도 불구하고 말이다. 그의 모친은 돌아가신 지가 꽤 되어서 유대인임을 입증하는 데는 시간이 걸릴 것이다. 심지어 디오티마의 마음속에 있는 어떤 명백하고 잔인한 세계의 고통은 그런 사실을 전혀 개의치 않을 가능성마저 있었다.

디오티마의 생각은 조심스럽게 그 흑인에게서 빠져나와 그의 주인에게로 옮겨갔다. 파울 아른하임 박사는 부자일뿐더러 굉장히 학식 있는 사람이었다. 그는 세계적인 기업의 상속자이며 그가 여가시간에 쓴 책은 빼어난 지식인 그룹에게도 굉장히 특별하게 읽힌다는 소문이 자자했다. 그렇듯 완벽한 지식인층에 속한 사람들은 보통 이상의 사회적·경제적 위치에 있지만, 잊지 말아야 할 점은 바로 그 이유로 그들은 상류사회와 연결된 그런 부자에게 열광한다는 사실이다. 아른하임의 소책자와 저서들은 바로 영혼과 경제, 또는 사유와 권력의 혼합을 선언하는 것들이었다. 시대의 공기에 대응하는 가장 훌륭한 안테나를 장착한, 시대에 민감한 지식층들은 그가 일반적으로 상극에 위치한 두 쌍을 내면에 결합한 인물이라는 소문을 퍼뜨렸고, 시대의 인물인 그가 독일제국, 나아가 아마도 세계의 운명을—또 누가 알겠는가?—더 나은 길로 인도할 것이라는 루머를 만들어냈다. 그곳에는 이미 낡은 정치와 구태의연한 외교의 원칙과 방법이 유럽을 도랑으로 빠지게 할 것이라는 사유가 널리 퍼져 있었고, 이제는 전문가들의 시대에서 벗어날 분기점이 시작되었던 것이다.

디오티마의 상황 역시, 그 옛적 외교학교의 사고방식에 저항하는 경향이 있었다고 할 수 있다. 그것이 바로 그녀가 뛰어난 이방인과 자신 사이의 놀라운 유사성을 곧장 붙든 이유였다. 게다가 그 명사는 곧장 그녀를 방문했다. 그녀의 집은 탁월하다는 평을 받은 단연 첫번째 집이었던 것이다. 또한 서로 잘 아는 여성으로부터 전달된 그의 편지에 의하면, 일에 빠져 사는 그 남자는 바쁜 업무 틈틈이 합스부르크의 수도와 거주민들의 예민한 문화를 즐기고 싶다고 돼 있었다. 편지를 통해 이 명망가가 자신의 학식을 익히 알고 있다는 점을 알게 된 디오티마는 마치 자신의 작품이 처음 외국어로 번역되는 작가처럼 선택되었다는 느낌을 받았다. 그녀는 그가 전혀 유대인처럼 보이지 않았고, 고대 페니키아인 타입의 신중한 남자로 보였다. 아른하임 역시, 그의 저서를 다 읽은 여성일 뿐 아니라 포동포동한 외모에서 고대의 아름다움을 간직하고 있으며 어쩌면 고대의 곧은 선을 부드럽게 만드는 약간의 살 덕분에 자신이 품은 그리스적 미의식에 거의 부합하는 여인을 만났다는 생각에 흡족하기까지 했다. 낡은 외교관습에 사로잡혀 중요한 일마다 끼어들어 흠집을 내는 남편은 아른하임에 대해서도 의혹을 제기했지만, 이 세계적인 연줄을 가진 사람과 나눈 20분의 대화로 그녀는 모든 의혹을 깨끗이 털어버렸다.

그녀는 조용하게 속으로 그와 나눈 대화들을 곱씹으며 만족을 느꼈다. 자신이 이 도시에 온 이유는 단지 옛 오스트리아 문화의 바로크적인 마법 아래서 계산과 물질, 그리고 문명화된 세계에서 바쁘게 사는 남성의 황량한 이성주의에서 조금이라도 벗어나고자 함이라고 아른하임이 말하자마자 그런 만족은 시작되었다.

이 도시에는 쾌활한 영혼이 있지요,라고 디오티마는 대답했고 그런 말이 떠오른 것이 기뻤다.

"그렇습니다." 그는 말했다. "우리에게는 더이상 내면의 목소리가 없지요. 아는 것이 너무 많아요. 이성이 우리의 삶을 지배하고 있습니다."

디오티마가 응답했다. "저는 여성의 모임을 좋아합니다. 여성들은 아무것도 모르는 데다 파편화돼 있지 않지요." 아른하임이 덧붙였다. "그럼에도, 아름다운 여인들은 논리학과 심리학에 정통하고 삶에 대해 아무것도 모르는 남성들보다 훨씬 많은 것들을 이해합니다." 그 순간 그녀는 기념비적이고 국가적인 규모로 영혼을 문명에서 해방시키는 일이 영향력있는 그룹에 의해 이곳에서 행해지고 있다고 그에게 말했다. "우리는 반드시," 그녀가 말을 꺼내자, 아른하임이 끼어들어 놀라움을 표시했다. "새로운 사상을 가져온다는 것, 나아가서는, 제가 이렇게 말씀드려도 된다면(여기서 그는 가벼운 탄식소리를 냈다) 권력의 지배에 최초로 사상을 도입한다는 것이군요." 그녀는 계속 대화를 이어갔다. "민중의 모든 분야에서 동원된 조직들은 이 상상을 확실하게 실현할 준비가 돼 있어요." "쉽지만은 않습니다." 그가 설명했다. "뭔가 중요한 일을 성취하는 것이 말이죠. 단순히 사회조직의 민주화가 아니라 오직 현실과 사상의 영역에 걸쳐 훈련된 강한 개인만이 그런 운동을 지도할 수 있을 겁니다."

그때까지 디오티마는 대화 하나하나를 마음속에 떠올렸지만, 그 이후의 대화는 빛 속으로 스며들어서 무슨 대답을 했는지 더이상 기억할 수 없었다. 모호하고도 소름 끼치는 기쁨과 기대가 그녀를 좀더 높은 곳으로 그 시간 내내 끌어올렸다. 지금 그녀의 마음은 아이들의 밝게 색칠된 작은 풍선 같아서 끈이 풀린 채로 영광스럽게 빛나면서 태양을 향해 떠올랐다. 그리고 다음 순간 그것은 터져버렸다.

이렇게 해서 그때까지 위대한 평행운동에서 빠져 있던 하나의 사상이 태어난 것이다.

27.
위대한 이상의 본질과 실체

이렇듯 위대한 이상이 무엇으로 이뤄진 것인지를 말하기란 쉬울지도 모른다. 그러나 아무도 그 의미가 무엇인지를 설명할 순 없을 것이다! 왜냐하면 평범한 사상과—심지어는 너무나도 평범해 오류가 있을 수도 있는—위대하고 마음을 뒤흔드는 사상을 구별하는 것은 자아가 영원한 확장으로 들어가는, 혹은 반대로 우주의 확장이 자아로 들어오는 어떤 융합된 상태에 존재하며 그 때문에 무엇이 자아에 속하고 무엇이 영원에 속하는지를 구별하기가 불가능해지기 때문이다. 이것이 바로 위대하고 흥분되는 사상이 단단하지만 깨지기 쉬운 인간의 육체로, 또한 의미를 구성하지만 명료하지는 않으며 냉철한 언어로 그것을 붙잡으려 할 때마다 무^{無}로 사라져버리는 불멸의 영혼으로 구성되는 이유이다.

이를 참고할 때, 비록 평행운동이 프로이센-독일에 대한 신랄한 질투를 품고 있기는 했지만, 디오티마의 위대한 이상이란 결국 프로이센 출신 아른하임을 위대한 오스트리아 운동의 정신적 지도자로 맞아야 한다는 것으로 모아졌다. 하지만 그것은 죽은 사상을 드러내는 말의 시체일 뿐이었고 누구든 그것이 불합리하고 우스꽝스럽다는 것을 아는 사람은 그 시체를 난폭하게 다룰 것이다. 이 사상의 영혼에 관해서라면 그것은 순수했고 적절했으며 어떤 경우에도 디오티마의 결정이 포함되었고 그래서 결국 울리히에게는 유언장 같은 것이었다. 그녀는 자신의 친척—아른하임보다 더 깊은 차원을 가졌음에도 아른하임 때문에 가려져 있는—역시 영감을 주고 있다는 사실을 몰랐고, 만약 그것을 확실히 알았다면 아마 자신을 책망했을 것이다. 그럼에도 불구하고 그녀는 내심 그가 아직 '미성숙'하다고 생각함으로써—사실 울리히의 나이가 더 많은데도—본능적으로 자신을 방어했다. 그녀는 울리히에게 미안한 감정이 들었지만, 그런 감정은 그럴수록 아른하임을 책임있는 운동의 지도자로 선출해야 한다는 의무감을 더해주었다. 그러나 그런 결정을 맘속으로 내린 후에 다른 한편으론, 현재로선 그녀의 뒤를 봐줄 후견인 정도의 역할이 필요하고 그것이 울리히에게 적당할지도 모른다는 여성스러운 생각이 떠올랐다. 그에게 모자란 점이 있다면, 그녀와 아른하임 곁에 머물면서 이 위대한 운동에 동참하는 것보다 약점을 보충할 수 있는 더 좋은 기회는 없을 것이다. 그래서 디오티마는 울리히를 곁에 두기로 결정했지만, 그건 단순한 미봉책에 불과했다.

28.
생각을 업으로 삼는 일에
별 관심이 없는 사람은 건너뛰어도 좋은 장

울리히는 한동안 집에 머물며 책상에 앉아 일했다. 그는 몇주 전 고향으로 돌아오기로 결정할 무렵 중단했던 논문을 다시 꺼냈다. 논문을 끝낼 생각은 없었지만 여전히 이런 일을 할 수 있다는 자신감쯤은 있었다. 날씨가 좋았으나 최근 며칠간 그는 작은 용무 외에는 집밖에 나가지 않았고 공원으로 산책조차 나가지 않았다. 그는 마치 관객이 입장하기 전 어두컴컴한 서커스 홀에서 새롭게 선보일 위험한 공중 제비를 시도하는 곡예사처럼 커튼을 치고 흐릿한 불빛 속에서 작업을 이어갔다. 인생에서 한번도 겪어보지 못한 사유의 정확함과 힘, 확신이 멜랑콜리한 기분을 더하며 그를 가득 채웠다.

그는 부호와 공식으로 가득 찬 페이지로 돌아가서 새로운 수학적 과정을 적용하기 위한 물질의 표본이 물의 상태와 같다는 점을 적어 내려갔다. 그러나 그의 생각은 조금 전에 딴 길로 빠지고 말았다.

"클라리세에게 물에 관해 말한 적이 있었나?" 그는 혼자 되물었지만 세세한 일을 기억할 수는 없었다. 하지만 그건 별 문제가 되지 않았고, 그의 생각은 게으르게 이곳저곳을 배회했다.

불행히도 훌륭한 문학작품에서 '생각하는 인간'을 찾기는 거의 불가능하다. 만약 누군가 위대한 과학자에게 어떻게 그리 창조적이 되었느냐고 묻는다면, 그는 끊임없이 그 문제를 생각했기 때문이라고 대답할 것이다. 사실상 예상 밖의 통찰이란 알고 보면 예상 속에서 나온다고 보는 게 옳을 것이다. 그런 통찰들은 훌륭한 성격이나 안정된 감정, 지칠 줄 모르는 야심, 꾸준한 작업에서 나온 것이 절대 아니다. 그러한 성실함이란 얼마나 지루한 것인가! 달리 보면 지적인 문제를 푸는 것은 입에 막대기를 문 개가 좁은 문을 통과하는 것과 다르지 않다. 개는 막대기가 문을 통과할 때까지 머리를 좌우로 흔들어볼 것이다. 우리는 바로 그러한 일을 하고 있지만, 다른 점은 절대 막무가내로 시도하는 것이 아니라 경험을 통해 어떻게 해야 하는지를 이미 알고 있다는 것뿐이다. 그리고 만약 똑똑한 녀석이 천부적으로 멍청한 녀석보다 비틀고 돌리는 일에 능숙하다면, 그 통과는 똑똑한 녀석에게도 똑같이 놀랍게 다가갈 것이다. 그 녀석은 갑자기 다소 혼란을 느낄 것인데, 그것은 그의 생각이 창조자가 아니라, 그 스스로에게서 나온 것처럼 보이기 때문이다. 최근에는 이 혼란스런 느낌을 초자연적이라고 봐야 하다는 믿음을 가진 사람들—이들은 그것을 영감이라고 불러왔는데—에 의해 이것이 '직관'이라고 지칭되고 있다. 그러나 그것은 단지 비⁂인간적인 것으로서, 말하자면 머릿속에서 사물 그 자체의 일치 또는 공감이 일어난 것일 뿐이다.

머리가 더 좋아지면 질수록, 머리의 존재는 더욱 희미해진다. 사유의 과정이 진행중일 때 그것은 아주 초라한 상태가 되며, 마치 두뇌의 모든 주름이 산통을 겪는 것과도 같다. 그리고 그 과정이 끝났을 때 그것은 누군가 사유해온 것들이 유감스럽게도 비인간적인 것이 돼버린 것을 경험할 때처럼 더이상 사유의 형태를 띠지 않는다. 왜냐하면 그때 사유는 외연과 마주치게 되며 세상과 소통하는 양식으로 드러나기 때문이다. 인간이 사유할 때 거기에는 인간적인 것과 비인간적인 것 사이를 분간할 어떤 방법도 없으며, 그것이 바로 사유를 회피하기 좋아하는 작가들에게 왜 생각 자체가 난감함을 던져주는가를 웅변한다.

그러나 특성 없는 남자는 계속 생각하고 있었다. 사람들은 이것에서 적어도 부분적으로는 사유가 인간적인 일은 아니라는 결론을 이끌어낼 것이다. 그러나 그렇다면 사유란 무엇인가? 세계 안의 것이고 세계 밖의 것이다. 머릿속으로 떨어진 세계의 측면들이다. 어떤 중요한 일도 그에게 일어나지 않았다. 가령 그가 물에 관해 생각한 이후에도 물에서는—모두가 물이라고 인식하는 강과 바다, 호수, 샘물 등을 고려할 때—아무 일도 일어나지 않았다. 그것은 공기처럼 오래된 생각이다. 위대한 뉴턴도 그렇게 생각했으며, 아직도 그의 사유들은 마치 방금 나온 것 같은 첨단을 달리고 있다. 그리스인들은 세계와 생명이 물에서 비롯되었다고 생각했다. 물은 신이었다. 오케아노스(대양의 신—옮긴이)였다. 그후에 물의 요정, 뱀장어, 인어, 님프 같은 것들이 고안되었다. 성전과 성소가 물가에 지어졌다. 힐데스하임, 파더보른, 브레멘 성당은 모두 물 위에 지어지지 않았는가. 보라, 이 성당은 아직도 건재하지 않은가? 또한 침례교에서 물은 여전히 사용되지 않는가? 그리고 그처럼 괴이하게 음침한 활기 안에 거하는 영혼을 지닌 물의 광신자들과 자연치유의 사도들이 있지 않은가? 그래서 세상에는 희미한 곳과 풀이 밟힌 평지가 있는 것이다. 그리고 당연히 특성 없는 남자는 우연히 떠올리든 그렇지 않든 현대의 과학적 개념을 머릿속에 소유하고 있었다. 그 사유에 의하면 우리가 학교에서 꼼꼼히 외운 바대로 물은 색 없는 액체이자, 두꺼운 층을 이룰 때만 푸른색을 띠며, 냄새도 없고 맛도 없는 물질이다. 비록 물질적으로 그것이 박테리아, 식물성, 공기, 철, 황산칼슘, 이산화칼륨 등을 포함하고 있으며, 물리적으로 이런 액체는 원래 전혀 액체가 아니라 상황에 따라 고체, 액체, 또는 기체가 됨에도 말이다. 결국 그것은 부호의 체계로 녹아들어가 모두 연결되며, 세계를 통틀어 단지 소수의 사람만이 그렇게 간단한 물질일 뿐인 물을 비슷하게 인식하게 된다. 다른 모든 사람들은 현재와 수천년 전 사이의 어떤 기간에 속하는 언어로 물에 관해 말한다. 그래서 잠시만 생각에 빠지더라도 그는 혼란스런 상태로 떨어지리라고 말할 수 있는 것이다.

이제 울리히는 교육이라고는 작은 동물만큼도 받지 못한 클라리세에게 이 모든 것을 말했다는 것을 기억했다. 그러나 그녀에게 주입된 갖가지 미신에도 불구하고 누구나 그녀와 막연한 일치감을 느끼게 된다. 그 생각이 마치 뜨거운 바늘처럼 그를 찔렀다.

그는 자신에게 화가 났다.

지이의 축축한 영역에서 기인한, 그 깊은 격노를 일으키는 무시무시하게 혼란스럽고 불투명한 갈등을 없애고 해소하기 위한 그 사유의 능력이란—학자들에 의해 훌륭하게 밝혀진—고작 개인을 다른 사람과 사물에 연결시키는 사회적이고 보편적인 본성에 의존하는 것이다. 그러나 불행하게도 사유가 지닌 치유의 힘이란 개인적인 체험의 감각을 손상시키는 능력처럼 보였다. 코 위에 있는 머리가 가장 중요한 개념이나 행동, 감정, 감각보다 무게가 더 나간다는 상식적인 언급은 사람들에게 다소 주목할 만한 인간적인 일에 참여한다는 인상을 준다. 그 행동이나 감정, 감각이란 평범하고 비인간적인 것임에도 말이다.

"바보 같은 일이군." 울리히는 생각했다. "그러나 그게 현실이지." 그것은 누군가 자신의 피부에 코를 대고 냄새를 맡을 때처럼 울리히에게 즉각 자아의 표면을 건드리는 깊고 흥미로운 감각을 불러일으켰다. 그는 일어서서 창문의 커튼을 걷었다.

나무껍질은 여전히 아침의 물기를 머금고 있었다. 거리 밖에는 보랏빛 가솔린 연기가 맴돌았다. 그 사이를 뚫고 태양이 빛났고, 사람들은 활기차게 움직였다. 때는 아스팔트가 만들어낸 봄날이었다. 가을날이 이처럼 계절을 잃어버린 봄처럼 느껴지는 것은 그런 도시에서나 있는 일이었다.

29.
정상적인 의식상태의 해명과 중단

 울리히는 자신이 혼자 집에 있는 때를 보나데아에게 알려주겠다고 약속했다. 하지만 그는 늘 혼자였으나, 그것을 알려주지는 않았다. 울리히는 이미 오래전부터 보나데아가 모자와 베일을 걸치고 갑자기 나타날 때를 대비해야 했다. 보나데아의 질투가 지나쳤기 때문이다. 그리고 그녀가 남자를 찾아갈 때는—그 방문이 남자를 경멸하고 있음을 말해주기 위한 것일지라도—항상 마음속 가득 나약함이 찾아들곤 했는데, 그것은 가는 도중의 길이라든가 그녀가 지나친 남자의 시선 같은 것들이 마치 가벼운 뱃멀미처럼 그녀의 내부에서 흔들렸기 때문이다. 하지만 그 남자가 그걸 알아차리고 단도직입적으로 그녀의 몸으로 돌진한다면, 비록 그가 오랫동안 그녀를 생각하지 않고 내버려두었을지라도, 그래서 그녀가 상처받고, 그녀 자신조차 생각할 수 없었던 심한 비난의 말을 내뱉으며 서로 떨어져 있었다고 해도, 아마 그는 사랑의 대양에 빠져 헤엄쳐 나오려고 하는, 날개에 총을 맞은 거위와 같은 모습을 보게 될 것이다.
 그리고 어느 순간 갑자기 보나데아는 정말 여기에 앉았고, 울었으며, 자신이 부당하게 다루어졌다고 느꼈다.
 그녀가 애인에게 화가 났던 그 순간에, 그녀는 자신의 부정^{不淨}을 남편이 용서해주기를 격렬하게 기도했다. 부주의한 말로 받을 수 있는 비난을 피하기 위해 바람피운 여자들이 써먹는 훌륭하고 오래된 규칙을 따라, 그녀는 남편에게 자신의 여자친구 집에서 자주 만났던 흥미로운 학자에 대해 이야기해주었고, 그가 별로 행실이 좋지 않다는 평판 때문에, 그리고 만족스러운 면이 없기 때문에 그를 초대하지 않고 있다고 말했다. 그중의 사실에 기반한 반은 그녀가 거짓말을 지어내는 데 도움을 주었고, 나머지 반은 애인에 대한 악의에서 나온 것이었다. 만약 갑자기 그 여자친구와의 만남을 그만둔다면, 남편은 뭐라고 생각할까,라고 그녀는 물었다. 그녀는 어떻게 남편에게 마음의 동요를 명확하게 설명할 수 있을까? 그녀는 모든 이상을 높이 평가했기 때문에, 진실도 높이 평가했지만, 울리히는 그녀에게 그런 진실과 이상으로부터 필요 이상으로 멀리 떨어지기를 강요함으로써 그녀의 명예를 깎아내리고 있었다.

그녀는 정열적으로 그와 사랑을 나눴고, 그 일이 끝나자 비난의 말, 확인, 키스들이 그때까지 계속 비어 있던 공간으로 튀어나왔다. 그것마저 지나가자, 아무 일도 일어나지 않았다. 그 뒤로 흘러나온 일상적인 얘기들이 그 빈 곳을 채워나갔고, 시간은 마치 한잔의 김 빠진 물처럼 아무런 공기방울도 뿜어내지 못하고 있었다.

'그녀가 사나워질 때, 얼마나 아름다운가.' 울리히는 생각했다. '하지만 모든 게 끝났을 때, 그녀는 다시 얼마나 기계적이 되는가.' 그녀의 시선은 그를 사로잡았고, 부드러운 유혹으로 끌어당겼다. 하지만 지금, 관계가 끝난 후, 그는 그것이 얼마나 하찮은 것이었는지를 다시금 느꼈다. 건강한 한 남자가 거품이 이는 광대로 변하는 그 믿을 수 없이 빠른 속도 속에는 지나치게 명확한 어떤 것이 숨어 있었다. 그러나 그에게는 의식 속에서 벌어진 빠른 변화가 단지 더 넓은 보편성 중의 특수한 한 경우일 뿐이라는 생각이 들었다. 왜냐하면 오늘날 연극, 콘서트, 예배와 같은 모든 내면의 표출행위는 평소에 잠시 숨겨져 있던 두번째 의식상태라는 섬들에서 재빠르게 풀려나온 것이기 때문이었다.

'잠시 전만 해도 나는 일을 하고 있었지.' 그는 생각했다. '그리고 그전에는 거리에서 종이를 샀고. 물리학회에서 알게 된 한 남자와 이야기를 나누기도 했어. 그와 진지한 대화를 나눈 건 그리 오래전 일도 아니지. 그리고 지금, 보나데아가 좀 서둘러주기만 한다면, 나는 문틈으로 보이는 저 책들 속에서 무언가를 찾아볼 수도 있을 거야. 그사이 우리는 광기의 구름을 뚫고 날아왔고, 지금 이 단단한 일상이 점점 사라져가는 틈을 채우고 그 완고함을 다시 보여준다는 건 정말 섬뜩한 일이야.'

그러나 보나데아는 서두르지 않았고, 그래서 울리히는 무언가 다른 것을 생각해야 했다. 그의 젊은 친구 발터는—귀여운 클라리세의 남편이고 지금은 무언가 기묘해진—언젠가 울리히에게 주장한 적이 있었다. "울리히는 늘 자신이 불필요하다고 느끼는 것에 온힘을 쏟아." 지금 그에겐 바로 그 순간이 떠올랐다. 그는 생각했다. '그건 오늘날 모든 사람들에게도 마찬가지일 거야.' 그는 똑똑히 기억이 났다! 나무 발코니가 둘러쳐진 여름별장. 울리히는 클라리세의 부모로부터 초청을 받았다. 그때는 그들의 결혼식이 있기 며칠 전이었고, 발터는 울리히에게 질투를 느끼고 있었다. 발터가 그렇게 질투할 수 있다는 사실은 놀라웠다. 클라리세와 발터가 발코니 뒤에 있던 방으로 들어갔을 때, 울리히는 햇살이 비치는 밖에 서 있었다. 그는 자신의 모습을 감추려고 하지 않은 채 그들의 대화를 엿들었다. 울리히는 아까의 그 문장 외의 다른 것은 기억나지 않았다. 그리고 그 장면. 방의 깊은 그림자가 마치 구겨진 채 조금 열려 있는 주머니처럼 외벽의 눈부신 신중함 위에 걸쳐 있던 장면이 기억났다. 그 주머니의 구겨진 부분에서 발터와 클라리세가 나타났다. 발터의 얼굴이 고통스럽게 핼쑥해져 있어서 마치 길고 노란 이빨처럼 보였다. 또한 그건 한쌍이 길고 노란 이빨이 검정색 비로드로 싸여진 보석상자 안에 있고, 두 사람이 마치 유령처럼 그 곁에 서 있었다고도 말할 수 있었다. 당연히 그 질투는 말도 안 되는 것이었다. 울리히는 친구의 부인에게 아무런 열망도 없었다. 그러나 발터에겐 강렬하게 체험하는 아주 특별한 힘이 있었다. 그는 자신이 원하는 것에 다가가질 못했는데, 그건 그가 너무 많은 것을 느끼기 때문이었다. 그는 마치 작은 행복과 불행이 서로 섞여들게 하는, 멜로디가 풍부한 축음기처럼 보였다. 울리히가 엄청난 액수의 수표처럼 자신의 생각을 지불했던 반면에—결국 그건 종이에 불과했지만—발터는 항상 금과 은으로 된 작은 동전처럼 자신을 표현했다. 울리히가 발터의 특징을 정확히 떠올려보려고 할 때, 그는 숲의 가장자리에 서 있는 발터를 보았다. 그는 반바지를 입고 있었고, 기이한 모양의 검은 양말을 신고 있었다. 발터의 다리는 남자답지 못했다. 그의 다리는 힘있게 생기지도, 매끈하면서 힘줄이 튀어나오지도 않았다. 그의 다리는 오히려 소녀, 그것도 아주 예쁘지도 않고 그저 보드랍고 못생긴 소녀의 다리 같았다. 손을 머리 뒤로 한 채, 그는 먼 곳의 경치를 바라보았고, 하늘은 그가 혼란스러워한다는 걸 알았다. 울리히는 발터가 그런 모습으로 마음속에 새겨져야 할 어떤 특별한 사건도 떠오르지 않았다. 오히려 그런 인상들은 한 십오년 후에야 마치 닫힌 봉인이 열리듯이 풀려나온 것이었다. 그리고 그때 발터가 그를 질투했다는 기억은 하나의 매우 즐거운 자극이 되었다. 그 모든 것들은 그래도 아직 자기자신에게 기쁨을 가졌던 시기에 벌어진 일들이었다. 울리히는 생각했다. '나는 벌써 몇번이나 그들의 집에 갔었지. 발터는 나를 한번도 찾아오지 않았어. 하지만 아무 상관 없어. 난 오늘밤에라도 다시 찾아갈 수 있을 것 같으니까.'

그는 보나데아가 옷을 입고 떠나면, 그들에게 방문 소식을 보내기로 결심했다. 그런 일을 보나데아가 있을 때 한다는 건 당치 않았다. 반드시 그녀의 지루한 반대심문에 부딪히고 말 테니까.

생각이 쑥쑥 떠오르고 보나데아도 아직 떠날 준비가 안 되었기 때문에, 그는 몇가지 생각을 더 해보았다. 요즘 들어 그건 하나의 간단한 원칙이 되었는데, 그 원칙은 단순하고, 명확하며, 시간을 보내는 데도 좋았다. "정신이 왕성하게 활동하는 시기의 젊은이는," 울리히는 중얼거렸고, 그건 아마도 젊은 시절의 친구 발터를 염두에 둔 말이었을 것이다. "끊임없이 사상들을 사방으로 내보내지. 그러나 상황이라는 공명에 부딪힌 것들만이 다시 자신에게까지 돌아오는 법이고, 그 울림을 증폭시키지. 그렇지 않은 다른 모든 것들은 허공에 뿌려지거나 사라져버린단 말이야!" 울리히는 정신을 소유한 자는, 모든 종류의 정신들을 같이 소유하며, 그래서 정신이 특성보다는 더욱 근원적이라는 걸 당연하게 받아들였다. 그는 그 자신 역시 서로 다른 많은 충돌지점을 가지고 있는 사람이었고, 인간 속에서 표출된 많은 특성들이 각자 인간들의 정신 속에 가까이 모여 있다고—만약 정신을 가지고 있는 사람이라면—생각했다. 이것이 완전히 옳지는 않겠지만, 우리가 악과 마찬가지로 선의 드러남에 대해서도 알고 있는 것은, 거의 다음과 같은 것과 일치했다. 즉, 모든 개인들은 내적인 크기를 가지고 있지만, 만약 그 크기가 한 개인에게 운명지어져 있다면, 크기들엔 서로 다른 여러 벌의 옷이 들어갈 수도 있다는 것이다. 그래서 울리히는 방금 전 그가 생각했던 것이 완전히 의미없는 것은 아님을 느꼈다. 왜냐하면, 만약 시간의 진행 속에서 습관적이고 몰지성적인 것들이 스스로를 점점 강화시키고, 특이한 것들을 점점 잃어간다면, 그래서 어떤 기계적인 관계를 확신하는 거의 모든 사람들이 점점 평균적이 돼간다면, 그것은 정말 왜 우리가 수천 갈래의 가능성을 가지고 있음에도 불구하고 실제로 보통의 인간이 되고 마는지를 설명해주기 때문이다. 그리고 이것은 또한, 제법 성공을 거두고 깨달음을 얻었다는 그 특권층의 사람들 가운데도, 거의 51퍼센트의 깊이와 49퍼센트의 천박함이 명백히 섞여 있다는 사실을 설명해주고 있다. 그리고 이미 오래전부터 생각해왔던 그런 측면이 울리히에겐 너무나 의미없고 견딜 수 없이 슬펐기 때문에, 그는 그것에 대해 즐겨 숙고하곤 했다.

울리히는 보나데아가 아직 갈 차비를 하지 않는 것 때문에 생각에 방해를 받았다. 열려진 문틈으로 자세히 보던 그는 그녀가 옷을 입다가 말았음을 알아차렸다. 그녀는 둘이 같이 있었던 고귀한 시간의 마지막 한방울이 중요했던 그 순간에 그가 멍해져 있는 것을 보고는 섬세하지 못한 행동이라고 느끼고 있었다. 그의 침묵에 상처를 받은 채, 그녀는 그가 무엇을 할지를 기다리기로 했다. 그녀는 책을 한 권 꺼냈고, 다행히도 그 책엔 예술사에서 발췌된 아름다운 그림이 실려 있었다.

다시 생각에 몰두하면서, 울리히는 이 기다림에 화가 난 채로 어떤 모호한 견딜 수 없는 상태로 빠져들어가는 느낌을 받았다.

30.
울리히는 목소리를 듣는다

갑자기 울리히의 생각이 모아졌고, 마치 그들 사이의 틈을 보는 듯 그는 목수 크리스티안 모오스브루거와 재판관을 바라보았다.

그런 생각을 품지 않은 사람에게는 몹시 우스꽝스럽게도 재판관은 말했다. "왜 당신의 손에 묻은 피를 닦았소? 왜 칼을 내던졌지요? 왜 속옷과 겉옷을 갈아입고 옷을 세탁했소? 일요일이라서 그랬나요, 아니면 피가 묻어서? 어떻게 같은 날 저녁에 춤을 추러 갈 수 있죠? 당신이 저지른 일 때문에 즐거운 시간을 보내기 어렵지 않았나요? 도대체 양심의 가책이라곤 느껴보지 못했나요?"

모오스브루거의 마음속에 무엇인가 아른거렸다. 그것은 오래된 감옥의 격언으로 양심의 가책을 받은 척하라는 것이다. 그 아른거림은 그의 입을 비틀어 말하게 한다. "그럼요, 느꼈습니다."

"하지만 경찰에서 당신은 '전혀 양심의 가책을 느끼지 않습니다. 단지 증오와 분노가 일 뿐입니다'라고 했죠." 재판관은 말을 끊었다.

"아마 그랬을 거요." 모오스브루거는 그의 위엄을 회복하며 말했다. "그때 아마 다른 감정은 들지 않았을 겁니다."

"당신은 크고 강한 남자요." 검사가 끼어들었다. "어떻게 당신이 헤트비히 같은 소녀를 두려워했단 말이오?"

"검사님," 모오스브루거가 미소를 띠며 말했다. "그녀는 나에게 저항했습니다. 제가 상상한 보통 정도의 여자보다 더 사나워 보였습니다. 제가 강해 보이긴 하지만……."

"그러면…" 재판장이 서류를 빨리 넘기며 노한 음성으로 말했다.

"하지만 어떤 상황에선," 모오스브루거는 크게 말했다. "저는 부끄럼을 많이 타고 겁도 많습니다."

재판장의 눈은 마치 두 마리 새가 가지에서 날아오르듯이 서류에서 떠올랐다. 그 눈은 방금 전까지 깃들었던 문장을 던져버렸다.

"하지만 당신이 그 건물에서 사람들과 싸울 때는 전혀 겁을 먹지 않았더군요." 재판장이 말했다. "당신은 그중 한 사람을 2층에서 내던졌고 다른 사람들에게는 칼을 꺼내들었죠."

"재판장님," 모오스브루거는 위협적인 목소리로 부르짖었다. "저는 같은 말을 되풀이하고 있군요."

재판장이 그만하라는 신호를 보냈다.

"불의는," 모오스브루거가 말했다. "제 포악함의 근본임에 분명합니다. 저는 단순한 사람으로 법정에 섰고 재판관님들이 남김없이 밝혀주시리라고 생각합니다. 하지만 당신들은 나를 속이고 있습니다."

재판관들의 얼굴은 오랫동안 다시 서류에 묻혀 있었다.

검사가 미소짓더니 상냥한 목소리로 말했다. "하지만 헤트비히는 정말 해를 끼칠 만한 소녀가 아니죠?"

"적어도 저에게는 해를 끼칠 수 있었습니다." 모오스브루거는 여전히 성난 채로 말했다.

"내가 보기엔," 재판장이 강조하며 말했다. "당신은 늘 다른 사람을 비난하는군요."

"이제 말해보시오. 왜 그녀를 난도질하기 시작한 거요?" 검사는 부드럽게 처음 질문으로 되돌아갔다.

31.
너는 누구 편인가?

 그것은 울리히가 직접 참석했던 공판에서 나온 것일까, 아니면 그냥 그가 읽었던 글에서 나온 것일까? 마치 그 목소리를 듣기라도 한 듯이 그는 생생하게 그것을 기억하고 있었다. 그는 아직 한번도 '신의 목소리'를 들어본 적이 없었고, 그런 걸 들을 만한 사람도 아니었다. 그러나 만약 누군가 그걸 듣는다면, 그것은 아마도 눈이 내릴 때의 정적처럼 고요하게 떨어져내릴 것이다. 갑자기 땅에서부터 하늘까지 이어진 벽들이 세워진다. 이전에 공기만 있던 자리에 한 사람이 그 부드럽고 두꺼운 벽을 지나 꼿꼿이 걸어가고, 공기의 우리 안에서 이쪽저쪽으로 뛰어다니던 모든 소리들은 이제 가장 깊숙한 곳에서 하나로 자라난 그 흰 벽돌 속을 자유롭게 걸어다니고 있다.
 울리히는 아마 일과 권태로부터 지나치게 자극을 받았고, 그래서 그런 일들도 자주 벌어지는 것 같았다. 하지만 그런 목소리를 듣는다는 게 사악한 일이라는 생각은 들지 않았다. 갑자기 그는 들릴 듯 말 듯하게 말했다. "사람들은 두번째 고향을 지니고 있지. 그곳에선 모든 행위들이 무죄가 되는 거야."
 보나데아는 신발끈을 묶었다. 그사이 그녀는 그의 방에 들어와 있었다. 그 대화 때문에 그녀는 기분이 더 나빠졌다. 세심하지 못한 대화라고 생각했기 때문이다. 그녀는 신문에서 자주 읽었던 소녀 살해범의 이름을 이미 오래전에 잊었는데 울리히가 그에 대해 이야기하기 시작하며 억지로 그녀의 기억을 되살려놓고 말았다.

잠시 후 그가 말했다. "하지만 모오스브루거가 죄가 없다는 충격적인 인상을 불러일으킬 수 있다면, 머리에 쓴 두건 아래로 작은 눈을 번득이며 보살핌도 받지 못한 채 떨고 있있던 불쌍한 그 소녀는 그의 집에서 머물 곳을 구걸했고, 그 때문에 살해되었던—더욱 죄가 없는 것이 아닐까?"

"그만둬." 보나데아는 그렇게 부탁하고는 하얀 어깨를 들어올렸다. 왜냐하면 울리히가 그런 식으로 대화주제를 몰아갈 때, 심술궂은 순간이 찾아왔기 때문이었다. 그때 상처받은 채 옷을 반쯤 걸치고 화해를 갈망하며 들어온 그 여자친구는 마치 아프로디테가 걸어 올라올 때와 같이 계단에 작고 열정적이며 신화적인, 분화구와도 같은 거품을 만들어내고 있었던 것이다. 보나데아는 모오스브루거를 떨쳐버리고, 희생자 역시 피상적인 전율로 지나쳐버릴 준비를 하고 있었다. 그러나 울리히는 그만두지 않았고, 그녀에게 생생하게 모오스부루거가 처한 운명을 그려 보였다. "두 사람이 그의 목에 줄을 걸 거야. 조금의 죄책감도 없이 단지 보수를 받는다는 이유만으로 말이야. 아마 한 100명 정도는 구경하러 오겠지. 그들 중 반은 직업상으로 오는 것이고 나머지 반은 생에 한번쯤은 사형집행을 보고 싶어한 사람들이겠지. 프록코트를 입고 실린더 같은 모자와 검은 장갑을 낀 엄숙한 신사가 그 줄을 잡아당기고, 동시에 그의 두 간수가 모오스브루거의 목을 부러뜨리려고 두 다리를 잡아당기겠지. 그러고는 그 검은 장갑의 남자가 모오스브루거의 심장 부위에 손을 얹고는 의사가 근심스런 표정을 띠고 그러듯이 그가 아직 살아있는지를 검사하게 될 거야. 아직 살아있다면 그 모든 과정을 아까보다는 덜 참을 만하게, 그리고 덜 엄숙하게 반복해야 하기 때문이지. 이제 당신은 모오스브루거 편일 것 같아, 아니면 반대편일 것 같아?" 울리히가 물었다.

보나데아는 마치 엉뚱한 시간에 잠에서 깨어난 사람처럼 천천히, 그리고 고통스럽게 '분위기'를 잃었는데, 그건 그녀가 자신의 간통을 말해야 할 때와 같은 심정이었기 때문이다. 잠시 머뭇거리며 흘러내리는 옷과 풀어진 코르셋을 손으로 매만진 후, 이제 그녀는 다시 자리에 앉아야만 했다. 비슷한 입장에 있는 다른 여자들처럼, 그녀 역시 사람은 굳이 생각을 강요받지 않으면서 자신의 개인적인 일들을 해나갈 수 있어야 한다는 그 정당한 공공질서를 확신하고 있었다. 하지만 지금, 그녀가 정반대의 상황을 듣고 나자, 그녀에겐 희생자로서의 모오스브루거라는 동정심이 재빠르게 일어났고, 그가 유죄라는 생각은 자취를 감춰버리고 말았다.

"그러니까 당신은," 울리히가 주장했다. "항상 희생자 편이고 그런 행위에는 반대하는군."

보나데아는 그런 대화가 지금 상황에는 어울리지 않는다는 명백한 느낌을 울리히에게 전달했다.

"하지만 이 행위에 대한 당신의 판단이 그렇게 모순됨 없이 옳다면," 울리히는 즉각 결정을 내리는 대신 대답했다. "당신의 부정은 어떻게 정당화시킬 수 있지?"

그런 천박한 말은 더이상 안 된다. 그녀는 경멸에 찬 표정으로 푹신푹신한 팔걸이 의자에 앉은 채 침묵했고, 벽과 천장을 가르는 선을 상처받은 시선으로 바라볼 뿐이었다.

32.
잊혀신, 아주 중요한 소령 부인의 이야기

그렇듯 명백한 미치광이에게 친밀감을 느끼는 일은 타당하지 않았고, 울리히 역시 그러한 것은 아니었다. 하지만 왜 어떤 전문가들은 모오스브루거를 미치광이라고 하고 다른 이들은 그렇지 않다고 할까? 기자들은 그의 칼이 한 일에 관한 그 매끈매끈한 기사를 어디서 얻는가? 또한 과연 어떤 특성들로 모오스브루거는 이 도시에 거주하는 2백만 인구의 반을 흥분과 공포로 몰아넣었을까? 그들은 마치 가정불화나 약혼파기처럼 영혼에서 잠자는 영역을 흔드는 아주 개인적인 관심사를 접할 때처럼 모오스브루거를 대했는데, 그의 이야기는 모오스브루거 같은 사람 하나쯤은 있게 마련인 시골도시에서는 별 관심거리도 아니었고, 베를린이나 브레슬라우 같은 곳에선 아무 의미도 없는 것이었다. 희생자를 가지고 노는 무시무시한 사회가 울리히의 머릿속에서 떠나지 않았다. 그는 그 사회의 메아리를 그 자신에게서 똑같이 느낄 수 있었다. 모오스브루거를 풀어주거나 정의를 지키자는 어떤 열망도 일어나지 않았고, 그의 감정은 고양이털처럼 곤두섰다. 어떤 알 수 없는 이유로 모오스브루거는 그 자신의 삶보다 더 깊숙이 다가왔다. 모오스브루거는 모든 것이 조금씩 왜곡되고 도치되어 마음의 심연 속에 조각난 채 표류하는 모호한 시처럼 그를 사로잡았다.

'으스스한 이야기로군.' 그는 스스로를 자책했다. 소름끼치는 일 또는 금기시된 것을 꿈이나 신경증 같은 안전한 형식으로 포장하여 열광하는 일은 부르주아들의 특징처럼 보였다. '이것 또는 저것.' 그는 생각했다. '당신을 좋아하거나 아니면 싫어하기. 아무리 이상하게 생겼어도 당신을 옹호하기. 또는 내 턱을 치는 한이 있어도 그 괴물과 같이 놀기!' 그리고 마지막에는 차갑지만 강력한 연민이 이곳에 안착하게 될 것이다. 이 사회가 그런 희생자들에게 요구하는 노력의 단 반만큼의 도덕적인 노력을 기울인다면 이 시대에 그러한 사건이나 인물이 나타나지 않도록 많은 일을 할 수 있을 것이다. 그러나 곧 그 문제를 다르게 볼 수도 있다는 생각과 함께 낯선 기억이 울리히의 머릿속에 떠올랐다.

어떤 행위에 대한 우리의 판단은 신이 기뻐하거나 성내는 행위와 항상 일치하지 않는다. 이 오묘한 말은 루터의 말로, 그가 한동안 친구로 지낸 신비주의자들 중 하나의 영향을 받아 한 말이다. 아마 다른 많은 종교인들도 그런 말을 했을 것이다. 부르주아의 생각에, 그 종교인들은 모두 부도덕한 사람들이었다. 그들은 영혼과 죄를 구분했고, 죄 가운데도 흠 없이 남아 있을 수 있는 영혼을 이야기했는데, 그것은 마치 마키아벨리가 목적과 수단을 구분한 것과도 비슷했다. "인간의 마음은" 죄에서 "건져졌다." "예수 그리스도 안에도 외적 인간과 내적 인간이 있었다. 그리고 외부의 일과 관련된 모든 일을 그는 외적 인간으로서 행했으나, 그의 내적 인간은 요동함 없는 고독 속에 있었다"라고 에크하르트[M. J. Eckhart] (독일 신비주의 학자―옮긴이)는 말했다. 그런 성인들과 신자들은 심지어 모오스브루거에게조차 무죄를 선고했을 것이다! 인류는 확실히 그때보다 진보했다. 그러나 인류가 모오스브루거를 죽일지라도, 여전히 인류는 나약하게도 그에게 무죄를 선고할지도 모르는―누가 알겠는가―사람들을 존경하고 있다.

그리고 지금 울리히에게는 불안하게 스쳐지나간 문장이 기억 속에 떠올랐다. '소돔 사람의 영혼도 아무 걱정 없이 그 눈에 천진한 아이의 웃음을 머금고 군중 속을 지나갈 수도 있다. 왜냐하면 모든 것은 보이지 않는 규칙에 따르기 때문이다.' 이 문장은 이전의 문장과 그리 다를 바가 없었다. 그러나 그 가벼운 과장 안에 달콤하고 혐오스러운 퇴폐의 숨결을 지니고 있었다. 밝혀진 바대로, 이런 종류의 말은 책상 위의 노란색 프랑스산 보급판 서적이나 문 대신 걸린 구슬커튼 같은 공간에 속하는 것이었다. 그의 마음에는 닭의 심장을 꺼내기 위해 죽은 몸속을 파고들 때와 같은 느낌이 일었다. 그 말을 한 사람은 지난번 만났던 디오티마였다. 그 말은 더욱이 울리히 역시 젊은 시절 좋아한 작가의 말이기도 했는데, 이제 울리히는 그런 자들을 살롱 철학자로 볼 줄 알게 되었고, 그런 문장은 마치 향수를 끼얹은 빵 같아서 수십년 동안 아무도 맛을 보지 않을 것이다.

그러나 울리히의 내면에 일어나는 이런 불쾌감이 아무리 강하다 할지라도, 그가 평생 동안 신비주의적인 언어에서 나온 진실한 문장에 등을 돌려왔다는 사실은 수치스러운 것이었다. 왜냐하면 그에게는 이성을 뛰어넘는 앎으로 불리는 것들에 대한 각별하고 본능적인 이해가 있었기 때문이다. 비록 그 자신은 신앙의 교의처럼 그것을 받아들일 마음이 전혀 없기는 했지만 말이다. 부드럽게, 깊은 심연에서 나온 우애있는 음성으로 말하고, 수학적이거나 과학적인 언어의 지배 반대편에 서 있으며, 다른 한편으론 정의할 수 없는 그것들은 그의 관심사 가운데서 어떤 연관도 없이 거의 찾지 않는 섬같이 흩어져 있었다. 그러나 그가 그것들을 알게 될 만큼 파고들자, 마치 그 섬들이 서로 조금 떨어져 있을 뿐 그것들 뒤로 숨은 연관성을 느낄 수 있을 것처럼 보였다. 해안의 돌출부 또는 아주 오랜 옛날에 사라져버린 대륙의 잔해를 보는 것처럼 그는 바다, 연무의 부드러움과 노란 잿빛에 잠긴 낮은 블랙톤의 땅끝을 느꼈다. 그는 '항해' 또는 '여행을 떠나라'라거나 '생각의 전환을 꾀하라' 같은 말을 따라 행한 도피를 기억했다. 그는 그 이상하고 부조리할 정도로 마법에 휩싸인 경험이 어떤 억제력으로 단번에 다른 모든 종류의 것들 위에 군림하는지를 정확히 알았다. 그 순간엔 스무살의 심장이 이미 세월이 흘러 털이 자란 채 피부가 두꺼워지고 거칠어진 그의 가슴을 두드려댔다. 스무살의 심장이 서른두살의 가슴을 두드려대는 것은 마치 한 남자가 소년에게 키스를 받는 것처럼 부적절하게 느껴졌다. 그럼에도 불구하고 그때의 기억을 피하지 않았다. 그것은 빗나간 열정의 기억인 동시에 나이로 보나 가정에서 쌓은 덕으로 보나 그보다 한참 연상인 여성을 향한 스무살 열정의 기억이었다.

주목할 만한 점은, 그가 그녀의 외모를 잘 기억하지 못한다는 것이다. 형식적인 사진 한장과 그가 홀로 그녀를 생각하던 시간의 기억이 그녀의 얼굴, 옷, 목소리, 행동에 대한 생생한 인상을 지워버렸다. 그가 한동안 그녀의 세계에서 멀어졌기 때문에 그녀가 한 육군 소령의 부인이었다는 사실조차 믿을 수 없게 다가왔다. 그건 우스운 일이었다. '지금쯤이면 아마 퇴역 대령의 부인이 되었겠군'이라고 울리히는 생각했다. 연대에 돌아다니던 소문에 따르면 그녀는 잘 교육받은 예술가이자 피아노의 대가였는데 가족의 뜻이 아니라면 대중 앞에서 연주하는 법이 없다고 했다. 아무튼 그녀의 결혼으로 그런 경력은 전혀 쓸모없어지긴 했지만 말이다. 사실 그녀는 연대 파티에서 아름다운 연주를 들려주었는데, 그 연주는 금박으로 잘 꾸며진 태양의 선율이 감정의 틈 사이로 떠오르는 듯한 느낌을 주었고, 그 첫 순간부터 울리히는 그녀의 외모가 아니라 표현을 사랑하게 되었다. 당시 명망을 얻던 대위는 부끄러움이 없었다. 벌써 그의 시선은 여인들과의 접촉을 시도했고, 이러지리한 고귀한 여성들에게 다가가는 여러 침투로를 찾아내고 있었다. 그러나 스무살짜리 군인에게 '거대한 열정'이란, 만약 그러한 일을 생각해낼 수 있다면, 완전히 다른 어떤 것이다. 그것은 이념이었다. 그 이념은 행위의 영역 밖에 있었고, 어떤 체험된 내용이 없었기 때문에 빛을 발하는 빈 공간이었으며 단지 진정 거대한 이념이 될 수밖에 없었다. 그래서 울리히가 생애 처음으로 이 이념을 적용할 가능성을 자신 안에서 발견했을 때, 그것은 반드시 일어나야 하는 일이 되었다. 결국 소령 부인이 할 수 있는 마지막 역할이란 그 병이 도지도록 하는 것밖에 없었다. 울리히는 사랑의 열병을 앓았다. 그리고 진정한 사랑의 열병이란 소유욕이 아니라 세계가 부드럽게 자신을 드러내는 것이고 그것을 위해 단호하게 연인에 대한 소유를 단념해야 하는 것이기 때문에 그 대위는 계속 소령 부인에게 낯설고도 완고한 태도로 그녀가 한번도 들어보지 못한 세계를 설명했다. 성좌, 박테리아, 발자크, 니체 같은 것들이 사유의 소용돌이 속에서 휘도는 동안, 그녀가 점점 명확하게 알게 되었듯이 그것들의 핵심은 그녀 자신의 육체와 대위의 육체 사이의 차이로—당시만 해도 부적절한 대화 주제로 여겨졌던—귀결되었다. 그녀가 아는 한 사랑과 아무 연관도 없는 주제를 그가 고집스럽게 사랑과 연결시키는 일이 그녀에게는 당황스럽게 여겨졌다. 어느날 그들이 승마 산책을 나가서 말과 나란히 걷고 있을 때, 그녀는 그에게 손을 내밀었고 한동안 그 손이 마치 기절이라도 한 듯 힘없이 그의 손에 머무르는 것을 보고 깜짝 놀랐다. 다음 순간 손목에서 일어난 불꽃이 무릎을 타고 내려가더니 강렬한 빛이 그들을 거의 길가로 쓰러뜨렸는데, 거기에서 그들은 이끼 위에 앉아 격렬하게 키스를 나누고는 다시 일어섰다. 그것은 놀랍게도 사랑이 너무나 거대하고 낯설어서 사람들이 그렇게 포옹하는 동안 보통 하는 일 이외에는 어떤 말이나 행동도 할 수 없었기 때문이었다. 점점 더 조급해진 말들이 마침내 이 곤경에서 그들을 구해주었다.

  소령 부인과 젊은 대위의 사랑은 그 과정을 통틀어볼 때 짧았던 데다가 비현실적이었다. 그 둘은 그 사랑에 놀라워했다. 그들은 몇번이나 서로를 더 안았지만, 둘 다 뭔가 잘못됐다는 느낌을 받았고 그들의 육체를 서로 완전하게 받아들이지 못했다. 그들이 옷이나 도덕 같은 모든 장애물들을 걷어냈는데도 말이다. 소령 부인은 자신이 통제할 힘을 넘어서는 열정을 가지고 싶어했지만 내면에서는 그녀의 남편에 의해, 그리고 울리히와의 나이 차이에서 비롯될 비난에 괴로워하고 있었다. 어느날 울리히가 빈약한 핑계를 대며 이제 긴 휴가를 떠나야 한다고 말했을 때, 그 부인은 눈물어린 구원의 한숨을 내쉬었다. 그때 울리히는 사랑에서 멀어졌기 때문에 되도록 빨리, 그리고 멀리 이 사랑에서 도망가는 일이 시급했다. 울리히는 무작정 여행을 떠나 기찻길이 끝나는 해변으로 가서는 배를 타고 근처의 섬까지 갔다. 그리고 한번도 들어본 적 없는, 겨우 침대와 집만 있는 그곳에서 그의 연인에게 보내는 첫번째 긴 편지를—결코 부치지 않을—썼다.

  그의 생각을 하루종일 채워서 밤의 정적 가운데 쓴 이 편지를 그는 나중에 잃어버렸다. 그리고 그것은 아마도 의도한 바였을 것이다. 처음에 울리히는 그녀에 대한 사랑과 그녀가 불어넣어준 온갖 영감에 관해 여전히 쓸 것이 많았다. 그러나 그것은 재빨리, 그리고 점점 더 풍경으로 바뀌었다. 그를 잠에서 깨우던 아침 햇살, 그리고 어부가 물가로 떠날 때 집 근처에 있던 아이들과 여자들, 그 섬의 작은 계곡 사이의 관목과 낮은 언덕을 응시하던 그와 당나귀만이 이 모험에 가득 찬 세상의 끄트머리에서 싦의 고귀한 형데인 것처럼 보였다. 울리히는 친구를 따라 낮은 언덕을 오르거나 바다와 바위, 그리고 하늘을 벗 삼아 섬의 가장자리에 앉기도 했다. 그에게는 어떤 추측도 떠오르지 않았는데, 그것은 크기의 차이라든가 마음이나 자연, 살아있는 것이나 죽은 것 사이의 차이가 전혀 문제되지 않았기 때문이다. 그곳에서는 사물 사이를 구별하는 모든 종류의 차이들이 사소한 것이 되었다. 좀더 차분하게 말하자면, 이 차이들이 사라지거나 줄어든 것이 아니라 그 의미 자체가 달아난 것이다. 당시 그 젊은 기갑부대의 대위가 절대 알 리 없던, 사랑의 신비주의에 사로잡힌 한 종교인의 표현대로 인간은 더이상 '인류를 괴롭히는 그 구별에 관여하지 않았다.' 그는 이 현상을 생각하지 않았고—사냥꾼이 동물의 흔적을 발견하고 그것을 따라가듯이—사실상 그 현상들을 거의 알아채지 못했으며 단지 그의 내면에 그것들을 집어넣을 뿐이었다. 그는 그것이 설명될 수 없는 대상임에도 불구하고 풍경 안으로 잠겨갔고, 세계가 그의 눈을 지나칠 때, 그 의미가 소리없는 물결 속에서 불현듯 스쳐지나가기도 했다. 그는 세계의 중심을 통과했다. 그 풍경과 멀어진 여인 사이의 거리는 가장 가까이 있는 나무만큼이나 가까웠다. 감정 속에서 살아있는 것들은 아무 공간감각 없이 얽혀 있었는데, 그것은 마치 꿈속에서 두 존재가 섞이지 않고 서로를 통과하는 것 같았으며, 그것들의 관계를 전혀 다른 것으로 바꿔놓은 것 같았다. 그러나 그의 마음상태는 꿈과는 아무런 관계도 없었다. 그것은 투명한 생각으로 가득 찬 것이었으나, 그의 내면의 어떤 것도 이유나 목적, 육체적인 욕망에 이끌리지 않았으며 마치 한 움직임이 웅덩이의 표면에 떨어져 무한하게 퍼지듯이, 모든 것은 점점 새로워지는 원을 그리며 넓어지는 것 같았다. 바로 이것이 그가 편지에 적은 것이며 다른 것은 아무것도 없었다. 그것은 완전하게 변화된 삶의 형상이었다. 그것은 일상적인 이익에서 멀어진 곳에 있었고 어떤 교활함에서도 자유로웠다. 이런 면에서 보자면, 모든 것은 다소 헝클어지고 흐릿하게 보였으며 다른 중심에서 나온 어떤 섬세한 투명성과 정확성으로 채워진 것처럼 보였다. 삶의 모든 질문들과 사건들은 비교할 수 없이 부드럽고 온화하며 평온한 반면, 그 의미는 완전히 뒤바뀌어 있었다. 만약 이러한 존재의 상황에서 예를 들어 딱정벌레 한마리가 누군가의 손에서 생각 속으로 빠르게 뛰어간다면, 그것은 도약도 지나감도 멀어짐도 아닐 것이다. 아니, 그것은 사람도 딱정벌레도 아니며 단지 마음을 건드리는 하나의 현상일 것이며, 비록 일어난 현상이라고 할지라도 현상이라기보다는 하나의 상태일 것이다. 그리고 그렇듯 고요한 경험 덕분에 일상적인 삶을 이루는 모든 것들은 매 분기점마다 울리히에게 완전히 새로운 의미를 부여하게 되었다. 이런 상황에서는 소령 부인을 향한 사랑조차 운명지어진 형태로 재빨리 변화되었다. 그녀를 끊임없이 떠올리면서, 그는 그녀의 환경에 관한 그의 지식을 동원해 그녀가 무엇을 했든간에 떠오르는 이미지를 만들어내려고 이따금 시도했다. 그러나 마치 그녀의 육체가 곁에 있는 것처럼 그녀를 보는 데 성공한 순간, 그렇듯 무한히 밝게 자란 그녀를 향한 감정은 금방 어두워지고 말았다. 그는 재빨리 그녀가 그를 위해 존제한다는 행복한 이미지를 위대한 사랑에 적합한 정도로 축소하는 수밖에 없었다. 얼마 지나지 않아 그녀는 전혀 인격이 없는 힘의 중심으로 완전히 들어가버리고, 그의 불빛이 작동하게 하는 땅속의 발전기가 돼버렸다. 그리고 그는 사랑의 삶이라는 위대한 이상이 사실 육체적인 욕망, 또는 검약이나 사유, 폭식과 같은 것에서 기인한 '내 것이 돼주세요'라는 바람과는 아무 상관도 없다고 기록한 마지막 편지를 썼다. 이것이 그가 부친 유일한 편지였고, 아마도 곧 종말을 맞고 갑자기 깨진 그 사랑의 열병 중 최고의 순간이었을 것이다.

33.
보나데아와의 결별

그 사이 더이상 천장만 바라볼 수 없게 된 보나데아는 안락의자에 등을 기대고 앉았고, 그녀의 부드럽고 모성적인 가슴은 코르셋 끈에 꽉 조이지 않은 채 흰 아마포 속에서 숨을 내쉬고 있었다. 그녀는 이 자세를 숙고라고 불렀다. 그녀에게 갑자기 남편은 판사일 뿐만 아니라 사냥꾼이라는 생각이 스쳐지나갔다. 그는 때때로 사냥감이 된 야생동물의 반짝이는 눈에 관해 말한 적이 있었다. 그것에서 그녀는 모오스브루거와 그의 판사 둘 모두에게 도움이 될 만한 것이 있음을 느꼈다. 다른 한편으로 그녀는 남편이 그녀의 애인에 의해 곤란한 지경에 빠지는 것은 원치 않았다—사랑하는 사람으로서 곤란에 빠지는 건 상관없겠지만. 그녀의 정서상, 그녀는 가장이 근엄하고 존경받는 사람이 되길 원했다. 그녀는 아무런 결정도 내리지 못했다. 그리고 이러한 모순된 생각이 마치 형태도 없이 서로 섞여드는 구름처럼 서로의 경계를 무기력하게 지워가는 동안, 울리히는 그의 사유에 몰입하는 자유를 누리고 있었다. 그건 정말 오랜 시간 동안 지속되었고, 사태에 변화를 줄 수 있는 어떤 일도 보나데아에게 일어나지 않았기 때문에, 그녀의 원망은 그녀를 무시하듯 모욕한 울리히에게 돌아갔고 아무 화해도 없이 그가 흘려보낸 시간은 화를 돋우면서 무겁게 그녀를 짓눌렀다. "그래서 당신은 내가 여길 찾아오는 것이 잘못됐다고 생각하는군?" 결국 그녀는 느리지만 강하게, 슬프지만 온힘을 다해 싸울 작정으로 질문을 던졌다.

울리히는 침묵했고 어깨를 으쓱해 보였다. 그는 한참 동안 그녀가 한 말을 더이상 기억하지 못했고, 단지 이 순간 그녀를 견뎌내기가 힘들 뿐이었다.

"그래서, 우리의 열정 때문에 나를 비난할 수 있단 말인가?"

"그런 질문엔 수많은 대답들이 들러붙어 있지. 마치 벌통 속의 벌처럼 말이야."

울리히가 대답했다. "인간의 모든 정신적인 무질서는, 그가 한번도 해결해보지 못한 문제들과 함께 각각의 개인에게 극단적으로 매달려 있는 거야." 그는 단지 요즘 들어 이따금씩 생각한 것을 말했을 뿐이었다. 그러나 보나데아는 그 정신적인 무질서를 자신과 연관시켰고, 그것이 너무 심하다고 생각했다. 그녀는 다시 커튼을 닫음으로써 이런 싸움에서 도망가고 싶어했지만, 고통으로 신음하는 일도 싫지는 않았다. 그리고 갑자기 울리히가 자신에게 싫증을 느끼고 있음을 깨달았다. 그녀의 본성에 힘입어, 그때까지 그녀는 새로운 것에 사로잡혀 상대를 잃어버리거나 엉뚱한 곳에 방치하는 경우를 빼고는 애인을 잃어버리지 않았다. 또는 빨리 사귀고 빨리 헤어지는 경우라도, 비록 화를 돋우기는 하지만, 여전히 더욱 큰 힘의 작용 때문이라는 느낌을 가지기도 했다. 그래서 울리히의 그 조용한 거부감에서 그녀가 첫 번째로 느낀 것은 자신이 늙어가고 있다는 것이었다. 그녀는 반쯤 벌거벗겨진 채 소파 위에 앉아 있는, 모든 모욕에 노출된 자신의 그 음란하고 가망없는 처지가 부끄러웠다. 그녀는 별 생각 없이 다시 기운을 차렸고 옷을 움켜잡았다. 하지만 그녀가 다시 미끄러져 들어간 그 비단 성배의 바스락거림도 울리히를 참회로 몰고 가지는 못했다. 무기력함이 주는 코를 찌르는 듯한 고통이 보나데아의 눈 위에 어렸다. '그는 잔인해, 그는 나에게 일부러 상처를 준 거야.' 그녀가 계속 중얼거렸다. '그는 꼼짝도 하지 않아.' 그녀는 단언했다. 그녀는 자신이 묶었던 그 모든 매듭과 함께, 그리고 그녀가 단단히 죄었던 고리와 함께 오래전 잊혀진 어린 시절의 고통이었던, 바닥이 보이지 않는 연못 속으로 점점 가라앉았다. 어둠이 둥글게 주위를 감쌌다. 울리히의 얼굴은 마치 기울고 있는 빛 속에서처럼 강하고 거칠게 고뇌의 어둠을 향해 있었다. '어떻게 내가 이 얼굴을 사랑할 수 있었을까?!' 보나데아는 홀로 울었다. 하지만 동시에 그 반대편에는 '영원히 잊혀지기를!'이라는 문장이 그녀의 온 가슴을 죄어왔다.

그녀가 다시 돌아오지 않을 결심을 했다는 걸 예감한 울리히는 그 결심을 막지 않았다. 보나데아는 거울 앞에서 거칠게 머리를 매만진 후 모자를 썼으며, 베일을 묶었다. 지금, 얼굴에 베일이 씌워졌으니 모든 것은 끝난 셈이었다. 그건 마치 죽음의 선고처럼, 또는 열쇠가 채워진 여행가방처럼 엄숙했다. 그는 이제 그녀에게 키스할 필요도 없었고, 그 마지막 기회를 그리워할 자신을 예감하지도 못했.

그 때문에 그녀는 연민으로 그의 목에 팔을 둘렀고, 그의 품속에서 눈물을 흘렸을지도 모를 일이다.

34.
뜨거운 빛과 차가운 벽들

울리히가 보나데아를 배웅하고 혼자 남게 되자, 더이상 일하고 싶은 마음이 사라졌다. 그는 발터와 클라리세에게 오늘 저녁 방문하겠다는 메시지를 전하고자 방을 나섰다. 그가 작은 홀을 지날 때 벽에 걸린 사슴뿔을 목격했는데, 그 모습은 거울 앞에서 보나데아가 베일을 묶을 때의 그것과 비슷해 보였다. 체념한 듯한 미소가 없는 것을 빼고 말이다. 그는 심사숙고하면서 주변을 돌아보았다. 그의 주위를 돌아 위쪽으로 집안을 장식한 이 모든 둥근 선들과 교차선들, 직선과 곡선, 그리고 소용돌이들은 자연스럽지도 꼭 필요해 보이지도 않았고 오히려 그 세세한 부분까지 바로크적인 과장으로 가득 차 있었다. 주위의 모든 것들을 지나 끊임없이 떠다니는 그 흐름과 박동은 순간 정지했다. "나는 우연일 뿐이야." 필연이 눈을 흘겼다. "편견 없이 보자면 내 얼굴은 문둥병자와 별 다를 것이 없어." 아름다움이 고백했다. 사실상 그것의 효과는 다음과 같을 뿐이었다. 광택은 사라졌고, 의도하는 바는 힘을 잃었으며, 기질이나 기대, 긴장의 끈은 끊겨버렸다. 그 공간에서 몇초 동안 감정과 세계 사이를 흐르는 신비한 균형이 깨졌다. 우리가 느끼고 행동하는 모든 것은 다소 '삶의 방향'으로 정향돼 있다. 그리고 그 방향에서 조금만 벗어난 것이라도 매우 곤란하고 놀라운 일이 된다. 이것은 걷는 일 같은 작은 일에도 적용된다. 몸이 무게중심을 들어올려 앞으로 내뻗은 후 다시 떨어뜨린다. 아주 사소한 변화도—이렇게 스스로를 미래로 내딛는 변화나 혹은 그것에 회의를 품고 멈칫하는 행위조차도—인간을 더이상 똑바로 설 수 없게 만들어버린다. 인간은 행위를 심사숙고해서는 안 된다. 그의 생에서 아주 중요한 순간마다 울리히에게는 그와 같은 생각이 들곤 했다.

울리히는 배달하는 사람에게 메모를 들려 보냈다. 그때가 오후 4시쯤이었고 시간을 보낼 셈으로 걷기로 했다. 늦봄 같은 느낌의 상쾌한 가을날이었다. 공기는 부글부글댔다. 사람들의 얼굴에서는 물보라 같은 게 일었다. 지난 며칠 단조로운 생각의 긴장에 빠져 있던 터라 그는 마치 감옥에서 빠져나와 따듯한 욕조 속에 들어간 기분이었다. 그는 되도록 친근하고 여유롭게 걸어다니려고 했다. 운동으로 잘 단련된 그의 육체는 움직이고 싸우려는 성향이 너무 강해서, 오늘따라 마치 너무 많이 가식적인 슬픔을 연기한 광대의 얼굴처럼 불쾌한 느낌을 주었다. 마찬가지로, 진실을 추구하는 그의 경향도 서로를 훈련시키는 사유의 군대로 나눠진 정신적 민첩성으로 자신을 가득 채워서, 심지어 정직한 일을 포함한 모든 것을 관습에 불과한 것으로 만들어버리는 가식적인 광대의 표정을—엄격하게 말하자면—짓게 했다. 그래서 울리히는 생각했다. 그는 주변의 여러 물결과 함께 흐르는 물 같았다고 말할 수 있다. 왜 아니겠는가. 고독한 일에 매여 있던 사람이 마침내 공동체의 대열에 합류하고 그들과 함께 기쁨에 차 흘러가는 데 말이다!

그런 순간에 사람들이 스스로 끌어가는, 또한 그들을 끌고 가는 삶에 내적으로 크게 염려하지 않는다는 생각을 하기는 쉽지 않다. 그러나 우리가 젊었을 때만큼은 누구나 이런 사실을 안다. 울리히는 15년 전 이런 날이 어떠했는지를 기억했다. 그때는 모든 것이 두 배나 영화로웠으며 매혹되고자 하는 열망에서 끓어오르는 욕망이 확실히 모든 곳에 있었다. 그것은 내가 획득하는 모든 것이 나를 획득한다는 다소 불쾌한 느낌이었으며 이 세상에는 거짓되고 경솔하며 인간적으로 무관심한 진술들이 있어서 그것들이 가장 인간적이고 순수한 진술들보다 더 강하게 울려퍼질 것이라는 괴로운 추측이었다. 누군가 생각했다. '이 아름다움이 좋고 선한 것이라지만, 그것이 내 것인가? 또한 내가 학습하는 진리가 나의 진리인가? 우리가 추구하고 빠져드는, 그래서 우리를 유혹하고 끌고가는 목표나 주장이나 현실 같은 모든 유혹하는 힘은 과연 현실인가 아니면 세계가 우리에게 제공하는 진실의 표면에 막연하게 붙어 있는 진실의 입김일 뿐인가? 우리의 유혹을 더하게 하는 것은 그 모든 이미 조립된 삶의 요소들과 형식들이고 현실과의 유사성이며 이전 세대에 의해 주조된 틀이며 혀에서뿐 아니라 감각과 감정에서도 이미 만들어진 언어들이다.' 울리히는 교회 앞에서 멈춰 섰다. 사랑스런 하늘이여, 만약 층진 계단 같은 배를 가진 뚱뚱한 주부가 집을 등지고 이 그늘에 앉아 있다면, 그리고 석양에 물든 그녀의 얼굴에 수천개의 주름과 사마귀와 여드름이 있다면, 그는 그것조차 아름답다고 하지 않겠는가? 하늘이여, 맞습니다. 그것은 아름답지요! 그는 이런 것들을 칭송할 의무로 땅에 보내졌다고 주장함으로써 도망치고 싶지는 않았다. 그러나 이 뚱뚱한, 고요하게 늘어진 주름으로 세공된 덕망있는 주부에게서 아름다움을 발견하는 것은 전혀 불가능한 일은 아니었다. 그냥 그녀는 늙었다고 하는 편이 훨씬 간명하긴 하지만 말이다. 그리고 이렇듯 세계를 늙었다고 하는 것에서 아름답다고 하는 것으로 전환하는 것은, 젊은 사람의 시선에서 벗어나 누군가 갑자기 그것을 체득하기 전까지는 그저 우스운 교훈으로 남겨질 뿐인 성숙한 어른의 높은 도덕적 관점으로 전환하는 것과 마찬가지 일이었다. 울리히가 교회 앞에 서 있던 시간은 몇초 되지 않지만, 그 시간은 그에게 깊이 각인되었고 그의 심장은 수백만 톤의 돌로 석화돼가는 세상과 그가 뜻하지 않게 착륙한 이 얼어붙은 달의 표면을 향한 원초적인 저항감으로 짓눌렸다.

대부분의 사람들이 그 수다한 개인적이고 세세한 부분들을 무시하고 세계를 이미 만들어진 것으로 이해하는 것은 편안할 뿐 아니라 안정된 일이다. 그리고 보수파뿐 아니라 모든 진보파와 혁명파의 입장에서 보더라도 거기에는 어떤 논쟁의 여지도 없다. 그러나 이런 생각은 그들 자신의 개성대로 사는 사람들에게 깊고 어두운 불쾌감을 던져준다고 봐야 한다. 울리히가 종교 건축물의 기술적으로 훌륭한 부분들을 뛰어난 감식안으로 살펴보고 있을 때, 갑자기 그의 머릿속에서 인간은 저런 기념물을 서 있게 할 만큼이나 쉽게 사람들을 삼켜버릴 수도 있겠다는 생각이 떠올랐다. 그 곁의 집들, 그 위의 창공, 눈길을 사로잡는 선과 공간의 뛰어난 조화, 그 아래를 지나가는 사람들의 외모와 인상, 그들의 책들, 그들의 도덕들 그리고 거리를 따라 난 나무들…. 그것들은 스페인식 벽처럼 뻣뻣했고 절단기에 잘린 측면처럼 딱딱했으며, 완벽하고—달리 표현할 말이 없으므로—완벽하며 완성돼 있어서 사람은 그저 이미 내뿜어져 신이 더이상 소유할 수 없는 작은 숨결 곁에서 떠다니는 안개일 뿐이었다. 그 순간 울리히는 특성 없는 사람이었으면 좋겠다고 생각했다. 그러나 그것은 아마도 누구에게라도 그리 다르지 않을 것이다. 평균적인 삶을 사는 사람들은 어떻게 그들이 지금의 내가 되었는지를, 그리고 어떻게 그들의 과거, 아내, 성격, 직업을 갖게 되었는지를 몰랐으나, 지금 이 순간부터 변하는 것은 아무것도 없을 것이라는 느낌은 갖고 있었다. 그곳에 이 모든 것이 왜 이렇게 존재해야 하는지에 관한 충분한 이유가 없었기 때문에, 그들은 그저 속았다고 말하는 편이 더 공평한 것인지도 몰랐다. 좀더 다르게 이야기될 수도 있을 것이다. 무엇이 일어나건간에 그것은 그들 자신의 행위가 아니라 대부분 환경이나 분위기, 완전히 다른 사람들의 삶과 죽음에서 비롯된다는 것이다. 이런 사건들은 한점으로, 말하자면 어떤 주어진 지점으로 수렴된다. 젊은 시절에 삶은 마치 다함이 없는 아침처럼, 모든 면에서 가능성과 빈 공간으로 가득 차 있다. 그러나 정오가 되면 그들 자신의 삶을 주장하는 무엇인가가 갑자기 등장하는데, 그것의 형체는 마치 20년 동안 한번도 보지 못한 채 전혀 엉뚱한 모습을 상상하면서 연락을 주고받던 사람과 갑자기 마주치게 된 것처럼 놀라운 것이게 마련이다. 그것보다 더 기묘한 일은, 대부분의 사람들이 이러한 일을 알아차리지 못한다는 점이다. 사람들은 자신들에게 다가온 자를 받아들인다. 그의 삶은 그들의 삶에 녹아들어가고 그의 체험은 그들의 특성을 표현하는 것처럼 보이며 그의 운명은 그들 자신의 행운이나 불행이 되어버린다. 그들에게 벌어진 일은 끈끈이주걱에 붙은 파리에게 벌어진 일과 같다. 끈끈이주걱은 그 작은 섬모로 파리를 붙잡아서는 움직이지 못하게 하고 그것이 두꺼운 표면에 덮일 때까지 점점 감아서는 결국 원래의 모습을 겨우 추측할 수 있게 만든다. 그러고는 그들에게는 젊은 시절에 관한 단지 모호한 생각만이 남는데, 그 시절 안에는 여전히 어떤 반발력이 남아 있었다. 이 반발력은 팽팽한 채 빙글빙글 돌았다. 어느 한곳에 머물려고 하지 않으며 무작정 도망가려는 폭동을 일으킨다. 젊은이들의 조소, 제도를 향한 저항, 모든 영웅적인 것이니 순교, 범죄 같은 것들에 대한 열광, 불같은 진지함, 불안함, 이 모든 것들은 도망가려는 그들의 투쟁에 다름 아니다. 근본적으로, 이 투쟁은 비록 의도한 일들이 반드시 곧장 이뤄져야 한다고 젊은이들이 생각함에도 불구하고, 그들이 하는 일 중 어떤 것에도 명백한 내적 이유가 없다는 것을 드러내줄 뿐이다. 어떤 이들은 내적으로나 외적으로 아주 빼어난 세스처를 발명해내기도 한다. 이것을 뭐라고 부를 수 있을까? 성의 포즈? 헬륨이 풍선에 주입될 때처럼 드러나는 내적 의미의 형식? 표출 아니면 각인? 존재의 테크닉? 새로운 구레나룻이나 아이디어라고도 할 수 있겠다. 그것은 극중 연기였으나 모든 연기가 그러하듯이 당연히 의미를 가졌다. 그리고 사람들이 땅에 빵부스러기를 던지면 참새가 지붕 위에서 내려오듯이, 젊은 영혼들은 지체없이 그것에 달려들었다. 우리는 한번 상상해볼 필요가 있다. 혀와 손, 눈, 그리고 지구의 차가워진 달과 집, 토양, 그림, 책들로 짓눌린, 그리고 그 안에는 무질서하게 떠도는 안개밖에 없는 세계란 무엇이란 말인가? 누군가 스스로를 인식할 수 있는 생각을 담은 표현을 만들어낼 때마다 그것은 얼마나 큰 기쁨이 되겠는가! 모든 강렬한 감정의 소유자가 보통사람들 이상으로 이러한 새로운 형식을 먼저 잡아낸다는 것보다 자연스러운 일이 또 있겠는가? 그것은 자기인식의 순간을, 내부와 외부, 그리고 내파되는 존재와 외파되는 존재 사이의 균형의 순간을 제공해준다. 아무런 원칙도 없군. 울리히는 생각했다. 물론 이 모든 것들은 울리히에게도 느껴지는 것이었다—그는 주머니에 손을 넣은 채 서 있었고 그의 얼굴은 평화롭게 보였으며 마치 소용돌이치는 햇살 아래서 죽어가는, 눈 속에서 부드럽게 죽어가는 사람이 만족스러운 잠에 빠진 것처럼 보였다. 그 끊임없는 현상들은 새로운 세대라거나, 새로운 아버지와 아들, 지적인 혁명, 스타일의 변화, 진화, 유행, 재생이라는 여러가지 이름으로 불렸다. 이 삶의 혁명에 대한 열정을 영구적인 움직임으로 만든 것은 다름 아니라 자신의 안개 같은 자아와 외계 사이의 침입이며 이미 돌같이 딱딱해진 자아—이전 사람들, 또는 가짜 자아에 의해 느슨하게 끼워진 한무리의 영혼에 의해서—이다. 조금만 주의를 기울여도 사람들은 최근의 미래에서 다가오는 옛 시대를 읽어낼 수 있을 것이다. 새로운 사유란 그러니까 전성기를 지나 뼈에 살이 좀더 붙은 채로 서른살을 더 먹는 것일 뿐이다. 그것은 지나가는 소녀의 빛나는 외모에서 그 어머니의 빼어난 외모를 힐끔 떠올리게 되는 것과 비슷하다. 그 사유들은 아무런 성공도 거두지 못해왔으며, 이제는 이른바 50명의 추종자들로부터 위대한 아무개라고 불리는 늙은 바보들에 의해 제안된 혁명으로까지 쭈그러들었다.

이번에 울리히는 몇몇 낯익은 집들이 있는 광장에서 다시 한번 멈춰서서 그 집들이 건축되었을 때 일어난 공공 투쟁과 지적 소요를 기억했다. 그는 젊은 시절 친구들을 떠올렸다. 개인적으로 알거나, 나이가 같거나 혹은 더 많거나, 새로운 일과 사람을 세상에 끌어들이길 원하는 사람들의 그 모든 개혁에도 불구하고, 또는 그가 아는 장소가 여기든지 여기저기 흩어져 있든지간에, 그들은 젊은 시절의 친구들이었다. 지금 이 집들은 마치 유행이 지난 모자를 쓴 아주 품위있고 무관심하면서도 흥분을 감추지 못하는 이모처럼 이미 그늘이 지기 시작한 오후의 햇살 아래 서 있었다. 그는 미소를 지어보려 했다. 그러나 이 겸손한 유적을 떠난 사람들은 그간 교수나 특출한 인사, 명사, 잘 알려진 진보의 발전에 기여하는 저명한 사람들이 돼 있었다. 그들은 안개에서 화석으로 이어진 시름실로 진보를 이루어냈고, 그 이유로 역사는 장차 그들 세기를 기록하면서 그들을 '이 동시대인들 중에서…'라고 기록할 것이다.

35.
레오 피셀 은행장과 불충분한 근거리는 원칙

그 순간 한번도 말해본 적이 없는 한 유명인사가 울리히의 생각 속에 끼어들었다. 같은 날 그 인사는 방에서 나오기 전에 자기의 서류가방 한쪽에 꽂혀 있던 라인스도르프 백작의 회람공문을 발견하곤 황당해하고 있었다. 그의 건전한 상업 정신은 상부에서 진행되고 있는 그 애국운동을 달가워하지 않았기 때문에, 이미 오래전부터 그 공문에 회답하는 걸 잊고 있었던 것이다. "썩은 짓이지." 하고 그는 망설임 없이 중얼거렸다. 그는 결코 그런 말을 공식적으로 하고 싶지는 않았지만, 그의 기억에 백작은 우선 비공식적인 감정에 기반한 지시를 수행하게 하고 신중한 결정보다는 일을 대충대충 처리하도록 하는 등의 비열한 짓을 했던 것은 사실이었다. 그래서 그가 이전에 전혀 주의를 기울여 살펴본 것은 아니지만, 다시 그 공문을 펴보았을 때, 다시금 그를 불쾌하게 하는 것들이 눈에 띄었다. 그리고 그것은 단 두 단어로 된 표현이었고, 그 두 단어는 공문의 곳곳에서 반복되고 있었다. 하지만 그 한쌍의 단어야말로 손에 서류가방을 든 채 그가 집을 나서기 전에 그를 몇분 동안이나 망설이게 하는 것이었고, 그 두 단어란 다름 아닌 '진실한 것'이었다.

그는 로이트 은행장—하지만 직함만 은행장이지 사실은 지배인에 불과했다—레오 피셀$^{\text{Leo Fischel}}$로 불리었다. 울리히는 아주 오래전부터 자신을 편하게 그의 젊은 친구라고 생각했고, 그가 마지막으로 고향에 들렀을 때 그의 딸 게르다^{Gerda}와 아주 친하게 지낸 적도 있었다. 하지만 그의 귀향 이후 그녀는 단 한번 그를 찾아왔을 뿐이다. 은행장 피셸은 그 경애하는 백작 각하가 자신의 일에 돈을 운용하는 사람이고 시대의 진행에 맞는 방법을 따라가는 사람이라고 알고 있었다. 사실 그의 기억 속을 더듬어볼 때, 사업상의 표현을 빌리자면, 그를 '매우 중요한 사람'으로 알고 있었다. 왜냐하면 로이트 은행은 라인스도르프 백작이 자본금을 마련하는 은행 중의 하나였기 때문이었다. 그래서 레오 피셸은 그 중요한 초대에 자신이 왜 그렇게 아무렇게나 처신했는지를 이해할 수 없었다. 그 초대에서, 경애하는 백작은 최고위층 사람들에게 공통의 사업에 함께 참여해줄 것을 촉구하고 있었다. 피셸 자신은 아주 특수하고, 나중에서야 언급된 상황들 때문에 이 그룹에 참여하게 되었고, 그 때문에 울리히가 눈에 띄자마자 그에게 달려간 것이었다. 그는 울리히가 이 일에 '영향력있는 방식'으로 관여하고 있다는 소문을 들었고—정확히 파악되지는 않았지만, 아마도 옳을 것이라는 흔치 않은 소문이었다—마치 세 발의 탄알을 품은 권총처럼 그에게 '진실한 조국애' '진실한 진보' 그리고 '진실한 오스트리아'가 과연 무엇이냐고 물어보았다.

그의 태도에 놀라긴 했지만 여전히 정신을 차리고 있었던 울리히는, 피셸과 대화할 때 늘 그랬던 말투로 대답했다. "그게 PDUG라는 거예요."

"뭐라고?" 은행장 피셸은 그 단어를 무심코 따라 발음했고 그에 걸맞은 농담을 생각해내지 못했다. 비록 그때보다야 지금 시대에 더 유행하고 있기는 하지만, 그런 축약어는 어떤 집단이나 유행에서 익히게 마련이었고, 신뢰감이 바탕이 되어야 하는 것이었다. 그때 그가 말했다. "제발 농담은 하지 말아줘. 이러다가는 모임에 늦겠어."

"불충분한 근거에서 나온 원리 Das Prinzip des unzureichenden Grundes 라는 말이에요." 울리히가 다시 설명했다. "당신은 철학자니까 충분한 근거에서 나온 원리라는 말을 알 거예요. 거기엔 단 하나의 예외가 있지요. 우리의 현실적인, 그러니까 우리 개개인의 삶과 우리의 공적이고 역사적인 일들 속에서 일어나는 일들은 원래 어떤 올바른 근거도 가지고 있지 않거든요."

레오 피셀은 그에게 다시 한번 설명해달라고 할지 그만두어야 할지 망설였다. 로이트 은행장 레오 피셀은 철학하는 것을 좋아했다. 실제적인 직업을 가진 사람들 중에도 그런 사람은 있게 마련이었다. 하지만 그는 사실 바빴고, 그래서 다시 울리히에게 물었다. "정말 헷갈리게 하는군. 나도 진보가 무엇인지, 오스트리아가, 그리고 아마 조국애가 무엇인지는 알고 있어. 하지만 진실한 조국애, 진실한 오스트리아, 진실한 진보가 무엇인지는 잘 알 수가 없다는 거야. 내가 묻는 건 그거라구!"

"좋아요. 당신은 효소 또는 촉매가 무엇인지는 알고 있겠죠?"

레오 피셀은 잘 모르겠다는 듯이 손을 들어올렸다.

"그것은 물질로서는 의미가 없어요. 하지만 과정들을 촉진시키는 작용을 하지요. 당신은 역사 속에서 진실한 믿음, 진실한 도덕, 그리고 진실한 철학이 단 한번도 있어본 적이 없다는 것을 알아야 해요. 하지만 그것들 때문에 생겨난 전쟁이나 악의, 적대감 같은 것들이 세상을 풍요롭게 변화시켰지요."

"그런 얘기는 나중에 하지!" 피셀이 애원하며 화제를 되돌이켜보려 했다.

"들어보게. 나는 그걸 가지고 거래를 해야 하고 정말이지 라인스도르프 백작의 심중이 뭔지를 알고 싶다네. '진실한'이라는 말을 덧붙임으로써 그가 의도하는 바가 무엇인지 말일세."

"맹세하지만," 울리히가 진지하게 말했다. "나 또는 그 누구도 그 '진실함'이 무엇인지 알지 못해요. 하지만 확실한 건, 한번 개념화된 것은 실현되고 만다는 것이죠!"

"자네는 회의주의자군!" 그가 나가려고 서두르면서 말했다. 하지만 한걸음을 내딛은 후 다시 돌아섰고, 자신의 말을 번복했다. "얼마 전에 자네가 최고의 외교관이 될 수 있을 것 같다고 게르다에게 말한 적이 있지. 한번 방문해주었으면 좋겠네."

36.
앞서 언급한 원칙 덕분에
평행운동은 누구든 그것이 무엇인지 알기 전에
이해될 수 있는 것이 되었다

로이트 은행의 수장 레오 피셀은 전쟁 전의 다른 모든 은행장들과 마찬가지로 진보를 신뢰했다. 자신의 영역에서 능력을 인정받은 그는 누구라도 당연히 어떤 일에 관해 완벽한 지식을 가진 영역에서만 확신을 가지고 자기 돈을 건다는 사실을 알고 있었다. 자기영역을 벗어나는 곳에서의 엄청난 사업확장이란 있을 수 없는 일이었다. 따라서 능력있고 열심인 사람도 자기의 좁은 전문영역을 벗어나면 확신을 가지지 못하는 것이다. 우리는 양심의 능력이 그들로 하여금 생각하는 바와 다르게 행동하도록 강요한다고 말할 수도 있을 것이다. 예를 들어 은행장 피셸은 진정한 애국심이나 진실한 오스트리아에 관해서는 전혀 생각할 수 없었다. 그러나 진실한 진보에 관해서라면 자신의 의견이 있었고, 이것이 바로 라인스도르프 백작과 다른 점이었다. 처리해야 하는 증권이나 채권 같은 업무에 지쳐 일주일에 한번 갖는 유일한 여가인 오페라 극장을 찾아서 그는 세상의 모든 진보는 어느 정도 은행의 점점 불어나는 이익과 비슷해야 한다고 다짐하곤 했다. 그러나 라인스도르프 백작이 이 점에 관해 더 잘 안다고 주장하면서 레오 피셸의 양심에 압력을 가하기 시작할 때 피셸은 '당신은 절대 알 수 없어'—증권이나 채권이 아니더라도—라고 생각했고, 누구든 모르는 것이 있겠지만 어떤 것도 실수로 놓쳐서는 안 되겠다는 생각에서 은근히 그 문제를 놓고 사장과 의견을 타진해볼 생각이었다.

그가 의견을 물었을 때 사장은 이미 비슷한 이유로 오스트리아 은행장과 이야기를 나눈 상태였고, 그 문제에 관한 모든 것을 알고 있었다. 당연히 로이트 은행의 사장뿐 아니라 오스트리아 은행장도 라인스도르프 백작의 초청을 받아들인 상태였기 때문이다. 한 은행의 수장일 뿐인 레오는 자신의 부인과 관련된 인맥을 통해 초청을 받았다. 그녀는 좀더 높은 행정관료 집안 출신이었고, 사회적 교류에서나 집안에서 일어나는 부부싸움에서나 절대 이 사실을 잊지 않았다. 따라서 그는 평행운동에 관해 상사와 이야기를 나눌 때 머리를 심각하게 흔들며 "웅대한 제안이군요"라고 말하기를 즐겼다. 그 말은 상황에 따라서는 "타락한 사업이군요"라고 들릴 수도 있었지만 말이다. 어떤 말이든 상황이 달라지진 않겠지만 그의 부인을 생각할 때 그것이 '타락한 사업'으로 판명되는 게 피셸에게는 좀더 행복한 일이 되었을 것이다. 그러나 로이트 은행장의 상담을 받은 오스트리아 은행장 마이어-발로트는 그 사업에서 훌륭한 인상을 받았다. 그가 라인스도르프 백작의 '제안'을 받아들였을 때, 그는 거울로 가서―초대를 받은 것 때문만은 아니었지만―연미복과 그의 훈장에 매달린 작은 황금줄 위로 비친 시민계급 출신 정부관료의 그 차분한 얼굴을 들여다보았다. 그 얼굴에 돈의 무자비함은 눈 뒤로 멀리 사라져 거의 보이지 않았다. 그의 손가락들은 마치 국기처럼 조용히 걸려 있었는데, 그것은 마치 그의 전생애에 걸쳐 은행 출납계원으로 돈을 세던 그 분주한 시절을 다 잊어버린 것처럼 보였다. 이젠 더이상 배고픔이나 증권시장의 개가 짖는 듯한 싸움에 관여할 이유가 없는 관료적으로 웃자란 이 은행가는 모호하게, 그러나 즐겁게 그 앞에 놓인 변화의 가능성들을 바라보았다. 그것은 같은 날 밤 전직 장관 출신들인 홀츠코프, 비스니에츠키 남작과 산업인클럽에서 나눈 이야기를 확인할 기회에 가진 전망과도 같았다.

이 두 신사들은 그들이 참여했고 이미 지나가버린 두 번의 정치적인 위기 사이의 짧은 임시정부 후에 고위직으로 옮긴, 지위와 교육수준이 높은 뛰어나고 신중한 인사들이었다. 그들은 평생을 국가와 왕을 위해 헌신한 자들로 국왕의 명령이 아니면 어떤 세간의 이목에도 관심이 없는 사람들이었다. 그들은 소문을 통해 평행운동이 독일을 향한 날카로운 비판을 숨기고 있음을 들었다. 그들은 자신들의 임무가 실패하기 전의 시절이 그랬던 것처럼 오스트리아-헝가리 제국의 정치적 삶을 유럽에 퍼진 전염병의 핵심으로 만들었던 슬픈 징후들이 극도로 복잡해졌다고 확신했다. 그러나 문제를 해결하라는 명령을 받아야 그 문제들이 해결 가능하리라는 책임감을 느끼는 것처럼 그들은 라인스도르프 백작의 제안이 불가능한 일이 아니라고 주장하게 되었다. 각별히 그들은 '이정표' '활력의 탁월한 드러냄' '여기 이곳에서의 상황에 신선한 작용을 가할 세계무대에서의 지배적인 역할' 늘이 라인스도르프 백작에 의해 질 조직된 목표여서, 선한 것이 앞으로 나아가길 원하는 모든 이들의 요구를 거부하지 못하는 것처럼 아무도 그것들을 거부할 수 없을 것처럼 느꼈다.

홀츠코프와 비스니에츠키가 공무에 잘 단련되고 훈련된 사람들로서, 특히 그 운동의 장래에 한자리를 차지할 것으로 여겨지는 사람들이었기에 당연히 어떤 염려를 가질 수도 있었다. 땅바닥에 주저앉아 사는 사람들이 그들 마음에 들지 않는 것을 비판하거나 거부하기는 쉬운 일이었다. 그러나 삶의 곤돌라가 3천미터 상공에 걸려 있는 지체높은 사람들은, 진행중인 일이 자신한테 맞지 않는다고 해서 쉽게 내뺄 수는 없었다. 또한 그렇게 높은 신분에 속한 사람들은 충성스럽고, 이미 언급한바, 벌벌 떨며 사는 부르주아 계급과는 반대로 자신들이 생각하는 것과 다르게 사는 것을 좋아하지 않기 때문에, 많은 경우 제기된 문제를 너무 깊이 생각하지 말아야 했다. 따라서 은행장 마이어-발로트는 다른 두 신사가 얘기한 바에 따라서 그 문제를 호의적으로 말했다. 그가 개인적으로나 공적으로 언급을 요청받을 때, 그는 그 운동이 어떠한 경우에도 지위를 내놓을 만한—그 스스로 내놓지는 못할지라도—것이라고 결정할 만큼 충분히 언질을 받았던 것이다.

이때만 해도 평행운동은 구체화되지 못했고 라인스도르프 백작조차 그것이 어떤 형식이어야 하는지에 관한 아무런 생각이 없었다. 지금 확실히 말할 수 있는 것은 그에게 떠오른 생각이란 이름들의 나열일 뿐이었다는 것이다.

그러나 그 숫자는 엄청나게 많았다. 그것은 어떤 것에 대한 명확한 개념을 요구하는 사람 하나 없이도 그렇게 많은 연계를 조직할 수 있는 네트워크가 이미 그곳에 존재함을 의미했다. 그리고 사람들은 그것이 당연한 수순이라고 확실하게 주장할 수 있었다. 우선 나이프와 포크를 만들어내야 사람들이 먹는 것을 배울 수 있다. 이것이 라인스도르프가 그 현상을 설명하는 방식이었다.

37.
한 기자가 '오스트리아 해'라는 구호를
발명해냄으로써 라인스도르프 백작을 어려움에
빠지게 한다. 그는 자주 울리히를 찾는다

라인스도르프 백작이 '사유를 일깨워야' 한다는 요지의 제안서를 여러 곳에 걸쳐 보낸 것은 사실이었지만, 만약 심상치 않은 일이 벌어지고 있다는 소문을 들은 한 영향력있는 신문기자가 두 개의 커다란 기사를 발표하지만 않았더라도 그가 그렇듯 무모하게 서두르는 일은 없었을 것이다. 그 기사에서 기자는 추측을 바탕으로 무슨 일이 벌어지는지에 대한 자신의 생각을 모두 써버렸다. 그가 알고 있는 것은 사실 별로 없었다―도대체 어디에서 그런 걸 들을 수 있겠는가? 하지만 사람들은 그걸 몰랐고, 그것이야말로 바로 그 기사에 엄청난 영향력을 심어주는 가능성이 되었다. 정말 그는 '오스트리아 해'라는 말의 창시자가 되었고, 자기자신도 무슨 말인지 알아채지 못한 채 기사를 썼다. 그러나 거듭되는 문장 속에서 그 말은 마치 꿈속에서처럼 다른 말들과 결합되었고, 모습을 바꿔나갔으며, 하나의 무시무시한 열망을 만들어내고 말았다. 처음에 라인스도르프 백작은 경악했으나 그건 옳지 않았다. 오스트리아의 해라는 말에서 사람들은 한 저널리즘의 천재가 하고자 하는 밀을 알아들었는데, 왜냐하면 이 말엔 정당한 본능이 들어 있었기 때문이었다. 그것은 어쩌면 시시하게 남아 있었을지 모를 오스트리아의 천년이라는 개념에 흥분을 얹어주었다. 반면에 그런 제안에 들어 있는 요청이란, 이성적인 사람들에게는 심각하게 받아들이기 힘든 착상에 불과했다. 왜 그런지를 말하기란 쉽지 않다. 아마도 현실적 인식을 떨어뜨리는 어떤 모호함과 은유적 특성이 라인스도르프뿐 아니라 많은 사람들의 감정에 날개를 달아주었을 것이다. 왜냐하면 불확실성이란 하나의 숭고하고도 장엄한 힘을 지니고 있기 때문이다.

사실 성실하고 실제적인 현실인간은 현실을 철저하게 사랑하지 않으며 진지하게 받아들이지도 않는다. 아이였을 때 그들은 부모가 방에 없기만 하면 탁자 밑으로 기어들어가 그 간단하고도 기발한 속임수로 모험을 만든다. 유년이 되면 그들은 시계를 찾고, 금시계를 찬 청년이 되면 그에 어울리는 여자를 쫓아다닌다. 여자와 시계를 마련한 성인 남자는 높은 지위를 꿈꾼다. 그리고 그가 이 욕망의 소박한 과정들을 무사히 마치고 마치 시계추처럼 조용히 그 안에서 흔들릴 때, 아마도 만족되지 못한 꿈들은 하나도 줄어든 것 같지 않게 보일 것이다. 왜냐하면 만약 그가 일상을 뛰어넘어 자신을 숭배하려면, 비유가 필요하기 때문이다. 때로 그에게 눈雪이 만족스럽지 않기 때문에 그는 그것을 여자의 빛나는 가슴과 비교하고, 그 여자의 가슴이 지겨워지기 시작하면 그는 다시 그것을 빛나는 눈에 비교한다. 만약 어느 날 그녀의 입이 비둘기의 딱딱한 부리, 또는 산호처럼 보인다면, 그는 아마도 놀랄 것이다. 하지만 그것이 그를 시적으로 흥분시키기도 한다. 그는 모든 것을 다른 것들로 바꿀 수 있다. 눈雪을 피부로, 피부를 화분花粉으로, 화분을 설탕으로, 설탕을 파우더로, 그리고 파우더를 다시 눈송이로—어떤 것을 다른 것으로 바꾸는 것은 그의 뚜렷한 특징이다. 그리고 그것은 그가 머물러 있는 곳에서 결코 오래 견디지 못한다는 증거이기도 하다. 무엇보다도, 어떤 순종적인 카카니엔인들도 카카니엔인이라는 것을 마음속으로 견뎌내지 못한다. 만약 그에게 오스트리아의 천년이라는 걸 요구한다면, 그건 마치 어리석은 의지에서 나온 힘 때문에 그 자신과 세계에 지옥의 형벌이 떨어진 것 같을 것이다. 그에 반해 오스트리아의 해란 완전히 다른 것이었다. 그것은 우리가 원래 무엇이 될 수 있었는지를 한번 보여주자는 의미를 가지고 있었다. 하지만 그건 한번 두고보자는 것이었고, 기껏해야 1년 동안의 일일 뿐이었다. 사람들은 그것을 통해 자신이 무엇을 원하는지 생각해볼 수 있었다. 그건 영원한 시간이 필요한 것도 아니었고, 그래서 어떤 것인지도 모른 채 그의 마음을 사로잡았다. 그것은 가슴속 깊은 곳에 있는 조국애를 불러 일으켰다.

그렇게 해서, 라인스도르프 백작은 뜻하지 않은 성공을 거두게 되었다. 결국 그의 생각 또한 본질적으로 그런 비유들을 지니고 있었지만, 그에겐 수많은 이름들이 떠올랐고, 그의 도덕적인 본성은 그런 불가해한 상태를 넘어서려고 노력하고 있었다. 그는 민족의 환상이, 또는 그 믿을 만한 저널리스트가 말한 대로 하자면, 대중의 환상이 명확하고 건강한, 이성적이고 인류와 조국의 진실된 목표에 부합되는 방향으로 이끌어져야 한다는 생각을 머릿속 깊이 품고 있었다. 자신의 동료들의 성공에 고무돼왔던 그 기자는 그 소식을 곧바로 써버렸고, 그것을 '최초의 정보원'으로부터 알아내는 특기를 발휘하기도 했으며, '영향력있는 모임으로부터의 소식'이라는 제목을 크게 뽑아내는 직입직인 기술도 동원되었다. 그리고 그것이야말로 라인스도르프 백작이 그 기자에게 기대했던 바이기도 했는데, 왜냐하면 그 경애하는 백작은 이데올로기적이지 않고 경험적인 현실정치인이 되는 걸 중요시했고, 한 영리한 기자의 머리에서 나온 오스트리아 해와 책임감있는 모임의 사려깊은 생각 사이에 정확한 선이 그어지기를 바랐기 때문이었다. 그는 이 목표를 위해 이전 같으면 그렇게 좋아하지 않았을 비스마르크의 충고를 참고했고, 그 충고란 언론의 입을 빌려 시대의 추세에 따라 진실한 의도를 드러내거나 감출 수 있게 하라는 것이었다.

그러나 라인스도르프 백작이 그러한 영리함을 발휘하는 동안, 그는 한 가지 일을 미처 생각하지 못했다. 왜냐하면 우리에게 필요한 진리를 보는 자신과 같은 사람뿐만 아니라, 수많은 다른 사람들도 그런 진리를 가지고 있다고 잘못 생각하기 때문이다. 그것은 곧 이미 말한 것처럼, 단지 은유일 뿐인 상태의 더 두드러진 형식이라고 설명될 수도 있다. 조만간 은유들을 향한 열망도 시들어버리고, 그 은유 안에서 마지막으로 남은 그 불만족스런 꿈들을 간직한 많은 사람들은 그곳에서 아직 소유하고 있을지도 모르는 하나의 세계가 시작되는 듯한 지점을 만들어내고, 그 지점을 비밀스럽게 응시하기도 한다. 그가 신문사에 자신의 기고를 보내고 나서 얼마 되지 않아 백작은 이미 돈이 없는 모든 사람들이 어떤 불쾌한 종파주의를 품고 있음을 알게 되었다고 믿었다. 인간들 내부의 이런 변덕스런 인간은 아침에 사무실에 출근해서는 세계의 진행에 대항할 수 있는 어떤 효과적인 방법도 생각해내지 못한다. 대신 그는 아무도 주목하려 하지 않은 그 일생의 비밀스런 지점에서 눈을 떼지 못한다. 분명히 그곳은 구원자조차 알아보지 못하는, 세계의 모든 불행이 일어나는 곳인데도 말이다. 한 개인적 평균의 중심과 전세계의 평균의 중심이 서로 섞이는 그 고정된 장소란 예를 들면 간단한 조작으로도 닫힐 수 있는 타구^{唾具} 같은 곳이다. 또는 고통스런 결핵균을 지닌 인간들의 확산을 단 한번에 막기 위해 음식점에서 칼로 떠먹는 소금종지를 없애버리는 것, 엄청난 시간을 절약해 사회문제를 해결할 수 있도록 욀^{Öhl}의 속기체계를 도입하는 것, 현재 진행되는 자연파괴를 제지하는 자연친화적인 생활로 회귀하는 것, 천체의 움직임에 관한 형이상학적인 이론, 행정기구의 단순화, 성생활의 개혁 같은 것들이다. 만약 상황이 좋다면 어느날 그는 자신의 처지에 관한 책을 한 권 쓰거나 팸플릿 또는 신문투고를 통해서 자구책을 마련해볼 수도 있을 것이고 그럼으로써 비록 그 글이 아무에게도 읽히지 않는다 하더라도 그 무시무시하게 평온하기만 한 인간의 행동들을 진술해볼 수도 있을 것이다. 하지만 보통 그런 책은 저자를 새로운 코페르니쿠스일 거라고 확신하면서 다른 한편으로는 자신을 알려지지 않은 뉴턴이라고 소개하는 몇몇 독자들을 매료시키게 마련이다. 서로의 껍데기에서 요점을 찾아내는 이 관습은 널리 퍼져 있기도 하고 매우 만족할 만한 것이기도 하다. 그러나 그 영향력은 그리 오래 가지 못하는데, 왜냐하면 당사자들이 얼마 못 가 논쟁에 휩싸이고 또다시 혼자만 남게 되기 때문이다. 그러나 이러저러한 사람을 중심으로 모인 숭배자들은 그 결집된 힘으로 축복받은 아들을 제대로 돌보지 않은 신을 향해 탄원하는 일도 있다. 그리고 만약 하늘에서부터 그런 관점들 위로 희망의 빛이 떨어진다면—마치 라인스도르프 백작이 오스트리아 해를 공식적으로 선포했을 때 그것이 항상 존재의 진실한 목표와 부합되는 듯이 보였듯이—그들은 그것을 신이 현현할 때의 그런 신성함처럼 받아들일 것이다.

라인스도르프 백작은 그의 일이 힘있는 민중 속에서 스스로 생겨난 집회가 돼야 한다고 생각했다. 그에게 그것은 대학, 종교, 자비로운 행사를 말할 때 빠지지 않는 몇몇 이름들, 그리고 언론과도 연관이 있었다. 그는 애국적인 정당들, 황제의 생일 깃발을 꺼내는 시민들의 '건전한 감각', 그리고 최고 재정가들의 도움을 고려했다. 또한 그는 정치가들까지도 고려했는데, 그것은 그가 자신의 위대한 일을 통해 정치가들을 쓸데없는 존재로 만들려고 했기 때문이다. 그는 정치를 그 일반적인 '아버지의 땅'이라는 이름 앞에 세워놓고, 거기에 부성^{父性}적인 지배자만이 남게 하기 위해서 그 이름을 '땅'으로 나누어보려고 시도했다. 그러나 경애하는 백작은 한 가지를 생각하지 못했고, 마치 곤충의 알이 불 곁에서 부화하는 것처럼 위대한 일의 열기가 부화시킨 세계 진보를 향한 그 널리 퍼진 열망에 놀라고 말았다. 경애하는 백작은 그것을 고려해보지 못했다. 그는 아주 깊은 애국심을 기대했지만, 새로운 발명이나 이론, 세계체제, 그리고 지적인 감옥에서 자신들을 꺼내줄 것을 요구하는 사람들에 대해서는 아무런 준비도 하지 못했다. 그들은 그의 궁전을 둘러쌌고, 평행운동을 마침내 진실이 껍질을 깨고 나올 마지막 기회라고 찬양했다. 하지만 라인스도르프 백작은 그들과 함께 먼저 무엇을 시작해야 할지를 몰랐다. 그의 사회적 지위를 고려해봤을 때, 그는 그 모든 사람들과 한 책상에서 만날 수는 없었다. 하지만 세밀한 도덕성으로 가득 찬 정신의 소유자로서 그는 그 사람들을 피하고 싶지도 않았다. 또한 그가 쌓아온 교양이라는 게 정치적이고 철학적이기는 했지만 자연과학적이거나 기술적이지는 못했기 때문에 그는 그 제안들이 적절한 것인지 아닌지를 제대로 알아챌 방법이 없었다.

이러한 상황에서 그는 더 자주 울리히를 찾게 되었다. 울리히는 바로 그런 상황에 대비해 추천된 사람이었고, 그의 비서나 다른 일반 비서들 때문에 화가 나 있을 때, 그는 울리히가 와주었으면 하고 기도를 한 적도 있었다. 비록 그 다음날에는 그 사실을 부끄러워하긴 했지만 말이다. 그리고 울리히가 찾아오지 않자, 경애하는 백작은 본격적으로 그를 찾아나섰다. 그는 주소록을 살펴보도록 했지만 울리히는 아직 등록돼 있지 않았다. 그는 늘 조언을 구하곤 하는 친구 디오티마에게 찾아갔고 그 존경할 만한 부인이 이미 울리히와 이야기를 나누었다는 사실도 알게 됐다. 하지만 그녀는 그의 주소를 물어본다는 것을 잊어버렸다고 했고, 그것은 거짓말 같기도 했다. 왜냐하면 그녀는 그것을 경애하는 백작에게 위대한 운동의 비서직에 더 바람직하고 새로운 인물을 제안하는 기회로 이용하고 싶어했기 때문이었다. 그러나 라인스도르프 백작은 그 제안에 매우 화가 났고, 그래서 자신이 이미 울리히에게 익숙해져 있으며, 아무리 개혁적인 사람이라도 프로이센인을 쓸 수는 없다는 점을 확실히했다. 그는 그 이상의 복잡한 사정은 알고 싶지 않다고 말하기도 했다. 자신의 친구가 상처를 받은 것 같은 모습에 당황한 나머지, 백작은 곧 모든 시민의 주소를 알아낼 수 있는 경찰서장에게 찾아가겠다고 그녀에게 말했다.

38.
클라리세와 그녀의 악마들

울리히의 전갈이 도착했을 때, 발터와 클라리세는 다시 격렬하게 피아노를 연주하고 있었다. 다리가 가는 모조가구들이 춤추듯 움직였고 벽에 걸린 단테 가브리엘 로세티의 초상이 흔들렸다. 그 늙은 배달부가 대문과 실내의 문이 모두 열린 것을 알고 방안까지 전진해가자 천둥과 번개가 얼굴을 때렸고, 신성한 소란이 경외감에 찬 그를 벽에 못질했다. 엄습해오는 음악의 흥분을 마침내 두 번의 강한 두드림으로 방출하고 그를 풀어준 것은 클라리세였다. 그녀가 편지를 읽는 동안 흐름이 끊긴 솟구침은 발터의 손에서 맴돌며 몸부림쳤다. 한 선율이 황새처럼 황급히 뛰어오르더니 날개를 펼쳤다. 울리히의 글씨를 해독하는 동안 클라리세는 그 소리를 반신반의하며 들었다.

친구가 온다는 소식을 전하자 발터가 말했다. "유감이군."

클라리세는 다시 그의 곁의 작은 회전식 피아노의자에 앉았고, 발터가 이러저러한 이유로 잔인하다고 느끼는 의미심장한 미소가 그녀의 입술에서 새어나왔다. 그들이 긴장한 채 나무 나사의 긴 목에서 자꾸 빠지려고 하는 작은 의자에 엉덩이를 붙이고 있는 동안 그들의 빛나는 눈동자는 네 개의 평행한 도끼처럼 머리에 고정돼 있었고 같은 리듬을 타기 위해 두 연주자들은 그들의 피를 단단하게 묶어두고 있었다.

다음 순간 클라리세와 발터는 평행선을 달리는 두 대의 기관차처럼 내달렸다. 그들이 연주하는 곡은 번쩍이는 레일처럼 그들의 눈으로 쳐들어왔고 그 천둥치는 기계 속으로 사라졌으며 종을 울리는, 반향을 일으키는, 엄청나게 생생한 풍경으로 그들 뒤에 펼쳐졌다. 이 강렬한 여행 동안 두 사람의 감정은 하나로 뭉쳐졌다. 소리와 피와 근육들이 주체할 수 없이 같은 체험에서 밀려나왔다. 희미하게 반짝이고 한데 얽히며 휘어지는 소리의 벽들이 그들의 몸을 하나의 트랙으로 끌고가서 하나로 묶은 후 그들의 가슴을 같은 숨결 안에서 확장시키고 또 축소시켰다. 일초의 작은 파편들 속으로 환희와 슬픔, 두려움과 분노, 사랑과 증오, 열망과 싫증 들이 발터와 클라리세를 뚫고 지나갔다. 마치 잠시 전까지만 해도 뚜렷하게 구별되던 수백명의 사람들이 어떤 거대한 공포에 휩싸여 날갯짓을 하듯 팔을 휘두르고 알아듣지 못할 괴성을 지르며 입을 벌리고 같은 곳을 바라보며 똑같이 목적없는 힘에 의해 전후좌우로 휩쓸리면서 울부짖고 경련을 일으키며 서로 뒤엉켜 벌벌 떨듯이, 그렇게 갑자기 그들은 하나가 되었다. 그러나 이 결합에는 삶에서와 같은 우둔하면서도 강력한 힘이 없었다. 삶에서는 그런 종류의 일은 잘 일어나지 않는다. 만약 그런 일이 일어난다면 모든 인간적인 것을 저항없이 지워버리긴 하겠지만 말이다. 그들의 비행에서 느낀 분노와 사랑, 기쁨, 환희, 슬픔 들은 꽉 찬 감정이 아니라 격앙으로 이끌려진 감정의 육체적인 껍데기에 불과한 것이었다. 그들은 완고하게 황홀경에 빠져 그 작은 의자에 앉아 있었고 어떤 것에도 화를 내거나 사랑하거나 슬퍼하지 않았다. 어쩌면 그들은 각자 자신의 다른 주제들을 생각하거나 떠올리면서 어떤 다른 것에 화를 내거나 사랑하거나 슬퍼하고 있었을 것이다. 음악의 명령은 그들을 최고의 열정에 묶어주었고 동시에 최면상태에서 강제된 잠 같은 부재감을 안겨주었다.

두 사람은 이것을 각자의 방식으로 느꼈다. 발터는 행복했고 흥분되었다. 그는 대부분의 음악적인 인간이 그러하듯이, 물결치는 파도와 감정의 요동, 그리고 암울하고 거세게 솟구치는 영혼의 육체저인 침전물을 모든 인류를 묶는 영혼의 단순한 언어로 여겼다. 원초적인 감정의 강한 팔로 클라리세를 자신에게 오도록 압박하는 것은 발터를 기쁘게 했다. 그는 요즘 들어 다른 때보다 일찍 사무실에서 집으로 돌아왔다. 그는 더 위대하고 덜 파괴된 시대를 여전히 간직하고 있으며 신비한 의지력을 뿜어내는 예술작품들의 목록을 정리하는 일을 하고 있었다. 클라리세는 그를 반갑게 맞아주었고 이제 경외감에 찬 음악세계 속에서 발터와 단단히 묶이게 되었다. 그 즈음 신비로운 음악적 성공이 일어났고 마치 신들이 다가오는 듯한 소리없는 행진이 이어졌다. '오늘이 그날이던가?' 발터는 생각했다. 그는 클라리세를 되찾고 싶었으나 강제로 그러긴 싫었다. 그는 그녀 자신 속에서 그러한 생각이 떠올라서 부드럽게 그에게 마음이 기울기를 원했다.

피아노는 반짝이는 두성조頭聲調를 공기의 벽에 때려대고 있었다. 비록 이 모든 과정이 완벽한 현실이긴 했지만, 그 방의 벽들은 사라졌고, 그 자리에서 황금으로 된 음악의 칸막이들이 솟아나 외부가 불가사의하게 서로 얽혀 들어갔다. 반면 그 공간 자체는 완전히 감각, 정확성, 정밀함 같은 잘 정돈된 세부의 영광으로 가득 찼다. 이 감각적인 세부들에 감정의 실이 단단하게 묶였는데 그 실은 영혼의 물결치는 안개에서 자아낸 것이었고 그 안개는 이 소리의 벽들이 주는 정밀함에 비쳐 그 자체로 명징하게 드러났다. 그 두 연주자의 영혼은 누에고치처럼 실과 빛 위에 걸려 있었다. 그 고치들이 더 꽉 감싸고 그 빛들이 더 멀리 퍼져나갈수록 발터는 더 편안함을 느꼈고, 그의 꿈은 꼭 어린아이 같은 형태를 띠어서 여기저기서 틀린 음을 치고 지나치게 감상적으로 어떤 부분을 강조하기 시작했다.

그러나 황금안개를 치고나온 일상의 감정이 그 둘을 지상의 관계로 회복시키는 순간이 오기도 전에 클라리세의 생각은 발터의 생각에서 될 수 있는 한 멀리 갈라져나왔다. 그 둘은 마치 나란히 돌진하는 황홀과 절망의 쌍둥이 같았다. 나부끼는 안개 속에서 상(像)들이 솟아나와 겹쳐지고 서로 섞이다가 사라져가는 것, 그것이 클라리세의 사유였다. 그녀는 자신만의 사고방식을 가지고 있었다. 때로는 여러 생각이 동시에 떠올랐고, 어떤 때는 하나도 떠오르지 않았으나 누구든 악마처럼 무대 뒤에 숨어 있는 생각들을 읽어낼 수 있었다. 대부분의 사람들에게 현실감을 주는 체험의 순차적인 연속이 클라리세에게는 하나하나 접어서 거의 보이지 않는 입김으로 분해돼버린 베일 같았다.

이 당시 클라리세를 둘러싼 세 사람은 발터, 울리히, 그리고 살인자 모오스브루거였다.

울리히는 모오스브루거에 대해 그녀에게 말한 적이 있었다.

'매혹과 혐오감이 하나의 기묘한 주문 속에 녹아 있지.'

클라리세는 사랑의 뿌리를 갉아먹고 있었다. 그것은 키스와 이빨로 깨무는 행위, 시선의 교환과 마지막 순간 괴롭게 던지는 반감을 담은 눈길로 갈라진 뿌리였다. '좋은 관계를 유지하는 것은 결국 미움으로 향하는 것인가?' 그녀는 궁금해했다. '점잖은 삶은 야만을 갈망하는가?' '평화는 잔인함을 요구하는가?' '질서는 흩이지려고 하는 것일까?' 옳건 틀리건 그것은 모오스브루거 때문에 떠오른 생각들이었다. 음악의 천둥 밑에서 한 세계가 그녀의 주위에 매달려 있었다. 아직 완전히 불타버리진 않았지만 그 안의 숲을 모두 삼켜버린 세계가. 그러나 또한 그것은 비슷한 것 같으면서도 한편으로는 전혀 다른, 유사함의 차이이면서 차이의 유사함이기도 한 두 개의 연기기둥이, 구워진 사과가 타는 것 같은 신비한 냄새를 풍기며 불에 던져진 두 개의 소나무가지에서 피어오르듯 올라가는 것 같기도 했다.

"연주를 멈춰선 안 돼"라고 클라리세는 말했고, 연주가 끝날 때면 재빠르게 악보를 앞으로 넘겨 처음부터 다시 시작했다. 발터는 수줍은 듯 웃으며 그녀를 따랐다.

"도대체 울리히는 수학으로 무엇을 하려는 걸까?" 그녀는 발터에게 물었다.

발터는 경주용차에 앉은 것처럼 연주를 계속하면서 어깨를 으쓱해 보였다.

"연주가 끝날 때까지 연주자는 계속 몰두해야 하는 거야." 클라리세는 생각했다. '인생이 다할 때까지 방해받지 않고 연주를 계속할 수 있다면 모오스브루거는 무엇이 될까? 망나니? 백치? 하늘 위의 검은 새?' 클라리세는 알 수 없었다.

그녀는 아무것도 몰랐다. 어린 시절의 어느날—그 일이 일어난 날을 셈할 수 있을 것만 같았다—그녀는 잠에서 깨어나 자신이 어떤 일을 이루도록, 특별한 역할을 맡도록, 아마도 위대한 일을 하도록 오래전에 부름받았다는 확신을 얻었다. 당시 그녀는 세상에 대해 아무것도 몰랐다. 게다가 그녀는 부모든 오빠든 사람들이 세상에 관해 하는 말을 믿지 못했다. 그들의 말은 아주 훌륭하고 좋은 것들이었으나 누구도 자기가 한 말과 하나가 되지 못했는데, 이것은 어떤 화학물질이 그것과 흡수되지 못하는 다른 물질과 하나가 될 수 없는 것과 같았다.

그러던 차에 발터가 나타났다. 바로 그날이었다. 그날부터 모든 것은 하나가 되었다. 발터는 짧은 구레나룻을 하고 콧수염을 기른 남자였다. 그는 그녀를 "프로일라인"(미혼 여성을 부르는 말—옮긴이)이라고 불렀고, 갑자기 세상은 더이상 황량하거나 무질서하거나 메마른 평면이 아니라 빛나는 원이 되었다. 그 원 안에서는 아주 우연히도 발터가 중심이었고, 그녀 역시 중심이었다. 땅, 집, 휩쓸려가지 않은 낙엽, 고통스런 원경遠境. 그녀는 유년 시절 가장 괴로웠던 순간 중의 하나로 이것을 기억했다. 그때 그녀는 아버지와 함께 풍경을 보며 서 있었다. 화가인 그의 아버지는 풍경에 끊임없이 빠져들어갔고, 그녀는, 마치 자의 날카로운 끝부분에 손가락을 찔린 것처럼 그 원경의 긴 선들을 고통스럽게 응시하고 있었다. 그전의 삶을 구성하던 이런 것들이 지금 갑자기 그녀와 하나가 되어 마치 육체의 또다른 부분처럼 되었다.

클라리세는 그것이 뭔지는 아직 몰랐지만 엄청난 일을 하게 되리라는 사실을 알았다. 한동안은 그것을 음악이라고 강력하게 느꼈으며 그후에는 발터가 울리히—나중에 나타나서는 니체의 책을 선물한 일밖에 없는—는 물론이고 니체를 능가하는 천재가 되기를 바랐다.

그때부터 일은 착착 진행돼갔다. 그것은 얼마나 빠르게 지나갔는지 이제는 말할 수조차 없게 되었다. 그전에 그녀의 연주는 얼마나 형편없었던가. 그리고 음악을 얼마나 몰랐던가. 지금 그녀는 발터보다 잘 연주한다. 그리고 얼마나 많은 책을 읽었던가! 그 모든 책들이 어디서 나왔는가? 그녀는 눈밭에 선 소녀 주위를 돌며 날갯짓하는 검은 새들의 무리처럼 그녀 앞에 놓인 책들을 보았다. 그러나 얼마 후 그녀는 그 안에서 검은 벽과 흰 점들을 보았다. 검은 것들은 그녀가 알지 못하는 것들의 전부였다. 그리고 흰 것들이 작은, 때로는 좀더 큰 섬으로 모여드는데도 검은 것들은 끝내 변하지 않았다. 이 검은 것에서 두려움과 흥분이 튀어나왔다. '이것은 악마인가?' 그녀는 생각했다. '악마가 모오스브루기로 변신한 것인가?' 그 하얀 점들 사이로 이제 그녀는 가느다란 회색 길들을 알아보았다. 이 삶 속에서 그녀는 이런저런 것으로 옮겨다녔다. 그것은 사건들이었다. 출발, 도착, 흥분된 토론, 부모와의 다툼, 결혼, 집, 발터와의 믿기 어려운 논쟁들. 그 가느다란 회색 길은 뱀처럼 돌돌 말렸다. '뱀이다!' 클라리세는 생각했다. '함정이라고.' 이 사건들은 그녀를 감싸서는 꽉 묶었고, 그녀가 원하는 곳으로 가지 못하게 막았다. 그것들은 막연했고, 그녀가 바라지 않은 목표를 조준하도록 했다.

뱀, 함정, 막연함. 그렇게 삶은 흘러간다. 그녀의 생각은 삶처럼 달려가기 시작했다. 그녀의 손가락은 음악의 급류에 적셔졌다. 음의 물살 속으로 뱀과 함정이 미끄러져 들어왔다. 그러나 모오스브루거가 감금된 감옥이 조용한 만의 피난처처럼 열렸다. 클라리세의 생각은 떨면서 발터의 공간으로 들어갔다. "음악은 끝이 나야 해." 그녀는 용기를 내서 중얼거렸지만 그녀의 심장은 격렬하게 요동했다. 그것이 가라앉았을 때 그 모든 공간은 그녀의 자아로 가득 찼다. 그것은 상처에 연고를 바를 때처럼 부드러운 느낌이었으나 그녀가 그것을 영원히 놓지 않으려고 하자 그것이 열리기 시작하더니 동화나 꿈처럼 흩어져버리고 말았다. 모오스브루거는 자기의 머리를 들고 앉아 있었고, 그녀는 그의 족쇄를 풀어주었다. 그녀가 손가락을 움직이자 힘, 용기, 덕, 친절, 부가 마치 여러 초원에서 불어오는 미풍처럼 그 방으로 불려 들어왔다. '내가 왜 이것을 하는지는 중요하지 않아.' 클라리세는 느꼈다. '중요한 것은 단지 지금 내가 이것을 한다는 사실이야.'

그녀는 자기자신의 일부인 손을 그의 눈에 얹었고, 그녀가 손을 떼자 모오스브루거는 잘생긴 청년이 돼 있었으며, 그녀 자신은 남쪽의 와인처럼 그렇게 달고 부드럽게, 아무 반항도 없이—원래의 클라리세와는 다르게—그의 곁에 서 있었다. '이것이 우리의 죄 없이 순수한 모습이지.' 그녀는 의식의 깊은 심층에서 이렇게 생각했다.

그러나 왜 발터는 그러지 못했을까? 그녀의 음악적 환상의 깊은 곳에서 그녀는 자신이 얼마나 아이 같았는지를, 이미 열다섯살 때부터 발터를 사랑했고 자신의 용기와 강인함과 선의로 그의 천재성을 위협하는 모든 위험에서 그를 구해낼 것이라고 다짐한 사실을 기억해냈다. 그리고 발터가 도처에서 깊은 영혼의 위험을 목격할 때, 그것은 얼마나 아름다웠던가! 그녀는 이 모든 것이 단지 유치한 것이었는지를 자문했다. 그 결혼은 혼란스러운 빛을 뿜어냈다. 결혼에서 갑자기 사랑을 향한 큰 당혹감이 드러났다. 비록 이 순간이 놀라운 것이었고 아마도 이전보다 물질적으로나 정신적으로 더 풍요해졌다고는 해도 하늘을 가로지르며 반짝이던 그 거대한 화염은 점점 사그라들어 이제는 잘 불붙지 않는 난로의 불빛이 되었다. 클라리세는 발터와의 투쟁이 여전히 중요한 것인지 확신이 서지 않았다. 그리고 삶은 손 밑으로 사라져버리는 음악처럼 달려나갔다. 눈짓 한번에 끝나버리는 음악이란! 희망없는 분노가 차츰 클라리세를 엄습해왔다. 그리고 이 순간 그녀는 발터의 연주가 불투명해지는 것을 목격했다. 그의 감정은 마치 거대한 빗방울처럼 건반을 튕겨댔다. 그녀는 곧장 그가 생각하는 바를 추측해냈다. 그것은 아이였다. 그녀는 그기 아이를 통해 그녀를 묶어두고 싶어한다는 사실을 알았다. 그것은 매일 싸움거리가 되었다. 그리고 음악은 잠시도 멈추지 않았다. 음악은 어떤 거부도 몰랐다. 감싸는 방법을 들어보지 못한 그물처럼, 음악은 재빠르게 한점으로 작아졌다.

클라리세는 연수를 하나 말고 갑자기 일어서더니 피아노 뚜껑을 쾅 닫아버렸다. 발터는 손을 빼낼 시간조차 없었다.

아, 얼마나 아픈지! 여전히 심한 고통을 느끼면서 그는 모든 것을 알아차렸다. 바로 울리히가 방문한다는 전갈이 온 것이었다. 그 소식만으로도 클라리세의 마음이 요동치기에 충분했다. 울리히는 그녀에게 좋은 영향을 주지 못했다. 그는 발터가 함부로 건드리지 않는 부분, 클라리세의 가련한 천재성을 마구 들춰냈다. 그 은밀한 동굴에서는 어떤 비참함이 언젠가는 풀려날 족쇄를 찢고 있었다.

발터는 흔들림없이 아무말도 않고 클라리세를 바라보았다.

그리고 클라리세는 아무 설명도 없이 그곳에 서서 거칠게 숨을 몰아쉬었다.

그녀는 절대로 울리히를 사랑하지 않는다고 발터에게 다짐했다. 그를 사랑했다면 곧바로 말했을 것이다. 그러나 그녀는 마치 하나의 불빛처럼, 울리히에 의해 불붙여졌다는 느낌을 받았다. 그가 곁에 있을 때 그녀는 좀더 빛나고 발전하는 것만 같았다. 그에 비해 발터는 늘 창문을 닫고만 싶어했다. 그리고 그녀가 느끼는 것은 다른 누구와도, 발터와도, 울리히와도 상관없었다.

그러나 발터는 그녀의 말에서 나온 입김 속에 담긴 그 격노와 분개 사이에서 분노가 아닌 어떤 마취성의 죽음 같은 씨앗을 느낄 수 있었다.

밤이 되었다. 방은 캄캄했다. 피아노도 어둠에 잠겼다. 그 사랑하는 두 사람 사이의 그림자 역시 어두워졌다. 클라리세의 눈이 막 점화된 빛처럼 어둠 속에서 빛났고 고통 속에서 안절부절못하는 발터의 입 사이로 마치 상아처럼 이빨이 반짝거렸다. 세상 밖에서 국가가 하는 위대한 일들이 벌어지고 뜻대로 일이 돼가지 않는데도 불구하고, 그 순간만큼은 신이 지구를 창조한 순간의 하나처럼 보였다.

39.
특성 없는 남자는
사람 없는 특성들로 돼 있다

그날 밤 울리히는 오지 않았다. 피셸 은행장이 서둘러 떠난 후 그는 청년 시절의 질문들에 다시 몰두했다. 왜 세상은 모든 비본질적이고 좀더 큰 의미에서는 진실하지 못한 말들을 섬뜩할 정도로 좋아하는 것일까? '거짓말을 할 때, 인간은 항상 한걸음 더 진보하지.' 그는 생각했다. '그에게 이 말도 했어야 했어.'

울리히는 열정적인 사람이었다. 하지만 그의 열정은 일반적인 것은 아니었다. 정말 그를 다시 정열적인 상태로 끌어들이는 무언가가 있었고, 아마도 그것이 열정이었을 것이다. 하지만 흥분된 상태나 격앙된 행동을 할 때조차 그의 태도는 열정적인 동시에 냉담하기도 했다. 그는 의도적으로 모든 것을 체험했으며, 만약 그의 행동 의지를 자극하는 것이라면 자신에게 아무 의미가 없더라도 언제나 그 일에 뛰어들 수 있다는 것을 알았다. 그의 삶이 스스로 너무나 잘 수행되고 있어서 울리히 그 자신이 아니라 삶의 각 부분에 속해 있다고 말하더라도 큰 과장은 아니었다. 그것이 전쟁이든 사랑이든 A 다음에는 항상

B가 찾아오게 마련이다. 그래서 그는 자신이 그런 식으로 획득한 특성들이 그 자신보다는 특성들 서로에게 속하는 것이라고 믿지 않을 수 없었다. 그래서 사실 자세히 들여다보면 그 각자의 특성들은 그 자신은 물론 그것들을 소유하고 있는 다른 사람들과 밀접한 연관을 맺고 있었다.

그러나 그럼에도 인간이 특성들을 통해 규정되고 비록 그것들과 일치되지는 않지만 그런 특성들로 이루어져 있다는 사실은 확실했다. 그래서 때때로 사람들은 가만히 있는데도 마치 움직이고 있는 것처럼 자기자신이 낯설어지기도 한다. 만약 울리히가 자신이 과연 어떤 사람이라는 것을 밝혀야 한다면, 그는 당혹감에 빠질 것이다. 왜냐하면 다른 많은 사람들처럼 그 또한 책무나 그와 관련된 것 외에는 스스로를 시험해보지 못했기 때문이다. 그의 자의식은 손상되지도 않았고 그렇다고 유약하거나 과장되지도 않았다. 또한 사람들이 양심구멍이라고 부르는 개선 혹은 급유 같은 것도 필요하지 않았다. 그는 강한 사람이었을까? 그도 그것을 몰랐다. 자신에 관해 그는 아마도 숙명적인 오류를 느끼고 있을 것이다. 그러나 확실한 점은 그가 언제나 자신의 힘을 신뢰하는 사람이었다는 것이다. 또한 자신의 경험과 특성들을 소유하는 것과 그것에 낯설게 머물러 있는 것과의 차이가 단지 태도의 차이일 뿐이라는 데는 의심의 여지가 없었다. 어떤 면에서 그것은 삶의 보편성과 개성 사이에서의 결단력이거나 선택의 수위였다. 간단히 말해 인간은 그가 한 일이나 그에게 벌어진 일들을 실재보다 더 보편적이거나 더 개인적으로 받아들인다. 사람은 펀치 한방을 모욕이나 고통으로 느낄 수 있고 그때의 펀치는 견디기 힘들 정도로 심각해진다. 그러나 다른 사람은 그것을 스포츠 같은 것으로, 다시 말해 그것에 자신이 친숙해져야 할지 아니면 맹목적으로 화를 내야 할지를 결정하지 못하는 장애로 받아들일 수도 있으며 그런 상태는 종종 그 차이를 아예 인식조차 못한 채 넘어가기도 한다. 이 두번째 경우에 일어난 일이란, 펀치가 전투와 같은 보편적 맥락에 흡수되어 그것이 무엇을 위해 행해졌는지에 따라 정해지는 것처럼 보인다는 것이다. 그리고 바로 이러한 현상―어떤 체험이 오직 논리정연한 사건들의 연쇄 속에서만 그것의 의미를 끌어내는―은 인간들이 체험을 단지 개인적인 사건이 아닌, 정신적인 힘에 대한 도전으로 생각한다는 사실을 명백히 보여준다. 또한 그런 인간은 자신의 행동에 대해 감정적인 영향을 덜 받을 것이다. 하지만 이상하게도 권투를 못하는 데다 지적인 삶을 살려는 경향이 있는 사람들에겐 뛰어난 정신적 힘으로 평가받던 복싱조차 단지 냉정하고 무감각한 것으로 받아들여질 뿐이다. 그래서 우리가 주어진 상황에서 보편적인 태도를, 혹은 개인적인 태도를 적용하고 요구할지는 모든 종류의 차이에 의해 지배받는다. 냉정하게 자기 일을 하는 살인자는 잔인하게 보일 것이고 부인의 품 안에서도 자신의 연구를 지속하는 교수는 뼈처럼 메말라 보일 것이며 그가 물리친 사람들을 밟고 올라가 높은 자리를 차지한 정치가는 성공 여부에 따라 비열한 사람 또는 영웅으로 비춰질 것이다. 그리고 사람들에게는 군인이나 사형집행인, 외과의사 등을 대할 때도 그같이 다른 사람들을 흉볼 수 있는 확고함이 필요하다. 이런 경우의 도덕성에 관한 더 많은 예를 들 필요도 없이, 객관적으로 옳은 것과 개인적으로 옳은 것 사이의 타협점을 규명하기란 매우 불확실한 일이다.

이러한 불확실성은 울리히의 개인적인 물음들에 더 폭넓은 배경들을 던져주었다. 예전의 인간들은 오늘날보다 더 나은 의식을 지니고 있었다. 사람들은 들판의 짚더미 같았다. 아마도 그들은 신, 우박, 불, 페스트나 전쟁 때문에 오늘날보다 훨씬 더 심하게 동요되었겠지만 전체로서, 시^{市}로서, 지역으로시, 들판과 아직 개인적인 것으로 남아 있는 각각의 집단으로서 그것들은 대답될 수 있었고 명확히 설명될 수 있는 것들이었다. 그러나 오늘날 책임감의 무게중심은 사람들이 아니라 상황들에 넘어갔다. 만약 인간이 자신들의 경험이 인간과는 상관없다는 것을 알아차리지 못한다면 어떻게 될까? 그들은 극장으로 달려가거나, 책으로, 통계연구원의 보고서로, 탐사여행으로, 이데올로기나 종교집단으로, 그렇듯 마치 사회적인 실험이라도 하는 것처럼 다른 사람들의 경험을 지불하는 대가로 독특한 방식의 체험들을 만들어내는 곳으로 달려가고 그 체험이 곧바로 실현되지 않는 한, 그것은 허공에 뜬 채로 남겨질 뿐이다. 오늘날 누가 과연 자신의 분노가 자신의 분노라고 말할 수 있을까? 그렇게 많은 사람들이 그 분노에 대해 말하고 그보다 더 많이 알고 있는데 말이다. 그것은 사람 없는 특성들의 세계, 체험하지도 않은 체험들의 세계였고 마치 이상적인 인간 경험은 더이상 개인적으로는 체험될 수 없고, 개인적인 책임감이라는 그 친근한 부담감은 가능성있는 의미라는 형식의 체계 속으로 녹아드는 것처럼 보였다. 아마도 그렇게 오랫동안 인간은 세계의 중심이라고 생각됐지만, 이미 지난 한 세기 전부터 인간중심적인 태도는 사라져버린 듯했고, 결국 그것은 '나' 자신이란 것에 머물고 말았다. 왜냐하면 경험에서 가장 중요한 것이 실제적인 경험이라든가, 행위에서 가장 중요한 것이 실제의 행위라는 믿음이 거의 모든 사람들에게 유치하게 보이기 시작했기 때문이다. 아마 아직도 완전히 개성적인 사람들도 있을 것이다. 그들은 '어제는 그런 것을 보았지'

또는 '오늘은 이렇고 이런 것을 하지'라고 말하며 거기에 어떤 내용이나 의미도 부여할 필요 없이 그것을 즐기며 살아간다. 손가락으로 만져지는 것은 무엇이든 사랑하며 그래서 개인적인 삶을 영위한다면 그들이야말로 그런 사람들일 것이다. 그들과 접촉하는 순간 세계는 개인적인 세계가 되며 마치 무지개처럼 빛난다. 아마도 그들은 아주 행복할 것이지만 다른 사람들이 보기에 아주 어리석어 보이기도 할 것이다. 왜 그런지는 정확치 않더라도 말이다. 갑자기 울리히는 이런 생각을 하는 자신이 우스워 보였고 결국 자신은 그 어떤 특성도 가지지 못한 사람이라는 것을 인정했다.

40.
모든 특성을 지닌 사람은, 그러나
특성과는 상관이 없었다. 정신의 영주는
체포되었고, 평행운동은 명예서기를 얻었다

이 서른두살 먹은 남자의 기본적인 특성을 서술하는 것은 그리 어렵지 않다. 비록 그가 자신에 관해 아는 것이라곤 자신이 모든 특성들에서 한참 떨어져 있으며 의도적이든 아니든 그 특성들이 이상하게도 그와 상관이 없다는 것뿐이었지만, 여러모로 그의 타고난 바에서 기인한 유연한 성품은 어떤 뚜렷한 공격성과 연관돼 있었다. 그의 성품은 남성적이었다. 그는 다른 사람에게 별로 신경을 쓰지 않았고 자신의 목적을 위해서가 아니면 사람들과 잘 어울리지도 않았다. 그는 권리를 소유하지 못한 자의 그 어떤 권리도 존중하지 않았는데, 따라서 그가 권리를 존중하는 일은 매우 드물었다. 시간의 흐름에 따라 부정적인 것을 향한 어떤 선호가 내면에서 커갔는데, 그것은 널리 칭송되는 것에서는 약점을 캐내고, 금시된 것을 옹호하며, 그 자신의 책임감 자체를 욕망하는 책임감을 적의에 차서 부정하는 것이었다. 이런 욕구에도 불구하고, 그의 삶은 어떤 방종하고는 거리가 먼 것이었다. 그는 시민계급에 속한 남자들이라면 누구나 그렇듯이 도덕적인 면에서 기사도를 따랐다. 그래서 그 소명이 요구하는바, 거만하면서도 냉혹하고 무관심한 태도로 그의 성향과 능력을 다소 평범하고 실용적이며 사회적인 쓸모에 맞게 만든 타인의 삶을 살았다. 그는 본능적으로, 그리고 허영심 없이 그가 적당한 때 발견하려고 한 꽤 중요한 목적을 이루는 도구가 될 것이라고 생각했다. 그리고 불안한 모색기인 이 해의 시작점에서 자신의 삶이 어떻게 목적없이 흘러왔는지를 깨닫고는 다시금 그가 가던 길을 되찾았다는 느낌이 들었지만 그의 계획에 관한 어떤 특별한 노력은 하지 않았다. 그런 성향에서 그것을 이끌어가는 열정을 찾아내기란 쉬운 일이 아니었다. 어떤 경향과 환경에 의해 모호하게 형성된 이 성향의 운명은 아직까지 어떤 강한 압력에도 노출되지 않았다. 하지만 중요한 것은 결정으로 이끌기 위해 필요한 어떤 요소가 여전히 불명확하다는 것이다. 겉으로는 아무 제약 없이 자기 길을 가는 사람처럼 보이지만 울리히는 자기자신에 거슬러 살아가도록 강요받는 사람이었다.

세계를 실험실에 비유하는 것이 옛날의 일을 다시 떠오르게 했다. 전에 그는 자신의 마음에 드는 삶이란 사람이 되기 위한 가장 좋은 방법을 시험하고 새로운 것을 발견하는 거대한 실험실이라고 생각하곤 했다. 그 거대한 실험실이 아무 계획 없이, 전체를 지휘할 어떤 지도

자나 기술자 없이 운영된다는 사실은 별 상관이 없었다. 혹자는 그가 정신의 군주가 되고 싶어한다고 말할 수 있을 것이다. 누가 그러지 않겠는가? 정신을 모든 것을 지배하는 최고의 것으로 보는 것은 당연했다. 우리는 그렇게 배웠다. 정신의 옷을 입을 수 있는 사람만이 스스로를 치장할 수 있는 법이다. 정신은 이러저러한 요소들과 결합하여 가장 보편적인 것이 된다. 그 어떤 것과 결합된 정신이란, 세상에 존재하는 가장 넓은 범위의 것이다. 진실의 정신, 사랑의 정신, 남성다운 정신, 교양있는 정신, 현재의 가장 위대한 정신. 우리는 이러저러한 정신을 높이 평가하려 하며 이러한 정신 속에서 활동하려 한다. 저 밑바닥까지 가닿는 정신의 울림은 얼마나 견고하고 자명한 것인가. 일상적인 범죄나 끊임없는 영리욕 같은 그 외의 모든 것은 마치 신이 발톱에서 떼어낸 때처럼 단지 인정할 수 없는 것처럼 보일 뿐이다.

하지만 정신이 벌거벗은 주어로 홀로 서 있을 때, 마치 유령처럼 차가운 그에게 감히 담요를 빌려줄 마음이 생길까? 우리는 시를 읽을 수도, 철학을 공부할 수도, 그림을 살 수도 있고 밤새 토론을 벌일 수도 있다. 하지만 이런 것에서 얻는 게 과연 정신일까? 설사 정신을 얻는다 가정하더라도, 과연 그것을 소유할 수 있는 것일까? 이 정신이란 그것이 생겨났을 때의 우연한 형상과 밀접한 관련이 있다. 정신은 누군가 그것을 받아들이고자 하는 사람을 통과해 지나가며 그에게는 단지 아주 적은 전율만을 남겨둘 뿐이다. 우리가 이 모든 정신으로 무엇을 할 수 있다는 말인가? 그것은 계속 천문학적인 숫자로 수많은 종이와 돌, 그리고 회폭 위에 재생될 것이고 또한 끊임없이 신경실석인 힘의 엄청난 요구에 의해 선택되고 소비될 것이다. 그러나 정신에게 무슨 일이 일어났다는 말인가? 마치 신기루처럼 사라져버렸나? 가루 속에 녹아들어간 것일까? 물질불멸의 법칙에 의해 흡수돼버렸나? 우리 안으로 가라앉아서 서서히 휴식을 취하는 그 티끌들은 그런 소모와는 아무 관련이 없다. 그것은 무엇이고 어디에 있고 어디로 가는 것일까? 만약 사람들이 그것에 관해 조금 아는 게 있다면, 그것은 여전히 이 '정신'이라는 단어에서 답답함을 느낀다는 것뿐일 것이다.

저녁이 되었다. 공간, 아스팔트, 철골 레일에서 쪼개져나온 듯한 집들은 도시라는 차가운 조개껍데기를 만들어놓았다. 엄마 조개, 유치함에 가득 차고 흥겨우며 화가 난 인간들의 움직임. 작은 물방울에서 시작된 각각의 물망울들이 분사되거나 분출되는 곳에서 아주 작은 폭발이 껍질에 의해 사로잡히고 점점 차가워지고 고요해지고 느려져 그 엄마 조개의 껍질 위로 부드럽게 걸려 있다가 마침내 그녀의 경사면에 작은 알갱이로 딱딱하게 굳어졌다. '왜' 울리히는 갑자기 생각했다. '나는 순례자가 되지 않은 걸까?' 순수하고 절대적인 삶의 방식, 아주 투명한 공기처럼 찌릿하게 상쾌한 그것이 그의 감각에 되살아났다. 삶을 전혀 긍정하지 못하는 자는 적어도 신성한 것을 부정해야 하는 것이다. 그러나 이것을 심각하게 생각한다는 것은 불가능했다. 그리고 그는 탐험가가 되지도 못했다. 탐험에는 삶이 마치 항상 지속되는 신혼 같은 것이 있고, 그의 육신은 물론 마음까지도 그것을 욕망했는데도 말이다. 또한 그가 그런 성향을 가지고 있었음에도 불구하고 그는 시인이 될 수도, 오직 돈과 권력만을 신뢰하는 탈마법화된 인간이 될 수도 없었다. 그는 나이를 잊고 스스로를 스무살로 착각했다. 그럼에도 그가 그중 어느것도 될 수 없었다는 사실은 그의 내면에서 명백한 것이었다. 존재하는 모든 것에 끌려들어갔으나 좀더 강한 것이 매번 그것에 다가갈 수 없게 했다. 그럼 왜 그는 불투명하고 불확실하게 살았을까? 말할 것도 없이—그가 말하기를—그를 세상과 멀리 떨어지고 이름없는 존재에 사로잡히도록 한 것은 세계의 모든 해체와 연합에 대한 강박, 그러니까 사람들이 혼자 마주치기 싫어하는 그 하나의 단어, 바로 정신이었다. 울리히는 언젠가 이유도 모르게 슬퍼져 이렇게 생각했다. '나는 정말 나를 사랑하지 않아.' 돌처럼 딱딱하게 얼어붙은 도시에서 그는 마음속 깊이 심장이 두근거리는 것을 느꼈다. 그의 안에는 아무곳에서도 머무를 수 없게 하는 어떤 것이 있었고, 그것은 세계의 벽을 따라 손을 더듬는 것이었으며, 이렇게 생각하는 것이기도 했다. '맞아, 수많은 다른 벽들이 있지. 아주 작은 불씨도 포기하려 하지 않는 불길인, 이 느리고 싸늘하고 우스꽝스러운 '나'라는 물방울 말이야.'

정신은 아름다움이 인간을 선하거나 나쁘거나 어리석거나 매력적으로 만든다는 것을 체험했다. 아름다움은 양$^\#$과 참회자를 둘로 쪼개어 그 둘에서 겸손과 인내를 발견한다. 정신은 한 물질을 분석하여 그것이 많은 양일 땐 독이 되고 적을 땐 기호식품이 된다는 것을 알게 되었다. 또한 입술의 점막이 장의 점막과 연관된다는 것을 알았고, 또한 입술의 겸손이 모든 성스러운 것의 겸손과 연관된다는 것을 깨달았다. 정신은 사물들을 뒤집어엎고, 다시 배열한 후, 새로운 조합을 만들어낸다. 선과 악, 높은 것과 낮은 것은 정신에게는 숙고적이거나 연관적인 표상이 아니다. 그것은 순전히 그 안에서 스스로를 발견하는 어떤 상황에 달려 있는 가치와 기능의 조각일 뿐이다. 수세기 동안 정신은 악덕이 덕이 될 수도, 반대로 덕이 악덕이 될 수도 있다고 가르쳐왔다. 그래서 한 범죄자가 일생을 통해 유용한 인간으로 변하지 못하게 막는 것은 근본적으로 오직 솜씨가 부족하기 때문이라고 결론내렸다. 정신은 어떤 것도 허용되거나 허용되지 않은 것으로 받아들이지 않았다. 왜냐하면 모든 것은 언젠가 위대하고 새로운 상황의 일부가 될 특성을 가시고 있기 때문이다. 정신은 마치 모든 이의 죽음같이 영원한 체하는 것, 위대한 이상과 법, 그리고 거기서 화석화된 인쇄물들, 조화로운 성격 같은 것들을 비밀스럽게 혐오한다. 정신은 어떤 것도, 나도, 질서도 확고하지 않다고 여긴다. 우리의 인식이 매일 다르게 변할 수 있기 때문에 정신은 어떤 속박도 믿지 않으며, 마치 우리가 말을 할 때마다 표정이 바뀌는 것처럼 모든 것은 단지 그 다음 창조의 행동까지만 유효한 가치를 가질 뿐이다.

그렇듯 정신은 위대한 기회주의자이지만 그 스스로는 어디에서도 붙잡을 수 없다. 사람들은 정신의 영향력 가운데 남은 것이라고는 쇠퇴밖에 없다고 믿게 되었다. 모든 진보는 개별자들 안에서는 이득이고 보편적으로는 분열이다. 진보는 단지 무능한 진보로 이끄는 힘의 증가이지만 그것을 벗어날 길은 없다. 울리히는 사실과 발견으로 점점 자라나는 몸을 떠올렸다. 이런저런 질문을 제대로 숙고하려면 오늘날 정신은 그 몸에서 나온 것을 주의깊게 살펴봐야 한다. 이 육체는 그 내면에서 자라나온다. 수많은 논점들과 의견들, 모든 시대와 지역들의 체계있는 생각들, 건강하고 병든 모든 형태들, 의식이 뚜렷한 것들과 꿈처럼 모호한 것들이 마치 수천개의 작은 감각신경 줄기들처럼 그 몸을 뚫고 지나가지만 그것들을 하나로 묶어주는 중심은 빠져있다. 사람들은 이전 시대에 있었던 거대동물종의 운명을 되풀이하게 되리라는 위험에 처해 있다는 느낌을 가진다. 그 종족은 거대함 때문에 사멸되었고, 지금 인류는 그 자신을 제어할 수 없게 되었다. 거기에서 울리히는 오랫동안 믿어왔고 아직까지도 완전히 배제하지 못한 하나의 의심스러운 생각을 기억해냈다. 그것은 세계가 현자들과 뛰어난 선구자들에 의해 가장 잘 지배될 수 있다는 생각이었다. 만약 한 사람이 아프다면 양치기가 아니라 기술이 뛰어난 의사에게 진찰을 받아야 한다는 것은 당연하다. 그런데 막상 그가 건강할 때는 공적인 업무에서 종종 그러는 것처럼 거의 양치기나 다름없는 수다쟁이한테 자신을 맡기는 어리석은 짓도 마다하지 않는다. 바로 이것 때문에 삶의 본질적인 내용을 중요시하는 젊은이들은 재무성이나 의회의 토론처럼 진실하지도, 선하지도, 아름답지도 않은 세상의 모든 것들에 대해서 무관심한 것이다. 적어도 그때는 그랬다. 오늘날 정치와 경제에 대한 교육 덕분에 젊은이들도 달라졌다고 하긴 하지만 말이다. 그러나 그조차도 사람이 나이를 먹고 일상업무라는 베이컨이 구워지는 정신의 훈제실에 오랫동안 친숙해짐에 따라 스스로 현실에 적응하는 법을 배운다. 또한 정신적으로 잘 훈련된 사람은 마침내 자신을 전문성 안에 가두고 나머지 삶 동안 '전체로서의 삶은 아마 달랐어야 하지만 그것을 숙고할 아무 이유도 없다는' 확신을 가지고 살아가게 된다. 지적인 삶을 추구하는 사람이 평정을 유지하는 방식은 대충 이렇다. 갑자기 울리히는 코믹한 질문 가운데 전체를 보게 되었는데 그것은 만약 세상에 정신이 확실히 충만하다면 단 하나 잘못된 것은 정신 스스로에게 정신이 없다는 것이 아닐까, 하는 질문이었다.

 울리히는 웃음이 나올 것만 같았다. 그 역시 그런 커다란 의문들을 포기한 지식인 중 하나였다. 그러나 실망스럽긴 했지만 여전히 불타는 열망은 마치 칼처럼 그를 뚫고 지나갔다. 이 순간 나란히 걷고 있는 두 명의 울리히가 있었다. 그중 하나는 웃으며 생각했다. 언젠가 역할을 맡아보고 싶은 무대가 바로 이러했지. 어느날 내가 일어났을 때, 그곳이 더이상 어머니의 침대처럼 포근하지는 않지만 뭔가 이뤄내야겠다는 확고한 신념이 있었어. 사람들은 나에게 힌트를 주었지만 나는 힌트와는 아무 상관이 없는 것 같았지. 일종의 울렁거리는 무대공포증처럼, 당시 모든 것들은 나의 기대와 계획으로 가득 찼었어. 나도 모르는 사이 한동안 무대가 빙글 돌더니 나는 자못 멀리 길을 걸어왔고 어느새 비상구 가까이 서 있는 거야. 나는 곧 바깥으로 나오게 될 것이고 나의 위대한 역할에 대해 다음과 같이 말하게 될 거야. '말에 안장이 올려졌으니 악마가 너희 모두를 데려갈 거야.' 한 울리히가 이런 생각을 하면서 출렁이는 밤을 미소지으며 걸을 때, 다른 울리히는 고통과 분노로 주먹을 말아쥐고 있을 것이다. 그는 형체가 좀 덜 뚜렷했고 악마를 부르는 주문, 움켜쥘 수 있는 손아귀, 정신 중의 참정신, 부서진 원환을 채워줄 잃어버린 작은 조각을 찾고 있었다. 이 두번째 울리히에게는 마음대로 사용할 만한 단어들이 없었다. 단어들은 마치 원숭이처럼 이 나무 저 나무를 뛰어다녔고 사람이 뿌리를 내린 어두운 곳에서 그는 그 단어들의 친절한 중재를 빼앗겼다. 땅은 그의 발밑에서 휩쓸려갔다. 그는 눈을 뜰 수조차 없었다. 폭풍처럼 불어닥친 감정이 전혀 흔들리지 않는 감정이 될 수 있을까? 감정의 폭풍을 정의하자면 인간의 몸통이 신음하고 인간의 가지가 막 부러져 날아가는 것을 의미할 것이다. 그러나 이 폭풍은 겉으로는 완전히 고요한 폭풍이었다. 그것은 거의 개종^{改宗}이나 역전과 비슷했다. 그의 표정에는 아무런 감정의 변화가 없었으나 내면에서는 어떤 원자 하나도 가만히 있지를 않았다. 울리히의 감각은 맑았지만 그의 눈에는 사람들이 뭔가 이상해 보였고 모든 소리 또한 각각 다르게 들렸다. 그는 날카롭게도, 깊게도, 부드럽게도, 자연스럽거나 부자연스럽게도 말할 수 없었다. 울리히는 아무말도 할 수 없었지만 순간 그는 마치 자신이 평생 동안 자신을 속여온, 그러나 몹시 사랑한 여자의 연인이라도 된 것처럼 '정신'이라는 미묘한 체험을 떠올렸고 그것은 그를 스쳐지나간 모든 것과 연결해주었다. 왜냐하면 어떤 고통과 혐오가 뒤따르더라도 한 사람이 사랑에 빠졌을 때 모든 것은 사랑이 되기 때문이다. 나무의 작은 가지와 밤의 창백한 유리창은 자기자신의 존재로 깊숙이 침잠된 체험이 되어 어떤 말로도 표현이 불가능해진다. 사물은 나무나 돌로 이뤄진 것이 아니라 어떤 웅대하고 영원히 부드러운 부도덕함으로 이뤄진 것처럼 보여서, 그 부도덕함이 그와 접촉하는 순간 깊은 도덕적 충격으로 변한다.

이 모든 상념은 미소 한번 지을 순간에 끝나버렸고 울리히가 막 '이제는 나를 끌어가는 곳이라면 어디든 거기에 머물러봐야겠어'라고 생각했을 때 불행하게도 그는 이런 긴장을 흩어버리는 장애물을 만나게 되었다.

그때 벌어진 일은 울리히가 직전까지 경험했던, 스스로의 몸이 겪는 예민한 체험으로서의 나무와 돌과는 전혀 다른 세계에서 비롯된 것이었다.

라인스도로프 백작이 주장하듯이, 노동자신문은 "위대한 사상이란 지배계급이 최근의 강간살인범에 뒤이어 또다른 센세이션을 불러일으키려는 것"이라며 침을 뱉어댔다. 또한 문제는 이것이 술을 너무 많이 마신 한 정직한 노동자를 화나게 했다는 것이다. 바로 그가 두 사람의 시민들과 몸을 스쳤는데 그 둘은 그날의 일 내문에 기분이 좋았던 사람들로 좋은 마음은 아무데서나 드러내야 한다는 신념으로 자기들 편 신문에서 읽은 조국운동에 대한 찬성을 크게 떠벌이고 다녔다. 시비가 붙었고 경찰이 가까이 있었으므로 시민들은 그 노동자를 자극할 힘을 얻었고 상황은 점점 더 과격해졌다. 경찰은 처음에는 흘 깃흘깃 바라보다가 섬섬 상황을 주목하더니 마침내 가까이 왔다. 경찰은 마치 버튼조작이나 해체명령으로 삶을 마감하는 로봇 국가의 우쭐한 심부름꾼처럼 그들 곁에 목격자로 서 있었다. 잘 조직된 국가에서 안정된 삶을 영위하는 것은 그러나 뭔가 유령 같은 구석이 있다. 그런 국가에서는 법과 행정이라는 거대한 장치를 적절히 조절하지 않고는, 또한 그 장치를 작동시켜서 존재의 안녕을 확보해두지 않고는 어떤 사람도 거리를 나서거나 한잔의 물을 마시거나 전차에 몸을 싣지 못한다. 내면 깊숙한 곳까지 파고든 그 장치들의 실체에 관해서 우리는 알지 못하며 다른 한편으로 그 장치들 스스로도 길을 잃어버려서 그 전체의 연관성을 아무도 해독해내지 못한다. 그래서 평범한 시민들이 하늘이 텅 빈 공간임을 주장하듯이 사람들은 그 장치들의 존재를 부인한다. 그러나 이처럼 부정된 모든 것들, 다시 말해 마치 물이나 공기, 공간, 돈 같은 것들처럼 색도 없고 냄새도 없으며 맛도 없고 무게도 없고 도덕적으로 규정 불가능한 것들이 사실은 모든 것들 중 가장 중요한 것임이 판명되며 이는 삶에 유령 같은 성질을 부여한다. 이따금 사람들은 뜻하지 않은 꿈을 꾸듯 공포에 사로잡히며 거의 이해할 수 없는 구조의 함정에 빠져 허우적대는 동물처럼 변한다. 그런 식으로 경찰 버튼은 그 노동자에게 눌러졌고 순간 좀 부적절해 보이는 국가기관이 체포를 위해 다가왔다.

그 취한 사람은 저항했고 시위대의 선동적인 구호를 되풀이했다. 갑자기 사람들이 주목하자 우쭐해진 그는 그때까지는 숨겨온, 인간들에 대한 철저한 혐오감을 낱낱이 드러냈다. 자기자신을 위한 간절한 투쟁이 시작된 것이다. 고양된 자신감은 그러나 스스로가 자신의 피부에 안착하지 못한 것 같은 섬뜩한 느낌과 함께 자리잡았다. 세계 또한 확고하지 못했다. 세계는 늘 변하고 형태를 바꾸는 불확실한 피부였다. 집은 방에서 떨어져 나와 비스듬하게 서 있었다. 사람들은 그 사이에서 우스꽝스럽게 우글거리며 형제자매로 떨어지는 물방울 같았다. '나는 여기에 질서를 부여하도록 부름받았어'라고 그 무지막지하게 취한 사람은 생각했다. 모든 무대는 번쩍임으로 가득 찼고 일어난 사건은 조각난 채로 뚜렷하게 다가왔지만 순간 벽들이 빙글빙글 돌기 시작했다. 발바닥은 여전히 땅에 밀착된 반면 눈은 마치 자루처럼 튀어나왔다. 입에서 놀라운 증기가 분출되기 시작했다. 말들은 내면 깊은 곳 어딘가에서 쏟아져나왔다. 그런데 막상 무슨 말인지 알아들을 수 없었고 추측건대 욕설임을 짐작할 뿐이었다. 뭐라고 설명하기가 어려웠다. 그것은 내면적인 것과 육체적인 것이 뒤섞인 것이었다. 분노는 내면의 분노가 아니었고 단지 거의 광란에 이르도록 육체적인 외면의 분노였으며 경찰의 얼굴이 천천히 다가오더니 피로 물든 주먹을 보게 되었다.

하지만 그사이 경찰도 세 명이 되었다. 경찰과 함께 사람들이 그를 쫓아 달렸고, 그는 땅에 쓰러지더니 잡히지 않으려고 안간힘을 썼다. 그때 울리히는 경솔한 짓을 했다. 울리히는 그의 선동구호에서 '황제에게 모욕을!'이라는 말을 들었다면서 저 남자는 누구를 모욕하든 책임을 질 만한 상태가 아니기 때문에 집에 보내서 재워야 한다고 말했다. 그는 별 생각 없이 한 말이었지만, 나쁜 사람들이 그 설 들은 것이 문제였다. 술취한 남자는 황제처럼 울리히를 떠받들자며 소리를 질렀다! 그리고 이런 사태의 책임은 명백히 울리히의 개입에 있다고 비난하던 한 경찰관은 울리히에게 퉁명스럽게 해명을 요구했다. 하지만 국가란 친절한 서비스를 받는 호텔 이상이 아니라고 생각하는 울리히는 그런 식의 해명을 거부했다. 그리고 마침 자신들은 셋인데 술취한 사람은 하나뿐임이 왠지 치사해 보이는 것을 알게 된 경찰들은 울리히마저 체포하기로 결정했다.

유니폼을 입은 사람들이 그의 팔을 꽉 붙들었다. 울리히의 팔이 이들의 무례하게 움켜쥔 팔보다 훨씬 더 강했지만 그는 뿌리치려 하지 않았다. 그건 국가의 무장권력과 가망없는 권투시합을 하는 꼴이기 때문에 그는 스스로 따라갈 테니 붙잡지 말라고 정중하게 청하는 수밖에 없었다. 조사실은 경찰서 건물 안에 있었고, 그곳의 바닥과 벽에서 울리히는 병영을 떠올렸다. 그곳은 무자비하게 끌고 들어온 오물과 조야한 세척제 사이의 음울한 투쟁으로 가득 차 있었다. 그가 다음에 목격한 것은 시민적 권위의 상징인 두 개의 책상이었는데, 그 책상은 기둥 몇개가 빠진 난간에 놓인 채 닳고 그을린 천으로 덮여 있었다. 또한 아주 낮고 공처럼 둥근 나무다리에는 페르디난트 대제 시대에 칠한 듯한 황갈색 니스 자국 몇개가 간신히 붙어 있었다. 그 방을 가득 채운 또다른 무거운 느낌은, 누구든 어떤 질문도 없이 기다려야만 한다는 것이었다. 그 경찰관은 체포한 이유를 설명해주고는 울리히 옆에 기둥처럼 서 있었다. 울리히는 재빨리 이런저런 해명을 해보려고 했다. 호송대가 들어왔을 때부터 뭔가를 쓰고 있던 이 요새의 명령권자인 경사는 서류에서 눈을 들어 잠시 울리히를 위아래로 훑어보더니 눈을 내리깔고 아무말 없이 다시 서류를 작성했다. 울리히는 무슨 일이 끊임없이 이어진다는 인상을 받았다. 이윽고 경사는 서류를 치우더니 선반에서 파일 하나를 꺼내 뭔가를 기입하고는 그 위에 모래를 뿌리고, 다시 집어넣고는 다른 파일을 꺼내서 기입하고 또 모래를 뿌리고, 비슷한 서류더미들에서 파일을 꺼내서는 같은 일을 계속했다. 울리히는 그사이 자신이 없어도 성좌가 제 궤도를 규칙적으로 도는 듯한 두번째 영원성을 체험했다.

이 사무실의 열린 문으로 복도가 나 있었고 거기에는 작은 방들이 있었다. 울리히와 함께 체포된 동반자는 그곳으로 끌려갔으며 이후로는 아무 소리도 듣지 못했는데 아마도 술에 곯아떨어져서 자고 있는 듯했다. 그러나 뭔가 불길한 것들이 느껴지기도 했다. 작은 방들이 있는 복도에는 분명히 또다른 입구가 있을 것이다. 울리히는 복도를 오가는 무거운 발걸음 소리며 문을 여닫는 소리, 속삭이는 소리, 그리고 갑자기 누군가 끌려 들어와서는 그중 하나가 절망적으로 애원하는 목소리가 점점 커지는 것을 들었다. "단 한점이라도 인간적인 감정이 있다면, 나를 체포하지 말아주시오!" 그 목소리가 멈추자, 조직의 감정을 향한 그의 외침은 기이할 정도로 부적합해 보여서 거의 우스꽝스럽게 들렸는데, 왜냐하면 조직이란 오로지 감정을 배제한 채 운용되기 때문이었다. 경사는 일을 멈추지 않은 채 잠시 고개를 들었다. 울리히는 여러 사람의 육중하고 날카로운 발걸음 소리를 들었는데 그들은 저항하는 사람의 육체를 제압하는 것이 분명했다. 그러더니 그를 처치했는지 휘청거리는 두 발걸음 소리만이 들려왔다. 문 하나가 큰 소리를 내며 닫혔고 빗장이 걸렸으며 책상 앞의 유니폼을 입은 남자는 고개를 다시 숙였고 순간 실내의 공기 속에는 문장의 맨 끝에나 어울리는 침묵이 자리잡았다.

하지만 울리히는 자신이 아직은 경찰의 우주에 들어서지 않았다고 추측하는 오류에 빠져 있음을 깨달았다. 왜냐하면 곧 경사가 머리를 들어 울리히를 똑바로 바라보았기 때문이다. 방금 작성된 글은 모래로 건조되지 않은 채 축축하게 빛나고 있었다. 그리고 울리히의 사건은 갑자기 마치 이 질서있는 곳에서 오래된 사건처럼 다뤄지고 있었다. 이름은? 나이는? 직업은? 주소는?…. 울리히는 심문을 받았다.

 울리히는 유무죄에 대한 직접적인 질문을 받기도 전에 인간을 비인간적이고 일반적인 조각으로 부숴버리는 기계에 끌려들어가는 듯한 느낌을 받았다. 비록 아무 의미는 없지만 자신에게만큼은 느낌으로 충만한 언어인 이름은 여기서는 무^{無}에 불과했다. 또한 일반적으로 견고하게 여겨지는 학문세계에 속하는 그의 직업이 여기서는 아예 존재하지도 않았다. 그는 그런 것들에 대해서는 단 한번도 질문을 받지 않았다. 그의 얼굴은 단지 신호와 같은 요소로 통용되었다. 자신의 눈이 공식적으로 구분되는 네 가지 색깔 중 하나인 회색이며 수백만명이 그런 눈으로 분류된다는 사실을 그는 여기에서 처음 깨달았다. 그의 머리는 금발, 체형은 크고, 얼굴은 계란형이며 비록 그 자신은 다르게 생각하지만 그의 외모는 평범한 편에 속했다. 그가 생각하기에 자신은 크고 넓은 어깨를 가졌으며 가슴은 바람에 부푼 돛처럼 휘었다. 또한 화가 나서 싸우거나 보나데아가 몸을 기대올 때 그의 관절은 마치 작은 철강 접합부처럼 근육을 조였다. 또한 그는 날씬하고 상냥하고 가무잡잡했으며, 그가 감동을 주는 책을 읽거나 그 존재를 한번도 이해해본 적이 없는 위대하고 정처없는 사랑의 숨결에 스칠 때면 마치 물속을 떠다니는 해파리처럼 부드러워졌다. 그래서 이 순간조차 그는 자신의 인간성을 탈신비화시키는 통계를 음미할 수 있었고 마치 사탄에 의해 만들어진 사랑의 시처럼 경찰기구가 자신에게 적용한 총량적이고 기술적^{記述的}인 과정에서 영감을 받을 수도 있었다. 정말 놀라운 일은 경찰이 한 인간을 남김없이 분해할 수 있을 뿐 아니라, 그 쓸모없는 조각들을 다시 정확히 조립해서 알아볼 수 있게 만들어놓을 수도 있다는 것이었다. 이 모든 성과에 그들이 '혐의'라고 부르는, 거의 가늠할 수 없는 것만 추가하면 되었다.

갑자기 울리히는 자신의 우둔함 때문에 벌어진 곤경을 벗어나려면 냉철한 지혜가 필요하다는 생각이 들었다. 질문은 계속 이어졌다. 울리히는 주소를 묻는 질문에 '내 주소는 이방인의 것'이라고 대답한다면 어떻게 될지를 상상해보았다. 또한 그런 일은 왜 했느냐는 질문에 '나는 원래 정말 관심있는 것과는 다른 일을 한다'고 대답한다면 무슨 일이 벌어질지도 상상해보았다. 그러나 현실에서 그는 집 주소를 정확히 대답했고 자신의 행동을 변호하기 위해 노력했다. 정신의 내적 권위가 경찰 공무원의 외적 권위 앞에서 극도로 고통스럽게 무력화된 것이다. 그럼에도 그는 이 상황에서 벗어날 기회를 찾았다. '직업은?'이라는 질문에 '혼자 하는 일'이라고 대답했을 때—혼자 일하는 학자라고는 말하지 못했는데—경사는 마치 '노숙자'라는 대답이라도 들은 것처럼 그를 바라보았다. 그러나 상세한 항목에서 그의 부친이 의회의원임이 드러나자 경사의 눈빛은 사뭇 달라졌다. 여전히 상황은 의심스러웠지만, 그에게는 마치 이리저리 파도에 휩쓸리던 사람의 엄지발가락에 갑자기 뭔가 단단한 것이 스쳤을 때와 같은 기분이 들었다. 재빨리 정신을 차린 울리히는 이 상황을 이용했다. 그는 순간 지금까지 인정했던 모든 것에 단서를 달았다. 그는 사무직의 맹세를 한 이 청가의 권위자에게 경찰국장에게서 들을 법한 인상직인 요구를 했고 이것이 웃음밖에 자아내지 못하자 거짓말을 했으며—행복하게 자연스러움을 되찾은 채로, 상세한 진술을 요구하는 올가미에 걸릴 경우를 대비하여 그럴 듯한 주장을 거듭 제기하면서―자신이 라인스도르프 백작의 친구이며 신문에 그렇게 자주 보도되는 위대한 애국운동의 비서관이라고 밀했다. 그는 즉시 자신의 존재에 대한 전에 없이 진지한 고려가 생기는 것을 목격했고 이런 장점들을 힘껏 붙들었다. 결국 경사는 화가 난 채 남자를 쳐다보았다. 그를 억류했다가 괜한 책임을 지기도 싫었고 놓아주기도 싫었기 때문이다. 이 시간에는 경찰서 안에 상사들이 없었기 때문에 그는 편법에 기대기로 했는데, 그것은 간단한 조서 하나를 상급기관에 발급하는 것으로, 이는 그의 상사들이 곤란한 사건들을 맡았을 때 흔히 쓰는 수법이었다. 그는 근엄한 표정을 짓더니 심각한 의혹들에 대해 적어 내려갔는데 그 내용인즉 울리히가 법 집행자를 모욕하고 임무행사를 방해했을 뿐 아니라 자신이 주장하는 지위를 고려해볼 때 애매하긴 하지만 다분히 정치적인 계략에 연루된 혐의가 있으며 따라서 마땅히 중앙경찰청의 정치과로 옮겨져야 한다는 것이었다.

몇분 후 울리히는 경찰이 제공한 차를 타고 밤길을 달렸는데 그의 곁에는 별로 말이 없는 사복경찰이 붙어 있었다. 그들이 중앙경찰청사에 가까이 가자, 2층 창문에서 환한 불빛이 보였는데 그곳은 경찰청장의 방으로 늦은 시각까지 중요한 회의가 이어지고 있었다. 청사는 어두운 소굴이 아니라 중앙정부다운 모양을 갖추고 있었기 때문에 울리히에게는 좀더 친숙한 기분이 들었다. 게다가 야간근무를 서는 담당 조사관은 성난 말단경찰이 그를 체포한 것이 어리석은 실수였음을 단번에 알아보았다. 하지만 무모하게 법의 손아귀로 걸어 들어온 한 사람을 그냥 놓아주는 것은 현명하지 못한 일이었다. 경찰청의 조사관 역시 로봇 같은 얼굴을 하고 있었으며 용의자의 경솔함이 있었기 때문에 방면할 경우 책임지기가 매우 곤란하다고 거듭 말했다. 울리히는 경사에게 잘 먹혀들었던 요점들을 이미 두 번이나 말했지만 이 간부에게는 소용이 없었고, 이 심판관의 얼굴이 갑자기 변하더니 거의 행복한 표정으로 바뀌자 희망을 포기하려고까지 했다. 간부는 조서를 다시 한번 유심히 보더니 울리히의 이름을 다시 묻고 주소를 확인하고는 곧 돌아올 테니 조금만 기다리라고 친절하게 말했다. 10분 후 다시 돌아온 그는 뭔가 즐거운 일을 기억해낸 사람 같았고 눈에 띄게 친절한 태도로 체포된 신사에게 자신을 따라오라고 요청했다. 위층의 불빛이 새어나오는 방 앞에 와서야 그는 "경찰청장님이 개인적으로 당신과 대화를 나누고 싶어하십니다"고 말했고 곧 울리히는 방금 옆 회의실에서 건너온, 구레나룻을 기른 신사와 마주했다. 울리히는 부드럽게 항변하는 어투로 자기가 여기 오게 된 것은 지역 순찰대의 실수 때문임을 해명하려고 했다. 그러나 경찰청장이 인사를 건네며 말을 꺼냈다. "유감스런 오해가 있었습니다. 박사, 조사관에게 이미 모든 이야기를 전해들었어요. 그럼에도 저희가 약간의 처벌은 해야 하는데 왜냐하면…" 그러고는 청장은 울리히를 장난스레 쳐다보았는데(그런 장난 정도는 최고위층 경찰간부들에게는 당연한 것이었으므로) 그건 마치 대답을 스스로 생각해볼 시간을 주는 것 같았다.

하지만 울리히는 대답을 찾지 못했다.

"경애하는 각하!" 총장은 힌트를 주듯이 말했다.

"경애하는 라인스도르프 백작께서" 그는 말을 이었다. "몇시간 전 저에게 당신의 소재를 급히 알아봐달라고 하셨습니다."

울리히는 여전히 알 듯 모를 듯했다. "당신은 주소록에도 없더군요,

박사." 마치 그것이 울리히의 유일한 범죄라도 되는 듯 청장은 익살스런 책망을 담아서 말했다.

울리히는 짐작한 미소를 지으며 허리를 굽혀 인사했다.

"제가 듣기로 당신은 내일 매우 위대하고 중요한 공적 임무 때문에 백작 각하를 방문할 예정이라고 하더군요. 그래서 당신을 구금하여 그 일을 방해할 수는 없게 되었소." 이렇게 철로 된 로봇들의 수장은 짧은 농담을 마쳤다.

아마 경찰청장은 울리히의 체포가 어떤 이유에서든 부당하다고 생각했을 것인데, 왜냐하면 몇시간 전 처음 중앙경찰청에 올라온 울리히의 이름을 때마침 떠올린 그 조사관이 정확하게 사건을 보고했기 때문이었다. 그 보고를 듣고 청장은 사실상 아무도 제멋대로 법에 개입하지 않았다는 결정을 내릴 수밖에 없었다. 아무튼 백작은 이런 상황을 전혀 몰랐다. 울리히는 이런 대역죄를 저지른 밤이 지나면 반드시 백작을 방문해야겠다는 의무감을 느꼈으며 그를 방문한 자리에서 즉각 위대한 애국운동의 명예 서기관으로 위촉되었다. 만약 라인스도르프 백작이 이런 상황을 모두 알았다면, 아마 기적이라고밖에 말할 수 없었을 것이다.

41.
라헬과 디오티마

곧 디오티마의 집에서 애국운동의 첫번째 집회가 열렸다.
살롱 옆의 식당이 회의장으로 개조되었다. 식탁이 서로 붙여졌고 녹색 식탁보가 덮여 방의 한가운데 놓여졌다. 마치 뼈처럼 하얀 내각용 서류들과 진한 정도가 서로 다른 연필들이 자리마다 놓여 있었다. 찬장은 옆으로 치워졌다. 구석자리는 엄격하고 공허하게 서 있었다. 벽들은 외경심을 품게 할 정도로 삭막했다. 이 삭막함은 디오티마가 걸어놓았던 황제의 초상과 투치가 영사로 있을 때 어디선가 가져온, 코르셋을 입은 부인의 초상화―이것이 선조비의 초상으로 보이기도 했지만―에도 불구하고 마찬가지였다. 디오티마는 식탁 머리맡에 십자가상을 놓고 싶어했지만 투치 국장이 요즘 집을 나서기 전마다 눈치를 주며 비웃는 바람에 놓지 않았다.

평행운동은 완전히 사적으로 진행돼야 했다. 어떤 장관이나 고위 행정가도 나타나지 않았다. 정치인들도 배제되었다. 처음에는 생각을 나눌 몇몇 희생적인 봉사자만의 모임이 돼야 한다는 게 라인스도르프 백작의 의도였다. 국책은행 감독 홀츠코프와 비스니에츠키 남작, 높은 신분의 귀부인들, 시민사업가로 유명한 사람들. 그리고 라인스도르프의 원칙인 '재산과 교양'에 어울리는 대학, 예술 아카데미, 산업체, 토착 영주, 교회 등의 대표자들이 추천되었다. 정부는 이 모임에 잘 맞고 의장의 신임을 얻고 있는 능란한 젊은 관료들을 대리인으로 임명했다. 민중의 중심에서 일어날 선포를 주저없이 받아들이고 있던 라인스도르프 백작에게 이 조화는 바라던 그대로였다. 그 사람들의 개혁적인 목표를 체험한 후 백작은 누구와 함께 일하는지 아는 것에서 큰 위안을 느꼈다.

작은 시녀 라헬은―그녀의 이름은 여주인에게 제멋대로 라쉘이라는 불어로 불렸다―아침 6시부터 줄곧 서 있었다. 그녀는 큰 식탁을 펼치고 그 곁에 두 개의 큰 테이블을 놓았으며 그 위에 녹색 테이블보를 덮고 먼지를 깨끗이 털어냈다. 그 모든 힘겨운 일을 그녀는 기쁨에 차서 다 해냈다. 그 전날 밤 디오티마는 '내일 우리집에서 세계역사가 만들어질 거야!'라고 말했고 바로 그런 일이 일어나는 집에 산다는 것에 라헬은 몸이 불타오를 정도로 행복해졌는데, 그녀의 몸이 마치 마이센^{Meissen}(도자기로 유명한 독일 도시—옮긴이)의 도자기처럼 빛나고 있었기 때문에 더욱 그런 것처럼 보였다.

    라헬은 열아홉살이었고 기적을 믿었다. 그녀는 폴란드 지방의 한 누추한 오두막에서 태어났다. 그 집의 문설주엔 모세 5경이 걸려 있었고, 갈라진 바닥 틈새로 흙이 삐져나와 있었다. 그녀는 저주를 받아 집에서 쫓겨났다. 어머니는 어쩔 수 없다는 눈길을 보냈고, 자매들은 두려움에 찬 표정으로 울었다. 그녀는 무릎을 꿇고 용서를 구했고 부끄러움 때문에 가슴이 찢어졌지만, 아무것도 소용이 없었다. 한 파렴치한이 그녀를 겁탈했던 것이다. 그녀는 더이상 어쩌지를 못했다. 낯선 사람의 집에서 아이를 낳아야 했고, 그 나라를 떠났다. 그러고는 떠돌아다녔다. 그녀가 타고간 마차 아래로 회한이 그녀와 함께 굴렀고, 울음이 쏟아졌다. 그녀는 도시를 보았고, 마치 부딪혀 죽기 위해 거대한 불벽 속으로 뛰어드는 벌레들의 인도를 받은 듯이 그 도시로 들어갔다. 하지만 기적처럼 벽이 갈라져 그녀를 맞아들였다. 그때부터 라헬은 황금빛 불꽃 속에서 살고 있다는 상상을 버리지 못했다. 우연히도 그녀는 디오티마의 집으로 오게 되었고, 디오티마는 만약 운명이 이끈 것이라면 그녀가 고향 갈리치아^{Galizien}*에서 탈출한 것 역시 우연으로 생각하지 않았다. 라헬이 신뢰를 얻고 나서부터 디오티마는 종종 그 작은 소녀에게 그녀가 시중을 드는 이 집에 드나드는 저명하

---

* 현재의 폴란드 남동부와 우크라이나 서부 지역으로 당시엔 갈리치아-로도메리아 왕국으로 불렸으며 오스트리아-헝가리 제국의 일부였다.

고 중요한 인사들에 대해 말해주었다. 그리고 평행운동에 관한 몇가지 사실도 털어놓았는데, 그 이유는 그 말을 들을 때마다 여주인을 바라보며 빛을 뿜는 라헬의 별 같은 눈빛을 보는 즐거움 때문이었다.

비록 그 귀여운 라헬이 양심없는 놈 때문에 아버지로부터 쫓겨난 신세이긴 했지만, 그럼에도 그녀는 칭찬받을 만한 소녀였고 디오티마에 관한 모든 것을 사랑했다. 그녀가 아침저녁으로 빗어주어야 하는 그 부드럽고 검은 머리카락, 그녀가 입혀주는 옷들, 중국제 나전칠기, 그리고 그녀는 한마디도 이해하지 못하는, 외국책들이 즐비하게 꽂힌, 수제^{手製} 인도 책장 등. 심지어 그녀는 투치 국장은 물론, 도착한 지 이틀 만에—그녀는 첫번째 날이라고 주장하지만—자신의 은혜로운 여주인을 찾아온 그 부자까지도 사랑했다. 라헬은 응접실에서 마치 황금빛 옷장에서 튀어나온 구세주를 보듯이 굉장한 열광에 휩싸여 그 남자를 쳐다보았다. 단 한 가지 불쾌한 점이 있다면, 그가 그녀의 여주인에게 경의를 표하기 위해 그 흑인 아이를 데려오지 않았다는 사실이었다.

하지만 이렇듯 세계적인 일을 앞둔 오늘은 자기에게도 무엇인가 뜻깊은 일이 일어날 거라고 라헬은 생각했고, 아마도 그 흑인이 주인과 함께 참석할 거라고—상황의 엄숙함이 요청하는 바에 따라—추측했다. 그러나 결코 이러한 기대에 모든 것이 부응하는 것은 아니었지만, 그 기대는 그녀가 교양을 쌓기 위해 읽은 소설에서 빠지지 않는 줄거리의 매듭이나 음모와 같은 필수 진행과정이었다. 라헬도 디오티미기 치워놓은 소설책을 읽을 수 있었는데, 그것은 마치 디오티마가 입지 않은 옷들을 그녀가 수선해서 입을 수 있었던 것과 같았다. 그녀는 재단도 독서도 능숙하게 해냈고, 그것은 그녀의 유대인 기질에서 비롯된 것이었다. 하지만 디오티마가 위대한 예술작품이라고 말해준 작품들을 읽을 때는—그런 작품들을 제일 좋아했다—마치 누군가 생생하게 벌어진 일을 아주 먼 곳에서, 또는 낯선 나라에서 경험하는 것처럼 줄거리를 이해했다. 그녀는 잘 이해되지 않는 사건들에 몰두했고 감동을 받았다. 그것에 관해 이야기할 수는 없었지만, 굉장히 좋아했다. 누가 그녀를 거리로 심부름 보내거나 뛰어난 인사가 집을 방문하기라도 하면, 그녀는 같은 방식으로 제국 수도 사람들의 인상적이고 흥미로운 행실을 즐겼다. 그것은 빛나는 개인들의, 그녀의 사유를 훨씬 넘어서는 충만함이었으며, 그녀는 그곳의 한가운데 특권적인 자리를 차지함으로써 그런 체험을 공유하고 있었다. 하지만 그것을 더 잘 이해하는 데는 관심이 없었다. 분노 때문에 그녀는 그녀가 받았던 유대인식의 초등교육과 가정에서 들었던 잠언들을 모두 잊어버렸고, 마치 땅과 공기의 즙에서 영양을 섭취하는 꽃들이 숟가락이나 포크를 필요로 하지 않듯이 그것들을 소용없는 것으로 생각했다.

그때 그녀는 다시 한번 탁자 위의 연필들을 모았고, 그 반짝이는 끝을 조심스럽게 작은 기계 속으로 밀어넣었다. 그 기계는 탁자 구석에 있었고, 이미 아주 정확하게 목질을 깎아냈기 때문에 손잡이를 여러 차례 돌려도 더이상 어떤 찌꺼기도 나오지 않았다.

그러고 나서 그녀는 연필들을 다시 벨벳처럼 부드러운 종이 옆에 놓았는데, 각 자리마다 세 종류의 연필들이 놓여졌다. 그리고 자신이 사용하도록 허락받은 그 기계를 어제 저녁 외무부와 황실에서 보낸 한 하인이 종이, 연필과 함께 가져왔던 일도 떠올려보았다. 7시가 다 되었다. 그녀는 마치 장군처럼, 정리된 각 부분들을 재빨리 훑어보았고, 디오티마를 깨우기 위해 서둘러 방을 나섰다. 10시 15분쯤이면 회의가 개최될 것이었고, 남편이 나간 후에도 디오티마는 자고 있었기 때문이었다.

  디오티마와 함께 있었던 그 아침은 라헬에게 각별한 기쁨을 안겨주었다. 사랑이라는 말과는 어울리지 않았다. 그것은 오히려 숭배라는 말과 더 잘 어울렸다. 한번 완벽한 의미로 그려보자면, 그것은 존경심이 한 사람을 완전히 꿰뚫어서 그의 가장 깊은 내면까지 그 마음으로 채우고 곧바로 자기자신의 자리마저 내주는 것과도 같았다. 고향에서 쫓겨온 이후로 그녀에게는 이제 18개월 된 딸이 하나 있었고, 매월 첫째 일요일마다 월급의 상당 부분을 떼어 계모에게 부쳐주고 있었다. 비록 어머니로서의 의무를 소홀히하는 것은 아니었지만, 그녀는 그 의무에서 단지 과거에 각인된 형벌만을 바라보았다. 그리고 그녀의 감정은 아직 사랑에 의해 다시 열리지 않는 순결한 육체와 함께 다시 소녀의 것으로 되돌아왔다. 그녀는 디오티마의 침실로 들어갔고 마치 여명이 밝아옴과 함께 첫번째로 눈이 덮인 산정을 바라보는 등산가처럼 숭배감에 눈을 빛냈으며 디오티마의 피부에서 느껴지는 그 진주모珍珠母처럼 부드러운 따뜻함을 손으로 만져보기 전에 먼저 그녀의 어깨 너머로 다가갔다. 라헬은 잠에 취한 채 키스를 받기 위해 침대 밑에서 올라오는 희미하게 뒤섞인 냄새를 맡았고 그 속에는 그 전날 뿌린 향수냄새뿐 아니라 밤동안의 휴식에서 내뿜어진 옅은 수증기의 냄새까지 섞여 있었다. 그녀는 슬리퍼를 찾는 맨발에 그것을 신겨주었고, 잠이 깬 그녀의 시선을 느꼈다. 하지만 만약 그녀가 디오티마의 도덕적인 생각에 그렇게 완벽한 세례를 빚지 못했더라면, 그런 큰 몸집의 여자와의 감각적인 접촉이 그렇듯 아름답게 느껴지지는 않았을 것이다.

"경애하는 백작이 앉을 팔걸이 의자는 준비해두었니? 내 자리의 은종은? 서기관 자리에 종이 12장은 갖다놓았겠지? 연필 12개야, 라헬, 서기관 자리에는 3개가 아니고 분명히 12개라고." 디오티마는 이런 식으로 말했다. 라헬은 자신의 삶을 건 것 같은 그녀의 열정에 매우 놀라워하면서 이 모든 질문에 손가락을 꼽아가며 자신이 했던 일을 다신 한번 셈해보았다. 여주인은 가운을 걸치고 회의장으로 들어갔다. 그녀가 '라쉘'을 교육하는 방식은 그녀가 행하거나 포기하는 모든 일에서 사적인 처지뿐 아니라 보편적인 의미도 고려할 줄 알아야 한다는 것이었다. 만약 라헬이 유리컵 하나를 깼다면, 여주인은 '라쉘'에게 그 실수에서 중요한 점은 투명한 유리가 눈에 잘 띄지 않는 자질구레한 의무를 상징하는 것이라고 말해주었다. 왜냐하면 유리는 높은 곳에 있기를 좋아하며 바로 그 이유로 우리는 이런 의무들에 각별한 주의를 기울여야 하기 때문이라는 것이다. 그리고 라헬은 깨진 조각을 주어담으면서 자신이 그렇듯 정중한 예의로 받아들여지는 것에 행복해하며 탄식의 눈물을 흘리기까지 했다. 지난 실수를 올바르게 생각하고 인식하기를 요구하는 디오티마의 성향 때문에 라헬이 일하는 동안에도 몇명의 요리사들이 일을 그만두었다. 그러나 라헬은 이 놀라운 말들을 가슴 깊이 사랑했는데 그것은 마치 그녀가 황제, 국가의 장례식, 그리고 가톨릭 교회의 어둠 속에서 빛나는 양초를 사랑하는 것과도 같았다. 그녀는 그런 곤경에서 빠져나오기 위해 이런저런 거짓말을 해보았지만, 결국 심하게 후회하고 말았다. 아마도 그녀는 디오티마에 비해 자신이 얼마나 나쁜 사람인지를 느끼게 해주는 삐딱한 즐거움 때문에 그런 작은 거짓말을 기꺼이 했을 것이다. 하지만 보통 그녀가 거짓말에 빠져들 때는 오로지 거짓을 빠르고 비밀스럽게 진실한 것으로 바꿔놓길 바랐을 때였다.

한 사람이 다른 사람을 모든 면에서 존경하게 되면, 그에게는 자신의 몸이 마치 작은 운석에서 떨어져나가 다른 육체의 태양 속으로 빠져들어가는 것 같은 일이 벌어진다. 디오티마는 라헬에게서 어떤 오점도 발견하지 못했고 작은 시종의 어깨를 쓰다듬어주었다. 그러고 나서 그들은 욕실로 향했고, 그 위대한 날을 위해 몸단장을 하기 시작했다. 라헬이 따뜻한 물을 섞고 비누거품을 내 디오티마의 몸을 마치 자신의 몸인 것처럼 수건으로 문지를 때, 그것은 정말 자신의 몸을 씻을 때보다 더 큰 만족을 주었다. 라헬에게 그것은 중요한 것이라거나 확신을 심어주는 것은 아니었다. 그렇다고 그녀가 비교할 만한 것을 생각하는 것도 아니었다. 디오티마의 그 우아하고 풍만한 몸을 만질 때, 그녀는 오히려 번쩍번쩍 빛나는 연대에 배속된 시골 출신의 어리숙한 신병 같다는 느낌을 받았다.

그런 식으로 디오티마는 그 위대한 날에 둘러싸여 있었다.

42.
위대한 회의

약속한 시간이 되자 라인스도르프 백작이 울리히를 데리고 나타났다. 손님들이 도착하면 문을 열어주고 코트를 받아주던 라헬은 끊임없이 밀려드는 행렬에 벌써 얼굴이 빛게졌다. 그녀는 나시금 울리히를 곧장 알아보았고, 만족해했는데, 그것은 그가 임시로 초대받은 방문자가 아니라 그녀의 여주인이 이끄는 이 집에 아주 중요한 용무를 가진 사람이며, 지금 보듯이 백작과 함께 나타났기 때문이었다. 그녀는 자기가 격식을 갖춰 열어둔 문으로 나부끼듯 달려가 열쇠구멍을 통해 그 방안에 무슨 일이 벌어지는지를 보기 위해 몸을 웅크렸다. 그 커다란 열쇠구멍을 통해 그녀는 은행가들의 면도한 턱과 성직자 디도만스키의 보라색 영대領帶와 초대받지도 않았는데도 국방부에서 보낸 슈툼 폰 보르트베어Stumm von Bordwehr 장군의 나비매듭을 보았다. 국방부는 그에 관해 라인스도르프 백작에게 편지를 보내 비록 국방부가 처음부터 지금 진행되는 일에 관계가 있는 것은 아니지만 그 고결한 애국주의 운동에 빠지고 싶지는 않아서라고 해명했다. 그러나 이 회합에 장군이 나타났다는 것만으로도 크게 고무된 채 지금으로선 그 방에서 무슨 일이 벌어지는지 알 수 없는 라헬에게 이 사실을 알려준다는 것을 디오티마는 잊어버렸다.

디오티마는 그사이 울리히에게 별 시선을 주지 않은 채 백작을 맞아들였고 아른하임 박사를 첫째로 하여 하객들에게 백작을 소개했다. 그 자리에서 그녀는 백작에게 아주 좋은 기회에 이 저명한 분이 그녀의 집에 오게 되었으며 그가 외국인이어서 여러모로 공식적인 역할을 맡을 수는 없겠지만 그녀 자신의 조언자로 있어주기를 바란다고 말했다. 왜냐하면—이 대목에서 그녀는 부드러운 위협을 덧붙였는데—국제적인 문화영역 그리고 문화영역이 경제와 맺어지는 영역에서의 그의 풍부한 경험과 인맥이 그녀에게 엄청난 버팀목이 되었고, 비록 그녀가 스스로 부족하다는 점을 잘 알지만 지금까지 그 영역을 자신 혼자 맡아왔으며 앞으로도 당장 다른 사람으로 바뀔 수는 없을 것 같기 때문이라고 이유를 밝혔다.

라인스도르프 백작은 습격을 받은 느낌이었고 이 시민계급 출신의 여성 친구를 만난 이후 처음으로 그녀의 경솔함에 충격을 받았다. 아른하임 역시 충분히 팡파르를 울리지도 않은 채 입장한 왕처럼 뒤통수를 맞은 듯한 기분이었는데, 그는 라인스도르프 백작이 자신을 알고 있으며 초대를 승낙한 줄로 철석같이 믿고 있었기 때문이다. 그러나 디오티마는 그 순간 상기되고 고집스러워 보이는 얼굴로 한치도 물러서지 않았다. 부부간의 정절의 문제에서만큼은 깨끗한 양심을 간직한 모든 부인들처럼 그녀 역시 대의명분을 위해서는 참아내지 못할 정도로 여성적인 고집을 키워왔기 때문이다.

그녀는 그사이 몇번 그녀를 방문한 아른하임과 사랑에 빠져 있었지만 경험미숙으로 그녀의 감정에 관한 어떤 암시도 내비치지 못했다. 그들은 영혼을 감동시키는 것이 무엇인지, 발바닥에서 머리끝까지 육체를 기품있게 만드는 것이 무엇인지, 그리고 문명화된 삶의 혼란한 인상들을 균형 잡힌 정신의 울림으로 바꾸는 것은 무엇인지를 서로 이야기했다. 이 이야기들이 굉장했고 디오티마가 조심하는 편인데다가 항상 스스로와 타협하는 것을 경계했다고는 해도 그 친교는 아주 갑자기 그녀에게 충격을 주어서 그녀는 위대한, 사실 가장 위대한 감정을 진실하게 드러낼 수밖에 없었다. 도대체 어디서 이런 감정을 찾아낼 수 있단 말인가! 그곳은 모든 사람이 그들을 역사의 이야기 속으로 끌어낸 곳이다. 디오티마와 아른하임에게는 평행운동이야말로 그들의 부풀어오르는 정신의 교류를 나누는 섬 같은 곳이었다. 그들은 평행운동을 아주 중요한 순간에 함께하게 된 각별한 운명으로 보았으며 그 위대한 애국사업이 지성인들에게 굉장한 기회와 책임이 될 것이라는 데 한치의 의견차이도 없었다. 아른하임 역시 그렇게 말했다. 비록 그가 그 운동의 성패가 첫째, 경제적으로나 사상의 측면에서 강하고 숙련된 사람에게 달려 있으며 둘째, 기구의 범위에 달려 있다는 점을 덧붙이는 것을 한번도 잊지 않기는 했지만 말이다. 그렇게 해서 디오티마에게 평행운동은 아른하임과 떼려야 뗄 수 없는 것이 되었고, 처음에는 공허하게 느껴진 것들이 엄청난 풍부함을 얻게 되었다. 오스트리아의 전통에서 비롯된 위대한 감정의 유산들이 프로이센에서 온 지적인 훈육에 의해 더욱 강해지리라는 그녀의 희망이 이제 거의 완벽하게 이루어졌고 이러한 인상이 너무 강한 나머지 평소에 그렇게 예의바르던 이 여인은 아른하임을 이 회의의 개회에 초대함으로써 자신이 얼마나 예절을 위반했는지는 깨닫지 못했다. 지금 사태를 되돌리기에는 너무 늦었다. 그러나 이 상황을 파악한 아른하임은 그가 처한 불쾌한 상황에도 불구하고 마음이 누그러지는 것 같았다. 또한 백작은 워낙 디오티마를 좋아했기 때문에 뜻하지 않은, 혐오감을 넘어서는 놀라움을 즉각 표현하지 못했다. 그는 묵묵히 디오티마의 설명을 듣고 잠깐 어색하게 있다가는 늘 그래왔듯 최대한 예의바르고 경의를 표하는 태도로 부드럽게 손을 내밀었다. 참석한 사람들은 대부분 그 장면을 목격했고, 그들이 아른하임을 아는 만큼, 왜 그가 나타난 것인지에 관해 의아해했다. 그러나 잘 교육받은 사람들에게 모든 일에는 그에 합당한 이유가 있는 법이어서 무엇이든 꼬치꼬치 캐내는 것은 나쁜 습관으로 여겨졌다.

그사이 디오티마는 위엄있는 평정을 되찾았고 잠시 후 백작에게 자리에 앉음으로써 그 집에 경의를 표해달라고 요청하면서 회의를 시작했다.

백작 각하는 연설을 시작했다. 그는 며칠 전부터 연설을 준비했으며 그의 사고방식은 너무나 강직해서 마지막 순간까지 어떤 말도 바꾸려고 하지 않았다. "우리를 이곳으로 불러모은 것은," 라인스도르프 백작이 말했다. "민중 속에서 일어난 강력한 요청이, 그냥 흘러가는 것이 아니라, 더 넓은 시야를 가진, 곧 위로부터의 영향력을 통해 조망될 필요가 있기 때문입니다. 우리의 경애하는 군주이자 주인이신 황제폐하께서는 1918년에 그가 축복 가운데 왕위를 계승한 70주년을 맞아 각별한 축제를 마련하고자 하십니다. 하나님의 가호 속에서 우리는 늘 폐하를 존경해왔습니다. 우리는 이 축제가 폐하에 대한 깊은 사랑을 세계에 보여줌과 동시에 오스트리아-헝가리 왕국이 바위처럼 단단하게 그의 지배하에 서 있음을 보여주는 경애하는 오스트리아 민중의 축제가 될 것이라고 확신합니다." 이 순간 라인스도르프 백작은 황제이자 왕에 대한 통합기념식에서조차 이 바위에 찾아든 몰락의 징후를 언급할지를 놓고 잠시 망설였다. 그렇게 하려면 단지 왕만이 알고 있는 헝가리의 저항을 계산에 넣지 않을 수 없었다. 이것이 바로 백작 각하가 공고하게 서 있는 두 개의 바위를 언급하고자 한 이유였다. 그러나 이것 역시 오스트리아-헝가리 제국 감각을 제대로 표현하기엔 역부족이었다.

　오스트리아-헝가리 제국 감각은 워낙 훌륭한 것이어서 그것을 체험해보지 않은 사람에게 설명하기란 거의 불가능한 일이었다. 그 감각이란 그때까지 많은 사람들이 서로 보완관계로 믿고 있었던 오스트리아와 헝가리로 이루어진 것이 아니라 전체와 부분으로, 다시 말해 헝가리적인 국가 감각과 오스트리아-헝가리적인 국가 감각으로 이루어져 있었으며, 이 두번째는 스스로의 국가는 없었지만 그들의 의식 속에 오스트리아 국가라는 것은 남아 있던 오스트리아에서 발견될 수 있었다. 오스트리아인은 오직 헝가리에만 있었으며, 그것도 혐오의 대상으로만 있었다. 그는 자기 고향에서는 스스로를 왕국의 국민이요 제국의회로 대표되는 오스트리아-헝가리 군주국의 거주자로 일컬었는데, 이는 오스트리아인에나 헝가리인을 더했다가 바로 이 헝가리인을 다시 빼버리는 것을 의미했다. 그리고 오스트리아인은 이런 행위를 하고 싶어서 한 것이 아니라 비위에 거슬리는 어떤 생각에 사로잡혀서 했는데, 그것은 헝가리인들이 오스트리아인들을 견디지 못하는 것보다 훨씬 더 오스트리아인들이 헝가리인들을 견디지 못했기 때문이며, 결국 전체적인 상황은 더 복잡해지기만 했다. 그래서 많은 사람들은 자신을 그냥 체코인이나, 폴란드인, 슬로베니아인이나 독일인으로만 불렀고 이것이 바로 더 많은 부패의 시작이자, 라인스도르프 백작이 말하는 '내부정치의 불쾌한 현상'이라는 유명한 현상의 시작이었다. 그에 따르면 이 현상은 '무책임하고 미성숙하며 감각에 호소하는 요소들'이며 정치적으로 미개한 거주민들에 의해 진행되어 어떤 충분한 제재도 받지 않은 일들이었다. 이런 주제를 다룬 많은 박식하고 현명한 책들이 출간돼왔기에 독자들은 지금 이 순간이나 앞으로도 역사적인 화폭을 장식하는 동시에 현실과 경쟁을 벌이는 심각한 시도는 없으리라 기꺼이 확신하게 될 것이다. 이러한 이중성(그 기술적인 의미에서의)의 신비는 적어도 삼위일체의 신비만큼은 심오하다는 게 잘 알려진 사실인데, 그것은 역사적 과정이란 그 수백개의 조항과 연관, 비교, 보호 같은 것들로 묶여 있어서 거의 어디서나 법률적 과정과 유사하기 때문이고, 사람들은 오로지 이러한 역사적 과정에만 주목해야 하기 때문이다. 보통 사람들은 그 과정 가운데서 아무 예감 없이 살아가다 죽으며 이런 과정은 그들을 위해서도 좋은 것이다. 왜냐하면 어떤 사람이 그가 휘말린 사건이 과연 무슨 소송인지, 어떤 변호사와, 얼마의 비용으로, 어떤 계기를 가지고 진행되는지를 모두 깨닫게 된다면, 그는 어떤 나라에 살든지 정신병원으로 끌려갈 수도 있기 때문이었다. 현실을 이해한다는 일은 결단코 역사-정치적 사상가에게만 가능한 일이다. 그에게 현재는 수프 다음에 빵이 나오듯이 모하치^{Mohács} 또는 리첸^{Lietzen}의 전투 다음에 나오는 것이다. 그는 모든 절차를 알고 있으며 매순간 적법한 과정에서 나온 필연성을 느낀다. 그리고 더욱이 그가 검과 방추를 휘두르는 조상을 가진 라인스도로프 백작 같은 관료적인 역사-정치적 사상가이자 사전에 개인적인 역할을 맡아봤다면, 그 결과를 부드럽게 떠오르는 선으로 조망할 수 있을 것이다.

그래서 라인스도르프 백작은 회의 전에 스스로에게 말했다. '우리는 국민들에게 자기 일에 관한 결정권한을 내려주신 폐하의 높고 따듯한 결단을 잊지 말아야 하며, 이 결단이 내려진 지 얼마 되지 않았기 때문에 황제폐하의 자리에서 보면 여러모로 관대하게 국민들에게 자리잡을 수 있을 것처럼 보이는 정치적 성숙을 아직은 이루지는 못했다. 그래서 사람들은 인색한 바깥 세계—우리 역시 피치 못해 체험 중인 그 저주받을 만한 현상의 진원지인—가 겪는 몰락의 노쇠함을 알아채지 못하더라도, 대신 여전히 성숙하지 못하기 때문에 더욱 강건한 오스트리아 민중의 젊은 힘은 알아채게 될 것이다.' 원래 그는 이 회의에서 그 모든 것들을 언급하려고 했으나 아른하임이 그곳에 있었기 때문에 생각한 것들을 다 말하지는 않았고 다만 진실한 오스트리아적인 상황에 무지한 외부세계를 암시하고 그런 불쾌한 일들이 벌어지는 곳을 과장하는 선에서 만족해했다. "그러므로," 백작은 마무리를 지었다. "우리가 무시 못할 우리의 힘과 통일성을 보여주길 원한다면, 완전히 국제적인 관계 속에서 이 일을 해야 할 것입니다. 왜냐하면 유럽 국가가족간의 행복한 관계는 상호의 힘에 대한 존경과 존중에서 비롯되기 때문입니다." 그는 그러한 자연스러운 힘은 민중 가운데서만 나올 수 있고, 그 힘은 위로부터 이끌어져야 하며, 이 회합의 목적이 그런 위로부터의 지도에 있음을 다시금 강조했다. 비록 라인스도르프 백작이 자기 생각을 다 말하지는 않았지만, 얼마 전까지만 해도 그의 머릿속에 '오스트리아의 해'를 기념하기 위해 외부에서 받은 명단밖에 없었음을 기억하는 사람들에게 이것은 엄청난 발전으로 여겨졌다.

연설 이후 디오티마는 이 회합의 목적을 해명하는 말을 덧붙였다. 이 위대한 애국운동은 백작 각하가 말한 대로 민중의 한가운데서 그 위대한 목표를 찾아야 한다고 그녀는 말했다. "오늘 이 자리에 처음 모인 우리는 목표를 정의할 의무를 느끼지 못합니다. 대신 우리는 이 목표를 향한 제안들을 구체화할 길을 닦는 데 필요한 기구를 마련하기 위해 먼저 이 자리에 모인 것입니다." 이 말로 그녀는 토론회를 열었다.

그러자 침묵이 찾아왔다. 마치 그들 앞에 무엇이 벌어질지 모르는 여러 울음소리의 새들을 한 새장에 몰아넣었을 때처럼, 첫 순간에 그들은 입을 다물었다.

결국 한 교수가 발언을 신청했다. 울리히는 모르는 사람이었다. 아마도 백작 각하가 지난 모임 때 비서를 시켜 그를 초청했을 것이다. 그는 역사의 길에 관해 말했다. "우리가 앞을 바라보았을 때 우리는 불투명한 벽을 목격했습니다! 우리가 좌우를 살필 때 어떤 방향인지도 모를 중요한 사건들이 엄청나게 일어나고 있음을 목격했습니다.

몇가지 예를 들자면, 지금 벌어지는 몬테네그로와의 갈등, 모로코에서 전투중인 스페인의 호된 시련, 오스트리아 제국의회에서 우크라이나인들의 방해 등이 있습니다. 그러나 되돌아보면, 모든 것이 마치 기적처럼 질서와 목표에 부합했습니다…." 그래서, 그가 말하고자 한 것은, 우리는 모든 순간 위대한 영도의 신비를 경험했다는 것이다. 그리고 그는 민중에게 눈을 열어주는 일을 위대한 생각으로 받아들이는 일, 말하자면 그 생각에 합당하게 각별히 숭고한 결정적인 사건을 요구함으로써 그것을 신의 섭리로 인정되게끔 하고 싶어했다. 이것이 그가 말하고자 한 모든 것이었다. 그것은 학생에게 이미 준비된 해답을 강요하는 것이 아니라 학생이 선생님과 함께 문제를 풀어가도록 하는 현대적인 방식처럼 보였다.

그곳에 모인 사람들은 마치 돌처럼 딱딱하게 서로를 바라보았고, 녹색 식탁보에만 친절한 눈길을 보냈다. 심지어 대주교를 대표하는 고위성직자조차 이 정신의 의식에서 마치 행정부에서 나온 사람들이라도 되는 양 밋밋하고 절제된 행동 안에 자신을 가두었는데, 그의 얼굴에는 진심에서 우러나온 동의의 표시가 하나도 드러나지 않았다. 그것은 마치 길 위에서 어떤 사람이 갑자기 소리높이 외치기 시작하자 아무 생각도 없이 걷고 있던 사람들이 한순간에 진지하고 실제적인 목표를 갖거나 혹은 이 길을 잘못 들어섰다는 느낌이 들도록 강요하는 것 같았다. 그 교수는 말을 하면서도 자기의 말을 움찔하는 억제로 몰아넣음으로써 두려움과 싸우고 있었는데, 그것은 마치 바람이 그의 숨결을 잡아채는 것 같았다. 그러나 그는 대답이 있는지를 기다렸고, 위엄을 잃지 않고 그 기다림의 표정을 다시 거두어들였다.

때마침 황실금고의 대리인이 도착해서 즉위기념해에 황제의 개인

기금에서 제공될 것으로 예상되는 기부와 헌납 품목을 알려주자 모두 안도의 한숨을 내쉬었다. 그것은 사제교회 건축을 위한 기부로 시작해서 생활기반이 없는 사제들을 위한 시원, 카를과 리데츠키 대공의 퇴역군인 클럽, 그리고 66' 78' 캠페인에 따른 전쟁고아와 과부를 위한 증여, 연금을 받는 하급관리, 과학 아카데미를 위한 지원금 등까지 이어졌다. 이 리스트 속에 흥미로운 점이라곤 없었다. 황실의 선의가 적재적소에 배치돼 있을 뿐이었다. 리스트 발표가 거의 끝날 무렵, 공장경영자의 아내이며 자선사업에도 많이 참여한 베크후버 부인이 자리에서 일어나 아마 자기 생각보다 더 중요한 것은 있을 수 없다는 듯한 확고한 태도로 말을 이었다. 그녀는 "위대한 오스트리아인 프란츠 요제프 무료급식소"를 제안했고, 이 제안은 긍정적으로 받아들여졌다. 단지 문화부와 교육부의 대리인들은 자신들의 부서에서 비슷한 제안이 접수되었다고 지적했다. 다름 아닌 "프란츠 요제프 1세와 그의 시대"라는 기념비적인 책을 출간하자는 제의였다. 그러나 이 행복한 출발 이후에 다시 침묵이 밀려들었고, 참석자 대부분은 어색한 분위기에 빠지는 느낌을 받았다.

그들이 이 모임에 오는 도중에 과연 무엇이 역사적이고 위대한 종류의 사건인지 아느냐는 질문을 받았다면, 아마도 확실히 안다는 대답을 했을 것이다. 그러나 바로 그 자리에서 그런 사건을 만들어내라는 무리한 명령을 받는다면, 점점 기분이 안 좋아지다가 자연스럽게 속마음에서 불평 같은 것들이 일어나게 될 것이다.

이 위험한 순간에 재치로 무장한 채, 새로운 기운을 불어넣을 준비를 해오던 디오티마가 회의에 끼어들었다.

43.
울리히와 위대한 사람의 첫 만남. 세계역사에서
비이성적인 일은 일어나지 않는다. 그러나
디오티마는 오스트리아가 전체 세계라고 주장한다

휴식시간에 아른하임은 그 조직이 점점 포괄적이 돼갈수록 나오는 제안들이 서로 어긋나고 있다는 사실을 알아차렸다. 이것은 아마도 이성에 바탕을 둔 현재의 발전을 상징하는 표지일 것이다. 그러나 바로 그 이성은 전체 민족을 이성보다 한참 깊은 곳에 있는 의지나 영감, 그리고 본질적인 자각에로 강요하는 무시무시한 결단일 뿐이었다.

울리히는 그가 이 운동에서 무엇인가 일어날 것을 믿느냐는 질문으로 대응했다.

"물론입니다." 아른하임이 말했다. "위대한 일이란 항상 보편적인 상황의 표출인 법이죠." 오늘과 같은 모임이 어딘가에서 일어날 수 있다는 게 이미 그 절실한 필요성을 입증하고 있다는 말이었다.

하지만 거기엔 어떤 결정하기 어려운 점이 있다고 울리히가 말했다. "예를 들자면 만약 지난 시절 걸작 오페라의 작곡가가 술책가였고 그래서 그가 세계의 대통령이 됐다면—그의 엄청난 인기로 미루어볼 때 가능한 일이지만—그게 과연 역사로 뛰어드는 일 또는 문화적 상태의 표현이 될까요?"

"그것은 불가능합니다." 아른하임 박사가 진지하게 말했다. "그런 작곡가는 술책가도 정치가도 될 수 없습니다. 그의 희극적-음악적 재능은 설명될 수 없는 것인 반면에, 세계역사에서는 어떤 비이성적인 일도 일어나지 않으니까요."

"세계 속에는 그렇게 비이성적인 것들이 많은데도 말입니까?"

"세계역사 속에는 하나도 없습니다."

아른하임은 눈에 띄게 예민해졌다. 근처에선 디오티마와 라인스도르프 백작이 낮고 생기있는 대화를 나누고 있었다. 경애하는 백작 각하는 이 특별한 오스트리아의 상황에서 한 프로이센인을 만난 것에 대한 놀라움을 그의 여자친구에게 말했다. 비록 디오티마가 현란하고도 안심시키는 표현으로 외국인에 대한 그런 정치적 이기주의에서 벗어나야 한다고 말하긴 했지만, 그는 이방인이 평행운동에서 지도적인 역할을 할 수는 없다고 단정지었다. 그때 그녀는 자신의 계획에 놀랍도록 새로운 차원을 부여함으로써 전술을 바꾸었다. 그녀는 사회의 편견에 깊게 물들지 않는 여성의 직관적인 정확성에 대해 이야기했다. 백작은 이번만큼은 그 말을 들어보기로 했다. "아른하임은 유럽인이고 전유럽에서도 저명한 지식인이에요. 그리고 바로 그가 오스트리아인이 아니라는 것 덕분에 그의 참여는 그런 저명한 지식인이 오스트리아에서 고향을 찾았음을 증명하는 셈이죠." 그리고 갑자기 그녀는 진실한 오스트리아는 전체 세계라는 주장을 펼쳐나갔다. 그녀는 세계 각 민족이 한층 높은 통일 속에서 살아가지 않는 한—오스트리아의 각 민족이 조국 속에서 살아가는 것처럼—평화를 이룰 수 없다고 설명했다. 이 행복한 순간에 그녀가 경애하는 백작에게 제시한 위대한 오스트리아, 세계의 오스트리아는 지금까지 평행운동에서는 무시돼왔던 영광스러운 이념이었다. 그 평화주의적인 발상에 매료된 채, 아름다운 디오티마는 백작 앞에 서 있었다. 라인스도르프 백작은 자신이 항의해야 할지 말아야 할지 결정할 수 없었다. 그러나 그는 부인이 가진 불꽃 같은 이념과 광범위한 시각에 놀랐고, 그렇게 무게있는 제안에 답하기보다는 아른하임을 대화로 끌어내는 게 더 유리하지 않을까를 생각해보았다.

아른하임은 대화를 탐색할 뿐 아무런 영향력도 미치지 못하고 있었기 때문에 불안했다. 아른하임과 울리히는 이 크로이소스(고대 리디아왕국의 부호—옮긴이) 같은 남자에게 집중된 의심스러운 눈초리에 둘러싸여 있었다. 울리히가 말했다. "세상에는 사람들이 지혜를 짜내 몰두하는 천 개가 넘는 직업이 있지요. 그러나 만약 사람들이 인간적이고 그중에서도 보편적인 것을 추구한다면, 세 가지의 가능성만 남게 될 겁니다. 그것은 바로 어리석음과 돈, 또는 잘해야 종교적인 추억 정도일 뿐입니다." "맞소, 종교!" 아른하임이 흥분하여 끼어들었다. 아른하임은 울리히에게 종교가 이제 완전히 뿌리까지 숨어들어갔느냐고 물었다. 그가 종교라는 말을 너무 힘주어 말했기 때문에 라인스도르프 백작도 그 소리를 들을 수밖에 없었다.

경애하는 백작은 그사이 디오티마와 화해하려고 하는 것처럼 보였는데, 왜냐하면 그 여자 덕분에 예의바른 집단에 이끌리게 되었고, 아른하임에게 말을 걸게 되었기 때문이다.

울리히는 갑자기 혼자 남았고 입술을 잘근잘근 씹었다.

그는—아마도 시간을 허비하거나 쓸쓸하게 서 있기 싫어서였겠지만—이 모임에 타고 온 마차를 생각해보기 시작했다. 그와 함께 온 라인스도르프 백작은 여러 대의 현대적인 자동차는 물론 마부와 덮개까지 갖춘, 화려한 두 미리 갈색마가 끄는 마차노 하나 소유하고 있었다. 그리고 집사가 그의 명을 받아들여 경애하는 각하는 이 평행운동의 근본적인 취지에 걸맞게 훌륭하고 역사적인 두 마리의 창조물이 끄는 마차를 타고 온 것이다. "하나는 페피이고, 다른 놈은 한스입니다." 오는 길에 라인스도르프가 설명했다. 그들은 말의 엉치에서 춤추듯 흔들리는 갈색 꼬리와 이따금 주둥이의 기품이 떨어지도록 리드미컬하게 고개를 좌우로 흔드는 머리를 바라보았다. 이 동물의 내부에서 무슨 일이 벌어지는지를 이해하기란 어려운 일이었다. 화창한 아침이었고, 그 말들은 앞으로 나가고 있었다. 아마도 이들에게 남아 있는 위대한 열정이란 먹고 달리는 것밖에 없는지 모른다. 그것은 아마도 페피와 한스가 거세된 말이었고 그래서 사랑을 실체가 있는 욕망이라기보다는 그들의 시야에 이따금씩 엷게 구름을 드리우는 숨결과 고통쯤으로 받아들였기 때문일 것이다. 먹이에 대한 욕망은 맛있는 귀리로 채워진 대리석 말구유에 간직돼 있었다. 또한 그것은 싱싱한 건초가 담긴 시렁 속에, 마구간 지기가 종을 울리는 소리에, 그리고 따뜻한 마구간에서 모락모락 피어나는 냄새와 마치 암모니아를 품은 강력한 자아를 바늘에 꿰어놓은 듯한 그 톡 쏘면서도 미끌미끌한 향기 속에 있었다. 여기 말들이 있었다! 질주는 그것과는 다른 무엇이었다. 질주 속에는 아직 가난한 정신이 그 무리와 연결돼 있었다. 그 속에서 무리를 이끄는 수말 또는 모든 말들이 함께 갑자기 움직이기 시작하고 그들은 태양과 바람을 향해 달려간다. 왜냐하면 그 동물이 혼자 사방이 트인 공간에 남게 될 때, 종종 이성을 잃어버린 전율이 그의 두개골 속으로 뛰어들기 때문이다. 그리고 그 전율은 어찌할 바를 몰라 멈춰서서 한 그릇의 귀리 앞에서 다시 잠잠해질 때까지 폭풍이 몰아치듯 이리저리 날뛰다가 이쪽저쪽 할 것 없이 모두 텅 빈, 두려움에 휩싸인 자유 속으로 추락하고 마는 것이다. 페피와 한스는 잘 훈련된 말이었다. 그들은 성큼성큼 걸었고, 발굽으로 태양이 내리쬐는, 집들이 늘어선 거리를 두드리며 걸었다. 그들에게 인간들이란 즐거움도, 두려움도 일으키지 못하는 회색의 무리였을 뿐이었다. 줄지어 선 상점들과 그 안으로 들어가는 알록달록한 여자들의 행렬, 게다가 전혀 식욕을 자극하지 않는 길거리의 들꽃더미와 모자, 넥타이, 책, 다이아몬드 등등은 모두 황무지와 다름없었다. 단지 마구간과 달리는 것만이 두 개의 꿈처럼 떠오르고 이따금씩 페피와 한스는 마치 꿈속에서나 놀이에서처럼 어떤 그림자에 깜짝 놀라 수레의 체를 떠밀다가 한번의 채찍에 다시 정신을 차리고 감사하며 고삐에 몸을 맡겼다.

갑자기 라인스도르프 백작이 쿠션의자에서 일어나 울리히에게 물었다. "슈탈부르크가 말하기를, 박사, 당신은 어떤 사람을 위해 헌신하고 있다면서요?" 울리히는 그 갑작스런 말에 당황하여 무슨 말인지 알아듣지 못했다. 라인스도르프가 다시 말했다. "당신은 아주 좋은 사람이군요. 나는 모든 것을 알고 있어요. 하지만 할 수 있는 일이 별로 없을 거요. 참 끔찍한 놈이지요. 하지만 모든 기독교인들이 지니고 있는, 자비를 소중히 여기는 그 알 수 없는 인간성은 종종 그런 사람을 통해 모습을 드러내기도 합니다. 무엇인가 위대한 일을 하고자 하는 사람이라면, 아무도 도와주지 않는 그 사람을 가장 겸손하게 고려해야 할 겁니다. 아마 그는 한번 더 의사의 진찰을 받게 될 겁니다." 마차가 덜컹거리는데도 긴 대화를 계속하던 라인스도르프 백작은 다시 쿠션 의자에 기대 덧붙였다. "하지만 지금 이 순간 우리는 역사적인 사건에 전력을 다해야 한다는 것을 잊으신 안 됩니나!"

울리히는 아직까지도 거기에 남아서 디오티마와 아른하임과 함께 이야기를 나누는 그 순진하고 늙은 귀족에게 진심으로 마음이 끌린다는 느낌을 받았고, 거의 질투심까지 느꼈다. 그들의 대화가 사뭇 활기차 보였기 때문이었다. 디오티마는 웃고 있었고, 라인스도르프 백작은 침착하게 대화를 이끌어나가는 아른하임의 말을 따라잡느라 놀란 듯 눈을 크게 뜨고 있었다. 이때 울리히의 머릿속에는 표현 하나가 떠올랐다. '사유를 권력의 장으로 끌어들인다.' 울리히는 아른하임을 전혀 존재하는 인간의 표본으로 인정하고 싶지 않았다. 근본적으로 울리히에게는 지성과 사업과 사치와 박식이 혼합된 모습이 견딜 수 없었다. 울리히는 아른하임이 이미 전날 저녁에 다음날 아침의 모임에 처음도 아니고 가장 마지막도 아니게 도착하도록 준비를 해놓았을 거라고 확신했다. 그러나 아른하임은 아마도 집을 떠나기 전에 시계를 보지 않았을 것이고 아침 식탁에 앉아 비서가 가져다준 편지를 보면서 시계를 쳐다보았을 것이다. 그리고 나서 집을 나서기 전까지 자기 손아귀에 들어온 시간을 그가 의도하는 바의 마음속의 행동으로 바꿨다. 그리고 냉정하게 그 행동에 몰두할 때, 그는 그 행동이 정확하게 시간을 채울 것이라고 확신했다. 왜냐하면 올바른 것과 그 시간은 마치 조각품이 공간을 차지하거나 과녁을 쳐다보지도 않은 투창이 그것을 꿰뚫는 것처럼 비밀스런 힘에 의해 연결돼 있기 때문이다. 울리히는 이미 아른하임에 관해 많이 들었고, 그의 책도 읽어보았다. 그 책에는 거울에 자신의 옷을 비춰보는 남자는 두려움없는 행동을 할 수 없다고 씌어 있었다. 왜냐하면 마치 시계가 우리의 행동이 더이상 자연의 흐름을 따르지 않는 것을 보여주는 대용물이 된 것처럼 원래 즐거움을 주기 위해 창조된 거울이—그는 그렇게 적고 있었다—두려움을 드러내는 기구가 되었기 때문이라고 말이다.

울리히는 근처의 무리들을 곧장 쳐다보는 무례함을 피하기 위해 몸을 돌려야만 했다. 그러자 그의 시선은 잡담을 나누는 사람들 사이를 돌아다니며 존경심을 품은 눈빛으로 마실 것을 나르고 있는 작은 하녀에게 머물렀다. 그러나 그 귀여운 라헬은 그를 알아보지 못했다. 그녀는 그를 잊어버렸고 음료수를 담은 접시를 가져오려 하지도 않았다. 그녀는 아른하임에게 다가가 마치 신께 드리듯이 음료수를 바쳤다. 그의 짧고 침착한 손이 레몬에이드 쪽으로 가 무심하게 잔을 집었을 때—그 부자는 그것을 마시지는 않았다—그녀는 그의 손에 키스를 하고 싶었다. 이 최고의 순간이 지나가자 그녀는 혼란에 빠진 작은 로봇처럼 다시 일을 계속했고 재빨리 수많은 다리와 말들로 가득 찬 이 세계역사의 방에서 벗어나 옆방으로 되돌아갔다.

44.
위대한 회의가 계속되다가 끝을 맺음.
울리히는 라헬을, 라헬은 졸리만을 좋아하게 됨.
평행운동이 확고한 조직을 꾸림

울리히는 이런 여자를 좋아했다. 야망이 넘치고, 행동이 바르며, 그 안에 잘 훈련된 수줍음이 마치 작은 과일나무 같아서, 그 달콤한 과실이 어느날엔가는 한 젊은 게으름뱅이의 입으로 떨어지는 그런 여자 말이다. '그녀는 석기시대의 여자처럼 용감하고 거칠어야 해. 밤에는 사냥꾼과 잠자리를 같이하고 낮에는 그의 무기와 가세도구들을 나르며 행진하는 여자처럼 말이야'라고 그는 생각했다. 그러나 그 자신조차 성인기의 아주 오래전 일을 제외하곤 단 한번도 그런 출정길에 나서본 적이 없었다. 회의가 다시 시작되자 그는 한숨을 내쉬며 자리에 앉았다.

　울리히는 기억을 더듬나가 문득, 지금 이 하녀들이 입은 검고 흰 의상이 간호사의 제복 색깔과 같다는 것을 떠올렸다. 그는 처음으로 그것을 깨닫고 깜짝 놀랐다. 이미 여신 디오티마는 말을 꺼내기 시작했다. "평행운동은 하나의 위대한 상징에서 그 절정에 달해야 합니다. 말하자면, 아무리 애국적이라고 하더라도 평행운동은 더이상 어떤 눈에 보이는 확고한 목표를 가질 필요는 없습니다. 오히려 이 목표는 세계의 심장을 움켜쥐어야 합니다. 그것은 실용적이어야 할 뿐 아니라, 시적이어야 합니다. 그것은 하나의 획기적인 사건이 되어야 합니다. 그것은 세계가 쳐다보고 스스로를 부끄러워하게 하는 거울이 되어야 합니다. 부끄러워할 뿐 아니라, 동화 속에서처럼, 자신의 참 모습을 되찾고 더이상 잊어버리지 말아야 합니다. 백작 각하는 이 상징을 '평화의 제왕'이라고 일컫자고 제안했습니다."

　이런 전제는, 지금까지 고려된 제안들에 잘 부합되지 않는다는 것을 부인할 수는 없을 것이다. 이 회의의 1부 순서에서 그녀가 말한 상징은 당연히 무료급식소는 아니었다. 그보다는 이제는 너무 갈기갈기 찢겨진 관심사 때문에 거의 잃어버린 인간들의 연대를 되찾는 게 훨씬 중요했다. 당연히 지금 이 시대와 민중이 그런 아주 위대하고 공통된 사상을 가질 수 있겠느냐는 의문이 생겼다. 지금까지 제안된 모든 것들은 훌륭했지만 이미 본 바와 같이 너무 서로 동떨어져서 그 어느 것도 통합하는 힘을 보여주지는 못했다!

　디오티마가 말하는 동안 울리히는 아른하임을 바라보았다. 그가 아른하임을 싫어하는 것은 세세한 관상 탓은 아니었고, 그 전체가 싫을 뿐이었다. 그의 세세한 인상들, 가령 페니키아인을 떠올리게 하는 대사업가의 강인한 골격, 날카롭지만 뭔가 빠진 듯해서 밋밋해 보이는 얼굴, 영국 재단사 같은 편안한 풍채, 그리고 2층 같은 데서 얼핏 쳐다보았을 때 옷 밖으로 나온 유난히 짧아 보이는 손가락 같은 것들은 아주 못 봐줄 만한 것은 아니었다. 울리히를 화나게 하는 것은, 이 모든 것이 함께한 조화 그 자체였다. 아른하임의 책 역시 이런 확고함을 가지고 있었다. 아른하임이 세상을 자세히 바라보았을 때, 그것은 질서 속에 있었다. 아른하임이 사람들과 함께 고지식한 어리석음을 끝까지 경청하는 것을 보았을 때, 울리히는 갑자기 거리의 아이들처럼 돌이나 흙을 이 완벽함과 부 가운데 자라온 사람들에게 던지고 싶은 충동에 사로잡혔다. 울리히는 마치 전문가들이 '더이상 말이 필요없는, 최고급 와인이야!'라고 말하는 듯한 표정을 지으면서 잔을 다 비워버렸다.

그사이 디오티마는 말을 마쳤다. 휴식시간이 지나고 다시 자리에 앉았을 때, 모든 참석자들은 이제는 결과가 나오리라는 확신에 찬 기대를 가지는 것 같았다. 아무도 그것에 관해 생각해보지는 않았지만, 모두들 뭔가 중요한 것을 기대하는 태도였다. 결국 디오티마가 결론을 지었다. "만약 지금 이 시대와 민중이 과연 그렇듯 위대한 공통의 사상을 가질 만한 능력이 되느냐는 질문이 제기된다면, 당연히 하나의 대답이 덧붙여져야 하는데, 그것은 바로 구원의 능력입니다! 왜냐하면 문제는 구원이며, 구원의 솟구침이기 때문입니다. 간단히 말해서, 그 솟구침을 정확히 알 수는 없지만, 그것은 선제에서 나오는가 아니면 아예 나오지 말아야 할 것입니다. 그래서 저는 백작 각하와 상의 끝에, 오늘의 회합을 다음과 같은 제안으로 마무리하기로 했습니다. 백작 각하가 옳게 지적하듯이, 정부 각부서는 이미 세상을 자기부서의 주요관심사로 나누어 보고 있습니다. 말하자면 종교와 교육, 상업, 산업, 법률 이런 식으로 말이죠. 만약 침석지들이 각 정부부서의 대표자들, 그리고 믿을 만한 기관들과 그 방면의 민중 조직들의 대표들로 구성된 위원회를 허락해주신다면, 그 위원회는 합당한 질서 속에서 세계의 도덕적 힘을 부여받은 조직이 될 것이며 그 힘을 스며들게 하고 또한 걸러내기도 하는 기구로 봉사하게 될 것입니다. 마지막 결정은 중앙위원회에서 내려질 것이고, 이 기구는 여러 특별위원회와 그 산하의 위원회, 다시 말하면 선전위원회, 투자위원회 같은 위원회로 구성되는데, 저는 개인적으로 이 운동을 위한 기본사상발전위원회에 속하면서 다른 위원회와도 밀접한 협력을 하고 싶습니다."

다시 한번 모두에게 침묵이 찾아왔으나, 이번에는 다소 안도가 섞여 있었다. 라인스도르프 백작은 몇번이나 고개를 끄덕였다. 이 추상적인 행동에서 어떻게 오스트리아적인 것이 근본적으로 이루어질 수 있는지 적절하게 설명해달라고 누군가 질문을 던졌다.

이전까지 모든 발언자들이 앉아서 말을 한 반면, 슈툼 폰 보르트베어 장군은 일어서서 이 질문에 대답했다. 자문회의에서 군인들은 대부분 보잘것없는 역할을 맡는다는 것을 그도 안다고 말했다. 그럼에도 말을 꺼내는 것은, 이제까지 나온 대부분의 훌륭한 제안들에 비판을 가하려는 것이 아니라 다만 모두가 허락한다면, 마지막으로 하나의 의견을 덧붙이고 싶다는 것이었다. "지금 계획된 운동은 외부세계에 영향을 줍니다. 그리고 외부에 영향을 주는 것은 다름 아닌 민중의 힘일 것입니다. 백작 각하가 말한 것처럼 유럽 국가가족들간의 상황에서 볼 때, 그런 운동은 확실히 쓸데없는 짓은 아닐 것입니다. 트라이치케(19세기 독일의 철학·역사학자―옮긴이)가 말하듯, 국가의 사상이라는 것은 결국 힘의 사상입니다. 국가는 민족들간의 투쟁에 의해 쟁취된 힘인 것이죠." 장군은 우리 포병과 해군의 상황을 언급하면서 잘 알려진 쓰라린 부분만 집어내서 말했다. 결국 의회의 무관심으로 이 군대들이 아주 안 좋은 상황에 있다는 것이었다. 그래서 그는, 만약 다른 목적이 없다면, 그리고 아직 아무 결정도 내려지지 않은 상황이지만, 우리 군대의 문제와 장비를 걱정하는 사람들이 폭넓은 관심을 가짐으로써 미래에 아주 뜻깊은 영향을 끼칠 것이라고 생각했다. 평화를 바란다면 전쟁에 대비하라!$^{Si\ vis\ pacem\ para\ bellum!}$ 평화로울 때 비축한 힘은 전쟁을 물리치고, 전쟁이 벌어진다 해도 그 기간을 단축해 준다. 그는 그런 조치가 취해진다면 다른 나라에 유화적인 영향을 끼칠 것이며 평화적 의도를 가진 인상깊은 운동으로 해석될 것이라고 확신했다.

순간 방 안에는 이상한 기운이 돌았다. 장군의 연설이 시작될 때만 해도 대부분의 사람들은 이 회합의 진정한 목적에 어울리지 않는 말이라는 느낌을 받았다. 그러나 장군의 목소리가 점점 퍼져나가자 마치 잘 훈련된 대대의 든든한 행군소리를 듣는 것 같았다. 평행운동의 근원적인 의미인 '프로이센 앞지르기'가 부끄럽게 고개를 쳐들었다. 이미 저 멀리서는 '터키에 대항하여 전진하라'든가 '황제폐하께 신의 가호를' 같은, 오이게니우스 왕자의 행군에 맞춘 연대 밴드의 연주가 울려퍼지고 있었음에도 말이다. 물론 만약 지금 백작 각하가 일어서서―설마 전혀 그러고 싶지는 않겠지만―프로이센의 형제 아른하임을 대대 연주단의 최고 위치에 세우자고 제안한다면, 사람들은 스스로 괜한 우쭐함에 젖은 채 프로이센의 찬미가를 들으며 아무런 거부도 못하는 자신을 발견하게 될지도 모른다.

열쇠구멍 옆에 있던 라헬이 "이제 전쟁에 관해 이야기기한다"고 알렸다.

라헬이 중간 휴식이 끝날 무렵 홀로 되돌아올 수 있었던 것은 어느 정도는 아른하임이 졸리만을 데리고 다니는 덕분이라고 볼 수 있었다. 날씨가 워낙 나빠지고 있어서 그 작은 흑인이 주인의 외투를 들고 따라다닌 것이다. 라헬이 문을 열어주었을 때 졸리만은 약간 거만한 표정을 짓고 있었는데, 자기한테 달려드는 여자들에게 익숙하면서도 어떻게 그런 상황을 이용해먹어야 할지 모르는 버릇없는 젊은 베를린 사람이었기 때문이다. 그러나 라헬은 이 남자에게 아프리카 말로 이야기했어야 한다고 짐작했고, 독일어는 단 한번도 써볼 엄두를 내지 못했다. 그녀의 말을 무조건 이해시켜야 했기 때문에 라헬은 열여섯살짜리 청년의 어깨에 팔을 두르고 부엌 쪽을 가리키고는 그곳으로 데려가 의자를 내어주고 손 닿는 데 있는 쿠키와 음료를 대접했다. 이런 일이 라헬에게는 처음이었기 때문에, 식탁에서 일어서자마자 그녀의 심장은 마치 절구에 설탕을 찧을 때처럼 쿵쾅거렸다.

"이름이 뭐니?"라고 졸리만이 물었다. 그것도 독일어로 말이다!

"라헬이야"라고 대답하고 그녀는 도망쳐나왔다.

졸리만은 부엌에서 쿠키와 와인, 빵을 대접받았고 담배도 한대 폈으며 요리사와 수다를 떨 참이었다. 손님을 맞다가 돌아온 라헬은 이것을 보고 마음의 상처를 받았다. 라헬은 "저들은 지금 또 한번 중요한 일을 이야기할 거라고!"라고 말했다. 하지만 졸리만은 아무 반응이 없었고 그 늙은 요리사 또한 웃을 뿐이었다. "전쟁이 일어날 수도 있대!" 라헬은 흥분해서 덧붙였고 열쇠구멍에서 보내온 그녀의 소식이 최고조에 이르렀을 때는 전쟁이 거의 일어나기 직전이라고 말했다.

졸리만은 귀를 쫑긋 세웠다. "거기에 오스트리아 장군이 있니?"라고 그는 물었다.

"직접 보지 그래." 라헬이 말했다. "최소한 한 명은 있어." 그들은 함께 열쇠구멍으로 갔다.

그들의 눈길은 하얀 종이 위로 갔다가 어떤 사람의 코로, 그리고 커다란 그림자로 옮겨갔다가는 다시 반짝이는 귀걸이에 머물렀다. 삶은 빛나는 작은 조각들로 부서졌다. 녹색 베이지 천은 잔디처럼 펼쳐져 있었고, 납으로 만든 것처럼 하얀 손은 대상을 잃은 채 아무데나 걸쳐 있었다. 비스듬한 방향을 자세히 살펴보면 장군의 검에 장식된 황금색 술이 한쪽 구석에서 빛나는 것을 볼 수 있었다. 오만한 졸리만까지도 흥미있어하는 눈치였다. 문에 난 틈으로 보고 상상력을 발휘하니 삶은 동화처럼 무시무시하게 부풀어올랐다. 그 구부정한 자세 때문에 피는 귀 쪽으로 몰렸고, 문 뒤에서 울리는 소리는 한때는 굴러 떨어지는 바위처럼 우르릉거렸다가는 다시금 기름칠한 판자 위를 미끄러지는 듯한 소리를 내었다. 라헬은 조용히 일어섰다. 바닥이 발밑에서 올라오는 것처럼 보였고 그녀는 마치 마술사나 사진사가 사용하는 검은 천을 머리에 두른 듯 사건의 영상에 사로잡혀 있었다. 그러자 졸리만도 일어섰고, 머리에 몰려 있던 피가 팔딱거리며 몸으로 퍼져나갔다. 그 작은 흑인이 웃었고 그의 푸른 입술 뒤에서는 진홍색 잇몸이 희미하게 빛났다.

이 순간 홀 안에서는 라인스도르프 백작이 아직은 장군의 세안을 실행해서 이득을 얻기에는 이르고 지금은 먼저 조직적인 기반을 다질 때라면서 장군의 아주 중요한 제안에 깊이 감사하자 옷걸이에 걸려 있던 명사들의 외투가 멀어져가는 트럼펫 소리처럼 하나둘씩 천천히 사라지기 시작했다. 이 마지막 순간에 필요한 것은 장관들의 견해에 따라 계획을 세상에 적용하는 게 아니고, 참석자 전원이 민중의 바람을 제출하는 데 동의한다는 내용을 담은 결의를 마련하는 것이었다. 이렇게 되면 황제폐하에게는 그가 원하기만 한다면, 민중들의 물질적인 완성을 위한 수단을 마음껏 처분해도 된다는 아주 공손한 청원이 올려질 것이다. 여기에는 민중이 통치자의 자애로운 의지를 수행하는 대행자가 아니라, 그들이 직접 가장 가치있는 목표를 설정하는 위치에 선다는 이점이 있었다. 그 결정은 백작 각하의 각별한 요청에 의해서 통과되었다. 비록 형식적인 문제에 불과했지만, 민중이 제도적인 권위의 동의를 얻어—그 권위를 그닥 존경하지 않더라도—행동에 나서는 것이 백작에게는 대단히 중요한 문제였다.

다른 참석자들은 이런 상황들을 제대로 이해하지 못했고, 바로 그렇기 때문에 함부로 거부할 수 없었다. 또한 회의란 어떤 결의안을 통과시켜야 끝나는 것이 당연하게 여겨지기도 했다. 왜냐하면 누군가 마지막에 칼을 들고 소동을 피우든지, 아니면 뮤지컬의 대단원에 열 손가락을 한꺼번에 건반 위에 두드리면서 마무리하든지, 남성 댄서가 여성 파트너에게 몸을 숙여 인사를 하든지, 누군가 결의안을 통과시키든지, 만약 사건들이 그냥 슬그머니 일어난다면, 또한 그들이 참여했다는 것을 확신할 아무런 마지막 요식행위가 없다면, 그것은 무시무시한 일이 될 것이기 때문이다. 바로 이런 이유로 그들은 결의안을 통과시킨 것이다.

45.
두 산봉우리의 조용한 만남

회의가 끝났을 때, 아른하임 박사는 디오티마에게서 받은 암시에 따라 조용히 마지막까지 남을 계획을 짜고 있었다. 투치 국장은 회의가 끝나기 전까지 돌아오지 않으려고 한참을 미적거리고 있을 것이다.

손님들이 돌아가고 남은 물건들이 정리되는 중에 이방저방을 돌아다니던 디오티마에게 방금 전의 위대한 사건이 남겨놓은 작지만 혼란스런 명령과 숙고들이 여기저기서 끼어들었고, 아른하임은 이런 디오티마를 눈으로 쫓으며 미소짓고 있었다. 디오티마에게는 그 방이 흔들렸던 것처럼 보였다. 그 사건 때문에 제자리를 떠나야 했던 모든 사물들이 하나 둘씩 돌아왔고, 그것은 마치 거대한 물결이 쓸려 내려가며 백사장의 수많은 작은 구멍들을 다시 없애버린 것 같았다. 그리고 아른하임이 그녀와 주위의 움직임이 다시 정리되기를 우아한 침묵으로 기다리는 동안, 디오티마에게는 그렇게 많은 사람들이 다녀갔지만 오직 투치 국장만이 이 텅 빈 집의 쥐죽은 듯한 삶을 그녀와 함께해왔다는 생각이 머릿속을 스쳐지나갔다. 갑자기 그녀의 순결한 마음은 기묘한 생각 때문에 혼란스러워졌다. 남편이 없는 텅 빈 방이 마치 아른하임이 입은 바지처럼 보였던 것이다. 그 순간은 순결한 사람이 어둠의 구멍에서 아직 덜 피어난 불꽃의 방문을 받은 것 같았고, 영혼과 육체가 안전히 하나가 된 황홀한 사랑의 꿈이 디오티마 안에서 빛을 발하는 듯했다.

아른하임은 그것을 전혀 눈치채지 못했다. 그의 바지는 반짝거리는 마루 위에 완벽한 직각을 그리고 있었고 그의 코트와 넥타이 그리고 조용히 미소짓는 우아한 얼굴은 아무런 말도 하지 않았다. 모든 것이 완벽했던 것이다. 그는 원래 자신이 노작해서 빌어진 에기치 못한 일로 디오티마를 탓하고 다시는 이런 일이 일어나지 않도록 해두자는 계획을 가지고 있었다. 그러나 이 순간, 미국의 부호들과 거리낌없이 왕래하고 황제와 왕들의 영접을 받으며 어떤 여자에게도 그 여자의 몸무게만큼의 백금을 선물할 수 있는 이 큰 부자는 디오티마—실제 이름은 에르멜린다고 헤르미네 투치로 불리며 고위 관료의 부인임이 확실한—에게 사로잡혀 그녀를 탓하는 대신 바라보기만 했다.

    이런 것을 설명하기 위해서는 다시 '영혼'이라는 단어를 끌어와야만 한다. 이미 이 단어는 자주 언급됐지만 확실한 맥락 속에서 등장한 것은 아니었다. 가령 이 단어는 우리 시대에는 사라졌다거나 문명과는 양립할 수 없다는 식으로, 육체적 욕망이나 부부관계와는 충돌되는 것으로, 증오 못지않게 살인자의 감정을 일깨우는 것으로, 평행운동을 통해 자유로워질 것으로, 종교적 숙고의 주제 내지는 라인스도르프 백작의 생각처럼 어두운 신 속의 숙고 $^{comtemplatio\ in\ caligine\ divina}$로, 많은 사람들에게는 은유에 대한 사랑 등으로 등장했다. 영혼을 특징짓는 가장 각별한 점은 젊은이들은 '영혼'이란 말을 할 때마다 웃음을 터뜨린다는 점이다. 디오티마나 아른하임조차 이 단어를 어떤 연관 없이 사용하기를 부끄러워했는데, 왜냐하면 위대한, 고귀한, 야비한, 대담한, 또는 천한 영혼이라는 말을 할 수는 있겠지만 막상 내 영혼이 그렇다는 말은 하기 어렵기 때문이었다. 그것은 좀더 나이든 사람들이 잘 사용하는 용어였고, 사람이 살아가면서 어떤 대상을 더 잘 알게 되어 그것에 이름을 붙여야만 하는데 마땅한 이름이 없을 경우 원래 그토록 부끄러워하던 그 영혼이라는 단어를 쓰게 될 때야 비로소 이해될 수 있는 것이었다.

그렇다면 영혼이란 어떻게 설명돼야 하는가? 사람이 머물러 있을 것인가 움직일 것인가 하는 문제에서 중요한 것은 무엇이 앞에 있는지, 무엇을 보는지, 듣는지, 원하는지, 택하는지, 해결하는지 하는 것들이 아니다. 그것은 지평선으로, 반원으로 제시된다. 그러나 이 반원의 양끝에는 실이 연결돼 있고 이 실의 평면은 세계의 중앙을 꿰뚫고 있다. 얼굴과 손들은 이 지평선에서부터 앞을 바라보고 감정과 열정은 이 지평선을 앞서 달리며, 아무도 인간이 그곳에서 하는 일이 항상 이성적이고 적어도 열정적이라는 점을 의심하지 않는다. 다시 말하자면 외부의 환경은 우리로 하여금 누구에게나 이해될 만한 방식으로 행동하도록 요구한다는 것이다. 또는 만약 우리가 열정에 휩싸여 이해되지 못할 짓을 했다면, 그것 역시 그 나름대로 이해되게 마련이다. 그러나 그 모든 것이 완벽하고 철두철미해 보여도, 어두운 감정이 함께 따라다니는 법이고, 결국 그것은 반쪽에 불과한 것으로 남는다. 거기에는 균형 같은 것이 없어서, 사람이 마치 로프에 매달린 것처럼 기울어지지 않기 위해 앞으로 내달리고 만다. 그리고 그가 급하게 삶을 살아가고 이미 살아온 것을 뒤에 남겨두기 때문에, 아직 살아가야 할 삶과 이미 살아온 삶은 하나의 벽을 만들고 그의 길은 결국 나무 위의 곤충이 만들어놓은 길처럼 되고 만다. 곤충은 제아무리 활기차게 앞뒤로 비집고 나아가거나 물러선다 하더라도 결국은 텅 빈 공간을 뒤에 남기기 때문이다. 그리고 이 맹목적이고 놀랄 만한 충만함 뒤에, 그리고 모든 완벽함 뒤에 있는 이 어둡고 차단된 공간에 놓여 있는 끔찍한 감정이, 즉 모든 것이 전체를 이루고 있을 때조차 항상 결여된 채 존재하는 이 반쪽이 결국 사람들이 '영혼'이라 부르는 것의 실체였다.

사람들은 그들의 기질에 따라, 다양한 내리품의 형식으로 그 영혼을 언제나 생각하고 예감하며 느낀다. 젊은 시절 그것은 인간의 행동이 과연 올바른 것인지, 하는 불확신을 담은 특징적인 감정으로 드러난다. 나이가 들면 사람들은 원래 하고자 했던 일을 거의 하지 못한 것에 경악을 금치 못한다. 그러는 와중에 그들은 하는 일 하나하나가 옳지는 않더라도 자신이 꽤 괜찮은 사람이며 능력있는 사람이라고 위안을 삼는다. 세계 또한 그 가야 할 바대로 움직이지는 않기 때문에 사람이 잘못한 것쯤이야 타당한 것이라고 자위하기도 한다. 결국 많은 사람들은 그 뒤에 숨은 모든 것과 빠진 조각을 지갑 속에 넣어둔 신 때문에 이렇게 된 것이라고 생각한다. 단 하나 사랑만이 여기에서 특별한 자리를 차지한다. 이 예외적인 경우에 그 나머지 반은 다시 소생한다. 사랑에 빠진 사람들은 마치 언제나 무엇인가 결여된 곳에 서 있는 것처럼 보인다. 영혼은 그야말로 등을 맞댄 채 하나가 되고 그 과정에서 불필요한 것이 되고 만다. 바로 이것 때문에 젊은 시절의 그 위대한 사랑이 지나간 후 많은 사람들이 영혼의 결여를 더이상 체험하지 않으며 이 바보 같은 짓거리 대신 유용한 사회적 기능이 들어서는 것이다.

디오티마도 아른하임도 아직 사랑을 해보지 못했다. 이미 말한 대로 디오티마는 넓은 의미에서 순결한 영혼을 지닌 사람이며 그 위대한 부호도 마찬가지였다. 그는 언제나 자기자신 때문이 아니라 돈 때문에 여자들이 자신을 좋아할 거라는 두려움을 가지고 있었다. 그래서 그는 자신의 감정을 내놓는 여자가 아니라 돈을 내놓는 여자와만 교류해왔던 것이다. 그는 잘못 이용당할 것이 두려워 한번도 친구를 사귄 적이 없었고, 사업상 교류 역시 정신적인 면이 있음에도 불구하고 오직 돈을 생각하는 친구만을 가까이 했다. 비록 인생의 쓴맛단맛을 다 경험한 그였지만, 그의 운명을 쥔 디오티마를 만났을 때 그는 불모지였고 혼자 남겨질 위험에 처해 있었다. 그들 속의 이 비밀에 휩싸인 힘들은 서로를 밀고당겼다. 그 힘은 오로지 무역풍의 흐름과 멕시코만의 난류, 그리고 지각의 흔들림에 따른 화산폭발에 비교될 수 있었다. 그 힘들은 인간의 힘을 훨씬 뛰어넘는 것으로, 마치 하늘의 별과 비슷한 것이었다. 그들은 시간과 날짜의 경계를 넘어 이리저리 움직여 다니는 어마어마한 물결이었다. 그런 순간에 무엇이 말해졌는지는 중요하지 않았다. 직각으로 뻗은 그의 바지주름 때문에 아른하임의 몸은 마치 산꼭대기에서 신들의 고독 속에 서 있는 것처럼 보였다. 그와 만나는 골짜기를 가운데 두고 그 반대편 정상에는 어깨 위에 작은 돌출부를 넣고 가슴에서 점점 넓어지는 예술적인 주름과 그 주름이 무릎 아래에서 좁아져 장딴지에 이르는 최신 유행의 옷을 입은, 고독으로 빛나는 디오티마가 서 있었다. 문가 커튼에 매달린 유리구슬은 연못처럼 반짝였고 벽에 걸린 창과 화살은 그들의 장식깃을 곤두세운 채 끔찍한 욕망으로 떨고 있었으며 책상 위의 노란색 책들은 레몬 숲처럼 조용했다. 우리는 경건하게 처음 말하고자 한 주제로 돌아갈 것이다.

46.
이상과 도덕은 영혼이라 불리는
거대한 구멍을 채우기 위한 가장 좋은 수단이다

아른하임은 그 주술을 떨쳐낸 첫번째 인물이었다. 어리석고 공허하며 둔감한 음침함에 빠지지 않거나 확고한 사상이나 생각을, 단지 그것을 왜곡시킬 뿐인 신앙심으로 돌리지 않으면서 그런 주술적 상태에 오래 머무는 것은 그가 생각하기엔 불가능해 보였다.

영혼을 파괴하는 이런 방법이 작은 통조림처럼 널리 애용되면서 보관돼온 것도 사실이다. 그것은 이성, 사유, 실용적인 행위와 결부돼왔다. 모든 종교·도덕·철학이 성공적으로 그래왔듯이 말이다. 이미 이야기한바, 신이라면 영혼이 무엇인지는 알고 있을 것이다! 영혼에 복종하려는 불타는 욕망만이 무궁무진한 활동과 진정한 무정부상태를 허용한다는 데에는 의심의 여지가 있을 수 없다. 화학적으로 순수한 영혼이 실제 범행을 저질렀다는 사례도 있다. 그에 비해 한 영혼이 도덕을 소유하거나 종교, 철학, 심오한 부르주아적 교양이나 의무와 미의 영역에 관한 사상을 소유하자마자 그 영혼에는 규정, 전제조건, 행위수칙 들의 체계가 주어지고 이런 것들이 가치있는 것인지 미처 생각하기도 전에 영혼은 그 규정들을 감당해야 한다. 그리고 열정은 마치 용광로에서처럼 아름다운 사각형의 모래 위로 떨어져내린다. 그러면 근본적으로 남는 것이라곤 행위가 어떤 명령에 따랐느냐를 따지는 논리적인 해석뿐이다. 그리고 영혼은 전투가 끝난 들판의 고요한 풍광을 간직하는데, 그곳에서는 시체가 누워 있고 몇몇 조각의 삶이 아직 신음하거나 움직이는 모습을 볼 수 있다. 이것이 바로 우리가 이 통로를 그렇게 빨리 건너가야 하는 이유이다. 젊은 시절에 흔히 그러했듯이 우리에게 믿음의 회의가 찾아오면 우리는 곧장 무신론자들을 따라다니며, 사랑의 혼란이 찾아오면 재빨리 사랑을 버리고 결혼해버린다. 그리고 어떤 영감에 압도될 때는 타오르는 불길 속에서 계속 살아간다는 게 어차피 불가능한 만큼 그곳을 떠나게 되고, 떠난 후에는 결국 그 불길을 갈망하며 사는 삶이 시작된다. 그러니까 우리는 어떤 의미와 자극이 필요한 매순간의 삶을 이상적인 상황에 두는 대신에 그 이상적인 상황을 만들기 위한 일들, 다시 말해 목표를 달성하는 수단들, 방해물들, 소란들로 채우기 마련이다. 그런 것들이란 정말 추구할 가치라곤 없는 것들인데도 말이다. 그러므로 오직 바보들이나 광신자, 정신이상자들만이 그 불길 속을 견뎌낼 수 있다. 건강한 사람은 단지 이러한 신비로운 삶의 불길조차 없다면 삶이란 가치가 없다고 설명하는 데 만족해야만 한다.

아른하임이란 존재는 활동력으로 가득 차 있었다. 그는 현실적인 남자였으며 호의 넘치는 미소와 적지 않은 호감을 가지고 그 옛적 오스트리아의 사회활동들, 가령 회의 때 말해지곤 했던바, 프란츠 요제프 황제의 무료급식소나 의무감과 군대행진 사이의 연관성 같은 것들을 경청했다. 그는 그런 말에서 즐거움을 얻는 데는 울리히만큼이나 취미가 없는 사람이었다. 왜냐하면 그는 위대한 사상을 좇는 일이 잘 차려입은 평범하고 어리석은 사람들에게서 감동적인 이상주의의 핵심을 찾아내는 일에 비해 훨씬 덜 용기가 필요하고 덜 탁월한 일임을 알고 있었기 때문이다.

하지만 그 가운데서 고대적인 미인이자 빈 출신이라는 미덕까지 갖춘 디오티마가 '세계의 오스트리아'라는 말을 내뱉을 때, 뜨겁고 거의 이해하기 힘든 그 말에는 마치 불꽃처럼 그의 마음을 사로잡는 무엇이 있었다.

사람들은 그에 대해 수군거렸다. 그의 베를린 자택에는 바로크와 고딕 양식의 조각으로 가득 찬 방이 있다는 것이었다. 요즘 가톨릭 교회—아른하임이 무척 좋아하는—는 성인들과 선행에 앞장선 기수들을 대부분 행복에 빠진, 심지어 황홀경에 빠진 모습으로 그려낸다. 그러나 그 방의 조각에서 성인들은 별의별 자세로 죽어 있으며 그 육신에서 영혼이 뛰쳐나와 있는 모습은 마치 물을 억지로 짜낸 빨래 같았다. 그들의 팔은 기병도^{騎兵刀}처럼 엇갈리고 목은 뒤틀렸는데 마치 원래의 장소를 잃고 낯선 곳에 떨어진 듯한, 긴장증 환자들이 수용된 정신병원에 온 듯한 인상을 던져주었다. 그 예술품들은 아주 진귀한 것이어서 여러 예술학자들이 아른하임을 찾아와 지적인 대화를 나누기도 했다. 때로 아른하임은 혼자 조용히 그 방에 앉아 있곤 했는데, 그럴 때면 완전히 다른 기분을, 그러니까 마치 반쯤 미친 세계를 볼 때와 같은 공포에 휩싸인 경악이 그 안에 찾아오는 느낌을 받았다. 그는 도덕 깊숙한 곳에서 말로 표현하기 어려운 불꽃이 타오르는 느낌을 받았는데 그 순간엔 그처럼 이성적인 사람들도 그저 꺼져가는 재를 응시하는 수밖에 별 도리가 없었다. 모든 종교와 신화가 계명은 원래 신에게서 온 선물이라는 이야기로 표현하곤 하는 이 어두운 현시, 그리고 영혼의 원시상태에서 비롯된 예감은—기묘하긴 하지만 신들에게는 사랑스러웠을—다른 때 같으면 확장된 사유로 흡족함을 주었겠지만 이번에는 이상한 불편함의 경계를 만들어냈다. 또한 아른하임은 정원사를 두고 있었는데, 그는 단순하면서도 깊은 생각을 지닌 사람이었다. 그래서 학자보다는 그런 사람에게서 배우는 게 더 많기 때문에 아른하임은 그와 꽃의 생태에 관해 이야기를 나누기도 했다. 어느 날 정원사가 그의 조각상을 훔쳐간 사실을 알기 전까지는 말이다. 그 자는 아마도 궁핍함에 지쳐 수입이라도 보존해보려고 손에 닿는 대로 물건을 훔쳐냈을 것이다. 도둑질이 밤낮 그를 사로잡은 단 하나의 생각이었다. 작은 조각상이 사라진 어느날 달려온 경찰에 의해 모든 것이 밝혀졌다. 그 사실을 듣고 아른하임은 그자를 불러다 밤새도록 그의 욕망을 파멸로 이끈 잘못된 행위를 비난했다. 그자는 스스로에게 매우 화가 났다고 말하면서 그 컴컴한 접견실에서 때때로 거의 울 뻔하기도 했다. 아른하임은 어떤 알 수 없는 이유로 이 사람을 시샘했고 다음날 아침 경찰에게 남자를 넘겼다.

　이 이야기는 아른하임의 친구에게서 나온 것이다. 최근 디오티마와 단둘이 있을 때, 아른하임은 마치 그 일을 겪었을 때처럼 소리없는 세계의 불꽃이 사면의 벽을 타고 오르는 느낌을 받곤 했다.

47.
모든 쪼개진 것들은
아른하임이라는 한 인간 속에 들어 있다

　그 다음주에 디오티마의 살롱은 대단히 고무적인 일을 맞게 되었다. 사람들은 평행운동의 새로운 소식들을 듣기 위해, 그리고 새로운 회원을 보기 위해 모여들었다. 디오티마의 소개에 의하면 그 새로운 남자는 독일 갑부이고 부유한 유대인인 데다 시를 쓰는 기인이기도 하며 석탄 가격을 매기는 사람이고 독일 황제와 개인적인 친분이 있는 사람이라고 했다. 때문에 라인스도르프 백작 부근의 신사숙녀들과 외교가의 사람들뿐 아니라 경제계나 문화계를 이끄는 중산층들도 높은 관심을 가지고 모여들었다. 또한 에베족 언어의 전문가들과 서로의 음악을 한 번도 들어본 적이 없는 작곡가들이 떡장수와 엿장수가 장터에서 마주치듯이 우연히 마주쳤고 '코스'라고 하면 보통 경주 코스나 주식 코스 또는 세미나 코스를 떠올리는 사람들도 여기저기 눈에 띄었다.

그리고 마침내 그 유례없는 남자가 나타났다. 그는 모든 사람과 그 사람의 언어로 대화를 나눌 수 있었다. 그는 바로 아른하임이었다.

사람들과 첫번째 만남에서 겪은 황당함 때문에 아른하임은 공식적인 자리를 멀리하고 있었다. 그는 또한 자주 그 도시를 비웠기 때문에 항상 모임에 참석하는 것도 아니었다. 수석비서관 자리에 대해서는 물론 아무 말도 하지 않았다. 그는 이 생각이 상대편에 받아들여질 수 없을 거라고 디오티마에게 설명했고 그녀는 아른하임의 판단에 동의하면서도 울리히를 볼 때마다 찬탈자로 생각할 수밖에 없었다. 그는 동분서주했다. 3~5일이 번개처럼 흘러가는 동안 그는 파리, 로마, 베를린을 다녀왔다. 디오티마에게 벌어지는 일이란 그의 전체 삶에 견주어보면 작은 부분에 불과했다. 하지만 그는 그 일에 호감을 가졌고 온힘을 다해 참여했다.

아른하임이 대기업가와 산업에 대해 이야기를 나누거나 은행가와 경제에 관해 토론하는 것은 당연해 보였다. 그러나 그는 분자물리학, 신비론, 비둘기 사냥에 관해서도 거침없이 떠들어댈 수 있었다. 그는 굉장한 달변가였다. 마치 책 속에 씌어진 것들을 모두 읽지 않고서는 책을 덮지 않는 사람처럼 그는 말을 한번 시작했다 하면 멈추는 법이 없었다. 그는 고요하면서도 품위있고 유창한 화법을 구사했는데 그 화법은 어두운 숲속을 흐르는 샘물처럼 거의 슬픔을 자아내는 것이었고 모든 말에 어떤 절박함을 심어주었다. 확실히 그의 기억력과 독서량에는 굉장한 데가 있었다. 그는 전문가들에게 각자의 해당영역에 속하는 용어의 미묘한 차이까지 말해줄 수 있었고, 영국·프랑스·일본 귀족사회의 모든 중요한 인물들을 알고 있었으며 유럽뿐 아니라 미국이나 호주의 경마와 골프 코스까지 꿰뚫고 있었다. 그래서 심지어는 영양 사냥꾼, 경주 챔피언, 황제극장의 권투선수들까지 이 엄청난 부자 유대인(그들 나름대로는 조금 다르게 호칭하겠지만)을 보기 위해 몰려와서는 존경스런 마음에 고개를 끄덕이기도 했다.

언젠가 백작은 울리히를 따로 불러 이렇게 말한 적이 있었다. "당신도 알다시피 우리 귀족 가문은 지난 100년간 가정교사를 두었소. 예전에는 그 가정교사들 중 많은 사람들이 백과사전에 오르기도 했고, 이들은 또한 음악과 미술 선생을 데리고 와서 고대예술이라고 불리는 것을 창작해내는 감수성을 보여주기도 했었죠. 하지만 새로운 일반학교들이 등장했고, 미안한 말이지만 내 주위에 학위를 취득한 자들이란 가정교사들보다 질이 떨어집니다. 물론 우리 젊은이들이 꿩이나 멧돼지 사냥을 나가고, 말을 타며, 예쁜 여자들의 집을 기웃거리는 것은 당연합니다. 젊은 사람들에게 그런 일들을 못하게 할 수는 없는 것이지요. 그러나 예전의 가정교사들은 젊은이들에게 꿩사냥에 몰두하는 것만큼 정신과 예술에도 몰두해야 한다면서 그들의 힘을 나누어 쓰도록 해주었죠." 그런 일들은 으레 문득문득 떠오르게 마련이어서, 이것도 백작의 머릿속을 스쳐간 생각 중의 하나였다. 갑자기 백작은 울리히에게 돌아서더니 결론을 내렸다. "보시오, 이것이 그 운명적인 1848년의 일(보수적인 빈체제에 맞서 전유럽에서 일어난 1848년 혁명을 가리킴—옮긴이)이고, 그 일이 시민계급과 귀족을 별 이득없이 갈라놓았던 것이오." 그는 근심스러운 눈으로 돌아가는 세상을 바라보았다. 그는 의회의 반대편 연설가가 시민계급의 예술을 뽐낼 때마다 부아가 치밀었다. 그에게 진실한 시민예술이란 귀족에게서 발견돼야 하는 것처럼 보였다. 그러나 가련한 귀족은 시민예술에 아무것도 기여한 게 없었다. 시민예술은 귀족을 가격할 수 있는 보이지 않는 무기였다. 그리고 이 과정에서 귀족이 점점 힘을 잃어왔기 때문에 결국은 이렇게 디오티마를 찾아와 돌아가는 형편을 살피고 있었던 것이다. 그래서 라인스도르프 백작은 이런 혼란을 목격할 때 자주 우려를 금치 못했다. 그는 이 고문단에 봉사할 기회를 내려준 정부가 사람들의 진정한 주목을 받기를 바랐다. "백작 각하, 옛 귀족들에게 가정교사가 있었듯이 요즘 시민계급에는 지식인들이 있습니다." 울리히가 그를 위로해보려고 말을 꺼냈다. "지식인들이란 시민에게는 낯선 사람들이지요. 보세요, 이 많은 사람들이 아른하임 박사를 보고 놀라지 않습니까."

그러나 라인스도르프 백작은 꼼짝도 하지 않고 아른하임만을 쳐다보고 있었다. "그것을 더이상 정신이라고 할 수는 없습니다." 울리히는 이 놀라운 사람에 대해 말했다. "그것은 우리가 발을 딛고 볼 수 있고 정확하게 느낄 수 있는 무지개와 같은 현상입니다. 그는 사랑과 경제, 화학과 카약경기에 관해 말하고 학자인 데다가 토지소유자이기도 하며 주식거래인이기도 하죠. 한마디로 그는 우리 모두에게 조각조각 나뉘어 존재하는 것을 전부 가지고 있는 사람이며 그 점이 우리를 감탄하게 하는 것입니다. 당신도 고개를 끄덕이시는군요. 하지만 나는 아무도 그 안을 들여다볼 수 없는 이른바 요즘 시대의 진보라는 구름이 그를 우리 가운데의 평범한 관람석으로 끌어내릴 것을 확신합니다."

"나는 당신의 의견에 찬성하지 않아요." 백작이 해명했다. "나는 아른하임 박사에 대해 생각하고 있었소. 무엇보다, 그가 흥미로운 사람이라는 것은 누구나 인정해야 할 겁니다."

48.
아른하임이 명성을 얻은
세 가지 이유와 전체성의 비밀

하지만 그 모든 것은 아른하임 박사가 끼치는 평범한 영향일 뿐이었다.

그는 그릇이 큰 사람이었다.

그의 업무는 지식과 함께 대륙을 넘어 확장되었다. 그는 모든 것을 알았다. 철학, 경제, 음악, 세계, 스포츠. 또한 5개국어를 유창하게 구사했다. 세계에서 가장 유명한 예술가들이 그의 친구였고 유명한 예술작품을 아직 가격이 오르기 전 싱싱한 상태에서 사들였다. 그는 황제 사저와도 교류가 있어서 그 직원들과도 이야기를 나누곤 했다. 모든 현대건축 잡지에서 기사화된 현대적인 별장을 소유했고 초라한 귀족이 주인이었던 변방의 다 무너져가는 고성声城도 하나 구입했는데, 그 성은 마치 프로이센 사상의 썩은 요람처럼 보였다.

그런 폭넓은 교류와 관심사를 한 사람의 지도자에게서 찾아보기란 쉬운 일이 아니다. 그러나 아른하임은 예외였다. 그는 1년에도 한두 차례는 시골 영지로 내려가 차분하게 그의 지적인 삶에서 얻은 경험을 저술했다. 지금까지 써온 많은 책과 논문들은 인기가 꽤 있었고 여러 쇄를 인쇄했으며 여러 나라에서 번역되었다. 아픈 의사의 말은 신뢰가 떨어지겠지만, 스스로 한 말을 잘 이해하는 데다 행할 줄 아는 사람한테는 무언가 진실이 있어 보이게 마련이다. 이것이 그가 유명한 첫번째 이유였다.

두번째는 학문의 본질에서 연유한다. 학문은 높은 존경을 불러일으키고 또 당연히 그럴 만한 것이다. 그러나 인생을 다 바쳐서 학문을 연마했다고 해서, 가령 신장腎臟 연구에 평생을 공헌한 사람에게도 인간적인 순간이, 그러니까 신장과 나라 전체의 관계를 고민하는 그런 순간은 찾아오는 법이다. 그것이 바로 독일에서 괴테가 자주 입에 오르내리는 이유다. 만약 한 학자가 박식함뿐 아니라 미래에 관한 활발한 관심도 있음을 보여주려 한다면, 그는 글에서 신뢰를 주어야 할 뿐 아니라 신뢰를 약속할 수 있어야 한다. 마치 오를 주식을 찍어주는 문건 같아야 한다는 것인데, 그 분야에서 아른하임의 조언은 큰 호평을 받고 있었다. 그의 일반적인 견해를 지지하기 위해 씌어진, 학문 영역으로의 나들이 같은 저술들은 사실 항상 엄정한 수준을 보여주지는 못했다. 그 책들은 방대한 독서에서 비롯된 자유자재의 박식을 드러내주긴 했지만 전문가들은 적지 않은 오류와 착각들을 발견해냈고 그래서 마치 집에서 지은 옷이 의상실에서 나온 것과 다르게 봉합선에 문제가 있는 것처럼, 그의 작업에도 아마추어 냄새가 나는 것을 쉽게 알아챌 수 있었다. 그러나 이 사실 때문에 전문가들이 아른하임에게 보내는 경의가 방해받을 것이라고 믿어서는 안 된다. 그들은 만족스러운 미소를 띨 뿐이었다. 그들은 그의 완전히 새로운 시대상에 입을 다물지 못했으며 모든 잡지들이 그에 관한 이야기에 감탄했다. 그는 경제의 왕이었고 그의 지도력은 옛 왕들의 정신적인 지도력에 비유되었으며 이는 정말 놀라운 일이었다. 또한 자신의 고유영역에서 그와 구별되는 점을 말할 기회가 있어도 그들은 그를 천재적인 사람이거나 매우 현명한 사람, 또는 아주 간단하게 세계보편적인 사람이라고 추켜세움으로써 감사를 표할 뿐이었는데, 이는 마치 한 여자를 놓고 그녀야말로 여성들의 이상을 담은 미인이라고 칭송해 마지않는 것과 비슷했다.

  아른하임이 유명한 세번째 이유는 경제 때문이었다. 그는 나이들고 노련한 산업계의 선장들과 관계가 좋았다. 그들과 큰 계약이라도 맺을라치면 그는 그들 중 가장 교활한 자를 능가할 정도였다. 그들은 그를 단순한 상인으로 보지 않았고 그의 아버지와 구별하기 위해 '왕관을 쓴 왕자'라 부르곤 했다. 그의 아버지는 짧고 두꺼운 혀 때문에 대화가 서툰 사람이었지만 광범위한 시각과 날렵한 후각으로 사업이 될 만한 것을 찾아내는 사람이기도 했다. 이들 사업가들은 그의 부친을 존경하는 한편 두려워하기도 했다. 그런데 이 '왕관을 쓴 왕자'가 그들을 대신해 사업의 철학적 정당성을 강의하고 게다가 가장 사실적인 분야까지 끌어들여 말할 때 그들은 냉소를 보낼 수밖에 없었다. 그는 실무회의 때조차 시인을 인용하는 것으로, 그리고 경제가 다른 인간활동과 구별될 수 없으며 국가나 정신, 심지어는 내면의 삶 같은 모든 문제와 긴밀하게 연관돼야 한다는 주장으로 악명이 높았다. 그러나 이러한 냉소에도 불구하고 그들이 간과할 수 없던 사실은 이 아른하임가의 아들이 사업에 다른 요소를 추가함으로써 공개석상에서 더 많은 주목을 받게 되었다는 사실이다. 그에 관한 소식은 때로는 경제영역에서, 때로는 정치나 문화영역에서 나라의 거의 모든 주요 지면에 실렸다. 그의 저술에 관한 평가든, 중요한 언실에 괸한 소식이든 군주나 예술협회에서 주관하는 만찬에의 참석이든, 늘 고요하기만 한 데다 이중으로 잠긴 문 안에서 거주하는 영향력있는 기업인들 중에서 그처럼 기업의 내부에 대해 많이 발언하는 사람은 없었다. 이 모든 사장, 의장, 지배인과 은행장, 협동조합과 광산, 조선소 들은 그것들의 핵심을 들여다볼 때 사람들이 흔히 생각하는 것처럼 절대 사악한 조종자들은 아니었다. 그들의 매우 발전된 가족주의와는 별도로, 그들의 내면세계는 돈에 의해 좌우된다고 할 수 있으며 그러한 사유는 건강한 이빨이나 단순한 식욕과도 잘 어울리는 것이다. 그들 모두는 자유로운 수요와 공급에―무장선이나 무기, 황제나 경제에 대해서는 눈곱만치도 모르는 외교관 대신에―세상을 맡겨놓으면 세계가 지금보다 훨씬 좋아질 것으로 확신했다. 그러나 세상은 여전히 공중의 선보다 자기이익을 먼저 챙기는 인생을 혐오하며―편견에 의해서―개인기업보다는 기사도나 공중정신, 공중의 의무를 더 선호하는 경향이 있다. 그들은 아마도 이러한 세상의 편견을 염두에 두지 않는 세상의 마지막 부류들로, 무장한 군대가 뒤를 봐주는 관세협상이나 군사적인 파업진압에 의해 제공되는 공공의 이익을 악착같이 이용해먹는 자들이었다. 이러한 도정에서는 그러나 사업이 철학을 이끌어나간다. 오늘날 철학 없이 다른 사람을 감히 해치는 자는 범죄자들뿐이며 그래서 아른하임 2세 같은 사람은 흔히 사업가들의 법정대리인으로 간주되곤 한다. 그들이 그의 성향을 고려할 태세가 돼 있다는 그 모든 역설에도 불구하고 그들은 자신들의 업무를 마치 사회학 모임을 개최하듯 주교회의에서 다룰 줄 아는 그의 모습에 환호를 보냈다. 그렇다. 그는 마치 아름답고 교양있는 부인인 듯 그들에게 영향을 끼쳤다. 그런 종류의 부인은 남편의 끝없는 무료함은 질책하면서도 사업 덕분에 많은 사람들에게 받는 칭송은 꽤 쓸모있다고 생각한다. 이제 사람들은 때로는 파리, 때로는 페테르부르크나 케이프타운의 산업회의나 대표자회의에 아버지의 외교사절로 나타나서는 끝까지 자리를 뜨지 않는 아른하임의 존재가 얼마나 억압적일지를 가늠하면서 석탄가격이나 카르텔 정치에 적용된 메테를링크와 베르그송의 철학적 효과나 상상하면 그만이었다. 그가 사업에서 거둔 성공은 거의 신비해 보일 정도로 인상깊었고, 그 모든 성공 덕분에 그가 남다른 재능을 소유한 행운의 손이라는 유명한 소문들이 생겨났다.

아른하임의 성공에 관해서는 할 이야기가 무궁무진하다. 가령 사업과 친근한 분야는 아니지만 외교관들을 대할 때만큼은 신뢰하기 어려운 코끼리를 다루듯 세심한 주의를 기울여야 하는데 아른하임은 그런 코끼리를 타고난 조련사인 듯 태연하게 다루곤 했다. 예술가들로 말하자면, 아른하임이 그들에게 해준 것이 아무것도 없음에도 불구하고 아주 자연스럽게 그들은 아른하임을 후원자로 여기곤 했다. 마지막으로 언론인들. 그들은 맨 처음 아른하임을 세상의 영웅으로 소개한 자들로, 이들이야말로 첫번째로 언급해야 할 자들이다. 비록 기사를 쓰면서도 그것이 얼마나 아른하임과 연관성이 있는지는 자신들조차 몰랐지만 말이다. 어쨌든 사람들은 그들의 기사에 온통 마음을 빼앗겼고, 기지들은 시내의 풀이 무럭무럭 자라는 소리를 들었다고 믿었다. 그가 거둔 성공의 근본적인 모습은 어디서나 똑같았다. 그의 부와 그에 대한 소문의 후광에 휩싸여 그는 늘 어떤 영역에서나 그보다 뛰어난 사람들과 교류했다. 하지만 이방인인 그는 그들의 영역에 관한 엄청난 지식으로 마음을 사로잡았고 그들의 전문영역을 다른 세계—그들이 잘 모르게 마련인—와 연결하는 개인적인 끈을 내세움으로써 그들을 위협하기까지 했다. 그래서 전문가 사회에 대항하여 전체적인 것과 전체적인 인간을 내세우는 일은 그에게 자연스러운 것이 되었다. 때때로 그의 머릿속에는 산업과 무역의 황금기였던 바이마르나 플로렌스 시대가 떠올랐다. 그때는 강한 개성을 소유한 리더십이 새로운 번영을 구가했고 그런 지도자들은 개인의 성취를 기술이나 과학, 예술과 접목시키고 더 높은 경지에서 이끌어갈 수 있어야 했다. 그는 스스로 그런 능력을 감지하고 있었다. 그의 재능은 어떤 증명 가능하거나 특정된 분야에서 발휘되는 것이 아니었고 오히려 어떤 유동적인, 매순간 새롭게 갱신되는 균형감각을 통해 모든 상황을 휘어잡는 것이었다. 그것은 아마도 정치인에게 어울리는 재능이었겠지만, 아른하임은 그것을 깊이있는 신비로 생각하기도 했다. 그는 그것을 '전체의 신비'라고 불렀다. 왜냐하면 한 사람이 아름답다고 하는 것조차도 어떤 특수하거나 증명할 수 있는 부분 때문이 아니라 신비한 것, 말하자면 작은 오점마저도 쓸모있게 하는 그런 신비함에 있는 것이기 때문이다. 그리고 그것은 심오한 사랑이나 선, 품격이나 고귀함 같은 것들이 행위와 떨어질 수 없으며 그 행위를 돋보이게 하는 능력 그 자체와 다름없다는 사실과 마찬가지다. 그렇듯 신비한 방식으로 전체는 삶에서 개별적인 것에 앞서나간다. 보통 사람들이 덕이나 과오를 제일 중요시하며 살아가듯이, 위대한 인간은 본인의 특성을 제일로 치는 법이다. 만약 그가 성공한 비밀이 그의 성취나 특성으로 제대로 이해될 수 없다면, 그것보다 더 강력한 힘은 삶의 모든 위대함이 그 위에서 쉬고 있는 신비에 있을 것이다. 아른하임은 자신의 책에 그런 내용을 썼고, 그것을 쓸 때 그는 외투의 주름에 생긴 초월적인 것을 붙잡았다고 생각했으며 그것을 내용에 그대로 반영했다.

49.
구외교와 신외교 사이의 대립이 시작되다

 아른하임의 교류는 특별한 세습귀족이라고 해서 예외를 두지 않았다. 그는 자신의 우수한 점에 관해서는 입을 다물고, 자신의 장점과 한계를 잘 아는 지적인 귀족으로 자신을 겸손하게 드러냄으로써 어느 시간이 지난 후에 그 높은 신분의 귀족이 마치 무거운 짐 아래서 등을 숙이는 일꾼처럼 고개를 숙이게 만들었다. 이런 과정을 누구보다도 날카롭게 눈치챈 사람은 디오티마였다. 그녀는 더 나은 성취들을 제외시킴으로써 자신의 꿈을 실현하는 예술가의 눈으로 전체의 비밀을 알아냈다. 그녀는 다시금 완전히 그녀의 살롱에 만족했다. 아른하임은 형식적인 기구들을 과대평가하지 말라고 충고했다. 단순한 물질적인 관심은 순수한 의도를 무력화한다는 것이었다. 그는 살롱 그 자체를 더 높게 평가했다.
 이에 대해 투치 국장은 이대로 가다가는 언어의 타락에서 벗어나지 못할 거라고 걱정했다.
 국장은 다리를 꼬고 앉아서 그 위에 심하게 정맥이 불거져나온 마르고 검은 손을 겹쳐놓고 있었다. 부드러운 감촉의 흠잡을 데 없는 양복을 입고 바르게 앉아 있는 아른하임 곁에서 짧은 콧수염과 남부 사람 특유의 눈을 한 투치 국장은 마치 브레멘의 점잖은 상인 옆을 기웃거리는 근동지방의 소매치기 같은 인상을 주었다. 바로 두 고상한 인물들이 충돌하는 이곳에서 여러모로 고상한 취미를 지닌 그 오스트리아인은 종종 천박하게 돌진하는 경향이 있긴 했지만 결코 자신이 열등하다고는 생각지 않았다. 투치 국장은 마치 자기 집에서 무슨 일이 벌어지는지를 직접 알 필요가 없다는 듯이 상냥하게 평행운동의 진척을 묻곤 했다. "우리는 당신들의 계획을 될 수 있는 한 빨리 알았으면 좋겠군요." 그는 친절한 미소를 띤 채 아른하임과 그의 부인을 바라보며 이렇게 말했고 그 말 속에는 자신이 직접적인 참여자가 아니라는 은근한 암시가 들어 있었다. 그러고는 그의 부인과 라인스도르프 백작이 벌이는 합동사업에 정부는 심각한 우려를 품고 있다고 설명했다. 황제폐하가 참석한 최근 보고회에서 외무장관은 그 기념일을 맞아 과연 어떤 종류의 군중집회가 치러져야 황제폐하에게 걸맞을지를 은근히 떠보았다는 것이다. 다시 말해, 새시대의 흐름을 따라잡아 세계 평행운동의 선봉에 서기 위해 황제폐하가 과연 어느 정도까지 그 계획에 관여해야겠느냐는 것이다. 그리고 투치 국장은 그것이 라인스도르프 백작이 말하는 세계의 오스트리아라는 생각을 정치적으로 해석하는 유일한 길이 될 거라고 설명했다. 그러나 양심적이고 신중하기로 세계에서도 소문난 황제폐하는 그 열정적인 제안을 곧 물리치면서 '아, 이렇게 세상의 이목 속으로 끌려가기는 싫네'라고 말했다고 투치는 덧붙였다. 이 말을 가지고는 아무도 황제폐하가 제안을 받아들인 것인지 물리친 것인지를 알아차리지 못했다.

이런 방식이—좀더 큰 비밀을 다룰 줄 안다는 남자가 그렇듯이—투치 국장이 자기 업무의 작은 비밀을 다루는 신중하면서도 다른 한편으로는 경솔한 방법이기도 했다. 그는 우리의 상황이 파악되지 않고 있지만 다른 곳의 확실한 출발점을 알아야 하므로 외교대표부들이 이제 다른 황실의 분위기를 전해줄 때가 됐다며 말을 마쳤다. 종국에는 기술적으로 여러 가능성이 있을 것이다. 평범한 평화회의를 소집한다든지, 20개국 군주 합동회의라든지, 아니면 헤이그 궁전을 오스트리아 예술가들이 벽화로 장식하거나 헤이그 국내의 아이들과 고아들을 위한 기금을 조성한다는 따위 들이었다. 투치는 프로이센 왕실에서 기념해를 어떻게 생각하고 있는지를 궁금해했다. 아른하임은 그것에 관해서는 전해들은 바가 없다고 대답했다. 그는 오스트리아식 냉소에 싫증을 냈다. 우아하게 농담을 할 줄도 아는 그였지만 투치의 모임에서는 이렇듯 마음을 터놓지 않았는데 그의 이런 태도는 국가적인 일에 관해서는 냉정하고 신중하기를 원하는 듯한 인상을 주었다. 이렇듯 국가와 인생관이 다른, 지극히 대비되는 두 신사 사이에서 디오티마를 두고 연적관계의 긴장감도 종종 드러나곤 했다. 그 모습은 마치 발바리 곁의 그레이하운드, 포플러나무 옆의 버드나무, 잘 갈아놓은 땅 위의 와인 한잔, 돛단배 위에 걸린 초상화 같았다. 말하자면 아주 민감하고 특이한 두 삶이 짝을 이루어 그 둘 사이에 공허한 권력, 다툼, 밑도 끝도 없이 음흉한 웃음거리가 생겨난 것이다. 디오티마는 눈과 귀를 통해 이해하지 않고서도 이런 것들을 느꼈지만, 평행운동을 통해 정신적으로 위대한 것을 추구하려고 하며, 오직 진실로 현대적인 사람만이 조직을 이끌 필요가 있다고 남편에게 강력하게 주장함으로써 그들의 내화를 허겁지겁 무마시켰다.

아른하임은 자신의 사유에 다시 존엄성을 부여해준 디오티마에게 고마워했다. 특히 그것은 그가 때때로 추락하는 자신을 방어해야만

했기 때문이었다. 그는 마치 물에 빠진 사람이 구명대를 무시할 수 없는 것처럼, 디오티마와 이미 확고하게 맺어진 그 사건들을 함부로 대할 수 없었다. 하지만 그는 스스로 놀라면서—약간은 주저하는 목소리로—디오티마에게 과연 그녀가 평행운동의 정신적인 지도그룹으로 누구를 선택하려고 하는지를 물어보기까지 했다.

당연히 디오티마는 이 질문에 확실한 대답을 마련하지 못했다. 아른하임과 함께한 시간 덕분에 그녀는 수많은 제안과 사상을 받아들였지만 정확히 무엇을 선택해야 할지는 아직 몰랐던 것이다. 비록 아른하임이 여러 차례 위원회의 민주성보다는 강력하고 통찰력있는 사람이 필요하다고 그녀에게 언질을 주었지만 그것은 그녀에게 단지 '당신과 나'라는 느낌을 주긴 했으나 확고한 결정이나 통찰에는 여전히 미치지 못했다. 이것은 아마도 그녀가 아른하임의 목소리에 담긴 회의주의를 기억해낸 탓일 듯했다. 그녀가 이렇게 대답했으니 말이다. "오늘날 대체 우리가 온힘을 기울여야 할 만큼 아주 중요하고 위대한 일이 있을까요?"

"지금 시대의 현상은 좀더 건강했던 시대의 그 내적인 확실성을 상실했음을 보여줍니다." 아른하임이 대답했다. "그래서 이 시대에서 가장 중요하고 위대한 것을 뽑아내기가 어려운 것이죠."

투치 국장은 시선을 자기 바지에 묻은 먼지로 내리깔았고, 그래서 그의 미소는 그 의견에 찬성하고 있는 것처럼 보였다.

"실제로 그것은 무엇이 돼야 할까요?" 아른하임이 망설이면서 계속 말했다.

"종교일까요?" 이번에 투치 국장은 미소를 그대로 드러내었다. 아른하임은 이번에는 그 말을 백작 각하와 있을 때처럼 단호하고 인상깊게 하지는 않았지만 여전히 부드러운 진지함을 간직하고 있었다.

디오티마는 남편의 웃음에 반대하며 끼어들었다. "왜 안 된다는 거죠? 종교일 수도 있어요!"

"물론이지. 하지만 우리는 현실적인 결정을 내려야 해. 당신은 요즘 세태에 맞는 과업을 이루기 위해 수도사를 선택하리라고 상상이나 하겠소? 신은 근본적으로 현대적이지 못해. 우리는 신이 정장을 입고 매끈하게 면도를 한 채 가르마를 깔끔하게 탄 모습을 상상할 수 없지. 신은 옛날 주교 같은 모습으로나 그려질 거야. 종교 말고는 무엇이 있을까? 민족? 국가?"

이때 디오티마는 투치가 국가를 여자와는 토의하지 못할 남성적인 주제로 다루고 있는 데 만족해했다. 그는 입을 다물었지만, 그의 눈 속에는 아직 다하지 못한 말이 남아 있는 듯했다.

"과학은 어떨까요?" 아른하임이 계속 말했다. "예술에 담겨 있는 문화는요? 솔직히 예술이야말로 존재의 일체와 그 내적 질서를 반영해내야 하는 첫번째 것이지요. 하지만 우리는 요즘의 그림이 보여주는 세계를 알고 있습니다. 어느것 할 것 없이 파편화돼 있어요. 종합적인 것은 없고 극단적이기만 하죠. 스탕달, 발자크, 플로베르가 새롭고 기계화된 사회와 내면을 만들어내는 동안 도스토예프스키, 스트린드베리, 프로이트는 인간 내면의 악마성을 폭로했습니다. 오늘날 모든 현대인들은 우리를 위해 할일이 남아 있지 않다는 깊은 공감을 가지고 있지요."

이때 투치 국장이 끼이들어서는 자신은 무엇인가 순수한 것을 읽고 싶을 때면 호머나 페터 로제거$^{\text{Peter Rosegger}}$(19세기 오스트리아 향토소설가—옮긴이)를 꺼내 본다고 말했다.

아른하임이 자기 의견을 내놓았다. "거기에 성경을 포함시켜야 합니다. 성경을 통해서 호머나 로제거, 또는 로이터$^{F. Reuter}$(19세기 독일 향토소설가―옮긴이)까지도 다룰 수 있으니까요. 또한 성경에는 우리의 가장 내적인 문제들까지 포함돼 있습니다. 만약 우리에게 새로운 호머가 나타난다면 어떨까요? 솔직히 우리한테 그에게 귀기울일 만한 능력이 남아 있을까요? 나는 절대로 그렇지 않다고 믿습니다. 그를 필요로 하지 않기 때문에 우리는 그를 받아들이지 않을 겁니다." 아른하임은 이제 말안장에 앉아 달리는 듯했다. "만약 호머가 필요하다면, 우리는 그를 받아들일 겁니다. 종국에는 세계역사에 어떤 부정적인 일도 일어나지 않았습니다. 우리가 모든 위대한 것과 본질적인 것을 과거에 묻어두었다는 것은 무슨 말이겠습니까? 호모나 그리스도는 다시 도달될 수도, 더더욱 능가될 수도 없다는 말입니다. 세상에 솔로몬의 노래보다 아름다운 노래는 없습니다. 고딕이나 르네상스는 마치 평원으로 향하는 문턱 앞의 산악지대처럼 현대 앞에 서 있었습니다. 오늘날 위대한 통치자는 어디에 있다는 말입니까?! 나폴레옹은 파라오에 비해, 칸트는 부처에 비해, 그리고 괴테는 호머에 비해 얼마나 짧은 순간 나타났다 사라진 것입니까? 하지만 우리는 여기에 살고 있고 또한 무엇인가를 위해 살아가야만 합니다. 이것들을 통해 우리는 무슨 결론을 내려야만 할까요? 그것은 단지―." 여기서 아른하임은 말을 멈추면서 이 말을 하기가 꺼려진다고 털어놓았다. 왜냐하면 결국 남은 결론이란 우리가 중요하다거나 위대하다고 생각하는 모든 것들은 우리 삶의 가장 내적인 힘과는 아무 연관도 없기 때문이라고 말했다.

"과연 그럴까요?" 투치 국장이 물었다. 그는 그 모든 것들이 우리 삶에 별 영향을 주지 못했다는 데는 이의를 달지 않았다.

"오늘날 누구도 그것을 알 수 없습니다." 아른하임이 대답했다. "문명의 문제는 마음으로 풀어야 합니다. 그리고 새로운 인간의 출현과 내적인 변화, 그리고 순수한 의지로 풀어야 합니다. 이성은 그 위대한 과거를 자유주의로 축소하는 일밖에 할 수 없습니다. 그러나 아마도 우리는 넓게 보지 못하고, 너무 작은 잣대로 세상을 재고 있는지도 모릅니다. 모든 순간은 세계 변화의 순간이 될 수 있습니다!"

디오티마는 이 말이 평행운동을 위한 어떤 여지도 남겨두지 않는다는 점에서 반대하려고 했다. 그러나 그녀는 아른하임의 어두운 표정에 마음을 빼앗기고 있었다. 아마도 최근의 책과 그림을 읽고 볼 때마다 그녀를 억눌렀던 '과중한 숙제'라는 찌꺼기가 그녀의 내면에 있었을 것이다. 예술에 대한 회의주의는 그녀 마음에 전혀 들지 않는 많은 미美로부터 그녀를 해방시켜주었다. 마찬가지로 학문에 대한 회의 역시 문명이나 지식인, 그리고 영향력있는 사람들에서 받는 부담을 덜어주었다. 그래서 현대에 희망이 없다는 아른하임의 진단은 그녀가 갑자기 깨닫게 된 하나의 구원과도 같았다. 그리고 그 생각은 기분좋게 그녀의 가슴을 타고 내려갔고 아른하임의 멜랑콜리와 그녀는 어떤 식으로든 관계를 맺어나가고 있었다.

50.
사태의 진전.
투치 국장은 아른하임을 더 알아가기로 결심했다

디오티마의 추측이 옳았다. 이 완벽한 여성이 그의 책을 영혼으로 읽고 어떤 힘에 고양돼 깊이 감동한 걸 알아챈 이후로 아른하임은 이전에는 없던 어떤 의기소침에 빠졌음이 확실했다. 그것을 간명하게 그 자신의 의식 속에서 설명하자면 한 도덕가의 의기소침인데, 천상에서 갑자기 지상을 만난 자의 의기소침이라고나 할까. 그런 감정에 동감하고자 한다면 단지 고요하고 푸른 웅덩이에 부드럽고 흰 깃털 뭉치가 떠다니는 것을 상상하기만 하면 된다.

그렇듯 도덕적인 인간은 그 자체로 우스꽝스러웠고 불쾌해 보였다. 마치 도덕 이외에 아무것도 내세울 것이 없는 가난뱅이들에게 나는 냄새가 그러하듯이 말이다. 도덕은 스스로 의미를 뽑아내야 하는 위대한 임무를 부여받았고 그래서 아른하임은 이 세계현상, 세계역사에 참여하고 그의 행위를 이데올로기적으로 관철함으로써 항상 도덕으로 정향된 자신의 본성을 보완해나갔다. 사유를 권력의 장에 끌어들이고 사업을 정신적인 질문과 연결시키는 이런 일이야말로 그가 즐겨하는 사고방식이었다. 그는 역사에서 비유를 끌어내는 것을 좋아했는데, 이는 역사를 새로운 삶으로 채우기 위한 것이었다. 오늘날 금융의 역할이란 그가 보기에 가톨릭교회의 역할과 비슷했다. 배후에서 영향력을 행사하면서 지배권력에 순종했다 반항했다 한다는 점에서 말이다. 아른하임은 종종 자신의 역할이 주교와 비슷함을 목격하곤 했다. 그러나 이번 여행은 즉흥적인 것이 아니었다. 비록 그가 목적 없이 충동적인 여행은 하지 않는다고 하더라도, 그에게는 이번 여행의 계획과 애초에 품었던 중요한 목적이 도무지 떠오르지 않았다. 이 여행은 의외의 착상과 갑작스런 결정으로 시작되었고 그것은 아마도 자유로운 분위기에 둘러싸인 이 작은 곳이 의미하는바, 독일어를 쓰는 먼 도시로의 여행이 봄베이로의 출장만큼이나 이국적이었기 때문일 것이다. 그가 평행운동에서 중추가 될 것이라는 생각은 프로이센에서라면 거의 불가능했을 것이며 여기서 벌어진 일들은 마치 꿈과 같이 환상적이고 비논리적이었다. 그는 실용적인 영리함으로 그 어리석음을 금세 알아챘지만, 마술의 열정을 차마 깨뜨릴 수는 없었다. 그는 여기 온 목적을 훨씬 더 간단하고 직접적인 방법으로 성취할 수도 있었을 것이다. 그러나 그는 이 여행을 언제나 제자리로 돌아오는 이성의 휴가 정도로 여겼으며 그러한 동화 속 여행이라는 이유로, 모든 것에 회색을 칠했어야 하는데 검은 칠을 하고 다녔다는 점에서 그의 사업감각에 의해 징계를 받았다.

 이와 같은 어둠 속에서의 깊은 고찰은 투치 국장이 있을 때만큼은 두번 다시 일어나지 않았다. 왜냐하면 투치 국장은 보통 순간순간 모습을 드러낼 뿐이었고, 아른하임은 이 아름다운 나라에서 놀랄 만큼 남의 이야기를 잘 받아들이는 여러 부류의 사람들과 이야기를 나눠야 했기 때문이다. 백작 각하가 있을 때 그는 비평은 쓸모없으며 요즘 세대는 신을 잃어버렸다고 말함으로써 그런 부정적인 존재가 구원받는 일은 오로지 미움을 통해서만 가능함을 다시금 이해시켰고, 디오티마에게는 오로지 문화적으로 풍부한 독일 남쪽의 이 지역만이 독일적인 본질과 아마도 세계적인 본질일지도 모를 이성만능주의와 세계만능주의를 해방시킬 가능성이 있다고 덧붙였다. 부인들에게 둘러싸인 채 그는 인류를 군비경쟁과 영혼상실에서 구원하기 위해서는 내면의 부드러움을 찾아내야 한다고 말했다. 그는 전문직 종사자들에게는 횔덜린의 말을 인용하여 독일에는 인간이 없고 오로지 직업만이 남았다고 설명했다. "모든 사람이 직업에서 어떤 더 높은 목적을 추구하는데 그곳이 바로 금융가입니다."

사람들은 그의 말에 귀기울이는 것을 좋아했는데, 한 남자가 생각이 많으면서 돈까지 많다는 게 훌륭해 보였기 때문이다. 또한 그와 얘기해본 사람들은 모두, 평행운동 같은 사업은 매우 의심스러운 일이며 아주 위험한 정신적 모순으로 가득 찬 사업이라는 인상을 받았고, 결국 이런 이유로 다른 어떤 사람보다 그가 이 모험을 더 잘 수행하리라는 인상을 강하게 심어주기도 했다.

그의 집에 깊이 스며든 아른하임의 존재를 알아채지 못함으로 인해, 오로지 투치 국장만이 고요한 성품에 묻힌 채 그 나라의 뛰어난 외교관으로 성장하지 못하고 있었다. 그는 도대체 무슨 일이 벌어지는지를 알 수 없었다. 그렇지만 그런 내색은 하지 않았는데, 원래 외교관이란 자기 생각을 절대로 내보이지 않기 때문이었다. 개인적으로, 또한 근본적으로 이 낯선 이방인이 투치에게는 아주 불쾌했다. 그리고 아른하임이 투치 부인의 살롱을 비밀목적을 위한 실행의 장으로 사용할 때 투치는 이를 도발로 받아들였다. 그는 그 부자가 도나우 강변에 위치한 황제의 수도를 자주 찾는 이유가 오래된 문화에서 정신적인 편안함을 느끼기 때문이라는 디오티마의 해명을 믿지 않았다. 그에게 남은 우려는 꼬투리를 잡을 근거가 부족하다는 것이었는데, 관료세계에 익숙한 그로서는 아른하임과 같은 인물을 거의 마주칠 기회가 없었기 때문이다.

 디오티마가 아른하임을 평행운동의 지도적인 자리에 앉힌다는 계획을 밝히자 투치 국장은 이에 반대했고 그녀가 불만을 쏟아내자 적잖이 당황했다. 투치 국장은 평행운동이나 라인스도르프 백작에 관해서라면 그리 중요하게 생각하지 않았지만 그의 부인의 견해에 대해서는 정치적으로 굉장히 무례하다고 여겼으며 최근에는 오랫동안 남편으로서 쏟아온 정성—그가 우쭐해도 좋을 법한—이 마치 종이카드로 만든 집처럼 허물어지는 듯한 느낌이 들었다. 속으로는 이런 이미지를 떠올리면서도 투치 국장은 절대로 이를 발설하지는 않았는데 그것은 그 이미지가 너무 문학적인 데다 사회적으로도 저급한 행위의 냄새가 났기 때문이다. 아무튼 최근 그는 굉장히 동요되고 있었다.

 디오티마는 완고하게 모든 면에서 자신의 지위를 높여나갔다. 그녀는 부드러운 공격성을 띠게 되었고 새로운 종류의 사람들, 말하자면 세계은행의 정신적인 책임을 더이상 직업적인 지도자들에게 무책임하게 내맡겨두지 않으려는 사람들에 관해 말했다. 그러고는 여성의 재능에 관해 이야기했는데, 가령 여성들에게는 종종 예언을 하거나 일상적인 직업세계와 동떨어진 먼 곳까지 조망하는 시야가 있다는 것이었다. 마지막으로 그녀는 아른하임은 유럽인이며, 전체 유럽이 인정하는 저명한 지성인이라면서 유럽에서 국가의 운명은 너무나 유럽적이지 않은 데다 정신적으로 빈약하고 그 옛날 오스트리아 문화가 여러 언어에서 갈라져나온 줄기들을 근본적으로 휘감았을 때처럼 오스트리아 정신이 세계를 관망하는—관심을 쏟기 전에는 세계 평화를 기대하기 어렵다고 말했다. 디오티마는 전에 한번도 이렇듯 남편의 뜻을 거스르려 한 적이 없었다. 그러나 투치 국장은 이런 상황을 대수롭지 않게 받아들였는데, 이는 그녀의 노력을 재단사의 봉사만큼도 중요하게 생각하지 않았기 때문이다. 그는 다른 이들이 그녀를 칭송하면 기분이 좋았고 돌아가는 일들을 마치 색에 심취한 여인이 가지각색의 리본을 고르는 것처럼 다소 관대하게 바라볼 뿐이었다. 특별한 위치에 있는 사람과의 친분이 여러모로 이득이 된다는 점을 인정하면서도 그는 최대한 예의를 갖춰서 오스트리아의 앞날을 결정하는 남자들의 사무에 프로이센 남자를 끌어들일 수는 없다는 원칙을 되풀이했다. 그렇다고 이런 이유 때문에 그녀의 모임에 아른하임이 모습을 드러내는 것을 불편해한다고 생각한다면 그건 오해라고 못을 박았다. 그는 조만간 이 모임을 통해 그 이방인을 함정에 빠뜨릴 기회를 찾고 있었던 것이다.

전에 투치는 단지 아른하임이 도처에서 성공을 거두는 것을 볼 때만 디오티마가 이 남자와 너무 밀접해졌다는 생각이 떠올랐지만 최근에는 새삼 남편의 의중을 거스르고 논쟁을 벌이며 그의 근심을 망상이라고 비판하는 그녀를 목격하곤 했다. 그는 여성의 말에 발끈해 싸우기보다는 때를 기다릴 줄 아는 남자로서 언젠가는 자신의 말이 옳았음을 입증하겠다고 결심했다. 오래 기다릴 것도 없이 때마침 적절한 기회가 그에게 찾아왔다. 어느날 밤, 아주 멀리서 들리는 울음소리 같은 것이 그의 잠을 깨웠다. 그것은 처음에는 아주 희미해서 무엇인지 알 수 없었다. 그러나 그 영혼의 거리는 시간이 흐름에 따라 건너뛰듯 줄어들더니 갑자기 위협적인 불안이 그의 귀에까지 이르렀다. 그는 갑자기 잠에서 깨어 침대에 앉았다. 디오티마는 그의 반대편으로 돌아누운 채 깬 기색이 없었지만 그에게는 깬 것처럼 느껴졌다. 그는 낮게 그녀의 이름을 부르고 여러번 다시 불러보다가 부드럽게 그녀의 어깨를 손가락으로 눌러보았다. 그러나 그가 그녀를 돌아눕히자 어둠속에서 어깨 위로 그녀의 얼굴이 드러났고 그 얼굴은 사납게 그를 노려보았으며 어떤 반항을 품고 오래전부터 흐느낀 기색이 뚜렷했다. 그러나 유감스럽게도 잠에 깊게 취했던 투치는 다시 졸음이 쏟아져 속절없이 베개에 얼굴을 묻었고 디오티마의 얼굴은 그가 도저히 알아볼 수 없이 고통스럽게 일그러진 모양으로 환하게 떠다니고 있었다. "무슨 일이오?"라고 그는 잠에 취한 낮은 목소리로 중얼거렸고 순간 아주 명료하고 격앙되었으며 불쾌한 느낌의 대답이 귓속을 파고들었는데, 그 대답은 그의 잠을 뚫고 들어와 마치 물속에 반짝이는 동전처럼 머물러 있었다. "당신이 잠을 험하게 자서 같이 잘 수가 없어요!" 디오티마는 이렇게 격하게, 그리고 또렷하게 말했다. 그의 귀는 그것을 알아들었지만 이미 잠에 곯아떨어진 뒤라 뭐라 방어할 말을 찾지 못했다.

뭔가 불편하고 부당한 일이 있었다는 명백한 느낌이 들었다. 그가 보기에 조용히 자는 것은, 모든 성공한 사람들에게도 그러하듯이, 외교관의 주요 덕목이었다. 그 문제를 함부로 건드려선 안 될 것이기에 그는 디오티마의 말을 매우 심각하게 받아들였다. 그는 디오티마의 마음이 변했음을 알아차렸다.

잠을 자는 순간조차 자기의 부인이 부정을 저지른다는 의심을 전혀 하지 않는 그였지만, 그의 내면에 도사린 어떤 불쾌함은 아른하임과 연관된 것이 분명했다. 그는 화가 난 채로 아침까지 잠을 잤고 그가 할 수 있는 한 이 거추장스러운 남자의 모든 것을 캐내보겠다고 굳게 다짐하며 잠에서 깨어났다.

51.
피셀의 집

로이트 은행장 피셀은, 더 정확히 말하자면 은행장 직함을 내건 지배인에 불과한 피셀은 라인스도르프 백작의 초대를 어떤 알 수 없는 이유로 까맣게 잊어버린 후로 다시는 초대를 받지 못했다. 또한 그가 처음 초대받은 것도 순전히 그의 부인인 클레멘티네^{Klementine} 덕분이었다. 클레멘티네 피셀은 정통 관료집안 출신이었다. 그녀의 아버지는 정부 회계부처의 수장이었고 할아버지는 재무관료였으며 세 남자형제들 역시 정부 각처에서 높은 자리를 차지하고 있었다. 그녀는 24년 전, 두 이유로 레오와 결혼했다. 하나는 높은 관료집안에 시집을 가게 되면 많은 아이를 낳아야 하기 때문에 그것을 피하느라 평범한 은행원을 택했다. 다른 하나는 좀더 낭만적인 것으로서 자기 집안의 극도로 절제된 엄격함에 비해 은행원들은 좀더 자유롭고 현대적으로 보였기 때문이고, 19세기의 교양있는 사람으로서 유대인이거나 가톨릭이거나 타인을 동등하게 대해야 했기 때문이었다. 사실 당시 분위기가 그랬듯이, 보통 민중들이 유대인에게 품기 마련인 적대적인 편견을 벗어나는 것이 그녀에게는 왠지 교양있는 것처럼 느껴졌다.

나중에 그 불쌍한 여자는 전유럽에서 민족주의 정신이 일어나는 것을 보게 된다. 또한 민족주의와 함께 반유대감정이 고조돼 그야말로 그녀의 마음속 깊이 존경받던 남편의 자유로운 정신이 떠돌이 민족의 썩은 정신으로 변하는 것도 체험했다. 처음에 그녀는 반유대주의에 '위대하게 사유하는' 분노를 품고 대항했지만 세월이 가면서 그녀는 그 단순하고 잔인하며 주위를 조여오는 적대감에 기운이 다 빠져버렸고 보편화된 편견에 겁을 집어먹었다. 실제로 그녀는 자신과 남편의 차이점들이 점점 더 심해짐에 따라—그때 남편은 정확히 알 수 없는 어떤 이유들 때문에 지배인 이상의 자리로 승진하지 못했고 언젠가는 지점장이 될 수 있다는 모든 가능성마저 잃어버렸다—비록 겉으로는 젊은 시절 세웠던 규칙을 저버리지 않았을지라도 그녀에게 상처를 입힌 모든 것이 어깨를 움츠리게 하면서 결국 레오의 성격이 그녀에겐 낯선 것이었음을 그녀 스스로 정당화시키고 있었다.

이 차이점은, 근본적으로 이해의 부족에 지나지 않았다. 많은 부부들이 그렇듯이 그들이 현혹된 기쁨에서 벗어나자마자 자연스런 불행이 표면에 떠오르게 된 것이다. 레오의 인생이 증권거래소의 책상에 꽂힌 채 머뭇거리게 된 이후, 클레멘티네는 더이상 그가 유리처럼 조용한 오래된 청사의 사무실이 아닌, '붕붕거리는 현대의 직조기' 앞에 앉아 있는 것을 참작해줄 수는 없었다. 또한 이런 괴테 시대의 인용 때문에 그녀가 결혼을 포기했을지도 모른다는 점을 누가 알겠는가! 코 한가운데 걸린 안경과 함께 한때 그녀에게 영국 귀족을 떠올리게 한 그의 구레나룻은 이제 증권거래인을 상상하게 했고, 그의 행동과 말투에서 드러나는 습관들은 그녀를 견딜 수 없는 지경에까지 이르게 했다. 클레멘티네도 처음에는 남편을 개선시켜보려고 했다. 하지만 그녀는 엄청난 어려움에 부딪히게 되었는데, 구레나룻이 정확하게 어떻게 귀족과 증권거래인을 구별해주는지, 코안경이 코의 어디쯤 걸려 있어야 하는지, 아니면 열광과 회의를 표현하는 손짓이 어떠해야 하는지를 규정해주는 표준이 세상 어디에도 없었기 때문이다. 게다가 레오 피셸이라는 사람 자체가 스스로를 바꿔보려는 사람도 아니었다. 그는 기독교적이고 게르만적인 정부관리의 이상을 들먹이며 그를 변화시켜보려는 잔소리를 떠도는 헛소리로 치부했고 그런 말들이 이성적인 남자에게는 부적합하다며 거부했다. 그의 부인이 세부적인 것들을 공격하면 할수록 그는 이성의 거대한 원칙들을 더욱 강조했다. 그리하여 피셀의 집은 날이 갈수록 두 세계관이 대결하는 싸움판으로 변해갔다.

로이트 은행장 피셀은 철학 하기를 좋아했지만 그것도 하루에 10분 정도일 뿐이었다. 그는 인간 존재가 이성적으로 성립되었다는 생각을 좋아했다. 그는 자신이 거대은행의 잘 정비된 질서에 맞게 사유함으로써 지적으로 보상을 받는다고 믿었고, 매일매일 신문에 등장하는 새로운 진보를 읽고는 흡족해했다. 이러한 이성과 진보의 흔들리지 않는 원칙에 대한 믿음은 늘 어깨를 으쓱거리거나 말허리를 자르며 잔소리를 늘어놓는 피셀 부인에게서 그를 멀리 떨어지게 만들었다. 그러나 결혼생활이 진행되면서 시대의 분위기는 레오가 즐겨왔던 자유주의의 규칙들—자유정신의 위대한 이상, 인간의 존엄성, 자유로운 거래—에서 멀어져갔고 서양세계의 이성과 진보는 인종주의와 거리의 구호로 대체되는 불행한 운명을 맞았으며 그 역시 시대적 분위기에 영향을 받지 않을 수 없었다. 라인스도르프 백작이 이러한 현상을 '공적인 영역에서의 불쾌한 현상'이라며 부정한 것처럼, 그도 처음에는 강하게 부정했다. 그는 이런 일들이 스스로 소멸되기를 기다렸고 그런 기다림은 처음에는 원칙을 지키는 인간에게 삶이 가하는 거의 감지되지 못하는 분노에 찬 고문 같은 것으로 다가왔다. 그 다음에는 보통 그렇게 불리듯 '독약' 같은 것으로 다가왔다. 그 독약은 도덕, 예술, 정치, 가정, 신문, 책, 사회생활에서 한방울 두방울씩 떨어지는 새로운 현상이었고 다시 돌아갈 수 없다는 처절한 느낌과 이미 벌어진 것들을 인정하지 않을 수 없다는 격노를 함께 불러일으켰다. 지배인 피셀에게도 3차, 4차의 상황이 다가왔는데, 그때는 몇방울씩 드문드문 떨어지던 새로운 물방울이 장마로 변하던 때였고, 이쯤 되면 그것은 하루에 단 10분씩 철학을 하는 남자가 경험할 수 있는 가장 끔찍한 고통으로 다가올 만했다.

레오 피셀은 얼마나 많은 문제들에 대해 사람들이 서로 다른 의견을 가지는지를 알게 되었다. 옳게 살려는 욕구, 인간의 존엄성과 거의 같은 의미를 띤 그 욕구는 피셀의 집에서 탈선으로 받아들여지기 시작했다. 이 욕구는 수천년 동안 엄청난 숫자의 뛰어난 철학과 예술작품과 저작들과 행동, 당파들을 만들어냈다. 그리고 인간의 본성에서 나온 뛰어날뿐더러 맹목적이고 무시무시하기까지 한 이 욕구가 10분 동안의 생활철학 또는 가정생활에서의 근본적인 문제에 관한 말싸움에서 만족을 얻을 때, 그는 마치 한방울의 달아오른 납덩어리처럼 셀 수 없는 날카로운 조각들 속으로 터져 들어가는 고통스러운 상처를 입고 말았다. 그는 하녀가 해고된 것인지 아닌지, 이쑤시개가 탁자 위에 있는 것인지 아닌지 같은 질문 속으로 빠져들어갔다. 그러나 그는 무슨 질문이든지간에 그것을 즉시 두 개의 무한정하게 상세한 세계관으로 완전하게 만들어낼 수 있었다.

지배인 피셀이 사무실에 있는 낮 동안 이런 일은 잘 진행되었다. 그러나 밤이 오면 그는 남들과 똑같은 한 사람일 뿐이었고, 이것은 그와 클레멘티네의 관계를 심각하게 악화시켰다. 오늘날 모든 것이 복잡화된 가운데 한 사람은 단지 하나의 분야만을 잘 알 수 있는데 그에게 그 분야란 대출과 증권이었으므로 그는 밤 시간에는 양보하는 편이었다. 반면 클레멘티네는 여전히 날카로운 데다 물러서지 않았는데, 이것은 그녀가 의무를 중요시하는 엄격한 관료집안에서 자랐기 때문이었다. 게다가 그녀의 계급의식은 안 그래도 좁은 섭을 더 좁게 만들 수 있다는 이유로 남편과 각방 쓰는 것을 허락하지 않았다. 그러나 한방에서 불이 꺼지면 남자들은 보이지 않는 일등관람석을 향해 연기를 펼쳐야 하는 배우인 셈인데, 그 역할이란 이미 한물간 영웅이 되어 씩씩거리는 사자를 연기하는 것이다. 지난 몇년 동안 어두운 관람석에서는 아주 작은 찬성이라든가 조금이라도 거부하는 기색이 전혀 흘러나오지 않았고, 이것은 확실히 강력한 긴장을 쫓아버리는 데 기여했다고 할 수도 있을 것이다. 존귀한 관습에 따라 그들이 함께하는 아침식사 시간에 클레멘티네는 마치 얼어붙은 시체처럼 뻣뻣했고 레오는 민감함 때문에 움찔했다. 그들의 딸인 게르다조차도 매번 이런 순간을 눈치챘고 그때마다 섬뜩함과 쓰디쓴 반감에 찬 결혼생활이 한밤중의 고양이 싸움과 같다고 상상해보곤 했다.

　게르다는 스물세살이었고 양가 가문의 훌륭한 점을 물려받았다. 레오 피셸은 이제 그녀를 위해 좋은 혼처를 고려해봐야 할 때가 왔다고 생각했다. 그러나 게르다는 "아빠는 구식이에요"라고 말했다. 게르다는 같은 또래의 기독교-게르만민족주의 성향의 무리들 속에서 친구를 선택했고, 그들 중 누구도 가족을 부양하는 데 조금의 존경심도 품지 않았으며 대신 자본을 혐오했고 지금까지 어떤 유대인도 위대한 인간의 상징으로 봉사할 만한 능력을 보여주지 못했다고 떠들어댔다. 레오 피셸은 그것은 반유대주의 구호라고 일컬었고 그들이 집에 오는 것을 금지시켰다. 그러나 게르다는 말했다. "아빠는 그걸 몰라요. 그건 단지 상징일 뿐이라고요." 그녀는 워낙 예민한 데다 빈혈까지 있어서 주의깊은 보살핌을 받지 못하면 금방 화를 내버리곤 했다. 때문에 피셸은 마치 오디세우스가 페넬로페의 청혼자를 집안에 들이기를 허용한 것처럼 그들의 교류를 허락했는데, 그것은 게르다야말로 그의 인생의 빛이었기 때문이다. 하지만 그는 천성이 그런 탓에 입을 다물고 있지만은 않았다. 그는 스스로 무엇이 도덕이며 무엇이 위대한 이상인지를 안다고 믿었고 게르다에게 좋은 영향을 주기 위한 기회가 올 때마다 그것을 주입했다. 또한 게르다는 매번 "그래요, 아빠 말이 절대적으로 옳아요. 만약 이 문제를 아빠가 집착하는 것과 전혀 다른 시각에서 볼 수 있다는 것을 인정하지 않는다면 말이에요." 게르다가 이렇게 말할 때 클레멘티네는 무엇을 하고 있었을까? 아무것도 하지 않았다. 비록 체념한 표정을 짓고 있긴 했지만 레오는 그녀가 그의 등 뒤에서 마치 그 상징이란 게 무엇인지를 알겠다는 표정으로 게르다 편을 들고 있을 거라고 확신했다. 레오 피셸은 그의 우수한 유대계 두뇌가 자기 부인보다 뛰어나다는 여러 증거들을 가지고 있었기에 그녀가 게르다의 광기를 이용해 이득을 보려 할 때 가장 화가 치밀었다. 왜 다른 사람도 아닌 그가 더이상 현대적으로 사유할 수 없게 되었을까? 그것은 하나의 질서였다. 그는 지난밤을 기억해냈다. 그것은 더이상 비방이 아니었다. 그것은 자존심을 뿌리째 파내는 것이었다. 밤에 그 남자는 잠옷을 걸친다. 그리고 바로 잠옷 속으로 인격이 머문다. 어떤 전문적인 생각이나 기술도 그를 보호해주지 못한다. 여기서 인간은 다름 아닌 그의 전체 인생을 건다. 그러니 대화가 기독교-게르만적인 개념으로 옮겨갈 때마다 클레멘티네가 마치 피셸이 야생동물이라도 된 것 같은 표정을 짓는다고 해도 어쩔 수 없는 것이다.

요즘 사람들은 마치 휴지가 빗물을 버티지 못하듯이 오해를 견디지 못한다. 클레멘티네에게 더이상 레오가 매력있어 보이지 않자 그녀는 그를 견뎌내지 못했고, 클레멘티네에게 의혹을 받고 있다는 예감이 들자 레오는 모든 순간마다 음모를 포착해내곤 했다. 당시 클레멘티네와 레오는 관습과 문학에 의해 길들여진 모든 사람들이 그렇듯이 열정이나 인격, 운명과 실천을 통해 서로 의지할 것이라는 헛된 믿음을 가지고 있었다. 그러나 사실상 인간의 반 이상은 행동이 아니라 논문으로, 스스로 만들어낸 견해로, 한편으론 이렇고 다른 편으론 저런 것으로, 그리고 들어서 알게 된, 산더미처럼 쌓인 비인간적인 요소들로 채워져 있다. 이 부부의 운명은 대부분 그들 자신이 아니라 공적인 견해에 속한 그 불투명하고 완강한 데다 무질서한 생각의 층에 달려 있었고, 그런 생각에 저항 한번 해보지 못한 채 끌려다닐 처지에 놓여 있었다. 이런 비인간적인 의존성에 비할 때 그 둘의 인간적인 의존성이란 그저 눈곱만한 일부, 또는 엉뚱하게 과대평가된 낙후함에 불과했다. 그리고 그들이 자신들에게도 개인적인 삶이 있다고 스스로를 기만하고 서로의 성격과 의지에 질문을 던지는 동안, 온갖 가능한 불쾌함으로 뒤덮인 그들의 비현실적인 충돌 사이로 고통스러운 난관이 끼어들었다.

레오 피셸이 카드게임을 할 줄도, 예쁜 여자를 꾀어낼 줄도 모르는 데다 사무에 지치고, 가정생활을 향한 열망에 고통당한다는 사실은 그의 불운이었다. 반면 밤낮 단란한 가정 외에는 관심이 없던 그의 부인은 이제 가정에 더이상 어떤 낭만적인 환상도 품지 않았다. 종종 레오 피셸은 도저히 알 수 없는 이유로 사방에서 그를 공격해오는 호흡곤란을 경험했다. 그는 사회 속에서 정직하게 임무를 완수하는 하나의 유능하고 작은 세포였지만 도처에서 독이 든 액체를 빨아들였다. 또한 철학의 요구를 한참 넘어서는 일이긴 하지만, 평생의 반려자 때문에 곤경에 처했으며 젊은 시절의 이성적인 성향을 버려야 할 아무 이유도 찾지 못한 채 나이를 먹어가던 그는 끊임없이 형체를 바꾸는 형체 없음과, 천천히 그러나 끊임없이 모든 것을 끌어들이는 전복으로 특징 지어지는 영혼의 삶에 깊은 공허를 느끼기 시작했다.

피셸이 가정문제 때문에 골머리를 앓다가 백작의 초대에 응하지 못한 일도 바로 그런 아침에 일어난 일이었으며, 이후 수많은 아침마다 그는 투치 국장 부인의 모임에서 무슨 일이 일어나는지에 대해 들어야만 했는데 그때마다 게르다가 그런 최고의 사교모임에 들어갈 기회를 잡지 못했다는 사실은 가장 유감스러운 것이 되었다. 자신의 상관뿐 아니라 국립은행의 수장까지 그 모임에 참석했기 때문에 피셸의 양심은 갈피를 잡지 못했다. 하지만 누구나 알듯이 인간은 죄와 순결함 사이에서 더 강하게 파괴될수록 더 강렬하게 비난에 맞서 스스로를 방어하는 법이다. 그러나 실용적인 사람이 지닌 우월함으로 피셸이 그 애국운동의 진행을 조롱할 때마다 그는 파울 아른하임처럼 시대에 뒤떨어지지 않은 금융가는 분명히 다르게 사유한다는 충고를 들었다. 클레멘티네뿐 아니라 게르다—보통은 당연히 엄마와는 반대편을 택하는—조차도 이 남자에 대해 얼마나 많은 것을 아는지 놀라운 일이었다. 또한 증권거래소 사람들도 이 사람에 대해 이러저러한 놀라운 일들을 언급했기에 피셸은 수세에 몰리는 느낌을 받았고 그래서 그저 그들의 의견을 따라갈 수도, 그렇다고 그런 저명한 사업가를 심각하게 받아들일 필요가 없다고 함부로 주장할 수도 없었다.

하지만 수세에 몰려 있는 중에도 피셸은 적당히 방어자세를 취하고 투치의 집, 아른하임, 평행운동과 자신의 실패에 대해 짐짓 모르는 체하면서 불가해한 침묵을 유지했다. 그러고는 아른하임이 얼마나 오래, 어니서 체류할지를 알아내려고 했으며 그 모든 텅 빈 가식을 한방에 폭로하고 한창 높아진 그 가족의 주가를 무너뜨릴 사건을 비밀스레 기다리고 있었다.

52.
투치 국장은 자기의 부서업무에서
한 가지 결점을 찾아낸다

아른하임 박사의 뒤를 캐봐야겠다고 결심한 후, 투치 국장은 곧 자기의 각별한 관심분야인 외교와 황실업무에서 아주 큰 결점 하나를 찾아내고는 만족해했다. 그 업무는 아른하임 같은 사람을 위해 계획된 것이 아니었다. 회고록류를 제외하고 투치 국장이 읽는 교양서적은 성경과 호머, 로제거의 책뿐이고 이런 책들이 마음이 산란해지는 것을 막아준다는 점에서 그는 매우 뿌듯해했다. 그러나 전체 외교부서에서 아른하임의 책을 읽은 자가 하나도 없다는 사실은 그에게 잘못으로 다가왔다.

투치 국장에겐 다른 부서의 장들을 모두 불러모을 정도의 권한이 있었다. 그러나 지난밤 부인의 울음소리 때문에 잠을 설친 탓에 그는 공보부서의 책임자에게만 찾아갔는데, 다른 한편으로는 자기가 말하려고 한 내용이 모든 부서의 인정을 받기는 어려울 수도 있다는 느낌이 들어서이기도 했다. 그 공보부 국장은 투치 국장이 아른하임의 세세한 인간적인 면모까지 알고 있는 데 놀라워하면서 그의 이름을 자주 들어왔다고 덧붙였다. 그러나 그는 이 사람이 공보부의 서류에 기록으로 남아 있지는 않을 거라고 했는데, 자신의 기억으로는 아른하임이 한번도 정부보고의 대상이 된 적이 없으며 언론 담당부서도 그런 인물의 사생활까지 관심을 두지 않을 게 확실하기 때문이라고 이유를 전했다. 투치는 그의 말을 인정하면서도 사람의 공적이고 사적인 상태와 일어난 사건 사이의 경계는 오늘날 뚜렷하지 않다고 지적했다. 언론 담당부서에서 날카롭게 상황을 파악하고 있음에도 불구하고, 두 국장은 시스템상의 매우 흥미로운 결점이 있다는 데 의견을 같이했다.

그날은 유럽이 다소 안정을 찾은 평온한 아침임에 분명했다. 두 국장이 총무부장까지 불러다가 파울 아른하임 박사라는 제목이 붙은 문서를—내용이 하나도 없더라도—모아놓으라고 시켰으니 말이다. 총무부장이 돌아간 후에는 바로 즉석에서 얼굴이 벌게질 정도로 유용한 정보들을 쏟아내는 문서실장과 자료실장이 들어와서는 자신들의 보관소에는 아른하임에 대한 기록이 없다고 보고했다. 마지막으로, 매일 신문을 검토하고 각 국장들에게 내용을 발췌해주는 언론 담당관들이 불려왔다. 그들은 아른하임에 관한 질문을 받고는 굉장히 심각한 얼굴로, 그가 언론에서 아주 호의적으로 다뤄지는 것은 맞지만 그가 쓴 글에서 보고할 것은 거의 없었는데, 왜냐하면 그가 한 일들이—이 점에 그들은 모두 곧장 동의했다—관청에서 관심을 가질 만한 것이 아니었기 때문이다. 외무부의 정확한 일처리는 마치 단추 하나를 누르면 작동하는 기계 같았으며 모든 직원들은 상사에게 충분한 신뢰를 보여주었다는 자부심에 사로잡힌 채 방을 나섰다. "내가 말한 대로," 공보국장은 만족한 채 투치에게 말했다. "아무도 아는 사람이 없다네."

두 국장은 근엄한 미소를 지으며 보고를 듣는 동안―마치 호박 속에 박힌 파리처럼 그 분위기에 영원히 박제될 것처럼 보이기도 했다―보드라운 붉은 양탄자에 덮인 매우 아름다운 가죽의자에 앉아 있었다. 그 의자는 마리아 테레지아 시대로부터 내려온 밝은 황금빛 방안에 자줏빛으로 높게 걸린 커튼 앞에 놓여 있었다. 그들은 이제 겨우 알아낸 그 시스템상의 결함이 해결되기 어렵다는 사실을 깨달았다. "우리 부서에서는," 공보국장이 자랑스럽게 말했다. "모든 공적인 발언을 취급하네. 하지만 그 공적이라는 말에는 어느 정도 선이 있어야겠지. 어떤 의원이 주의회에서 한해 동안 한 의사진행 발언을 우리 서류철에서는 10분 안에 다 찾아낼 수 있네. 또한 지난 10년간의 그 같은 발언은, 만약 공적인 정치현장에서 말한 것이라면 30분 만에 다 찾아낸다네. 정치잡지에 실린 글들도 마찬가지야. 그만큼 우리 직원들은 성실하게 일하지. 하지만 그런 것들은 구체적인 것으로, 말하자면 권력과 의미 사이에 확실한 연관성을 지니는 책임있는 행위라고 할 수 있지. 그러나 만약 보고서와 카탈로그를 작성하는 직원이 어떤 사람의 감정적인 토로가 담긴 에세이에 무슨 제목이 달려 있는지 순전히 사무적으로 알아내야 한다면―이봐, 자네는 누구로 한번 시험해보면 좋겠나?"

투치 국장은 디오티마의 살롱에 드나드는 가장 젊은 축에 속하는 작가의 이름을 친절하게 일러주었다.

공보국장은 잘 못 알아듣겠다는 듯 찌푸리면서 그를 향해 시선을 돌렸다. "그럼 그에 대해 알아보지. 그러나 우리가 목격한 것과 그냥 흘려버린 것 사이의 경계선은 과연 어디일까? 그런 것에는 정치시까지 있지. 우리가 모든 것을 알아야만 하는 걸까? 아니면 동네극단의 작가 정도면 되는 것일까?"

두 사람은 웃었다.

"그런 사람들의 심중을 어떻게 알아낼 수 있을까? 괴테나 실러라면 가능할까? 물론 거기에는 늘 고상한 의미가 들어 있지. 하지만 실용적인 목적에 관해서라면 두 마디도 못하고 말이 흐트러지거든."

이때쯤 되자 뭔가 '불가능한' 일을 하기 위해 힘을 쏟으면서 위험을 감수했다는 사실이 두 사람에게 분명해졌다. '불가능한'이란 말은 사회적으로 조롱거리가 되기에 딱 좋은 것이었는데, 특히 외교관들 사이에서는 아주 민감하게 받아들여지는 단어였다. "책이나 연극비평에 종사하는 사람들을 내각에 앉힐 수는 없는 노릇이지." 투치는 웃으면서 말했다. "그러나 다른 한편으로 그런 것에 정통한 그 사람들이 세계를 주도하는 견해에 영향력이 없다고는 할 수 없으며 정치에도 지속적으로 영향을 끼친다고 봐야 하겠지."

"세상의 어떤 외교부도 그런 일을 한 적이 없을 거야." 공보국장이 거들었다.

"맞아. 하지만 물방울이 모여 바위에 구멍을 내는 법이지." 투치는 이 인용이 어떤 위험을 잘 표현해준다고 생각했다. "어떤 조직을 만들 필요는 없을까?"

"글쎄, 난 좀 거부감이 드는걸." 공보국장이 말했다.

"나도 그렇긴 하지!" 투치가 끼어들었다. 이 대화가 끝나갈 무렵 투치는 혀가 뭔가에 눌리는 듯한 고통스러운 경험을 했다. 그는 자신이 말한 것이 엉터리에 불과한 것인지, 아니면 그가 자랑하는 통찰력이 다시 한번 발휘된 것으로 봐야 하는지를 구별할 수 없었다. 그 공보국장도 이것을 확신할 수 없기는 마찬가지여서 두 사람은 그 문제를 나중에 다시 한번 논의하기로 약속했다.

공보국장은 확실한 마무리를 위해 아른하임의 모든 저작물을 관청 도서관에 비치하도록 청구서를 발행했고 투치는 정치부서에 들러 아른하임이라는 인물에 대한 좀더 자세한 정보를 보내달라고 베를린의 대사관에 요청했다. 그것이 당시 투치가 할 수 있는 일의 전부였다. 이 정보가 도착하기 전까지 아른하임에 대해 알 수 있는 유일한 통로는 그의 부인이었는데, 그녀에게서 얻은 것들은 그를 극도로 불쾌하게 만들었다. 그는 볼테르의 말을 기억했다. '사람들은 생각을 감추기 위해서만 말을 사용하며, 자신의 불의를 정당화하기 위해서만 생각을 사용한다.' 확실히 이 말은 외교계에서 늘 통하는 말이었다. 그러나 자신의 의도를 말 뒤에 감추기 위해 그렇게 많이 쓰고 말하는 아른하임 같은 사람이 있다는 사실은 뭔가 새로운 현상이었고, 그래서 혹시 그 밑으로 들어가야 하는 게 아닌가 하는 생각으로 투치는 불안해졌던 것이다.

53.
모오스브루거가 다른 감옥으로 이송되다

그를 향해 들끓었던 소송보도가 중지된 후 며칠 되지 않아 창녀 살인자 크리스티안 모오스브루거는 잊혀버리고 말았다. 공공의 관심은 더 흥미로운 대상을 좇아 움직여갔다. 단지 몇몇 전문 지식인들만이 그의 주변에 머물러 있을 뿐이었다. 그의 변호사는 항고를 신청하고 새로운 정신감정을 요청하는 한편 이런저런 절차들을 더 진행했다. 사형집행은 미정인 채로 더 연기되었고, 모오스브루거는 다른 곳으로 이감되었다.

 당시 행해진 예방조처들은 모오스브루거를 우쭐하게 했다. 장전된 총, 많은 구경꾼들, 팔과 다리에 채워진 수갑이나 족쇄 따위들. 사람들은 그에게 관심을 기울였고 두려움을 가졌는데 모오스브루거는 이런 것들을 좋아했다. 호송마차에 오를 때, 그는 경탄하는 눈빛을 갈망하면서 지나가는 행인들의 놀란 시선에 눈길을 던졌다. 거리를 휩쓸고 지나가는 차가운 바람이 그의 곱슬머리를 흔들었고 공기는 그를 지치게 했다. 2초 정도 시간이 흐르자 사법부 소속 군인이 그를 호송마차 안으로 떠밀었다.

 모오스브루거는 자존심이 셌다. 그래서 그는 마구 다뤄지는 것을 싫어했다. 그는 경비병들이 자기를 때리고 소리지르고 조롱할까봐 두려워했다. 사슬에 묶인 거인은 호송자를 감히 쳐다보지도 못한 채 스스로 맨 앞쪽으로 미끄러져 들어갔다.

 그러나 그는 죽음을 두려워하지는 않았다. 견뎌내야 할 것으로 가득 찬 삶이 아마도 교수대에 오르는 것보다 더 고통스러울 것 같았고 몇년을 더 살거나 덜 산다고 해서 달라질 것은 없어 보였다. 너무나도 유폐된 채 방치된 그 남자의 수동적인 자존심은 형벌에 대한 두려움을 빼앗아버렸다. 그러나 어쨌든 그는 삶에 목을 매지는 않았다. 그는 무엇을 좋아해야 했을까? 봄바람이나 너른 시골길 또는 태양은 아니지 않을까? 그것은 지루하고 덥고 먼지투성이일 뿐이다. 확실히 아는 것을 좋아하는 사람은 아무도 없다. '말할 수 있지.' 모오스브루거는 생각에 잠겼다. '내가 어제 식당 구석에서 상한 돼지고기를 먹었나고 말이야!' 그런 이야기들은 아주 많았다. 그러나 사람들에게는 아무 상관도 없는 일이었다. 그가 기뻐하는 일은 늘 어리석은 모욕을 당하고 마는 그의 명예심을 충족시키는 것이었다. 혼동스런 덜겅거림이 바퀴를 타고 의자에 전해지더니 그의 육체를 파고들었다. 문에 달린 격자창 뒤로 도로의 자갈들이 멀어져갔다. 커다란 마차가 뒤에 있었고 이따금 남자들, 여인들, 아이들이 창밖으로 이리저리 가로질러 지나쳤다. 저 멀리서는 삯마차 한대가 가까이 다가오더니 마치 모루에서 반짝임이 일어나듯이 삶을 빛나게 했고 그 말은 문을 뚫고 들어올 듯하더니 이내 말굽이 타닥거리는 소리와 부드러운 고무바퀴 소리가 마차의 뒤로 울려퍼졌다. 모오스브루거는 천천히 고개를 돌려 마차 측면의 천장을 바라보았다. 밖의 소음은 팽팽하게 당겨진 천 위에서 마치 어떤 일들의 그림자가 여기저기서 휙 스쳐지나가는 것처럼 들렸다. 모오스브루거는 이감의 의미에 대해서는 심각하게 생각하지 않았고, 다만 하나의 변화로 느끼고 있었다. 두 개의 어둡고 중지된 시간 사이로 15분간의 불투명하고 하얗고 거품이 이는 시간이 지나가고 있었던 것이다. 그리 아름답지는 않았지만 그렇듯 그 역시 자유를 느끼고 있었던 것이다. '마지막 식사시간에 관해서라면,' 그는 생각했다. '군목에게나 사형집행인에게나 모든 것이 끝나기 전 15분이란 그리 다를 것도 없지. 그때 역시 바퀴가 굴러가는 대로 흔들릴 것이고 지금처럼 의자에서 미끄러지지 않으려고 주의를 기울일 것이며 시끄러운 사람들이 둘러싸고 있으므로 잘 듣거나 보지 못하겠지. 모든 것에서 벗어나 마침내 평화를 얻는 것은 지상 최고의 일이 될 거야!'

삶에서 해방되고 싶은 사람이 느끼는 우월함은 굉장히 크다. 모오스브루거는 경찰에서 그를 맨 처음 심문한 검사를 기억했다. 그 친절한 검사가 낮은 목소리로 말했다. "이봐요 모오스브루거 씨, 뭐 하나 간청합시다. 제발 내가 성공하도록 좀 도와줘요." 그러자 모오스브루거는 대답했다. "좋아요, 성공을 원한다면 이제 진술서를 쓰도록 하죠." 나중에 재판관은 그 진술서를 믿으려 하지 않았으나, 그 검사가 재판에 출석해 사실임을 증언했다. "당신이 양심을 속일 사람이 아니라는 것을 잘 알지만, 날 위해 증언함으로써 만족을 줄 수 있겠소?" 그 검사는 배석 판사가 싱긋싱긋 웃는 가운데서도 모든 재판 전에 이 말을 반복했고, 모오스브루거는 자리에서 일어나서 대답했다. "검사 나리의 진술에 깊은 존경을 바칩니다." 그는 크게 선언하고 나서는 우아하게 몸을 숙이면서 덧붙였다. "검사 나리께서 '우린 다시 볼일이 없을 겁니다'라고 마지막 인사를 남겨주셨지만 이렇게 오늘 다시 뵙게 되어 영광이자 기쁩입니다."

모든 것을 인정하는 미소가 모오스브루거의 얼굴에 피어올랐고 마차가 기울어질 때마다 그처럼 이리저리 흔들리고 있을 앞자리의 경비병 따위는 이제 잊어버렸다.

54.
울리히는 대화에서 발터, 클라리세에게 반발했다

울리히에게 클라리세는 말했다. "모오스브루거를 위해 뭔가를 해야 해. 이 살인자는 음악적이거든!"

울리히는 마침내 감옥에 갇히는 바람에 이 자리에 올 수 없는 그자를 대신해 어느 한가한 오후에 그들을 방문했다.

클라리세는 그의 외투의 접은 옷깃을 매만졌다. 발터는 그리 심각하지 않은 표정으로 그 옆에 서 있었다.

"음악적이라니, 무슨 말이지?" 울리히가 웃으며 물었다.

클라리세는 쾌활하면서도 수줍은 표정을 지었다. 마치 모든 구멍에서 솟아나는 수줍음을 다시 집어넣으려는 듯 그녀는 쾌활하게 활짝 웃었다. 그녀는 옷깃을 놓았다. "어 별거 아니야." 그녀가 말했다. "넌 아주 굉장한 사람이 됐더구나!" 그녀에게서 뭘 끌어내는 일이 쉽지는 않았다.

다시 시작된 겨울이 또 한번 끝나가고 있었다. 이곳 같은 교외에는 아직 눈이 남아 있었다. 흰 들판과 마치 어두운 물처럼 그 사이에 있는 검은 대지. 태양은 모든 것을 고루 비추었다. 클라리세는 오렌지색 재킷을 입고 푸른 양털모자를 썼다. 셋은 산책에 나섰고 울리히는 황량하게 드러난 자연 속에서 그녀에게 아른하임의 글에 대해 설명해야 했다. 그 글에는 대수학의 급소, 벤졸반지, 보편적·유물론적 역사 인식, 다리 지지대, 음악의 발전, 자동차의 정신, 하타606, 상대성이론, 보어의 원자론, 자생결합, 히말라야의 식물, 정신분석, 개별심리학, 실험심리학, 심리적 심리학, 사회심리학, 그리고 그 안에서 풍부해진 시대와 선하고 전체적이며 완전한 인간을 만들어내지 못하게끔 방해하는 그 모든 다른 성취들이 들어 있었다. 하지만 아른하임은 이 모든 것들을 아주 쉽게 이해되도록 썼는데, 그것은 독자들이 이해하지 못하는 책은 쓸모없는 이성의 힘에 의한 방종에 불과하다고 생각했기 때문이다. 반면에 인간이 소박하게, 그리고 별과 함께 살 때 누구나 얻을 수 있는 초월적 진실을 향한 인간의 존엄과 본성처럼, 진실은 늘 단순한 것이라고 했다. "많은 사람들이 요즘 그런 주장들을 하지만," 울리히가 설명했다. "사람들은 아른하임이 위대한 부자라고 보기 때문에 그를 신뢰하는 거야. 그는 자신이 한 말에 관한 모든 것을 정확히 알고, 히말라야에도 가봤으며, 자동차도 있는 데다가 벤졸반지까지 원하는 만큼 끼고 있으니 말이야."

홍옥수반지를 어렴풋이 떠올린 클라리세는 벤졸반지가 어떤 모양인지를 알고 싶어했다.

"너도 보석에는 별수없군." 울리히가 말했다.

"그 모든 화학식을 이해할 필요는 없으니 그나마 다행이네." 발터가 그녀를 대신해 나섰다. 그러고는 자신이 읽은 아른하임의 글을 변호하기 시작했다. 그는 아른하임이 정말 최고라고 말하고 싶지는 않았다. 그러나 어쨌든 현재의 한계 속에서는 최고였고 하나의 새로운 정신이었다. 진짜 이론의 여지가 없는 학자이면서 단순한 학문을 뛰어넘은 정신! 그렇게 산책은 끝났다. 결국 모두 발이 젖었고 화가 나 있었는데 그것은 마치 가늘고 헐벗은 나뭇가지 하나가 겨울빛에 반짝이면서 망막 안에 꽂힌 파편처럼 변해가는 것 같았다. 뜨거운 커피가 마시고 싶었고 어떤 쓸쓸함이 밀려왔다.

눈에 젖은 신발에서 김이 피어올랐고 클라리세는 그들 때문에 방이 더러워지는 것을 재미있어 했다. 발터는 여자처럼 매력적인 입을 늘 삐죽거리고 있었는데 그건 논쟁을 하고 싶어서였다. 울리히는 평행운동에 관해 설명했다. 아른하임 때문에 나시 논쟁이 시작되었다.

"난 아른하임과는 생각이 달라." 울리히가 다시 말을 꺼냈다. "학문적인 인간은 오늘날 어쩔 수 없이 필요하게 돼 있어. 알지 않고는 못 배기는 세상이니 말이야! 전문가와 비전문가 사이의 틈이 오늘날처럼 벌어진 적은 없었을 거야. 마사지사와 피아노연주자의 능력을 비교해보면 알 수 있지. 경마장을 세세히 준비해놓지 않은 채로는 말을 내보내지도 않아. 분명히 인간 존재에 대한 질문에서 여전히 사람들은 예정된 결정을 위해 부름받았다는 것을 믿으며, 인간은 인간으로 태어나고 죽는다는 오래된 편견도 여전하지. 하지만 5천년 전의 여인이 애인에게 보내는 편지가 오늘날의 연애편지와 글자 하나 틀리지 않다고 하더라도, 나는 언제나 편지가 언젠가는 변하지 않을까 하는 의심에 사로잡히곤 해."

클라리세가 동의한다는 듯 끄덕였다. 그러나 마치 자기 볼에 모자핀을 꽂아도 눈썹 하나 까닥하지 않을 듯 발터는 수도승처럼 태연히 웃고 있었다.

"그러니까 너는 한 인간이 되기를 더이상 원하지 않는다는 말이지!" 발터가 끼어들었다.

"어느 정도는. 거기에는 퇴폐주의의 기분 나쁜 느낌이 들러붙어 있거든."

"좀 색다른 것을 더 이야기해볼게." 생각을 좀더 가다듬더니 울리히가 말을 이었다. "전문가들은 한번도 일을 완수한 적이 없어. 오늘날 그들은 일을 마치지 못했을 뿐 아니라 임무완성을 생각할 능력조차 없지. 아마 그걸 바랄 수조차 없을 거야. 영혼이라는 것을 생물학이나 심리학으로 이해하고 취급하는 친구가 진정 영혼을 소유했다고 상상할 수 있을까? 하지만 우리는 지금 그렇게 되려고 노력하고 있잖아! 그런 거야. 지식이란 하나의 행동양식이며 욕망인 것이지. 근본적으로는 용납될 수 없는 욕망인데, 왜냐하면 마시고자 하는 욕망이나 성욕, 권력욕처럼 알아야겠다는 욕망 역시 균형을 잃어버린다는 특성이 있기 때문이지. 연구자가 진리를 추구한다거나 진리가 연구자를 떠받든다는 말은 다 사실이 아니야. 연구자는 진리에서 고통을 느낄 뿐이지. 진실한 것은 진실한 채로 있고, 사건은 연구자와는 상관없이 일어나게 마련이니 말이야. 그가 추구하는 욕망은 분명히 마치 술취한 사람이 사건에 덤벼드는 것과 비슷하거든. 그것이 바로 그의 특성이야. 그는 자신의 이론에서 인간적인 것이 나오든, 완벽한 것이 나오든, 별것도 아닌 것이 나오든 저주를 퍼붓지는 않거든. 그런 존재는 모순에 차 있으면서도 불쌍한, 그렇지만 무시무시한 에너지를 지닌 존재이기도 하지."

"그리고?" 발터가 물었다.

"그리고,라니?"

"너도 이렇게 끝내려고 한 건 아닐 거 아냐?"

"난 이렇게 끝내고 싶어." 울리히가 조용히 말했다. "우리의 주변이나 심지어는 우리 자신에 대한 생각도 날마다 변해. 우리는 통과하는 시대를 살고 있지. 만약 우리의 뿌리깊은 과제를 지금보다 더 잘 처리하지 못한다면, 그 시대는 이 행성의 종말까지 이어질 거야. 이렇듯 우리가 어둠에 처해 있더라도 두려움에 울어버리는 아이처럼 있어서는 안 되겠지. 만약 우리가 현세에서 어떻게 처신해야 할지 안다는 듯 행동한다면 그것 역시 어둠 속에서 두려움에 떨며 부르는 노래에 불과할 거야. 너는 땅에 엎드려 울부짖을 수도 있겠지만 그건 두려움일 뿐이야! 내가 확실히 아는 건 우리가 내달린다는 거야. 우리는 목표에서 너무 멀리 떨어졌을 뿐 아니라 목표는 점점 더 멀어져가고만 있어. 목표가 보이지도 않고 이제 우리는 잘못된 방향에서 말을 바꿔 타야 할지도 몰라. 하지만 언젠가는 ─모레가 될지 2천년 후가 될지 모르지만—지평선이 떠오르기 시작하고 우리에게 소리치면서 그 지평선이 달려올 때가 있을 거야!"

날이 어둑어둑해졌다. '이젠 아무도 내 얼굴을 알아볼 수 없겠군.' 울리히는 생각했다. '내가 거짓말을 하는 건지 나조차도 모르겠어.' 그는 마치 10년 동안이나 확신했던 것이 순간 불확실한 것으로 변한 것처럼 말했다. 그가 발터에게 말한 젊은 시절의 꿈은 이미 오래전에 공허해졌다는 사실이 떠올랐다. 그는 더이상 말을 하고 싶지 않았다.

"그래서 우리는," 발터가 날카롭게 응수했다. "어떤 삶의 의미도 포기해야 한다는 말인가?"

울리히는 그에게 왜 의미가 필요한지 물었다. 그런 의미가 없어도 다를 게 없다고 생각했기 때문이다.

클라리세는 킥킥댔다. 조롱할 생각으로 그런 건 아니었다. 다만 울리히의 질문이 우습게 다가왔던 것이다.

발터는 불을 켰다. 울리히가 클라리세에 비해 어두운 남자로서 누리는 장점을 더이상 이용하게 할 이유가 없었기 때문이었다. 성난 눈부심이 그들 셋을 휘감았다.

울리히가 완고하게 자기주장을 전개해나갔다. "사람들이 삶에서 요구하는 것은 단지 내 일이 다른 사람들의 일보다 더 잘나간다는 확신이지. 너의 그림, 나의 수학, 그리고 누군가의 부인과 아이들, 이 모든 것들은 각자 개인들이 결코 특별하지 않음을 확신시켜주며 또한 같은 방식으로, 특별한 존재가 된다는 게 결코 쉬운 비교대상을 가질 수 없다는 것을 보증해주지."

발터는 여전히 앉지 못하고 있었다. 그는 안절부절못했다. 승리. 그는 소리쳤다. "네가 지금 무슨 말을 하는 건지 알고나 있니? 계속 떠들어보라고! 그래봤자 너는 오스트리아인일 뿐이야. 너는 그 떠들어 대는 국가철학을 배운 것일 뿐이야!"

"그게 네가 생각하는 것처럼 나쁘지 않을 수도 있어." 울리히가 대답했다. "예리함, 정확함, 또는 아름다움에 대한 정열적인 요청. 이런 것들은 새로운 시대의 모든 노력에 대해 떠들어대는 것을 더 좋아할 거야. 네가 오스트리아의 세계적인 임무를 발견해낸 셈이지. 축하하네."

발터는 반박하고 싶었다. 그러나 그를 계속 서 있도록 하는 그 불안함은 단지 승리가 아니라—이걸 어떻게 말하는지는 모르겠으나—순간 그곳을 빠져나가고 싶은 욕망이었다. 그는 그 두 욕구 사이에서 갈등했다. 그러나 두 욕망은 하나가 될 수 없었고, 울리히의 눈에 머물던 그의 시선은 문 쪽을 향했다.

둘만 남게 되자 클라리세가 입을 열었다. "이 살인자는 음악적이야. 말하자면…" 그녀는 잠시 멈칫하더니 비밀스럽게 말을 이었다.

"사람들은 아무것도 할 수 없어, 하지만 너는 그를 위해 뭔가를 해야만 해."

"뭘 하라는 거지?"

"그를 풀어줘."

"무슨 엉뚱한 소리야."

"발터한테 말한 모든 걸 지킬 수는 없니?"

클라리세는 물었고, 그녀의 눈은 그가 전혀 알 수 없는 대답을 강요하는 것 같았다.

"네가 뭘 원하는지 모르겠어." 그녀는 고집스레 그의 입에 시선을 주다가 다시 말했다. "아무튼 너는 내가 말한 것을 해야만 해. 너는 변화될 거야."

울리히가 그녀를 바라보았다. 잘 이해되지 않았다. 뭔가를 빠트리고 못 들은 게 분명했다. 무슨 비유라든가 그녀가 의도하는 바를 전해줄지도 모르는 가정이 빠진 것만 같았다. 그런 의미전달 없이도 그녀의 말이 마치 일상을 전하듯 그렇게 자연스럽게 들리는 게 놀라울 뿐이었다.

그러나 그때 발터가 돌아왔다. "난 인정할 수 있어." 그가 말했다. 그가 끼어드는 바람에 대화는 무뎌졌다.

발터는 다시 피아노 의자에 앉아 구두에 묻은 흙을 만족스럽게 바라보았다. 그는 생각했다. '왜 울리히의 구두에는 흙이 묻지 않는 거지? 그 흙이야말로 유럽인들을 구원할 마지막 희망이군.'

그러나 울리히는 발터의 신발 위로 드러난 발을 보고 있었다. 그는 까만 면양말을 신었는데 다리는 부드러운 소녀의 것처럼 볼품이 없었다.

"뭔가 전체적인 것을 얻으려는 노력을 여전히 하고 있다면, 그건 평가받을 만한 것이지." 발터가 말했다.

"그런 건 이제 없어." 울리히가 반박했다. "그건 신문만 봐도 알 수 있는 일이지. 신문은 말할 수 없이 불투명한 것들로 가득 차 있거든. 거기에는 하도 많은 일들이 언급돼 있어서, 라이프니츠의 사고능력을 뛰어넘을 정도야. 하지만 우리가 알아차리지 못하는 것은 사람들이 변했다는 사실이야. 이제 더이상 전체적인 세계에 대면하는 전체적인 인간은 없어. 다만 어떤 인간적인 것들이 일반적인 유동매체 속을 떠다닐 뿐이지."

"아주 옳은 말이군." 발터가 재빨리 말했다. "괴테적인 의미에서의 전체적인 교양이란 이제 더이상 존재하지 않지. 그래서 오늘날엔 모든 생각에 반대하는 생각이 있고 모든 경향에 대척하는 경향이 있는 거야. 모든 행위와 그 반대행위는 가장 통찰력있는 근거들을 각각 가지고 있어서 자기의 행위를 변호도 하고 상대방을 공격하기도 하는 것이거든. 네가 어떻게 이런 일들을 옹호할 수 있는지 모르겠구나."

울리히는 어깨를 으쓱했다.

"우리는 완전히 되돌아가야 해." 발터가 낮게 말했다.

"아니면 그냥 가거나." 그의 친구가 대답했다. "우린 아마도 개미들의 국가 아니면 반기독교적 노동상품 국가로 나아갈지도 몰라." 울리히는 사람들이 반대할 수도, 찬성할 수도 있다고 생각했다. 그건 마치 고기 속에 든 과자처럼 격식에 벗어나는 일이라, 비난받을 것이 뻔했다. 그는 방금 한 말이 발터를 화나게 할 것임을 알았지만 단 한번이라도 의견이 일치하는 사람과 대화를 나눠보고픈 열망이 생기기 시작했다. 전에는 발터와 그런 대화를 나누기도 했다. 어떤 신비한 힘에 이끌려 가슴에서 나온 말은 단 한마디도 의도한 바를 벗어나지 않았다. 그러나 누군가 의견에 반대하면 얼음에서 연기가 피어오르듯 논쟁이 불붙곤 했다. 그는 악의없이 발터를 바라보았다. 울리히는 대화가 이어질수록 발터의 생각이 엉망진창이 될 것이며 그럼에도 그가 모든 책임을 울리히에게 떠넘기리라는 것을 발터 역시 스스로 깨닫고 있음을 확신했다. '우리가 생각하는 모든 것은, 찬성 아니면 반대로군.' 울리히는 생각했다. 순간 울리히에게는 그것이 너무도 생생한 진실로 다가와서 마치 서로 밀착된 사람들이 일순간 흔들리면서 육체적인 접촉을 가질 때의 그런 몸의 압박이 느껴지는 것만 같았다. 그는 클라리세를 돌아보았다.

그러나 클라리세는 이미 오래전부터 대화를 듣지 않고 있음에 분명했다. 언제부턴가 클라리세는 책상 위에 놓인 신문을 집어들었고, 왜 그 대화가 그렇게 즐거웠는지를 골똘히 생각하는 중이었다. 그녀는 신문을 든 채 울리히를 바라보면서 그의 말에 담긴 엄청난 모호함을 생각했다. 그녀의 팔은 어둠을 펼쳤고 그것의 문을 열었다. 그 팔은 육신의 줄기를 따라 뻗은 두 개의 십자가 각목처럼 보였고, 그 사이에 신문이 끼어 이었다. 그것은 기쁨이었지만 뭐라 표현할 말이 그녀에게는 떠오르지 않았다. 단지 자신이 신문을 읽지 않고 있다는 것, 그리고 울리히에게는 낯설지 않은 어떤 신비한 야만이 있지만 그것이 정확히 무엇인지는 알 수 없다는 사실만을 깨달았다. 그녀의 입술은 마치 웃는 것처럼 벌어졌지만 그것은 딱딱하게 굳어진 긴장이 풀어지면서 드러난 무의식적인 현상이었다.

발터가 낮게 말을 이었다. "네가 오늘날 어떤 것도 더이상 진지하거나 이성적이거나 확실하지 못하다고 말한다면 그건 옳은 말이야. 하지만 전체를 병들게 하는 이 모든 것의 책임이 점점 더 세력이 커져가는 이성에 있다는 것을 너는 왜 외면하니? 모든 사람의 머릿속은 더 합리적이 되고, 삶을 좀더 이성적으로 만들고 전문화하는 것으로 가득 차 있다고. 그리고 우리가 모든 것을 인식하고 분류하며 유형화하고 기계화하면서 표준화할 때 미래를 상상하는 우리의 능력은 점점 사라지게 될 거야."

"세상에," 울리히는 태연하게 대답했다. "수도승시대의 기독교인들은 머릿속에 오로지 구름과 하프처럼 따분한 천국밖에 없었는데도 믿음을 유지해야 했어. 그리고 우리는 학창 시절의 자나 곧은 의자, 공포의 백묵을 머릿속에 그리면서 이성의 천국을 두려워하는 중이지."

"나는 고삐 풀린 환상의 과잉이 이어질 거 같아." 발터는 생각에 잠겨 덧붙였다. 이 말은 약간 소심하면서도 무슨 속임수가 있는 말이었다. 그는 클라리세에게 있는 신비한 반이성주의를 염두에 두었으며, 과도한 이성의 분출을 말할 때는 언제나 울리히를 떠올렸다. 막상 당사자인 두 사람은 이것을 알아채지 못했기 때문에 발터에게는 그들을 속였다는 죄책감과 승리감이 동시에 찾아왔다. 그는 울리히가 할 수만 있다면 이 도시에 있는 동안 클라리세를 자극하지 말고 자기의 집에도 들르지 말라고 말하고 싶었다.

두 남자는 침묵 속에서 클라리세를 바라보았다.

클라리세는 문득 그들의 논쟁이 끝났음을 깨달았고, 눈을 비비더니 울리히와 발터를 친근하게 바라보았다. 그 둘은 마치 저녁의 푸른빛을 받으며 진열대 유리에 전시된 사람들처럼 황혼 속에 머물러 있었다.

55.
졸리만과 아른하임

소녀 살해자 크리스티안 모오스브루거에게는 또 하나의 여자친구가 있었다. 많은 다른 사람들에게도 그랬지만 그의 죄와 고통의 문제가 그녀의 마음에 생생하게 다가왔고 그래서 그녀는 그 사건에 대한 법적인 견해와는 다른 생각을 갖게 되었다. 크리스티안 모오스브루거라는 이름은 그녀의 마음에 들었다. 그녀는 그 이름에서 매우 건장하고 고독한, 이끼가 웃자란(모오스^{Moos}는 독일어로 이끼라는 뜻—옮긴이) 물레방앗간에 앉아 천둥 같은 물소리를 듣는 남자를 떠올렸다. 그녀는 그에게 씌워진 혐의들이 전혀 예측하지 못한 방식으로 깨끗하게 해명될 거라고 확신했다. 부엌이나 식당에서 동료들과 일할 때면 사슬을 벗어던진 모오스브루거가 그녀 옆으로 다가오는 거친 환상이 펼쳐지곤 했다. 그가 라헬을 제때에만 만났다면 소녀살인자로서의 이력을 포기하고 강도단의 두목으로 창창한 미래를 열었으리라는 상상도 전혀 불가능한 것은 아니었다.

감옥에 있는 이 불쌍한 남자는 디오티마의 속옷을 수선하려고 몸을 숙일 때마다 그를 위해 고동치는 가슴이 있다는 사실을 전혀 예감하지 못했다. 투치 국장의 집과 법원 사이는 그리 멀지 않았다. 독수리에게는 몇번의 날갯짓이면 충분히 건널 수 있는 거리였지만 대양과 육지를 놀이하듯 연결하는 현대의 정신에게는 바로 옆 구석에 있는 영혼과 소통하는 것만큼 힘든 일이 없었다.

그렇듯 거대한 물결이 다시 한번 몰아친 이후, 라헬은 모오스브루거보다는 평행운동을 더 사랑하게 되었다. 비록 그들이 원하던 일이 응접실 안에서는 순조롭게 진행되지 않았지만, 곁방에서는 엄청나게 많은 일들이 진행되었다. 전에는 항상 틈만 나면 주인이 부엌으로 건네는 신문을 읽던 라헬은 평행운동의 작은 보초로서 아침부터 저녁까지 분주한 이후부터는 더이상 시간을 낼 수 없었다. 그녀는 디오티마와 투치 국장, 라인스도르프 백작과 그 대부호, 그리고 그가 이 집에서 역할을 맡기 시작한 것을 알아챈 후로는 울리히까지 좋아했다. 그것은 마치 개가 여러 자극적인 냄새를 풍기는 주인의 친구들을 한마음으로 좋아하는 것과 같았다. 그러나 라헬은 영리했다. 가령 그녀는 울리히가 항상 다른 사람들과 반대되는 입장임을 간파했고 그래서 그에게 특이하고 아직 잘 해명되지 않는 역할을 맡기는 상상에 빠지곤 했다. 울리히는 라헬을 언제나 친절하게 바라보았고 그녀는 그가 실은 아주 오래전부터 자신을 각별하게 주시해왔음을 알아챘다. 라헬은 그가 뭔가를 원한다는 사실을 확실히 느꼈다. 그리고 그것이 오도록 내버려두었다. 그녀의 흰 피부는 기대에 차서 오그라들었고 아름답고 까만 눈에서는 아주 작은 황금촉이 시시때때로 그에게 날아갔다. 울리히는, 생각해볼 여지도 없이, 그녀가 화려한 가구와 방문자들 사이를 누비고 다니는 동안 그녀에게서 나오는 어떤 부스럭거림을 느꼈고, 그것은 약간의 혼란을 주었다.

졸리만이 그토록 라헬의 주목을 끈 것은 아른하임의 지배적인 위치에 흠집을 내는 곁방 대화 덕분이었다. 그 눈부신 부자는 자신도 모르는 사이에 울리히와 투치 외의 제3의 적, 곧 그의 작은 하인 졸리만을 갖게 되었다. 이 작은 흑인 아이야말로 라헬을 둘러싼 평행운동의 마법지대에서 불꽃 튀는 연결고리였던 것이다. 주인을 따라 신비의 나라에서 라헬의 거리로 온 이 우스꽝스런 작은 아이는 아주 쉽게 라헬을 위한 동화의 한 자리를 차지하게 되었다. 사회적으로 그 부자가 태양이고 디오티마에 속한다면, 졸리만은 라헬에 속하면서 그녀가 획득한, 태양 속에서 매력을 발산하며 빛나는 깨진 유리파편이었다. 하지만 그 소년은 그렇게 생각하지 않았다. 비록 몸은 작을지라도 그는 이미 열여섯에서 열일곱살로 넘어가는 중이었고 낭만과 적의, 그리고 개인적인 욕심으로 가득 찬 존재였다. 아른하임은 그를 원래 남부 이탈리아의 한 무용단에서 끌어내 자기 집으로 데려왔다. 원숭이의 눈빛에 슬픔을 간직한 이런깃이 그의 마음을 움직였고, 그 부자는 그에게 더 나은 삶을 열어주기로 결심했다. 그것은 친밀하고 진실한 공동체를 향한 열망이었고, 외로운 사람들에게 종종 찾아오는 연약함이었는데, 그런 연약함은 점점 더 많아지는 업무 속에 섞여 있었다. 또한 그는 졸리만이 열네살이 될 때까지 무관심하게 보일 정도로 그를 공평하게 대했는데, 그것은 마치 옛날 유모를 둔 부유한 가정에서 유모의 젖이 생모의 젖에 비해서 질이 떨어지지 않을 때까지만 유모의 자식들에게 동등한 오락과 놀이를 제공한 것과 비슷했다. 졸리만은 밤낮으로 책상 곁에 있었으며, 저명한 손님들과 몇시간이나 대화가 이어지는 동안에도 주인의 등 뒤에 서 있거나 무릎 위에 앉아 있었다. 그는 책상에 스콧, 셰익스피어, 뒤마의 책이 돌아다닐 때마다 그것을 차례로 읽었고 '인문학 핸드북'을 통해 철자를 익혔다. 그는 주인의 사탕을 먹었고, 사람들이 보지 않을 땐 심지어 주인의 담배까지 피웠다. 어떤 선생이 와서는—잦은 여행 때문에 불규칙하긴 했으나—초등학교 과정을 가르쳐주기도 했다. 졸리만은 자신에게 허락된 시종으로서의 일 외에는 좋아하는 게 없었고, 엄청난 지루함을 느꼈다. 시종일은 중요하면서도 어른스러운 일이었기 때문에 그의 일욕심을 채워주었다. 그러나 얼마전 하루는 주인이 그를 불러들이더니 자신이 원래 그에게 기대했던 바를 다 이루지 못했다고 자상하게 말했다. 이젠 그도 더이상 아이가 아니며 주인인 자신이 이 작은 시종 졸리만을 어엿한 성인으로 만들 책임이 있다는 것이다. 그래서 주인은 앞으로 졸리만을 원래 의도한 바대로 다룰 것이며, 그가 여기에 익숙해지면 좋겠다고 말했다. 많은 성공적인 사람들—아른하임도 포함되는—은 구두닦이나 접시닦이로 시작하는데, 중요한 것은 무엇을 하든 마음가짐이기 때문에 그런 일에서 비로소 능력의 근원이 자리하는 것이라고 주인은 덧붙였다.

모호하고 사치스러운 상태에서 자유로움과 약간의 봉급을 보장받던 그즈음, 졸리만은 아른하임이 알아채지 못하는 사이에 마음이 황폐해지고 있었다. 졸리만은 아른하임이 던진 말을 이해할 수는 없었으나 어렴풋이 추측할 수는 있었고 그에게 가해진 이 변화 이후로는 주인을 미워하게 되었다. 그는 책이나 사탕, 담배 따위를 절대 포기하지는 않았다. 대신 전 같으면 기쁨을 주는 만큼 당당하게 가져갈 것을 이제는 대놓고 훔쳐냈으며 그것으로도 복수심이 풀리지 않으면 아른하임의 물건을 부수거나 숨기거나 내다버리기까지 했다. 아른하임은 희미한 기억 속에 떠오르긴 하지만 다시 나타나지는 않는 그 물건들 때문에 당황해했다. 작은 악마처럼 복수를 이어가면서도 졸리만은 시종으로서 맡은 임무를 다했고 친절한 태도를 보였다. 그는 여전히 모든 요리사, 하녀, 호텔직원, 여성 방문자들에게 큰 센세이션을 일으켰고 그들의 시선과 웃음 가운데 점점 성질이 나빠졌으며 거리의 부랑아들로부터 조롱섞인 눈빛을 받았다. 이런 억압을 당할 때조차 졸리만은 자신을 매력적이고 중요한 인물이라고 느꼈다. 그의 주인 역시 때로 만족스러우면서도 격려하는 눈빛을 던졌고 친절하고 현명한 조언을 해주었으며 모든 이들이 그를 솜씨좋고 친절한 청년으로 칭송했다. 그리고 만약 자기 양심에 비춰서도 혐오할 만한 짓거리를 한 직후에 그런 칭찬을 받았다면, 졸리만은 마치 불타는 얼음을 꿀꺽 삼킨 사람처럼 친절하게 히죽거리면서 자신의 우월함을 만끽했을 것이다.

   이 집에서 전쟁이 준비되는 것 같다는 말을 그에게 건넴으로써 라헬은 이 청년에게 신뢰를 얻었다. 그리고 그후부터는 우상 아른하임에 대한 아주 나쁜 말들을 그를 통해 들어야만 했다. 그의 권태로운 태도에도 불구하고 졸리만의 환상은 검과 작은 칼이 가득 찬 바늘꽂이처럼 보였고 아른하임에 대해 라헬에게 한 모든 설명에는 천둥치는 말발굽소리와 흔들리는 횃불과 밧줄사다리가 들어 있었다. 그는 라헬을 믿었기에 아주 길고 기묘하게 울리는 자신의 본명까지 말해주었는데 그가 너무 빨리 말해버리는 바람에 그녀는 알아들을 수조차 없었다. 나중에 그는 몇가지 비밀도 알려주었는데, 그가 아프리카에서 한 왕의 아들이고 그의 아버지는 수천의 전사와 소, 노예, 보석을 소유했으며 자신은 어린 시절 납치됐다는 것이다. 원래 아른하임은 그를 왕에게 되팔아 많은 이윤을 남기려고 그를 샀던 것이지만, 그는 도망가려고 했었고 만약 아버지와 이렇듯 멀리 떨어지지만 않았어도 벌써 그랬을 것이라는 말도 했다.

라헬이 이 말을 믿을 정도로 바보는 아니었다. 그럼에도 그녀는 이 말을 믿었는데 평행운동과 연관된 것에서 못 믿을 말이란 없었기 때문이다. 그녀는 또한 졸리만이 아른하임에 대해 함부로 말하지 못하도록 하려 했다. 하지만 그의 오만한 추측에 공포 섞인 불신을 가지지는 않았는데 그녀의 의심에도 불구하고 그의 주인이 믿을 만하지 못하며 평행운동에 엄청나게 절박한, 그리고 위협적인 존재가 될 것이라는 졸리만의 말을 어느 정도 인정했기 때문이다.

그것은 폭풍우를 몰고오는 구름이었고, 그 뒤로 키큰 남자가 이끼 낀 물레방아 길로 사라졌으며, 졸리만의 작고 원숭이 같은, 주름잡힌 찡그린 얼굴에 흐릿한 빛이 모여들었다.

56.
평행운동 위원회에서의 활발한 활동.
클라리세가 경애하는 백작 각하에게 편지를 보내
'니체의 해'를 제안한다

이 즈음 울리히는 매주 두세 차례 백작 각하를 방문해야 했다. 그 집에는 천장이 높고 화사하며 아주 매혹적인 방이 있었는데, 창가에는 커다란 마리아 테레지아 책상이 놓여 있었으며 벽에는 붉고 푸르고 노란 점들이 흐릿하게 빛나는 어두운 그림이 걸려 있었다. 그림 속 기병은 쓰러진 또다른 기병의 배를 찌르고 있었고 반대편 벽에 걸린 고독한 부인의 배는 조심스럽게 금으로 수놓은 코르셋으로 덮여 있었다. 이 여인이 이렇게 홀로 떨어져 걸려 있을 이유가 없을 것 같았는데, 왜냐하면 그녀는 분명 라인스도르프 가문 사람이며 그 분바른 젊은 얼굴은 마치 진흙을 밟은 발자국이 눈雪 위로 이어지듯이 그렇게 각하와 닮아 있었기 때문이다. 울리히에게 라인스도르프 백작을 볼 기회는 거의 없었다. 지난 회의 이래 평행운동은 눈에 띄는 변화를 겪었는데 그것은 백작이 더이상 위대한 사상에 매진할 기회가 없어진 대신 시사문제를 읽거나 손님들과의 대화와 여행으로 시간을 보낸다는 사실이었다. 그는 벌써 총리와 회담을 가졌고 주교와도 이야기를 나누었으며 궁내사무국에서의 대담도 있었고 국회에서 몇차례 귀족들과 상류 부르주아들을 모아놓고 교류하기도 했다. 울리히는 이런 모임에 초대받지 못했으므로 여러 방면에서 반대파들의 강한 정치적 저항이 있었을 것으로 추측할 뿐이었다. 그래서 평행운동이 강한 지지를 받을수록 그 안에 단합된 사람들은 더 적어지고 당분간은 감시자들이 위원회를 대표하겠구나 하고 생각했다.

다행인 것은 이 위원회가 날을 거듭해갈수록 큰 발전을 이룬다는 사실이었다. 개최회의에서 결정된바, 위원회는 세계를 종교, 교육, 상업, 농업과 같은 큰 관점으로 나눴다. 모든 위원회는 해당 정부부처의 대표자를 이미 포섭했고 각각의 위원회가 다른 위원회와 연합하면서 그들의 소망과 제안, 청원 등을 최고위원회에 제출할 수 있는 존경받는 조직의 대표를 데려오는 일에 매달리고 있었다. 이런 식으로 국가의 중요한 도덕적 역량이 질서화되고 집중되어 위원회로 밀려들 것이라 기대되었고 그러한 기대는 이미 문서교환을 통해 뿌리내렸다. 위원회들은 전에 중앙위원회에 보내진 서한들을 참조하여 짧은 기간 내에 다른 서한을 보낼 수 있었다. 또한 그 서한은 거듭될수록 중요도가 높아지는 문장으로 시작되었는데 가령 다음과 같은 단어들이 사용되었다. '○○번의 우리 서한과 관련하여 참고번호 ○○번, 이러저러한 사안에 ○○번….' 그리고 이 번호들은 서한이 거듭될수록 길어졌다. 이것은 이미 그 자체로 건강한 성장으로 받아들여졌고 심지어는 외교관들조차 준외교적 차원에서 이런 표현들을 쓰기 시작했는데, 이는 오스트리아의 애국주의를 다른 나라에 강력하게 드러내는 것이기도 했다. 외국 대사들은 이미 조심스럽게 정보를 얻으려고 기회를 노렸고 예민해진 의회는 그 의도를 질문해오기 시작했다. 민영 대기업은 질문 과정에서 제안을 하거나 또는 회사를 애국주의와 확고하게 연계하기로 했다는 자신들의 견해를 드러냈다. 기구가 있었고, 기구가 있었기 때문에 그것은 작동해야 했고, 그것이 작동했기 때문에 속도를 내기 시작했다. 차가 넓은 들판에서 움직이기 시작하면 비록 운전대를 잡으려는 사람이 없어도, 차는 항상 확실하고 인상적이며 웅장한 길을 가기 시작하는 것이다.

　이런 식으로 강한 추동력이 등장했고 라인스도르프 백작은 그 힘을 느꼈다. 그는 코걸이 안경을 쓰고 전달된 서한들을 처음부터 끝까지 신중하게 읽었다. 이것들은 더이상 무명의 혈기왕성한 사람들의 개인적인 제안이나 소망이 아니었다. 처음에 그런 제안과 소망들은 일이 제 궤도에 들어서기 전에 넘쳐버렸다. 비록 이러한 청원이나 질의들이 민중의 새싹에서 터져나왔지만 그것들은 지금 산악회, 이사회라든가 자유사상연합, 여성복지연합, 산업노조, 사회연합이나 시민연합 같은 곳의 서명을 받아 들어왔다. 또한 다른 조악한 단체들까지 이 서명에 참여하는데, 이런 단체들은 마치 소용돌이치는 바람에 쓰레기 조각들이 휩쓸리듯이 남들보다 먼저 개인주의에서 집단주의로 달려간 경우들이다. 그리고 경애하는 백작은 도대체 그들이 무엇을 요구하는지 제대로 이해하지 못했음에도 불구하고 전체적으로 뜻깊은 진보가 이루어졌다고 느꼈다. 그는 코걸이 안경을 벗어서 그 편지들을 정부관료나 비서에게 다시 건네고는 아무 말 없이 만족스럽게 고개를 끄덕였다. 그는 평행운동이 선하고 질서있는 길에 접어들었고 옳은 길을 이미 찾았다는 느낌에 사로잡혔다.

　그 편지를 넘겨받은 정부관료는 보통 그것을 다른 편지더미에 얹어놓았고 맨 위로 올라온 마지막 편지를 백작의 눈앞에서 읽었다. 그러면 백작은 이렇게 말하곤 했다. "훌륭하군요. 하지만 우리의 목표에 관해 아무것도 확실하지 않은 이상, 옳은지 그른지를 말해선 안 될 것이오." 이런 일은 그 관료가 각하의 눈앞에서 편지를 읽을 때마다 반복되었고, 결국 관료에게는 습관처럼 되었으며 그는 전에도 그랬듯이

'미확'이라는 주문을 쓰기 위해 금박연필을 들고 대기하고 있었다. 이 '미확'이라는 주문은 카카니엔의 관원들 사이에 널리 쓰이는 용어였다. 그것은 '미확정되었다는 말'로 '나중에 결정하려고 미뤄둔다'는 뜻이었다. 또한 그것은 아무것도 잃지 않으면서 서두르지도 않는다는 신중함을 보여주는 하나의 사례였다. 가령 말단 행정직원이 아내의 출산에 따라 신청한 지원금요청을 그 아이가 성장하여 자립할 때까지로 '미확'했다면, 그것은 그 문제가 미래에 법적으로 규정될 가능성을 열어둘 뿐 아니라 부하의 청탁을 당장에 거절하고 싶지 않은 상사의 마음까지 담아내었다. 청을 거절하기 어려운 힘있는 사람이나 관료들의 청원 역시 '미확'되었는데 또다른 힘있는 자가 그 청탁에 반대하고 있는 경우조차 그러했다. 또한 관청에 처음 도착한 모든 사안들은 비슷한 사례가 접수되지 않는 한, 원칙적으로 '미확'으로 처리되었다.

하지만 관청의 이런 관습을 조롱하는 게 그리 옳지 않을 수도 있었다. 왜냐하면 관청 밖의 세계에서는 더 많은 것들이 미확정된 채로 남아 있었기 때문이다. 왕의 취임식 때마다 여전히 터져나오는, 터키나 이교도들을 쳐부수겠다는 선언은 얼마나 쓸모없는 짓이 돼버렸던가. 생각해보면 인류 역사에서 어떤 문장도 완전히 해결되거나 끝장을 본 것은 없으며 때때로 마치 황소가 날아다닌다는 속임수처럼 난데없이 엉뚱한 진보의 순간이 찾아왔을 뿐이다. 정부사무실에서는 적어도 몇몇 것들이 길을 잃었지만 세상에서는 아무것도 그렇지 않았다. 그렇게 '미확'은 우리 삶의 근간을 이루는 근본양식이 되었다. 뭔가 특별히 다급한 일이 있을 때 백작은 다른 방식을 선택해야 했다. 그럴 때 그는 친구 슈탈부르크를 통해 의회에 청원하여 말 그대로 '잠정적인 확정'을 내려줄 수 있는지를 묻는다. 어느 정도 시간이 흐른 후 매번 오는 답은 이 시점에 폐하의 의견을 당장 전달할 수는 없으며 차후에 공적인 견해가 일어날 때를 기다려 그때 그것이 어떻게 받아들여지며 당분간 어떤 다른 요구가 일어나지는 않을지를 판단하여 청원을 재고하는 절차를 밟는 것이 바람직하다는 것이다. 이런 답변에 따라 그 청원에는 또다른 청원이 덧붙여져 적당한 행정부서로 넘어가는데 그때마다 이 부서 단독으로는 문제를 처리할 수 없다는 메모가 첨부되어 돌아온다. 이때 라인스도르프 백작은 다음 실행위원회 모임에서 부서 상호간의 하부위원회를 열어 이 문제를 연구하자는 제안을 메모해둔다.

  백작 각하는 오직 어떤 사회단체나 공식 종교·예술·과학 단체 명의로 온 편지가 아닌 경우에만 마음놓고 결정했다. 최근 그런 편지가 클라리세에게서 왔는데, 그녀는 울리히를 끌어들여서 오스트리아 니체 기념해 설립을 제안하고 그와 동시에 여인살해자 모오스브루거를 위해서도 뭔가를 해야 한다고 썼다. 그녀는 여성으로서 이런 제안을 해야 할 의무를 느꼈으며 니체가 정신이상자인 것처럼 모오스브루거 역시 그렇다는 뜻깊은 일치 때문에 이런 제안을 한다고 덧붙였다. 두껍게 T자로 선을 칠한 데다가 밑줄까지 쳐진 이 십자가 모양의 분명히 덜떨어진 편지를 라인스도르프 백작이 보여주는 순간, 울리히는 농담으로 넘어갈 수 없는 분노를 느꼈다. 그럼에도 그가 난처해하는 모습을 감지한 백작은 친절하면서도 진지하게 말했다. "그게 흥미롭지 않은 일은 아니오. 열정적이고 에너지가 넘친다고 말해야겠지. 하지만 그런 모든 개별 제안들을 보류한다는 사실에 우리는 유감을 느껴야 하고 그렇지 않다면 우리는 아무것도 이루지 못할 것이오. 당신이 아는 사람이 쓴 편지인 만큼, 나 대신 그 사촌에게 건네줄 수 있겠지요?"

57.
거대한 도약. 디오티마는
위대한 사상들에 관해 이상한 체험을 한다

울리히는 그 편지들을 없애버리려고 가져왔지만 그 문제를 두고 디오티마와 대화를 나누기는 쉽지 않았다. 신문에 '오스트리아 해'에 대한 기사가 실린 후부터 디오티마가 어떤 무질서한 도약에 매료됐음을 느꼈기 때문이다. 울리히가 읽지도 않고 그녀에게 넘긴 라인스도르프 백작의 파일은 물론 매일 쏟아지는 각종 편지와 언론스크랩에 서적상의 견본책자들까지 엄청나게 밀려들어왔다. 마치 바람과 달이 서로를 잡아당길 때 바다가 부풀어오르듯이, 전화 역시 잠시도 멈추지 않았다. 만약 여주인을 끊임없이 방해할 수 없다는 것을 알아챈 라헬이 순수한 목적으로 그 통신용 기계를 맡아 대부분의 정보를 알아서 처리하지 않았다면 디오티마는 밀려오는 일 때문에 주저앉고 말았을 것이다.

디오티마에게 전에 없던 이런 신경이상 증세는 항상 떨리듯 그녀의 몸을 두드리면서 지금까지 경험하지 못했던 행복을 선사했다. 그것은 떨림이자 의미로 가득한 존재이며 세계건축의 정수리에 꽂힌 돌이 받는 압박처럼 바스락거리는 소리이고 주변이 다 내려다보이는 산꼭대기에 섰을 때의 무無의 느낌처럼 아찔한 것이었다. 간단히 말해서 소박한 중등학교 선생님의 딸이자 중산층 부영사 부인의 마음속에서 깨어난 위치감각이었는데, 지위가 상승함에도 지금까지 존재의 신선한 영역에 온전히 남아 있던 것이고 이따금 의식으로 떠오르는 것이었다. 그런 위치감각은 무의적인 영역에 속하면서도 존재에게는 아주 중요한 역할을 한다. 마치 지구의 자전이나 인격의 어떤 부분이 우리가 인식하지 못할지라도 여전히 중요한 것처럼 말이다. 인간은 허무를 마음에 담아두지 말라고 교육받기 때문에 그것의 대부분을 발밑에 둔 채 위대한 조국과 종교, 또는 소득세등급이라는 땅을 밟고 돌아다닌다. 그러고는 그런 위치감각을 결여한 채 허무에서 솟아오른 시간의 기둥이 도달하는 순간적인 최고점, 누구나 오를 수 있는 위치에서 적당히 만족한다. 말하자면 그것은 모든 선조들이 먼지로 돌아가고 아직 그 어떤 후손들도 오지 않은 그런 현재를 살아가는 것과 똑같다. 그러나 만약 보통 때는 의식하지 못하는 이런 허무가 어떤 이유로 갑자기 발에서 머리로 올라온다면, 그것은 세계가 둥글기 때문에 자신도 임신하게 될 거라는 처녀의 착란 같은 부드러운 착각을 일으킬 수도 있다. 이제는 투치 국장조차도 일이 어떻게 진행되는지를 예의를 갖춰 디오티마에게 물었다. 때로는 이런저런 일을 맡아달라고 그녀에게 부탁하기도 했다. 그녀가 살롱 얘기를 꺼낼 때마다 입가에 흐르던 비웃음은 이제 근엄한 진지함으로 바뀌었다. 그는 스스로 이 국제적인 평화운동의 일선에서 어느 정도의 위치를 맡아야만 폐하에게 받아들여질지를 잘 몰랐지만 어쨌든 자신과의 협의 없이는 외무부서의 어떤 작은 일에도 끼어들지 말 것을 디오티마에게 여러 차례 말해둔 터였다. 그는 그 시점에 만약 국제 평화운동에 어떤 심각한 움직임이라도 있으면 그것을 뒤따를 어떤 가능한 정치적 혼란에 즉각 관심을 기울여야 한다고 제안하기도 했다. 그런 고귀한 사상이 절대 거부되어서는 안 된다고, 설사 그것을 실현할 가능성이 없더라도 거부되어서는 안 된다고 그는 부인에게 말했다. 하지만 계속 나아갈지, 아니면 초기에 후퇴할지에 대해서는 여러 가능성을 열어둘 필요가 있다고 덧붙였다. 이어서 그는 무장해제, 평화협정, 정상회의 등의 차이점에서부터 헤이그의 평화궁전 벽화를 오스트리아의 화가들이 꾸민다는 이야기까지 시시콜콜하게 늘어놓았는데, 이렇게 부인과 구체적인 이야기를 나눈 것은 전에 없는 일이었다. 심지어 그는 뭔가 덧붙일 말을 잊어버렸다며 가죽가방을 들고 침실로 되돌아오곤 했다. 가령 그는 개인적으로 '세계의 오스트리아'라는 이름과 명백히 연관되는 것은 평화주의적이고 인문주의적인 사업뿐이라고 생각하며 그 밖의 다른 것들은 위험하고 종잡을 수 없는 그런 것들이라고 말했다.

디오티마는 참을성있게 미소지으며 대답했다. "당신이 바라는 대로 나도 열심히 할 거예요. 하지만 외교문제의 중요성을 그렇게 과장해서는 안 될 거예요. 내부에서 엄청난 해방의 분출이 있고 그것은 이름없는 민중의 깊숙한 곳에서 나오고 있어요. 날마다 얼마나 많은 요청과 청원들이 나한테 쇄도하는지 당신은 모를 거예요."

그녀는 칭송받을 만했는데, 스스로 알지 못하는 사이 엄청난 어려움과 투쟁해왔기 때문이다. 어떤 이상적인 제안도 종교, 법, 농업, 교육 등의 지도자로 조직된 중앙위원회의 냉담하고 소심하며 신중한 충고에 부딪히게 되는데, 그 신중함이란 디오티마가 남편을 통해 단련한—그가 이렇게 예민해지기 전에는—것이었다. 때때로 그녀조차 인내심이 바닥난 채 낙담하기도 했다. 그때마다 그녀는 이 타성에 젖은 세계의 저항을 깨뜨리기가 쉽지 않다는 사실을 고백하지 않을 수 없었다. 그녀에게 오스트리아 해는 명백하게 세계 오스트리아 해였고 오스트리아의 민족들은 세계 민족의 모범이 되어야 했다. 그것을 위해서는 오스트리아의 영혼이 그들 민족의 진정한 고향임을 증명하기만 하면 족했다. 또한 명백한 것은, 이해가 더딘 사람들을 위해 특별한 내용물이 필요하며, 그 내용물에는 좀더 과감하게 감각적이고 추상적이지 않은 착상이 채워져야 한다는 것이다. 그래서 디오티마는 하나의 이념, 다시 말해 주도적이면서도 독특한 방식으로 오스트리아의 이념을 상징하는 그런 이념을 찾기 위해 오랫동안 많은 책을 보았다. 디오티마는 위대한 이념의 존재에 대해 기이한 체험을 하고 있었다.

    그녀는 위대한 시대에 사는 것처럼 보였다. 시대가 위대한 이념으로 가득 차 있었기 때문이다. 하지만 위대한 이념 속에서 가장 위대하고 중요한 일을 실현하기 어렵다고 한다면 사람들은 아마 믿지 않을 것이다. 왜냐하면 행동을 위한 모든 조건이 갖춰졌으나 그중 하나를 택하는 일이 일어나지 않았기 때문이다. 디오티마가 그 마지막 결정에 거의 도달할 때마다, 그녀는 그 이념과 반대되는 것 역시 위대하며 실행해볼 가치가 있음을 목격해야 했다. 매번 그런 식이었고, 그녀는 어쩔 수가 없었다. 이상에는 독특한 성질이 있는데, 그중 하나는 누군가 그 이상에 충실히 복종하려 할 때, 이상은 그 반대쪽으로 바뀌어버린다는 것이다. 가령 당시 사람들의 입에 오르내리던 톨스토이와 베르타 주트너$^{\text{Berta Suttner}}$(오스트리아의 소설가이자 평화주의자—옮긴이)의 경우를 보면서 디오티마는 인간이 어떻게 폭력없이 구운 통닭을 먹을 수 있을까라는 의심을 가졌다. 또한 저들의 주장처럼 인간이 살인을 해서는 안 된다면, 군인들은 뭐라는 말인가? 그 병사들은 아마 황금시대를 살아가는 실업자, 가난뱅이, 범죄자들일 것이다. 그런 주장이 이미 일어나고 있고, 서명이 모아지고 있다는 소문이 돌았다. 디오티마는 영원한 진리가 없는 삶을 결코 상상할 수 없었다. 그러나 바로 지금 놀랍게도 영원한 진리는 이중적이거나 다중적이 된 것이다. 그것이 바로 이성적인 사람들이 ―투치 국장은 정말 명백한 변명거리를 얻은 셈인데― 영원한 진리를 뿌리깊게 불신하는 이유가 되었다. 물론 그는 영원한 진리가 있어야 한다는 데 토를 달지는 않았다. 하지만 그것을 글자 그대로 받아들이는 사람은 정신병자라고 생각했다. 그의 견해에 따르면 ―자비롭게도 그가 매번 아내에게 전하는― 이상이란 인간에게 엄청난 요구를 하는데, 만약 처음부터 그 요구를 아주 진지하게 검토하지 않으면 망하고 말 것이다. 투치가 그 증거 중 최고로 꼽는 것이 '이상'이나 '영원한 진리' 따위의 단어가 진지한 일을 다루는 정부기관 사무실에서는 제대로 먹혀들지 않는다는 것이었다. 그런 단어들을 실재에 적용해보려는 사무관은 아마 즉각 휴가를 받아 여행을 다녀오라는 정신과의사의 진단을 받을 것이다. 비록 디오티마가 이런 얘기를 고통스럽게 듣긴 했지만, 그녀는 늘 마침내는 이런 힘빠지는 순간에서 벗어나 새로운 과제로 되돌아가곤 했다.

   라인스도르프 백작조차 마침내 그녀와 상의해야 할 순간이 돌아오는 것을 보고는 그녀의 정신적 에너지에 감탄하고 말았다. 백작은 민중의 한가운데서 일어나는 선언이 있기를 바랐다. 그는 민중의 의지를 알고자 했으며 그것을 위로부터의 세심한 영향력으로 정화하고 싶어했는데, 왜냐하면 그가 그 의지를 비잔티움의 독재의식이 아니라 민주주의의 소용돌이 속에서 민중의 자각을 드러낸 것으로 폐하께 제출하고자 했기 때문이다. 디오티마는 백작이 여전히 '평화의 왕'이라는 이념과 진정한 오스트리아의 빛나는 선언이라는 생각을 붙잡고 있음을 알았다. 또한 그는 세계의 오스트리아라는 이상에도 반대하지 않았는데, 단 그 안에 족장 주위로 모여든 가족 같은 민족이라는 느낌이 전달되는 한에서 그러했다. 아른하임 박사에게 어떤 유감도 없고 오히려 흥미로운 사람이라고 떠들고 다녔음에도 백작은 조용히 입장을 바꿔 이 가족에서 프로이센을 제외해버렸다. "우리는 낡은 의미에서의 애국주의를 가지자는 게 절대 아닙니다." 그가 제안했다. "우리는 민족과 세계를 흔들어 깨워야 해요. 오스트리아 해는 아주 좋은 이상이고 그래서 나도 기자들에게 대중의 상상력이 그런 목표를 향해야 한다고 말했지요. 그러나 오스트리아 해에 동의했다면 과연 무엇을 해야 할지 생각해보셨나요? 그렇습니다. 그것이 또한 우리가 알아야 할 것입니다. 우리가 위로부터 어떤 도움을 받지 못한다면, 미성숙한 생각들이 승리하게 될 거예요. 그리고 나는 지금 어떤 것도 떠올릴 시간이 없습니다."

디오티마는 백작이 근심에 차서 격렬하게 말하는 것을 보았다. "운동은 최고의 상징이 되어야지 그렇지 않으면 아무 소용도 없어요. 그건 명백합니다. 그것은 세계의 심장을 움켜잡되 위로부터의 영향력을 또한 받아야 합니다. 그것에는 어떤 반대도 있을 수 없어요. 오스트리아 해는 탁월한 제안이지만, 제 생각에는 세계의 해가 더 좋습니다. 오스트리아 내부의 유럽정신이 진정한 고향을 깨달을 수 있는 그런 오스트리아 해 말입니다!"

"신중하게! 신중하게!" 이미 몇차례나 그의 친구가 저지른 대담함에 놀란 적이 있던 라인스도르프는 이렇게 경고했다. "당신의 이상은 항상 약간 지나친 것 같아요, 디오티마! 당신도 그런 말을 한 적이 있지만, 아무리 신중해도 지나치지 않는 법이에요. 당신은 이 세계의 해에 우리가 무엇을 해야 한다고 생각했나요?"

실은 솔직함이 담긴 이 질문으로 라인스도르프 백작은 그의 생각을 더욱 뚜렷하게 드러냈고 정확히 디오티마의 아픈 부분을 건드렸다. "각하," 그녀가 약간 고민하더니 말했다. "당신이 세상에서 제일 어려운 질문을 던지시는군요. 제 생각에는 하루빨리 시인과 사상가들처럼 유력한 인사들의 모임을 갖는 게 좋겠어요. 이 회합에서 어떤 말이 나오기 전까지는 아무 말도 하지 않겠습니다."

"맞아요!" 그렇게 시간을 번 백작은 소리쳤다. "맞습니다. 아무리 신중해도 지나치지 않지요. 당신도 내가 하루종일 듣는 이 말을 이해해주면 좋겠군요!"

58.
평행운동이 의구심을 불러일으키다. 그러나
인류역사에서 자발적으로 후퇴하는 경우는 없다

한번은 백작이 울리히와 더 깊이 이야기할 시간을 가졌다. "난 아른하임 박사가 그리 편하지 않아요." 그는 허심탄회하게 말했다. "확실히 지적인 사람이고, 당신 사촌이 그렇게 깊은 인상을 받은 것도 당연합니다. 하지만 결국은 프로이센 사람이거든. 나한테는 그렇게 보일 뿐이에요. 당신도 알다시피 1865년 내가 아직 소년이었을 때 돌아가신 우리 부친께서 크루딤 성에서 사냥파티를 열었는데 그중 한 손님이 꼭 그렇게 생겼었어요. 그런데 1년 후에 밝혀지기를, 그는 프로이센의 작전참모였는데 그를 데려온 사람은 물론이고 아무도 그 사실을 몰랐어요. 이 말은 정말 하고 싶지 않지만, 아른하임이 우리의 모든 것을 안다는 게 영 꺼림칙합니다."

"각하," 울리히가 말했다. "저한테 그 문제에 관해 말할 기회를 주시니 기쁩니다. 뭔가 조처가 취해질 때가 되었습니다. 우려스런 일이 일어나고 있고 외국 관찰자들이 이를 목격해서는 안 될 것 같습니다. 결국 평행운동이란 모든 사람들을 즐겁게 일깨워야 하는 것 아닌가요? 각하가 의도하는 바도 그렇지 않나요?"

"그럼, 물론이지요."

"하지만 일은 정반대로 진행되고 있습니다." 울리히가 소리쳤다. "저는 평행운동이 모든 교양있는 자들을 눈에 띄게 회의적이고 비관적으로 만든다는 인상을 받았습니다."

백작은 기분이 어두워질 때마다 그러듯이 머리를 흔들더니 한손 엄지를 다른 손 엄지 주위로 돌렸다. 사실 그 역시 방금 울리히가 말한 것 같은 생각이 들었던 것이다.

"제가 평행운동에 관여된 일이 알려진 이후," 울리히가 말했다. "누군가와 일상적인 대화를 나누자면 3분이 채 안 돼서 이런 질문을 받게 됩니다. '도대체 평행운동의 목적이 뭔가요? 요즘 같은 세상에 위대한 업적이니, 위대한 인물이니 하는 것은 다 사라졌는데요!'"

"그래요. 그들만 그런 건 아닐 겁니다." 백작이 끼어들었다. "나도 그걸 잘 알고 있으며 들어보기도 했어요. 큰 사업가들은 자신들한테 충분한 보호관세를 제공해주지 않는다고 정치가들을 욕하고, 정치가들은 선거자금을 충분히 내놓지 않는 사업가들을 욕하죠."

"바로 그렇습니다." 그는 말을 이었다. "외과의사들은 빌로트[Th.]

Billoth(1881년 개복수술에 최초로 성공한 오스트리아인 의사—옮긴이) 이래 외과수술이 진보해왔다고 믿습니다. 그들이 말하기를 여타 의학이나 과학은 외과수술에 기여한 바가 없다고 합니다. 덧붙이자면, 심지어 신학자들조차도 최근의 신학이 예수 시대의 믿음보다 훌륭하다고 주장하는 실정입니다."

라인스도르프 백작은 부드럽게 손을 들어서 이 말에는 반대한다는 뜻을 표했다.

"제가 좀 부적합한 말을 하더라도 이해해주시길 바랍니다. 꼭 유용하지는 않을지라도 저는 아주 일반적인 이야기를 하고 싶을 뿐입니다. 방금 말씀드린 대로 외과의사들은 자연과학이 인류의 요구를 모두 담아내지는 못한다고 주장합니다. 그러나 반대로 자연과학자와 현대에 대해 이야기를 나누자면 그들은 생각을 좀 고양시키고 싶은데 연극은 따분한 데다 요즘 소설은 재미도 없고 도움이 되지 않는다며 투덜거립니다. 시인과 이야기해보면, 그들은 또 믿음이 부족하다고 하지요. 그리고 지금 시대에 맞지 않는 신학자들을 제쳐두고 싶어서 화가와 이야기해보면 그들은 이렇듯 비참한 문학과 철학의 시대에 최고의 그림을 내놓을 수 없다고 확신할 것입니다. 한 사람이 다른 사람을 비난하는 순서는 당연히 항상 같지 않지만 그것은 언제나 수건돌리기 같은 측면이 있습니다. 그게 뭔지 잘 상상이 안 되신다면 집뺏는 술래잡기를 생각하시면 될 겁니다. 저는 도대체 그 법칙이라든가 규칙을 알아낼 수가 없습니다! 각자 사람들은 스스로에게 만족하지만 전체적으로 볼 때 서로 뭔가 보편적인 이유가 있어서 뼛속 깊이 불편해하는 것이 아닌가 우려됩니다. 게다가 평행운동이 이런 상황을 폭로할 운명인 것도 같고요."

"맙소사," 백작은 이 해명이 무슨 의미인지도 모르는 채 대답했다. "그저 배은망덕일 뿐이로군요!"

"덧붙여 말씀드리자면," 울리히가 말을 이었다. "저는 서류철 두 개 가득 보편적인 제안들을 써두었지만 각하께 가져올 기회가 없었습니다. 그중 하나에 저는 '뒤로 돌아가자'라는 제목을 달았습니다. 얼마나 많은 사람들이 이전 시대의 세상이 지금보다 나았다고 우리에게 말하는지 모릅니다. 평행운동이 그들을 과거로 돌려놓기를 바라는 것이지요. 저는 합당한 슬로건을 '신앙으로 돌아가자'라고 봅니다만, 여전히 바로크로, 고딕으로, 자연으로, 괴테로, 독일법으로, 도덕적 순수함으로, 그 외 많은 것들로 돌아가자는 구호가 등장합니다."

"당신 말이 맞아요. 하지만 그 속엔 진실한 생각도 담겨 있는 것 같아요. 그것까지 잘라버려서는 안 되겠지요?" 라인스도르프 백작이 말했다.

"그럴 수도 있지요. 하지만 그것들을 어떻게 처리해야 할까요? '당신이 보낸 서한을 잘 살펴보니 지금 이 시대를 적당하게 받아들이지 못한 게 후회되네요'라고 할까요, 아니면 '당신 편지 잘 읽었습니다. 이 세계를 어떻게 바로크, 고딕 같은 세계로 되돌릴 것인지 좀더 구체적인 시안을 만들어보는 것이 좋겠소'라고 할까요?"

울리히는 웃었다. 그러나 라인스도르프 백작은 그가 좀 경솔하다고 생각했고 반격할 힘을 모으면서 엄지손가락 주위로 다른 엄지를 돌리고 있었다. 그의 팔자 수염은 발렌슈타인 시대의 준엄함을 연상시켰고 그는 곧 아주 의미심장한 말을 쏟아냈다.

"이 보시오 박사," 그가 말했다. "인류역사에서 자발적인 후퇴란 없었어요!"

이 말에 그 누구보다 놀란 사람은 라인스도르프 자신이었다. 그는 원래 다른 말을 하려고 했다. 보수적인 성향인 그는 울리히에게 화가 나 있었고 시민계층이 가톨릭교회의 보편적인 정신을 업신여긴 결과 지금의 고통을 겪고 있다는 점을 지적해줄 작정이었던 것이다. 또한 그는 절대적 왕권시대를 찬양하는 편이었는데, 그 시대야말로 확고한 원칙에 따른 책임감이 뭔지를 아는 사람들이 세계를 지배했기 때문이다. 하지만 그가 할말을 찾고 있을 때, 갑자기 어느날 아침 따뜻한 욕조도, 기차도 없이, 조간신문 대신 포고를 알리는 제국관원의 외침소리를 들으며 깨어난다면 얼마나 불쾌해질까 하는 생각이 떠올랐다. 그래서 라인스도르프 백작은 '한번 지나간 것은 다시는 같은 방식으로 반복되지 못한다'는 데 생각이 미쳤고 그 생각을 하는 동안 그렇게 놀랐던 것이다. 만약 역사에서 자발적인 후퇴가 없었다고 한다면, 인류는 섬뜩한 방랑여행을 계속해온 사람에 다를 바 없으며 그 사람은 돌아갈 수도, 정주할 수도 없는, 그래서 정말 주목할 만한 상태에 놓인 것이 아닌가.

서로 모순될 수 있는 생각을 다행히도 각각 나누어 보관하는 독특한 능력을 갖춘 덕분에 백작의 머릿속에서 그 생각들은 전혀 충돌하지 않았다. 그의 모든 원칙과 충돌하는 이런 생각들만큼은 피했어야 했지만 백작은 울리히에게 호감을 가졌고 두뇌가 명석한 데다 그의 말을 잘 따르며 중대한 질문에서는 한발 떨어져 시민계급의 편에 서는 그에게 시간이 허락하는 한 확고한 논리로 정치적인 문제들을 설명하는 게 흡족하기도 했다. 하지만 꼬리에 꼬리를 물고 이어지는 논리로 말을 시작하면, 어떤 결론에 이르게 될지를 절대 알 수 없다. 그래서 라인스도르프 백작은 자신의 말을 철회하지도 못한 채 침묵하면서 울리히를 집요하게 바라보기만 했다.

두번째 서류철을 들고 있던 울리히는 잠깐의 휴식을 틈타 두 서류를 모두 각하에게 넘기려고 했다. "두번째 서류에는 '앞으로 나아가자'라는 제목을 달아야 했습니다." 그는 설명하기 시작했지만 백작은 정신이 번쩍 들면서 시간이 다 지나갔음을 깨달았다. 그는 그 다음 이야기는 시간이 많을 때 다시 해달라고 부탁했다. "당신 사촌은 이런 문제들을 토론하기 위해 주요 인사들의 모임을 갖는다는군요." 백작은 일어서서 말했다. "그 자리에 가주시오. 꼭 말이오. 나에게도 초대가 올지 모르지만."

울리히는 서류철을 꾸렸고 라인스도르프 백작은 열린 문 사이로 드리운 어둠 속에서 다시 돌아서며 말했다. "위대한 시도는 모든 이들을 주저하게 하지요. 하지만 우리는 그들을 흔들게 될 거요." 책임감 때문에 그는 울리히에게 위로의 말을 던지지 않고는 못 배겼던 것이다.

59.
모오스브루거는 깊이 생각한다

그사이 모오스브루거는 새 감옥에 최선을 다해 적응해갔다. 문을 닫아걸 때마다 누군가 호통을 쳤다. 그의 기억이 옳다면, 그가 저항할 때마다 그들은 폭력으로 위협했다. 독방에 수감되기도 했다. 앞뜰을 산책할 때도 손을 묶었고 늘 감시자의 시선이 따라붙었다. 아직 그에게 선고가 내려지지도 않았는데 그들은 단지 신체검사를 한다는 이유로 머리를 깎아버렸다. 그들은 전염을 예방한다는 구실을 내세우며 냄새가 고약한 비누로 피부를 거의 벗겨내다시피 했다. 나이를 먹을 만큼 먹은 인생유전마으로 그는 이 모든 행위들이 불법임을 알았다. 하지만 감옥의 철창 안에서 존엄을 지켜낸다는 것이 간단하지는 않았다. 그들은 그를 멋대로 대했다. 그는 교도소장에게 면담을 요청했고 이의를 제기했다. 교도소 측은 이런 일들이 규정에 맞지 않는다는 사실을 인정했지만 그 행위가 처벌은 아니고 예방조치라고 말했다. 모오스브루거는 교도소 사제에게도 호소해봤다. 그러나 그 사제는 친절한 노인으로, 시대에 어울리지 않게도 성범죄에 제대로 대처하지 못했다는 이유로 다정다감한 성직수행에서 약점을 갖게 되었다. 그는 한번도 건드려본 적이 없는 육체에 무지한 탓에 성범죄를 혐오했다. 또한 모오스브루거의 정직해 보이는 외모 안에서 인간적인 연민을 지닌 약한 면모가 드러나는 것을 보고 깜짝 놀랐다. 그는 모오스브루거를 관내 의사에게 데려갔다. 그러면서도 정작 그 자신은 늘 그랬듯이 신에게 열심히 기도를 드렸는데 그 기도는 구체적이지 못했고 세속 인간의 죄를 회개하는 그런 일반적인 것이어서 마치 자유사상가나 무신론자의 기도와도 같았다. 교도소 의사는 그에게 별일 아닌 것에 불평하지 말라면서 등을 다정하게 툭 쳤다. 그러면서 의사는 그의 일에 관여하지 않겠다고 했는데, 그것은 누가 진짜 아픈 것인지 꾀병을 부리는 것인지를 의료진이 알 수 없고 그래서 의사와는 상관없는 일이기 때문이라는 것이었다. 모오스브루거는 분개하며 추측했다. '그들 모두는 자기 입장에서 말을 하고 그렇게 한 말은 나를 마음대로 상대하게 하는 권력이 되는구나.' 그는 단순한 사람들처럼 배운자들의 혀를 잘라버려야 한다는 생각에 이르렀다. 그는 의사의 얼굴에서 결투의 흉터를, 사제의 얼굴에서는 시들어 죽은 내면을, 교도소장의 얼굴에서는 먼지 하나 없이 깔끔하게 정리된 사무실을 목격했으며 각각의 얼굴이 자신들의 방식으로 그를 바라본다는 것, 그리고 그들 모두에게 그가 평생 적으로 여겨온 공통점들이 있으며 그것들은 자신의 범위를 벗어나 있음을 깨달았다.

세상 밖에서 사람들이 자만심을 가지고 다른 사람들 사이에 혼신을 다해 끼어들려고 하는 강한 힘이 교도소의 천장 아래서는 그 모든 훈육에도 불구하고 시들고 말았다. 그곳에서는 모든 삶이 기다림이며 인간들 사이의 생생한 관계는 비록 거칠고 폭력적일지라도 비현실이라는 그늘에 의해 허망해지고 만다. 모오스브루거는 소송투쟁 이후 이완된 정신에 그의 완벽하게 강한 육체로 대응했다. 그는 이가 흔들리는 느낌을 받았다. 피부는 가려웠다. 전염병에 걸린 것처럼 비참한 기분이었다. 이따금 그는 자기연민에 빠진, 약간은 신경과민에 가까운 그런 상태에 빠져들었다. 그럴 때마다 지금은 땅속에 묻혀 있지만 그를 이런 엉망진창인 상황으로 몰고온 그 여자가 마치 한 아이를 공격하는 잔인하고 사악한 개처럼 보일 정도였다. 하지만 모오스브루거가 모든 것에 불만인 것은 아니었다. 그는 여러모로 이곳에서 중요한 사람이라고 말할 수 있었고 그 사실에 우쭐해했다. 또한 모든 재소자들에게 균등하게 기울여지는 관심에 만족을 느꼈다. 국가는 그들을 먹이고 씻기고 입혀야 했으며 그들의 일, 건강, 책, 노래 등을 그들이 법을 어긴 그 순간부터 걱정해야 했는데, 이런 일들은 그가 전에는 한번도 겪어본 적이 없는 것이었다. 모오스브루거는 비록 엄격함 속에 이뤄지긴 하지만 이렇게 기울여지는 관심에 즐거움을 느꼈는데, 그것은 마치 어린아이가 화를 내서라도 엄마의 관심을 이끌어내는 것과도 같았다. 종신형을 선고받거나 정신병원에 수용될 수도 있다는 생각은 그에게 어떤 저항감을 불러일으켰다. 그 저항감은 우리가 삶을 피해보려고 온갖 노력을 다함에도 결국 다시 똑같이 혐오스러운 삶으로 이끌리는 순간의 느낌과도 같았다. 그는 변호사가 소송을 재개하기 위해 노력할 것이며 다시 한번 조사가 이뤄지도록 할 것임을 알았다. 하지만 그는 적당한 때에 그것을 거부하고 자신을 죽여달라고 요청하리라 마음먹었다.

마지막은 존엄해야 한다고 그는 확신했다. 그의 삶이 권리를 위한 투쟁이었기 때문이다. 혼자서 그는 권리가 무엇인지를 고민했다. 그는 그것을 알 수 없었다. 다만 그는 그것에 일생동안 속아온 것이다. 그런 생각을 하는 순간 감정이 끓어올랐다. 그가 이 단어를 고귀하게 발음하려고 할 때 그의 혀는 꼬여서 마치 마장마술에 등장하는 종마처럼 움직였다. "권리," 이 개념을 이해하기 위해 그는 아주 천천히, 그리고 마치 누군가와 대화를 나누는 것처럼 고민했다. '그러니까 그건 잘못된 일을 하지 않는 것, 뭐 그 비슷한 것이 아닐까?' 갑자기 그에게 생각이 떠올랐다. '권리는 정의로군.' 그랬다. 그의 권리는 그의 정의다! 그는 목조침대를 바라보고는 그것을 잡아당기려고 힘들게 돌아섰지만 침대가 나사로 바닥에 고정돼 있어서 그냥 우물쭈물 주저앉고 말았다. 그는 그의 정의에 속아왔다! 그는 열여섯살 때 만난 스승의 부인을 기억해냈다. 그때 그는 뭔가 서늘한 것이 그의 배로 불어오는 꿈을 꾸었는데 그것은 그의 몸속으로 사라져버렸다. 그는 소리를 지르며 침대에서 떨어져 다음날 아침 일어나니 온몸을 얻어맞은 듯 몸이 쑤셨다. 다른 도제들은 별 저항없이 여자를 가지려면 우선 중지와 검지 사이에 엄지를 밀어넣는 것을 보여줘야 한다고 말했다.

그는 그런 짓을 어떻게 하는지 몰랐다. 그들은 모두 그런 행동을 해봤다고 했지만 그걸 생각할 때마다 그는 땅이 발밑에서 꺼져버리는 것 같았고 머리가 목에서 빠져나가는 것 같았다. 간단히 말해서 그를 자연적인 질서에서 종이 한장 차이로 벗어나게 하는 무엇인가가 그의 내면에서 일어났으며 그것은 아주 불안정한 것이었다. "부인," 그는 말했다. "저는 좀 좋은 일을 당신에게 하고 싶습니다." 그곳에서는 그 둘만 있었다. 부인은 그의 눈을 바라보더니 무언가를 발견했는지 "부엌이나 좀 치워요"라고 말했다. 그러나 그는 주먹을 들어 엄지손가락을 내밀어 보였다. 그러나 마법은 완벽하지 않았다. 그녀의 얼굴이 붉어지더니 들고 있던 나무국자로 그의 얼굴을, 너무나 빨라서 피할 겨를도 없이 후려치고 말았다. 입술 위로 피가 흐르자 그는 자기가 맞았다는 사실을 깨달았다. 그는 그 순간을 생생하게 기억해냈는데, 피가 갑자기 방향을 바꿔 그의 눈언저리 쪽으로 거꾸로 흘렀고 그는 자신을 그토록 악의적으로 모욕한 그 건장한 여인을 향해 달려들었다. 곧 스승이 들이닥쳐 그가 다리를 절면서 거리로 쫓겨나오고 소지품들이 등뒤로 나동그라지기까지의 일은 마치 커다란 붉은 타월이 갈기갈기 찢겨지는 것 같았다. 그렇게 그의 정의는 조롱당하고 얻어맞아서, 그는 다시 방황하기 시작했다. 정의는 거리에서 발견되는 것인가? 모든 여성은 이미 다른 사람의 권리였고 모든 사과나 침대도 마찬가지였다. 또한 경찰이나 재판관은 개만도 못한 자들이었다.

  하지만 진짜 문제는 사람들이 그를 늘 붙잡는다는 것이고, 그들이 그를 감옥이나 정신병원에 처넣는 이유를 알 수 없다는 것이었다. 그는 감방 구석에서 오랫동안 진지하게 바닥을 응시했다. 그 모습은 마치 열쇠를 땅에 떨어뜨린 사람 같았다. 그러나 그는 그 열쇠를 찾을 수 없었다. 방금 전만 해도 말 한마디에도 사람이나 사물이 불쑥불쑥 나타나는 초현실적인 공간이던 바닥과 구석은 다시금 대낮의 회색빛을 되찾아 멀쩡해졌다. 모오스브루거는 모든 논리력을 동원했다. 그는 일이 시작된 모든 장소를 기억할 수 있을 뿐이었다. 그 장소들을 열거하고 묘사할 수도 있었을 것이다. 그곳은 한때는 린츠^{Linz}였고 다른 때는 브랄리아^{Bralia}였다. 그사이 몇년이 흘렀다. 그리고 마지막이 이 도시였다. 그는 보통 때는 그렇게 선명해 보이지 않던 돌들까지도 뚜렷하게 볼 수 있었다. 그의 정맥 속에 피 대신 독이 든 것 같은 그런 좋지 않은 기분까지도 기억했다. 가령 그는 야외에서 일했고 여자들이 그 곁을 지나쳤다. 여자들이 그를 방해했기 때문에 그는 쳐다보지 않으려고 했다. 그러나 항상 새로운 여자들이 지나갔다. 결국 혐오감에 찬 시선으로 그는 그들을 쫓았고 이리저리 천천히 움직이던 시선은 마치 역청이나 시멘트 속에서 흔들리는 듯한 느낌을 주었다. 그러고는 생각이 점점 버거워지는 것을 알아차렸다. 아무튼 그는 천천히 생각했고 언어가 그를 짓눌렀으며 충분한 어휘를 구사하지 못해서 듣는 사람이 때로는 놀라움에 그를 바라보았고 모오스브루거가 천천히 말하는 그 하나의 단어에 얼마나 많은 의미가 들어 있는지 이해하지 못했다. 그는 어린 시절에 쉽게 말하는 법을 배운 모든 사람들을 시기했다. 말은 막상 절실하게 필요할 때는 마치 껌이 입천장에 들러붙듯이 그에게 착 달라붙었고 때로는 하나의 음절을 발음하고 다시 이어가는 데까지 너무 오랜 시간이 걸리곤 했다. 그것을 해명할 도리는 없었는데 그건 자연스러운 일이 아니었기 때문이다. 하지만 그가 재판정에서 말할 때면 마치 프리메이슨이나 예수회, 사회주의자들의 조종을 받는 것 같아서 아무도 그를 이해하지 못했다. 법조인들은 물론 그보다 말을 잘했고 모든 것을 그에게 불리하게 만들 수 있었지만 정말 무슨 일이 일어난 것인지에 대해서는 하나도 알지 못했다.

이런 식으로 일이 진행되던 때, 모오스브루거는 분노에 사로잡히고 말았다. 거리에서 손을 묶인 채 사람들이 어떻게 반응할지를 기다리는 사람을 상상해보라! 그는 자신의 혀 혹은 내면 더 깊은 곳에 있는 것이 접착제로 붙여진 듯한 느낌이 들었고, 이것은 그를 비참할 정도로 불확실하게 만들어 며칠이고 숨기 위해 투쟁해야 한다는 기분으로 이끌었다. 그러나 그러다가도 어떤 날카로운, 거의 소리가 없는 경계가 찾아왔다. 갑자기 차가운 기운이 밀려들었고 공기중에 커다란 공이 떠올라 그의 가슴으로 날아들었다. 그와 동시에 그는 눈 속에, 입술에, 얼굴 근육에 무엇인가를 느꼈다. 주변의 모든 것이 희미해지고 캄캄해지더니 집들은 나무 위로 올라가고 고양이들이 숲에서 뛰어나와 재빨리 사라졌다. 그런 상황이 잠시 이어지더니 곧 끝나버렸다.

이것이 바로 그들 모두가 알기를 원하고 항상 이야기하는 그 시간의 시작이다. 그들은 쓸데없는 질문으로 그를 괴롭혔으나 그는 자신이 한 일을 그들의 의도에 따라 어렴풋이 기억할 뿐이었다. 이 기간은 정말 중요했던 것이다. 그 기간은 어떤 때는 몇분, 또다른 때는 며칠이나 계속되더니 몇달간이나 지속되는 비슷한 체험으로 바뀌기도 했다. 비교적 단순했던 마지막 체험으로 시작해보자. 모오스브루거의 생각에 이 체험은 재판관도 이해할 수 있는 수준이었다. 그는 목소리, 음악, 바람이 지나치는 소리, 윙윙거리는 소리, 쏴 하는 소리나 딸랑거리는 소리, 총소리, 천둥소리, 웃음소리, 부르는 소리, 대화하는 소리, 속삭이는 소리를 들었다. 그런 소리들은 도처에서 들려왔는데 벽이나 공기중에, 옷속이나 몸속에도 도사리고 있었다. 그 소리가 침묵하는 동안 모오스브루거는 그것이 자기 몸속에 있다는 인상을 받았다. 그리고 밖으로 나오자마자 소리는 주변으로 숨어버렸지만 그리 먼 곳은 아니었다. 그가 일할 때 그 목소리는 별 의미없는 짧은 말을 걸어왔고 욕을 하거나 비난했다. 또한 그가 뭔가를 생각할 때는 결론에 도달하기도 전에 그것이 튀어나오거나 그가 전혀 원하지 않는 냉소적인 말을 내뱉기도 했다. 이런 이유로 그를 환자로 취급하는 자들을 모오스브루거는 비웃을 수밖에 없었다. 그 자신은 이런 목소리나 형상들을 장난으로밖에 생각하지 않았다. 그들이 하는 짓을 보고 듣는 것이 즐거웠다. 그것은 그의 거칠고 무거운 생각에 비하면 훨씬 나았다. 그러나 그들이 그를 엄청 화나게 할 땐 그 역시 분노를 드러냈으며 이건 자연스러운 일이었다. 그들이 그를 두고 사용하는 용어에 항상 주의를 기울여온 덕분에 모오스브루거는 사람들이 이 증세를 '환각'이라고 부른다는 사실을 알아냈고, 다른 사람에게는 없는 증세가 자신에게 있다는 것이 기뻤다. 왜냐하면 그는 다른 사람이 못 보는 아름다운 풍경과 사나운 동물을 볼 수 있기 때문이었다. 하지만 그들이 이런 증세를 너무 과장한다는 것을 알았고 그래서 기분이 언짢은 채로 정신병동에 머물 때는 증세가 있는 척한 것일 뿐이라고 주장하기도 했다. 똑똑한 체하는 사람들은 그 소리가 얼마나 크냐고 물었지만, 그건 어리석은 질문이었다. 그 소리는 때로 천둥만큼 크다가 어떤 때는 낮은 속삭임으로 줄어들었기 때문이다. 가끔 그를 짓누르는 고통 역시, 어떤 때는 견딜 수 없을 만큼 컸고 다른 때는 꾀병이 아닌가 싶을 정도로 미미했다. 그런 것들은 중요하지 않았다. 종종 그는 보고 듣고 느끼는 것을 정확히 표현할 수 없음에도 불구하고 그것이 무엇인지 아는 때가 있었다. 그것은 때로 굉장히 모호했다. 그것의 형상은 외부에서 온 것이었지만 얼핏 보이는 빛은 그것이 진짜 그의 내부에 있다고 말하는 것이었다. 중요한 것은 그것이 내부에 있느냐 외부에 있느냐 하는 것이 아니었다. 그에게 이 상황은, 마치 맑은 물 속에 투명한 유리 한장을 넣어둔 것과 같았다.

그리고 기분이 최고조에 있을 때 모오스브루거는 목소리나 이야기에 주의를 기울이기보다는 생각을 했다. 그는 이것을 '생각한다'라고 불렀는데, 이 말에 늘 감명을 받기 때문이었다. 그는 다른 사람보다 생각을 더 잘했는데, 그것은 그가 외부에서, 그리고 내부에서 생각하기 때문이었다. 생각은 그의 의지에 반해서 그의 안에서 일어났다. 그는 생각이 그에게 꽂혀 있다고 말했다. 또한 가슴에 젖이 돌기 시작하는 여자처럼 아주 하찮은 일에도 예민하게 반응하긴 했지만 그의 느리고 남자다운 사색을 잃어버리진 않았다. 그의 생각은 수백 개의 샘물에서 발원해 풍성한 목초지를 따라 흐르는 개울 같았다. 모오스브루거는 고개를 떨구고 손가락 사이로 나무를 내려다보았다. '여기 사람들은 다람쥐를 나무꿩이^{Eichkatzl}라고 부르지!' 갑자기 그런 생각이 들었다. '하지만 어떤 사람이 정색을 하고 나무고양이^{Eichkatze}라고 말한다면 어떻게 될까? 그러면 마치 전술 차원에서 방귀 뀌듯 날린 공포탄이 마치 진짜 총알이라도 된 것처럼 모든 사람이 귀를 기울일 거야. 헤센 주에서는 그것을 나무여우라고 부르지. 여기저기 다녀본 사람들은 그런 것을 잘 알거든.' 또한 모오스브루거에게 다람쥐 그림을 보여주었을 때 심리치료사는 매우 흥미로운 일을 경험했다. 그가 말하기를, "그것은 여우도 될 수 있고, 토끼도 될 수 있어요. 고양이 같은 것도 가능하죠." 그러면 치료사들은 재빨리 다시 묻는다. "14 더하기 14는?" 신중하게 그가 대답했다. "대략 28에서 40쯤 되죠." 이 "대략"이라는 말 때문에 그들은 모오스브루거를 대놓고 비웃지 못했다. 그 원리는 아주 간단했다. 그 역시 14에 14를 더하면 28이 나온다는 사실을 알았다. 그렇지만 28에 머물라고 누가 말했단 말인가?! 모오스브루거의 시선은 이렇듯 항상 한발 앞서 있었는데, 그것은 하늘과 맞닿은 산등성이에서 그 너머로 그와 비슷한 또다른 산등성이를 발견하는 것과 비슷했다. 또한 만약 나무고양이가 고양이나 여우가 아니고 토끼처럼 뿔 모양의 이빨을 가졌으며 그 여우가 토끼를 잡아먹었다면 그것을 그렇게 자세히 구별할 필요도 없는 것이었다. 다만 모든 것들은 이런저런 방식으로 함께 엮여 있으며 숲속을 뛰어다닐 뿐이다. 모오스브루거의 체험이나 확신에서 사람들은 어떤 하나의 의미도 파악할 수 없었는데, 그것은 하나가 다른 하나와 연결돼 있었기 때문이다. 그리고 그것은 이미 삶에서 일어나는 일로서, 그가 한 소녀에게 "사랑스런 장미 같은 입술이여!"라고 말했다 치면 그 말은 엉망이 된 채 엄청 고통스러운 일로 바뀐다. 즉 그 얼굴은 안개에 덮인 땅처럼 회색이 되고, 긴 줄기에서 장미 한송이가 솟아오른다. 그러고는 칼을 들어 그 장미를 잘라내거나 일격을 가해 다시 원래 얼굴로 돌아오게 하려는 욕망이 무시무시하게 자라난다. 확실한 것은, 모오스브루거가 늘 칼을 들지는 않는다는 것이다. 그는 오직 그 욕망을 다른 방식으로 해결하지 못할 때만 그렇게 했다. 보통 그는 자신의 괴력을 세상을 함께 모으는 데 사용했다.

마치 얕은 개울에서 물고기들과 빛나는 돌들이 서로를 돌아보는 것처럼, 기분이 좋을 때 그는 한 사람의 얼굴을 볼 수 있었으며 그 얼굴에서 자신의 얼굴을 보았다. 하지만 기분이 나쁠 때는 한 사람의 얼굴을 스치듯 보고서도 그 얼굴의 주인공이 항상 싸움을 몰고오는 바로 그 사람임을—아무리 변장을 했다 하더라도—알아차렸다. 누가 여기에 이의를 제기하겠는가?! 우리는 언제나 똑같은 사람과 싸운다. 만약 우리가 바보처럼 집착하는 사람이 누구인지 조사해보면, 분명히 그는 우리가 열쇠를 쥐고 있는 자물쇠 같은 사람일 것이다. 사랑은 또 어떤가? 얼마나 많은 사람들이 매일 보는 연인의 얼굴을 막상 눈을 감고서는 어떻게 생겼는지 말하지 못하는가? 사랑도 미움도 없는 그런 경우라면 또 어떨까? 사물은 습관이나 기분, 관점에 따라 얼마나 끊임없이 변화하기 마련인가! 얼마나 자주 기쁨은 사그라지고 슬픔의 뽑히지 않는 싹은 다시 돋아나는가?! 얼마나 자주 사람들은 아무 문제 없이 함께 있을 수 있는 사람을 태연하게 구타하기도 하는가. 인생은 겉으로는 마땅히 흘러가야 할 길을 따라가는 것처럼 보이지만, 그 속에서는 뭔가 충돌하며 끓어오르고 있다. 모오스브루거는 항상 두 다리를 가지런히 땅에 딛고 서서 자신을 혼란에 빠트리는 것들을 피하려고 정신을 집중했다. 그러나 때때로 한 단어가 그의 입에서 튀어나왔고 하나의 혁명이, 사물의 꿈이 나무고양이나 장미입술 같은 그런 차갑고 다 타버린 이중언어 속에서 튀어나왔다.

침대 겸 책상인 그 감옥의 널빤지에 앉아서 그는 체험을 그럴듯하게 표현하는 교육을 받지 못한 자신의 신세를 한탄했다. 이미 오랫동안 땅속에 묻혀 있으면서도 그를 이토록 괴롭히는 그 쥐눈을 한 작은 여자 때문에 화가 났던 것이다. 모든 사람들은 그녀 편이었다. 그는 느릿느릿 일어섰다. 마치 다 타버린 나무처럼 쇠약해졌음을 스스로 느꼈다. 다시 배가 고팠다. 감옥의 예산은 왕성한 남자를 충분히 먹이기에 너무 부족했고, 그 부족분을 사먹을 만한 돈이 그에겐 없었다.

그런 상황에서 사람들이 알고 싶어하는 것을 기억해낼 수는 없었다. 변화는 하루 동안, 일주일 동안, 3월이나 4월이 찾아오듯이 그렇게 일어났고 그 정점에서 그 사건이 터졌다. 그는 경찰조서에 쓰여 있는 것 이상은 알지 못했고 그런 내용이 어떻게 조서에 포함되었는지조차 기억하지 못했다. 그가 기억하는 원인과 생각은 말할 것도 없이 이미 심리과정에서 다 말했다. 그러나 정말 어떤 일이 일어난 것인지는, 마치 갑자기 외국어에 유창해져서 행복해했던 사람이 그 외국어를 다시 말할 수 없게 된 것처럼 그에게 다가왔다.

"그냥 모든 게 빨리 끝나야 할 텐데." 모오스브루거는 생각했다.

60.
논리적이고 윤리적인 영토로 떠나는 소풍

모오스브루거의 경우를 법적으로는 단 하나의 문장으로 요약할 수 있다. 그것은 바로 금치산자의 경우로, 그는 법적 사건과 법의학적 사건의 경계에 있었고, 일반인들에게까지 그렇게 알려져 있었다. 이 불쌍한 금치산자들의 공통된 특징은 열등한 건강과 병으로 고생하고 있다는 점이다. 자연은 그런 사람들을 많이 만들어내는 것을 특히 좋아한다. 자연은 함부로 도약하지 않는 것이다. 곧 자연은 건너뛰지 않고 점진적인 이행을 좋아하며 거대한 흐름에서 보더라도 세계를 백치 상태에서 분별력있는 상태로 이행하는 과정으로 유지시킨다. 그러나 법학은 이것을 알아차리지 못한다. 법학은 말하길 인간은 법을 지킬 수 있든지 아니면 그럴 수 없든지 둘 중의 하나다. 이 두 상태 이외의 제3의, 혹은 중간의 것은 법학에 없기 때문이다. 이런 능력에 따라 사람은 처벌받을 수 있고, 이렇게 처벌받을 수 있다는 가능성이 사람을 법적인 인간으로 만들며, 그런 법적인 인간으로서 사람은 법이 주는 초인간적인 자비를 누리는 것이다. 누구든 이것을 이해하지 못하는 자는 기병騎兵을 떠올려야 한다. 어떤 말이 올라타려 할 때마다 미쳐 날뛴다면 그 말에게는 가장 부드러운 붕대, 최고의 기수, 엄선된 사료, 절제된 조련 같은 아주 각별한 보살핌이 제공된다. 그러나 기병이 뭔가 죄를 지었다 치면 벼룩이 들끓는 우리에 처넣고 수갑을 채우며 먹을것도 주지 않는다. 이런 차이가 생기는 이유는 말은 단지 동물적인 체험의 세계에 머무는 반면, 기병은 논리적이고 도덕적인 세계에 속하기 때문이다. 그런 의미에서 인간은 동물과—더 나아가서는 정신병자와—구별되었고 지적이고 도덕적인 특성에 의해 법을 어기거나 범죄를 저지르게 된다고 이해되었다. 이처럼 처벌될 수 있다는 가능성이란 그를 도덕적 인간으로 고양시키는 것이기 때문에, 법관들은 그 가능성을 철저하게 고수해야만 했다.

    그런데다가 유감스럽게도 여기에 반대할 소명을 타고났으며 직업적으로 법관보다 훨씬 소심한 사람들인 법심리학자들까지 등장했다. 법심리학자들은 금치산자들이 단지 고칠 수 없는 환자라고만 떠들고 다녔는데 그들이 다른 사람들 역시 고칠 수 없었기 때문에 이 말은 그저 좀 겸손한 과장에 불과한 것이었다. 그들은 치료 불가능한 정신병자들을 신의 도움으로 언젠가는 스스로 나을 사람들, 진정 의사가 치료할 수 없는 사람들이긴 하지만 올바른 영향과 관심이 제때 전해졌다면 병을 피할 수 있었던 사람들로 구별했다. 이 두번째 그룹의 사람들이 바로 의학의 천사들이 자신의 개인병원에서 환자로 취급하는 사람들인데, 이 의학 천사들은 법원에서만큼은 부끄러워하면서 환자들을 법의 천사들에게 넘겨주었다.

모오스브루거가 바로 그런 경우였다. 섬뜩한 살익로 저지른 범죄를 제외하고는 훌륭한 삶을 살았던 그는 종종 정신병원에 수감되었다 풀려났다 했으며, 최근 재판에서 두명의 전문적인 법심리학자들이 그가 제정신으로 돌아왔음을 증언하기 전까지만 해도 진행성마비, 과대망상, 간질, 습관성 정신착란 등의 다양한 진단을 받았다. 물론 의사를 비롯해 그 큰 법정을 가득 메운 사람들 가운데서 모오스브루거가 정상이라고 생각하는 사람은 하나도 없었다. 하지만 그것이 법적인 기준에서 비정상이라고 볼 수는 없었으며 그래서 양심에 따라서도 인정받을 수 없었다. 왜냐하면 인간이 반쯤 아프다면 나머지 반은 건강하다는 것이고, 반쯤 건강하다면 적어도 반쯤은 사리판단의 능력이 있다는 것이며, 반쯤 판단 능력이 있다는 것은 온전한 판단력을 갖춘 것이나 마찬가지기 때문이었다. 사리판단 능력이라는 것은 흔히 말해지듯이 어떤 외부의 강제적인 요구에도 상관없이 스스로의 자유의지를 달성하기 위해 노력하는 힘이라고 해석되었다. 또한 한편으로 그런 자유의지를 소유하는 동시에 다른 한편으로 결여할 수는 없다는 것이 법학의 판단이었다.

사실 법학자들도 지적하듯이 그들이 처한 상황이나 성향 때문에 '부도덕한 충동'에 저항하거나 '선한 일'을 선택하는 데 어려움을 겪는 사람들이 있다는 사실을 배제하지는 않는다. 또한 다른 사람과 전혀 접촉하지 않은 상황에서도 범죄에 대한 결단을 불러일으킬 만한 사람이 바로 모오스브루거였다. 그러나 우선 그의 지적이고 이성적인 능력이 법정의 시각으로는 충분히 온전한 상태였기 때문에 그가 이런 능력을 발휘했다면 범죄를 저지르지 않았을 수도 있으며 그래서 그를 도덕적 책임감이 없는 인간이라고 할 이유는 없었다. 또 하나는, 잘 정비된 법체계에서 '앎'과 '의지'에 의해 수행된 범죄행위는 처벌받게끔 돼 있었다. 마지막으로 법적인 논리는 불행하게도 7 곱하기 7을 물었을 때 혀를 내밀거나 제국황실의 황제가 누구냐는 질문에 '나'라고 대답하는 사람들을 제외한 모든 정신병자들에게 최소한의 분별력과 자기통제력이 있으며 그래서 행위의 범죄적 특성을 인식하고 범죄충동에 저항하기 위해 지적이고 의지적인 노력을 좀더 기울이면 충분하다고 추정한다. 그러나 그런 위험한 사람들에게 그런 노력은 거의 불가능한 것이나 마찬가지다!

법정은 와인창고와 같아서, 우리 선조들의 지혜는 병에 담겨 있다. 사람들은 이 병을 열어서 정확함을 추구하는 인류의 노력이 완벽에 이르기 직전 도달한, 최고로 잘 숙성된 등급의 와인이 얼마나 떨떠름한지를 맛보게 된다. 그러나 아직 덜 여문 그 맛에 사람들은 취한 듯이 보인다. 이것은 의학의 천사가 오랫동안 법학의 천사에게 귀를 기울일 때마다 그 자신의 임무를 잊곤 하는 아주 유명한 현상이다. 그는 달그락거리며 날개를 접더니 마치 자신이 법의 예비천사라도 된 듯이 처신하는 것이다.

61.
세 가지 논문의 이상
또는 정확한 삶의 유토피아

이런 식으로 모오스브루거는 사형선고를 받았다. 또한 라인스도르프 백작의 영향력과 울리히를 향한 백작의 우정어린 믿음 덕분에 그에 대한 정신감정이 한번 더 이뤄질 예정이었다. 그러나 울리히는 모오스브루거의 운명에 더 관심을 기울일 생각이 없었다. 그런 존재가 잔인함과 인내의 우울한 혼합이라고 할 때, 울리히에게 그것은 법정이 보여준 정확함과 부주의함의 혼합이라는 특성만큼이나 역겨운 것이었다. 그는 그 사건을 분별력있게 바라볼 때 모오스브루거에 대해 무엇을 생각해야 할지, 그리고 그렇듯 감옥 안이나 밖은 물론 정신병원은 더더욱 안 어울리는 사람에게 어떤 조치가 요구되는지 정확히 알고 있었다. 그는 다른 수천의 사람들도 이것을 알고 있으며 그 각각의 관심사에 비추어 끊임없이 이런 문제들을 토론해왔음을 깨달았다. 또한 결국 이런 불완전한 상태에서는 그를 죽이는 것이 가장 알기 쉽고 값싸며 확실한 해결책이기 때문에 결국 국가가 사형을 집행할 것이라는 사실도 알고 있었다. 여기서 그만둔다는 것은 야비한 행동일지도 모른다. 그러나 인도 호랑이보다 사람을 많이 죽인 교통수단들을 우리가 참고 견디는 것처럼, 앞뒤 가리지 않고 양심도 없으며 경솔하기까지 한 마음은 다른 한편으로는 부인할 수 없는 성공을 우리에게 가져다줄 수도 있는 것이었다.

세부적인 데서는 매우 민감하고 전체적으로는 너무 맹목적인 이러한 마음 상태는 인생의 업적이라 불리며 세 편 정도의 논문으로 씌어진 어떤 이상^{理想}에서 그 궁극의 표현을 발견한다. 두꺼운 책이 아니라, 작은 논문에서 아주 출중한 성취를 이루는 지적 행위가 있다. 가령 누군가 지금까지 목격되지 않은 환경에서 돌이 말을 하는 것을 발견한다면, 그런 깜짝 놀랄 현상을 묘사하고 설명하는 데 단지 몇페이지만 있으면 충분할 것이다. 그에 비해 긍정적인 사유에 대해서는 누구든 또다른 한 권의 책을 쓸 수 있으며 이 책은 학문적인 관심 밖의 일일 수밖에 없는데, 왜냐하면 인생의 중요한 질문에 지적으로 명확한 결론을 도출하기는 거의 불가능하기 때문이다. 인간의 행위란 필요한 어휘의 수로 구분될 수 있을지도 모른다. 그 수가 많으면 많을수록 그 행위의 특성은 더 나빠진다. 우리 인류를 모피착용 단계에서 하늘을 나는 단계까지 이끈 모든 지식은, 그 증명들까지 포함해봤자 손에 잡히는 책 한 권의 분량에 지나지 않을 것이다. 그러나 지구만한 크기의 책장을 준다 해도 그 나머지 것들을 채우지는 못할 것이다. 펜이 아니라 칼과 사슬로 행해진 그 방대한 토론을 제외하고도 말이다. 그것은 우리가 정확한 과학이 모범적으로 선취한 방식을 따르지 않을 때만큼은 모든 인간사를 매우 비이성적인 방법으로 수행한다는 생각을 잘 드러낸다.

 그것은 또한 사실상 한 시대의—수십년까지는 아니고 수년간의—분위기이자 경향이었고 울리히 역시 이제 막 그것을 깨달을 나이가 되었다. 당시 사람들은—여기서 '사람들'이란 말은 의도적으로 불명확하게 쓰였는데 아무도 얼마나 많은 사람이 그렇게 생각하는지를 모르기 때문이다. 그냥 그렇게만 말해두자—인간이 정확하게 살 수 있다고 생각했다. 오늘날 사람들은 그게 무슨 소리냐고 물을 것이다.

그들의 대답은 아마도 인생의 업적이란 세 편의 시나 논문, 또는 행동으로 이뤄져 있으며 그 안에서 개인의 성취 능력은 최고에 달한다는 주장일 것이다. 그것은 대략 아래와 같이 요약되는데, 그것은 말할 것이 없을 때는 침묵하기, 특별히 할일이 없을 때는 필요한 일만 하기, 그리고 제일 중요한 것은 팔을 넓게 벌려 창조의 물결에 높이 고양될 만큼 형언할 수 없는 감정에 사로잡히지 않는 한 무덤덤하기이다. 사람들은 이러한 일이 우리들의 내적인 삶을 끝장내고 말 것임을, 그러나 그것조차 아주 고통스러운 손실은 아님을 목격하게 될 것이다. 비누의 매출이 엄청나게 증가하면 인간이 청결해진다는 테제를 도덕적인 삶에 적용할 필요는 없다. 도덕적인 삶에서는 씻어야 한다는 강박이 아무리 크더라도 내면까지 청결하다고는 할 수 없기 때문이다. 어떤 종류의 것이든 도덕의 소비를 최소한으로 줄여서 정말 중요하고 예외적인 경우만 도덕적으로 행동하고 그 외에는 마치 우리가 연필이나 나사를 규격화하듯이 그렇게 행동해보는 것은 유용한 실험이 될 것이다. 그러면 선한 일들은 거의 하지 않게 되겠지만 몇몇 다른 행동들은 더 나아질 것이다. 그곳에서 재능은 사라지고 천재만이 남을 것이다. 도덕적으로 행위하려는 창백한 모방에서 비롯된 맥빠진 교정지는 인생의 장막에서 사라지고, 그 자리에 신성 속에서 도덕을 도취시키는 융합이 들어선다. 한마디로, 수십 킬로그램의 도덕에서 1밀리그램 정도만이 핵심이고, 그 가운데서도 단지 백만분의 일 정도만이 매혹적인 기쁨을 주는 것이다.

그러나 그것은 유토피아일 뿐이라는 반박이 나올 것이다. 확실히 그것은 유토피아다. 유토피아는 거의 가능성과 같다. 가능성이 곧 현실이 아니라는 말은 그 가능성이 당분간은 상황과 엮여 있으며 상황 때문에 현실화될 수 없다는 말이고 이를 다른 말로 하자면 불가능한 것이나 마찬가지라는 말이다. 만약 가능성이 그러한 현실적 제약에서 풀려나와 전진을 보장받으면 유토피아가 생성되는 것이다. 그것은 과학자가 복잡한 현상 속에서 변화를 목격하고 거기서 결론을 이끌어내는 것과 비슷한 과정이다. 유토피아는 요소들의 가능한 변화와 그 작용이 관찰되는 실험을 의미하는데, 그 변화와 작용은 우리가 삶이라고 부르는 복잡한 현상에서 일어난다. 그렇게 관찰된 요소가 정확함 그 자체라면, 우리는 그것을 지적인 관습이자 삶의 방식으로 간주하면서 따로 떼어서 발전시킬 수 있을 것이고 그것과 접촉하는 모든 것에 모범적인 영향력을 끼칠 수 있을 것이다. 그럴 때 인간은 정확성과 규정 불가능성의 모순적인 결합이라는 경지에 다다르게 될 것이다. 그런 인간은 절대 부패하지 않는 냉혈한으로 정확함의 온도를 유지하는 사람이다. 그러나 이런 특성을 넘어서는 그의 모든 다른 것들은 규정할 수 없다. 도덕에 의해 보장되는 내면의 확고한 상태란 변화의 환상을 품고 있는 사람에게는 거의 가치가 없다. 궁극적으로, 가장 위대하고 정확한 업적에 대한 기대가 지적인 영역에서 열정의 영역으로 넘어가면 이미 보았듯이 열정은 사라지고 그 자리에 도덕의 원초적인 불길 같은 것이 일어날 것이다. 그것이 바로 정확성의 유토피아다. 우리는 그런 사람들이 어떻게 하루를 보낼지 알지 못한다. 그는 일정하게 창조의 행위를 지속할 수 없으며 제한된 감각의 난롯불을 상상의 대화재에다가 쏟아부을 것이기 때문이다. 그러나 이런 정확함의 인류가 이미 존재한다! 그는 과학자뿐 아니라, 사업가, 행정가, 운동선수, 기술자 속에 살아있는 또 하나의 사람이다. 비록 업무시간만큼은 그들의 삶이 아니라 직업인으로 불린다 할지라도 말이다. 모든 것을 철저하고 편견없이 받아들이는 이런 사람은 그러나 자신 스스로를 철저하게 생각하는 것에는 혐오감을 드러낸다. 또한 의심할 바 없이 그는 스스로의 유토피아를 진지하게 업무에 임히는 사람들을 끌어들이는 하나의 부도덕한 시도로 여긴다.

그래서 울리히는 과연 사물들이 인간의 가장 강력한 내적 성취에 부합해야 하는지, 다시 말해 목표와 의미가 우리에게 이미 일어난 일과 일어나고 있는 일 속에서 발견될 수 있는지를 그의 전생애를 통해 늘 고독하게 궁금해했다.

62.
지구는 물론이지만,
특히 울리히가 에세이즘의 유토피아에 경의를 표한다

인간의 태도로서의 정확함은 정확한 행동과 정확한 존재를 요구한다. 그것은 최고 의미에서의 행위와 존재에 대한 요청이기도 하다. 그러나 여기에도 구별될 것들은 있다.

현실 속에는 상상의 정확성(현실에는 전혀 존재하지 않는)뿐 아니라 현학적 pedantische 정확성이 함께 존재한다. 이 둘의 차이는 상상의 정확성이 사실에 근거하는 반면 현학적 정확성은 오히려 상상의 형상에 집착한다는 것이다. 가령 모오스브루거의 독특한 정신을 지난 2천년간 법개념의 체계로 끌어들인 정확성은 바늘 하나로 날아가는 새를 쏘아 떨어뜨리겠다는 정신병자의 현학적 고집과 닮아 있다. 그러나 그 정확성은 사실에 대해서는 전혀 무관심하고 단지 법적 선

※이라는 상상의 개념에만 매달린다. 그러나 모오스브루거가 사형선고를 받아야 하느냐는 중대한 질문에 관해서 정신과의사들은 완벽한 정확성을 보여주었는데, 그것은 모오스브루거의 병이 이제까지 관찰돼온 어떤 경우와도 다르다는 것 외에는 자신있게 할말이 없으며 따라서 이제부터 판단을 완전히 법원으로 넘긴다는 것이었다. 그런 경우 법원은 삶의 모범적인 이미지를 제시하는데, 그 활기찬 이미지에 속한 사람들은 모두 다섯살 이상이 차를 운전하는 것이나 지난 10년 전까지 최고로 쳐왔던 치료법으로 환자를 치료하는 것은 거의 불가능하게 여기면서 싫든 좋든 최근의 발명품들을 홍보하기 위해 시간을 다 써버리고 정성껏 자기분야에서 모든 것을 이성화하는 데 매달리는 사람들이다. 이런 사람들은 그러나 사업상 관심사가 아닌 한 아름다움, 정의, 사랑, 믿음과 같은 인문적인 질문들을 그들의 부인이나, 그것도 마땅치 않으면 성배나 생명의 검 같은 천년 전의 문장들을 읊조리는 아류들한테 떠넘겨버리는데, 그들은 그 아류들의 말이라면 어떤 것도 믿지 않고 그것이 실현될 가능성은 전혀 없다고 생각하면서, 분별없이 짜증내고 의심에 가득 차 그들의 말에 귀기울이곤 했다. 그러니까 현실적으로는 서로 투쟁할 뿐 아니라―더욱 나쁜 것은―서로 말도 하지 않으면서 항상 함께 존재하며 각자의 자리에서 서로가 필요하다고 확신하는 두 지적 상태가 있는 것이다. 그중 하나는 정확함에 만족하고 사실에 집착하는 반면, 다른 하나는 항상 전체적인 것을 보고 이른바 영원하고 위대한 진실에서 생각을 이끌어낸다. 그래서 전자는 성공을, 후자는 전망과 품위를 성취한다. 가벼운 정도의 비관주의자라도 분명히 전자에서는 아무것도 얻을 게 없으며 후자는 진실성이 떨어진다고 말할 것이다. 인간의 업적이 평가받는 종말의

때에 개미산^{酸}에 대한 논문 세 편이 무슨 소용이란 말인가?! 그건 종말의 때가 아니라 서른살이라고 해도 마찬가지일 것이다. 그러나 다른 한편으로는, 우리가 그때까지 개미산에서 무슨 일이 일어나는지 모른다면, 종말의 때에 대해서도 아무것도 알지 못할 것이다.

18세기에서 20세기 사이에 인류가 처음으로 세상의 끝에 그런 정신적인 법정이 있음을 알았을 때 진보의 추는 이렇듯 이것도, 저것도 아닌 것 사이에서 흔들리고 있었다. 그것은 한 방향으로의 흔들림 다음에는 언제나 반대 반향으로의 흔들림이 뒤따른다는 경험과 일치하는 것이었다. 그런 흔들림이 마치 돌릴 때마다 솟아오르는 나사처럼 진보한다는 것은 상상할 만하고 또 기대할 만한 것이었지만, 어떤 알 수 없는 이유로 진보는 선회와 파괴로 많은 것을 잃었고 그것을 만회하며 앞으로 나아가지 못하고 있었다. 그 점에서 파울 아른하임 박사가 울리히에게 세계역사는 절대로 부정적인 것을 허락하지 않는다고 한 말은 절대적으로 옳았다. 즉 세계역사는 낙관적이어서, 열광적으로 한쪽을 지지하다가 시간이 좀 지나면 그 반대편을 지지한다. 결국 정확함을 꿈꾸던 몽상가들은 그 꿈을 실현시켜보지도 못한 채 기술자나 과학자의 날개 없는 용도에 내맡겨지며 다시금 더 가치있고 영향력이 큰 정신세계에 의탁하게 된다.

울리히는 불확실성이 어떻게 다시 모습을 드러내는지 똑똑히 기억할 수 있었다. 어느 정도 불확실한 분야에 종사하는 사람들에게서 불만이 점점 쌓여갔다. 시인, 평론가, 여성들, 그리고 새로운 세대의 직종에 있는 사람들은 순수한 지식이 다시 되돌릴 능력도 없으면서 인간의 고귀한 업적을 파괴하는 불길한 무엇으로 변해간다며 들고일어났다. 그들은 인간들 사이의 새로운 신뢰와 내적 근원으로의 회귀, 영적인 각성 같은 것들을 촉구했다. 처음에 울리히에겐 그들이 마치 거친 말에 올라탔다가 절뚝거리며 내려오면서 저 말에는 영혼의 기름칠을 좀 해야 된다고 마냥 순진하게 외치는 듯 보였다. 그러나 처음에는 우습게만 보였던 이 반복된 외침이 커다란 반향을 얻는 광경을 그는 목격해야만 했다. 학문은 낡아가기 시작했고 불명료한 타입의 인간들이 현실을 지배하면서 자신을 주장하기 시작한 것이다.

그는 이런 현상을 심각하게 받아들이길 거부했으며 그 자신만의 방식으로 지적인 취향을 형성해나갔다.

자아가 형성되는 청소년 시절은 나중에 되돌아봐도 감격이고 감동인데 그의 기억에 아직까지 남아 있는 소중한 생각 중에 '가정假定적으로 살기'라는 것이 있다. 그것은 아무 경험도 없이 삶의 한걸음을 내딛는, 피할 수 없는 도전이자 용기를 의미했다. 또한 그것은 그가 젊은이로서 주저하면서 삶으로 뛰어들 때마다 마주치는 위대한 관계와 이 삶이 취소될 수도 있다는 가능성에 대한 욕망을 표현하는 것이기도 했다. 울리히는 그중 어떤 것도 포기할 수 없다고 생각했다. 무엇인가를 위해 선택되었다는 그 짜릿한 느낌이야말로 세상을 처음 조망하는 자에게는 최고의, 단 하나의 확실한 것이었다. 그가 자신의 감정을 관망할 때 그는 주저없이 거기에는 아무것도 없다고 말할 수 있었다. 그는 가능한 사랑을 구했지만 그것이 옳은 것인지는 알지 못했다. 그는 죽어야 할 이유를 모른 채 죽을 수도 있었다. 스스로 발전하려는 천성적인 의지 때문에 그는 완성이라는 것을 인정하지 않았다. 하지만 그 앞에 나타난 모든 것들은 마치 완성품인 것처럼 행동했다. 그는 사물의 주어진 질서가 보이는 것처럼 그렇게 견고하지 않다는 것을 예감했다. 어떤 사물도, 자아도, 형식도, 원칙도 확실하지 않았다. 모든 것은 불명확하지만 끊임없는 변화 속에 있었고 미래를 지배하는 것은 안정보다는 불안정이었으며 현재는 아직 도래하지 않은 하나의 가정에 불과했다. 섣부른 결론을 내릴지 모르는 사실을 과학자가 신중하게 대하는 것을 나쁘게 보지 않는다면, 세상에서 거리를 두고 관망하는 것보다 더 좋은 일이 어디 있겠는가? 그래서 그는 스스로 무엇인가를 하지 않고 머뭇거리고 있었다. 성격, 직업, 확고한 존재방식 같은 것들은 결국 마지막에 그에게 남게 될 해골을 미리 보여주는 개념들일 뿐이었다. 그는 스스로를 내적으로 풍부하게 하는 모든 것에 흥미를 가진 사람들처럼, 사물을 다르게 이해하고 싶어했다. 그것이 아무리 도덕적으로, 또는 지적으로 금기시된 것이라도 말이다. 그는 평정을 잃지 않으면서 어느 방향으로나 자유롭게, 그러나 앞으로 내딛는 발걸음을 느꼈다. 그리고 올바른 착상이 떠오를 때는, 그 빛으로 세계를 달라 보이게 하는 물방울 하나가 반짝이며 세계로 떨어진다는 느낌을 받았다.

그후 울리히의 지적 능력이 좀더 성숙된 이후에 그것은 더이상 '가정'과 같은 모호한 단어가 아니라 확실한 근거를 가진 고유한 개념인 '에세이'와 연결되었다. 여러 장으로 끊어진 에세이에서 사물은 총체적이 아니라 여러 측면에서 관찰되며—왜냐하면 전체적으로 파악된 사물은 한번에 전망을 잃어버리고 하나의 개념 속으로 녹아버리기 때문에—그렇게 해야 세계와 그 자신을 올바르게 바라보고 대처할 수 있다고 그는 믿었다. 행위나 특성의 가치, 그리고 그것의 참 의미와 본성은 그가 보기엔 그것들을 둘러싼 환경과 추구하는 목적에 따라 달라졌는데 한마디로 그것은 그것들이 속한 전체 세계—이렇게도 저렇게도 만들어지는—에 영향을 받는 것이었다. 살인을 범죄나 영웅적인 행위로 보는 것, 또는 사랑에 빠지는 행위를 천사 혹은 거위에서 떨어진 날개로 묘사하는 것은 사실을 지나치게 단순하게 묘사하는 것이다. 그러나 울리히는 이런 것들을 다음과 같이 보편화시켰다. 모든 도덕적 사건은 힘의 영역 속에서 일어나는데, 그 영역의 성좌^{星座}는 도덕적 사건에 의미를 부과한다. 그 도덕적 사건들은 마치 원자가 어떤 화학적 결합의 가능성을 가지듯이 선과 악을 내포하고 있다. 그 사건들은 만들어지는 것인데, 말하자면 '지독한'이란 낱말이 사랑, 잔인함, 목표, 훈련처럼 서로 다른 말에 연결될 때 완전히 다른 의미를 드러내듯 그에게 모든 도덕적 사건들은 그 의미에서 다른 것들과 밀접한 기능을 갖는 것처럼 보였다. 이런 방식으로 관계의 무한한 체계가 일어나는데, 그 안에서는 일상적 삶에서 대충 행위와 특성으로 지레짐작되는 독립적인 의미망들은 더이상 존재하지 못한다. 그 체계 안에서 확고해 보이는 것은 여러 가능한 의미를 위한 구멍 뚫린 평계뿐이다. 일어나는 사건은 아마도 일어나지 않을 어떤 것의 상징이 되며 그 상징을 통해 사람에게 인식된다. 또한 가능성의 진수로서, 잠재적인 인간으로서, 존재의 썩어지지 않는 시로서의 인간은 기록된 문건, 현실, 성격으로서의 인간을 마주하게 된다. 결국 울리히는 자신이 근본적으로 모든 덕과 악을 행할 수 있다고 느꼈다. 잘 균형잡힌 사회 질서 속에서는 덕뿐 아니라 악까지도 암묵적으로 똑같이 부담스럽게 여겨진다는 사실은 자연상태에서 일반적으로 무슨 일이 일어나는지를 그에게 증명해주었다. 바로 힘은 종종 중간가치와 중간상황, 타협과 관성으로 기우는 경향이 있었다. 일반적으로 울리히에게 도덕은 힘의 체계가 노화된 형식일 뿐이었는데, 힘의 체계란 원래 윤리적 힘의 상실 없이는 그 노화된 형식과 혼동될 수 없는 것이었다.

이런 관점이 인생에 대한 불확실성을 반영한다고 할 수도 있을 것이다. 그러나 불확실성이란 종종 그저 평범한 확실성에 대한 불만족에 불과하며 인간 그 자체라 할 고도로 경험 많은 사람조차도 이런 원칙들에 따라 삶을 이어간다는 것을 기억하기만 해도 좋을 것이다. 인간은 인간이 행한 모든 것을 뭔가 다른 것으로 교체하기 위해 그것의 무효를 선언한다. 범죄로 간주되던 것은 덕으로, 반대로 덕이었던 것은 악이 되기도 하는 것이다. 인류는 모든 사건의 위대하고도 정신적인 연관을 애써 건축해놓고도, 몇세대 후엔 다시 그것을 허물어뜨린다. 그러나 이 모든 일들은 한꺼번에 일어나지 않고 순차적으로 일어나며 인류가 시도한 실험의 사슬은 전혀 고양되는 모습을 보이지 않는다. 반면, 깨어 있는 인류의 에세이즘은 세계의 무계획적인 의식상태를 하나의 의지로 변환하는 과업에 마주하게 될 것이다. 그리고 많은 개별적인 발전의 끈들이 곧 이런 과업이 이뤄질 것임을 증명하고 있다. 백옥같이 흰 가운을 입고 흰 도기 속 환자의 배설물에서 자줏빛 표본을 얻어내려고 제대로 된 색이 나올 때까지 그것을 산酸과 섞어 문질러대는 간호사는 그녀가 알든 모르든 길에서 배설물을 발견하고는 몸서리치는 젊은 여자보다는 훨씬 더 변화에 열려 있는 세상에서 살아가는 것이다. 오직 도덕적인 자장 내에서 행위하도록 충고받은 범죄자는 마치 급류를 헤쳐나가야 하는 수영선수처럼 행동한다. 또한 도대체 믿을 만한 구석이 없기 때문에 아무도 믿어주지 않음에도 불구하고 모든 어머니들은 자기 자식이 언젠가는 그런 급류에 휩쓸릴 것을 안다. 정신의학은 큰 기쁨으로 고무되는 것을 경조성輕躁性 장애라고 부르며—그 말은 마치 즐거운 고통이란 말처럼 들린다—모든 극단적인 상태들, 가령 순결이나 육욕, 꼼꼼함이나 부주의함, 잔인함이나 연민을 모두 질병으로 의심한다. 오로지 그 극단적인 양극의 중간에 있어야만 건강한 삶이라는 게 얼마나 말도 안 되는 이야기인가! 정신의학의 목표가 사실은 그 목표의 과장을 부정하는 것에 다름 아니라면 얼마나 시시한 일인가! 이런 인식 덕분에 우리는 도덕적 규범이 더이상 정적인 명령이 아니라 매순간 새로운 시도를 끊임없이 요구하는 동적인 균형임을 깨닫는다. 우리는, 점점 더 알아채기 어려워지긴 하지만, 어쩔 수 없이 획득한 반복의 습관을 인간의 특성 탓으로 돌리고, 반대로 그 특성은 반복 탓이라고 생각하기 시작했다. 우리는 내부와 외부 사이의 상호작용을 깨달았고, 그것은 정확히 비인간적인 요소들을 이해하는 것이었는데, 그 요소들은 우리에게 인간적인 면모들, 행위의 어떤 간단한 패턴들, 마치 둥지를 짓는 새처럼 여러 물질에서 본능적으로 자아를 건축하는 기술을 이용한 자아건축 본능 같은 새로운 힌트들을 던져주었다. 우리는 이미 특정한 영향력을 이용하여 마치 급류를 조절하듯 여러 종류의 병적인 상황을 제어할 수 있는 수준에 도달했기 때문에 우리가 범죄자를 제때에 대천사로 만들지 못한다면 그것은 단지 사회적 책임감이 모자란 결과 아니면 일을 다소 서투르게 오래 끈 결과밖에 안 된다. 또한 아직도 통합되지 못한 채 산재한 주장들이 너무나 많아서 우리가 그런 주장들에서 받는 일반적인 영향이란 대충 비슷한 말들에 질려버리는 것일지도 모른다. 따라서 지난 2천년간 오로지 취향을 교환하는 데만 적합하게 발전해온 도덕을 변화하는 현실에 좀더 적합한 형식과 기반을 갖춘 새로운 것으로 바꿔야 할 필요성도 있을 것이다.

    울리히가 생각하기에 단 하나 모자란 것은 형식이었다. 다시 말해 행위의 목적이 성취되기 전에 그 목적의 표현을 발견해야 한다는 것이다. 그래야지만 마지막 한바퀴를 돌 수 있는 것이다. 그런 표현은 항상 위험을 감수하는 것이고 사물의 현상태와는 적합하지 않은 것이며 확실하면서도 불확실한, 정확성과 열정의 결합이라 할 것이다. 그러나 바로 그 시절이 그에게 뭔가 특별한 일이 일어나 그를 고무했어야 할 때였다. 그는 철학자가 아니었다. 철학자들은 명령할 군대가 없는 폭군들이어서, 세계를 하나의 체계 속에 가둠으로써 자신들에게 복종시킨다. 아마도 그런 이유로 폭군의 시대에 위대한 철학자가 나왔고, 진보적인 문명과 민주주의의 시대엔 뛰어난 철학자가 나오지 못했을—적어도 사람들의 일반적인 평을 들어보면 그 실망감을 알 수 있는데—것이다. 따라서 오늘날에는 엄청나게 많은 철학이 조각난 상태로 존재하여 구멍가게만이 세계관 없이 뭔가를 구할 수 있는 유일한 장소가 되었다. 그런 반면 그야말로 큰 규모의 철학에 대해서 사람들은 뚜렷한 불신을 드러낸다. 그런 철학은 절대 불가능하다는 취급을 받았으며 울리히조차도 그런 생각에서 자유롭지 못했다. 그는 학문적인 체험을 빌려 철학을 어느 정도 우습게 아는 경향이 있었다. 이것은 그의 태도에도 영향을 주어서, 언제나 관찰한 것을 다시금 생각해야 한다는 강박을 느꼈고 그와 동시에 어떤 부끄러움을 지닌 채 자신이 지나치게 생각에 빠진다는 부담을 갖게 되었다. 그러나 그의 태도를 결정지은 것은 여전히 다른 것이었다. 울리히의 본성 가운데는 논리적인 질서, 획일적인 의지, 어느 한 방향으로 추동된 열정 같은 것들에 대항하는, 무계획이고 무력하게 만드는, 무장을 해제한 어떤 방식이 있었다. 또한 비록 그가 점차 무의식적으로 벗어나려는 요소들을 포함시켰음에도 불구하고 그것은 그 자신이 선택한 '에세이즘'이란 말과 연관되었다. '에세이'의 일반적인 번역으로 받아들여지는 '시도'라는 말은(에세이의 어원이 된 프랑스어 '에쎄^{essai}'에는 시도라는 뜻이 있음—옮긴이) 그 문학적 모델에 대한 어렴풋한 본질적 암시만을 던져줄 뿐이다. 왜냐하면 에세이는 상황이 호전되면 진실이 되고 때로는 오류를 범할 수도 있는 일시적이고 부수적인 표현이 아니라(배운 사람들의 재미를 위해 학자의 연구실에서 떨어져나온 부스러기 같은 논문과 논설들이 바로 그것이다), 인간의 내적 삶이 결정적인 사유를 통해 추론해낸 단 하나의 변할 수 없는 형식이기 때문이다. 에세이가 보기에 가장 무책임하고 덜 성숙된 사유는 다름 아닌 주체성이라 불리는 것이다. 진실됨이나 거짓됨, 현명함이나 어리석음 같은 말 역시 똑같이 쓸모없는 말들이지만, 에세이는 예민하고 표현할 수 없는 것처럼 보임에도 불구하고 아주 엄격한 법칙들에 종속돼 있다. 내적으로 유동하는 삶의 대가인 그런 에세이스트들이 적지 않지만 그들을 뭐라 이름붙이는 것은 무의미하다. 그들의 영역은 종교와 학문, 실재와 이론, 지식 예찬$^{amor\ intelectualis}$과 시 사이에 있다. 그들은 종교 없는 성자들이고 때로는 탐험에서 길을 잃은 사람이기도 하다.

그나저나 그런 에세이스트들을 해석하고, 그들의 살아있는 지혜 가운데서 살아갈 지식을 구하며, 그리하여 감화받은 자의 행동에서 뭔가 '내용'을 끌어내려는 지적이고 합리적인 시도를 우리가 거의 자연스럽게 체험한다는 것보다 더 흥미로운 일은 없다. 그러나 마치 바다 속에서 화려한 색을 뿜내던 해파리가 모래에 던져지면 그 색을 잃는 것처럼 이런 일은 거의 소득이 없기 마련이다. 영감을 받지 못한 자의 논리는 영감받은 자의 가르침을 부스러뜨려서 가루나 모순, 엉터리로 만들어버리지만 우리에겐 그런 가르침이 연약하다거나 실행 불가능하다고 여길 권리는 없는데, 그것은 마치 공기가 없는 곳에서 코끼리가 살지 못한다고 해서 그를 연약하다고 할 수 없는 것과 같다. 이런 말이 어떤 신비한 인상 또는 하프 소리와 탄식하는 글리산도 주법을 지배하는 음악적 인상을 불러일으킨다면 매우 유감이다. 사실은 그 반대다. 울리히에게 직관이 아니라 매우 이성적으로 다가온 질문들은 가령 다음과 같은 모습을 띠고 있었다. 진리를 원하는 사람은 학자가 된다. 자아와 자유롭게 놀이하고 싶은 사람은 작가가 된다. 그럼 그 사이에 있고 싶은 사람은 무엇이 되어야 할까? 그처럼 그 사이에 있는 것들은 모든 유명하고 단순한 도덕적 계율에서 발견될 수 있다. 가령 '살인하지 말라'를 보면 우리는 한눈에 이 계율이 하나의 외적인 사실도, 마음속의 진실도 아님을 알아챈다. 우리는 어느 면에서 이 계명에 엄격하게 집착하는 반면, 더 정확하게는 엄청나게 많은 예외를 인정한다는 것도 알고 있다. 그러나 그보다 훨씬 많은 제3의 경우들이 있는데 그것은 상상, 욕망, 드라마, 흥미로운 뉴스거리 등으로 우리는 아주 무원칙하게 그것들에 대한 혐오와 열광 사이를 왔다갔다한다. 사실도 아니고, 그렇다고 주관도 아닌 것을 가리켜 사람들은 종종 명령이라고 부른다. 우리는 이 명령을 종교와 법의 도그마에 단단하게 결합시켜 거기에 연역된 진리라는 특성을 부여한다. 그러나 소설가들은 아브라함의 번제에서 최근에 애인을 쏴죽인 어느 아름다운 여자에 이르기까지 온갖 예외를 이야기하면서 그것을 다시 주관성 속으로 녹여버린다. 따라서 우리는 그중 하나의 말뚝에 의지하거나 아니면 물결을 따라 이리저리 그들 사이를 떠다닐 수밖에 없다. 그러나 과연 어떤 느낌으로일까!? 이런 전제는 우리들에게 무조건적인 순종(나쁜 일에 대해서는 생각하는 것조차 피하면서도 알코올이나 열정에 취해 약간이라도 혼란이 일면 당장에 일을 저질러버리는 그런 건

전한 유형을 포함해)과, 가능성의 큰 파도 사이를 생각없이 휩쓸려다니는 것이 뒤섞인 인상을 준다. 그러나 이런 전제가 꼭 그렇게만 받아들여져야 할까? 늘 그렇듯이, 무엇인가를 온맘을 다해 하려는 사람은 그것을 해야 하는지 아니면 하지 말아야 하는지를 모를 거라고 울리히는 생각했다. 그러면서도 울리히는 과연 전심을 다해 할 수 있는 일이 과연 있는 것인지 의심했다. 행위하려는 충동이든 금기든 그런 것은 그에게 중요하지 않았다. 그것들을 저 높은 곳의 법과 연결하거나 그의 예리한 지성과 연결하는 것 이상으로, 고귀한 혈통을 부여함으로써 자족적인 순간을 만들어내는 것은 그 가치를 깎아내린다. 이 모든 것에 울리히의 마음은 침묵했고, 오로지 그의 머리가 말했다. 그러나 그는 자신의 결정을 행복과 일치시키는 또다른 방법이 있다고 생각했다. 그는 살인을 하지 않아도 행복하고 살인을 해도 행복할 수 있었지만, 자신에게 강요된 일을 아무 생각 없이 충실히 해내는 사람은 될 수 없었다. 행복과 자신의 결정이 일치되는 순간, 그것은 규율^{Gebot}이 아니라 이미 그가 들어선 지역^{Gebiet}으로 느껴졌다. 이곳에선 모든 것이 이미 결정되었고 어머니의 젖처럼 마음을 누그러뜨린다는 것을 그는 알아챘다. 그러나 이런 통찰이 그에게 전해주는 것은 더이상 생각이 아니었고 평상시의 앞뒤가 맞지 않는 그런 감정도 아니었다. 그것은 '전체적인 통찰'이었고 그러면서도 바람에 의해 멀리서 날아온 것 같은 하나의 소식일 뿐이었다. 그것은 진실이나 거짓처럼 보이지 않았고 이성적이거나 비이성적으로 보이지도 않았으며 희미하고 기쁨에 찬 과장이 그의 마음속에 떨어지는 것처럼 느껴졌다.

한 에세이의 핵심적인 부분에서 진실을 끌어낼 수는 없듯이, 그런 상태에서 어떤 확신을 얻기는 불가능하다. 적어도 마치 사랑하는 사람이 연인을 떠나보내지 않고는 사랑을 표현할 수 없듯이 그런 상태를 스스로 포기하지 않고는 불가능하다. 아무런 행위도 없이 이따금 울리히를 흔들어놓는 그 무한한 감동은 무엇인가를 하려는 그의 행동 욕구와 충돌했으며, 어떤 제한과 형식을 강하게 요구했다. 지금은, 누군가 자기 느낌을 말하기 전에 먼저 알고 싶어하는 것만이 자연스럽고 옳은 일일 것이다. 그는 자신도 모르게 자신이 언젠가 찾기를 원하는 것이 비록 진리는 아니더라도 진리보다 훨씬 더 견고한 것이라고 상상했다. 그러나 그는 좀 특별한 경우로서, 마치 무엇을 하려는지도 잊은 채 장비를 서둘러 챙겨 나가는 사람처럼 보였다. 만일 그가 수학적 문제나 수학적 논리학, 또는 자연과학과 관련된 논문을 쓰고 있을 때 과연 그가 이루고자 하는 바가 무엇인지를 물었다면 그는 생각할 가치가 있는 단 하나의 질문은 바로 올바른 삶에 대한 것이라고 대답했을 것이다. 하지만 아무 결과도 없이 오랜 시간 어떤 일을 강요당하면, 마치 뭔가를 오래 들고 있던 팔이 그러하듯이 머릿속은 녹초가 돼버릴 것이다. 또한 우리의 생각은 여름날 대열에 서 있는 병사들만큼이나 그런 지속을 오래 견뎌낼 수 없다. 너무 오래 기다려야 한다면, 힘없이 쓰러져버리고 마는 것이다. 이미 스물여덟 무렵에 인생관을 세워버렸기 때문에 서른둘의 울리히에게는 그 어떤 것도 진솔하게 다가오지 않았다. 그는 더이상 사유를 확장해나가지 않았으며 마치 눈을 감은 사람처럼 모호하고 긴장된 상태로 머물러 있었다. 그 떨리던 옛 시절의 통찰이 지나간 이후, 그에게는 개인적인 감흥의 흔적이 좀처럼 보이지 않았다. 그러나 이것이 아마 학문적 업적에서 차츰 손을 떼게 하고 그가 가진 모든 의지를 꺼내지 않도록 하는 그런 숨겨진 움직임이었을 것이다. 이로써 그는 기이한 분열에 빠져들었다. 과학적인 태도는 원래부터 미학적인 것이기보다는 신앙적인 것임을 우리는 잊지 말아야 한다. 과학적 태도가 '신'을 깨닫는 일이라 전제돼 있을 때만 신은 모습을 드러내고 과학은 그 모습에 무조건 무릎을 꿇는다. 반면, 신의 현현 앞에 선 탐미주의자들은 신의 재능이 그리 독창적이지 않고, 신의 세계관 역시 정말 신이 선사한 재능이라고 하기엔 지적으로 모자란다고 생각한다. 울리히는 어떤 부류의 사람들이 흔히 그러하듯 모호한 예감에 자신을 내맡길 수는 없었지만 다른 한편으로는 그가 주도면밀한 정확성의 세계에 살던 오랜 시절 그 자신을 거스르며 살았음을 감출 수도 없었다. 그는 뭔가 예측하기 힘든 일이 일어나기를 바랐고, 그래서 그가 '삶으로부터의 휴가'라고 조롱하듯 부른 그런 시도에서 안식을 주는 아무것도 얻지 못했다.

어떤 나이에 이르면 인생은 엄청 빠르게 흘러간다고 말할 수 있을 것이다. 그러나 우리가 유산을 남기고 떠나기 전, 그 마지막 의지를 불태우기 시작할 시기는 저 멀리, 결코 연기할 수 없는 시간에 놓여있다. 이미 아무것도 이룬 것 없이 반년이 지나버렸기 때문에 이것이 그에게는 더 뚜렷한 위협으로 다가왔다. 그는 의도적으로 아무것도 하지 않은 채 기다렸다. 스스로 대수롭지 않게 바보처럼 행동하면서 모든 것을 내버려두었고 마치 그물을 텅 빈 강물에 내던진 어부가 초조하게 인내하며 살듯이 그가 그토록 중요시하던 사람들과 관련된 아무 일도 하지 않은 채 그저 계속 떠들어대기만, 너무 많이 떠들어대기만 했다. 자아라는 것이 세계와 인생에서 형성된 인간의 한 부분을 말하는 게 맞다면, 그는 그 자아 뒤에서 기다렸다. 그리고 그 뒤에 쌓아올린 조용한 회의는 날이 갈수록 커져갔다. 그는 인생의 최대 위기에 선 자신을 발견했고, 스스로의 태만을 경멸했다. 거대한 시련은 위대한 창조물인 인간만이 겪는 특권일까? 그는 그렇게 믿고 싶었지만 그것이 진실은 아니었는데 왜냐하면 아주 초보적인 신경생물조차 자신의 위기를 겪기 때문이다. 그가 깊은 동요 가운데 남겨둔 것은 모든 영웅과 범죄자들이 소유한 침착함의 잔여물이었다. 그것은 용기도, 의지도, 자신감도 아니었고, 마치 개에게 거의 짓이겨진 고양이의 생명을 빼앗기 어렵듯이 그렇게 제거하기 어려운 완강한 생의 집착이었다.

그런 남자가 혼자 있을 때 어떻게 생활하는지 상상해보고 싶다면, 아마도 다음과 같은 장면이 가장 설득력있을 것이다. 환한 빛이 창문을 통해 스며드는 밤 그의 방안에는 그가 쓰다남은 생각들이 마음에 들지 않은 변호사를 기다리는 대기실의 고객처럼 죽 늘어앉아 있다. 또는 이렇게도 말할 수 있다. 그런 밤 울리히는 창문을 열어 뱀처럼 부드러운 나뭇가지가 어둡게, 그리고 매끈하게 지붕을 덮은 눈과 땅 사이를 휘어져가는 모습을 보았고, 갑자기 지금 입은 잠옷 차림 그대로 정원으로 내려가야 한다는 생각이 들었다. 그는 머리에 차가운 기운을 느끼고 싶었다. 그는 불켜진 복도를 배경으로 서 있고 싶지 않아서 아래층에 내려오자마자 불을 껐다. 그 어둠 속으로 스며드는 빛은 오직 그의 서재에서 새어나오는 빛뿐이었다. 도로 하나가 길가의 육중한 격자문 쪽으로 나 있고 아주 흐릿하게 다른 교차로가 하나 더 있었다. 울리히는 천천히 그 길로 걸어갔다. 그런데 나무꼭대기 사이로 우뚝 솟은 어둠이 갑자기 환상적으로 거대한 모오스브루거의 형체를 떠올리게 하더니 그 벌거벗은 나무들이 마치 육체인 것처럼 다가왔고, 벌레처럼 흉측하고 축축하게 느껴졌음에도 불구하고 왠지 그 나무들을 끌어안고 눈물을 흘리며 그 앞에 쓰러져야 할 것만 같았다. 그러나 그는 그렇게 하지 않았다. 그런 충동을 일으켰던 감수성은 그를 감동시킴과 동시에 다시 억눌렀기 때문이다. 바로 그때 어딘가로 급히 서두르는 보행객들이 정원의 격자 앞을 스쳐 우윳빛 연무를 뚫고 지나갔고, 붉은 잠옷 차림으로 이제 막 나무에서 떨어져나온 검은 가지들 사이에 서 있는 그의 모습은 아마도 그 자체로 미치광이처럼 보였을 것이다. 그러나 그는 꿋꿋하게 발길을 내딛었고 아주 만족스럽게 집으로 돌아왔다. 무엇이든 그를 위해 마련된 것은 뭔가 아주 달라야 함을 느끼면서 말이다.

63.
보나데아가 비전을 품는다

그 밤을 보내고 다음날 아침 울리히가 마치 얻어맞은 듯한 기분으로 늦게 일어났을 때, 보나데아가 방문한다는 소식을 들었다. 이렇게 다시 만나는 것은 그들의 불화 이후 처음이었다.

떨어져 있는 동안 보나데아는 많이 울었다. 이 시간 동안 보나데아는 종종 악용당한다는 느낌이 들었다. 종종 그녀의 울음소리는 마치 검은 베일에 싸인 북소리처럼 울려퍼졌다. 그녀에게는 모험도 많았지만 실망도 많았다. 비록 울리히와의 기억은 모든 모험마다 깊은 우물로 빠지는 일이었지만 그녀는 그 모든 실망을 겪은 후에 다시 그곳을 빠져나왔다. 그때마다 그녀의 얼굴에는 버림받은 어린아이처럼 무력하고 비난에 찬 표정이 떠오르곤 했다. 보나데아는 마음속으로 이미

백번은 남자친구가 그녀 스스로 '사악한 자만'이라고 저주하는 자신의 질투를 용서해주기를 기도했으며 결국 그에게 화해를 제안하기로 결정했다.

그 앞에 앉았을 때 그녀는 매력적이고 멜랑콜리했으며 아름다웠다. 또한 그녀는 마음속이 저리는 느낌을 받았다. 그는 '마치 청년처럼' 그녀 앞에 섰다. 그의 피부는 그녀가 믿는바 그의 위대한 사업과 외교로 대리석처럼 윤이 났다. 그녀는 이처럼 강하고 결단에 차 있는 그의 표정을 본 적이 없었다. 그녀는 기꺼이 스스로를 완전히 그에게 내맡기고 투항하고 싶었지만 그렇게까지 하진 못했고 그 역시 그녀를 독려하는 어떤 표정도 짓지 않았다. 그의 차가움이 말할 수 없이 슬펐지만 마치 동상처럼 위대해 보이기도 했다. 뜻하지 않게 보나데아는 그의 축 늘어진 손을 잡아 키스하고 말았다. 울리히는 생각에 잠긴 채 그녀의 머릿결을 쓰다듬었다. 그녀의 다리는 세상에서 가장 여성스럽게 부드러워져서 무릎을 꿇으려는 것 같았다. 그는 부드럽게 그녀의 등을 끌어 의자로 안내하고 위스키와 소다를 가져온 후 담배에 불을 붙였다.

"여자들은 오전에 위스키를 마시지 않아." 보나데아가 거절했다. 순식간에 그녀는 다시 상처입을 만한 힘을 회복했고 그녀의 심장은 머릿속까지 타고 올라갔는데, 울리히가 거칠고 방탕하기까지 한 술을 권한 것은 명백히 애정없는 행위로 생각되었기 때문이었다.

그러나 울리히는 다정하게 말했다. "아마 당신에게 좋을걸. 정치에서 중요한 역할을 한 여자들은 위스키를 마셨으니까." 보나데아는 울리히를 다시 방문한 사실을 정당화하기 위해 그 위대한 애국운동에 감탄했으며 기꺼이 도움을 주고 싶다는 말을 꺼냈다.

그것이 그녀의 계획이었다. 그녀는 항상 여러 일들을 동시에 믿었으며, 반만 진실인 것들은 더욱 쉽게 거짓말을 하게 만들었다.

위스키는 옅은 황금색이었고 오월의 태양처럼 따뜻했다.

보나데아는 마치 일흔살이 되어 집 앞 정원의 벤치에 앉아 있는 듯한 기분이 들었다. 그녀는 나이를 먹었다. 아이들은 부쩍 자랐다. 첫째 아이는 벌써 열두살이었다. 그 남자에게도 창문 뒤의 다른 남자들에게처럼 바라보는 눈이 있었기 때문에, 잘 알지도 못하는 남자를 쫓아와 그의 방에까지 들어가는 일 따위는 분명 추잡한 짓이었다. 그녀가 생각하기에, 사람들은 별로 마음에 들지 않는 데다 경계심을 불러일으키는 이 남자의 세부적 특징을 아주 잘 아는 것 같았다. 그래서 사람들은―그런 순간이 걸리기만 한다면―그에게 모욕을 퍼붓고 심지어는 불같이 화를 낼 수도 있을 것이다. 그러나 그런 일은 일어나지 않았기에 그는 점점 더 자기 역할에서 열정적인 성장을 이뤄냈다. 이즈음 사람들은 스스로를 마치 조명이 내리쬐는 무대 위에 선 것처럼 생각했다. 사람들이 상대방 앞에 보여주는 것은 무대에서의 눈, 무대에서의 턱수염, 단추가 풀린 무대의상이었으며 방에 들어서서 경악하여 다시 정신을 차리기 전까지, 그들의 머릿속에서는 의식에서 뚜벅뚜벅 걸어나와 환상의 벽지로 그 방의 벽을 덮어씌우는 일이 진행된다. 비록 이런 표현을 똑같이 사용하지는 않았지만―원래 단지 부분적으로만 생각을 표현할 줄 알았기에―보나데아는 그것을 생생하게 그려내고자 할 때조차 스스로 똑같은 의식의 변화에 휘둘리는 것을 느꼈다. '그걸 묘사할 수 있는 사람은 아주 위대한 예술가일 거야. 아니지, 그는 포르노 작가일 거야!' 울리히를 바라보며 그녀는 생각했다. 그런 상황에서조차 그녀는 선량한 의도와 단정함을 지키려는 의지를 절대 잃지 않았다. 그런 의도와 의지들은 바깥에 서서 기다렸지만 욕망에 의해 변화된 세계에 대해서는 단 한마디도 꺼내지 않았다. 이성이 다시 돌아올 때가 보나데아에게는 가장 큰 고통이었다. 남들은 자연적인 것으로 보고 넘어갈 성적 욕구로 의한 의식의 변화가 그녀에게는 너무나 깊고 강력한 황홀경과 죄책감을 불러일으켜 다시 가족의 평화로운 품으로 돌아오면 곧바로 그녀는 걱정에 빠져들고 말았다. 그녀는 스스로 미쳤다고 생각했다. 그녀는 타락한 시선이 해를 줄까봐서 자기 아이들을 제대로 쳐다보지도 못했다. 남편이 평소보다 더 친절하게 대하면 움찔하면서도 혼자 있을 때의 자유로움은 두려워했다. 그래서 남편과 몇주 떨어져 있을 때마다 그녀에게는 울리히 외에는 연인을 두지 말자는 계획이 자라나곤 했다. 울리히는 그녀에게 머물 곳을 줄 것이며 낯선 탈선에서도 지켜줄 것이다.

'내가 어떻게 그에게서 흠을 찾아낼 수 있단 말인가,' 그녀는 다시 그와 마주앉은 지금 생각했다. '그는 나보다는 훨씬 완벽하지.' 그녀는 그와 포옹할 때 자신이 더 나은 사람이 되었다는 인정을 받았으며, 아마도 그 순간 다음 모임 때에는 그가 새로운 조직에 자신을 초대해야만 할 것이라고 생각했을 것이다. 보나데아는 조용히 충성의 맹세를 했고 이 모든 것을 깊이 생각할 때 감동의 눈물이 터져나왔다.

그러나 울리히는 힘든 결정을 해야 하는 남자가 그러하듯 천천히 위스키를 들이켰다. 당분간 그녀를 디오티마에게 소개해주는 것은 불가능하다고 그는 말했다.

보나데아는 그것이 왜 불가능한지를 명확히 알고 싶었고, 또한 언제 그것이 가능한지도 확실히 알고 싶었다.

울리히는 저명한 예술가나 학자, 사회사업가로 이름을 날린 적이 없는 그녀를 참여시키자고 디오티마를 설득하는 데는 시간이 한참 걸릴 것이라고 설명했다.

하지만 보나데아는 그간 디오티마를 향한 기묘한 감정에 휩싸였다. 그녀는 괜한 질투에 사로잡히는 일 없이도 이 여성에 대한 좋은 말을 많이 들었다. 더욱이 자신의 애인 울리히에게 어떤 부도덕한 양보도 하지 않고 그의 관심을 사로잡은 이 여자를 보나데아는 부러워했고 찬탄했다. 그녀는 자신이 울리히에게 목격했다고 믿은 그 조각상 같은 침착함도 이 여자에게서 비롯되었다고 생각했다. 보나데아는 스스로를 '격정적'이라고 불렀고, 이것으로 자신의 불명예스러운 상태에 대한 명예로운 변명을 삼았다. 그러나 그녀는 이 냉정한 여인을 찬미했는데, 그것은 마치 불행하게도 평생 축축한 손으로 살아야 하는 사람이 아주 보송보송하고 아름다운 손을 잡은 것과도 같은 기분이었다. '바로 그녀야!' 그녀는 생각했다. '그녀가 울리히를 그렇게 변화시켰다고!' 그녀의 마음에 뚫린 딱딱한 구멍, 또한 무릎에 뚫린 달콤한 구멍, 이 두 구멍은 양쪽에서 동시에 파고들어와 그녀가 울리히와 부딪힐 때마다 정신을 혼미하게 만들었다. 그래서 그녀는 마지막 카드를 꺼내들었는데 그것은 바로 모오스브루거였다!

아주 고통스러운 성찰 끝에 그녀는 울리히가 이 무자비한 형상에 기이한 끌림을 느끼고 있음을 깨달았다. 그녀는 모오스브루거의 살인사건 직후 스스로 표현한 바 그 '거친 육욕'을 단지 구역질이 난다는 이유로 혐오했다. 바로 이 점에서 그녀의 감정은—물론 스스로는 잘 모르는 일이겠지만—아주 단순하면서, 부르주아의 감상주의에 젖어듦 없이, 강간살해범에게서 단지 직업상의 위험만을 생각하는 그런 창녀와 아주 유사한 것이었다. 하지만 그녀의 피할 수 없는 과오를 포함하여 그녀가 원하는 것은 질서있고 진실한 세상이었고, 그 점에서 모오스브루거는 그런 세상의 회복에 기여한다고 여겨졌다. 울리히가 모오스브루거에게 애착을 보였고, 법관이자 그녀에게 정보를 줄 수 있는 남편이 있었기 때문에, 쓸쓸함에 젖은 보나데아는 결국 그녀의 애착과 울리히의 애착을 남편의 중개로 연결할 수 있겠다는 생각을 키워갔다. 또한 이러한 간절한 상상은 정의감에 희생된 욕망을 위로해주는 힘을 간직하고 있었다. 그러나 그녀가 이 문제를 가지고 남편에게 접근했을 때, 그녀가 인간의 모든 위대하고 선한 일에 정신을 빼앗긴다는 점을 아는 남편조차 그녀의 법률적 열정에 놀라움을 감추지 못했다. 그리고 그는 법관일 뿐 아니라 사냥꾼이었기 때문에, 해로운 동물이란 별 동정 없이 해치우는 것이 옳다며 그녀를 사근사근하게 물리쳤으며 더이상 어떤 말도 해주지 않았다. 어느 정도 시간이 지나고 두번째 시도에 나섰을 때 그녀는 애낳는 일은 여자의 일이지만 살인은 남자의 일이라는 그의 생각을 들었고, 그녀 자신도 너무 과도하게 이 위험한 질문에 빠져드는 일을 원치 않았기 때문에 당분간 법으로 가는 길은 막혀버렸다. 결국 울리히를 기쁘게 하기 위해 모오스브루거에게 할 일로 그녀에게 남은 길은 은총을 구하는 일밖에 없었는데, 이 길은 디오티마에게 연결되었고, 이것은 사람들 사이에서 결코 놀랄 만한 일이 아니라 매력적인 일로 받아들여질 것이 분명했다.

　마음속에서 스스로를 디오티마의 친구라고 여기면서 보나데아는 그 숭배받는 라이벌을 즉시 만나고자 하는 자신의 소망이 당연히 이뤄져야 한다고 생각했다. 물론 그녀 스스로 찾아가기에는 자존심이 허락지 않긴 했지만 말이다. 그녀는 모오스브루거를 위해 디오티마를 얻기로 마음먹었고, 이것은 그녀가 추측하기에 울리히라면 절대 하지 못할 일이었으며, 이런 상상은 아름다운 장면으로 그녀의 마음속에 그려졌다. 키가 큰 대리석 같은 디오티마가 죄 때문에 구부러진 보나데아의 따뜻한 등에 팔을 얹고, 보나데아는 자신의 임무가 그 신처럼 무감한 마음에 몇방울의 나약함을 섞은 성유를 붓는 일이었으면 좋겠다고 기대했다. 이것이 바로 그녀가 자신을 떠난 친구에게 제안한 계획이었다.

그러나 그즈음 울리히는 무슨 수를 써도 모오스브루거를 구할 수는 없다고 생각했다. 그는 보나데아의 고귀한 생각을 알았고 또한 그녀의 아름다운 충동이 얼마나 쉽게 불타올라서 온몸을 불사르는 격렬한 공포의 불꽃이 되는지도 잘 알았다. 그는 모오스브루거의 일에 조금도 말려들고 싶지 않다고 그녀에게 이야기했다.

보나데아는 병적으로 아름다운 눈으로 그를 바라보았고, 그 눈 속에서는 마치 이른 봄과 겨울의 경계처럼 물과 얼음이 떠다니고 있었다. 울리히는 아이같이 아름다웠던 그녀와의 첫 만남에서 느낀 고마움을 한번도 잊은 적이 없었다. 그날 그는 무기력하게 포장도로에 쓰러져 있었고, 보나데아는 그의 머리맡에 쪼그리고 앉아 있었으며, 불안하고 모험에 가득 찬 세계와 젊음과 감정의 불명료함이 이 젊은 여인의 눈에서부터 그의 깨어나는 의식 위로 방울방울 떨어져내렸다. 그래서 그는 그녀의 마음을 다치지 않게 거절하려고 했고 오랜 대화로 풀어보려고 했다. "이거 봐." 그는 설득에 나섰다. "당신이 밤에 커다란 공원을 지나는데 어디서 부랑자 둘이 당신을 에워싼다고 생각해봐. 그 상황에서 그들 역시 동정을 받을 만하며 그들이 거칠어진 데는 사회의 책임이 크다는 생각이 들겠어?"

"그렇지만 난 밤에 공원을 나다니진 않아." 보나데아는 곧장 대꾸했다.

"하지만 만약 경찰이 온다면 그 두 사람을 신고하지 않겠어?"

"경찰에게 보호해달라고는 하겠지."

"그게 체포해달라는 말 아닐까?"

"그가 체포하든 말든 그런 건 모르겠어. 아무튼 모오스브루거가 부랑자는 아니야."

"그렇다면 그가 당신 집에서 목수로 있다고 생각해봐. 집에 당신과 그밖에 없는데 그가 이리저리 눈을 굴리기 시작하는 거야."

보나데아는 강력히 저항했다. "나한테 그런 걸 상상하라니 정말 역겹군."

"그래. 맞아" 울리히는 말했다. "그렇지만 나는 그렇게 쉽게 자제력을 잃는 사람들이 실제로 얼마나 불쾌한지를 말해주고 싶었어. 그들에게 공정하다는 느낌이 드는 순간이란 남에게 얻어터지는 순간뿐이지. 그럴 땐 물론 사회질서나 운명의 희생자인 그들에게 깊은 동정심을 느끼지 않을 수 없지. 당신은 어떤 사람의 잘못도 드러난 그대로 비난받을 수 없다는 것을 인정해야 해. 막상 그 잘못을 저지른 사람의 시각에서 볼 때 그 잘못은 아무리 나쁜 경우라도 보통의 선량한 사람들이 갖는 실수나 나쁜 성격 정도로밖에 보이지 않거든. 결국 그는 완전히 옳은 것이지!"

보나데아는 스타킹을 올렸고 그 때문에 고개를 젖히고 울리히를 바라보아야만 했으며 그녀의 부주의함을 틈타 주름장식의 풍부한 대조, 부드러운 스타킹, 긴장된 손가락, 진주처럼 윤나는 부드러운 피부 등이 그녀 무릎 주위에 드러났다.

서둘러 담뱃불을 붙인 울리히가 말을 이었다. "사람은 선하지 않긴 하지만 또 언제나 선하기도 하지. 정말 엄청난 차이가 있지 않아? 이런 자기애의 현학은 좀 우습긴 하지만 여기서 우리는 인간이 정말 나쁜 일을 할 수 없다고 결론내려야 해. 인간은 나쁜 것에 영향을 받을 수 있을 뿐이야. 이런 통찰이야말로 사회적 도덕을 세우기 위한 옳은 출발점이 될 거야."

보나데아는 한숨을 내쉬며 치마를 잡아당겨 골고루 펴고 한줌의 창백한 황금빛 불에서 안정을 찾으려고 했다.

"내가 설명할게," 울리히가 웃으면서 덧붙였다. "모오스브루거에 대해 온갖 종류의 감정을 느끼면서도 아무것도 할 수 없는 이유는 뭘까? 근본적으로 이 경우는 풀어진 실의 끝과 같아. 누군가 그걸 잡아당기면, 사회 전체의 솔기가 뜯겨나가기 시작하는 것이지. 나는 이 사건을 처음부터 완전히 이성적인 문제로 그려낼 수 있어."

보나데아는 어찌된 영문인지 신 한짝을 잃어버렸다. 울리히가 몸을 숙이자 따듯한 발가락들이 마치 작은 아이처럼 그의 손에 들린 신을 찾아 다가왔다. "그냥 둬, 그냥. 내가 할게." 그에게 발을 내밀며 보나데아는 말했다.

"그건 우선 법-심리적 문제야." 좀 줄어든 책임감의 향기가 그녀의 다리에서 그의 코로 훅 끼쳐오는데도 울리히는 주저없이 계속 말했다. "우리가 돈만 충분히 있다면 그런 범죄의 대부분은 이미 의학적으로 예방할 수 있다는 사실을 다 알지. 그러니까 오늘날 그건 그냥 사회적인 문제일 뿐이야."

"이제 알았으니 그만해!" 그가 '사회적'이라는 말을 두 번이나 했기 때문에 보나데아는 간청했다. "또 그 이야기를 하면 난 집에 가겠어. 정말 죽을 만큼이나 지겨워."

"그래, 좋아." 울리히는 동의했다. "난 그냥 우리의 기술이 이미 시체나 하수, 폐기물, 독 같은 것에서 유용한 물질을 뽑아낼 수 있다는 것을 말하고 싶었어. 정신의 기술도 마찬가지지. 하지만 세계는 이 문제를 해결하는 데 뜸을 들이고 있어. 정부는 모든 어리석음을 몰아내는 데는 돈을 쓰면서 중요한 도덕적 문제를 해결하는 데는 한푼도 쓰지 않거든. 어쩌면 그건 당연한 것인데, 정부란 가장 멍청하고 가장 악독한 개인들의 집단이기 때문이지."

그는 확신에 차서 말했지만 보나데아는 문제의 핵심으로 돌아가야 한다고 생각했다. "울리히," 그녀는 애타게 말했다. "모오스브루거를 위해서는 그의 무고함이 밝혀지는 게 가장 좋지 않을까?"

"아마도 죄 있는 여러 사람을 처형하는 게 무고한 한 사람을 사형에서 구하는 것보다 중요할걸!" 그는 그녀의 말에 반격을 가했다.

이제 그는 그녀 앞에서 서성거렸다. 보나데아는 혁명적으로 활활 타오르는 그의 모습을 보았다. 그녀는 그의 손을 잡고는 가슴으로 끌어당겼다.

"좋아," 그는 말했다. "이제부터는 감정의 문제를 말해주지."

그녀는 그의 손가락을 풀어 그녀의 가슴을 덮게 했다. 그 눈빛은 돌의 심장이라도 녹일 수 있을 것 같았다. 그 순간 울리히는 시계들이 종을 울려대는 시계방에 온 것 같은 혼란에 빠져 마치 가슴속에 심장이 두 개가 있는 것처럼 느껴졌다. 그의 의지를 최대한 동원하여 마음을 진정시키고 부드럽게 말했다. "안 돼, 보나데아."

거의 눈물이 쏟아질 것 같은 그녀에게 울리히가 말했다. "내가 우연히 이 사건을 말해주었다고 해서 네가 이렇게까지 흥분하는 건 좀 이상한 일 아닌가? 그렇게 매일 수없이 일어나는 부당한 일들에 대해서 너는 잘 알지도 못하잖아."

"그게 무슨 상관이란 말이야." 보나데아는 강력하게 저항했다. "나도 그 사실을 안다고. 그런 이상 가만히 있으면 나는 나쁜 사람이 될 거야."

울리히는 사람은 고요하게 머물러야 한다고 말했다. 그것도 열정적으로 고요하게,라고 그는 덧붙였다. 그는 자리를 떠나 보나데아와 거리를 두고 앉았다. "요즘 모든 일은 '그 사이에' '그러다보니' 일어나지." 그는 말을 꺼냈다. "어쩔 수 없어. 우리는 이성의 양심에 이끌려서 끔찍한 비양심으로 나아가고 있으니까." 그는 위스키 한잔을 더 따르더니 다리를 낮은 안락의자 위에 얹었다. 피곤해지기 시작한 것이다. "누구나 원래부터 총체적인 삶을 고민하는 법이지." 그가 말했다. "그러나 그가 그것을 더 정확히 고민하면 할수록 그 범위는 점점 좁아지거든. 어떤 경지에 도달하면 그는 두 다스 정도의 사람을 빼고는 어떤 특정한 사방 1밀리미터를 세계에서 가장 잘 아는 사람이 되겠지. 누군가 그의 일에 대해 안다고 끼어든다면 바보가 될 거야. 하지만 그 자리에서 1밀리미터만 벗어나면 헛소리를 할 게 분명하니까 그 역시 함부로 자리를 뜨지는 못하지." 그의 피곤은 이제 그 앞에 놓인 투명한 금색 위스키처럼 변했다. '나 역시 30분 동안 헛소리를 늘어놓고 있구나.' 그는 생각했다. 그러나 이 과소평가된 상황이 그에겐 편안했다. 그는 보나데아가 다가와 옆에 앉는 것이 가장 두려웠다. 그걸 막으려면 한 가지 방법밖에 없었다. 계속 떠들어대는 것이다. 그는 손으로 머리를 받치고 마치 메디치 성당 묘지의 조각상처럼 몸을 쭉 폈다. 갑자기 그는 이런 자세를 떠올렸고 거기에서 고요 속을 떠다니면서 자신의 육체를 통과하는 웅장함을 느꼈으며, 원래보다 훨씬 강력해진 자신을 감지했다. 처음에 그는 멀리서도 이 예술작품을 이해했다고 믿었는데, 사실은 마치 낯선 물체를 바라보듯이 전에 슬쩍 본 적이 있을 뿐이었다. 그는 말하는 대신, 침묵을 지켰다. 보나데아 역시 뭔가를 감지했다. 그건 사람들이 말하듯, 뭐라 말할 수 없는 하나의 순간이었다. 어떤 극적인 장엄함이 그 둘 사이를 묶어 갑작스러운 침묵이 된 것이다.

'내게 남은 건 무엇이지?' 울리히는 씁쓸하게 생각했다. '아마도 용기있고 자신을 상품처럼 여기지 않는 사람은 자기의 내적 자유를 위해 단지 몇가지의 외적인 규칙만 인정할 거야. 하지만 이런 내적 자유는 그가 모든 것을 생각할 수 있어야 한다는 것을 의미하지. 문제는 그가 모든 상황에서 왜 그런 상황에 얽매일 필요가 없는지는 알지만, 과연 무엇에 얽매이고 싶어하는지는 모른다는 거야.' 그를 사로잡던 아주 독특하고 작은 감정의 물결이 다시 사그라지는 그 불행한 순간에 울리히는 자신이 사물의 두 측면을—즉 거의 모든 동시대인들을 특징지으면서 그 시대의 상황 또는 운명을 그려내는 도덕적 이중성을—찾아낼 능력밖에 없음을 받아들일 것이다. 세상과 그의 관계는 창백하고 그늘지며 부정적이 돼버렸다. 무슨 권리로 그는 보나데아를 함부로 대하는 것일까? 거의 매번 똑같이 성난 대화가 그들 사이에서 끊임없이 반복되었다. 그것은 하나의 공격이 두 배로 되돌아오는, 그칠 줄 모르는 공허한 마음의 소리에서 울려나오는 것이었다. 그녀에게 이런 방식으로밖에 말할 수 없다는 사실이 그를 괴롭혔다. 그들이 함께 겪는 이 특별한 고뇌에 울리히는 재치있으면서도 매력적인 이름이 떠올랐는데, 그것은 바로 '공허의 바로크'였다. 그는 뭔가 상냥한 이야기를 해주려고 자리에서 일어섰다. "갑자기 생각이 떠올랐어." 그는 여전히 근엄한 자태로 자리에 앉은 그녀를 향해 말했다. "이건 좀 웃기는 거야. 그 둘 사이엔 큰 차이가 있지. 자기 행동을 책임질 수 있는 사람은 언제나 책임질 수 없는 짓을 할 수 있어. 반면 책임지지 못하는 사람은 절대 그럴 수 없지."

보나데아는 뭔가 아주 의미심장하게 대꾸했다. "오, 울리히!" 그녀가 말했다. 그것이 유일한 반응이었고 침묵이 다시 이어졌다.

그녀가 있을 때 울리히가 일반적인 일들에 관해 말하는 것을 그녀는 달가워하지 않았다. 많은 과실에도 불구하고 그녀는 자신을 정당하게 받아들였고 비슷한 사람들 속에 섞여 살았으며 그가 그녀를 마음이 아니라 생각으로 대하는 그 비사교적이고 과장되며 황량한 방식을 육감으로 꿰뚫어보고 있었다. 아무튼 범죄와 사랑, 그리고 슬픔이 그녀 안에서 하나의 상념으로 묶여 있었는데 그것은 아주 위험한 것이었다. 울리히는 처음 만났을 때처럼 그녀에게 겁을 주거나 완벽주의자처럼 굴지는 않았다. 그러나 그 대신 그녀의 이상주의를 자극하는 소년의 특징을 가지게 되었는데, 그 소년은 어떤 미심쩍은 것 때문에 엄마 품에 뛰어들지 못하고 머뭇거리는 아이 같았다. 그녀는 그에게서 이미 오랫동안 뭔가 느긋하게 풀어진, 어떤 끈으로도 묶어둘 수 없는 애정을 느꼈다. 그러나 울리히가 그녀의 첫번째 힌트를 받아들이지 않자 그녀는 감정을 다시 자제하려고 무척 애를 썼다. 저번 방문 때 옷을 벗은 채 무력하게 그의 소파에 누워 있었던 기억이 아직까지도 마음을 괴롭혔고 그래서 그녀는 라이벌 디오티마처럼 자신을 통제할 수 있다는 것을 보여주기 위해서라도 해야만 한다면 끝까지 모자와 베일을 벗지 않고 의자에 앉아 있어야겠다고 결심했다. 보나데아는 연인을 통해 빠져들게 된 거대한 자극인 그 위대한 이상이라는 것을 늘 그리워했다. 불행하게도, 그것은 삶 자체, 그것도 아주 많은 흥분과 적은 지각만을 가진 삶을 뜻하는 것이었지만, 보나데아는 그것을 알지 못했고 그런 위대한 이상을 표현해보려고 애를 썼다. 울리히의 이상에는 그녀에게 필요한 품위가 모자랐고, 아마도 그녀는 뭔가 더 아름다운 것, 더 느낌으로 가득 찬 것을 찾는 듯했다. 그러나 이상적인 주저함과 천박한 끌림, 끌려도 먼저 끌린다는 끔찍한 분노, 이 모든 것이 침묵을 자극하는 요인이 되었고, 거기서 억압된 행동들이 씰룩이는 경련을 일으켰으며, 잠시 동안 그녀를 연인과 묶어주었던 그 위대한 평화의 기억과 뒤섞이기도 했다. 결국 그 상태는 마치 비가 공기에 걸려 내리지 못하는 것과 같았다. 어떤 혼미함이 그녀의 피부 전체를 덮었고 미처 알지 못하는 사이에 자제력을 잃을지도 모른다는 생각에 그녀는 공포에 사로잡혔다.

그때 갑자기 육체적인 환상이 튀어나왔는데, 그것은 바로 벼룩이었다. 보나데아는 그것이 현실인지 환영인지 분간할 수 없었다. 그녀는 머리에서 전율을 느꼈고 어떤 생각이 다른 모든 것들의 어렴풋한 묶음에서 풀려나오는 듯한 미심쩍은 인상을 받았지만, 그것은 여전히 환상일 뿐이었다. 그러고는 어떤 확실한, 아주 사실적인 전율이 피부를 훑고 지나갔다. 그녀는 숨을 멈췄다. 뭔가 계단을 타고 뚜벅뚜벅 다가오는 소리를 들었지만 거기에는 아무도 없었고 그냥 뚜벅뚜벅 하는 소리뿐이었다. 잃어버린 신발이 머뭇거리며 움직이는 것이라는 생각이 보나데아의 머릿속을 섬광처럼 스쳤다. 그것은 그녀를 위한 절망적인 탈출수단을 의미했다. 그러나 그녀가 환영을 쫓아내려는 순간 찌르는 듯한 아픔을 느꼈다. 그녀는 뺨을 붉히고 낮게 소리지르며 울리히에게 도움을 청했다. 벼룩은 연인이 좋아하는 바로 그곳을 좋아한다. 그녀의 스타킹이 신발까지 내려갔고 블라우스 앞쪽 버튼이 풀렸다. 보나데아는 벼룩이 기차나 울리히에게서 옮긴 것이라고 말했다. 하지만 벼룩은 발견되지 않았고, 아무런 흔적도 남기지 않았다.

"그게 뭐였는지 모르겠어!" 보나데아가 말했다.

울리히는 뜻밖에 친절한 미소를 지었다.

그러자 보나데아는 마치 잘못을 저지른 여자아이처럼 눈물을 쏟아내기 시작했다.

64.
슈툼 장군이 디오티마를 방문하다

슈툼 폰 보르트베어 장군이 디오티마를 예방했다. 그는 국방부가 그 위대한 회의의 개회식에 파견한 장교로 그곳에서 인상적인 연설을 한 바 있었으나, 위대한 평화 캠페인을 위한 위원회가 각 행정부서의 모범에 따라 설립될 때 국방부가 제외되는 것을—아주 명백한 이유로—막을 수는 없었다. 그는 작달만한 키에 구레나룻 대신 작은 콧수염을 단 그리 위풍당당하지 못한 장군이었다. 그의 얼굴은 둥글었고 왠지 군장교를 위해 지급되는 결혼보조금 외에는 별로 돈이 없을 것 같은 가문 출신으로 보였다. 그는 의회에서 군인에겐 그저 보잘것없는 역할이 기대될 뿐이라고 디오티마에게 말했다. 게다가 정치적인 고려에서 국방부가 위원회에 포함될 수 없다는 점은 명백한 것이었다. 그럼에도 그는 행동은 외부로 영향을 미쳐야 하며 외부로 나가는 힘은 민중의 힘이라고 과감하게 주장했다. 그는 유명한 철학자 트라이치케의 말을 반복했다. '국가란 민족간의 투쟁에서 스스로 살아남는 힘이다.' 평화시에 개진한 무력은 전쟁을 방지하거나 적어도 전쟁이 벌어졌을 때의 잔인함을 줄일 수 있다. 그는 고등학교 시절 즐겨 암송하던 고전들을 인용해가며 이런 식으로 15분이나 더 이야기를 했으며 그렇게 공부하던 때가 그의 인생에서 가장 아름다운 시절이었다고 설명했다. 그러면서 그는 자신이 디오티마를 경배하고 있으며 그녀가 위대한 회의를 주재하는 방식에 매료됐다는 인상을 주려 애썼는데 그것은 오로지 다른 큰 나라에 비해 뒤떨어진 군사력을 확장하는 것이야말로 평화의 의지를 가장 인상깊게 각인시키는 일임을 다시 한번 언급하고 싶어서였다. 그리고 그는 군대의 문제에 광범위하고 자발적인 민중의 관심이 기울여지길 진심으로 바란다고 덧붙였다.

이 쾌활한 장군은 디오티마를 엄청난 공포로 몰아넣었다. 당시 카카니엔에선 군 장교와 결혼한 딸이 있는 집안이 군과 왕래가 있던 반면, 그만한 결혼지참금이 없거나 결혼의사가 없어서 장교 사위를 두지 못한 집안은 군과 왕래가 거의 없었다. 디오티마의 집안은 두번째 이유에서 교류가 없었는데 그 결과 지적이며 아름다운 이 여인에게 군대란 요란하게 치장된 죽음 같은 이미지로 평생을 남아 있었다. 그녀는 세상에 엄청나게 많은 위대함과 선이 있기 때문에 선택이 쉽지 않다고 대답했다. 세상의 물욕이 들끓는 가운데 위대한 신호를 보낼 수 있는 것은 매우 훌륭한 일이지만 또한 어려운 임무이기도 하다. 결국 집회는 민중 자신 가운데 스스로 일어나는 것이며 그 때문에 그녀는 자신의 바람을 약간은 억눌러야 한다고 말하기도 했다. 그녀는 마치 검고 노란 실로 국장國章을 꿰매듯이 신중하게 대답했고 고귀한 관료의 입술로 부드러운 말의 향을 태웠다.

하지만 장군이 돌아가자 그 지고한 부인의 내면은 맥없이 허물어졌다. 그녀에게 미움과 같은 저속한 감정이 있었다면 아마 눈알을 굴리며 배에 노란 단추를 찬 땅딸한 남자에게 저주를 퍼부었을 텐데, 그럴 수가 없었기 때문에 그녀는 어렴풋이 모욕을 받았다는 느낌이 있으면서도 그 이유를 말할 수 없었다. 추운 겨울인데도 그녀는 창문을 열고 방안을 여러 차례 급히 왔다갔다했다. 창문을 다시 닫았을 때 그녀의 눈에는 눈물이 흐르고 있었다. 그녀는 몹시 놀랐다. 이렇게 이유 없이 우는 게 벌써 두번째였다. 그녀는 남편과 침대에 누워 있다가 달리 설명할 도리 없이 눈물을 쏟았던 그 밤을 기억했다. 이번에는 어떤 근거도 없는 그저 심리적인 사태라고 보는 게 더 타당했다. 뚱뚱한 장군은 마치 양파가 그러하듯 별 이유도 없이 눈물을 빼놓고 가버린 것이다. 그녀에겐 걱정할 만한 타당한 이유가 있었다. 불길한 두려움이 그녀에게 말했다. 어떤 보이지 않는 늑대가 그녀의 울타리 주위를 어슬렁거리고 있으며 이제 이상理想의 힘으로 그 늑대를 쫓아낼 때가 되었다고. 이렇듯 디오티마는 장군의 방문 후 그녀를 도와 애국운동에 내용을 채워줄 위대한 지식인들을 빠른 시간 내에 모으기로 결심했다.

65.
아른하임가 디오티마의 대화에서

아른하임이 여행에서 돌아와 그녀의 영향권으로 들어온 덕분에 디오티마는 마음이 아주 가벼워졌다. "며칠 전 당신 사촌과 슈툼 장군에 대해 대화를 나눴어요." 그는 마치 별로 중요하게 여기고 싶지 않은 미심쩍은 것을 언급하는 듯한 태도로 지체없이 대답했다. 디오티마는 위대한 행동의 사상에는 시큰둥하던 그 모순덩어리 사촌이 장군의 말에서 풍기는 모호한 위협에는 호의적임을 감지해냈다. 아른하임이 말을 이었다.

"당신 사촌이 있는 데서 조롱하고 싶진 않았어요," 그는 새로운 주제로 말을 돌렸다. "하지만 당신에게 한참 동떨어져 있는 문제이자 당신이 거의 알 수 없는 주제를 한번 말씀드려야겠다는 생각이 들었습니다. 그건 바로 사업과 시와의 관계입니다. 물론 여기서 사업은 가장 큰 의미에서 세계사업이지요. 제가 태어날 때부터 수행할 운명이었던 그 세계사업 말입니다. 그 사업이 시와 연관이 있어요. 그것은 비이성적이고 심지어는 신비한 요소를 가지고 있죠. 정말 사업이야말로 그런 요소를 가지고 있다고까지 말하고 싶군요. 당신도 알다시피 돈은 정말 엄청나게 비정한 권력이거든요."

"사람들이 인생을 거는 모든 것들에는 아마도 어떤 비열함이 묻어 있겠지요." 아직 대화의 끝나지 않은 첫 부분에 마음을 두고 있던 디오티마는 주저하며 말했다.

"특히 돈이 그렇습니다." 아른하임이 빠르게 말했다. "어리석은 사람들은 돈을 큰 기쁨인 것처럼 생각하죠. 사실 끔찍한 책임감인데 말이에요. 나를 의지하면서 나한테 운명을 맡긴 수많은 인생들에 관해서 말하고 싶진 않아요. 그냥 라인란트의 중소도시에서 쓰레기재생업을 하셨던 내 할아버지 얘기만 하기로 하죠."

이 말을 듣는 순간 디오티마는 경제적 제국주의가 떠올라 갑작스런 전율을 느꼈지만 사실은 혼동에 불과했다. 그건 그녀 자신의 사회영역에서 비롯된 편견을 벗어나지 못했기 때문인데, 그녀가 살던 지역 방언에서 쓰레기재생이란 말은 이른바 거름수거꾼이란 말로 통용되었고 그 때문에 친구의 용기있는 고백은 그녀의 얼굴을 붉게 만들었다.

"이 쓰레기재생을 통해," 그는 고백을 계속했다. "할아버지는 아른하임 가문의 영향력을 위한 초석을 놓았습니다. 하지만 아버지 역시 자수성가한 사람이에요. 40대에 이미 회사를 세계적 규모로 키워놓으셨으니까요. 공업학교에서 2년 배운 게 전부인 아버지였지만 그 복잡한 세계시장을 한번에 꿰뚫어보셨고 그 누구보다도 먼저 무엇을 해야 할지를 깨달으셨죠. 나는 경제학과 모든 분야의 학문을 공부했지만 아버지는 그런 학문을 한번도 접해보지 못했지요. 그럼에도 그가 사업을 이뤄내고, 어떤 작은 부분도 놓치지 않았다는 것은 거의 불가사의예요. 그것이 바로 에너지가 넘치고 단순하며 위대하고 건강한 삶이 가진 비밀이지요!"

아버지에 관해 말할 때 아른하임의 목소리는 그 특유의 훈계조의 차분함이 갑자기 어떤 상승기류를 만난 듯 각별하면서도 경외감에 차 있었다. 그것은 디오티마에게 큰 충격을 주었는데, 울리히가 한번은 아른하임의 할아버지는 단신에다가 어깨가 넓은 남자로 광대뼈가 나오고 단추 같은 코를 가진, 언제나 넓게 펼쳐진 연미복을 입고 마치 체스 선수가 줄을 움직이듯이 끈질긴 신중함으로 투자를 이어나가는 사람일 거라고 말해줬기 때문이다. 짧은 침묵 뒤에 그녀의 대답을 기다리지도 않고 아른하임은 말을 이었다. "사업이 거의 유례를 찾아보기 힘든 경지까지 확장되면, 그것에 포함되지 못할 삶은 없지요. 그건 작은 우주니까요. 내가 종종 경영감독과 상의해야 하는 문제들이 얼마나 비상업적인 문제들인지—가령 예술이나 도덕, 정치와 같은—안다면 당신은 깜짝 놀랄 겁니다. 그러나 거의 영웅의 시대라고 부르고 싶은 초창기와는 달리 이제 회사도 폭풍처럼 성장하지는 못해요. 다른 생명체들이 그러하듯, 아무리 번성하더라도 사업에는 어떤 비밀스런 성장의 한계가 존재하죠. 언젠가 왜 육상동물이 코끼리 이상으로 자라지 못하느냐고 질문한 적이 있지 않나요? 그와 똑같은 신비가 예술의 역사 속에, 그리고 민중과 문화와 시대적 삶의 기묘한 관계들에 녹아 있음을 당신은 발견할 거예요."

디오티마는 그제서야 자신이 쓰레기재생사업을 꺼려했던 것을 부끄러워했고, 혼란을 느꼈다.

"삶은 신비로 가득 차 있죠. 모든 이성을 꼼짝 못하게 할 어떤 것은 항상 있게 마련입니다. 우리 아버지는 그런 신비와 가까운 분이었죠. 그런데 당신 사촌 같은 사람은," 아른하임이 말했다. "아무 경험도 없으면서 어떻게 하면 일이 좀더 색다르고 훌륭하게 진행될지로 머릿속이 꽉 찬 행동가예요."

울리히의 이름이 두번째 언급되자 디오티마는 사촌이 자신에게 영향력을 행사할 어떤 권리도 없다며 웃으면서 말했다. 매끈하고 누르스름한, 배처럼 빛이 나는 아른하임의 피부가 뺨 쪽에서부터 붉어졌다. 그는 디오티마가 오래전부터 충동하던 그 내면의 놀라운 욕구에 무릎을 꿇고 말았으며 방어벽마저 치워버리고 아주 세세한 것까지 털어놓았다. 이제 그는 다시 자신을 걸어잠그고 테이블에서 책 한 권을 집어들더니 아무 생각 없이 제목을 읽다가는 갑자기 다시 내려놓고 평상시 목소리로 말했다. 그 순간 그 목소리는 디오티마의 마음을 뒤흔들어놓았는데, 그것은 마치 벌거벗은 몸을 보여줬던 남자가 다시 옷을 챙겨입는 것처럼 보였다. "제가 주제를 벗어났군요. 그 장군에 관해 제가 하고 싶은 말은, 당신이 하루 빨리 계획을 실현하고 인문주의자들과 그들과 친한 유력인사들의 도움으로 우리 운동의 단계를 높이는 것이 가장 좋은 해결책이라는 점입니다. 하지만 원칙적으로 장군을 완전히 배제할 필요는 없어요. 개인적으로는 그도 좋은 뜻을 가진 사람이고 당신도 알다시피 한 사람의 영혼을 단순한 권력의 영역에 포함시킬 그 어떤 기회도 날려버리지 않는다는 게 나의 원칙이니까요."

그의 손을 잡고 작별인사를 나누면서 디오티마는 그날의 대화를 총정리했다. "제게 솔직하게 말해줘서 고마워요."

아른하임은 우유부단하게 그 부드러운 손을 잠시 자신의 손에 올려놓더니 마치 뭔가 할말을 잃어버렸다는 듯 멍하니 그 손을 바라보았다.

66.
울리히와 아른하임 사이에서 몇가지 문제가 생기다

 디오티마의 사촌은 백작 각하와 가깝게 일하면서 겪은 일을 종종 디오티마에게 이야기하는 것에 기쁨을 느꼈으며 라인스도르프 백작에게 밀려드는 제안 서류철을 보여주는 것에 큰 의미를 부여했다.
 "사촌," 그는 두꺼운 서류철을 손에 들고 말했다. "나 혼자는 더이상 안 되겠어요. 우리가 좀더 나아지기를 전세계가 바라는 것 같군요. 그들 중 반은 '이제 그건 그만하시고…'로 시작하며 나머지 반은 '이제부터는 이걸 하셔야…'로 시작합니다. 여기에는 '로마는 그만'에서 '이제는 채식문화'까지 온갖 요청이 담겨 있어요. 당신이라면 뭘 선택하시겠어요?"
 라인스도르프에게 도착한 세상의 요구를 정리하기란 쉽지 않지만, 전체적으로 두 가지 의견이 우세했다. 하나는 시대의 문제를 하나의 특정한 원인으로 돌리면서 그것의 폐지를 주장하는 것이었다. 그 특정한 원인이란 유대인이나 로마 교회, 사회주의, 자본주의, 기계적인 사유 또는 기술의 가능성 무시, 인종간 출산 또는 인종간 차별, 거대 거주지 또는 거대도시, 과잉지식화 또는 부족한 교육 등이다. 그에 반해 두번째 그룹은 도달되기만 하면 모든 것을 충족시킬 눈앞의 목표를 제시했다. 이 두번째 그룹이 내놓은 바람직한 목표들이 첫번째 그룹이 말한 절망적인 특징들과 다른 점이라고는 표현에 있어서 약간의 차이밖에 없었는데, 왜냐하면 세계 자체가 원래 비판적이거나 긍정적인 본성으로 이루어져 있기 때문이다. 그리하여 두번째 그룹의 편지에서 발견되는 다소 즐거운 부정적 의견에 따르면 인생은 삼류 작가가 아니라 위대한 시인과 같기 때문에 예술의 우스꽝스러운 경향을 이젠 없애야 할 때가 왔다고 한다. 그래서 이 편지들은 법정의 문서들과 여행서들이 공히 일반에게 공개되어야 한다고 주장한다. 반면 같은 주제를 다룬 첫번째 그룹의 편지들은 즐거운 긍정에 가득 차서는 정상을 정복하는 등산의 쾌감은 예술, 철학, 종교의 모든 정신적 행복을 능가하므로 이런 것들 대신 등산 동호회를 장려해야 한다고 주장한다. 그런 이중적인 경향 속에서 대중은 마치 최고의 에세이 작품을 가리는 대회에서처럼 시대의 템포를 늦춰줄 것을 요구했다. 그 이유는 삶은 엄청나게, 그리고 아주 아름답게 짧은 것이고 인류가 정원이 딸린 주택, 여성해방, 춤, 스포츠를 통해서(또는 벗어나서) 자유를 얻을 필요가 있기 때문이었다. 그리고 그 밖에 수많은 벗어나야 할 것과 구해야 할 것이 있었다.

울리히는 서류철을 덮고 은밀한 얘기를 꺼냈다. "존경하는 사촌," 그는 말했다. "사람들 중 절반은 과거에서 구원을 찾고 나머지 반은 미래에서 찾는다는 것은 놀라운 일이에요. 나로서는 어떤 결과가 나올지 모르겠어요. 백작 각하는 현재에는 구원이 없다고 하셨죠."

"각하가 뭔가 종교적인 생각을 하는 것일까요?" 디오티마가 물었다.

"그는 단지 역사 속에서 인류가 자발적으로 후퇴한 적이 없다는 사실을 고심 끝에 알아낸 것 같아요. 난감한 것은 앞으로 전진할 만한 뭔가 유용한 것도 없다는 사실이죠. 이렇게 말씀드려도 된다면 현재를 견뎌낼 수 없으면서 앞으로도, 뒤로도 가지 못하는 아주 특수한 상황이라고 하겠습니다." 울리히가 말할 때 디오티마는 마치 여행안내서에 별 세 개짜리로 등록된 탑 안에 들어간 듯 자신의 큰 몸 안에 방어벽을 쳤다.

울리히는 물었다. "경애하는 부인, 당신은 어떤 일을 위해, 또는 그 일에 반대해 투쟁하던 사람이 그 다음날 기적으로 세계의 전지전능한 지배자가 된다면 그가 일생동안 추구해온 일을 바로 그날 처리할 것이라고 믿나요? 제 생각에 그는 분명히 며칠 연기할 거예요."

울리히가 잠시 멈칫거리는 사이 디오티마는 아무 대답도 없이 갑자기 그에게 돌아서서는 매섭게 물었다. "무슨 이유로 당신은 장군을 운동에 동참시키려 했나요?"

"어떤 장군을 말씀하시는지?"

"슈툼 장군 말이에요."

"첫번째 회의에 나왔다는 그 작고 뚱뚱한 장군을? 제가요? 저는 이제까지 그를 본 적조차 없는데 뭘 하라고 했다니요?"

울리히의 놀라움이 하도 커서 그녀로선 뭔가 해명이 필요했다. 아른하임 같은 남자가 없는 말을 지어냈을 리는 없기 때문에 뭔가 오해가 개입된 것 같았고 디오티마는 왜 그런 짐작을 하게 됐는지를 설명했다.

"그러니까 내가 아른하임과 슈툼 장군에 관해 그런 이야기를 했다는 것이군요. 그런 적은 없습니다!" 울리히는 부인했다. "내가 아른하임과 이야기를… 잠시만요…." 그는 곰곰이 생각하더니 웃음을 터뜨리고 말았다. "아른하임이 그렇게 내 모든 말에 의미를 두다니 이거 으쓱해지는걸요. 최근 그와는 수차례 대화를 나눴고—당신이 보기엔 의견대립일 수도 있겠군요—언젠가 장군에 대해 말한 적도 있긴 하지만 그건 별게 아니라 그저 예를 들다가 우연히 나온 말이었어요. 나는 전략적인 이유에서 죽음이 뻔히 내다보이는 사지로 자기 부대를 몰아넣는 장군은 살인자라고 주장했죠. 그들은 수많은 어머니의 아들들이니까요. 그러나 그는 가령 희생의 필요성이나 짧은 생애의 무상함과 연결시켜본다면 다른 시각도 가능하다고 말했죠. 저는 수많은 다른 사례들을 인용했어요. 잠깐 주제에서 벗어나더라도 이해해주세요. 아주 자명한 이유로 모든 세대는 겉으로 드러난 인생을 확고하게 주어진 것으로 받아들이죠. 그래서 단지 몇가지 변화만이 주목받곤 합니다. 그건 편리하긴 하지만 잘못된 일이에요. 세계는 어느 순간에나 어떤 방향으로도 변할 수 있으며, 적어도 어떤 선택을 하든 무방하지요. 그건 세계의 본성에 속하는 거예요. 저는 그래서 발전이라고 일컬어지는 버튼 몇개만 누르면 그만인 규정된 세계에서 규정된 인간으로 사는 게 아니라 변화를 위해 창조된 세계에서 변화를 위해 태어난 사람처럼, 그러니까 마치 구름 속의 물방울처럼 사는 게 독창적인 삶이라고 말하고 싶어요. 제가 모호한 말을 한다고 화가 난 것은 아니죠?"

"화가 나진 않았어요. 하지만 잘 이해할 수는 없군요." 디오티마는 간청했다. "제발 그와 나눈 대화를 모두 말해줘요!"

"글쎄요, 그건 아른하임이 먼저 시작했어요. 그는 나를 세워놓고는 딱딱하게 대화를 유도했지요." 울리히가 말을 이었다. "'우리 사업가들은,' 그는 장난기 많은 웃음을 지으며 이렇게 말을 시작하더군요. 그건 그가 평소 보이던 조용한 행동과는 뭔가 어울리지 않았지만 여전히 매우 고상했어요. '우리 사업가들은 당신이 생각하듯 그렇게 계산적이지 않아요. 오히려 우리는—물론 여기서는 지도자급 인사들을 말하는 겁니다. 조무래기들은 노상 계산에만 빠져 있죠—정말 성공적인 아이디어를 떠올릴 때 계산 같은 것은 무시하죠. 그건 마치 한 정치가의 성공이 알고 보면 예술가의 성공과 비슷한 것과 같아요.' 그러면서 그는 다음 말이 좀 비이성적으로 들리더라도 이해해주길 바란다고 말하더군요. 그는 저를 처음 본 순간부터 확고한 생각을 품었다고 하더군요. 그리고 당신도 그에게 나에 대한 많은 것을 이야기했던 거 같고요. 하지만 그는 아무 이야기도 들을 필요가 없다고 확신했대요. 그는 내가 추상적이고 아무리 그쪽에 재능이 있다 하더라도 추상적이고 개념적인 직업을 선택한 것은 실수라고 하더군요. 그러면서 자기가 보기엔 저는 근본적으로 과학자이며, 깜짝 놀라겠지만 타인의 행동에 영향을 주는 쪽에 재능이 있다고 했습니다."

"그래요?" 디오티마가 말했다.

"당신이 놀랄 만해요." 울리히가 서둘러 말했다. "정말 내 자신만큼 엉망인 것은 없을 거예요."

"당신은 삶에 헌신하기보다는 그냥 즐기는 쪽이죠." 디오티마는 여전히 그 서류철 때문에 화가 난 채 말했다.

"아른하임은 정반대라고 주장하더군요. 제가 생각하는 바를 강하게 삶의 결단으로 이끄는 경향이 있다고 말이에요."

"당신은 언제나 냉소적이고 부정적이에요. 또한 불가능한 것에 뛰어들고 모든 현실적 결정을 피하죠." 디오티마가 말했다.

"이건 순전히 제 생각입니다만," 울리히가 대답했다. "생각이란 것은 저만의 세계가 있고, 실제적인 삶은 또다른 세계가 있죠. 그들 각자의 발전단계로 봤을 때 오늘날 사유와 현실의 괴리는 엄청납니다. 수천년 동안 우리의 뇌가 모든 일의 반만 제대로 처리하고 나머지 반은 잊어버렸다고 한다면, 그렇듯 뇌에 스며든 반쪽짜리 충성스런 이미지가 현실이 되는 것이죠. 인간이 할 수 있는 일은 지적인 참여를 거부하는 것밖에 없어요."

"뭐든 좀 쉽게 풀어갈 수는 없나요?" 디오티마는 전혀 책망하는 기색 없이, 마치 산이 자기 발치의 작은 시냇물을 바라보듯이 울리히에게 물었다. "아른하임 역시 이론을 좋아해요. 하지만 내가 보기에 그는 하나의 일을 모든 연관 속에서 시험해봐야 직성이 풀리는 것 같아요. 모든 사유의 의미는 간결한 적용 능력에 있다고 생각하지 않나요?"

"그렇지 않습니다." 울리히가 대답했다.

"아른하임이 뭐라고 대답했는지 듣고 싶군요."

"그는 오늘날 정신이 삶의 위대한 의무를 저버린 탓에 현실의 발전을 바라보는 무력한 방관자가 되고 말았다고 하더군요. 그는 예술이 다루는 주제가 무엇인지, 교회는 얼마나 하찮은 것들로 가득 찼는지, 학자들의 시각은 얼마나 편협한지를 보라고 했어요. 그리고 무엇보다 지구가 말 그대로 분할돼 있다는 것을 유념해야 한다고도 했어요. 그러고는 이것이 바로 나와 함께 이야기하고 싶은 것이라고 하더군요."

"당신은 뭐라고 대답했나요?" 디오티마는 호기심에 차서 물었는데 왜냐하면 자신의 사촌이 평행운동에 시큰둥한 데 대해서 아른하임이 뭔가 책망을 했으리라는 기대 때문이었다.

"저는 이루어진 현실보다는 이루어지지 못한 현실에 더 끌린다고 했어요. 그건 미래의 일뿐 아니라 과거의 일이나 한때 놓쳐버린 일에서도 마찬가지라고도 했지요. '제가 보기에 우리의 역사는 뭔가 작은 생각을 이룬 기쁨에 젖어서 훨씬 더 큰 일들을 그냥 내버려뒀던 거 같아요. 거대한 조직이란 보통 그들의 사유가 엉망으로 뒤엉킨 설계도입니다. 거대한 인물이란 것도 마찬가지죠.' 이게 제 대답이었습니다.

말하자면 명백한 시각의 차이가 있었던 셈이죠."

"당신은 정말 논쟁을 좋아하는군요!" 디오티마는 상처받은 채 말했다.

"그는 내가 어떤 명백하고 지적인 보편적 원칙이 부족하다는 이유로 행동에 참여하지 않은 것에 대해 솔직히 이야기하더군요. 좀 들어 보시겠습니까? '당신은 마치 준비된 침대를 두고 땅에 누운 사람 같군요. 그건 정력 낭비이자 육체적으로도 비도덕적인 거예요.' 그는 그렇게 덧붙이더니 위대한 목표란 오로지 오늘날 경제, 정치, 그리고 지적인 권력구조를 이용하지 않고는 달성될 수 없다는 점을 이해해야 한다고 나를 다그쳤지요. 그는 자기편을 위해서 그런 것들을 이용하는 것이 무시하는 것보다는 윤리적이라고 보았습니다. 나를 강하게 몰아세웠죠. 그는 나를 방어적인 위치에 서 있는, 그것도 아주 갑갑한 방어적인 위치에 서 있는 매우 활동적인 사람이라고 불렀어요. 그에게는 저의 존경을 받아야겠다는 뭔가 불길한 이유가 있었던 거 같아요."

"그는 도움을 주려는 거예요!" 디오티마는 책망하며 소리쳤다.

"그건 아니에요." 울리히는 말했다. "나는 아마 작은 조약돌에 불과할 것이고 그는 화려하게 우쭐대는 유리구슬이겠죠. 하지만 그가 나를 두려워한다는 인상을 받았어요."

디오티마는 아무런 대답도 하지 않았다. 울리히가 말한 것은 오만일지도 모른다. 하지만 그가 들려준 대화는 그녀가 이제까지 아른하임에게서 경험했고 그래서 그래야만 한다고 생각한 인상과 전혀 같지 않다는 생각이 들었다. 심지어 걱정이 들기까지 했다. 비록 아른하임이 모사꾼일 가능성은 거의 없다고 생각했지만 그녀는 울리히를 점점 더 신뢰했고 슈툼 장군의 문제를 어떻게 처리하면 좋을지를 그에게 물었다.

"그를 멀리하십시오!" 울리히는 그렇게 대답했고 디오티마는 그렇게 말해줘서 기쁘다는 말을 꺼낼 수밖에 없었다.

67.
디오티마와 울리히

주기적으로 서로 만나다보니 울리히와 디오티마의 관계는 요즘 아주 좋아졌다. 그들은 종종 사람들을 방문하러 함께 차를 타고 나갔으며 그는 일주일에도 몇차례씩 예고없이 아무 때나 찾아오곤 했다. 그들은 서로 친척이기에 만나기가 편했을뿐더러 엄격한 사회적 규율에서도 자유로울 수 있었다. 디오티마는 스커트 단에서 올림머리까지 중무장을 해야 하는 접견실이 아닌, 비록 아주 주의깊은 풀어짐이긴 하지만 그래도 집안에서의 풀어짐이 허용되는 곳에서 그를 만났다. 사실상 주로 공적인 교류의 형식 속에서 그들 사이에 어떤 유대감이 형성되었지만, 그런 교류는 내면에까지 영향을 미쳐, 새록새록 키워진 감정이 그들 사이에서 깨어날 수 있었다.

울리히는 때때로 디오티마가 굉장히 아름답다는 강렬한 느낌을 받았다. 그럴 때마다 디오티마는 땅에 발을 단단히 딛고 마른 풀을 깊은 시선으로 바라보는, 좋은 혈통의 젊고 훤칠하며 통통한 암소처럼 보였다. 그것은 비록 그런 느낌이 들 때조차도 동물의 이미지를 차용함으로써 그녀의 정신적 고결함에 복수를 가하겠다는, 다시 말해 그가 깊은 분노에서 비롯된 적대감과 아이러니를 가지고 그녀를 바라볼 수밖에 없음을 의미하기도 했다. 그리고 그런 분노는 이 철없는 모범생을 향한 것이 아니라, 그녀가 성공적으로 마친 학교를 향한 것이었다. '그녀는 얼마나 쾌활해졌을까,' 그는 생각했다. '그녀가 교육에서 벗어나 털털하고 선량하며 크고 따뜻한 여성의 몸을 늘 가지고 있었다면, 그리고 생각을 쥐어짜내지만 않았다면!' 소문난 투치 국장의 저명한 부인은 마치 베개와 침대와 꿈꾸는 자가 세상 속에서 부드럽게 흰 구름으로 화하는 그런 꿈에 몸을 맡기듯이 몸으로부터 증발돼 버렸다.

그러나 울리히가 그런 상상력의 비상에서 돌아와 정신을 차렸을 때 그는 고귀한 이상의 교류를 열망하는 강렬한 시민정신과 조우했다. 서로 본질적으로 아주 다르면서도 육체적으로는 친족이란 것이 마음을 괴롭히긴 했지만 때로는 친족이라는 생각만으로도 만족을 주기도 했다. 이 남매는 종종 정당화할 수 없는 이유로 서로를 견디기 힘들어했다. 그것은 서로를 약간 일그러진 거울로 볼 때처럼 어느 누구도 확신을 가지지 못하기 때문이었다. 디오티마의 키가 거의 울리히와 같다는 것이 때로는 그녀가 친족임을 일깨워주기도 했지만 그녀의 육체에 반감을 느끼게도 했다. 그는 전 같으면 죽마고우 발터를 보며 가졌던 느낌, 즉 자기의 자신감을 겸허하게 짓눌러야겠다는 의무감을 좀 다르기는 하지만 이제는 디오티마에게서 느끼게 되었다. 그리고 그건 마치 썩 보기 싫은 자신의 옛 사진을 다시 볼 때 부끄러움을 느끼는 동시에 어떤 자신감에 새롭게 도전받는 것과 비슷했다. 그건 어떤 불신 가운데서도 자신이 디오티마에게 어떤 친밀감과 연대감, 한마디로 순수한 끌림을 느낀다는 것이었으며, 마치 옛 친구 발터를 신뢰하지 못하면서도 여전히 마음속 깊이 교류하는 것과도 비슷했다.

그러나 울리히는 그녀를 좋아하지 않았기 때문에 그런 끌림은 오랫동안 미궁으로 남아 그를 당혹스럽게 했다. 종종 그들은 짧은 소풍을 떠났다. 그들은 투치의 권유에 따라 연중 가장 안 좋은 때임에도 불구하고 좋은 날씨를 틈타 '빈 주변의 아름다움'—디오티마는 이 상투적인 문구 외에 다른 말은 쓰지 않았다—을 아른하임에게 보여주었다. 울리히는 그때마다 시간을 낼 수 없는 투치 국장을 대신하여 연장자로서 친척 여성을 보호하는 역할을 맡았으며, 아른하임이 떠나 버리고 나면 디오티마와 단둘이 차를 몰고 나서기도 했다. 그런 소풍 때면 아른하임은 평행운동의 직접적인 홍보를 위해서뿐 아니라 각종 무기로 장식된, 백작 각하의 워낙 유명하고 눈에 띄는 마차 때문에라도 되도록이면 많은 자동차를 끌고 나왔다. 그런데 그 차들을 아른하임이 동원할 필요는 없었다. 부자들에게는 늘 자신을 만족시켜줄 사람들이 넘쳐났기 때문이다.

그런 차량행렬은 단지 즐거움을 얻기 위해서가 아니라 그 애국운동에 권력자들과 부자들을 참여시키려는 목적이 있었고 그래서 시골보다는 도시의 보호구역에서 더 자주 펼쳐졌다. 그 소풍에서 사촌 남매는 아름다운 것들을 많이 보았다. 그들이 본 것은 마리아 테레지아의 가구, 바로크식 궁정, 여전히 많은 하인들에게 삶을 의존하는 사람들, 엄청나게 방이 많은 현대 가옥들, 으리으리한 은행들, 그리고 최고위층 시민관료들의 집에 스며는 스페인식 엄격함과 중산층의 생활관습 등이었다. 대체로 귀족들에게는 수돗물도 안 나오는 집에 거대한 예절의 찌꺼기만 남았고 부유한 시민층의 집과 집무실에는 더 향상된 위생상태에 더 좋은 취향을 갖춘, 귀족생활의 창백한 복제품들이 재생산되었다. 지배계급은 언제나 약간 야만 상태에 머물기 마련이다. 귀족의 성에는 시간의 불이 미처 꺼지지 않은 싱대에서 난 재와 찌꺼기가 널려 있었다. 장대한 계단 바로 옆에 부드러운 나무로 새로 짠 마룻바닥이 있고, 흉측한 새 가구가 엄청나게 오래된 가구들 사이에서 거의 눈에 띄지 않은 채 서 있기도 했다. 반면 갑자기 출세한 계급은 선조들의 위엄있으면서도 장대한 시대를 좋아했고 본능적으로 까다롭고 세련된 것들을 선호했다. 가령 시민계급의 손에 넘어간 성城은 샹들리에에 전기선을 연결하는 따위의 현대적인 간편함이 추구될 뿐 아니라 덜 아름다운 장식들은 치워지고 좀더 가치있는 것들이 들어차는데, 그것은 본인의 선택일 수도 있고 전문가의 거부하기 힘든 조언에 따른 것일 수도 있다. 하여튼 이런 세련미를 가장 극단적으로 드러내는 곳은 성이 아니라 도심의 가옥들이다. 이 집들은 유행에 맞춰 대양여객선의 몰개성적이고 사치스런 내부장식으로 꾸며져 있다. 하지만 어떤 표현하기 힘든 숨결로 세련됨을 열망하는 지방에서는 거의 알아보기 힘들 정도로 가구 사이의 공간을 넓힌다든가 벽에 걸린 그림의 위치를 바꾼다든가 해서 큰 소리가 사라지면서 생기는 부드럽고 명료한 반향까지 들리도록 한다.

디오티마는 그곳의 많은 문화에 매료되었다. 그녀는 시골이 그런 보물들을 감추고 있었음을 알았지만 엄청난 양에는 놀라고 말았다. 그들은 함께 그런 지방에 초대받는 일이 있었는데 울리히는 시골에서는 흔히 과일을 깎지 않고 손으로 먹는 반면 도시 중산층들은 꼬박꼬박 칼과 포크를 사용하는 것을 목격했다. 그 비슷한 현상은 대화에서도 목격되는데, 유독 시민계급에서만 흠결없는 명확한 말을 사용하고 귀족계급에서는 오히려 마부들을 연상시키는 자유분방한 말이 널리 통용되었다. 디오티마는 이런 귀족층의 특징을 열광적으로 옹호했다. 그녀는 시민층의 거주지가 위생상 더 훌륭하고 지적으로 설계되었음은 수긍했다. 귀족의 시골 성들은 겨울에 얼어붙듯 춥다. 게다가 좁고 낡은 계단이 즐비하고 낮은 천장에 곰팡이까지 핀 방 곁에는 화려한 접견실이 있다. 거기에는 식기운반기도, 하인용 욕실도 없다. 하지만 그 모든 것은 어떤 면에서 더 영웅적이고 전통을 물려받은 것이며 숭고한 무관심을 간직하고 있다며 그녀는 도취되어 치켜세웠다.

울리히는 자신과 디오티마를 묶고 있는 느낌을 탐색해볼 요량으로 이런 소풍에 나서곤 했다. 그러나 그 과정에는 수많은 지엽적인 것들이 끼어들었기 때문에 핵심에 도달하기 위해서라도 그것들을 좀더 쫓아다닐 필요가 있었다.

그때는 여자들이 목에서 발목까지 덮는 옷을 입었다. 남자들의 옷은 그때나 지금이나 비슷하지만 여전히 세계 속의 남성을 특징짓는 흠없는 통일성과 엄격한 절제를 상징하는 생생한 외양으로 여겨졌다. 당시에는 벗은 육신을 감상하는 데 전혀 부끄러움을 느끼지 않을 만큼 편견이 없는 사람들조차도 나체 그대로를 보여주는 것에 대해서는 짐승의 상태로 되돌아가는 것으로 여겼는데, 그것은 옷을 벗었다는 것 때문이 아니라 문명화된 생활방식을 단념했다고 생각했기 때문이다. 사실상 어느 시대나 인간이 동물보다 못하다고 할 수 있는 것이, 잘 훈련된 세살짜리 말이나 뛰어노는 그레이하운드가 어떤 사람의 육체가 도달할 수 있는 나체보다 훨씬 더 멋지기 때문이다. 하지만 동물은 옷을 입을 수 없다. 동물에게는 단 하나의 피부만이 있고, 인간은 여러 피부들을 가지고 있었다. 정장 하나만 해도 장식, 어깨심,

벨모양, 폭포수무늬, 레이스, 주름까지 원래의 피부보다 약 다섯 배는 더 많은 면적을 뒤덮고 있어서 마치 여러 주름으로 장식된, 에로틱한 긴장을 자아내는 손대기 어려운 성배와 비슷하다. 또한 그 안에는 찾아내야 하며 그래서 그 자체로 무시무시하게 관능적이며 늘씬한 하얀 짐승을 숨겨두고 있다. 그것은 자연 스스로가 이용하는 처방으로 결국 어리석음의 끝까지 이른 욕망과 공포가 깃털을 부풀리고 검은 연기를 내뿜어서 일어난 그대로의 객관적 사건 자체를 가리는 행위다.

처음으로 디오티마는, 비록 아주 절제된 방식이긴 하지만, 마음 깊숙이 이 소풍놀이에 감동을 받았다. 교태를 부리는 일 따위는 원래 부인들이 사회에서 정복해야 할 일 중 하나였기 때문에 그녀에게 전혀 낯설지 않았다. 또한 그녀는 젊은 남자들이 존경을 넘어서는 시선으로 그녀를 바라보는 그 순간을 놓치지 않았다. 사실 그녀는 그런 시선을 즐겼는데, 왜냐하면 마치 황소의 뿔처럼 그녀를 향해 돌진하는 젊은 남자들의 시선을 그녀의 이상적인 기분 쪽으로 돌려놓을 때, 여성의 질책이 가진 부드러운 힘을 느끼기 때문이었다. 하지만 친족인 데다가 평행운동에 대한 그의 사심없는 도움 덕분에, 또한 그에게 유리하게 작성된 유언 덕분에 울리히는 디오티마의 이상주의가 자아낸 직물 사이를 마음대로 뚫고 다녔다. 가령 한번은 그들이 교외에 차를 타고 나갔을 때 양쪽 언덕을 뒤덮은 검은 소나무가 길가까지 내려온 기막힌 계곡을 지나게 되었고, 디오티마는 그 장면을 "오, 사랑스런 숲이여 누가 저 높이 너를 심어놓았을까?"라는 시구로 화답했다. 그녀는 곡조도 알지 못한 채 아마 너무 오래되어 더이상 불리지 않은 노래라고 생각하면서 시구를 읊조렸을 것이다. 그러나 울리히는 대답하기를, "북동부 오스트리아 부동산은행이 심었죠. 이 지역의 모든 숲은 부동산은행 소유인데, 몰랐나요? 당신이 2절에서 찬양하게 될 그 장인은 바로 이 은행에 고용된 숲 지배인이죠. 여기 이 자연은 계획된 숲 산업단지인 셈이에요. 척 보면 알 수 있듯이 셀룰로오스 화합물을 만드는 데 쓰일 빽빽한 창고라고 보면 됩니다." 그의 대답은 흔히 이런 식이었다. 그녀가 아름다움을 이야기할 때 그는 피부를 떠받친 지방조직을 말했다. 그녀가 사랑을 이야기하면 연중 출생률이 등락을 거듭하는 통계곡선으로 대답했다. 또 그녀가 예술 속의 위대한 형상을 이야기하면 그는 그런 형상들을 묶는 예술적 도용의 연쇄로 화제를 이어가곤 했다. 창조의 여섯째 날에 신이 사람을 세계라는 조개 속에 진주로 만들었다고 디오티마가 말을 꺼내면 울리히는 인류는 난쟁이 지구의 가장 겉껍질에 붙은 작은 점일 뿐이라고 대답하는 그런 식이었다. 그로써 울리히가 뭘 원하는지를 파악하기란 쉽지 않았다. 확실한 것은 그녀가 위대하다고 느끼는 영역을 걸고 넘어졌다는 점인데, 디오티마에게는 그것이 무엇보다 무례한 잘난 척으로 여겨졌다. 한때는 무엇이든 자기보다 아는 것이 많아 놀라운 아이였던 사촌을 그녀는 받아들이기 힘들었고, 아무 의미도 없을뿐더러 계산과 정확성에서 비롯된 수준낮은 문화에서 끌어온 그의 물질적인 반론은 그녀를 몹시 화나게 했다. "신의 가호로," 한번은 그녀가 날카롭게 그에게 대답했다. "체험이 얼마나 위대하든지 아주 단순한 것들을 신뢰할 수 있는 이들이 여전히 남아 있군요!" "가령 당신 남편 같은 사람들이죠." 울리히는 대답했다. "오랫동안 나는 아른하임보다는 그가 훨씬 낫다고 당신에게 말하고 싶었어요."

당시 그들에게는 아른하임에 관해 이야기함으로써 의견을 주고받는 습관이 생겼다. 사랑에 빠진 모든 이들이 그렇듯이 디오티마 역시, 적어도 그녀가 믿기에는 스스로를 속이는 일 없이, 사랑하는 대상에 관해 이야기하는 것에서 즐거움을 얻었다. 반면 물러설 의도는 조금도 없는 남자들이 흔히 그렇듯이 울리히는 그것을 견딜 수 없어했으며 종종 아른하임에게 비난을 퍼붓곤 했다. 그래서 아른하임과 울리히 사이에는 독특한 관계가 형성되기 시작했다. 그들은 아른하임이 여행중이 아닐 때에는 거의 매일 만났다. 아른하임이 디오티마에게 어떤 영향을 미치는지를 첫날부터 관찰할 정도로 투치 국장은 그 이방인을 의심한다는 사실을 울리히는 알았다. 적어도 그들 연인— 명백히 플라토닉한 영혼결합의 가장 숭고한 사례를 모방하고 있는— 사이에 지나칠 정도로 예의범절이 넘쳐나는 것을 본 제3자가 판단하기에 그 둘 사이에 뭔가 부적절한 일은 없었다. 하지만 아른하임은 자기 친구의—그녀는 그의 연인이 아닐까? 울리히는 의심했지만, 결국 연인 더하기 친구 나누기 2 정도가 가장 맞을 거라고 생각했다—사촌에게 강한 끌림을 드러내면서 친밀한 관계로 끌어들였다. 그는 종종 울리히에게 나이 차가 허용하는 한 오래된 친구 같은 어투로 말하곤 했는데, 그들의 지위 차이 때문에 그런 태도는 불쾌한 생색내기 정도의 효과밖에 거두지 못했다. 울리히의 대답은 언제나 냉담하고 아주 도전적이었다. 그는 마치 왕이나 수상과 친근하게 대화를 나눠온 사람처럼 아른하임과의 대화에 전혀 특별한 의미를 두지 않는 체했다. 또한 그는 아른하임에게 자주 무례하게 비꼬듯이 대들었으며, 그냥 조용한 관찰자로 즐기면 더 좋을 걸 이렇게 무례하게 구는 자신에게 화가 나기까지 했다. 그는 아른하임이 자신을 그토록 격렬하게 화나게 만드는 것에 놀랐다. 그는 아른하임에게서 그가 혐오해 마지않는, 호의적 관계로 피둥피둥 살이 오른 정신적 발전의 한 사례를 보았다. 이 저명한 저술가는 스스로의 모습을 시냇물이 아니라 지성의 날 가로운 절단면에 비춰본 이래로 사람들이 흔히 빠져드는 의심스러운 상황에 처하지 않을 만큼 영리해졌다. 하지만 이 글쓰는 철강왕은 지성의 불완전함보다는 지성 자체에 책임을 돌렸다. 석탄가격과 영혼의 혼합 속에는 어떤 현기증이 일었는데 이 현기증은 동시에 아른하임이 멀쩡한 정신으로 행하는 것과 흐릿한 직관으로 말하고 쓰는 것 사이의 목적의식적인 구별을 가능케 했다. 여기에 더해서 울리히를 더 불쾌하게 자극한 것은—그로서는 새로운 경험인데—지성과 재력의 결합이다. 아른하임이 거의 전문가처럼 특별한 주제에 관해 말하다가 갑자기 특유의 손짓을 보이며 '위대한 사유'의 빛 속에 그 모든 전문가적 견해를 지워버릴 때, 그것은 아마도 그로서는 나름 이유가 있는 행동일 것이다. 하지만 이렇듯 단번에 하나의 일을 두 방향으로 마음대로 처리해버림으로써 그는 최고의 선과 최고로 비싼 것을 모두 살 수 있는 부자를 떠올리게 했다. 그는 박식한 사람이었지만 그의 지식은 항상 어느 정도는 물질적 부를 연상시켰던 것이다. 그러나 이것이 울리히가 그 남자와 갈등을 빚은 가장 큰 이유는 아니었을 것이다. 그것은 오히려 그 자체로 전통적이고 기이한 것의 대표주자라 할 수 있는 궁정생활이나 가정살림의 근엄한 양식을 추앙하는 아른하임의 경향이었다. 울리히는 그러한 쾌락주의적 식견을 거울에 되비쳐볼 때 가장한 흉측한 시대의 얼굴을 보았다. 그런 모습이란 그 안에 몇 안 되는 열정과 생각을 걷어내야 드러나는 것이었다. 이 모든 것들 때문에 울리히는 아마도 수많은 업적으로 칭송받는 그 남자를 이해할 기회를 찾기 어려웠다. 물론 애초부터 아른하임에게 호의를 보일 수밖에 없는 상황에서 전개된 그의 싸움은 무의미한 것이었고 그런 이유로 중요하지도 않은 것이었다. 기껏해야 그런 의미없는 일에 자기 에너지를 다 썼다는 말을 들을 수 있을 뿐이었다. 그건 또한 가망없는 싸움이기도 했는데, 만약 울리히가 석에 싱치를 입히는 데 성공했다고 해도 그건 가짜 아른하임에 불과했다. 정신의 아른하임은 비록 패배로 쓰러져 있는 것처럼 보일 때조차도 현실의 아른하임은 관대한 미소를 머금고 마치 날개라도 달린 것처럼 그런 쓸데없는 대화에서 벗어나 바그다드나 마드리드로 훌훌 날아가버렸기 때문이다.

이렇듯 상처입지 않는 능력 덕분에 아른하임은 젊은이들의 오만불손함도 유쾌한 친밀함으로 감쌀 수 있었는데 그런 능력이 어디서 오는지 울리히로서는 도저히 찾아낼 수 없었다. 하지만 울리히는 아른하임을 쉽게 무시하지는 않았는데, 이는 그가 전에 그렇게도 많이 빠져들었던 미숙하고 창피한 모험에 다시 가담하지 않기로 결심했기 때문이다. 게다가 아른하임과 디오티마 사이에서 발전된 관계를 목격한 터라 더욱 그런 결심을 굳히게 되었다. 그래서 그는 마치 탄력있는 펜싱 창처럼 찌르는 순간 힘을 죽여서 겨우 작은 구멍 하나를 만들 정도로 부드러운 공격을 하곤 했다. 이런 대조를 처음 발견한 것은 디오티마였다. 그녀는 사촌에게서 기이하다는 느낌을 받았다. 그의 투명한 이마와 솔직한 인상, 조용히 숨쉬는 가슴, 모든 동작에서의 편안함 등은 어떤 악의적이고 음흉하며 뒤틀린 욕구도 그의 몸에 거할 수 없음을 그녀에게 확실히 보여주고 있었다. 그녀는 자기의 가족 중에서 그런 인물이 있음을 흡족해하지 않을 수 없었고 그를 처음 만났을 때부터 그를 자기의 밑에 두기로 마음먹었다. 만약 그가 검은 머리에 기우뚱한 어깨, 탁한 피부, 짧은 이마를 하고 있었다면 그녀는 그가 생긴 대로 생각한다고 했을 것이다. 그러나 실제로 그의 외모와 사유 사이에는 큰 불일치가 있었기 때문에 그녀는 깜짝 놀랐고 어떤 알지 못할 불쾌감을 느꼈다. 그녀의 뛰어난 직감에서 나온 안테나조차 그 원인을 알아내지 못했지만, 그녀에게는 이 안테나 덕분에 다른 사실을 찾아내는 즐거움도 있었다. 물론 진지하게는 아니지만, 어떤 면에서 그녀는 아른하임보다 울리히와 있을 때가 더 좋았다. 그와 있을 때 그녀의 우월감은 더 충족되었고 스스로 자신감을 느꼈으며 그를 무례하고 별난 데다가 성숙하지 못한 사람이라고 치부하는 것에 묘한 만족도 느꼈는데, 그것은 날이 갈수록 위험해지는 이상주의―그녀가 아른하임에게서 엄청나게 커가는 것을 보는―와 균형을 맞춰주었다. 영혼은 끔찍할 정도로 우울한 것인 반면, 물질은 유쾌한 것이다. 아른하임과 관계를 유지하는 것은 살롱에서처럼 큰 중압감을 주는 반면, 울리히를 질책하는 일은 삶을 좀더 유쾌하게 만들어주었다. 그녀는 이런 효과를 이해하지는 못했지만 느낄 수는 있었다. 그래서 사촌이 한 말에 화를 낼 때마다 그녀는 한편으로 눈가에 작은 미소를 지었고, 그 눈은 아무 이상적인 감흥을 느끼지 못한 채 약간 경멸까지 담은 채 똑바로 앞을 바라보곤 했다.

    아무튼 무슨 이유에서였든지 디오티마와 아른하임은 시시각각 변화하는 두려움 가운데 제3자에게 스스로를 맡기는 싸움꾼처럼 울리히에게 매달렸고 그런 상황이 그에게 위험을 가져다주었는데, 그것은 디오티마를 통해 다음과 같은 질문 하나가 떠올랐기 때문이다. 사람은 육체와 일치해야 할까, 아니면 그러지 않아도 될까?

68.
하나의 여담: 인간은 육체와 일치해야만 하는가?

그들의 표정이야 어떻든간에, 그 긴 여행에서 덜컹거리는 자동차가 두 사촌지간을 가만히 두지 않았기 때문에, 옷깃이 서로 닿고 약간 겹쳐지다가는 다시 떨어지곤 했다. 이런 광경은 어깨 쪽만 조금 볼 수 있었는데, 왜냐하면 다른 곳은 나누어 덮은 담요에 가려 있었기 때문이다. 하지만 육체는 마치 달빛 아래 사물을 보듯이 아주 미세하고 부드럽게 미약해지는 이 옷의 접촉을 느꼈다. 울리히는 그리 심각하게 받아들이지 않으면서도 이 사랑의 유희를 거부하지는 않았다. 몸에서 옷깃으로, 포옹에서 장애물로, 또는 한마디로 목적에서 과정으로 욕망이 너무 정교하게 전환되는 현상은 그의 본성과 부합하는 것이었다. 그의 본성은 육욕 때문에 그 여자에게 끌려갔다. 하지만 본성의 비판적 능력은 그를 그 낯설고 마음이 맞지 않는 사람에게서 끌어내어 갑자기, 끈질긴 명료함으로 그녀를 인식하여 결국 욕망과 자제 사이의 생생한 갈등을 만들어냈다. 육체의 숭고한 아름다움, 인간적인 아름다움이 자연의 악기에서 흘러나온 영혼의 노래라거나 신비한 묘약으로 가득 찬 성배라는 말은 그에겐 평생 낯선 채로 머물러 있을 뿐이었다. 그렇게 오랫동안 그 안의 욕망을 끝장내버린 그 소령 부인의 꿈은 제쳐두고라도 말이다.

그때까지 그의 모든 여자관계는 부정한 것이었다. 상대방에 대한 선의도 너무 쉽게 사라져버리고 말았다. 처음 그런 선의에 대해 생각하는 순간부터 남자와 여자는 이미 그들을 기다리며 사로잡는 감정,

행위, 복잡한 문제들에 어떤 틀이 있음을 발견한다. 그리고 이 틀 뒤에선 반대의 과정이 일어나는데, 이제 냇물은 더이상 샘에서 기원하지 않게 된다. 일어나야 할 마지막 일이 의식 앞으로 행보를 재촉하기 시작한다. 다른 모든 것의 원천이 되는, 서로에게 끌린다는 가장 간단하고 깊은 사랑의 감정이 이 심리적 전환의 순간에 완전히 사라져버리고 마는 것이다. 그래서 종종 울리히는 디오티마와의 드라이브에서 맨 처음 그녀를 방문했을 때의 이별을 떠올렸다. 그때 그는 그녀의 부드러운 손을, 예술적이고 우아하고 완벽해서 거의 무게가 느껴지지 않는 그 손을 잡고 서로의 눈을 바라보았다. 그들은 분명 서로에 대한 거부감도 느꼈지만 그런 것은 죽을 때까지 서로 고쳐나갈 수 있을 것 같았다. 이런 종류의 희망이 그들 사이에 남아 있었다. 그래서 두 머리가 서로를 향해 엄청난 냉기를 뿜어내는 동안에도 그 아래의 육체들은 아무 저항 없이 서로에게 빛을 뿜으며 녹아 들어갔다. 거기에는 마치 머리가 둘 달린 신이라든가 악마의 말발굽처럼 신화적이면서도 사악한 어떤 측면이 있었고, 젊은 시절 울리히는 상당히 자주 그런 타락에 빠져들곤 했다. 하지만 나이가 들수록 그것은 사랑의 부르주아적 흥분제에 불구하며, 단지 벗은 몸이 누드를 대신하는 것과 똑같은 현상임이 밝혀졌다. 시민계층 연인에게는 어떤 힘에 이끌린 나머지 광포한 황홀경에 빠져들고 그런 변화의 결과 거의 살인에 이르고야 마는 돋보이는 체험이야말로 가장 흥분되는 것이다. 그리고 문명화된 사람들에게 실제로 그런 변화가 있으며, 우리는 그런 효과를 만들어낼 수 있다! 이것이 바로 욕망의 섬에서 살인자이자 운명이자 신으로 외롭게 거주하는 사람들의 눈에 비친 놀라움과 의문이 아닐까? 그들은 얼마나 만족스럽게 그토록 극단적인 광기와 모험을 체험하는 것일까?

시간이 갈수록 이런 방식의 사랑에 생긴 반감은 그의 육체에까지 영향을 미치게 되었다. 그전에 그의 육체는 늘 아주 지적이고 복잡한 생각 덕분에 여성들에게 믿을 만한 남성성이 있다는 환상을 심어주었고 그로써 부적절한 관계를 순조롭게 이어갔다. 때때로 그는 마치 자신의 외모가 자신에게 값싼 속임수를 쓰는 라이벌이라도 되는 듯이 심한 질투를 느꼈는데 모순인 것은, 자신의 외모를 잘 모르는 사람 역시 그런 질투를 한다는 것이었다. 울리히는 육체를 단련하여 늘씬하게 유지하는 사람이었으며 육체에다 형상과 표현, 그리고 행동의 준비를 부여해 늘 웃는 얼굴이나 심각한 얼굴이 마음에 주는 영향만큼이나 육체가 정신에 영향을 끼치도록 했다. 이상하게도 대다수 사람들은 우연한 환경에서 만들어지거나 일그러진, 자신의 정신이나 존재와는 거의 상관없어 보이는 퇴락한 육체 아니면 스스로에게서 떠나온 휴가 같은 시간을 선사하는, 스포츠로 위장한 육체를 소유했다. 그 시간은 보통 똑똑하고 위대한 세상의 잡지들에서 뽑아낸 외모의 꿈이 연장된 그런 시간이다. 그 모든 그을린 근육질의 테니스 선수, 기수, 레이서들은 세계기록 소유자처럼 보이지만 실은 그만그만한 선수들일 뿐이다. 옷을 잘 차려입었거나 홀딱 벗은 여성들 역시 마찬가지다. 그들은 모두 백일몽을 꾸는 사람들인데 일반 사람들의 꿈과 다른 것은 그들의 꿈이 머릿속에 머무는 것이 아니라 마치 대중의 영혼이 투사되듯이 육체적이고, 극적이며, 이념과 상관없이—기이한 것을 넘어서는 불가사의한 현상이 으레 그랬듯이—공적 공간으로 자유롭게 쏟아져나온다는 점이다. 그러나 보통의 몽상가와 마찬가지로 그들의 꿈에는 그 내용으로 보나 거의 깨어 있는 상태로 보나 확실히 천박한 데가 있다. 오늘날 완전한 외모의 문제는 여전히 미지의 상태에 있다. 우리가 필적이나 목소리, 잠자리와 그 밖의 것들로부터 인간의 본성을 종종 아주 놀랄 정도로 정확히 끌어내는 방법을 안다 할지라도 육체에 대해서는 대체로 그것이 형성되는 유행 모델이나 잘해야 일종의 도덕적인 자연치유 철학 정도를 알고 있을 뿐이다.

그러나 육체는 마음이자 생각이고 예감이자 계획이며 또는—아름다운 것이 포함된—어리석음이 아닌가? 울리히가 이 어리석음을 사랑하고 여전히 어떤 면에서 어리석음을 갖고 있다는 사실조차 우둔함으로 창조된 육체에 여전히 불편함을 느끼는 것을 막지는 못했다.

69.
디오티마와 울리히, 이어서

그리고 인격의 겉과 속이 전혀 같지 않음을 새로운 방식으로 울리히에게 각인시켜준 사람은 누구보다도 디오티마였다. 그런 일은 달빛을 뚫고 지나가는 그녀와의 드라이브에서 그 젊은 여인의 아름다움이 떨어져나와 순간적으로 마치 꿈의 직물처럼 그의 눈을 가릴 때 뚜렷하게 일어났다. 그는 물론 디오티마가 그가 말한 모든 것을 그 주제와 관련된 일반적인 해석—좀더 확실히 말하자면 더 높은 차원의 일반적인 해석—과 비교한다는 것을 알았고, 그녀는 그의 '미성숙한' 생각을 발견하는 것에 기쁨을 느꼈으며 결국 마치 그를 향해 고정된 망원경 앞에 선 것처럼 앉아 있었다. 그는 점점 더 작아졌고 그녀와 이야기할 때마다 악마의 옹호자나 유물론자의 역할을 맡고 있다고 믿었다(적어도 믿지 않았다고는 못했다). 사실 그런 역할은 학교에서 마지막 학기 그와 친구들이 역사의 모든 악당과 괴물들을 우상화했던 그 시절에 많이 들어봤던 그런 역할이었고, 낭시 신생님들이 이상적인 잣대로 그들을 혐오해 마지않았기 때문에 더욱 우상화되기도 했다. 그리고 디오티마가 불쾌한 눈으로 그를 바라볼 때 그는 더 작아져서 영웅주의와 팽창욕구를 지닌 도덕에서 물러나 완고한 거짓말, 냉담함, 들쑥날쑥하고 불투명한 청년기로 쭈그러들었다. 물론 그것은 아주 상징적인 것으로, 오래전에 버렸거나 단지 꿈꾸었거나, 보았거나, 아니면 싫어했던 남들의 몸짓이나 말에서 어렴풋이 비슷한 것으로나마 발견될 수 있는 것이었다. 하여튼 이 모든 것이 그녀의 기분을 상하게 함으로써 그에게는 은근한 기쁨이 되었다. 차라리 없었더라면 더 아름다웠을 그녀의 지성은 울리히의 마음에 어떤 비인간적인 느낌을, 아마도 지성 자체에 대한 공포이자 모든 위대한 것들에 대한 혐오감이며 아주 미약하여 거의 구별할 수조차 없는 느낌을 불러일으켰다. 그리고 아마도 그 느낌이란 마치 한숨처럼 사소한 것에 대한 침소봉대일지도 모른다. 그러나 누군가 이것을 과장한다면 이런 내용이 될 것이다. 즉 그는 때때로 그 여인의 이상주의뿐 아니라 세계와 모든 지경의 이상주의를 보았는데 그것은 그리스의 정수리 바로 한뼘 위를 배회하는 형상일 뿐이었다—그것은 얼마나 악마의 뿔이 되고 싶어했는가! 그러고는 울리히는 더 작아져서—다시 한번 상징적으로 말하자면—극도로 도덕적인 어린 시절로 돌아갔는데, 그 시절의 눈에는 유혹과 공포가 마치 가젤영양의 눈에 비친 것처럼 보였다. 그 시절의 부드러운 감정들은 어떤 일을 일어나게 할 아무런 목적이나 능력이 없음에도 완전히 끝없는 불길이기 때문에 단 한순간의 양보로 전체의 여전히 작은 세계를 불꽃으로 몰아넣을 수 있다. 울리히에게 그것은 어울리지 않는 일이었지만 디오티마와 함께 있을 때 그는 어린 시절의 감정을 결국 욕망했다. 비록 그것이 성인에게는 너무나 흔치 않은 일이라 거의 상상할 수 없었음에도 불구하고 말이다.

 한번은 이런 사실을 그녀에게 거의 고백할 뻔하기도 했다. 여행중에 그들은 차를 벗어나 작은 골짜기로 들어간 적이 있었다. 그곳은 숲이 우거진 가파른 둑에 목초지로 뒤덮인 하구 같았고 구부러진 삼각형 모양을 하고 있었는데 그 한가운데서 구불구불한 시냇물이 서리와 함께 반짝이고 있었다. 경사면에는 드문드문 나무가 있었는데 마치 벌거벗은 산등성이와 산꼭대기에 깃털로 된 먼지털이가 꽂힌 것 같았다. 풍경에 취해 그들은 계속 길을 걸었다. 그날은 마치 한겨울에 낡고 유행이 지난 여름옷을 보는 것처럼 마음을 움직이는, 눈이 내리지 않는 날이었다. 디오티마는 갑자기 사촌에게 물었다. "왜 아른하임은 당신을 활동가라고 부르는 거죠? 그가 말하길, 당신 머릿속은 어떻게 하면 일을 색다르고 더 나은 방식으로 처리할까 하는 생각으로 늘 가득 차 있대요." 갑자기 그녀에게는 아른하임과 나눴던 울리히와 장군에 대한 대화에서 아무런 결론도 이끌어내지 못했다는 사실이 떠올랐다. "난 이해가 되지 않아요," 그녀는 말을 이었다. "왜냐하면 당신은 웬만해선 진지한 의견을 내지 않기 때문이죠. 하지만 우리가 아주 책임감있는 일을 같이 하고 있기 때문에 물어봐야겠어요. 저번에 나눴던 이야기 혹시 기억하나요? 당신이 그때 한 이야기가 있어요. 당신은 모든 권력을 쥔 어떤 사람도 그가 원하는 것을 할 수 없다고 주장했지요. 나는 그게 무슨 말인지 알고 싶어요. 그건 무서운 생각 아닐까요?"

울리히는 잠시 침묵했다. 그리고 그녀가 그토록 무례하게 질문을 쏟아낸 후의 침묵 동안 그녀는 아른하임과 자신이 비밀스럽게 원하는 것을 과연 이루게 될까, 하는 금지된 질문에 스스로 얼마나 집착하고 있는지를 분명히 깨달았다. 갑자기 그녀는 울리히에게 모든 것을 누설하고 말았다는 생각에 사로잡혔다. 그녀는 얼굴을 붉혔고 그것을 감추려 하면 할수록 더욱 부끄러워지는 자신을 발견했으며 가능한 평온한 표정으로 그 앞의 골짜기를 바라보려고 애썼다.

울리히는 그간의 과정을 되돌아보았다. "당신이 말했듯 아른하임이 저를 활동가라고 부른 것은 투치의 집에서 저의 능력을 과대평가한 결과가 아닐까 걱정이 되는군요." 그가 대답했다. "아시다시피 당신은 저의 말에 거의 큰 의미를 두지 않잖아요. 그러나 당신의 질문을 듣는 순간 제가 어떤 영향을 끼쳐야 할지가 분명해집니다. 저를 다시 책망하지 않으신다면 한번 말씀드려도 될까요?"

말없이 고개를 끄덕이며 디오티마는 동의의 뜻을 전했고, 겉으론 관심없는 체하면서 정신을 가다듬으려 했다.

"제가 주장하기를," 울리히가 말을 시작했다. "그럴 능력이 있는 어떤 사람도 원하는 바를 이루지는 못할 거라고 했습니다. 우리의 서류철을 가득 채운 제안들을 기억하시나요? 이번에 제가 한번 묻겠습니다. 누군가 평생을 걸쳐 애타게 바라던 일이 갑자기 이뤄진다면 당황스럽지 않을까요? 가령 갑자기 가톨릭 교도들에게 하나님나라가 찾아오고, 사회주의자들에게 미래국가가 도래한다면 어떨까요? 그러나 아마도 그런 일은 일어나지 않을 겁니다. 사람들은 요구하는 일에 익숙하지만 그 일이 실현되는 것에는 큰 기대를 품지 않죠. 다수의 사람들에게는 그게 자연스런 일입니다. 말이 나온 김에 하나 더 묻겠습니다. 말할 것도 없이 음악가에게는 음악이, 화가에게는 그림이 가장 중요합니다. 아마 콘크리트공에게는 콘크리트로 짓는 집이 가장 중요하겠죠. 그렇다고 어떤 사람이 신을 철근콘크리트의 전문가로 상상한다면, 또는 그림이나 나팔소리를 실제 세계보다 더 좋아한다면 당신은 어떻겠습니까? 당신은 이 질문이 말도 안 된다고 하겠지만 거기에는 우리가 이런 종류의 어리석음을 계속 원할 것이라는 심각한 진실이 숨어 있습니다! 그리고 제발 오해하지 말아야 할 것은," 그녀를 향해 몸을 돌리며 그는 진지하게 말했다. "제 말은 사람들이 실현하기 어려운 일을 열망하고 쉬운 일은 경멸한다는 뜻은 아니라는 것입니다. 단지 현실 가운데 비현실을 향한 불합리한 열망이 존재한다는 거예요."

그는 눈길 한번 주지 않고 디오티마를 작은 골짜기까지 인도했다. 경사면 깊숙이 스며든 눈 때문에 더 높이 올라갈수록 더 축축했고 중간중간 한 풀덤불에서 다른 곳으로 껑충 뛰어야 했기 때문에 대화가 끊겨 울리히는 말을 하다 말다 하면서 가는 수밖에 없었다. 또한 그가 말한 것에는 너무도 많은 자명한 반대들이 있어서 디오티마는 어디서 말을 시작해야 할지 몰랐다. 그녀는 발이 젖은 채 풀언덕 위에서 치마를 치켜 쥐고서는 길을 잃은 듯 걱정스레 서 있었다.

울리히는 그녀를 돌아보고 웃었다. "당신은 아주 위험한 일을 시작한 거예요, 위대한 사촌. 사람들은 자기들의 이상이 실현될 수 없을 때라야 큰 기쁨을 느끼거든요."

"그러면 당신은 뭘 하려고 하죠," 화가 난 디오티마가 물었다. "만약 당신이 이 세계를 하루 동안 지배한다면 말이에요."

"아마 현실을 무너뜨리는 일밖에는 할 게 없을 거 같은데요."

"왜 그런 일을 하려는지 알고 싶군요."

"나도 잘 모르겠어요. 내가 무슨 말을 하는 건지도 정확히 모르니까요. 우리는 과도하게 현재를, 현재의 느낌을, 그러니까 여기 있는 것을 과대평가하죠. 내 말은, 당신이 나와 함께 이 골싸기에 와 있는 것조차 바구니에 담아놓고 현재라는 마개를 그 위에 씌워놓은 것처럼 본다는 것이죠. 우리는 그런 현재를 너무 과대평가해요. 우리는 기억하죠. 아마 1년 후에라도 여전히 우리가 여기서 어떻게 머물렀는지를 설명할 수 있을 겁니다. 그러나 우리를 진정 감동시키는 것은, 적어도 저에게는, 신중한 말이에요. 나는 그런 말에 어떤 설명이나 이름을 구하고 싶진 않아요—항상 어느 정도는 그런 방식에 반대하는 편이죠. 그런 신중한 말이 현재에 의해 밀려나고 있어요. 따라서 그것은 현재가 되지 못하는 거예요!"

골짜기를 따라 울리히의 말이 높고 혼란스럽게 울려퍼졌다. 디오티마는 갑자기 불안해져 차로 돌아가려 했다. 그러나 울리히는 그녀를 세우고 풍경을 바라보았다. "수천년 전 저곳은 빙하였습니다. 지구조차도 현재 드러난 모습과 똑같은 영혼을 품고 있진 않아요." 그는 설명했다. "이 둥근 존재는 히스테릭한 성질을 지녔죠. 오늘날 지구는 아이들을 키우는 중산층 엄마 같은 역할을 합니다. 옛날 세계는 독한 소녀처럼 냉랭하고 차가웠어요. 수천년 전에는 따뜻한 양치식물과 후끈한 습지와 사악한 맹수들로 득시글거렸죠. 과연 세계가 완벽을 향해 발전해왔는지, 그리고 무엇이 옳은 상태인지 우리는 말할 수 없습니다. 그건 세계의 딸인 인간도 마찬가지죠. 오랜 시간 동안 인간이 입었던, 그리고 오늘날 우리가 입고 있는 옷을 한번 떠올려보세요. 정신병원의 용어를 빌리자면 그건 오랜 기간 억압된 의식이 비정상적인 생각으로 갑작스럽게 터져나온 것입니다. 그런 과정을 거친 후에 새로운 삶의 개념이 성립되는 것이죠. 당신이 보다시피, 현실은 스스로를 지워버리거든요!"

"좀더 말씀드리고 싶은 게 있어요." 잠시 후에 울리히는 말을 이었다. "발 아래 굳건한 땅이 있다는 것, 그리고 우리가 단단한 피부로 덮여 있다는 것처럼 다른 사람들에게 자연스런 느낌들이 저한테는 거의 없었습니다. 당신이 아이였을 때를 한번 생각해보세요. 그 부드러운 홍조를요. 그리고 입술이 열망으로 타들어가는 청소년기를 생각해보세요. 적어도 제 안에서는, 이른바 성숙한 성인이 발달의 최고점에 이르렀다는 생각은 저항을 불러일으켰어요. 어떤 면에서는 그렇고 어떤 면에선 그렇지 않죠. 만약 내가 잠자리를 닮은 개미 포식자인 명주잠자리였다면, 아마 그 몇해 전 개미귀신(명주잠자리의 애벌레—옮긴이)이었을 때를 두려워했을 거예요. 그때 개미귀신은 숲속 가장자리에 깔때기 모양의 구멍을 파놓고 상대에게 모래를 끼얹어 힘을 뺀 후 허리춤에 숨겨진 집게발로 먹이를 잡아들였죠. 비록 그때 잠자리였던 제가 지금은 괴물이 되었다 하더라도, 청소년 시기가 그처럼 저를 두렵게 하는 때가 있어요." 그는 무엇을 말하고 싶어하는지 스스로도 몰랐다. 명주잠자리와 개미귀신으로 아른하임의 박식함을 조금 흉내냈는지도 모른다. '제발 그냥 사랑으로 안아주세요. 우리는 친척이고, 완전히 떨어져 있지 않으며, 확실히 남남은 아니잖아요. 아무튼 아주 형식적이거나 근엄한 사이는 절대 아니잖아요.' 이런 말이 거의 튀어나올 뻔하기도 했다.

그러나 그건 울리히의 착각이었다. 디오티마는 매우 자존감이 강한 사람이었고 그래서 지나온 시절을 아래에서 위로 향하는 계단으로 여겼다. 울리히의 말은 그녀에게 전혀 이해가 되지 않았으며 특히 그가 말하지 않고 남겨둔 것은 더욱 알지 못했다. 하지만 그들이 차로 돌아오자 그녀는 고요함을 느꼈고 그의 말을 예의 그 농담이나 분노 따위로 받아들이면서 더이상 눈짓 하나 주지 않았다. 그 순간 실제로 그는 그녀를 현실로 돌아오게 하는 것 외에는 어떤 영향도 끼치지 못했다. 그녀의 마음속 어딘가에서 일어난 편견의 얇은 구름이 메마른 허공으로 풀려나갔다. 아마도 처음으로 그녀는 아른하임과의 관계가 조만간 그녀의 전생애를 바꿀 선택을 하게 할 것이라는 사실을 강하고 분명하게 깨달았을 것이다. 아무도 바로 지금 그것이 그녀를 행복하게 해주리라고 말할 수는 없었지만, 그것은 실제 서 있는 산만큼의 무게를 지니고 있었다. 어떤 연약한 순간이 지나갔다. '누군가 원하는 것을 하지 못한다'는 것은 그녀가 더이상 이해하지 못하는 완전히 어리석은 빛을 띠었다.

"아른하임은 저와는 아주 반대인 사람이에요. 그는 언제나 자신과 바로 이 순간 마주치는 시간과 공간의 행복을 과대평가합니다." 울리히는 이야기를 마칠 때면 그렇듯이 미소를 띠며 한숨을 내쉬었다. 그러나 그는 더이상 어린 시절에 대한 이야기를 하지는 않았고 그래서 디오티마가 그의 감수성을 발견할 기회는 찾아오지 않았다.

70.
클라리세가 이야기를 나누러 울리히를 방문하다

옛 성을 새롭게 꾸미는 게 유명한 화가 판 헬몬트의 특기였고 그의 천재적인 작품이 바로 그의 딸 클라리세였으며 어느날 갑자기 그녀는 울리히를 찾아왔다.

"아버지가 나를 보냈어," 그녀는 설명했다. "너의 그 빼어난 귀족 인맥을 아버지에게도 좀 소개해줄 수 있는지 알아보라고." 그녀는 의자에 몸을 기대고 다른 의자에 모자를 올려놓은 채 호기심 많은 눈으로 방을 둘러보았다.

"네 부친이 날 과대평가하는구나." 그가 말하려고 했지만 그녀가 말을 잘랐다.

"말도 안 돼! 너도 알겠지만 노인들은 돈이 필요하다고. 사업은 예전 같지가 않아!" 그녀는 웃었다. "우아한 곳에 사는군, 정말 아름다워." 그녀는 주변을 자세히 관찰하더니 다시 울리히를 바라봤다. 그녀의 모든 태도는 나쁜 양심 때문에 자꾸 털 사이를 긁어대는 강아지의 사랑스러운 불안함을 닮았다.

"아무튼, 네가 할 수 있으면 한번 해봐. 아니면 그만두고. 물론 아버지한테는 네가 할 거라고 약속했어. 여기 온 건 사실 다른 이유 때문이야. 너를 만나고 오라는 아버지 말씀이 다른 생각을 불러일으켰거든. 우리 가족에게 문제가 있어. 네가 어떻게 생각하는지 들어보고 싶어." 그녀의 눈과 입은 주저하더니 일순간 경련을 일으켰다. 그러고는 처음의 주저함을 단숨에 떨쳐버렸다. "'아름다움의 의사'라는 말에서 뭔가를 떠올릴 수 있겠니? 화가는 아름다움의 의사야."

울리히는 이해했다. 그녀 부모의 집안을 알았던 것이다.

"어둡고 뛰어나고 빼어나고 화려하고 쿠션을 넣고 깃발과 장식을 단 듯하고…" 그녀는 말을 이었다. "아버지는 화가야. 화가는 일종의 아름다움의 의사지. 우리집에 한번 오는 것도 마치 온천여행을 온 것처럼 멋진 교류라고 생각하는 분이지. 너는 알 거야. 그리고 아버지의 주수입원은 궁전이나 성을 꾸미는 일이었지. 너도 파흐호펜 가문을 알던가?"

그 귀족 가문을 울리히는 잘 알지 못했다. 다만 그 가문의 여성을 몇해 전 클라리세의 모임에서 한 번 본 적은 있었다.

"그녀는 내 친구였지." 클라리세가 말했다. "그때 그녀는 열여섯살, 나는 열다섯살이었어. 아버지는 그 성을 개조하고 꾸미기로 돼 있었어. 그래, 당연히 파흐호펜 가문의 집이었지. 우리 모두 초대받았어. 그때가 발터가 우리와 처음 함께한 때였어. 마인가스트도 있었고."

"마인가스트?" 울리히는 그가 누군지 몰랐다.

"너도 그를 알 거야. 마인가스트는 나중에 스위스로 갔지. 그때만 해도 그는 철학자 타입은 아니었어. 딸 있는 집안에 꼭 끼는 수탉 같은 아이였지."

"개인적으로 아는 사이는 아니지만," 울리히가 말했다. "누군지는 알겠다."

"그럼 됐어." 클라리세는 뭔가를 애써 머릿속에서 계산했다. "잠깐만. 그때 발터는 스물셋이었고 마인가스트는 그보다 나이가 좀 많았을 거야. 발터는 속으로 아버지를 열렬히 추앙했지. 그는 그런 성에 처음으로 초대를 받았거든. 아버지는 종종 왕실의 외투를 걸친 것 같은 분위기를 풍겼지. 내 생각에 처음에 발터는 나보다 아버지와 있는 걸 더 좋아했어. 그리고 루시는…."

"제발 천천히 클라리세!" 울리히가 간청했다. "맥락을 놓칠 것 같아."

"루시는" 클라리세가 말했다. "우리를 초대한 파흐호펜 가의 딸이었지. 이제 알겠어? 그래, 이제 이해가 되나보군. 아버지가 루시를 긴

벨벳이나 비단으로 감싸서 말에 태우면 그녀는 아버지를 티치아노나 틴토레토 같은 화가라고 상상했었지. 그들은 서로에게 완전히 반해 있었어."

"그러니까 아버지는 루시에게, 발터는 아버지에게 말이구나?"

"내 말 좀 더 들어줄래? 그때는 인상주의가 유행이었어. 그런데 아버지는 지금도 그렇듯이 그때도 옛 방식의, 음악적인 그림을 그렸거든. 갈색 소스나 공작 꼬리 같은 거 말이야. 하지만 발터는 자유로운 분위기, 그러니까 새로우면서도 진지한 영국식 실용주의의 명확한 선을 좋아했지. 아버지는 마음속으로 마치 개신교도들이 설교를 못 견뎌하듯이 발터를 못마땅해하셨어. 아버지는 마인가스트 역시 마음에 들지 않았지만 벌어들이는 것보다 항상 더 많이 써대는 두 딸 때문에 두 청년의 영혼을 받아들이는 수밖에 없었지. 이미 말했듯이 발터는 속으로 아버지를 좋아했어. 하지만 아버지는 새로운 예술운동 때문에 그를 공공연히 비판할 수밖에 없었지. 그리고 루시는 예술이라고는 아무것도 몰랐어. 하지만 발터 앞에서 웃음거리가 되는 걸 두려워했고 발터가 옳다고 판명될 때 아버지가 그저 우스운 늙은이로 드러날까봐 걱정했어. 이제 좀 그림이 그려지니?"

울리히는 그럼 어머니는 당시 어디 계셨는지를 물었다.

"어머니도 당연히 거기 계셨지. 어머니는 맨날 그만그만하게 아버지와 다투고 있었어. 너도 알겠지만 이런 상황이다보니 발터에게 더 유리해진 거지. 그는 우리 가족 모두에게 하나의 교차점이 된 거야. 아버지는 그를 두려워했고 어머니는 그를 부추겼으며 나는 그와 사랑에 빠지기 시작했어. 루시는 발터에게 잘 보이려고 했지. 발터가 아버지에 대한 확실한 권력을 쥐게 되자 그는 조심스러운 육욕을 가지고 권력을 만끽하기 시작했어. 내 말은, 그때 발터는 자신의 소중함을 발견하게 된 거야. 아버지와 나 없이는 아무것도 아니었을 텐데 말이야. 이제 맥락이 좀 이해가 되니?"

이제야 울리히는 그녀의 질문에 그렇다고 말할 수 있었다.

"또다른 이야기도 해주지!" 클라리세는 확신에 차서 말했다. 그녀는 생각을 하느라 좀 뜸을 들이더니 말을 이었다. "그래, 나와 루시의 관계를 보자. 그건 흥분되리만큼 혼란스런 관계였지. 당연히 나는 자기의 사랑 때문에 온가족을 파멸시키려는 아버지에게 화가 났지. 그러나 이런 일들이 어떻게 벌어진 것인지 궁금하기도 했어. 그 둘은 정말 정신이 나갔거든. 내가 여전히 공손하게 '아버지'로 부르는 인물을 사랑하는 것에 루시는 내 친구로서 당연히 복잡한 심정이었지. 그녀는 꽤 자부심도 있었지만 나를 마주할 때는 부끄러워했어. 아마 그 성이 지어진 이후 그렇게 복잡한 관계를 숨기긴 아마 처음이었을 거야. 하루종일 루시는 할 수 있는 한 아버지와 함께했고 밤에는 탑으로 돌아와 나에게 고백했지. 나는 탑에 머물고 있었고 우리는 밤새 불을 밝혔어."

"루시는 너의 아버지와 무슨 관계까지 간 거야?"

"내가 알아낼 수 없었던 단 하나가 바로 그거야. 하지만 그런 여름밤을 한번 생각해봐. 부엉이는 슬피 울고 밤은 신음하며 뭔가 주변이 섬뜩해질 때 우리는 내 침대로 올라가서 더 이야기를 나눴지. 우리는 어떤 나쁜 열망에 사로잡힌 남자가 자신에게 총을 쏘는 장면을 상상할 수밖에 없었어. 정말 매일 그런 일이 일어나기를 기다리고 있었지."

"정말 인상깊은 건," 울리히가 끼어들었다. "그들 사이에 큰일이 없었다는 것이군."

"나도 그렇게 생각해. 큰일은 없었지. 하지만 일은 많았어. 너도 이제 알게 될 거야. 루시는 갑자기 성을 떠나야만 했어. 그녀의 아버지가 갑자기 스페인 여행에 데려가버렸거든. 아버지가 혼자 남겨졌을 때의 모습을 너도 봤어야 하는데! 내 생각에 그는 거의 엄마 목을 졸라 죽였을지도 몰라. 그는 안장 뒤에 이젤을 묶고 그림은 단 한장도 그리지 않은 채 새벽부터 해가 질 때까지 말을 타고 돌아다녔어. 집에 있을 때도 붓은 건드리지도 않았지. 중요한 건, 평소 로봇처럼 엄청나게 그림을 그려대던 그가 그때에는 크고 텅 빈 그의 방에서 펼치지도 않은 책을 들고 앉아만 있었다는 거야. 그는 종종 몇시간이나 생각에 몰두하다가 일어서서 다른 방이나 정원으로 가서는 또 생각에 빠져들었어. 하루종일 그럴 때도 있었어. 결국 그는 늙은 남자였고 그 젊은 여자는 그를 버려두고 떠난 것이지. 이해가 되지 않아? 내 생각에 늘 팔을 서로의 몸에 두르고 재잘대던 루시와 나의 모습이 마치 야생의 씨앗처럼 그에게 심어진 것이 아닌가 싶어. 아마 그도 루시가 항상 탑으로 나를 보러 왔던 사실을 알았나봐. 어느날 밤 11시경 성의 모든 불이 다 꺼진 후 거기 그가 왔어. 그건 놀랄 만한 일이었어!" 클라리세는 자신의 이야기 속에 격정적으로 빨려들어갔다. "아마 너는 계단에서 들리는 뚜벅거리는 소리와 부스럭거리는 소리를 듣고 누군지 몰랐을 거야. 그러고는 투박하게 문의 손잡이를 만지는 소리, 그리고 문을 여는 으스스한 소리…."

"도움을 청하지 그랬어?"

"정말 이상한 거야. 그 첫번째 소리만 듣고서도 누군지 알겠더라고. 한동안 아무 소리도 들리지 않는 것을 보니 아버지가 출입구에 꼼짝 않고 서 있었던 게 분명해. 그 역시 아마 두려웠을 거야. 그는 신중하게 문을 닫더니 내 이름을 낮게 불렀어. 나는 정신이 완전히 나갔지. 절대 그에게 대답하고 싶지 않았지만, 놀라운 일이 일어난 거야. 내 안 깊숙한 곳에 마치 무슨 방이 하나 있는 것처럼 낑낑대는 소리가 울려나왔어. 그거 알겠니?"

"몰라, 더 말해봐!"

"그게 전부야. 다음 순간 그는 절망에 빠져 나를 꽉 움켜잡더니 내 침대로 거의 쓰러졌고 내 곁의 베개에 머리를 파묻었지."

"울던가?"

"눈물 없는 경련이 일었지. 늙고 버림받은 육신! 나는 순간적으로 깨달았어. 그런 순간 느낀 것을 나중에 말하라면 그건 아마도 완전히 위대한 것이라고 할 수 있을 거야. 그는 놓쳐버린 사람 때문에 분노로 정신이 나가서 모든 정숙한 것들에 화가 치밀었는지도 몰라. 갑자기 나는 그에게 정신이 돌아오는 것을 감지했고 아주 깜깜했음에도 그가 나를 향한 막무가내의 굶주림으로 몸을 부들부들 떨고 있음을 알아챘어. 거기엔 어떤 배려나 관용도 없었지. 내 신음소리 외에는 아주 고요했어. 내 몸은 빛을 뿜으며 말라 있었고 그의 몸은 불가에 둔 한 장의 종이 같았어. 그는 정말 가벼워졌어. 나는 그가 어깨 너머로 내 몸에서 팔을 슬그머니 빼는 것을 느꼈지. 너한테 물어보고 싶은 게 있어. 그래서 온 거야…."

클라리세는 말을 멈췄다.

"뭘? 넌 아무것도 묻지 않았잖아!" 잠시 뒤 울리히는 그녀가 말을 계속 하도록 했다.

"하지만, 난 먼저 말해야 할 것이 있어. 내가 꼼짝 않고 있었던 것을 그가 순응의 표시로 받아들였음에 분명하다는 사실이 너무 끔찍해.

나는 두려움으로 돌처럼 굳어서 전혀 움직이지 못한 것인데 말이야. 너는 어떻게 생각해?"

"뭐라고 해야 할지 모르겠군."

"그는 한손으로는 내 얼굴을 쓰다듬었고 다른 손으로는 몸을 더듬었어. 그의 손은 떨면서 마치 아무 위험도 없다는 듯이 키스하듯 내 가슴을 지나가더니 무슨 응답이 들리나 기다리는 거야. 그러고는 결국―너도 잘 알다시피―손이 움직이더니 그가 나를 쳐다보더군. 하지만 나는 마지막 힘을 다해서 그에게서 몸을 빼내 한쪽으로 피했지. 그리고 그때 다시 한번 내가 전에는 알지 못하던 소리가, 그 간구와 신음 사이의 어떤 소리가 가슴에서 울려나왔어. 내게는 메달 모양의 검은 점이 하나 있는데…."

"너의 아버지는 그 다음에 어떻게 했니?" 울리히는 차갑게 끼어들었다.

하지만 클라리세는 그에게 끼어들 틈을 주지 않았다. "바로 여기야," 그녀는 긴장된 미소를 지으며 드레스 속 엉덩이 부근의 한 지점을 가리켰다. "그는 여기까지 왔던 거야. 바로 여기 메달 모양의 점이 있거든. 이 메달 점은 신비로운 힘을 가지고 있어. 하여튼 뭔가 특별한 것이 있지!"

갑자기 그녀의 얼굴이 붉어졌다. 울리히의 침묵이 그녀를 일깨웠고 이제까지 사로잡혔던 생각을 흩뜨렸던 것이다. 그녀는 난처하게 웃더니 성급하게 말을 마무리했다. "아버지? 그는 곧 일어났어. 그의 표정이 어땠는지는 볼 수 없었지만 낭혹스러울 거라는 생각은 했지. 아마 고마웠겠지. 아무튼 마지막 순간 내가 그를 구원해주었으니까. 늙은 남자와 젊은 여자는 그럴 힘이 있다는 걸 넌 알아야 해! 그에게는 내가 기이하게 보였음에 틀림없어. 그는 내 손을 아주 부드럽게 누르더니 다른 손으로 머리를 두 번 때리더라니까. 그러고는 아무 말도 없이 가버렸어. 그러니 내가 그를 위해 뭘 할 수 있겠니? 결국 니는 말을 할 수밖에 없었고, 너는 알게 된 거지."

그곳으로 올 때 그녀는 간소하고 정숙한 맞춤 드레스만 걸치고 왔다. 그녀는 돌아가려고 서서, 작별의 인사로 손을 내밀었다.

71.
위원회가 황제의 70주년 기념행사와 관련한
주요 안건을 논의하기 위해 첫번째 회의를 열었다

울리히가 모오스브루거를 구해야 한다는 요청을 담아 라인스도르프 백작에게 보냈던 편지에 대해 클라리세는 아무 말도 하지 않았다. 아마도 내용을 전부 잊어버린 것 같았다. 그러나 울리히조차도 그 문제를 한참 후에야 기억해냈다. 마침내 디오티마는 '황제의 70주년 기념행사와 관련해 모든 부분에서 민중의 바람을 확정하고 초안을 논의하기 위한 질의'를 뼈대로 삼아 '황제의 70주년 기념행사와 관련한 주요 안건을 논의하기 위한 위원회'로 불릴 수 있는 특별한 모임을 준비하는 데까지 이르렀고 위원회의 리더로 자신을 예약해두었다. 라인스도르프 백작이 직접 초대장을 썼고, 투치가 교정했으며 그의 교정이 최종 승인을 받기 전에 디오티마가 아른하임에게 전달해 검토됐다. 그 복잡한 과정에도 불구하고 백작의 의중은 모두 포함되었다. '우리가 이 자리에 모인 것은,' 거기엔 이렇게 씌어 있었다. '민중 가운데 힘차게 일어난 요구들이 그냥 우연으로 치부될 게 아니라 넓은 시야를 갖고 사방을 둘러볼 수 있는 위치, 즉 위로부터의 영향력을 요구한다는 것을 알기 때문이다.' 이후 '아주 드문 행사인 축복받은 황제계승 70주년' '운집해준 민중에 대한 감사' 평화의 황제, 정치적인 미성숙, 세계 오스트리아 해 등이 이어졌고 마지막으로 이 모든 것을 진정한 오스트리아 영혼의 빛나는 선언으로 장식할 '부와 문화'에 대한 권고—단, 매우 신중한 검토가 필요한—가 잇달았다. 디오티마의 명단에는 예술, 문학, 학문에 걸친 사람들이 포함돼 있었고 세밀한 엄선이 이어졌다. 한편 참석을 허락받은 사람일지라도 실제적인 부서에서 활동하리라 기대하기는 힘들었는데, 이후에도 철저한 검증과정이 있어서 아주 극소수만이 통과되기 때문이었다. 하지만 초대된 사람들은 여전히 너무 많아서 녹색 천을 깔고 하는 정식 만찬은 생각도 할 수 없고 오직 식은 뷔페를 곁들인 간단한 연회만이 가능했다. 사람들 각각의 형편대로 앉거나 서 있었고 디오티마의 방들은 빵과 파이, 와인, 브랜디와 차로 가득 찬 정신적 군대의 야영지 같았다. 이 정도나마도 남편 투치의 특별한 예산승인이 없었으면 불가능했을 것이다. 그 회의에서, 투치가 새롭고 과학적인 외교술을 사용해보자고 제안했으리라는 추측 역시 반드시 덧붙여져야 할 것이다. 그렇게 많은 사람들을 다루는 일은 디오티마에게 큰 부담을 안겨주었고, 만약 그녀의 머릿속이 할말이 계속 가장자리로 넘쳐흐르는 화려한 과일그릇 같지 않았다면 많은 일들에 화를 냈을 것이다. 그 집의 여주인으로서 그녀는 도착하는 손님들을 환영했고 그들의 죄근 작품에 대한 상세한 지식으로 넋을 나가게 만들기도 했다. 그녀의 준비는 훌륭했고 이는 다 아른하임의 도움으로 가능했다. 그는 자신의 비서들을 그녀에게 보내

서류를 정리하고 가장 중요한 문건들을 추려내는 일을 하게 했다. 이 화산 같은 시도 뒤에 남은 멋진 암석은 바로 라인스도르프 백작이 평행운동 초기에 기증한 자금에다 오로지 빈 방들을 징식할 목적으로 디오티마 자신이 모은 책들을 보태 꾸며진 큰 도서관이었다. 그곳에 여전히 보이는 꽃무늬 벽지는 그곳이 원래 우아한 부인의 방이었음을 드러냈고 그래서 그 소유자에 대한 아첨을 끌어내는 뭔가가 있었다. 이 도서관에는 또다른 장점이 있음이 밝혀졌다. 초대받은 손님들이 디오티마의 극진한 인사를 받은 후에 이방저방 정처없이 돌아다니다가 이 도서관을 발견하고는 반드시 이 서가로 이끌려왔기 때문이다. 마치 꽃더미 앞의 벌처럼 책을 유심히 바라보는 뒷모습들이 오르락내리락 했다. 비록 우아한 호기심 때문이었다고는 해도 책을 직접 쓴 사람들이 그 서가에서 마침내 자기 책을 발견했을 때는 달콤한 만족이 골수까지 스며들었고 이로 인해 애국운동은 이득을 보았다.

처음에 디오티마는 각각의 회의에 자율권을 부여해 지적으로 발전해가도록 내버려두었다. 하지만 그녀는 '관대하게 바라본다면' 비지니스의 세계에서조차도 모든 삶은 내적인 시에 의지한다면서 특별히 시인들에게 특권을 주겠다고 다짐했다. 그 말에 놀라는 사람은 없었으나 그런 신뢰를 받고 선발된 대부분의 사람들은 평행운동에 초대돼 몇마디 짧은 조언―상황에 따라 5분에서 45분 사이의―을 해야 한다는 사실이 밝혀졌다. 다음 연사가 쓸데없이 시간을 낭비하거나 주제에 어긋난 제안을 하더라도 그 조언만큼은 평행운동의 확실한 성공을 이야기해야만 했다. 이 조언을 듣고 처음에 디오티마는 감격에 겨워 거의 울 것 같은 감정에 휩싸였고, 그 이후에는 태연한 표정을 짓고 있기가 매우 어려웠는데, 이는 그들 각자가 말하는 바가 너무

달라서 그것을 한데 묶을 수 없었기 때문이다. 그녀는 그런 빼어난 영혼들이 모인 것을 거의 경험하지 못한 데다가 세계적인 인물들이 한 자리에 모이는 것도 쉽지 않았던 터라 그들의 말은 한걸음 한걸음 힘들게, 천천히 이해될 수밖에 없었다. 세상에는 그 하나하나의 부분과 전체의 의미가 다른 것들이 많다. 가령 물은 조금 있을 때와 많을 때에 따라 마시는 음료가 되기도 하고 익사시키는 물이 되기도 한다. 그리고 독이나 오락, 여가, 피아노 연주, 이데아 같은 것들도 그러하며 과연 세상의 모든 것들이 그렇다고 할 수 있다. 그래서 어떤 것의 의미는 그 밀도와 처해진 환경들에 달려 있다고 해도 과언이 아니다. 그것에는 확실히 천재조차도 예외는 없다는 점을 덧붙여야 하는데 그러지 않는다면 스스로를 사심없이 디오티마의 결정에 맡긴 그 위대한 인물들을 깎아내릴 수도 있을 것이다.

왜냐하면 첫번째 회의에서부터 사람들은 그 위대한 정신들이 자신들의 안전한 둥지를 떠나 땅에 내려와 사람들에게 뭔가를 이해시킨다는 것에 불안함을 느낀다는 인상을 받았기 때문이다. 그녀가 그중 하나의 영향력있는 사람과 몇마디를 나누자마자 마치 하늘 위를 걸어다니는 듯한 느낌을 주던 그 비범한 말이, 세번째, 네번째 사람을 거치면서 대화가 모순에 얽혀들자 어떤 질서도 없는 고통스러운 무능함에 도달하고 말았다. 누구든 그런 비유를 두려워하지 않는 사람은 그들의 모습에서 한껏 뽐내며 날다가 땅에 내려와서는 뒤뚱거리는 백조를 볼 수 있었다. 하지만 오래 알고 지내다보면 이것 역시 잘 이해될 수 있다. 오늘날 위대한 성신들의 삶은 '아무도 모른다'에 기반하고 있다. 그들은 50세나 100세 생일을 맞아, 또는 개교 10주년을 맞아 명예박사 학위를 수여하는 시골 대학에서, 또는 국가의 문화적 보물을 이야기해야 하는 이런저런 기회에 자신들에게 쏟아지는 숭배에 즐거워한다. 우리는 위대한 인물의 역사를 가지며 그것을 우리에게 속한 기구로 생각한다. 마치 감옥이나 군대처럼 말이다. 그것은 누군가를 그 기구 속에 잡아넣어야 한다는 것을 의미한다. 그래서 그런 사회적 요구에 따라 거의 자동적으로 다음 사람이 줄에 세워지고 그에게 나눠주기에 충분한 영예를 부여한다. 하지만 이 영예는 믿을 만한 것이 못 된다. 근본적으로는 그런 영예에 값하는 인간이란 없다는 일반적인 확신이 그 사이에 입을 벌리고 있었으며 그 입이 칭송을 하는 것인지 하품을 하는 것인지는 정확히 구분하기 어려웠다. 오늘날 누군가를 천재라고 부르는 것은 실제로 그런 것은 없으며 바로 그렇듯 아무 감흥이 없기 때문에 더욱 위대한 스펙터클에 매달리는 히스테릭한 애착을 드러낸다. 그것은 그 자체로 죽은 영예인 것이다.

  그런 상황은 당연히 감각적인 사람들에게 즐거운 일이 아니었고 그래서 그들은 여러 방법으로 그런 상황을 없애보려고 노력했다. 어떤 사람들은 절망을 딛고 위대한 정신이나 거친 남자, 심오한 소설가, 부푼 마음의 연인들, 그리고 새로운 시대의 리더들을 위한 수요를 이용함으로써 부자가 되었다. 다른 사람들은 보이지 않는 왕관을 쓰고 어떤 상황에서도 그것을 벗지 않으면서 그들이 창조해낸 것이 2백년, 혹은 천년 안에는 빛을 보지 못할 것이라며 쓸쓸하게 확신한다. 그들 모두는 진정으로 위대한 사람들이 시대보다 너무 앞서 있다는 이유로 살아있는 문화의 일부가 되지 못하는 현실을 독일 민족의 통렬한 비극으로 생각했다. 그러나 이제까지 중요하게 다뤄진 정신이 예술 분야에 국한돼 있다는 건 강조될 필요가 있는데, 거기에는 정신이 세계와 관련맺는 방식에서 주목할 만한 차이가 있기 때문이다. 괴테와 미켈란젤로 같은 예술계의 인물은 나폴레옹이나 루터에 상응하는 칭송을 받는 반면, 오늘날 누구도 인류에게 마취술의 놀라운 축복을 제공한 사람은 기억하지 못한다. 아무도 가우스나 오일러, 맥스웰(각각 독일, 스위스, 영국의 과학자—옮긴이)의 삶에서 슈타인 부인(괴테의 연인—옮긴이)과 같은 연인을 찾으려 하지 않으며 그 누구도 라부아지에나 카르다누스(각각 프랑스, 이탈리아의 과학자—옮긴이)가 어디서 태어났고 어디서 죽었는지 궁금해하지 않는다. 대신 우리는 똑같이 관심없는 다른 사람들이 어떻게 그들의 생각과 발명을 발전시켰는지를 배우며 그 짧은 생애를 불태운 후에 타인들에 의해 이어져온 그들의 업적에 집중한다. 사람들은 이 두 가지 인간의 태도가 얼마나 날카롭게 구분되는지를 보고 처음에는 놀란다. 하지만 충분히 서로 반대되는 예들을 알고 나면 모든 차이들은 자연스럽게 받아들여진다. 그런 습관들이 바로 우리에게 개인과 일, 인간의 위대함과 사물의 위대함, 문화와 지식, 인간성과 자연 사이의 차이를 확신시키는 것이다. 일과 뛰어난 생산성이 도덕적 탁월함을 증진시키지 못하는 것처럼, 오직 정치가, 영웅, 성인, 가수, 무엇보다 영화배우들에게서만 그 예를 찾아볼 수 있는 천국의 관점으로 살아가는 인생, 분석 불가능한 삶의 가르침 따위도 도덕을 증진시킬 수는 없다. 또한 어떤 상황에서도 자신의 목소리가 내면적 삶과 피, 심장, 조국, 유럽, 그리고 인류의 목소리임을 강하게 확신하는 한에서만, 시인은 그런 위대한 비합리적 힘에 속함을 느낀다. 시인이 스스로 표현한다고 생각하는 것은 신비한 전체인 반면 다른 사람들은 그저 이해 가능한 것들을 파고들어간다. 그리고 누군가 이 사명을 보고 배우기 전에 그는 그것을 먼저 믿어야 하는 것이다! 이것이 우리에게 확신시키는 것은 말할 것도 없이 진리의 목소리다. 하지만 그 진리는 뭔가 이상하지 않은가? 왜냐하면 사람보다 사물에 더 주목하는 곳에서는 언제나 사물을 운용하는 새로운 사람이 있는 반면, 반대로 사람에 강조점을 누는 곳이면 이디서나 어느 정도의 수준에 도달했다는 느낌에 만족할 만한 사람은 더이상 없고 진정한 위대함은 과거에만 존재하는 것이다!

그 밤에 디오티마 주위에 모여든 사람들은 거대한 집단이었고 갑자기 몰려든 다수였다. 어린 오리에게 수영이 당연한 것처럼 그들에게는 글을 쓰고 생각하는 것이 자연스러웠고 직업적으로 그런 일을 했으며 실제로 다른 사람보다 훨씬 더 잘했다. 그러나 과연 무엇을 위해서였을까? 그들이 하는 것은 아름답고, 위대하며, 독특하다. 그러나 그런 풍부한 독특함은 마치 묘지의 입김이나 과거의 숨결처럼 아무 의미나 목적도 없었고 어디서 왔는지 어디로 갈 것인지도 모를 것들이었다. 수많은 체험의 기억들, 영혼이 뒤섞인 엄청난 울림들이 이들의 머릿속에 있었으며 그것들은 마치 직물 속을 누비는 양탄자 바늘처럼 경계도 가장자리도 없이 전후좌우로 마구 나아가다가 이미 다른 곳에서 보여준, 약간은 다른 무늬를 아무데서나 만들어낸다. 하지만 그렇게 작은 점 하나가 영원을 짜낸다는 게 과연 제대로 된 일일까?

디오티마가 이 모든 것을 이해했다면 아마 과장이겠지만 영혼의 들판을 건너 무덤에서 불어오는 바람을 그녀도 느꼈고 마지막 날이 가까워올수록 점점 심한 무기력에 사로잡혔다. 그때는 비록 그녀가 의미를 정확히 파악하지는 못했지만 아른하임과의 대화중에 그가 확실한 희망없음에 대해 이야기한 것이 다행히도 그녀의 머릿속에 떠올랐다. 그녀의 친구는 지금 여행중이지만 그녀는 그가 이 모임에 지나친 희망을 두지 말라고 경고했던 것을 기억했다. 그렇듯 그녀가 빠져든 것은 사실상 아른하임의 우울이었으며, 그것은 그녀에게 아름답고, 아주 슬프면서도 달콤한 기쁨을 선사했다. 그가 한 예언을 다시 떠올리며 그녀는 질문했다. '행동하는 사람이 말을 전하는 사람과 접촉할 때는 늘 마음속 깊이 비관주의에 젖는 게 아닐까?!'

72.
수염 속에서 미소짓는 과학,
또는 악과의 정식 첫 만남

이제 웃음에 대한, 특히 남자의 웃음과 웃음을 그 속으로 감추기 위해 고안된 수염에 대한 이야기를 몇마디 해야겠다. 문제는 학자들의 웃음으로 그들은 디오티마의 초대에 응했고 유명한 예술가들의 이야기에 귀를 기울였다. 비록 그들은 웃고 있었지만, 확실히 그렇게 비꼬는 투로 웃지는 않았다. 오히려, 그것은 이미 이야기한 바대로 존중이나 무능함을 표시하는 한 방법이었다. 의식적으로는 확실히 그랬다. 그러나 요즘 유행하는 말로는 무의식적으로, 또는 더 정확히 말하자면 완전히 존재론적으로, 그들 속에서는 악으로 향하는 성향이 마치 주전자 아래의 불꽃처럼 요란하게 타오르고 있었다.

그건 당연히 좀 모순적인 생각처럼 보인다. 그리고 대학 교수가 있는 자리에서 누군가 그린 말을 한다면 다른 누군가는 교수는 충실하게 진리와 진보에 종사하는 사람이며 그밖에는 아무것도 모른다면서 그의 말을 반박할 것이다. 왜냐하면 그것이 교수의 직업 이상이기 때문이다. 그러나 모든 직업 이상은 고상하며 사냥꾼을 예로 들자면, 그는 자신을 야생의 도축자가 아니라, 동물과 자연의 능숙한 친구로 불리기를 원한다. 이는 마치 장사꾼이 고귀한 이익의 원칙을 수호하는 자로 불리기를 원하는 것과 같은데, 사실 국제관계의 빼어난 추진자이기도 한 장사꾼의 신 헤르메스는 도둑들의 신이기도 하다. 그래서 직업에 종사하는 사람들의 마음속에 있는 이미지는 그리 믿을 것이 못되는 것이다.

만약 우리가 어떻게 과학이 현재의 상태에 이르렀는지를 냉정하게 질문한다면—이는 우리가 완전히 과학의 영향력 아래 있으며 수많은 과학의 생산물과 함께 살아가는 법을 배워야 하기 때문에 일자무식인 사람조차도 그 지배에서 벗어나지 못하는 점을 고려한다면 매우 중요한 질문인데—우리는 아주 색다른 그림을 얻게 될 것이다. 믿을 만한 지식에 따르면 그것은 16세기 위대한 정신적 활동의 시기에 시작되었다. 그때 사람들은 자연의 비밀을 밝히는 데 2천년간 이어져온 종교적이고 철학적인 숙고를 그만두고 그 대신 겉으로 드러난 자연의 표면을 탐험하는 것에 만족했다. 가령 이 분야에서 항상 첫번째로 꼽히는 위대한 갈릴레오 갈릴레이는 도대체 왜 물질은 허공에 머물지 않고 땅에 닿을 때까지 끊임없이 떨어지는가, 하는 자연의 깊고 본질적인 문제를 지워버리고 좀더 일반적인 확정으로 대신했다. 즉 그는 오직 물체가 얼마나 빨리 떨어지는지, 그 궤적과 시간, 그리고 가속도를 간단하게 계산해내는 데 만족한 것이다. 가톨릭 교회는 주저없이 그를 처형하는 대신 죽일 듯 위협하다가 잘못을 뉘우친다는 말만 받아냈는데, 이는 큰 실수였다. 왜냐하면 바로 그와 같이 사물을 바라보는 방식에서—전체 역사로 치자면 눈깜짝할 사이에—기차 시간표, 공업 기계, 생리학적 심리학, 그리고 교회가 더이상 어쩌지 못하는 도덕적 타락이 일어났던 것이다. 아마도 교회는 너무 영리한 나머지 이런 잘못을 저질렀는데, 그것은 갈릴레이가 낙하법칙이나 지구자전의 발견자일 뿐 아니라 오늘날 거대자본이 관심을 가질 만한 발명가이기도 하기 때문이다. 게다가 당시의 새로운 정신에 사로잡힌 사람은 그만이 아니었다. 오히려 역사는 그에게 영감을 준 이성적 사유가 마치 전염병처럼 격렬하게 퍼져나갔음을 증언하고 있다. 오늘날 이미 너무 많은 이성을 소유했다고 믿는 우리에게 이성적 사유로 영감을 받는다는 말이 엉뚱하게 들리겠지만, 갈릴레이 시대에 형이상학에서 벗어나 갖가지 증거를 바탕으로 현실을 면밀하게 관찰한다는 것은 이성적 사유의 만끽이자 열광이 아닐 수 없었다. 그러나 누군가 이런 변화가 일어났을 때 인간이 무슨 생각을 했느냐고 묻는다면, 지각있는 아이가 너무 이른 걸음마를 시작했을 때와 다를 게 없다는 대답이 나온다. 그 아이는 그리 기품은 없지만 믿을 만한 육체의 부분을 이용하여, 즉 엉덩이로 땅에 주저앉을 것이다. 그런데 놀라운 일은 땅이 굉장히 푹신푹신해 보여서 그 접촉의 순간부터 발명, 편리함, 발견 같은 것들이 기적적으로 끌려나올 수 있게 된 것이다.

그런 이야기들은 정당하게도 우리가 한창 경험하고 있는 반그리스도의 기적을 떠올리게 할 것이다. 그도 그럴 것이 여기서 사용된 '접촉'이라는 은유에는 의지할 만한 것이라는 의미뿐 아니라 천박하고 꼴사나운 것이라는 뜻도 있기 때문이다. 또한 사실상 지식인들이 '현실'에서 즐거움을 빌건하기 전까지 현실이란 오직 군인이나 사냥꾼, 장사꾼처럼 폭력적이고 약삭빠른 사람들의 소유물이었다. 생존을 위한 투쟁은 어떤 감정적인 숙고도 허용하지 않는다. 오직 적을 가장 빠르고 확실하게 제거하려는 욕망만이 있을 뿐이다. 여기서는 누구나 실증주의자다. 사업의 세계에서도 확고한 이윤을 추구하지 않고 스스로를 기만하는 것은 덕이 되지 못하는데, 이윤이야말로 주변에 들끓는 적들을 심리적으로 제압하는 궁극적인 수단이기 때문이다. 만약, 다른 한편으로 누군가 발견으로 이끄는 특성들에 주목한다면, 그는 전통적인 숙고와 억제에서 자유로워질 것이고, 진취적인 만큼 무자비하기도 한 용기를 가지고 도덕적 숙고를 배제하면서 작은 이익을 위해 끈질기게 흥정을 벌일 것이며, 필요하다면 목표를 위해 완강한 인내심을 가지고 모든 불확실성에 신랄한 불신을 던지는 측정과 숫자를 숭배할 것이다. 다시 말해서, 우리는 다름 아니라 지적인 언어로 번역되고 덕으로 해석된 그 옛날의 군인과 사냥꾼, 장사꾼을 발견한 것이다. 그들이 사적이고 천박한 이득을 멀리한다고는 하지만 그런 변화에도 불구하고 개인적인 악의 요소는 사라지지 않는다. 그것은 깨질 수 없고 영원한 것처럼 보인다. 악은 적어도 인간의 모든 숭고함만큼이나 영원한 것처럼 보이는데 왜냐하면 그것이 바로 이런 숭고함을 걸어 넘어뜨리려는 욕망에 다름 아니기 때문이다. 어느 누군들 아름답게 빛나는 탐스러운 화병을 보고 단 한번에 쳐서 산산조각을 내는 상상을 품어보지 않았겠는가? 이처럼 신랄한 영웅주의로 점철된 유혹은 단단히 못질해두지 않으면 삶에서 결코 숨길 수 없는데, 이는 과학의 이성주의에 내장된 기본적인 감정이기도 하다. 또한 우리가 그것을 악마라고 부르지 못할 정도로 존경심을 품고 있다 하더라도, 거기에는 타버린 말갈기의 냄새가 여전히 들러붙어 있는 것이다.

우리는 동시에 기계적이고 통계적이며 물질적인 해명—늘 그렇듯이 심장은 도려내버린—을 각별히 애호하는 과학적 사고방식에서 시작해볼 수도 있을 것이다. 그것은 선을 이기주의의 특정한 형태로 바라본다. 또한 감정은 호르몬 분비와 연관시키기고 인간은 8, 9할이 물로 돼 있다고 주장하며 잘 알려진 자유의지조차도 자유무역에 따라 자동적으로 생긴 부산물 정도로 설명한다. 소화 촉진과 적당한 지방 공급을 미^業의 요건으로 제시하며 연간 출생률과 자살률을 그래프로 보여줌으로써 인간의 가장 자유로운 결정조차 미리 계획된 것처럼 보이게 만든다. 환희와 정신병을 거의 같은 것으로 보며 항문과 입은 각각 직장과 식도에 연결된 튜브의 끝으로 본다. 인간 환상의 마술 뒤에서 속임수를 펼치는 그런 생각들은 그들의 선호가 완벽하게 과학적이라는 편견에 의존한다. 확실히 인간은 진리를 사랑한다. 그러나 이 번쩍번쩍 빛나는 사랑을 둘러싸고 환멸, 강박, 무자비, 차가운 위협과 무뚝뚝한 충고에 대한 애착, 악의적인 애착 또는 적어도 그 비슷한 것들의 무의식적인 발산 등이 벌어진다.

　다른 말로 하자면, 진리의 목소리에는 잡음 같은 것이 끼어 있는데 그 곁에 있는 사람들은 아무도 그것을 들으려 하지 않는다. 요즘 심리학은 그런 억압된 잡음들을 알게 되었고 그런 잡음들의 피해를 없애기 위해서는 그것들을 제거하는 동시에 좀더 명확히할 필요가 있음을 조언하고 있다. 그것을 테스트하려 하고, 진리를 향한 인간의 이중적인 취향과 지옥의 개 같은 악의를 까발리려 하며 그것을 생활에 이용하려 한다면 과연 어떠할까? 아마 그 결과는 이미 정확한 삶의 유토피아라는 제목으로 앞서 기술했던바, 이상의 부족이자 모든 지적인 정복에 있게 마련인 전쟁 같은 철의 법칙에 종속된 시도와 철회의 태도가 될 것이다. 당연히 이렇게 삶에 접근하는 태도는 평화롭지도 성숙하지도 않다. 그것은 모든 가치있는 삶을 절대 경외의 대상으로 보지 않으며 끊임없이 내적 진실을 위한 투쟁이 벌어지는 군사분계선으로 생각한다. 또한 단순한 의심 때문이 아니라 확고히 내딛은 발은 항상 더 아래 있다는, 등산객이나 가질 법한 신념 때문에 현대세계가 처한 신성함에 의문을 던진다. 그리고 아직 오지 않은 분의 현현을 위해 이론을 저주하고 그들의 도래할 형상을 향한 진지한 사랑의 이름으로 법과 가치들을 치워버리는 교회 급진주의자들의 화염 속에서 악마는 신으로 돌아가는 길을 찾을 것이다. 좀더 쉽게 말하자면 진리는 다시금 덕의 자매가 될 것이며 더이상 뒤에 숨어서 젊은 조카가 노처녀를 희롱하듯 선에게 나쁜 장난을 치지 않아도 될 것이다.

떨어지는 돌이나 궤도를 도는 별처럼 서로 굉장히 이질적인 현상들을 하나로 묶을 수 있고, 의식 깊숙한 곳에서 나온 단순한 행동의 기원처럼 명백히 하나이며 나눠지지 않는 것을 내적인 기원이 천년이나 떨어진 여러 흐름으로 나누어버릴 수 있는 위대하고 건설적인 사고규칙들을 비롯한 앞서의 그 모든 것들은 강의실에서 다소 의식적으로 젊은이들에게 주입된다. 그러나 어떤 사람이 특정한 전문영역 밖에서 그런 접근을 이용해보려 한다면, 그는 아마도 삶의 요구는 사유의 요구와는 다르다는 것을 곧 깨닫게 될 것이다. 삶에서는 지적으로 훈련된 정신에 익숙한 것과는 다소 반대되는 일들이 일어난다. 삶은 자연의 본래 차이점과 공통점에 큰 가치를 부여한다. 그래서 존재하는 것은 무엇이든 어느 선까지는 자연적인 사물로 받아들이고 쉽게 바꾸려고 하지 않는다. 꼭 필요한 변화도 왈츠를 추듯이 지그재그로, 머뭇거리며 일어난다. 만약 누군가 완전히 채식주의자인 사람이 소를 향해 '당신'이라고 한다면―옳은 판단에서라면 '당신'이라고 부르는 존재에게 막 대하지 않을 가능성이 큰 게 사실이지만—그는 바보, 심지어는 천치 소리를 들을 텐데, 그것은 그의 채식주의 또는 동물들에 대한 존경 때문이 아니라 그가 소들을 실제 삶에 직접 끌어들였기 때문이다. 한마디로 사유와 삶 사이에는 복잡한 절충과정이 있게 마련인데, 지식인들의 주장은 기껏해야 1천개 중에 반만 제값을 치르며 나머지 반은 명예 채권이란 명목으로 꾸며진다.

그러나 최근에 밝혀진바 거대한 모습을 하고 있다는 정신이, 우리가 앞서 살펴본 대로 호전적이며 사냥꾼 같은 악덕을 가진 남성적인 성자에 불과하다면, 위와 같은 상황에서 우리는 타락을 향한 정신의 선천적인 경향성이 스스로 정체를 밝힐 수도, 현실과 접촉함으로써 자신을 정화시킬 기회를 찾을 수도 없을 것이라고 결론내릴 수 있다. 그 결과 정신은 모든 종류의 아주 기이하고 통제되지 않은 방법, 말하자면 자신의 무익한 폐쇄성을 숨기는 방법들로 나타날 것이다. 이 모든 것들이 상상의 유희에 불과한지는 아직 밝혀지지 않았다. 하지만 저 마지막 추측만은 나름 근거가 있음을 부정할 순 없을 것이다. 오늘날 형용하기 어려운 분위기가 만연해 있다. 많은 사람들이 피의 조짐을 느끼고 있고 뭔가 나쁜 일이 벌어질 거라 예감하고 있으며, 폭동이 다가오고 경외해왔던 모든 것들이 불신당하는 사태를 맞고 있다. 젊은 세대에 이념이 없다고 통탄해하는 사람들이 있지만 막상 그들이 행동해야 할 때는 이념을 불신하는 사람들과 별반 다를 바 없이 곤봉 따위를 사용해서 부드럽게 힘을 설득시키곤 한다. 이 세계에서 진지하게 받아들여지기 위해서 서급한 인간성이나 이런저런 부패에 물들 필요가 없는 경건한 목표란 과연 없는 것일까? '연합하라' '압박하라' '스크루를 잡아라' '창문을 깰 각오를 하라' '강한 방법을 택하라' 이 모두는 유쾌한 신뢰를 주는 말들이다. 가장 위대한 철학자조차 병영에 일주일간 머물면 상사의 찢어지는 듯한 목소리에 일어서 차렷 자세를 취할 거라거나 경찰관 하나와 여덟 사람이 전세계의 국회의원들을 체포할 수 있다는 상상은 이상주의자의 목구멍에 몇 숟가락의 피마자유를 쏟아부으면 가장 근엄한 확신조차 우스꽝스럽게 변질된다는 발견에서 그 고전적인 형식을 완성한다. 그러나 그런 상상들은 분노로 추방되었음에도 불구하고 이미 오래전에 사악한 꿈처럼 흉포하게 부풀어올랐다. 오늘날 압도적인 현상에 마주한 모든 사람의 생각은, 비록 그 현상의 아름다움 때문에 압도되었을 때조차도, '너는 나를 속일 수 없어, 네 코를 납작하게 해줄 거야!'라는 것이다. 그리고 쫓길 때뿐 아니라 쫓는 시기에도 이렇듯 깔보는 전형적인 태도는 숭고한 것과 비천한 것을 가르는 삶의 자연스러움과는 더이상 아무 관련도 찾아볼 수 없다. 오히려 스스로를 고통스럽게 하는 마음이자 선함이 너무나 쉽게 파괴되고 모욕받는 장면을 향한 용납될 수 없는 욕망에 가깝다. 그것은 스스로를 속이려는 강렬한 열망과 다르지 않으며 우리가 꼬리뼈에서 생겨났으며 변화를 위해서는 창조자의 손이 반드시 필요한 시대를 믿는 것보다 더 우울한 일은 아마 없을 것이다.

 이런 종류의 일들 중 많은 것은 그것이 의식되지 않거나 전혀 생각 속에 떠오르지 않을 때조차 웃음으로 표현되며, 이것은 디오티마의 칭찬할 만한 노력에 힘을 빌려주려고 초대된 대부분의 빼어난 전문가들이 짓는 웃음이었다. 그 웃음은 어디로 향해야 할지 모르는 발을 들어올리는 짜릿한 순간에 시작되어 결국 자애로운 경탄의 표정과 함께 발을 내딛으면서 끝났다. 친한 동료나 지인들을 만나 대화를 나누면서 그들은 기쁨을 느꼈다. 누군가는 고향에 가는 듯한 기분이, 문

밖에 나서서 몇번 땅을 발로 다져보는 듯한 기분이 들었다. 그 행사는 매우 즐거웠다. 다른 모든 보편적이고 숭고한 개념들이 그렇듯이 그런 일반적인 프로젝트는 결코 적절한 내용을 발견하지 못한다. 심지어는 '개'라는 개념조차 상상할 수 없다. 그 단어는 단지 특정한 개 또는 개의 특징을 언급할 뿐이며 이런 사정은 '애국주의' 또는 가장 숭고한 애국 이념에 이르면 더욱 심각해진다. 하지만 내용은 없더라도 확실히 의미는 가진다. 또한 그것은 때때로 삶에 의미를 던져주기에 바람직하다. 이것은 비록 대부분 무의식의 침묵 속에 있긴 했지만 참석한 거의 모든 사람들이 서로 소통하는 것이었다. 그러나 여전히 주접견실에 서서 늦게 도착한 사람들에게 짧은 환영인사를 하던 디오티마는 그녀의 주변에서 보헤미안과 바이에른 맥주의 차이, 출판업자의 로열티 같은 주제로 대화가 시작되는 것을 듣고는 깜짝 놀랐다.

   그녀가 거리에서 이 리셉션 장면을 볼 수 없다는 점은 너무나 아쉬울 뿐이었다. 거기서 이 장면은 굉장해 보였다. 불빛은 건물 정면에 이어진 높다란 커튼을 뚫고 창문에서 밝게 빛났고 이는 대기하던 차에서 뿜어져나오는 권위와 탁월함의 불빛, 그리고 이유도 모른 채 잠시 멈춰서서 입을 딱 벌리고 쳐다보는 보행자들에 의해 더욱 고조되었다. 아마 디오티마는 그런 광경에 흡족해했을 것이다. 사람들은 그 축제가 거리로 던져주는 반 정도의 빛 속에 끊임없이 늘어섰다. 그들의 등 뒤로, 거대한 어둠이 아주 가까운 거리에서 재빨리 두꺼워지고 있었다.

73.
레오 피셸의 딸 게르다

이런 번잡한 일에 매이다보니 울리히는 피셸 은행장의 집에 방문하기로 한 약속을 지키지 못하고 있었다. 사실 그녀의 갑작스런 방문이 있기 전까지는 전혀 짬이 없었다. 그런데 피셸의 아내 클레멘티네 부인이 그를 찾아온 것이다.

그녀는 전화로 방문을 알려왔고 울리히는 근심에 싸여 그녀를 기다렸다. 3년 전까지만 해도 그는 그들의 집을 자주 왕래했고, 그때는 몇달 이 도시에 머물 때였다. 그러나 일전의 연애사건에 다시 휘말리고 싶지 않은 데다가 클레멘티네 부인의 원망을 듣기가 두려웠던 울리히는 그 이후로는 단 한 번 그 집에 찾아갔을 뿐이다. 클레멘티네 피셸은 '아주 지적인 영혼'을 가진 여성으로, 남편 레오와의 소소한 다툼에서는 그런 영혼을 사용할 기회가 없었지만, 삶에서 가끔 일어나는 유감스럽고 특별한 일에 마주칠 때만큼은 그녀 특유의 영웅적인 감각을 내보이곤 했다. 하여간 다소 근심에 찬 얼굴의 이 마른 여인은 울리히와 직접 마주하자 다소 당황스러워했고 주위엔 그들밖에 없었는데도 그와 조용히 이야기할 것이 있노라고 말했다. 또한 게르다가 귀를 기울일 사람은 오직 당신뿐이라면서 자신의 요청을 오해하진 말아달라고 덧붙였다.

울리히는 피셸 가족이 처한 상황을 잘 알고 있었다. 아버지와 어머니는 끊임없이 싸웠고, 이미 스물세살이 된 게르다 역시 이상한 젊은 이들과 몰려다녔는데, 그들은 레오를—막상 레오는 그들을 굉장히 싫어하는데도—자신들의 '신영혼' 운동의 후원자로 삼았다. 그건 순전히 그의 집이 제일 모이기 편하다는 점 때문이었다. 클레멘티네 부인 말에 따르면 게르다는 아주 신경이 예민하고 허약했으며, 친구들과의 교제를 막으면 불같이 화를 냈는데 그 친구들이란 예절이라고는 없는 멍청한 젊은이들일 뿐이었다. 또한 그들이 지속적으로 드러내 보이는 신비한 반유대주의는 무례할 뿐 아니라 야만성을 띠기까지 했다고 전했다. 부인은 이미 시대의 흐름이 된 반유대주의를 비난하지 않으며 그저 이제는 그런가보다 하고 체념할 뿐이라고 덧붙였다. 심지어는 많은 점에서 그 안에 뭔가 중요한 게 있음을 인정하기까지 했다. 클레멘티네는 말을 멈추더니 베일을 쓴 채 손수건으로 눈물을 닦아냈다. 그러나 눈물이 멈추자 그녀는 작은 핸드백에서 흰 손수건을 꺼낸 것에 흡족해했다.

"당신도 알겠지만 게르다는," 그녀가 말했다. "예쁘고 재능이 많은 애죠, 하지만…."

"좀 거칠죠." 울리히가 말을 거들었다.

"그래요, 세상에, 점점 더 과격해져요."

"그러니까 여전히 독일 민족주의에 경도돼 있나요?"

클레멘티네는 부모로서의 심정을 이야기했다. 그녀는 다소 감정적으로 자신의 방문을 '엄마의 심부름'이라고 소개했는데, 이번 방문에는 평행운동에서 명성을 떨친 울리히를 다시 정기손님으로 초대하겠다는 또다른 목적이 있었다. "난 스스로 책망했어요," 그녀가 말을 이었다. "레오의 뜻과는 달리 게르다가 이 친구들과 어울리는 것을 찬성했거든요. 나는 아무것도 몰랐어요. 이 젊은이들은 그저 나름 이상주의자들이라고 생각했고, 공평무사한 사람이라면 때로는 공격적인 말도 견뎌낼 수 있어야 한다고 믿었어요. 하지만 레오는—당신도 그를 알잖아요—그게 그저 신비하건 상징적이건 반유대주의에는 화를 냈어요."

"그리고 자유로운 영혼인 데다 독일식 금발을 가진 게르다는 아무런 문제점도 알려고 하지 않았겠지요?" 울리히가 거들었다.

"그 점에서 게르다는 나와 비슷해요. 그나저나 당신은 한스 제프에게 미래가 있다고 보나요?"

"게르다가 그와 약혼했나요?" 울리히는 조심스럽게 물었다.

"이 젊은이에게는 게르다를 먹여살릴 아무런 생계수단도 없어요!" 클레멘티네가 탄식했다. "그러니 어찌 약혼을 할 수 있겠어요. 레오가 그를 집에서 쫓아내자 게르다는 3주 동안이나 거의 음식을 먹지 않아서 피골이 상접할 지경이에요." 부인은 갑자기 분노에 휩싸여 말했다. "글쎄 그건 마치 최면처럼, 어떤 영혼의 전염병처럼 보였어요. 게르다는 정말 최면에 걸린 거 같았어요. 우리집에서 그 젊은이는 끊임없이 그의 세계관을 설교했고, 아주 착하고 부모를 사랑하는 아이였음에도 게르다는 그의 말 속에 부모들을 향한 끊임없는 모욕이 들어 있음을 알아채지 못했어요. 그러나 내가 뭔가를 말하려 하면 그 애는 '엄마는 너무 구식이야'라고 대답하더군요. 그래서 나는 당신이 그 애에게 뭔가를 조언해줄 유일한 사람이라고 생각했고 레오도 당신에게 많은 기대를 걸고 있어요! 그러니 한번 건너 오셔서 게르다가 한스와 그 친구들의 미숙함에 눈을 좀 뜨게 해줄 수 없을까요?"

그렇듯 예의바른 클레멘티네가 확신에 차서 말하는 것을 볼 때 이번에는 상당히 심각한 근심에 휩싸인 것이 분명했다. 그들 부부간의 갈등에도 불구하고 이번만큼은 남편과 확고하게 하나가 되려고 했다.

울리히는 근심으로 눈썹을 치켜떴다.

"게르다가 저한테도 구식이라고 할까 두렵군요. 새로운 젊은이들은 우리 나이든 사람의 말을 절대 듣지 않는 게 원칙이라서요."

"제가 보기에 게르다의 주의를 돌릴 가장 쉬운 방법은 사람들이 그렇게 자주 언급하는 평행운동에서 그녀가 수행할 만한 과제를 당신이 제시해주는 거예요." 클레멘티네가 제안했고 울리히는 평행운동은 아직 그런 수준에까지 미치지 못했다고 말하면서 확답을 머뭇거렸다.

며칠 후 그가 걸어들어오는 것을 보고 게르다의 뺨에는 둥근 홍조가 피어올랐다. 부끄러워하면서도 그녀는 힘차게 그의 손을 잡았다. 그녀는 더 높은 이상이 요구한다면 당장에 버스운전사라도 될 자신이 있는, 시대의 사명감에 가득한 숙녀 중 하나였다.

울리히는 그녀가 혼자 있을 때 만나야겠다고 다짐했다. 이 시간에 그녀의 어머니는 쇼핑을 나갔고 아버지는 사무실에 있었다. 울리히가 방에 들어서자마자 그녀와 함께했던 지난날의 순간이 떠올랐다. 한해가 시작된 지 벌써 몇주가 지났다. 봄이었지만 여름이 마치 잉걸불처럼 앞서 찾아온 듯한, 계절에 적응하지 못한 몸이 견디기 어려울 정도로 뜨거운 날이었다. 게르다의 얼굴은 지치고 말라 보였다. 그녀는 흰 옷을 입었고, 목초지에서 말린 아마포처럼 하얀 냄새가 났다. 모든 방에 차양이 쳐 있었고 거실 전체는 반쯤 어두운 반항적인 빛과 온기의 화살로 가득 차 있었는데 그 화살은 굵은 회색의 벽에 부딪혀 끝이 부러진 것 같았다. 울리히는 게르다의 몸이 마치 그녀의 옷처럼 신선하게 세탁된 아마포 천으로 만들어진 것 같다는 느낌을 받았다. 이런 느낌에는 어떤 욕망도 들어 있지 않아서 아마 단 한점의 애욕도 없이 그녀의 옷을 조용히 하나하나 벗길 수도 있을 것 같았다. 그는 이번에도 비슷한 느낌을 받았다. 그것은 그들 사이에 완벽하게 자연스러운, 그러나 무의미한 친밀함이 있다는 것이었고 둘 다 그것을 두려워했다.

"왜 그렇게 오랫동안 우리집에 오지 않았죠?" 게르다가 물었다.

울리히는 단도직입적으로 말했다. 결혼을 전제하지 않은 채 그렇게 가깝게 지내기를 부모들은 원치 않을 거라고.

"맙소사," 게르다가 말했다. "엄마는 바보 같아요. 결혼을 생각하지 않으면 친구도 될 수 없다는 건가요?! 그러나 아빠는 당신이 자주 들렀으면 하셨어요. 그 위대한 사업에서 뭔가 중요한 일을 맡았다죠?"

그녀는 나이든 사람들의 멍청함에 대해서 탁 터놓고 이야기했다. 그 둘 사이엔 당연히 그에 대한 합의가 있다고 생각한 것이었다.

"자주 올게," 울리히가 대답했다. "하지만 말해줄래, 게르다? 우리는 그럼 어떻게 되는 거지?"

핵심은 그들이 서로 사랑하지 않는다는 것이다. 그들은 종종 함께 테니스를 쳤고 모임에서 만났으며 산책을 나가기도 했고 서로에게 호감을 가졌으며 그래서 이런 방식으로 자신들도 모르는 사이에 그냥 자신의 겉모습만 보여주는 사람이 아니라 자기 내면의 혼란스러운 모습까지 보여주는 사이로 발전하고 말았다. 그들은 자신들도 모르는 사이에 가까워져서, 사랑을 공포하지 않고는 더이상 견디기 힘든 오랜 연인 같은 사이가 돼버렸다. 그들은 늘 논쟁중이어서 얼핏 서로를 좋아하지 않는 것처럼 보였지만 그것은 장애물인 동시에 결속물이기도 했다. 그들은 작은 불씨 하나만 있으면 큰 불이 지펴지리라는 것을 알았다. 나이차가 적었거나 게르다가 유부녀였다면 그는 이 기회에 강도라도 됐을 것이고 강도질은 곧 욕정으로 이끌렸을 것이다. 인간은 사랑을 이야기할 때 마치 분노할 때와 같은 몸짓으로 이야기하기 때문이다. 그러나 이 모든 것을 알았기에 그들은 그렇게 하지 않았다. 게르다는 처녀로 남았고 그것 때문에 분노하고 있었다.

울리히의 물음에 대답하는 대신 그녀는 서둘러 방을 향했고, 그가 갑자기 그녀 곁에 섰다. 그것은 무례한 행동이었는데 그런 순간 남자가 그렇게 가까이 여자 곁에 다가서서 말을 해서는 안 되기 때문이었다. 그들은 마치 시냇물이 장애물을 피해 목초지를 가로지르듯이 저항이 가장 적은 길을 따라갔고 울리히는 팔로 게르다의 엉덩이를 안고는 손가락 끝을 가터벨트에서 스타킹으로 이어지는 밴드 안쪽의 선까지 가져갔다. 그는 혼란에 빠져 땀을 흘리는 게르다의 얼굴을 바라보았고 그녀의 입술에 키스했다. 그러고는 그들은 떨어질지 밀착할지를 모른 채 자리에서 일어섰다. 그의 손가락은 가터벨트의 넓은 고무밴드까지 이르렀다가 몇차례 부드럽게 그녀의 다리를 건드렸다. 그는 몸을 빼더니 어깨를 으쓱해 보이며 질문을 반복했다. "우리는 어떻게 되는 거지, 게르다?"

게르다는 흥분을 억누르며 말했다. "지금처럼 돼야 하는 것 아닌가요?"

그녀는 벨을 눌러 다과를 가져오게 했다. 집에 다시 활력이 돌기 시작했다.

"한스에 대해 말해줘," 그들이 다시 자리에 앉아 대화가 시작되자 울리히는 부드럽게 물었다. 아직 평정을 되찾지 못한 게르다는 처음에는 잘 대답하지 못하다가 이윽고 입을 열었다. "당신은 자신감에 찬 사람이라 우리 같은 젊은이들을 이해 못할 거예요!"

"겁주지 말라고…" 울리히가 말을 돌렸다. "게르다, 나는 지금 과학에 몰두하고 있어. 고로 새로운 세대로 넘어가는 중이란 말이지. 너한테 지식이란 욕망과 비슷하다고 맹세한다면 충분한 것 아닌가? 그것이 번영의 추레함 아닌가? 자본주의 정신의 오만함 아닌가? 나한테는 네가 생각하는 것보다 복잡한 느낌이 있어. 하지만 그저 말에 불과한 이야기는 하고 싶지 않아."

"당신은 한스를 더 잘 알아야 해요." 게르다는 힘없이 대답하고는 갑자기 강하게 덧붙였다. "아무튼 자기자신은 전혀 생각하지 않고 공동체 속에서 하나가 될 수 있다는 걸 당신은 이해 못할 거예요!"

"한스를 여전히 자주 만나니?" 울리히는 방심하지 않고 물었다. 게르다는 어깨를 으쓱해 보였다.

그녀의 영리한 부모들은 한스 제프가 집에 오는 것을 금지하지 않았고 매달 며칠은 방문을 허락했다. 지금까지 아무 일도 하지 않았고, 앞으로도 뭔가 해볼 의사가 없는 학생인 한스 제프는 그 대신 게르다를 나쁜 행동으로 이끌지 않고 독일 신비주의 운동을 더이상 찬양하지 않기로 약속해야만 했다. 이렇게 해서 그들은 그가 금단의 열매를 따먹지 못하기를 바랐다. 그리고 나름의 순결성으로(육체적 욕망만이 소유를 원하지만 그것은 유대-자본주의적이라는) 한스 제프는 그 약속을 조용히 받아들였지만 여전히 몰래 왔다갔다하면서 자극적인 말을 하고 게르다의 손을 뜨겁게 누르거나 심지어 키스를 하기까지 했고, 그 모든 것을 영혼의 친구로서 당연한 것으로 여겼다. 다만 사제와 정부의 공인이 없는 성적 관계를 고무하지는 않았는데 그건 아직 이론적인 시험단계였기 때문이다. 그는 그의 이론들을 행동에 옮길 만큼 자신과 게르다가 영적으로 성숙하다고 느끼지 않을 때 그의 약속을 더 잘 지켰고 자신의 생각에 따라 그런 근원적인 본능의 욕망에 방어선을 세웠다.

그러나 두 젊은이는 자신들 스스로의 어떤 원칙을 발견하기도 전에 부여된 이런 제한들 때문에 고통을 겪었다. 특히 게르다는 만약 모든 것이 자신에게 불확실하지 않았다면, 부모의 개입을 절대 용납하지 않았을 것이다. 그런 상태는 그녀를 점점 더 분노하게 했다. 그녀는 원래 그 어린 친구를 좋아하지 않았다. 차라리 부모에 대한 저항감이 그에 대한 애착으로 변했다고 보는 편이 맞을 것이다. 만약 게르다가 몇년 늦게 태어났더라면 그녀의 아버지는 도시에서 가장 큰 부자 중 하나가 되었을 것이다. 그게 큰 명예가 되지는 못했겠지만, 아마 게르다가 부모들의 말다툼을 자기 내면의 균열로 체험할 나이가 되기 전에 어머니는 다시 아버지를 존경했을 것이다. 그랬다면 게르다는 인종적인 혼혈로 태어난 사실을 아마도 자랑스러워했을 것이다. 하지만 현실은 그렇지 않아서 그녀는 부모와 그들의 삶에 저항했고 그들의 혈통을 원하지 않았으며 마치 그들과는 아무 상관도 없다는 듯 금발의 자유롭고 독일적이며 힘센 소녀로 자라났다. 그게 겉으로는 좋아 보였지만, 한 가지 단점은 그녀의 내면을 갉아먹는 벌레를 절대 쫓아내지 못했다는 점이었다. 비록 민족주의와 인종주의가 히스테릭한 성향으로 거의 유럽 절반을 뒤덮었고 피셀 집안의 모든 것이 그 사상들에 위협받고 있었음에도 그녀의 집은 마치 그런 것은 없다는 듯 무사태평이었다. 그녀가 그것에 관해 아는 것들은 모두 밖에서 들려온 음흉한 소문이자 주장이요 과장으로 떠도는 것이었다. 다른 사람들의 이야기라면 무엇이든 강한 관심을 보이던 부모들이 유독 이 일에만 무관심한 이런 역설적인 상황이 게르다에게는 어린 시절부터 강하게 각인되었다. 또한 그 유령 같은 문제에 어떤 중요한 의미를 부여하지 않았기 때문에, 그녀는 청소년기에 그 문제를 가정 내의 모든 무뚝뚝하고 기이한 것과 연관시키곤 했다.

어느날 게르다는 한스 제프가 소속된 독일-기독교 청년 서클을 알게 되었고 거기서 진정한 편안함을 느꼈다. 이 청년들이 도대체 무엇을 믿는 것인지를 말하긴 어려웠다. 그 서클은 인문주의적 이상이 깨어진 이후 독일 전역을 감염시킨 그런 수많은 작은 모임―'자유로운 영혼'이라고만 알려진―중 하나였다. 그들은 반유대주의자들이 아니라 '유대적 성향'에 대한 적대자들이었고 그런 입장에서 자본주의와 사회주의, 과학, 이성, 부모의 권위와 월권, 계산, 심리학, 회의주의 같은 것들을 해석했다. 그들의 주요한 이론적 도구는 '상징'이었다. 울리히가 파악할 수 있는 한 그리고 그가 가지게 된 이해에 따르면 그들의 '상징'이 의미하는 바는 은총의 위대한 형상이자, 모든 혼란스럽고 위축된 것들을 명료하고 위대하게 만들어주는 것이며 또한 감각의 혼돈을 억누르고 머리를 초월의 흐름에 담그는 것이다. 그들은 이젠하임 제단화, 이집트의 피라미드, 노발리스 등을 그런 상징이라고 불렀다. 베토벤과 슈테판 게오르게는 그 상징에 거의 근접한 것으로 여겼다. 그들은 상징이 무엇인지를 정확히 말하지 않았는데, 그것은 우선 상징이 이성적인 언어로 표현될 수 없기 때문이고 또한 말에 얽매이지 않는 아리아인들은 지난 세기 동안 상징과 비슷한 것만을 다뤄왔기 때문이며 마지막으로는 수세기 동안 초월적인 인간 가운데 은총의 초월적인 순간이 아주 드물게 있었기 때문이다.

명민한 게르다는 속으로 이런 과장된 감정을 적지 않게 불신했으며 또한 그녀 자신의 불신을 또한 불신했다. 이 과정에서 그녀는 자신이 부모들의 이성적인 유전자를 물려받았다는 사실 또한 믿게 되었다. 또한 독립심의 가면을 쓰고 고통스럽게 부모들을 거역하려고 해 보았지만 결국 그녀의 핏줄이 한스의 생각을 받아들이지 못하게 할 것이라는 두려움에 시달렸다. 그녀는 이른바 훌륭한 가정이라 불리는 끈에 묶인 도덕적 금기들에 반항했으며 그녀의 사적인 영역을 위협하며 침입하는 지나친 부모의 권위 또한 싫어했다. 반면 어머니의 말마따나 "가정이라고는 없는" 한스에게는 그녀가 느끼는 이러한 고통이 거의 없었다. 그는 동료 그룹 내에서 게르다의 '영적인 가이드'로 부상했으며 키스와 함께 엄청난 논쟁을 퍼부어 그녀를 '무조건적인 영역'으로 데려오려고 했다. 그러나 실제로 그는 '원칙적으로' 그것에 반대하는 것만 허락된다면 피셸 집안의 '조건에 맞는' 상황을 받아들이는 일에 익숙했고 그것은 아버지 레오와 끊임없는 다툼이 되었다.

"게르다," 울리히는 잠시 후 말을 이었다. "네 친구들은 아버지를 이용해 너를 괴롭히고 있어. 그들은 정말 가장 나쁜 협박자들이야."

게르다의 얼굴은 창백해지더니 다시 붉어졌다. "당신은 더이상 젊지 않군요!" 그녀는 대답했다. "당신은 우리와 생각이 달라요." 그녀는 울리히의 공허함을 제대로 찔렀다고 생각했고 화해하듯 덧붙였다. "나는 사랑에 큰 기대를 품지 않아요. 당신 말대로 한스와 함께하면서 시간을 낭비하고 있는지도 몰라요. 생각, 감정, 일, 꿈을 포함한 내 영혼의 모든 틈을 보여줄 만큼 누군가를 절대 사랑하지 못할 거란 생각 때문에 다 포기해야 할지도 모르죠. 심지어 나는 그런 것을 두려워하지도 않아요."

"네 친구처럼 말할 때, 너는 정말 조숙해 보이는구나, 게르다." 울리히가 끼어들었다.

게르다는 화가 났다. "내가 친구와 이야기할 때," 그녀는 목소리를 높였다. "우리 생각은 서로를 흘러가지요. 그리고 우리는 민족과 하나가 되어 살고 이야기한다는 것을 알아요. 이게 무슨 말인지 아냐요? 우리는 우리 자신 같은 수많은 타인들과 함께하고 있어요. 우리는 그들의 존재를 느껴요. 그것은 육체적인 유대감 같은 것이죠. 아니, 당신은 아마 한번도 상상해볼 수 없었을 거예요. 언제나 당신은 하나의 개인에만 매달리니까요. 당신은 육식동물 같은 사람이에요!"

왜 육식동물이란 것일까? 그녀의 말은 마치 허공에 걸린 듯 뭔가 엉뚱했고 그녀 자신에게조차 이상했으며 부끄러움을 느낀 그녀의 눈은 두려움으로 커져서 울리히를 응시하고 있었다.

"그 말은 하고 싶지 않아." 울리히는 부드럽게 말했다. "대신 이야기를 하나 해주지. 그거 아니?" 그러면서 그가 그녀를 끌어당겼는데, 그녀의 손목은 마치 산속 바위에서 모습을 감추는 아이들처럼 금세 사라져버렸다. "달을 사로잡았다는 그 시끌벅적한 이야기 말이야. 너도 알겠지만 우리 지구는 옛날에 여러 달들을 거느리고 있었대. 그리고 유력한 이론에 의하면 그런 달들은 지구처럼 냉각된 천체가 아니라 우주를 가로질러온 거대한 얼음덩어리들이 너무 가까이 접근해서 지구에 붙들려 있던 것이라는군! 그중 마지막 하나가 달이라는 것이지. 이리 와서 한번 봐!" 게르다는 그를 따라 창가로 가서 환한 하늘에 창백하게 걸린 달을 바라보았다. "꼭 얼음조각 같지 않니?" 울리히가 물었다. "저게 자체로 빛을 내는 것은 아니지. 왜 달에 있는 저 남자가 늘 같은 얼굴만 보여주는지 생각해본 적이 있어? 그건 우리의 마지막 달이 더이상 궤도를 벗어나지 않기 때문이야. 그건 완전히 붙들려 있거든! 그런데 달이 지구의 중력 안으로 들어올 경우 그건 회전할 뿐 아니라 점점 더 지구에 근접하게 된대. 그 회전반경이 줄어드는 시간이 수천년 또는 그 이상이기 때문에 우리는 거의 눈치챌 수 없지. 하지만 그것을 피할 수는 없고, 아마 수십억년 지구 역사에서 이전에 달들이 지구에 아주 가까이 끌려와서 엄청난 속도로 지구에 충돌한 적이 분명히 있었을 거야. 지금의 달이 조류를 1, 2미터 가량 끌어들이듯이, 옛날 달은 물과 진흙을 산 높이까지 끌어들여서 지구 전체에 뿌려놓았을 거야. 우리는 몇세대를 거듭해 그런 미친 지구에 살아오면서 겪어야 했던 그 공포가 얼마나 큰지 상상할 수 없을 거야."

"그때 벌써 사람이 살았을까요?" 게르다가 물었다.

"당연하지. 결국 그런 얼음 달은 부서져서 마치 거대한 우박처럼 쏟아져내리고, 산 같은 홍수를 일으켜서 전지구를 엄청난 물결로 뒤덮어 붕괴시키고 말지. 다시 잠잠해지기 전까지 말이야. 그게 바로 엄청난 범람을 일으켰다는, 성서에 나오는 그 홍수야! 그런 일을 겪지 않았다면 어떻게 모든 신화들이 똑같은 말을 할 수 있겠니! 이제 하나의 달이 더 남았으니 또 그런 시대가 다가오겠지. 정말 이상한 건…."

게르다는 숨을 죽이고 창밖의 달을 바라보았다. 그녀는 자기의 손을 여전히 그의 손에 올려놓았고 달은 창백하고 못생긴 점으로 하늘에 걸려 있었다. 또한 이 환상적인 우주의 모험을—그녀 자신은 그 모험에서 어떤 희생자처럼 느껴지는—평범하고 일상적인 현실처럼 만드는 것은 확실히 저 수수한 달이었다.

"하지만 이 이야기는 전혀 진실이 아니야," 울리히는 말했다. "전문가들은 그걸 정신나간 이론이라고 하지. 그리고 사실 달은 지구로 다가오지 않고 내 기억이 맞다면 오히려 원래 궤도보다 32km나 지구에서 멀어져 있다는군."

"그러면 왜 나한테 이 이야기를 해준 거죠?" 게르다는 이렇게 물으면서 손을 빼내려고 했다. 그러나 그녀의 저항은 곧 수그러들었다. 한스보다 전혀 지적으로 뒤지지 않고 과장된 의도도 없으며 손톱을 청결하게 유지하며 머리도 꼭 빗고 다니는 이 남자에게만큼은 늘 그랬다. 울리히는 게르다의 금빛 피부에 어울리지 않게 가늘고 검은 솜털이 난 것을 보았다. 그녀의 몸에서 움튼 그 작은 털들은 마치 불쌍한 현대인의 다종다양한 특성을 보여주는 것 같았다. "잘 모르겠는데." 그는 대답했다. "내가 한번 더 와야겠지?"

게르다는 아무 대답도 하지 않고 이제 자유로워진 손의 흥분을 이리저리 작은 물건들을 건드리면서 삭히고 있었다.

"곧 다시 올게." 울리히는 이곳에 오기 전에는 전혀 생각지 않았던 약속을 하고 말았다.

74.
기원전 4세기 vs 1797년.
울리히가 아버지에게서 또 한통의 편지를 받는다

디오티마의 회합이 대성공을 거두었다는 소문은 빠르게 퍼져나갔다. 또한 울리히는 팸플릿과 인쇄물이 동봉된 엄청나게 긴 편지를 아버지에게서 받았다. 그 편지의 내용은 대충 이런 것이었다.

아들에게. 정말 오랫동안 답장이 없구나 (…) 하지만 대신 나는 친절한 벗 슈탈부르크 백작, 라인스도르프 백작, 우리의 친척 되는 투치 국장 부인 등을 통해서 기쁘게 네 소식을 듣곤 했단다. 그래서 네가 새로운 모임에서 영향력을 끼치도록 힘써야 할 것들을 아래 적으려고 한다.

만약 진리라고 생각되는 모든 것들이 실제 진리로 인정받고 갖가지 의지가 서로 맞다고 생각하는 쪽으로 나아간다면 세계는 부서지고 말 거다. 그러니까 하나의 올바른 진리와 목표를 세우는 것이 우리 모두의 임무이지. 또한 우리가 지금까지 잘 해온 바대로, 그것이 명확한 과학적 시각에서 수행돼야 함을 끊임없이 의식 속에 되새길 필요가 있다. 내가 무슨 말을 하는지는 세속 사람들을 보면 아마 알 수 있을 거다. 하지만 유감스럽게도 혼란스런 시대의 유혹에 민감한 과학 영역에서조차도 그런 세속적인 현상이 벌어지는데, 가령 우리 형법 분야에서는 법을 새롭게 해석하여 명백히 추상적인 개선이나 완화를 추구하려는 아주 위험한 운동이 이미 오래전부터 진행중이다. 먼저 말해둘 것은 수년 전부터 법무부 장관으로부터 그런 새로운 해석의 임무를 부여받은 저명한 전문가들이 활동하는 위원회가 만들어졌다는 점이다. 그 위원회에는 나도 명예위원으로 가입돼 있고 슈붕 교수라고, 내 가장 친한 친구였으며 내가 그를 잘 알기도 전에 너도 언젠가 만난 적이 있는 그 사람 역시 명예위원이란다. 내가 앞서 말한 형법의 완화 같은 경우, 소문을 듣자 하니―유감스럽게도 그건 거의 사실이라는데―경애하고 자비로운 우리 폐하의 기념일에 모든 관대함을 이용해 그 법을 거의 재앙에 가깝게 거세하기 위한 노력이 있을 것이라고 하더구나. 이 일을 미연에 방지하고자 슈붕 교수는 물론 나 또한 단단히 각오하고 있다.

네가 법률 문제에 정통하진 않겠지만 너도 알다시피 우리의 방어를 깨트리는 가장 선호되는 방식은 법적인 모호함으로, 그것은 거짓으로 인도주의를 가장하고, 정신적 장애의 개념을 확장시키며, 결국 한정책임능력(정신장애를 이유로 범죄행위의 책임을 면해준다는 법률용어—옮긴이)이라는 모호한 형식 가운데 처벌이 제대로 이뤄지지 못하게 하여 심지어 정신은 멀쩡한데 도덕적으로는 비정상적인 사람들에게까지 관대한 결정을 내리게 한단다. 그렇듯 열등하고 도덕적으로 박약한 사람들의 무리는 불행하게도 우리 문명의 점점 거대해지는 병을 만들어내고 있지. 너도 이 한정책임능력이라는 개념이—도대체 내가 부정하는 이 개념이 있을 수 있다면!—완전책임능력이니 완전무책임능력이니 하는 개념에 어떤 면에서 아주 가깝게 연결돼 있음을 알 것이다. 또한 이것 때문에 내가 이 편지를 쓰고 있는 것이기도 하지.

이미 판례에서 드러난 소송절차와 앞서 언급한 상황들을 고려해서 나는 예의 그 위원회에 출석해서 우리 형법 318절을 아래와 같이 바꿔보자고 제안했단다.

"가해자가 범죄를 저지를 당시 의식이 없는 상태, 또는 병적인 정신혼란을 겪는 상태였다면 유죄를 선고할 수 없다. 왜냐하면…" 그리고 슈붕 교수 역시 나와 똑같은 말로 시작되는 제안을 제출했지.

그런데 그의 제안은 이렇게 이어졌단다. "왜냐하면 가해자는 그의 자유의지를 수행할 수 없었기 때문이다." 반면 내 제안은 이러했지. "왜냐하면 가해자는 행위의 오류를 인식할 능력이 없었기 때문이다." 나는 이 모순에 숨어 있는 교활한 의도를 처음에는 잘 알아차리지 못했다고 인정할 수밖에 없구나. 나는 개인적으로 항상 지적이고 이성적인 능력이 발전할수록 거기에서 비롯된 사유와 결정에 힘입은 의지가 욕망이나 본능을 지배하게 된다는 의견이었다. 그러니까 의지에 따라 행해진 일은 생각의 결과이지 본능적인 행동의 결과가 아니라는 거였어. 누군가 의지에 따라 행동을 선택할 수 있다면, 그는 자유로운 인간이지. 반면 누군가 생각을 방해하는 감각 본능에서 비롯된 열망에 영향을 받는다면, 그는 부자유한 인간이란다. 자유의지는 우연히 생기는 것이 아니라 인간 안에서 필연적으로 일어나게 마련인 자아확립의 행동이거든. 또한 그런 의지는 사유에 의해 지배되며 사유과정이 방해받을 때, 의지는 더이상 의지가 아니게 되고 행위는 오직 본능적인 열망에 지배받는다. 나는 또한 문학에서는 반대되는 의견이, 즉 사유가 의지에 의해 규정된다는 의견이 지지를 받는다는 사실도 알고 있단다. 현대 법학에서 그런 견해는 1797년 이후에나 지지자가 나오기 시작했지만, 나의 견해는 기원전 4세기부터 채택되었고 또 지금껏 많은 반대를 물리친 바 있다. 하지만 내 동료에게 선의를 보여주기 위해서 나는 양쪽의 제안을 다 수용하는 안을 다음과 같이 제시했다.

"가해자가 범죄를 저지를 당시 의식이 없는 상태, 또는 병적인 정신 혼란을 겪는 상태였다면 유죄를 선고할 수 없다. 왜냐하면 가해자는 행위의 오류를 인식할 능력이 없기 때문이고 또한 자유의지를 수행할 능력이 없기 때문이다."

그러나 슈붕 교수는 곧장 자신의 본성을 드러내더구나! 그는 내 선의를 전혀 알아차리지 못하고 이 문장에서 '또한'이라는 단어를 '또는'으로 고쳐야 한다고 거칠게 주장했다. 너도 그 의도를 알겠지? 사상가라면 당연히 '또는'이라는 말을 써야 하며, 세속인들이나 '또한'이라는 말을 쓴다는 것이야. 슈붕 교수는 '또한'이라는 말로 내가 양쪽 안을 수용하여 타협안을 마련해보고자 하는 의도를 드러냈고 또 모든 암시에도 불구하고 그 사이의 차이점에 담긴 중요성을 파악하는 데 실패했다는 혐의를 드러냄으로써 내게 피상적인 학자라는 오명을 씌우려 한 셈이지.

 말할 필요도 없이 그때부터 나는 사사건건 그의 의견에 격렬히 반대해오고 있단다. 나는 곧장 내 타협안을 거둬들였고 어떤 양보도 없이 내 첫번째 문안이 받아들여져야 한다고 주장했지. 그러나 슈붕은 간교한 술책으로 나를 곤경에 빠뜨리려고 했단다. 가령 그는 주장하기를, 인간이 범죄행위를 인식할 수 있다는 내 제안을 따르자면, 만약 어떤 사람이 특정한 때에만 정신병이 발병하고 보통 때는 정상일 경우 그의 범죄행위는 병이 있다는 이유로, 그러니까 그가 망상에 빠졌다는 것이 증명될 수만 있다면 모두 무죄가 될 수 있는 것이라고 하더구나. 그런 상황이라면 잘못된 생각으로 행동했을지라도 여전히 나쁜 행동을 한 것은 아니기 때문에 그는 법으로 처벌되거나 정당화되거나 할 수 없다는 것이지. 하지만 그건 공허한 반론일 뿐이야. 왜냐하면 경험적인 논리에서는 반은 건강하고 반은 아프다는 게 성립될지라도 법적인 논리로는 도저히 두 상태가 함께 존재하는 걸 인정할 수 없거든. 법에서 인간은 자기 행위에 책임능력이 있거나 아니면 없거나 둘 중의 하나란 말이야. 그리고 우리는 어떤 정신병을 앓는 사람이라도 옳고 그름을 구분하는 능력은 있다고 추정할 수 있지. 만약 어떤 특정한 순간에 이 능력이 정신병에 의해 방해받는다면, 이성이 그 정신병을 나머지 인간성과 조화를 이루도록 각별한 노력을 기울이면 되는 것이고 따라서 거기에 어떤 문제가 있다고 볼 이유가 없는 것이지.

 그래서 나는 곧장 슈붕 교수에 반박했단다. 행위에 책임을 질 수 있는 상태와 그럴 수 없는 상태가 동시에 존재한다는 것이 논리적으로 불가능하다면, 이 두 상태는 빠르게 교차하며 전환되는 것이 분명할 것이다. 이런 사실은 특히 그의 이론에 문제를 제기하는데 과연 이런 변환 가운데 어떤 것이 문제가 되는 행위를 야기하느냐는 것이야. 이 것을 확정하기 위해서는 아마도 관련자가 태어나서부터 받은 모든 영향과 그에게 단점과 장점들을 물려준 모든 조상들의 행위들까지 언급해야 할 것이다.

너는 믿기 어렵겠지만 실제로 슈붕 교수는 나에게 뻔뻔스레 대답하기를 법의 논리가 동시에 두 상태를 허용하는 혼란을 결코 인정하지 못하겠지만 어떤 특정한 자유의지의 행위임에도 범죄자가 그의 의지를 통제하려 했는지 그렇지 않았는지를 심리적인 맥락 가운데 추적해내는 것은 필요하다고 하더구나. 우리는 모든 사건이 원인을 가진다는 사실보다 훨씬 더 명백하게 자유의지를 알고 있고, 우리가 근원적으로 자유로운 한 어떤 특정한 원인에 대해서도 자유의지를 가진다는 주장이지. 그래서 우리는 무심코 발생하는 범죄의 욕망에 저항하려는 각별한 의지만 있으면 된다고 그는 확신하더구나.

그 부분에서 울리히는 아버지의 계획들을 더이상 읽기를 그만두고 여백까지 빽빽하게 기록된 편지들을 손에 쥐고 깊은 생각에 잠겼다. 그 편지의 결론을 먼저 힐끗 훑어보고 그는 아버지가 '객관적인 영향력'을 라인스도르프 백작과 슈탈부르크에게 행사해주었으면 한다는 것을, 그리고 기념해에 그렇게 중요한 문제제기가 잘못된 이해와 해결책을 낳는다면 평행운동의 위원회는 어느 순간 전체 정부의 정신에 위협이 될 수도 있다는 강한 충고를 담고 있음을 깨닫게 되었다.

75.
슈툼 폰 보르트베어는 디오티마에게 찾아간 것을
그의 직무에서 하나의 기쁜 전환이라고 생각했다

그 작고 뚱뚱한 장군은 또 한번 디오티마를 찾아갔다. 회담장에서처럼 군인에게 주어진 역할이란 보잘것없는 것이었음에도 불구하고 그는 군사력이 국가가 민족간의 투쟁에서 승리하는 힘이며 그것을 평화시에 육성해놓는다면 전쟁을 방지할 것이라는 예언적 소신을 밝히는 것으로 말을 시작했다. 하지만 디오티마는 즉각 그의 말을 가로막았다.

"장군!" 그녀는 분노에 떨며 말했다. "모든 삶은 평화의 힘에 의지하는 거예요. 심지어는 사업조차도 제대로 따져보자면 시의 일종이죠." 장군은 당황하여 한동안 그녀를 바라보다가 이내 곧 안정을 되찾았다. "역시 각하께서는…." 그는 머뭇거리며 동의했다. 이런 종류의 존칭을 이해하려면 먼저 디오티마의 남편이 내각의 국장이며 카카니엔에서 내각 국장은 단독으로 '각하'라는 존칭을 부여받을 수 있는 사단장과 같은 위치의 직급임을 알아야 한다. 단, 그런 호칭은 업무중일 때로 제한된다. 하지만 군인이란 직업에는 기사도 같은 면이 있어서 어떤 군인도 근무중이 아니란 이유로 그런 존칭을 생략하고는 출세길에 나서기 어렵다고 생각하며 그런 기사도적 정신에 따라서 근무중인지의 여부는 깊이 생각하지도 않고 국장의 부인에게까지도 '각하'라는 존칭을 붙인 것이다. 그런 복잡한 생각이 그 땅딸막한 장군의 마음속을 스치듯 지나갔고 그의 무한한 동의와 겸손한 헌신을 담은 이 첫 호칭으로 디오티마를 즉각 안심시키기 위해 그는 다음과 같이 말을 꺼냈다. "각하께서는 제가 하고 싶은 말을 대신 해주시는군요. 물론 정치적인 이유에서라도 위원회에 국방부가 포함될 수는 없겠지요. 하지만 우리가 듣기로 그 위대한 운동은 평화주의를 목적으로 한다고 알고 있습니다—누군가는 국제 평화운동이라고 하고 또 누군가는 헤이그 궁전에 우리 벽화를 기증하는 것이라고도 하더군요. 저는 각하께 우리가 그 목적에 완전히 동의한다고 말씀드릴 수 있습니다. 사람들은 보통 군대에 어떤 오해를 품는 경향이 있어요. 물론 젊은 장교들이 전쟁을 하고 싶어한다는 사실을 부인하는 건 아닙니다. 하지만 책임있는 군 간부들은 우리가 유감스럽게 말한 바 있는 그 힘의 영역이 인간 영혼의 축복과 밀접하게 연관돼 있음을 아주 깊이 인식하고 있습니다. 각하께서 방금 말씀하신 바로 그 부분이죠."

그는 바지주머니에서 작은 솔을 끄집어내더니 몇번이나 짧은 콧수염을 훑어내렸다. 그건 사관생도 시절부터 이어져온 그의 나쁜 습관이었는데, 당시 콧수염은 조마조마하게 기다려온 인생의 원대한 희망을 상징했지만 그는 그런 의미를 전혀 몰랐다. 그의 커다란 갈색 눈은 자기가 한 말이 어떤 효과를 낳을지를 살피며 디오티마의 얼굴을 뚫어지게 쳐다보았다. 디오티마는 그가 있을 때는 한번도 편안하지 않았지만 이번에는 많이 누그러진 것처럼 보였고 첫 회의 이후 진행된 일들을 장군에게 직접 설명해주기까지 했다. 장군은 그 위대한 위원회에 큰 감명을 받았고 아른하임에게 존경을 표했으며 그런 회합이 반드시 복된 결실을 맺을 것이라는 믿음을 피력했다. "지금이 정신적으로 얼마나 규칙이 없는 세상인지를 모르는 사람들이 너무나 많습니다." 그가 말했다. "각하께서 저한테 말할 기회를 주신다면 저는 확실히 말할 수 있습니다. 대부분의 사람들이 매일 사물의 규칙 가운데 어떤 진보가 있음을 체험한다고 믿는다는 것을요. 그들은 모든 것에서 규칙을 목격합니다. 공장, 사무실, 철도시각표, 학교—저는 자부심을 가지고 우리 병영에 대해 말할 수 있습니다. 그곳은 여전히 소박한 방식을 가지고 있어서 마치 좋은 오케스트라를 훈련시키는 것 같죠. 그리고 사람들은 어디서든 통행규칙, 운전규칙, 과세규칙, 교회규칙, 사업규칙, 서열규칙, 예절규칙, 도덕규칙 같은 것을 목격하지요. 그래서 저는 모든 사람들이 우리 시대를 역사상 가장 규칙있는 시대로 생각하리라고 확신합니다. 각하께서도 마음속 깊이 이런 느낌을 가지지 않으시나요? 적어도 저는 그렇습니다. 만약 제가 잘 살펴보지 못했다면 현대의 정신이 이 거대한 규칙 안에 들어 있으며 니네베(고대 아시리아의 수도—옮긴이)나 로마 제국은 무질서 때문에 망했으리라고 추측했을 겁니다. 제 생각에는 대다수 사람들은 그렇게 느낄 거예요. 과거는 무질서 때문에 벌을 받고 사라져버렸다는 게 사람들이 암묵적으로 동의하는 바지요. 하지만 이것은 교양있는 사람이라면 넘어가서는 안될 속임수예요. 유감스럽게도 그것이 바로 무력과 군대가 필요한 이유이지요."

장군은 이 영민한 젊은 여성과 이야기를 나누는 것에 깊은 만족을 느꼈다. 언제 직무에서 벗어나 이런 괜찮은 변화를 가져보겠는가. 그러나 디오티마는 무슨 대답을 해야 할지 몰라 하는 수 없이 하던 말로 되돌아갔다. "우리는 정말 가장 명망있는 사람들을 모으고 싶어요. 하지만 그조차 쉬운 것은 아니죠. 당신은 얼마나 많은 제안들이 쏟아지는지 모를 거예요. 또한 우리는 가장 좋은 것을 선택하려고 하죠. 그런데 당신은 규칙을 이야기하셨죠, 장군. 우리는 절대 규칙을 통해서는 목적에 도달하지 못할 거예요. 신중한 생각이나 비교, 검토를 통해서도 마찬가지지요. 해결책은 번개, 불, 직관, 종합이 돼야 해요! 인류의 역사를 가만 살펴보면 논리적인 발전을 해왔던 것이 아니에요. 역사는 그 뜻이 나중에야 밝혀지는 갑작스런 착상, 곧 시를 떠올리게 하죠."

"이렇게 말해도 좋다면 각하," 장군이 대답했다. "군인은 시에 대해서는 잘 모릅니다. 하지만 누군가 번개와 불을 움직일 수 있다면, 그건 바로 각하일 겁니다. 늙은 군인도 그건 알 수 있습니다."

76.
라인스도르프 백작이 의심을 품다

비록 초대받지도 않고 불쑥 찾아오긴 했지만 그 작고 뚱뚱한 장군은 아주 점잖은 사람이었고 디오티마는 원래 생각했던 것보다 훨씬 더 그에게 마음을 털어놓았다. 그녀를 두렵게 만들고 그녀가 보낸 친근함을 나중에 후회하게 했던 남자는, 디오티마 스스로 털어놓았듯이 장군이 아니라 그녀의 나이든 친구 라인스도르프 백작이었다. 백작이 질투심이 많았는가? 그렇다면 언제, 누구에게였을까? 그가 회의에 짧게나마 참석하긴 했지만 디오티마가 기대한 만큼 호의적이지는 않았다. 백작은 스스로 '그저 문학'이라고 부르는 것에 큰 반감을 갖고 있었다. 그에게 문학은 유대인, 신문, 센세이셔널한 출판업자, 자유주의자들, 대안없이 떠들어대면서 오직 돈만을 위해 봉사하는 시민계급의 정신 같은 것들과 연결된 표상이었고 그래서 '그저 문학'이라는 단어는 그를 설명하는 대표적인 표현이 되었다. 울리히가 세계를 앞으로 또는 뒤로 움직이자는 모든 주장을 담은 편지들을 읽어줄 때마다 그는 자기 의견뿐 아니라 다른 모든 사람의 의견까지 들어야 하는 사람들이 사용하는 말로 그를 제지했다. "아니, 아니, 나는 오늘 급한 일이 있어. 그리고 그건 그저 소설이라니까!" 그가 소설 대신 생각한 것은 들판, 농부, 작은 시골교회, 그리고 마치 수확을 마친 들의 곡식단처럼 신이 묶어둔 사물의 질서였다. 또한 그 질서는 비록 시대에 맞추기 위해 이따금 술 제조장을 허가하기도 하지만 대체로 아름답고 건강하며 보람찬 것이었다. 이런 고요하고 광활한 풍경 속에서라면, 아무리 중심에서 멀리 떨어진 총기동호회나 낙농협동조합이라 하더라도 그 강고한 질서와 공동체의 일부로 드러날 것이다. 그리고 그런 사람들에게 과연 어떤 세계관에 영향을 받는지를 묻는다면 그들은 어떤 특정한 개인의 정신적 도전에 의존하지 않고 적절하게 모아진 공동체의 정신에서 도전을 받는다고 말할 것이다. 그래서 디오티마가 위대한 정신으로부터 경험한 것을 그에게 신중하게 말하려 할 때마다 라인스도르프 백작은 어떤 얼간이들 다섯이 보내온 제안서를 주머니에서 꺼내 손에 쥐고는 실제 세계의 근심을 담은 이 종이가 천재들의 번뜩이는 생각보다 더 무겁다고 주장했던 것이다.

그건 위원회의 존재는 공식적으로 배제하면서 아주 작은 마을의 벼룩 같은 청원서 한장에 마치 피가 철철 나는 듯이 호들갑을 떨어대는 데는 극찬을 보내는 투치 국장의 태도와도 비슷한 것이었다. 그런 어려움에 처한 디오티마에게 신뢰할 수 있는 사람은 아른하임뿐이었다. 하지만 아른하임은 막상 백작 편을 들었다. 그녀가 명사수와 축산협동조합을 좋아하는 라인스도르프 백작에 대해 하소연할 때 그 잘

난 양반의 고요하고 광대한 시야를 이야기한 것이 바로 아른하임이었던 것이다. "백작은 땅과 시간에서 우리의 방향성을 찾아야 한다고 믿죠." 그는 진지하게 설명했다. "저를 믿어보세요. 토지소유의 시대가 올 거예요. 흙은 마치 물을 정화시키듯 삶을 단순하게 만들어줍니다. 저조차도 보잘것없는 작은 농장에 머물 때마다 이런 느낌을 갖지요. 진실한 삶은 모든 것을 단순하게 하거든요." 그리고 짧은 머뭇거림 후에 그는 덧붙였다. "백작 각하의 삶이 거하는 그 거대한 형상은 그를 굉장히 참을성있게 했고 무모하리만치 관대하게 만들었어요⋯." 디오티마로서는 존경하는 후원자의 이런 모습은 처음 보는 것이라 생기를 띠며 그를 쳐다보았다. "확신한다고 말하고 싶지는 않지만," 아른하임은 자신없어하면서도 말을 이었다. "라인스도르프 백작은 당신 사촌이 비서로 있으면서 고귀한 계획에 냉소를 보내고 조롱을 섞어가며 방해함으로써—말하자면 대체적으로 그렇다는 겁니다만—얼마나 그의 신뢰를 배반했는지를 알 겁니다. 저는 백작에게 끼치는 좋지 않은 영향을 걱정하는 편입니다. 만약 이 진실한 귀족이 현실적인 삶에 바탕을 두고 위대하게 계승된 사상과 감정에 견고하게 자리잡으면서 그에 대한 신뢰를 이어가는 게 아니라면 말이죠."

그것은 울리히에 대한 강력한 표현이었고, 또 그럴 만한 말이었다. 그러나 디오티마는 그에 대해 별로 신경을 쓰지 않았는데 그건 그녀가 아른하임의 또다른 면에 깊은 인상을 받았기 때문이다. 바로 아른하임이 농장의 소유주이면서도 단순히 땅을 소유한 것이 아니라 그곳에서 영혼의 안식을 찾는다는 면이었다. 그녀는 그것이 굉장하다고 느꼈고 마음속으로 그런 농장주의 부인이 된 자신을 그려보았다. "저는 놀라곤 해요." 그녀가 말했다. "당신은 라인스도르프 백작에게 얼마나 관대한지요! 하지만 그건 결국 사라져가는 역사의 한 장 아닌가요?" "그래요, 물론입니다." 아른하임이 대답했다. "그러나 용기의 단순한 미덕, 기사도, 자기훈련처럼 그의 계급이 모범적으로 발전시켜온 것들은 언제나 가치를 가질 거예요. 한마디로 '주인님!'이죠. 저는 그런 '주인'의 요소에서 사업에 적용할 부분이 점점 더 많아진다는 것을 늘 배워왔습니다."

"그러면 주인이란 결국 시와 비슷한 것이 아닐까요?" 디오티마는 생각에 잠겨 물었다.

"정말 놀라운 말이군요!" 그녀의 친구는 확신에 차서 말했다. "그것이 바로 힘이 넘치는 삶의 비밀이죠. 인간은 이성만으로는 도덕적이 되거나 정치를 수행할 수 없어요. 이성은 언제나 부족하고 진짜 중요한 것들은 이성을 넘어 존재하죠. 위대한 인간들은 언제나 음악과 시, 형식, 교육, 종교, 그리고 기사도를 사랑했습니다. 그래요, 사실 그것을 사랑하는 자만이 성공할 수 있으리라고 말하고 싶습니다. 주인을 만드는 것, 남자를 만드는 것은 이른바 가늠하기 힘든 것들이고 거기에는 대중이 배우에 열광하는 것과 비슷한 어떤 이해하기 힘든 부분이 있어요. 하지만 이제 당신 사촌 이야기로 돌아와야겠어요. 인간이 쾌락을 싫어하지 않는 한 보수적이 되는 것이 당연히 쉬운 일은 아니죠. 그러나 비록 우리 모두가 혁명가로 태어났다 할지라도 어느날 아주 단순하고 선한 사람—그가 어떤 지식을 가졌는지와는 별개로—즉 믿을 만하고, 밝고, 용감하며 진실한 사람, 그러니까 삶 가운데 신선한 기쁨만이 아니라 진정한 토양이 있는 그런 사람을 만나게 됩니다. 그런 지혜는 아주 오래전부터 쌓여온 것이지만 취향은 쉽게 변화하는 것이어서 우리 젊은이들은 당연히 성숙한 남자의 취향보다는 이국적인 것을 선호하지요. 저는 많은 점에서 당신 사촌을 존경하고, 일단 말을 많이 해놓고 보면 책임질 것도 적어진다고 할 때 저는 거의 그를 사랑한다고 말하고 싶습니다. 그는 본성이 매우 자유롭고 독립적인데 내면적으로는 엄격하고 기이하기 때문입니다. 그야말로 이처럼 자유와 내면의 엄격함이 혼합돼 있다는 게 바로 그의 각별한 매력이죠. 하지만 그는 어린아이 같은 도덕적 이국취향과, 정확히 어디로 갈지 모르면서 항상 모험으로 이끄는 그의 뛰어난 지성 때문에 위험한 인물입니다."

77.
언론의 친구 아른하임

디오티마는 아른하임의 태도에 스며든 불가해한 면을 자꾸 관찰해 볼 필요가 있었다.

가령 그의 충고에 따라 주요 신문사의 대표들이 종종 회의에 참석했는데―투치 국장이 냉소적으로 "황제폐하 통치 70주년과 연관해 앞선 해법을 끌어내려는 위원회"로 부른 그 회의―아른하임은 아무 공식직함이 없는 손님이었음에도 불구하고 다른 유명인사들을 제치고 언론사 대표들에게 각별한 주목을 받았다. 어떤 알 수 없는 이유로 신문은 공공의 복지를 위한 정신의 실험실이 되지 못한 채 그저 오락 아니면 증권소식지가 되어가고 있었다. 만약 플라톤이 아직 살아있다면―그를 예로 드는 것은 다른 누구보다도 위대한 사상가이기 때문이다―매일같이 새로운 이념을 생산하고 교환하며 발전시키는 언론

산업을 보고는 황홀해했을 것이다. 거기서는 세상 끝에서부터 온 정보가 전혀 경험해보지 못한 속도로 퍼져나가며 그 세계창조자의 한 직원은 정보들을 곧장 영혼과 현실의 내용으로 써먹을 준비를 힌다. 아마도 플라톤은 신문사를 당연히 토포스 우라누스$^{topos\ uranus}$, 즉 '하늘의 이념'으로 여겼을 것이다. 그는 오늘날 더 뛰어난 사람들은 아이들이나 피고용인들에게 말할 때 여전히 그런 이상주의자들이 된다고 말한 적이 있었다. 그리고 만약 그가 한 언론사 사무실에 들어가 자신이 2천년도 더 전에 죽은 위대한 문필가라고 선언하고 증명한다면 당연히 엄청난 주목을 끌면서 최고연봉으로 계약하자는 제안을 받을 것이다. 또한 그가 3주 안에 철학적 여행을 담은 편지를 책으로 묶어낼 수 있다면, 그리고 유명한 그의 짧은 이야기를 몇천 건 더 쓸 수 있다면, 더 나아가 그의 옛날 작품들이 영화로 만들어진다면 그는 틀림없이 오랫동안 잘나가는 인물이 될 것이다. 그러나 그의 귀환이 몰고온 열풍이 가라앉고, 마침내 플라톤 씨가 스스로 한번도 완성해보지 못한 그 유명한 이데아를 실현시켜보려 하면, 신문사 편집장은 레저 지면에 그저그런 주제로 작은 칼럼이나 하나(그것도 독자들의 수준을 고려해서 빡빡하지 않고 세련되며 너무 어렵지 않은 문체로) 써보라고 제안할 것이다. 그리고 담당편집자는 유감스럽게도 이런 글은 한달에 한 번 정도 실을 수 있는데 글을 잘 쓰는 사람들이 너무 많아서라고 덧붙일 것이다. 그리고 이 신문사의 신사들은 그가 진정 유럽 출판계의 현명한 노장임에는 분명하지만, 지금은 좀 유행이 지났고 확실히 파울 아른하임과 견줄 만한 가치가 없으며 자신들이 그를 위해 너무 많은 일을 했다는 느낌에 사로잡힐 것이다.

아른하임 자신은 아마도 이런 일에 동의하지 않을 텐데, 그것은 위대한 것에 대한 그의 경외감에 상처를 받기 때문이다. 그러나 그는 여러 면에서 그것이 이해할 만하다고는 생각할 것이다. 오늘날 이야기되어지는 것들은 모두 뒤죽박죽이어서 예언자와 사기꾼이 같은 말을 쓰고 바쁜 사람들은 그 작은 차이를 포착할 시간도 없을뿐더러 기자들은 여기저기서 어떤 사람이 천재일지도 모른다는 소식에 방해를 받는 통에 과연 어떤 인물이나 사상의 참된 가치를 알아내기 힘들게 되었다. 자기 목소리를 인정해달라는 투덜거림과 중얼거림, 긁어대는 소리가 편집자의 문 밖에서 크게 들려올 때는 그저 귀를 한껏 열어놓는 방법밖에 없다. 하지만 그 순간에, 천재는 새로운 상태로 들어간다. 독자가 신문에서 바라는 것은 마치 어린애들 말만큼이나 믿을 수 없는 모순덩어리의 서평이나 연극평이 아니라 현실이고 그 현실이 가져온 중요한 결과인 것이다.

어리석은 열광자들은 그 현실 뒤에 이상주의를 향한 절대적인 요청이 숨어 있는 것을 보지 못한다. 뭔가를 쓰는 사람들과 써야만 하는 사람들의 세계는 대상을 잃어버린 거대한 말과 개념으로 가득하다. 위대한 인물과 영감의 속성은 그것을 만들어낸 원인보다 오래 살아남고 그래서 그렇게 많은 속성들이 남겨지는 것이다. 그 속성들은 한 뛰어난 사람에게서 다른 뛰어난 사람에게로 각인되지만 결국 이 사람들은 죽고 살아남은 개념들만이 다시 이용된다. 그 때문에 항상 문필가들은 말에 필요한 사람을 찾는다. 셰익스피어의 '강력한 풍부함', 괴테의 '보편성', 도스토예프스키의 '심리적 깊이'처럼 오랫동안 문학적으로 발전해온 개념들을 머릿속에 줄줄 매달고 다니는 문필가들은 순전히 떠오르는 게 너무 많다는 이유로 그 개념들을 심오한 전략을 구사하는 테니스 선수나 유행이나 따라다니는 작가들을 칭송하는

데 써먹는다. 그들은 자신들의 차고 넘치는 사례를 아무 평가절하 없이 써먹을 수 있는 기회에 감사했을 것이다. 그러나 그 중요성이 이미 현실에서 입증되어서 어디서든 그에 대한 말 또한 확고하게 자리를 잡은 경우도 있었다. 그런 경우가 바로 아른하임이었다. 왜냐하면 아른하임은 그의 아버지의 상속자로서의 탄생 자체가 하나의 사건이었고, 그가 말한 어떤 것의 시사성에도 의심할 여지가 없었기 때문이다. 그가 조금만 애써서 말을 하면 사람들은 선의를 가지고 중요하게 받아들였다. 아른하임은 나름대로 규칙으로 정해놓은 것이 있었다. "인간의 진정한 의미 중 대부분은 그가 동시대인들에게 얼마나 이해받을 수 있느냐 하는 것이다"라고 그는 입버릇처럼 말하곤 했던 것이다.

그는 자신을 쫓아다니는 신문과 여전히 아주 좋은 관계를 맺고 있었다. 그는 모든 신문의 숲을 사들이려고 하는 야심에 찬 사업가들과 정치가들을 비웃었다. 그런 식으로 공중의 견해에 영향을 끼치려는 시도는 그에게 매우 꼴사납고 소심해 보였는데, 그것은 마치 환상을 선물함으로써 싸게 얻을 수 있는 여자의 사랑을 돈으로 얻으려는 것과 같았기 때문이다. 그는 위원회에 대해 물어보는 기자들에게 그들이 모인 것 자체가 위원회의 필요성을 심각하게 입증하는데 그것은 세계역사에서 어떤 일도 합리적 이유 없이 일어나지 않기 때문이라고 대답했다. 이런 언급은 워낙 기자들의 취향에 잘 맞아떨어졌기 때문에 수많은 신문에 그대로 인용되었다. 그 말을 잘 뜯어보면 사실 정말 좋은 말이었다. 왜냐하면 모든 사건을 심각하게 받아들이는 사람이 세상일에는 다 이유가 있다고 생각하지 않는다면 욕지기가 치밀 것이기 때문이다. 그러나 다른 한편으로 그들은 어떤 일도 너무 심각하게 받아들이느니 차라리 혀를 깨물고 만다. 아주 중요한 일조차 그렇다. 아른하임의 말 속에 들어 있는 한줌의 가벼운 회의주의는 그의 사업에 확고한 품위를 선사했으며 그가 외국인이라는 사실은 전세계가 오스트리아에서 일어나는 이 엄청나게 흥미로운 정신적 운동에 사로잡혀 있다는 표지로 받아들여졌다.

위원회에 참석한 다른 유명인사들은 언론을 만족시키는 본능적 재주를 보여주진 못했지만 그 효과만큼은 알고 있었다. 그 유명인사들은 마치 영원으로 향한 기차에 함께 타고서도 식당칸에서만 눈길을 주고받는 사람들처럼 서로를 잘 몰랐으므로 아른하임이 받는 각별한 언론의 주목은 그들에게도 은연중에 영향을 끼쳤다. 또한 모든 개별 위원회 모임에 참여하지 않고 있었음에도 불구하고 아른하임에게는 전체 위원회의 중심 역할이 돌아왔다. 비록 아른하임은 유명인사들과의 대화에서 허심탄회한 비관주의, 즉 그 위원회가 아무것도 성취하지 못할 수도 있다는, 그러나 다른 한편으로 그런 고귀한 임무는 우리가 모을 수 있는 모든 믿을 만한 헌신이라는 입장표명 정도만 했을 뿐인데도 이 정신적 회합이 거듭될수록 그가 위원회의 선언적인 인물이라는 점은 점점 더 명확해졌다. 그런 온화한 회의주의는 위대한 인물들에게조차 믿음을 주었다. 왜냐하면 오늘날의 지성인들이 사실 별로 성취할 것이 없다는 생각이 다른 동료 지성인들이 뭔가를 성취할 수도 있다는 생각보다는 받아들일 만했기 때문이고 또한 위원회를 향한 아른하임의 머뭇거리는 판단에서 뭔가 부정적인 쪽으로 사태가 기우는 느낌을 받을 수 있었기 때문이다.

78.
디오티마의 변신

　디오티마의 기분은 아른하임의 성공과 똑같은 상승곡선을 그리지는 않았다.

　모든 방을 깨끗이 비운 개조된 집에서 모임을 갖는 중에 그녀는 이따금 마치 꿈나라에서 깨어난 것 같다는 느낌이 들었다. 그녀는 공간과 사람들로 둘러싸여 서 있었고 샹들리에 불빛은 그녀의 머릿결과 어깨, 그리고 엉덩이로 흘러내려와 그 밝음의 홍수를 느끼게 해주었다. 무엇보다 그녀는 세계의 중심에서도 한가운데 서 있는, 가장 고귀한 정신적 기품에 흠뻑 젖은, 분수대의 동상이었다. 그녀는 자신이 살아오면서 가장 중요하고 아주 위대하다고 생각해온 모든 것들을 이룰 수 있는 일생일대의 기회가 바로 지금이라고 생각했고 확고한 무엇인가가 없다는 생각은 더이상 하지 않기로 했다. 사람들이 모여 있는 모든 방들, 그리고 모든 밤들이 마치 노란 천으로 안감을 댄 옷처럼 그녀를 에워쌌다. 그녀는 그 옷이 피부에 닿는 느낌을 받았지만 보지는 못했다. 이따금 그녀는 평소처럼 다른 무리 속에서 말하고 있는 아른하임을 바라봤다. 그러나 그녀는 자신의 눈길이 온종일 그에게 머물고 있음을 알아차렸다. 그를 이따금 쳐다봤다는 것은 자기의 생각일 뿐이었다. 그를 바라보지 않을 때조차, 그녀의 영혼의 날개는 항상 그의 얼굴을 향했고 그의 얼굴에서 무슨 일이 일어나는지를 말해주었다.

　깃털에 관해서라면 덧붙여야 할 것이, 그의 모습에는 환상적인 면이 있어서 마치 황금빛 천사의 날개를 가진 상인이 군중 속으로 내려앉은 것 같았다. 특급 호화열차의 덜컹거림, 자동차의 웅웅거림, 사냥터의 평화로움, 요트 돛의 펄럭거림 같은 이 보이지 않게 접힌 깃털은 그가 팔을 들어 제스처를 취할 때마다 부드럽게 바스락거렸고 그녀의 기분은 그를 이 깃털들로 장식하고 있었다. 언제나 그렇듯 아른하임이 여행을 떠날 때 그의 존재감은 현재의 한순간과 지역 이벤트를 넘어선 곳에까지 파급되었고 이것은 디오티마에게 중요한 의미를 지녔다. 그녀는 그가 이 도시에 머물 때 사업과 연관된 전보와 방문객, 사절들이 끊임없이 왔다갔다한다는 것을 알았다. 그녀는 점차, 아마도 과장된 생각이었겠지만, 세계적 이해관계를 가지고 위대한 세계적 사업에 참여하는 기업을 떠올리게 되었다. 아른하임은 이따금 국제자본의 관계, 세계무역, 그리고 정치적 상관관계에 대해서 손에 땀을 쥐게 할 정도로 흥미진진한 이야기를 들려주었다. 그것은 아주 새로운 지평, 정말 디오티마에게는 처음 열린 지평들이었다. 사람들은 그를 한번만 만나도 프랑스-독일의 대립에 관해 들을 수 있었는데 그 주제에 대해 디오티마가 아는 것이라곤 주위의 거의 모든 사람들은 독일에 약간의 반감을—물론 형제국이라는 부담이 없진 않았지만—가지고 있다는 것뿐이었다. 아른하임에 따르면 그것은 골-켈틱-서유럽-알프스북쪽의 문제가 로렌지방의 석탄광산, 멕시코의 유전뿐 아니라 북미와 남미 사이의 대립과 복잡하게 얽힌 결과였다. 그런 관계에 대해 투치 국장은 아무런 생각도, 어떤 견해도 말한 적이 없었다. 투치는 아른하임이 디오티마의 집에 찾아와 호감을 보이는 것에는 어떤 숨겨진 의도가 있을 것이라면서 이따금 디오티마에게 주의를 주는 것으로 만족했는데 그러면서도 그 숨겨진 의도가 무엇인지에 대해서는 침묵했고 아무것도 알지 못했다.

따라서 그의 아내는 구태의연한 옛날 외교를 뛰어넘는 새로운 외교의 우월성을 강렬하게 체험했다. 그녀는 아른하임을 평행운동의 최고책임자로 데려올 결심을 하던 순간을 잊지 못했다. 그것은 그녀의 삶에서 첫번째 위대한 생각이었고 마치 꿈처럼 무엇이 녹는 듯한 놀라운 상태가 찾아오면서 생각은 엄청나게 폭이 넓어졌고 이제까지 디오티마의 삶을 형성해온 모든 것들은 그 생각 안에서 녹아버렸다. 그 상황을 제대로 표현할 수 있는 말은 거의 없었다. 섬광이나 반짝임, 기이한 공허나 생각의 비상 정도라고 할까. 그리고—디오티마가 생각하기에—아른하임을 획기적인 애국운동의 최고책임자로, 그 생각의 핵심에 데려오는 일이 아마도 불가능할 거라는 데는 이의가 없었다. 아른하임이 외국인이라는 사실은 분명했다. 그러니 그녀가 라인스도르프 백작과 남편에게 말한 대로 처음부터 책임을 맡길 수는 없었다. 그럼에도 불구하고, 모든 것은 이런 상황 속에서 그녀가 예상한 바대로 진행되었다. 위원회에 진정으로 고무된 내용을 주입하려는 그녀의 노력은 지금까지 아무 소득도 거두지 못했다. 위원회가 마련한 첫번째 집회, 아른하임이 어떤 운명의 낯선 아이러니 때문에 그녀에게 경고했던 그 특별자문회의가 지금까지 가져온 결과라고는 늘 주변을 가득 채우고 끊임없이 이야기하며 모든 희망의 비밀스런 핵심이 된 그, 바로 아른하임뿐이었다. 그는 운명적으로 구시대의 힘을 교체할 소명을 받은 새로운 인간이었다. 그녀는 자신이 그를 발견했고 권력의 장에 새로운 인간이 도래했음을 그와 함께 이야기했으며 그의 길을 가로막는 모든 반대세력에 맞서 그를 도왔다며 스스로를 칭찬했다. 설령 투치 국장이 추측하듯이 아른하임이 몰래 뭔가 일을 꾸민다고 할지라도 디오티마는 모든 수단을 동원해서라도 아른하임을 지지하기로 결심했다. 위대한 시간이란 작은 시험 따위는 견디는 것이며 그녀는 스스로 인생의 정점에 섰다는 확신을 느꼈다.

아주 불운한 사람이나 행운아를 제외하고는 사람들은 모두 비슷비슷하게 나쁜 생을 영위하지만 그들이 살아가는 계층은 다 다르다. 오늘날 인생의 의미를 잘 알지 못하는 사람들에게 자신의 계층을 자각한다는 것은 한번 가져볼 만한 대용품이라고 하겠다. 어떤 경우 그런 자각은 높은 곳의 권력을 향한 도취에까지 이를 수 있는데, 그런 사람들은 방 한가운데서 창문을 닫고 있음에도 건물 꼭대기에 오른 것처럼 현기증을 느끼게 된다. 디오티마가 유럽에서 가장 영향력있는 남자와 함께 권력의 근거지에 영혼을 주입하는 일을 한다고 생각할 때, 그리고 운명의 끈이 그 둘을 어떻게 묶어주었는지를 생각할 때, 또한 비록 세계적 오스트리아의 인문적 작업이라는 이 높은 층에서 실제로 일어나는 일이라곤 아무것도 없음에도 불구하고 과연 무엇이 일어날지를 생각할 때, 그녀의 머릿속은 마치 고리 모양으로 느슨해진 매듭들처럼 복잡해졌다. 그런 생각의 고리들을 맺는 일이 특이한 기쁨과 성공을 동반하며 점점 더 수월해지고 빨라지면서 그녀조차도 놀랄 통찰의 빛을 던져주었다. 그녀의 자의식은 고양되었다. 그녀가 한번도 꿈꾸지 않았던 성공이 손에 잡힐 듯이 가까워졌고, 원래보다 훨씬 밝아졌으며 때로는 대담한 농담까지 터져나올 정도였다. 그녀가 평생 한번도 보지 못한 어떤 것, 즉 기쁨의 물결, 생기발랄함이 그녀에게 찾아온 것이다. 그녀는 마치 창문이 여럿인 높은 탑의 방 안에 있는 것 같았다. 하지만 뭔가 섬뜩한 기분이 들기도 했다. 그녀는 자신에게 뭔가를 하기를 강요하는, 그러나 그것이 무엇인지는 알 수 없는, 모호하고 보편적이며 설명하기 어려운 쾌감 때문에 괴로워했다. 마치 그녀의 발밑에서 갑작스럽게 지구의 자전이 느껴지는 것을 떨쳐내지 못하는 것 같았다. 또는 뚜렷한 이유도 없이 일어난 이 강렬한 사건이 너무 압도적이어서 마치 발밑에서 높이 뛰어오르는 개 앞에 선 사람—막상 그 개가 왜 뛰어오르는지는 아무도 모르는—처럼 느껴지기도 했다. 그래서 디오티마는 이따금 자신의 허락도 없이 겪은 이 변화들을 걱정했고 그녀의 상태는 점차 무더위가 기승을 부릴 무렵의 완전히 절망적인 흐릿한 하늘빛 같은, 그 예민한 밝은 회색처럼 되었다.

이상을 향한 디오티마의 노력은 당시 중요한 변화를 겪었다. 이런 노력은 위대한 일에 대한 경외감과 거의 구분할 수 없었다. 그것은 품위있는 고결함이자 고귀한 이상주의로, 지금처럼 타락한 시대에는 우리가 그것을 더이상 알아볼 수 없기 때문에 다시 한번 쉽게 제시돼야 했다. 이러한 이상주의는 현실적이지 않은데, 현실이란 일과 연관돼 있고 일이란 언제나 불결하기 때문이다. 그것은 꽃이야말로 유일한 인생의 모델이 되었던 대공비가 그린 꽃과 같았고 그래서 이상주의의 전형적인 용어는 문화였으며, 이상주의 스스로도 문화로 가득 차 있다고 생각했다. 또한 이상주의는 조화로운 것이라고 묘사될 수 있었는데 왜냐하면 그것이 모든 불균형을 혐오한 데다 세상에 존재하는 거친 대립을 화해시키는 것을 교양의 임무로 생각했기 때문이다. 한마디로, 그것은 우리가 여전히—물론 오직 위대한 시민 전통이 지지받는 곳에서만—건전하고 순수한 이상주의라고 말하는 것과 그리 다르지 않다. 그런 이상주의는 고려할 가치가 있는 충돌과 그렇지 않은 것들을 신중하게 구별하며 고결한 인문주의에 대한 믿음 덕분에

(의사나 엔지니어는 물론) 성인聖人들의 생각까지도 신뢰하지 않으며 그래서 도덕의 쓰레기에서조차 덜 쓰고 남은 신묘한 연료를 찾아낼 정도다. 예전에 잠에서 깨자마자 원하는 것이 무엇이냐는 질문을 받았다면 디오티마는 주저없이 살아있는 영혼의 사랑이 세계와 교류하는 느낌이라고 말했을 것이다. 그러나 잠에서 깨어 정신을 차린 후에는 견해를 좀 누그러뜨려서, 오늘날 문명과 이성이 넘쳐나는 세상에서는 최고에 달한 감각을 사랑의 힘과 거의 비슷하게 보는 게 좋겠다고 조심스럽게 말했을 것이다. 그녀가 진짜로 하고 싶은 말은 사랑의 힘이었을 것이다. 오늘날에도 사랑의 힘의 전파자들은 여전히 수도 없이 존재한다. 디오티마가 책을 읽으려 앉아 있을 때 그녀는 아름다운 머리카락을 이마 뒤로 올렸는데 그런 모습 때문에 그녀는 좀 더 합리적으로 보였다. 그녀는 의무감을 가지고 책을 읽었고 결코 쉽지 않은 사회적 위치에 이르는 데 도움을 준, 이른바 문화라는 것에서 벗어나기 위해 애썼다. 그녀는 그렇듯 모든 가치있는 것들 중에서도 아주 세밀한 사랑의 물방울에 헌신하면서, 또한 스스로를 멀리하고 그것들에게 숨을 불어넣으며 살았고 그 결과 그녀에게 남은 것은 투치 국장의 가재도구로서의 빈병 같은 육체뿐이었다. 아른하임을 만나기 전, 그녀 홀로 평행운동이라는 위대하고 빛을 내뿜는 삶과 남편 사이에 있었을 때 이 같은 상황은 그녀를 심한 우울에 빠져들게 했다. 그러나 그때부터 그녀의 상태는 아주 자연스레 새롭게 정리되었다. 사랑의 힘은 확고하게 결합하여 그녀의 몸으로 돌아왔고 그와 '유사한' 힘은 아주 이기적이고 명백한 것이 되었다. 그녀의 사촌이 처음 불러일으킨바, 그녀가 모종의 행동을 취할 것이라는, 그리고 그녀 자신과 아른하임 사이에서 뭔가 전혀 상상할 수 없는 일이 벌어지리라

는 느낌은 지금까지 그녀가 알아온 어떤 것보다 더 집중력을 던져주어서 그녀는 마치 꿈에서 깨어나 현실로 넘어온 것 같은 기분을 느꼈다. 또한 그 깨어남의 첫번째 특징인 공허가 디오티마를 뚫고 지니갔고 그녀는 위대한 열정의 시작을 알리던 글들을 기억할 수 있을 것 같았다. 그녀는 최근 아른하임이 말한 것 중 많은 것을 명확하게 이해할 수 있었다. 그가 말하는 자신의 지위, 자신에게 요청되는 자질과 지워진 의무 같은 것들은 뭔가 피할 수 없는 어떤 것을 준비하기 위함이었다. 그리고 디오티마는 지금까지 그녀의 이상이 되었던 모든 것을 숙고하다가 마치 모든 짐을 다 싸놓고 자신이 몇년간 머물던, 지금은 거의 영혼이 빠져나간 방을 마지막으로 둘러보는 사람처럼 그 모든 행동에 회의를 느꼈다. 그에 따른 전혀 예상치 못한 결과는, 일시적으로 더 높은 힘의 감독을 받지 않게 된 디오티마의 영혼이, 마치 아무 의미 없는 자유가 주는 슬픔에서 벗어나기까지 오랫동안 떠들며 돌아다닌 명랑한 소년 같은 태도를 취하게 된 것이다. 그리고 이런 기묘한 상황 덕분에, 점점 멀어지는 사이에도 불구하고 그녀와 남편 사이의 관계에 뭔가가 들어왔는데, 그것은 늦게 찾아온 사랑의 봄까지는 아니더라도 모든 사랑의 계절을 뒤섞은 것과 비슷해 보였다.

갈색의 건조한 피부에서 기분 좋은 냄새를 풍기는 키작은 국장은 무슨 일이 벌어지는지 이해할 수 없었다. 손님들이 있을 때 그의 아내는 꿈을 꾸듯이 몽롱했고 내면으로 몰입한 낯선 사람 같았으며 정말 예민했고 곁에 없는 사람 같았다. 하지만 둘만 남겨지고 뭔가 위축된데다 당황스러워진 그가 그 이유를 물으러 그녀에게 다가서면 그녀는 아무 이유도 없이 쾌활해져서는 갑자기 그의 목을 끌어안고 엄청나게 뜨거운 입술을 그의 이마에 대었는데 그건 마치 이발소에서 수염을 말아주는 인두가 살에 닿는 것 같았다. 그런 예상치 못한 애정표현이 거슬렸던 그는 디오티마가 보이지 않을 때 그 자국을 몰래 닦아냈다. 그러나 그가 그녀를 품에 안고 싶을 때, 또는 실제로 안을 때 불쾌감은 더욱 심해졌는데, 이럴 때마다 그녀는 그가 사랑도 없이 그저 짐승처럼 덮칠 뿐이라고 그를 비난했다. 하지만 청년 시절부터 그는 어느 정도의 감성과 변덕은 여성으로서 바람직할뿐더러 남성의 본성을 보충해주는 것이라는 생각을 품고 있었고 디오티마가 아주 기품 있는 태도로 한잔의 차를 권하거나 새로운 책을 집어들거나 그녀가 전혀 이해할 수 없을 것 같은 문제들에 대해 질문하는 것이 언제나 완벽한 형식으로 그를 기쁘게 했던 것이다. 그것은 마치 그가 엄청 좋아하는 자연스러운 식사음악 같았다. 투치는 또한, 비록 그런 말을 함부로 하고 다니는 사람은 없었지만, 식사시간에(또는 교회 예배에서)는 음악을 멀리하고 그것을 개인적으로 즐기려는 것이 시민계층의 허영심에서 비롯된 것이라고 확신했다. 아무튼 이런 생각들은 그가 전 같으면 전혀 고민하지 않았을 것들이었다. 하지만 한편으론 디오티마가 그를 껴안으면서 다른 한편으론 그 때문에 영혼이 충만한 사람이 진정한 자아를 성취할 자유를 얻기 어렵다고 화를 낸다면 어떠하겠는가? 이처럼 그녀의 육체가 아닌, 아름다운 바다와 같은 내면의 깊이에 더 주목하라는 요구에 한 남자는 어떻게 대답하겠는가? 그는 사랑의 정신이 욕망에 지배받지 않고 자유롭게 요동하는 에로스와 그저 섹스에만 집착하는 것을 구별해야 할 것이다. 그건 명백히 사람들의 비웃음을 살 만한 그런 책에 나오는 내용들이었다. 그러나 한 여자가 어떤 남자 앞에서 옷을 하나하나 벗어가면서 그런 이야기를 가르치려 든다면—투치의 생각엔 그랬다—엄청난 모욕이었다. 왜냐하면 디오티마의 속옷이 사치스런 경박함 쪽으로 나아간다는 것을 그가 모르지 않았기 때문이다. 그녀는 자신의 사회적 지위에 넘치지 않도록 항상 신중하게 숙고하면서 우아하게 차려입었다. 그러나 이제 그녀는 존경스런 내구성과 속이 비치는 도발 사이에서, 이전 같으면 지적인 여성에게는 필요없다고 생각했을 아름다움의 편을 들었다. 그러나, 지오반니(투치의 이름은 원래 한스였지만 성에 어울리게 개명되었다)가 그걸 알아챘을 때 그녀는 어깨까지 붉어질 정도로 부끄러워하면서 괴테를 무시하는(!) 슈타인 부인 이야기를 꺼냈다. 투치 국장은 사적 영역이라고는 없는 막중한 국가업무에서 벗어나 가정의 성역 안에서 긴장을 풀 만한 시간이 이제 없었다. 그 대신 그는 디오티마에게 맡겨졌다는, 그러니까 정신적 긴장과 육체적 완화 사이에 확실히 존재했던 구별 대신에 몹시 힘든 데다가 약간 우스꽝스럽기까지 한 신혼 시절 같은 정신과 육체의 결합에 마주쳤는데, 이는 마치 구애에 나선 꿩이나 사랑에 빠져 시를 쓰는 청년 같았다.

  그가 이런 시대상황을 매우 혐오했으며 그의 아내가 최근에 거둔 대외적인 성공 때문에 고통에 빠졌다는 주장은 과장이 아니었다. 디오티마에게는 공적인 견해가 있었고 투치 국장은 무조건 그것을 존중했다. 그는 권위적인 말이나 날카로운 비웃음으로 디오티마의 이해하기 어려운 기분을 해치는 몰상식한 사람으로 보일까봐 두려웠던 것이다. 뛰어난 여인의 남편이라는 사실은 마치 갑작스런 사고로 거세당한 것처럼 고통스러운 일이며 조심스럽게 감춰야 할 일이라는 게 점점 분명해졌다. 디오티마가 손님들을 만나고 이따금 유용한 제안을 하거나 재치있는 말로 사람들을 만족시킬 때마다 그는 아무것도 드러낼 것이 없어서 고통스러웠고 언제나 친절하고 사무적인 불가해함에 쌓여 조용히 눈에 띄지도 않게 왔다갔다했다. 또한 겉으로 보기에는 언제나 디오티마의 의견에 찬동하면서 이따금 그녀에게 작은 임무를 부여하고 아른하임을 집으로 초대하라고까지 하면서 독립적이지만 우호적으로 연결된 세계에서 사는 것처럼 보였다. 그러나 과중한 업무에서 벗어나 짬이 나기만 하면 그는 아른하임의 책들을 연구했고 자신을 고통에 빠트리는 그런 책을 쓴 인간을 미워했다.

그 때문에 왜 아른하임이 그의 집에 오는가,라는 주된 질문은 좀더 날카로워져서 이제는 왜 아른하임은 쓰는가,라는 질문이 되었다. 글이란 수다의 한 종류라고 생각하는 투치는 수다떠는 사람들을 참아내지 못했다. 그들을 보면 선원들이 그러는 것처럼 턱을 꽉 다물고 이빨 사이로 침을 뱉고 싶어졌다. 거기에는 그가 인정하는 예외도 물론 있었다. 그는 은퇴 후에 자신의 기억을 글로 쓰고 이따금 신문에 기고하는 고위관료를 알고 있었다. 투치에게는 오직 불만에 차 있는 관료들 아니면 유대인들만 글을 쓰는 것처럼 보였다. 유대인은 야망이 넘치고 만족이 없기 때문이다. 물론 성공한 사람들이 자신의 체험을 쓰는 경우도 있었지만 그건 이미 지난 이야기거나 미국 아니면 영국에서의 이야기들이었다. 게다가 당연히 문학적인 교양이 있었던 투치는 다른 외교관들이 그렇듯이 재치있는 말과 인간의 마음을 배울 수 있는 그런 회고록을 선호했다. 그러나 오늘날 그런 종류의 책이 더이상 씌어지지 않는다는 사실은 새로운 실용성의 시대를 그의 취향이 따라가지 못한다는 것을 의미했다. 결국 글을 쓰는 것은 그것이 직업이기 때문이었다. 투치는 글을 쓰는 일로 돈을 충분히 벌거나 시인 정도의 칭호를 받아야만 주저없이 그 직업을 인정할 수 있었다. 심지어 그는 이 직업을 이끌고 있는 사람들을 영접하는 일에 큰 영광을 느끼기도 했는데, 그들 가운데는 '파충류 구호기금을 위한 외교부'의 지원을 받는 작가들도 있었다. 그러나 별 생각도 없이 그는 자신이 확실히 존경해 마지않는『일리아드』나 산상수훈까지 우리가 직업으로 여길 가치가 있는 업적에—자발적으로 행해졌든지 또는 보조금이 지급됐든지—포함시켰다. 하지만 왜 전혀 쓸 필요가 없는 아른하임 같은 사람이 그렇게 많은 것을 써야 하는지는 여전히 전혀 이해될 수 없는 문제로 여겨질 뿐이었다.

79.
졸리만이 사랑에 빠지다

흑인 노예이자 아프리카의 왕자인 졸리만은 디오티마의 작은 하녀이자 최근에는 친구로 떠오른 라헬에게 하나의 확신을 심어주었다. 아른하임의 음흉한 계획을 미리 알아내기 위해서는 이 집에서 일어나는 일을 면밀히 감시해야 한다는 것이다. 정확히 말하자면 그가 그녀를 완전히 확신시키지는 못했지만 어쨌든 그들은 마치 모반자들처럼 사람들을 감시했고 손님들의 말을 늘 엿들었다. 졸리만은 주인의 호텔을 들락거리는 이상한 사람들과 급사들에 대해 엄청 떠들어댔고 아프리카의 왕자로서 맹세하기를 그들의 비밀을 밝혀내겠다고 장담했다. 아프리카 왕자의 맹세의식에 따르면 그가 말을 할 때 상대편은 그의 재킷과 셔츠 단추 사이로 손을 넣고 상대편 역시 같은 동작을 해야 했는데 라헬은 이런 의식을 거부했다. 여전히 이 작은 라헬은 여주인의 옷을 늘 갈아입혔고 전화를 대신 받아주었으며 밤낮으로 여주인의 입에서 나온 황금 같은 말들이 그녀의 귀를 쓰다듬을 때 자신도 디오티마의 검은 머리를 쓰다듬어주었다. 평행운동이 시작된 이래 그 신전기둥 꼭대기에서 매일 섬기는 여신을 우러러보며 경외의 감격에 몸을 떨던 이 야심에 찬 작은 소녀는, 언제부턴가 간편하고 쉽게 그 여인을 감시한다는 사실에 새삼 기쁨을 느꼈다.

옆방으로 열린 문, 또는 서서히 닫히는 문틈, 아니면 그녀가 조용히 그들 곁에서 시중드는 바로 그 틈을 타서 라헬은 디오티마와 아른하임, 투치, 울리히의 말을 엿들었고 그들의 시선, 한숨, 손키스, 말, 웃음, 행동을 수집했는데, 그것들은 다시 짜맞출 수 없는 찢어진 문서조각들 같았다. 그러나 그녀가 순결을 잃었던 오래전 일을 떠올리게 한 것은 무엇보다도 그들을 향해 뚫린 작은 열쇠구멍이었다. 그 작은 구멍으로 방 안을 볼 수 있었는데, 그곳에는 여러 그룹으로 나뉘진 사람들이 이리저리 옮겨다녔고 그들의 목소리는 하나의 단어로 모아지지 못하고 의미없는 울림으로 무성하게 퍼져나갔다. 그러자 라헬이 이들에게 가졌던 공경과 경외, 숭배는 급격하게 무너졌는데 그것은 마치 한 연인이 전존재를 걸고 갑자기 상대방에게 뛰어든 나머지 모든 것이 눈앞에서 어두워지고 피부의 닫힌 커튼 뒤에서 타오르는 불길이 흥분 속으로 들어간 것 같았다. 작은 라헬이 열쇠구멍 앞에 웅크려 앉으면 그녀의 검은 옷이 무릎과 목, 어깨까지 팽팽하게 당겨졌고 하인 제복을 걸친 졸리만은 마치 초록 접시에 담긴 뜨거운 초콜릿 잔처럼 그녀 곁에 쭈그려 앉았다. 그리고 그가 어쩌다 중심을 잃을 때면 라헬의 어깨나 무릎, 치마 같은 데 손을 얹었는데 중심을 잡고 난 후에도 그의 손끝은 그녀의 몸에 머물다가 아주 천천히 부드럽게 빠져나왔다. 그는 터져나오는 웃음을 잘 참지 못했고 그때마다 라헬은 작고 흰 손을 그의 두툼한 입술에 갖다댔다.

라헬과 달리, 졸리만은 위원회에 흥미를 느끼지 못했고 할 수만 있으면 손님 시중드는 일을 피했다. 그는 아른하임 혼자 방문할 때를 더 좋아했다. 그럴 때면 라헬이 자유로워질 때까지 식당에서 기다려야만 했는데 첫날 즐겁게 이야기를 나눴던 여자 요리사는 그가 입을 꽉 다물고 있는 바람에 화를 내기도 했다. 하지만 식당에 오래 머물 시간이 없던 라헬이 다시 가버리고 나면 한 서른쯤 돼 보이는 그 처녀 요리사는 어머니처럼 따듯한 시선으로 그를 바라보았다. 그는 초콜릿 같은 얼굴에 한동안 아주 우쭐한 표정을 지어 보이며 그 순간을 견디다가 다음에는 일어서서 뭔가를 잃어버린, 또는 뭔가를 찾는 사람처럼 눈을 굴려 천장을 바라보다가는 등을 문에 기대고 마치 천장을 더 잘 보려는 듯 뒷걸음질치는 시늉을 했다. 요리사는 그가 일어서서 흰자위를 드러낸 채 눈을 굴리자마자 서툰 쇼가 시작됨을 알아차렸다. 하지만 분노와 질투에 휩싸인 그녀는 알아보는 체조차 하지 않았고 마침내 졸리만은 이미 판에 박힌 행동으로 쪼그라든 짓을 멈추고 밝은 식당의 문지방에 서서 애써 순진한 표정을 지으면서 머뭇거렸다. 요리사는 그쪽을 쳐다보지도 않았다. 졸리만은 검은 물 속에 검은 그림이 스며들듯이 어두운 대기실로 들어가 몇분 동안 쓸데없이 염탐하더니 갑자기 그 낯선 집에 환상적으로 뛰어올라 라헬의 흔적을 쫓기 시작했다.

투치 국장은 한번도 집에 없었고 아른하임과 디오티마가 서로에게만 집중했기 때문에 졸리만은 그들을 두려워하진 않았다. 심지어 그는 몇몇 물건을 넘어뜨리는 실험을 해보기도 했는데 그들은 전혀 알아차리지 못했다. 그는 숲속의 사슴처럼 모든 방들을 지배했다. 그의 피는 마치 18개의 분출구를 가진 사슴뿔처럼 그의 머리로 솟구쳐올랐다. 그 사슴뿔의 꼭대기가 벽과 천장을 스치고 지나갔다. 쓰지 않는 방에 있는 가구들이 햇볕에 색이 바래지지 않도록 보통 커튼을 쳐두었는데 졸리만은 그 희뿌연 세상을 마치 덤불숲을 헤치듯이 헤엄쳐 나갔다. 그는 그렇듯 과장된 행동을 하는 것을 좋아했다. 그는 폭력에 빠져 있었다. 여자들의 호기심 때문에 버릇을 망쳐놓은 청년이지만 그는 사실상 여성과의 접촉은 없었고 단지 유럽 소년들의 모든 악행을 습득했을 뿐이었다. 또한 한번도 체험으로 채워지지 않았고 억제될 수도 없으며 사방으로 들끓는 그의 열망이 라헬의 피나 키스 같은 것으로, 또는 그녀와 눈을 마주치기만 해도 모두 얼어버리는 정맥 같은 것으로 진정될 수 있을 것인지 그조차 알지 못했다.

그는 라헬이 숨어 있는 곳에서는 어디서나 갑자기 나타나서 교활함을 뽐내며 웃어댔다. 또한 그녀가 가는 길목을 가로막았고, 주인의 집무실이나 디오티마의 침실 같은 곳도 서슴지 않고 드나들었다. 그는 커튼이나 책상, 장, 침대 뒤에서 갑자기 나타나서는 그런 뻔뻔함과 위협으로 매번 심장이 멎을 만큼 라헬을 놀라게 했는데 그때마다 어두운 곳에서 검은 얼굴이 점점 짙어지더니 하얀 치열이 밝게 빛났다. 하지만 라헬과 실제로 마주치는 순간, 그는 곧장 예의에 굴복했다. 이 처녀는 그보다 나이도 한참 많은 데다 매우 아름다워서 마치 방금 세탁을 마쳐 함부로 더럽힐 수 없는 주인의 깨끗한 셔츠 같았고 무엇보다 너무나 현실적이어서 그의 모든 환상은 그녀와 마주치는 순간 식어버리고 말았다. 그녀는 그의 막돼먹은 행동에는 비난을 퍼부은 반면 디오티마와 아른하임, 그리고 평행운동에 관여된 고관들은 찬양했다. 하지만 졸리만은 항상 그녀를 위한 작은 선물을 준비했는데 그것은 주인이 디오티마에게 선사한 꽃다발에서 집어온 꽃이거나 숙소에서 훔쳐온 담배, 또는 사탕그릇에서 꺼내온 한줌의 사탕 같은 것들이었다. 선물을 건넬 때 그는 오직 라헬의 손을 꼭 잡아서 자기의 가슴에 올려둘 뿐이었는데 그 가슴은 마치 어둔 밤 속의 횃불처럼 검은 몸 속에서 타오르고 있었다. 한번은 졸리만이 곧장 라헬의 방에까지 들어온 적이 있었다. 그때는 마침 며칠 전 아른하임이 방문했을 때 그녀의 바느질 소리 때문에 방해를 받았다며 접견실에서 바느질조차 하지 못하도록 디오티마에게 엄한 명령을 받은 때였다. 집에 들어가기 전에 그녀는 그가 있을까봐 재빨리 주변을 돌아보았으나 그는 없었다. 하지만 그녀의 작은 방에 슬프게 발을 들여놓았을 때 그가 환한 표정으로 침대에서 그녀를 바라보고 있었다. 라헬이 머뭇거리며 문을 닫으려 하자 졸리만이 황급히 일어나서 대신 닫아주었다. 그러고는 주머니를 뒤지더니 뭔가를 꺼내서 입으로 훅 불어 깨끗이 닦아 마치 뜨거운 인두라도 되듯이 그녀에게 건넸다.

"손 좀 줘봐!" 그가 명령했다.

라헬이 그에게 손을 내밀었다. 그는 한쌍의 알록달록한 셔츠 단추를 그녀의 소맷동에 끼워맞추려 했다. 라헬은 그게 유리라고 생각했다.

"다이아몬드야!" 그가 자랑스레 말했다.

뭔가 잘못된 것을 직감한 그녀는 재빨리 손을 빼냈다. 구체적으로 의심이 드는 바는 아니었다. 무어왕국의 왕자라면 비록 납치됐더라도 셔츠 속에 다이아몬드 몇개쯤은 몰래 숨기고 왔을지 누가 알겠는가. 하지만 자신도 모르게 그녀는 마치 졸리만에게서 건네받은 단추들이 독이라도 되듯이 두려워졌고 지금까지 그에게서 선물받은 모든 꽃과 사탕까지도 불길하게 느껴졌다. 그녀는 손으로 몸을 진정시키면서 멍하니 그를 바라보았다. 그보다 나이도 많고 선량한 주인을 섬기는 자신이 진지하게 말을 해야만 할 것 같았다. 그러나 순간 그녀에게 떠오르는 말이라고는 '진실은 영원하다'느니 '항상 정직하고 충실하라' 같은 뻔한 경구들뿐이었다. 그녀는 창백해졌다. 그런 말로는 충분해 보이지 않았다. 그녀는 부모님 집에서 삶의 지혜를 익혔고 그것은 오래된 가재도구처럼 아름답고 단순하며 강력한 지혜였다. 하지만 그것으로는 아무것도 행할 수 없었다. 그런 경구들은 늘 한 문장일 뿐이었고 그 끝에는 곧장 마침표가 찍히기 때문이었다. 순간 그녀는 마치 오래되고 닳아빠진 물건이라도 되는 듯 자신의 유치한 경구들을 부끄러워했다. 가난한 사람들의 집에 놓여 있던 낡은 옷궤가 백년 후에는 부자들의 살롱을 장식하는 물건이 된다는 사실을 그녀는 몰랐고 충직하고 단순한 사람들이 그러하듯 등나무로 만든 최신식 의자를 숭배할 뿐이었다. 그녀는 새로운 삶의 방식에서 뭔가를 얻어내려고 애썼다. 그러나 그녀가 디오티마에게서 빌려 읽은 책들에 실린 전율 넘치는 사랑과 두려움의 장면들은 어느것 하나 현실에 들어맞지 않았다. 그 모든 좋은 말들과 감정들은 그때의 상황에 꽉 짜여 있어서 이곳에서는 마치 잘못된 자물쇠에 들어간 열쇠처럼 아귀가 맞지 않았다. 그건 디오티마에게서 받은 위대한 말이나 교훈도 마찬가지였다. 라헬은 타는 듯한 연무가 주변으로 몰려드는 것 같았고 눈물이 떨어질 것 같았다. 마침내 그녀는 열정적으로 말했다. "난 주인 것을 훔치지 못하겠어!"

"왜 못해?" 졸리만의 이빨이 순간 드러났다.

"난 못해!"

"나도 훔친 게 아니야. 그건 내 것이야." 졸리만이 소리쳤다.

라헬은 선한 주인이 우리 불쌍한 것들을 돌보고 있음을 느꼈다. 디오티마에게 향하는 사랑과 아른하임을 향한 무한한 존경도 느꼈다. 너무 나서는 데다 반항적인 사람들, 그래서 착한 경찰들이 전복적인 세력이라고 부르는 사람들에게는 깊은 혐오감을 가졌다. 하지만 그녀는 그 모든 것을 어떤 말로 표현해야 할지 몰랐다. 마치 건초와 과일을 잔뜩 실은 거대한 마차가 제동장치가 고장난 채 굴러오는 것처럼, 이 모든 감정의 덩어리가 그녀 안에서 구르고 있었던 것이다.

"그건 내 거야! 이리 달라고!" 졸리만은 다시 말하면서 라헬에게 손을 뻗었다. 라헬은 팔을 뿌리쳤고 그는 다시 붙잡으려 했다. 온힘을 다해 자신에게서 벗어나려는 라헬의 저항을 남성으로서도 도저히 당해내기 어려워 팔을 놔줄 수밖에 없게 되자 그는 화가 머리끝까지 치밀어 올라 이성을 잃고 짐승처럼 그녀의 팔을 물었다.

라헬은 소리를 질렀고 큰소리가 나지 않아야 했기 때문에 졸리만의 얼굴을 때렸다.

그러나 바로 그 순간 그는 이미 눈물을 쏟았고 무릎을 꿇고 입술을 라헬의 옷에 대고는 슬프게 울었다. 뜨듯하고 축축한 것이 라헬의 허벅지에까지 느껴졌다.

그녀는 자신의 치마를 붙잡고 머리를 깊숙이 박고서 무릎을 꿇은 사내 앞에서 꼼짝없이 서 있었다. 지금까지 한번도 그런 감정을 가져보지 못한 라헬은 그저 졸리만의 푹신푹신한 철사 같은 머리뭉치를 손가락으로 낮게 두드리고 있었다.

80.
갑자기 위원회에 들이닥친 슈툼 장군을 알게 되다

그사이 위원회는 눈에 띄게 영역이 확장되었다. 참석자들을 엄격하게 선별함에도 불구하고 어느날 밤 슈툼 장군이 나타나서는 그녀의 초청에 과장된 사의를 표하기도 했다. 군인에게는 단지 보잘것없는 역할만 주어질 뿐이지만, 그저 조용한 관중으로라도 이렇게 탁월한 모임에 참석하는 것은 어린 시절부터 자신이 소망하던 바라고 그는 말했다. 디오티마는 입을 다문 채 그의 머리 너머로 이 남자를 초청했을 사람을 찾아보았다. 아른하임은 마치 정부관료들처럼 백작과 이야기를 나누고 있었고 울리히는 대화상대도 없이 무료하게 뷔페 테이블 앞에 서서 마치 케이크가 몇개인지 세려는 것처럼 테이블을 노려보고 있었는데 그런 외양은 이 흔치 않은 의혹의 침입에 어떤 틈도 내주지 않을 만큼이나 자연스러웠다. 디오티마 스스로 장군을 초대하지 않았다는 확신도 서지 않아서 그녀는 몽유병이나 기억상실증이 있는 것은 아닐지 의심해봐야 할 지경이었다. 뭔가 섬뜩한 일이었다. 물망초색 군복 상의 주머니에 틀림없이 초대장을 꽂고 있을 작은 장군이 서 있었다. 그런 위치에 있는 자가 초대장도 없이 나타난다는 것은 감히 상상하기 어려운 일이었다. 한편 디오티마의 우아한 책상이 있는 서재 안에는 인쇄하고 남은 초청장이 오직 디오티마만이 열 수 있는 상자에 담겨 보관돼 있었다. 투치일까? 그런 생각이 머리를 스쳐지나갔지만 그 또한 가능성이 낮았다. 어떻게 초대장과 장군이 함께 와 있는지는 영적인 수수께끼로 남았고 디오티마가 사사로운 일에서 초자연적인 힘을 믿는 편이었기 때문에 이번에도 머리끝에서 발끝까지 전율이 돋는 것을 느꼈다. 어쨌거나 그녀는 장군을 환영한다고 말하는 것 외에는 다른 방법이 없었다.

아무튼 그 역시 이번 초대에는 어느 정도 놀라지 않을 수 없었다. 지난 방문 때 조금도 그럴 기미가 보이지 않던 디오티마가 이렇게 뒤늦게나마 초대한 것이 그를 놀라게 한 것이다. 또한 그는 대필된 것이 분명한 그 편지에서 주소와 자신의 지위와 부서가 잘못 적힌 것을 눈치챘는데 이는 디오티마와 같은 사회적 지위에 있는 사람들에게는 어울리지 않는 일이었다. 하지만 장군은 낙천적인 사람이어서 비정상적인 일에 관해서는 깊게 생각하지 않았고 그런 비현실적인 것들은 아무렇게나 되도록 내버려두었다. 그는 자신의 성공을 만끽하는 일을 막지 못할 작은 실수가 있었거니 하고 여길 뿐이었다.

국방부 내의 군사교양과 교육부서의 수장인 슈툼 폰 보르트베어 장군은 이곳에 올 때 부여받은 공식적인 임무를 대단히 기쁘게 생각했다. 평행운동의 개회식 전야에 국방부의 수장은 직접 그를 불러 말했다. "슈툼 장군, 당신은 진정한 인텔리요. 우리가 소개장을 써줄 테니 그들에게로 가시오. 그걸 보여주고 도대체 그들이 무엇을 하려는 것인지를 우리에게 알려주시오." 그러나 어떤 노력도 헛수고였다. 그가 평행운동에 발을 들여놓지 못한다는 사실은 디오티마를 방문했을 당시 헛되이 지우려고 한 어떤 오점이 그의 파일 안에 여전히 남아 있다는 것을 뜻했다. 그래서 그 초대장이 왔을 때 그는 득달같이 국방부로 달려가서 짐짓 무례하고 거만하게 다리를 꼬고서는—여전히 숨을 헐떡대면서—잘 준비한 덕분에 그가 기대했던 결과가 나온 것이라고 보고했다.

"그렇소," 프로스트 폰 아우프브루크 중장이 말했다. "당신이 잘 해낼 줄 알았소." 그는 슈툼에게 의자와 담배를 권하고 '회의중, 출입금지'라고 적힌 문앞의 형광등을 켜고는 주로 정찰과 보고에 해당하는 그의 임무를 알려주었다. "당신도 알겠지만 우리가 특별히 원하는 건 없소. 당신은 그저 가능한 한 자주 그곳에 참석하고 우리도 시야 안에 있다는 것을 보여주기만 하면 돼요. 우리가 어떤 위원회에도 참석하지 않는 것이 순리겠지만, 우리의 최고 주권자의 생신을 맞아 어떤 정신적인 선물을 준비하자는 자리에 굳이 참석하지 말아야 할 이유는 없소. 그래서 나는 각하께 당신을 장관으로 추천했고 누구도 반대할 수는 없을 거요. 그러니 행운을 비오. 임무를 잘 완수하시오!" 프로스트 폰 아우프브루크 중장은 이제 가보라는 뜻으로 다정하게 고개를 끄덕였고, 슈툼 폰 보르트베어 장군은 군인이라면 원래 감정을 내보여서는 안 된다는 것도 잊고 가슴 깊은 곳에서부터 차오르는 동작으로 뒤꿈치를 부딪치며 말했다. "존경하는 각하, 감사합니다!"

전쟁을 흠모하는 시민들이 존재한다면, 왜 평화의 기술을 좋아하는 군인이라고 없겠는가? 카카니엔에도 그런 군인들은 넘쳐났다. 그들은 딱정벌레를 수집해 그렸으며 우표 앨범을 만들거나 세계사를 공부했다. 많은 분대들로 나눠진 고립상태와 규율상 상부의 허락 없이 어떤 지적인 작업도 공적으로 발표해서는 안 된다는 사실은 그들의 노력을 뭔가 아주 개인적인 것처럼 보이도록 만들었다. 슈툼 장군 또한 젊은 시절 그런 취미에 몰두하곤 했다. 그는 원래 기병대에 근무했었는데 그의 짧은 팔다리로는 제멋대로 날뛰는 말 같은 동물을 붙잡고 통제하기가 어려웠다. 또한 군대식 명령을 내리는 능력이 현저하게 떨어져서 그의 고참들은 만약 말이 평소처럼 꼬리가 아니라 머리를 축사 벽 쪽으로 향하고 도열해 있으면 그가 말들을 축사에서 꺼내지도 못할 거라고 비꼬곤 했다. 왜소한 슈툼은 보복으로 짙은 갈색의 둥근 턱수염을 길렀다. 황제의 기병대에서 그는 유일하게 턱수염을 완전히 기른 간부였는데 그것은 규칙상 엄격히 금지되는 일은 아니었다. 또한 그는 과학적인 의도에서 주머니칼을 수집하기 시작했다. 그의 수입으로 군사용 무기를 모으기는 어려웠지만 코르크마개 따개나 손톱깎이가 있느냐의 여부, 쇠의 품질, 생산지, 케이스의 소재, 겉모양 등에 따라 여러 종류로 구별되는 주머니칼은 짧은 시간 안에 엄청난 양을 모을 수 있었다. 그의 집에는 작은 서랍이 여럿 달려 그 위에 라벨을 붙여놓은 커다란 서랍장이 있는데 이것 덕분에 그가 유식하다는 소문이 나기도 했다. 슈툼 장군은 시를 지을 수도 있었고 군사학교의 생도시절에 종교와 작문 과목에는 늘 최고등급을 받았으며 한번은 대령이 그를 사무실로 부르기도 했다. "자네는 절대 괜찮은 기마부대 장교가 될 수 없을 거야." 대령이 그에게 말했다. "내가 젖먹이 아이를 말에다 앉히고 앞으로 가게 하면 거의 자네와 같은 동작이 나올 걸세. 하지만 연대에는 아직 군사학교 출신이 하나도 없네. 한번 지원해보지 않겠나, 슈툼?"

그래서 슈툼은 두 해 동안 수도에 자리한 간부양성학교에 다니게 되었다. 그곳에서 슈툼은 말을 타기에 필요한 지적인 순발력이 없음을 다시금 깨달았지만 모든 콘서트에 참석했고 박물관에 다녔으며 극장 프로그램을 모았다. 그는 시민계급으로 도약할 계획을 세웠지만 과연 무엇을 해야 할지는 몰랐다. 그 결과 그는 장군직에 아주 부합하지도, 그렇다고 완전히 안 어울리지도 않는 어정쩡한 상태가 되었다. 그는 재능이 없는 데다 야망도 없는 사람으로 간주되었지만 뭔가 철학자 같은 사람으로 보이기도 해서 다음 2년 동안 잠정적으로 보병 파트를 지휘하는 작전참모로 부름받았고 그후에는 작전참모를 지원하면서 웬만한 사태가 일어나지 않는 이상은 부대를 떠나지 않는 기병대 대위로 복무했다. 기병 대위 슈툼은 다른 연대에서 군사학 전문가로 인정받아 활동하기도 했지만 그가 이론을 적용하는 데서는 거의 젖먹이와도 다름없다는 사실이 드러나기까지는 시간이 많이 걸리지 않았다. 중령까지 이르는 동안 슈툼의 길은 가시밭길이었다. 심지어 소령 시절에도 슈툼은 군복과 명예 외에 아무 연금도 받지 못한 채 대령으로 예편할 때까지 급료의 반만 받는다는 유급 여행만을 꿈꾸었다. 그는 군대에서 마치 엄청나게 느린 시계처럼 차례대로 돌아오는 승진에는 관심도 없었다. 또한 해가 아직 다 뜨기도 전 막사에서 나와 온통 욕지거리에다 먼지가 잔뜩 묻은 승마용 장화를 신고 장교 식당으로 들어가 아직도 길게 남은 하루의 공허함에 와인 한잔을 추가하는 그런 생활에도 관심이 없었다. 그는 더이상 이른바 사회생활이라는 것에도, 부대의 이야기에도, 제복을 차려입은 남편 곁에 붙어서 남편의 계급을 읊어대는, 그것도 겨우 들릴 정도로 아주 부드럽게 읊어대는 부인들에게도 신경을 쓰지 않았다. 또한 먼지와 와인, 권태, 광활한 연병장이 말 등을 타고 넘어가며 말에 대해 무작정 이어지는 끊임없는 대화가 급기야는 총각이며 기혼자를 가리지 않고 모든 장교들이 커튼 뒤로 달려가 일렬로 선 여인들의 치마 속으로 샴페인을 쏟아붓게 만드는 그런 밤 따위에는 관심을 끊었다. 그 장교들에게는 따분한 작은 갈리치아 주둔지 마을이라면 꼭 있게 마련인 유대인이 있는데 그는 사랑에서부터 가죽 닦는 비누까지—심지어 두려움과 경외, 호기심으로 몸을 떠는 여자들을 알선해주는 일까지—이자를 받고 마련해주는, 시골의 닳고닳은 작은 가게 같은 1인 상점이었다. 아무튼 그 시절 슈툼의 단 하나의 위안거리라면 엄청 풍부하게 모인 칼과 코르크마개 따개였는데 이것들의 대부분 역시 그 마을의 유대인에게서 이 광적인 중령에게 넘어온 것으로, 유대인이 물건을 책상에 올려놓기 전 소매로 닦을 때의 그 표정은 마치 선사시대의 유물이라도 찾아낸 듯 경외감에 휩싸였다.

군사학교 동문 중 하나가 슈툼을 기억하고 때마침 문명세계에 관한 탁월한 이해를 갖춘 사람을 찾고 있던 국방부 교육부서로 보직 변경을 제안해왔을 때 그의 생애에는 뜻밖의 전환점이 찾아왔다. 2년후 이미 대령이 된 슈툼은 그 부서의 수장으로 발탁되었다. 기병대에서 신성시되던 짐승 대신 쿠션 의자에 앉게 되자 그는 전혀 딴사람이 되었다. 그는 소장이 되었고 언젠가 대장이 되리라 확신했다. 당연하다는 듯이 구레나룻을 밀어버렸고 나이가 먹어갈수록 앞머리가 벗겨졌으며 약간 통통한 외모는 모든 분야에 박식하다는 인상을 주었다. 그는 행복해졌고 그 행복 덕분에 업무 능력이 몇배나 좋아졌다. 모든 분야에서 엄청난 관계를 맺었다. 멋지게 차려입은 여인, 최근 빈 건축의 대담한 무취향 스타일, 대형 채소시장의 알록달록한 모습, 회갈색 아스팔트 거리의 독한 냄새와 순식간에 어떤 특이한 소리로 깨어지는 소음들, 문명세계의 끝없는 다양성, 하나같이 똑같아 보이지만 각각 엄청난 개성을 가진 레스토랑의 흰 찻잔들, 그는 이 모든 것에서 즐거움을 누렸고 그것들은 마치 머릿속의 자명종처럼 울렸다. 그것은 문명인들이 교외로 떠나는 기차 안에서만 누릴 수 있는 행복 같은 것이었다. 그들은 푸르고 행복하며 뭔가 색다른 것이 아치를 그리며 지나가리라는 것을 예감한다. 이런 느낌 가운데는 국방부나 교양, 타자들의 의미 같은 것들의 중요성이 포함되었고 그 중요성은 너무나 강렬해서 슈툼은 여기에 온 이후로 아직 한번도 미술관이나 극장에 가볼 생각을 못했을 정도였다. 그것은 장군의 장식끈에서부터 편종 소리까지 모든 사물을 꿰뚫고 있으면서도 완전히 알아차리기 힘든 느낌이었고, 그 자체로 그것 없이는 인생의 춤이 한번에 딱 멈춰버릴지도 모르는 음악 같은 면이 있었다.

악마는 이제 물러갔구나! 슈툼은 혼자 그렇게 생각했고 더욱이 그렇게 유명하다는 지식인들이 모이는 이 방에서는 그 생각이 더 뚜렷해졌다. 마침내 내가 여기에 있다니! 그 많은 지식인들 중에 그 혼자만 군복을 입고 있었다. 그리고 그를 놀라게 할 일이 더 있었다. 지구본의 하늘빛을 떠올려보라. 슈툼의 물망초색 군복상의보다 약간 더 밝고 완전한 행복과 의미로 가득 찼으며 내적 광휘로 빛나는, 신비한 두뇌의 인광으로 반짝이는 그 푸른 하늘빛을 말이다. 그 지구의 한가운데 장군의 마음이 있었고 그 마음속에, 마치 성모 마리아가 뱀의 머리 위에 자리하듯이 한 여신 같은 여인이, 모든 것에 얽혀 있으면서 사실상 모든 것을 끌어당기는 신비한 미소를 짓고 있었다. 아마도 사람들은 그의 천천히 움직이는 눈에 그녀의 모습이 들어차기가 무섭게 슈툼 폰 보르트베어에게 강한 인상을 심어주었음을 느낄 수 있었을 것이다. 슈툼 장군은 원래 말만큼이나 여자를 좋아하지 않았다. 그의 짧고 휜 다리는 안장 위에서 하염없이 떠도는 것 같았고 근무가 없는 날이라도 말에 대해 이야기를 해야 했던 날이면 뼈가 아플 때까지 말을 타다가 내려오지 못하는 꿈을 꾸곤 했다. 또한 편안한 것을 좋아하는 그의 기질상 늘 성적인 활동을 멀리했으며 이미 하루 일과에 녹초가 되어 더이상 밤에 정기를 빼앗길 여력이 없었다. 확실히 그가 홍을 깨버리는 사람은 아니었지만 밤에 칼 모음집이 아니라 동료들과 시간을 보낼 때면 현명한 방편에 의지하곤 했다. 즉 육체적 균형감이 곧 그를 술에 취하게 만들어 소란한 상태를 거쳐 졸린 상태에 이르도록 만들어버리는데 그런 상태는 섹스를 감행할 때의 위험과 낙심보다는 훨씬 편안했던 것이다. 결혼을 하고 두 아이를 열정적으로 보살피는 아내를 얻고 나서야 그는 결혼 전 그의 습관들이 얼마나 이성적이었는지를 깨닫게 되었다. 그는 결혼생활에 굴복했고, 확실히 결혼한 전사들에 합당한 그런 비전투적인 성향에 끌리고 말았다. 그때부터 슈툼은 결혼 밖에서 생생한 여성의 이상을 발전시켰고 그런 이상은 자신도 모르는 사이에 오래전부터 내면에 싹튼 것이었다. 그것은 그를 너무 위협하는 바람에 어떤 구애도 소용없을 것 같은 여성에 대한 부드러운 열광이었다. 총각 시절 대중잡지에서 오려낸 여자들의 사진을—그의 수집품 목록에서는 그저 일부에 불과한—보았을 때 비록 당시에는 알아채지 못했지만 그녀들은 모두 그런 위협적인 모습을 하고 있었다. 그리고 디오티마를 처음 만나기 전까지 그런 강력한 열광에 빠진 적은 없었다. 그녀의 미모는 별도로 치더라도 슈툼은 그녀가 제2의 디오티마라는 말을 듣는 순간 곧장 백과사전에서 도대체 디오티마가 무슨 뜻을 지닌 이름인지를 찾아보아야 했다. 그가 여전히 디오티마의 뜻을 잘 파악하지는 못했지만 그것이 자신의 업무에도 불구하고 여전히 아는 게 별로 없는 문명화된 교양과 위대한 연관성을 갖고 있으며 그 세계적인 지적 탁월함이 이 여인의 우아한 자태에 녹아 있다는 사실 정도는 알아챘다. 남녀간의 교류가 많이 간편해진 오늘날, 한 남자가 할 수 있는 가장 최고의 경험이 그런 교제라는 점이 강조될 필요성이 생겼다. 슈툼 장군은 자신의 팔이 너무 짧아서 디오티마의 풍만한 몸을 채 안지 못할 거라고 생각했다. 또한 그 풍부한 세계와 문화도 마찬가지일 거라는 생각이 들었다. 그는 다가오는 모든 것들을 부드럽게 퍼지는 사랑의 열병으로 경험했으며 그것은 마치 자신의 둥근 몸 속에 지구본의 둥근 모양이 들어 있는 것 같은 느낌이었다.

디오티마가 슈툼 폰 보르트베어를 떨쳐냄에도 그가 곧 다시 돌아오게 하는 힘은 바로 이런 열정이었다. 그는 숭배하는 여인 곁에 바싹 붙어 서서 아는 사람 하나 없는데도 그들의 대화를 엿들었다. 그녀가 그런 지적인 재산가들을 마치 진주귀고리 한짝을 만지듯 웃으며 다루는 것이 거의 믿겨지지 않았고 여러 분야의 저명인사들을 맞아들이는 그 기술을 증언하고 싶었기 때문에 슈툼은 거의 노트를 하고 싶은 기분이었을 것이다. 디오티마가 못땅한 듯 수차례나 그에게 돌아서며 눈치를 주고 나서야 그는 장군이 그런 식으로 남의 말을 엿듣는 게 얼마나 꼴불견인지를 깨닫고 자리에서 물러났다. 슈툼은 혼자서 북적대는 집안을 거닐다가 와인 한잔을 마시고 기대 서 있을 만한, 장식이 잘된 곳을 찾다가 울리히를 알아보았다. 딱 보자마자 그는 울리히를 어디선가 본 적이 있다는 기억이 되살아났다. 울리히는 그가 중령으로 조용하게 이끌던 두 중대 중 한곳에서 소령으로 근무하던 영민하고 불온한 소위였던 것이다. '나와 비슷한 유형의 친구였는데' 슈툼은 생각했다. '젊은 나이에 저 친구는 이렇게 높은 지위에 올랐다니!' 그는 울리히에게 곧장 다가갔고 재회를 확인하고 그간의 변화에 대해 수다를 떨어대더니 둘러선 사람들을 향해 말했다. "나에겐 문명세계의 가장 중요한 문제들을 배우게 된 소중한 기회예요!"

"놀라실 겁니다, 장군." 울리히가 말했다.

인맥이 필요했던 장군은 따뜻하게 그와 악수를 나눴다. "당신은 9연대의 소위였죠." 슈툼은 크게 말했다. "또한 다른 사람들은 아직 잘 모르겠지만 그게 우리에게는 큰 영예가 될 날이 올 거요."

81.
라인스도르프 백작이 현실정치를 표방하다.
울리히는 협회를 조성하다

위원회가 아직 이렇다 할 작은 결과물도 내놓지 못한 반면 평행운동은 라인스도르프의 저택에서 커다란 진보를 이뤄내고 있었다. 그곳에선 현실의 가닥이 잡혀갔고 울리히는 일주일에 두 번 저택으로 찾아갔다.

울리히는 그렇게 많은 협회들이 있는 줄은 꿈에도 몰랐다. 육상 및 수상 스포츠협회, 금주협회에다 음주협회 등등 한마디로 협회에다 그 반대 협회까지 온갖 협회들이 모여들었다. 이 협회들은 자신들의 이익은 관철시키려 했고 상대편 협회의 이익은 저해하려고 했다. 모든 사람이 적어도 하나의 협회에는 참여하는 것 같았다. 울리히는 놀란 나머지 말했다. "백작 각하, 이건 우리가 상식적으로 인정할 수 있는 협회의 범위를 훨씬 벗어나 있습니다. 규율국가의 외양을 하고 있으나 모든 사람은 여전히 강도떼에 속한 그런 공포스러운 상태에 불과합니다…."

하지만 라인스도르프 백작은 협회를 좋아했다. "명심하시오," 백작이 말했다. "이데올로기정치에서는 어떤 좋은 것도 나온 적이 없어요.

우리는 현실정치를 해야 합니다. 나는 당신 사촌이 속한 모임의 지나친 지적인 추구가 위험한 지경임을 부인하고 싶지 않아요."

"저에게 뭔가 방법을 좀 알려주시겠습니까?" 울리히가 요청했다.

라인스도르프 백작이 그를 바라봤다. 백작은 저렇게 경험없는 젊은이에게 뭔가를 알려주는 게 너무 위험한 것은 아닌지 고민하더니 이윽고 위험을 감수하기로 결정했다. "알겠소." 그는 조심스레 입을 열었다. "아직 젊은 당신이 아마도 모르고 있을 이야기를 이제부터 해주겠소. 현실정치란 사람들이 원하는 바로 그것을 하는 것이 아니에요. 하지만 사람들의 하찮은 소망을 충족시켜줌으로써 인심을 얻을 수는 있지요."

상대방은 놀란 눈으로 멍하니 라인스도르프 백작을 바라보았다. 백작은 우쭐함에 젖어 웃고 있었다.

"그러니까," 백작은 설명했다. "내가 강조하는 것은 현실정치가 이념의 힘에 이끌려선 안 되고 실용적인 요구에 부응해야 한다는 말입니다. 물론 누구나 위대한 이념이 현실로 이뤄지길 바라지요. 그건 말할 것도 없어요. 그러니까 절대 사람들이 원하는 것을 해서는 안 되는 것입니다. 이건 이미 칸트가 말한 것이에요!"

"그렇군요!" 듣고 있던 학생은 깜짝 놀라 외쳤다. "하지만 뭔가 목표는 있어야 하지 않을까요?"

"목표라고요? 비스마르크는 프로이센 왕이 위대해지기를 원했습니다. 그게 그의 목표였지요. 그 목표 때문에 오스트리아, 프랑스와 전쟁을 해야만 할지를 처음부터 알진 못했습니다. 그리고 독일 제국을 건설할게 될지도 몰랐지요."

"각하는 그러니까 우리 오스트리아가 오직 위대하고 강해져야 한다는 말씀이군요. 그렇지 않나요?"

"우리에겐 아직 4년이 남아 있어요. 4년 안에 어떤 일이든 일어날 수 있지요. 한 민족을 무릎 꿇릴 수도 있고 아니면 그 민족 스스로 무릎을 꿇을 수도 있을 겁니다. 이해하겠소? 무릎을 꿇게 하는 것. 그것이 우리가 해야 할 일입니다. 하지만 그 민족 위에 있어야 할 것들은 확고한 제도, 정치정당, 행정기구 같은 것들이지 수다 따위가 아니에요!"

"각하, 정확히는 잘 모르겠지만 방금 하신 말씀은 정말 민주적인 생각 같습니다!"

"글쎄, 막상 내 귀족 동료들은 잘 이해하지 못하지만 아마 귀족적인 면도 있을 겁니다. 헨넨슈타인이나 튀르크하임의 상속자들은 이런 일에서 더러운 쓰레기밖에는 나올 것이 없을 거라고 하더군요. 그러니 우리는 신중하게 나아가야 합니다. 작은 것부터 하나하나 이뤄가되, 우리에게 오는 사람들에게 친절해야 해요."

그래서 울리히는 그 다음부터는 누구도 물리치지 않았다. 한번은 어떤 남자가 오더니 우표수집에 관해 오랫동안 이야기를 한 적이 있었다. 그가 말하길 우표수집은 우선 국제적인 이해가 필요하며, 사회의 근본이 되는 재산과 가치를 충족시켜야 함은 물론, 지식과 함께 예술적 감식력까지 요청한다는 것이었다. 울리히는 그 남자를 자세히 봤다. 그는 가난하고 불쌍해 보였다. 그러나 그 남자는 울리히의 이런 의심스런 눈초리를 알아채고는 우표 역시 가치있는 장사수단이라 함부로 무시하면 안 된다고 항변했다. 큰 우표거래 시장에는 세계 각처의 장사꾼과 수집가들이 모여든다는 것이다. 그게 부자가 되는 길일 수도 있을 것이다. 하지만 그 남자는 그저 이상주의자일 뿐이다. 그는 아직 상업적 이윤도 없는 특별한 우표만을 모으고 있었다. 그가 원하는 것은 기념해에 큰 우표전시회를 열어서 그의 각별한 수집품으로 사람들의 시선을 끌게 해달라는 것뿐이었다.

또다른 사람은 다음과 같은 이야기를 했다. 그는 거리를 따라 걸어가다가―이것이 전차를 타는 것보다 더 흥미롭다고 했다―지난 수년간 상점 간판에 있는 대문자의 획수(가령 A에는 3개, M은 4개의 획이 있다)를 세고 전체 철자수의 합을 그 획수로 나누는 일을 해왔다고 한다. 지금까지의 결과로는 그 값이 평균 2.5 정도였는데 거리마다 값이 변하기 때문에 고정된 것은 아니라고 했다. 그래서 그 사람은 결과가 빗나가면 크게 실망하고 옳게 나오면 엄청 기뻐했는데 마치 고전 비극에서 체험하는 환희와도 비견할 만했다. 그러나 문자 자체로만 본다면―아마 누구라도 납득할 텐데―3으로 나누게 되는 경우는 상당한 행운이며 대부분의 경우 아주 심한 좌절을 느끼게 된다. 단지 4개의 획으로 이뤄진 글자들, 가령 W, E, M 같은 경우는 다른 어떤 경우보다도 행복한 느낌을 준다고 한다. 그래서 뭘 어쩌라는 말이냐고? 방문객은 자문했다. 그건 다름 아니라 보건행정부에서 명령을 내려 가급적 4획으로 된 글자를 쓰게 하고 매출이 떨어져서 참담한 결과를 가져올 게 분명한 1획짜리 철자들, 가령 O, S, I, C 같은 철자들은 쓰지 말도록 규제하자는 것이다.

울리히는 그 사람과 충분한 거리를 두고 찬찬히 그를 살폈다. 하지만 그는 전혀 정신이상자 같지 않았고 잘 갖춰입은 30대의 남자로 지적이고 친절해 보이는 사람이었다. 그는 조용히 설명하기를, 암산은 모든 직업영역에서 필수불가결한 요소가 되었고, 놀이를 통한 학습은 현대 교육의 방법론과도 일치하며, 통계학은 학문이 제대로 성립되기도 전에 이미 사물의 깊은 연관성을 밝혀낸 바 있고, 모두가 알다시피 책에 의지하는 교육은 큰 손실을 입혔으며, 결과적으로 자신의 실험을 반복하기로 작정한 많은 사람들 사이에서 일어난 열광 자체가 이런 사실들을 증명해준다는 것이다. 또한 그는 보건행정부에서 그의 발견을 적용한다면, 아마 다른 나라도 곧 따라할 것이며 기념해는 전 인류를 향한 축복으로 자리잡을 것이라고 덧붙였다.

울리히는 그런 사람들에게 충고를 해주었다. "협회를 만들도록 하세요. 아직 4년이나 남았습니다. 만약 성공한다면, 각하는 반드시 당신을 위해 모든 영향력을 동원할 것입니다."

그러나 그들 중 대부분은 이미 협회를 갖추고 있었으며 그것 때문에 사정은 더욱 복잡해졌다. 차라리 현대의 육체적 문화를 증진시키기 위하여 라이트윙 선수 하나를 명예교수로 위촉해달라는 축구협회의 부탁은 간단한 편이었다. 그건 늘 신중하게 고려해보자고 약속하면 그만이기 때문이다. 정작 어려운 것은 자신을 정부의 고위관료라고 주장하는 오십줄의 남자가 들어설 때이다. 그는 자신을 욀^{Ohl} 속기사협회의 설립자이자 회장이라고 소개했다. 위대한 애국운동의 실무자가 속기에 관심을 가졌으면 좋겠다는 바람에서 찾아왔다고 설명할 때 그의 이마는 순교자처럼 빛나고 있었다.

그는 왜 욀 속기가 널리 활용되지 못했는지를 이해하기 위해 무엇보다 알아둬야 할 것은 그것이 오스트리아의 발명품이라는 점이라고 설명을 이어나갔다. 그는 울리히에게 속기를 해본 적이 있느냐고 물었다. 만약 안해봤다면 아마 속기의 장점들,즉 시간과 정신적 에너지를 절약할 수 있다는 장점을 몰라서일 거라고 했다. 그 구불구불하고 장황하며 부정확한 데다 똑같은 부분을 어지럽게 반복해야 하며, 표현적이고 의미가 있는 문자적 요소와 그저 상투적이고 자의적인 요소가 뒤범벅이 된 글자를 쓰다보면 얼마나 정신적 낭비가 심한지를 울리히가 어떻게 알겠는가?

울리히는 명백히 아무 해도 없는 일상문자를 참을 수 없는 적의를 가지고 근절시키려는 이 남자를 보고 경악했다. 정신적 노고를 줄이자는 취지에서라면, 일을 빨리 처리하는 쪽으로 급속하게 발전해가는 세상에서 속기는 꼭 필요한 것이 될 것이다. 하지만 도덕적 관점에서도 짧은 문자냐 또는 긴 문자냐의 문제는 중요한 의미를 갖는다고 그는 말했다. 긴 문자의 경우 고위관료들이 흔히 불평하듯 의미없는 고리들로 가득 차 있어서 부정확하고 자의적이며 낭비가 심한 쪽—특히 시간의 낭비—으로 유도하는 반면 속기는 정확함, 의지, 남자다움 같은 덕성을 키워준다는 것이다. 속기는 필요한 것을 하도록, 또한 불필요하고 목적에 상관없는 일은 하지 않도록 가르쳐준다. 특히 오스트리아인에게 굉장히 중요한 실용적인 도덕에 대한 교훈이 속기 안에 들어 있지 않은가? 미적인 관점에서도 문제제기가 가능했다. 장황함은 흔히 나쁜 속성으로 간주되지 않는가? 위대한 고전 작가들은 의미의 절약이 미의 핵심적 요소라고 주장하지 않았나? 최고 행정관료들이 말하듯 국민 건강의 관점에서도 책상에 구부리고 앉아 있는 시간을 줄이는 것이 중요하다고 하지 않는가. 또한 속기의 주제를 여러 학문적 입장에서 조명한 끝에 놀라움을 이끌어내자 그 사람은 욀 속기가 다른 어떤 속기 방식보다 뛰어나다는 점을 강조하기 시작했다. 그는 생각할 수 있는 모든 관점을 동원해볼 때 다른 모든 속기 방식은 그저 속기의 원칙을 배반하는 것에 불과하다고 말했다. 그러고는 자기가 겪은 속기 이야기를 해주었다. 예전에는 물질적 이해관계에 집착하는 더 오래되고 강력한 방식들이 있었다. 모든 상업학교에서는 포겔바우흐^{Vogelbauch}라는 속기방식을 가르치면서 상업계의 관성에 따라 어떤 변화도 용납하지 않았다. 상업학교의 광고를 수주해서 많은 돈을 버는 신문들 역시 어떤 개혁요구도 받아들이지 않았다. 교육당국은? 윌 씨 말로는 완전 무시만 당했다고 한다. 5년 전, 속기가 처음으로 중등학교의 교과목으로 지정되었을 때, 교육부는 속기방식을 선택하기 위한 추천위원회를 구성했는데 그 위원회는 자연스럽게 상업학교와 상업계의 대표자들, 그리고 언론과 유착된 정부 속기사들로 채워졌다. 다 거기서 거기였던 것이다! 포겔바우흐 방식이 채택될 것은 불을 보듯 뻔한 일이었다. 윌 속기연합회는 소중한 국민의 이익에 가해진 이 범죄행위를 규탄하고 항의했다고 한다. 그러나 교육부는 포겔바우흐 측 외에 다른 어떤 대표자들도 선임하지 않았다.

울리히는 그런 사례를 백작에게 보고했다. "윌이라고요?" 라인스도르프가 물었다. "게다가 그가 관료라고요?" 백작은 오랫동안 망설이더니 아무런 결론도 내리지 않았다. "그렇다면 그 부서의 수장을 만나서 뭔가 해결책이 있나 물어봐야 하지 않을까요?…." 그는 한동안 골똘히 생각하더니 뭔가 새로운 생각이 떠오른 듯 갑자기 그 말을 취소했다. "아니, 차라리 제안서를 하나 만드는 게 낫겠소. 그들 스스로 제안을 하게 합시다!" 그러고는 뭔가 깊은 뜻을 전달하려는 듯 신중하게 덧붙였다. "하여튼 그들이 엉터리인지 아닌지를 당장 구별할 수는 없을 거예요." 그가 말했다. "당신도 보다시피 많은 사람들이 중요하다고 생각하는 것에서 진짜 중요한 것이 나오게 마련입니다. 신문이 추앙하는 아른하임을 한번 보세요. 물론 신문들은 다른 사람을 쫓아다닐 수도 있지요. 하지만 신문이 아른하임 박사를 따라다닌다면,

그가 중요해지는 것입니다. 이 뭘이라는 사람이 배후에 조직을 가졌다고 하지 않았나요? 물론 그게 뭘 보장하는 것은 아니지요. 하지만 이미 말했듯이, 한편으로 우리는 현대적으로 생각해야 합니다. 많은 사람들이 뭔가를 추구한다면, 결국 거기서 뭔가가 나올 것이라고 기대할 수 있는 것이죠."

82.
클라리세가 울리히의 해를 요청하다

울리히가 클라리세를 만난다면 그 이유는 아마 십중팔구 그녀가 라인스도르프 백작에게 쓴 편지에 대해 쓴소리를 하기 위해서였을 것이다. 그런데 막상 며칠 전 클라리세가 울리히를 찾아왔을 때 그는 모든 것을 잊어버렸다. 그녀를 만나러 가는 중에 울리히에게는 자신이 클라리세를 찾아간 사실을 발터가 알면 질투심에 화를 낼지도 모른다는 생각이 떠올랐다. 하지만 발터가 할 수 있는 일은 아무것도 없었다. 그리고 대부분의 남자들이 알듯이 질투라는 상태는 좀 우스꽝스러운 것이었다. 아무리 질투에 차 있더라도 근무시간이 끝날 때까지는 자기 부인을 감시할 수 없기 때문이다.
  울리히가 그녀의 집으로 가기로 한 때는 발터가 집에 없는 이른 오후였다. 울리히는 미리 간다고 전화를 걸었다. 눈덮인 바깥 풍경이 하얗게 창유리를 뚫고 들어오는 바람에 마치 창문에 커튼이 하나도 달려 있지 않은 것 같았다. 모든 사물을 삼켜버리는 이 무자비한 빛 한가운데 클라리세가 웃으며 친구를 바라보고 있었다. 창문 쪽으로 그녀의 마른 몸이 뿜어내는 평평한 활 같은 선이 강렬한 색으로 빛났으며 그늘진 쪽에서는 그녀의 이마와 코, 턱에서 나온 푸른 갈색의 기운이 마치 가장자리가 바람과 태양으로 뒤섞인 눈덮인 산등성이처럼 뿜어져나오고 있었다. 그녀는 사람이 아니라 유령이 나올 듯이 적막한 한겨울 고산지대에서 만난 눈과 얼음 같았다. 울리히는 때때로 발터가 사로잡혔을 그 마법에 사로잡혔고 그의 유년 시절 친구를 향한 이중적인 감정은 곧 어떤 삶을 사는지 그가 전혀 알지 못하는 두 사람이 서로에게 내뿜는 이미지에 대한 통찰에 자리를 넘겨주었다.

"네가 라인스도르프 백작에게 쓴 편지에 관해 발터에게 말을 했는지는 모르겠지만," 울리히가 입을 열었다. "이렇게 나 혼자 온 이유는 앞으로 이런 일은 절대 하지 말라고 경고하기 위해서야." 클라리세는 의자 두 개를 가져오더니 앉으라고 했다. "발터에게는 말하지 말아줘." 그녀는 요청했다. "하지만 뭐가 그렇게 맘에 안 들었니? 니체의 해를 말하는 건가? 백작이 뭐라고 그러던?"

"그가 뭐라고 했을 거 같아? 그걸 모오스브루거와 연관시킨 건 정말 완전히 미친 짓이야. 그리고 그게 아니더라도 백작은 아마 네 편지를 던져버렸을 거야."

"그래?" 클라리세는 실망하는 기색이 역력했다. 그러곤 말했다. "그래도 너만큼은 뭐가 할 말이 있으니 다행이구나!"

"이미 말했지만 너는 제정신이 아냐!"

클라리세는 이 말이 칭찬이겠거니 하고 웃었다. 그러곤 손을 남자 친구의 팔에 얹고 물었다. "그렇지만 오스트리아의 해라는 것은 엉터리 아닐까?"

"물론 그렇지."

"하지만 니체의 해는 좋은 거잖아. 우리가 어떤 사상을 좋아한다는 이유로 그걸 포기해야 하나?"

"도대체 니체의 해라는 게 뭔데?"

"그건 네가 고민할 문제지."

"웃기는군."

"그렇지 않아. 네가 심각하게 고민한 것을 실천하는 게 뭐가 우습다는 말이지?"

"나도 그러고 싶어." 울리히는 그녀의 손에서 팔을 떼어내면서 대답했다. "하지만 그 대상은 니체가 아니야. 그리스도 혹은 붓다 정도는 돼야겠지."

"아니면 너 자신이거나. 울리히의 해를 한번 생각해보지 그래!" 클라리세는 이 말을 마치 모오스브루거를 풀어주라고 말했던 그때처럼 아무렇지도 않게 내뱉었다. 하지만 이번에 울리히는 멍하니 있지 않았고 그녀의 얼굴을 뚫어지게 바라보았다. 그 얼굴에 드러나는 건 클라리세의 평범한 미소였다. 마음의 움직임에 따라서 무의식적으로 드러나는, 희미하고 익살맞게 찡그린 인상이 그 미소 속에 들어 있었다.

'아무튼,' 그는 생각했다. '악의가 있는 거 같진 않군.'

클라리세가 다시 그에게 다가왔다. "왜 너의 해를 만들지 않지? 너라면 지금 그걸 할 만한 위치에 있잖아. 이미 말했듯이 발터에게는 아무 말도 하지 말아줘. 내가 쓴 모오스브루거 편지에 관해서도. 특히 내가 너한테 말한 것은 절대 안 돼! 하지만 내 말을 믿어줘. 그 살인자는 음악적이야. 비록 아무 곡도 쓰지 못하지만 말이야. 모든 인간이 우주의 중심에 있다고 생각해본 적 없니? 그 사람이 움직이면, 우주도 그와 같이 움직이는 거야. 음악은 그렇게 만드는 거야. 아무 생각

없이, 마치 발밑의 우주와도 같이 간단하게!…."

"네가 말한 울리히의 해를 위해 내가 뭔가를 생각해내야 할까?"

"아니." 클라리세는 신중하게 대답했다. 그녀의 가는 입술은 뭔가 말하고 싶은 것을 참고 있었고 눈에서는 조용하게 불꽃이 일었다. 그 순간 그녀에게서 어떤 것이 발산될지 상상하기는 어려웠다. 마치 뭔가 불타는 것에 바싹 다가가는 것 같은 기분이었다. 이제 그녀는 웃고 있었지만, 그 미소는 눈 속의 불꽃이 다 타버린 후 남은 재처럼 그녀의 입가에서 물결치고 있었다.

"해야만 한다면 아직 할 수 있는 일이 있겠지." 울리히는 말을 이었다. "하지만 설마 나한테 쿠데타를 일으키라는 말은 아니겠지?"

클라리세는 생각에 몰두했다. "그렇다면 붓다의 해라고 해두지." 그녀는 그의 말을 무시하면서 말했다. "붓다가 뭐라고 했는지는 잘 모르지만 추상적으로 말하자면, 우리가 어떤 것을 받아들이고, 그것을 중요하게 생각하면, 실제로 그런 일이 일어난다는 것이지! 그게 믿을 만하든 그렇지 않든 말이야."

"좋아. 그래… 넌 니체의 해에 대해서 말했잖아. 그런데 도대체 니체는 뭘 요구한 걸까?"

클라리세는 생각에 빠졌다. "글쎄 내 생각은 당연히 니체 기념비나 니체 거리 같은 건 아니었어." 그녀는 당황해서 말했다. "그러니까 사람들은 그런 삶을 살아야 한다는…."

"니체가 요구하는 삶?" 울리히가 끼어들었다. "하지만 그가 뭘 요구했다는 거야?"

클라리세는 답을 찾다가 머뭇거렸고 이윽고 입을 열었다. "뭐야, 너도 잘 알면서…."

"난 아무것도 몰라." 울리히가 장난치듯 말했다. "하지만 하나는 말해주지. 사람들은 황제 요제프 무료급식소를 차릴 수도 있고 집고양이 보호를 위한 연대를 만들 수도 있지만 위대한 사상으로는 현실을 하나도 바꿀 수 없어. 마치 음악이 그럴 수 없는 것처럼 말이야. 나도 잘 모르겠지만 아무튼 현실은 그런 것 같아."

울리히는 마침내 작은 테이블 뒤에 쉴 만한 소파가 있음을 발견했다. 이곳이 의자보다는 방어하기가 쉬울 것이다. 마치 건너편 물가까지 테이블의 잔영이 어른거리듯이 그녀는 텅 빈 방 한가운데 여전히 선 채로 말하고 있었다. 그 마른 육체 역시 말하고 생각했다. 클라리세는 자신의 육체로 무엇을 말하고 싶어한다는 것을 느꼈고 그 육체로 뭔가를 해야 한다는 욕구가 있었다. 울리히는 늘 여자친구의 몸이 단단한 소년 같다고 여겼다. 하지만 지금 그 몸통이 다리에 꽉 맞물려 부드럽게 움직일 때의 클라리세는 자바 섬의 댄서들을 떠올리게 했다. 그리고 갑자기 그에게는 클라리세가 최면에 빠진다고 해도 별로 놀라지 않을 거라는 생각이 들었다. 아니면 울리히 자신이 최면에 빠진 걸까? 그는 말을 이어갔다. "너는 너의 이상에 따라서 살고 싶어하지." 그는 길게 말하기 시작했다. "그리고 어떻게 그것이 가능한지를 알고 싶어해. 하지만 이상이란 세상에서 가장 역설적인 것이야. 마치 숭배의 대상처럼 육체는 이상에 집착하지. 이상이 육체에 따라붙는 것은 정말 알지 못할 현상이야. 명예를 지키기 위해, 또는 벌을 주기 위해 무심코 날린 따귀 한 대는 사람을 죽일 수 있을 만큼 치명적이지. 하지만 가장 강력한 순간의 이상은 결코 그 순간을 계속 유지할 수 없거든. 그런 이상들은 마치 공기에 노출되면 천천히 더 형편없는 성질로 변해버리는 물질 같아. 그런 체험은 너에게도 일어나지. 왜냐하면 어떤 순간에 이상이야말로 바로 네가 되니까. 너는 무언가의 입김에 사로잡히고, 그건 마치 현악기들의 합주 가운데 갑자기 하나의 음이 두드러지는 것 같을 거야. 네 앞에 신기루 같은 것이 보이고 네 영혼의 혼돈 속에서 끝없는 행렬이 모습을 갖추더니 세상의 모든 아름다움이 길가로 늘어서지. 그것이 하나의 이상이 주는 효과야. 하지만 다음 순간 그 이상은 네가 전에 가졌던 이상과 다를 것이 없어지지. 하나의 이상은 그전의 이상들에 승복하고 너의 관점, 성격, 원칙이나 생각의 일부가 돼버려. 결국 날개를 잃고 평범한 확고함을 얻게 되는 거야."

클라리세가 대답했다. "발터는 너를 질투하고 있어. 나 때문은 아니야. 그가 하고 싶어하는 것을 네가 실현할 수 있을 것처럼 보이기 때문이야. 무슨 말인지 알겠니? 그에게 부족한 무언가가 너한테는 있는 거야. 그걸 뭐라고 해야 좋을지 모르겠네."

그녀는 뭔가를 캐묻듯 울리히를 쳐다보았다.

둘의 대화는 서로 얽혀갔다.

발터는 늘 무릎에 올려놓고 싶을 정도로 부드럽고 사랑스런 아이였다. 또한 자신에게 일어나는 일은 무엇이든 부드러운 생기로 바꿔놓았다. 그는 늘 점점 더 경험이 풍족해지는 사람이었다. '하지만 경험이 많다는 것은 그 사람이 평범할 거라는 가장 최초의, 그리고 가장 미묘한 증표지.' 울리히는 생각했다. '관계를 맺어갈수록 경험은 개인적인 독과 달콤함을 잃어버리거든!' 그건 대략 맞는 말이기도 했다. 비록 관계야말로 중요하고 관계 없이는 어떤 환영이나 작별의 인사도 없음이 확실할지라도 말이다. 아무튼 발터가 그를 질투한다고? 울리히는 기분이 나쁘지는 않았다.

"너를 죽여야 할 거라고 발터에게 말했어." 클라리세가 이야기했다.

"뭐라고?"

"너를 제거해버리라고 말했다니까. 네가 너답다고 생각하는 모든 것이 진실이 아니라면, 또한 발터가 더 나은 남자인데 그것 말고는 마음의 평화를 얻을 다른 방법이 없다면, 그것도 말이 되지 않겠니? 게다가 너는 언제든 저항할 수 있으니 말이야."

"그리 나쁘지는 않겠구나…!" 울리히는 뜨뜻미지근하게 대답했다.

"글쎄 우리는 말만 그렇게 했지. 하여튼 듣고 난 소감이 어때? 발터는 그런 생각을 한다는 것조차 나쁘다고 하던데."

"그래도 나쁘지 않은 생각이야." 울리히는 우물쭈물 대답하더니 클라리세를 똑바로 쳐다보았다. 그녀에게는 독특한 매력이 있었다. 그녀가 자신 스스로와 함께 있다고 할 수 있을까? 그녀는 없는 존재이자 있는 존재였고 그 둘은 아주 가까웠다.

"나쁘지 않은 생각이라니!" 그녀가 끼어들었다. 그가 앉아 있는 바로 앞쪽 벽을 향해 말했기 때문에 그녀의 눈은 마치 그 사이의 한점을 응시하는 것 같았다. "너는 발터만큼이나 소심해." 이 말 역시 그들 사이 어느 중간에 떨어져, 모욕 같기도 하고 달래는 것 같기도 한 거리감을 주었는데 그건 다음과 같은 은밀한 암시가 친근하게 이어졌기 때문이다. "내가 말하는 건, 너는 꼭 할 수 있는 일만을 생각해낸다는 거야." 그녀는 무미건조하게 덧붙였다.

그러고는 자리를 떠나 창가로 가서 손을 등 뒤로 모았다. 울리히는 재빨리 따라 일어나 그녀 곁으로 가서 어깨에 팔을 얹었다. "클라리세 양," 그가 말했다. "오늘따라 좀 이상한걸? 그렇지? 하지만 내 이야기도 좀 해야겠어. 아무튼 너는 나에 대해서는 아무 관심도 없는 거지?"

클라리세는 창밖을 응시했다. 이번에는 날카로운 눈빛이었다. 그녀는 뭔가 의지할 만한 것을 찾기라도 하듯 한곳을 뚫어지게 바라보았다. 자신의 생각이 밖으로 나갔다가 다시 들어온 듯한 느낌이었다. 방금 문이 닫힌 어떤 방에 와 있는 듯한 그 느낌은 전혀 낯설지 않았다. 이따금 그녀에게는 자신을 둘러싼 모든 것들이 전에 없이 밝고 가벼워져서 며칠, 또는 몇주라도 자유롭게 세상을 산책하는 데 아무 어려움이 없었다. 그러고 나면 마치 감옥에 갇힌 것처럼 나쁜 시기가 다시 찾아오는데 이 시기가 짧긴 하지만 모든 것이 갑갑하고 슬퍼지기 때문에 그녀는 형벌을 받듯 두려워했다. 명료하고 맑은 평온함이 지배하는 이 순간이 그녀에겐 불안했다. 그녀는 얼마 전 무엇을 하고 싶어했는지를 제대로 기억하지 못했고 이런 나른한 명료함과 뚜렷하게 고요한 침착함은 종종 형벌의 시기로 이어졌다. 그녀는 긴장했고 이 대화를 설득력있게 이어나간다면 스스로 안정감을 찾을 수 있으리라 생각했다.

"클라리세 양이라고 부르지 마." 그녀가 토라져서 말했다. "안 그러면 내가 너를 끝장내버릴 수도 있어." 그 말은 장난처럼 터져나왔고 그렇게 받아들여질 것 같았다. 그녀는 그를 관찰하기 위해 고개를 돌렸다. "말이 그렇게 나왔을 뿐이야," 그녀는 말을 이었다. "하지만 난 진지하다는 걸 알아야 해. 우리는 무얼 하고 있었지? 너도 생각으로는 살 수 없다고 말했잖아. 너나 발터나 둘 다 진정한 힘이 없어."

"넌 나를 수동주의자라고 지겹게도 말하는구나. 하지만 거기에도 두 종류가 있지. 발터처럼 수동적 수동주의가 있고, 적극적인 수동주의도 있다고!"

"적극적인 수동주의가 뭔데?" 클라리세가 궁금한 듯 물었다.

"탈옥할 때를 기다리는 죄수의 수동주의지!"

"흥," 클라리세가 말했다. "핑계를 만들어내는군."

"그래," 그는 인정했다. "아마 그럴 수도 있겠지."

클라리세는 여전히 손을 등 뒤로 쥐고 있었고 마치 승마용 부츠를 신은 것처럼 다리를 벌리고 있었다. "니체가 뭐라고 했는지 알아? 확실한 지식을 소유하려는 사람은 눈앞에 뭐가 있는지 확실해야만 앞으로 나아가는 사람과 마찬가지로 겁쟁이에 불과하다고 했어. 어느 순간에는 말만 하지 말고 행동에 나서야 한다는 거지! 나는 네가 언젠가는 뛰어난 일을 할 거라고 기대했어!"

갑자기 그녀는 울리히의 조끼 단추 하나를 잡고 돌리기 시작하더니 얼굴을 울리히 쪽으로 쳐들었다. 그는 단추를 빼앗기지 않으려고 무심코 자기 손을 그녀의 손에 얹었다.

"오랫동안 고민해봤어," 그녀는 머뭇거리며 말했다. "오늘날 정말 비열한 일들은 사람들이 행하는 일 때문이 아니라 내버려두는 일 때문에 일어나고 있어. 그런 비열한 일들이 점점 자라서 공허의 구멍을 채워주고 있지." 이 말을 한 후에 그녀는 그를 뚫어지게 바라보았다. 그러더니 성급히 말을 꺼냈다. "어떤 것을 내버려두는 것은 어떤 것을 행하는 것보다 열배나 위험해! 알겠니?" 그녀는 자신을 좀더 정확히 표현해보려고 애썼다. 그러나 이렇게 덧붙이는 것에 그쳤다. "너는 내 말을 정확히 이해해, 그렇지? 비록 네가 항상 모든 일을 되는 대로 내버려둬야 한다고 하긴 하지만 말이야. 하지만 난 네가 무슨 말을 하는지 알아. 여러번이나 나는 그런 생각이 들었어. 너는 악마 그 자체야!" 이 말은 마치 도마뱀처럼 그녀의 입에서 미끄러져 나갔다. 그녀는 놀랐다. 원래 생각했던 것은 아이를 가지고 싶다는 발터의 요구뿐이었다. 울리히는 그녀의 눈에서 자신을 열망하는 흔들림을 읽었다. 그러나 그녀의 처든 얼굴에는 아름다운 기운보다는 뭔가 추하지만 슬픈 기운이 흘러넘쳤다. 땀이 엄청 흘러나와 얼굴의 형체를 지운 것 같은 모습이었다. 그러나 그것은 실제의 육체에서 벌어진 일이 아니라 순전히 상상해본 것이었다. 그는 의지와는 다르게 그녀의 분위기에 전염되었고 잠시 멍한 상태를 지난 후에야 제정신을 차렸다. 클라리세의 괴이한 말에 더이상 제대로 대응할 수 없었던 울리히는 그녀의 손을 붙잡고 소파에 앉히고 자신도 곁에 앉았다.

"내가 왜 아무것도 못하는지 말해줄게." 그는 말을 꺼내더니 이내 침묵했다.

울리히의 손길이 느껴지자 마음이 가라앉은 클라리세는 그를 재촉했다.

"우리가 할 수 있는 일은 없어, 왜냐하면… 넌 아마 아직 이해 못할 거야." 그는 말을 꺼내더니 이내 담배 한 개비를 뽑아 불을 붙였다.

"말해봐," 클라리세는 독촉했다. "그게 무슨 말인데?" 하지만 울리히는 다시 입을 다물었다. 그녀는 그의 등에 팔을 대더니 마치 자기의 힘을 보여주려는 아이처럼 그를 흔들어대기 시작했다. 그러나 그녀에게는 굳이 대답이 필요하지 않았다. 잠시 일상을 벗어난 것만으로도 그녀의 상상력을 자극하기에 충분했기 때문이다. "너는 위대한 악마야!" 그녀는 그렇게 소리치고는 그가 상처받기를 헛되이 바랐다.

때마침 발터가 돌아오는 바람에 그들의 대화는 어색하게 중단되었다.

83.
그렇고 그런 일이 벌어지다.
또는 왜 우리는 역사를 고안하지 못하는가?

울리히는 클라리세에게 뭐라고 말할 수 있었을까? 그는 이 말을 감추고 있었는데 왜냐하면 그녀는 그가 '신'이라는 말을 하게끔 충동했기 때문이다. 그가 하려는 말은 이랬다. 신은 세계를 절대 문자 그대로 이야기하지 않는다. 세계는 신이 이런저런 이유로 사용할 수밖에 없는 은유이고 비유이며 숙어이기 때문에 항상 당연히 신을 만족시키지 못한다. 따라서 우리는 신을 언어로 파악하지 못하며 신이 낸 수수께끼를 우리 스스로 풀어내야만 한다. 울리히는 클라리세가 인디언영화나 강도영화를 이해하듯이 이것을 받아들일 수 있을까 궁금했다. 확실히 그럴 것이다. 누군가 앞서나가면, 그녀는 마치 암컷 늑대처럼 그의 곁을 바싹 따라붙어서 유심히 지켜볼 것이기 때문이다.

하지만 울리히에게는 하고 싶은 말이 더 있었다. 그것은 결코 일반적인 해결책에 도달할 수는 없지만 개별적인 해결책들을 결합함으로써 일반적인 해결 근처로 가까이 다가갈 수 있는 그런 수학적 문제에 관한 것이었다. 그는 인생 역시 그런 종류의 문제임을 덧붙이고 싶었다. 우리가 시대라고 부르는 것은—그것이 백년인지 천년인지 아니면 학창 시절에서 노년까지의 기간인지를 특정하지 않은 채—여러 조건들이 불규칙적으로 흘러가는 것이다. 때문에 그것은 뭔가 불만족스럽고 개별적으로 선택된 잘못된 해법들의 무질서한 이어짐이며 인류가 그 모든 조각들을 맞추는 법을 알아야만 완전하고 올바른 해결책이 나올 수 있는 것이다.

이런 생각들은 집으로 가는 전차 안에서 떠올랐다. 그는 도심으로 가는 사람들과 함께 있는 자리에서 이런 생각에 빠져드는 것이 다소 부끄러웠다. 그 사람들이 어떤 일을 마치고 돌아가는지, 또는 어떤 즐거움을 찾으러 가는지 우리는 짐작할 수 있다. 옷만 살펴봐도 그들이 어디에서 왔는지 어디로 가는지 알 수 있는 것이다. 그는 근처의 한 사람을 관찰해보았다. 그녀는 마흔 무렵의 주부이자 어머니일 것이 틀림없었다. 또한 아마도 학구적인 관료의 아내일 것이며 지금 오페라 글라스를 품속에 넣고 있을 것이다. 이런 생각을 하자니 그녀 옆에 앉은 자신이 마치 놀이에 빠진 아이 같았다. 그것도 약간은 단정치 못한 놀이에 말이다.

왜냐하면 실용적인 목적이 없는 생각은 정말 단정치 못하고 비밀스런 것이기 때문이다. 특히 커다란 죽마를 타고다니거나 작은 발바닥만으로 대상을 인식한다는 생각은 난삽하다는 의혹을 불러일으킨다. 사람들이 자신이 빠진 공상에 대해 이야기하던 때가 있었다. 실러 F. Schiller(18세기 독일의 작가—옮긴이)의 시대만 해도 그런 지적 의문을 가슴에 품은 사람은 매우 흔했다. 하지만 오늘날 그런 사람이 있다면, 만약 그의 직업이 그렇든가 그걸로 돈을 벌지 않는 한, 아마도 이상한 사람 취급을 받을 것이다. 인간은 사태를 확실히 다르게 보기 시작했다. 사람들의 마음에서 어떤 의문이 끌려나오기 시작했다. 사람들은 한껏 부푼 생각들을 위해 철학이나 신학, 문학이라고 불리는 일종의 큰 새장을 만들어주었는데 그 안에서 생각들은 각자 점점 더 알 수 없는 자신들만의 방식으로 번성해나갔고 그것은 아주 당연하게 받아들여졌다. 왜냐하면 그렇듯 번성중인 그들이 타인에게 개인적으로 관심을 쏟을 수 없다고 죄책감을 가질 필요는 없었기 때문이다. 전문성과 숙련성을 존중해온 울리히는 그런 식의 노동의 분리에 원칙적으로 반대하고 싶은 마음은 없었다. 그러나 비록 자신이 전문적인 철학자는 아니었지만 그는 여전히 생각하는 일에 몰두했고, 그러다보면 어느 순간 벌집처럼 생긴 국가를 선명하게 떠올리게 되었다. 그 나라에서 여왕벌은 알을 낳을 것이고 수벌은 육욕과 정신에 삶을 바칠 것이며 전문가들은 일을 할 것이다. 결국 총생산은 증가하는 그런 방식으로 세계가 조직되었을 수도 있다. 오늘날 모든 인간은 여전히 모든 인간성을 간직하고 있다. 하지만 그 모든 인간성은 더이상 작동하지 않을 정도로 너무 많아져서 인간성은 이제 명백한 속임수가 돼버리고 말았다. 새로운 노동이 분리되기 위해서는 아마도 정신의 종합을 이뤄낼 특별한 노동자 집단이 필요할지도 모른다. 그러나 정신이 존재하지 않는다면?… 울리히는 아마도 그런 상황을 반기지는 않을 것이다. 그러나 이 역시 편견에 불과하다. 우리는 정신이 어디에서 연유하는지 모른다. 그는 갑자기 자리를 벗어나 유리창에 비친 자신의 얼굴을 들여다보면서 뭔가 다른 생각이 떠오르기를 기대했다. 그러나 뭔가 완벽한 것을 추구하다가 엄청나게 강렬해진 그의 머리는 내부와 외부 사이에서 유동하는 유리창을 떠다니고 있었다.

발칸에는 과연 전쟁이 실제로 일어난 것일까, 아닐까? 이런저런 간섭은 분명히 있었지만 그것이 전쟁인지 그는 확실히 알지 못했다. 너무 많은 일들이 요동치며 일어났다. 자랑스럽게도 최고도^{最高度} 비행 기록이 갱신되었다. 그의 기억이 정확하다면 그 기록은 3,700미터이고 기록을 세운 이는 주우^{Jouhoux}였다. 한 흑인 권투선수가 백인 챔피언을 때려눕혔는데 새 챔피언의 이름은 존슨^{Johnson}이라고 했다. 프랑스 대통령은 러시아를 예방했다. 사람들은 세계평화가 위기에 처해 있다고 떠들어댔다. 새로 발굴된 테너는 북미에서조차 유례가 없는 수입을 남미에서 올리고 있었다. 끔찍한 지진이 일본에서 발생했다. 불쌍한 일본인들. 한마디로 1913년이 끝나고 1914년이 시작될 무렵은 격앙된 시기였고 곳곳에서 많은 일이 일어났다. 하지만 2년, 5년 전에도 격앙된 사건들은 있었고 매일매일에 각각의 흥분이 있었지만 도대체 정확히 무슨 일이 있었는지를 기억하기란 쉽지 않거나 거의 불가능하다. 간략하게 정리해볼 수는 있다. 가령 새로운 매독 치료제가 개발되었다, 식물의 신진대사에 관한 연구가 진행중이다, 남극 정복은 어떻게 될 것이다, 슈타이나크 교수의 실험이 흥분을 불러일으켰다 등등. 이런 식으로 상세한 일의 반 정도는 생략해버릴 수 있었으며 그렇다고 큰 티도 나지 않았다. 역사란 얼마나 기묘한 사업이란 말인가! 우리는 이런저런 사건이 역사에서 이미 자리를 잡았다거나 앞으로 일어날 것이라는 확신을 가진다. 그러나 이런 사건이 실제로 일어난 것인지는 확신하지 못한다. 왜냐하면 일어난 일이란 어느 특정한 시기에 일어나야 하며 다른 시기에 속하거나 아무런 시기가 없으면 안 되기 때문이다. 또한 일어난 일은 그 자체로 명백한 것이어야 하며 뭔가 그저 비슷한 일이거나 유사한 일이어서도 안 된다. 하지만 사람들은 마치 신문이 그렇듯이 일어난 일을 그때그때 적어두거나, 그 일이 자신의 직업이나 재산 문제에 관련된다는 확신이 없으면 역사에 대해 뭐라고 주장할 수 없게 되었다. 왜냐하면 은퇴까지는 얼마의 시간이 남았는지, 어느 때가 되면 얼마를 벌고 얼마를 쓰는지 같은 것이 더없이 중요해진 데다 전쟁조차도 그런 맥락 속에서야 기념할 만한 사건이 될 수 있기 때문이다. 역사란, 가까이서 관찰하면 마치 반만 밟고 다닐 만한 진흙길처럼 불명확하고 복잡해 보인다. 하지만 아주 이상하게도 결국에는 역사를 가로지르는 길이 보이는데 그 '역사의 길'이 어디서 시작되었는지는 아무도 알지 못한다. 이처럼 '사건의 소재'로서 기능하는 역사에 대해 울리히는 분노를 느꼈다. 그가 타고 있는 빛나고 흔들리는 상자 같은 전차는 수백 킬로그램의 사람들을 미래로 밀어내기 위해 이러저리 덜컹거리는 기계처럼 보였다. 백년 전에 사람들은 똑같은 표정을 짓고 역마차에 타고 있었으며 백년 후에 과연 어떻게 될지는 아무도 모르지만, 사람들은 새로운 인류로서 새로운 탈것을 타고 똑같이 앉아 있을 것이다. 울리히는 이같은 변화의 상황을, 대책없는 동시대성을, 수세기 동안 아무 계획 없이 이뤄진 정말 비인간적인 참여를 아무 저항도 못하고 받아들여야 한다는 사실에 화가 났다. 그런 분노는 마치 기묘한 듯 잘 어울리게 머리에 얹혀 있던 모자를 향해 갑자기 반역을 일으키는 것과 비슷했다.

그는 무의식적으로 일어나서 이곳저곳을 걸어다녔다. 이제 도시의 더 넓은 지역으로 나아오게 되자 언짢았던 기분이 다시 쾌활해졌다. 정신의 해를 만들겠다는 클라리세의 착상은 정말 미친 생각이었다. 그는 이 문제에 주의를 집중했다. 그 착상은 왜 그렇게 어리석은가? 디오티마의 애국운동에 대해서도 사람들은 똑같은 질문을 할 수 있을 것이다.

첫번째 해답. 세계역사 역시 반드시 다른 역사들처럼 되기 때문이다. 저자들은 절대 새로운 것을 생각해낼 수 없으며 오로지 서로의 이야기를 베껴댈 뿐이다. 이것이 바로 모든 정치가들이 생물학이나 그 비슷한 것들 대신 역사를 배우는 이유다.

두번째 대답. 대부분의 경우 역사에는 저자가 없다. 역사는 중심에서 나오는 것이 아니라 주변에서 만들어진다. 사소한 원인들에서 말이다. 고딕 시대의 인간 또는 고대 그리스인으로부터 현대의 문명화된 인간이 만들어졌다고 믿는 사람은 아마 거의 없을 것이다. 인간은 식인종이 될 수도 있고 『순수이성비판』을 쓸 수도 있다. 또한 처한 상황에 따라 똑같은 신념과 특성을 가지고도 서로 다른 선택을 할 수 있으며 이때 드러나는 외면상의 큰 차이는 아주 작은 내면의 차이에서 비롯된 것이다.

여담 하나. 울리히는 군대에서의 비슷한 체험을 떠올렸다. 기병대는 2열로 말을 타는데, '명령 전달'을 연습할 때 각각은 낮게 속삭이며 전달받은 명령을 다음 사람에게 똑같은 방식으로 전달하게 돼 있었다. 그래서 '상사가 대열 앞으로 간다'는 첫 말이 나중에는 '여덟명의 기병대원이 즉각 사살될 것이다' 같은 말로 바뀌곤 했다. 세계역사는 바로 이런 식으로 진행되는 것이다.

세번째 대답. 그래서 오늘날 유럽을 인류의 어린 시절인 기원전 5천년 이집트로 돌려놓고 세계역사를 그때부터 다시 시작한다면, 한동안은 같은 역사를 되풀이하다가 아무도 예측하지 못한 이유로 원래 예정된 길을 점차로 벗어나게 될 것이다.

여담 둘. 세계역사의 법칙이라는 것은—방금 그에게 떠오른 생각으로는—옛 카카니엔 정부의 '어떻게든 계속 나아간다'는 원칙과 같다. 카카니엔은 놀랍도록 영리한 국가였다.

여담 셋 또는 네번째 대답? 그래서 역사의 길은 한번 치면 예정된 경로를 가게 돼 있는 당구공 같지 않고 오히려 구름이 가는 길, 또는 여기서는 그림자에, 저기서는 사람들 또는 기이하게 생긴 건물에 의해 가는 방향이 바뀌어 결국에는 알지도 못하고 가고 싶지도 않은 곳에 도착한 나그네의 길과 비슷하다. 역사의 길에는 길을 잃게 하는 어떤 것이 분명히 있다. 현재는 마치 도시의 맨 끝에 있어서 더이상 도시에 속하지 못하는 마지막 집 같다. 모든 세대는 놀라서 묻는다. 나는 누구이며 내 조상은 도대체 누구입니까? 차라리 '나는 어디에 있습니까?'라고 묻고 조상들이 우리와 다른 족속이 아니라 그저 다른 장소에 있었다고 추정하는 것이 더 나을 것이다. 그는 그게 더 이로울 것이라고 생각했다.

    울리히는 그때까지 대답과 여담에 번호를 매기며 걸어왔고 생각이 완전히 달아나버리지 않도록 쇼윈도에 순간적으로 지나치는 얼굴을 바라보았다. 하지만 지금 그는 길을 약간 벗어났고 그래서 지금 어디에 있는지, 집으로 가는 길은 어디인지를 파악하기 위해 잠시 멈춰야 했다. 다시 길을 찾기 전에 그는 스스로의 질문을 다시 한번 정확히 펼쳐보려고 했다. 우리가 역사를 만들어내야 하고 발견해야 한다는 미친 클라리세의 말은 완전히 옳았다. 비록 그가 이 문제를 두고 그녀와 다투기는 했지만 말이다. 그런데 왜 그녀의 말처럼 하지 못할까? 그에게 떠오른 단 하나의 해답이란 몇년 전 한여름 카페에 앉아 이따금 함께 차를 마시던 로이트 은행의 은행장이자 자신의 친구인 레오 피셀이었다. 왜냐하면 울리히가 혼자 중얼거리는 대신 이런 대화를 그와 나누고 있자면, 그가 이렇게 대답하곤 했기 때문이다. "자네의 고민이 바로 내 고민이군!" 이런 고무적인 대답에 울리히는 고마워했다. '경애하는 피셀 씨,' 그는 곧장 마음속으로 대답했다. '그건 간단하지 않아요. 당신이 기억하겠지만 제가 역사라고 할 때 그것은 우리의 삶입니다. 또한 저는 처음부터 다음과 같은 질문을 매우 불쾌한 것으로 받아들였어요. 왜 사람들은 역사를 만들어내지 못하는가? 그러니까 왜 인간은 마치 동물이 부상을 당했을 때나 옷에 불이 붙었을 때처럼, 한마디로 위기에 처했을 때만 역사를 공격하는가? 왜 이 질문이 불쾌한 것일까요? 그 질문이 의미하는 바가 인간은 그저 삶을 흘러가는 대로 내버려둬서는 안 된다는 것이라면 우리는 그것에 거슬러서 무엇을 하게 될까요?'

'그래도 인간은 대답을 알고 있어.' 피셸 박사라면 이의를 제기했을 것이다. '아무것도 하는 게 없는 정치가나 성직자, 거물급 인사들 그리고 하나로 고정된 사상으로 날뛰는 사람들이 우리의 일상에 간섭하지 않는다는 사실은 분명 기뻐해야 할 일이지. 게다가 우리는 교양있는 사람들이잖아. 그렇게 많은 사람들이 교양이라도 없었으면 좋았을 텐데!' 당연히 피셸 박사는 옳았다. 사람들은 대부나 증권에 정통할수록, 그리고 다른 사람들이 역사를 많이 만들어내지 않을수록 기뻐하는데, 그것은 스스로 역사를 잘 안다고 믿기 때문이다. 우리는 절대로 사상들 없이는 살 수 없다. 그러나 사상들 사이에는 어떤 평형이, 힘의 균형이, 무장한 채로 평화를 이루는 순간들이 있어야 하며 그래서 어떤 사상들도 너무 많이 현실화되어서는 안 된다. 피셸에게 교양은 진정제였다. 교양은 다름 아닌 문명의 근본감각이었다. 그러나 오늘날 스스로를 더욱 생생하게 주장하는 반대감각이 생겨났는데 그에 따라 우연에 의해, 그리고 전사들에 의해 만들어진 영웅적이고 정치적인 역사는 거의 구식이 돼버렸고 모든 문제에, 모든 관계자들이 참여하는 어떤 계획된 해결책으로 대체되어야 했다.

그러나 울리히가 집에 도착할 때가 되자 울리히의 해는 종말을 맞았다.

84.
일상적인 삶도 유토피아적이라는 주장

집에 돌아온 울리히는 라인스도르프 백작이 으레 자신한테 넘기는 편지더미를 발견했다. 한 기업가는 시민계급 자녀들에게 행해지는 군사교육을 평가하여 그중 최고의 성과에 막대한 상금을 주자고 제안하고 있었다. 대주교 교구청에서는 큰 고아원을 짓자는 제안에 찬성하면서 그것으로 초교파적인 생각에 맞서야 한다고 주장했다. 예배·교육위원회는 궁전 근처에 위대한 평화의 황제와 오스트리아 민중을 상징하는 조형물을 건립하자는 계류 안건이 어떻게 진행되었는지를 보고했다. 공공예배와 교육을 위한 제국황실사무국과 논의를 거치고 예술가, 엔지니어, 건축가연합 지도자들의 자문을 받은 끝에 위원회는 궁극적으로 나올 결과물에 대한 편견 없이, 또한 중앙실행위원회의 동의를 얻어, 조형물을 지을 수 있는 가장 좋은 계획을 공모하는 수밖에 없다는 난처한 결론에 이르렀다. 3주 전에 올라온 제안에 대한 답변 의무가 있었던 궁정사무국은 중앙실행위원회로 서한을 보내와, 유감스럽게도 최근 경애하는 황제폐하로부터 내려진 전갈, 즉 어떤 결정도 통과될 수 없지만 당분간 공공의 의견은 계속 형성되도록 하라는 말을 전했다. 공공예배와 교육을 위한 제국황실사무국은 위원회의 번호가 붙은 문서에 답하면서 월 속기협회의 요청을 받아들일 수 없다고 밝혔다. 이름을 밝히지 않은 민중건강단체는 단체 설립을 알려왔고 기부금을 신청했다.

이처럼 편지는 계속 이어졌다. 울리히는 현실세계를 담은 편지 꾸러미를 제쳐두고 잠시 생각에 잠겼다. 그는 갑자기 일어서서 모자와 외투를 달라고 하고는 한 시간쯤 후에 돌아오겠다는 말을 남기고 집을 떠났다. 그는 택시를 불렀고 다시 클라리세를 찾아갔다.

어둠이 깔렸다. 그 집에는 단 하나의 창만이 거리로 불빛을 드리우고 있었다. 거리에는 누군가 비틀거린 듯 얼어붙은 발자국이 만든 어지러운 구멍이 남아 있었다. 문은 닫혀 있었고 뜻하지 않은 방문이었기에 소리를 지르고 문을 두드리고 손뼉을 쳐봐도 오랫동안 아무 기척이 없었다. 마침내 울리히가 방에 들어섰을 때, 그곳은 얼마 전까지 그에게 친숙했던 곳이 아니라, 뭔가 낯설고 자신의 침입으로 놀란 세계처럼 보였다. 식탁에는 간단한 2인용 식사가 차려져 있었고 의자마다 살림이 놓여 있었으며 벽은 침입자에게 뚜렷한 적대감을 표시하며 서 있었다.

클라리세는 울로 된 간편한 잠옷 차림에 미소를 짓고 있었다. 늦은 방문객을 맞아들인 발터는 눈을 껌뻑이면서 커다란 집 열쇠를 식탁 서랍에 넣었다. 울리히는 단도직입적으로 말했다. "클라리세에게 대답해줘야 할 말이 있어서 돌아왔어." 그러고는 발터가 도착하는 바람에 끊겼던 부분에서 이야기를 다시 시작했다. 얼마 후에 방과 집, 시간감각은 사라져버렸고 대화는 별들의 그물 속 푸른 우주 위의 어디쯤 걸려 있었다. 울리히는 세계의 역사 대신 생각의 역사에서 살아가려는 계획을 들려주었다. 그가 말한바 두 역사의 차이는 무엇이 일어났느냐가 아니라 인간이 사건에 부여하는 의미에, 사건과 연관된 의도에, 그리고 하나하나의 사건을 에워싼 체계에 있었다. 오늘날 유효한 체계란 수준 낮은 연극과도 비슷한 현실의 체계다. 최근 세계 연극이라고 할 만한 현상이 생겨났는데 왜냐하면 항상 같은 역할과 같은 전개와 같은 스토리가 삶 속에 일어나기 때문이다. 인간은 세상에 사랑이라는 게 있기 때문에 사랑하며 마치 원주민이나 스페인 사람처럼, 젊은 여자나 사자처럼 우쭐해한다. 또한 사람이 살인을 저지르는 이유는 열에 아홉 살인이 비극적인 동시에 웅장하게 보이기 때문이다. 몇몇 아주 뛰어난 예외를 제외하고 현실세계의 성공한 정치적 창안자들은 하나같이 싸구려 극작품의 작가와 다를 바가 없다. 그들이 생생하게 보여주는 장면은 정신과 새로움이 부족해 지루하기 그지없고, 그래서 결국 우리를 무력하게 잠들게 하며 어떤 변화도 받아들이게 한다. 이런 관점에서 볼 때 역사는 일상적인 생각에서, 곧 생각에 대한 무관심에서 나오며 그래서 생각을 위해서는 아무 일도 일어나지 않는다. 간단히 요약하자면 우리는 무엇이 일어났느냐에 관해서는 거의 관심이 없는 반면 누구에게, 언제, 어디에서 일어났느냐에 대해선 너무나 큰 관심을 가진 나머지 결국 일어난 일의 정신이 아니라 그 줄거리가, 새로운 인생의 개척이 아니라 이미 우리에게 알려진 것들의 분배가 더 중요해진 것이다. 이것은 결국 좋은 연극과 그저 흥행에 성공한 연극의 차이와 정확하게 일치한다. 이로써 다음과 같은 역설적인 결론이 도출되는데, 인간은 경험을 향한 인간적인 욕심을 포기해야만 한다는 것이다. 인간은 체험을 인간적이거나 현실적으로 바라보는 대신 좀더 보편적이고 추상적이며 비인간적인 것으로 바라봐야 한다. 그것은 체험을 마치 그림이나 노래로 생각하는 것과 같다. 또한 체험을 자기 쪽으로 끌어당기지 말고 위쪽이나 바깥쪽으로 밀어내야 한다. 그리고 이것이 개인적인 영역에서의 일이라면, 집단적인 영역에서도 뭔가가 더 일어나야 하는데, 그것은 울리히가 적당한 표현을 찾아내지 못한 나머지 '정신의 과즙을 압착하고 저장하며 농축한다'

고 부르는 것으로 이런 과정이 없다면 당연히 개개인은 무력감과 판단을 포기한 듯한 느낌을 벗어나지 못할 것이다. 그런 이야기를 하는 동안 울리히는 언젠가 디오티마에게 현실은 폐기돼야 한다고 말했던 때가 떠올랐다.

매우 당연하게도 발터는 이 모든 것이 아주 흔한 일이라는 말로 이야기를 시작했다. 그 말은 전체 세계, 문학, 예술, 과학, 종교가 절대 "압착되고 저장되지" 않을 거라는 말인 듯했다. 또한 어떤 교양인은 사상의 가치를 부정하거나 정신과 미와 선에 신경을 쓰지 않는다는 말이며 모든 교육이 인간 정신의 체계로 인도되지는 않는다는 것이었다.

울리히는 교육이 그저그런 예방수단에 불과한 임시방편의 보편적인 지식으로 우리를 인도할 뿐이라는 점을 분명히했으며 그렇기 때문에 자기 자신의 정신을 획득하려는 사람은 무엇보다 아직 어떤 것도 가진 것이 없음을 명심해야 한다고 주장했다.

그러자 발터는 거의 불가능한 주장이라고 맞받았다. "그런 자극적인 주장을 하다니," 그는 말했다. "마치 우리에게 사상을 실현하고 우리 자신의 삶을 살아갈 선택권이 있다는 소리 같군! 그러나 결국 너도 이 인용을 떠올리게 될 거야. '나는 머리를 쥐어짜낸 책이 아니네, 나는 모순을 간직한 인간이라네.' 왜 한발 더 나아가지 않는 거지? 왜 우리의 사상들을 위해 위장을 떼어버려야 한다고 요구하지 않는 거지? 그러나 내가 하고 싶은 말은 '인간은 평범하게 만들어졌다'는 거야. 우리가 왼쪽으로 가는지 오른쪽으로 가는지 모르는 채 팔을 앞으로 뻗었다가 뒤로 젖히는 것처럼, 우리가 습관과 편견, 흙으로 만들어졌다고 해도 최선을 다해 우리의 길을 가거든. 그게 바로 인간을 완전하게 하는 거야! 네가 말한 대로라면 인간은 그저 현실을 평가하면 그만이라는 건데 그건 기껏해야 문학이 될 뿐이라고!"

울리히는 그 말을 인정했다. "그 주제 아래 다른 모든 예술과 삶의 교훈들과 종교 등을 포함시켜도 좋다면, 나는 우리 존재가 완전히 문학으로 이뤄진다고 말하고 싶어."

"뭐라고? 너는 신의 가호나 나폴레옹의 인생을 문학이라고 할 셈이구나!" 발터가 내뱉었다. 그런데 마침 발터에게 더 좋은 생각이 떠올랐고 가장 좋은 패를 쥔 사람처럼 침착해져서 친구에게 말했다. "너는 통조림 채소를 신선한 채소라고 주장하고 있어!"

"네 말이 절대 옳아. 아마 내가 소금 하나로 요리를 하려는 인간이라고 말해도 틀리지 않을 거야." 울리히는 조용히 대답했다. 그는 더 이상 아무 말도 하고 싶지 않았다.

이때 클라리세가 끼어들더니 발터에게 말했다. "왜 그의 말에 반대하는지 모르겠어! 우리에게 뭔가 굉장한 일이 일어나면 너 스스로도 이렇게 말했잖아. '이건 무대에 올릴 만한 일이야. 모든 사람이 보고 느껴야 한다고!'라고 말이야. 우리는 노래를 불러야 해!" 그녀는 찬성하는 뜻에서 울리히에게 돌아서 말했다. "우리가 해야 할 일은 노래야!"

그녀는 일어서더니 의자들 사이에 만들어진 작은 원 안으로 들어갔다. 그녀의 행동은 마치 자기의 생각을 표현하기 위해 춤이라도 추려는 듯 어색했다. 그런 속된 감정의 노출이 왠지 거북했던 울리히는, 뭔가를 창조하지는 못한 채 정신만 고양된 대부분의 사람들이—좀더 정확히 말하자면 평균적인 인간들이—자신을 표현하고자 하는 강한 소망을 품는다는 사실을 떠올렸다. 이런 사람들은 뭔가 '말할 수 없는 것'을 즐겨 찾는데, 이 말은 그들의 모든 것을 말해주는 단어이자 그들이 무엇이든 애매하게 과장하는 바람에 무슨 말을 하는지 모르는 안개에 둘러싸이게 만드는 단어다. 그 말을 멈추게 하기 위해 울리히가 말했다. "내 말이 그런 뜻은 아니었지만 클라리세가 맞아. 연극은 강렬한 인간적 체험이 비인간적인 목적에, 즉 그저 인간적이기만 한 감정을 뛰어넘는 의미와 은유의 결합에 기여한다는 점을 증명했지."

"울리히가 뭘 말하는지 알겠어." 클라리세가 다시 끼어들었다. "나는 뭔가가 나에게 일어났다는 것으로 특별한 기쁨을 느꼈던 적을 기억할 수 없어. 그건 그냥 일어났던 일일 뿐이야!" 그녀는 남편에게 돌아서며 말했다. "가령 너는 음악조차 소유하고 싶어하지 않잖아. 음악의 기쁨은 단지 거기 있다는 것이야. 사람들은 체험을 자기 것으로 만들어 한순간에 자신을 넘어서는 것으로 확장시키지. 인간은 자기를 실현하려고 하지만 그건 가게주인이 이익을 실현하는 것과는 달라!"

발터는 머리를 감싸쥐었다. 하지만 클라리세를 위해 또다른 반박으로 나아갔다. 그는 자기의 말이 차갑고 냉정한 빛처럼 들리도록 최선을 다했다. "네가 주장하듯 만약 행동의 가치가 오직 정신적인 힘을 내뿜는 데 있다면," 발터는 울리히에게 말했다. "하나 물어보고 싶은 것이 있어. 정신적 힘과 능력을 만들어내는 것이 인간의 유일한 목표라는 말인가?"

"모든 존재하는 나라가 성취하려는 목표는 삶이야." 울리히가 대답했다. "그런 나라에서 사람들은 위대한 열정과 이상, 철학과 소설의 영향을 받으며 살아가지 않나?"

발터가 말을 이었다. "하나만 더 물어보자. 사람들이 그렇듯 위대한 철학과 시를 실현하고자 한다면, 과연 철학과 시는 그들의 삶 전체에서 살과 피로 녹아들어 있는 것일까? 첫번째 가정에서 보자면 너의 말이 전적으로 옳아. 오늘날 문화국가라는 말과 정확히 일치하니까 말이야. 하지만 두번째 결론에서 네가 간과한 것은 철학과 문학이 이미 필요없게 됐다는 점이야. 예술적인 방식에 따른 삶이든 뭐든 이제 그런 것을 상상할 수 없음은 바로 예술의 종말을 의미하거든!" 이 말로 발터는 클라리세를 위한 카드 한장을 분명히 내민 셈이었다.

그건 주효했다. 울리히조차 힘을 모으기 위해서는 머뭇거려야만 했다. 하지만 울리히는 이내 웃으며 물었다. "모든 완성된 삶은 예술이 다다른 종말인 것을 모르니? 내가 보기엔 너조차 예술을 끝까지 밀어붙여서 삶을 완성하려는 것 같던데?"

악의를 가지고 한 말은 아니었는데도 클라리세는 신경을 곤두세웠다.

울리히가 말을 이었다. "모든 위대한 책은 전체 사회가 강제하는 형식을 견디지 못한 개개인들의 운명을 사랑하면서 숨쉬고 있지. 그 책들은 우리를 결정될 수 없는 결정으로 이끌어가거든. 우리는 그저 그들의 삶을 다시 이야기할 수 있을 뿐이지. 모든 문학에서 의미를 끌어낸다면, 너는 불완전하지만 생생하고 끊임없는 개별 삶들의 체험을 얻게 될 텐데 그것은 문학을 사랑하는 사회가 발딛고 선 모든 적법한 규칙과 원칙, 규정들을 부정하는 것이야. 결국 하나의 시詩는 수천개의 일상적인 말들과 세상의 의미가 맺어지는 지점을 파고들어가 신비를 통해 그 모든 끈들을 잘라서 말들의 풍선을 우주로 날려보내지. 흔히 말하듯 이것을 아름다움이라고 한다면, 이 아름다움은 그 어떤 정치적 혁명보다도 더 표현하기 힘들 정도로 가차없고 잔인한 전복인 셈이야."

발터는 입술까지 창백해졌다. 예술을 삶의 부정이자 삶에 대한 모반으로 본 이런 견해를 그는 혐오했던 것이다. 그의 눈에 이것은 집시처럼, 또한 '시민계급'을 분노하게 하려는 철지난 시도의 잔재처럼 보였다. 완벽한 세계 속에는 더이상 어떤 아름다움도 없다는 것은 아이러니하지만 명백했다. 그곳에서 아름다움은 잉여에 불과하기 때문이다. 이 점을 발터 역시 알았다. 그러나 친구의 말 속에 숨겨진 질문을 그는 들으려 하지 않았다. 울리히조차 자신의 주장이 편협하다는 사실을 알고 있었을 테니까. 발터는 그와 반대되는 말을 쉽게 만들어낼 수 있었다. 가령 예술은 사랑이기 때문에 부정한다. 사랑하는 가운데 예술은 아름다워지며, 전체 세계에서 오직 사랑만이 사물이나 존재를 아름답게 만들 것이다. 또한 사랑조차 파편들로 이루어져 있기 때문에, 아름다움 역시 격앙하거나 대립하며 존재한다. 그리고 오직 사랑의 바다에서만 완전함이란 개념은 격앙에 의지하는 아름다움의 개념과 하나가 된다. 그 어떤 격앙도 없이 말이다. 다시 한번 울리히의 생각은 '제국'을 스쳤고, 화가 난 채 머뭇거렸다. 그사이 발터 역시 자신을 추슬렀고, 인간은 읽은 바대로 살아야 한다는 친구의 주장을 평범하지만 불가능한 생각으로 몰아붙이다가 급기야는 사악하고 천박한 주장이라고 매도하기까지 했다.

"만약 어떤 사람이," 발터는 이전처럼 예술적으로 절제된 화법으로 말을 이었다. "네 말처럼 읽은 바대로 살아간다면 내면에서 아름다운 이상을 불러일으키는 것은 무엇이든—다른 불가능한 의미들은 제쳐두고라도—그리고 심지어 그런 가능성이라도 보이는 것은 무엇이든 받아들여야 할 거야. 물론 이것은 전반적인 타락을 의미하지만 너는 그런 건 별로 신경쓰지 않으니까—아니면 구체적인 대안 없이 어떤 모호하고 일반적인 대비책을 생각하는지도 모르지만—인간적인 결론에 대해서만 이야기해보자. 내가 보기에 읽은 대로 살아가는 사람은 스스로 삶을 주관하는 시인이 되지 못하는 경우엔 언제나 짐승보다도 못한 삶을 살게 될 거야. 그가 어떤 생각도 할 수 없고 결국 어떤 결정도 내리지 못한다면, 그래서 인생의 대부분을 충동이나 변덕, 따분한 열정 같은 인간의 요소 중 가장 비인간적인 것에 허비한다면, 그리고 더 높은 지위에 이르는 길까지 막혀 있다면 아마도 그는 머릿속에 떠오르는 충동에 자신을 맡길 수밖에 없겠지."

"그 사람은 무언가를 하려 하지 말아야 해!" 울리히 대신 클라리세가 대답했다. "그게 그런 상황에서 인간이 할 수 있는 적극적인 수동주의라는 것이지."

발터는 그녀를 쳐다볼 엄두를 내지 못했다. 그녀가 지닌 거부의 힘은 그들의 인생에서 아주 큰 역할을 맡고 있었다. 발끝까지 잠옷을 걸친 작은 천사처럼 클라리세는 침대에 올라서서 반짝이는 이빨로 니체를 암송했다. "나는 다림줄처럼 너의 영혼에 질문을 던졌어! 너는 아이와 결혼을 원했지. 하지만 나는 물었어. 네가 아이를 가질 만한 남자인지? 스스로의 힘으로 승리를 쟁취하는 주인인지? 아니면 그저 자연적 욕망을 품고 짐승의 목소리를 불러낸 것에 불과한지?…" 발터가 그녀를 아래로 끌어내리려고 헛되이 애쓰는 사이 어두컴컴한 침실에서 그녀의 말은 섬뜩하게 울려퍼졌다. 그리고 지금 그녀는 '적극적인 수동주의'라는 새로운 슬로건을 내걸었다. 그건 사람은 늘 필요에 따라서 능력을 발휘해야 한다는 것으로 특성 없는 남자의 생각과 유사한 것이었다. 클라리세가 울리히를 신뢰하게 된 것일까? 울리히가 클라리세에게 기이한 행동을 유도한 것일까? 질문들은 발터의 마음속에서 벌레처럼 꿈틀거렸으며 속을 메스껍게 만들었다. 그의 안색은 거의 잿빛이 되었고 긴장감이 물러난 자리에 무기력한 주름살이 새겨지고 있었다.

이 상황을 목격한 울리히는 발터에게 뭔가 더 할 말이 있는지 따뜻하게 물었다.

발터는 애써 아니라고 대답했고 밝게 웃으면서 이제 허튼소리를 계속 해보라고 말했다.

"어떻든," 울리히는 관대하게 그의 말을 받아들였다. "네 말은 틀리지 않아. 하지만 종종 우리는 스포츠 정신이라는 명목하에 우리 자신을 해치는 행위조차도 참아내야 해. 적수가 그런 행위를 매력있게 행하고 있다면 말이야. 또한 아주 흔히 우리는 뭔가 새로운 행위를 향한 이상에 사로잡히지만 곧장 습관이나 타성, 자기이익, 남들의 부추김 등에 이끌리고 말지. 그건 어쩔 수 없어. 아마도 나는 어떤 방식으로든 결론이 나지 않는 상황을 말했는지도 몰라. 하지만 한 가지 부인할 수 없는 사실은 그것이 바로 우리가 살고 있는 세계의 상황이라는 거야."

발터는 평정을 되찾고 말했다. "진실을 뒤집으면 언제든 뒤집힌 채로의 또다른 진실을 만들어낼 수 있어." 더이상의 논쟁은 하고 싶지 않다는 의도를 숨기지 않은 채 발터는 부드럽게 말했다. "너는 꼭 어떤 불가능한 것이 있지만, 그것이 현실이라고 주장하는 것 같아."

하지만 클라리세는 거칠게 반박했다. "난 그게 정말 중요한 것 같아," 그녀가 말했다. "우리 모두에게 뭔가가 불가능하다는 말에는 아주 많은 의미가 있지. 너희들의 이야기를 들으면서 우리들의 전체 삶을 잘라보면 이 반지처럼 어떤 것 주위를 돌고 있을 것 같다는 생각이 떠올랐어." 그녀는 한참 전에 뺀 결혼반지의 구멍을 통해 은은하게 빛나는 벽을 바라보고 있었다. "그러니까 중심은 텅 비어 있지만, 그 비어 있음이야말로 가장 중요한 것이라는 듯 말이야. 울리히조차 그걸 완벽하게 표현하긴 어려울 거야!"

이 대화는 결국 유감스럽게도 다시 한번 발터에게 상처를 입힌 채 끝나고 말았다.

85.
슈툼 장군이 시민정신에 질서를 부여하려 시도하다

예정했던 것보다 한 시간이나 더 머문 후 집에 돌아왔을 때 울리히는 한 관료가 오랫동안 자신을 기다리고 있다는 말을 들었다. 2층에 올라가자 놀랍게도 슈툼 장군이 와 있었고 오랜 동료처럼 인사를 건넸다. "반갑네 친구," 그는 큰 소리로 말을 이었다. "늦은 시각 불쑥 찾아온 것을 용서하게나. 낮엔 업무가 있어서 시간을 못 내다가 이렇게 두 시간이나 자네의 서가에 둘러싸여 기다리고 있었네. 웬 책을 이리도 많이 모았나!" 격식을 차린 인사가 오간 후에 슈툼은 어떤 절박한 사정 때문에 찾아왔음을 고백했다. 그의 체형으로는 좀 무리다 싶을 정도로 과감하게 다리를 꼬고 앉아서 그는 작은 손으로 팔을 지탱한 채 설명했다. "절박함? 내 사무관들이 절박하다는 용무를 가져오면 나는 적당한 때와 장소를 찾는 것 빼고는 이 세상에 절박한 것이란 없다고 말하지. 하지만 솔직히 말해서 아주 중요한 일 때문에 자네를 찾아왔다네. 이미 말했듯이 자네 사촌의 집에서 나는 문명 세계의 중요한 문제들을 배울 좋은 기회를 얻었지. 결국 그것은 비군사적인 것이었고 장담하건대 나에게 큰 감명을 주었다네. 다른 한편으로 우리는 비록 군인으로서의 한계가 있지만 사람들이 생각하듯 그렇게 멍청하지는 않아. 우리는 무슨 일을 해도 질서있고 원칙있게 잘한다는 사실을 자네도 인정하리라 믿네. 그렇지 않나? 내가 우리 군대의 정신을 부끄러워하면서도 이렇게 자네에게 터놓고 이야기할 수 있는 것은 자네가 믿을 만하기 때문이야. 내가 부끄럽다고 말했군! 마치 종군 성직자처럼 나는 기껏해야 군대의 정신적인 면에만 관여할 수 있는 처지라네. 하지만 우리 군대의 정신을 가만히 살펴보면 아주 탁월하다고 감히 말할 수 있는데, 아침 점호를 한번 떠올려보게나. 자네도 아침 점호가 어떤지 알 거라고 믿네. 당직 장교가 보고서를 쓰지. 사람이 몇명이고 말이 몇마리며 참석하지 못한 사람과 말은 몇이며 어떤 이유인지, 그중 창기병檜騎兵 라이토미술은 이유 없이 결석했다는 것 등을 말이야. 하지만 왜 어떤 말과 사람은 참석했고 나머지는 아픈지에 대해선 쓰지 않는다네. 이것이 바로 우리가 문명인을 다루고자 할 때 반드시 알아야 할 것이지. 군인들은 말을 짧고 간명하며 요점에 맞게 하지. 그런데 그 회의에 참석해 여러 분야의 시민계급들과 이야기를 나누다보면 그들은 늘 내가 왜 그런 제안을 하는지를 묻고 더 높은 차원의 사유와 연관성을 요구하더군. 그래서 나는—이건 우리끼리만의 이야기임을 맹세해주게나—내 상사인 프로스트 각하께 제안했지. 아니, 그를 좀 놀라게 해주고 싶었어. 그래서 내 생각은, 자네 사촌네 집에서 그 모든 더 높은 차원의 사유와 연관성을 깨달아서—허풍을 떨지 않고 말하자면—이것을 군대의 지성을 끌어올리는 데 이용하겠다는 것이네. 마침내 군대는 자신의 의사, 수의사, 약사, 성직자, 법관, 회계책임자, 엔지니어, 지휘자 등을 소유하게 되었지. 하지만 시민적 지성과 소통할 중앙연락소는 아직 없다네."

울리히는 슈툼 보르트베어의 서류가방 하나를 눈여겨보았다. 책상다리에 기대어 놓인 그 가방은 정부 청사의 서로 멀리 떨어진 건물 사이를 어깨에 메고 지나다니기 좋게끔 튼튼한 끈이 달린 가죽가방이었다. 울리히가 직접 보지는 못했지만 장군과 함께 온 부하가 분명히 아래층에 있을 것이다. 왜냐하면 슈툼은 무거운 가방을 무릎에 올려놓고 그 무시무시한 전쟁기계 같은 용수철 자물쇠를 여는 것도 겨우겨우 했기 때문이다. "당신네 모임에 참석한 이래 한번도 헛되이 시간을 보낸 적이 없네." 그가 상체를 구부리며 웃자 밝은 청색 윗도리가 금단추 주위에서 팽팽해졌다. "하지만 자네도 알겠지만 내가 완벽하게 이해하지 못한 것들이 있다네." 그는 서류더미에서 괴상한 기호와 선들로 가득 찬 종이뭉치를 잔뜩 꺼냈다. "자네의 사촌과," 장군이 설명했다. "자네 사촌과 나는 그 문제를 면밀하게 토론했네. 그녀가 원하는 것은 아주 당연하게도 우리 위대한 황제를 위한 기념비를 세우려는 노력 가운데 하나의 이상, 즉 지금의 어떤 이상보다 뛰어난 이상이 솟아오르게 하는 것이더군. 하지만 난 이제 알게 되었네. 그녀가 초대한 사람들이 감탄을 자아내면 낼수록 더 심각한 어려움이 생겨난다는 것을 말일세. 한 사람이 이 말을 하면 다른 사람은 반대의견을—당신은 그걸 모른단 말인가,라면서—내지. 그런데 더 나쁜 것은 시민정신이란 게 이른바 안 먹어서 형편없이 마른 말처럼 보인다는 것이네. 자네도 기억하지 않나? 그런 놈에게는 두 배의 건초를 줘봤자 전혀 살이 찌지 않지! 허나 그런다 해도," 집주인의 사소한 반대에 부딪히자 그는 말을 더 보탰다. "그러니까, 그런 말이 살이 찔 수도 있겠지만 뼈는 자라지 않고 가죽은 광택이 없지. 풀로 배만 빵빵해진다네. 그건 흥미로운 일이야. 그래서 나는 도대체 왜 이 모임에는 질서가 잡히지 않는지를 알아보기로 결심했다네."

슈툼은 웃으며 자기 수하의 소위였던 울리히에게 서류 첫장을 건넸다. "그들은 제멋대로 우리에 대해 떠들어대지," 그가 말했다. "하지만 우리 군인들에게는 언제나 질서가 있거든. 이건 자네 사촌의 회합에 참석하는 자들에게서 내가 직접 뽑아낸 것이네. 여기에는 그들의 주요 사상의 개요가 들어 있지. 자네도 알겠지만, 그들에게 직접 물어보면 아마 누구나 이것이 자신만의 독특한 관점이라고 대답할 것이네." 울리히는 놀라서 그 서류를 바라보았다. 마치 전입신고 혹은 수평과 수직으로 칸을 나눠놓은 군사용 명세서처럼 보이는 서식에는 왠지 그런 형식에는 어울리지 않는 단어들이 적혀 있었는데, 그 단어들은 예수 그리스도, 고타마 싯다르타, 노자, 마르틴 루터, 볼프강 괴테, 루트비히 강호퍼$^{Ludwig\ Ganghofer}$(독일의 소설가—옮긴이) 등이었다. 그 다음 페이지에는 체임벌린^{Chamberlin}(영국의 정치가—옮긴이)을 비롯한 더 많은 사람들의 이름이 기록돼 있었다. 두번째 세로단에는 '기독교, 제국주의, 교환의 세기' 같은 말들이 있었고, 그 옆으로 더 많은 단어가 적힌 세로단이 이어졌다.

"그건 현대 문화의 토지대장이라고도 할 수 있지," 슈툼이 설명했다. "왜냐하면 문화는 꾸준히 확장돼왔고 지난 25년간 우리를 움직여온 사상의 이름과 그 창시자들을 다 담고 있으니 말이네. 그게 무슨 가치가 있는지 모르지만 말일세!" 어떻게 이런 목록을 완성하게 되었는지를 울리히가 묻자 장군은 기꺼이 자신의 비법을 말해주었다. "그걸 빨리 완성하려고 대위 하나와 소령 둘, 하사관 다섯을 투입했다네. 만약 아주 현대적인 방법을 쓰자면 모든 연대에 '당신이 생각하는 가장 위대한 사람은?'이라는 설문을 보내면 되겠지. 요즘 신문 같은 데서 쓰는 방식으로 결과를 퍼센트로 정리해 알려준다네. 하지만 그런 걸 군대에서 기대하기는 어렵다네. 어떤 부대에서도 '황제폐하' 외의 대답이 나와선 안 되기 때문이지. 그래서 난 어떤 책이 가장 많이 읽혔으며 가장 많이 인쇄되었을까를 생각해봤네. 하지만 성경을 제외하면 우편배달부에게 주는 팁에 대한 대가로 누구나 받는 신년 소책자—우편요금표와 구식 유머가 적힌—정도가 될 게 뻔하지. 그래서 우리는 시민정신이 얼마나 까다로운 것인지를 알게 되었다네. 말하자면 누구에게나 호소력이 있는 책은 보통 베스트셀러가 되며 적어도 독일에서 누군가 저명한 사상가로 인정을 받으려면 수많은 독자들을 확보해야 한다는 말도 들었네. 결국 우리는 그 방식을 택할 수 없었고 그래서 마지막으로 선택한 것이 무엇이었는지 당장 말해줄 수는 없다네. 그건 하사관 히르쉬와 멜리하르 소위의 아이디어였고 우리는 결국 해냈다네."

슈툼 장군은 서류더미를 옆으로 치우더니 매우 실망한 표정으로 다른 서류를 꺼냈다. 중부유럽의 사상 창고를 샅샅이 뒤져 재고조사를 마친 그는 그 사상들에 많은 모순이 있음을 발견하고는 실망했을 뿐 아니라 자세히 살펴볼수록 이 모순들이 서로 섞여들어가기 시작하는 것을 발견하고는 깜짝 놀랐다. "내가 뭔가를 가르쳐달라고 부탁할 때마다 자네 사촌 집에 모이는 유명한 인사들은 각자 다른 대답을 하더군. 난 거기에 이미 익숙해졌다네." 슈툼이 말했다. "하지만 내가 그들과 좀 오래 이야기를 나눌라 치면, 그들이 뭔가 비슷한 말을 하는데도 나는 전혀 이해가 안 되었네. 내 군사적 두뇌로는 도저히 따라갈 수 없는 말이기 때문이겠지!" 슈툼 장군의 머리를 괴롭히는 문제는 결코 사소한 것이 아니었고 비록 전쟁과 밀접한 관련이 있는 문제라 하더라도 국방부에만 맡겨둘 것은 아니었다. 현대 세계에는 수많은 위대한 사상들이 태어났고 운명의 각별한 선의로 가까이 사상은 반대되는 사상과 짝을 이루게 되었다. 개인주의와 집단주의, 민족주의와 세계주의, 사회주의와 자본주의, 군국주의와 평화주의, 이성주의와 신비주의 등이 동등하게 공존하며 그것들과 대등하거나 조금 저급한 가치를 지닌 수많은 반대진영의 새로운 찌꺼기들이 함께 존재한다. 이제 그것은 밤과 낮, 뜨거움과 차가움, 사랑과 증오, 혹은 우리 몸에서 한쪽 근육이 수축하면 다른 근육이 늘어나는 것처럼 자연스러워 보였다. 만약 디오티마를 사랑하는 마음 때문에 뛰어든 모험이 아니었다면 아마 슈툼 장군에게도 이 모든 것들은 그렇게 이상하게 여겨지진 않았을 것이다. 사랑은 서로 반대되는 속성에 기반을 둔 자연의 연합을 견뎌낼 수 없으며 부드러움을 향한 사랑의 요구는 모순 없는 연합을 원하기 때문이다. 그래서 장군은 그런 연합을 마련하기 위한 모든 노력을 아끼지 않았다. "여기서 나는," 장군은 보고서의 해당 페이지를 보여주면서 말했다. "사상의 사령관들을 제시하는 표를 만들게 했네. 비유적으로 말하자면 최근 제법 큰 사상의 전투를 승리로 이끈 사람들의 이름을 가져온 것이지. 여기 다른 페이지엔 전투 명령이 적혀 있네. 이건 진격 계획이고, 여기 이것은 사상을 전방으로 공급해줄 병참 및 군수 기지를 세운 것이라네. 자네도 알아차리겠지만—그 표에도 명확히 부각돼 있다시피—오늘날 교전중인 사상그룹을 관찰해보면 그들은 지원부대와 지적인 보급품을 자체 병참기지뿐이 아니라 적진의 병참에서도 끌어온다네. 그들의 전방은 계속 바뀌고 갑자기 별 이유도 없이 전방을 되돌려 아군의 병참기지에 공격을 퍼붓지. 사상들은 끊임없이 이쪽저쪽을 넘나들고 그래서 한번은 이쪽에서, 다음번에는 저쪽에서 전투가 이어진다네. 한마디로 거기엔 질서있는 군사계획도, 군사분계선도 없으며―비록 나조차도 믿을 수 없긴 하지만!―우리 군사 지도자들의 용어로 표현하자면 깡그리 엉망진창이라네."

슈툼은 서류뭉치 수십장을 울리히에게 건넸다. 그 종이들은 전략적 계획, 철도 선로, 도로망, 사정거리, 부대의 표식, 사령부의 위치, 원·네모·선으로 체크된 공간 등으로 가득 차 있었다. 마치 작전참모의 작전계획처럼, 거기에는 붉은색, 초록색, 노란색, 푸른색 선들이 이리저리 뻗어 있었고 여러가지 사물을 의미하는 각양각색의 작은 깃발들―한 1년 후에는 유명해질 것 같은―로 채색돼 있었다. "그건 아무 소용도 없다네." 슈툼은 탄식하며 내뱉었다. "나는 전략적인 방식 대신에 군사·지정학적으로 문제를 풀어보는 다른 시도를 해보았다네. 그렇게 하면 적어도 명확히 구분된 작전지역이 나올까 했지만 결국 아무 도움도 되지 않았지. 저 산악지역과 수로지역을 한번 보게나." 울리히는 산꼭대기 표시가 갈라져 나와 시냇물, 강의 지류, 호수로 모여드는 것을 보았다. "나는," 쾌활한 눈에서 어떤 갈망과 공포의 빛을 내뿜으면서 장군은 말했다. "그 전체를 하나로 모으기 위한 여러 시도를 해보았다네. 하지만 어떻게 되었는지 아나? 그건 열차의 이등석 칸을 타고 중부유럽을 여행하다가 사면발니(음모에 서식하는 이―옮긴이)를 발견한 것 같은 느낌이었다네. 내가 아는 한 최고로 더럽게 무력한 기분이었지. 사상을 가지고 너무 오랜 시간을 보내면 온몸이 가려워진다네. 결국 피가 날 때까지 몸을 긁어야지만 좀 시원해지게 마련이지."

젊은 울리히는 이 노련한 묘사에 웃지 않을 수 없었다. 하지만 장군은 요청하기를, "제발 웃지 말게나. 내 생각에 자네는 뛰어난 문명인이 되었으니 이런 일들뿐 아니라 내 처지도 이해해줄 거라고 믿네. 그래서 자네가 나한테 좀 도움을 줄 수 있을까 해서 찾아왔다네. 나는 정신이란 것에 굉장한 경의를 품고 있기 때문에 지금의 내가 옳다고 믿을 수가 없다네!"

"너무 진지하게 생각을 하셔서 그럴 겁니다, 중령님." 울리히가 위로하며 말했다. 중령이란 말이 뜻밖에 튀어나온 데 대해 울리히는 해명했다. "슈툼 장군님이 장교식당 구석에서 저에게 철학적인 말을 해보라고 시키신 옛 일이 자연스럽게 떠올라서 그만 중령님이라는 호칭이 튀어나왔습니다. 제가 다시 말할 수 있는 것은 사상을 마치 행동처럼 진지하게 받아들이면 안 된다는 것입니다."

"진지하게 받아들이지 말라고!" 슈툼은 신음하듯 내뱉었다. "하지만 이젠 머릿속에 고차원적인 질서가 없이는 살 수 없게 되었네. 이해하겠나? 내가 얼마나 오랫동안 병영과 막사에서 아무 질서 없이 그저 동료들의 저질스런 농담이나 여자들과의 무용담 따위만 접하며 살아왔는지를 생각하면 소름이 끼칠 정도라네."

그들은 식탁에 앉았다. 울리히는 그렇듯 남성다운 용기에서 나온 장군의 순진한 생각과, 인생의 적절한 시기를 작은 주둔지에서 보낸 덕분에 생겨난 지칠 줄 모르는 젊음에 감동을 받았다. 울리히는 기억 저편으로 사라진 날들의 동료를 초청해 저녁식사를 대접했고 장군은 울리히의 신비한 세계를 엿보고 싶은 욕망에 사로잡혀 소시지 한조각을 집어올릴 때조차 놀라운 집중력을 발휘했다. "자네의 사촌은," 장군은 와인잔을 들어올리며 말했다. "내가 아는 한 가장 놀라운 부인이네. 그녀가 제2의 디오티마라는 사람들의 말은 옳아. 나는 그런 부인을 본 적이 없네. 자네가 만난 적은 없지만 나는 아내가 있고 별 불만도 없으며 자식까지 있지. 하지만 디오티마 같은 부인이라니! 그건 전혀 다른 차원이라네! 그녀가 사람들을 맞이할 때 나는 종종 그녀의 뒤에 선다네. 그녀의 여성적인 풍만함은 얼마나 감탄스러운지! 그녀가 아주 빼어난 시민과 수준 높은 이야기를 나눌 때면 나는 메모라도 하고 싶어진다네. 그런데 그녀가 결혼한 국장이란 자는 자기 부인이 얼마나 대단한지도 모르지. 자네가 투치에게 호감이 있다면 용서하게나. 하지만 나는 그자를 견딜 수 없다네! 그는 마치 보물이 어디 있는지 알지만 가르쳐주지 않는 사람처럼 여기저기를 어슬렁거리다가 슬며시 미소지을 뿐이지. 하지만 난 속지 않는다네. 내가 시민사회를 아무리 존경한다지만 나에게 정부 관리들은 가장 낮은 급에 속하기 때문이지. 그들은 마치 나무에 앉아 개를 쳐다보는 고양이처럼 어떤 뻔뻔스러운 공손함을 가장해 어떡하든 우리를 이겨보려는 일종의 시민적 군대에 불과하다네. 아른하임 박사는 다른 종류의 사람이지." 슈툼은 계속 수다를 떨어댔다. "그 역시 거만하긴 하지만 그의 탁월함은 인정해줘야 하네." 이제 편안해진 데다 허물이 점점 없어지자 그는 대화를 마친 후에 지나치게 빨리 마셔댔다. "그게 뭔지 모르겠어," 그는 말을 이었다. "아마 내가 이해하지 못하는 이유는 오늘날 사람들의 지성이 너무도 복잡하기 때문이겠지. 하지만 이 말은 꼭 해야겠네. 나는 마치 목에 뭔가 커다란 게 걸린 것처럼 자네 사촌을 경배하면서도 여전히 그녀가 아른하임을 사랑한다는 것에 마음이 놓인단 말이네."

"뭐라고요? 그들 사이에 뭔가 있다는 게 확실한가요?" 그 문제에 큰 관심이 없었음에도 울리히는 화들짝 놀라 물었다. 슈툼은 그런 반응이 여전히 미덥지 못하다는 듯 잘 안 보이는 눈으로 그를 뚫어지게 바라보더니 코안경을 치켜올렸다. "그가 그녀를 차지했다고는 안했네." 슈툼은 꾸밈없이 대답하고 코안경을 다시 집어넣더니 매우 군인답지 못하게 덧붙였다. "그녀를 가진다 하더라도 별 수 없지. 제길, 자네에게 말했다시피 거기 모인 사람들은 복잡한 지성을 소유하고 있다네. 확실히 내가 난봉꾼은 아니네만 디오티마가 아른하임에게 전할 부드러움을 상상하면 그 부드러움이 나한테까지 느껴져서 마치 아른하임이 그녀에게 한 키스를 꼭 내가 한 것만 같다네."

"그가 키스를 했다고요?"

"내가 어떻게 알겠나. 스파이를 붙인 것도 아닌데. 다만 그가 키스를 했다면 그렇다는 말이지. 내가 무슨 말을 하는지 모르겠네. 하지만 그가 그녀의 손을 잡는 것은 보았지. 그들은 아무도 보지 못한다고 생각했을 거야. 그러고는 둘은 한참을 말없이 함께 있었네. 그건 마치 '군모 벗고 무릎 꿇고 기도!'라는 명령이 떨어졌을 때의 침묵과 같았지. 그후 그녀는 뭔가를 간구하듯 낮게 속삭였고 그가 대답했는데 그게 무슨 말인지 이해하기가 어려워서 나는 들리는 대로만 기억하네. 즉 그녀가 말하길 '우리를 구원할 만한 사상을 발견할 수만 있다면!'이라고 하자 그는 '오직 순수하고 파괴되지 않은 사랑의 정신만이 구원을 줄 수 있지요!'라고 하더군. 그가 그녀의 말을 너무 사적으로 받아들인 것이 분명했네. 그녀가 구원할 만한 사상을 원했던 이유는 자신의 위대한 모임을 위한 것이었으니까 말이네. 뭐가 그리 우습나? 마음껏 웃게나. 나에게는 늘 나만의 방식이 있었고 이제 나는 그녀를 돕기로 결심했다네! 그건 실현 가능한 일이어야 하지. 아주 많은 생각이 있는데 그중 하나는 분명히 구원의 사유가 될 것이네! 자네가 도움을 줘야만 해."

"경애하는 장군," 울리히가 다시 한번 말했다. "거듭 말씀드리지만 장군은 생각을 너무 깊게 하십니다. 하지만 워낙 궁금해하시니까 제가 최선을 다해 시민정신이란 어떻게 작용하는지를 말씀드려보겠습니다." 그들은 막 담배에 불을 붙였고 울리히는 말을 시작했다. "우선 잘못 짚으셨습니다. 장군께서 생각하듯이 시민들이 정신을, 군대가 육체를 차지하는 것은 아닙니다. 오히려 그 반대라야 맞습니다! 규율이야말로 하나의 정신인데 군대에서보다 더 많은 규율이 있는 곳이 있을까요? 모든 옷깃의 높이는 정확히 4센티미터고, 단춧구멍의 숫자도 정확히 정해져 있으며 심지어 꿈을 꾸는 밤조차도 침대를 벽에 일렬로 정렬해야 하지 않습니까. 기병대를 전투태세로 배치하기, 연대 정렬, 말馬 굴레의 정확한 착용 같은 것들이 중요한 정신적 산물이 아니라면, 정신적 산물이란 아예 없을 겁니다."

"예수 앞에서 설교를 하는군!" 장군은 자신의 귀를 의심해야 할지 포도주를 의심해야 할지 의아해하면서 조심스럽게 투덜거렸다.

"성급하시군요," 울리히는 주장을 이어나갔다. "학문이란 것은 사건이 반복되거나 통제될 수 있는 곳에서만 가능하게 마련이지요. 그런데 군대처럼 반복과 통제가 일어나는 곳이 또 있을까요? 7시에나 9시에나 똑같이 모서리가 직각이 아니라면 그걸 주사위라고 할 수 있을까요? 행성이 궤도를 움직일 때의 법칙은 일종의 탄도학입니다. 만약 모든 것이 그저 한번 획 스쳐지나간다면 우리는 어떤 개념이나 판단기준을 만들어내지 못할 겁니다. 뭐든지 가치를 지니거나 이름을 얻으려면 반복될 수 있어야 하고 여러 표본으로 제시될 수 있어야 하는 거죠. 만약 달을 한번도 본 적 없는 사람은 그걸 휴대용 램프로 생각할 겁니다. 신과 관련해 학문이 겪는 곤란함은 신이 창조 때에 단 한번만 모습을 드러냈기 때문이지요. 그때에는 숙련된 관찰자도 없을 때인데 말입니다."

하지만 슈툼 폰 보르트베어의 생각을 돌리기엔 역부족이었다. 군사학교 시절부터 모자의 형태에서 결혼의 승낙까지 그에게는 모든 것이 미리 정해져 있었기 때문이다. 또한 그는 그런 말에 자신의 마음을 여는 사람이 아니었다. "이보게 친구," 슈툼은 기분이 상해 반박했다. "그게 보편적인지는 몰라도 나한테는 해당이 안 된다네. 우리 군대에서 학문이 발명된다는 자네의 말은 재치가 넘치긴 하네만 내가 말한 것은 학문이 아니라, 자네 사촌이 말한 대로 영혼이라네. 그녀가 영혼에 대해 말할 때면 나는 그저 옷을 다 벗어버리고 싶은 심정이라네. 영혼은 제복과는 도대체 어울리지 않으니 말이야!"

"경애하는 장군," 울리히는 단호하게 말을 이었다. "많은 사람들이 학문은 영혼이 없고 기계적이며 다른 모든 것들 역시 그렇게 만든다면서 비난합니다. 그러나 놀랍게도 그 사람들은 감성이 이성보다 훨씬 규칙적이라는 사실을 모릅니다. 과연 언제 감성은 진실로 자연스럽고 간명할까요? 그건 같은 상황에서 모든 사람에게 자동적으로 나타날 거라 기대되는 그런 순간이 아닐까요? 만약 착한 행동이 의도대로 반복될 수 없다면 과연 어떤 사람에게 착한 행동을 기대할 수 있을까요? 저는 더 많은 예들을 들 수 있습니다. 이런 단조로운 규칙성에서 벗어나 예측하기 어려운 움직임이 거주하는 존재의 어두운 심연으로, 우리를 증발시켜버리는 이성의 빛에서 벗어나 축축한 야생의 심연으로 들어간다면 무엇을 발견하게 될까요? 자극과 일련의 반사작용, 강고한 습관과 기술, 반복, 고정, 각인, 연속, 단조로움! 경애하는 장군, 그것이 바로 제복이고 병영이며 규칙입니다. 또한 시민적인 영혼은 군대와 엄청나게 유사하죠. 시민적인 영혼은 결코 가까이 다가서지 못하는 이 표본에 강하게 집착한다고 할 수 있습니다. 그리고 시민 영혼이 표본에 다가설 수 없을 때, 그 영혼은 마치 홀로 버려진 아이처럼 되고 맙니다. 여성의 아름다움을 예로 들어보죠. 장군을 놀라게 하며 사로잡은 아름다움에 대해 아마 난생 처음이라고 생각하겠지만 실제로는 내면에서 오랫동안 알아왔고 찾아왔던 것이며 항상 눈에 어른거려오던 모습이 이제 완전한 빛 아래 드러난 것일 뿐입니다. 반면에 진짜 한눈에 반한 사람, 그러니까 장군께서 한번도 인식해본 적이 없는 아름다움과 마주쳤다면 아마 뭘 해야 할지 아무것도 알 수 없을 겁니다. 그와 같은 일은 한번도 일어나지 않았고 거기에 붙일 이름도 없으며 아무런 준비도 돼 있지 않고, 아무 희망 없이 당황스러워져서 눈먼 경이의 상태, 행복과는 아무 상관없는 백치상태로 떨어지고 마는 것이죠."

여기서 장군은 친구의 말을 완고하게 가로막았다. 지금까지 장군은 연병장에서 상관으로부터 질책과 교훈을 듣던 때의 숙련된 기분으로 그의 말을 들어왔다. 사실 그런 때는 마음속으로 받아들이지는 않으면서 명령을 복창할 수밖에 없었는데, 그렇게 하지 않으면 마치 안장도 없이 고슴도치의 등에 올라탄 것 같았기 때문이다. 그러나 지금은 울리히가 그를 자극했고 그는 거세게 끼어들었다. "단언컨대 자네가 핵심을 잘 짚었네! 내가 자네 사촌을 향한 경배에 빠졌을 때 내 안의 모든 것이 녹아 없어졌다네. 그리고 다시 정신을 가다듬고 뭔가 유용한 생각이 떠올랐을 때 내 마음속은 아주 불쾌한 공허로 빠져들었지. 정신이 나갔다고 하기엔 지나치지만 거의 그런 상태와 유사했다네. 또한 내가 제대로 이해했다면 자네는 우리 군대가 매우 규율적이라고 했지. 시민적 이성에 관해 말하자면 우리가 그것의 표본이 된다고 했는데 나는 받아들일 수 없네. 그건 그저 자네의 악실일 뿐이지. 하지만 우리가 같은 종류의 이성을 가졌다는 생각은 나도 자주 한다네. 그런데 자네는 이성을 뛰어넘은 모든 것들, 그러니까 우리 군대에게는 현저하게 시민적이라고 생각되는 영혼이나 덕, 내면, 공감 같은 것들까지 이성적이라고 말하지. 이건 아른하임이 놀랄 정도로 잘 다루는 것이기도 하네. 자네는 물론 그것이 인간 정신의 일부이며 사실상 우리가 이야기해온 더 높은 종류의 숙고를 담고 있다고 말하고 있네. 하지만 또한 자네는 그것이 우리를 멍청하게 만든다고도 하지. 나는 자네에게 완전히 동의할 수밖에 없네. 그러나 모든 말과 행동에서 시민적 지성이 명백하게 우월하다고 할 때, 자네에게 물을 수밖에 없네. 도대체 자네 말을 어떻게 받아들여야 하나?"

"저는 맨 처음에 그렇게 설명드렸습니다—아마 잊어버리신 것 같습니다. 첫째로 군대의 삶은 원래부터 정신적이고, 두번째로 시민적 삶은 육체적이라는 것이죠…."

"하지만 그건 앞뒤가 안 맞지, 그렇지 않나?" 슈툼은 못 믿겠다는 듯 반대했다. 군대가 육체적으로 우월하다는 것은 마치 사무직 직원이 왕보다 낮은 서열이라는 믿음처럼 절대적 교리에 가까웠다. 비록 운동선수는 아니었지만 슈툼조차 육체적 우월성에 대한 의심이 이는 순간마다 시민의 뚱뚱한 배가 자신의 배보다 훨씬 축 늘어졌을 거라는 확신에 사로잡히곤 했던 것이다.

"다른 모든 것과 마찬가지로 그렇게 엉터리도, 덜 엉터리도 아니죠." 울리히는 방어에 나섰다. "제가 이야기를 끝까지 한번 해보겠습니다. 장군님도 알다시피 백년 전에 독일 시민계급의 리더들은 머리를 사용하는 인간은 책상에 앉아서 세계의 법칙들을 유추해낼 수 있다고 믿었습니다. 삼각형에 대한 수많은 정리들을 유추하듯이 말이죠. 당시의 사상가들이란 무명바지를 입고 긴 머리를 이마 앞으로 늘어뜨린 채 기름램프가 뭔지, 전기나 축음기가 뭔지도 모르는 사람들이었습니다. 그때부터 그런 자만심이 우리에게 밀려들었죠. 지난 백년간 우리는 우리 자신과, 자연, 그리고 다른 모든 것들을 훨씬 더 많이 알게 됐습니다. 하지만 우리가 질서를 더 자세하게 알게 될수록 전체는 잃어버렸습니다. 그래서 우리가 더 많은 질서를 얻을수록 질서는 더 줄어들게 된 것입니다."

"그건 나의 발견과도 일치하는군." 슈툼이 동의했다.

"사람들은 사태를 이해하기 위해 장군처럼 열심이지 않죠." 울리히가 말을 이었다. "그러한 악전고투 끝에 우리는 이제 퇴보의 시기에 접어들었습니다. 오늘날이 어떤지 한번 떠올려보세요. 어떤 선구적인 사상가가 하나의 사상을 제출하자마자 그 사상은 찬성과 반대로 나뉘는 배치과정을 겪죠. 처음에는 숭배자들이 그의 사유 중 자신들에게 맞는 큰 덩어리 하나를 골라내 마치 여우들이 사냥감을 찢듯이 갈기갈기 찢어버립니다. 그 다음에 반대자들이 나서 약한 관절들을 파괴해버리면 결국에는 친구든 적이든 서로 마음껏 써먹을 수 있는 아포리즘만 남게 마련이죠. 결국 일반적인 모호함만 가득하지요. '아니오'가 붙지 않은 '예'는 없는 것입니다. 장군님이 원하는 무슨 일을 하건 그것을 지지하는 아주 괜찮은 12가지 사상을 발견할 수 있으며 또한 그것에 반대하는 12가지 사상을 찾아낼 수도 있어요. 그건 마치 사랑이나 미움, 배고픔과 같아서 취향이 서로 달라야만 자기 것을 찾아낼 수 있습니다."

"탁월하군." 슈툼은 다시 한번 찬성하면서 소리쳤다. "그 비슷한 것을 디오티마에게 말한 저이 있지. 하지만 이런 무질서가 군대의 성황을 정당화한다고는 생각하지 말게. 비록 내가 한동안 그렇게 믿은 것을 부끄러워하기는 하지만 말일세."

"한마디 조언해드리고 싶은 것은," 울리히가 말했다. "우리가 여전히 잘 모르는 신이 아무래도 우리를 육체적 문화의 시대로 이끄는 것 같다는 말을 디오티마에게 귀뜸해주는 것이 군대 관료인 당신한테 좀 유리하게 작용할 겁니다. 왜냐하면 이상에 어떤 종류의 발판을 마련해주는 단 하나의 것은 그 이상이 속한 육체이기 때문이죠."

작고 뚱뚱한 장군은 움찔했다. "육체문화 속에서 나는 아마 깎은 복숭아만큼이나 매력이 없을 거야." 그는 씁쓸한 만족에 젖어 잠시 후 입을 열었다. "이 말은 꼭 하고 싶네만," 그는 덧붙였다. "나는 디오티마를 오직 경애할 뿐이며 그래서 그녀의 눈에 거슬리지 않고 남아 있기를 바라네."

"유감이네요," 울리히가 말했다. "장군의 목표는 나폴레옹만큼이나 가치가 있겠지만 그 목표를 이루기 위한 적당한 시대를 발견하지 못할 겁니다."

장군은 마음속의 여인을 위해 감수해야 하는 품위로 이 조롱을 조용히 받아들였다. 그는 뭔가를 생각한 후에 말했다. "아무튼 흥미로운 충고를 해줘서 고맙네."

86.
사업의 왕과 영혼-사업의 합병:
정신으로 향한 모든 길은 영혼에서 출발한다.
그러나 아무도 영혼으로 되돌아가지는 않는다

디오티마를 향한 슈툼 장군의 사랑이 디오티마와 아른하임에 대한 경배에 자리를 내주던 이 시기에 아른하임은 다시는 고향으로 돌아가지 않으리라는 결심을 굳혀야만 했다. 그는 체류연장을 신청했다. 호텔에 머물 방을 얻었고 그래서 분주해 보이던 그의 삶도 어느 정도 안정이 되는 듯했다. 당시는 세계가 여기저기서 흔들리던 때였고, 잘 지내던 사람들조차 1913년 말경에는 끝내 부글대며 끓어오르는 화산을 보게 될 거라고 수군댔다. 비록 평화로운 사업이 벌어지는 곳에서만큼은 이 화산이 다시 터질 리 없다는 예상이 나오긴 했지만 말이다. 이 예상은 모든 곳에서 똑같은 힘을 발휘하지는 못했다. 투치가 지배하는 발하우스플라츠(당시 제국외무성 청사건물―옮긴이) 근처의 오래되고 아름다운 궁성의 창문은 반대편 정원의 차가운 나무들을 향해 종종 늦게까지 빛을 내뿜고 있었다. 만약 교양있는 산책자가 그 밤에 근처를 지나간다면 무서운 전율에 휩싸였을 것이다. 마치 성 요셉이 평범한 목수 요셉에게 스며들듯이, '발하우스플라츠'라는이름은 칸막이 뒤에서 인간의 운명을 담아내는 12개의 신비로운 부엌 중 하나라도 되는 듯이 그 궁전에 슬며시 스며들었다. 아른하임 박사는 무엇이 진행되는지 잘 보고받고 있었을 것이다. 그는 암호로 된 전보를 받았고, 이따금 회사의 상부에서 믿을 만한 정보를 가져오는 간부들의 방문을 받기도 했다. 그가 묵는 호텔의 창문 역시 종종 불을 밝혔고, 상상력이 풍부한 관찰자라면 여기에 틀림없이 현대적이고 비밀스럽게 편성된 야간조가 있으며 이곳은 제2의, 또는 대항정부의 성격을 띤 경제외교의 싸움터라고 굳게 믿었을 것이다.

아른하임 역시 그런 이미지를 만들어내는 데 꽤 관심을 두었다. 뭐든 밖으로 드러내지 않는 사람은 그저 껍데기도 없이 과즙만 많은 과일에 불과하다는 이유로 그는 아침조차 혼자 먹지 않고 모든 사람에게 개방된 레스토랑을 이용했다. 그는 경험 많은 지배자이자 모든 시선이 자신에게 집중되는 것을 아는 공손하고 침착한 사람의 권위를 갖추고 수행 속기사에게 그날의 명령을 받아적게 했다. 아른하임이 그 명령들에서 만족할 만한 기쁨을 얻지는 못했지만 나름 그의 의식을 사로잡을 뿐 아니라 덕분에 아침식사를 허겁지겁 먹지 않아도 됐기에 어떤 고상함을 누릴 수 있었다. 인간의 재능이란—이건 그가 좋아하는 생각이기도 한데—그 가능성을 최고로 펼쳐 보일 수 있으려면 어느 정도 제한될 필요도 있을 거라고 그는 생각했다. 오만하고 자유로운 사유와 기가 꺾인 공허한 사유 사이의 너른 경계는 모든 인생의 사상가들이 깨달았듯 실은 매우 좁은 것이다. 뿐만 아니라 그는 누가 사유를 소유하는지가 매우 중요하다고 확신했다. 새롭고 중요한 사유가 한 사람에게서 한꺼번에 나오기는 어렵다는 사실을 누구나 알고 있다. 반면 다른 한편으로, 생각하는 일에 익숙한 한 사람의 뇌는 끊임없이 서로 다른 가치들을 담은 사유들을 키워내서 결국엔 사유자 자신의 사유뿐 아니라 주변 환경의 전체적인 연관에서 나온 사유에 도달하게 된다. 비서의 질문, 옆 테이블의 시선, 방에 들어오는 사람의 인사 같은 것들은 항상 바로 그 순간 아른하임에게 자신의 존재를 인상적으로 드러내야 한다는 일깨움을 주었고 이런 태도의 완벽주의는 사고로까지 전염되었다. 그것은 결국 자신의 필요에 꼭 맞는 확신을 가져왔는데, 생각하는 사람은 언제나 행동하는 사람이어야 한다는 것이었다.

그런 생각에도 불구하고 그는 자신의 현재 업무에 그리 큰 중요성을 부여하지는 않았다. 그 사업을 잘만 운용하면 엄청난 이득을 얻을 수 있음에도 그는 여전히 이곳에 너무 오래 머물고 있다는 우려를 씻어내지 못했다. 그는 '분할해서 지배하라'$^{\text{Divide et impera}}$는 옛 격언의 차가운 숨결을 반복하여 되뇌었다. 그 격언은 모든 사람과 사물의 교류에 적용되었고 전체를 위해 개별적인 관계는 크게 신경쓰지 말라는 명백한 요구이기도 했다. 왜냐하면 성공의 숨겨진 비밀은 막상 자기는 별 관심이 없지만 여러 여자의 사랑을 받는 남자의 비밀과 비슷하기 때문이다. 그러나 그런 깨달음은 소용이 없었다. 큰일을 하기 위해 태어난 남자에게 부과된 요구에 아무리 유념해본들, 또한 자기의 내면에 자주 호소해본들 자신이 사랑에 빠졌다는 사실을 숨길 수는 없었다. 놀라운 일이었다. 오십이 다 되어 이미 질긴 근육이 돼버린 심장이 사랑의 전성기인 20대처럼 그렇게 유연하게 움직일 리가 없기 때문이다. 또한 이런 상황은 그에게 심각한 불쾌감을 안겨주었다.

폭넓은 세계에 대한 관심은 뿌리를 잃어버린 꽃처럼 시들고, 창가의 참새 한마리나 급사의 친절한 웃음처럼 일상의 의미없던 것들이 다시 피어나고 있는 사실을 그는 근심스레 깨달았다. 올바른 행동의 거대한 시스템을 구성하여 어떤 것도 그 촘촘함에서 벗어나지 못하던 그의 도덕적 체계는 연관을 잃고 풀어져서 이제 그 자리에 육체적인 것이 대신 들어서고 말았다. 그건 헌신이라고 불릴 수 있었지만 역시 폭넓은 여러 다른 의미를 품은 말이었다. 왜냐하면 헌신 없이는 어떤 일도 이뤄질 수 없기 때문이다. 의무에 대한 헌신, 상사나 지도자에 대한 헌신, 심지어 삶에 대한 헌신 등등 엄청나게 풍부하고 다양한 의미에도 불구하고 그에게 헌신은 남성다운 특성, 즉 타인에게 열려 있으면서도 항상 자신을 희생하는 것이 아니라 스스로를 억제하는 강직함 자체처럼 보였다. 여성에 한정돼 있으며 제한의 의미를 가지는 정절이라는 것도 비슷했다. 기품이나 온유함, 이타심과 동정심 같은 덕목들은 보통 부인들과 연관된 것이지만 당시엔 그 풍요로운 특성을 잃어버렸다. 따라서 사랑에 대한 남자의 체험이 마치 물이 낮은 곳에 모이듯이 오직 여성에게로 흘러가는 것인지, 또는 여성의 사랑이 분화구의 중심 같아서 그 분화구의 따듯함으로 지구의 모든 생명을 살리는 것인지 둘 다 의심스럽긴 마찬가지였다. 따라서 높은 경지에 있는 남성적 허영심은 여성들보다는 남성들과 함께 있을 때 더 편안한 느낌을 주었다. 또한 아른하임이 권력의 영역으로 끌어들인 사상의 풍부함과 디오티마에게 영향을 받은 행복한 상태를 비교해봐도 그는 뭔가 후퇴한다는 느낌을 지울 수가 없었다.

이따금 자기의 바람대로 되지 않을 때 아른하임은 마치 거절하는 연인의 발치에 열정적으로 뛰어드는 소년처럼 포옹이나 키스를 갈망하기도 했다. 또는 한순간 흐느껴 울거나 세상을 향해 욕을 퍼부어서 연인을 자신의 품으로 유인하고 싶기도 했다. 이야기와 시를 만들어내는 인간 의식의 무책임한 영역은 우리의 심신이 노곤해지거나 술에 취한 것처럼 흐트러지거나 뭔가 우리를 즐겁게 하는 간섭이 일어나는 드문 경우에 떠오르는 유치한 기억들의 원천이라는 것을 우리는 안다. 아른하임의 갑작스런 감정 분출 역시 이런 환영보다 더 나을 것이 없었다. 이런 어린애 같은 퇴행 덕분에 자신의 내면이 빛바랜 도덕적 고정관념에 불과하다는 것을 깨달았기에 그는 화가 치밀고 말았다(결과적으로는 격앙이 심각하게 고조되었다). 유럽에 거주하는 사람으로서 그가 자신의 행동에 적용하도록 늘 애쓰는 보편타당성은 어느날 갑자기 내면과의 연관을 잃어버리고 말았다. 어떤 것이 누구에게나 타당하다는 가정은 매우 자연스럽지만 이 순간 그를 괴롭히는 문제는 만약 일반적으로 타당한 것이 내면적 진실을 갖추지 못한다면, 반대로 내면의 인간은 일반적으로 타당하지 못하다는 사실이었다. 그래서 이제 아른하임은 도처에서 음계가 맞지 않은 팡파르를 듣거나 멍청한 불법을 저지르라는 압력을 받는 듯한 착각에 사로잡힐 뿐 아니라 어떤 비이성적인 수준에서는 이것이 합당한 일이라는 골치아픈 생각에 사로잡히기도 했다. 자신의 혀를 마르게 하는 불을 다시금 깨닫게 된 이후로 아른하임은 늘 걸어왔던 길을 잃어버렸다는 느낌에 점령당했으며 자신을 지배했던 위대한 인간의 보편적 이데올로기조차 잃어버린 것들에 대한 대용품 정도로 생각되었다.

아름하임은 자연스럽게 어린 시절을 회고했다. 어린 시절 그는 예배당에서 대제사장들과 논쟁하는 그림 속 예수의 초상처럼 크고 검고 둥근 눈을 하고 있었다. 그는 워낙 탁월한 소년인 데다 늘 자신의 재능에 찬탄하는 똑똑한 가정교사들에 둘러싸여 있었다. 또한 그는 어떤 불의도 참아내지 못하는 따듯하고 민감한 소년이었다. 그의 삶은 사소한 불의도 틈입해오지 못할 정도로 단단히 방어돼 있었기 때문에 그는 우연히 마주친 남들의 나쁜 짓까지 자기 것으로 여기고는 그것들을 교정하기 위해 투쟁하곤 했다. 이런 일들에 끼어드는 방해들을 고려할 때 이것은 대단한 일이었는데, 언제나 얼마 지나지 않아 그를 적에게서 떼어놓으려는 사람이 허겁지겁 달려와 그의 투쟁을 말렸기 때문이다. 그런 투쟁은 뭔가 고통스러운 체험을 전해주기가 무섭게, 스스로 불굴의 용기를 가졌다는 인상을 주고는 사라져버렸다. 그 덕분에 아른하임은 아직도 그때의 체험을 만족스럽게 기억하고 있었다. 또한 자신의 동시대인들에게 행복하고도 품격있게 사는 법을 전해줘야 하는 책과 금언들에서 이 고결한 용기는 빠지는 법이 없었다.

어린 시절은 여전히 그의 마음에 생생하게 남아 있었던 반면, 그 이후 시기의 일들은 시간이 지나면서 변화를 겪은 나머지 마치 긴 잠에 빠진 듯 흐릿했다. 좀더 정확하게 말하자면 돌처럼 딱딱해졌다고 할 수 있는데, 그건 단순히 돌이라기보다는 다이아몬드의 딱딱함에 가까웠다. 디오티마와 접촉하면서 그에게 새로운 삶을 일깨운 것은 바로 사랑으로, 재밌는 것은 그의 젊은 시절 겪은 사랑은 여성이나 어떤 특정한 인간과는 전혀 관계가 없었다는 사실이다. 비록 세월이 지나면서 가장 최신의 설명을 듣고 깨닫긴 했지만 사랑이란 평생 그가 대처하기엔 난처한 일이었던 것이다. "사랑이 의미하는 바는 어떤 부재로부터 낯선 것이 찾아오는 것이다. 그것은 마치 아무 연관도 없이, 보이는 것의 경계 너머에서, 갑자기 여러 다른 얼굴에서 피어오른 알 수 없는 표정 같다. 사랑은 소음 가운데 울리는 작은 멜로디며 인간 내면의 감정이다. 또한 내면에서 느껴지긴 하지만 언어로 붙잡으려 할 때는 아직 뭔지 모르겠는 것이기도 하다. 단지 아주 작은 것이 껍질을 뚫고 나오는데 그건 마치 그림자가 사물의 뒤를 기어다니다 조용히 안식을 취하듯, 그렇게 열에 들뜬 봄날을 뚫고 나와 축축이 젖어가면서 생각이 흘러가듯 한 방향으로 흘러가는 것이다." 이것이 바로 아른하임이 높게 평가하는 한 시인의 입에서 아주 나중에, 색다른 어조로 나온 말이었다. 아른하임은 대중에게 잘 알려지지 않은 이런 은둔형 인간을 알고 있어야 어느 정도 전문가의 반열에 들 수 있음을 알고 있었다. 아른하임이 이 시인을 이해한 것은 아니었다. 그는 그런 암시를 그저 젊은 시절 유행한 새로운 영혼을 일깨우는 잠언이나 마치 통통한 꽃봉오리처럼 그려진, 빼빼 마른 소녀의 입술 같은 것으로 이해했기 때문이다.

    1887년 무렵—세상에나, 벌써 한세대 전이군,이라고 아른하임은 탄식했다—찍은 사진에서 아른하임은 목까지 단추를 채운 검은 조끼에다 비더마이어 시대에 유행했던 폭이 넓은 실크 스카프를 매고 있었는데 이는 보들레르를 흉내낸 것으로 '현대적 인물'이라는 이미지를 만들어냈다. 게다가 당시 새로 유행을 타던, 상의에 꽂은 난초 덕분에 그는 저녁 만찬 가는 길에 다시금 주목을 받았으며 부친의 혈기 왕성한 사업가 친구들에게 깊은 인상을 심어주었다. 일할 때의 의상은 계산할 때 쓰는 자^{R}와 같은 모습이었는데 영국식 스포츠 재킷의 느낌을 주었으며 꼿꼿이 세운 칼라는 꽤나 우스꽝스럽긴 해도 머리를 강조하는 효과가 있었다. 그게 아른하임의 외양이었으며 이런 외양이 분명히 호감을 줄 것이라고 그는 믿어 의심치 않았다. 아른하임은 여전히 잔디에서 테니스를 치던 시기에 몇 안 되는 테니스광이었고 꽤 잘 치기도 했다. 또한 학창 시절 취리히에서 어쭙잖게 사회주의 사상을 배워—물론 며칠 후엔 아무 생각 없이 자기 말을 타고 노동자 주거지역을 어슬렁거렸지만—돌아와서는 노동자들의 공개 집회에 참여해 아버지를 놀라게 하기도 했다. 간단히 말해서 모순과 도전으로 가득 찬 새로운 경험들은 그에게 시대를 잘 타고 태어났다는 고혹적인 환상을 심어주었다. 비록 나중에야 시대의 가치가 꼭 희귀한 것에 있지 않다는 사실을 깨닫긴 했지만 그런 환상은 젊은이에겐 중요한 것이었다. 시간이 지날수록 이른하임은 점점 더 보수적으로 변해갔으며 날로 새로워지면서도 결국에는 진부해지고 마는 감각이란 자연의 쓸데없는 낭비가 아니겠느냐는 회의에 빠져들었다. 하지만 그는 원래 자신에게 속했던 어떤 것이라도 포기하길 원치 않았으므로 결코 새로운 기분을 포기하지 않았고 수집가로서의 그러한 면모는 당시에 존재한 모든 것을 자신 안에 고이 간직하게 만들었다. 자신의 삶이 아무리 다채롭고 통합적이었다고 해도 그는 일단 척 보기에 다른 어떤 것보다도 비현실적으로 보이는 것에 가장 오랫동안 영향을 받았고 또 가장 각별하게 감동을 느낀 것 같았다. 다시 말해 그 예감에 가득 찬 낭만적인 상태는 활기차게 역동하는 외부의 세계뿐 아니라 마치 내쉬지 않은 숨처럼 내면에서 움직이는 세계 또한 존재한다고 그에게 속삭였다.

디오티마의 영향으로 원초적인 모습을 되찾은 이렇듯 몽롱한 예감은 모든 일과 활동을 잠잠케 했고, 젊은 시절의 희망과 갈등, 변덕스러운 내면은 물결 위의 어지러움을 벗어나 모든 말과 사건과 요청이 깊은 곳에서 합류하는 한낮의 꿈에 자리를 내주었다. 그런 순간만큼은 야망조차도 잠잠해졌다. 세상은 정원 담 너머 먼 소음의 세계에 속해 있었고, 그의 영혼은 마치 둑을 넘어 처음으로 자신과 마주선 것처럼 느껴졌다. 그런 순간은 형이상학적이라기보다는 마치 낮이 찾아왔는데도 조용히 하늘에 걸려 있는 달을 보는 것처럼 확실하고도 생생한 육체적 체험이었다. 그런 상태에서 젊은 파울 아른하임은 고상한 식당에 앉아 어떤 자리에서나 잘 어울리는 옷을 차려입고 조용히 식사를 했으며 수행해야 하는 모든 일을 처리했다. 그러나 그 자신과의 거리는 다른 사람 또는 다른 사물들과의 거리와 다르지 않다고 할 수 있었다. 그것은 마치 외부세계가 그의 피부에서 멈추지 않으며 그의 내면세계가 단지 사유의 창문을 통해서만 밖으로 새나가지 않는 것과 같았다. 오히려 외부와 내면은 서로 나뉘지 않는 분리와 현존 가운데 합쳐져서 꿈 없는 잠처럼 부드럽고 조용하며 고귀하게 자리잡았다. 도덕적으로 그것은 진정으로 위대한 무관심, 모든 가치들이 평등해지는 상태처럼 느껴졌다. 어떤 것도 저급하거나 우월하지 않았다. 한 편의 시도, 여성의 손에 입을 맞추는 일도 그 중요성 면에서는 몇권의 학술적 업적이나 정치인의 위대한 행동에 뒤지지 않았다. 또한 모든 사악함이 의미없는 것처럼 모든 선한 것 역시 존재의 부드러운 동질감에 녹아들다보면 근본적으로는 쓸데없는 것에 불과했다. 아른하임은 아주 편안하게 행동했다. 그 행동은 다만 뭔가 알 수 없는 의미를 내포한 것처럼 보였다. 떨리는 불꽃 뒤에 선 내부의 인간은 꿈쩍도 하지 않고 서서 사과를 먹거나 새 옷을 맞추기 위해 치수를 재는 외부의 인간을 바라보았다.

 그것은 환상이었을까? 아니면 절대로 완벽하게 이해될 수 없는 진실의 그림자였을까? 한 가지 대답할 수 있는 것은 모든 연인들이나 낭만주의자들, 달이나 봄날, 이른 가을날의 황홀한 죽음에 마음이 기우는 모든 사람들과 마찬가지로 어느 정도로 발전한 종교 역시 그런 식의 그림자가 존재함을 주장해왔다는 점이다. 그러나 결국 그림자는 사라지고 만다. 미처 분간할 새도 없이 증발하여 수증기처럼 날아가버린다. 사람들은 그림자의 자리에 어느새 채워진 다른 무엇을 발견하며 마치 비현실적인 체험이나 꿈, 환영을 잊어버리듯이 한순간에 잊어버리고 만다. 이 근원적이고 장대한 사랑의 체험은 대체로 사랑에 빠지는 첫 순간에 겪게 되는데 우리는 흔히 그 체험을 선거에서 투표권을 행사할 만큼 충분히 성숙하기 이전에 히는 바보짓 정도로 간주함으로써 모든 것을 다 이해했다고 생각한다. 아른하임에게도 같은 일이 벌어졌지만, 그는 한번도 여성과 엮인 적이 없었기 때문에 그 일을 자연스럽게 마음에서 떠나보내지 못했다. 대신 그 일은 자신이 학업을 마치고 아버지의 사업에 처음 입문했을 때 받은 인상과 겹쳐졌다. 어떤 일도 대충 넘어가는 법이 없는 그는 창조적이면서도 생산적인 삶은 시인이 골방에 처박혀 지어낸 그 어떤 시보다 훨씬 위대하며 질적으로도 다르다는 사실을 즉각 발견해냈다.

지금 아른하임은 생전 처음으로 모범적인 면에서 재능을 발휘하고 있었다. 삶이라는 시는 다른 어떤 시에 비해서도 우월한데, 내용이 무엇이든 상관없이 모든 단어가 대문자로 씌어지는 시와 같기 때문이다. 세계적인 기업에 근무하는 하찮은 견습생일지라도 세계의 중심에 서 있으며 전세계가 그를 바라보고 있기 때문에 중요하지 않은 일이란 하나도 없다. 그에 비해 방에서 홀로 뭔가를 쓰고 있는 사람은 아무리 열심히 뭔가를 얻으려 해봐야 그 주위를 기웃거리는 것은 기껏 파리 정도일 것이다. 사람들이 스스로 먹고살 나이가 될 무렵, 전에는 감동으로 다가왔던 것이 '그저 문학'으로 보이는 현상은 뚜렷하게 나타난다. 다시 말해 그런 감동은 잘해봐야 나약하고 혼란스러울 뿐이고 대부분 스스로의 모순에 빠져 허우적대며 결국 그토록 사람들이 떠들어대던 지양止揚과는 아무런 연관성도 찾지 못하게 된다. 물론 아른하임이 딱히 그러하지는 않았다. 그는 예술의 고귀한 영향력을 부정하지 않았을뿐더러 자신을 깊이 감동시킨 예술을 멍청한 짓이나 헛된 망상으로 여기지도 않았다. 꿈같은 젊은 시절보다는 성인으로서의 책임감이 우월하다는 사실을 깨닫고 나서 아른하임은 새롭게 정립된 성숙한 시각으로 두 체험을 융합하는 일에 나섰다. 그는 다른 교양있는 계층이 그러하듯 본격적인 사회생활이 시작되자마자 이전의 관심사에서 완전히 등을 돌리는 대신 젊은 시절의 열광적인 충동과 고요하면서도 성숙한 관계를 생애 처음으로 맺어나갔다. 삶이라는 위대한 시를 발견하는 것, 그리고 그 시 안에서 자기 역할을 아는 것은 자신이 쓴 시를 불태우면서 잃어버렸던 호사가적 용기를 되찾게 해주었다. 자신의 삶을 시로 지어내면서 교양있는 계층은 마침내 스스로를 타고난 전문가로 보게 되었고 지적인 책임감을 가지고 일상을 파고들게 되었다. 또한 그들은 천 개의 작은 결정結晶들과 마주하여 도덕적이면서도 아름다워지려는 자신의 모습을 마주했고 괴테의 모범을 따라서 음악이나 자연의 아름다움, 순진무구하게 뛰어노는 아이들과 동물들이 없는 삶은 가치가 없음을 설파했다. 이 영혼으로 충만한 중간계급은 독일에서 여전히 예술과 쉬운 대중문학의 주된 소비층이었다. 하지만 당연하게도 이 계급의 구성원들은 한때 자신들의 소망을 완성했다고 생각한 문학과 예술을—이것이 그들에게 허락된 것보다 양식상으로는 훨씬 완벽했음에도 불구하고—마치 이제는 낡은 것인 양 멸시했다. 그들은 석고상 조각가를 보면서 자신이 얼마나 나약해져야 그런 조각품에서 아름다움을 볼 수 있을까를 생각하는 철강제조업자 같아졌던 것이다.

풍성하고 화려하게 피어난 정원의 패랭이꽃이 길가에 초라하게 핀 야생 패랭이꽃과 닮은 것처럼 아른하임은 그 교양있는 중간계급과 닮게 되었다. 그는 문화적 혁명이나 근본적인 변혁을 절대 고려하지 않았다. 오히려 그는 권력에서 점점 사라져가는 권위들을 새로운 것에 짜맞추기, 다시 점유하기, 부드럽게 변형시키기, 도덕적으로 부활시키기 같은 활동에 관심을 기울였다. 그는 속물이 아니었고 자신보다 사회적 위치가 높은 사람들을 숭배하는 사람도 아니었다. 법조계는 물론 명문가와 정부의 최고위층과도 호의적인 관계를 유지하면서도 아른하임은 절대 모방자가 되려 하지 않았고 오히려 보수적이고 봉건적인 생활양식을 좋아하는 사람—이른바 프랑크푸르트 출신의 괴테적인 부르주아임을 스스로 잊지 않고 또 남에게도 잊지 않게 만드는—임을 받아들이려고 했다. 하지만 이런 순응을 통해 그의 저항 능력은 소진되었으며 위대함과 거리를 두려고 아무리 애써봐도 별로 진실되게 보이지 않았다. 아른하임은 부의 창조자들—삶을 주도하며 새로운 시대를 이끌어가는 사업가들—이 예전의 주도권을 물려받을 것이라고 확신했으며 이는 이후 벌어진 일련의 사건들에 의해 옳다고 증명되면서 그에게 약간의 교만을 느끼게도 해주었다. 그러나 돈에 대한 통치권이 전제되려면 이 욕망된 권력이 어떻게 올바로 쓰일지에 대한 질문이 제기돼야 한다. 그것은 은행의 수장들이나 재계의 거물들에게는 쉬운 문제였다. 그들은 도덕이라는 무기는 성직자에게 넘겨둔 채 적들을 구워삶아 고기수프를 만드는 중세의 기사들이었다. 아른하임도 목격하듯 요즘 사람들은 모든 행동을 통제하는 가장 확실한 방법을 돈에서 찾는다. 그러나 그 방식이 아무리 단두대처럼 거칠고 정확하다 하더라도 때론 류머티즘을 앓는 환자처럼 연약하기도 하며—시장은 아주 작은 충격에도 절뚝거리며 고통스러워하지 않는가!—자신이 통제하는 모든 것들에 아주 섬세하게 관여하기도 한다. 오로지 오만한 이데올로기 추종자들만 잊어버리곤 하는 이런 삶의 연약한 상호관계를 잘 아는 아른하임은 변화와 불변의 영속성, 권력과 시민적인 교양, 잘 계산된 모험과 특색있는 지식 등 결국 한창 확장중인 민주주의의 상징적인 모습들이 제왕적인 사업가들에게 서로 결합돼 있는 것을 목격했다.

자신의 인격을 끊임없이 엄격하게 연마하고, 자신에게 친근한 경제적·사회적 관계들을 조직하며, 또한 국가의 전체적인 지도력과 기반을 성찰함으로써 아른하임은 운명이나 타고난 성향에 따라 불균등하게 분배된 사회적 권력이 적절하면서도 생산성있게 분배되는 세대, 그리고 이상이 현실의 불가피한 제약 때문에 좌절되지 않고 오히려 더욱 정제되고 강화되는 그런 신세대가 도래하기를 기원했다. 이를 객관적으로 말하기 위해 아른하임은 사업의 왕이라는 주개념을 활용하여 사업과 영혼이라는 두 관심사를 결합시켰다. 그리고 한때 모든 것이 원래 하나임을 가르쳐주었던 사랑의 감정은 이제 모든 인간의 관심사와 문화가 전체적으로 조화를 이루고 있다는 확신을 형성하는 데 핵심적인 역할을 했다.

아른하임이 자신의 글을 발표하기 시작한 것도 그 즈음이었으며 그는 이런 글에서 갑자기 영혼이라는 말을 사용했다. 추측건대 그는 이 말을 하나의 수단, 비상飛翔, 왕가의 언어로 사용했던 것 같다. 왜냐하면 군주나 장군들에게는 영혼이 없었으며 사업가로서는 그가 최초로 영혼을 가진 사람이었기 때문이다. 또한 확실한 것은, 그와 밀접한 계산적인 주변인들로부터, 그리고 더욱 각별하게는 그의 부친이─그 곁에서 아른하임이 전전 황태자의 형상을 믿어가는─가진 탁월한 사업적 지도력으로부터 보호될 필요가 있다는 점에서 영혼은 중요한 역할을 했다. 또한 그 모든 가치있는 지식을 정복하려는 그의 야망─

어떤 사람도 따라잡기 힘들 정도로 엄청나게 강렬한 박식함에 대한 애착—이 자신의 두뇌로는 포용하기 힘든 수단을 영혼에서 발견했다는 것도 마찬가지로 확실한 사실이다. 그 점에서 이른하임은 종교적인 소명에 이끌려서가 아니라 돈이나 지식, 계산 같은 것—그 모든 것에 영혼이 열정적으로 무릎을 꿇은 바 있는—에 발끈하는 여성적인 저항에 이끌려 종교에 귀의하는 동시대인들과 다를 것이 없었다. 하여튼 영혼에 관해서 여전히 문제적이고 불확실한 점은 아른하임이 과연 영혼을 믿느냐는 것이며 영혼이 그가 소유한 증권처럼 실제적이냐는 것이다. 그는 뭔가 달리 사용할 말이 없을 때 영혼이란 말을 썼다. 필요에 의해서 그 말을 쓰게 되면서—그는 좀처럼 다른 사람이 끼어들 틈을 주지 않는 대화 상대였다—또한 그 말이 다른 사람에게 감명을 준다는 것을 깨닫게 되면서 아른하임은 글에서 그 말을 더 자주 인용했으며, 마치 누구든 절대 스스로는 볼 수 없지만 있는 것만큼은 확실한 몸 뒤편의 등처럼 당연하게 그 말을 사용했다. 그는 정말 열정적으로 뭔가 모호하고 징후적인 글을 쓰면서 그것을 사업 세계의 지극히 현실적인 업무들과 연관시켰다. 마치 심오한 침묵을 생생한 연설과 연결시키듯 말이다. 그는 지식이 유용하다는 사실을 부정하지 않았다. 오히려 그는 정보원에 접근할 수 있는 사람만이 할 수 있는 일이라는 듯 누구보다 열심히 정보를 수집하는 편이었다. 그러나 이 영역에서 자신의 능력을 입증한 후에는 이런 종류의 날카로움과 정확성 너머에는 오직 예언자들만이 볼 수 있는 좀더 높은 지혜의 영역이 있다고 말하곤 했다. 그는 국가와 세계적인 사업가들을 떠받치는 의지에 대해서 말했다. 자신이 아무리 위대하다 하더라도 보이지 않는 곳에서 뛰는 심장 박동에 의해 움직여지는 팔에 불과하다는 것을 스스로 증명하기 위함이었다. 아른하임은 누구나 알아들을 만큼 쉽게, 그리고 구제적으로 과학의 진보나 도덕의 가치에 대해 설명하고는 만약 표면적인 잔물결만 봐서는 느끼지 못할, 대양의 깊은 곳에서 요동하는 움직임을 알지 못한다면 그런 자연의 이용과 인간의 정신력은 그저 숙명적인 무지에 불과할 뿐이라고 덧붙였다. 그는 마치 쫓겨난 여왕의 섭정을 받아들여 그 여왕이 질서지운 세계를 개인적으로 습득한 사람처럼 그런 정서들을 전달했다.

이 같은 질서는 아마도 아른하임의 가장 진실되고 강한 열망이었을 것이다. 그 열망은 그와 같은 지위에 있는 사람에게 허용된 것 중에서도 가장 강렬한 것이어서 현실적인 영역에서 그렇게 강한 성품의 인물조차 적어도 1년에 한번은 변경의 성으로 가 자신이 구술하는 내용을 비서가 받아적게끔 했다. 아주 어렸을 때부터 시작됐고 젊은 시절 가장 왕성하게 드러났던 기이한 사명감이 지금은 이따금씩 미약하게 찾아오긴 하지만 여전히 이런 길로 그를 이끌어갔다. 세계적인 사업 한가운데서도 그 열망은 달콤한 마취상태나 수도원을 향한 갈망처럼 그를 찾아와서는 속삭여댔다. 모든 모순과 위대한 사상, 세계적인 경험과 시도 들은 문화나 인문이라고 불리는 모호한 것들처럼 원래 하나일 뿐 아니라―마치 병적으로 아름다운 날 누군가 손을 모으고 강과 목초지를 건너다보며 무아지경에 빠지는 것처럼―원시적인 언어를 간직한 희미하고 무위에 가까운 감각이기도 했다. 이런 면에서 그의 글쓰기는 하나의 타협이었다. 또한 손에 잡히지 않는 먼 곳에 오직 하나의 영혼이 있었고, 그 영혼에 대해서는 오직 하나의, 알쏭달쏭한 해법만이 존재했으며, 그에 반해 세상에는 황실의 통치가 적용될 수 있는 셀 수 없이 많은 문제가 있었기 때문에 그는 많은 정통주의자와 예언자들이 지난한 일들 때문에 겪었던 그런 심각한 곤란에 처하게 되었다. 아른하임은 책상에 홀로 앉아 마치 유령처럼 흘러넘치는 단어들을 가지고 영혼에서부터 마음의 문제, 도덕적인 삶, 경제, 정치에 이르는, 어떤 보이지 않는 근원에서 흘러나와 명징하면서도 마술적으로 한결같이 빛나는 모든 것들을 펜으로 적어나갈 뿐이었다. 그런 확장에는 뭔가 도취적인 면이 있었다. 그러나 그는 많은 저자들에게 창조적인 글쓰기를 가능케 하는 모든 의식적 균열에 의지했으며 그 가운데 자신의 원래 의도와 맞지 않았던 것들은 마음에서 지워버렸다. 세상과 자신을 연결시켜주는 상대와 대화를 나눌 때 아른하임은 절대 흥분에 빠지지 않았다. 하지만 자신의 견해를 펼치기 위한 종이 앞에 몸을 구부릴 때는 마음껏 비유적 표현에 생각을 내맡겼다. 그 표현 중 아주 작은 부분에만 사실적인 근거가 있었고 나머지 대부분은 피어오르는 단어의 구름 같았는데 그 구름이 진실에 호소하는 단 하나의 무시하기 힘든 측면은 자기도 모르게 항상 같은 곳에서 피어오른다는 점이었다.

아른하임을 비난하려는 사람들이 기억해야 할 것은 이중 인격이 이제 더이상 정신병자들만 겪는 혼란이 아니라는 점이다. 오히려 오늘과 같은 속도의 시대에, 우리의 정치적 통찰력, 신문에 기사 하나를 쓸 능력, 예술과 문학에서의 새로운 운동을 받아들일 능력 등등은 때로는 우리의 신념을 거부하고 완벽한 의식에서 일부를 떼어내어 그 일부를 완전히 새로운 확신으로 확장시키는 일에 온전히 의지한다. 그래서 어쩌면 아른하임이 스스로의 말을 전적으로 신뢰하지 못하는 것은 장점일 수도 있었다. 인생의 전성기에 접어든 그는 어떤 주제에 대해 무슨 말이든 할 준비가 돼 있었다. 또한 어디가 끝인지 모를 폭넓은 식견이 있었고 옛 견해에서 새로운 것으로 옮겨갈 때에는 조화롭고 균형 잡힌 태도를 유지했다. 그렇게 효율적으로 생각을 정리하고 균형을 유지하는 동시에 따라올 이득까지 잘 계산해내면서 다른 생각으로 넘어가는 사람은 지치지도 않고 사방으로 확장되는 자신의 행동에 어떤 정해진 길이나 모양이 없다는 사실을 놓치진 않을 것이다. 행동은 반드시 그의 인격 안에 머물렀고 그도 자존감이 꽤 높은 사람이었지만 이성에 비추어 만족할 만한 행동을 하지는 못했다. 아른하임은 훈련된 관찰자라면 어디서나 찾아낼 수 있는 비이성적 요소의 찌꺼기라며 행동을 비난해보려고 했고 오늘날 모든 것은 한계를 넘어선다는 이유에서 행동을 무시해보려고도 했다. 또한 누구도 시대의 한계를 초월할 수는 없다는 사실을 전제하고 자신보다 좀 더 편안한 시대를 살았다는 이유로 호머나 붓다 같은 인물을 자신 위에 놓음으로써 위대한 인물 특유의 겸손을 떨어보려고도 했다. 그러나 자신의 황태자 같은 상태에 어떤 변화도 없이 필자로서의 명성이 하늘을 찌르게 되자, 비이성적인 찌꺼기, 가시적인 성과의 부족, 원래의 결심과 목표를 잃어버렸다는 불쾌감 같은 것들이 점점 더 그를 압박했다. 아른하임은 자신의 작업을 되돌아보았다. 그리고 그게 비록 좋아 보이긴 했지만 마치 보석으로 된 벽이 점점 두꺼워지듯이 자신의 생각들이 어떤 잊을 수 없는 근원으로부터 점점 멀어진다는 느낌을 받았다.

최근 아른하임에게는 이런 식의 불쾌한 일이 일어났고 그 일은 그에게 깊게 각인되었다. 그는 이전보나 훨씬 더 자주 정부의 건물과 국가 개념의 조화에 대한 글을 비서가 타이핑하도록 구술하는 데 여유 시간을 쓰고 있었다. 그는 "이런 건축물을 잘 관찰해보면 그 벽에서 침묵을 발견하게 된다" 같은 문장을 말하다가 '침묵'이라는 단어에서 잠시 멈칫하기도 했다. 뜻하지 않게 내면의 눈에 로마의 팔라초 델라 칸젤레리아 궁전이 떠올라 그 이미지를 좀더 음미하기 위해서였다. 그러나 아른하임이 원고를 힐끔 넘겨다보았을 때, 이미 예상한 것처럼 비서는 "우리는 영혼의 침묵을 본다…"고 타이핑하고 있었다. 그날 아른하임은 더이상 구술하지 않았고 다음날 그 문장을 삭제하도록 지시했다.

그렇게 깊고 폭넓은 체험에 비해 한 여인과 맺은 보통의 육체적인 사랑은 값어치가 얼마나 나가는 것일까? 슬프게도 아른하임은 정신으로 향하는 길은 영혼에서 시작하지만 한번도 다시 영혼으로 돌아가지는 않는다는 사실을 자신의 전 생애에 걸쳐 깨달았음을 인정할 수밖에 없었다. 물론 그와 친밀한 관계를 즐겁게 유지하는 많은 여성들이 있었지만 천성적으로 의존적인 사람이 아니라면 그들은 실제적인 일에 종사하는 교육받은 여자들이거나 예술가들이었다. 그렇게 자립적이거나 생계를 보장받는 사람들이라야 투명한 의사소통이 가능하기 때문이다. 아른하임의 도덕적 본성 덕분에 끊임없이 이어지는 여성들과의 만남에서도 본능은 이성적으로 통제될 수 있었다. 하지만 디오티마는 생애 처음으로 도덕을 뛰어넘어 비밀스럽게 그의 삶을 뚫고 들어온 여자였고 그 때문에 아른하임은 디오티마를 자주 질투에 찬 눈으로 바라보았다. 그녀는 분명 내세울 만한 인물이긴 하지만 그저 정부 관료의 아내일 뿐, 오직 권력 있는 자들에게만 가능한 최고의 교양까지는 갖추지 못했다. 반면 아른하임은 미국 재력가의 딸이나 영국의 귀족과 결혼할 수도 있었다. 그는 유년 시절의 방에서 쫓겨나온 듯한 원초적인 순간을 체험했다. 마치 잘 자라던 아이가 처음으로 공립학교에 들어가 끔찍하게 순진한 교만이나 경악에 휩싸이는 것처럼, 그의 성숙해가던 연모의 감정은 위협적인 치욕처럼 느껴졌다. 잠시 후 아른하임이 마치 죽었다 살아난 사람처럼 우월하고 차가운 정신으로 다시 업무에 복귀하자 절대 오염되지 않는 그 차가운 돈의 합리성은 사랑보다 훨씬 더 깨끗해 보이기까지 했다.

하지만 이것이 의미하는 바는 그저 왜 목숨을 건 투쟁 없이 자유를 빼앗겼는지를 한탄하는 죄수의 입장과 비슷할 뿐이었다. 왜냐하면 디오티마가 "우리 영혼을 둘러싼 소란이란 뭐죠?$^{\text{Un peu de bruit autour de notre âme...}}$"라고 물었을 때 그는 마치 어떤 진동이 삶의 기반을 흔드는 듯한 느낌을 받았기 때문이다.

87.
모오스브루거는 춤춘다

그사이 모오스브루거는 여전히 지방법원의 연구용 유치장에 갇혀 있었다. 그의 변호인은 순풍에 돛을 단 것과 같은 상황에서 당국이 최종 결정을 내리지 못하도록 지연 전술을 쓰고 있었다.

모오스브루거는 그 온갖 것들에 웃음이 나왔다. 그는 지루함에 지쳐 웃었다.

지루함은 그의 마음을 이리저리 흔들었다. 보통 지루함은 금세 마음에서 사라졌지만 이번에는 오래 마음이 흔들렸다. 마치 출연을 앞둔 배우가 의상실에 대기하고 있을 때의 심정 같았다.

만약 모오스브루거에게 큰 칼이 있었다면 아마 칼을 꺼내 의자의 꼭지를 찍어버리고 말았을 것이다. 그러고는 테이블이며 창문, 변기통, 문 따위의 윗대가리도 베어버리고 말았을 것이다. 그러고는 그 베어낸 자리에 자신의 머리를 올려놓을 것이나. 왜냐하면 이 감옥에는 자신의 머리만이 있으며 그래야 마땅하기 때문이다. 그는 거대한 두개골을 자랑하며 마치 모피를 정수리에서 이마까지 뒤집어쓴 것 같은 자신의 머리가 사물의 꼭대기마다 매달려 있는 것을 상상해보았다. 그는 그런 걸 좋아했다.

방이 좀더 넓고 음식이 조금만 더 괜찮았다면 얼마나 좋을까!

모오스브루거는 사람들과 만날 수 없어서 아주 기뻤다. 그는 사람들을 견딜 수 없었다. 사람들은 종종 침을 뱉거나 어깨를 구부정하게 숙였는데, 그러면 몹시 절망적인 기분이 들어 벽에 구멍을 내듯 인간의 등에 주먹을 날리고 싶게끔 했다. 모오스브루거는 신을 믿지 않았으며 오직 자기 안의 이성을 믿었다. 그는 영원한 진리를 외치는 자들, 곧 판사나 경찰, 목사 같은 사람들을 경멸했다. 그는 모든 일을 혼자 처리해야 했으니 그런 사람에게 타인이란 방해물처럼 보이게 마련이었다. 그는 종종 눈에 띄던 것들을 보았다. 잉크병, 녹색 천, 연필, 벽에 걸린 황제의 초상 같은 것들은 언제나처럼 있던 곳에 있었다. 그것들은 마치 위장 폭탄 같았는데, 나뭇잎이나 풀이 아니라, 감정으로 위장된 것처럼 보였다. 마치 숲이 강의 굴곡에서 멈추듯이 모오스브루거의 기억들이 되살아났다. 그것들은 두레 우물에서 나는 끽끽거리는 소리처럼 한번도 알아채거나 본 적이 없는 끝없는 기억의 창고에서 끌려나온 것으로 서로 연관성이 없는 풍경들이 마구 뒤엉켜 있었다. '그걸 말로 설명할 수만 있다면!' 마치 젊은이들이 꿈을 꾸듯이 그도 몽상에 빠졌다. 하도 많이 감금되어서 그런지 그는 더이상 늙지 않는 것 같았다. '다음에는 좀더 정확히 살펴봐야겠어,' 모오스브루거는 생각했다. '안 그러면 그들을 이해시킬 수 없을 거야.' 그러고는 완고한 미소를 지으며 마치 아버지가 아들을 두고 말하듯 내면의 재판관을 향해 말했다. "그는 아무 소용도 없어요. 감옥에 가둬버리면 아마 정신을 차릴 겁니다."

물론 모오스브루거는 더러 감옥의 규율에 화가 치밀었다. 어딘가 아프기도 했다. 그러면 교도소 의료진이나 감독관을 부를 수 있었고 마치 쥐가 물에 빠져 죽고나면 수면이 잠잠해지듯 다시 고요와 질서가 찾아오곤 했다. 그가 이 같은 상상을 곧장 떠올린 것은 아니다. 비록 말로 표현할 수는 없었지만 최근에는 어떤 것에도 방해를 받지 않고 커다랗게 빛나는 수면처럼 순간의 인상을 즉각적으로 받아들이곤 했다.

그가 가진 단어는 흠흠, 응응 정도였다.

책상은 모오스브루거였다.

의자는 모오스브루거였다.

격자 창문과 자물쇠로 채워진 문도 그 자신이었다.

그가 말하는 어떤 것도 비정상적이거나 미친 것은 없었다. 그저 고무밴드가 사라진 것과 같았다. 세상의 모든 피조물들과 사물들이 서로 가까이 다가설 때, 그 뒤에는 팽팽하게 잡아당겨 고정시켜주는 고무밴드가 있다. 그것이 없다면 사물들은 결국 서로를 관통해 나갈 것이다. 또한 모든 움직임 안에는 누구든 원하는 바대로 나아가지 못하도록 하는 고무밴드가 있다. 그런 고무밴드들이 한꺼번에 사라져버렸다. 아니면 그건 그저 고무밴드처럼 거추장스런 생각일 뿐이었을까?

사물을 그렇듯 정확하게 떼어놓을 수 있는 사람이 있을까?'가령 여자들이 고무밴드로 스타킹을 잡아매고 있듯이 말이야, 바로 그렇다고.' 모오스브루거는 생각했다. '그들은 마치 부적처럼 고무밴드를 다리에 매고 있지. 벌레가 기어오르지 못하도록 과일나무에 동그랗게 칠을 해둔 것처럼 말이야.'

하지만 그건 부수적인 것일 뿐이다. 모오스브루거는 모든 것들과 사이가 좋아야 한다는 의무감을 가진 사람이 아니다. 사실은 그렇지 않았다. 그는 외향적인 동시에 내면적인 사람일 뿐이었다.

모오스브루거는 만물을 지배했고 호통을 쳐댔다. 사람들이 자신을 죽이기 전에 그는 모든 것을 질서있게 재배치하는 중이었다. 그는 좋아하는 일들에 대해 생각할 수 있었고 그럴 때는 마치 잘 훈련된 개가 '앉아!'라는 명령을 듣는 순간처럼 온순했다. 비록 그는 갇혀 있었지만 엄청난 감각의 힘을 소유하고 있었다.

정확한 시간에 수프가 나왔다. 정확한 시간에 일어나 산책을 나갔다. 감옥에서의 모든 시간은 정확히 엄수되었고 절대 바뀌지 않았다. 그는 때때로 이런 정확함을 믿을 수 없었다. 비록 규정들을 적용받고 있는 입장인데도 그는 마치 자신이 규칙들을 만들어냈다는 혼란스런 느낌을 받았다.

보통 사람들은 한여름 생울타리 그늘에 누워 벌들이 윙윙거리는 소리를 들으며 태양이 우윳빛 하늘에 작고 강하게 떠오를 때 세계가 마치 장난감처럼 주위를 도는 듯한 느낌에 사로잡힌다. 모오스브루거는 감옥에서의 기하학적인 풍경에서도 그런 느낌을 받았다.

모오스브루거는 좋은 음식에 대한 미칠 듯한 갈망에 빠져 있었다. 그는 음식을 꿈에서 보았고 낮 동안 어떤 일에서 잠시 한눈을 팔 때면 미묘한 순간을 틈타 포크 스테이크가 담긴 훌륭한 접시 형상이 눈앞에 어른거렸다. "두 접시요!" 그럴 때면 모오스브루거는 주문했다. "아니, 세 접시요!" 그런 생각이 강렬해지고 상상력이 탐욕스럽게 부풀어서 이윽고 너무 많이 먹어서 토할 기분에까지 이르렀다. '왜, 인간은 식욕을 느끼고 나선 그렇게 또 포만감이 오는 것일까?' 그는 고개를 흔들며 의문에 사로잡혔다. 식욕과 포만감 사이에 세상의 모든 쾌락이 있다! 아, 세상은 정말 그렇다. 그 사이의 공간이 얼마나 좁은지를 설명할 수 있는 수백 가지의 예가 있다. 하나만 예로 들어보자. 자기가 소유하지 못한 여자는 마치 한밤중의 달처럼 높게 높게 떠올라 마음속에 끊임없이 스며든다. 하지만 그녀를 소유하고 나면 장화로 그녀의 얼굴을 짓밟아주고 싶을 것이다. 왜 그럴까? 그는 종종 그런 질문을 받았던 때를 기억했다. 여자는 남자를 쫓아다니기 때문에 여자이자 남자라고 대답할 수 있을 것이다. 하지만 그건 그에게 질문을 던진 사람이 이해할 수 없는 대답일 것이다. 왜 남들이 자신을 싫어하기로 작당한다고 생각하는지를 사람들은 그에게 물었다. 마치 그 자신의 육체가 상대들에게 맞지 않기라도 한 것처럼 말이다. 상대가 여성이라면 이 말은 확실히 들어맞는다. 그러나 남자의 경우에도 그의 육체는 그 자신보다도 상대를 더 잘 파악한다. 내뱉은 말은 다른 말로 이어지고 누구든 그 말의 의미를 안다. 사람들은 다른 이들의 주위를 하루종일 맴돌고 어느 한순간 그들과 아무 문제 없이 경계선을 허물고 잘 어울린다. 하지만 그의 육체가 누군가를 이 경계선 안으로 데려온다면, 차라리 그 사람을 다시 쫓아내는 것이 나을 것이다! 모오스브루거에게 기억나는 것은 그저 화가 나거나 두려웠다는 것뿐이며, 그의 가슴은 마치 명령을 받은 큰 개가 뛰어들듯이 그들에게 뛰어들었을 뿐이다. 모오스브루거가 이해할 수 있는 거라곤 만족감과 포만감 사이에는 거의 차이가 없다는 것이며 뭔가 한번 시작되면 아주 빠르게 공포로 바뀐다는 사실이었다.

늘 낯선 말을 사용하며 심판석에 앉아 있던 사람들은 그를 향해 이런 말을 내뱉었다. "그러나 당신이 그런 이유로 사람을 죽이진 않았겠지요?!" 모오스브루거는 어깨를 으쓱했다. 누군가는 자만심에 빠져 돈 몇푼에, 또는 한푼도 받지 않고 그런 일에 뛰어들 수도 있을 것이다. 하지만 그는 그런 부류가 아니었고, 그런 자들보다는 자존감이 있었다. 곧 그는 비난하는 듯한 인상을 지어 보였다. 왜 세상이 자신을 궁지로 몰아넣는 느낌이 드는지, 그래서 또다시 그의 머리에서 피가 흘러내릴 때까지 완력으로 모든 것을 쓸어버리는지 그는 의아해했다. 그는 곰곰이 생각했다. 하지만 생각도 비슷하지 않았을까? 어떤 생각에 빠질 만한 좋은 시기가 찾아올 때 그는 기쁨에 젖어 그저 웃기만 했다. 그러고 나면 생각은 더이상 두개골에 고이지 못하고 갑자기 단 하나의 사유만이 떠올랐다. 그것은 마치 아이의 걸음마와 우아한 부인의 춤처럼 서로 다른 것이었다. 주문에 걸린 것과도 같았다. 아코디언이 연주되는 소리가 들렸고 테이블 위에는 램프가 있었으며 여름밤으로부터 나비들이 날아왔다. 그렇게 그의 생각은 하나의 사유의 빛으로 날아들었다. 또한 모오스브루거는 생각들이 날아올 때 마치 작은 용들이 그러하듯이 결정적인 순간을 기대하며 자신의 큰 손가락으로 생각들을 잡아 으스러뜨렸을 것이다.

모오스브루거가 흘린 피 한방울이 세상에 떨어졌다. 그 피가 검기 때문에 사람들은 볼 수 없지만 그는 거기서 무슨 일이 일어나는지를 알았다. 헝클어진 것이 스스로 정돈되었다. 주름잡힌 것들은 말끔히 펴졌다. 소리 없는 춤이 견딜 수 없이 윙윙거리는 소리―그렇듯 그를 괴롭히던―를 대신했다. 이제 모든 사건들은 아름다웠다. 그것은 마치 한 소녀가 더이상 혼자 서 있지 않고 누군가의 손을 잡고 둥글게 돌아가며 춤을 출 때와 같이 아름다웠다. 그때 그녀의 얼굴은 자신을 내려다보는 계단참의 사람들을 향하고 있었다. 놀라운 일이었다. 모오스브루거가 눈을 뜨고 때마침 모든 것이 그에게 복종해 춤을 추는 그런 순간에 함께한 사람들을 바라보았을 때, 그 사람들 역시 그에게는 아름다워 보였다. 그들은 더이상 그와 맞서지 않았고 그를 향해 어떤 벽도 만들지 않았다. 또한 사물과 인간의 외양을 마치 억압인양 일그러뜨리는 것은 오직 자신을 능가하려는 노력뿐임을 그는 깨달았다. 그런 순간에 모오스브루거는 그들을 위해 춤을 추었다. 현실에서는 그 누구와도 춤을 춰본 적이 없는 그가 위엄있게, 그러나 눈에 띄지 않게 춤을 추었다. 그가 춤을 따라추는 음악은 점점 자기성찰과 잠으로 빠져들었고 성모의 자궁이 되더니 급기야는 하느님 자신의 평화, 도무지 믿을 수 없을 정도로 놀라운 죽음 같은 안식의 상태가 되었다. 그는 아무도 보지 않는 상태에서, 모든 것이 자기에게서 다 빠져나갈 때까지 하루종일 춤을 추었다. 그것은 마치 거미줄이 이슬에 젖어 쓸모없어질 때까지 빳빳하고 촘촘하게 사물에 붙어 있는 모습과 같았다.

 이 일들을 함께 겪어보지 않고 어떻게 사람을 평가할 수 있을까? 거의 피부에서 빠져나올 듯 기분이 가벼운 몇날 몇주가 지나고 나면 어김없이 긴 수감기간이 이어졌다. 국립교도소는 더할 나위 없이 좋았다. ㄱ가 뭔가를 생각하려 할 때 내면의 모든 것들은 공허하고 쓸쓸하게 쪼그라들었다. 그에게 생각하는 법을 가르치던 노동자센터나 국가교육원 같은 곳을 그는 싫어했다. 어차피 그는 마치 대나무 말에라도 탄 것처럼 자신의 생각이 의기양양해지리라는 것을 알았다. 그곳들은 다시금 뭔가 다른 것이 생겨나는 장소를 꿈꾸며 다리를 질질 끌고 나아가야 한다는 느낌을 주었다.

이제 모오스브루거는 그런 꿈을 그저 체념의 미소로만 떠올릴 수 있었다. 그는 두 극단 사이에서 편안히 쉴 장소를 끝내 찾아낼 수 없었다. 이제 그 일에는 신물이 났다. 그는 다가오는 죽음을 향해 크게 웃었다.

그는 세상의 여러 면을 보았다. 바이에른과 오스트리아, 터키까지 돌아다녔다. 또한 신문에서 읽은 바대로 그의 생애 동안 많은 일들이 일어났다. 대체로 다채로운 시기였던 것이다. 그는 마음속 깊이 이런 시대의 일부로 살아온 것을 자랑스럽게 여겼다. 그걸 하나하나 생각해보면 복잡하고 지루한 일들이지만 한 사람의 입장에서 보자면 그 한가운데를 뚫고 달려온 셈이었다. 태어나서 죽기까지를 되돌아보면 분명해질 것이다. 모오스브루거는 자신이 사형에 처해진다고는 생각하지 않았다. 그는 다른 사람의 도움을 받아 스스로를 처형하고 있었으며 그것이 사태를 관망하는 그의 자세였다. 모든 것들은 결국 모여서 전체가 된다. 고속도로, 도시, 경찰, 새, 죽은 자와 그의 죽음… 그는 모든 것을 명확히 알지는 못했고, 다른 사람들은 비록 더 많이 떠들어대기는 했지만 그보다도 더 몰랐다.

그는 침을 뱉고 하늘이 마치 쥐덫처럼 푸르게 걸려 있다고 생각했다. '슬로바키아에서는 저렇게 둥글고 높은 쥐덫을 만든다지.'

88.
위대한 일에 말려들기

이제 지금까지의 여러 접촉을 통해 하나의 경구가 될 만한 것을 언급해야 될 때가 되었다. 그것은 바로 위대한 일에 말려드는 일보다 정신에 더 위험한 것은 없다는 것이다.

한 사람이 숲을 거닐고, 산을 올라 자신 앞에 펼쳐진 세계를 바라보며, 자기의 품에 처음으로 안긴 아기를 쳐다보고, 모든 이들에게 부러움을 살 만한 인생의 행운을 즐긴다. 우리는 묻는다. 그 사람에게 무슨 일이 일어났는가? 분명한 것은, 그가 생각하기에 이 모든 일들은 다채롭고, 심오하며, 중요한 일이라는 것이다. 다만 그것을 현재의 언어로 구체적으로 표현할 정신이 없을 뿐이다. 자신의 내부와 외부에서 마주한 경탄할 만한 일들은 마치 자석 포장처럼 그 사람을 둘러싸 정신을 홀딱 빼내버린다. 그의 시선이 수천 가지 일들에 꽂혀 있을 때조차 탄환을 다 써버린 사람처럼 남모르게 공허를 느낀다. 외적으로는 영혼과 태양으로 가득한, 심오하고 빛나는 순간이 아주 작은 잎새와 모세혈관까지 강력한 은도금으로 덮어주지만, 개인적인 내면의 극단에서는 내적인 소재가 뚜렷하게 결핍되면서 이른바 거대하고 공허하며 둥근 '공'空이 만들어진다. 이런 상태는 마치 인간과 자연의 최고봉에 머문 때와 같으며, 모든 영원하고 위대한 것들과 접촉할 때 나타나는 고전적인 증상이다. 위내한 일을 우선시하는 사람들—무엇보다 위대한 영혼에 소속돼 있으며 하찮은 일들은 존재할 여지가 없는—은 뜻하지 않게도 자신의 내면이 과도한 피상성으로 치닫는 것을 발견한다.

위대한 일에 말려드는 위험성은 그러므로 정신적 질량보존의 법칙이라 할 수 있으며 그것은 대체적으로 어디서나 적용되는 듯 보인다. 큰 영향력을 가진 사회적 저명인사의 발언은 일반적으로 평범한 사람들의 말보다 더 공허하다. 특별히 존중받는 주제와 밀접하게 연관된 사상들은 그 사상을 뒷받침하는 지위가 아니라면 하찮게 치부될 것이다. 우리에게 가장 중요한 소명들가령 국가, 평화, 인간성, 덕성 같은 것들은 인간 정신의 가장 싸구려 식물들을 등에 지고 있다. 그것은 앞뒤가 매우 전도된 세계다. 어떤 주제가 심각하게 다뤄지지 않을수록, 사실은 그 주제가 심각한 세계라면, 그 세계는 질서가 지배하는 세계가 될 것이다.

그러나 유럽의 정신세계를 이해하는 데 도움이 될 이런 법칙이 언제나 명확하게 밝혀진 것은 아니다. 어떤 위대한 주제를 가진 한 그룹에서 다른 새로운 그룹으로의 전환이 일어나는 시기에는 그 위대한 주제에 봉사하려는 정신이 전복적으로 보이기까지—그저 제복만 바꿔 입었는데도—한다. 우리가 이야기하고자 하는 사람들이 승리와 우려를 표하는 동안 그런 종류의 전환은 이미 감지되고 있었다. 예를 들어, 아른하임에 대한 각별한 주제를 다룬 책에 관해서 먼저 이야기하자면 아직 독자들이 그 내용에 큰 경의를 표하지 않았는데도 이미 팔리는 숫자에 의해 지나친 주목을 받는 책들이 생겨나기 시작했다. 또한 축구와 테니스는 이미 영향력 있는 산업이 되었지만 기술대학에 그런 종목을 가르치는 과를 설치하자니 여전히 주저되는 것도 사실이었다. 사실 미국에서 감자를 들여와 유럽 전역의 반복되는 기근을 끝낸 싸움꾼 드레이크^{Drake} 제독이나 그보다 덜 추모되기는 하지만 높은 교양을 지녔고 그만큼이나 싸움을 좋아했던 롤리[Raleigh] 제독, 또는 이름없는 스페인 선원들과 씩씩한 악당들, 그리고 노예상 호킨스[Hawkins] 등이 이미 있었다. 또한 오직 무지개에 대해서만 제대로 설명할 줄 알았던 알 쉬라지[Al Schirazi](페르시아의 학자—옮긴이) 같은 물리학자보다 감자를 가지고 온 이들이 더 중요한 사람들이라는 생각은 아주 오래전부터 있었던 것이다. 하지만 부르주아의 시대에 이르러 알 쉬라지 같은 사람들에 대한 재평가가 일어나면서 아른하임의 시기에는 크게 융성했고, 오로지 몇몇 구닥다리 같은 옛날식 편견을 가진 이들만이 이에 저항했다. 누가 보더라도 존경스럽고 새로운 양[量]의 효과는 낡고 맹목적이며 관료적인 위대한 질[質]에 대한 숭배와 여전히 다툼을 벌이고 있었다. 그러나 상상의 세계에서는 그 투쟁으로부터 위대한 정신에 비견되는 엄청난 결합이 일어났는데, 그것은 인류의 지난 세대에서 알게 된바, 그 자체로 중요한 것과 감자 때문에 중요한 것의 결합이었다. 왜냐하면 인류는 고독한 천재성을 가진 동시에 밤꾀꼬리처럼 누구에게나 쉽게 이해되는 사람을 기다리기 때문이었다.

이런 식으로 나아갈 때 과연 무엇이 탄생할지 예상하기는 어려웠다. 위대한 일에 말려드는 위험성은 보통 그 위대한 일이 반쯤 지난 후에야 모습을 드러내기 때문이다. 황제폐하의 이름을 들먹이며 손님들에게 거들먹거리는 사환을 조롱하는 일은 쉽다. 하지만 내일의 이름을 걸고 오늘 존경을 표한 인물이 사환일지 아닐지는 보통 모레까지도 알지 못한다. 위대한 일에 말려드는 위험성은, 사물은 변하지만 위험은 그대로 남는다는 불쾌한 일까지도 포함하는 것이다.

89.
우리는 시대와 함께 가야 한다

아른하임 박사는 자기 회사 중역 두 명의 예정된 방문을 받고 오랫동안 회의를 가졌다. 이 아침, 서류와 계산한 종이 등이 어지럽게 나뒹구는 거실은 비서의 손길을 기다리고 있었다. 그 사절단들이 오후 기차로 돌아가야 했기 때문에 아른하임은 그전에 결정을 내려야 했다. 아른하임은 어떤 일이 있어도 확실한 긴장을 보장하는 오늘 같은 상황을 즐겼다. 그는 생각했다. '10년 내로 기술이 발전하여 우리 회사도 비행기를 갖게 되는 날이 올 거야. 그러면 히말라야에서 여름휴가를 보내고 돌아와서 우리 직원들을 감독할 수 있겠지.' 이미 결정은 지난밤에 내렸고 낮 동안은 그것을 검토하고 확정하기만 하면 되었기 때문에 그는 당장 할 일이 없었다. 그는 아침식사를 보내달라고 주문하고 하루의 첫 담배를 태우면서 지난 저녁 일찍 자리를 떠야 했던 디오티마 집에서의 모임을 떠올렸다.

그 모임은 최근 들어 가장 유쾌한 모임이었다. 참석자 대부분이 서른살 미만이었고 많아야 서른다섯이었으며, 아직 젊은 예술가들이지만 유명세를 탄 신문에도 등장하는 사람들이었다. 그들은 국내뿐 아니라 세계 각처에서 온 사람들로, 카카니엔의 상류사회를 이끄는 부인이 세계로 향한 정신의 길을 내준다는 소식에 매료돼 모여든 사람들이었다. 이따금 카페 같은 인상을 주는 자기 집에서 유독 겁을 먹은 듯 보이는 디오티마를 생각하면서 아른하임은 미소를 지었다. 하지만 모임은 대체로 고무적이었고 그가 보기에도 독특한 실험이었다. 아주 위대한 사람들의 모임이 별 성과도 없는 것에 실망한 그의 여자친구는 평행운동에 새로운 정신을 쏟아붓기로 단단히 결심했고 그 목표를 위해 아른하임을 잘 활용했다. 어쩔 수 없이 들려오는 대화들을 떠올릴 때마다 아른하임은 고개를 저었고 거의 미쳤다고 생각했지만 '젊은이들에게 기회를 줘야지. 그저 거부만 해서는 뭐가 되겠어'라고 혼자 중얼거렸다. 말하자면 그는 모임이 진심으로 흥겨웠는데 그건 갑자기 견해들이 풍부해진 덕분이었다.

그들이 던져버리라고 했던 것은 무엇인가? 체험이었다. 불과 15년 전까지만 해도 무슨 기적의 꽃이라도 되는 양 인상주의자들이 열광했던 개인적 체험―따듯한 흙과 현실적 친밀성을 의미하는―을 던져버리라는 것이다. 그들은 이제 인상주의가 무기력해졌을 뿐 아니라 무지해졌다고 말하면서 감각의 억제와 정신의 통합^{Synthese}을 요구했다.

또한 그 통합이란 대체로 이전 세대의 문학적 경향이었던 회의주의와 심리학, 실험과 분석에 대한 반대를 의미했을 것이다.

일반적으로 이해하기론, 그들이 아주 철학적인 근거에 기반하여 그런 말을 한 것은 아니었다. 젊은 뼈와 근육을 가진 세대들은 자유로운 행동을 요구했으며, 그들이 이해하는 통합이란 비판에 의해 흐름이 끊긴 도약과 춤을 의미했다. 그들의 기분에 따라서는 분석과 모든 숙고를 던져버린 것처럼 통합 역시 던져버릴 수도 있을 것이다. 그러고는 정신은 감각의 수액을 받아 자라나야 한다고 주장할 것이다. 보통 그렇게 주장하는 그룹은 당연히 따로 있었지만 논쟁이 뜨거워질 때면 서로의 주장은 크게 다르지 않았다.

그들의 슬로건은 얼마나 멋지던지! 그들은 지적인 온도를 요구했다. 또한 세계의 가슴까지 차오르는 번개 같은 사유를 요구했다. 유머러스한 인간의 톡톡 튀는 사고 역시 요구되었다.

기계화 능력의 도움으로 마련된 미국식 세계 생산계획과 그에 걸맞은 인류의 재탄생도 요구되었다.

삶의 집요한 드라마화에 기초한 서정성도 요구되었다.

기계 시대에 필수 정신인 기계주의도 요구되었다.

그들 중 하나가 소리쳐 불렀던 블레리오$^{\text{Louis Blériot}}$(프랑스의 항공기술자―옮긴이)는 영국해협을 시속 50킬로미터의 속도로 비행하여 건넜다. 이러한 '50킬로미터'를 시로 쓸 수만 있다면 다른 모든 불쾌한 문학은 쓰레기통에 던져버려도 무방하리라.

가속화도 요구되었는데, 이는 스포츠의 생체역학과 서커스 곡예단의 정확성에 기반하여 체험의 속도를 극한까지 올리는 것을 의미한다.

영화를 통한 사진의 재발견도 요구되었다.

어떤 사람들은 인류는 비밀에 가득 찬 내면을 가졌기 때문에 원뿔이나 구, 원기둥, 정육면체를 이용해 인류의 우주를 찾아주어야 한다고 말했다. 반면에 다른 이들은 개인적 예술관에 기초한 견해는 이제 소용없다면서 다가오는 인류에게는 공동 거주와 정착을 토대로 한 새로운 주거개념이 도입돼야 한다고 역설했다. 또한 이렇듯 개인주의적이고 사회주의적인 파당이 형성되는 틈새로 제3의 경향이 끼어들었는데, 그들은 종교적인 예술이야말로 근본적으로 사회적이라는 주장을 펼쳤다. 그와 관련해 새로운 건축가 집단은 건축의 목적은 종교라면서 자신들의 주도권을 내세웠다. 게다가 이들은 조국애와 국토에 뿌리를 둔 안정감에 호소했다. 기하학적 예술관에 자극받은 종교 집단은 예술은 주변부의 것이 아니라 중심부의 사건이며 우주적인 법칙의 완성이라고 단언했다. 토론이 더 진행되자 기하학자들은 다시 종교주의자들과 결별했다. 기하학자들은 인류와 우주의 교감은 개개인에게 가치와 성격을 부여해주는 공간의 형식에서 가장 잘 드러난다는 점에서 건축학자들과 의견을 같이했다. 우리는 인류의 영혼을 깊숙이 들여다봐야 하며, 그 영혼을 3차원에 묶어두어야 한다는 말도 튀어나왔다. 그러자 도대체 무슨 그 따위 생각을 하느냐는 도전적이고 강력한 질문이 여기저기서 제기되었다. '만 명의 굶주린 사람이 중요한가 아니면 하나의 예술작품이 더 중요한가?' 사실상 거기 모인 사람들은 거의 예술가들이었기 때문에 인간 영혼의 치유는 오직 예술로 가능하다고 믿었다. 다만 그들은 이 치유 과정의 성질과 관련해 평행운동에 부과된 요구에 동의할 수 없을 뿐이었다. 그러나 이제 근본적으로 사회적인 그룹이 주도권을 잡았고 새로운 목소리를 내기 시작했다. 하나의 예술작품이 만 명이 겪는 어려움보다 중요하냐는 질문은 만 점의 예술작품이 한 인간에게 주어진 비극을 감당할 수 있겠느냐는 질문을 불러일으켰다. 혈기 왕성한 예술가들은 예술가가 스스로를 과대평가하지도, 자기애에 빠지지도 말 것을 주장했다. 오히려 예술가들은 배가 고파야 하며 사회적 요구에 민감해야 한다는 것이다! 인생이야말로 가장 위대한 단 하나의 예술작품이라고 누군가는 말했다. 사람들을 하나로 만드는 것은 예술이 아니라 배고픔이라고 누군가 목소리를 높였다. 누군가는 예술가에 대한 과대평가를 억제하는 가장 좋은 방법은 건강한 수공업적 기초라는 사실을 중재하듯 한기시켰다. 또한 이런 중재안이 나온 후 서로에 대한 감정과 피곤에 지친 틈을 이용해 누군가 물었다. '인간과 공간의 결합이 정의되지 않으면 아무것도 할 수 없단 말인가요?' 이 질문이 신호가 되어 다시금 보수주의자들과 진보주의자들이 이야기를 보탰으며 논쟁은 또다시 여기저기서 길게 이어졌다. 결국 사람들은 집에도 가야 하고 또 결과물도 있어야 했기 때문에 의견의 일치를 보았다. 그들이 의견을 같이한 바는 대충 다음과 같은 주장이었다. '이 시대는 기대에 차 있고 조급하며 다루기 힘든 동시에 비참하기까지 하다. 세계가 희망하고 기다리는 메시아는 도래하지 않았으며 여전히 눈에 띄지 않는다.'

아른하임은 잠시 생각에 잠겼다.

회합 내내 아른하임을 중심으로 하나의 원이 그려져 있었다. 바깥쪽에 있어서 잘 들리지 않거나 무슨 말인지 알아듣지 못하는 사람들이 빠져나가면, 곧바로 새로운 사람들이 자리를 채웠다. 매너 없는 논쟁으로 얼룩질 때조차도 아른하임이 새로운 모임의 중심이라는 사실은 변함이 없었다. 그는 모임에서 논의되는 것들을 오래전부터 잘 알고 있었다. 그는 정육면체와 연관된 모든 활용을 알고 있었고, 직원들을 위해 전원주택을 지어주기도 했다. 또한 나름의 이성과 템포를 가진 기계들도 그의 신뢰를 받았다. 그는 영혼에 이르는 통찰력으로 말할 줄 알았으며 이제 막 태동하는 영화산업에 투자할 줄도 알았다. 토의의 내용을 복기하다가 그는 이미 무의식적으로 파악했듯이 토의가 잘 진행되지 못했음을 알아챘다. 그런 토론에는 마치 다면체의 방에서 눈을 가린 채 지팡이 하나에 의지해 앞으로 가는 것처럼 기괴한 면이 있었다. 논리를 상실한 혼란스럽고 싫증나는 연극 같다고나 할까. 하지만 이것이야말로 대체로 삶이 진행되는 모습 아닐까? 또한 삶은 그저 경찰서에서나 최고의 가치를 증명받는 논리적 금지나 규율이 아니라 정신의 자유로운 충동에서 제대로 된 결과를 얻는 게 아닐까? 토론을 떠올리면서 아른하임은 이런 질문을 던졌으며 새로운 사고방식은 분명히 매우 느슨하게 이완된 이성의 결합과 비슷할 것이며, 그런 결합은 대단히 고무적일 것이라고 결론내렸다.

원래 감정적인 나약함을 허락하지 않는 아른하임이었으나, 그날 아침만큼은 두번째 담배에 불을 붙였다. 그리고 성냥을 손에 쥔 채 첫 모금을 빨아들이려 얼굴 근육을 움직이려 할 때 회합에서 대화를 나눴던 땅딸막한 장군 생각이 나서 갑자기 웃음을 터뜨리고 말았다. 아른하임 일가는 대포와 장갑차 공장을 소유했고 전시에는 엄청난 군수품을 생산하기 때문에, 누구나 인정하듯 급진적으로 평화주의적인 그날 밤, 코믹하지만 호감 가는 장군(프로이센의 장군들과는 아주 달라서 느슨하게 말을 했고, 그래서 옛 문화의 세례를 받았다고 볼 수 있었으나 굳이 덧붙여 말한다면 기울어져가는 문화의 세례라고 해야 할)이 아른하임을 향해 은밀하게 돌아서서 탄식하는 동시에 엄청 철학적으로 주변 대화에 대해 언급할 때, 그는 당연히 주의 깊게 들을 준비가 돼 있었다.

모임에 참석한 유일한 군인이었기 때문에 장군은 확실히 소외감을 느꼈고 삶의 신성성에 대한 언급이 두루 받아들여지자 공적 의견의 변덕스러움에 실망을 느끼기도 했다. "난 이 사람들을 이해하지 못하겠습니다"라는 말을 던지며 장군은 마치 국제적으로 탁월한 지성에게 계몽의 정신을 구한다는 듯이 아른하임을 향해 마주섰다. "왜 이 새로운 사람들이 알지도 못하면서 '피에 굶주린 장군' 따위의 말을 늘어놓는지 모르겠단 말이에요. 나는 정말 눈곱만큼도 군사에 대해 모르는 좀더 나이든 사람들이 여기 있다 해도 그들 말은 잘 이해할 것 같아요. 예를 들어 이 집 여주인이 말하는바, 이 시대가 낳은 가장 뛰어난 지성이라는 저명한 시인—솔직히 이름이 기억나지는 않지만—

이자 그리스의 신들과 별들, 그리고 영원한 인간의 감정을 노래한 배가 나온 노신사에 대해 한번 말해봅시다. 이미 말했듯이 나는 그의 작품을 읽어본 적이 없어요. 하지만 시인의 수제가 아주 작은 일에 매달리는 것이 아니라면, 그래서 우리 군인들이 전략이라고 부르는 것과 일맥상통한다면 나는 그를 확실히 이해할 겁니다. 어떤 상사가—이런 천박한 비유를 용납해주신다면—자기 휘하에 있는 개개인의 안녕을 염려하는 것이 마땅하다면, 적어도 한번에 천 명 정도를 움직이는 전략가는 더 높은 목표가 요구될 때 그 열 배에 해당하는 인명 정도는 희생할 각오를 해야 합니다. 이런 일을 가지고 어떤 때는 피에 굶주린 장군이라고 부르고 또 다른 때에는 영원한 가치관이라고 하니 저로서는 영문을 모르겠습니다. 가능하다면 당신의 해명을 좀 듣고 싶군요!"

이 도시와 사회에서 아른하임이 가진 각별한 위치는 그의 마음속에 세심하게 숨겨둔, 조롱하고 싶은 욕망을 일깨웠다. 그는 키작은 군인이 직접 말은 하지 않았지만 누구를 두고 하는 말인지를 알았다. 게다가 그건 별 문제가 되지도 않았다. 왜냐하면 아른하임조차도 그날 밤 간과할 수 없을 정도로 나쁜 모습을 보여준 저명인사들을 여럿 지목할 수 있었기 때문이다.

한동안 언짢은 마음으로 무언가를 생각하던 아른하임은 벌어진 입술 사이에 머금은 연기를 들이마셨다. 이 모임 안에서 그의 위치는 한번도 편안한 적이 없었다. 그의 명성에도 불구하고 직접 그를 겨냥한 듯한 수많은 추악한 말들을 들었으며, 그들이 저주를 퍼부은 것들은 종종 다름 아닌 그가 젊은 시절 사랑했던 것들이기도 했다. 젊은이들은 자기 세대의 생각을 좋아하기 마련이었다. 아른하임은 거의 섬뜩하다고 해도 좋을 만큼 이상한 느낌을 받았다. 자신이 비밀스럽게 공유해온 과거를 맹렬히 조롱하는 바로 그 젊은이들이 동시에 자신을 숭배하기 때문이었다. 아른하임은 자신 안에 유연성, 적응력, 기업가 정신이 있음을 깨달았다. 그건 잘 감춰진 나쁜 마음이 무자비하고 대담하게 드러난 것이라고 할 수 있었다. 그는 무엇이 새로운 세대와 자신을 갈라놓는지 재빠르게 생각했다. 이 젊은이들은 모든 주제에서 서로 대립했고 그나마 동의하는 것은 단지 객관성, 지적인 책임감, 균형 잡힌 인간성이었다.

그 상황에서 아른하임은 남의 불행을 보고 기뻐하는 묘한 마음이 들었다. 개성이 너무 두드러지게 톡톡 튀는 동시대인에 대한 과대평가가 그는 늘 마음에 들지 않았다. 그처럼 뛰어난 적의 이름을 마음속으로나마 지칭하는 것이 적절하지는 않았지만, 그는 누구를 심중에 두었는지를 정확히 알았다. '사려깊고 겸손한 청년들은 고귀한 기쁨을 갈망한다네.' 아른하임이 남몰래 숭배한 사람이자 지금 인용하는 사람은 하이네^{H. Heine}였다. '인간은 시에 기울인 수고와 땀을 칭찬해야 마땅하며… 시를 지을 때의 뼈아픈 노력, 한없는 인내, 엄숙한 분투에도 찬사를 보내야 한다… 시의 여신은 그에게 미소짓지 않지만 시인은 천재적인 언어를 손에 쥐고 있다. 스스로에게 부과하는 그 떨리는 부담을, 그는 언어 속의 위대한 행위라고 부른다.' 뛰어난 기억력 덕분에 아른하임은 그 페이지를 통째로 암기할 수 있었다. 그의 생각은 마구 흘러넘쳤다. 자기 시대와 투쟁했으며 지금 벌어지는 현상들을 선취한 하이네 깊은 작가를 아른하임은 경외했다. 또한 독일 이상주의의 두번째 거장이자 장군의 시인이기도 한 하이네에게 주의를 집중하자 그를 따라하고 싶은 욕망이 일었다. 빈약한 것이 지나가고 살찐 정신의 충격이 찾아왔다. 시인의 장엄한 이상주의는 마치 오케스트라의 크고 깊은 관악기 소리 같았으며 기관차의 꼭대기에 달린 증기기관 같기도 해서 다소 거추장스러운 불평과 툴툴기림을 뿜어내기도 했다. 그 소리는 단 한번의 음으로 수천 가지의 가능성을 품어안았다. 또한 영원한 감정으로 가득 찬 꾸러미를 불어댔다. 오늘날에는 적어도 그 정도의 규모로 시를 토해내는 사람이라야―아른하임은 씁쓸함을 느끼며 생각했다―단순히 문학적인 사람과 비교하여 시인으로 쳐주는 것이다. 그렇다면 시인을 장군으로 부르지 못할 이유가 있을까? 장군들은 최고의 족적을 남기며 삶의 한순간을 명예롭게 즐기기 위해 수천명의 죽음을 필요로 하니 말이다.

하지만 그때 누군가가 장군의 개조차 장미 향기가 진동하는 어느 밤 달을 향해 짖어대며 이렇게 항변할 것이라고 주장했다. "저건 달이지 않습니까? 이건 내 종족의 영원한 감정입니다. 그 유명한 시인의 시와 다를 바가 없다고요!" 마치 그런 짓을 하기로 한 유명한 신사처럼 그 개는 심지어 자기의 감정은 말할 것도 없이 생생하고, 자신의 표현은 감동으로 꽉 차 있으며, 그러면서도 아주 단순해서 대중이 완벽하게 이해할 수 있다고 덧붙였다. 또한 자신의 생각이 감정에 비해 예리하지 못하지만 그것은 현재의 시류에 완전히 부합하는 것이며 문학적인 약점은 없다고도 했다.

이런저런 생각에 혼란스러워진 아른하임은 마치 내면과 외부 세계의 경계에 쳐진 장벽이라도 되는 듯 반쯤 열린 입술 사이에 담배 연기를 머금고 있었다. 그는 뛰어나게 순수한 시인들을 당연히 칭송했고 어떤 때는 돈으로 후원하기도 했다. 물론 그조차 그들의 과장된 시구에 역겨움을 느낄 때가 있었다. '자신조차 지켜낼 수 없는 이 문장가 양반들은,' 아른하임은 생각했다. '마지막 들소와 독수리들과 함께 자연보호구역에 들어가야 할 사람들이야.' 또한 그날 밤의 일들이 증명하듯이, 그들의 시는 자신들을 지켜내는 시대와도 부합하지 못했기에 아른하임의 숙고 역시 아주 쓸모없지는 않았다.

90.
이상주의의 폐위

영혼이 상품시장에 잠식된 시대가 자신과는 아무 상관도 없는 시인을 진실한 반대자로 지목하는 것은 어쩌면 당연한 일이다. 시인은 시대와 영합하는 생각으로 자신을 더럽히지 않으며 신도들에게 위대한 성인의 한물간 격언을 낭독하듯이 순수한 시를 지어낸다. 그들은 마치 영원에서 살다가 지구로 귀환한 사람들 같고 어쩌면 미국에 간 지 3년밖에 안 된 사람이 고향에 돌아와서는 모국어를 더듬더듬 말하는 것 같기도 하다. 이런 현상은 마치 구멍을 메꾸기 위해 그 위에 텅 빈 돔을 설치하는 것과 마찬가지다. 또한 돔의 숭고한 공허는 평범한 공허를 더 확장시키기 때문에 결국 위대함이나 책임감에 대한 모든 호들갑에 등을 돌린 뒤에 개인을 존중하는 시대가 오는 것은 무엇보다 당연한 일이었다.

아른하임은 조심스럽게, 실험적으로, 그리고 개인적으로 받을 상처에 대비히는 마음으로 편안하게, 다가올 미래의 발전에 적응해보기로 했다. 확실히 쉬운 일은 아니었다. 그는 최근에 미국과 유럽에서 본 모든 것을 고려해야만 했다. 베토벤 음악을 신나는 춤곡으로 편곡해 쓰거나, 아니면 신선한 리듬에 관능적인 느낌을 부여하는 새로운 춤꾼들이 출현했고, 최소한의 선과 색으로 최대한의 의미를 표현하려는 화가들도 새롭게 등징했다. 표징 하나에도 세계직인 의미를 부여하는 영화는 아주 작은 표정의 변화만으로도 세상을 깜짝 놀라게 했다. 마지막으로 그는 스포츠를 숭배하는 평범한 사람들을 생각했다. 그들은 마치 허우적대는 것만으로 자연의 젖가슴을 차지할 거라 믿는 어린아이 같았다. 이런 현상들에서 놀라운 것은 비유와의 연관성이었다. 그건 모든 것이 원래의 정직한 의미 이상의 의미를 가진다는 정신적인 관점으로 이해되었다. 바로크의 세계가 투구와 한쌍의 엇갈린 칼에서 그리스의 모든 신과 신화를 보았듯이, 또한 한 영주가 어떤 백작의 딸에게 한 키스가 아니라 전쟁의 신이 순결의 여신에게 한 키스처럼, 오늘날 선남선녀가 서로 안고 키스할 때, 그들은 우리 시대의 기운 또는 수십 개의 새로운 신화들을 체험할 것이다. 물론 그 신화들은 정방형 정원 위에 떠 있는 올림포스 신전의 묘사가 아니라 현대의 모든 잡동사니를 재현한 것이다. 영화관에서, 극장에서, 춤에서, 콘서트에서, 차, 비행기, 물, 태양, 재단사의 작업실, 영업 사무실 등에서 지속적으로 내적·외적인 표현, 몸짓, 행동, 체험으로 가득 찬 낯선 표면이 드러났다. 이런 현상들은 대체적으로 활발하게 회전하는 몸체 같아서 그 안의 모든 것들은 표면 쪽으로 밀려나 서로 결합하는 반면에 안쪽의 내부는 부글부글 끓으며 떼지어 모이면서 흉하게 일그러진다. 아른하임이 몇년의 미래를 내다보는 능력만 있었다면 그는 아마도 1920년을 이어온 크리스천의 도덕, 충격적인 전쟁으로 발생한 수백만의 사망자, 여성적인 정숙함 속에 고이 간직돼온 독일적인 시의 숲 같은 것들조차 점점 짧아지는 여성들의 치마와 머리, 또한 천년 동안의 금기에서 풀려나 마치 바나나 껍질처럼 옷을 벗어젖히는 처녀들을 막지 못한 현실을 목격했을 것이다. 그런 생활상의 혁명을 재단사나 패션, 우연의 길이 아니라 철학자, 화가, 시인의 정신적 발전이 지향하는 책임감 넘치는 길로 인도하려는 시도가 얼마나 거대하고 헛되었는지를 숙고해볼 때 그는 아마도 절대 불가능한 또다른 변화를 목격했을 것이고 그런 변화 중 어떤 것이 살아남고 어떤 것이 사라지는지 따위는 중요하지 않았을 것이다. 그런 과정에서 우리는 두뇌의 쓸모없는 완고함에 비해서 사물의 표면이 얼마나 창조적인지를 깨닫게 된다.

그것이 바로 이상주의와 두뇌의 폐위이며 정신이 주변부로 이동하는 과정이다. 아른하임이 생각하기에 이것은 궁극적인 문제였다. 인생은 뚜렷하게 이 길을 따라가며 바깥에서부터 안으로 인간을 다시 만들어갔다. 차이가 있다면 예전에는 자신의 내부에서 밖으로 뭔가를 산출해야 한다는 의무감을 느끼곤 했다는 것이다. 아른하임이 때마침 친근하게 떠올린바, 심지어 장군의 개조차도 이런 변화를 전혀 눈치채지 못했을 것인데 그 이유는 인간의 이 충직한 동반자는 여전히 이전 세기의 안정감 있고 충성된 사람의 본보기에 따라 훈련되었기 때문이다. 그러나 그 사촌 격인 야생 수탉은 모든 것을 충분히 이해했을 것이다. 몇시간이고 춤을 추는 그 수탉이 깃털을 고르고 땅을 발톱으로 파헤칠 때 학자가 책상에서 생각을 이리저리 굴리는 것보다 더 많은 영감이 떠올랐을 것이다. 왜냐하면 결국 모든 사유란 관절이나 근육, 분비선, 눈, 귀, 피부가 속한 흐릿한 인상에서 나오기 때문이다. 지난 세기들은 어쩌면 오성과 이성, 숙고, 개념, 특성 등에 지나친 중요성을 부여하는 큰 잘못을 저질렀는지도 모른다. 그때는 그저 중앙에 위치한다는 이유만으로 다른 기관들의 지시를 받는 입장임에도 기록실이라든가 문서보관실을 가장 중요한 행정기관으로 간주하곤 했던 것이다.

그런데 갑자기 아른하임은—이는 아마도 내면의 사랑이 불러일으킨 긴장의 이완 덕분일지도 몰랐다—이 모든 복잡한 문제들을 해결하는 균형 잡힌 사고방식을 발견했고 그것은 마침 매출 증가라는 개념과도 잘 맞아떨어졌다. 사고와 경험에서의 매출 증가는 부정할 수 없는 새 시대의 특징이었으며 틀림없이 지루하게 시간이 많이 걸리는 정신적 과정을 피해서 나온 결과였을 것이다. 그는 시대의 지성을 대체한 수요와 공급, 고뇌하는 사상가를 대체한 사업가에 대해 생각했다. 그는 경험의 광대한 생산이 자유롭게 섞였다가 풀어졌다 하는 역동적인 광경을, 또한 약한 자극에도 사방으로 떨리는 푸딩 같은, 또는 조금만 손을 대도 꽝꽝 울리는 징 같은 불안한 삶의 광경을 즐길 수밖에 없었다. 이런 이미지들이 하나로 일치하지 않는 것은 그 이미지들이 아른하임을 꿈같은 몽상으로 인도했기 때문이었다. 그에게 인간의 삶은 하나의 꿈과 같았는데 그 꿈에서 우리는 놀라운 사건들의 외부에 존재하는 동시에 내면 한가운데 구멍 뚫린 자아를 품고 있으며, 그 진공을 통과해 나온 모든 감정들은 푸른 네온관처럼 빛을 내뿜고 있다. 우리 주변을 돌며 사유하고 우리 이성이 공을 들여 조각조각 짜맞출 수 있는 연관들을 춤추듯 만들어내는 것이—만화경에 빠지는 일 없이—바로 인생이다. 사업가로서, 동시에 손가락과 발가락 스무 개의 끝마디에 이르기까지 밝아오는 시대의 자유로운 정신적·육체적 교류에 열광해 마지않는 사람으로서 아른하임의 생각은 이와 같았다. 앞으로 집단적이고 더 이성적인 사람들이 나타나 낡아빠진 개인주의를 청산하고, 백인 인종의 모든 우월함과 탁월함을 바탕으로 에덴동산의 전원풍 후진성에 근대적이며 다양한 프로그램을 도입해 개혁된 천국을 이뤄내리라 아른하임은 굳게 믿었던 것이다.

거기에는 하나의 옥의 티가 있었다. 꿈을 꾸는 동안에 우리는 모든 인간을 꿰뚫는, 해명할 수 없는 감정을 현실 속에 주입할 수 있지만, 깨어 있을 때 이런 일을 할 수 있는 인간은 열다섯이나 열여섯살짜리 학생들밖에 없었다. 잘 알듯이 그 나이에는 내면이 들끓고 열망이 치솟으며 어렴풋이 손에 잡히지 않는 체험으로 가득 차 있다. 감정은 요동치지만 여전히 정리가 덜 된 상태이며 사랑과 분노, 기쁨과 경멸 같은 모든 도덕적 추상성은 한때 온 세상을 발견할 듯하다가 갑자기 무無로 쭈그러드는 급작스러운 전환을 겪는다. 또한 슬픔, 부드러움, 고귀함, 관대함 같은 감정이 텅 빈 하늘에 아치를 그린다. 그러고는 무슨 일이 일어나는가? 외부로부터, 체계화된 세상으로부터 하나의 확고한 형식이, 하나의 단어가, 하나의 문장이, 악마적인 웃음이, 나폴레옹이, 시저가, 그리스도가, 혹은 그저 부모의 무덤에서 흘린 눈물이 찾아온다. 그리고 '일'이 마치 번개처럼 나타난다. 이 십대들의 '일'은 우리가 잘 간과하듯이 그 학생의 감정을 완벽하게 표현한 것이고, 외면과 내면이 가장 정확하게 일치된 것이며, 위대한 나폴레옹에 대한 젊은이의 체험에 가장 완벽하게 들어맞는 것이다. 하지만 위대한 것이 작은 것을 포함한다는 순서는 뒤바뀌지 않을 것 같다. 우리는 그것을 꿈에서뿐 아니라 젊은 시절에도 체험한다. 우리가 꿈속에서 위대한 연설을 하다 잠에서 깨어나도 그 마지막 말들은 여전히 귀에 울리지만, 불행하게도 생각했던 것보다 그렇게 뛰어난 연설은 아닌 것과 같다. 그 순간 우리는 스스로를 춤추는 수탉처럼 가볍게 빛나는 존재가 아니라 오히려 기대에 찬 장군의 폭스테리어처럼, 강한 열망으로 오후를 향해 울부짖는 개로 여기게 된다.

'뭔가 들어맞지 않는 것이 있어.' 아른하임은 다시 정신을 차리며 말했다. '하지만 어떤 경우라도 우리는 시대와 함께 가야 해.' 그는 좀 더 맑은 정신으로 덧붙였다. 이처럼 신뢰할 만한 생산 원칙을 삶의 생산에 적용하는 것보다 그에게 더 지당한 일은 또 없을 테니 말이다.

91.
정신에서의 주가 상승장과 하락장에 대한 숙고

투치 집에서의 회합은 이제 규칙적으로 열렸고 많은 사람들로 붐볐다.

투치 국장은 '위원회'에서 '사촌'에게 말했다. "이 모든 게 전에도 있었던 사실을 아십니까?"

국장은 잠시 홀로 동떨어진 채 방에서 들끓고 있는 인간들을 눈으로 가리켰다.

"초기 기독교가 시작되던 시절, 그러니까 그리스도가 태어나고 몇 세기 동안 유대-헬레닉-레반트-크리스천이 들끓는 시대에 수많은 공동체가 형성되었지요." 그는 목록을 나열하기 시작했다. "아담파, 가인파, 에비온파, 집정관파, 유대파…." 주제에 대한 해박함을 감추기 위해 일부러 우스꽝스럽고 조급한 척하며 그는 그리스도 전후 공동체의 긴 목록을 읊었다. 마치 아내의 사촌에게 자신은 이 집에서 일어나는 일에 대해 보통 내비치는 것보다 더 많은 일을 알고 있다는 사실을 이해시키려는 것만 같았다.

그는 그 공동체 중 하나가 정결을 존중한다는 뜻에서 결혼에 반대한다는 이름을 가지고 있다고 설명했다. 그런데 정결을 존중하는 다른 단체는 우습게도 방탕한 의식을 통해 이 목적을 성취한다고 했다. 어떤 공동체는 여성의 육체를 악마의 창조물로 여긴 나머지 자해를 행하기도 했고 다른 공동체는 남녀가 완전 나체로 교회 집회에 참석하기도 했으며 어떤 신자들은 교리를 숙고한 끝에 낙원에서 이브를 꼬셔낸 뱀은 신성을 가진 사람이며 남색에 빠졌다고 결론을 내렸다. 또다른 이들은 그들이 연구한바 성모가 예수 이외의 아이를 잉태한 것이 분명한 만큼 처녀성은 위험한 오류라면서 어떤 처녀도 공동체에 들어오지 못하게 했다. 이처럼 한 공동체가 이런 일을 하면, 다른 공동체는 정반대의 일을 했는데, 그들 각자가 내놓은 이유와 설명은 뿌리가 그리 다르지 않았다. 투치는 역사적 사건에 걸맞은 진지함으로 이야기했지만 어떤 부분에서는 저속한 농담을 할 때의 낮은 톤으로 말하기도 했다. 그들은 벽 근처에 서 있었다. 국장은 살짝 음침한 미소를 머금은 채 담뱃재를 재떨이에 털면서 담배 한 대를 피울 시간이면 모든 이야기를 끝낼 수 있다는 듯 여전히 무심하게 무리를 쳐다보았다. 그 이야기는 아마 다음과 같을 것이다. "내가 보기에 당시를 풍미한 수많은 의견과 입장의 차이는 우리 시대 지성들의 싸움과 그리 다르지 않습니다. 내일이면 다 바람에 날아갈 것입니다. 정치적 중요성을 가진 종교적 관료체계가 여러 역사적 상황 속에서 적당한 때 나타나지 않았으면 오늘날 그리스도교는 흔적조차 남지 않았을 것입니다…."

울리히가 동의했다. "신자들로부터 적당히 보수를 받는 관료라면

직권을 남용하거나 하진 못합니다. 인간의 저속한 특성상 우리는 절대 정의롭지 못하니까요. 만약 관료들이 신뢰를 받지 못한다면 어떤 역사도 만들어지지 못할 것입니다. 왜냐하면 정신적인 노력은 영원히 불완전하고 작은 바람에도 흔들리기 때문입니다."

국장은 울리히를 의심스러운 눈초리로 올려다보더니 곧 시선을 거두었다. 관료 운운하는 발언이 국장에게는 지나치게 막나가는 느낌을 주었다. 비록 아내의 사촌을 알게 된 지는 얼마 되지 않았지만, 국장은 그를 아주 친근하고 화통하게 대했다. 이 집에서 벌어지는 모든 일에도 불구하고, 국장은 다른 이들의 눈에 띄지 않게, 고상한 의미를 품은 채 닫힌 세계에 홀로 있는 듯한 인상을 풍기며 주변을 맴돌았다. 하지만 그 역시도 더이상 견딜 수 없어서 모호하게라도 자신을 누군가에게 드러내야만 하는 때가 있었는데, 그때마다 대화하게 되는 사람은 꼭 그 사촌이었다. 이따금 아내가 부드럽게 대해주는 척하지만 실제로는 무시당하는 남자한테 그런 현상은 어쩌면 당연한 것이었다. 자상할 때 아내는 마치 타고날 때부터 작은 남자아이를 키스로 다룰 줄 아는 열여섯 어린 소녀처럼 그에게 키스를 했다. 그럴 때면 곱슬거리는 수염 아래 숨은 투치의 윗입술은 당황스럽게 뒤로 움츠러들었다. 그의 집에서 벌어지는 새로운 일들은 그와 그의 부인을 불가능한 상황으로 몰아가고 있었다. 그는 자신의 코고는 소리에 대한 부인의 불평을 똑똑히 기억하며 그간 아른하임의 글들을 찾아 읽고 토론할 준비까지 마쳐두었다. 국장에게 그의 글들은 일부 수긍이 되었고, 많은 부분은 틀린 말처럼 보였으며, 어떤 부분은 확실히 저자에게 문제가 있기 때문이라고 추측하면서도 잘 이해가 되지는 않았다. 하지만 그는 늘 이런 문제에는 그 분야 전문가들의 권위적인 판단을 따르는

데 익숙했다. 또한 매번 자신의 의견에 반대하는 디오티마의 덜떨어진 견해와 논쟁하는 일이 사생활에 너무나 부당한 변화를 일으킨 것에 충격을 받은 나머지 이젠 어떤 의견도 그녀에게 내보일 수가 없었다. 심지어 그는 자신의 의견을 아른하임에게 피력하는 듯한 환상에 사로잡히기까지 했다. 갑자기 투치는 아름다운 갈색 눈을 화가 난 것처럼 찌푸리더니 감정을 잘 살펴야겠다고 혼자 중얼거렸다. 그 곁의 사촌은—그는 전 같으면 투치가 전혀 가까이 두고 싶어하지 않을 사람이었다—구체적인 내용이라고는 없는 의견을 나눌 때만 자기의 아내가 그와 친척이라는 생각을 갖게 했다. 또한 투치는 오래전부터 아른하임이 뚜렷하게 이 젊은이한테 호감을 드러냈지만 막상 젊은이는 드러내놓고 아른하임을 싫어한다는 사실을 알고 있었다. 그런 관찰이 대단한 것은 아니었지만 투치가 왜 울리히에게 설명하기 힘든 호감을 갖는지에 대해서는 충분한 설명이 되었다. 투치는 갈색 눈을 크게 뜨고는 실제로는 아무것도 보지 않는 부엉이처럼 방 안을 둘러보았다.

아내의 사촌은 투치처럼 정면을 응시하면서 지루해했지만 투치와는 편하게 있었으며 그사이 대화가 끊긴 줄도 모르고 있었다. 투치는 뭔가 말을 해야만 할 것 같았다. 침묵하고 있으면 왠지 자신만의 상상을 들킬 것 같기 때문이었다. "당신은 모든 것을 좀 부정적으로 보는 편이군요." 투치는 마치 종교적 관료에 대한 울리히의 언급이 자기 귀에 들어오기까지 지금껏 기다려야만 했다는 듯이 웃으며 말했다. "그리고 제 아내가 친척으로서 당신에게 깊은 호의를 가지고 있긴 하지만 당신의 도움에 전적으로 기대지 못하는 것이 내가 보기엔 그럴 만한 것 같소. 이렇게 말해도 된다면, 인간들에 대한 당신의 생각은 주식 하락을 예측하는 듯한 측면이 있는 것 같아요."

"정말 탁월한 표현입니다." 울리히는 반색하며 대답했다. "내가 정말 그렇게 불릴 자격이 있는지는 잘 모르겠지만 말입니다. 역사에는 언제나 주가 상승을 예측하는 인류와 주가 하락을 예측하는 인류가 있었어요. 하락 예측 부류는 간계나 폭력을 사용하고, 당신 부인처럼 상승을 예측하는 부류는 이념의 힘을 신뢰하죠. 아른하임 박사 같은 경우도, 그의 말을 믿을 수만 있다면 상승 예측 부류죠. 반면에 마치 천사들의 합창단원이 모인 것 같은 이곳에선 전문적인 하락 예측 부류인 당신의 견해야말로 내가 정말 알고 싶어하는 것이죠."

울리히는 국장에게 공감하는 듯한 태도를 보였다. 투치는 주머니에서 담배 케이스를 꺼내더니 어깨를 움찔해 보였다. "왜 제가 아내와는 다르게 생각하는 부류로 보였습니까?" 투치가 되물었다. 그는 이야기가 너무 사적으로 흐르는 것을 경계하려던 것인데 그런 경향을 오히려 더 자극하는 질문을 던지고 말았다. 다행히도 그런 뜻을 눈치채지 못한 울리히는 말을 이었다. "우리는 어떤 식으로든 주형 안에 담기게 마련인 그런 물질로 이뤄져 있지요."

"너무 어려운 말이군요." 투치는 회피하듯이 대답했다.

울리히는 그 말을 듣고 통쾌했다. 투치는 울리히 자신과는 상반되는 사람이었다. 투치는 지적인 대화에 휘말리지 않고 자신의 전인격 외에는 어떤 방어수단도 없는 사람들과 대화하는 것을 매우 좋아했다. 투치에 대한 울리히의 비호감은 투치의 집에서 행해지는 사람들의 거드름에 대한 더 큰 비호감 덕분에 오히려 진정되었다. 울리히는 투치가 왜 그런 비호감을 견디는지 이해되지 않을 뿐이었으며 그래서 오직 추측해볼 뿐이었다. 그는 동물을 관찰하듯이, 어떤 간단한 언어의 도움도 없이 아주 천천히 투치를 알아갔다. 처음 울리히의 마음에 든 것은 딱 중간키의 바싹 마른 체형과 불편한 감정을 숨긴 깊고 강렬한 눈—투치의 대화에서 느껴지는 원래 인격과도 어울리지 않아 보이는—이었다. 그 밖에도 흔치 않은 점을 고르라면, 마치 문이 잠긴 채 오래 방치돼 잊혀진 창문처럼 밖을 내다보는 소년 같은 눈이었다. 울리히가 다음으로 알아챈 것은 투치의 몸에서 나는 냄새로, 그것은 중국풍의 냄새 혹은 마른 나무상자 냄새 아니면 태양과 바다, 이국적인 풍경, 딱딱함, 이발소의 신중한 향취가 뒤섞인 냄새 같기도 했다. 이 냄새 때문에 울리히는 생각에 잠겼다. 그가 냄새로 알아챈 사람은 딱 두 사람이었는데 하나는 투치였고 다른 하나는 모오스브루거였다. 그가 투치의 날카롭지만 예민한 냄새를 떠올리고 또 풍만한 육체에서 어떤 것도 숨기지 않으려는 듯 은은한 화장품 냄새를 풍기는 디오티마를 생각할 때 이 부부가 공유한, 약간 코믹하고 현실 생활과는 전혀 상관없어 보이는 상반된 두 종류의 열정이 다가왔다. 울리히는 투치의 냉정한 대답에 답하기 위해서라도 다시 거리를 두고 생각을 정리해야만 했다.

"주제넘은 짓이긴 하지만," 울리히는 마치 상황 때문에 상대방을 따분하게 만들 수밖에 없는 사람이 양해를 구하듯이 약간 지루하면서도 단호한 목소리로 다시 말을 시작했다. "제가 당신에게 외교의 개념에 대해 설명한다면 분명 주제넘은 짓이지만, 당신이 제 의견을 바로잡아주리라 믿고 말을 꺼내봅니다. 외교는 믿을 만한 사회적 관계가 오로지 거짓과 비열함, 잔인함 같은, 한마디로 견고한 인간 본성을 통해서만 이뤄진다고 상상합니다. 당신의 주목할 만한 언급을 다시 인용하자면, 주가 하락의 이념에 기반한 것이죠. 제 생각에 이는 대단히 황홀한 슬픔을 안겨줍니다. 왜냐하면 그런 가정에 따르자면 우리의 뛰어난 능력은 천성적으로 너무나 불확실한 나머지 식인종이 될 수도 있고 『순수이성비판』의 독자가 될 수도 있기 때문입니다."

"유감스럽게도," 국장은 반박에 나섰다. "당신은 외교에 대해 너무 낭만적인 견해를 가졌군요. 다른 사람들이 흔히 그렇듯이 당신은 정치와 음모를 혼동하고 있는 겁니다. 만약 외교가 호사스러운 비전문가들에 의해 행해지던 시대라면 당신의 말도 일리가 있겠지요. 하지만 모든 것이 시민계급의 관점에 바탕을 둔 시대에 그건 말이 안 되는 소리죠. 우리는 비관적이지 않습니다. 오히려 낙관적입니다. 우리는 미래를 믿어야 합니다. 그렇지 않으면 다른 모든 인류와 다르지 않은 우리의 양심을 지킬 수 없을 겁니다. 식인종을 언급했는데, 나 같으면 식인 풍습에서 세계를 구해내는 데 가장 큰 공을 세우는 게 외교라고 말하겠어요. 하지만 그러기 위해서라도 더 높은 존재를 믿어야 합니다."

"당신은 무엇을 믿습니까?" 사촌은 단도직입적으로 물었다.

"아시다시피," 투치는 말했다. "나는 그런 질문에 순순히 답하는 어린애는 아니에요. 내가 말하고 싶은 것은 외교가 시대의 지적인 흐름에 더 깊이 부합할수록 더 쉽게 자신의 소명을 찾을 거라는 말이에요. 수세대를 거치며 학습해왔듯이 모든 분야에서 더 많은 진보를 이룰수록 외교에 대한 필요성은 더 커질 겁니다. 결국 그것만이 자연스러운 행보예요!"

"자연스럽다고요? 하지만 그건 제가 한 말과 다르지 않군요." 울리히는 두 명의 교양있는 사람들이 대화에 임하는 자세를 보여주려는 듯이 매우 열정적으로 대답했다. "저는 유감스럽긴 하지만 우리의 지성과 도덕은 결국 악과 물질의 도움 없이는 스스로를 유지할 수 없다는 사실을 강조했습니다. 또한 당신은 대답하기를 대략 더 많은 지적인 힘이 작용할수록 더 많은 관심이 요청된다고 했습니다. 이렇게 한번 얘기해보죠. 우리가 누군가를 야비한 사람으로 취급한다고 해서 그에 대한 전체가 드러나지는 않으며, 반대로 누군가에 열광한다고 해서 그의 전체가 드러나지도 않습니다. 그렇게 우리는 두 접근방식 사이에서 왔다갔다하며 둘을 혼합하지요. 그것이 바로 우리가 하는 일의 전부입니다. 제가 당신과 일치하는 부분이 당신이 인정하는 것보다 훨씬 많다는 사실에 큰 기쁨을 느낍니다."

투치 국장은 불편한 질문을 해대는 울리히 쪽으로 몸을 돌렸다. 투치의 콧수염 가로는 옅은 미소가 떠올랐고 반짝이는 눈에는 참을성이 있으면서도 비웃는 듯한 표정이 담겨 있었다. 그는 대화를 끝내고 싶었다. 대화는 마치 빙판에서 얼음을 지치는 아이처럼 위험했고 또한 요점이 없었다. "당신은 미개하다고 여길지는 몰라도," 투치는 대답했다. "이것만은 좀 말해야겠습니다. 철학은 교수들에게 맡겨두어야 합니다. 언제나 나는 내가 높이 평가하고 그들의 모든 저작물을 다 읽은 우리의 위대하고 저명한 철학자들을 빼놓고 말하지요. 하지만 그들은 우리와 함께 있어야 합니다. 또한 우리의 교수들은 학문이 직업이기도 하거니와 다른 어떤 것보다도 그 일을 위해서 고용돼 있습니다. 모든 걸 이어가려면 우리는 선생이 필요합니다. 또한 옛 오스트리아의 격언에 시민은 이미 옳다고 여겨진 일까지 사유할 필요가 없다는 말도 있습니다. 그런 사유는 도움이 되지 않을뿐더러 뭔가 주제넘은 짓이기도 합니다."

국장은 종이담배를 말더니 조용히 입을 다물었다. 그는 더이상 '미개함'을 사과할 필요성을 느끼지 못했다. 울리히는 국장의 매끈한 갈색 손가락을 바라보다가 그가 들려준 뻔뻔하고 백치 같은 말에 기쁨을 감추지 못했다. "당신은 수천년 동안 교회가 신도에게, 그리고 최근에는 사회주의자들이 추종자들에게 사용하는 매우 현대적인 원칙과 똑같은 말을 하시는군요." 울리히는 깍듯하게 대답했다. 사촌의 비유가 무엇을 의미하는지를 살피려고 투치는 그를 힐끗 쳐다보았다. 그러고는 울리히가 다시금 생각에 빠져 이와 같은 실언이 이어지는 것에 대해 스스로 부끄러워하겠거니 하고 짐작했다. 그러나 막상 울리히는 3월혁명(1848년 독일, 오스트리아 각지에서 벌어진 구체제 타도 혁명 — 옮긴이) 이전의 생각으로 가득 찬 인물을 웃는 얼굴로 바라보고만 있었다. 울리히는 오래전부터 투치가 어떤 이유에서인지 아른하임과 아내의 관계를 어느 선까지 눈감아주고 있음을 알았고 또한 그것으로 투치가 무슨 유익을 노리는지가 궁금했다. 여전히 명확하진 않지만 아마도 투치는 평행운동을 경외하는 은행가들과 같은 입장을 취하고 있는지도 몰랐다. 은행가들은 평행운동에 숟가락 하나 얹기를 완전히 포기하지 못한 채 겉으로는 점잖은 척 물러서 있었는데 그건 마치 디오티마가 새로운 사랑에 빠진 것이 너무나 뚜렷이 감지되는데도 모르는 척하는 것과 비슷했다. 울리히에게는 그렇듯 의심하는 경향이 있었다. 울리히는 그 남자의 얼굴에서 깊은 주름과 갈라진 틈을 찾아내는 것을 좋아했으며 그가 담배 끝을 물 때 턱 근육이 심하게 흔들리는 모습을 즐겨 지켜보았다. 울리히는 투치를 보며 순수한 남성의 이미지를 떠올렸다. 울리히는 자신이 혼잣말을 너무 많이 하는 데 질려 있었기에 과묵한 남자는 어떠해야 하는지를 떠올려보기를 즐겼다. 울리히가 보기에 투치는 어렸을 때에도 말을 많이 하는 아이들을 좋아하지 않았을 듯했다. 그런 아이들은 자라서 지식인이 되었다. 반면 입을 여느니 차라리 이빨 사이로 침을 내뱉는 아이들은 쓸데없는 생각을 하기보다는—감정이나 사유가 필수적인 상황에 대한 보상으로—자기 방어든 아니면 인내의 차원에서든 실제적이고 자극적인 것을 구하기 마련이었다. 그리고 그들은 사유와 감정을 오직 다른 사람을 속이는 일에만 이용하고 싶어하는 자신들의 모습을 매우 부끄러워했다. 만약 누군가 그런 말을 투치에게 해줬다면 안 그래도 지나치게 감정적인 것을 싫어하는 그는 당연히 부정했을 것이다. 왜냐하면 그는 근본적으로 어떤 식으로든 과장과 기이함을 견디지 못하기 때문이다. 투치가 호평하는 사람들에 관해서는 그와 직접 말하지 않는 것이 좋았다. 그건 마치 음악가나 극작가, 또는 무용수에게 원래 작품의 의도가 무엇이었는지를 묻는 것과 비슷하다. 그럴 때 울리히는 말 없는 무언극이 그들 사이의 일종의 암묵적 합의가 되기를 바라면서 극장의 어깨를 쓰다듬거나 부드럽게 자신의 머리칼을 뒤로 넘겼다.

울리히가 제대로 생각하지 못한 단 한 가지는 바로 이 순간 투치는 소년으로서가 아니라, 남자로서 이빨 사이로 침을 내뱉어야겠다는 의무감을 느꼈다는 사실이다. 투치는 근처에서 뭔지 모를 호의를 느꼈는데, 그게 유쾌하지만은 않았던 것이다. 그는 철학에 대한 자신의 언급이 낯선 이방인에게는 받아들이기 힘든 것투성이였음을 스스로 깨달았으며, 자신이 무슨 마귀가 들려서 이 사촌(몇가지 이유로 그는 늘 울리히를 이렇게 불렀다)에게 그런 경솔한 말을 내뱉었는지 어리둥절해했다. 그는 수다스러운 사람들을 경멸했으며, 무의식적으로 이 남자를 아내 곁의 동맹자로 얻고 싶어한 것은 아닌지 깜짝 놀라며 자문했다. 그런 생각이 들자 부끄러움으로 그의 안색은 어두워졌다. 그는 그런 도움을 받아들일 수 없었다. 투치는 뭔가 어색한 변명을 하듯이 자신도 모르게 울리히에게서 몇걸음 물러섰다.

그러나 곧장 투치는 마음을 되돌려 다시 울리히에게 다가와 물었다. "아른하임 박사가 도대체 왜 그렇게 오래 머무는지 생각해본 적이 있소?" 갑자기 그런 질문이야말로 아른하임 박사와 아내의 연관성을 신경쓰지 않는 듯한 가장 좋은 증거라는 생각이 들었기 때문이다.

그 사촌은 엄청나게 당황한 눈빛으로 그를 바라보았다. 올바른 대답은 너무나 명확해서 다른 답을 찾기 어려울 정도였다. "그렇다면 당신은," 울리히는 머뭇거리며 물었다. "뭔가 특별한 이유가 있다고 보십니까? 그게 그저 사업 때문일까요?"

"더 할 말은 없군요." 투치는 다시금 외교관으로 돌아온 듯이 대답했다. "하지만 과연 다른 이유가 있을까요?"

"당연히 사실상 별다른 이유는 없겠지요," 울리히는 정중하게 동의했다. "정말 관찰력이 있으시군요. 저로서는 그 문제에 대해 깊이 생각해본 적이 없다고 인정할 수밖에 없네요. 저는 그저 아른하임 박사의 문학적 취향이겠거니 짐작하고 있었습니다. 그것도 하나의 가능성이겠지요."

투치 국장은 멍한 미소를 지을 뿐이었다. "그렇다면 아른하임 같은 사람이 무슨 이유로 문학적 취향을 가지게 되었는지를 좀 설명해줘야 하지 않겠소?" 투치는 그렇게 물으면서 약간 후회했는데 그건 사촌이 이미 장황한 대답을 했기 때문이었다. "그런 사실을 아직도 모르십니까?" 울리히는 말했다. "요즘엔 엄청나게 많은 사람들이 거리에서 그들끼리 이야기를 나누죠."

투치는 어깨를 으쓱해 보였다.

"그들에겐 뭔가 문제가 있는 거죠. 사람들은 자신의 체험을 완전히 체득할 수 없거나 아니면 체험과 완전히 동화될 수 없는 겁니다. 그러니 뭔가 나머지는 내다버려야 하는 것이죠. 제가 보기에 글쓰기에 대한 과도한 의무감은 바로 그것에서 나온 것입니다. 글쓰기에서는 이런 폐기가 잘 드러나지 않을지도 모릅니다. 왜냐하면 글쓰기는 재능이나 체험에 따라 원래의 기원을 엄청 뛰어넘기도 하니까요. 그러나 읽기에서는 그런 경향이 명확히 드러납니다. 오늘날 그 누구도 더이상 읽지를 않아요. 사람들은 그저 찬성이나 반대의 형식으로 자기의 잉여분을 삐딱하게 내다버리는 데 작가를 이용할 뿐이죠.

"그러니까 아른하임의 인생에 뭔가 틀어진 게 있다는 말인가요?" 투치는 다시금 주의를 기울이며 말했다. "나는 최근에 그의 책을 읽어봤어요. 많은 사람들이 그가 정치적으로 엄청 유망하다고 하니까 호기심이 생겼지요. 하지만 그런 책들이 무슨 필요가 있는지 어떤 목적에서 씌어졌는지 도무지 모르겠더군요."

"이런 질문을 좀더 보편적인 질문으로 바꿔보겠습니다." 사촌은 말했다. "원하는 것은 뭐든지 할 수 있을 정도로 돈과 영향력이 풍족한 사람이 도대체 왜 글을 쓰는 걸까요? 더 간단하게는 다음과 같은 순진한 질문이 되겠죠. 왜 모든 직업 문필가는 글을 쓸까요? 그들은 일어나지 않은 일을 일어난 것처럼 씁니다. 분명합니다. 그렇다면 그들은 마치 거지가 부자들을 칭송하는 것처럼 삶을 칭송하는 걸까요? 막상 그 부자들은 거지들에게 이루 말할 수 없이 무관심한데도 말이죠. 아니면 되새김질의 일종일까요? 또는 현실에서는 절대 이뤄질 수노, 감수할 수도 없는 일을 상상 속에서 만들어냄으로써 일종의 행복 절도를 감행하는 걸까요?"

"당신은 전혀 글을 쓰지 않나요?" 투치가 끼어들었다.

"그게 마음에 걸리긴 하지만, 글을 쓰진 않습니다. 그렇게 행복하지 않기 때문에 글을 쓸 이유도 없는 거지요. 조만간 글을 쓸 마음이 생기지 않는다면 완전히 비정상적인 소질을 타고났으니 스스로 죽음을 택해야 한다고 결심하고 있습니다."

그가 이 말을 워낙 진심을 담아 상냥하게 해서 그런지 마치 물이 빠지면서 물에 잠겼던 돌이 얼굴을 내밀듯이 농담이 대화의 물결을 타고 튀어나왔다.

투치는 그것을 알아차리고 약삭빠르게 상황을 원상으로 되돌려놓았다. "대체로," 그는 결론을 맺었다. "당신의 견해는 정부 관료들은 퇴직 후에 글을 쓰기 시작한다는 내 견해와 일치하는군요. 하지만 그게 아른하임에게도 적용이 될까요?" 사촌은 그저 침묵을 지켰다.

"그렇게 소중한 시간을 빼앗기며 한다는 이 사업에 대해 아른하임이 비관적이며 전망을 전혀 밝게 보지 않는다는 것을 알고 있나요?" 투치는 목소리를 낮추며 갑자기 말했다. 그는 아른하임이 자신과 자신의 아내 앞에서 애초부터 평행운동에 대해 매우 회의적인 이야기를 했던 순간을 떠올렸다. 또한 그렇게 오랜 시간이 지난 후 바로 이 순간 그 사실이 떠올랐다는 게 하나의 외교적인 성과로 여겨졌다. 비록 아른하임이 오래 머무는 이유에 대해서는 아무것도 알아채지 못했지만 말이다.

그 사촌은 정말 놀란 표정을 지었다.

아마도 그건 울리히가 더이상 말을 하고 싶지 않았기 때문에 예의상 연출한 표정이었을 것이다. 아무튼, 바로 다음 순간 손님들이 다가와 헤어지게 된 두 신사는 이런 식으로 뭔가 흥분된 대화를 나누었다는 인상을 남겼다.

92.
부자들의 삶을 지배하는 규칙들에서

아른하임에게 쏠린 넘치는 관심과 칭송 때문에 사람들은 아른하임을 의심스럽고 위험한 사람으로 바라보았다. 아른하임 스스로는 그 이유를 자신의 돈 때문이라고 생각했다. 아른하임은 그런 의심이 오직 인간의 재정적인 기반을 통해서만 지위를 판단하는 사람들의 야비한 신념에서 나온다고 여겼다. 또한 그는 여하간 부자라는 건 개인의 특성이라고 확신했다. 가난한 사람도 마찬가지다. 모든 세상이 암묵적으로 거기에 동의한다. 이런 인식은 돈을 소유하는 것이 어떤 특성을 부여하긴 하지만 결코 그 자체로 인간적인 특성일 수는 없다는 논리에 의해서만 반박된다. 하지만 그런 반박에 사람들은 속지 않는다. 모든 인간의 코는 부자들에게서 자유의 냄새, 습관화된 명령의 냄새, 스스로를 위해 가장 좋은 것을 고르는 자세의 냄새, 가벼운 염세주의의 냄새, 권력과 함께하는 확고한 책임감의 냄새를 맡는데, 그 냄새는 풍족하고 안정적인 수입에서 풍겨 나오는 것이다. 부자들은 세계권력의 정수로부터 영양분을 공급받으며 매일매일 새로워진다는 사실을 우리는 목격한다. 돈은 마치 만개한 꽃 속으로 수액이 흐르듯이 그의 피부 밑을 순환한다. 거기에 어디서 수여된 특성이라든가 습득된 습관 같은 건 없으며 간접적이거나 누구를 통한 것도 없었다. 그의 은행계좌와 신용을 깨트려보라. 즉시 그 부자는 돈을 잃어버릴 뿐 아니라 시든 꽃이 돼버린 자신의 처지를 깨닫게 되리라. 부유함이 그의 개인적 특성으로 인식되던 예전만큼이나 신속하게 이제는 빈털터리가 된 그의 믿기 어려운 특성이 마치 불확실하고 수상한 구름처럼, 무책임과 무능과 가난의 냄새를 풍기며 다가온다. 부유함은 그러므로 깨지지 않는 이상 분리될 수 없는 개인적이고 근본적인 특성이다.

하지만 이 희귀한 부의 효과와 영향은 워낙 복잡해서 그것을 다루기 위한 엄청난 정신적 힘이 요구된다. 오직 돈이 없는 사람들만이 부유함을 꿈처럼 상상한다. 돈이 있는 사람은 없는 사람을 만날 때마다 돈이 얼마나 불편한지를 단호하게 설명한다. 아른하임은 자기 회사의 모든 기술자나 재정 임원들이 자신보다 훨씬 많은 지식을 소유하고 있다는 사실을 돌이키면서도 아주 높은 경지에서 보자면 사유나 지식, 충성, 재능, 신중함 등은 워낙 풍부하게 널려 있기 때문에 돈으로 살 수 있다고 스스로를 위로했다. 그러나 그들을 사용하는 능력은 오직 지체 높은 집안에서 태어나 자란 극소수의 사람에게만 허락된 특성임에 틀림없다. 부자들의 또다른 큰 문제는 모든 이들이 그들에게 돈을 요구한다는 점이다. 돈은 아무런 역할도 하지 못한다. 부자들에겐 수천 마르크(독일의 옛 화폐 단위—옮긴이)건 수만 마르크건 아무 차이가 없는 것이다. 그래서 그들은 틈만 나면 돈이 인간의 가치를 변질시킬 수 없다고 말하길 좋아한다. 그것은 돈이 없어도 자기들의 가치는 여전하다는 것이며 그 점에서 뭔가 오해가 생기면 자신들의 감정이 다칠 수 있다는 말이다. 그러나 정말 유감스럽게도 그런 오해들은 종종 발생하는데, 특히 재능있는 사람들과의 교류에서 흔하다. 재능있는 사람들에겐 놀라울 정도로 돈이 없고 그저 자신들의 가치를 스스로 감내할 만큼의 계획이나 재능만 있을 뿐이다. 또한 그들은 돈에는 거의 신경을 쓰지 않는 부자 친구들에게 좋은 목적으로 여윳돈을 좀 내놓으라고 아주 자연스럽게 요청한다. 부자 친구들이 스스로의 계획과 능력, 매력으로 자신들을 지원하고 싶어한다는 사실을 재능있는 사람들은 끝내 알아차리지 못한다. 게다가 그들은 돈의 성향과 반대되는 곳으로 부자들을 이끄는데, 돈이란 동물들이 생식에 열중하는 것과 마찬가지로 증식에 정확한 목적이 있기 때문이다. 또한 돈은 돈의 명예로운 영역에서 보자면 망하는 지름길에 투자될 수도 있다. 타던 차가 새 차나 다름없이 좋은데도 차를 구입할 수도 있고 경주용 조랑말을 데리고 세계적으로 유명한 리조트의 가장 비싼 호텔에 머물 수도 있으며 예술이나 경마 분야의 새로운 상(賞)을 세울 수도 있고 수백 가정이 1년 동안 먹을 수 있는 비용으로 하룻밤 파티를 열어 수많은 사람들을 초청할 수도 있다. 이 모든 것으로, 부자는 마치 농부가 씨를 뿌리듯이 돈을 창문 밖으로 내던지고, 그 돈은 더 불어서 문을 열고 다시 들어온다. 하지만 아무 소용도 없는 목적과 사람들을 위해 조용히 돈을 내놓는다는 것은 돈을 암살하는 것이나 진배없는 짓이다. 목적이 좋고 사람들이 훌륭하다면 단지 돈만이 아니라 어떤 도움이 제공되어도 마땅하다. 그것이 아른하임의 원칙이었다. 또한 그칠 줄 모르게 그 원칙을 적용함에 따라 그는 당대의 정신적 발전에 창조적이고 역동적으로 참여한다는 명성을 얻었다.

또한 아른하임은 자신뿐 아니라 많은 부자들이 사회주의자와 비슷하게 사고한다고 감히 주장할 수 있었다. 부자들은 자신의 자본이 사회의 자연법칙에 의해 주어졌다는 사실에 거부감이 없었으며, 사람보다는 물질이 더 큰 가치를 가진다는 사실을 확고하게 믿었다. 부자들은 자신들이 더이상 존재하지 않고 소유 또한 사라진 미래에 대해 조용히 이야기하며, 강직한 사회주의자들이 가난한 사람들이 아닌 부자들 가운데서 피할 수 없는 혁명이 일어나기를 종종 기대하듯이 스스로를 사회적 존재로 자리매김하길 주저하지 않았다. 아른하임이 마스터한 돈의 모든 관계들을 묘사하면서 부자들은 오랫동안 전진할 수 있었다. 경제적 행위는 여타의 정신적 행위와 떨어질 수 없는 행위이며 따라서 그의 학계나 예술계 친구가 갈급하게 요구할 때 충고뿐만 아니라 돈까지 건네는 일은 항상 주는 것도 아니고 절대 많이 주지도 않지만 부자연스러운 일이 아니었다. 그들은 아른하임이야말로 그 문제에 합당한 지적인 능력을 소유했기 때문에 세상에서 돈을 빌릴 수 있는 유일한 사람이라고 확신했다. 또한 아른하임도 자본에 대한 요구는 마치 숨을 쉴 때 공기가 필요하듯이 모든 인간관계에 깊숙이 스며들어 있다고 확신했기에 그들의 요구를 신뢰했다. 하지만 그는 아주 조심스러운 절제의 태도로 돈이 정신적 힘을 가진다는 그들의 생각과 타협했다.

그런데 도대체 어떤 이유로 인간은 추앙받고 사랑받는 것일까? 그것은 마치 둥글고 깨지기 쉬운 달걀처럼 그 속을 알 수 없는 미스터리가 아닐까? 인간은 그가 소유한 자동차가 아니라 코밑수염 덕분에 사랑받는 것일까? 햇볕에 그을린 남부지방의 아들이라고 사랑을 받는 것이 대기업의 아들이라고 사랑받는 일보다 더 인간적일까? 당대의 유행을 따르는 멋쟁이들이 모두 매끈하게 면도를 할 때 아른하임은 여전히 작고 뾰족한 턱수염에 짧게 다듬은 코밑수염을 하고 다녔다. 이 작고 생뚱맞지만 친근한 수염은 왠지 모를 이유로, 그가 열광하는 청중들에게 열변을 토할 때마다 다시금 돈을 떠올리게 해주었다.

93.
육체적 문화로는 시민정신에 다가서기 힘들다

장군은 이미 오랫동안 그 지적인 경기장 벽을 따라 줄지어진 의자 중 하나에 앉아 있었고, 그가 '후원자'라고 부르길 좋아하는 울리히는 그 옆 의자에 앉아 있었다. 그들 사이에 하나 더 놓인 의자 위에는 뷔페에서 음료로 가져온 두 잔의 와인이 놓여 있었다. 장군의 밝고 푸른 톤의 재킷은 추켜올려져 마치 근심스러운 이마처럼 배 위에서 주름을 만들어냈다. 두 남자는 입을 다물고 그들 앞에서 오고가는 대화에 귀를 기울였다. "보프레Beaupré의 경기는," 누군가 말했다. "천재적이라고 해야 합니다. 전 지난여름 이곳에서, 그리고 지난겨울에는 리비에라에서 그의 경기를 보았어요. 실수를 할 때조차 운이 따라주더군요. 오히려 그는 자주 실수를 하는 편이었는데, 그건 테니스 교본의 규칙을 위반하는 그의 플레이 탓이었습니다. 하지만 그는 탁월한 재능을 겸비한 사람이라 평범한 규칙 따위는 신경쓰지 않았죠."

"저는 직관적인 테니스보다는 학구적인 테니스가 더 좋던데요." 상대방이 반대하고 나섰다. "가령 브라독Braddok처럼 말이에요. 완벽한 경기란 없겠지만, 그는 완벽에 가깝죠."

첫번째 사람이 말했다. "보프레의 천재적이고 예측 불가능하고 무질서한 플레이는 과학이 실패하는 순간 최고에 오르죠!"

세번째 사람이 말했다. "하지만 천재란 좀 지나친 말인 듯하군요."

"어찌 다른 말이 있겠소? 천재는 가장 예상치 못한 순간에 정확히 볼을 때려내는 사람이 아닌가요?"

"제가 좀 덧붙이자면," 브라독의 팬이 거들었다. "개성이 있다면 손에 쥔 것이 테니스 라켓인지 아니면 민족의 운명인지를 보여줄 수 있어야 합니다."

"아니지, 아니야. 천재란 말은 과해요." 세번째 사람이 반대했다.

네번째 사람인 음악가가 말했다. "당신들이 완전히 틀린 게 뭐냐면, 여전히 논리적-체계적 사고를 높이 평가하는 데 익숙한 나머지 스포츠에 내재한 육체적인 사고를 간과한다는 점이에요. 그건 음악은 감정을 풍부하게 하고 스포츠는 의지를 키워준다는 편견처럼 낡아빠진 사고방식입니다. 순수한 육체의 움직임은 정말 마법 같아서 어떤 완충장치 없이는 견디기 어려울 정도죠. 음악이 없는 영화에서 그것을 확인할 수 있어요. 음악은 내적인 운동이어서 움직임이라는 환상을 필요로 하죠. 만약 음악에서 마법적인 것을 파악한 사람이라면, 단 일초의 주저함도 없이 스포츠에서 천재를 발견할 수 있습니다. 천재가 없는 분야는 과학이죠. 그건 두뇌의 곡예일 뿐이니까요."

"그러면 내가 맞았네요," 보프레의 팬이 말했다. "브라독의 과학적인 경기에선 천재성이 없다고 봤으니까요."

"당신은," 브라독의 팬이 방어하듯 말했다. "우리가 '과학'이란 단어에서 새로운 활력을 이끌어낼 필요가 있음을 전혀 고려하지 않고 있어요."

"도대체 둘 중 누가 더 옳은 거요?" 누군가 물었다.

아무도 몰랐다. 그들 각자는 종종 승리를 거두었지만 아무도 정확한 점수를 알지 못했던 것이다.

"아른하임한테 물어봅시다." 누군가 제안했다.

모임은 흩어졌다. 세 개의 의자가 있던 자리에는 침묵만이 남았다.

마지막으로 슈툼 장군이 머뭇거리듯 말했다. "나는 대화 전체를 들었네. 음악을 제외한다면 승리한 장군에게도 그 모든 것을 똑같이 말할 수 있을 것 같은데 왜 저들은 테니스 선수는 천재라고 하면서 장군은 야만적이라고 하는 건가?" 디오티마에게 접근하려면 육체적 문화를 이용해보라고 '후원자'가 충고했기 때문에, 장군은 개인적으로는 거부감을 느꼈지만 시민적 이념에 다가설 수 있는 촉망받는 접근법을 어찌하면 잘 이용할 수 있을까를 여러 차례 고민했다. 하지만 매번 목격하듯이, 이런 접근법이 마주치는 어려움은 말할 수 없이 컸다.

94.
디오티마의 밤들

디오티마는 아른하임이 이 모든 사람들을 기쁜 마음으로 견뎌내는 것을 보고 놀랐다. 그때마다 세계의 사업은 '우리 영혼을 둘러싼 소란'에 불과하다고 수도 없이 말했던 그때의 기분과 정확히 일치했다. 사회와 문화계의 귀족들로 채워진 자신의 집을 목격할 때 그녀는 자주 혼란스러운 느낌을 받았다. 그녀의 삶을 되돌아보니 깊은 바다와 높은 천장이라는 두 극단, 즉 협소한 중간계급에서 느꼈던 작은 소녀의 근심과 지금 이곳에서의 눈부신 성공이라는 극단만이 존재하는 것 같았다. 또한 이미 어지러울 정도로 높고 좁은 계단에 올라섰지만, 좀더 높은 곳을 향해 한발을 더 내딛어야겠다는 생각이 들었다. 불확실성이 그녀를 사로잡았다. 그녀는 행동과 마음, 영혼, 꿈이 하나가 되는 곳에 들어가려는 결심과 사투를 벌였다. 그녀는 평행운동을 위한 최고의 이념을 마련하지 못했다고 해서 더이상 걱정하지 않았으며 오스트리아 세계라는 이상도 이제 큰 의미는 없었다. 심지어 모든 위대한 인간 정신의 구상은 반대의 구상에 부딪힌다는 밀건조차도 그리 놀랍지 않았다. 진짜 중요한 삶의 이유는 논리적인 데 있기보다는 오히려 빛과 불 같은 데 있었다. 또한 디오티마는 더이상 자신을 둘러싼 위대함을 이해하려고 애쓰지도 않았다. 마치 어린아이들이 문제들을 내버려둔 채 어른의 품으로 뛰어드는 것처럼 차라리 그녀는 모든 행동을 내려놓고 아른하임과 결혼하고 싶었다. 하지만 엄청나게 커져버린 사업이 그녀의 발목을 잡았다. 그녀에게는 결단을 내릴 시간이 없었다. 외적인 사건과 내적인 사건이 각각 독립적으로 나란히 진행되었으며 그 둘을 통합하려는 시도는 매번 헛수고가 되고 말았다. 그건 마치 그녀의 결혼생활 같아서 겉으로는 더없이 행복해 보였지만 안으로는 온통 혼란에 빠진 모습이었다.

그녀의 성격대로라면 디오티마는 남편에게 솔직히 말했을 것이다. 하지만 그녀에겐 할 말이 없었다. 그녀는 아른하임을 사랑했을까? 그와의 관계에 관해서는 정말 많은 이름을 붙일 수 있어서 때로는 아주 사소한 것까지 그녀의 머릿속에 떠오르곤 했다. 그녀는 아른하임과 키스를 한 적도 없었다. 하지만 영혼의 포옹에 대해서 투치는 이해하지 못했다. 심지어 투치에게 그런 포옹에 대해 직접 이야기한 적도 있었는데 말이다. 디오티마는 자신과 아른하임 사이에 더이상 설명할 수 있는 게 없음을 알고 이따금 깜짝 놀랐다. 하지만 그녀는 나이 많은 남자를 열정적으로 우러러보는 얌전하고 어린 소녀의 습성을 결코 버리지 않았다. 차라리 그녀는 자신보다 어려 보이고 약간은 무시하기도 하는 사촌 사이에는 확실한 것은 아니지만 뭔가 설명할 만한 것이 있다고 상상했다. 그러나 이런 상상은 그녀가 사랑하고 또 감정을 더 높은 차원의 보편적인 숙고 속에 녹일 줄 아는 자신의 능력을 인정해주는 남자 앞에선 일어나기 어려운 일이었다. 삶의 환경이 급격하게 변화될 때 인간은 어디론가 곤두박질쳐지며, 어떻게 그곳에 이르렀는지도 모른 채 사면이 벽으로 둘러싸인 곳에서 정신을 차린다는 것을 디오티마는 알았다. 하지만 그녀는 자신을 깨어 있게 한 영향력에 노출돼 있음을 느꼈다. 그녀는 평균적인 오스트리아인들이 독일의 형제들에게 느끼는 혐오에서 자유롭지 못했다. 지금은 희귀해졌으나 전통적인 형식을 갖춘 이 혐오감은—다소간 존경을 받기는 했지만 끈적끈적한 푸딩과 소스로 식사를 했으며 뭔가 비인간적인 내면을 소유했던—괴테와 실러의 모습과 일치했다. 그녀의 주변에서 거둔 아른하임의 성공 역시 첫번째 경탄을 자아낸 이후에는 어쩔 수 없이 저항이 뒤따름을 느꼈다. 그런 저항은 결코 겉으로 드러나거나 구체적인 모습을 띠지는 않았다. 하지만 그런 저항은 그녀의 확신을 깎아내렸고 이전 같으면 그녀가 행동의 모범으로 삼았을 많은 사람들의 의구심과 자신의 견해 사이에서 그 차이점이 뭔지를 의식하도록 만들었다. 아무튼 인종적인 혐오는 보통 자기 자신에 대한 혐오에 다름 아니며, 스스로에 대한 깊고 어두운 반박을 끄집어내서 만만한 희생자에게 퍼붓는 것에 불과했다. 마치 원시시대의 의식처럼, 악마를 대신한 작대기를 켠 주술사가 병자의 몸에서 병을 끄집어내는 행위와도 같았다. 그녀의 연인이 프로이센인이라는 사실은 디오티마의 마음을 큰 충격으로 흔들어댔지만 그녀는 그 사실에서 어떤 부정적인 결론도 이끌어내지는 못했다. 그래서 자신의 결혼생활이 갖는 촌스러운 단순함과 극렬하게 대비되는 이런 불안정한 상황을 열정이라고 부르는 게 전혀 이상하지 않았다.

　디오티마는 밤에 잠을 이루지 못했다. 이런 밤에 그녀는 프로이센의 산업 군주와 오스트리아의 고위관료 사이에서 뒤적였다. 반쯤 잠이 든 상태의 광휘 가운데 아른하임의 위대하고 빛나는 삶이 그녀 곁을 행진해 지나쳤다. 그녀는 새롭고 영광에 찬 하늘을 뚫고 연인 곁에서 날고 있었다. 하지만 그 하늘은 프로이센의 불쾌하게 푸른 하늘이었다. 깜깜한 침실에는 투치 국장의 노란 육신이 여전히 그녀와 함께했다. 그녀는 옛 카카니엔 문화의 검고 노란 상징을 뚜렷이 예감하고 있었다. 비록 투치는 그 문화에 거의 문외한이었지만 말이다. 그 문화의 배경에는 라인스도르프 백작과 고상한 친구들의 저택에 장식된 파사드는 물론, 베토벤과 모차르트, 하이든, 오이겐 왕자^{Prinzen} ^{Eugen}(오스트리아를 터키의 침공에서 구한 프랑스 출신 왕자이자 장군—옮긴이)의 흔적이 마치 망명길에 오르자마자 찾아오는 향수^{鄕愁}처럼 어른거렸다. 디오티마는 남편을 은밀히 증오하고 있었지만 감히 자기 세계 바깥으로 걸음을 내딛을 수 없었다. 그녀의 아름답고 풍만한 육체 안에 영혼이, 마치 꽃이 만발한 너른 들판에 있는 것처럼 꼼짝 없이 머물렀기 때문이다.

　"불의해서는 안 돼." 디오티마는 혼자 중얼거렸다. "정부의 그 관료는 이제 더이상 깨어 있지도, 뭔가를 받아들일 자세도 돼 있지 않아. 하지만 청년 시절 그는 그렇지 않았을 거야." 그녀는 투치 국장이 결혼할 무렵 이미 청년기를 벗어났음에도 신혼 시절을 그렇게 떠올렸다. '그는 성실하고 책임감 있는 헌신으로 자신의 지위와 인격을 얻었지.' 그녀는 온화하게 생각에 잠겼다. '그 사람은 그걸 얻으려고 자기만의 삶을 희생했다는 사실에 대해서는 아무것도 몰라.'

사회에서 승리를 거둔 후 그녀는 남편에 대해 좀더 관대해졌으며 남편을 용인하는 태도를 가졌다. '어떤 사람도 타고나면서부터 이성적이거나 속물적이지는 않지. 누구나 처음에는 살아 있는 영혼으로 살아간다고.' 디오티마는 생각에 잠겼다. '하지만 하루하루의 일상이 우리를 바꿔놓지. 자연스러운 인간의 열정은 마치 화염처럼 타버리고 냉혹한 세계가 우리 안의 차가움을 끄집어내서 영혼을 병들게 하지.' 그녀는 아마도 투치에게 이런 점을 강하게 충고하기에는 너무 겸손했는지도 모른다. 참으로 슬픈 일이었다. 그녀에게는 투치 국장을 이혼 스캔들로 끌어들일 용기가 부족해 보였다. 그것은 공공업무로 둘러싸인 그 같은 사람을 분명 심각하게 뒤흔들 것이기 때문이었다.

95.
위대한 문필가: 뒷모습

너무나 잘 알려져 있어서 따로 언급하기도 뭐한 일이다. 한 저명한 손님이 디오티마의 사업이 진지하기만 한 나머지 사람들에게 어떤 위대한 행동도 요청하지 않으며 그저 평범할 뿐이라고 지적하자, 여러 소음과 의견으로 가득 찬 집을 바라보던 디오티마는 실망에 빠졌다. 고결한 영혼의 소유자인 그녀는 남자들이 사적인 영역에서는 업무를 볼 때와 정반대로 행동한다는 '신중함의 원칙'을 알지 못했다. 그녀는 회의장에서 서로를 거짓말쟁이에다 사기꾼이라고 욕하는 정치인들이 아침을 먹으러 사이좋게 조찬식장으로 향하는 것을 몰랐다. 법률가로서 한 판사가 불쌍한 사람에게 가혹한 형벌을 내린 후 연민에 사로잡혀 자기 손을 짓누르는 것을 혹시 그녀가 알지는 모르지만, 직접 눈으로 본 적은 없었다. 그녀는 여성 무용수들이 자신의 일 밖에서는 완전히 모성에 이끌리는 삶을 산다는 말을 들었고, 그 사연에 뭉클해지기까지 했다. 또한 오로지 인간이고 싶어서 이따금 왕관을 벗어던진 군주의 이야기는 아름다운 상징처럼 보였다. 하지만 몰래 세상에 나와 아무렇지도 않게 평민 행세를 하는 군주를 볼 때는 그런 이중생활이 기이해 보이기도 했다. 사람들을 자신의 전문적인 직업 밖으로 향하게 하는 이런 경향에는 도대체 어떤 욕망과 법칙이 숨겨져 있는 것일까? 그들은 마치 깨끗이 정돈된 사무실 서랍에 필기도구가 보관되거나 의자가 책상 위에 놓이듯 그렇게 일이 끝나기만을 바란다. 혹시 그들은 저녁의 인간이 되어야 할지 아니면 아침의 인간이 되어야 할지 모르는 두 인간으로 이뤄진 존재는 아닐까?

그녀의 영혼의 동반자가 모든 이들에게 인기가 있고, 특히 젊은 사람들과 잘 통할 때 그녀의 마음도 매우 우쭐해졌지만 때로는 이런 사교 활동에 전념하는 그의 모습에 우울해지기도 했다. 그녀가 보기에 위대한 정신의 군주는 그저그런 지식인들과 교류를 해서는 안 되고, 시장바닥의 사고방식과 어울려서도 안 되기 때문이었다.

그런데 사실 아른하임은 위대한 정신의 군주가 아니었고, 그저 위대한 문필가였던 것이다.

위대한 문필가는 정신의 군주를 계승한 자로서 요즘 시대에는 정치적 세계에서 성공을 거둔 큰 부자들이 그 역할을 이어받았다. 정신의 군주가 왕위계승 시대의 인물이었듯이, 위대한 문필가는 대형 선거운동과 대형마트 시대의 인물이다. 위대한 문필가는 거대한 상품과 정신이 결합한 독특한 형태의 인물인 것이다. 그래서 위대한 문필가에게 적어도 자동차 한 대 정도는 있어야 한다는 게 요즘 사람들의 심리다. 그는 고위급 관료들의 요청을 받아 강연 여행을 많이 다니는 사람이어야 한다. 또한 여론을 이끄는 지도자들에게 꽤 평가를 받는 도덕적 영향력을 행사해야 한다. 그는 민족국가의 영혼을 지키는 자이자, 외국에서도 인문주의를 후원하는 사람이어야 한다. 그는 고결한 손님들을 집으로 맞아들이며 무엇보다도, 마치 서커스를 하는 사람이 어떤 긴장도 내비치지 않고 부드럽게 묘기를 보여주는 것 같은 유연함으로 늘 일을 해야 한다. 왜냐하면 위대한 문필가는 절대 돈이나 잘 버는 작가와는 차원이 다르기 때문이다. 올해의, 또는 이달의 베스트셀러 같은 책을 그가 직접 쓸 필요는 전혀 없었고 그저그런 평가 방식에 반대만 하지 않으면 그만이었다. 왜냐하면 모든 심사위원회에 참여하는 사람도 그였고, 모든 성명서에 사인을 하는 사람도, 모든 서문을 쓰는 사람도, 모든 개업축하 연설을 하는 사람도, 모든 중요한 일을 공표하는 사람도 그였으며 어떤 새로운 진보가 이뤄졌는지를 증언해야 할 때마다 그가 필요했기 때문이다. 위대한 문필가는 고로 모든 행위에서 전체 민족의 대변자가 아니라, 오직 선구적인 입장을 취하며 이미 다수를 차지한 위대한 지식인들의 대변자이며, 따라서 그는 늘 지적인 긴장에 휩싸인 인물이어야 했다. 당연하게도 지적인 삶을 거대산업으로 육성하는 것은 오늘날 우리 사회생활의 한 형식을 대변한다. 반대로 말해도 마찬가지인데, 산업이 원하는 것 중 하나도 문화와 정치, 공적 의식을 지배하는 것이기 때문이다. 즉, 두 현상은 중간에서 만난다. 그래서 위대한 문필가의 역할은 특정한 개인의 것이 아니라, 규칙과 의무를 가지고 시대의 흐름에 따라가는 사회적 체스판의 한 말馬과 같은 것이다. 이 시대에 선의로 가득 찬 사람들은 그저 지적인 것만으로는 부족하다는 기준을 세웠고(사실 지식의 많고 적음은 그새 구별되지 않았고, 자신이 필요한 만큼은 있으리라는 생각이 만연했으므로) 오히려 위대한 문필가라면 무지에 맞서 싸워야 한다고, 다시 말해 눈앞의 현실에 작동하는 지식을 위해 힘써야 한다고 생각했다. 또한 위대한 문필가는 보통 사람들에게 거의 이해되지 못하는 '더 위대한 문필가'보다 이런 목적을 더 잘 수행했으므로 사람들은 눈에 띄는 위대함을 더 위대한 것으로 만드는 데 힘을 아끼지 않았다.

이런 사실을 깨달은 후, 사람들은 아른하임이 바로 그 첫번째이자 시범적인 사례임을 부정하지 않았다. 진작에 그는 공적 표상의 완벽한 화신이자 그런 역할에 타고난 체질임이 알려진 터였다. 대부분의 저자들은 위대한 문필가가 되길 원했지만, 실상 그들은 그저그런 산들이 그렇듯이 고만고만했다. 그라츠^{Graz}와 플뢰텐^{Plöten} 사이에 몬테로자$^{Monte\ Rosa}$처럼 높아 보이는 산들이 많긴 하지만 그 높이에는 못 미치는 것과 비슷했다. 위대한 문필가가 되기 위해 꼭 필요한 조건은 상류층이나 하류층에게 똑같이 인기있는 책 아니면 희곡을 써야만 한다는 사실이다. 선한 사람들을 움직이기 위해서 작가는 반드시 영향력 있는 사람이 되어야 하며, 이것이야말로 위대한 문필가의 기본 원칙이다. 아주 놀라운 원칙이며 고립되려는 욕망을 제어하는 좋은 해독제로, 바로 괴테가 말하듯 선한 세계를 자극하면 다른 것들은 따라오게 돼 있다는 원칙과도 같은 것이다. 저자가 한번 영향력을 갖기만 하면, 그의 삶은 놀라운 변화를 겪는다. 그런 저자와 일하는 출판업자들은 사업가가 책을 내는 것은 거의 비극적인 이상주의자가 되는 셈이라는 말—왜냐하면 그는 어차피 깨끗한 종이나 섬유를 이용해서라도 더 많은 돈을 벌 테니까—을 더이상 하지 않는다. 평론가들은 위대한 문필가에게서 좋은 작업거리를 얻는데, 평론가란 나쁜 사람이 아니라 원래는 시인이 되고 싶었던 사람이며 그저 때를 잘못 만나 뭔가 자기를 표현할 수 있는 것에 마음이 사로잡힐 수밖에 없는 사람이기 때문이다. 평론가들은 좋은 수익을 내야 한다는 내적 본능에 따라 움직이는 전쟁 시인이자 연애 시인으로서 당연히 다른 저자보다 위대한 문필가를 선호하게 돼 있다. 이들 평론가들이 다룰 수 있는 것에는 한계가 있어서 한해의 결과물 중 가장 최고에 선정되는 작품은 흔히 위대한 문필가의 책이기 십상이었다. 또한 그 작품들은 말하자면 국가 문화산업의 저축은행 같은 것이며, 각자의 작품은 마치 은행계좌에서 돈이 빠져나가듯이 하나하나 비평을—그저 설명이 아니라—불러일으킨다. 반면, 여기로 돈이 다 빠져나가다보니, 나머지 작품에 쓸 돈은 거의 남지 않는 것이다. 그러나 정말 돈이 늘어나는 분야는 에세이스트, 전기작가, 유행에 민감한 역사학자들로서, 이들은 위대한 사람들 덕분에 먹고사는 자들이다. 나쁜 뜻으로 하는 말은 아니지만, 본성상 개들은 외딴 바위보다는 활기찬 거리의 구석을 더 좋아한다. 하물며 후세에 이름을 드높이기를 원하는 인간이 어찌 외딴 바위 따위를 선택하겠는가? 스스로 눈치채기도 전에, 위대한 문필가는 독립된 개체가 아니라 가장 예민한 의미에서 민족적 노동공동체의 산물로서 사회적 공유물이 되었고, 스스로의 번영을 수많은 다른 사람의 번영과 연결시키는, 존재가 선사하는 가장 아름다운 확신을 체험하게 되었다.

    아마도 이것이 위대한 문필가가 자주 각별하게 좋은 느낌을 주는 캐릭터로 그려지는 이유일 것이다. 위대한 문필가는 오직 자신의 가치가 위협받을 때만 글쓰기를 투쟁의 도구로 사용한다. 그 외의 경우 위대한 문필가의 행동은 균형 잡혀 있고 선의로 가득 차 있다. 자신의 명성에 흠집을 내는 어떤 사소한 것들에도 이들은 너그럽다. 이들은 다른 작가들에 대해 경망스럽게 떠들어대지 않는다. 그렇게 한다고 해도, 그는 명망있는 자들에게 아첨하지 않으며 오히려 49%의 능력과 51%의 무능을 소유한, 그리 야단스럽지 않은 재능을 가진 사람들에게 용기를 주는 것을 더 좋아한다. 이런 적당한 재능 비율 덕분에 그들은 강한 개성을 가진 사람들이라면 망쳐버렸을 일도 재주껏 잘 해내며 그래서 조만간 그들 모두는 작가 세계에서 영향력 있는 지위에 오른다. 그러나 이런 설명으로 우리는 위대한 문필가의 정의에서 지나치게 벗어난 것인지도 모른다. 될성부른 나무는 떡잎부터 알아본다는 말처럼, 오늘날 위대한 작가가 되기 한참 전부터 그러니까 여전히 독서평론가나 칼럼니스트, 라디오 작가, 영화작가, 작은 잡지의 편집자 시절부터 평범한 작가의 주위에는 온갖 야단법석이 벌어진다. 그들 중 몇몇은 마치 등에 바람을 넣는 작은 튜브가 달린 고무 당나귀 또는 고무 돼지 같다. 위대한 문필가들이 이런 상황을 주의깊게 고민하고 또한 그 속에서 위대한 인격을 존경하는 유용한 대중의 상을 만들어내려고 애를 써주니 어찌 이들에게 감사하지 않을 수 있겠는가? 그들은 깊은 연민으로 삶을 더 고귀하게 만드는 자들이다. 이와 같은 일을 전혀 하지 않는 정반대의 작가를 한번 상상해보자. 그 작가는 따듯한 초대를 거절할 것이고 사람들을 밀어내며, 칭찬을 감사하게 받아들이지 못하고 마치 재판관처럼 이리저리 가늠해볼 것이며, 당연한 사실을 찢어버리고 아주 좋은 기회를 단지 너무 좋다는 이유로 의심스럽게 받아들일 것이다. 또한 자신의 머릿속에만 있는, 극히 표현하기 어렵고 가늠하기 어려운 글이 아니면 답례품이랍시고 내놓지도 않는데, 그것조차도 이미 위대한 문필가가 소유한 것이라 별 가치도 없는 것이다. 그런 사람은 공동체 밖에 머물다 결국 현실로부터 멀어진 것이 아닐까? 아무튼 그것이 아른하임의 생각이었다.

96.
위대한 문필가: 앞모습

위대한 문필가의 삶은 정신적인 면에서조차 장사꾼이 되어야 하면서도 또 그 언어는 전통을 따라 이상적이어야 한다는 어려운 문제를 품고 있다. 또한 이런 장사와 이상주의의 결합은 아른하임의 인생여정에서 결정적인 부분을 차지했다.

그렇듯 시대에 어울리지 않는 결합은 오늘날 흔히 일어난다. 가령 첫 예로 죽은 자들조차 지금은 내연기관이 달린 차를 이용해 묘지로 옮겨지는데, 그 말끔한 영구차의 지붕은 또 중세 투구와 십자 모양의 두 자루 검으로 장식된다. 이런 일은 어디서나 벌어진다. 인간의 진화는 아주 천천히 진행된다. 불과 두 세대 전만 해도 사람들은 업무용 편지에 미사여구를 잔뜩 써댔다. 반면 오늘날 인류는 사랑에서 순수 논리학의 문제까지 세상의 모든 것들을 수요와 공급, 담보와 할인 같은 용어를 써서 심지어는 심리학이나 종교적 용어까지 동원하여 표현한다. 문제는 그것을 행동으로 옮기지 못한다는 것이다. 그 이유는 우리의 새 언어가 여전히 부정확하기 때문이다. 욕심 사나운 장사꾼들은 오늘날 어려운 처지에 놓여 있다. 그들이 옛 권력자들에 필적하려면, 반드시 장사를 위대한 이념과 연결시켜야 하기 때문이다. 그러나 이 회의적인 시대는 신은 물론 인간성도, 황실도, 도덕도 믿지 않기 때문에 혹은 그 비슷한 것들을 대충 믿어버리기 때문에 충성을 바칠 만한 위대한 사상이란 오늘날 존재하지 않는다. 그래서 위대함—나침판과도 같은—을 포기하고 싶지 않은 기업인들은 위대함의 측량할 수 없는 영향력을 측량 가능한 영향력의 위대함으로 교체하는 민주주의적 기교에 의지할 수밖에 없다. 오늘날 위대하다고 인정받은 것은 모두 위대하다. 이 말은 결국 위대하다고 크게 떠들어낸 것이 위대해진다는 뜻이며, 우리 시대의 이렇듯 가장 내밀한 진실을 받아들일 때 누구도 고통을 느끼지는 않는다는 뜻이다. 아른하임은 이를 해결할 방법을 찾기 위해 무던히도 노력해왔다.

교양있는 사람이라면 중세시대의 학문과 교회의 관계를 떠올려볼 수 있을 것이다. 당시 동시대인들에게 영향력을 끼치고 성공하길 원하는 철학자는 교회와 사이좋게 지내야 했다. 그래서 흔해 빠진 자유사상가는 교회의 족쇄가 위대한 사상을 방해한다고 생각했다. 하지만 사실은 그렇지 않았다. 믿을 만한 견해에 따르면 그토록 탁월하게 아름다운 고딕의 사상은 바로 교회에서 비롯되었다고 한다. 또한 학문을 손상시키지 않고도 교회를 인정할 수 있었다면, 왜 상품광고인들 인정하지 못하겠는가? 뭔가를 성취하고자 하는 사람이라면, 오늘과 같은 상황이라고 못 할 것이 있겠는가? 아른하임은 동시대를 지나치게 비판하지 않는 것이 위대한 사람의 한 특징이라고 확신했다. 최고의 말을 탄 최고의 기수라 하더라도 그 말과 거칠게 씨름한다면 비록 노쇠한 말이라도 한몸이 되어 타는 기수만큼 가볍게 장애물을 뛰어넘지는 못할 것이다.

다른 예를 들자면, 바로 괴테가 있다! 괴테는 두 번 다시 나기 어려운 천재지만, 그 역시 독일 상인 집안 출신으로 귀족 작위를 받았으며, 아른하임이 인정한바, 이 민족이 낳은 최초의 위대한 문필가였다. 아른하임은 여러모로 괴테를 자신의 모범으로 삼았다. 그러나 그가 괴테에 관해 가장 좋아하는 이야기는 괴테가 곤경에 처한 요한 고틀리프 피히테를 두고 떠나버렸던—속으로는 동정하면서도—그 유명한 사건이었다. 이 세계적인 시인은 철학자 피히테가 신을 두고 "위대하긴 하지만, 완벽하게 점잖지는 않다"고 말하는 바람에 예나^{Yena} 대학에서 쫓겨날 당시 '좀 부드럽게' 사건에서 빠져나오는 대신, '극한 감정에 휩싸여' 자신을 방어했다고 회고록에 썼다. 아른하임은 당연히 괴테와 똑같이 행동할 것이고, 더 나아가 이 사례야말로 오직 괴테적이며 의미있는 행동임을 모든 사람들에게 각인시키려 노력할 것이다. 아른하임은 하찮은 사람들이 옳은 일을 할 때보다 위대한 사람들이 나쁜 일을 할 때 더 동정심이 생긴다는 기이한 사실만으로는 만족하지 못할 것이다. 아마도 아른하임은 한술 더 떠 자신의 원칙을 지키려는 막무가내의 투쟁이 효과도 없을뿐더러 역사적 아이러니 깊이도 없는 행동임을 꼬집을 것이다. 그 아이러니란 바로 그가 괴테의 아이러니라고 부르는 것으로, 유머를 잃지 않으며 성실함으로 나름의 최선을 다하는 것이자 시간이 모든 것을 증명한다는 느긋한 태도를 유지하는 것이다. 오늘날 생각해볼 때, 그 올바르고 정직하며 뭔가 과장된 피히테가 당한 부당한 일은 그의 명성에 큰 영향이 없는 매우 사적인 일에서 비롯되었다. 반면 괴테는 나쁜 일을 하고서도 그 명성에 큰 손해를 입지 않았다는 점에서 시대의 지혜가 진정 아른하임의 지혜와 일치한다는 것을 우리는 인정해야 한다.

시대에 어울리지 않는 결합의 세번째 사례는—아른하임은 늘 좋은 사례를 들어 이야기했다—앞의 두 사례에 깊은 의미를 부여하는 것으로, 바로 나폴레옹이다. 하이네는 그의 여행기에서 나폴레옹을 묘사하면서—이는 아른하임과 똑같은 생각이기도 한데—(아른하임이라면 거의 외우다시피 하는) 그의 말을 직접 인용하는 것이 가장 좋다고 썼다. "그런 정신은—" 하이네는 나폴레옹을 언급하며 썼다. 하지만 아마도 괴테에 대해 썼다면 더 수월했을 것이다. 왜냐하면 하이네는 마치 자신이 흠모하는 대상과 절대 하나가 될 수 없다는 사실을 잘 아는 연인만이 가질 예민함으로 괴테의 외교적 성정을 변호해왔기 때문이다. "그런 정신은, 칸트가 암시한 바대로 말하자면, 우리의 지성이 아니라 직관으로만 생각해낼 수 있는 것이다. 우리가 천천히 분석하고 오랜 추론을 거쳐 얻어내는 것을 직관적인 사람은 순식간에 알아내 깊이있게 인식한다. 따라서 시대와 현실을 이해하고, 지성을 이끌어내는 그의 재능은 대상을 그냥 지나치지 않고 언제나 직관을 이용한다. 그러나 이런 시대의 정신은 혁명과 보수의 양 진영으로부터 영향을 받기 때문에, 나폴레옹은 결코 그저 순진하게 혁명적이거나 반동적이지 않았으며 언제나 양쪽의 시각, 양쪽의 원칙, 양쪽의 경향을 견지하고 있었다. 이런 것들이 내면에서 섞여 나폴레옹은 늘 자연스럽고 단순하며 위대하게, 또한 결코 격렬하거나 차갑지 않고 차분하면서도 온유하게 행동할 수 있었다. 그는 절대 하찮은 것들에 관심을 가지지 않았으며, 그의 혁명은 대중을 장악하고 움직이는 기술에서 비롯되었다. 쩨쩨하고 분석적인 정신이 느리고 복잡한 책략에 끌리는 반면, 종합적인 직관은 시대에서 건져올린 가능성을 종합하는 놀라운 방식을 사용하므로, 자신의 목적을 빠르게 달성할 수 있다."

아마도 하이네는 자신을 숭배하는 아른하임과는 조금 다르게 생각했을 테지만, 아른하임은 하이네의 말이 정확히 자신의 생각과 같다고 느꼈다.

97.
클라리세의 신비한 능력과 사명

클라리세는 방에 있었다. 발터는 옆에 없었고, 그녀는 나이트가운을 걸친 채 사과 하나를 들고 있었다. 두 물질, 사과와 나이트가운에서 어떤 가늘고 눈에 띄지 않는 빛이 나와서 그녀의 의식 속으로 흘러 들어가고 있었다. 왜 모오스브루거는 음악처럼 보일까? 그녀는 그 이유를 알지 못했다. 아마도 모든 살인자들은 음악과 같은 것일까. 다만 이 질문을 놓고 라인스도르프 백작에게 편지를 썼던 적은 있었다. 그녀는 대충 무엇을 썼는지 기억했지만 굳이 끄집어내려고 하지는 않았다.

그런데 특성 없는 남자는 음악적이지 않을까?

적당한 답이 떠오르지 않자 클라리세는 질문을 그만두고 다른 일로 넘어갔다.

잠시 뒤 이런 생각이 들었다. '울리히는 특성 없는 남자야. 특성 없는 남자는 당연히 음악적일 수 없지. 하지만 음악적이 아닐 수도 없지 않을까?'

울리히는 이렇게 말한 적이 있었다. '너는 소녀 같으면서도 영웅적이야.'

그녀는 중얼거렸다. "소녀 같으면서도 영웅적이라고!" 그녀의 뺨이 후끈 달아올랐다. 그때부터 뭔가를 해야겠다는 마음이 생겼지만, 그게 무엇인지를 그녀는 알지 못했다.

그녀의 생각은 마치 육박전을 할 때처럼 두 방향으로 나아갔다. 그녀는 특성 없는 남자에게 매력을 느끼기도 했고, 상처를 받기도 했지만 무엇이 어떻게 된 것인지는 알지 못했다. 마침내 어떤 이유로 남겨졌는지 모를 부드러움이 그녀를 이끌어 발터를 찾게 만들었다. 그녀는 사과를 내려놓고 일어섰다.

클라리세는 발터에게 고통을 주면서 미안해했다. 겨우 열다섯살 무렵 그녀는 자신에게 발터를 고통스럽게 할 능력이 있음을 깨달았다. 그저 그의 주장이 틀렸다고 단호하게 소리치기만 해도 발터는—자신의 주장이 옳을 때조차도—깜짝 놀라 몸을 움츠렸다! 그녀는 발터가 자신을 두려워한다는 사실을 잘 알았다. 그는 클라리세가 미칠 수도 있음을 두려워했다. 발터는 그런 말을 슬쩍 흘렸다가 이내 재빨리 주워담았다. 하지만 그녀는 그런 생각이 그의 마음속에 있음을 알았다. 클라리세는 그런 상황을 즐겼다. 니체는 말한다. "강한 자의 비관주의는 없을까? 거칠고, 두렵고, 악한 것에 끌리는 지성은 없는가? 도덕에 저항하는 내면의 힘은? 위엄있는 적, 두려움에 대한 갈망은 없는가?" 그런 말들이 떠오를 때마다 그녀의 입에는 관능적인 흥분이 일었고, 그 흥분은 마치 우유처럼 부드럽고 강해서 그냥 삼켜버릴 수가 없었다.

클라리세는 발터가 자신에게 요구하는 아이의 모습을 떠올렸다. 그런 요구조차 발터는 두려워했다. 그녀가 언젠가 미쳤었다고 발터가 생각한다면, 이해할 만한 일이기도 했다. 클라리세 스스로는 격렬하게 부정하긴 했으나, 그를 향한 부드러움은 남아 있었다. 다만 그녀는 발터를 찾던 중이라는 사실을 잊어버렸다. 그녀의 몸에서 무슨 일이 벌어지고 있었다. 가슴은 부풀어 올랐고, 팔과 다리의 정맥을 따라 피가 더 진하게 흘러갔으며, 내장과 방광에 이상한 압력이 느껴졌다. 그녀의 마른 몸은 내면으로 들어가 점점 더 민감하고, 생기있으며, 낯설게 변해갔다. 한 아이가 그녀의 팔에 안겨 밝게 웃고 있었다. 그녀의 어깨에 걸친 성모^{聖母}의 황금망토가 빛을 내며 바닥까지 끌렸고, 신도들은 찬양을 불렀다. 그건 그녀의 소관이 아니었다. 주님이 세상에 나신 것이다!

 하지만 이런 현상은 오래가지 않았다. 곧 그녀의 몸은 마치 나무의 쪼개진 틈에 끼워넣은 쐐기가 빠져나가듯 그 벌어진 이미지의 틈을 재빨리 닫아버렸다. 그녀는 날씬한 몸으로 돌아왔고 메스꺼움과 함께 잔인한 희열을 느꼈다. 그녀는 발터를 편하게 해주고 싶지 않았다. '아이를 원하는 것은 당신의 자유고 당신의 승리다!' 클라리세는 중얼거렸다. '살아 있는 기념비를 너 스스로 만들라고. 하지만 그전에 너 스스로의 몸과 영혼을 먼저 만들어야 해.' 클라리세는 웃었다. 큰 돌 밑에서 피어오르는 불처럼 날렵하게 타오르는 그녀만의 미소였다.

 갑자기 클라리세는 자신의 아버지가 발터를 두려워했다는 사실을 떠올렸다. 그녀는 수년 전으로 되돌아갔다. "너 그거 기억나?"라는 말은 발터와 클라리세가 흔히 하는 질문이었다. 그 질문을 던지면 과거의 빛이 마법처럼 현재로 흘러들었다. 그런 흥미로운 체험을 그들은 좋아했다. 그럴 때면 수시간 동안 억지로 길을 가다가 되돌아보니, 공허하게만 보였던 방황이 한순간 굉장한 만족으로 바뀌는 것과 같았다. 하지만 그들은 그런 관점에서 바라보지 못했고, 추억을 매우 진지하게 믿어들일 뿐이었다. 그러기에 당시만 해도 권위적으로만 보이던 그녀의 나이든 아버지가 이 집에 새로운 시대를 열었던 발터를 두려워했던 것은 그녀에게 힘이 되면서도 기이한 일이었다. 게다가 발터는 바로 클라리세 자신을 두려워했으니 말이다. 그건 마치 그때 자기 친구 루시 파흐호펜$^{Lucy\ Pachhofen}$이 아빠의 연인임을 알면서도 친구에게 팔을 두르고 친구의 연인을 향해 '아빠'라고 불러야 했던 것과 비슷했다.

　클라리세는 다시금 볼이 화끈거림을 느꼈다. 그녀는 그 생생하고 독특했던, 낑낑거리는 소리를 다시 떠올리는 데 집중하고 있었다. 그 낑낑거림은 언젠가 친구 울리히에게도 말한 적이 있는 소리였다. 그녀는 아버지가 그녀의 침대로 찾아온 밤마다 그녀가 지어야 했던, 두려움에 입술을 꽉 다문 그 표정을 거울을 집어들고 다시 지어보려고 했다. 그녀는 유혹의 상황에 가슴속에서 나왔던 소리를 되살릴 수는 없었다. 그녀는 그 소리가 마치 그때처럼 자신의 가슴속 어딘가에 있을 것이라고 믿었다. 그러나 어떤 자제나 분별도 없는 소리는 결코 다시 표면으로 떠오르지는 않았다. 거울을 내려놓고 자기 혼자 있다는 사실을 확실히 증명이라도 하듯 모든 사물을 눈으로 쓰다듬으며 유심히 살펴보았다. 그러고는 손가락으로 옷을 쓰다듬으며 아주 놀라운 비밀을 간직한, 벨벳처럼 까만 배내 점을 찾아보았다. 사타구니 깊숙한 곳, 넓적다리 안쪽에 반쯤 숨겨진 채, 음모^{陰毛}가 드문드문 나 있는 곳에 그 점이 있었다. 그녀는 손을 그 점에 대고 모든 생각을 지워버린 채 그녀가 기억하는 느낌이 찾아오기를 숨죽여 기다렸다. 곧 그 순간이 찾아왔다. 그건 욕망의 부드러운 분출이 아니었고 오히려 그녀의 손은 남자의 손처럼 뻣뻣하게 굳어버렸다. 그녀는 그 점을 들어

올려 다른 모든 것과 함께 내동댕이칠 수 있을 것만 같았다. 그녀는 자신의 몸에 있는 이 점을 악마의 눈이라고 불렀다. 바로 이 지점에서 아버지는 행동을 멈추고 물러났던 것이다. 악마의 눈은 어떤 옷이든 뚫고 나가 남자의 눈을 사로잡아 넋을 잃게 만들지만 클라리세가 원하지 않는 한 상대방을 꼼짝할 수 없게 만든다. 클라리세는 두꺼운 펜으로 밑줄이 쳐진, 그렇게 강조된 인용부호 안의 단어들을 떠올렸다. 그 단어들은 지금 그녀의 손이 그렇듯 긴장에 가득 차 있었다. 누가 감히 어떤 것을, 또는 누군가를 그 눈으로 사로잡았다고 상상이나 할 수 있을까? 하지만 그녀는 돌이 목표물을 맞히듯 그 단어를 획득한 첫번째 사람이었다. 그것은 그녀의 손에서 떨어져나간 힘의 일부였다. 이 모든 것은 그녀가 애초에 고민했던 그 낑낑거리는 소리를 잊게 만들었고, 대신 그녀는 여동생 마리온^{Marion}에 대해 생각했다. 마리온이 네살이었을 때, 밤마다 그 아이의 손을 묶어둘 수밖에 없었다. 왜냐하면 그저 재밌다는 이유만으로 나무에 매달린 벌집에 달려드는 두 마리 곰처럼 그 아이는 아무 생각 없이 지붕 밑으로 기어나갔기 때문이다. 한참 뒤에 클라리세는 발터를 마리온에게서 떼어놔야 했다. 그녀의 가족은 마치 포도 농부가 포도에 홀리듯 정념에 사로잡히곤 했는데 그것은 가족의 운명이었고 그녀가 짊어져야 하는 가혹한 짐이었다. 클라리세의 생각이 과거로 이리저리 빠져드는 동안 팔의 긴장은 풀렸고 그녀의 손은 무의식적으로 무릎에 올려졌다. 그때만 해도 그녀는 여전히 발터와 말을 놓지 못하고 있었다. 그녀는 발터에게 신세를 많이 졌다. 발터는 별 장식도 없는 단순한 가구를 들여놓고 진실을 담은 그림을 벽에 걸어놓은 신세대들에 대한 소식을 전해주었다. 그는 페터 알텐베르크의 새로운 작품들도 읽어주었다. 그 이야기

속 소녀들은 튤립 화단 사이에 굴렁쇠를 던져놓았으며 그들의 눈은 빛나는 밤처럼 달콤하고 순진하게 빛났다. 그때부터 클라리세는 아직 어린아이에 불과한 자신의 가는 다리가 어느 누군가의 스케르초처럼 중요하다는 사실을 깨닫게 되었다.

당시 그들 모두는 엄청난 무리가 모인 여름 숙소에 머물고 있었다. 친척 가족들은 호수 옆의 빌라를 빌렸고 모든 침대가 초대된 남녀 친구들로 꽉 들어찼다. 클라리세는 마리온과 함께 잤는데 열한시 무렵 비밀에 찬 달빛을 타고 종종 마인가스트^{Meingast} 박사가 잡담을 하러 오곤 했다. 스위스에선 유명인사가 된 그는 노는 데는 도가 튼 사람으로 모든 엄마들의 우상이기도 했다. 그때 그녀는 몇살이나 됐을까? 열다섯 아니, 열여섯? 열넷 아니면 열다섯쯤? 당시 그가 데려온 게오르크 그뢰슐$^{Georg\ Gröschl}$이란 학생은 아마 마리온이나 클라리세보다 약간 위였을 것이다. 그날 저녁 마인가스트는 달빛이나 무정하게 잠들어버린 부모들, 새로운 사람들에 대해 산만하게 몇마디 횡설수설하더니 마치 마인가스트의 숭배자인 그 땅딸막한 게오르크를 남겨두기 위해 오기라도 한 것처럼 갑자기 가버렸다. 게오르크는 당황한 듯 아무 말도 하지 못했고, 그전까지 마인가스트와 이야기를 나누던 두 자매도 입을 다물었다. 그런데 게오르크가 어둠 속에서 입을 다물더니 마리온의 침대로 올라가는 것이었다. 그 방은 외부에서 어느 정도 빛이 스며들긴 했으나 침대가 있는 구석은 어두운 그림자의 무리가 드리워져 클라리세는 무슨 일이 일어나는지 잘 볼 수 없었다. 그저 게오르크가 침대 곁에 똑바로 서서 마리온을 내려다보는 것처럼 보일 뿐이었다. 그러나 그는 클라리세를 등지고 있었고, 마치 방에 없는 듯 마리온의 소리는 들리지 않았다. 그런 채로 꽤 시간이 흘렀다. 마리온이 여전히 미동 없이 있는 동안 게오르크는 마치 살인자처럼 그림자 속에서 걸어 나왔다. 그 찰나 그의 어깨와 옆모습은 방 한가운데로 비치는 환한 달빛을 받아 창백해 보였고 그가 클라리세에게 다가오자 그녀는 재빨리 누워 담요를 턱밑까지 끌어당겼다. 클라리세는 마리온에게 일어났던 그 은밀한 일이 자신에게도 일어날 것을 알았고, 게오르크가 조용히 침대 곁에 서자 긴장으로 몸이 뻣뻣해졌다. 순간 그의 입술은 기괴하게 꽉 다물려 있었다. 마침내 그의 손이 뱀처럼 다가와 클라리세를 만지기 시작했다. 클라리세는 그가 무엇을 하는지 몰랐고 자신이 흥분하고 있었음에도 그 어떤 작은 움직임도 감지할 수 없었다. 그녀는 욕망을 느끼진 못했지만—그것은 나중에 찾아왔다—순간 강하고 표현하기 힘들며 근심에 찬 흥분이 일었다. 마치 무거운 짐마차가 견딜 수 없이 느리게 다리 위를 지나는 동안 그 다리를 받친 돌 하나가 떨며 흔들리듯이 그녀는 조용히 있었다. 그녀는 아무 말도 할 수 없었고 무슨 일이 벌어지든 그냥 내버려두었다. 몸에서 떨어진 후 게오르크는 인사도 없이 떠나버렸고 두 자매는 자신들이 같은 일을 겪은 것인지 서로 확신할 수 없었다. 몇년 후 그 일에 관해 말을 나누기 전까지 자매는 서로 도움을 요청하지도, 동정을 구하지도 않았다.

 클라리세는 사과를 다시 발견하고는 이빨로 잘게 쪼개서 씹어먹었다. 게오르크는 그때 생애 처음으로 돌처럼 의미심장한 눈빛을 보냈던 것 외엔 아무것도 발설하지 않았다. 게오르크는 행정부의 전도유망하면서도 품위있는 변호사가 되었으며 마리온은 그새 결혼을 했다. 마인가스트 박사에게는 더 많은 일이 있었다. 그는 회의주의를 벗어던지고 이른바 대학 밖의 철학자가 되어 수많은 남녀 학생들에게 둘러싸여 있었다. 박사는 최근 발터와 클라리세에게 편지를 한 통 보냈다. 그 편지에는 박사가 이제 추종자들에게서 벗어나 고향에 돌아가 일을 좀 해야겠다는 내용이 담겨 있었다. 또한 그는 발터와 클라리세가 "자연과 대도시의 경계"에 산다는 말을 들었다면서 자신을 반겨줄 수 있는지를 물었다. 이 소식은 또한 클라리세가 그 무렵 빠져 있던 생각을 더욱 촉발시켰다. "오, 이런 절묘한 때에!"라고 그녀는 생각했고 그 여름 직전에 루시와 지냈던 일을 떠올렸다. 그때 마인가스트는 마음에 내킬 때마다 루시에게 키스를 했다. "당신에게 키스를 해도 좋겠습니까?" 그는 키스하기 전에 정중하게 물었고 결국 클라리세의 모든 여자친구들과 키스를 했다. 클라리세는 그중 치마를 입은 한 친구가 볼 때마다 겸손한 척 눈을 내리깔던 것을 잊지 못했다. 마인가스트는 그 일들을 클라리세에게 직접 말했고 그녀는 당시 겨우 열다섯살이었다! 그가 그녀의 여자친구들과 벌인 일들을 떠벌릴 때마다 그녀는 "이 돼지 같은 놈!"이라고 대꾸해주었다. 그런 상스런 말이 클라리세에게 마치 여행길을 떠나는 듯한 즐거움을 주긴 했지만 그녀 역시 그에게 저항하지 못할 거라는 두려움을 없애주진 못했다. 결국 멍청하다는 인상을 주기 싫어서 그가 키스를 제안했을 때 그녀는 감히 거부하지 못했다.

하지만 발터가 처음으로 그녀에게 키스했을 때 클라리세는 심각하게 말했다. "난 이런 짓은 하지 않을 거라고 엄마한테 약속했어." 그게 바로 다른 점이었다. 발터는 천사처럼 말했고 무척 말을 많이 했다. 그는 마치 달이 구름떼에 둘러싸인 것처럼 철학과 예술에 둘러싸여 있었다. 그는 그런 책을 읽어주었다. 그러나 실제로 그가 한 일은 그녀를 뚫어지게 쳐다보는 것이었다. 그녀의 친구들 가운데서 오직 그녀만을. 처음에는 그 모임에 참석하는 게 전부였다. 마치 달이 세상을 비추게 내버려두듯, 팔짱을 끼고 있기만 하면 되었다. 확실히 그들의 관계는 손을 잡음으로써 더욱 나아갔다. 그건 아무 말 없이 아주 조용히 이뤄졌는데, 그 행위 속에는 뭐라 비할 바 없이 강한 끈끈함이 있었다. 클라리세는 그의 손을 통해 온몸이 정화되는 기분을 느꼈다. 만약 발터가 무심코 차갑게 손을 건넸다면 그녀는 무척 속이 상했을 것이다. '너는 아마 내 기분을 모를 거야.' 그녀는 애원하듯 중얼거렸다. 그때만 해도 클라리세는 이미 마음속으로 발터를 '너'라고 부르기 시작했다. 그녀가 지금껏 자연에 관해 아는 거라곤 아빠나 친구들이 그려주거나 설명해준 풍경이 전부였지만 발터를 만나면서 산이나 딱정벌레 같은 것들을 처음 이해하게 되었다. 가족에 대한 비판적 생각 또한 그때부터 부쩍 커졌다. 그녀는 스스로 새로워지고 달라졌다고 생각했다. 클라리세는 스케르초를 연주했던 일을 생생히 기억했다. "클라리세 양, 당신의 발은," 발터가 말했다. "당신 아빠가 그린 그림보다 훨씬 더 사실적인 예술미를 갖추고 있어요." 여름 별장에는 피아노가 한 대 있었고, 그들은 함께 연주했다. 클라리세는 그에게 피아노를 배웠다. 그녀는 친구들과 가족에게서 벗어나고 싶었다. 그들 중 아무도 그렇게 찬란한 여름날 배를 타거나 수영을 하지 않고 피아노를 치며 시간을 보내는 것을 이해하지 못했을 것이다. 하지만 그녀는 희망을 발터에게 걸었고 그때 이미 '그의 짝'이 되어 그와 결혼하기로 결심했다. 그래서 그녀의 연주가 틀렸다고 발터가 꾸짖을 때도 클라리세는 속으로는 부글부글 끓어올랐으나 기쁨으로 화를 이겨냈다. 실제로 발터는 이따금 그녀에게 호통을 쳤다. 그의 정신이 관용을 몰랐기 때문이지만 그건 오직 피아노에만 해당되는 일이었다. 음악 이외의 문제에 대해 발터는 너그러웠다. 여전히 마인가스트는 때때로 그녀에게 키스를 했으며, 한밤중 보트를 타러 나가서 발터가 노를 저을 때 그녀는 마인가스트의 가슴에 머리를 기대곤 했다. 마인가스트가 워낙 이런 일에 능숙하다보니 그녀로서는 무슨 일이 일어나는지조차 몰랐다. 반면 그들이 피아노 레슨을 마치고 거의 문 앞까지 갔을 때 발터가 그녀를 뒤에서 붙잡아 키스를 했는데, 그때 그녀는 숨을 쉬기가 힘들어 그저 그에게서 빠져나오고 싶은 마음이 들 정도로 불쾌했다. 그럼에도 그녀는 무슨 일이 벌어지든 이 사람과 헤어져서는 안 된다는 마음을 굳혔다.

아무튼 기이한 일이었다. 마인가스트의 숨결에는 모든 저항을 녹여버리는 뭔가가 있었는데 그건 마치 부지불식간에 사람을 행복하게 만드는 순수하고 가벼운 공기 같은 것이었다. 반면 클라리세가 이미 알고 있듯이 소화불량에 시달리는 발터의 숨결은, 뭔가를 결정할 때 늘 망설이는 그의 모습을 연상시키며 어딘가 답답하고 너무 뜨거우며 퀴퀴한 데다 사람을 무감각하게 만들었다. 그런 육체와 정신의 결합은 실은 묘한 것이었으나 "한 인간의 육체가 곧 그의 정신이다"라는 니체의 말을 당연하게 생각했던 클라리세는 그런 현상에 전혀 놀라지 않았다. 그녀의 발은 그녀의 두뇌가 그런 것처럼 천재가 아니었다. 발과 머리는 그 자체로 똑같은 것이었다. 그녀의 손을 발터가 만지면 곧바로 머리끝에서 발끝까지 어떤 의도와 약속의 흐름을 만들어냈다. 또한 그녀의 젊음은 자아를 인식한 이후로 부모의 모든 확신과 어리석음에 맞서 싸웠다. 그 싸움의 무기는 바로 단단하고 젊은 육체의 신선함이었다. 그 신선함은 풍만한 부부침대라든지 사치스런 터키 카펫처럼 도덕적으로 엄격한 세대에게 만족을 주던 모든 느낌들을 경멸했다. 육체적인 것은 사람들이 가질 법한 것과 다른 시각을 갖게 해주었다. 하지만 여기서 클라리세는 회상을 멈추었다. 그게 아니라면 그녀가 어떤 신호도 없이 회상을 갑자기 현재로 착륙시킨 것인지도 몰랐다. 클라리세는 특성 없는 친구에게 여전히 말하지 못한 모든 것을 알려주고 싶었다. 아마도 그 이야기 속에는 마인가스트가 너무 많은 자리를 차지하고 있을 것이다. 그는 그 격앙된 여름이 지나자 바로 내빼버렸는데도 말이다. 외국으로 간 그는 제멋대로의 방탕아에서 저명한 철학자로의 놀라운 변신을 시작했다. 이후로 클라리세는 그를 스치듯 한번 봤을 뿐인데 둘 모두 전혀 과거를 떠올리지 못했다. 하지만 그녀가 직접 목격했듯이, 그의 변화에 그녀가 차지하는 부분은 뚜렷한 것 같았다. 그가 떠나기 몇주 전 둘 사이에서는 여러 일들이 더 있었다. 발터가 없을 때, 물론 발터가 질투하며 있을 때조차 그가 스스로 이겨내도록 하거나 배제하면서 그녀와 마인가스트는 감정적인 풍랑을 겪었다. 좀 심할 때는 그 풍랑에 정신을 잃을 정도였고 격랑이 지나가면 비가 오고 난 후의 푸른 초원처럼 모든 열정이 우정의 순수한 공기 속으로 사라져버렸다. 클라리세는 그리 싫은 내색 없이 많은 일들이 일어나도록 내버려두었으나 모든 것을 알고 싶어했고 나중에 자신이 생각했던 바를 모조리 털어놓음으로써 그 음탕한 친구에게 자기 나름대로 복수를 가했다. 또한 마인가스트는 떠나기 전 마지막 순간에 이미 진지한 친구로 돌아와 있었고 발터와의 경쟁에서도 점잖게 물러서 있었다. 그래서 클라리세는 그가 스위스로 떠나기 전 최선을 다해 그를 우울하게 만든 것이 결국 그가 엉뚱하게 변하는 데 기여했을 것으로 굳게 믿었다. 이후 그녀와 발터 사이에서 일어난 일들은 이런 생각을 더욱 확고하게 해주었다. 클라리세는 이 일들이 아주 오래전 일인지 아니면 몇달 전 일인지조차 구별할 수 없었다. 하지만 그건 그리 중요하지 않았다. 만만치 않은 거부감을 이겨내고 그녀와 발터가 가까워지자 긴 산책과 고백들, 그리고 고통스럽지만 지극히 행복한 무수히 많은 작은 방탕들—두 연인의 마음을 홀딱 뺏어버린—로 채워진 정신적 소유의 꿈결 같은 시간이 찾아온 것이 더 중요했다. 그 방종에는 이미 그들이 순결했을 때도 없었던 결정적인 용기가 부족했다. 그것은 마치 마인가스트가 그들에게 그의 죄를 물려주자 그 죄가 더 높은 의미에서 한번 더 체험되고, 가장 높은 곳에서 흩어져버린 것과 같았다. 그 둘 또한 이 사실을 알고 있었다. 또한 발터의 사랑을 별로 달가워하지 않은 나머지 그 사랑이 역겨워지기까지 하는 요즘, 그녀는 그토록 자신의 마음을 미치게 만든 황홀한 사랑의 갈구가 다름 아닌 현현顯現—그녀가 아는바, 뭔가 비육체적인 것이 육체적인 것을 덧입음—같은 것일 수 있었겠다고 점점 더 확신했다. 말하자면 의미, 사명, 운명처럼, 선택되기 위해 별들 사이에서 준비된 그런 비육체적인 것의 육체화가 아니었을까.

 예전과 지금을 비교하면 그녀는 부끄럽지 않았고 오히려 눈물이 날 것 같았다. 그러나 클라리세는 절대 울지 못했고 그저 입술을 꽉 다물었는데 그러자 오히려 웃는 것처럼 보였다. 겨드랑이까지 키스를 받은 그녀의 팔, 악마의 눈에 감시된 그녀의 다리, 연인의 욕정에 의해 수천번이나 꼬였다가 다시 풀어진 실 같은 그녀의 육체, 그 모든 것들은 사랑과 동반된 놀라운 감정을 확인시켜주었다. 또한 매 순간의 몸짓은 비밀스런 신중함으로 가득 차 있었다. 클라리세는 자리에 앉았고 자신이 휴식시간에 잠시 앉아 있는 여배우가 된 듯한 느낌을 받았다. 그녀는 도대체 뭘 해야 할지 몰랐다. 하지만 사랑하는 사람들에게 주어진 끊임없는 임무는 상대방에게 가장 최고의 순간들로 있어주는 것임을 깨달았다. 여기 그녀의 팔이 있었고, 다리가 있었다. 이들은 반드시 일어나는 신호들을 가장 먼저 잡아내려고 무시무시한 준비태세를 갖추고 대기했다. 클라리세가 뭘 하고 싶어하는지는 이해하기가 매우 어려웠지만 그녀에게만큼은 너무나 분명한 일이 있었다. 클라리세는 라인스도르프 백작에게 편지를 써 '니체의 해'와 그 여성 살해범의 석방을 청원했고, 가급적 그를 대중에게 공개해 모든 이의 죄를 자신에게 돌려야 했던 십자가의 고난을 기념하라고 요청했다. 그녀는 왜 이런 일을 하는지를 알고 있었다. 누군가는 먼저 말해야 할 것들이었다. 아마도 그녀가 잘 표현하지는 못했겠지만, 그건 문제가 되지 않았다. 중요한 것은 누군가 시작하는 것이고, 인내와 여유를 가지고 끝을 맺는 것이다. 역사에는 이따금—시간에서 시간으로$^{\text{von Zeit}}$ $_{\text{zu Zeit}}$(독일어에서 이따금이라는 숙어로 쓰임—옮긴이)라는 이 말은 그녀에게 마치 가까운 곳에 있지만 눈에는 보이지 않는 두 개의 종鐘 같았다—함께 살 수 없고 함께 거짓말할 수 없어서 불쾌하게 받아들여지는 사람이 필요하다. 여기까지는 명확했다.

또 하나 분명한 것은 불쾌함을 불러일으키는 사람들은 세상의 억압을 받는다는 사실이다. 클라리세는 인류가 배출한 천재들은 대부분 고통을 겪는다는 사실을 알았으며, 그녀 삶의 많은 나날들이 마치 무거운 바위에 깔린 듯 육중한 억압에 시달렸다고 해서 그리 놀라지도 않았다. 하지만 매순간 그것은 지나갔고 모든 사람들은 그렇게 살아갔다. 교회는 지혜롭게도 무슨 일이 벌어지건 슬픔을 모아 한꺼번에 추모하는 기간을 정해 사람들이 반백년 동안이나 낙담과 냉혹한 기분에 젖어 지내지 않도록 했다. 클라리세의 인생에서 더 어려운 일은 너무 자유롭고 거칠 것 없는 순간에 대처하는 것이었다. 그런 때 단 한마디만 하면 그녀는 열차에서 뛰어내렸을 것이고 제정신이 아닌 채 어디에 있는지를 말할 수조차 없었을 것이다. 그러나 그녀는 절대 정신이 나가지 않았다. 반대로 그녀는 그 어느 때보다도 멀쩡한 정신이었고, 그녀의 육체가 세계 속에 점유한 그 깊은 방 안에는 일반적인 생각으로는 정의하기 어려운 것들이 숨어 있었다. 그러나 무슨 이유로 거리에는 없는 단어들을 찾아 헤매는 것일까? 아무튼 클라리세는 곧 타인들 곁으로 돌아왔고 그저 코피를 흘린 후처럼 머릿속이 약간 간지러울 뿐이었다. 클라리세는 그때가 자신이 수차례 경험한 그 위험한 순간임을 깨달았다. 그녀 앞에는 분명히 시험과 난관이 있었다. 그녀에겐 많은 것들을 동시에 생각하는 습관이 있었고, 그건 마치 접었다 폈다 하는 부채 같아서 일이 너무 복잡해질 때는 한번에 확 접어서 빠져나오는 게 바람직했다. 많은 사람들이 그랬으면 하지만 또 그렇게는 못하는 게 사실이지만.

그래서 클라리세는 다른 사람들이 왕성한 소화력을 자랑하면서 유리 조각이라도 씹어먹을 수 있다고 말하는 것처럼, 결심과 예감을 즐겼다. 게다가 클라리세는 이미 자신이 뭔가를 실제로 획득할 수 있다는 사실을 증명해 보였다. 그녀는 아버지에게 힘을 과시했고, 마인가스트에게, 게오르크 그뢰슐에게도 그랬다. 비록 머뭇거리긴 했으나 발터에게도 그런 긴장은 여전히 진행중이었다. 클라리세는 언제부턴가 자신의 힘을 특성 없는 남자에게도 발휘해보고 싶었다. 그게 언제인지를 정확히 말할 수는 없었다. 아마도 발터가 특성 없는 남자라는 이름을 생각해내고 울리히가 받아들인 때부터였을 것이다. 그녀가 확실히 말할 수 있는 것은, 그전에는 비록 아주 좋은 친구이기는 해도 울리히에게는 거의 관심이 없었다는 것이다. 하지만 '특성 없는 남자'라는 말은 실제로 아무런 열정도 없으면서 우울하고 기쁨이 넘치며 분노를 일으키는 피아노 연주를 떠올리게 했다. 클라리세는 그런 것들에 친밀감을 느꼈다. 그때부터 온 마음을 담아내지 못하는 일은 무슨 수를 써서든 거부해야 마땅했고 그래서 그녀는 결혼생활의 격동 속으로 끌려들어갔다. 특성 없는 남자는 삶을 향해 아니야!라고 말하지 않았다. 그는 아직!이라고 말했으며 적당한 때를 위해 힘을 아꼈다. 클라리세는 그런 심정을 온몸으로 이해했다. 그건 아마도 그녀가 자기의 육신을 떠나서 성모 마리아라도 돼야 하는 순간의 느낌일지도 몰랐다. 그녀는 불과 15분 전에 자신에게 떠올랐던 환영을 기억해냈다. '아마 모든 엄마들은 성모 마리아가 될 수도 있을 거야,' 그녀는 생각했다. '만약 그 엄마가 굴복하거나 거짓말하거나 행동을 취하지 않고 그저 자기 안에 깊숙이 숨겨진 것을 한 아기를 출산함으로써 드러낸다면 말이야! 자신을 위해서는 아무것도 얻지 못하는 그런 엄마를 생각해보라고!' 그녀는 슬프게 덧붙였다. 왜냐하면 그 생각이 전혀 만족스럽지 않았고 오히려 고통과 황홀 사이를 갈라서 뭔가를 희생해야 할 것 같은 기분이 들었기 때문이다. 그녀의 환상은 양초들이 갑자기 불을 밝히듯 타오르는 잎새들 사이로 보이는 나뭇가지 같았다. 그러나 가지가 서로 부딪히자 환영은 사라져버렸다. 지금 그녀의 기분은 다시 차분하게 가라앉았다. 다음 순간 그녀는 모반^{Muttermal}(母班, 태어날 때부터 있는 반점—옮긴이)이라는 단어에 엄마^{Mutter}라는 말이 포함돼 있음을 깨달았다. 아마 다른 사람들에게는 그 반점이 의미없을지 몰라도 그녀에게는 마치 운명이 갑자기 별에 새겨지기라도 한 듯이 각별했다. 여자는 남자를 어머니로서 또한 연인으로서 받아들여야 한다는 그 놀라운 생각 때문에 그녀는 부드러워졌고 동시에 흥분을 느꼈다. 어디서 비롯되었는지는 몰라도 그런 생각은 반항을 누그러뜨리면서도 뭔가 힘을 주었다.

그렇지만 절대 특성 없는 남자를 신뢰하지는 않았다. 그는 자기가 말하는 바에 진실하지 않았다. 그가 자신의 생각을 다 실행할 수는 없다고 주장하거나 아무것도 진지하게 받아들이지 않는다고 주장할 때 그것은 속임수에 불과했다. 그녀는 그 사실을 분명히 이해했다. 그들은 서로 냄새를 맡았고 상대방의 신호를 알아차렸지만 발터는 그저 클라리세가 종종 정신이 이상해진다고 생각했다. 그러나 울리히에게는 지독하게 사악한 것이 있었고 그것은 세계의 느릿느릿한 산보를 악마적으로 따라가는 그 무엇이었다. 그는 자유로워야 했고 그녀는 그를 데려와야만 했다.

클라리세는 발터에게 말했다. "그를 죽여." 그 말은 사실 아무 의미도 없었고 그녀조차 무슨 말인지 알지 못했다. 여하튼 그를 파괴시키기 위해선 어떤 대가를 치르더라도 뭔가를 해야만 한다는 뜻이었다.

그녀는 특성 없는 남자와 필사적으로 싸워야 했다.

그녀는 웃었고 코를 문질렀다. 이어 어둠 속에서 이리저리 걸었다. 평행운동에 뭔가가 일어나야만 한다. 그것이 무엇인지는 그녀도 몰랐다.

98.
언어의 결함 때문에 망해가는 나라에서

   시간의 열차는 선로를 따라 앞으로 굴러간다. 시간의 강물도 스스로 물길을 따라 흘러간다. 여행자들은 단단한 벽과 단단한 바닥 사이에서 움직이지만 알게 모르게 바닥과 벽은 여행객들이 움직일 때마다 생기있게 요동친다. 늘 생각에 잠긴 클라리세의 영혼의 휴식을 위해서는 얼마나 큰 다행인지 그녀에게 그런 요동은 아직 없었다.
   하지만 라인스도르프 백작도 요동에서 해방돼 있었다. 그는 자신이 현실정치^{Realpolitik}를 집행하는 자라는 생각 덕분에 이런 요동에서 벗어나 있다고 믿었다.
   하루하루는 흔들리면서 한주를 만든다. 한주 한주는 그냥 머물러 있지 않고 둥글게 원을 만든다. 끊임없이 일이 일어난다. 그리고 무슨 일이든 계속 일어난다면 사람들은 뭔가 실제적인 일을 실현한다는 인상을 받기 쉬울 것이다. 그러니 라인스도르프 백작과 집사들 사이에 세세한 논의가 있고나서 그 날짜와 구체적인 행사일정이 확정된 이후에는 백작의 성에 있는 호화로운 방들이 폐결핵 아동 환자들을 위한 자선모금 축제에 개방될 수도 있었던 것이다. 그와 동시에 경찰은 전체 사교계가 참여하는 경찰 전시회를 계획했고 경찰청장은 개인적으로 백작에게 찾아와 사람들을 모아줄 것을 부탁했다. 라인스도르프 백작이 식장에 도착하자 경찰청장은 자발적 조력자이자 충실한 비서를 알아보았고 백작은 다시 한번 여유롭게 자신을 소개했으며 청장이 자신에 대한 전설적인 기억을 더듬어낼 기회를 주었다. 왜냐하면 시민 열 명 중 하나는 백작과 친분이 있거나 적어도 들어서라도 알고 있었기 때문이다. 디오티마 역시 남편을 대동하고 왔으며, 자리에 나타난 모든 사람들은 혹시 자신들이 소개를 받을지도 모르는 황실 인사가 등장하기를 기대했다. 또한 모두들 행사가 매우 훌륭하고 매력적이라고 입을 모았다. 벽에는 엄청나게 많은 그림들이 걸려 있었고 위대한 범죄행위를 기억하는 기념품들이 유리장과 진열장 안에 전시돼 있었다. 절도범의 흉기, 위조범이 쓰던 기구들, 범행의 단서를 제공한 뜯어진 단추들, 악명을 날린 살인자들이 쓰던 끔찍한 무기와 그와 연관된 이야기들도 진열되었다. 반면 공포의 복도와는 달리, 벽에 걸린 그림은 경찰관의 일상을 교훈적으로 표현하고 있었다. 그림 속에는 작은 노인들을 데리고 길을 건너는 친절한 경찰관, 강에서 떠밀려온 시체를 내려다보는 심각한 경찰관, 두려워하는 말의 고삐를 잡으려 뛰어드는 용감한 경찰관이 있었다. 또한 경찰을 시^{市}의 수호천사로 표현한 비유적인 그림도 있었는데, 보호소에서 엄마 같은 경찰에 둘러싸인 길 잃은 아이들, 불길 속에서 소녀를 구출해 품에 안은 경찰관, '첫번째 구조' 또는 '순찰구역에서 홀로' 같은 더 많은 그림들, 그리고 1896년까지 돌아본 정의로운 경찰관들의 사진이 있었고, 그들의 업적을 기록한 글들과 경찰의 역할과 각 개인의 활약을 찬양한 시가 액자로 진열돼 있었다. 카카니엔에서 심리학적 용어로 '내적 문제'를 다루는 부서라고 알려진 그 내각의 최고 각료는 환영사를 통해서 이 그림들이 시민의 진실한 모습으로서의 경찰의 정신을 표현하고 있다고 말했다. 그렇듯 헌신적인 정신과 엄격한 도덕의 활력은 예술과 삶이 감각적인 태만함에 물들어 음산한 문화로 기우는 이런 시대에 놀라움을 던져준다는 것이다. 라인스도르프 옆에 서 있던 디오티마는 이 말이 자신이 현대의 예술을 위해 기울여온 노력에 역행하는 것처럼 느껴져 기분이 좋지 않았고, 그래서 부드럽지만 완고한 표정으로 허공을 응시함으로써 카카니엔에는 이런 각료들과 다른 생각을 하는 사람이 있다는 사실을 공식적으로 표명했다. 이때 디오티마의 사촌은 평행운동의 명예비서답게 적당한 거리를 두고 그녀를 관찰하고 있었다. 그런데 갑자기 촘촘한 군중 속에서 조심스럽게 손 하나가 튀어나와 그의 팔을 가볍게 만지는 게 느껴졌다. 그 주인공은 놀랍게도 고위직 판사 남편과 이미 도착해 있던 보나데아였다. 그녀는 때마침 모든 시선이 각료와 그 앞에 서 있던 대공에게로 쏠린 틈을 이용해 자신의 믿지 못할 친구에게로 다가온 것이다. 이 무례한 행동은 오랫동안 준비된 것이었다. 보나데아가 펄럭이는 욕망의 깃발을 내려놓으려고 어렵게 고투하는 동안 연인이 자신을 내버리자 지난 몇주 동안 그녀에겐 온통 그의 마음을 다시 얻으려는 생각뿐이었다. 울리히는 그녀를 피해 다녔고 혼자 있으려는 사람을 억지로 괴롭히는 사람으로 그녀를 몰아갔다. 그래서 그녀는 자신의 연인이 매일 나타나는 모임에 나가리라 결심했다. 남편이 소름끼치는 살인자 모오스브루거 사건을 담당하고 있다는 사실, 그리고 남자친구는 이 살인자의 운명을 어떻게든 가볍게 해주고자 노력한다는 사실, 또한 그 둘 사이에 연락이 필요하다는 현실적 관계를 그녀는 이용하기로 했다. 그래서 보나데아는 최근 범죄적 정신병자들의 복지를 위한 영향력 있는 단체들에 관심을 가지고 참여하라고 남편에게 수차례 종용했으며, 경찰 전시회의 오프닝 행사가 열리자 자기를 데려가달라고 했다. 그녀는 본능적으로 이 자선행사에서 디오티마와 교제하게 되리라 짐작했기 때문이다. 장관이 연설을 끝내고 청중들이 둥그렇게 모여 앉자 그녀는 당황해하는 연인에게서 조금도 물러서지 않고 그의 옆에 딱 붙어서 무시무시하게 핏빛을 내뿜는 무기들을— 사실 본인은 참기 어려울 정도로 혐오함에도 불구하고—둘러보았다. '당신은 누구나 원하지 않는다면 모든 걸 피할 수 있다고 말했지.' 그녀는 중얼거렸고 자신의 집중력을 보여주려는 착한 아이처럼 연인을 향해 내뱉은 마지막 말을 떠올렸다. 잠시 후 사람들에 밀려서 그에게 가까이 다가가게 되자 그녀는 웃으며 그에게 중얼거렸다. "당신은 누구나 때가 오면 어떤 나약한 짓도 할 수 있다고 말했지." 그녀가 이렇듯 대놓고 따라붙는 것은 울리히에게 몹시 당황스런 일이었다. 그가 아무리 막으려 해봐도 보나데아가 디오티마에게 접근하는 것을 제지하지는 못했고, 또한 이 많은 사람들 앞에서 그녀가 한 행동에 대해 일장 연설을 할 수도 없는 노릇이었기에 울리히는 그렇게 반대했던 두 여인의 교류를 주선할 수밖에 없었다. 그들은 이미 디오티마와 백작이 한가운데 서서 한무리를 이룬 그룹 근처에 서 있었고 때마침 보나데아는 한 전시물을 보고 크게 외쳤다. "저기 봐요, 모오스브루거의 칼이 있네요!" 거기 정말 칼이 있었고, 보나데아는 마치 할머니가 준 첫 선물을 서랍에서 발견한 소녀처럼 흥분하여 그 칼을 바라보았다. 그때 울리히는 이제 여자친구를 자기 사촌에게 소개해야겠다고 갑자기 결심했다. 모든 선하고 진실하며 아름다운 것이라면 열정적으로 알고 싶어하는 사촌 역시 이 여인을 만나고 싶어할 것이라는 생각이 들어서였다. 어떤 사람도 날이 가고 해가 가는 동안 뭔가 거대한 일이 일어난다고 말할 수는 없을 것이다. 사실 경찰 전시회나 그것과 관련된 모든 것들 역시 아주 사소하다고밖에 할 수 없었다. 가령 영국에서라면 훨씬 더 웅장한 일들이 일어나 이곳에서까지 많이 회자되곤 한다. 영국에서는 아주 유명한 건축가가 여왕에게 인형의 집을 선물했는데 식당만 해도 1미터는 되고 그 안에는 저명한 현대 화가들의 미니어처 초상화가 걸려 있으며 욕실에는 진짜 수도꼭지가 있어서 더운물과 찬물이 나온다고 한다. 또한 서재에는 여왕이 왕실의 작은 사진을 붙일 수 있는, 순금으로 된 앨범뿐 아니라 각별히 소형으로 인쇄된 철도 및 배의 시간표, 그리고 저명한 작가들이 여왕을 위해 손으로 직접 쓴 시와 소설의 미니 판본이 2백여권이나 있었다고 한다. 디오티마는 그것을 다룬—이제 막 영국에서 출간된—호화판 양장본 두 권을 가지고 있었는데, 뛰어난 삽화를 그려넣어 볼 만한 가치가 있을 뿐 아니라 이 책들 덕분에 그녀는 자신의 살롱에서 최고위 인사들과 더 많이 교제할 수 있었다. 또한 사람들이 적합한 단어를 찾기 어려울 정도로 모든 일이 끊임없이 이어졌기 때문에 영혼에서 울리는 북소리가 미처 눈에 띄기도 전에 코너를 돌아가는 것처럼 느껴졌다. 그때 처음으로 황실 전신국이 아주 떠들썩하게 파업에 돌입했는데, 그 파업은 이른바 수동적 저항으로 모든 직원들이 규칙에 따라 정확히 일을 하는 일종의 시간준수 투쟁이었다. 그것은 정확히 법을 준수하는 것이 막무가내의 무정부상태보다 훨씬 더 빨리 업무를 마비시킨다는 사실을 입증해주었다. 프로이센의 쾨페니크^{Köpenick} 대위라는 사람은 중고상에서 계급장이 달린 옷을 구해 입고 순찰하던 경찰을 불러세워 가짜 계급과 프로이센 황실에 대한 충성심을 이용해 지방 금고를 털어간 인물로 지금까지도 기억되고 있다. 이처럼 수동적 저항이란 상상력을 자극하기는 하지만 그와 동시에 사람들이 내밀하게 표현하고 싶어하는 비난을 누그러뜨린다. 동시에 언론은 황제의 정부가 다른 황제의 정부와 평화를 지키고 경제를 발전시키며 모든 사람의 권리를 존중하기 위해 서로 협력할 것이고 이것이 위협받을 경우 적절한 조치를 취하겠다는 계약을 맺었다고 보도했다. 투치 국장의 상급자인 내각 장관은 며칠 후 연설을 했는데, 그때 그는 세 대륙의 제국들이 긴밀하게 협조해야 하며, 현대의 사회적 발전을 무시해서는 안 되고 오히려 새로운 급진 사회조직에 맞서서 왕조 공통의 이해를 돈독히 해야 한다고 역설했다. 이탈리아는 리비아에서 무력시위를 전개하고 있었고 독일과 영국은 바그다드 문제에 연루돼 있었으며 카카니엔은 남부에서 세르비아가 해양으로 진출하는 것을 허락하지 않은 채 오로지 철도망만 허용한다는 사실을 세계에 보여주기 위해 명백히 무력을 전개하고 있었다. 또한 이런 모든 사건과 더불어, 스웨덴의 여배우 포겔장이 카카니엔 방문 첫날 밤에 거의 잠을 이루지 못했으며 환호하며 밀려드는 군중에게서 자신을 보호해준 경찰관에게 감사한 나머지 그 경찰관이 두 손으로 자신의 손을 세게 잡도록 허락했다는 기사가 실렸다. 그렇게 다시 화제는 경찰 전시회로 되돌아왔다. 많은 일들이 성사되었고 사람들도 그걸 알았다. 자신이 한 일에 대해서는 좋은 평가가 있었으며 남들이 한 일은 우려를 자아냈다. 개별 사건들은 어린 학생들도 이해할 수 있었지만 눈앞에 벌어진 일들이 전체적으로 무엇을 의미하는지는 극소수의 사람들만 이해했으며 그들의 이해마저도 확실하지는 않았다. 시간이 좀 지나서야 모든 것이 뒤틀리고 변화된 순서로나마 드러날지 모르지만 여전히 사람들은 그 차이점을 발견하지 못할 것이며 시간의 경과가 남긴 매우 불가해한 변화, 그리고 역사라는 달팽이가 지나간 자리에 남은 그 끈적끈적한 흔적 외에는 아무것도 발견하지 못할 것이다.

그런 상황에서 도대체 무슨 일이 벌어지는지를 알아보려는 외교

대사는 어려움을 겪을 게 분명했다. 외교 대사들은 아마도 라인스도르프 백작에게서 지혜를 빌리고 싶었지만 백작은 어려움만 만들어 내기 일쑤였다. 백작은 자신의 일에서 확고한 신뢰가 던져주는 만족에 매일 새로워지는 느낌을 받았다. 또한 낯선 관찰자들이 보기에 그의 얼굴은 질서정연하게 진행되는 일 속에서 빛나는 차분함을 간직하고 있었다. 제1부서가 보고서를 제출하면 제2부서가 답을 했다. 제2부서가 답을 하면 제1부서의 직원은 통지문을 작성해야 하며 보통의 경우라면 서로 구두로 의견을 전달하는 게 권장되었다. 제1부서와 제2부서가 협의에 도달하면 그 문제에 대해 더이상 언급하지 말아야 한다는 결론이 났다. 그런 식으로 끊임없이 일이 진행되었다. 또한 고려돼야 할 수많은 다른 결정들이 있었다. 결국 사람들은 여러 다른 부처들과 협력해서 일했다. 또한 이들은 교회를 자극하지 않으려고 했으며 사람들과 사회적 관계들을 고려해야만 했다. 한마디로, 사람들이 뭔가 특별한 일을 하지 않는 시간 속에서도 하지 말아야 할 일들은 많았으며 그래서 늘 뭔가 해야 할 일이 많다는 느낌 속에서 살아야 했다. 백작은 그것이 옳다고 생각했다. "사람이 더 많이 운명에 좌우될수록," 그는 말하곤 했다. "모든 것이 확고한 의지와 잘 계획된 행동 같은 몇개의 간단한 규칙에 의존한다는 것을 확실히 알게 될 테지." 또한 그는 자신의 '젊은 친구'와 이야기할 때 이런 체험에 더 가까이 다가갔다. 독일의 통일 노력에 관해서 그는 1848년에서 1866년 사이에 일군의 사려 깊은 지식인들이 정치에 많은 조언을 던졌음을 인정했다. "하지만 때마침," 그는 말을 이었다. "비스마르크가 등장해서는 정치가 어떤 것인지를 보여줌으로써 그 누구의 정의와도 다른 좋은 모범을 선사한 것이지. 그건 바로 정치가 말이나 지식으로 되는 게 아니라는 거야. 자신의 어두운 면에도 불구하고 비스마르크는 그의 시대에 말을 할 줄 아는 사람이라면 누구나 지식이나 말이 아니라 오로지 침묵하는 사고와 행동만이 희망을 준다는 사실을 안다고 생각했거든." 라인스도르프 백작 역시 디오티마의 모임에서 비스마르크와 비슷한 이야길 한 적 있는데 이따금 그 자리에 참관하는 외무부의 대표들은 그의 말이 의미하는 바를 헤아리느라 애를 먹기도 했다. 그 모임에서 아른하임의 참여와 투치 국장의 역할은 주목을 받았고 결국 이 두 남자와 라인스도르프 백작 사이에 비밀스런 연대가 있으리라는 짐작을 가능케 했다. 또한 이들의 정치적 목적은 투치 국장의 부인이 벌이는 범문화적인 노력으로 위장된 채 뒤에 숨겨져 있었다. 조금도 힘들이지 않고 노련한 참관자들을 꾀어낸 라인스도르프 백작의 재주를 생각하면 그 스스로 현실정치에 타고난 재능을 지녔다고 생각하는 바가 그저 허풍만은 아님이 분명했다.

그러나 축제 때 금박 이파리나 훈장을 연미복에 달고 나타나는 신사들조차도 자기 분야의 현실정치적 편견을 고수하기 마련이며 평행운동의 이면에서 어떤 구체적인 사건도 찾아내지 못한 탓에 그들은 이른바 '아직 해방되지 못한 민족'이라 불리는 카카니엔에서 해명되지 못한 현상들의 원인이 무엇인지에 시선을 돌렸다. 오늘날 우리는 민족주의가 무기 거래상들의 명백한 발명품인 것처럼 말하지만 여기에 대해서는 좀더 명확한 해명을 내놓아야 하며 카카니엔은 그 해명에 중요한 기여를 할 것이다. 이 황실의, 그리고 왕실의 제국이자 황실-왕실의 이중제국 거주민들은 심각한 문제에 봉착해 있었다. 즉 이들은 황실의, 그리고 왕실의 오스트리아-헝가리 애국자로 자임하는 동시에 헝가리 왕실의, 또는 오스트리아 황실의 애국자로서도 자부심을 가졌기 때문이다. 그런 어려움에 직면하여 그들이 내세운 표어는 '단합된 힘으로!'였으며 이는 연합된 힘$^{viribus\ unitis}$이라는 라틴어에서 비롯되었다. 그런데 오스트리아인은 헝가리인보다 훨씬 더 큰 힘이 필요했다. 왜냐하면 헝가리인들은 처음에도 나중에도 오로지 헝가리인이었으며 그들의 언어를 전혀 모르는 이웃나라 사람들에 의해 오스트리아-헝가리인으로 규정당했기 때문이다. 그에 비해 오스트리아인은 처음부터 근본적으로 아무 실체가 없었으나 그들의 지도자들에 의해 오스트리아-헝가리인이나 오스트리아적인 헝가리인으로—여기에는 적당한 단어조차 없었다—자인하도록 내몰렸다. 오스트리아라는 국가도 실체가 없었다. 헝가리와 오스트리아라는 두 조합은 마치 검고 누런 바지에다 붉고 하얗고 초록인 재킷*을 입은 것처럼 보였다. 재킷은 그렇다 치고, 그 바지는 이미 1867년에** 찢어져 더이상 검고 노란 옷으로 존재하지 않는 유물이 되었다. 오스트리아라는 바지는 그때부터 공식적으로는 '제국의회에서 대표되는 왕국과 나라들'로 불렸는데 내용은 하나도 없었고 이름만 따온 것이었다. 예를 들면 완전히 셰익스피어스러운 왕국인 로도메리아^{Lodomerien}나 일리리아^{Illyrien} 같은 왕국조차도 더이상 존재하지 않았으며 여전히 완벽하게 검고 노란 옷이 유행하던 때에도 그 왕국들은 이미 다 사라져버렸기 때문이다. 그래서 사람들은 오스트리아인이 무엇이냐고 물으면 당연히 대답을 할 수가 없었다. 그건 '나는 제국의회에서 대표되는 왕국과 나라들 사람인데 그런 나라는 없습니다'라고 말하는 셈이었다. 그

---

* 오스트리아 제국의 국기는 노란색-검은색 조합이었고 헝가리 왕국 국기는 붉은색-흰색-초록색 조합이었다.

** 오스트리아 제국과 헝가리 왕국 사이에 대타협이 맺어져 오스트리아-헝가리 제국이 수립된 해.

렇기 때문에 사람들은 나는 폴란드인이라거나, 체코인, 이탈리아인, 프리울리인, 라디노인, 슬로베니아인, 크로아티아인, 세르비아인, 슬로바키아인, 루테니아인, 왈라키아인이라고 대답하길 더 좋아한 것이며 이것이 이른바 민족주의가 된 것이다. 그건 자신이 다람쥐인지 청솔모인지 모르는 새끼 다람쥐를 상상해보는 것과 같았다. 자기 자신에 대한 아무런 개념이 없는 그런 존재는 어떤 상황에서 자기 꼬리를 보고도 터무니없는 공포를 갖게 마련이다. 카카니엔에서 그런 관계들은 흔했으며 이는 마치 공포에 사로잡힌 사지^{四肢}가 각각 서로의 자립을 방해하는 것 같았다. 지구가 생겨난 이래 어떤 존재도 언어의 실패 때문에 죽은 적은 없다. 하지만 오스트리아와 헝가리의 오스트리아-헝가리 이중제국은 그 표현 불가능성 때문에 멸망해왔음은 덧붙여둘 필요가 있다.

외부인들로서는 라인스도르프처럼 노련한 고위층 카카니엔인이 어떻게 이런 어려움과 타협하는지를 알아가는 게 도움이 될 것이다. 라인스도르프는 결국 헝가리를 조심스럽게 정신에서 지워버렸으면서도 영리한 외교관으로서 그 사실을 한번도 발설하지는 않았다. 마치 자신들의 뜻을 거슬러 살고자 한 아들이 또 한번 일이 풀리지 않기를 바라면서도 절대 그 아들에 관해 말하지 않는 부모의 심정과 같았다. 그런 잉여들을 그는 '민족주의자'라거나 '오스트리아 출신'이라고 불렀다. 그건 매우 교묘한 발견이었다. 백작은 국법을 배웠고 거기에서 전체 세계로 확장되는 개념을 발견했다. 바로 하나의 민족이 국법을 소유한다면 그 민족은 하나의 국가를 구성할 수 있다는 것이었다. 그로써 백작은 카카니엔 국가들은 기껏해야 소수민족 국가들에 불과함을 깨달았다.

다른 한편으로 라인스도르프 백작은 인간이 발견할 수 있는 완전하고 진실한 의미는 한 국가의 좀더 고귀한 공동체적 삶에 있음을 알았다. 또한 누구도 공동체적 삶에서 제외되기를 바라지 않기 때문에 소수민족 국가들과 혈연적 인종집단을 국가보다 우위에 둘 필요가 있다고 결심했다. 비록 인간의 눈으로 통찰될 수 없을지라도 그는 신의 질서를 믿었다. 또한 이렇듯 혁명적인 현대와 자주 마주치면서 그는 새로운 시대에 강력하게 각인된 국가라는 이념이 황제의 신적 권리라는 이념과 다를 게 없으며 이런 이념은 이제 더욱 젊어진 형식으로 나타나기 시작했음을 알 수 있었다. 아무튼—현실 정치가로서 백작은 너무 치우친 생각에는 빠지지 않았고 카카니엔 국가의 이념은 세계평화의 이념과 같다는 디오티마의 견해에 동조하기도 했다—중요한 것은 비록 제대로 된 이름은 아니지만 카카니엔 국가가 존재한다는 사실이며 또한 각각의 카카니엔 민족은 그 국가를 위해 꼭 필요하다는 사실이다. 백작은 이를 설명하기 위해 예를 들곤 했는데, 그것은 학생이라면 반드시 학교에 다녀야 하지만, 학교에 학생이 없더라도 그 학교는 학교라는 것이었다. 학교를 벗어나 하나의 민족을 이루길 원하는 각 민족 집단들이 카카니엔 학교에 더욱 거세게 저항할수록 백작에게 그 학교는 더욱 중요한 것처럼 보였다. 그 민족 집단들은 자신들이 독립된 국가임을 힘주어 강조하고 이른바 오랫동안 잊혀진 역사적 권리의 회복을 주장하며 경계를 가로질러 형제들과 친척들에게 추파를 던지면서 제국을 가리켜 해방되어야 할 감옥이라고 공공연하게 일컬었다. 그럴수록 라인스도르프는 그들을 더 잠잠해져야 할 민족이라고 불렀다. 그는 그들이 처한 미성숙한 상태—그들 스스로 말하듯—를 강조했다. 또한 그들을 오직 오스트리아 민족의 일원으로 양육함으로써 그런 약점을 보완하고자 했다. 자신의 계획에 부합히지 않거나 과도하게 선동적인 태도를 마주할 때마다 그는 자신에게 익숙한 방식으로 그런 성향을 여전히 극복되지 못한 미성숙으로 치부해버렸다. 또한 보완을 위해서는 교활한 관용과 규율적인 인내를 적절히 혼용하는 것이 가장 좋다고 주장했다. 라인스도르프 백작이 평행운동을 가동시켰을 때 여러 민족들은 곧장 그것을 비밀스런 범게르만주의적 구상으로 치부했다. 또한 경찰 행사에 백작이 참여한 것은 정치적인 경찰과의 연합이자 동조의 증거로 보였다. 외부의 관찰자들은 모든 것을 알고 있었고 그들이 기대했던 대로 평행운동의 추악한 면모를 이미 모두 들은 뒤였다. 여배우 포겔장에 대한 영접, 여왕의 인형의 집, 공무원들의 파업 같은 이야기를 듣는 동안에도, 또한 가장 최근에 공표된 국제조약이 무엇인지 질문 받는 순간에도 그 사실은 이미 관찰자들의 머릿속에 들어 있었다. 또한 그 각료가 엄정한 규율의 정신이라고 부른 말에서 정부의 의중을 짐작할 수는 있었지만 어떤 편견 없이 봐도 경찰 전시회의 개막식은 말만 많았지 도무지 뭐 하나 건질 게 없는 행사로밖에 보이지 않았다. 하지만 다른 사람들과 마찬가지로 관찰자들도 뭔가 보편적이면서도 불명확한 것—명백히 검증된 바는 없지만—이 눈앞에 아른거린다는 느낌을 받았다.

99.
절반의 지식, 그리고 그것의 풍족한 또다른 절반에 대하여.
두 시대의 유사성에 대하여.
가령 사랑스런 야네 아주머니와 새로운 시대라고 불리는 허튼소리

위원회 회의에서 정리된 생각을 끌어내기란 여전히 불가능했다. 당시 진보적인 사람들은 보통 행동하는 정신을 옹호했다. 머리로 생각하는 사람들은 먹고사는 데만 치중하는 사람들에게서 주도권을 가져와야 한다는 의무감에 빠져 있었다. 그 외에도 이른바 표현주의라고 불리는 것이 있었다. 그것이 정확히 무슨 뜻인지 알 수 없었지만 사람들은 '밖으로 표출해내는 것'이란 의미라고 짐작했다. 아마도 이는 건설적인^{construktive} 관점이겠지만 예술적인 전통에서 봤을 때는 파괴적인^{destruktive} 관점이기도 해서 사람들은 어느 하나에 구애받을 필요 없이 그냥 구성적인^{struktive} 관점이라고 부르기도 했는데 그런 세계관은 겉으로 보기엔 매우 훌륭해 보였다. 그러나 그게 다가 아니었다. 그때 사람들의 경향은 현재와 세계를 향해 있었고 내부에서 외부로 나아가고 있었지만 또한 외부에서 내부로 향하는 움직임도 있었다. 주지주의와 개인주의는 이미 낡고 자기중심적으로 보였으며 사랑은 또 한번 신임을 잃었다. 대중들에게 작용하는 키치예술의 건강한 영향력은 순진한 행동을 지지하는 인간들에 의해 새롭게 재발견되었다. '사람이 무엇인가'라는 문제는 '사람이 입는 옷'이 변하는 만큼 빠르게 변해갔고, 패션 산업에 종사하는 사람들조차 '사람'이라는 말

의 비밀을 풀 수 없다는 점에서는 우리와 다를 게 없었다. 그러나 이런 풍조에 반발하는 사람은 마치 전자감응장치의 양극 사이에 묶여서 자기의 적이 누구인지 알아볼 새도 없이 심하게 경련하며 꿈틀대는 사람처럼 세상의 조롱거리가 될 것이다. 왜냐하면 그 적이란 주어진 사업 환경에서 재빨리 기지를 발휘하는 사람들이 아니기 때문이다. 적은 오히려 전반적인 상황이 액체 또는 기체처럼 유동적이며 불안전하다는 그 자체였다. 수많은 영역에서 흘러나온 것들을 합류시키는 힘, 변신과 결합을 거듭하는 무한한 능력, 게다가 수용자의 입장에서 보면 유효하고 지속적이며 규율적인 원칙이 부족하든지 아니면 거기에서 자유롭다는 점에 그 적의 특징이 있었다.

이런 현상의 변화 속에서 하나의 고정된 모습을 찾는 것은 마치 분수의 물줄기에 손톱 하나를 박아넣는 것만큼이나 어려운 일이었다. 하지만 거기에도 여전히 변치 않고 남아 있는 것처럼 보이는 것이 있었다. 만약 세태에 민첩한 사람이 테니스 선수를 천재라고 부를 때 무슨 일이 벌어지는 것일까? 만약 경주마가 천재로 불린다면? 그들은 뭔가 많은 것을 생략하고 말한 것이다. 그들은 마치 축구 선수가 학문적이라거나 펜싱 선수가 영적이라고 말하는 것처럼, 또는 한 권투 선수의 비극적인 패배를 말하는 것처럼 뭔가를 빼놓고 말한다. 그들은 항상 주요한 뭔가를 생략한다. 그들은 과장한다. 하지만 그러한 과장을 유발한 것은 결국 부정확성이다. 마치 작은 마을에서 상점주인의 아들이 세계적인 인물로 평가되듯이 부정확성은 그렇게 과장의 원인이 된다. 거기에는 뭔가 진실이 있기도 하다. 왜 챔피언의 기적은 천재의 기적이 되어서는 안 되는가? 또한 왜 챔피언의 탐구는 노련한 연구자의 탐구와 달라야만 하는가? 그렇듯 뭔가 진실이 있는 건 맞지만 그 이상은 당연히 아니다. 그 작은 진실 밖의 나머지 것들은 실제의 언어 사용에서 전혀 고려되지 않았거나, 또는 일부러 무시된 것이다. 근본적으로 거기엔 무시당하고 생략된 가치의 부정확성이 자리잡고 있다. 또한 이 시대가 경주마나 테니스 선수를 천재라고 부를 때 그 천재라는 개념은 결국 높은 정신적 경지에 대한 불신에 다름 아닐 것이다.

이쯤에서 언젠가 디오티마가 빌려준 가족 앨범을 넘기다가 울리히가 기억해낸 야네 고모에 대해 이야기를 해야겠다. 그리고 앨범에서 본 얼굴들과 고모의 집에서 본 얼굴을 비교해봐야겠다. 소년 시절 울리히는 종종 고모할머니 댁에 오래 머물렀는데 야네 고모는 알 수 없던 시절부터 고모할머니의 친구였다. 그러니까 그녀는 원래 고모가 아니었고 그저 집에 머무는 아이들에게 피아노를 가르치러 오는 선생님이었다. 그녀는 큰 존경을 누리지는 못했으나 많은 사랑을 받았는데 그 이유는 그녀가 늘 말하듯 타고난 음악가가 아닌 한 피아노 연습이란 큰 의미가 없다는 원칙을 고수했기 때문이다. 그녀는 아이들이 나무에 기어오르는 모습을 더 좋아했고 이런 방식으로—세월이 거꾸로 흐르는 효과에 힘입어—2대에 걸친 고모가 되었으며 그녀에게 실망한 고용인의 평생 친구가 되었다.

"아, 그래, 무키!" 야네 아주머니는 세월을 잊은 듯한 기분으로 이미 사십줄에 접어든 네포무크 아저씨를 너그러우면서도 경탄을 담은 목소리로 이렇게 불렀고, 그 목소리는 아마 한번 들어본 사람이라면 여전함을 느낄 정도로 생생했다. 야네 아주머니의 이런 목소리는 마치 밀가루로 버무려놓은 것 같았고, 마치 최상급 밀가루에 맨손을 집어넣을 때의 느낌 같았다. 또한 약간 허스키하면서도 부드럽게 튀겨진 듯한 목소리였는데 그건 아주머니가 오랫동안 가늘고 독한 버지니아산 담배를 피웠고—그것 때문에 그녀의 이빨은 점점 검게 삭았다—블랙커피를 너무 많이 마셨기 때문이었다. 그녀의 얼굴을 잘 보면, 그녀의 목소리가 동판화의 선처럼 가늘고 정교한 무수한 주름들과 공명하여 울리고 있음을 알 수 있을 것이다. 그녀의 얼굴은 길고 온화했으며 다른 모든 것들이 그렇듯이 나중에도 전혀 변한 게 없었다. 그녀는 평생 같은 옷을 입었는데 그럼에도 마치 여러 옷을 번갈아 입는 것처럼 보였다. 그 옷은 목에서 발끝까지 골이 진 비단으로 만든 긴 통옷으로 너무 타이트해서 몸이 자유롭게 움직이지 못했으며 마치 가톨릭 사제의 정복처럼 여러 개의 작은 단추들이 달려 있었다. 옷의 목둘레에는 귀퉁이가 닳은 채 낮고 빳빳하게 세워진 칼라가 있었고 그녀가 담배를 빨 때마다 살점이라곤 없는 목 한가운데는 생기있게 쿨렁거렸다. 꽉 끼는 소매는 빳빳하고 흰 소맷동으로 마감돼 있었고 머리에는 붉은색과 금발이 섞인 남자용 곱슬머리 가발을 썼는데 한가운데로 가르마가 나 있었다. 세월이 지나면서 이 가르마가 화폭처럼 변해가는 동안 색이 있는 가발 사이로 노인의 머릿속 맨살이 그대로 드러나 더욱 감동을 주었고 이는 야네 아주머니가 평생 똑같지만은 않다는 것을 보여주는 거의 유일한 증거였다.

사람들은 야네 아주머니가 수십년 전부터 여성 사이에서 유행한 남성적인 행동을 선취했다고 생각할지 모르지만 그건 전혀 사실이 아니다. 그녀의 남성 같은 가슴속에는 매우 여성적인 심장이 뛰고 있었기 때문이다. 또한 사람들은 그녀가 나중에는 세상과 접촉을 끊긴 했지만 원래는 굉장히 유명한 피아니스트라고 생각할지도 모르는데, 이는 그녀가 그렇게 보였기 때문이지 역시 사실은 아니었다. 그녀는 피아노 교사 이상은 아니며 그녀의 가톨릭 정복과 남자 같은 머리 스타일로 추적해보니 소녀 시절 프란츠 리스트(헝가리의 피아니스트 겸 작곡가. 가톨릭 정복 스타일의 옷을 즐겨 입었다—옮긴이)에 열광했던 적이 있고 어떤 모임에서 그를 잠시 만나기도 했으며 그래서 야네 아주머니는 자신의 이름을 그처럼 영어식으로(야네는 제인^{Jane}과 철자가 같다—옮긴이) 바꿨다는 것이다. 마치 사랑에 빠진 기사가 노년에 이르러서까지 어떤 의문도 없이 자기 아내의 옷 색깔을 고집하듯 리스트와의 만남은 그녀에게 깊은 신뢰를 안겨주었다. 그래서 은퇴한 후 이런저런 기념일에 입었던 예복보다 그 평상복이 아주머니에겐 훨씬 감동적인 복장이 되었다. 보통 청소년기의 통과의식처럼 그녀의 개인사적 비밀 역시 엄격한 책망을 받은 후에야 가족 일원들에게 전해졌다. 가족의 반대를 무릅쓰고 사랑하는 남자를 찾아서 결혼을 감행할 무렵 야네는 더이상 어린 소녀가 아니었다. (신중한 영혼이라면 그런 선택을 공들여 하기 마련이다.) 그녀의 남편은 비록 소도시의 환경에서 비천한 불운을 겪은 사진작가에 불과했지만 어쨌든 어엿한 예술가였다. 하지만 결혼 후 얼마 되지 않아 그는 여느 천재들이 그러하듯 빚을 잔뜩 지더니 분노에 가득 차 술독에 파묻히고 말았다. 야네 아주머니는 그를 구하기 위해 애썼다. 그녀는 남편을 술집에서 집으로 데려왔고 그 앞에 무릎을 꿇고 울었다. 큰 입과 자부심 강한 머리를 한 천재처럼 보인 그는 만약 야네 아주머니가 자신의 절망감으로 그를 감염시킬 수만 있었다면 아마 자신의 처참한 죄악으로 바이런 경만큼이나 위대해졌을 것이다. 그러나 그 사진작가는 그런 감정의 수용 능력이 없었으므로 야네의 투박한 하녀를 임신시킨 채 떠나버렸고 얼마 지나지 않아 비참하게 죽었다. 야네는 그의 멋진 머리카락 한줌을 잘라내 간직했다. 또한 큰 희생을 감수하고 하녀 사이에서 태어난 그의 아이를 데려다 키웠다. 그녀는 좀처럼 이 과거에 대해 이야기하지 않았다. 그처럼 거친 삶을 쉽게 이야기하기는 어려웠기 때문이다.

야네 아주머니의 삶에는 낭만적인 기이함이 가득했다. 하지만 나중에 그 사진작가가 지상의 한계에 부딪혀 더이상 그녀에게 마법을 행하지 못하자 그녀의 사랑이 간직한 불완전한 상태도 거의 종적을 감춰버렸고 사랑과 영혼의 영원한 형식만이 남게 되었다. 시간이 지나서 봤을 때 이런 경험은 매우 격정적일 수밖에 없었다. 하지만 야네 아주머니에게는 그렇지 않았다. 그녀의 지적인 능력이 뛰어나다고 볼 순 없었지만 영혼만큼은 아름다웠다. 그녀의 태도는 영웅적이었고, 그런 태도가 뭔가 잘못된 내용으로 채워질 때만 좋지 않게 보였다. 하지만 그 태도가 완전히 비워질 때, 그녀는 빛나는 불꽃이자 믿음으로 되돌아왔다. 야네 아주머니는 오로지 차와 블랙커피, 그리고 두 접시의 고기수프로 하루를 살았다. 하지만 그녀가 검은 정복을 입고 지나갈 때 그 작은 마을에 사는 누구도 멈춰 서서 그녀를 쳐다보지 않았다. 왜냐하면 그들은 그녀가 누군지, 얼마나 단정한 사람인지 알았기 때문이다. 더욱이 사람들은 비록 상세한 사정은 모르지만 그녀가 단정할 뿐 아니라 자신이 좋아하는 대로 외모를 꾸밀 용기가 있다는 점에서 그녀를 존경하기까지 했다.

이것이 야네 아주머니의 대략적인 인생사다. 아주머니는 오래오래 살다 돌아가셨고 고모할머니도 돌아가셨으며 네포무크 아저씨도 그렇다. 그런데 이들의 인생은 무슨 의미가 있었을까? 울리히는 자문해보았다. 하지만 그가 다시 야네 아주머니를 만나 이야기한다면 아마 할 말이 많을 것이다. 울리히는 두껍고 오래된 가족 앨범을—이제는 디오티마의 소유가 된―훑어보았다. 이 새로운 시각예술의 시초로 거슬러 올라갈수록 그 대상들은 더욱 우쭐하게 자신을 드러낸다는 사실을 울리히는 발견했다. 그들은 종이를 꼬아서 만든 가짜 바위 위에 다리를 올려놓았다. 장교들은 다리를 벌리고서 그 사이에 군도軍刀를 세워두었으며 소녀들은 손을 무릎에 얹고 눈을 크게 떴다. 자유인이라면 과감한 낭만주의 방식으로 주름 없는 바지를 치켜 입었는데 그 모습은 마치 땅에서 연기가 구불구불 피어오르는 것 같았다. 또한 그들의 겉옷은 둥근 곡선을 이뤄서 마치 폭풍이 불어 부르주아식 프록코트의 뻣뻣함을 날려버린 듯한 인상을 주었다. 그때는 1860년과 1870년 사이로, 사진이 그 첫 단계에서 벗어나던 때였을 것이다. 1840년대의 혁명은 황폐한 옛일이 되었고, 이제는 정확히 뭔지 모를 새로운 삶의 양식이 싹트고 있었다. 새로운 시민계급이 자신들의 시대를 맞아 추구했던 눈물과 포옹, 고백조차 이제 찾을 수 없었다. 그러나 마치 물결이 모래를 타넘듯이 이런 고귀한 생각들은 사람들이 차려 입은 옷으로 이동했으며 뭔가 더 적합한 표현이 있을 것 같은 개인적인 활력은 그저 사진으로만 남겨졌다. 그때는 사진사가 화가처럼 벨벳 카디건을 입고 팔자수염을 기르는 시대였으며 화가는 중요한 인물들을 큰 화폭에 대량으로 스케치하던 때였다. 일반인들에게도 그때는 대량생산이 불멸을 선사할 것처럼 보였던 시대였다. 한 가지 덧붙여야 할 말은 이 시대만큼이나 사람들이 천재적이고 뛰어나다는 느낌을 준 적이 없음에도 뭔가 비범한 사람들은 거의 등장하지 않았다는 것이다. 아니면 그렇게 많은 사람들 가운데 눈에 띄기가 어려운 것일 수도 있었겠지만.

    술을 마시고, 칼라를 내어서 옷을 입으며, 최첨단 기술의 도움으로

렌즈 앞에 포즈를 취하는 사람 누구에게나 자신의 위대한 영혼을 투사할 수 있기 때문에 일개 사진사를 천재로 일컫던 시대와, 그저 다리를 뻗었다가 접는 탁월한 능력 덕분에 천재로 일컬어지는 경주마가 있는 시대 사이에 어떤 연관이 있는지 울리히는 종종 궁금했다. 두 시대는 달라 보인다. 현재는 자신만만하게 과거를 얕보고 있으며 과거는 아마 좀더 뒤에 일어났다면 역시나 우쭐해서 현재를 얕보았을 것이다. 하지만 둘은 결국 비슷해지는데, 왜냐하면 둘 다 부정확성 Ungenauigkeit과 생략Auslassung에 의해 작동되기 때문이다. 위대함의 한 조각이 전체로 여겨지며 엉뚱한 비유가 진실로 받아들여지기도 한다. 또한 위대한 언어라는 속이 텅 빈 박제는 현대의 유행으로 그 속이 꽉 채워진다. 그것은 비록 오래가지는 못하지만 여하튼 훌륭하게 전개된다. 디오티마의 살롱에 모인 사람들은 완전히 틀린 말을 하지는 않는데, 그들의 개념이 짙은 연무 속의 형상처럼 너무 불명료하기 때문이다. '그 개념들은 마치 독수리가 날개에 매달려 있듯, 삶에 매달려 있군.' 울리히는 생각했다. '그런 엄청나게 도덕적이고 예술적인 삶의 개념들은 본성상 아주 멀리 있는 단단한 산처럼 고요하고 은은한 법이지.' 그런 말들은 몇번이나 뒤집어지면서 혀 위에서 쏟아져 나왔고 다음 말에 돌연 사로잡히지 않고 하나의 생각을 이어가기는 불가능했다.

모든 시대에 걸쳐 이런 사람들은 스스로를 '새로운 세대'라고 일컬었다. 그 말은 마치 아이올루스Aeolus(그리스신화에 나오는 바람의 신—옮긴이)가 바람을 가두어두었다는 그 자루 같은 단어였다. '새로운 세대'라는 말은 사물을 질서 안에 두지 못하는, 다시 말해 사물을 어떤 특정하고 현실적인 질서가 아니라 망상에 가까운 혼돈의 질서에 가두는 말이다. 그러나 그 말 속에는 어떤 고백이 담겨 있다. 그것은 세상에 질서를 가져와야 할 의무가 있다는 인식으로, 새로운 세대들에게 기묘하게 스며들어 있었다. 만약 우리가 그들의 목표를 반쪽의 지식이라고 명명할 수 있다면 솔직히 말해서 한번도 정확하고 올바르게 불리지 못했던 그 멍청하고 이름 없는 나머지 반쪽은 아마도 무한한 창조력과 결실을 소유했다고 평가받을 수 있을 것이다. 거기에는 삶이 있으며, 끊임없는 변화와 불안정성, 관점의 변화가 있다. 아마도 그 나머지 반쪽은 사태를 스스로 인식하는 감각을 가지고 있을 것이다. 그것은 혼란을 일으켰고 강하게 머리를 때리는 바람 같았으며 신경이 예민한 세대들은 뭔가 잘못됐다는 것, 말하자면 각 사람들은 충분히 똑똑했으나 그 사람들이 모인 전체는 전혀 생산적이지 못하다는 사실을 깨닫고 있었다. 만약 새로운 세대에게 재능이 있다면 그래서 그들의 불확실한 지식이 이런 재능을 배제하지 않는다면 그들의 머릿속에서 벌어지는 일들은 마치 날씨와 구름, 기차, 전선, 나무, 동물 같은 우리 세계의 모든 움직이는 형상을 좁고 때가 낀 창문으로 바라보는 것 같을 것이다. 게다가 그마저도 자신의 창문이 아니라 다른 사람의 창문을 통해 바라보는 것 같을 것이다.

울리히는 언젠가 그저 농담삼아 새로운 세대들에게 그들이 말하는 것이 정확히 무엇을 의미하는지를 물은 적이 있다. 그들은 못 믿겠다는 듯 울리히를 바라보더니 삶에 대해 기계적 관점을 가지고 있으며 너무 회의적이라고 그를 몰아붙이고는 가장 복잡한 문제들은 가장 간단한 해결책으로 풀어야 한다고 응수했다. 그러니 새로운 세대는 혼란스런 현재에서 풀려나기만 하면 아주 간명해진다는 것이다. 아른하임과 달리 울리히는 그들 세대에게 강한 인상을 받지 못했지만 야네 아주머니라면 울리히의 볼을 만지면서 이렇게 이야기했을 것이다. "나는 그 애들의 마음을 잘 알아. 너의 진지함 때문에 그들이 너를 멀리하는 거란다."

100.
슈툼 장군이 도서관에 침입하여 도서관과 사서,
그리고 정신적 질서에 대한 지식을 모으다

 슈툼 장군은 자신의 '동지'가 좌절하는 것을 보고 그를 위로하려고 했다. "그런 막무가내 토론이 무슨 소용이란 말인가!" 장군은 화를 내며 회의 참석자들을 탓하더니 조금 뒤에는 울리히가 아무런 대꾸를 하지 않아도 스스로 어떤 즐거움에 고무되어서는 말을 이어갔다. "자네도 기억하다시피," 그는 말했다. "나는 디오티마가 찾는 그 구원의 사상을 그녀 발밑에 대령하리라 마음먹었거든. 세상에는 아주 많은 중요한 사상이 있지만 결국 오로지 단 하나의 사상만이 가장 중요하다는 것은 논리적이지 않나? 그러니까 그 사상들에 순서를 매기는 것이 중요하다는 말이거든. 자네는 나폴레옹이 하나의 해결책이 될 거라고 이야기하지 않았나. 기억나지? 그러고는 이러저러한 훌륭한 조언을 해주기도 했지만 나는 그 충고를 써먹진 않았지. 그러니까 한마디로 말하자면 그 문제를 내 방식대로 해결했다는 말일세."
 장군은 코안경 대신 뿔테안경을 주머니에서 꺼내 코에 걸쳤다. 사물이나 사람을 더 정확히 살피겠다는 뜻이었다.
 군사전략의 가장 중요한 전제는 적의 군사력을 정확히 가늠하는 것이다. "그래서 나는," 장군은 설명했다. "우리의 세계적인 제국도서관의 입장권을 마련했고 내가 누구인지 말했을 때 호의적으로 대해준 도서관 사서의 도움을 받아서 적진으로 진입하게 되었다네. 우리는 거대한 서가로 곧장 진군했고 자네에게 말하지만 나는 전혀 동요하지 않았다네. 책들의 대오는 주둔행렬이나 별반 다름없어 보였거든. 얼마 후 나는 머릿속으로 계산을 해봤는데 거기서 뜻밖의 결과를 얻었다네. 자네도 알다시피 나는 그런 고민을 한 적이 있네. 하루에 책 한권씩을 읽는다면 분명 지치긴 하겠지만 언젠가는 끝을 볼 테고 비록 건너뛰는 것도 있겠으나 지적 세계에서 확고한 위치를 차지하지 않겠느냐는 것이지. 하지만 나는 끝도 없어 보이는 이 미친 도서관 서가에 도대체 책이 몇권이나 있느냐고 사서에게 물어봤거든. 자네는 그 사서가 뭐라고 대답했을 거 같나? 350만권이라고 하더군. 우리는 겨우 70만권 정도를 지나쳐온 거였네. 하지만 나는 이 숫자들을 계속 계산해보고 있었네. 자네에게 계산을 맡기진 않겠네. 내가 그걸 사무실에서 종이와 연필을 가지고 계산해봤거든. 그러니까 내 계획을 수행하려면 대략 1만년이 걸린다는 계산이 나오더군.

순간 나는 그 자리에서 얼어붙는 듯한 느낌이었네. 세상이 마치 하나의 거대한 사기처럼 느껴지더군. 지금 비록 진정이 되기는 했으나 내가 단언하건대 거기엔 뭔가 근본적인 오류가 있을 것이네!

자네는 사람이 모든 책을 읽을 필요는 없다고 말하겠지. 그렇다면 난 이렇게 대답하겠네. 전쟁에서도 모든 병사들을 살릴 필요는 없지만 여전히 각각의 병사들은 필요하단 말이네! 그러면 자네는 말하겠지. 모든 책도 필요하다고. 하지만 보게나, 그건 사실이 아니기 때문에 잘못된 거라네. 나는 사서에게 물어봤거든!

여보게, 나는 수백만권의 책과 함께 있는 사람은 모든 책들이 어디 있는지 알기 때문에 나를 도와줄 수 있다고 생각했다네. 당연히 나는 직접적인 질문은 하지 않으려 했네. 가령 '세상에서 가장 아름다운 사상은 어디서 찾나요?' 같은 질문 말이지. 그건 마치 동화의 첫 소절처럼 들리거든. 나는 그 정도는 알아차릴 만큼 똑똑하다네. 게다가 어렸을 적부터 나는 동화를 싫어했단 말일세. 하지만 '뭘 하려는 겁니까', 같은 질문을 결국 할 수밖에 없었지! 다른 한편으론 적절하지 못하다는 생각 때문에 그에게 사실을 말하지 못했고 우리 평행운동에 관해서 알려주지 못했으며 그 운동을 위한 가장 합당한 목표를 찾고 있다는 말도 하지 못했네. 그런 말을 하기엔 내가 자격이 없다고 느꼈기 때문이지. 그래서 나는 작은 계략 하나를 짜낸 거야. '아무튼,' 나는 아무 의도도 없는 것처럼 말을 꺼냈다네. '한 가지 까먹은 게 있는데 이 수많은 책들 가운데 어떻게 항상 적합한 책을 찾아내는 거지요?' 나는 다오티마가 했을 법한 말투로 물었고, 내 목소리에 몇푼어치의 존경을 담아서 그가 속아 넘어가도록 했다네. 그랬더니 사서는 매우 기분이 좋아져 충성스러워지더니 장군 각하께서 알고 싶은 분야가 무엇이냐고 묻더군. 나는 좀 당황해서는 '엄청나게 많지요'라고 막연하게 말했다네.

'제 말씀은 어떤 주제나 저자에게 관심이 있느냐는 것입니다. 전쟁의 역사인가요?' 그가 물었다네.

'아니요, 그건 아니고 차라리 평화의 역사 같은 것입니다.'

'역사인가요? 아니면 요즘의 평화주의 문학인가요?'

아니라고, 그렇게 간단한 게 아니라고 나는 말했네. '그러니까 모든 위대한 인간 사상의 총체라고 할까, 그런 거 있지 않습니까. 아마 당

신도 기억할 텐데 내가 사람들 시켜서 그 분야의 책들을 엄청 찾아보라고 했거든요.'

그는 입을 다물었네. '아니면 가장 중요한 것을 실현하는 것에 관한 책은 없나요?' 내가 물었네.

'그러면 신학적 윤리학을 말하는 건가요?' 그가 말했네.

'그게 일종의 신학적 윤리학일 수도 있겠지요. 하지만 거기에는 우리 오스트리아의 문화와 그릴파르처$^{\text{F. Grillparzer}}$(오스트리아의 극작가—옮긴이)에 관한 내용이 포함돼 있어야 합니다.' 내가 건의했네. 자네도 알겠지만 내 눈은 학문에 대한 갈급함으로 불타오르고 있었을 것이고 그래서 사서는 아마 내가 밑바닥까지 털어가지 않을까 하는 두려움에 빠졌을 것이네. 나는 모든 종류의 사상을 모든 방향으로 연결시켜줄 기차시간표 같은 것이 가능하겠느냐고 재차 캐물었거든. 그러자 사서는 이내 엄청 친절해지더니 나를 목록실^{Katalogzimmer}에 데려다줄 테니 찾고 싶은 것을 찾아보라고 권유하더군. 그 목록실이란 곳은 사서들만 출입이 가능한 곳이라 나 같은 사람에게는 원래 금지된 곳이라면서 말이야. 그러니까 나는 도서관의 성역에 들어가게 된 셈이지. 뭐랄까, 사람의 두개골 속으로 들어가는 것 같은 느낌이었네. 칸칸마다 책들이 가득한 서가에다 여기저기 널려 있는 사다리, 책꽂이와 책상 위에 가득한 목록집과 참고문헌집들, 이 모든 지식의 즙액들, 읽고 이해하기 위한 책들이 아니라 그저 책에 대한 책들. 거기선 뇌의 인냄새가 적당히 풍겼고 어딘가에서 그 냄새를 맡은 적이 있다는 생각을 지울 수 없었다네. 하지만 그 친구가 나를 남겨두고 가버리려 하자 당연하게도 기묘한 느낌이 들었다네. 나는 불편하다고, 불편하면서도 경외감이 든다고 말하고 싶었네. 그는 마치 원숭이처럼 사다리를 타고 올라 작정한 듯 어떤 책을 뽑아 내게로 가져오더니 이렇게 말했다네. '장군, 여기 도서목록의 도서목록이 있습니다.' 그게 뭔지 자네 알겠나? 그러니까 지난 5년간 윤리 문제의 발전을 나눈—도덕신학이나 문학을 제외하고—모든 책과 논문들의 리스트를 알파벳 순서로 정리한 목록이라네. 하여튼 그 비슷하게 설명하고 나서 그는 도망치려고 했지. 하지만 나는 재빨리 그의 재킷을 붙잡아 끌어당겼다네. '사서 양반,' 나는 소리쳤다네. '당신은 비밀을 말하기 전엔 도망갈 수 없소. 어떻게 당신은 이런…' 나는 무심결에 정신병원이라고 말했다네. 그 말이 갑자기 떠올랐기 때문이라네. '어떻게 당신은 이런,' 나는 말했다네. '책의 정신병원에서 멀쩡하게 지낼 수 있단 말입니까?' 그는 나를 오해한 것이 틀림없었네. 나중에 생각난 거지만 미친 사람들은 흔히 다른 사람들이 미쳤다고 비난하기를 좋아하지 않나. 아무튼 그는 내 칼을 쳐다보더니 안절부절못하더군. 그러더니 나에게 큰 충격을 안겨주었네. 내가 그를 여전히 놓아주지 않자 그는 갑자기 몸을 펴더니 그 헐렁한 바지가 쑥 일어나서는 마치 이제 마지막 비밀을 이야기해야 할 때라는 듯 단어 하나하나를 강조하면서 말했다네. '장군, 제가 어떻게 이 모든 책들을 알고 있는지가 궁금하시나요? 제가 말씀드릴 수 있는 것은 단 하나입니다. 그건 제가 이 책을 하나도 읽지 않았기 때문입니다!'

또 한번 말하지만 내가 읽기엔 너무 많은 양이라네! 하지만 내가 당황한 것을 본 그는 설명을 해주었네. 좋은 사서가 간직한 비밀은 자신들에게 보내진 책에서 제목과 목차 외에는 읽지 않는다는 것이지. '책 내용에 빠져드는 사람은 사서로서는 자격 상실이죠!' 그는 나를 깨우쳐주었네. '그래서는 통찰력을 가질 수 없거든요.'

나는 숨을 죽이며 물었네. '그래서 당신은 이 책들을 한권도 읽지 않는다고요?'

'절대 읽지 않습니다. 카탈로그 빼고요.'

'그래도 당신은 박사님이지 않습니까?'

'그렇죠. 대학에서 도서관학에 관한 개별 특강을 하고 있습니다. 도서관학은 유일하고 자족적인 학문이죠.' 그가 설명했다네. '책의 분류나 보관, 제목에 따른 목록화, 제목 페이지의 오류 수정 등에 관해 얼마나 많은 체계가 필요하다고 생각하시나요, 장군?'

자네에게 털어놔야 하겠지만 그가 떠나버리고 나면 나에겐 두 가지 선택만 남았을 것이네. 눈물이 터져 나오거나 담배를 피워 무는 것이지. 하지만 그곳에서는 허락되지 않는 일들이었지! 그렇다면 무슨 일이 벌어졌을 것 같나?" 장군은 흡족해하며 말을 이었다. "내가 완전히 망연자실해서 거기 서 있을 때 그동안 우리를 죽 지켜본 다른 나이든 직원이 내 주변을 조심스럽게 서성이다가 한순간 멈추더니 내 얼굴을 쳐다보고는 책 위의 먼지 때문인지 아니면 팁 냄새를 맡았는지 모를 아주 부드러운 목소리로 나에게 말을 걸기 시작했다네. '장군, 무엇이 필요하십니까?' 그가 물었네. 나는 사양했지만 그 노인은 다시 말했네. '종종 군사학교 분들이 여길 찾아오시죠. 어떤 주제에 관심이 있으신지 말씀만 해주십시오. 율리우스 케사르, 오이겐^{Eugen} 대공, 아니면 다운^{Daun}(오스트리아 육군 원수—옮긴이) 백작인가요? 아니면 현대적인 것? 병역법이나 예산심의?' 장담하네만 그 사람은 아주 조리있게 말을 하는 네다 책의 내용을 많이 알고 있었네. 그래서 나는 팁을 주고 당신이라면 내 문제를 어떻게 처리할지를 물어보았네. 어떻게 됐을 거 같나? 그는 다시금 군사학교 학생들을 언급했네. 그들이 리포트를 써야 할 때마다 찾아와서는 책을 요청했다는 것이네. '제가 책을 가져다주면 종종 욕을 쏟아내곤 했죠.' 그가 말을 이어갔네. '그러곤 자기들이 배워야 하는 것들이 얼마나 엉터리인지 불평을 해댔죠. 그게 우리 같은 사람들이 늘 겪는 일이에요. 아니면 내년도 학교예산을 짜야 하는 국회의원이 와서는 지난해 국회의원이 같은 예산기획에 참고했던 자료들을 요청하기도 하죠. 아니면 지난 15년간 어떤 딱정벌레를 연구해온 주교 나리가 오기도 하고 어떤 대학교수는 요청했던 책을 3주간이나 받지 못하고 있다고 항의를 하는데, 그럴 때면 우리는 혹시 책이 잘못 꽂혀 있지 않을까 싶어 주변 서가를 뒤지지만 결국 책은 그 교수의 집에 지난 2년간 방치돼 있었던 사실이 드러나기도 합니다. 그렇게 해오기를 40년 세월이 흘렀어요. 그러다보면 사람들이 무엇을 원하는지 그것을 위해 무슨 책을 읽어야 하는지를 알게 됩니다.'

'글쎄요,' 내가 말했네. '하지만 내가 뭘 찾고 있는지 당신에게 말하기가 그리 간단치 않네요.'

자네는 그가 뭐라 대답했을 거 같나? 그는 나를 바라보며 고개를 끄덕이더니 말했네. '감히 말씀드리지만 아주 자연스런 일입니다, 장군. 얼마 전에 한 부인도 당신과 똑같은 말을 했죠. 아마 당신도 그 부인을 아실 텐데요. 그녀는 외무부에 있는 투치 국장의 부인입니다.'

그래, 어떻게 생각하나? 나는 놀라 쓰러질 뻔했네! 그걸 알아차리고는 노인은 디오티마가 예약했던 모든 책을 가져오더군. 그래서 이제 내가 도서관에 올 때면 비밀스런 영혼의 결혼식 같을 것이라나. 나는 페이지 구석 여기저기에 연필로 표시를 해둘 테고 그녀는 다음날 그것을 보게 되겠지. 그녀는 자기와 똑같은 생각을 가진 사람이 누구인지 아마 영문도 모르는 채 궁금해할 것이네."

　장군은 기쁨에 차서 말을 멈췄다. 그러나 그는 다시 냉정을 되찾고 심각한 표정이 되더니 말하기 시작했다. "이제 마음을 좀 다잡고 내 얘기에 주목해주길 바라네. 자네에게 뭔가를 물어볼 참이라네. 우리는 이 시대가 이제까지의 역사에서 가장 질서있는 시대라고 생각하지 않나? 나는 디오티마가 있는 자리에서 그것이 편견이라고 말한 적이 있네만 나 스스로도 그런 편견을 가지고 있다네. 그리고 나는 세상에서 믿을 만한 정신적 질서를 가진 단 하나의 부류는 사서들이라고 인정해야만 했네. 자네에게 묻겠네. 아니, 묻지 않겠네. 우리는 전에도 그 문제에 관해 이야기를 했었고 나는 최근의 경험 이후에 당연히 새롭게 그 문제를 고민해봤네. 그러니 이렇게 말해보겠네. 자네가 독한 술을 먹는다고 가정해보게. 어떤 상황에선 좋은 일이지. 하지만 그 술을 한잔 또 한잔 계속 마신다면 어떻게 되겠나? 내 말 듣고 있나? 우선은 취하겠고 그 다음에는 정신착란이 올 것이며 급기야 장례행렬이 이어질 것이네. 아마 교회 신부가 자네의 무덤 옆에서 이러저러한 업적을 읊어대겠지. 상상이 되나? 그럼 이제 물로 해보게나. 익사할 때까지 물을 마시는 걸 생각해보게. 아니면 장이 얽힐 때까지 음식을 먹는 걸 떠올려보게나. 약이나 키니네^{Chinin}(말라리아 치료제—옮긴이), 비소 같은 것도 떠올려보게. 아마 자네는 왜냐고 묻겠지. 하지만 친구, 나는 탁월한 제안을 해보려고 하네. 질서를 상상해보게나. 아니면 그냥 하나의 위대한 생각을 떠올리고 그보다 더 위대한 생각, 그보다 더 더욱 위대한 생각을 차례로 생각해보게나. 마찬가지로 질서의 개념도 머릿속에서 점점 더 확장해보게나. 처음엔 나이든 처녀의 방처럼 산뜻하고 기병대의 마구간처럼 깨끗할 것이네. 그 후에는 전열이 펼쳐진 여단처럼 웅장하겠지. 그 다음에는 미칠 것 같은 기분이 든다네. 그건 마치 야밤에 카지노에서 나올 때나 별을 향해 '우주여, 차렷! 우로 봐!'라고 명령할 때와 같은 느낌이지. 아니면 이렇게 말해보자고. 처음에 질서는 마치 발을 헛딛는 신병 같아서 자네가 행진을 가르쳐야 하지. 그 후에 질서는 자네가 갑자기 승진하여 전쟁 장군으로 둔갑하는 꿈 같을 것이네. 그 다음에는 완전히 총체적이고 우주적인 온 인류의 질서, 한마디로 완벽한 문명의 질서를 떠올릴 것이네. 그러니까 내 주장은, 그것은 동사^{凍死}, 시체의 경직, 달의 표면, 기하학적 전염병이라는 것이네.

 나는 사서와 이런 문제들을 토론했다네. 그는 나에게 개념과 인식 능력의 한계를 다룬 칸트나 뭐 그런 유의 책을 읽어야 한다고 충고하더군. 하지만 나는 아무것도 읽지 않으려네. 나는 뭔가 엉터리 같다는 느낌을 받았거든. 말하자면 그건 위대한 질서로 무장한 우리 같은 군인들조차 어떤 순간에는 목숨을 포기해야만 한다는 깨달음 같은 것이었네. 나는 그 이유를 설명할 수 없었네. 어쩐지 질서는 죽음으로 나아가고 있지 않나 싶기도 하네. 그리고 지금 솔직히 걱정되는 것은 자네 사촌이 자신에게 해가 될 수도 있는 데까지 일을 밀어붙인다는 점이네. 나는 전처럼 그녀를 도와줄 수 없다네! 무슨 말인지 알겠나? 위대하고 경탄할 만한 사상에 관하여 학문과 예술이 수행하는 일은 당연히 존경받을 만하지. 그것에 반대하자는 말은 절대 아니라네!"

101.
서로 적대적인 친척

그즈음 디오티마는 다시 사촌에게 말을 걸었다. 어느 밤, 고요에 싸인 소파는 벽에 기대 있었고, 울리히는 그 위에 앉아 있었다. 그녀는 지친 무용수처럼 방에서 나와 끊임없이 강인한 소용돌이를 일으키며 그의 곁에 앉았다. 오래 못 보던 광경이었다. '드라이브 산책' 이후 그녀는 '업무 외적으로' 그와 만나는 것을 피하고 있었다.

디오티마의 얼굴은 열기 때문인지 아니면 피곤해서인지 조금 잡티가 올라와 있었다.

그녀는 소파 위로 손을 올리더니, "어떻게 지내나요?"라고 말하고는 뭔가 다른 할 말이 있다는 듯이 고개를 약간 숙이고 정면을 응시했으나 결국 아무 말도 하지 않았다. 그녀는 복싱 경기에서 빌려온 용어로 말하자면 '몸을 가누지 못하는' 상태처럼 보였다. 그래서 몸을 웅크리고 앉아 있으면서도 옷매무새를 만질 기운조차 없었.

그녀의 사촌에게는 농촌 여자들의 헝클어진 머리와 스커트 아래 맨 다리가 떠올랐다. 그 겉껍질을 벗겨버리면, 강인하고 아름다운 인간의 몸만 남을 것이다. 하지만 농부처럼 여자의 손을 감싸쥐는 행동을 해서는 안 되었다.

"아른하임이 당신을 행복하게 해주지 않는군요." 그는 조용히 말했다.

이런 부당한 견해에 당장 반대했어야 마땅하지만 그녀는 이상하게도 마음이 움직였고 그래서 입을 열지 못했다. 얼마 후에야 그녀는 대답했다. "상냥한 남편 덕분에 정말 행복해요."

"제가 보기엔 그의 상냥함 때문에 괴로워하는 것 같은데요."

"무슨 소리예요?" 디오티마는 상체를 세워 옷매무새를 고쳤다. "누가 나를 괴롭히는 줄 알아요?" 그녀는 가급적 낮은 톤을 유지하려 애쓰며 물었다.

"당신 친구인 그 장군이에요! 그가 원하는 게 뭐죠? 왜 여기에 온 거죠? 그는 왜 나를 늘 주시하는 거죠?"

"장군은 당신을 사랑하고 있어요!" 사촌이 대답했다.

디오티마는 신경질적으로 웃었다. 그녀는 말을 이었다. "내가 그를 볼 때마다 얼마나 몸서리를 치는지 당신도 알잖아요. 그는 죽음을 떠올리게 하는 사람이에요!"

"선입견 없이 바라보면 무척이나 삶을 사랑하는 죽음처럼 보이죠!"

"나는 정말 선입견이 없어요. 그걸 뭐라고 설명해야 할지 모르겠네요. 하지만 그가 내게로 와서 내가 '탁월한' 생각을 '탁월한' 때에 '탁월하게' 밝힌다고 말할 때면 공황상태에 빠지고 말아요. 그럴 때면 뭔가 설명할 수 없고 이해 불가능하며 악몽 같은 공포가 나를 덮쳐오는 것 같다고요!"

"장군 때문이라고요?"

"그럼 누구겠어요? 그는 하이에나예요."

사촌은 웃을 수밖에 없었다. 그녀는 철없는 아이처럼 험담을 늘어놓았다. "그는 슬금슬금 기어와서는 우리의 훌륭한 시도가 물거품이 되기를 기다리죠."

"그게 아마 당신이 두려워하는 점일 겁니다. 사촌, 내가 일이 이렇게 틀어질 거라고 오래전에 했던 말 기억나지 않나요? 그는 피할 수 없는 사람이에요. 당신은 그와 맞설 수밖에 없습니다!"

디오티마는 울리히를 도도하게 바라보았다. 그녀는 물론 기억하고 있었다. 그가 처음 자신을 만나러 왔을 때 그에게 한 말까지 기억했고 지금까지 그녀에게 상처를 준 말도 기억했다. 그녀는 이 물질세계 가운데 영혼을 기억하기 위해 민족과 세계를 소환하는 일이 얼마나 좋은 것이냐고 훈계했다. 그녀는 낡은 것이나 오래된 영혼을 원하지 않았다. 그녀가 최근 사촌에게 주는 인상은 교만한 것이 아니라 초월적인 것에 가까웠다. 그녀는 '세계의 해'를 고려하고 있었으며 하나의 도약과 서구문화의 빛나는 영광을 추구하고 있었다. 그러나 그 목표에 거의 근접하는가 하면 다시 멀어지곤 했다. 그녀는 무척이나 동요했고 또한 매우 고통스러워했다. 지난 몇달은 마치 파도에 실려 한껏 솟구쳤다가 다시 밑으로 가라앉는 일이 반복되는 기나긴 항해 같아서 도대체 무엇이 앞의 일이고 뒤의 일인지조차 구분할 수 없었다. 지금 그녀는 매우 힘든 일을 마치고 다행히도 아무 동요 없이 벤치에 앉아서 파이프에서 올라오는 담배연기를 바라보는 사람 같았다. 늦은 석양에 파이프를 문 노인이라는 이미지가 너무 마음에 남아서 이 비유를 스스로 고른 것 같은 기분이 들었다. 그녀는 자신이 거대하고 격렬한 전쟁을 치른 사람 같았다. 지친 목소리로 그녀는 사촌에게 말했다. "나는 많은 일에 참여했어요. 그래서 이렇게 많이 변했나봐요."

"그게 나한테 도움이 될까요?" 그가 물었다.

디오디마는 고개를 섯더니 그를 쳐다보지 않고 웃었다.

"당신에게만 하는 말이지만 장군의 배후에는 내가 아니라 아른하임이 있어요. 당신은 그를 데려온 책임을 나한테만 돌리더군요!" 울리히가 갑자기 말했다. "하지만 당신이 나를 불렀을 때 내가 뭐라고 대답했는지 기억하지 않나요?"

디오티마는 기억했다. 그녀의 사촌은 장군과 거리를 누라고 말했시만 아른하임은 장군을 호의적으로 대해야 한다고 말했다. 그녀는 마치 자기 눈 위를 급히 지나가는 구름 속에 앉아 있는 듯 뭐라 표현하기 힘든 느낌이었다. 하지만 동시에 깔고 앉은 소파의 딱딱함과 단단함을 느끼며 그녀는 말을 이었다. "어떻게 이런 장군이 우리에게 왔는지 모르겠어요. 적어도 내가 초대한 건 아니거든요. 또한 내가 물어보았지만 아른하임 박사조차 그 이유를 정확히 몰랐어요. 뭔가 착오가 있었던 게 분명해요."

그녀의 사촌은 고집을 꺾지 않았다. "나는 전에 장군을 알고 있었지만 다시 만난 건 여기서가 처음이에요." 그는 설명했다. "그가 국방부의 지시로 이곳을 염탐했을 가능성은 매우 크지요. 하지만 그는 진심으로 당신을 돕고 싶어했어요. 이건 장군에게 직접 들은 말인데 아른하임이 그에게 각별히 신경을 썼다고 해요."

"아른하임이야 모든 일에 관심이 많지요!" 디오티마가 대답했다. "그는 나에게 장군을 무시하지 말라고 했어요. 그의 선의를 믿는 데다가 영향력 있는 위치에 있으므로 우리에게 도움이 될 거라면서 말이에요."

울리히는 강하게 고개를 내저었다. "아른하임 주위에서 꽥꽥대는 사람들을 좀 봐요!" 울리히가 생각없이 소리를 높이는 바람에 주변 사람들에게 들릴 정도였고 집주인은 당황했다. "아른하임이 통하는 이유는 그가 부자이기 때문이에요. 그에겐 돈이 있고 모든 사람에게 찬동하죠. 그러면 그들 모두가 기꺼이 자신을 위해 홍보에 나서리라는 것을 아는 거예요."

"왜 그가 그런 일을 해야 하나요?" 디오티마는 반박했다.

"허영심 때문이죠!" 울리히가 말을 이었다. "도를 넘어선 허영심! 이 주장을 어떻게 논리적으로 설명해야 할지 모르겠습니다. 성서적 의미에서의 허영심이란 게 있죠. 공허하게 울려대는 북 말이에요! 누군가 자신의 왼쪽에선 아시아 위로 달이 뜨고 오른쪽에선 유럽의 해가 저문다고 자랑하며 말한다면 그가 바로 허영에 빠진 사람이죠. 아른하임은 마르마라해(흑해와 에게해를 잇는 바다—옮긴이)를 건너는 자기의 모습을 그렇게 표현하더군요. 아마 사랑에 빠진 소녀라면 화분 뒤로 떠오르는 달이 아시아 위의 달보다 훨씬 아름답겠지요!"

디오티마는 사람들에게 방해받지 않을 만한 자리를 찾아 나섰다. 그녀는 낮게 말했다. "당신은 그의 성공을 질투하고 있어요." 그녀는 방을 지나 그를 이끌었다. 그러곤 신중한 움직임으로 눈에 띄지 않게 문을 열고 들어가 곁방으로 건너갔다. 다른 방들은 손님으로 가득 찼기 때문이었다. "당신은 왜," 그녀는 목소리를 살짝 높였다. "아른하임을 적대시하죠? 그런 태도 때문에 저는 참 난처해요."

"나 때문에 난처하다고요?" 울리히는 놀라서 물었다.

"당신이 나더러 이야기를 하라고 말할 수 있나요? 당신의 그런 태도 때문에 나야말로 마음을 털어놓을 수 없어요!"

그녀는 곁방의 한가운데 멈춰 섰다. "그냥 하고 싶은 아무 말이나 편하게 하세요." 울리히가 간청했다. "당신들은 서로 사랑하고 있잖아요. 나는 그걸 알아요. 그가 결혼하자던가요?"

"맞아요. 결혼하자고 했어요." 디오티마는 사람들이 들어올지도 모르는 상황에서도 서슴없이 대답했다. 그녀는 자신의 감정에 압도

되었을 뿐 사촌의 무례한 솔직함에는 아랑곳하지 않았다.

"그럼 당신은요?" 울리히가 물었다.

그녀는 질문을 받은 어린 학생처럼 볼이 빨개졌다. "그건 엄청난 책임감을 주는 질문이군요!" 그녀는 머뭇거리며 대답했다. "누구나 부당한 일에 뛰어들어선 안 된다고 봐요. 그리고 정말 위대한 일에 관여된 것이라면 사람이 무엇을 하든 그리 중요하진 않죠!"

울리히는 이 말을 잘 이해하지 못했다. 왜냐하면 그는 디오티마가 갈망의 목소리를 이겨낸 그 밤들은 물론 사랑이 마치 평형을 이룬 저울처럼 동요없이 영혼의 평정심에 이른 경지를 알지 못했기 때문이다. 아무튼 그는 지금은 직설적인 화법을 피하는 게 더 낫다고 판단하고는 이야기를 이어갔다. "저는 저와 아른하임의 관계에 관해 더 이야기를 나누고 싶군요. 당신이 적대감을 느끼셨다고 하니 매우 죄송합니다. 저는 아른하임을 잘 안다고 생각합니다. 당신이 알아야 할 것이 있어요. 당신 집에서 이뤄지는 일들을 당신 뜻에 따라서 종합^{Synthese}이라고 해봅시다. 그로서는 이미 수도 없이 경험한 일이에요. 숙고의 형태로 드러나는 영혼의 움직임이란 그것에 반대되는 숙고의 형태로 동시에 나타나거든요. 또한 그 움직임이 이른바 위대한 정신적 인격의 형태를 부여받는 곳에서 그것은 마치 물에 던져진 종이상자처럼 아슬아슬해지고 그 인격은 곧 모든 곳에서 자발적인 찬사를 받지 못하게 됩니다. 적어도 독일이란 나라에선 마치 술취한 사람처럼 저명한 사람과 사랑에 빠지는 경향이 있어요. 다른 사람의 목에 팔을 두르더니 뭔가 알 수 없는 이유로 잠시 후 그를 다시 밀쳐버리는 것이죠. 저는 아른하임이 어떤 기분일지를 생생하게 떠올릴 수 있지요. 아마 멀미를 하는 기분일 겁니다. 그래서 그가 적절한 방법으로 돈을 사용하는 방법을 다시 떠올릴 때는 마치 멀고 먼 항해에서 돌아와 처음 견고한 땅을 밟는 그런 기분일 거예요. 그는 계약이나 제안, 수요, 승인, 지급이행 같은 것들이 어떻게 돈을 끌어모으기 위해 분투하는지를 보게 될 것이며 그런 것이 결국 정신의 형상 자체임을 깨달을 겁니다. 권력을 추구하는 사상은 이미 권력을 얻은 사상에 집착하기 마련입니다. 그걸 뭐라고 표현해야 될지 모르겠네요. 정말 야심찬 사상과 그저 출세지향적인 사상은 거의 구별하기가 어렵거든요. 하지만 세계적인 궁핍과 정신의 순수함 대신에 가짜 위대함이 작동되면 아주 당연하게도 위대함을 가장한 온갖 것들, 다시 말해 홍보나 상술 따위로 위대하다고 선전되는 것들이 밀려 들어올 겁니다. 당신은 그렇게 죄와 무죄로 가득 찬 아른하임을 맞아들이는 거죠."

"오늘따라 매우 성스럽게 말하는군요!" 디오티마는 비꼬듯 대답했다.

"당신 말대로 저는 그와 별 상관이 없어요. 하지만 그가 내적이면서도 외적인 위대함의 복잡한 효과들을 받아들이고 그것을 이상적인 휴머니즘으로 위장하는 그 방식은 저를 아주 격렬한 성스러움으로 몰아가네요!"

"아, 당신은 정말 잘못 생각하고 있어요!" 디오티마가 급하게 끼어들었다. "당신은 그가 거만한 부자인 줄 아는군요. 하지만 아른하임에게 돈은 더없이 철저한 책임감이에요. 그는 마치 자신을 신뢰하는 사람을 대하듯 사업을 대하죠. 세상에 끼치는 영향은 그에게 절대적으로 필요한 일이에요. 그는 세상과 진는하게 만납니다. 왜냐하면 그가 말하듯 세상으로부터 자극을 받는 것만큼 세상에 자극을 주어야 하기 때문이죠. 이렇게 말한 게 괴테였던가요? 그걸 나에게 아주 상세하게 말해준 적이 있어요. 그가 강조한 점은 누군가 영향을 주기 시작해야지만 결국 선한 영향력이 전달될 수 있다는 것이었지요. 지금 하는 말이지만 그렇다고는 해도 그가 너무 각양각색의 사람들에게 다가간다는 느낌은 들었어요." 이런 대화를 나누면서 그들은 거울과 옷가지만 걸린 텅 빈 곁방 안을 왔다갔다했다. 이제 디오티마가 멈춰 서서 사촌의 팔에 손을 얹었다. "모든 면에서 탁월한 운명을 타고난 그 사람은 겸손하게도 고독한 한 개인은 병든 사람보다 강하지 않다는 원칙을 가지고 있어요. 그에게 동의하지 않을 수 있을까요? 누군가 혼자 있다면 수천 가지의 환상에 빠지고 마는 거죠!" 그녀는 마치 뭔가를 찾는 듯 바닥을 응시했고 사촌의 시선이 자기의 낮게 깔린 눈썹에 머무는 것을 느꼈다. "저런, 제 이야기만 해도 되는지 모르겠네요. 저는 어제까지만 해도 굉장히 외로웠거든요." 그녀가 말을 이었다. "하지만 당신도 그래 보여요. 기분이 울적하고 좋아 보이지 않아요. 당신이 하는 말을 들어보면 당신이 얼마나 주변과 불화하는지를 알 것 같아요. 그 천성적인 질투심 때문에 당신은 모든 것에 반대하죠. 솔직히 말하자면 아른하임은 당신이 친교를 거부한 것을 매우 안타까워하더군요."

"그가 저와 친교를 원했다고요? 거짓말이에요!"

디오티마는 그를 올려다보더니 웃었다. "당신은 또 과장하는군요! 우리는 당신과 친교를 원해요. 아마 당신도 그걸 원하기 때문일 거예요. 제가 좀더 자세히 말해야겠군요. 아른하임은 그런 예를 든 적이 있어요." 그녀는 잠시 머뭇거리더니 이야기를 더 해나갔다. "아니에요. 그건 너무 나간 말이겠네요. 짧게 말하자면 아른하임은 시간이 허락해준 수단을 사용해야 한다는 것이었어요. 그건 두 개의 다른 의도를 기반으로 행동하는 것이죠. 말하자면 아주 혁명적이지도 않고 그렇다고 아주 반동적이지도 않게, 완전히 호의적이거나 완전히 적대적이지 않게, 어떤 하나의 것에 집착하지 않고 자신의 여러 면을 두루두루 살펴 행동하는 것입니다."

"그게 저랑 무슨 상관이 있나요?" 울리히가 물었다.

그 항변은 스콜라주의, 교회, 괴테와 나폴레옹, 그리고 디오티마의 머릿속에서 점점 짙어지던 안개처럼 모호한 교양을 두고 나눈 대화의 기억을 찢어버리는 효과가 있었다. 대화의 열정에 휩싸여 그를 데려온 그녀는 긴 신발장 위에 사촌과 나란히 앉아서 갑자기 아주 골똘히 생각에 잠겼다. 그의 등은 그들 뒤로 줄지어 걸려서 그녀의 머리를 헝클어뜨리는 외투들을 완고하게 외면하고 있었다. 그 외투들을 만지면서 그녀가 대답했다. "당신은 아른하임과 정반대군요! 당신은 자신의 형상에 맞춰 세계를 다시 만들어내고 싶어해요. 언제나 당신 특유의 수동적인 저항—이 말은 얼마나 끔찍한가요—으로 모든 것에 맞서죠." 그녀는 자신의 의견을 가감 없이 말한 것에 큰 기쁨을 느꼈다. 하지만 이제 손님들이 하나둘 떠날 것이고 곁방에 들어올 것이기 때문에 그녀는 앉아 있던 자리를 옮겨야 할 때가 왔다고 생각했다. "당신은 지독하게 비판적이어서 저는 당신이 뭔가를 좋게 보는 것을 한 번도 본 적이 없어요." 그녀는 말을 이었다. "대신 당신은 순전히 부정적 의미에서 오늘날 견디기 힘든 모든 것들을 찬양하죠. 만약 신이 사라진 우리 시대 죽음의 황량함에서 감정과 직관을 구하려 한다면 당신이 그렇게 옹호하는 전문가주의, 무질서, 부정성 같은 것에 의존할 수 있겠죠!" 그녀는 웃으며 일어섰고 다른 장소를 찾아야만 한다고 양해를 구했다. 다시 대화를 이어가고 싶다면 새로운 은신처를 찾아야 했다. 벽지로 위장된 비밀문을 통해 투치의 침실로 갈 수도 있었지만 사촌을 그곳으로 데려가는 일은 그를 너무 신뢰하는 것처럼 여겨졌고 특히 손님맞이를 위해 방을 치울 때마다 그 방에 잡동사니가 엄청 들어가 있기 때문에 은신처로 남은 선택은 오직 두 개의 하녀 방뿐이었다. 다른 때 같으면 잘 들어가지도 않을 라헬의 방에 불쑥 들어가겠다는 결심은 감시의 의무를 행하는 동시에 집시처럼 돼버린 지금의 처지를 타개할 재미있는 생각이었다. 울리히에게 하녀의 방에 들어가야겠다고 양해를 구하면서도 그녀는 계속 말을 걸었다. "당신은 기회만 나면 아른하임을 깎아내린다는 인상을 주고 있어요. 당신의 저항은 그에게도 치명적이죠. 그는 오늘날 아주 뛰어난 인물 중 하나잖아요. 그래서 그는 현실과 연결될 필요가 있는 거예요. 당신은 반면에 언제나 불가능에 뛰어들 준비가 돼 있죠. 그는 긍정의 존재이고 완벽하게 균형 잡힌 사람이에요. 당신은 솔직히 반사회적인 사람이고요. 그는 단결을 위해 노력하고 확실한 결정을 내리기 위해 애쓰죠. 당신은 모호한 의견으로 그에게 반대할 뿐이고요. 그에겐 돌아가는 일들에 대한 견해가 있어요. 하지만 당신은? 당신은 뭘 하나요? 당신은 마치 내일 세상이 시작될 것처럼 행동하죠. 왜 대답을 못하는 거죠? 당신을 처음 만난 날부터 나는 우리에게 위대한 일을 할 기회가 왔다고 했지만 당신은 지금까지도 아무 반응이 없어요. 또한 사람들이 이 일을 운명으로 받아들이고 결정적인 순간에 이끌려 숨죽이며 질문하는 눈으로 대답을 기다릴 때 당신은 마치 그걸 뒤엎으려는 불량한 소년처럼 행동했어요!" 그녀는 분별 있는 언어를 사용하여 이 방의 추잡스런 분위기를 억누를 필요가 있었고 사실상 사촌에게 지나친 책망을 가함으로써 상황에 맞설 배짱을 얻었다. "내가 그랬다면 왜 나를 계속 이용한 거죠?" 울리히가 물었다. 그는 그 작은 시종 라헬이 눕는 철제 침대에 앉았고 디오티마는 그로부터 팔 하나 뻗을 거리의 밀짚의자에 앉아 있었다. 거기서 그는 디오티마의 경탄할 만한 대답을 들었다. "내가 당신 앞에서 아주 야비하고 나쁘게 처신한 사람이라면, 당신은 정말 천사처럼 훌륭한 사람이었어요!" 그 말을 해놓고 그녀는 스스로 경악했다. 그녀는 그저 그의 뒤틀린 욕망을 지적하고 사람들이 전혀 가치가 없다고 할 때 가장 친절하고 사려 깊어지는 그의 모습을 비꼬려고 했을 뿐이었다. 하지만 무의식 속에서 어떤 물줄기가 솟아오르더니 비록 말을 꺼낼 당시엔 우스꽝스러웠으나 그녀는 물론 그녀와 사촌간의 관계를 놀랄 만큼 잘 보여주는 말이 튀어나온 것이다.

울리히는 그 사실을 감지했다. 그는 아무 말 없이 그녀를 바라보았고 잠시 후에 질문을 던졌다. "당신은 정말, 그와 미치도록 사랑에 빠졌나요?"

디오티마는 바닥을 내려다보았다. "그렇게 무례한 말을 하다니요! 나는 사랑에 홀딱 빠진 어린 소녀가 아니에요!"

하지만 그녀의 사촌은 더 강하게 밀어붙였다. "나는 그럴 만한 이유가 있어서 이런 질문을 하는 겁니다. 나는 모든 사람들이—심지어 옆방에 있는 오늘밤의 손님들 중 가장 비열한 악한들조차도—이야기를 나누는 대신 옷을 벗고 서로 어깨에 팔을 두르며 노래를 하고 싶어한다는 것을 당신이 알고나 있는지 묻고 싶어요. 그렇다면 당신은 우리 대표로 다른 남자에게 가서 누이처럼 키스를 해야만 할 거예요. 이런 표현이 좀 음란하다면 그들이 잠옷 정도는 걸치는 걸로 해두죠."

디오티마는 아무렇게나 대답했다. "당신은 아주 산뜻한 상상을 하셨군요!"

"하지만 당신도 예상했겠지만 나는 오래전부터 이런 요구들을 알고 있있어요. 어떤 지명한 인사는 그런 삶이야말로 세상에서 살아볼 만한 것이라고 주장하기도 하더군요."

"그렇게 살지 못하는 건 당신 잘못이에요!" 디오티마가 끼어들었다. "그걸 그렇게 우스꽝스럽게 묘사할 필요도 없고요!" 그녀는 아른하임과의 모험이 공평무사했으며 사회적 구분이 사라지고 행위와 영혼, 정신, 꿈이 모두 하나되는 삶을 추구했던 것을 기억했다.

울리히는 대답이 없었다. 그는 사촌에게 담배를 권했다. 그녀는 담배를 받았다. 강한 담배 향기가 좁은 방안을 채웠다. 디오티마는 생각했다. 라헬이 이 향기의 흔적을 발견하면 무슨 생각을 할까? 환기를 시켜야 할까? 아니면 아침에 그 작은 하녀에게 해명을 해야 할까? 이상하게도 라헬에 대한 생각이 그녀를 머뭇거리게 만들었다. 그녀는 점점 더 기묘해지는 이 만남을 이젠 끝내고자 했다. 그러나 정신적으로 우월하다는 특권의식, 또한 비밀스런 방문이 남긴 담배 향기가 자신의 하녀를 어리둥절하게 할 것을 생각하니 더욱 즐거워지는 것이었다.

사촌은 그녀를 바라보았다. 그는 자신이 한 말에 스스로 놀라고 있었지만 이야기를 멈추지 않았다. 그는 연대를 갈구했다. "제가 말하고 싶은 것은," 울리히는 말을 이었다. "어떤 조건에서 제가 천사의 경지에 이를 수 있느냐는 것입니다. 왜냐하면 천사의 경지란 타인을 그저 육체적으로 견뎌내는 것이 아니라 아무 거리낌 없이 이른바 마음의 치맛자락 속으로 품어안는 것을 의미하기 때문입니다."

"그 타인이 여자라는 말은 아니겠지요!" 디오티마는 집안에서 사촌에 대해 떠도는 나쁜 소문들이 기억나서 덧붙였다.

"혹시 여자일 수도 있겠군요."

"당신이 옳아요. 저는 여성으로서의 인간을 사랑한다는 말은 거의 하지 않거든요!" 디오티마가 생각하기에 울리히는 점점 더 그녀의 의견에 가까워지고 있었다. 하지만 아직 그들 사이엔 어긋남이 있었고 그가 무엇을 말하든 완전히 받아들이기는 어려웠다.

"좀 솔직하게 말할게요." 그는 완고하게 말했다. 그는 몸을 숙여 팔을 근육질의 허벅지에 올려놓았으며 바닥에 시선을 고정하고 있었다. "오늘날 여전히 우리는 그 사람에게 끌린다거나 거부감이 든다고 말하지 않고 나는 이 여자를 사랑한다거나 나는 저 사람을 미워한다고 이야기합니다. 좀더 정확히 말하자면, 상대방에게서 나를 끌어당기거나 밀쳐내는 힘을 일깨우는 것은 바로 나 자신이라고 할 수 있습니다. 또한 그보다 좀더 나아간다면 상대방이 내 안에 있는 그런 특성들을 끌어낸다고 할 수 있을 겁니다. 우리는 그 첫번째 진전이 어디서 일어나는지 알 수 없습니다. 왜냐하면 그 과정은 마치 두 개의 튀어오르는 공이나 두 개의 전기회로 같아서 서로 기능적으로 독립해 있기 때문입니다. 우리는 왜 그런 느낌이 드는지를 당연히 오래전부터 알고 있습니다. 하지만 여전히 우리는 우리 주위를 둘러싼 감정의 자기장에서 스스로를 원인^{Ursache}이자, 근원적인 사건$^{Ur-Sache}$으로 바라보기를 더 좋아합니다. 다른 사람을 따라한 것임을 뻔히 알면서도 마치 스스로 창조해낸 일인 것처럼 묘사하는 것이지요! 그러니 당신에게 대책 없이 사랑에 빠진 것인지 혹시 분노한 것은 아닌지 또는 절망한 것인지를 묻는 겁니다. 정확한 관찰력을 가진 사람이라면 그렇게 극도로 격앙된 상태는 마치 유리창에 갇힌 벌이나 독이 든 물에 빠진 섬모충과 다를 바가 없음을 알기 때문입니다. 인간은 행위의 충동에 사로잡히고 맹목적으로 여러 방향으로 돌진하며 막힌 벽을 향해 수백번 주먹을 날리기도 합니다. 그러다가 행운이 따라준다면 자유로 들어가는 작은 문, 즉 우리가 얼어붙은 의식상태로 돌아갈 때 만나는 완전히 계산된 행동으로 즉각 귀환하게 되지요."

"그 생각에 반대할 수밖에 없어요." 디오티마가 말했다. "그건 한 인간의 일생을 좌지우지하는 감정에 대한 음울하고 모욕적인 정의에 불과할 뿐이에요."

"아마 당신은 인간이 자기 자신의 주인이 될 수 있느냐는 그 낡고 지루해진 관점을 떠올리는 것 같군요." 울리히는 재빠르게 눈을 치켜뜨며 대답했다. "만약 모든 사물에 자기 원인이 있다면 사람에게는 아무 책임이 없겠네요? 당신에게 고백하건대, 제 생애를 통틀어 그 문제에 관심을 가진 시간은 15분이 채 안 될 거예요. 더이상 주목받지 못하는, 한물간 시절의 문제제기에 불과해요. 그건 신학에서 온 것이며, 여전히 너무 많은 신학과 이교도 화형식의 탄내를 풍기는 법률가들에게서 온 것입니다. 아직도 인과율에 따라 사고하는 집단들이 있다면 그들은 '내 불면의 원인은 당신'이라든가 '곡물시세가 폭락한 것은 운이 없어서'라는 식으로 말하죠. 하지만 당신이 범죄자의 양심을 흔들어 깨운 후에 한번 왜 그런 짓을 했느냐고 물어보세요. 그는 이유를 모릅니다. 그 행위가 벌어지는 동안 그의 의식은 사라져버렸기 때문이지요!"

디오티마는 몸을 일으키면서 말했다. "왜 당신은 범죄 이야기를 자주 꺼내죠? 범죄를 특별히 좋아하나봐요. 무슨 각별한 의미라도 있는 건가요?"

"아닙니다." 사촌은 말했다. "아무 의미도 없어요. 있어봤자 일종의 흥분에 불과하죠. 일상적인 삶이란 우리가 저지를 수 있는 모든 범죄에서 비롯된 평균상태겠지요. 하지만 이미 신학이란 용어를 사용한 이상 당신께 몇가지 여쭤보고 싶군요."

"왜 대책 없이 사랑이나 질투에 빠졌느냐고 또 물어보는 건 아니겠죠?"

"아닙니다. 한번 생각해보세요. 만약 신이 모든 것을 미리 알고 예정해두었다면 인간이 어떻게 죄를 지을 수 있을까요? 아주 구식 질문이지만 오늘날 여전히 새로운 질문이기도 합니다. 그건 신에 대한 매우 사악한 생각이지요. 인간은 신의 승낙을 받아 신을 배신하는 셈이니까요. 신은 인간을 책망당할 죄악으로 몰아넣는 것입니다. 신은 우리가 무엇을 하게 될지를 미리 알 뿐 아니라—그렇듯 체념된 사랑에 관한 수많은 예들이 있으며—그런 행동을 유발하게도 합니다! 오늘날 우리 모두는 서로에 대해 그 비슷한 상황에 처해 있는 거예요! '나'라는 주체는 주권자, 즉 통치행위를 선포하는 자로서 지금까지 간직했던 의미를 잃어버립니다. 우리는 주권자가 적법한 존재임을 배워서 알고 있습니다. 우리는 또한 주권자의 주변환경이 끼치는 영향, 주권자의 구조적 형식, 가장 절정의 행동을 할 때 주권자가 사라져버리는 순간을 압니다. 한마디로 주권자의 형식과 행동을 결정하는 것은 법이라고 할 수 있습니다. 인격의 법이라는 말을 한번 생각해보세요. 그것은 마치 외로운 독사의 무역동맹이나 강도를 위한 상공회의소처럼 들리지 않나요? 법이 아마도 세상에 존재하는 것 중 가장 비인격적인 것처럼, 인격은 그저 비인격적인 것들의 상상의 집합소에 불과할지도 모릅니다. 그래서 당신이 포기하지 않는 그 영예로운 지점을 인격이 찾아내기가 그렇게 어려운 것입니다…"

사촌의 말에 디오티마는 이의를 제기했다. "하지만, 사람은 가능한 한 인격적으로 행동하는 법이에요!" 그녀는 끝을 맺듯 말했다. "오늘 당신은 매우 신학적이군요. 이런 면이 있는 줄 전혀 몰랐어요!" 그녀는 지쳐버린 무용수처럼 다시 자리에 앉았다. 강하면서도 아름다운 여성. 그녀는 뼛속에서부터 스스로를 그렇게 느꼈다. 그녀는 사촌을 수주일 동안, 아니 한 달이 다 되도록 피해왔다. 하지만 그녀는 이 동갑내기를 좋아했다. 연미복을 입은 그는 유쾌해 보였고 희미하게 빛나는 방에서 마치 수도원 기사단처럼 희고 검게 보였다. 또한 이 희고 검은 복장 안에는 십자가의 열정 같은 게 담겨 있었다. 그녀는 소박한 방을 둘러보았다. 평행운동은 멀리 있었고 그녀는 엄청난 감정의 싸움을 겪었으며, 아무것도 기록되지 않은 채 거울 모서리에 꽂힌 그림엽서와 버들개지로 온화하게 꾸며진 이 방은 어떤 의무처럼 단순해 보였다. 이렇듯 대도시의 이미지로 테두리가 꾸며진 거울 속으로 그 작은 하녀는 자신의 얼굴을 들여다보았던 것이다. '그녀는 도대체 어디서 씻을까?' 좁은 찬장 구석에는 뚜껑이 덮인 양철 주발이 들어 있었지—디오티마는 그 사실을 기억해내면서 다른 생각을 떠올렸다. '이 남자는 원하지만 또 원하지 않을 거야.'

그녀는 아주 친근한 대화상대가 된 것처럼 그를 조용히 바라보았다. '아른하임이 정말 나랑 결혼하고 싶은 걸까요?' 그녀는 중얼거렸다. 아른하임은 그렇게 말했었다. 하지만 더이상 집요하게 주장하진 않았다. 그는 다른 할 말이 너무 많았다. 하지만 그녀의 사촌 역시 그런 상관없는 이야기만 할 게 아니라 "요즘 어떻게 지냅니까?"라고 물어야 했다. 왜 그러지 않았을까? 그녀는 자신의 내적 갈등을 자세히 이야기해도 그가 이해해줄 거라는 생각이 들었다. 자신이 변했다고 말했을 때 그는 "그게 나한테 좋은 일일까요?"라고 습관적으로 되물었다. 그 뻔뻔함이라니. 디오티마는 웃었다.

이 두 사람은 원래 좀 독특했다. 왜 그녀의 사촌은 아른하임에 대해 그렇게 나쁘게 말했을까? 아른하임은 그와 친구가 되고 싶어했고 그녀는 그 사실을 알았다. 울리히 역시, 그의 신경질적인 언급에 의하면, 아른하임에게 관심이 있었다. '그가 얼마나 아른하임을 오해했던가,' 그녀는 다시 생각했다. '그건 어쩔 수 없는 일이지.' 이제는 그녀의 영혼이 투치 국장과 결혼한 자신의 육체에 저항할 뿐 아니라 육체가 영혼에 반발하기도 했다. 아른하임의 주저하면서도 예민한 사랑 때문에 그녀는 자신의 욕망이 신기루처럼 떨리는 사막의 가장자리에 서 있는 것 같은 느낌을 받았다. 그녀는 자신의 곤경과 나약함을 사촌에게 털어놓고 싶었다. 평소 그가 보여준 결단력 있는 단순함이 마음에 들었기 때문이다. 아른하임의 균형 잡힌 다면성은 분명히 더 높은 경지였으나 울리히는 극도의 불확실성으로 치닫는 사유에도 불구하고 결정을 내리는 데는 망설임이 없었다. 그녀는 그 이유를 몰랐지만 떠오르는 게 있었다. 그건 아마도 그를 처음 만났던 때 가졌던 느낌이었을 것이다. 당시 그녀에게 아른하임이 엄청난 긴장이자 영혼에 가해진 짐이며 모든 면에서 감당하기 힘든 부담으로 다가온 반면 울리히의 말은 단순명쾌한 면이 있어서 다소 미심쩍긴 하지만 수많은 관계의 책임감에서 벗어나 자유로움을 느끼게 해주었다. 그녀는 갑자기 원래의 자신보다 더 진중하게 처신해야 한다는 의무감이 들었으나 당장 그 방법을 말하지는 못했다. 대신 그녀가 어렸을 때 위험에 빠진 아이를 구해준답시고 팔로 안아 들고 있었던 기억이 났다. 그런데 그 아이는 품에서 빠져나가려고 그녀의 배를 무릎으로 계속 차고 있었다. 마치 굴뚝을 타고 이 작은 방에 뚝 떨어지듯이 너무도 예상 밖으로 떠오른 이 기억의 힘 때문에 그녀는 병성심을 완전히 잃어버렸다. '대책 없는 사랑이라고?' 그녀는 생각했다. 왜 그는 항상 그렇게 묻는 것일까? 혹시 그녀가 대책을 세울 수 있으리라 믿는 것인가? 그녀는 그가 하는 말을 듣지 않았고 그래서 그의 말이 적절한지 아닌지도 몰랐다. 그녀는 불쑥 그의 말에 끼어들어 마지막으로 웃으며(그렇게 갑자기 흥분해서 웃는 것이 매우 신뢰할 수 없는 일만 아니라면) 대답했다. "하지만 나는 대책 없는 사랑에 빠졌어요!"

울리히는 만면에 미소를 띠며 말했다. "당신한테 그건 불가능합니다."

그녀는 손을 머리에 얹은 채 놀란 눈으로 그를 바라보며 일어섰다. "누군가 대책 없는 사랑에 빠지려면," 그는 조용히 설명했다. "매우 정확하고 객관적이어야 합니다. 오늘날 '나'라는 존재가 얼마나 미심쩍은지를 아는 두 '자아'가 서로에게 다가가는 것이죠. 그래서 제가 생각하기에 그건 결코 평범한 것이 아니에요. 만약 그 둘이 사랑하게 되고 서로 얽혀서 하나가 다른 하나의 원인처럼 되면, 그것들은 스스로 위대한 것으로 변화됨을 느끼며 마치 안개처럼 표류하게 될 거예요. 그런 상태에서 우리가 어떤 잘못된 방향으로 움직이지 않기는─비록 얼마간 바른 방향으로 움직였다고 하더라도─정말 어렵습니다. 한마디로 말해서 세상에서 올바른 것을 감지하기란 어려운 것입니다. 일반적인 편견과 달리, 그것은 세세한 것에 대한 지나친 집착에 속하는 것입니다. 아무튼 제가 말씀드리고 싶은 건 바로 그것입니다. 당신은 나를 대천사라도 될 수 있겠다면서 매우 높게 평가해주었습니다.

인간이 오직 객관적일 때만—비인간적일 때와 같은 말이지요—완전한 사랑의 인간이 됩니다. 왜냐하면 그럴 때 인간은 완전히 감각과 감정과 사유의 존재가 되기 때문이죠. 또한 그들은 서로를 갈구하기 때문에 인간을 형성하는 모든 요소들은 부드러워집니다. 단지 인간 자신만 부드럽지 않죠. 그러므로 대책 없이 사랑에 빠지는 일이란 아마도 당신이 전혀 원하지 않는 것일 거예요⋯."

그는 가급적 엄숙해 보이지 않게 말하려고 애썼다. 그는 얼굴 표정을 조절하기 위해 새로 담배 하나를 피워물기도 했으며 디오티마 역시 난처함에서 벗어나려고 그가 권하는 담배 한 대를 받았다. 사실 그녀는 울리히의 말을 완전히 이해하지 못했기 때문에 자신의 독립성을 보여주기 위해 우스울 정도로 반항적인 표정을 지으면서 연기를 내뱉었다. 하지만 전체적으로 그 상황은 디오티마에게 강한 영향을 주었고 그래서 그녀의 사촌은 그들만 있는 이 방에서 그녀의 손을 잡는다든가 머리카락을 만진다든가 하는—이 상황에서라면 자연스러울 법도 한—행동을 전혀 하지 않으면서 모든 것을 갑자기 그녀에게 털어놓았다. 사실 그들은 이 좁은 공간에서 마치 자기장이 작용하듯 서로에게 육체적으로 강하게 끌렸다. '만약 그랬다면⋯?' 그녀는 생각했다. 하지만 이 방에서 무엇을 할 수 있었겠는가? 그녀는 주위를 둘러보았다. 창녀처럼 해볼까? 하지만 그걸 어떻게 하지? 엉엉 울어볼까? '엉엉 울다'^{flennen}는 학교에서 소녀들이 썼던 용어로 그녀에게 갑자기 떠오른 말이었다. 그가 말했던 것처럼 옷을 벗고 그의 어깨에 손을 올리고 노래를 부른다면, 무슨 노래를 부르지? 하프를 연주할까? 디오티마는 미소지으며 그를 바라보았다. 그는 마치 함께 있으면 원하는 일은 무엇이든 할 수 있는 버릇없는 남동생처럼 보였다. 울리히도 웃었다. 그렇지만 그의 웃음은 캄캄한 창문 같았다. 왜냐하면 디오티마와의 대화에 푹 빠지고 난 후엔 그저 부끄러움만이 밀려왔기 때문이다. 하지만 그녀는 이 남자를 사랑할 수도 있겠다는 예감이 들었다. 그건 이를테면 현대 음악 같아서 듣기엔 좋지 않지만 긴장감 넘치는 새로움으로 가득 찬 느낌이었다. 비록 그녀는 그 사실을 그보다 더 많이 예감하고 있었지만 그와 마주하고 서 있다는 사실이 그녀의 다리를 비밀스럽게 달구기 시작했고, 그래서 그녀는 이미 너무 많은 대화를 나눈 것 같은 표정을 지으며 사촌에게 갑자기 말을 건넸다. "친애하는 친구, 우리는 뭔가 완전히 불가능한 일을 하고 있어요. 여기서 혼자 좀 있어요. 나는 손님들께 다시 얼굴을 비쳐야 하거든요."

102. 피셀의 집에서 벌어진 사랑과 투쟁

게르다는 헛되이 울리히의 방문을 기다렸다. 사실 그는 이 약속을 잊고 있었고 뭔가 다른 계획이 있을 때만 기억이 났다.

"잊어버려!" 은행장 피셀이 중얼거릴 때마다 클레멘티네는 말했다. "우리는 그에게 잘해주었지만 그는 이제 뭔가 더 높은 것을 도모하는 중이야. 네가 그를 찾을수록 상황은 더 나빠질 거야. 너에게는 정말 어울리지 않는 상대야."

게르다는 나이든 친구를 그리워했다. 그녀는 그가 온다고 해도 자신은 그를 떠나고 싶어한다는 사실을 알아주었으면 좋겠다고 생각했다. 스물세 해를 살아오는 동안 게르다는 그녀를 얻기 위해 아버지를 후원하는 글란츠 씨와 남자라기보다는 그저 사내아이 같은, 기독교적 독일주의에 빠진 친구밖에 알지 못했다. "왜 그는 오지 않을까?" 울리히를 떠올릴 때마다 그녀는 물었다. 그녀의 주변 친구들에게 평행운동은 독일 민족의 정신적 파괴가 분출된 현상에 불과했으며 그래서 그녀는 울리히가 그 운동에 참여한 것이 마뜩잖았다. 그녀는 그가 평행운동을 어떻게 생각하는지를 듣고 싶었고 그가 기본적으로 그 문제에 책임을 지지 않는 입장이었으면 좋겠다고 생각했다.

그녀의 어머니는 남편에게 말했다. "당신은 그 운동에 참여할 기회를 놓쳤어요. 안 그랬다면 게르다에게 좋았을 테고 그 아이에게 다른 생각을 심어주었을지도 몰랐을 텐데요. 많은 사람들이 투치 집에 가고 있어요." 그건 피셸이 백작 각하의 초대에 응하지 않은 데 따른 결과였다. 그 일 때문에 그는 곤란을 겪을 것이 분명했다. 게르다가 정신의 친구들이라고 부르는 젊은이들은 마치 페넬로페의 구혼자들*처럼 피셸의 집에 정착했고 평행운동에 직면해 젊은 독일인들이 무엇을 해야 할지를 토론했다. 피셸이 게르다의 '정신적 영도자'인 한스 제프^{Hans Sepp}를 돈을 쓰면서 가정교사로 채용하지 않겠다고 단언하자 클레멘티네는 "금융인이라면 지금 상황에서 마에케나스** 같은 정신을 보여주어야 해요!"라고 남편에게 요구했다. 생계를 책임질 가능성이라고는 눈곱만큼도 없는 학생 한스 제프는 교사로 이 집에 들어왔으며 가족 내 분란을 일으키면서 독재자로 군림해왔던 것이다. 그

---

* 그리스신화에 나오는 영웅 오디세우스의 아내로 남편 오디세우스가 트로이 전쟁에 나가 돌아오지 않는 사이에 수많은 구혼자들로부터 결혼을 요구받으며 시달렸지만 끝까지 시소를 버리지 않고 남편을 기다렸다.
** 로마 아우구스투스 황제 시절의 정치가로 베르길리우스, 호라티우스와 같은 당대의 대 시인을 후원하는 등 문화예술의 보호자를 자처했다. 마에케나스의 프랑스어 발음이 메세나로, 이 말은 기업이 문화예술활동에 자금이나 시설을 지원하는 활동을 일컫는 말로 현재도 널리 쓰인다.

리고 그는 피셸의 집에서 이제는 게르다의 친구가 된 자기 친구들과 함께 디오티마와(그녀에 관해서는 자기 민족과 이민족 간에 구별을 못하는 사람이라는 평가가 떠돌아다녔다) 유대정신의 그물에서 독일의 귀족주의를 구원해낼 일을 모색하는 중이었다. 물론 유대인인 레오 피셸이 있을 때는 보통 좀더 관대한 객관성을 띠긴 했지만 그들의 말이나 원칙은 피셸의 신경을 거슬리기에 충분했다. 완전한 파멸로 이끌 것이 분명한 운동이 위대한 상징을 낳지 못할 그런 시대에 시도된 것에 그들은 불안해했으며, '매우 뜻깊은' '고양된 인간성' '자유로운 인간성' 같은 단어를 접할 때마다 피셸의 코안경은 가볍게 떨릴 수밖에 없었다. 그의 집에서는 '생의 사유방식' '정신적 성장의 형상' '행위의 파동' 같은 말들이 무럭무럭 자라났다. 그는 자기의 집에서 2주에 한번씩 열리는 '정화의 순간'을 목격했다. 피셸은 설명을 요청했다. 당시 일반적으로 슈테판 게오르게$^{\text{Stefan George}}$*의 시가 읽힌다는 해명이 돌아왔다. 레오 피셸은 자신의 낡은 백과사전에서 그 시인의 이름을 찾아보았지만 헛수고였다. 구식 자유주의자인 피셸을 제일 분노케 하는 일은 그 새파란 주둥이들이 평행운동에 참여하는 고위 공직자, 은행장, 학자들을 일컬어 '거들먹거리는 좀팽이'라고 부른 것이었다. 그들은 불만에 차 오늘날엔 더이상 어떤 위대한 이념도 없으며 그것을 이해하는 사람조차 없다고 주장했다. 또한 그들은 '인문주의'조차 하나의 상투어로 취급했으며 오직 민족이나 민족성, 전통 같은 말들만 취급할 가치가 있다고 보았다.

"인문주의에서는 어떤 구체성도 느껴지지 않아요, 아빠." 그가 게르다를 설득하려 하자 그녀는 항변했다. "이제 그런 말은 공허할 뿐이에

---

* 1868~1933. 독일의 서정시인으로 프랑스 상징주의의 영향을 받아 독일 현대시의 초석을 놓았다.

요. 하지만 '나의 민족'이라고 하면 구체적이에요!"

"너의 민족이라고!" 레오 피셸은 위대한 예언자와 트리에스테에서 변호사로 있었던 자기 아버지 이야기를 하려고 했다.

"나도 알아요," 게르다가 끼어들었다. "하지만 나의 민족은 정신적인 것이에요. 그게 내가 말하고자 하는 거예요."

"네가 정신이 돌아올 때까지 방에 가둬야겠다!" 레오는 말했다. "네 친구들도 집에 들이지 않을 거야. 그 애들은 일도 하지 않으면서 자기 생각에만 몰두하는, 숙련 받지 못한 인간들이란다."

"아빠가 무슨 생각을 하는지 나도 알아요." 게르다가 대답했다. "아빠 세대는 우리를 양육했다는 이유로 모욕해도 된다고 생각하죠. 죄다 가부장적 자본주의자들이에요."

그런 논쟁은 종종 아버지의 걱정에서 비롯되었다.

"만약 내가 자본주의자가 아니라면 넌 어떻게 살 거니?" 그 집의 지배자가 물었다.

"내가 모든 걸 알 순 없죠." 게르다는 그런 식으로 대화가 확장될 때는 보통 말을 잘랐다. "하지만 학자와 교사, 종교지도자, 정치인, 그리고 다른 참여자들이 이미 새로운 가치체계를 창조하는 일에 나섰다는 사실은 저도 알아요!"

은행장 피셸은 아마도 아이러니하게 질문하려고 했을 것이다. "너희들 자신이 그런 종교지도자나 정치인들이 아닐까?!" 하지만 그건 마지막 말을 남겨두기 위한 것일 뿐이었다. 종국에는 그 모든 것이 그에게 얼마나 어리석게 느껴지는지, 또한 습관적으로 두려움을 일으켜 그를 물러나게 만드는지 게르다가 눈치채지 못하는 것 같아 그는 기뻤다. 그런 논쟁은 그가 자신의 집에서 벌어지는 거친 대항운동에 대비되는 평행운동의 질서를 조심스럽게 칭송하면서 끝이 나곤 했다. 하지만 그런 칭송도 클레멘티네가 듣지 못할 때만 가능했다.

조용한 순교를 행하듯 아빠의 훈계에 저항하는 게르다는 레오 피셀과 클레멘티네에게도 모호하게나마 감지되었지만—이 집에 흐르는 순진무구한 욕망의 호흡 같은 의미를 가졌다. 기성세대들이 분함을 억누르고 침묵하는 것들에 대해 젊은이들은 여러 방식으로 토론을 이어갔다. 그들이 민족적 감정이라고 부르는 것, 그러니까 각자의 주체를 어떤 상상의 공동체로 밀어넣어 섞어버리는 것—이른바 그들이 기독교-게르만시민정신이라고 부르는—조차도 기성세대의 그 굿지굿한 사랑의 연대에 비하면 그나마 뭔가 날개 달린 에로스를 품은 것처럼 보였다. 나이에 비해 영리한 그들은 흔히 통용되는 '탐욕'이라든가 '상스러운 존재의 향유라는 과장된 거짓'을 경멸했다. 대신 그들은 감각의 초월이라든가 신비한 욕망에 관해서 지나치게 말을 많이 했고 그래서 그 말을 듣는 사람들에겐 그에 대한 반감으로 감각과 욕정에 대한 부드러운 친근감이 일게 만들었으며 레오 피셀마저도 그들의 언어 속에 표현된 거침없는 열정이 그들의 이념의 뿌리가 발끝에 닿아 있음을 느끼게 한다고 이따금 책망하였다. 왜냐하면 그에게 위대한 이념이란 위쪽으로의 향상을 경험하는 것이어야 하기 때문이다.

클레멘티네가 반대하면서 말했다. "그렇게 모든 것에 등을 돌려서는 안 돼요, 레오!"

"어떻게 그들은 재산이 정신을 나가게 한다고 말할 수 있지?" 그는 다시 논쟁을 시작했다. "내가 정신 나간 사람이라고? 아마 당신은 그럴지도 모르겠군. 그들의 말을 진지하게 받아들이니까 말이야!"

"당신이 잘못 이해한 거예요, 레오. 그들은 기독교적으로 말하고 있잖아요. 그들은 이 삶을 벗어버리고 지상에서 더 높은 삶을 원하는 거라니까요."

"그건 기독교적인 게 아니라 돌아버린 거라고." 레오가 반박했다.

"현실적인 사람이 아니라 내면적인 사람이 진실을 본다는 말이죠." 클레멘티네가 설명했다.

"웃기는 말이로군." 피셀이 주장했다. 하지만 그가 틀렸다. 그는 자신의 주변에서 벌어지는 정신적인 변화에 압도당해 속으로는 울고 있었다.

은행장 피셀은 요즈음 전보다 더 신선한 공기를 필요로 했다. 일이 끝난 후에도 그는 서둘러 집에 오지 않았고 아직 대낮이라면 한겨울이라도 도심의 공원에서 잠시 산책하기를 즐겼다. 그는 견습사원 시절부터 이 도심 공원을 좋아했다. 이유를 알 수 없었지만 시 당국은 늦은 가을 철제 접이식 의자들을 새로 페인트칠했다. 그 의자들은 눈이 쌓인 길을 따라 밝은 녹색으로 늘어서 있어서 마치 봄의 색깔 같은 환상을 불러일으켰다. 레오 피셀은 이따금 놀이터나 산책로 주변의 의자에 혼자 몸을 감싸고 앉아서 보모들이 아이들과 함께 한겨울에도 건강함을 과시하면서 햇볕을 쬐는 모습을 바라보았다. 아이들은 장난감을 가지고 놀거나 작은 눈뭉치를 던졌고, 작은 여자아이들은 마치 성인 여성처럼 눈을 크게 떠 보였다. 피셀은 생각했다. '아, 아름다운 부인의 외모에서 느껴지는 그 찬란한 인상은 아이의 눈을 가졌기 때문이구나!' 동화 속 연못을 벼다니는 듯 눈 속에 사랑을 품은 작은 여자아이들이 노는 모습에 그는 기분이 좋아졌다. 그 연못에서 나중에 황새가 아이들을 데려올 것이고 이따금 여성 교사들도 데려올 것이다.* 그가 아직 인생의 쇼핑 진열대 앞에 서서 그 안으로 들어갈 돈도 없고 그저 운명이 무슨 일을 벌일지 짐작이나 해보던 젊은 시절에 그는 종종 이런 구경을 즐겼다. 얼마나 가엾은 시설이던가. 그는 순간 흰 크로커스와 푸른 잔디 사이에 앉아 있던 젊은 시절의 그 팽팽한 긴장감을 다시 마주한 기분이 들었다. 그의 현실감각이 되돌아와 눈에 초록색 페인트가 시야에 들어왔을 때 그는 기묘하게도 자신의 봉급이 떠올랐다. 돈은 독립을 선사한다. 하지만 그의 수입은 전부 가족의 필요나 예상되는 예비자금에 쓰였다. 그래서 그는 사람이 독립하기 위해서는 직업말고도 다른 일을 해야 한다고 생각했다. 다른 은행장들처럼 증권 지식을 이용해 주식에 투자하는 일도 그런 종류의 일이었다. 레오는 놀고 있는 소녀들을 보면서 생각에 몰두했는데 더이상 생각을 이어갈 열정이 떨어지는 걸 느꼈고 그래서 그만두었다. 그는 은행장이란 직책을 가진 지배인이었고 그 위로 올라서려는 어떤 의도도 없었으며 자신처럼 일에 찌든 사람은 아무리 휘어진 등을 펴려고 해도 펴지지 않는다면서 의도적으로 스스로를 낮추려고 했다. 그는 자신과 아름다운 아이들이며 보모들—지금 이 순간 공원에서 그에게 인생의 매력을 의미하는—사이에 제거될 수 없는 벽을 세우려고 스스로 이런 생각을 하는 줄은 잘 모르고 있었다. 왜냐하면 그를 집에 가지 못하게 붙잡아두는 이 불쾌한 기분에도 불구하고 그는 집안의 지옥 같은 분위기를 신과 같은 아버지와 명목상의 은행장 주위를 감싸는 천사 같은 분위기로 바꿀 수만 있다면 무엇이든 내주는 구제불능의 가족주의자이기 때문이다.

울리히 역시 공원을 좋아했고 사정이 될 때마다 공원을 가로질러

---

* 서구의 동화에서 황새는 종종 여성에게 아이를 갖게 하는 동물로 그려진다.

가곤 했다. 때마침 울리히와 피셸은 우연히 마주쳤고 순간 피셸은 자신이 평행운동 때문에 집에서 겪어야 했던 모든 일들이 떠올랐다. 피셸은 젊은 친구가 나이든 사람의 초청을 그리 쉽게 무시하는 데 대해 서운함을 표하고 덧없는 우정일지라도 시간이 지나면—열정적인 우정과 마찬가지로—나이를 먹는 법이니 그것만큼은 명심해주길 진지하게 부탁했다.

울리히는 피셸을 다시 보게 돼 정말 기쁘다면서 이게 다 자신을 괴롭혀온 사소한 일들 때문이라고 아쉬워했다.

피셸은 형편없는 시대와 더 나빠진 사업에 대해 한탄했다. 결국 도덕이 느슨해진 것이다. 모든 게 물질주의에 빠져 있고 매사에 여유가 없다.

"방금 당신이 부럽다는 생각을 했어요!" 울리히가 대답했다. "은행원이란 직업은 정말 영혼이 머무는 요양원 같지 않습니까! 그 직업이야말로 정신적으로 고결한 유일한 직업이에요."

"맞아!" 피셸이 맞장구를 쳤다. "은행원은 그저 합당한 이유에만 몰두하여 인간의 진보에 기여하잖아. 하지만 그는 다른 사람들과 마찬가지로 그리 넉넉지는 못하네!" 그는 우울하게 덧붙였다.

울리히는 그와 함께 집까지 가기로 했다.

집에 도착하자마자 그들은 팽팽하게 긴장된 분위기를 감지했다.

게르다의 친구들이 모두 와 있었으며 격렬한 논쟁이 한창 진행중이었던 것이다. 이 어린 학생들은 대부분 아직 고등학생이거나 이제 대학에 진학한 1학년생들이었으며 그중 몇몇은 벌써 상업 쪽의 직업을 가지고 있었다. 어떻게 이런 그룹을 만들게 됐는지는 그들 스스로도 잘 몰랐다. 아마 알음알음으로 하나둘 모여들었을 것이다. 어떤 아이들은 국가 학생조직에서 알게 되었으며 다른 애들은 사회운동 또는 가톨릭운동 조직에서, 또다른 아이들은 반더포겔^{Wandervogel}에서[*] 서로 만나기도 했다.

아마 그들 모두에게 공통된 한 가지가 있다면, 바로 레오 피셀의 집이라고 보아도 거반 틀리지 않을 것이다. 정신적 운동이 지속되려면 육체가 필요하다. 그 육체는 피셀의 집과 클레멘티네가 제공하는 음식, 그리고 교류의 규칙에 의해 구성된다. 게르다는 이 집에 속하고 한스 제프는 게르다에 속하며, 이 무지하게 순결한 영혼과 그보다 덜 순결한 얼굴을 지닌 남학생은 사실 지도자는 아니었는데 이는 젊은 학생들이 어떤 지도자도 인정하지 않기 때문이었다. 그러나 한스 제프가 가장 열정적인 학생인 것은 사실이었다. 그들은 이따금 게르다의 집이 아닌 다른 곳에서 만나기도 했지만 그들 운동의 핵심 장소는 이미 언급한 대로 이곳이었다.

아무튼 이 젊은이들의 정신세계는 마치 새로운 질병의 출현이나 당첨된 복권에서의 긴 숫자 나열처럼 주목할 만한 수수께끼였다. 낡은 유럽 이상주의의 태양이 사라져갈 무렵 수많은 횃불이 손에 손을 거쳐 전달되었다. 그 이념의 횃불을 도대체 어디서 훔쳐왔으며 그것이 누구에 의해 발명된 것인지는 아마 신만이 알 것이다! 또한 그 횃불은 여기저기서 타올라 작은 정신의 집단을 불붙게 하는 춤추는 불의 바다가 되었다. 그래서 거대한 전쟁이 그런 결말을 맺기 전의 몇년 동안 젊은이들 사이에서는 사랑과 유대감이 엄청나게 많이 이야기되었으며 특히 은행장 피셀의 집에 모인 젊은 반유대주의자들은 모두

---

* 철새나 뜨내기를 뜻하는 말로 20세기 초 독일에서 창립된 청년 단체의 이름이다. 자연과 자유로 돌아가자는 취지를 띠고 있었으며 주변국으로 퍼져나가 심지어 일본에까지 이 단체가 설립되었다.

를 끌어안는 사랑과 유대감 아래 서 있었다. 진실한 유대감이란 내적인 법칙의 작용이고 가장 깊고 간단하고 완벽한 것이며 이것들 중 가장 첫째는 사랑의 법칙이다. 이미 알려졌듯이 사랑은 절대로 감각적이거나 천박한 것이 아니다. 왜냐하면 육체적 소유란 재물의 신, 즉 맘몬의 발명품이며 결국 분열과 의미의 고갈만을 가져올 뿐이기 때문이다. 당연히 인간은 모든 사람을 사랑할 수 없다. 하지만 한 인간이 끈기있는 내적 책임감을 가지고 진정한 인간이 되려고 노력한다면 그는 모든 개인의 특성에 존경심을 품을 수 있을 것이다. 그렇게 그들은 사랑의 이름으로 모든 것에 대해 격렬하게 토론했다.

하지만 이 시기에 클레멘티네에 대항하는 급진파가 형성되었다. 클레멘티네는 다시금 젊어지는 것 같아 기뻐했으며 진정한 사랑이란 사실상 자본의 이자와 매우 유사하다고 인정하면서도 절대 평행운동을 혹평해서는 안 된다고 생각했다. 왜냐하면 아리아인이 다른 피와 섞이지 않고 순수함을 지킬 때만이 이상을 창출할 수 있다고 보았기 때문이다. 클레멘티네는 겨우 흥분을 억누르고 있었고 게르다는 방을 떠나려 하지 않는 엄마 때문에 화가 나서 뺨 밑에 붉은 반점이 올라왔다. 레오 피셀이 울리히와 함께 방에 들어섰을 때, 게르다는 한스 제프에게 그만하라고 애원하는 표정을 지어 보였고 한스는 화해를 원하는 듯한 목소리로 말했다. "우리 시대의 인간들은 위대한 것을 창조할 능력이 없어!" 이렇게 말함으로써 한스는 거기 있는 사람들에게 이미 익숙해진 비인격적 형식으로 문제를 끌어들였다고 믿었다.

그때 불운하게도 울리히가 대화에 끼어들었고—피셀을 향해선 약간 험한 농담이 되겠지만—한스 제프에게 당신은 진보를 전혀 믿지 않느냐고 물었다.

"진보라고요?" 한스 제프는 깔보는 듯한 자세로 대답했다. "백년 전의 인물들을 한번 떠올려보시죠. 그땐 진보가 시작되기도 진이였디고요! 베토벤! 괴테! 나폴레옹! 헤벨! 같은 사람들을요."

"흠…" 울리히는 말했다. "헤벨은 백년 전에 겨우 막 태어난 아기였어요."

"젊은 사람들은 계산적인 정확성을 혐오하지." 피셀 은행장은 고소해하며 말했다. 울리히는 바로 대꾸를 하지 않았다. 그는 한스 제프가 자신을 질투한다는 것을 알았지만 게르다의 각별한 우정에 대해서도 고려했던 것이다. 울리히는 무리 가운데 앉았고 이야기를 계속했다. "우리가 인간 능력의 여러 분야에서 큰 진보를 이루어왔다는 사실은 부정할 수 없지요. 그러나 사실 우리는 그 진보를 따라가기에도 벅찬 실정입니다. 그렇다면 우리는 어떤 진보도 체험하지 못했다는 생각도 가능하지 않을까요? 결국 진보란 우리 모두의 결합된 노력의 산물이며 그래서 우리는 현재의 진보는 아무도 원치 않았던 진보라고 단언할 수 있지요."

한스 제프의 검은 앞머리는 마치 부르르 떨리는 뿔처럼 울리히를 향했다. "그건 당신이 방금 말한 그대로예요. 진보는 누구도 원하지 않았던 것이지요! 여기저기 수백 가지 길을 외치는 닭울음 소리가 있었지만 어떤 것도 길이 아니었죠! 사상은 물론, 영혼도 아니었어요! 또한 특성도 아니었지요! 문장은 페이지에서 튀어나왔고 단어는 문장에서 튀어나왔으며 전체는 더이상 전체가 아니라고, 이미 니체가 말한 적이 있어요. 니체의 자기중심주의 역시 존재에 대한 또다른 가치폄하라는 사실에 대해선 신경쓰지 마세요. 당신이 삶에서 간직한 단 하나의 확고하고 궁극적인 가치가 있다면 한번 말해보시죠!"

"그런 걸 성급하게 요구하다니!" 피셀 은행장이 제지하고 나섰다. 하지만 울리히는 한스에게 물었다. "어떤 궁극적 가치 없이 사는 게 당신에게 그렇게 불가능한 일인가요?"

"그럼요," 한스는 말했다. "하지만 그것 때문에 내가 불행하다는 건 인정하겠습니다."

"악마의 소행이로군요!" 울리히는 웃었다. "우리에게 모든 일이 가능한 이유는 우리가 완벽하지 않고 최고의 인식에 이르지 못한다는 사실에서 기인하죠. 중세에는 그런 일이 가능했고 그래서 무지한 채로 머물렀던 겁니다."

"그건 의문이군요." 한스 제프가 대답했다. "나라면 무지한 건 지금의 우리라고 말하겠습니다."

"하지만 당신은 우리의 무지가 명백하게 성공적이며 다양하다는 점도 인정해야 할 겁니다."

뒤쪽에서 누군가 참을성 많은 목소리로 중얼거리는 소리가 들렸다. "다양성, 지식, 상대적인 진보! 그런 것들은 자본주의에 의해 망가진 기계적 사고방식에서 나온 개념들이죠! 더 말할 필요도 없습니다."

레오 피셀도 혼자 중얼거렸다. 그가 바라본 바에 따르면 울리히는 이 무례한 친구들에게 너무나 관대했다. 피셀은 가방에서 꺼낸 신문 뒤로 자신을 숨겼다.

그러나 울리히는 그 순간을 즐겼다. "하녀의 욕실, 진공청소기에다 방이 여섯 개짜리 현대적 가옥은 높은 천장, 두꺼운 벽, 아름다운 아치를 갖춘 옛날 집에 비하면 진보입니까 아닙니까?" 그는 물었다.

"아닙니다!" 한스 제프가 소리쳤다.

"비행기는 역마차에 비해 진보인가요?"

"그렇지!" 피셀 은행장이 크게 대답했다.

"수공업에 비해 기계적 생산은요?"

"수공업이요!" 한스가 대답한 반면 레오는 "기계!"라고 외쳤다.

"제 생각엔," 울리히가 말했다. "모든 진보는 동시에 퇴보예요. 진보는 언제나 특정한 의미에서만 그렇습니다. 우리 삶에 전체라는 것이 의미가 없듯이 진보에도 완전함은 없는 것이죠."

레오는 신문을 내렸다. "그럼 대서양을 6일 만에 건너는 게 나을까, 아니면 6주에 걸쳐 건너는 게 더 좋을까?"

"둘 다 명백한 진보라고 말씀드리고 싶네요. 다만 우리 젊은 크리스천들은 어떤 것에도 동의하진 않을 겁니다."

젊은이들은 마치 팽팽하게 당겨진 활시위처럼 숨죽이고 있었다. 울리히는 대화에 찬물을 끼얹었지만 투쟁의지를 꺾지는 않았다. 그는 계속 말했다. "하지만 우리는 반대로 말할 수도 있죠. 만약 우리 인생이 각각 진보한다면, 그 의미도 각자 개인에게서 찾겠지요. 하지만 만약 우리가 인간을 신에게 희생물로 바친다거나 마녀를 불에 태운다거나 머리카락에 잿가루를 뿌린다든가 하는 것에서 의미를 찾는다면 더 위생적인 습관이나 더 인간적인 관습이 진보를 대표하는 상황에서도 그것은 여전히 삶의 뜻깊은 느낌 중 하나로 남게 될 것입니다. 문제는, 진보란 항상 옛날의 의미를 제거하려 한다는 점이죠."

"자네가 말하려 하는 바는," 피셀이 질문했다. "우리가 그 혐오스런 암흑의 시대에서 다행히 벗어났는데도 다시 인간 공양의 시절로 돌아가야 한다는 말인가?"

"그 시대를 암흑이라고 그렇게 확실하게 규정할 수 있을까요?" 이번에는 한스 제프가 울리히의 편을 들며 말했다. "당신이 죄 없는 토끼를 먹어버렸다면 그것이 바로 암흑이지요. 하지만 식인종이 종교적 의식 가운데 경외감에 차서 낯선 사람을 먹을 때 그의 내면에서 어떤 일이 일어나는지는 쉽게 알 수 없지요."

"분명히 지난 시대에 관해서는 더 생각해볼 게 있을 겁니다." 울리히는 한스의 말에 찬성했다. "그렇지 않다면 그토록 많은 훌륭한 사람들이 그 시대에 동의할 리가 없겠죠. 우리는 아마도 거대한 희생 없이 그 시대를 이용해먹는 게 아닐까요? 혹시 우리는 인류의 오래된 문제를 극복하는 방법에 확실하게 대면한 적이 없기 때문에 여전히 그렇게 많은 인간들을 희생하고 있는 것이 아닐까요? 그건 매우 표현하기 어렵고 모호한 연관성을 가지고 있습니다."

"하지만 당신의 사고방식에서는 이상적인 목표가 항상 손익결산표나 대차대조표에 머물고 말죠." 한스 제프가 이번에는 울리히에게 버럭 대들었다. "당신은 피셸 은행장만큼이나 부르주아적 진보를 믿고 있으면서도 될 수 있는 한 비비 꼬고 왜곡시켜 표현할 뿐이죠. 그래야 사람들이 알아차리지 못할 테니까요!" 한스는 친구들의 의견을 대변해서 말했다. 울리히는 게르다의 얼굴을 바라보았다. 그는 피셸과 젊은이들이 서로간에 그러는 것처럼 자신에게도 달려들 것이라는 사실을 무시하고 생각을 냉철하게 전개해볼 생각이었다.

"하지만 한스, 당신도 뭔가 목표를 이루려고 하지 않나요?" 울리히는 다시금 물었다.

"뭔가 내 속에서, 나를 뚫고 나아가는 것이 있죠." 한스 제프는 짧게 대답했다.

"그런데 그게 목표를 향해 가고 있나요?" 레오 피셸은 이 조롱 섞인 질문에 도취된 나머지 스스로 울리히의 편에 선 것 같은 착각에 빠졌다.

"그건 모르겠어요!" 한스는 암울하게 대답했다.

"당신은 시험을 감내해야 해요. 그게 아마도 진보일 거요!" 피셸은 자신이 화가 나 있다는 것을 부정할 수 없었는데 그것은 덜떨어진 악동뿐 아니라 자신의 친구에게도 실망한 탓이었다.

순간 실내는 터질 것만 같았다. 클레멘티네는 남편을 향해 애원하는 눈빛을 보냈다. 게르다는 한스를 말리려고 했고 한스는 마지막으로 다시 울리히를 공격할 말을 찾고 있었다. "당신은 아마도," 한스가 소리쳤다. "근본적으로 하나의 사상을 가지지 못한다는 점에서 피셸 은행장과 다를 바가 없군요."

그러고는 한스는 방을 뛰쳐나왔고 그의 지지자들은 분노한 표정으로 인사하며 그를 따라나왔다. 피셸 은행장은 클레멘티네의 눈치를 못 이겨 집주인으로서의 임무를 떠올리고는 젊은이들에게 작별 인사를 하기 위해 현관으로 나갔다. 이제 방에는 게르다와 울리히, 클레멘티네만 남았고 클레멘티네는 정화된 공기에 안도의 한숨을 내쉬었다. 곧 클레멘티네마저도 일어섰고 울리히는 뜻하지 않게 게르다와 둘만 남은 상황에 처하게 되었다.

103.
유혹

둘이 남았을 때 게르다는 확실히 화가 나 있었다. 울리히는 그녀의 손을 잡았다. 그녀의 팔은 떨리기 시작했고 곧 손을 뿌리쳤다. "당신은," 그녀가 말했다. "한스에게 목표가 무엇을 의미하는지를 몰라요! 당신은 그것이 싸구려라며 조롱하죠. 당신의 생각은 너무 저속해졌어요." 그녀는 가능한 가장 거친 말을 찾았고 그런 자신의 모습에 깜짝 놀랐다. 울리히는 다시 그녀의 손을 잡으려고 했으나 그녀는 팔을 움츠렸다. "우린 그런 행동을 원치 않아요!" 비록 경멸을 담아 쏘아붙이듯 말했지만 그녀의 몸은 동요하고 있었다.

"나는," 울리히는 조롱하는 투로 말했다. "너희들이 하는 일이 고상한 수준을 지키려 한다는 사실을 알고 있어. 바로 그 때문에 나는 너희들이 친절하다고 하는 그런 행동을 해야만 하지. 예전에 내가 너희들과 다른 방식으로 이야기 나누는 것을 얼마나 좋아했는지 잘 알잖아!"

"당신은 달랐던 적이 없어요!" 게르다가 빠르게 대답했다.

"나는 늘 망설였어." 울리히는 짧게 말하고 그녀의 얼굴을 훔쳐보았다. "내 사촌에 대해 이야기를 하면 좀 관심이 있을까?"

울리히가 곁에 있다는 불안함 때문에 어딘가 흔들리던 게르다의 눈이 갑자기 치켜 올려졌다. 그녀는 한스를 위해 정보를 캐내야겠다는 열망에 불타올랐으면서도, 그것을 숨기기 위해 애썼다. 그녀의 친구는 그런 태도에 만족해했고 마치 뭔가 심상치 않은 분위기를 눈치챈 짐승이 본능적으로 방향을 틀듯이 다른 화제를 꺼냈다. "언젠가 내가 달에 대해 이야기했던 것 기억나?" 그는 물었다. "뭔가 그 비슷한 것을 먼저 털어놓고 싶군."

"또 거짓말을 할 게 뻔해요!" 게르다가 대답했다.

"그렇지 않아! 너도 참여한 강의의 주제라 아마 기억할 거야. 어떤 것이 법칙인지 아닌지를 사람들이 알고 싶을 때 무슨 일이 생길까? 사람들은 물리학이나 화학에서처럼 자신의 근거를 내세울지도 모르지. 그래서 우리의 관찰이 기대하던 결과와 정확히 일치하지 않더라도, 특정한 방식으로 관찰을 결과에 근접시키고 그것에 따라 계산을 산출해내지. 또는 삶에서 흔히 그러하듯 법칙인지 아니면 그저 우연인지를 정확히 구별할 수 없는 근거 없는 현상들과 마주치기도 해. 그때 인간적인 흥분을 느끼게 되고. 그러면 사람들은 관찰의 더미 속에서 숫자더미를 만들어내. 말하자면 분류를 하는 것인데, 이러저런 것 사이에, 또는 다음 결과와 그 다음 결과 사이에 어떤 숫자가 있는지 따위를 잘게 나누는 것이지. 그러고는 일련의 분포 양상을 만들어내. 그것은 현상의 빈도가 체계적인 증가 또는 감소를 과연 증명하는지를 보여준다고. 여기서 그들은 고정된 순서나 분포의 기능을 얻지. 그들은 편차의 정도, 평균 편차, 임의값·중앙값·보통값·평균값·분포 같은 것에서 얻은 편차 등을 계산하며 그 모든 개념을 이용하여 현상을 연구해."

울리히는 모든 것을 차분한 어조로 설명했고, 그래서 그가 스스로 숙고하기 위한 것인지 아니면 그저 재미로 게르다를 과학의 최면에 빠져들게 하려는 것인지 구별하기 어려웠다. 게르다는 그에게서 물러났다. 그녀는 안락의자에 앉아 몸을 앞으로 기울이고 미간 사이를 잔뜩 찌푸리면서 바닥을 바라보았다. 누구나 그렇듯 객관적인 이야기를 해서 그녀의 이성을 자극하면 반항심이 수그러들었다. 그의 말에서 그녀는 간명한 확실성을 간파했고 그 속으로 빠져 들어가는 느낌이었다. 그녀는 실업계 고등학교를 나와 대학에 몇학기째 다니고 있었다. 이제껏 그녀는 더이상 전통적인 인문주의에 가둘 수 없는 엄청나게 많은 새로운 지식들을 접했다. 많은 젊은이들 사이에서 예전의 교육과정은 완전히 무력해 보였다. 그들 앞에 놓인 새로운 시대는 마치 구식 농기구로는 재배될 수 없는 땅 같았기 때문이다. 울리히의 말이 어느 방향으로 나아갈지 그녀는 알지 못했다. 그녀는 그를 사랑했기 때문에 그를 믿었다. 동시에 그보다 열살이나 젊은 신세대에 속했기 때문에 그를 신뢰하지 못했다. 그의 말을 듣는 동안 상충되는 두 감정은 모호하게 서로 스며들었다. "게다가 지금," 울리히는 말을 계속했다. "우리는 거의 자연법칙처럼 보이는 정확한 관찰기록들을 가지고 있어. 하지만 그런 관찰기록들을 보이는 현상의 근거로 삼지는 않아. 통계적 수치는 종종 법칙만큼이나 큰 규칙성을 띠지. 너도 아마 사회학 강의에서 그런 사례들을 들어보았을 거야. 가령 미국에서의 이혼 통계 또는 남아-여아 출산율의 관계 같은 것은 매우 일정한 관계 양상을 보여주지. 그뿐 아니라 너도 알다시피 징병대상자 중 매년 일정한 숫자가 병역을 피하기 위해 신체 일부를 잘라버리며, 유럽 인구 중 자살을 택하는 사람은 매년 일정한 비율로 유지되지. 내가 아는 한 절도, 성폭행, 파산 등도 매년 일정한 발생률을 유지해…."

그때 게르다가 반발하고 싶은 욕구를 드러내 보였다. "지금 뭔가 진보적인 말을 하고 싶은 건가요?" 그녀는 가급적 경멸을 담으려 애쓰며 외쳤다.

"당연히 그렇지." 울리히는 물러섬 없이 대답했다. "뭔가 베일에 싸인 듯 거대한 숫자의 법칙으로 불리는 걸 생각해봐. 무슨 말이냐면 하나의 현상에 어떤 사람은 이런 이유를, 다른 사람은 서런 이유를 대지만 그 현상이 엄청난 숫자로 반복될 경우 그러한 우연성과 개인성은 폐기되고 뭔가 남는데…, 그래 도대체 뭐가 남는다는 걸까? 그게 내가 묻고 싶은 거야. 왜냐하면 그 남는 것은 우리 문외한들이 그저 평균이라고 부르는 것인데, 그게 정확히 무엇인지를 아는 사람은 아무도 없기 때문이지. 좀더 얘기해볼게. 사람들은 이 거대한 숫자의 법칙을 논리적이고 형식적으로 설명하려고 노력해왔어. 그러니까 자명한 것이라는 말이지. 또한 사람들은 그와 반대로, 서로 인과관계가 없는 현상의 그런 규칙성은 일반적인 사유방식으로는 도저히 설명될 수 없다고 주장하지. 또한 그들은 여러 다른 현상들은 개별적인 사건으로서가 아니라 전체의 숨겨진 법칙으로 분석돼야 한다는 주장을 펼쳐. 나조차도 별로 익숙하지도 않은 세세한 설명으로 널 괴롭히고 싶지는 않아. 하지만 과연 그렇듯 이해하기 힘든 공동의 법칙이 있는지, 또는 개별적인 사건은 그저 자연의 역설에 불과해서 사실 어떤 특수한 사건도 일어나지 않으며 일어나봤자 근원적으로 공허한 평균을 취함으로써 설명되는 의미에 불과한 것인지 나는 정말 알고 싶어. 다른 지식과 마찬가지로 그런 지식은 우리의 삶의 감각에 결정적인 영향을 끼칠 거야! 그것이 무엇이 됐든, 이 거대한 숫자의 법칙 속에서는 규칙적인 삶을 향한 가능성이 존재하기 때문이지. 또한 이런 평균 법칙이 없다면 한해 동안 아무 일도 일어나지 않는 것과 마찬가지며 결국 어떤 것도 확실하지 않은 상태에 놓이게 돼. 기아상태는 공급과잉으로 바뀌고, 아이들은 부족하다가 너무 많아지며, 인류는 마치 새장으로 다가오는 사람을 보고 작은 새가 요동치듯이 천당과 지옥의 가능성 사이를 펄럭이며 날아다닐 거야."

"그 모든 게 사실이라고요?" 게르다는 주저하며 물었다.

"그건 너 스스로 알아내야지."

"당연하죠. 세부적인 것들에 대해서는 나도 많이 알아요. 하지만 아까 다른 사람들과 논쟁할 때 당신이 한 말은 뭔지 모르겠어요. 당신이 진보에 대해서 한 말은 마치 그들 모두를 화나게 하려는 소리처럼 들렸어요."

"너는 항상 그렇게 생각해왔어. 하지만 우리가 진보에 대해 아는 것은 아무것도 없어! 진보가 무엇이어야 하는지에 관해서는 여러 가능성이 있으며 나는 그중 하나를 말한 것이지."

"'그건 무엇이든 될 수 있다!' 당신은 항상 그렇게 생각하죠. 당신은 한번도 '그건 어떠해야 한다!'는 식으로 대답한 적이 없어요."

"너희들은 너무 성급해. 항상 절대적인 목표, 이상, 계획이 있어야 하다니. 하지만 도출되는 결론은 절충이나 평균이란 말이야! 항상 최고를 추구하지만 결국 어떤 중간지점에 도달한다는 건 좀 웃기기도 하고 피곤한 일 아닌가?"

그건 본질적으로 디오티마와 나눈 대화와도 같은 내용이었다. 겉은 좀 다를지 몰라도 속은 다 통하는 이야기였기 때문이다. 어떤 사람이 그의 앞에 앉아 있든 대화의 내용은 다를 바 없었다. 정신적인 자기장에 들어온 육체는, 무조건 예정된 길을 따라야 하는 것이다! 울리히는 그의 마지막 질문에 대답을 하지 않는 게르다를 유심히 바라보았다. 두 눈 사이에 불만이 가득한 주름을 지으며 마른 처녀는 앉아 있었다. 그녀의 블라우스 틈으로 보이는 가슴 역시 우묵한 수직의 골을 만들고 있었다. 그녀의 팔과 다리는 길고 연약해 보였다. 그녀는 마치 때 이른 여름의 열기에 축 늘어진 봄날 같았다. 또한 젊은 육체 안에 유폐된 완고한 고집스러움을 지니고 있었다. 갑자기 예성보다 빨리 어떤 결정을 내려야겠다는 생각과 함께 이 젊은 여성이 거기에 중요한 영향을 끼칠 것이란 예감이 들자 그는 묘한 거부감과 냉정함에 휩싸였다. 자기도 모르게 그는 평행운동 내부의 젊은이들에게 받았던 인상을 설명했고 몇마디 말로 결론을 내렸는데 그 말이 게르다를 놀라게 했다. "그 젊은이들은 거기서도 매우 급진적이고 그래서 나를 별로 좋아하지 않아. 나는 그들에게 똑같이 되갚아주는데, 왜냐하면 나 자신도 나름 급진적이고 어떤 무질서에도 지식인들보다 더 잘 견딜 수 있기 때문이지. 나는 생각이 발전되는 것도 좋아하지만 깨지는 것도 좋아해. 지각의 운동뿐 아니라 밀도 높은 이념 또한 좋아하지. 이것이 바로 나의 변함없는 친구여야 할 네가 무엇이 돼야 하는 것 대신 무엇이든 될 수 있는 것에 집착한다며 나를 비판하는 이유야. 나는 그 둘의 차이점을 알고 있어. 아마 그것은 지적인 엄정함과 생활의 감정이 뒤섞이고 우리의 기계적인 정확성이 삶의 부정확성을 하나의 적합한 보충으로 여기는 지경에 이른 오늘날 사람들이 가질 수 있는 가장 시대착오적인 특성일 거야. 왜 너는 나를 이해하려 하지 않지? 아마도 너는 나를 이해할 수 없을 것이고, 내가 시대에 적합한 너의 생각에 혼란을 일으키려 한다면 나쁜 짓이 될 테지. 하지만 게르다, 정말 나는 종종 내가 틀린 건 아닌지 자문하곤 해. 아마 내가 견딜 수 없는 많은 사람들이 내가 한때 이루고자 했던 것을 지금 하는 중일 거야. 그 사람들은 아마 그것을 잘못된 방향으로 이끌거나 아무 생각 없이 밀어붙일 것이고 어떤 이는 이쪽으로 다른 사람은 저쪽으로 달려갈 테지. 각자 이 세상에서 하나뿐인 생각을 낳았다고 생각하면서 말이야. 그들 각자는 스스로 엄청나게 똑똑하다고 생각하며, 그들 모두의 시대는 불모의 지대로 가고 있다고 믿을 거야. 하지만 반대로 생각해보면 그들 각자는 멍청하지만 전체로 보면 생산적인 것이 아닐까? 오늘날 각자의 진리는 대립되는 두 거짓으로 쪼개지는 것처럼 보이며 이것 역시 개인을 초월하는 경험의 한 방식이 될 수 있지. 시도된 것의 총합인 그 평균은 더이상 참을 수 없을 정도로 일면적이 된 개인에 달린 것이 아니라 오히려 실험에 내맡긴 공동체에 달려 있어. 한마디로 자신의 외로움을 이따금 난동으로 해소하는 늙은 남자 정도는 네가 너그럽게 봐달라는 거야."

"당신의 말 속에는 아직 설명되지 않은 게 있어요!" 게르다는 험악하게 받아쳤다. "왜 당신은 그런 생각을 책으로 쓰지 않나요? 책으로 남긴다면 우리한테 도움이 될 텐데요."

"하지만 책을 써야 한다면 그건 어떤 기분일까?" 울리히는 말했다. "나는 어머니에게서 태어났지 잉크병에서 나지 않았거든."

게르다는 과연 울리히의 책이 누군가에게 실제적인 도움이 될까 자문해보았다. 모든 젊은이들이 우정을 과대평가하듯이 그녀는 책의 힘을 과대평가했다. 둘 다 침묵에 빠지자 방은 완전한 정적에 빠져들었다. 피셸 부부는 분개한 손님들을 따라 집을 떠난 것 같았다. 게르다는 강한 남자의 육체가 바로 곁에서 압도하는 힘을 느꼈다. 그녀는 둘이 함께 있을 때 스스로의 다짐에도 불구하고 그런 힘을 느꼈다. 그녀가 그 힘에 저항하려 하자 몸이 떨리기 시작했다. 울리히가 변화를 알아채고 일어서서 손을 게르다의 연약한 어깨에 올리며 말했다. "게르다, 내가 제안을 하나 할게. 도덕적인 것이 마치 기체분자운동론 같은 물리적 법칙으로 작용한다고 한번 가정해봐. 모든 것이 규칙 없이 날아다니고 각자가 자기 마음대로 움직이지만, 이른바 그 현상에서 아무 법칙도 없다는 걸 누군가 계산해낸다면, 그것이 바로 실세 일어나는 일이라는 거야! 그런 기묘한 일치도 존재한다는 거지. 그래서 우리는 지금 시대를 날아다니는 수많은 이념들이 있다고 가정해보는 거야. 그 이념들이 매우 느리고 자동적으로 위치를 옮겨다니면서 어떤 평균값에 도달한다는 것이고 그것이 이른바 진보 또는 역사적 상황이라고 불리는 것이지. 하지만 가장 중요한 것은 우리의 인간적이고 개인적인 운동은 여기서 아무런 역할도 하지 못한다는 거야. 우리는 오른쪽이나 왼쪽으로 갈 수 있고 깊게 혹은 얕게 생각하거나 행동할 수 있어. 또한 신식으로나 구식으로, 예측 불가능하거나 생각한 바대로 할 수도 있지. 그러나 이 모든 것은 평균에는 완전히 무의미해. 신과 시계는 평균에만 관심이 있고 우리에게는 관심도 없다고!"

울리히는 말을 하면서 그녀의 어깨를 팔로 감싸려고 했다. 하지만 쉽지 않았다.

게르다는 분노했다. "당신은 항상 사색으로 시작하는군요." 그녀는 소리쳤다. "그러고는 꼬꼬댁거리는 닭 울음처럼 아주 뻔한 소리로 넘어가지요." 그녀의 얼굴은 뜨거워져서 동그란 반점이 생겼고 입술은 마치 땀이 흐르는 것처럼 반짝였으며 그럼에도 그녀의 분노에는 뭔가 아름다운 면모가 있었다. "당신이 만들어낸 것은 정확히 우리가 원하지 않는 것이에요."

이제 울리히는 낮은 목소리로 그녀를 유혹하고 싶어 견딜 수 없다. "소유가 그렇게 치명적인 거야?"

"당신하고 그런 이야기를 하고 싶지 않아요!" 게르다는 똑같이 낮은 목소리로 대답했다.

"사물에 대한 소유든 사람에 대한 소유든 다 마찬가지야." 울리히는 계속 말했다. "나는 생각보다 너와 한스를 더 잘 이해하고 있어. 너와 한스가 원하는 게 뭔데? 나한테 털어놔봐."

"보시다시피 아무것도 없어요!" 게르다는 승리감에 취해 소리쳤다. "그걸 말할 순 없죠. 아빠도 항상 말했어요. '네가 원하는 걸 확실히 말해봐라. 그러면 그게 얼마나 무의미한 것인지 알게 될 테니.' 확실히 말할 수 있다면 그건 모두 무의미한 것이에요. 우리가 이성적이라면 절대 상투성에서 벗어날 수 없어요! 당신은 지금 또다시 이성에 기대서 뭔가를 항변하겠지만요!"

울리히는 고개를 흔들었다. "라인스도르프 백작에 대항하는 저항은 어때?" 그는 마치 주제를 바꾸지 않기라도 한 것처럼 부드럽게 물었다.

"아, 당신은 우리를 염탐하는군요!" 게르다는 소리쳤다.

"내가 염탐한다고 생각해도 좋아. 하지만 게르다, 그 일에 관해서 좀더 이야기해줘."

게르다는 당황했다. "별건 아니에요. 독일 청년들의 항의의 일종이죠. 그 백작의 집 근처를 행진하면서 '부끄러워해라!'고 소리치는 정도예요. 평행운동은 부끄러운 짓이니까요."

"왜 그렇지?"

게르다는 어깨를 으쓱해 보였다.

"들어봐." 울리히가 부탁했다. "너는 뭔가 과대평가하고 있어. 우리 한번 조용히 얘기해보자고."

게르다는 순종했다. "내 말을 듣고 말이 맞는지 한번 생각해봐." 울리히는 말을 이었다. "너는 소유가 치명적이라고 말했어. 일단 넌 돈을 생각하고 너의 부모를 생각하겠지. 그들은 당연히 죽은 영혼들이니까."

게르다는 우쭐한 태도를 취해 보였다.

"그러면 돈 대신에 다른 종류의 소유에 관해 이야기해볼까. 자기 자신을 소유한 사람, 자기의 확신을 소유한 사람, 자신의 욕망 또는 자신의 습관이나 성공, 아니면 다른 사람에게 자신을 소유하도록 내어준 사람, 무언가를 정복하고 싶어하는 사람, 혹은 당최 무언가를 원하지 않는 사람, 이런 사람들을 너는 모두 거부하는 건가? 너는 방랑자가 되고 싶어하지. 내가 정확히 기억한다면 한스는 영원히 떠도는 방랑자가 되고 싶다고 했어. 다른 의미와 존재를 향한 방랑자? 내 말이 맞나?"

"모두 정확한 말이에요. 지성은 영혼을 모방할 수 있죠!"

"그리고 지성은 모든 종류의 소유에 속하지? 지성은 마치 구식 은행원처럼 측량하고 무게를 재고 분류하며 모든 것을 모으니까. 하지만 내가 오늘 우리 영혼과 깊은 관계를 맺고 있는 엄청난 이야기들을 하지 않았나?"

"그건 차가운 영혼이죠!"

"네가 완전히 옳아, 게르다. 이제 나는 왜 내가 차가운 영혼, 혹은 은행원의 영혼 편에 서 있는지를 확실하게 말해야겠군."

"비겁하기 때문이죠." 울리히는 그녀가 마치 죽음의 공포에 빠진 작은 동물처럼 이빨을 드러내고 말한다는 사실을 알아챘다.

"신께 맹세코 그럴 거야." 그는 대답했다. "하지만 만약 모든 도피 시도에도 불구하고 다시 아버지에게 붙들리고 말 것이라고 확신하는 이상, 내가 피뢰침에 올라가든가 아니면 아주 작은 벽 위의 장식을 밟고서라도 도망가리라는 사실을 적어도 너는 믿어주겠지."

게르다는 지난번 비슷한 주제로 이야기를 나눈 이후 울리히와 이런 대화를 이어가려 하지 않았다. 대화에서 감정에 빠져드는 것은 그녀와 한스뿐이었다. 또한 그녀는 울리히가 빈정대는 것보다 자기편을 들어주는 것이 더 두려웠다. 그것은 상대방이 신뢰하는지 아니면 비방하는지를 알기도 전에 자신을 그에게 대책없이 넘겨주는 꼴이기 때문이었다. 일전에 그의 말 속의 우울함에 놀란 그 순간부터, 그녀는 내적인 흔들림을 견뎌왔으며 여전히 모든 걸 참아내야만 했다. 그런 사정은 울리히도 비슷했다. 그 처녀를 지배하는 권력에서 오는 타락한 기쁨 따위는 그와 상관없는 일이었다. 그는 게르다를 진지하게 받아들이지 않았고 그런 태도에는 약간이나마 정신적인 혐오가 들어 있었기 때문에 아무렇지도 않게 불쾌한 말들을 늘어놓았다. 그러나 언제부턴가 그가 그녀에 맞서 세상 편에 설수록, 그는 이상하게도 더욱 그녀에게 자신의 내면을 어떤 악의나 미화 없이 털어놓고 싶다는, 또한 마치 속이 다 비치는 길가의 달팽이처럼 그녀를 속속들이 들여다보고 싶다는 욕망에 사로잡혔다. 그는 다시금 그녀를 곰곰이 바라보다 말했다. "나는 마치 하늘의 구름처럼 내 눈을 너의 뺨 사이에 쉬게 하고 싶어. 구름이 하늘에서 어떤 기분일지 나는 알지 못하지만 신이 우리를 장갑처럼 움켜쥐고 아주 천천히 손가락 위로 말아올리는 그런 순간이 아닐까. 너희들에게 그건 아주 쉬운 일이지. 너희들은 우리가 사는 긍정적 세계의 부정적 측면을 감지하고는 그 긍정적 세계는 부모나 나이든 세대에 속하며 그늘이 드리운 부정적 세계는 젊은 세대에 속한다고 단번에 주장하니까. 나는 네 부모들을 위한 스파이가 되고 싶지는 않아, 게르다. 하지만 은행원과 천사 사이에서 선택을 할 때 은행원들의 현실적인 직업적 특성 역시 중요하다는 점을 말해 주고 싶을 뿐이야."

"차 마실래요?" 게르다는 날카롭게 말했다. "당신을 편안하게 하려면 무얼 해야 하나요? 이 집의 완벽한 딸로 아무 부족함이 없는 모습을 보여드려야 할 텐데요." 그녀는 다시금 정신을 가다듬었다.

"한스와 결혼할 생각인가?"

"결혼할 생각은 전혀 없는데요!"

"사람에겐 목표가 있어야 하지. 부모와 반대편에 서는 것으로 평생을 이어갈 순 없잖아."

"나는 언젠가 집을 떠나 독립할 거예요. 한스와는 친구로 남게 되겠죠!"

"제발, 게르다, 한스와 결혼을 하든지 아니면 그 비슷한 걸 한다고 가정해봐. 모든 게 진행되면 그건 피할 수 없는 일이 될 거야. 지금부터 네가 아침에 이를 닦고 있으면 한스가 소득세 신고를 하는 그런 상황을 상상해보라고."

"그걸 내가 깨달아야 하나요?"

"아마 네 아빠라면 그러라고 할 거야. 만약 상상의 상황을 이해한다면 말이야. 유감스럽게도 보통 사람들은 인생의 항해에서 특이한 체험을 선박의 밑바닥에 깊숙이 처박아둠으로써 결코 아무것도 인식하지 못하지. 하지만 간단한 질문 하나 던질게. 너는 한스가 너에게 진실하리라 기대해? 신의는 복잡한 소유의 일부야! 한스가 다른 여자에게서 영감을 얻는다면 너는 그것을 받아들여야겠지. 사실 너의 원칙에 따른다면 너는 그런 상황을 스스로의 인생을 풍부하게 하는 계기로 여겨야 마땅하니까."

"당신은 혹시," 게르다가 대답했다. "우리가 한번도 그런 질문들을 던져보지 않았다고 생각하는 건가요? 인간은 단번에 새로운 사람이 될 수 없어요. 하지만 그렇게 될 수 없음을 반대 근거로 내세운다는 것은 매우 부르주아적이네요."

"네 아버지가 원하는 것은 사실 네 생각과 완전히 달라. 그는 심지어 너와 한스를 제외한 어떤 일에 대해서도 더 알고 싶어하지 않아. 그는 그저 네가 하는 일을 이해하지 못하겠다고 말했을 뿐이야. 하지만 그는 권력이 매우 이성적임을 알고 있어. 그는 권력이 너나 한스, 그 자신보다 더 분별있는 존재라고 믿고 있어. 만약 그가 한스가 아무 걱정 없이 학업을 마치도록 돈을 댄다면 어때? 그 수습기간 후에 둘 사이의 결혼을 약속하는 것이 아니라, 다만 원칙적인 거부의 철회를 약속한다면? 단지 하나의 조건, 즉 수습기간이 끝날 때까지 너희들 간의 교류를 중단하거나 지금 정도의 교류를 유지한다는 조건을 내걸고 말이야."

"이게 당신이 끼어든 목적이군요?!"

"나는 네가 아버지를 이해하길 바랄 뿐이야. 그는 명백한 탁월함을 가졌으면서도 어두운 신성을 소유한 사람이야. 그는 한스가 현실적 이성이라고 말하는바, 본인이 원하는 성취를 돈으로 이룰 수 있다고 믿고 있어. 한정된 월급을 받는 한스는 현재의 어리석음을 벗어날 수 없다는 게 그의 생각이지. 하지만 네 아빠는 아마도 공상가인 듯해. 나는 타협, 평균, 선조한 사실, 죽은 숫자들을 추앙하는 것만큼이나 그를 추앙해. 나는 악마를 믿진 않지만 만약 믿었다면 그를 천국의 기록을 깨는 코치로 생각했을 거야. 아무튼 나는 너희들의 환상이 다 사라지고 오직 현실만 남을 때까지 너희들에게 매달리겠다고 네 아버지에게 약속을 했어."

이 말을 할 때 울리히는 명료한 의식상태가 아니었다. 게르다는 그 앞에 불타듯 서 있었고 눈에는 분노와 눈물이 뒤섞여 흐르고 있었다. 갑자기 그녀와 한스를 위한 길이 뚫렸다. 하지만 울리히는 그녀를 배반한 것인가 아니면 도와주려는 것인가? 그녀는 알지 못했다. 하지만 그게 무엇이건 모두 그녀를 행복하게 하는 만큼이나 또한 불행하게 했다. 혼란 가운데 그녀는 그를 불신했고 그러면서도 그와 그녀 사이에 신성할 정도의 유사점이 있음을—그가 드러내려 하지는 않겠지만—강렬하게 느꼈다.

그는 덧붙여 말했다. "네 아버지는 당연히 내가 너희들을 설득해 다른 생각을 갖게 하리라 기대하고 있어."

"불가능할 거예요!" 게르다는 애써 반박했다.

"너와 나 사이라면 불가능하겠지." 울리히는 점잖게 말했다. "하지만 우리에게 다른 길은 없을 거야. 나는 이미 너무 멀리 왔으니까." 울리히는 웃으려고 했으나 심한 자괴감이 밀려왔다. 그는 정말 그 모든 것을 원하지 않았다. 그는 그녀의 영혼이 우유부단하다고 느꼈고 그녀가 자신 안의 잔혹함을 일깨우는 바람에 스스로를 경멸했다.

바로 그 순간 게르다는 깜짝 놀란 눈으로 그를 바라보았다. 그녀는 갑자기 너무 가까이 다가간 불꽃처럼 아름다워 보였다. 그 모습은 어떤 형상도 없이 의지를 마비시키는 온기 같았다.

"언제 한번 나를 찾아와!" 그는 제안했다. "여기서는 마음대로 이야기할 수 없군." 남성적인 무정함이 내뿜는 공허한 빛이 그의 눈에서 흘러나왔다.

"싫어요." 게르다는 거절했다. 하지만 그녀는 시선을 돌림으로써 다시금 그의 시선에 호소하는 것 같았다. 울리히는 겨우 숨을 내쉬며 서 있는, 아름답지도 추하지도 않은 젊은 처녀의 모습을 슬프게 바라보았다. 그는 진정 깊게 한숨을 내쉬었다.

104.
전쟁터에 나선 라헬과 졸리만

투치의 집에 사상의 충만이라는 고귀한 임무를 띠고 모인 사람들 가운데 날렵하고 재빠르며 열정적이면서도 독일인이 아닌 사람이 활동하고 있었다. 그 작은 하녀 라헬은 마치 하녀를 위해 만들어진 모차르트의 실내악 같았다. 그녀는 입구의 문을 열었고 외투를 받아들기 위해 팔을 반쯤 벌리고 서 있었다. 울리히는 이따금 자신이 투치의 집과 맺고 있는 관계에 대해 라헬이 어떤 생각을 하는지 알고 싶어서 그녀의 눈을 바라보려 했으나 그녀는 눈을 돌려버리거나 마치 두 개의 눈 먼 벨벳 조각처럼 그의 시선을 무신경하게 받아쳤다. 그녀를 처음 만났을 때의 시선은 좀 달랐다고 울리히는 확신했다. 그리고 거실의 어두운 구석에서 마치 두 개의 희고 커다란 달팽이집처럼 라헬을 응시하는 또다른 한쌍의 눈도 이따금 관찰했다. 그것은 졸리만의 눈으로, 라헬이 신중해진 이유가 이 젊은이 때문인지는 의문이었는데 라헬이 울리히는 물론 졸리만의 시선에도 거의 반응하지 않았으며 방문객이 눈에 띄자 그쪽으로 사라져버렸기 때문이다.

진실은 호기심이 상상하는 것보다 더 낭만적이었다. 졸리만이 아른하임의 빛나는 존재를 어두운 음모로 이끌어가는 중상모략에 성공해 디오티마를 향한 라헬의 유치한 숭배마저 변질된 이후, 좋은 행실과 헌신적인 사랑을 위한 그녀의 모든 열정은 울리히에게 집중되었다. 졸리만을 통해 라헬은 이 집에서 진행되는 모든 사업은 엄격히 감시돼야 한다는 사실을 깨달았다. 그녀는 문에 매달려 열심히 말을 엿들었고, 손님을 기다리면서 투치와 부인의 여러 대화들을 훔쳐들었다. 디오티마와 아른하임 사이에서 반쯤은 적대적이면서 또 반쯤은 호의적인 대접을 받던 울리히의 위치는 그녀에게도 낯설지 않았다. 그런 어정쩡한 위치는 아무것도 모르는 여주인을 향해 반항과 회한의 감정을 동시에 품은 그녀의 상태와도 일치하기 때문이었다. 이제 그녀는 울리히가 오랫동안 자신에게 뭔가를 원해왔음을 기억해냈다. 그가 그녀를 좋아한다는 말은 아니었다. 집을 떠나온 그녀가 갈리치아에 있는 가족들에게 이렇게 멀리서도 보여주고 싶은 것은 깜짝 놀랄 행운과 뜻하지 않은 유산, 또는 그녀가 알고보니 고귀한 집안 출신이었다는 것, 왕자의 목숨을 구하는 것 등이었다. 그러나 여주인의 집에 손님으로 온 남자가 자기를 좋아해서 사랑에 빠진 나머지 결혼에 이른다는 것은 거의 일어날 수 없는 일이었다. 그래서 그녀는 울리히에게 그저 위대한 헌신을 보여주기로 결심했다. 울리히가 장군과 친하다는 걸 알고 장군에게 초청장을 보낸 것도 그녀와 졸리만이었다. 물론 모든 전력으로 봤을 때 장군이야말로 뭔가 일을 성취할 만한 인물로 보였기 때문이기도 했다. 울리히를 향한 작은 요정 같은 잠재된 동질감 때문에 라헬은 그와 과도한 일치감을 키워갔고 그래서 몰래 그의 입술과 눈, 손가락까지 모든 행동을 비밀리에 엿보았다. 그건 마치 사람들이 배우들에게 열정을 쏟은 나머지 자신의 하찮은 자아를 거대한 무대 위로 끌어올리는 것과 같았다. 꽉 끼는 옷을 입고 열쇠구멍 앞에 쭈그리고 앉아 있을 때처럼 이런 상호관계가 자신의 숨을 조인다는 것을 깨달을수록 그녀는 더욱 타락한 느낌을 받았는데 그건 그녀 자신이 졸리만과 똑같이 어두운 욕망에 확고하게 저항하지 못했기 때문이었다. 이것이 바로 그녀가 자신을 잘 훈련되고 모범적인 하녀로 보이기 위해 그토록 경외심을 품은 열정으로 그의 호기심을 건드리는데도 울리히가 아무런 눈치를 채지 못하는 이유였다.

 울리히는 부드러운 사랑을 위해 창조된 듯한 이 존재가 기품있는 부인들에게서 흔히 발견되는 냉혹한 적대감을 드러내며 왜 그렇게 순결하게 행동하는지를 헛되이 자문할 뿐이었다. 하지만 어느날 놀라운 장면을 마주하고 그는 마음을 바꿨고 심지어 적잖게 실망하기까지 했다. 아른하임이 도착했고 졸리만은 현관에 쪼그리고 앉았으며 라헬은 평소대로 재빨리 자리를 떠났다. 하지만 울리히는 아른하임이 도착하는 순간의 분주한 틈을 타 외투 주머니 속의 손수건을 가져오려고 다시 현관으로 갔다. 불은 다시 꺼져 있었지만 여전히 그 자리에 있던 졸리만은 연회장으로 사라진 줄 알았던 울리히가 어두운 현관에 와 있다는 사실을 알지 못했다. 졸리만은 조심스럽게 일어나 자신의 재킷에서 큰 꽃 한송이를 꺼냈다. 그건 희고 아름다운 붓꽃이었다. 그는 잠시 꽃을 바라보다가 발끝으로서 서서 잽싸게 부엌을 지나갔다. 울리히는 라헬의 방 쪽이라는 것을 알았고 조용히 그를 따라가 무슨 일이 일어나는지를 보았다. 졸리만은 문 앞에 서서 꽃을 입에 물더니 줄기를 두 번 비꼬아 손잡이에 걸고는 그 줄기의 끝을 억지로 열쇠구멍에 밀어넣었다.

 꽃다발에서 이 붓꽃을 빼내 라헬을 위해 몰래 가지고 나오는 일은 쉽지 않았고 라헬은 그런 호의를 인지하고 있었다. 들키거나 해고된다면 라헬에게는 죽음이나 최후의 심판이 될 것이었다. 그래서 그녀가 가는 곳 어디서나 졸리만을 주의 깊게 살펴야 한다는 것은 매우 곤혹스런 일이었고 그가 어딘가 숨어 있다가 불쑥 발 아래로 튀어나와도 소리 한번 지를 수 없다는 게 영 기분 좋은 일은 아니었다. 그러나 누군가 위험을 무릅쓰고 자신의 주의를 끌고, 헌신적으로 모든 발걸음을 염탐하며, 아주 어려운 상황에서도 자신의 성품을 시험한다는 것이 인상깊지 않다고 할 수는 없었다. 이 작은 흑인은 무모하고도 위험하게 그녀에게 달려들었다. 하지만 그녀의 모든 원칙에는 어긋나지만, 머릿속 가득한 뒤틀린 기대에 이끌려 그녀는 이따금 하녀에 불과한 자신에게 모든 걸 바칠 준비가 된 두꺼운 입술의 아프리카 왕자를 이용해 앞으로 다가올 모든 중요한 일을 이뤄야겠다는 죄스러운 욕망에 빠지곤 했다.

어느날 졸리만은 그녀에게 과연 용기가 있는지 물어보았다. 아른하임은 졸리만을 놔두고 디오티마와 친구들과 어울려 이틀 동안 산에 가 있었다. 요리사는 24시간 휴가를 얻었고 투치 국장은 레스토랑에서 밥을 먹었다. 라헬은 자기 방에서 찾아낸 담배꽁초 이야기를 졸리만에게 했고, 그 작은 하녀가 그것을 어떻게 처리할 것이냐는 디오티마의 무언의 질문은 위원회에서 졸리만과 라헬에게 책임있는 행동을 요청하는 어떤 조치들이 취해질 거라는 둘의 추정으로 어느 정도 대답이 되었다. 졸리만이 과연 그녀에게 용기가 있느냐고 물은 것은 그가 주인에게서 자신의 고귀한 출생을 증명할 서류를 훔쳐올 것임을 공표한 까닭이었다. 라헬은 이 서류의 존재를 믿지 않았지만 주변의 모든 유혹적인 일들은 뭔가 일어나리라는 피할 수 없는 기대를 부추기는 것도 사실이었다. 졸리만이 그녀를 마치 여주인의 심부름을 하러 온 것처럼 보이도록 아른하임의 호텔로 데리고 올 때, 그녀가 하녀용 흰 모자와 치마를 걸치리라는 사실은 그들 사이에 이미 약속된 것이었다. 그들이 거리로 나왔을 때 그녀의 앞치마 레이스 뒤에서 타는 듯한 열기가 올라와 그녀의 눈앞이 캄캄해졌지만 졸리만은 대담하게 차를 잡았다. 그는 아른하임이 방심하는 틈을 타 많은 돈을 소유하고 있었다. 이제 라헬도 용기를 가졌고 마치 그 작은 흑인이랑 돌아다니는 것이 자신의 의무이자 소명이라도 되는 양 세상의 시선을 받으며 차에 올라탔다. 이 거리의 합법적 지배자들인 잘 차려입은 한량들로 오전 한가운데의 거리는 매끈하게 채워졌고, 라헬은 마치 강도라도 된 듯 흥분에 젖었다. 그녀는 디오티마가 그러는 걸 본 대로 차에 적당히 몸을 기댔다. 하지만 쿠션 뒤에서 혼란스럽게 요동치는 움직임 때문에 그녀의 몸은 위아래로 흔들렸다. 차의 문은 닫혀 있었고 졸리만은 그녀가 기댄 자세를 틈타 마치 스탬프를 찍듯 넓은 입술로 그녀의 입술에 키스를 했다. 누군가 차창을 통해 볼 수도 있었지만 차는 내달렸고, 라헬의 등 뒤로 흔들리는 쿠션에서 향기나는 액체를 약하게 끓이는 듯한 흥분이 쏟아져 나왔다.

    그 아프리카인은 호텔 앞까지 곧장 나아가는 것만큼은 포기했다. 라헬이 차에서 내리자 검은 실크 소매에 녹색 앞치마를 두른 짐꾼들이 히죽대며 웃었다. 졸리만이 찻삯을 치르자 문지기는 창문으로 엿보았고 라헬은 마치 포장도로가 발밑에서 꺼지는 것 같은 느낌이 들었다. 하지만 그들이 으리으리한 입구를 지나가는 동안 아무도 제지하지 않은 것을 보아 졸리만이 호텔에서 대단한 위세를 누리는 것이 틀림없어 보였다. 홀 소파에 앉은 몇몇 신사들의 시선은 라헬을 뒤쫓았다. 그녀는 다시금 부끄러움에 휩싸였지만 계단을 오르면서 그녀처럼 흰 모자에 검은 옷을 입은 많은 하녀들을 보자 마치 잘 알려지지 않은 위험한 섬을 떠돌다가 결국 인간과 마주친 탐험가와 같은 안도감이 들었다.

라헬은 마침내 생애 처음으로 품위 있는 호텔방을 보게 되었다. 졸리만은 모든 문을 닫아버렸다. 그는 여자친구에게 다시 키스를 해야겠다는 생각이 들었다. 라헬과 졸리만이 나눈 지난 키스는 뭔가 어린 아이들처럼 달뜬 키스였다. 그것은 위험한 무력화가 아니라, 서로간의 확인에 가까운 것이었다. 지금 처음으로 그들은 잠긴 방안에 있었지만, 졸리만의 바람은 이 방을 좀더 낭만적으로 밀폐시키는 것이었다. 그는 커튼을 쳤고 밖으로 난 모든 열쇠구멍을 막았다. 이런 준비 과정에 너무 흥분한 나머지 라헬은 발각되면 드러날 자신의 대담함과 창피함 이외의 어떤 것도 떠올릴 수 없었다.

그러고는 졸리만은 아른하임의 캐비닛과 트렁크로 그녀를 이끌었는데 그것들은 하나를 빼고는 모두 열려 있었다. 닫힌 것 속에 분명히 비밀이 숨겨져 있을 것이었다. 그 아프리카인은 열린 트렁크에서 열쇠를 뽑아 열어보았지만 소용이 없었다. 그러면서 자신의 모든 낙타와 왕자, 신비로운 파발꾼, 아른하임에 관한 중상모략 등을 끊임없이 중얼거렸다. 그는 라헬에게서 머리핀 하나를 빌리더니 그걸 곁쇠로 써서 열어보려고 했다. 이것마저 실패하자 그는 캐비닛과 서랍에서 모든 열쇠를 꺼내 쪼그려앉아 그것들을 무릎 사이에 펼치더니 새로운 생각이 떠오를 때까지 잠시 고민에 빠졌다. "그가 어떻게 모든 걸 숨기는지 한번 보라고!" 그는 이마를 문지르면서 라헬에게 말했다. "하지만 다른 걸 먼저 보여주는 게 좋겠군."

그는 아른하임의 캐비닛과 트렁크에서 꺼낸 당황스러운 사치품들을 라헬 앞에 펼쳐놓았고 그녀는 바닥에 쪼그려앉아 손을 무릎 사이에 움켜쥔 채 이 물건들을 호기심에 차서 바라보았다. 최고급 사치품에 길들여진 남자의 은밀한 옷장은 그녀가 전혀 보지 못하던 것으로 가득했다. 그녀의 남자 주인조차 옷을 형편없게 입는 편이 아니었지만 주인은 최고급 옷을 만들어내는 겉옷과 속옷 재단사는 물론 여행과 집에서 쓸 사치품을 만드는 사람에게 줄 돈도 없었고 또 그럴 필요도 없었다. 그녀의 여주인조차 이 엄청난 부자가 가진 정교한 물건들, 여성에게 어울릴 법한 부드럽고 뭐에 쓰는지도 알기 어려운 그런 물건들을 소유하고 있지는 않았다. 대부호를 향한 라헬의 소름끼치는 경외심은 다시금 살아났고 졸리만은 자신의 주인이 가진 것에 대한 엄청난 자부심으로 한껏 뽐을 냈으며 그 물건들을 과시하면서 열정적으로 온갖 비밀을 설명했다. 라헬은 뜻하지 않게 알게 된 그 모든 것들에 점점 신물이 나기 시작했다. 그녀는 언제부턴가 디오티마의 속옷가지와 가재도구 역시 비슷한 것들로 바뀌고 있음을 기억했다. 여기 있는 것들보다 더 비싸거나 가치있어 보이지는 않았지만 이전의 검소하고 단순한 물건들에 비하면 확실히 소박함을 잃었고 지금 여기 있는 것과 더 유사했다. 라헬은 순간 자신의 여주인과 아른하임의 관계는 생각했던 것만큼 정신적이지 않다는 모욕적인 기분에 빠져들었다.

라헬은 머릿속까지 빨개졌다.

그녀가 디오티마를 보신 이후 지금까지 이런 생각에 빠진 적은 한 번도 없었다. 여주인이 가진 육체의 찬란함은 그 빼어남을 어디에 써야 할지 생각하기도 전에 마치 가루약을 포장지와 함께 삼켜버리듯이 그녀의 시선을 삼켜버렸다. 좀더 고상한 사람들과 살아간다는 그녀의 만족은 워낙 컸고 언제나 너무 쉽게 유혹당하는 라헬에게 남자란 다른 성^性을 가진 존재가 아니라 낭만적이고 소설 같은 존재로 다가왔다. 그녀의 고결한 마음은 그녀를 아이처럼 만들어서 사춘기 이전, 즉 타인의 위대함을 향한 이타적인 열광의 시절로 되돌려놓았다. 어떤 요리사가 그토록 경멸하며 비웃어댄 졸리만의 허풍에 그녀가 너그럽게 도취된 이유도 바로 그런 고결함으로 설명되었다. 하지만 지금 바닥에 쪼그려앉아 아른하임과 디오티마의 부정한 결합을 떠올리게 하는 물건들을 백주대낮에 보고 있자니 그녀 안에서 이미 오래전 시작된 변화가 일어났다. 그것은 곧 부자연스런 정신의 상태에서 미심쩍은 육체적 상태로의 변화였다.

 라헬은 단 한번의 충격에 완전히 낭만적인 태도에서 벗어났고 뭔가 화가 나 있으면서도 단호한 육신으로 거듭났다. 결국 그것은 하녀조차 어떤 권리를 가질 수 있음을 의미했다. 졸리만은 상품을 펼쳐놓고 곁에 앉아서 그녀가 특별히 칭송하는 물건들을 추려 그중 그리 크지 않은 것들을 선물삼아 그녀의 주머니에 집어넣었다. 그는 갑자기 일어나 주머니칼로 재빠르게 닫힌 트렁크를 열어보려 했다. 그는 아른하임이 돌아오기 전에 주인의 수표장을 찾아내면 엄청난 여비를 마련해 라헬과 도망칠 수도 있지만 우선 서류를 먼저 찾아야 한다고 터무니없는 소리를 늘어놓았다.

 라헬은 일어서더니 그가 챙겨넣은 선물들을 주머니에서 단호하게 모두 꺼내며 말했다. "그만 지껄여! 이젠 시간이 없다고. 몇시나 됐지?" 그녀의 목소리는 더 무거워졌다. 그녀는 치마를 매끄럽게 쓰다듬더니 모자를 고쳐 썼다. 그녀는 놀이를 그만두려고 했고 졸리만은 갑자기 그녀가 그보다 나이가 많아 보인다는 사실을 곧장 알아차렸다. 그러나 그가 정신을 차리기도 전에 라헬은 작별의 키스를 했다. 그녀의 입술은 전처럼 떨리지 않았고 오히려 그의 감미로운 입술을 세게 눌렀고 그 바람에 작은 졸리만의 머리는 뒤로 젖혀져 거의 숨이 막힐 때까지 움직이지 못했다. 졸리만은 버둥거렸고, 마침내 그녀에게서 벗어나자 마치 힘센 아이가 자신을 물속에 처박은 것 같은 느낌에 빠졌다. 그는 당장 이런 불쾌한 모욕에 복수를 감행하고 싶었다. 하지만 라헬은 문을 빠져나갔고 그녀를 뒤따르는 그의 시선은 불타는 화살의 끝처럼 처음에는 분노에 가득 찼다가 결국 부드러운 재가 되어 버렸다. 졸리만은 주인의 물건들을 주워서 원래 자리에 갖다놓았다. 그는 결국 얻게 될 무언가를 얻길 원하는 젊은 남자로 되돌아갔다.

105.
고결한 사랑은 비웃음거리가 아니다

산으로 여행길에 나섰던 아른하임은 내친김에 평소보다 오래 타국에 머물렀다. 이 '여행길에 나섰다'^{verreist}는 말은 그가 뜻하지 않게 쓰게 된 말이지만 이상한 말이기도 했는데, 왜냐하면 그에게는 '고향에 갔었다'$^{\text{zuhause gewesen}}$는 말이 더 옳은 말이기 때문이다. 이와 같은 점 때문에라도 아른하임은 빨리 결정을 내려야겠다는 조바심이 났다. 강력한 이성을 지닌 존재인 그가 최근에는 한번도 경험해보지 못한 불쾌한 꿈에 쫓기는 일도 있었다. 그중 집요하게 반복되는 꿈은 그가 디오티마와 함께 높은 교회 탑에 올라가 발아래 펼쳐진 푸른 평원을 잠시 바라보다가 뛰어내리는 꿈이었다. 기사도 정신이라고는 없이 투치의 침실로 쳐들어가 그에게 총을 쏘는 꿈도 확실히 자주 꾸었다. 결투를 청해서 투치를 쓰러뜨릴 수도 있었지만 그건 자연스럽지 못해 보였다. 이런 판타지는 너무 많은 현실 속 세리머니에 의해 짓눌렸고 아른하임이 현실에 더 다가갈수록 억압은 불쾌하게 더 커져갔다. 공개적으로 당당하게 투치를 찾아가 당신의 아내와 결혼하겠다고 말할 수도 있었다. 하지만 투치는 뭐라고 하겠는가? 웃음거리가 될 수 있는 모든 가능성에 스스로를 내맡기는 꼴이 될 것이다. 또한 투치가 문제를 온화하게 받아들여 스캔들이 최소화되더라도, 아니 어떤 스캔들도 일어나지 않는다 해도 이혼이란 최상층에게조차 견뎌내기 힘든 일이었으며 다 늙은 미혼남의 결혼은 은혼식에 이르러 아이를 낳는 부부처럼 웃음거리가 되기 좋은 일이었다. 만약 아른하임이 결혼을 한다고 하면 사업에 대한 책임감 때문에라도 그 상대는 미국의 저명한 과부라든가 궁정과 가깝게 지내는 귀족이 마땅하지 부르주아 관료와 이혼한 부인은 아닐 것이다. 그에게 모든 행동은, 그저 충동적일지라도 책임감에서 나온 것이었다. 요즘처럼 우리의 생각이나 행동이 책임감에 좌우되지 않는 시대에 그렇듯 책임감에 집착하는 것은 그저 개인적인 야망 때문이 아니라 아른하임에 의해 키워진 힘을—돈을 향한 근원적인 욕구에서 비롯된 이런 이미지는 오랫동안 감당할 수 없을 만큼 커져서 그 자체의 이성, 그 자체의 의지를 가지게 되었고 계속 자라고 그 위치를 확고히 해야만 했다. 그것이 작동을 멈추면 병들거나 녹슬 수도 있기 때문이었다—존재 자체의 힘과 위계로 일치시키려는 초개인적인 요청 때문일 것이다. 본인이 아는 한, 그는 이런 것을 디오티마에게 비밀로 하지도 않았다. 아른하임은 당연히 염소치는 사람과도 결혼할 수 있었다. 그러나 그는 개인적 선택으로만 할 수 있었고 자신의 유약함을 내세워 여전히 결단을 회피하고 있었다.

그럼에도 그가 디오티마에게 청혼을 한 것은 사실이었다. 그가 그렇게 한 이유는 위대하고 지적인 삶과는 어울리지 않는 간통 같은 상황에 빠지지 않기 위해서였다. 디오티마는 그에게 고마워하면서 손을 꽉 잡고 예술사에 최고로 남을 만한 미소를 상기시키는 표정으로 그의 청혼에 답했다. "우리가 가장 깊게 사랑하는 사람은 결코 우리가 끌어안은 사람들이 아니에요…!" 마치 꼿꼿한 백합의 매혹적인 노란색처럼 너무 많은 의미를 지닌 이 대답 이후 아른하임은 자신의 청을 번복할 마음을 먹지 못했다. 하지만 대신에 그들은 이혼이나 결혼, 간통 같은 말들이 이상하게 불쑥불쑥 튀어나오는 일반적인 대화를 나눴다. 아른하임과 디오티마는 동시대 문학에서의 간통 행위에 대해 심오한 대화를 나눴고 디오티마는 이 문제가 자기훈련, 포기, 영웅적인 금욕 같은 위대한 가치가 아니라 단순히 육욕의 문제로만 다뤄진다는 사실을 깨달았다. 불행하게도 아른하임의 견해 역시 이와 정확히 일치해서, 그는 개인의 깊은 도덕적 비밀을 위한 공감이 오늘날 거의 사라졌다는 말을 덧붙일 뿐이었다. 이런 비밀이란 인간은 감히 모든 것을 허락받지 못했다는 것이다. 모든 것이 허용되던 시대는 어김없이 불행을 체험하고 말았다. 훈육, 절제, 기사도, 음악, 예절, 시, 형식, 금기 같은 것들은 모두 삶에 절제되고 올바른 모습을 마련해준다는 깊은 목적이 있는 것이다. 제한 없는 행복이란 없다. 커다란 행복에도 엄청난 금기가 따르기 마련이다. 사업에서조차 이윤만 좇다가는 쫄딱 망하기 쉽다. 자신의 한계를 인정하는 것은 현상의 비밀이자 권력과 행복과 믿음의 비밀이며 미약한 인간으로서 우주 안에서 살아가는 임무인 것이다. 이것이 아른하임이 피력한 견해였으며 디오티마는 딱히 반론할 것이 없었다. 그런 것들을 통해 일반적인 사람들에겐 더이상 소용이 없는 합법성이라는 개념이 엄청난 의미를 획득했다는 사실이 어떤 면에선 그런 인식이 초래한 유감스런 결과였을 것이다. 하지만 위대한 영혼은 합법성이 꼭 필요한 법이다. 인간은 장엄한 순간에 우주의 수직적 엄정함을 감지한다. 또한 사업가는, 비록 그가 세계를 지배할지라도 왕좌와 귀족, 성직자를 신비의 화신으로 여긴다. 마치 모든 위대한 것이 단순하듯이 합법성 역시 단순하며 어떤 이해도 요구하지 않는다. 호머는 단순했다. 그리스도 역시 단순했다. 진실로 위대한 영혼은 항상 단순한 원칙으로 다가왔다. 사실 인간은 언제나 도덕적 상투성으로 회귀할 용기를 가져야 하며 전체적으로 봤을 때 진실로 자유로운 영혼이 전통에 반하여 행동하기가 어려운 것은 바로 그 때문이다.

그런 통찰은 그 자체로 진리이긴 하지만 남의 결혼 속으로 파고들어가는 데는 그리 유익하지 못한 결론이었다. 그래서 두 사람은 훌륭한 다리로 연결되어 있으나 그 한가운데 몇미터짜리 구멍이 있어서 서로 함께하지 못하는 상황에 놓인 기분이었다. 아른하임은 그것이 뭐가 됐든 무모한 사업에 손을 대듯이 무모한 사랑에 빠지고 싶은 욕망에 불을 붙일 만한 것이 없음을 깊이 애석해했다. 그는 애석한 나머지 계속 이 욕망에 대해 이야기했다. 그에 따르면 욕망이란 우리 시대 이성의 문화와 거의 일치하는 감정이다. 그 어떤 감정도 이처럼 명확하게 목표를 향하지 않는다. 그 감정은 이미 날아간 활처럼 한곳만을 향하지 새떼처럼 항상 새로운 곳으로 무리지어 날지 않는다. 그것은 마치 계산과 공학과 난폭함이 그러하듯이 영혼을 가난하게 만든다.

그래서 아른하임은 욕망에 동의하지 않으며 심지어 지하에서 울부짖는 눈먼 노예 같은 느낌을 받는다고 말한다.

디오티마가 추구하는 바는 달랐다. 그녀는 남자친구에게 손을 뻗으며 말했다. "우리 침묵하기로 해요! 언어는 위대한 것이지만 더 위대한 것이 있답니다! 두 사람 사이에서 정말 진실한 것은 말로 표현될 수 없어요. 우리가 말하는 순간 문은 닫힙니다. 말은 그저 비현실적인 전달일 뿐이어서 누군가 말하는 순간 거기에 삶은 없는 거예요…"

아른하임은 찬성했다. "당신 말이 맞아요. 강력한 자의식을 담은 말은 우리 내면의 보이지 않는 움직임에 자의적이고 초라한 형식을 던져줄 뿐이에요!"

"말하지 마세요!" 디오티마는 다시 말하고 손을 그의 팔에 얹었다. "나는 우리가 침묵함으로써 서로에게 생의 한순간을 선물한다고 보고 싶어요." 잠시 후 그녀는 다시 손을 거두더니 한숨지었다. "모든 숨겨진 영혼의 보석들이 드러나는 순간이 있어요!"

"아마 그런 시간이 오겠지요." 아른하임은 그 말을 보충했다. "영혼이 감각의 도움 없이 서로를 관찰하는 순간이 이미 가까이 왔다는 수많은 징조들이 있어요. 영혼은 입술이 서로 떨어질 때 하나가 되지요."

디오티마는 나비가 꽃으로 들어가는 입구를 만들듯이 입술을 오므려 작고 비스듬한 관 모양을 만들었다. 그녀의 영혼은 한껏 도취되었다. 모든 고양된 상태가 약간의 정신착란을 일으키듯이 사랑 역시 그런 특징을 지니고 있었다. 말이 떨어진 여기저기에 갖가지 의미가 빛나고 의미는 마치 베일을 두른 신처럼 걸어 들어와 침묵 속으로 사그라들었다. 디오티마는 이런 현상을 고요하게 고양된 시간에 깨달았지만 그전엔 한번도 이렇듯 참기 힘들 정도의 환희를 만끽해본 적은 없었다. 충만의 무정부상태였고 스케이트를 탄 것처럼 신적인 가벼움에 빠진 상태였으며 마치 실신이라도 할 듯한 상황이었다.

아른하임은 엄청난 말로 그녀를 들뜨게 했다. 그는 그녀가 여유를 되찾고 숨을 돌릴 시간을 주었다. 그러자 뜻깊은 생각의 그물이 그들 아래로 펼쳐져 다시 출렁거렸다.

이렇듯 확장된 기쁨 속에 숨겨진 고통에는 집중이 있을 수 없었다. 그의 기쁨은 항상 새로워지면서 떨리는 물결을 만들어내고 둥글게 확장되지만 결코 도도히 흐르는 행위로 모아지지는 못했다.

디오티마는 삶의 심각한 파국보다는 위험을 무릅쓴 이혼이 더 사려깊고 온유한 선택이라고 종종 마음속에 새기는 경지에 이르렀다. 또한 아른하임은 오래전부터 그런 희생을 애써 피하느니 그녀와 결혼을 하겠다는 도덕적 결심을 하고 있었다. 그들은 이런 방식이나 저런 방식으로, 어떤 때라도 결혼을 할 수 있었고, 둘 다 그 사실을 알고 있었다. 하지만 그걸 어떻게 해야 할지는 몰랐는데, 행복이 그들의 영혼을 그처럼 근엄한 높이로 끌어올려서 어떤 추한 행동 때문에 모든 것을 망쳐버릴지도 모른다는 두려움에 빠졌기 때문이다. 구름 위에 발을 디딘 사람이 느끼는 당연한 두려움이었다.

그 둘은 인생이 그들 앞에 부어주는 모든 위대하고 아름다운 음료를 남김없이 마셔버렸지만 최고 절정에 이르러서는 기묘한 단절에 직면했다. 다른 때 같았으면 그들의 존재를 채웠을 소원과 허영은 장난감 집이나 깊은 계곡의 농가처럼 그들 아래 멀리 놓여 있었다. 그곳에서는 거위들의 꽥꽥거림과 개 짖는 소리는 물론 모든 흥분까지도 고요 속으로 잠겨버렸다. 남겨진 것이라곤 침묵과 깊은 공허뿐이었다.

'과연 우리가 선택된 것일까?' 디오티마는 자신이 다다른 감정의 정점을 조망하는 한편 고통스럽고 예측 불가능한 무언가를 예감하면서 이렇게 자문했다. 그런 드문 경지는 그녀 자신이 체험했을 뿐 아니라 자기 사촌처럼 믿을 수 없는 남자조차도 하는 말이고 최근에는 여러 사람들이 글로 쓰는 주제이기도 했다. 하지만 그런 글들이 거짓이 아니려면 천년에 한번 정도는 전보다 더 각성되었으며 그저 독서나 말이 아니라 어떤 개인들에 의해 완전히 다른 시험을 거쳐 현실로 태어난 영혼이 실제로 있어야만 했다. 이런 연관 속에서 그녀에게 갑자기 떠오른 것은 초대받지도 않았는데 나타난 장군의 은밀한 등장이었다. 그리고 흥분으로 그들 사이에 떨리는 아치가 그려지는 동안 그녀는 새로운 대화를 고대하는 친구에게 나직이 말했다. "이성은 두 사람 사이를 이해하기 위한 유일한 방법이 아니에요!"

아른하임은 대답했다. "그렇습니다." 그의 시선은 마치 일몰 때의 태양빛처럼 수평으로 그녀의 시선과 마주쳤다. "당신은 이미 그렇게 말했어요. 두 사람 사이의 진실은 말로 표현될 수 없다고요. 그런 시도는 모두 방해가 될 뿐이라고요!"

106.
현대적 인간은 신을 믿는가
아니면 세계기업의 우두머리를 믿는가?
아른하임의 우유부단

아른하임은 혼자였다. 그는 생각에 잠겨 호텔방 창문 옆에 서서 잎이 다 떨어진 나뭇가지를 바라보고 있었다. 창살처럼 얽힌 가지들 아래로 사람들이 서로 부딪히며 다채로우면서도 어두운 두 줄의 행렬을—이맘때쯤 시작되는—만들어가고 있었다. 그 위대한 남자의 입술에서 노여운 웃음이 비져나왔다.

지금까지 그는 영혼이 없는 것을 판단하는 데 어떤 어려움도 없었다. 오늘날 영혼은 무엇에 깃들어 있는가? 그 드문 사례를 발견하는 것 역시 쉬운 일이었다. 그는 아주 예전에 들었던 실내악의 밤을 기억해냈다. 보리수 향기가 풍기는 프로이센 국경 지역의 성을 방문한 친구들이 있었다. 그들은 젊은 음악가들로 돈을 많이 벌지는 못했지만 혼신을 다해 연주했다. 정말 영혼이 넘치는 연주였다. 다른 사례도 있었다. 그는 최근에 한 예술가와 맺었던 후원 계약을 파기한 적이 있었다. 그는 당연히 이 예술가가 자신한테 화를 낼 것이며 미처 성공하기도 전에 위기에 처했다는 상심에 빠지리라 예상했다. 분명히 사람들은 후원이 필요한 다른 예술가들이 있다는 식의 듣기 불편한 이야기를 그에게 했을 것이다. 하지만 아른하임이 지난 여행에서 이 예술가를 만났을 때 그는 힘겹게 그의 눈을 바라보면서 손을 잡고 말했다. "당신 때문에 어려운 처지에 놓였지만 당신 같은 사람이 아무 이유 없이 그런 일을 했으리라고 생각하지 않습니다!" 그건 한 남자의 영혼이었고 아른하임은 다른 기회에 기꺼이 남자를 위해 뭔가를 하리라 다짐했다.

이처럼 오늘날에도 많은 개인들에게서 영혼이 발견된다. 이 사실은 아른하임에게 항상 중요하게 여겨졌다. 하지만 누군가의 영혼과 직접적이고 조건 없이 교류해야 한다면 인간의 진정성은 큰 도전을 받게 될 것이다. 영혼이 감각의 중재 없이 서로 소통하는 시절은 올 것인가? 그 놀라운 여자친구와 그가 최근 내적으로 강요받은 충동처럼 서로 교유하는 데 요구되는 현실적 목표의 의미와 가치는 과연 존재할까? 온전한 정신일 때 그는 단 한번도 그런 목표를 믿지 않았지만 적어도 디오티마에게 그것을 믿으라고 유도했던 적은 있었을 것이다.

아른하임은 특별한 갈등의 순간에 처한 자신을 발견했다. 도덕적 부유함은 물질적 부와 밀접하게 결부되었다. 그는 이것을 잘 알고 있었고 그 이유 역시 매우 쉽게 이해했다. 왜냐하면 도덕은 논리를 통해 영혼을 대체하기 때문이다. 만약 한 영혼이 도덕을 소유한다면 그 사람에게는 도덕적 질문이 아니라 오직 논리적 질문만이 존재할 것이다. 영혼은 자신이 하고 싶은 것이 이러저러한 계율에 합당한지, 자신의 의도가 다르게 해석될 수 있는지 등등을 자문하는데, 이 모든 것은 마치 체조 선수들처럼 하나의 신호에 따라 오른쪽으로 돌거나 팔을 나란히 하거나 무릎을 굽히도록 훈련된 재빠른 인간 집단 같다. 그러나 논리는 반복 가능한 체험을 전제로 한다. 아무것도 반복되지 않고 현상이 소용돌이처럼 변하는 곳에서 우리는 절대 A는 A와 같다든가 더 큰 것은 더 작지 않다든가 하는 깊은 인식을 표현할 수 없을 것이며 오히려 꿈을 꾸게 될 것인데 그런 상황은 모든 사유자들이 혐오하는 것이다. 도덕도 마찬가지다. 반복될 수 있는 게 없으면 지시할 것도 없고, 인간에게 뭔가를 지시하지 못하면 도덕은 아무런 즐거움도 주지 못할 것이다. 도덕과 이성에 동일한 특성인 이 반복 가능성은 돈에 있어서 가장 강력하게 구현돼 있다. 돈은 반복성으로 이뤄져 있고 가치가 매겨지는 세상의 모든 슬거움을 구매력이라는 작은 블록으로 쪼개서 사람들이 원하는 것을 조립할 수 있도록 해준다. 그래서 돈은 도덕적이면서도 이성적인 것이다. 또한 잘 알려져 있듯이 그 반대는 성립하지 않는다. 즉 모든 도덕적이고 이성적인 사람들이 돈을 소유한 것은 아니다. 우리는 아마도 돈이 이런 특성들의 원천이거나 아니면 적어도 도덕적이고 이성적인 존재가 도달하는 최고의 경지라고 결론내릴 수 있을 것이다.

확실히 지금 아른하임은 교양이나 종교가 부유함의 자연스런 결과라는 식으로 생각하지는 않았다. 오히려 그는 부자들이 그런 것들에 책임을 지고 있다고 생각했다. 그러면서 그는 정신적 힘이 삶에서의 실제적인 힘을 충분히 이해하지 못하며 세상사에 무지함―본인이 전에 강조했던―에서 자유롭지 못하다고 생각했다. 또한 통찰력을 가진 사람으로서 그는 완전히 다른 여러 깨달음에 도달했다. 뭔가를 달아보거나 계산하는 것, 측정하는 것은 관찰 대상이 그 과정에서 변하지 않으리라는 사실을 전제로 한다. 그럼에도 변화가 일어난다면 정신은 뭔가 변하지 않는 것을 찾아내기 위해 모든 통찰력을 동원해야 한다. 그렇게 돈은 모든 정신적 힘과 유사하며 지식인들이 세계를 원자, 법칙, 가정, 놀라운 계산 등으로 나누고 기술자들이 새로운 세계를 만들기 위해 이 모든 허위를 이용하는 데 하나의 모범을 제시한다. 마치 보통의 독일 소설 독자들에게 성경의 도덕적인 전제가 익숙한 것처럼 그런 사실은 거대 산업의 소유자이면서 자신의 수중에 있는 힘의 속성을 잘 이해하는 사람에게는 낯설지 않은 것이다.

사유와 계획의 성공을 위한 전제로서 이러한 명백함, 반복성, 고정성을 향한 요구는―거리를 아래로 내려다보면서 아른하임은 이렇게 생각했다―영혼의 영역에서 항상 폭력의 형식으로 충족되어야 한다. 사람을 다룸에 있어서 견고한 기반 위에 세우고자 하는 사람이라면 그저 천박한 특성과 욕망에 의존해야 한다. 왜냐하면 오직 이기심과 연관된 것만이 살아남을 수 있으며 한결같이 고려될 수 있기 때문이다. 고귀한 의도 따위는 믿을 수 없고 모순적이며 마치 바람처럼 도망가버린다. 제국이 조만간 공장처럼 통치되어야 함을 알았던 그 남자는 제복을 갖춰입고 우쭐함에 젖은 무리들을 우월함과 슬픔이 섞인 묘한 미소를 지으며 내려다보았다. 거기에는 어떤 의심도 있을 수 없었다. 신이 오늘날 우리 사이에 천년왕국을 세우기 위해 재림한다면, 마지막 심판이 경찰이나 파출소, 군대, 대역죄 심판소, 정부기구, 감옥 같은 형벌적 집행에 의해 이뤄지지 않는 이상 실용적이고 노련한 사람이라면 한 사람도 신뢰를 보내지 않을 것이다. 또한 계산될 수 없는 영혼의 집행을 억제하기 위해서는 무엇보다 요구되는 것이 있는데 그것은 미래의 하늘 거주민이 위협이나 추궁, 또는 뇌물—한마디로 '강력한 수단'—을 통해서만 필요한 모든 것들을 얻을 수 있다는 사실이다.

하지만 그때 파울 아른하임은 앞으로 나아가 신에게 말할 것이다. "주여, 왜 그러십니까? 이기주의는 인간의 생에서 가장 믿을 만한 특성입니다. 이기심의 도움이 없다면 정치가, 군인, 왕들은 간계와 억압을 동원해 세상에 질서를 부여하지 못할 겁니다. 이기심은 인간의 멜로디 같은 것입니다. 당신과 나는 그걸 인정해야 합니다. 억압을 멈추는 것은 질서를 약화시키는 것과 같습니다. 인간에게 위대한 일을 맡기는 것은 비록 그 사람이 나쁜 놈이라 할지라도 우리의 첫번째 임무입니다." 그러면서 아른하임은 공손하게 위대한 비밀을 깨닫는 것이 얼마나 중요한시를 잊지 않은 사람으로서 신 앞에서 몸을 삼가며 겸손한 미소를 지을 것이다. 그러고는 말을 이을 것이다. "하지만 돈은 확실히 폭력처럼 인간관계를 유지하는 확실한 수단이며 우리로 하여금 그것의 순진한 사용을 단념하도록 하지 않습니까? 돈은 정신으로 승화된 권력이며, 유연하면서도 고도로 발전한, 창조적이면서도 특별한 권력의 형식입니다. 사업은 간계와 억압, 사기와 작취에 근거하지 않습니까? 또한 이 간계와 억압은 문명화되고 내면화되어 자유의 외양을 걸치고 있지 않습니까? 돈을 마련하는 능력에 따라 권력을 계급화하여 이기심을 조직해낸 자본주의는 가장 위대할 뿐 아니라 가장 인간적인 질서이자 당신의 영광을 드러내는 것입니다. 인간의 행동을 측정하는 데 이보다 더 정확한 도구는 없을 겁니다!" 또한 아른하임은 천년왕국을 사업가적 원칙에 따라 설계하고 왕국의 행정을 철학적 세계전망을 갖춘 위대한 사업가에게 맡길 것을 신에게 충고했다. 순수하게 종교적인 것은 항상 고통스러운 것만을 마주하게 된다. 또한 전쟁 시기의 불확실한 실존에 비하면 사업가적인 행정은 천년왕국에 항상 더 큰 이점을 안겨줄 것이다.

아른하임의 깊은 내면에서 울리는 목소리는 돈이야말로 이성이나 도덕만큼이나 포기할 수 없는 것이라고 말했기 때문에 그의 이런 발언은 당연한 것이었다. 한편 또다른 내면의 목소리는 이성이나 도덕, 그리고 모든 합리적인 존재를 과감하게 포기하라고 그에게 말하고 있었다. 그가 미친 운석처럼 디오티마라는 태양 속으로 무작정 돌진하던 현기증나는 순간에 이런 목소리는 더욱 강력해졌다. 그런 순간 생각은 손톱이나 머리카락처럼 낯설게, 또한 아무 이유도 없이 확장되는 어떤 것처럼 느껴졌다. 도덕적인 삶은 그에게 생명력 없이 다가왔고, 도덕과 질서를 향한 숨겨진 혐오는 그의 얼굴을 붉게 만들었다. 아른하임은 자신의 전체 시대가 마주한 운명 때문에 고통받고 있었다. 이 시대는 돈, 질서, 지식, 계산, 측량과 측정, 다시 말해 돈의 정신과 그 친족들을 숭배하는 동시에 개탄했다. 그 시대가 노동 시간에 망치질하고 계산하며 그 외의 시간엔 '다음엔 뭘 하지'라는 과정의 연속이자 근본적으로 달갑지 않고 구역질나는 강요에 의해 움직이는 아이들처럼 행동하는 동안, 방향전환을 권고하는 내면의 목소리는 사라지고 말았다. 이 시대는 문제를 분업의 원칙에 의해 풀어가며 그런 예측과 내면의 슬픔을 일군의 지식인들이나 동시대의 고해자와 고해 신부들, 면죄부를 주는 사람들, 참회를 권하는 문학적인 설교자들이나 복음선포자들 같이 홀로 감당할 수 없는 상황을 해결해줄 수 있는 사람들에게 떠넘겼다. 또한 국가가 매년 문화시설에 쏟아붓는 바닥없는 기금과 실속 없는 말도 다를 바가 없어서 마치 인질을 위해 도덕적인 몸값을 지불하는 것과 같았다.

 노동의 분업은 아른하임 자신에게도 똑같이 해당되었다. 사장실에 앉아서 매출을 계산하고 있을 때 그는 사업이나 기술적인 것 이외의 것을 생각한다는 이유로 부끄러움을 느꼈다. 하지만 회사 돈과 관련 없는 자리에선 다르게 생각하지 못하는 것, 즉 규칙이나 명령, 규범처럼 그 결과 내면적인 공허함과 비본질적인 상태에 처하는 잘못된 길에서 벗어나 다른 발전을 도모할 줄 알아야 한다는 요청을 제안하지 못해서 부끄러움을 느꼈다. 여기서의 다른 길이란 물어볼 것도 없이 종교를 의미했으며 아른하임은 그것에 관한 몇권의 책을 쓴 적도 있었다. 이 책들에서 그는 워낙 다양한 측면을 가진 종교를 신화, 단순함으로의 회귀, 영혼의 부유함, 경제의 정신화, 행위의 본질 등으로 불렀다. 더 정확히 말하자면 위대한 임무를 목전에 두면 반드시 해야만 하는 사람으로서의 자신을 사심없이 분석했을 때 그처럼 다양한 측면이 있는 것과 비슷했다. 하지만 이러한 노동의 분업이 결정의 순간에 망가지는 것은 분명히 아른하임의 운명이었다. 그가 정념의 불꽃에 스스로를 내던지려 했던 그 순간, 또는 태고의 형상처럼 위대한 동시에 완전하고, 오직 고귀한 인간에게만 가능한 진실함을 갖추며, 사랑의 화신처럼 철저하게 종교적이어야 한다고 생각한 순간, 결국 바지가 구겨지든 말든 아무 후회 없이 디오티마 앞에 무릎을 꿇으려던 그 순간 어떤 내면의 목소리가 그를 제지했던 것이다. 그건 부적절하게 튀어나온 이성의 목소리, 또는 그가 화를 내면서 말했듯이 오늘날 도처에서 위대한 삶의 모습이나 감정의 비밀에 맞서는 계산과 축적의 목소리였다. 그는 그 목소리를 싫어했지만 동시에 그 목소리가 그르지 않다는 것을 알았다. 만약 허니문이 있다면 디오티마와의 삶은 어떤 형식의 허니문이 되어야 할까? 그는 아마 사업으로 되돌아가서 그녀와 함께 나머지 삶의 의무들을 해치워나갈 것이다. 세월은 자연의 품 안에서, 또한 존재의 동물적이고 식물적인 요소 안에서 재정적인 활동과 휴식을 반복하며 변화될 것이다. 아마도 활동과 쉼, 인간의 요구와 아름다움이 빚어낸 위대하고 진실하며 인본주의적인 결혼이 될 것이다. 이런 경지야말로 아른하임의 눈앞에 어른거리는 매우 훌륭한 하나의 목표였다. 그는 완전히 긴장을 풀고 스스로를 포기하며 오직 허리에 두르는 천만 걸치고 세상의 반대편에 누워 자족하는 사람을 빼고는 어느 누구도 위대한 재정적 활동을 감당하지 못할 것이라고 믿었다. 하지만 거칠고 고요한 충만이 아른하임을 일깨웠는데 그것은 디오티마에게서 받은 하나부터 열까지의 인상이 이 모든 것과 맞섰기 때문이었다. 현대적인 몸매를 지닌 고전적인 미인을 볼 때마다 그는 혼란에 빠졌고 자신의 힘이 소진되는 것을 느꼈으며 균형 잡히고 자족적이며 조화롭게 순환하는 이 존재를 자신의 내면으로 끌어오는 일이 불가능하다고 생각했다. 그것은 절대 차원 높은 인간성이 아니었고 심지어 더이상 그냥 인간성도 아니었다. 그 상황에는 영원의 완전한 공허함만이 남았다. 그는 마치 천년이나 그녀를 찾아온 것인 양 아름다움을 응시했고 그녀를 발견한 곳에서 갑자기 아무 할 일이 없어진 채 명백히 혼수상태인 듯 거의 백치에 가까운 놀라운 무력감을 느꼈다. 그런 감정의 과잉상태에서 그는 아무 대답도 할 수 없었으며 그저 그녀와 함께 대포 안에 들어가 세상으로 날아가버렸으면 하는 바람밖에 없었다!

재치있는 디오티마가 그 상황에 딱 어울리는 말을 찾아냈다. 그 순간 그녀는 위대한 작가 도스토예프스키가 사랑과 백치, 그리고 내면의 경건 사이의 연관을 밝혀냈음을 기억해냈다. 하지만 믿음이 좋은 러시아를 배경에 두지 못한 우리 시대의 사람들이 도스토예프스키의 사상을 실현하기 위해서는 특별한 구원이 필요할 것이다.

이런 말들은 아른하임의 마음속에서 우러나온 것이었다.

그런 대화를 나누던 순간은 자기의식과 대상에 대한 의식이 최고조로 높아져서 마치 트럼펫을 아무리 세게 불어도 구멍이 막혀 소리가 나지 않고 오히려 피가 머리로 역류하는 것 같은 상태였다. 그 안에서는 마치 고흐가 그린 방처럼 선반 위에 놓인 작은 컵 하나에서부터 인간의 육체까지—말할 수 없는 어떤 존재에 의해 부풀려지고 날카롭게 뾰족해져서 스스로 그 안에 들어간 듯 보이는—어느 하나 중요하지 않은 것이 없었다.

디오티마는 놀라서 말했다. "이제 농담이나 하면 좋겠어요. 유머는 아름다운 것이죠. 그건 탐욕에서 자유롭게 벗어나 현상 너머로 날아가버리니까요."

아른하임은 웃었다. 그는 자리에서 일어나 방안을 돌아다니기 시작했다. '내가 그녀를 찢어버린다면 어떻게 될까? 갑자기 소리를 지르거나 춤을 춘다면. 목구멍에 손을 넣어서 그녀를 위해 나의 심정을 꺼낸다면? 그러면 기적이 일어날 수 있을까?' 그는 자문했다. 하지만 마음을 가라앉히고 나자 아무 일도 일어나지 않았다.

이런 장면이 그에게 지금 다시 생생하게 떠올랐다. 그의 시선은 다시금 발아래 거리 쪽으로 싸늘하게 고정되었다. '구원의 기적이 일어난 게 분명해.' 그는 중얼거렸다. '누군가 그런 생각을 실행에 옮기기 전에 세상은 새로운 인류로 채워져야 할지도 몰라.' 그는 인간이 어떻게, 그리고 무엇으로부터 구원을 받아야 하는지를 더이상 캐내려 하지 않았다. 아무튼 모든 것은 다른 것이 되어야만 했다. 그는 30분 전에 앉아 있던 책상으로 다시 돌아와 편지며 전보를 보았고 비서를 부르기 위해 종을 울려 졸리만을 찾았다.

그가 비서를 기다리면서 사업상 계약서류의 첫번째 문장을 이미 완성했을 때 자기 안의 체험은 마치 결정^{結晶}처럼 하나의 아름답고 세밀한 도덕적 형식으로 바뀌어갔다. '자신의 책임을 잘 알고 있는 사람은,' 아른하임은 단호하게 중얼거렸다. '영혼을 바칠 때일지라도 이자를 물면 물었지 원금을 까먹진 않는다!'

107.
라인스도르프 백작은
뜻밖의 정치적 성공을 거둔다

백작 각하가 공경할 만한 황제 가부장 주위로 환호하며 모여든 유럽의 국가 가문에 관해 이야기할 때, 그는 항상 암묵적으로 프로이센을 빼버렸다. 이런 말에는 전보다 더 진심이 담겨 있었는데 그건 라인스도르프 백작이 파울 아른하임 박사에게서 영향을 받는 게 거의 확실하기 때문이었다. 백작은 자신의 친구 디오티마에게 올 때마다 아른하임을 만나거나 그의 흔적과 마주하는데 그와 관련해 무슨 일이 일어나는지는 투치 국장만큼이나 아는 게 없었다. 디오티마는 요즘 영혼을 담아 그를 바라볼 때마다 전에 보지 못했던 것, 즉 백작 각하의 손과 목에 부풀어오른 정맥들과 나이든 사람의 냄새를 풍기는, 밝은 담배 색깔 같은 피부를 목격했다. 그녀가 그 위대한 귀족에게 여전히 존경을 바쳤음에도 그를 향한 호의의 빛은 마치 여름의 빛이 겨울의 빛으로 넘어가듯 뭔가 변화가 있었다. 라인스도르프 백작은 원래 음악이나 환상에는 관심이 없는 사람인데 아른하임과 접촉한 이후로는 눈에 띄게 자주 오스트리아 군대행렬 중의 팀파니나 쳄발로 같은 음악소리가 귀에 들렸고 눈을 감고 있으면 그 어둠 속에서 떼를 이룬 검고 노란 깃발(오스트리아 제국의 국기 색—옮긴이)이 움직이는 모습이 보였다. 그런 애국적인 환상은 투치 집에 찾아오는 다른 친구들에게도 보이는 것 같았다. 그가 듣기로 사람들은 도처에서 독일에 최고의 존경을 보냈지만 그가 위대한 애국운동이 형제 제국을 겨냥한 작은 독설이 될 수도 있다고 슬쩍 말하면 독일을 향한 존경은 소탈한 미소로 포장되고 말았다.

백작 각하는 자신의 영역에서 아주 중요한 현상과 마주쳤다. 확실히 이 현상에는 유난히 강력한 가족 감정 같은 것이 있었는데 그중 하나는 1차 세계대전 이전 유럽의 국가 가문들 사이에 널리 퍼져 있던 독일을 향한 적대감이었다. 독일은 정신적으로 가장 적게 통합된 나라이며 누구나 비호감을 가질 만한 나라였다. 독일의 옛 문화는 새로운 시대의 바퀴 아래로 가장 빠르게 끌려들어갔고 속임수와 판매를 위한 엄청나게 과장된 표어로 잘게 쪼개졌다. 그 외에도 독일은 모든 동요하는 집단과 마찬가지로 티격태격하고 약탈을 좋아했으며, 자만에 빠진 데다 무책임했다. 하지만 이 모든 것은 결국 유럽적인 것이었으며 유럽인들에게는 기껏해야 '지나치게 유럽적'으로 보였을 것이다. 세계는 명백히 어떤 부정적인 존재, 즉 혐오의 이미지가 필요했으며 거기에 오늘날 삶이 뒤에 남기는 불쾌, 불일치, 그을린 찌꺼기 같은 이미지가 더해졌다. '그것이 그럴 수 있다'는 가능성에서 갑자기 '그것이 그렇더라'는 사실이 드러나면서 모든 관련자들은 엄청나게 놀랐으며, 이 무질서한 과정에서 무엇이 떨어져나가든, 무엇이 부적합하고 피상적이며 만족스럽지 못하든 그것은 우리 시대 문명의 성격을 강하게 띠고 있으며, 손쉽게 성취될 불만족으로 만족의 결여를 보상하는 모든 살아있는 존재들을 동요시킴으로써 활기찬 혐오를 만들어내는 것처럼 보였다. 또한 이런 혐오를 특별한 존재에게 부과하려는 시도는 명백히 가장 낙후된 심리적 방법의 하나일 뿐이었다. 주술사가 병자의 몸에서 세심하게 준비된 주물呪物을 꺼내듯 훌륭한 크리스천은 자신의 잘못을 훌륭한 유대인에게 뒤집어씌우면서 유대인들이 자신을 광고나 이자율, 신문 같은 것들로 유혹했다고 주장한다. 역사의 순간마다 사람들은 천둥이나 마녀, 사회주의자, 지식인, 그리고 장군들에게 책임을 돌렸으며 1차 세계대전 전 마지막 순간에 가장 대규모로 애용된 대상은 프로이센-독일이었다. 세계는 신뿐만이 아니라 악마까지도 잃어버렸다. 세상이 악을 혐오의 이미지로 바꿔놓은 것처럼, 세상은 선을 이상적 이미지로 바꿔놓았는데 사람에게 부적절해 보이는 것을 행하기 때문에 선은 숭배되기도 했다. 사람들은 다른 사람이 전력을 다하도록 해놓고 그 모습을 관중석에 앉아서 지켜본다. 그것이 바로 스포츠다. 또한 사람들은 누군가 일방적인 과장을 하도록 내버려두고는 그 말을 듣는다. 그것이 바로 이상주의^{Idealismus}다. 사람들은 악을 떨어내고는 떨어낸 것으로 다시 몸을 적신다. 그것이 바로 혐오의 이미지다. 그렇게 모든 것은 세계 속에서 자신의 질서를 찾는다. 하지만 이런 심리적 투사를 통한 성인 숭배와 희생양 만들기의 테크닉은 세계를 해결되지 않은 내적 투쟁의 긴장으로 가득 채우기 때문에 적지 않게 위험하다. 사람들은 서로를 때려죽이거나 의형제를 맺으면서도 진실한 행위인지 아닌지를 모를 수 있다. 왜냐하면 우리는 세계로 투사된 한 부분이며 모든 현상들은 진실의 이면에서 벌어지는 반쪽짜리 사랑과 미움의 속임수에 불과하기 때문이다. 모든 선과 악에 대한 책임을 천국-지옥과 같은 정신에 돌리는 고대의 악마주의 신앙은 더 훌륭하고 더 정확하며 더 완벽하게 발전해왔고 우리는 심리학의 점진적인 발전에 따라 오직 그러한 신앙으로 회귀하리라는 희망을 가질 뿐이었다.

특히 카카니엔은 애호나 혐오의 이미지와 아주 밀접하게 연관된 나라였다. 카카니엔에서의 삶은 안 그래도 뭔가 비현실적이었다. 스스로를—베토벤에서 오페레타까지—저명한 카카니엔 문화의 계승자이자 상속인으로 여기는 품위있는 카카니엔 인이 한편으론 독일 제국을 역겨워하면서도 다른 한편으론 동맹이자 형제로 생각하는 일은 전혀 이상하지 않았다. 카카니엔 사람들은 독일인들에게 작은 충고를 하기도 하지만 그들의 성공을 보면 언제나 고향의 상황에 대한 우려가 앞섰다. 고향의 상황이란 다름 아니라 원래는 다른 나라 못지 않았고 종종 월등하기까지 했던 이 나라가 세기가 바뀌면서 스스로에 대한 흥미를 잃어버렸다는 점이었다. 평행운동의 진행과정에서 수차례 목격됐던 바대로 세계역사는 다른 역사와 그리 다르지 않았다. 다시 말해 저술가들은 뭔가 새로운 것을 내놓지 못했고 이제 비슷한 전개와 사상을 서로 베끼는 수준이 되었다. 하지만 거기엔 지금까지 언급되지 않았던 이야기 자체에 대한 쾌락이 포함돼 있었는데, 그건 모든 저술가들에게 익숙한 것으로서 자신의 귀를 달궈 길게 늘리는 저자의 열정으로 모든 비판을 녹여버리는 좋은 이야기를 만들어내는 것을 의미했다. 라인스도르프 백작은 이러한 확신과 열정을 소유했고 그의 친구들도 마찬가지였다. 그러나 카카니엔의 변방에서 이런 열정은 사라져버렸고 사람들은 오래전부터 그 대체물을 찾아왔다. 그 결과 카카니엔의 역사 대신 민족의 역사가 그 자리를 차지했다. 저술가들은 민족사에 매달렸고 그것을 역사 소설이나 시대극에 감동하는 유럽인의 취향에 맞게 가공하기까지 했다. 그래서 아직까지 충분히 주목되지 못한 기이한 일들이 발생했는데 그것은 학교를 짓는다든가 역장을 임명한다든가 하는 아주 일상적인 일을 처리하던 사람들이 1600년경이나 400년경에 벌어진 일로 논쟁을 하게 된 것이다. 그들은 고트족의 대이동이나 반종교개혁 당시의 학살이 벌어졌을 때 알프스

저지대 사람들은 어디로 이주하는 게 더 나았을지를 두고 논쟁했으며 이런 토론에 고결함이라든지 비열함, 고향, 진실, 남성다움처럼 다소간 최근 주류들이 탐독하는 내용에 부합하는 의미들을 부여했다. 문학에는 거의 비중을 두지 않던 라인스도르프 백작은 이런 사실에 놀라지 않을 수 없었는데, 그가 독일과 체코에 흩어진 자신의 보헤미아 영지로 여행을 떠나 그곳에 거주하는 농부들이나 장인들, 마을 사람들을 만났을 때 그들이 얼마나 선량한지를 보았기 때문이었다. 그래서 그는 그 책임을 어떤 기이한 바이러스, 즉 혐오스런 선동가들의 사주로 돌렸다. 그들 사이에는 이따금 서로를 향한, 그리고 정부의 교훈을 향한 폭력적인 불만이 있었다. 하지만 이는 더욱 이상해 보이기도 했는데, 그건 폭력적인 일들이 벌어지는 사이에도 자신들의 이상을 떠올릴 만한 아무 일도 일어나지 않으면 아주 평화롭고 만족스럽게 모든 사람들과 잘 지냈기 때문이다.

　카카니엔의 잘 알려진 소수민족 정책이자 국가 정책은 반항적인 소수에게 강한 형벌을 내렸다가 교묘하게 다시 물러서기를 반년에 한번씩 반복하는 것이었다. 그 모습은 구부러진 시험관의 물이 한쪽이 올라가면 다른 쪽이 내려가는 것 같아서 꼭 독일 '소수민족'을 대할 때의 태도와 유사했다. 독일 소수민족은 카카니엔 내부에서 특별한 역할을 했는데 그건 그들이 대체로 국가는 강해야 한다는 단 하나의 요구를 지녔기 때문이다. 이들은 오랫동안 카카니엔의 역사가 의미를 가져야 한다는 믿음을 강하게 가져왔고, 카카니엔 사람들이 반역자로 시작하여 성부 각료가 될 수도 있으며 반대로 정부 각료를 유지하면서 반역자로 나아갈 수도 있음을 깨닫게 되자 스스로를 억압받는 민족으로 여기기 시작했다. 이런 일들은 다른 곳에서도 벌어졌지만 카카니엔에서는 이런 효과를 내기 위한 어떤 혁명이나 소요도 필요치 않았는데 이곳에서는 모든 것이 마치 진동하는 시계추처럼 차근차근 자연스럽고 조용하게, 그저 개념의 모호함에 의시하어 나아갔기 때문이다. 결국 카카니엔에는 억압받는 민족, 그리고 스스로를 억압받는 민족에게 끊임없이 조롱당하고 들볶인다고 느끼는 최상위 계층의 사람들—다름 아닌 억압하는 자들—외에는 그 누구도 존재하지 않았다. 최상위 계층 사람들은 아무것도 일어나지 않는다는 사실, 즉 역사의 부재에 관해 깊은 우려를 드러냈으며 언젠가는 무엇이 일어나야 한다는 강한 신념을 가지고 있었다. 또한 평행운동이 그러하듯 그것이 독일에 대항한다는 의미라면 사람들은 꺼려하지 않았는데 우선 그들이 제국의 형제들 때문에 수치심에 젖어 있었기 때문이고, 두번째 이유는 정부의 주요 요직에 있는 자들이 스스로를 독일인라고 느꼈으며 그래서 사실상 그렇듯 사심없는 방식으로 카카니엔의 공정함을 드러내는 길 외에 다른 방법이 없기 때문이었다.

이런 상황에서 누군가 라인스도르프 백작의 사업을 범게르만적이라 간주했다면 그런 의심은 그의 원래 생각과는 확실히 동떨어진 것이었다. 하지만 누군가 여전히 그렇게 간주한다면, '관할권이 있는 소수민족' 중에서 그들의 요구가 평행운동 위원회에서 받아들여져야 마땅한 슬라브인들의 목소리가 점점 사라졌기 때문이라고 볼 수 있었다. 또한 외국 사절들은 슬라브를 향한 아른하임과 투치, 그리고 독일의 공격에 대한 끔찍한 소식들을 들었으며 이런 소식들은 소문의 형태로 중화되어 백작의 귀에까지 들어왔다. 그 소문은 뭔가 특별한 일이 일어나지 않을 때조차 많은 일이 일어나지 않게 하기 위해 더 어려운 일을 해야 한다는 백작의 두려움을 가중시켰다. 하지만 그는 현실적 정치인이기에 주저하지 않고 대응책을 마련했으며 그 와중에 너무 관대한 셈법을 발휘하는 바람에 처음에는 정치력의 실패처럼 보이기까지 했다. 평행운동을 대중적으로 홍보하는 임무를 띤 선전위원회의 수장은 그때까지 선정되지 않았는데 라인스도르프 백작은 비스니에츠키^{Wisnieczky} 남작을 그 자리에 앉히려고 결심했다. 그 결정은 비스니에츠키가 독일 정당에서 떨어져 나와 은밀하게 반독일적인 정책을 추진한다고 알려진 정당 소속의 장관으로 수년간 재직했다는 사실이 고려된 것이었다. 당시 라인스도르프 백작에겐 자신만의 계획이 있었다. 평행운동이 시작될 때부터 그는 자신의 나라보다 독일에 더 큰 애착을 가진 독일 출신 카카니엔 사람들을 설득하여 끌어들이려고 생각했다. 아무리 다른 '종족'들이 카카니엔을 감옥이라고 부르고 프랑스, 이탈리아, 러시아에 대한 애정을 공개적으로 드러내더라도 그것은 이른바 두메산골의 몽상에 가까우며, 진지한 정치인이라면 그런 애정을 독일 출신 카카니엔인—지리적으로 카카니엔의 목을 조르며 한 세대 전까지 함께 연합해온—이 독일 제국을 친애하는 수준으로 높게 평가하진 않을 것이다. 라인스도르프 백작 스스로가 독일인이기 때문에 독일인들의 음모는 그 어느것보다 더욱 쓰디쓰게 다가왔다. 또한 그는 자신의 유명한 격언을 이 독일 배신자들에게 적용했는데 그것은 "그들은 그들 자신에게서 생겨난다!"는 말이었다. 이 격언은 한동안 정치적 예언에서 수위를 차지했으며 다른 오스트리아 종족이 애국주의에 설득당하면 독일 구성원들도 어느 정도 거기에 합류하도록 강요될 것을 의미했기에 애국운동의 구성원들에게 큰 신뢰를 얻었다. 어떤 일에 관여하지 않는 것보다 차라리 선두에 서지 않는 것이 더 쉽다는 사실을 모두 알고 있었던 것이다. 그리하여 독일인들에게 다가서는 길은 다른 민족을 더 우대함으로써 독일인에게 대항하는 것이었다. 라인스도르프 백작은 그것을 진즉에 알았지만 막상 실행할 시간이 다가오자 폴란드 태생이지만 머릿속은 카카니엔 사람인 비스니에츠키를 선전위원회의 수장으로 앉히는 것으로 그 일을 대신해버렸다.

이 결정이 독일인들에게 모욕을 가했다는 사실—비판자들이 나중에 지적했듯이—을 백작이 알았는지는 판단하기 쉽지 않았다. 아마도 그는 이런 방식으로 진실한 독일의 이익에 봉사한다고 생각했을 것이다. 하지만 그 결과 한편으론 독일 그룹 내에서도 평행운동에 대한 격렬한 반대가 일었고, 결국 평행운동은 독일에 적대적인 타격으로 간주되어 공개적인 저항에 부딪혔으며, 다른 한편으로는 범게르만적 운동으로 간주되어 애초부터 신중한 변명 뒤로 숨겨졌던 것이다. 그런 예상치 못한 결과 역시 백작의 관심을 피해가지 못했으며 모든 곳에서 격렬한 근심을 불러일으켰다. 하지만 이런 시련에 라인스도르프 백작은 더욱 긴장을 늦추지 않았으며 디오티마와 다른 지도자들이 거듭 우려하며 물었을 때조차 그 소심한 사람들에게 겉으로 드러나지는 않지만 의무에 충실한 표정을 지어 보이면서 다음과 같이 대답했다. "이 운동은 눈앞의 성공을 이루지 못했습니다. 하지만 위대한 이상을 가진 사람이 당장의 성공에 매달려서는 안 됩니다. 평행운동에 대한 관심은 더욱 커졌고, 우리가 끝까지 나아간다면 나머지 사람들도 참여하게 될 겁니다!"

108.
구원받지 못한 민족들과 구원의 언어들에 대한
슈툼 장군의 숙고

　매순간 대도시 거주민들은 개인의 욕망을 표현하기 위해 수많은 언어들을 사용하지만 유독 사용되지 않는 단어가 있는데, 그것은 '구원하다'라는 말이다. 다른 모든 단어들은 매우 예외적인 상황을 다루더라도 열정적인 말이든 심사숙고 끝에 나온 말이든 혹은 누군가 소리를 치든 아니면 속삭이든 한번은 들리게 마련이다. 가령 "당신은 내가 만난 최악의 사기꾼이에요." "당신처럼 아름다운 여인은 없습니다." 같은 말이 그렇다. 결국 이러한 가장 사적인 감정들은 아름다운 통계적 곡선을 타고 전체 도시에 대량 분포되면서 겉으로 표출된다. 하지만 그 어떤 살아있는 사람도 다른 사람에게 "당신은 나를 구원할 수 있어요!"라든가 "나의 구원자가 돼주시오!"라고 말하지 않는다. 어떤 사람이 나무에 묶여 굶주린 채 방치될 수도 있고 수개월 동안 사랑하는 사람과 함께 무인도에 내버려질 수도 있으며 화폐위조범으로 갇혔다가 풀려날 수도 있다. 그 사람의 입에서 세상의 모든 말들이 튀어나올 수 있지만 그가 현실세계에 있는 자라면 아무리 그 상황에 모순되지 않는 말이라 할지라도 구원이나 구원자란 말은 하지 않을 것이다.
　그럼에도 카카니엔의 왕관 밑에 모여 있는 사람들은 스스로를 구원받지 못한 민족이라고 불렀다!
　슈툼 폰 보르트베어 장군은 고심했다. 국방부에서 그의 위치 덕분에 그는 카카니엔이 겪는 민족적 어려움에 대한 충분한 지식을 갖추었는데, 이는 수백 가지의 충돌되는 조치로 인해 흔들리는 정치에 관해 군대가 예산청을 통해 가장 먼저 소식을 감지하기 때문이나. 바로 얼마 전 시급한 예산이 취소되는 바람에 국방부 장관이 노골적으로 분노한 사건이 있었다. 한 구원받지 못한 민족이 자신의 지원에 대한 보답으로 양보를 요청한 것이다. 그런데 그 양보란 정부가 구원을 향한 다른 민족들의 열망을 자극하지 않고서는 거의 감행하기 불가능한 것이었다. 그 결과 카카니엔은 외부의 적을 향해 무방비상태에 놓였다. 왜냐하면 그 예산안은 다른 나라 무기와 사정거리에서 차이를 보이는—마치 칼과 창이 다르듯이—군의 낙후된 총포체계를 대체하기 위한 예산이었고 이 무기구입이 다시금 막혀 얼마나 오래 지연될지 모르는 상황이었기 때문이다. 슈툼 장군이 이 일로 자살을 결심했다고 말할 순 없겠지만 상당한 우울증세가 여러 가지 자잘한 증세와 더불어 나타났다. 또한 그 증세는 카카니엔의 방어력 부재 및 무장해제 상태—인내심의 한계에 다다른 내부적 반목에 의해 비난받은—와 확실히 연관이 있었으며 그 결과 슈툼은 구원받은 민족과 구원받지 못한 민족에 대해 깊이 고민하게 되었다. 디오티마 그룹에서 자신의 반*시민적 지위 탓에 구원이라는 단어를 거의 물리도록 들어왔기 때문에 그 숙고는 더욱 진지했다.

   그의 첫번째 의견에 따르면 구원이란 말은 언어학적으로 완전히 규명되지 못한 '부풀려진 말'에 속했다. 군인으로서 그의 견해는 당연히 그랬다. 하지만 그의 일반적 견해를 벗어나면 디오티마로 인해 혼란스러워졌다. 어쨌든 슈툼 장군이 구원이라는 말을 처음 들은 것은 디오티마의 입을 통해서였으며 그 말에 깊이 매료됐기 때문이다.

또한 무기예산 문제에도 불구하고 그 단어는 오늘날 여전히 어떤 호의적인 마법에 휩싸여 있어서 슈툼 장군의 첫번째 견해는 이미 인생에서 물건너간 듯이 취급되었다! '부풀려진 말'이 적합하지 않아 보이는 이유는 또 있었다. 그저 구원의 단어조합 각각에 작고 사랑스럽게 심각함을 덜어내기만 한다면 그것들은 즉각 혀 밖으로 튀어나올 것이다. "네가 정말 나를 구원했어!" 같은 말이 그것이다. 그런 말을 하지 않던 사람들은 그런 구원이란 10분을 기다린 후의 행복이나 혹은 결국에는 사라져버릴 불편함에 불과하다고 주장할 것이다. 이제 장군은 그들의 어리석은 주장을 곧이곧대로 받아들이는 것보다 더 건강한 상식을 해치는 말이 없다는 사실을 깨달았다. 그가 디오티마나 정치인 아닌 다른 어디에서 구원이란 말을 들었는지 자문해보니 교회나 카페, 문화잡지나 자신이 그토록 감탄하며 읽었던 아른하임의 책에서였다. 이제 그는 그런 말이 그저 단순하고 자연스런 인간사를 말하는 것이 아니라 뭔가 추상적이고 일반적이며 복잡한 문제를 의미한다는 것을 깨닫게 되었다. 구원한다거나 구원을 갈망한다는 말은 한 영혼이 다른 영혼과 작용한다는 말과 다르지 않았다.

  장군은 자신의 임무를 지시해주는 듯한 이 매혹적인 통찰에 놀라 고개를 끄덕였다. 그는 자기 집무실 문 위에 설치된 둥글고 세련된 붉은 등을 켜서 중요한 회의가 있음을 알렸다. 그리고 서류더미를 든 부하들이 한숨을 쉬며 문턱까지 왔다 돌아가는 동안 사색을 이어갔다. 그가 요즘 어딜 가나 만나게 되는 지식인들은 결코 만족하는 법이 없었다. 그들은 도처에서 벌어지는 모든 일들이 너무 과하거나 모자라다며 비난했고 그들의 눈에는 어떤 일도 제대로 돌아가는 것이 없었다. 시간이 갈수록 장군은 지식인들이 혐오스러웠다. 그들은 불행하게도 항상 바람이 들어오는 곳에 앉아 춥다고 불평하는 예민한 자들이었다. 그들은 학문 너머의 것들은 물론 무지에 대해서도 불만을 토로했고 야만상태, 지나친 섬세함, 투쟁심, 무관심 등에 관해서도 불평을 늘어놓았다. 그들의 시선이 가닿는 곳에는 도처에 틈새가 발견되었다. 지식인들의 사유는 휴식에 이르지 못했고 어느곳에서도 정주하지 못하고 영원히 방황하는 사물에 주목했다. 그래서 그들은 자신들이 사는 시대는 영혼의 황무지와 같아서 오로지 특별한 사건이나 아주 뛰어난 인간을 통해서만 구원될 수 있다고 결론내렸다. 이런 식으로 이른바 지식인들 사이에서 구원이란 단어가 인기를 끌게 된 것이다. 사람들은 당장 메시아가 나타나지 않으면 세상이 더이상 나아갈 수 없다고 생각했다. 아프고 죽어가는 사람을 살리기 위해 뛰어난 연구를 수행하는 의술의 메시아일 수도 있고 아니면 연극을 저술하여 극장에 있는 수많은 사람들을 감동시키고 반드시 정신적 숭고함에 이르도록 하는 문학의 메시아일 수도 있다. 아주 특별한 메시아를 통해 개별 인간들의 행위가 새로워질 수 있다는 믿음 외에도 강한 손으로 모두를 움직이는 구세주를 기다리는 순수한 믿음도 있었다. 그렇듯 세계대전 이전의 짧은 시기는 메시아적인 시대였기에 모든 민족이 구원받길 원한다 하더라도 그렇게 이상하거나 놀라운 일은 아니었다.

결단코 장군에게 이런 것들은 다른 모든 말들과 마찬가지로 곧이곧대로 받아들일 수 없는 것들이었다. '오늘날 구원자가 다시 나타난다면,' 그는 중얼거렸다. '사람들은 다른 정부를 무너뜨리듯이 구원자의 정부도 무너뜨릴 거야.' 자신의 개인적 경험으로 봤을 때 이런 현상은 사람들이 책과 신문을 너무 많이 읽어서 생긴 것 같았다. '군이 특별한 정부의 허락 없이는 장교들에게 책을 쓰지 못하도록 한 조치는 얼마나 현명한가.' 그는 이렇게 생각하면서 그때까지 느껴보지 못했던 매우 강렬한 충성심이 솟아올라 깜짝 놀랐다. 그는 확실히 생각을 너무 많이 하기 시작했다! 그런 현상은 문명의 정신과 접촉해서 생긴 것인데 문명의 정신은 확고한 세계관을 소유한다는 장점을 잃어버린 게 분명했다. 장군은 이를 명확히 알고 있었고 그래서 구원에 대한 모든 헛소리들을 다른 각도에서 볼 수 있었다. 슈툼 장군의 생각은 이런 새로운 연관성을 해명하기 위해 종교와 역사 수업시간에 대한 기억으로 되돌아갔다. 그가 무슨 생각을 했는지 말하긴 어렵지만 아무튼 그의 머릿속에서 생각을 꺼내어 조심스럽게 펼쳐 보인다면 아마 다음과 같을 것이다. 먼저 종교적인 측면을 잠시 살펴보면 누군가 종교를 믿고 있다면 그 사람은 좋은 크리스천이나 독실한 유대인을 희망이나 번영이라는 건물의 어떤 층에서든 아래로 떨어뜨릴 수 있을 것이며 그 자신은 언제나 자신의 영적인 발로 사뿐히 내려올 것이다. 모든 종교에는 스스로의 세계 가운데 비합리적이고 계산될 수 없는 요소, 즉 그들이 신의 신비라고 부르는 요소가 있기 때문이다. 덧없는 인생에 더이상 분별력이 없을 때, 오직 이런 요소를 기억하기만 하면 종교를 믿는 누군가는 만족하여 쾌재를 부를 수 있을 것이다. 이렇게 사뿐히 착륙해 쾌재를 부르는 것을 사람들은 세계관이라고 불렀는데 현대인들은 바로 이런 세계관을 잃어버린 것이다. 그는 많은 사람들이 그렇듯 자신의 삶을 숙고하는 일을 포기하거나 아니면 사유와 만족할 만한 결론에 도달하지 못한 틈 사이에서 기이하게 분열하는 자신을 발견할 것이다. 이런 식의 분열은 시간이 지날수록 완벽한 불신의 형태를 띠어서 믿음에 대한 완전히 새로운 굴종이 돼버리는데 그것의 가장 최근 형태는 '사유가 없다면 올바른 삶이 없으며 사유가 너무 많아도 올바른 삶이 없다'는 확신으로 드러난다. 우리의 문화는 대체로 그런 확신에 근거하고 있다. 우리는 교육과 연구에 돈을 많이 쓰고 있지만 오락이나 자동차, 무기 같은 데 쓰는 돈에는 미치지 못한다. 우리는 재능있는 사람들에게 자유롭게 길을 열어주지만 그 재능이 사업가적 재능인지를 주의깊게 따진다. 우리는 모든 생각에 반대가 있다는 것을 인정하지만 그것이 상대편 생각에도 이로워야 한다고 믿는다. 그것은 엄청난 나약함이자 부주의처럼 보이지만 생각에 한계가 있음을 알게 하려는 매우 의식적인 노력이었다. 왜냐하면 우리의 삶을 추동하는 어떤 생각이라도 한쪽으로만 철저하게 치우친다면 반대편 생각에는 아무것도 남지 않고 그러면 우리 문명은 더이상 우리 문명이 아닐 수 있기 때문이다!

장군의 주먹은 어린아이처럼 통통하고 작았다. 그는 마치 복싱 패드를 때리듯이 주먹을 동그랗게 말아 책상머리를 때렸다. 그런 행동은 강한 펀치를 증명하는 듯한 느낌을 주었다. 그에게는 군인으로서의 세계관이 있었다! 명예나 복종, 최고 사령관, 복무 규칙 III 등으로 불리는 비합리적 요소들이 그것이며 그걸 다 합쳐 요약하면 전쟁이란 다름 아니라 더 강력한 수단이자 질서의 단호한 행사이며 전쟁 없이는 세계가 더이상 유지되지 못한다는 확신이었다. 장군이 책상을 칠 때의 동작에서 만약 그 주먹이 뭔가 정신적인 것, 즉 정신의 피할 수 없는 보완이 아니라 그저 운동선수 같았다면 좀 우스워 보였을 것이다. 슈툼 폰 보르트베어는 이미 시민적인 것을 충분히 겪어봤다. 그는 도서관 사서야말로 시민적인 상황에 대한 믿을 만한 관점을 가진 유일한 사람임을 체험했다. 그는 질서의 과도함이라는 역설을 발견했으며 질서의 완성은 반드시 무위를 가져온다는 사실을 깨달았다. 왜 군대는 위대한 질서가 있는 동시에 언제나 생명을 내려놓을 준비가 돼 있는 곳이어야 하는지, 그는 어딘가 우스꽝스럽다는 생각을 했다. 뭔가 규정하기 힘든 이유로 질서는 살인에 대한 의무로 나아가는 것이다. 그는 이런 흐름으로는 더이상 일을 할 수 없다고 걱정하며 말했다! '또한 정신이란 도대체 무엇인가?' 장군은 불온하게 물었다. '그것은 한밤중에 흰 셔츠를 입고 돌아다니는 것이 아닌가? 그것은 우리의 인상이나 체험에 명백한 질서를 부여하는 것과 무엇이 다른가? 그러나 그 경우,' 그는 행복한 영감이 떠올라 단호하게 결론지었다. '정신이 질서화된 체험에 다름없다면 질서화된 세상에선 정신이 필요치 않을 것이다!'

안도의 한숨을 내쉬며 슈툼 폰 보르트베어는 회의중이라는 표시등을 끄고 부하들이 들어오기 전에 감정의 흔적을 지우기 위해 거울 앞에 다가가 자신의 머리카락을 매끄럽게 쓰다듬었다.

109.
보나데아, 카카니엔: 행복과 균형의 체계

카카니엔에서 정치에 관해선 아무것도 모르지만, 알고는 싶어하는 사람은 바로 보나데아였다. 그녀와 구원받지 못한 민족 사이에는 뭔가 연관성이 있었다. 보나데아(디오티마와 헷갈리지 말 것. 보나데아는 원래 순결의 여신이었으나 그 신전이 운명의 장난으로 인해 탈선의 무대가 되고 만 선량한 사람으로 대법원 판사의 부인이자 그녀를 존중하지도 그리 절실하게 원하지도 않는 남자의 불행한 연인이기도 했다)는 카카니엔의 정치는 소유하지 못한 하나의 체계를 소유하고 있었다.

보나데아의 체계는 지금까지 이중생활^{Doppelleben} 속에 존재했다. 그녀는 지체 높은 가문에 속함으로써 명예를 충족시켰고 사회적 교류에서도 교양있고 빼어난 부인으로 명망을 얻었다. 매번 정신적으로 굴복하고 마는 어떤 유혹에 관해서는 자신의 과도하게 흥분하는 체질 때문이라고도 했고 자신이 어리석음에 빠지는 심성을 가졌는데 그런 어리석은 마음은 낭만적이고 정치적인 범죄처럼, 아주 미심쩍은 상황에서 저질러진 범죄일지라도 그 행위에서 명예로움을 느끼기 때문이라고도 했다. 여기서 그 마음은 명예나 복종, 복무규정 III이 슈툼 장군의 삶에서 행한 것과 비슷한 역할을 했다. 그녀의 마음은 잘 조직된 삶의 비합리적인 요소와 같아서 결국 이성이 포섭할 수 없는 모든 것들을 질서 안으로 끌어들였다.

하지만 보나데아의 체계에도 하나의 오류가 있었는데 그것은 그녀의 삶이 두 상황으로 갈라져 있었으며 한 상황에서 다른 상황으로 건너가는 데는 큰 손실이 뒤따른다는 것이었다. 하나의 실수 앞에서 그녀의 마음이 아무리 유창하게 말하더라도 이후에는 매우 의기소침해지며 결국 그녀는 광적으로 들떠 있다가 잉크처럼 검게 가라앉는 상태를 끊임없이 반복하여 한시도 평정에 이르지 못했다. 아무튼 그것은 하나의 체계였다. 말하자면 단순히 통제되지 못한 본능의 놀이―마치 쾌락의 칸에 어떤 이익을 상정해놓고 쾌락과 고통의 대차대조표를 자동적으로 기입하는 삶의 방식 같은―가 아니라 오히려 이런 대차대조를 속이기 위해 세심하게 마련된 심리적 대비책에 가까웠다.

누구에게나 자신의 감정 대차대조표를 선호에 맞게 조율하는 방법이 있어서 하루에 충족되는 쾌락의 최소치를 일정하게 유지되도록 한다. 삶에 있어서 한 사람의 쾌락은 불쾌로 이뤄져 있을 수도 있다. 쾌락이냐 불쾌냐 하는 차이는 큰 문제가 되지 않는데 왜냐하면 잘 알려져 있듯이 마치 춤을 추듯 전혀 무겁지 않게 흘러가는 장례식의 행렬처럼 행복한 우울도 있기 때문이다. 아마 그 반대도 가능할 것인데 흔히 기쁨에 겨운 많은 사람들은 그저 슬픔에 빠진 사람들보다 전혀 행복하지 않다는 점에서 그렇다. 왜냐하면 행복은 불행 못지않게 압박을 받기 때문이다. 그건 공기보다 가볍든지 무겁든지 나름의 법칙으로 하늘을 날 수 있는 것*과 유사하다. 하지만 다른 견해도 있을 수 있다. 만약 부유한 자들의 오래된 지혜가 틀렸다면? 돈이 부자들을 더 행복하게 해준다는 말이 공상에 불과하기 때문에 가난한 사람들은 부자를 부러워할 필요가 없다면? 돈이란 그저 인생의 목적 대신 다른 것을 마련하는 의무만을 더할 뿐이라면, 또한 쾌락의 지속이 기껏해야 자신이 원래 가져야 할 것을 쓸데없이 남아도는 행복으로 차단할 뿐이라면? 그건 이론적으로 말해서 지붕도 없는 집에 사는 한 가족이 추운 겨울밤을 얼어 죽지 않고 보낸 후 다음날 아침 첫 아침햇살에서 느끼는 행복은 따듯한 침대에서 걸어나온 부자가 같은 햇살에서 받는 행복과 다를 바가 없다는 말이다. 이러한 사례는 조금이라도 힘이 남아 있는 당나귀라면 기꺼이 짐을 메듯이, 자신에게 주어진 짐을 견디는 사람은 행복할 것이라는 실제적인 사고에서 비롯된 것이다. 또한 우리가 당나귀의 경우만 고려한다면 이것은 사실상 인간의 행복에 관한 가장 믿을 만한 개념이라 할 것이다. 하지만 현실에서

---

* 비행(飛行)은 열기구처럼 공기보다 가벼운 기체를 이용하는 방법과 비행기처럼 공기보다 무거운 물체에 날개와 동력장치를 다는 두 가지 방법이 있다.

개인의 행복(또는 균형이나 만족 내지는 가장 내적인 개인의 목적이라고 부르고 싶어하는 것)은 마치 성벽의 돌 하나, 또는 강의 물방울 하나도 전체 성벽과 전체 강물의 긴장과 힘으로 유지되는 것처럼, 그렇게 완성될 수 있을 것이다. 한 사람이 스스로 행하고 느끼는 것은 보통 다른 사람들이 그를 위해 행하고 느끼는 모든 것을 고려해본다면 매우 하찮은 것에 불과하다. 어떤 인간도 자기 혼자 균형을 이루고 살 수는 없고 오히려 자신을 둘러싼 사회에 의지하고 있다. 그래서 개개인의 작은 욕망의 공장은 가장 발전된 도덕적 신용―여기에 대해선 더 언급될 것이다―에 의해 영향을 받는다. 왜냐하면 각자의 욕망은 개인뿐 아니라 전체 사회의 정신적 대차대조표에 속하기 때문이다.

자신의 연인을 되찾으려는 보나데아의 노력이 아무 성과도 거두지 못하자 그녀는 디오티마의 지성과 추진력 때문에 울리히를 빼앗겼다고 믿게 되었고 망연자실 디오티마에 대한 질투에 빠져 있었다. 하지만 나약한 사람이 흔히 그러하듯 그녀는 디오티마를 숭배함으로써 자신의 상실감을 일부 상쇄할 어떤 해명과 보상을 찾게 되었다. 이런 상황에서 그녀는 평행운동에 소박한 기여를 한다는 명분으로 디오티마에게 이따금 초청을 받도록 오래전부터 조치를 취해두었지만 그 멤버에 정식으로 포함되지는 못했다. 그녀는 이에 대해 디오티마와 울리히 사이에 모종의 협의가 있었으리라 상상했다. 그렇게 그녀는 둘의 잔인함에 눌려 괴로워했으며 그럼에도 그들을 사랑했기 때문에 독보적인 순수와 헌신의 환상이 내면에서 떠오르는 것을 느꼈다. 남편이 방을 떠나기를 인내심 없이 기다리던 그날 아침 그녀는 마치 깃털을 고르는 새처럼 자주 거울 앞에 앉았다. 그녀는 디오티마의 그리스적인 스타일과는 다른 모양이 잡힐 때까지 머리카락을 묶고 웨이

브를 만들고 꼬았다. 그녀는 짧은 곱슬머리를 똑바로 펴서 빗고 솔로 마무리했으며 전체적인 모양이 약간 우스꽝스러워졌음에도 전혀 알아채지 못했는데 그건 멀리 거울 속 웃고 있는 얼굴에서 뭔가 여신과 같은 형상이 떠올랐기 때문이다. 그녀의 숭배를 받는 한 존재의 확신과 아름다움, 또한 그 존재의 기쁨은—아직 깊은 합일에 이르진 못했으나—작고 얕으며 따뜻한 신비의 물결을 일으키며 그녀의 내면에서 솟아올랐고 그런 순간엔 거대한 바다의 가장자리에 앉아 발을 담근 듯한 기분이었다. 종교적 숭배와도 같은 이런 양상은—원시 사람들이 신들의 가면 속으로 온몸을 집어넣던 때부터 문명의 의식이 생기던 때까지 신실한 육체적 모방의 욕망은 한번도 완전히 그 의미를 상실한 적이 없었다—그녀를 사로잡아 옷과 장신구에 대한 광적인 집착에 빠지게 했다. 새 옷을 입고 거울 앞에 설 때 보나데아는 넓적다리 양식의 소매*나 살짝 컬이 들어간 앞머리, 종 모양의 긴 스커트 대신 무릎까지 오는 스커트와 소년처럼 짧은 헤어스타일의 시대가 올 줄은 꿈에도 생각하지 못했다. 또한 유행에 대해 논쟁할 수도 없었는데 그녀의 머릿속에 그런 걸 떠올릴 능력이 없었기 때문이다. 그녀는 언제나 정숙한 부인으로 보이게끔 옷을 입었고 반년마다 바뀌는 새로운 유행에 마치 영원을 마주한 듯 경외감에 빠졌다. 그녀의 사고 능력에 호소하여 덧없이 지나가는 것들을 인정하게끔 할 수는 있을지라도 그런 경외감만큼은 전혀 건드릴 수 없었다. 그녀는 세속 세계의 강요를 깊이 내면화시켰고 명함의 한쪽 끝을 접는다든가 친구에게 새해 축하카드를 보낸다거나 무도회에서 장갑을 벗는다든가 하는 시대는 더이상 그런 행동을 하지 않는 시대의 관점에서 보면 마치 백년

---

* 마치 동물의 넓적다리처럼 위쪽이 풍성하고 소매 쪽으로 갈수록 좁아지는 의복 양식.

이나 지난 일처럼 보였고 완전히 상상할 수도 없고 더이상 불가능하며 시대에 뒤처진 일처럼 여겨졌다. 그것이 바로 보나데아가 옷을 입지 않고 있는 모습이 그렇게 기이해 보이는 이유다. 그때 그녀는 모든 관념의 방어에서 벗겨진 채 마치 지진이 덮친 듯 비인간적이고 무자비한 강요에 의해 벌거 벗겨진 희생물이 되었다.

그러나 이 따분한 현실세계의 우여곡절 속에서 겪은 그녀의 주기적 문화 추락은 이제 사라졌고 보나데아가 자신의 외모에 남몰래 그토록 신경을 쓰는 동안 이십대 이후에 볼 수 없었던, 부정한 연인 같은 삶이 전면에 드러났다. 보통 외모에 지나치게 신경을 쓰는 사람은 상대적으로 순결한 사람이라고 간주되기 마련이다. 그렇지만 위대한 스포츠 영웅이 때로 망나니 같은 연인으로 밝혀지고, 엄청나게 호전적으로 보이는 장교가 형편없는 군인으로, 또한 꽤 지적으로 보이는 사람이 멍청한 사람으로 판명되기도 하는 것처럼 겉보기와 그 사람됨은 종종 다르다. 보나데아에게는 어디에 에너지를 쏟느냐는 문제뿐 아니라 새로운 삶을 향해 놀랍도록 강렬하게 나아간다는 점 역시 중요한 문제였다. 그녀는 화가의 애착을 가지고 눈썹을 그렸으며 이마와 뺨에 화장품을 발라서 자연주의를 넘어서 단순한 현실을 돌출시키고 낯설게 만들어 종교적 예술의 스타일로 변화시켰다. 육체를 부드러운 코르셋 속으로 흔들어 넣자 다른 때 같으면 너무 여성스럽게 느껴져 항상 거추장스럽고 부끄럽게 여겨지던 큰 가슴에서 갑자기 자매애를 느끼기도 했다. 손가락으로 그녀의 목을 간질이던 남편은 "내 헤어스타일 망가뜨리지 말아요"라는 그녀의 꾸짖음을 듣고는 적잖이 놀랐다. 그가 "내 손을 잡지 않겠소?"라고 묻자 "안 돼요. 옷을 입고 있잖아요!"라는 대답이 돌아올 때도 마찬가지였다. 하지만 죄의 힘은 육체 안의 계곡에서 풀려나와 봄날의 별처럼 보나데아의 청명한 신세계 주위를 떠돌았으며 그녀는 이 낯설고 부드러운 빛 속에서 마치 나병이 몸에서 떨어져나간 것처럼 '과도한 흥분'에서 벗어난 기분이 들었다. 결혼 이후 처음으로 그녀의 남편은 가정의 평화를 해치는 제3의 인물이 있는지를 미심쩍어했다.

하지만 거기서 일어난 일은 생의 체계^{Lebenssystem} 영역에서 일어난 현상에 불과했다. 현재의 흐름 가운데 등장했으며 그 무시무시한 존재 가운데 인간의 형상이 관찰되는 옷은 기이한 대롱이자 이상 증식한 혹 같은 것이며, 코를 뚫은 화살이나 입술을 뚫은 반지와 그 성격이 유사했다. 하지만 입는 사람들에게 부여하는 개성의 측면에서 보면 옷은 얼마나 매력적인가! 그건 위대한 단어들의 의미가 쭈글쭈글한 종이 위의 선으로 뛰어 들어가는 것과 다를 바가 없었다. 누군가 화려한 길을 걷고 있을 때나 접시 위에 샌드위치를 올려놓을 때, 한 사람의 보이지 않는 선량함과 탁월함이 오래된 성화에서처럼 마치 노른자 같은 황금빛으로, 보름달만큼 크게 그 사람의 머리끝에서 소용돌이를 일으키며 후광으로 떠오르는 것을 상상해보자. 그건 말할 것도 없이 가장 놀랍고도 떨리는 체험이 될 것이다! 또한 그렇듯 보이지 않는 것, 심지어 존재하지 않는 것을 보이게끔 하는 능력은 잘 만들어진 의상이 구현하는 일상을 말해준다.

그런 상황은 우리에게 빚을 지고 있는 사람이 신비한 이자로 빚을 갚고 있으며 그래서 채무 같은 건 없는 것과 같은 상황이다. 왜냐하면 옷은 그런 특성뿐 아니라 확신, 편견, 이론, 희망, 무언가에 대한 믿음, 사유, 심지어 자신의 정당함에 의해서만 완전한 힘을 발휘하는 경솔함까지 갖추고 있기 때문이다. 옷의 이 모든 특성은 우리가 그들에게 빌려준 자산을 우리에게 다시 빌려줌으로써 세상에 우리로부터 발산되는 빛을 선사하는 목적에 봉사한다. 또한 이것은 근본적으로 각자가 가진 체계를 위해 복무하는 것이다. 더 위대하고 다양한 기술로 우리는 가장 기괴한 것들과 함께 완전히 평화롭게 살아가는 망상을 만들어낸다. 왜냐하면 우리는 꽁꽁 얼어버린 세계의 표정을 책상이나 의자, 외침이나 쭉 뻗은 팔, 속도나 구운 닭고기 등으로 인식하기 때문이다. 우리는 머리 위 열린 하늘의 틈과 발아래 살짝 덮인 하늘의 틈 사이에서 마치 닫힌 방 안에 있는 듯 방해받지 않고 땅 위에서 살 수 있다. 우리가 알고 있듯 인생은 아래로는 원자계의 비인간적인 미세함 속으로 사라지고 위로는 우주의 비인간적인 광활함 속으로 사라진다. 하지만 그 가운데 우리는 세계를 구성하는 사물들의 중간층을 다루고 있으며 이것이 우리가 중간 정도의 거리에서 받은 인상에 대한 선호를 증명할 뿐이라는 사실에 전혀 문제를 제기하지 않는다. 그런 태도는 우리 이성의 수준에 현저하게 못 미치지만 또한 우리 감정이 이성 안에 강력하게 자리잡고 있다는 반증이기도 하다. 또한 사실상 우리 인간의 가장 중요한 정신적 무장은 안정된 감정상태를 유지하는 것이며 세상의 모든 흥분과 열정은 자신의 고요한 감정상태를 보호하려는 인간의 엄청나지만 완전히 무의식적인 노력에 비하면 아무것도 아니다! 그것은 아무 문제없이 작동하기 때문에 거기에 대해 왈가왈부하는 것은 별 의미가 없다. 하지만 더 가까이서 보면 그런 정신적 무장은 인간에게 회전하는 별들 사이를 걷게 하는 것만큼이나 극단적으로 인공적인 의식상태이며 거의 무한히 불가해한 세계에 휩싸인 사람에게 윗도리의 두번째와 세번째 단추 사이에 침착하게 손을 넣으라는 명령과 같다. 이런 평정에 도달하기 위해서 바보는 물론 현명한 사람까지 모든 사람이 자신의 기술을 사용한다. 그뿐 아니라 이러한 개인적인 기술의 체계는 사회의 도덕적이고 지적인 균형 속에 영리하게 장착돼 있어서 전체적으로 같은 목적에 봉사한다. 우주의 모든 자기장이 아무도 모르는 사이에 지구의 자기장에 영향을 미치듯 이러한 맞물림은 거대한 자연의 맞물림과도 비슷하다. 왜냐하면 지구에서 벌어지는 현상은 그러한 맞물림의 결과이기 때문이다. 또한 그에 따른 정신적인 안도감은 매우 커서 아무것도 모르는 작은 아이에서 가장 현명한 사람까지 방해받지 않은 상태에서는 스스로를 아주 영리하고 행복한 사람으로 느끼게 해준다.

하지만 어떤 면에서는 감정과 의지의 강박상태라 불릴 수 있는 그런 만족상태는 이따금 반대의 결과를 가져오기도 한다. 다시 한번 정신병원의 용어로 표현하자면, 갑자기 이 세상에 막강한 정신적 비약이 등장해서 그것에 따라 모든 인생이 새로운 중심과 축에 놓이는 것이다. 모든 위대한 혁명을 추동하는 더 근원적인 요인은 나쁜 일들이 축적된 탓이 아니라, 영혼의 평안을 인위적으로 지지해주던 응집력이 다 소모된 탓이다. 이에 대해서는 초기 스콜라학파의 유명한 격언이 가장 적절할 터인데, 그 말은 라틴어로 '크레도, 우트 인텔리감'^{Credo,} $^{ut\ intelligam}$(나는 알기 위해서 믿습니다—옮긴이)으로, 이 시대를 위한 언어로 번역하자면 "오 주여, 내 정신에 생산적인 신용을 보증해주옵소서!"가 될 것이다. 모든 인간의 믿음은 신용의 특별한 케이스에 다름 아닐 것이기 때문이다. 사업에서나 사랑에서나, 멀리뛰기에서나 학문에서나, 인간은 승리하고 목표에 도달하기 전에 먼저 믿어야만 한다. 그러니 인생이라고 다를 게 뭐가 있는가?! 인생의 질서가 아무리 잘 뿌리 박혀 있다 해도 질서에 대한 확실한 믿음 한조각이 그 안에 들어 있게 마련이다. 믿음은 마치 식물에 반드시 있는 새로운 생장점과도 같다. 만약 설명될 수도 없고 보증될 수도 없는 이 믿음이 다 소진된다면, 곧 파국이 닥칠 것이다. 시대와 제국은 신용을 잃어버린 사업이 그렇듯이 붕괴되고 말 것이다. 그리하여 정신적 고요에 대한 근본적인 숙고는 우리를 보나데아의 아름다운 사례에서부터 슬픈 카카니엔까지 이끌어간다. 왜냐하면 카카니엔은 우리의 현재 발전단계에서 신이 자신의 신용은 물론, 삶에 대한 욕망, 스스로에 대한 믿음, 수행할 임무가 있다는 유용한 환상을 퍼뜨리는 모든 문화 국가들의 능력까지를 빼앗은 첫번째 나라이기 때문이다. 그 나라는 영리한 나라이며 교양 있는 사람들을 품고 있다. 그 사람들은 다른 모든 교양있는 나라의 사람들처럼 소음, 속도, 혁신, 갈등과 같이 우리 삶의 시각적이고 청각적인 풍경에 속하는 모든 것들의 무시무시한 소용돌이 속에서, 불안한 마음상태로 살아가고 있다. 카카니엔 사람들은 머리카락을 곤두서게 하는 수많은 뉴스들을 읽고 들으며, 그 소식에 흥분하거나 심지어 개입할 준비가 되어 있다. 하지만 그런 일은 일어나지 않는데, 일정한 시간이 지나면 그런 열정은 이미 새로운 것에 의해 의식 밖으로 밀려나기 때문이다. 다른 모든 사람들처럼 그들도 살인, 폭행치사, 욕망, 자기희생, 자신을 둘러싼 복잡한 미로 같은 것을 감지하지만 결코 이런 모험들 속으로 뛰어들지는 않는데, 그들이 일하는 낮 동안은 사무실이나 회사에 감금돼 있다가 밤이 되어 자유로워지면 여전히 해결되지 못한 팽팽한 긴장이 자신들에게 어떤 만족도 주지 못하는 충족의 형태로 폭발하기 때문이다. 적어도 보나데아처럼 자신을 오로지 사랑에 내어주지 못하는 교양있는 사람들에게는 문제가 생긴다. 그들은 신용이나 속임수에는 더이상 재능이 없다. 그들은 자신들의 웃음,

한숨, 사유가 어디서 비롯되었는지 이제 모른다. 무엇 때문에 그들은 생각했고 웃었던가? 그들의 의견에는 계획이 없었고 그들이 선호하는 것들은 낡았으며 모든 것들은 누군가 허공에서 뛰어드는 계략 같았다. 또한 그들을 통합할 만한 법칙이 없기 때문에 그들은 어떤 일도 성심을 다해 할 수 없었다. 그런 식으로 교양인들은 더이상 갚을 수 없는 빚을 계속 높이 쌓아가는 느낌이었고 그래서 파산을 피할 수 없을 것 같은 기분이었다. 그들은 다른 사람들과 마찬가지로 삶을 즐기면서도 마치 형벌을 받은 것처럼 시대에 저주를 퍼붓든가 아니면 아무것도 잃을 게 없다는 듯 용기를 내어 변화를 약속하는 모든 사유에 마음을 열었다.

　이런 현상은 세계 어디를 가든 마찬가지였지만, 카카니엔에서 신용을 빼앗을 때 신은 각별한 조치로 모든 민족들이 그 문명이 처한 어려움을 목도하도록 했다. 갑자기 곤란이 닥쳐왔을 때 그 민족들은 하늘의 적당한 기울기 따위를 걱정하지 않고 마치 박테리아처럼 땅에 박혀 가만히 앉아 있었다. 사람들은 보통 자신들이 할 수 있는 일들을 하기 위해서는 스스로를 더 나은 존재라고 믿어야만 한다는 사실을 잘 모른다. 하지만 그들은 스스로를 자신보다 더 위의 존재로 느껴야 하며 때로는 갑자기 그런 자존감이 아쉬워질 때도 있는 것이다. 그들에게는 상상력이 필요하다. 카카니엔에서는 도대체 벌어진 일이 없었고 그렇듯 아무것도 일어나지 않음이 오래되고 눈에 띄지 않는 그들의 문화로 생각되었다. 하지만 이런 무^{無}가 오늘날엔 불면증이나 이해 능력이 사라지는 것처럼 우려스러운 일이 돼버렸다. 그래서 만약 지식인들이 민족적으로 동일한 문화가 있다고 스스로를 설득한다면 카카니엔 민족들도 그렇게 믿도록 하는 데 어려움이 없을 것이다. 그런 동일한 문화는 일종의 종교의 대용물 또는 빈의 선량한 황제를 위한 대용물, 아니면 일주일이 7일로 돼 있다는 이해하기 힘든 사실을 해명하는 간단한 방법과 같았다. 왜냐하면 세상에는 이해하기 어려운 일들이 그토록 많지만 민족의 노래를 부를 때 그런 어려움 따위는 사라지기 때문이다. 그래서 선량한 카카니엔 사람이 과연 당신은 무엇이냐는 질문을 받았을 때 되돌아오는 "아무것도 아니오!"라는 즐거운 대답은 아주 자연스러운 것이다. 그 대답은 카카니엔에서 이제껏 한번도 없었던 모든 것을 만들어내는 자유로운 '어떤 것'을 의미하기 때문이다. 하지만 카카니엔 사람들은 그렇게 대담한 사람들이 아니었고 각 민족이 자신들에게 이로워 보일 때만 다른 민족과 협력함으로써 적당히 타협했다. 자신의 고통도 아닌데 깊이 공감하기란 당연히 어려운 일이다. 지난 2천년간의 이타주의 교육 때문에 인류는 매우 이타적으로 되어서 나 또는 당신에게 해를 입히는 것이라도 항상 다른 사람 편을 들곤 한다. 그러나 우리가 그 유명한 카카니엔 민족주의자들을 특별히 야만스럽게 본다면 그것은 잘못된 일이다. 민족주의는 현실적인 일이라기보다는 매우 역사적인 일이었다. 사실 그곳 사람들은 서로를 아주 좋아했다. 비록 사람들이 서로의 머리를 때리고 침을 뱉을지라도 그들은 더 고귀한 문화적 고려 가운데서 그렇게 했다. 그건 평소 파리 한 마리도 해치지 않는 사람이 법정의 십자가 형상 아래서는 상대방에게 죽으라고 저주를 퍼붓는 것과 같다. 이렇게 말해야 옳을 것이다. 그들의 더 고귀한 자아가 잠시 쉴 때 카카니엔 사람들은 안도의 한숨을 내쉬었고 대단히 탐욕적인 식욕 기계인 그들은 역사 기계로서의 자신들의 역할에 놀라움을 감추지 못했다.

110.
모오스브루거의 해체와 보관

　모오스브루거는 여전히 감옥에 앉아 정신과 의사의 심문이 재개되기를 기다리고 있었다. 그 시간은 밀폐된 나날들의 더미 같았다. 각각의 날들은 뚜렷하게 다가왔으나 저녁 무렵에는 다시 그 더미 속으로 사라져갔다. 모오스브루거는 분명히 유죄판결, 교도원, 복도, 법원 뜰, 푸른 하늘 한 조각, 이런 것들 위를 지나가는 한쌍의 구름, 음식, 물, 상관 등의 존재를 정확히 감지하고 있었지만 이런 인상은 계속 유지되기에는 너무나 미약했다. 그에게는 시계도 태양도 없었고 일거리도 시간도 없었다. 그는 항상 배가 고팠다. 그는 자신의 6평방미터 방을 서성이면서 늘 피곤해했는데, 열린 공간에서 몇마일을 걷는 것보다 훨씬 더 피곤한 일이었다. 그는 마치 죽 냄비를 계속 휘저어야 하는 사람처럼 모든 일을 지루해했다. 하지만 전체적으로 바라보면 낮과 밤, 식사와 식사, 회진과 감시 같은 모든 일들이 쉼 없이 이어졌으며 그는 그 반복을 즐기고 있었다. 그의 고장난 생의 시계는 앞으로도 뒤로도 돌려질 수 있었다. 그는 그것을 좋아했으니 자신에게 잘 맞는 일이었기 때문이다. 오래전 일들과 새로운 일들은 더이상 인위적으로 나뉘지 않았고 만약 그것이 같은 것이라면 사람들이 "그렇게 다른 시간"이라고 부르는 것들은 마치 쌍둥이를 구별하려고 그중 한 아이의 목에 묶어둔 붉은 실처럼 더이상 의미가 없는 것이었다. 비본질적인 것들은 그의 삶에서 사라졌다. 이런 삶을 숙고할 때 그는 모든 음절에 똑같은 강세를 부여하면서 천천히 스스로에게 말했으며 이런 방식으로 매일 듣던 것과 다른 음조의 삶을 노래 불렀다. 그는 종종 한 단어에 오랜 시간 머물렀고 마침내 어찌된 영문이지 모른 채 그 단어에서 빠져나왔으며 그 단어는 얼마 후 다시 다른 곳에서 나타났다. 그가 오랜 시간에 걸쳐 이룩한 자신의 정체성을 설명할 적절한 표현을 찾기는 쉽지 않았다. 사람들은 인간의 삶이란 냇물처럼 아래로 흘러간다고 쉽게 상상할 것이다. 하지만 모오스브루거가 인생에서 느낀 물결은 거대하게 가로막은 물을 뚫고 나아가는 냇물이었다. 그 물결은 앞으로 나아가면서 뒤쪽으로도 다른 물결과 섞여 본래의 삶의 물결이 무엇인지 분간할 수 없게 되었다. 어느 밤엔 꿈같은 상태에서 마치 맞지 않는 외투를 걸친 듯 자신이 모오스브루거의 삶을 입고 있는 느낌이 들었다. 그래서 지금이라도 그가 외투를 살짝 열면 기이한 안감이 비단처럼 끝없이 흘러나올 것 같았다.

그는 더이상 세상이 어떻게 돌아가는지 알고 싶지 않았다. 어디에선 전쟁이 벌어지고 어디에선 성대한 결혼식이 열리고 있었다. 발루치스탄(파키스탄 서부에 있던 나라―옮긴이)의 왕은 이제 오겠지, 그는 생각했다. 도처에 군인들이 훈련을 받았고 창녀들이 서성였으며 목수들은 지붕 뼈대 사이에 서 있었다. 슈투트가르트의 선술집에서는 베오그라드에서와 똑같이 구부러진 노란 마개에서 맥주가 흘러나왔다. 누군가 배회하면 어디서나 헌병이 신분증을 요구했다. 그러고는 신분증에 스탬프를 찍었다. 어디서나 빈대가 있든지 없든지 둘 중 하나였다. 일을 하거나 하지 않았다. 여인들은 모두 똑같았다. 병원에 있는 의사들도 모두 똑같았다. 저녁에 일을 마치면 사람들은 거리에서 아무것도 하지 않았다. 도처에서 같은 일이 벌어졌다. 어떤 사람에게도 새로운 생각이 떠오르지 않았다. 모오스브루거의 머리 위 푸른 하늘로 처음 보는 비행기가 날아갔을 때 그는 아름답다고 생각했다. 하지만 그 후로 몇차례 더 지나갔고 특별한 건 아무것도 없었다. 세상의 단조로움은 그의 머릿속에 있는 놀라움과는 달랐다. 그는 일어나는 일을 그대로 받아들이지 않았고 어디서나 자신의 방법대로 이해했다! 그는 머리를 흔들었다. "이 망할 놈의 세상!" 그는 생각했다. 그는 사형집행인이 자신을 매달아주기를 바랐다. 그는 잃을 게 많지 않았다….

그럼에도 그는 이따금 아무 생각 없는 듯 문으로 다가가 조용히 바깥으로 자물쇠가 있는 곳을 찾았다. 그 순간 복도 쪽에서 작은 구멍으로 눈 하나가 안을 들여다보다 말고 그를 성난 목소리로 불렀다. 그런 모욕을 당하자 모오스브루거는 재빨리 자기 자리로 돌아왔고 스스로 유폐되고 빼앗긴 자임을 느꼈다. 네 개의 벽과 하나의 철문은 드나들 수만 있다면 특별할 게 없었다. 낯선 창문에 달린 창살 또한 큰 의미는 없었고 나무 침상이나 나무 책상은 질서 있게 항상 그 자리에 놓여 있었다. 누군가 그런 사물들을 가지고 자신이 하고 싶은 일을 더이상 하지 못하게 될 때 어처구니없는 일이 벌어지는 것이다. 이런 일들은 사람 때문에 일어난다. 사람에게 봉사하라고 사람에 의해 만들어진 것들, 어떻게 생겼는지조차 신경쓰지 않았던 하인과 노예들이 거만해진다. 그들이 길을 막는다. 이런 것들이 자신에게 명령을 내린다는 사실을 알아챘을 때도 모오스브루거는 그것들을 산산조각내고픈 나쁜 마음을 먹진 않았다. 그는 법정의 하인들과 싸우는 건 자기답지 못한 일이라고 애써 생각해야만 했다. 그러나 주먹이 움찔할 때의 경련이 너무 심하여 병에 걸리는 것은 아닌지 걱정할 정도였다.

넓은 세상에서 사람들은 6평방미터를 지정했고, 모오스브루거는 그 안을 왔다갔다했다. 그런데 그의 생각은 감금되지 않은 건강한 사람의 사고와 매우 유사했다. 얼마 전까지 그토록 그에게 관심을 가졌던 사람들은 빠르게 그를 잊어버렸다. 그는 마치 벽에 내던져진 손톱처럼 이 장소로 보내졌다. 그 안에 갇히자 아무도 그를 알아보지 못했다. 다른 모오스브루거들이 줄지어 들어왔다. 그들은 그가 아니었고 그와 비슷하지도 않았지만 같은 목적에 봉사했다. 성범죄, 암울한 범죄, 끔찍한 살인, 미치광이의 범죄, 책임 능력이 없는 사람의 범죄, 그리고 누구든 주의를 기울이게 되는 일들이 있었지만 경찰과 법원은 자기 일에 만족했다…. 그런 식의 공허하고 일반적인 개념과 기억의 꼬리표는 사건의 말라빠진 잔해를 넓은 그물의 한켠에 가둬놓았다. 모오스브루거의 이름뿐 아니라 세세한 일들까지 모두 잊혀졌다. 그는 '다람쥐이자 토끼이며 여우'가 되었지만 그에 관한 정확한 판별은 의미를 잃었고, 대중의 인식은 어떤 개념도 정립하지 못한 채 그저 너무 먼 거리를 조준한 망원경 속의 일렁거림처럼 흐리고 넓게 중복되는 일반적 인식으로 남게 되었다. 이러한 연관관계의 취약성, 모든 결정을 짓누르는 삶과 고통의 무게를 애통해하는 일 없이 개념 주위를 배회하는 생각의 잔인함, 그런 것들이 모오스브루거를 대하는 일반적인 영혼이었다. 하지만 그의 바보 같은 머릿속에는 꿈이자 동화가 있었고 의식의 거울 속에 자리한 상처입은, 혹은 기묘한 지점이 있었다. 그곳은 세계의 형상을 반사하는 대신 빛을 투과시키기 때문에, 만약 모호한 흥분 속에 있는 누군가가 그것이 여기저기 있다는 것을 알려주지 않는다면 겉으로 드러나지 않을 것이다.

  또한 모오스브루거, 즉 일시적으로 6평방미터의 세계에 수감된 바로 그 모오스브루거와 관련된 것은 식사, 감시, 행정적 처분, 수용소로의 이송 혹은 사형 집행 등으로, 완전히 다른 태도를 갖춘 상대적으로 작은 집단의 사람들에 의해 수행되었다. 임무를 맡은 사람이 감시의 눈길을 보냈고 작은 과실에도 엄중한 경고가 내려왔다. 최소한 두 명 이상의 감시인이 그를 따라다녔다. 복도를 지날라치면 꼭 수갑이 채워졌다. 그들은 이 작은 영역에서 특별한 모오스브루거를 다루기 위해 두려움과 조심성을 가지고 행동했지만 그런 행동은 그에 대한 일반적인 처우와 묘한 대조를 이뤘다. 그는 종종 이런 신중한 조처들을 힘들어했다. 하지만 소장이나 의사, 목사처럼 늘 그의 항의를 듣는 감시자들은 무뚝뚝한 표정을 지으며 그가 규정에 따라 처우받고 있다고 대답했다. 그렇듯 규정은 그에게 쏟아졌던 세계의 관심을 대신하고 있었다. 모오스브루거는 생각했다. '당신은 목에 긴 밧줄을 걸고 있으면서도 누가 그걸 붙잡고 있는지는 볼 수 없다.' 그는 구석에서 세상을 향해 묶여 있었다. 대부분의 사람들은 결코 그에 대해 생각하지 않았고 그가 존재하는지조차 몰랐으며 그의 의미는 기껏해야 동물학을 연구하는 교수가 마을 거리를 돌아다니는 닭들을 관찰하는 정도의 의미밖에 되지 못했다. 사람들은 그가 유령처럼 교수대 위에 끌어올려지는 운명의 순간을 준비하려고 모여들었다. 한 여성 사무원은 그의 행동에 대한 기록을 남겼다. 한 서류담당 사무원은 그 기록들을 정교하게 분류했다. 한 고위법관은 형을 집행하기 위한 가장 최근의 방법을 기안했다. 정신과 의사들은 간질의 특정 사례에서 나타나는 명확한 정신병적 특성과 그것이 다른 요인들과 결합했을 경우에 대해 논쟁을 벌였다. 법학자들은 경감사유나 감형사유의 관계에 관한 논문을 썼다. 한 주교는 일반적인 풍속의 해이를 설파했고 한 사냥터 임차인은 보나데아의 남편인 판사에게 여우의 증가 때문에 법률원칙의 완고함을 지지하는 법관의 성향이 더욱 강해졌다고 불평했다.

그런 비인격적인 사건에서 당장은 말로 표현하기 힘든 인격적인 사건이 재구성됐다. 아마도 모오스브루거의 사례에서 모든 개인적이고 낭만적인 요소들을 제거하고 그 자신과 그가 살해한 사람에게만 관심을 기울이면 그에게 남는 것이라곤 울리히의 아버지가 최근 아들에게 보낸 편지에 적힌, 인용된 글을 표현하는 색인 속 약어들밖에 없을 것이다. 색인은 다음과 같을 것이다. AH. AMP. AAC. AKA. AP. ASZ. BKL. BGK. BUD. CN. DTJ. DJZ. FBgM. GA. GS. JKV. KBSA. MMW. NG. PNW. R. VSgM. WMW. ZGS. ZMB. ZP. ZSS. Addickes a. a. O. Aschaffenburg a. a. O. Beling a. a. O., 기타 등등. 이 말들을 풀어 쓰면, Annales d'hygiene Publique et de Medecine legale, hgb. v. Brouardel, Paris; Annales Medico-Psychologiques, hgb. v. Ritti… 등등이 되며 약어로 줄여 써도 한 페이지에 이른다. 진실은 인간이 주머니에 넣을 수 있는 수정水晶이 아니라 우리가 빠져들어간 끝없는 물결이다. 우리는 이 각각의 약어들이 12페이지 또는 100페이지의 인쇄물로 묶여 있는 것을 상상한다. 각각의 페이지에는 그것을 쓴 열 개의 손가락을 가진 사람이 있고, 열 개의 손가락에는 열 명의 학생들과 열 손가락을 가진 열 명의 적들이, 그리고 각각의 손가락에는 개개인의 생각을 담은 열번째 조각이 있어서, 우리는 진실이 무엇인지에 대한 작은 상상을 얻는다. 그런 상상이 없이는 유명한 참새라 할지라도 지붕에서 떨어질 것이다. 태양과 바람, 음식이 상상을 불러오며 게으름, 배고픔, 추위가 그것을 죽인다. 하지만 이것 중 어느것도 생물학, 심리학, 기상학, 물리학, 화학, 사회학 같은 법칙의 작용 없이는 일어날 수 없다. 또한 우리가 도덕이나 법학 훈련에서처럼 그런 법칙을 만들어내는 것이 아니라 그저 추구하기만 한다면 어떤 걱정도 없을 것이다. 모오스브루거 개인적으로는, 사람들도 알듯이 그가 인간 지식에 관한 굉장한 존경을 품고 있었지만—아쉽게도 그가 아는 것은 아주 작은 부분에 불과했다—그는 자신이 처한 상황을 알고는 있을지라도 한번도 완벽하게 이해한 적은 없었다. 그는 그걸 어렴풋이 짐작만 하고 있었다. 그는 자신이 유동적인 상황에 있다고 느꼈다. 그의 강력한 육체도 그리 튼튼하지 않았다. 하늘이 이따금 두뇌 속을 들여다보았다. 그건 전에 방랑생활을 할 때 종종 있던 일이었다. 그는 두꺼운 감옥의 벽을 뚫고 세상에서 스며들어온 확실한 고결함—비록 그가 이따금 그것을 불편해하기는 했지만—을 절대 버리지는 않았다. 그는 눈에 띄지 않게 자신을 둘러싼 끝없는 논문의 바다 한가운데 사람 없는 산호섬처럼, 거칠고 유폐된 두려운 행위의 가능성으로 그렇게 앉아 있었다.

111.
법학자들에게 반쯤 미친 사람은 없다

한 범죄자의 삶은 그가 지식인들에게 부여한 수고로운 지적^{知的} 작업에 비하면 매우 수월한 것일 수도 있었다. 범죄자는 다만 자연에서 건강함이 질병으로 넘어가는 과정이 매끄럽다는 사실을 이용하면 그만이었다. 반면에 그런 경우 법학자는 "자유의지의 긍정적이고 부정적인 근거 또는 행위의 범죄적 성격에 대한 통찰이 서로 교차하고 지양하여 어떤 사유의 법칙도 문제적인 판결로 이어질 수밖에 없음"을 주장한다. 왜냐하면 법학자는 논리적 근거를 바탕으로 "인간은 하나의 행동에 관해서 절대 두 가지 정신상태의 혼합을 용납하지 않는다" 고 주장하기 때문이며 그래서 "경험적 사고가 안개와 같은 불확실성 으로 빠져들어 육체적으로 제약된 영혼의 상태와 그것에서 비롯된 도덕적 자유의 법칙" 같은 것을 인정하지 않기 때문이다. 법학자는 자신의 개념을 자연에서 구하지 않으며 오히려 자연을 사유의 불꽃과 도덕법칙의 칼로 꿰뚫어버린다. 형법전을 개정하라는 법무부의 요구에 힘입어 울리히의 아버지가 속해 있는 위원회에서도 그와 관련된 논쟁이 불붙었다. 하지만 울리히가 아버지의 진술은 물론 동봉된 내용을 다 터득하는 데는 많은 시간이 걸렸을 뿐 아니라 그동안 그에게 자식된 의무를 지우려는 법학자 아버지의 수많은 독촉 편지들까지 받아야 했다.

그의 "너를 사랑하는 아버지"는—가장 쓰디쓴 질책을 담은 편지에서조차 아버지는 그렇게 서명했다—부분적으로 정신이상인 사람은 자신의 망상이, 만약 그것이 망상이 아니었다면, 행위를 정당화하거나 처벌 가능성을 피할 만한 상태에 있었음을 스스로 증명할 수 있어야만 무죄가 될 수 있다고 주장했다. 그에 비해 슈붕^{Schwung} 교수는— 아마도 교수가 그 노인의 40년지기 친구이자 동료라는 사실이 결국 격렬한 반대편으로 이끌었을 것인데—자기책임 능력이 있기도 하고 없기도 한 개인의 행동은 번갈아 나타날 수밖에 없는데 정확한 범죄의 순간에 범죄자가 스스로의 의지를 통제할 수 없었다는 증거가 있을 때에만 무죄로 선고받아야 한다고 주장했다. 이것이 결정적인 법적 구성요건이었다. 일반인들은 범죄자가 자신이 처벌 받을지도 모를 어떤 사유를 인정하는 것이 자신이 범죄행위를 저지른 때의 멀쩡한 자유의지를 받아들이는 것만큼이나 어려우리라는 것을 바로 알 수 있다. 하지만 법률은 사유와 도덕적 행동을 게으르게 내버려둬서는 안 된다. 또한 그 유식한 두 법학자들은 똑같이 법률의 존엄에 몰두했으며 어느 누구도 위원회에서 더 많은 지지를 얻지 못했기 때문에 오류와 수시로 잇따르는 비논리, 악의적 오해, 이상적 관념의 부족 등을 내세워 서로를 비난했다. 처음에 그들은 우유부단한 위원회라는 성城 안에서 이런 일들을 했다. 하지만 위원회가 중지되고 휴회되더니 급기야 무기한 연장되자 울리히의 아버지는 두 개의 소책자, 즉 「형법 §318조와 법의 진정한 정신」 그리고 「형법 §318조와 법학의 오염된 원천」을 썼고 슈붕 교수는 『법학세계』지에 이에 대한 비평을 기고했으며 이런 자료들은 편지에 동봉돼 울리히에게도 전달되었다.

반박문들에는 수많은 '그리고'와 '또는'이라는 단어가 등장했는데, 이는 이 둘의 견해가 '그리고'로 묶일 수 있는지 아니면 '또는'으로 분리돼야 하는지,라는 질문이 뚜렷이 해명돼야 하기 때문이었다. 오랜 휴지기 끝에 위원회가 다시 소집됐을 때 그들은 다시 '그리고'와 '또는'으로 진영이 갈렸다. 또다른 진영도 있었는데 그들은 주어진 병적 상황에서 자기를 통제하는 심리적 능력이 오르내림에 따라 자기책임과 자기책임 능력의 척도를 올리거나 내리자는 간단한 제안을 내놓았다. 이 진영은 네번째 진영에 의해 반박되었는데 그들은 다른 무엇보다 먼저 범죄자가 자기 행동에 책임질 능력이 있는지를 확실히 결정해야 한다고 주장하였다. 자기책임 능력이 적다는 것은 개념적으로는 자기책임 능력이 있다는 것을 전제로 하며 행위자가 부분적으로 자기책임 능력이 있다면 그는 절대적으로 형벌을 받아야 하는데 이는 무엇이 유죄의 부분인지가 형법상으로 파악될 수 없기 때문이다. 이에 반대하여 새로운 진영이 나왔는데 이들은 그 원칙을 받아들이면서도 자연은 그런 원칙을 따르지 않으며 반쯤 미친 사람들을 만들어낸다고 주장했다. 여기서 법적 선의는 우리가 그들의 죄를 용납하는 것에서 벗어나 상황에 따라 처벌을 완화하는 형식으로 세공될 수 있다는 것이다. 이렇게 해서 '자기책임 능력' 진영과 '자기책임' 진영이 형성되며 이 진영들이 각각의 입장으로 충분히 분열되었을 때 아직 그 적용에 관해 다툼을 벌여보지 않은 문제적 측면들이 드러나게 된다. 당연히 오늘날 어떤 전문가도 자신의 소송을 철학이나 이론에 의지하진 않겠지만 공간처럼 비어 있으면서도 동시에 사물을 끌어담을 수 있는 개별 관점으로서의 두 경쟁자는 최종의 지혜로운 언어를 두고 각각의 실제적인 관점의 장에서 다툴 것이다. 또한 여기서 우리가 모든 인간을 도덕적으로 자유롭다고 볼 수 있느냐는 조심스럽게 에둘러진 질문도 마침내 등장한다. 이는 한마디로 자유의지라는 오래된 선한 질문으로 비록 논외의 문제로 치부되긴 하지만 모든 다양한 의견들의 한가운데 있는 관점이다. 인간이 도덕적으로 자유롭다면 그는 처벌을 통하여 스스로에게 실제적인 강요—이론적으로는 아무도 믿지 않지만—를 부과해야 한다. 하지만 우리가 인간을 도덕적으로 자유로운 존재가 아니라 오히려 변경할 수 없는 자연적 현상의 밀회라고 본다면 우리는 형벌을 통해 그 사람을 범죄에서 효과적으로 떼어놓을 수 있을지언정 그를 자신의 행위에 도덕적으로 책임지는 사람으로 볼 수는 없을 것이다. 이 질문으로 인해 또 하나의 새로운 진영이 등장하는데 그들은 범죄자를 두 부류로 나누자고 제안한다. 하나는 동물학적-심리학적 유형으로 재판관과는 아무런 관련이 없는 부류이며 다른 하나는 법학적 유형으로 그저 가상적 존재이긴 해도 법적으로 자유로운 부류다. 다행히도 이 제안은 이론으로만 존재한다.

정의에게 정의를 행하게 하는 일은 어렵다. 그 위원회는 20명가량의 학자들로 구성되었는데 그들은 쉽게 계산해봐도 수천 가지의 관점을 제시할 수 있는 사람들이었다. 개정돼야 하는 법률들이 1852년 이후로 계속 유지되었고 따라서 무엇보다도 그 법들은 쉽사리 교체되지 않는, 매우 지속적인 것이라는 사실이 입증되었다. 또한 한 참여자가 옳게 지적했듯이 확고한 사법기구들이 현재 유행하는 정신세계의 흐름을 모두 수용할 수는 없었다. 어떤 양심을 가지고 일을 진척시켜야 할지는 다음과 같은 사실에서 가장 잘 드러났다. 즉 확률적 측면에서 대략 100명 중 70명 정도의 반사회적 범죄자들은 확실히 법적 기구들을 피해간다는 것이다. 그러므로 붙잡힌 25%의 사람들을 더 철저히 고려해야 한다는 것은 너무도 당연한 일이었다! 이런 상황은 차츰 개선되고 있었으며 이런 보고서의 진정한 목적이 전문가들의 머릿속에 매우 아름답게 피어나는, 마치 얼음꽃 같은 이성을 비꼬는 것이라고 본다면 그것은 잘못된 것이었다. 그런 조롱은 머릿속의 온도가 따듯한 수많은 사람들에 의해 이미 행해진 것이었다. 오히려 우리가 절대 잃지 않기를 원하는 것은 흔히 말해지듯 남성다운 강인함, 자부심, 도덕적인 건강함, 견고함과 침착함, 모든 순수한 특성들과 대부분의 덕성이었으며 이것들은 그 위원회의 그룹들이 자신의 이성적 능력을 편견없이 사용하지 못하도록 했다. 그들은 마치 선한 길로 이끌기 위해 주의를 기울이는 나이든 선생이 학생들을 대하듯 사람들을 대했으며 그리하여 그런 태도는 1848년 3월혁명 전^{前}시대*의 정치

---

* 일반적으로 독일 혁명 전의 반동기인 1815~1848년의 시기를 일컫는다. 포어메르츠(Vormärz)라고 불리는 이 시대는 메테르니히(Metternich)의 시대이자 오스트리아와 프로이센이 자유주의 혁명에 대항하여 대규모의 검열을 실시한 시기이기도 했다.

적 분위기를 떠올리게 했다. 확실히 그 법학자들의 심리학적 인식은 50년가량이나 뒤처져 있었지만 사람들이 자신의 학문영역에 다른 이웃의 도구를 빌려와야 하는 일은 흔히 있는 일이었으며 결핍이 있을 경우 바로 보충되었다. 그럼에도 그 시대의 배후에 영구히 남아 있는 것은—무엇보다 그것이 영원성을 자부하기 때문인데—바로 인간의 마음, 특별히 양심적인 인간의 마음이었다. 비록 인간이 작고 낡은 연약한 심장을 가졌을지라도 이성은 한번도 시들거나 딱딱해지거나 뒤엉킨 적이 없다는 것이다!

 이는 결국 격렬한 폭발로 이어졌다. 모든 참여자들의 논쟁이 충분히 수그러들고 일이 더이상 진척되지 않자, 타협안을 마련하라는 목소리가 점점 커졌는데, 이는 모든 상투어가 그러하듯 결론이 나지 않는 양자를 멋들어진 말로 봉합하자는 것과 다름없었다. 그 타협안에는 자기책임 능력이라고 불리는 익숙한 개념, 즉 범죄자들이 자신의 정신적·도덕적 특성에 따라—그런 특성이 없어서가 아니라—범죄를 저지른다는 생각에 찬성하는 경향이 있었다. 그건 매우 이례적인 개념으로, 범죄자들을 정의하는 일을 아주 어렵게 만드는 이점이 있어서, 마치 교도소 복장과 박사 칭호를 결합시킨 것 같았다. 하지만 기념해의 소강상태는 물론 자신을 향한 수류탄처럼 보이는 계란처럼 둥근 개념을 마주한 울리히의 아버지는 스스로 사회적 학파로의 획기적인 전환이라고 일컬은 바를 실행했다. 그 사회적 관점은 범죄적으로 '타락한' 인간은 도덕이 아니라 인간 사회에 끼치는 유해함으로 판단돼야 한다는 것이다. 결과적으로, 범죄자가 유해하면 할수록 그의 자기책임 능력은 더욱 커져야 한다. 여기서 피할 수 없는 논리적 귀결에 이르는데 가장 무죄인 듯 보이는 범죄자들, 즉 그 본성상

처벌을 통해 교정이 일어나기 어려운 정신병적 환자들은 정신이 온전한 사람보다 한층 가혹하고 엄격한 벌칙으로 다스려야 하며 그래야만 처벌의 억제 효과가 평등하게 커진다는 것이다. 당연히 사람들은 슈붕 교수가 이러한 사회적 관점에 반대하는 데 많은 어려움을 겪으리라 예상했고 또한 사실상 그렇게도 보였지만 슈붕 교수는 짐작과 달리 울리히의 아버지를 겨냥한 직접적인 이미지를 만들어냈다. 즉 울리히의 아버지가 법학의 길을 벗어났고 위원회 내부에서 끊임없이 제기되는 새로운 논쟁에서 길을 잃었으며 자기 아들을 내세워 구축한 고위층 및 최고위층과의 관계를 이용하려 한다고 공격을 시작한 것이다. 슈붕 교수는 새로운 논문을 통해 실제적인 반박을 하는 대신 '사회적인'이라는 말에 달라붙어서 그것을 '유물론적'이고 '프로이센의 국가정신에 다름없다'라는 말로 음흉하게 중상모략을 이어갔다.

"사랑하는 아들에게," 울리히의 아버지는 썼다. "나는 법학의 사회적 학파를 생각하면서 한번도 로마나 프로이센적인 기원을 언급한 적이 없다. 하지만 너무도 쉽게 유물론과 프로이센 따위를 끌어들여 상층부에 혐오감을 조장하려는 이런 극악무도한 악의에 기반한 중상과 모략에 일일이 대응할 필요는 없을 것이다. 이 정도면 더이상 우리가 방어할 수 있는 비난이 아니며 오히려 상층부에서는 감지될 수 없는 모호한 냄새를 퍼뜨려 필연적으로 부도덕한 중상모략꾼뿐 아니라 죄 없는 희생자들까지 나쁘게 오해되도록 하려는 것이다. 평생 뒤쪽 계단이라고는 이용해본 적이 없는 나는, 어쩔 수 없이 너에게 요청하는바…"

그렇게 이어지다가 편지는 끝을 맺었다.

112.

아른하임은 자신의 아버지 자무엘을 신의 반열에 두었고 울리히를 차지하기로 결심했다.

졸리만은 왕족 출신의 아버지에 대해 뭔가를 더 알아내고 싶어 했다

아른하임은 종을 울려 졸리만을 찾았다. 아른하임은 그와 이야기를 나눠야겠다는 생각을 오랫동안 해보지 못했는데, 때마침 그 악동은 호텔 주위를 배회하고 있었다.

울리히의 저항은 마침내 성공하여 아른하임에게 상처를 입혔다.

당연히 아른하임은 울리히가 자신에게 반대한다는 사실을 모르는 채 넘기지 않았다. 울리히는 사심 없이 일했다. 그는 물이 불을 대하듯, 소금이 설탕을 대하듯 아무런 의도도 없이 아른하임에게 영향을 끼쳤다. 아른하임은 울리히가 자신에 대한 적대적이고 경멸 섞인 평을 지어내기 위해 디오티마의 신임을 악용한다고 확신했다.

오랫동안 아른하임이 경멸을 받는 일은 일어나지 않았다. 성공을 위해 그가 취해온 일반적인 방식이 그런 일을 허용하지 않았다. 한 위대하고 완벽한 남자의 영향력은 아름다운 여자가 갖는 영향력과 비슷했다. 한번 부정당하면, 구멍난 풍선이나 모자를 씌운 조각상처럼 돼버리고 만다. 누구에게 호감을 주지 못하면 아름다운 여인조차 추해지며 아무도 주목하지 않는다면 위대한 사람도 여전히 위대하긴 하겠지만 더 위대한 사람은 되지 못한다. 아른하임이 딱히 다음과 같은 말로 이해하진 않았으나 생각은 이와 비슷했다. '나는 반대를 견

딜 수 없어. 왜냐하면 이성적인 사람은 오직 반대로만 번성하기 때문이고 누가 이성적이라면, 나는 그를 경멸하니까 말이야!' 아른하임은 자신의 적을 어떤 방식으로든 무해한 존재로 만드는 게 어렵지 않았다. 하지만 그는 울리히를 이기고 가르치면서 영향을 끼쳐 자신을 숭배하게끔 만들고 싶었다. 이것을 쉽게 이루기 위해 그는 이유는 잘 모를지라도 자신이 울리히를 향해 깊고 모순된 호감을 품고 있다고 스스로를 설득했다. 그는 울리히에게 두려움도 없었고 바람도 없었다. 아른하임은 라인스도르프 백작과 투치 국장에게는 어떤 우정도 품지 않았고 다른 여타의 일들은 느리긴 해도 자신이 원하는 대로 진행되고 있었다. 울리히의 대항은 아른하임의 영향력 앞에서 희미해져갔고 어렴풋한 흔적만을 남겼는데, 그중 유일하게 눈에 띄는 것은 그 우아한 디오티마 부인의 단호함을 다소 위축시켜 그녀의 결심을 연기시킨 것이다. 아른하임은 그 사실을 유심히 캐낸 후 일단 웃어넘길 수밖에 없었다. 애처로운 미소였을까 아니면 사악한 웃음이었을까? 이 경우 그런 구별은 중요하지 않았다. 그는 적수의 비판과 저항도 무조건 자신을 위해 복무해야 맞다고 생각했다. 그것은 좀더 깊은 원인이 거둔 승리였고 놀랍도록 투명한, 스스로 해결되는 삶의 복잡함이었다. 아른하임은 자신과 그 젊은 남자를 결합시키고 그 남자도 이해 못하는 관용에 자신을 내어주는 이런 일들을 운명으로 받아들였다. 왜냐하면 울리히는 아른하임의 모든 구애를 받아들이지 않았기 때문이다. 울리히는 마치 바보처럼 자신의 사회적 이득에 무심했으며 친교의 제안을 알아채지 못하거나 중시하지 않는 듯 행동했다.

　아른하임이 일컫는 '울리히의 위트'에는 특별함이 있었다. 부분적으로 그것은 삶이 제공하는 이득을 인식하지 못하는 한 지적인 남자의 무능이자 자신에게 품위와 안정감을 줄 수 있는 목표와 기회에 적응하지 못하는 그의 정신을 의미했다. 울리히는 오히려 삶이 자신의 정신에 적응해야 한다는 우스꽝스런 신념을 드러냈다. 아른하임은 울리히를 눈앞에 그려보았다. 그와 엇비슷한 키에 더 젊었고 자신의 육체에선 꼭 드러나고야 마는 부드러움이 없었으며 외모엔 무조건적인 독립성이 남아 있었다. 그는, 어느 정도 질투를 느끼면서, 이런 자질을 금욕적이고 학구적인 성향으로 돌렸는데, 이는 울리히의 근원이 그런 것에 기반한 듯 보였기 때문이다. 울리히의 얼굴은 전문가의 왕국이 번성하면서 자손들에게 물려준 돈과 영향력에 무관심해 보였다. 하지만 이 얼굴에는 뭔가가 결여돼 있었다. 즉 삶과 삶의 흔적이 놀랄 만큼이나 생략돼 있었다! 그렇듯 불안한 인상을 뚜렷하게 받은 바로 그 순간 아른하임은 자신이 얼마나 울리히에게 관심이 있는지를 새삼 깨달았다. 울리히의 얼굴에서 재앙마저 예견해낼 정도였기 때문이다. 그는 질투와 염려 사이에서 갈등하는 자신을 곰곰이 살펴보았다. 그건 겁쟁이를 안전한 피난처로 대피시킬 때 느낄 법한 슬픈 만족감 같은 것이었다. 질투와 부인否認이 그가 추구하면서도 피해왔던 생각 위로 급작스럽게 끓어올랐다. 울리히는 상황이 요구된다면 자신의 이익뿐 아니라 영혼의 재산 모두를 희생할 수 있는 사람일지도 몰랐다. 그것이 바로 그가 울리히의 위트라고 이해한 진기한 면모의 실체였다. 순간 스스로 고안해낸 그 단어가 뚜렷하게 완성되었다. 누군가 자신이 숨쉴 수 있는 공간의 한계를 넘으면서도 자신의 열망에 초연해질 수 있다면 바로 그런 상황이 그에게 위트를 의미했던 것이다!

 졸리만이 마침내 집으로 살금살금 들어와 주인 앞에 섰을 때, 주인은 왜 졸리만을 불렀는지를 까맣게 잊었지만 그렇듯 생기있고 충성스런 존재가 있음에 위안을 받았다. 아른하임은 과묵한 표정으로 방을 이리저리 거닐었고 졸리만의 검은 원반 같은 얼굴은 그를 따라 움직였다. "거기 앉아," 아른하임은 명령했고 구석에 서서 몸을 획 돌리더니 제자리에서 말을 이었다. "위대한 괴테는 『빌헬름 마이스터』에서 우리 삶의 옳은 방향을 제시하려는 열망에 가득 찬 격언 하나를 제시한 적이 있지. '생각하라, 행동하기 위해서; 행동하라, 생각하기 위해서'라는 말이었어. 이해하겠니? 아니, 네가 그걸 이해할 리는 없겠지…" 그는 자기 질문에 스스로 답하더니 갑자기 다시 침묵에 빠졌다. '과연 삶의 모든 지혜가 녹아 있는 처방전이야.' 그는 생각했다. '또한 나의 적수가 되고 싶은 사람은 거기서 오직 반만 이해하지. 바로 사유 말이야!' 그것이 그에겐 '그저 위트 있는 사람'이 의미하는 바였다. 그는 울리히의 약점을 알았다. 지식과 말의 지혜에서 나오는 위트는 이런 특성이 가진 지적 본성을 의미하며, 유령 같고 감정적으로 메마른 천성을 가리킨다. 위트가 있는 사람은 항상 지나치게 알려고 하며 감수성이 가득한 사람이라면 멈춰 서는 한계를 뛰어넘으려고 한다. 이런 통찰 덕분에 디오티마와의 사업과 영혼의 자본은 좀더 만족스러운 관점으로 넘어갔다. 생각을 이어가면서 아른하임은 졸리만에게 말했다. "모든 삶의 지혜가 녹아든 격언이라고. 또한 그래서 내가 너한테 책을 빼앗고 일을 하게 하는 이유이기도 하지."

졸리만은 아무 말도 없이 진지한 표정을 지었다.

"너는 언젠가 우리 아버지를 보았지." 아른하임이 갑자기 물었다. "그를 기억하겠니?"

졸리만은 흰자위가 보이도록 눈을 굴림으로써 이 말에 대답했고 아른하임은 심각하게 말했다. "너도 봤다시피 우리 아버지는 절대 책을 읽지 않았어. 우리 아버지가 몇살이라고 생각하나?" 그는 대답을 기다리지 않고 바로 말을 이었다. "그는 벌써 일흔이 넘었고 우리 사업에 관계된 일이라면 어느곳이나 손을 대고 계시지!" 그러고는 아른하임은 다시 침묵하며 방을 서성댔다. 아른하임은 아버지에 관해 말해야겠다는 억제할 수 없는 의무감을 느꼈으나 마음에 품은 모든 것을 말할 수는 없었다. 자기의 아버지조차 이따금 사업에 실패했음을 그보다 더 잘 아는 사람은 없었다. 하지만 아무도 그 말을 믿지 않으려 했는데 누구든 나폴레옹과 같은 명성을 얻으면 비록 실패한 전투조차도 승리로 쳐주기 때문이다. 그래서 아른하임으로서는 아버지 뒤에서 스스로 선택한 사업들, 즉 지식, 정치, 사회 분야에 기여하는 사업들을 지키는 도리밖에 없었다. 나이든 아른하임에게 젊은 아른하임의 능력과 지식은 기쁘게 다가왔을 것이다. 그러나 중요한 질문에 결정을 내려야 할 때면, 또한 며칠에 걸쳐 그 질문을 생산 및 자본관리, 지식 및 경제·정치의 관점에서 토론하고 설명하면, 늙은 아른하임은 모든 것에 감사하면서도 제안된 것과 반대되는 명령을 종종 내렸으며, 이의제기에 대해서는 대책없이 완고한 미소로 대답했다. 종종 감독자들도 이런 식의 일처리에 고개를 내저었지만 시간이 어느 정도 지나면 결국 늙은 아른하임이 옳았다는 사실이 밝혀졌다. 그것은 마치 늙은 사냥꾼이나 산악 안내원이 기상학 콘퍼런스에 참여해 자기의 류머티즘이 도지는 걸 보고 날씨를 예측하는 것과 다를 게 없었다. 기본적으로 놀랄 일이 아닌 것이, 류머티즘은 학문보다 훨씬 많은 질문에 더 확실한 답을 주기 때문이다. 또한 정확한 예보 역시 사정이 매번 예측한 대로만 흘러가지 않는 세상에서는 큰 의미가 없으며 따라서 중요한 것은 우리가 약삭빠르면서도 끈질기게 급변하는 시류와 타협하는 것이기 때문이다. 그래서 한 나이든 만물박사가 이론적으로는 예측 불가능한 엄청난 것들을 알고 있음을 이해하는 게 아른하임에게 그리 어렵지 않았을 테지만 아무튼 그가 늙은 자무엘 아른하임이 가진 직관을 처음 발견한 날은 굉장한 날이었다.

"너는 직관이 뭔지 아니?" 깊은 생각 끝에 아른하임은 그런 말을 꺼내는 게 실례라도 되는 듯 조심스레 물었다. 졸리만은 자신이 잊어버린 일에 대해 심문을 당할 때 그러하듯 긴장한 채 눈을 깜빡거렸고 아른하임은 갑자기 화제를 돌렸다. "오늘은 아주 신경이 예민해지는 군." 그가 말했다. "너는 당연히 모르겠지! 하지만 내가 지금 하는 말에 주의를 기울여봐. 돈을 버는 것은 너도 생각해보면 알겠지만 항상 편안한 일은 아니지. 모든 것에서 이득을 끌어내고 계산하는 이 끝없는 수고는 좀더 행복했던 옛날 사람들에게 통했을 법한 고귀한 삶의 모습과는 모순되는 것이야. 우리는 살인에서조차 용기라는 고귀한 덕을 실천할 수 있지만 계산에서 그 비슷한 것을 이룰 수 있는지는 의문이야. 거기에는 어떤 정의로운 선함도, 고귀함도, 깊이있는 본성도 없어. 돈을 버는 것은 모든 것을 추상화하는 것이고 불쾌할 정도로 이성적인 일이지. 네가 이해할지 모르지만 나는 돈을 바라볼 때마다 미심쩍게 돈을 세는 손가락이나 다투는 소리, 지나친 꼼수 같은 게 떠올라. 하나같이 혐오스럽지." 그는 말을 멈추더니 다시 고독으로 침잠해 들어갔다. 그는 아이였을 때 자신의 머리를 쓰다듬더니 얼마나 귀엽고 좋은 머리냐고 말하던 친척들을 떠올렸다. 계산을 위한 귀여운 머리. 그는 이린 식의 태도에 질색을 했다! 그들의 빛나는 황금 주화에는 자수성가한 어느 가족의 이성이 빛나고 있었다. 자신의 가족을 부끄러워하는 일은 그에게 경멸할 만한 일이었다. 오히려 그는 자신의 기원, 특히 최고의 가문에 속해 있음을 겸손하게 인정했다. 하지만 지나치게 격렬한 대화나 방정맞은 몸짓 같은 가족의 약점 때문에 자신이 최고의 인간이 될 수 없었던 것처럼, 그는 가족의 이성 역시 두려워했다.

아마도 비이성적인 것에 대한 그의 숭배는 바로 이런 가족사에 기원을 두고 있을 것이다. '귀족은 비이성적이다.' 이 말이 이성이 부족한 귀족에 대한 농담처럼 들릴 수도 있지만 아른하임에게만큼은 다른 의미였다. 그는 유대인으로서 예비역 장교가 될 수 없었던 사실을 떠올릴 수밖에 없었다. 또한 그는 아른하임으로서는 아주 낮은 하사관 직급도 가질 수 없었고 그저 군인에 부적격하다는 설명만을 들었으며 그래서 최근 이 일에서 분별력의 부족을 목격했을 뿐 아니라 자신의 고결함을 지켜주지 못하는 무엇이 있음을 깨닫게 되었다. 이런 기억들이 줄리만에게 더욱 살을 붙여서 말을 이어가게 했다. "그건 가능하지," 그는 중단했던 말을 다시 시작했다. 아무리 그가 질서를 싫어한다 해도 그는 여담을 할 때조차 결국에는 질서를 되찾았다. "귀족이라고 해서 오늘날 귀족적인 성향이라고 불리는 것과 항상 일치할 필요는 없지. 그들의 지체 높은 신분이 딛고 선 그 거대한 토지를 모으기 위해 귀족들은 오늘날 사업가라는 사람들만큼이나 계산적이고 부지런해야 했을 거야. 아마도 사업가들은 귀족들보다 훨씬 더 정직하게 일을 처리할지도 모르지. 너도 알다시피 땅 자체에는 힘이 있어. 다시 말해 흙, 사냥, 전쟁, 천상에 대한 믿음, 경작 같은 것에는 힘이 있는데, 그걸 한마디로 말하면 머리보다 팔이나 다리를 훨씬 많이 쓰는 사람들의 육체적 삶 속에는 힘이 있다는 거야. 그들을 위엄있고 존엄있는 존재로 만들어주고 모든 평범함을 넘어서게 해주는 그 힘은 바로 자연에 있다는 말이지."

아른하임은 자기의 기분 때문에 너무 말을 많이 하는 건 아닌지 싶었다. 만약 졸리만이 의미를 깨닫지 못했다면 아마 이 젊은이는 주인이 하는 말을 듣고 귀족에 대한 존경심을 꺾었을 것이다. 하지만 뭔가 예상치 못했던 일이 벌어졌다. 졸리만은 한동안 자리에서 움찔움찔하더니 주인의 말에 끼어들어 갑자기 질문을 던졌다. "그런데," 졸리만이 물었다. "우리 아버지는 왕인가요?"

아른하임은 깜짝 놀라서 그를 바라보았다. "그건 모르겠는데." 그는 반쯤은 단호하고 반쯤은 흥미로워하면서 대답했다. 하지만 졸리만의 진지하면서도 분노에 찬 얼굴을 보자 그는 문득 측은한 마음이 들었다. 그는 모든 것을 진지하게 생각하는 이 젊은이가 좋았다. '졸리만에게는 위트가 없어.' 아른하임은 생각했다. '오직 비극이 있을 뿐이지.' 아무튼 그에게 그런 위트 없음은 인생의 곤경, 내적 충만과 유사해 보였다. 부드러운 가르침을 주려는 마음으로 그는 소년의 질문에 몇가지 답을 더했다. "네 아버지가 왕이라고 볼 이유는 없단다. 오히려 나는 네 아버지가 하류 계층의 직업을 가졌을 거라 생각해. 왜냐하면 내가 너를 어느 해안도시의 곡예사 무리에서 발견했기 때문이지."

"내 몸값은 얼마였나요?" 졸리만이 캐물으며 끼어들었다.

"애야, 지금 그게 기억이 나겠니! 하지만 절대 많지는 않았단다. 그건 확실해! 하지만 지금 왜 그걸 따지니? 우리는 우리의 왕국을 창조하려고 태어난 거야! 나는 내년에 너를 상업학교에 보낼 예정이란다. 그 후에 너는 우리 사무실 어딘가에서 일을 배우게 될 거야. 네가 뭘 이룰지는 너한테 달려 있지만 나는 그 과정을 지켜볼 거란다. 가령 너는 흑인들이 이미 진출한 곳에서 우리 이익을 대변할 수도 있을 거야. 물론 매우 신중하게 나아가야 하겠지만 네가 흑인이라는 사실이 아마도 너한테는 큰 장점이 될 거다. 우리의 감독 아래서 자랐던 지난 몇해 동안 네게 얼마나 많은 공력을 들였는지는 너도 잘 알 테고, 지금 한 가지는 말해줄 수 있어. 그건 네가 자연의 고유한 존엄을 간직한 종족에 속한다는 사실이야. 중세 기사도 이야기 속에서 흑인 왕들은 언제나 명예로운 역할을 맡았지. 만약 네가 정신적인 고귀함, 즉 너의 존엄과 선함, 개방성, 진리를 향한 용기, 더 크게는 요즘 사람들에게 흔한 비관용과 질투, 혐오, 사소한 신경질을 물리칠 용기 등을 육성한다면 너는 분명히 사업에서 길을 찾게 될 거야. 왜냐하면 세상에 상품을 공급하는 것뿐 아니라 더 나은 인생의 방식을 제공하는 게 우리의 임무이기 때문이지." 졸리만과 오랫동안 깊은 이야기를 나누지 않았기 때문에 만약 듣는 사람이 있으면 우스워 보이겠다는 생각도 들었지만 사실 그런 사람은 없었고 더욱이 그가 말한 것은 더 깊은 사유의 흐름 가운데 겨우 덮개 정도에 불과한 것이었다. 귀족적인 태도와 고결함의 형성에 대한 그의 언급 역시 감동적인 것으로 그의 내면 깊숙한 곳에선 겉으로 하는 말과는 전혀 다른 입장을 갖고 있었다. 세계가 형성된 이후 지금까지 단 한번도 정신적인 순수함과 선한 의지가 단독으로 출현한 적은 없었고 오히려 모든 것은 시간이 지날수록 그 뿔을 드러내는 비천한 공동체에서 생겨났으며 결국 위대하고 순수한 신념 역시 거기에서 비롯되었다는 사실을 그는 인정하지 않을 수 없었다. 그가 생각하기에, 귀족성의 발흥은 결코 고귀한 인문주의에서 배태된 것이 아니었는데, 그것은 쓰레기 수거 사업이 세계적인 기업으로 성장하지 못한 것과 다를 바가 없었다. 하지만 그중 하나는 18세기의 은빛 문화에서 융성했고 다른 하나는 아른하임에게서 나타났다. 그리하여 인생은 그에게 모순된 질문에 답해야 한다는 명백한 임무를 부과했다. 그것은 위대한 신념을 창조하기 위해선 얼마나 많은 조야한 공동체가 필요하며 또한 허용되어야 하느냐는 질문이었다. 다른 측면에서 아른하임의 생각은 이따금 언젠가 졸리만에게 말했던 직관과 합리성으로 나아가곤 했는데 그러자 갑자기 그에게는 '아버지는 사업을 직관으로 하신다'고 말했던 순간이 생생하게 떠올랐다. 자신이 하는 일을 이성으로는 제대로 책임질 수 없었던 당시의 모든 사람들에게 직관은 하나의 보편적인 대안이었다. 직관은 요즘 사람들이 '시대를 따라잡는다'고 할 때의 의미와 거의 같은 역할을 했다. 모든 잘못된 행동이나 철저하지 못하게 마무리된 일은 직관을 위해, 또는 직관을 통해 창조된 일이라는 이유로 정당화되었고 직관은 요리는 물론이고 책쓰기 같은 분야에까지 응용되었다. 하지만 늙은 아른하임은 그런 걸 전혀 몰랐고 놀라서 아들을 우러러보는데 온통 빠져 있었다. 그런 아들이 아버지에게 큰 기쁨이었기 때문이다. "돈을 버는 것은," 그는 아버지에게 말했다. "항상 품위가 좀 떨어지는 생각을 강요하기도 하죠. 하지만 우리 같은 거대 사업가들에게는 역사의 전환점에서 대중의 지도력을 넘겨받을 사명이 있을 겁니다. 우리가 그런 일에 임할 정신적 준비가 되어 있는지는 잘 모르겠지만요! 하지만 나에게 용기를 줄 수 있는 존재가 세상에 있다면, 그건 바로 아버지입니다. 아버지는 그 위대했던 옛 시절 신의 인도하심을 받는 왕과 예언자들이 가졌던 의지와 환상의 능력을 가지고 있습니다. 아버지가 어떻게 사업에 착수하는지는 하나의 비밀이며, 계산에서 벗어난 그 모든 비밀들은 그것이 용기의 비밀이든 발견의 비밀이든 또는 별의 비밀이든 모두 똑같은 서열에 있다고 나는 말하고 싶습니다." 아들이 첫번째 문장을 말하자 늙은 아른하임이 자식을 올려다보던 눈을 돌려 다시 신문으로 향하고는 젊은 남자가 사업과 직푄에 관해 말하는 동안 다시는 눈을 들지 않았는데 그 모습은 젊은 아른하임에게 굴욕을 느끼게 했다. 아버지와 아들 사이의 관계는 늘 그러했으며 아른하임의 세번째 생각 또한 이런 기억의 형상이 펼쳐지는 스크린에서 여전히 그것을 분석하고 있었다. 아른하임은 자신을 늘 짓누르는 아버지의 탁월한 사업 재능을 머릿속이 복잡한 자신으로서는 도달할 수 없는 원초적인 힘의 경지로 생각했다. 덕분에 그는 아버지를 모방하려는 헛된 노력을 하지 않고도 고귀한 혈통을 이어받을 수 있었다. 이러한 이중 책략으로 그는 돈을 오직 가장 원초적인 것에만 허용되는 초인적이고 신비한 힘으로 바꾸었으며, 엄청난 두려움에도 불구하고—신화적인 조상을 자신들보다 더 원초적이라고 믿었던 고대 영웅들이 그랬던 것처럼—선조들을 신의 반열에 올려놓았다. 그러나 네번째 생각에서 그는 세번째 생각 위에 놓인 우스꽝스러움을 알지 못했고 다시 한번 진지하게 똑같은 생각을 하면서 이 땅에서 여전히 원하는 역할에 관해 숙고해보았다. 생각의 층들은 서로 겹쳐 있는 여러 층의 토양이 아니라 오히려 강력한 감정의 충돌이 빚어질 때 여러 방향에서 흘러나오는 생각의 흐름이었다. 평생에 걸쳐 아른하임은 위트와 아이러니에 대해 병적일 정도로 강력한 혐오를 간직했는데 그것은 아마 그가 물려받은 기질에서 비롯되었을 것이다. 고상하지도 않은 데다 야비한 지적 놀음처럼 느껴졌기 때문에 그는 그런 경향들을 억눌렀다. 하지만 디오티마와 비교해 그의 감정이 더욱 귀족적이고 반지성적이 된 지금, 위트와 아이러니는 불쑥 튀어나왔고, 그 감정이 발끝을 들고 솟아오를 때 그는 하층계급이나 상스런 사람들한테 종종 들었던, 사랑에 대한 정곡을 찌르는 위트를 말함으로써 숭고한 정서에서 빠져나가고 싶다는 사악한 유혹을 느꼈다. 이 모든 생각의 층을 뚫고 그는 갑자기 뭔가를 응시하는 졸리만의 어두운 얼굴을 보았는데 그 얼굴은 마치 그 위로 불가해한 삶의 지혜가 후두둑 쏟아진 검은 펀치볼 같았다. '내가 이런 상황을 자초하다니 이 얼마나 우스꽝스런 일인가!' 아른하임은 생각했다.

그의 주인이 일방적인 대화를 마쳤을 때, 졸리만은 눈을 뜬 채 의자에 앉아 잠이 든 것처럼 보였다. 그의 눈은 계속 움직이고 있었지만 몸은 누가 깨워주기를 기다리는 듯 아무 미동이 없었다. 아른하임은 졸리만의 눈빛에서 도대체 어떤 음모가 왕의 아들을 하인으로 전락시켰는지를 정확히 알기 원하는 탐욕스런 욕망을 읽어냈다. 마치 발톱을 세워 낚아채려는 듯한 그 눈빛에서 순간 아른하임은 언젠가 자신의 수집품을 훔쳐 달아난 보조 정원사를 기억해내고는 자신에게 자연스런 소유욕이 결여돼 있다고 탄식하며 중얼거렸다. 그런데 갑자기 이런 경우가 디오티마와의 관계에도 해당된다는 생각이 떠올랐다. 생의 정상에서 고통스럽게 동요하며 그는 차가운 그림자가 자신이 접촉해온 모든 것들로부터 자신을 격리시키고 있음을 느꼈다. 인간은 행동하기 위해 생각해야만 한다는 원칙을 이제 막 세운 사람으로서, 그리고 모든 위대한 일을 습득하려고 노력해왔으며 모든 사소한 것들에 의미를 각인하려 해온 사람으로서 떠올리기 쉬운 생각은 아니었다. 하지만 그 그림자는 그에게 절대 부족하지 않은 의지에도 불구하고 그와 욕망의 대상 사이에 드리워져 있었다. 또한 아른하임은 놀랍게도 그것이 자신의 젊은 시절을 감싸고 일렁이는 부드럽게 빛나는 두려움과 결합되었음을 확실히 깨달았다고 믿었다. 그 빛은 마치 잘못 다뤄진 듯 거의 알아볼 수 없는 얼음의 껍데기로 변한 것 같았다. 왜 이 얼음이 디오티마의 천상의 것과 같은 마음에도 녹지 않았는지 그는 알 길이 없었다. 하지만 그리 유쾌하지 않은 고통을 기다려야 했을 때처럼, 갑자기 울리히에 대한 생각이 떠올랐다. 아른하임은 이 남자의 삶에도 자신과 똑같은 그림자가 있지만 전혀 다른 작용을 하고 있음을 깨달았다! 다른 사람을 격렬하게 질투하는 한 사람의 인간적 열정을 우리는 그 열정의 강도에 합당한 올바른 자리에 놓지 못한다. 또한 울리히에 대한 그의 통제할 수 없는 분노가 근본적으로는 서로를 알지 못하는 두 형제의 적대적인 만남과 비슷하다는 사실을 발견하고는 그는 매우 강렬하면서도 통쾌한 느낌을 받았다. 아른하임은 자신과 울리히의 존재를 새로운 호기심으로 비교했다. 울리히는 삶의 이득을 향한 거친 소유욕이 자신보다 부족했고, 존재의 품위와 가치를 얻고자 하는 숭고한 소유욕은 화가 치밀 만큼 더 부족했다. 이런 사람에게는 삶의 무게와 실체가 필요하지 않았다. 울리히의 부인할 수 없는 실제적인 욕구는, 사물에 대한 소유를 갈망하지 않았다. 아른하임에게 그런 모습은 자신의 사무실에서 일하는 직원들의 이타적인 자세를 떠올리게 했지만 엄청나게 오만하다는 점에서 그것과는 달랐다. 말하자면 어떤 소유자도 되기를 거부하는 소유자라고 할 수 있었다. 자발적 가난을 선택한 투사를 떠올릴 수도 있을 것이다. 또한 그는 완전히 이론적인 사람이라고 불릴 수도 있을 테지만, 그가 완벽한 이론가는 아니기 때문에 역시 적합하지 않았다. 아른하임은 언젠가 울리히에게 자신의 지적 능력이 실용적 능력에 미치지 못함을 이야기한 적이 있었다. 하지만 실용적 관점에서 보자면 울리히는 완전히 무능했다. 아른하임이 이런저런 생각에 빠진 것은 처음 있는 일도 아니었지만 그를 사로잡은 자신에 대한 회의적 생각에도 불구하고 어떤 이유에서라도 울리히에게 우위를 부과하기는 어려웠다. 결국 그가 내린 결론은, 두 사람의 결정적인 차이점은 바로 울리히에게 뭔가 결여돼 있음에서 비롯된다는 것이었다. 그럼에도 울리히에게는 참신함과 자유라는 분위기가 있었다. 아른하임이 마지못해 인정한 그 사실은 자신이 소유했다고 믿는―울리히 같은 타인 때문에 의문시되긴 하지만―'총체성의 비밀'을 떠올리게 했다. 만약 계산하는 이성에 열려 있는 태도가 중요하다면, 노련한 현실주의자인 아버지에게서 두려워하는 법을 배웠던 그 불쾌한 위트라는 감정을 그렇듯 비현실적인 사람에게 똑같이 적용하는 게 어떻게 가능했던 것일까? '이런 사람들에게는 전체적으로 뭔가 결여되어 있어!' 아른하임은 생각했다. 하지만 그것은 자기도 모르게 튀어나온 말, 즉 '그 남자에게는 영혼이 있어!'라는 확신의 다른 측면일 뿐이라는 생각이 동시에 떠올랐다.

아른하임은 참신한 영혼을 소유하고 있었다. 직관적 통찰이 중요했기 때문에 아른하임은 자신이 무엇을 말하는지 정확히 설명할 수 없었을 것이다. 하지만 시간이 지나자 다른 사람들도 아른하임의 영혼이 이성과 도덕, 그리고 위대한 이념으로 변해가는, 돌이킬 수 없는 과정에 들어섰음을 발견했다. 그의 친구이자 적인 울리히에게 이런 과정은 완벽하게 이뤄지지 않았고 그래서 사람들이 제대로 알 수 없는 그의 이중적인 매력은 여전히 남아 있었지만 그 매력은 영혼 없고 합리적이며 기계적인 영역에서 비롯된 요소들과 기이하게 결합돼 있었다. 하지만 울리히의 모든 것들은 문화적 영역의 일부라고 보기엔 어려운 것이었다. 그의 전부를 곱씹어보고 그것들을 자신의 철학적 작업에 맞게 적용시키면서 아른하임은 단 한순간도 그것을 울리히의 공으로 돌리지 않았고 자신의 것으로만 인정했다. 그렇듯 모든 것을 자신이 발견했다는 인식은 너무나 강해서 그는 <u>스스로</u> 생각을 창조해낸 사람이자 아직 발성되지 않은 소리에서 빛나는 가능성을 발견한 거장 같은 사람으로 간주했다. 이런 생각은 그가 졸리만의 얼굴을 바라보자 식어버렸다. 졸리만은 오랫동안 그를 바라보았고 이제야 다시 물어볼 기회를 잡았다고 믿었다. 그런 작고 우둔하며 거의 야만적인 상대의 도움으로 생각을 정리하는 사람이 얼마나 될까 싶은 생각에 아른하임은 더욱 즐거워졌다. 비록 결과에 이르기까지 아직 많은 것이 확실치 않았지만 그는 상대방의 비밀을 아는 유일한 사람이었다. 그는 고리대금업자가 돈을 빌려줬던 희생자를 사랑할 때의 그런 사랑을 느꼈다. 아마도 자신과는 다른 모험을 타고난 것처럼 보이는 울리히를 어떤 대가를 치르더라도—그를 양자로 삼는 한이 있어도!—데려오겠다는 결심을 갑자기 하게 된 것도 졸리만의 모습 때문이었을 것이다. 아른하임은 아직 시간이 더 필요한데도 조급하게 확정하려는 자신의 열망에 미소지었고, 뭔가를 더 알고자 하는 비극적인 욕망으로 실룩거리는 졸리만의 얼굴을 막아서며 말을 이었다. "이 정도면 됐어. 내가 주문한 꽃을 투치 부인에게 갖다드려라. 뭔가 더 물어볼 것이 있으면 나중에 또 기회가 있겠지."

113.
울리히는 이성을 초월한 것과
이성의 지배 아래 있는 것의 경계에 관한 언어를
한스 제프, 게르다와 함께 이야기했다

 울리히는 사회적 학파를 지지하는 고위 애국자들, 그리고 백작 각하를 개인적으로 설득해보기를 원하는 아버지의 바람을 어떻게 충족시켜야 할지 모른 채 그냥 모든 걸 잊어버리기 위해서 게르다를 찾아갔다. 거기에 있던 한스가 만나자마자 울리히를 향한 공격에 나섰다.
"당신은 은행장 피셸을 옹호하는 건가요?"
 울리히는 게르다가 그렇게 말하더냐고 되물으면서 질문을 피했다.
 "제가 그렇게 말했어요." 게르다가 말했다.
 "그럼 됐네. 왜 그런지를 알고 싶은가요?"
 "그래요, 설명해봐요!" 한스가 다그쳤다.
 "쉽지 않아요, 친애하는 한스."
 "친애하는,이라는 말은 좀 빼세요!"
 "그럼, 친애하는 게르다," 울리히는 그녀에게 몸을 돌렸다. "그건 그리 간단치 않아. 이미 충분히 말했잖아. 이해했으리라 보는데?"
 "이해한 건 맞아요. 하지만 당신을 믿지는 못하겠어요." 게르다는 자신이 한스 편에서 싸움에 임한다는 걸 양해해달라는 태가 나도록 애쓰면서 대답했다.
 "우리는 당신을 믿지 못하겠어요." 한스가 우호적인 대화 분위기로 재빨리 끼어들었다. "당신이 진실을 말하는지 모르겠다고요. 진실을 어디다 감춰둔 것인지도 모르죠!"

"뭐라고요? 그러니까 당신은 인간이 진실을 말할 수 없다는 건가요?" 울리히는 그가 게르다와 자신의 대화에 뻔뻔하게 개입한다는 걸 알아차리고 바로 물었다.

"물론, 누군가 진지하게 말한다면 진실은 표현될 수 있지요!"

"나한테는 어려운 일이군요. 대신 이야기를 하나 해줄 수 있어요."

"또 이야기라고요! 당신은 마치 위대한 호머라도 되는 듯 이야기를 만들어내는군요." 한스는 또 한번 뻔뻔하고 거만하게 소리쳤다. 게르다는 애원하는 눈빛으로 그를 바라보았다. 하지만 울리히는 상관하지 않고 말을 이었다. "나는 한때 사랑에 깊이 빠졌었죠. 그때가 지금 당신의 나이와 비슷했을 거예요. 나는 당시의 여자들보다는 사랑에 빠진 나 자신과 나의 변화된 환경에 더 깊은 애정을 느꼈어요. 그리고 그때는 내가 당신, 당신의 친구들, 그리고 게르다가 만들어내는 커다란 비밀에 관해 모든 것을 알고 있었던 때죠. 그것이 내가 하고 싶은 이야기였어요."

그 둘은 이야기가 그렇게 짧게 끝나서 깜짝 놀랐다. 게르다가 주저하며 물었다. "당신이 한때 사랑에 빠졌다고요…?" 그러고는 어린 소녀가 던질 법한 떨리는 질문을 하필 그 순간 한스 앞에서 하고 있는 자신에게 화가 났다.

하지만 한스가 끼어들었다. "도대체 왜 우리가 그런 일에 관해 말해야 하죠? 차라리 정신적 파탄에 처했다는 당신 사촌에게 벌어진 일이나 이야기해보세요!"

"그녀는 전세계에 우리 국가를 표상할 이상을 찾고 있어요. 그녀에게 도움을 줄 만한 제안을 해보지 않을래요? 내가 당신들의 제안을 전달할 수 있을 거예요." 울리히가 대답했다.

한스는 경멸하며 웃음을 터뜨렸다. "우리가 그녀의 시도를 깨부수려 한다는 사실을 왜 모르는 척하죠?"

"하지만 왜 당신들이야말로 반대하는 거죠?"

"이 나라의 모든 독일적인 것에 반대하여 계획된 비열한 음모이기 때문이죠." 한스가 말했다. "강력한 반대운동이 일어나고 있다는 걸 당신은 모른단 말인가요? 라인스도르프 백작의 책략을 경계하기 위해 독일민족연합이 결성됐어요. 이미 체조연합이 독일 정신의 훼손에 대항하여 이의를 제기했고요. 오스트리아대학 무기소유연합은 슬라브화의 위협에 맞서 입장을 표명했고 내가 속해 있는 독일청년연합도 거리에 나가는 한이 있어도 가만히 두고보진 않을 겁니다." 한스는 똑바로 일어서더니 자부심에 가득 차 말을 토해냈다. 하지만 이런 말을 덧붙이기도 했다. "하지만 모든 것은 부질없는 일이지요. 이 사람들은 외부적 조건을 과대평가하고 있어요. 결정적인 것은 바로 이 나라에선 아무것도 일어나지 못한다는 것이죠!"

울리히는 그 생각의 근거를 물었다. '위대한 종족은 시작부터 자신의 신화를 만들어냈다. 그런데 오스트리아에 그런 신화가 있는가?' 한스는 되물었다. '오스트리아의 근본 종교나 서사시는 있었나? 가톨릭이나 개신교 같은 종교도 여기서 기원하진 못했다. 인쇄기술이나 화풍도 독일에서 온 것이다. 왕실은 스위스, 스페인, 룩셈부르크에서 왔다. 산업기술은 영국과 독일에서, 빈이나 프라하, 잘츠부르크처럼 아름다운 도시들은 이탈리아와 독일에서 기원했으며, 군대는 나폴레옹의 모범을 따라 정비되었다. 이 국가는 자기 고유의 것을 시도하려 하지 않는다. 그런 국가에 유일한 구원은 독일과의 연합뿐이다.' "이게 당신이 우리한테 듣고 싶어하는 모든 것이에요. 됐나요?" 한스가 말을 마쳤다.

게르다는 그를 자랑스러워해야 할지 아니면 부끄러워해야 할지를 알지 못했다. 자신의 역할을 수행하고자 하는 욕망을 젊은 친구를 통해 만족시키는 게 더 낫긴 하지만 울리히에 대한 그녀의 애정 역시 지난번부터 다시 살아난 것이다. 이상하게도 이 젊은 여성에게는 처녀로 늙고 싶은 마음과 울리히에게 자신을 내맡기고 싶은 두 욕망이 혼재되어 있었다. 두번째 욕망은 당연히 그녀가 수년간 간직해온 사랑에서 비롯되었는데 그 사랑은 확 불타오르는 것이 아니라 겁에 질린 채 내면에서 달아오르는 중이었다. 그녀의 감정은 뭔가 품위가 떨어지는 상대를 사랑하는 사람들의 감정과 비슷해서 이 남자를 향한 추악한 육체적 욕망 때문에 자신의 영혼이 모욕당하는 듯한 느낌을 받았다. 그와 기묘하게 반대되는 것은, 비록 평화를 갈망하듯 단순하고 자연스러운 추구이긴 하지만, 자신은 절대 결혼하지 않고 모든 꿈이 끝난 후 고독하고 조용하면서도 분주한 삶을 살게 될 것이라는 예감이었다. 그건 어떤 확신에서 나온 욕구가 아니었다. 게르다에겐 자신에 대한 뚜렷한 생각이 없었기 때문이다. 오히려 이성이 관심을 기울이기 이미 오래전부터 육체가 간직해온 예감 같은 것이었다. 거기다 한스가 그녀에게 끼친 영향도 한몫 거들었다. 한스는 눈에 띄지 않는 젊은이로서, 그리 크거나 강하진 않았지만 골격이 굵은 편이었으며 손을 머리카락이나 옷에 문질러 닦는 습관이 있었다. 또한 틈이 날 때마다 둥근 철로 테두리가 장식된 작은 거울을 들여다봤는데 그건 그의 매끄럽지 못한 피부에서 항상 고름이 나왔기 때문이다. 하지만 그 순간 게르다는—그 손거울은 빼고—박해자들에 대항해 지하 묘지에서 집회를 열었던 초기 로마의 기독교인들을 떠올렸다. 그녀의 상상이 세부까지 완벽하게 일치하진 않았지만 초기 기독교인들이 공유한 기본적인 두려움은 아마 같았을 것이라고 그녀는 생각했다. 사실 잘 씻고 좋은 향유를 바른 이교도들이 훨씬 마음에 들었음에도 그녀가 기독교를 신봉한 것은 인간이 자신의 성격 때문에 지게 된 희생을 의미했다. 그래서 게르다에게 더 고귀한 것은 퀴퀴하면서 약간 혐오스런 냄새이며 이런 것은 한스가 그녀에게 열어놓은 신비한 관점과 잘 어울렸다. 울리히는 이런 관점을 잘 알고 있었다. 우리는 한스의 심령주의가 죽은 요리사의 영혼을 연상시키는 우스꽝스런 저승의 두드림을 통해 거친 형이상학적 욕망을—신은 아니더라도 적어도 영혼 같은 것이 어둠 속에서 차갑게 목구멍으로 넘어가는 음식을 숟가락으로 퍼올리듯이—만족시키는 것을 볼 때 아마도 심령주의에 감사해야 할 것이다. 오랜 옛날부터 신이나 그 동반자들과 사적으로 접촉하려는 욕구는 황홀경의 상태에서나 체험된다고 이야기되었다. 비록 그 섬세하고 어느 정도는 놀라운 체험의 형식이 예외적이고 뭐라 형언하기 힘든 심리적 두려움에서 비롯된 현실적 체험이라 할지라도 말이다. 그런 상황에서 형이상학적인 것은 형상적인 것, 즉 지상의 욕망에 근거한다. 왜냐하면 사람들은 형이상학적인 것 속에서 자신들이 기대하는 당대의 인식을 생생하게 보리라 믿기 때문이다. 하지만 그러한 관념은 시간에 따라 변해가고 신뢰를 잃어갔다. 만약 이 시대에 누군가 신이 자신과 대화를 나누며 자신의 머리를 고통스럽게 들어 올렸다거나 잘 알지는 못하겠지만 아주 부드럽게 자신의 품에 미끄러져 들어왔다면, 아무도, 성직자들조차도 그 체험이 표현한 현상을 믿지 않을 것이다. 왜냐하면 그들은 이성적 시대의 자손으로서 히스테리컬하고 흥분된 상태에 동조함으로써 웃음거리가 되는 상황을 당연히 두려워하기 때문이다. 그 결과 우리는 중세나 고대 세계에서 그렇게 자주, 훌륭하게 기록되었던 사건들을 하나의 환영이지 병리적인 현상으로 간주하든지 아니면 그런 사건들에 지금까지 표현돼온 신화적 언어와는 상관없는 어떤 것이 있는지 그 가능성을 상상해봐야 한다. 중세나 고대의 사건들은 말하자면 순수한 체험의 핵심으로, 엄격한 경험적 근거에 따라 신뢰되었을 것이며 초현실에 대한 우리의 관계에서 어떤 결론을 끌어낼 것인가 하는 질문이 제기되기 오래전부터 무엇보다도 중요시되는 문제였을 것이다. 또한 신학적 이성에 자리잡은 믿음이 오늘날 널리 퍼진 합리주의의 의심과 저항에 맞서 쓰라린 투쟁을 이어나가는 동안 그 모든 전래된 개념적 믿음의 껍질을 내던진 벌거벗은 근원적 체험, 즉 옛날의 종교적 표상에서 벗어나 아마 더이상 종교적 체험이라고 보기 힘들 것 같은 신비에 사로잡힌 존재의 체험이 엄청난 확장을 이룬 결과, 지금은 마치 대낮엔 사라지는 야행성 새처럼 우리 시대에 유령처럼 존재하는 그 잡다한 비합리주의의 영혼을 만들어냈다.

  이 잡다한 운동의 유별난 분파가 바로 한스 제프가 맡은 그룹이었다. 우리가 그들 모임 속으로 흘러 들어간 생각을 계산해보면—그들에게 계산과 도표는 혐오되었기 때문에 사실상 거기서 허용되는 세계관은 아니었지만—그 첫번째는 소심하게도 실험적이고 우정에 근거한 결혼, 즉 일부다처제나 일처다부제에 대한 플라토닉한 요청이었다. 예술에 관한 문제에서는 추상적이고 보편적인 것과 영원한 것을 지향하는 취향, 이른바 표현주의를 선호했는데 그런 경향은 조야한 겉모양이나 껍데기 같은 '따분한 외양', 즉 이상하게도 한 세대 전만 해도 혁명적이라고 평가받던 충실한 묘사를 경멸하게 했다. 겉으로 드러나는 모양과 상관없이 마음과 세계의 '정수'를 붙잡으려는 이런 추상적인 시도와 밀접하게 연관된 것으로 가장 구체적이고 한정된 예술이 있었는데 그것은 이른바 지역예술이란 것으로 젊은이들이 범게르만적 영혼에 대한 신성한 의무를 느끼는 분야였다. 그렇게 시간의 길에서 영혼에 둥지를 만들어주고자 주워올린 짚이자 풀이 발견됐으며 그 과정에서 각별히 위대한 역할을 맡은 젊은이의 권리와 의무, 창조적 약속 같은 풍부한 이상이 더욱 세심하게 고려되어 마땅했다. 지금 시대는 젊은 사람들의 권리에 대해 무지하며 그래서 청소년들이 성년이 될 때까지 아무런 권리를 갖지 못한다고 사람들은 말했다. 아버지와 어머니, 후견인들은 자기가 좋아하는 아이들을 입히고 재우고 먹일 수 있고, 처벌할 수도 있으며, 한스 제프의 견해에 따르면 아이들을 가축처럼 여기는 낙후된 법을 넘어서지 못하는 한 심지어 그들의 삶을 망가뜨릴 수도 있었다. 아이들은 노예가 주인에게 속하듯이 부모에게 속해 있고 경제적으로 예속돼 있으며 자본주의의 대상이 되어 있다는 것이다. 한스 제프가 원래 어디선가 읽었으나 자기 것으로 내면화한 "아이들에게 들러붙은 자본주의"라는 용어는 이제껏 집에서 잘 키워졌으나 지금은 경악에 빠진 그의 학생 게르다에게 준 첫번째 가르침이었다. 기독교는 성인 여성의 멍에는 좀 풀어줬는지 몰라도 권력의 삶에서 동떨어져 무력하게 지내는 딸들의 멍에는 풀어주지 못했다. 이런 전제를 깔아놓고 그는 각자 개성의 법칙에 따라 스스로를 교육히는 아이들의 권리를 그녀에게 가르쳤다. 그에 따르면 아이들은 성장하며 스스로를 만들어내기 때문에 창조적이다. 그들은 세상에 자신의 생각과 느낌, 꿈을 펼쳐 보이기 때문에 왕 같은 존재다. 또한 우연히 만들어진 세계를 알려고 하지 않으며 자신만의 이상적인 세계를 건설하며 자기 고유의 성 정체성을 갖는다. 어른들은 그들의 세계를 강탈함으로써 창조성을 무너뜨리고 고리타분한 죽은 지식을 주입하고 그들의 본성에 어긋나는 실용적인 교육을 함으로써 야만적인 죄를 저지르고 있다. 아이들은 목표를 지향하지 않고 놀이를 통해 창조적이고 유연하게 성장한다. 완력으로 방해받지 않는 한 아이들은 자기 본성에 거스르는 것을 받아들이지 않는다. 그들이 접촉하는 것은 살아 있는 것이다. 아이들은 세계이고 우주이며, 비록 표현하지 못한다 하더라도 궁극적이고 절대적인 것을 바라본다. 그러나 우리들은 아이들에게 목표를 붙잡으라고 가르치고 우리가 거짓으로 현실이라고 부르는 평범한 헛것에 매달리게 함으로써 아이들을 죽인다. 한스 제프가 피셀의 집에서 이런 가르침을 선포했을 때 그는 이미 스물한살이었고 게르다도 그보다 어리지 않았다. 한스는 오랫동안 아버지가 없었기 때문에 조그만 가게를 운영해 그와 여동생을 먹여살리는 어머니에게 마음놓고 버릇없이 굴 수가 있었으며 따라서 억압에 희생된 불쌍한 아이들을 위한 철학을 전개할 개인적인 계기는 딱히 없었다.

그런 가르침을 받아들이면서 게르다 역시 미래 세대를 부드러운 교육으로 양육하는 것, 그리고 레오 및 클레멘티네와 달리 그 세대들을 더 직접적이고 과격하게 이용하려는 다짐 사이에서 흔들리고 있었다. 그에 비해 한스 제프는 자신의 원칙과 "우리는 모두 아이가 돼야 한다"는 구호에 좀더 확고했다. 한스가 그렇게 완고하게 아이들의 투쟁에 매달리는 것은 아마도 어린 시절부터 독립의 욕구가 있었기 때문일 것이다. 하지만 주요한 요인은 당시 유행하던 청년운동의 언어가 그의 영혼을 바꿔준 첫번째 언어였기 때문이며, 진실의 언어가 대개 그러하듯 화자가 실제 의도하는 것 이상을 말해줌으로써 한 단어에서 다른 단어로 넘어가게 해주었기 때문이다. 그렇게 '우리는 모두 아이가 되어야 한다'는 문장은 가장 중요한 통찰로 발전되었던 것이다. 왜냐하면 아이는 아빠나 엄마가 되기 위해서 변질되거나 변화되어서는 안 되기 때문이다. 우리가 변질된다면 세계의 노예인 '시민'이 되기 위해시 손발이 묶이고 '유용한' 인간으로 길러지는 것이다. 우리가 스물한살이 되어서도 아이처럼 행동하는 데는 어려움이 있을 거라는 우려는 말끔히 사라진다. 왜냐하면 이 투쟁은 아이 때부터 늙을 때까지 지속되며 오직 시민 세계가 사랑의 세상에 의해 무너질 때 끝나기 때문이다. 그건 이른바 한스 제프의 가르침 중 최고의 경지였으며 울리히는 게르다를 통해 그 내용을 알게 되었다.

울리히는 그 젊은이들이 사랑이라고 부르는 것, 다른 말로는 공동체라고 부르는 것 사이의 관계를 발견했고, 거칠게 종교적이고 비신화적으로 신비적이며 또는 아마도 그저 뭔가에 푹 빠져 있는 상태들을 알게 되었다. 또한 그것은 그에게 깊은 감동을 주었지만 울리히가 스스로를 우스꽝스럽게 보이도록 자제했기 때문에 사람들은 그 사실을 몰랐다. 같은 맥락에서 그는 한스에게 동의하면서 단도직입적으로 왜 그가 평행운동을 '완벽하게 이타적인 공동체'의 발전을 위해 이용하지 않는지를 물었다.

"왜냐하면 그건 불가능하기 때문이죠!" 한스가 대답했다.

둘 사이에 이어진 대화는 잘 모르는 사람들에게는 갱단의 은어처럼 이상하게 들렸을 테지만 그건 세계와 정신에 심취한 사람들의 혼합어에 불과했다. 그래서 그냥 대화를 늘어놓는 것보다는 아래 언급된 설명이 더 핵심적일 것이다. 즉 순수한 이타심의 공동체는 한스가 발견한 말로, 이 말에도 의미가 있는 것이 어떤 사람이 더 이타심을 느낄수록 세상의 사물은 더 맑고 강해지며 그 사람이 자신을 더 내려놓을수록 스스로 더 높아지는 기분이 들기 때문이다. 아마 이런 체험은 누구에게나 있을 수 있겠지만 환희나 기쁨, 편안함 등과 혼동되어서는 안 된다. 그런 것들은 더 천박한, 심지어는 타락한 목적에 봉사하는 대용물에 불과하기 때문이다. 우리는 그 순수한 상태를 고상함이라고 불러선 안 되고 오히려 갑옷을 벗는 행위로 묘사해야 할 것이다. '나^我라는 갑옷을 벗는 것,' 한스는 그렇게 설명했다. 우리는 인류를 둘러싼 두 성벽을 구별해야 한다. 그 하나는 인간이 착하고 이타적인 일을 할 때마다 뛰어넘는 첫번째 성벽이다. 하지만 그건 작은 벽일 뿐이다. 큰 벽은 가장 이타적인 인간의 이기심 속에 있다. 그건 원죄 그 자체다. 모든 감각적 인상과 모든 감정은 자기헌신일지라도 주는 것이 아니라 받는 것에 가깝다. 또한 이렇듯 이기심에 푹 젖게 하는 갑옷을 우리는 절대로 벗을 수 없다. 한스는 그런 사례를 자세하게 열거했다. 지식은 그저 낯선 것을 흡수할 뿐이다. 인간은 동물이 그러하듯 상대를 죽이고 찢어서 소화시킨다. 개념은 더이상 움직이지 않는 죽은 몸일 뿐이다. 확신은 변함없는 관계 속으로 얼어붙은, 맹신 같은 탐구가 되었다. 성격은 계속 변화하길 거부하는 타성이 되었다. 어떤 사람에 대한 지식은 대상이 된 본인조차도 감동시킬 수 없다. 통찰은 편협함이 되었다. 진리는 실용적이고 비인간적인 사유를 위한 성공적인 시도가 되었다. 모든 관계에서 죽이고, 냉각시키고, 소유하고, 경직시키려는 욕구는 실용적이고 비겁하며 기만적이고 거짓된 이타성의 추구와 섞여 있었다. "도대체 언제," 한스는 자기가 경험한 여자라곤 순진한 게르다밖에 없었음에도 이렇게 물었다. "사랑이 소유에 불과하지 않을 때가, 또는 한갓 보상을 바라고 자신을 내어주지 않았던 때가 있었나요?"

울리히는 이렇듯 일관성이 떨어지는 주장에 조심스럽게, 그리고 부분적으로 찬성했다. 그는 고통과 금욕조차 우리의 자아에 몇푼어치의 보탬이 된다고 인정했다. 아주 희미한, 말하자면 이기주의의 문법적인 그림자조차 마치 주어 없는 술어는 없는 것처럼 모든 행위에 그늘을 드리우게 마련이다.

하지만 한스는 그런 말에 동의하지 않았다. 그와 친구들은 인간이 살아가야 할 도리를 두고 논쟁했다. 그들은 종종 누구나 먼저 자신을 위해, 그러고 나서 남을 위해 살아야 한다고 생각했다. 또한 그들은 누구나 단 하나의 진실한 친구를 가질 수 있다고 믿었으나 상대 친구는 다른 친구를 필요로 하기 때문에 공동체는 마치 색의 스펙트럼이나 연결체처럼 영혼의 원환圓環 같은 연결고리를 갖는다고 생각했다. 그들이 제일 좋아하는 믿음은 이기심으로 어둡게 뒤덮인 영혼의 공동체가 있다는 것이었다. 그것은 내적이고 거대한 생의 원천으로서 그 기상천외한 잠재력은 아직 알려진 바가 없다. 숲속에서 생존을 위해 싸우며 숲으로부터 보호를 받는 나무는 틀림없이 자신을 확신할 수 있을 것이다. 마찬가지로 오늘날 예민한 사람들은 군중의 어두운 온기, 그들의 역동성, 무의식적 응집력에서 나오는 보이지 않는 작은 진행들을 감지한다. 이런 것들은 숨을 한번 내쉴 때마다 가장 위대한 것과 가장 저열한 것은 혼자가 아니라는 사실을 일깨워순다. 울리히도 같은 것을 느꼈다. 삶에 깊이 뿌리박혀 길들여진 이기주의는 질서 있는 구조를 분명히 제공하는 반면, 공동체의 숨결은 불명료한 관계의 무더기 속에 머무는 느낌이었다. 울리히는 혼자 있는 것을 더 좋아하는 사람이지만 게르다의 젊은 친구들이 거대한 벽을 무너뜨려야 한다며 과장되게 별지는 주장을 들으면 공감이 되는 것도 사실이었다.

한스는 아무것도 주시하지 않은 채 똑바로 앞을 보면서 때론 단조롭게, 때론 격렬하게 자신의 신조를 줄줄 풀어냈다. 그러다가 부자연스런 틈이 그 창조 사이에 끼어들어 마치 사과가 쪼개지듯이 둘로 갈라지면서 양쪽이 점점 말라갔다. 그래서 오늘날 인간은 원래 하나였던 것을 인위적이고 반자연적인 방법으로 다시 붙여야 하는 것이다. 하지만 이런 틈을 지양하려면, 우리는 태도를 고쳐 자아를 더 개방해야 한다. 자신을 더 잊어버리고 지워버리고 스스로를 깨고 나올수록 마치 나쁜 결합에서 빠져나오듯이 우리는 공동체를 위한 힘을 더욱 자유롭게 비축할 것이다. 또한 우리가 공동체에 더 가까이 갈수록 우리는 자신의 자아를 더 깨우칠 수 있는데 이는 한스가 체험한바, 진정한 고유성은 텅 빈 개성에 갇혀 있는 게 아니라 점진적으로 공동체에 참여하면서 자신을 개방함으로써 얻어지기 때문이다. 아마도 세계와 결합한 총체적인 공동체의 최고 수준은 이런 식으로 이타성에 도달할 수 있는 사람을 통해 성취될 것이다.

이처럼 명백히 구체적인 방안이 없는 주장들 때문에 울리히는 그것들이 어떻게 현실화될 수 있을지 상상해보았다. 하지만 그는 한스에게 자아의 문을 여는 일이 어떻게 실제 행위로 이어질 수 있는지를 그저 냉담하게 물어볼 수밖에 없었다.

그에 대해 한스는 놀랄 만한 대답을 내놓았다. 감각적 자아 대신에 초월적 자아를, 자연주의적 자아 대신에 고딕 양식의 자아를, 현상의 영역 대신에 존재의 영역을, 절대적인 체험과 엄청난 주어들을…, 그는 이런 것들을 표현 불가능한 체험들로 상상했으며 그것들이 너무 자주 고상함을 상실한 채 평범한 관습이 되고 말았다고 생각했다. 또한 그가 이따금, 아니면 심지어는 자주 마주치는 이런 상황이 얼마간의 짧은 명상의 순간 이상을 유지하지는 못하기 때문에 오늘날 초월은 분명하게 규정되지 않는 육체 바깥의 환영이고 산발적으로 드러날 뿐이며 위대한 예술작품에서나 그 흔적을 남긴다고 주장했다. 그런 예술작품 덕분에 그는 예술이나 다른 초자연적인 삶의 표현 모두에서 자신이 가장 좋아하는 단어인 상징으로 이끌렸고 급기야는 그런 작품의 창조 속에 조금이라도 독일의 피가 섞여 있는 것에 매료되었다. '좋은 옛 시절'의 이러한 숭고한 이미지를 이용함으로써 그는 사물의 본질이 과거에서부터 지속된다는 생각을 더욱 수월하게 주장했고 이런 주장을 바탕으로 모든 논쟁이 터져 나오는 현 시대를 부정할 수 있었다.

  울리히는 미신에 가까운 수다에 화가 났다. 도대체 한스가 무엇으로 게르다를 매혹시켰는지는 그에게 오랜 시간 해결되지 않은 질문으로 남아 있었다. 그녀는 대화에 끼어들지 않고 잠자코 앉아 있었다. 한스 제프는 위대한 사랑의 이론을 소유했고 그녀는 아마도 그 안에서 자기 존재에 대한 깊은 의미를 발견한 것 같았다. 울리히는 다음과 같은 주장을 함으로써—물론 대화에 끼어드는 것 자체에 거리낌이 있었지만—대화의 국면을 바꿔나갔다. 울리히는 한 사람이 느낄 수 있는 최고의 정신적 고양은 눈앞에 마주치는 모든 일상에서 자아를 억압함으로써, 다시 말해 한스와 그의 친구들이 느끼듯 이른바 자기를 포기함으로써 가능한 것이 아니라 마치 잔잔한 수면처럼 아무 동요 없이 차분한 상태에서 나오는 것이라고 주장했다.

그때 게르다는 생기를 되찾아 그게 무슨 말인지를 울리히에게 물었다.

비록 그렇게 보이지 않으려고 애쓰는 순간에도 한스는 다름 아닌 사랑에 관해 이야기하고 있다고 울리히는 말했다. 한스가 말한 사랑은 성스러운 사랑, 고독한 사랑, 욕망의 제방을 흘러넘치는 사랑으로, 항상 느슨해지고 흩어지는 모든 관계의 교유로 묘사되었고 어떤 경우에도 그저 감정이 아니라 사유와 의미의 변화로 간주되었다.

게르다는 자신보다 더 많은 것을 알고 있는 남자가 그것을 눈치챘는지, 자신이 몰래 사랑하고 있으며 자기 곁에서 비밀스럽게 앉아 있는 이 남자가 동떨어진 두 육체를 하나로 묶는 뭔가 이상한 빛을 내뿜지는 않는지 유심히 바라보고 있었다.

울리히는 그 시험을 느끼고 있었다. 그 느낌은 마치 그가 유창하게 말할 수는 있으나 어휘들이 자기 안에 뿌리내리지 못해 매우 피상적인 이야기만 할 수 있는 외국어를 말하는 듯한 기분이었다. "이렇듯 누군가는," 울리히가 말했다. "자신의 행동에 주어진 한계를 뛰어넘는 상황에서 모든 것을 이해하죠. 왜냐하면 영혼은 이미 자신에게 들어온 것만을 받아들이기 때문이에요. 어떤 면에서 영혼은 자기에게 닥친 일들을 이미 다 알고 있습니다. 연인들에게는 서로 더 알아낼 것이 없죠. 또한 그들은 서로를 알고 있지도 않습니다. 왜냐하면 사랑에 빠진 사람이 아는 것이라곤 상대방으로부터 추동되는 자신의 내면을 설명할 길이 없다는 것이 전부이니까요. 그가 사랑하지 않는 사람을 인식한다는 것은 마치 빈 벽에 햇빛을 채우는 것처럼 상대방을 자신의 사랑으로 데려오는 것을 의미합니다. 무생물을 인식한다는 것은 그것의 특성을 하나하나 탐지한다는 뜻이 아닙니다. 감각적 세계 너머의 장막이 걷히거나 장애물이 치워지는 것을 의미합니다. 거의 알려지지 않은 무생물일지라도 연인의 친교 가운데 완벽한 신뢰를 받으며 들어옵니다. 자연과 연인들의 정신은 서로의 눈을 바라봅니다. 그것은 같은 행위의 두 방향이며 두 방향으로 흘러가는 물길이자 양 끝에서 타오르는 불꽃입니다. 또한 어떤 사물이나 사람을 아무 관계 없이 인식한다는 것은 불가능합니다. 왜냐하면 뭔가를 인식한다는 것은 그것을 사물에서 꺼내는 것이기 때문입니다. 그것들은 모양을 유지하지만 내부에서는 재가 되어갑니다. 그들로부터 뭔가 증발해버리고 그저 미라만을 남깁니다. 연인들에게 진실 따위는 중요하지 않습니다. 그들은 막다른 골목이나 세상의 끝, 사유의 죽음 같고, 그 사유가 살아 있을 때는 빛과 어둠이 어깨를 나란히 하고 있는 불꽃의 숨쉬는 가장자리 같습니다. 모든 것이 빛나는 곳에서 어떻게 하나만 빛날 수 있나요? 모두가 충만하게 넘치는 곳에서 누가 확실함과 명백함이라는 알량한 보수를 바라겠습니까? 또한 사랑받는 사람조차도 연인이 더이상 자신에게 속하지 않으며 스스로를 모든 것에—설사 눈이 네 개 달려 뒤엉킨 괴물이라도—자유롭게 내버려둬야 한다는 것을 아는 마당에 어떤 사람이 아직도 자신만을 위해 뭔가를 원하겠습니까?"

 이 말을 정복한 사람이라면 별 노력 없이도 그것을 적용할 수 있다. 그것은 마치 삶의 국면들에 차례대로 부드러운 빛을 비춰주는 양초를 손에 들고 걷는 것 같아서 그 삶이 일상에서 굳건하게 붙잡고 있던 일반적인 현상들은 모두 명백한 오해에 불과한 것처럼 보인다. 가령 '소유하다' 같은 단어의 몸짓을 연인에게 적용한다면 얼마나 어리석어 보이는가! 이것은 누군가 원칙을 소유하길 원한다는 부당한 요구에 가깝지 않을까? 아니면 자식이나 사상, 혹은 자기 자신에게 존경받고 싶다는 의미 아닐까? 사신의 믹이를 온몸의 체중을 실어 누르는 큰 동물의 이러한 졸렬한 공격성은 여전히, 그리고 당연하게 자본주의의 기본적이고 인기있는 표현 방식이 되고 있다. 또한 이것에서 우리는 부르주아적 삶의 소유자들과 지식 및 기술의 소유자 사이의 연합을 목격한다. 그들의 연합은 사상가들과 예술가들을 만들어내는 반면 사랑과 금욕이라는 오누이는 저 멀리 외롭게 떨어져 있다. 이 오누이는 삶의 목적과 목표에 비할 때 얼마나 정처 없고 방향 없는 것처럼 보이는가? 하지만 목적과 목표라는 말은 사격수의 언어에서 유래한 것이다. 그러니 목적과 목표가 없다는 것은 원래는 틀림없이 죽일 것이 없다는 말이 아니었겠는가? 이렇듯 언어 자체의 기원—비록 희미하지만 어떤 흔적을 감춘— 을 추적하는 것만으로도 우리는 모든 곳에서 심각하게 훼손된 의미가 얼마나 사려 깊은 원래의 의미를 밀어냈는지를 알게 될 것이다. 본래의 의미는 도처에서 느껴지지만 어디에서도 확연히 잡히지 않게 되었다. 울리히는 그런 생각을 더 펼치지 않기로 했다. 하지만 전체 직물^{織物}의 구조를 알기 위해선 한스 자신이 어떤 곳의 실마리를 풀어야 한다고 믿기 때문에 그를 비난할 수는 없었다. 세상은 그 어떤 곳에 대한 감각을 잃어버린 상태였기 때문이다. 한스는 반복해서 울리히의 말에 끼어들어 자신의 말을 보탰다. "당신이 이런 체험을 과학자의 입장에서 보고자 한다면, 거기에는 아마 은행원이 보고 싶어하는 것밖에 없을 겁니다! 모든 경험적 설명은 언뜻 그럴듯해 보일 뿐 천박하고 감각적인 인식 수준을 벗어날 수 없습니다. 당신들의 지식욕은 이른바 자연력이라는 기계적인 반복운동으로 세계를 끌어내리는 것에 불과합니다." 그는 항의하고 이의를 제기했다. 그는 때로는 무례했고 때로는 열정에 넘쳤다. 그는 게르다와의 독대를 방해하는 이 낯선 남자의 침입 때문에 자신의 일을 제대로 전달하지 못한다고 느꼈다. 그녀와 눈을 마주치며 하는 이야기는 마치 공중을 선회하는 매나 희미하게 빛나는 분수 같아서 같은 말을 하더라도 아주 다른 느낌을 주기 때문이다. 한스는 자신이 좋은 시절을 보내고 있음을 알았다. 동시에 그는 아주 편안하고 유장하게 자신의 이야기를 풀어내는 울리히를 보면서 놀랍기도 하면서 화가 치밀었다. 사실 울리히는 정확한 연구자처럼 말하지 않았고 비록 자기가 신뢰하지 않는 것은 말하지 않으려고 했음에도 책임지고 싶은 것보다 더 많은 말을 했다. 그는 억눌린 분노 때문에 자극을 받았다. 그건 기묘하게 고양되고 쉽게 타오르는 기분이었다. 울리히는 한스의 모습, 즉 기름지고 뻣뻣한 머리카락, 우중충한 피부, 강렬하게 역겨운 몸짓, 마치 심장에서 벗겨낸 피부처럼 자기 내면의 진실이 희미하게 걸쳐 있는, 거품을 머금은 입과 자신의 고조된 기분 사이에 있었다. 하지만 엄밀히 말해서 울리히는 평생 두 측면 사이에 있었다. 그는 자신이 말하는 것을 반쯤은 믿고 유창하게 말하면서도—오늘 그랬듯이—결코 그런 말의 놀이 이상으로는 나아가지 않았다. 그가 그런 말들을 사실로 간주하지 않았고 대화의 불쾌함이 유쾌함과 보조를 맞추었기 때문이다.

그러나 게르다는 마치 풍자꾼이 이따금 내뱉듯 던지는 울리히의 조롱 섞인 대꾸에 신경을 쓰지 않았고 오히려 그가 자신을 열어 보이는 듯한 인상을 받았다. 그녀는 울리히를 근심스런 눈으로 바라보았다. '그는 자신이 아는 것보다 훨씬 더 부드러운 사람이야.' 그가 말할 때 그녀는 생각했고, 마치 작은 소년이 자신의 가슴을 만지는데 아무것도 할 수 없는 그런 느낌을 받았다. 울리히는 그녀의 눈을 바라보았다. 게르다가 자신의 문제를 약간이라도 내비침으로써 근심에 싸인 마음에서 벗어나려 했기 때문에 울리히는 그녀와 한스 사이에서 일어나는 일을 거의 다 눈치채고 있었다. 젊은 연인들이라면 마땅히 가져야 할 소유욕을 그들은 자본주의 영혼의 침범이라며 혐오했고 육체적 욕망 또한 싫어한다고 믿었다. 하지만 그들은 자기억제 또한 부르주아적 이상이라며 경멸했다. 그래서 나타난 것이 비육체적이고 반*육체적인 뒤엉킴이었다. 그들은 이른바 서로를 '긍정'하려고 했으며 서로의 눈 속으로 녹아들어가는 부드럽고 떨리는 존재의 합일을 맛보았다. 그들은 서로의 머리와 심장 뒤쪽의 보이지 않는 파장으로 미끄러져 들어갔으며 서로를 이해하는 그 확실한 순간에 각자는 서로를 내면으로 끌어들여 둘이 곧 하나가 되었다. 조금 덜 흥분된 때에 그들은 서로에 대한 찬미에 만족했다. 키스할 때 그들은 마치 위대한 그림이나 극적인 장면을 떠올렸고—말하자면—천년왕국이 그들을 내려다보는 듯한 기분에 휩싸였다. 또한 그들은 사랑의 육체적 흥분과 몸의 경련을 그저 위경련에 불과한 것처럼 여겼지만 그들의 사지는 생각과는 상관없이 서로를 향해 강하게 부딪혔다. 그러고 나서 둘은 당혹해했다. 그들의 말랑말랑한 철학은 주변에 아무도 없다는 생각, 그리고 침침한 방안 뒤엉킨 육체에서 자극적으로 피어나는 욕정을 견뎌내지 못했으며 특히 둘 중 좀더 성숙한 처녀였던 게르다는 마치 봄날에 꽃을 피우지 못하도록 금지당한 나무처럼 그들의 포옹을 순진무구하게 완성시키고 싶은 욕구를 느꼈다. 마치 아이들의 키스처럼 담백하고 노인들의 애무처럼 끊임없이 이어지는 억제된 포옹은 언제나 그들에게 부서지는 듯한 기분을 안겨주었다. 한스가 그런 포옹을 좀더 쉽게 받아들인 이유는 언제나 그랬듯이 그것을 자신의 신념에 대한 시험으로 여겼기 때문이다. "소유한다는 건 우리에게 맞지 않아." 한스는 가르치기 시작했다. "우리는 한걸음씩 계속 이동하는 유목민들이야." 그리고 게르다의 만족하지 못한 채 떨고 있는 몸을 목격하자 게르만적이지 못한 그녀의 혈통을 탓하진 않았으나 주저함 없이 나약함을 지적했다. 또한 신의 뜻에 맞았던 아담을 떠올리며 자신의 신앙을 시험했던 예의 그 갈비뼈(이브, 곧 여자를 뜻함―옮긴이)에게는 거리를 두어야겠다고 다짐했다. 그 순간 게르다는 한스를 경멸했다. 이러한 이유로 그녀는 초기에 울리히와 그렇게 많은 이야기를 나누었을지도 몰랐다. 그녀는 다 자란 성인 남성은 누구든 한스와 별로 다를 바 없이 자기한테 욕을 해놓고는 눈물로 얼룩진 얼굴을 다리 사이에 파묻는 어린아이 같다고 생각했다. 게르다는 그런 체험을 싫어하면서도 자랑스럽게 여겼기 때문에 이것을 울리히에게 알리면서 그가 이 고통스러운 아름다움을 말로 깨버렸으면 하는 두려운 소망이 들었다.

하지만 울리히는 그녀가 바라는 것처럼 자주 이야기를 하지 않았고 대신 농담 투로 그녀의 마음을 가라앉혔다. 비록 게르다가 자신을 믿지 않는다 하더라도 그는 그녀가 자신에게 복종하고 싶어한다는 것과 한스는 물론 그 어떤 사람도 자신만큼 그녀의 기분을 좌우할 수는 없다는 사실을 알기 때문이었다. 울리히는 현실 속의 어떤 남자라도 그 음흉하고 야비한 한스를 대신해 그녀의 구원자가 되었으리라는 생각으로 자신을 합리화했다. 하지만 그가 이 모든 것을 생각하고 있을 때조차 문득 깨닫는 것은 한스가 정신을 차리고 다시금 새로운 공격을 감행한다는 사실이었다. "대체로," 한스는 말했다. "당신은 대상을 개념으로 표현하고자 함으로써 커다란 실수를 하고 있습니다. 대상은 그저 개념적 수준 너머에 있는데 말이에요. 그것이 바로 당신 같은 지식인들과 우리의 차이시오. 사람은 살아기는 법을 배우고 나서 생각하는 법을 배워야 하니까요!" 이 말을 듣고 울리히가 미소짓자 한스는 책망하는 듯한 눈빛으로 자신있게 덧붙였다. "예수는 열두 살에 예언자의 반열에 올랐어요. 무슨 박사학위 같은 걸 받은 게 아니죠!"

울리히는 이 말에 자극돼 침묵을 지키겠다는 의무를 저버리고 오로지 게르다에게서만 들을 수 있었던 지식을 누설해 그에게 충고의 말을 던졌다. "당신은 삶을 체험하고 싶다면서 왜 끝까지 밀어붙이지 않는지 이해가 되지 않는군요. 나라면 게르다를 품에 안고서 모든 이성적 생각은 떨쳐버리겠어요. 그래서 우리의 육신이 재가 되거나 아니면 우리가 전혀 상상하지 못할 존재로 회귀할 때까지 그녀를 꽉 껴안고 있을 겁니다." 질투심에 날카롭게 찔린 채 한스는 울리히 대신 게르다를 바라보았다. 게르다는 당황하여 창백해져 있었다. "게르다를 품에 꼭 안고 있겠다"는 말은 그녀에게 비밀스런 약속처럼 다가왔다. 그때 게르다에게는 '다른 삶'이 도대체 무엇인지 전혀 관심이 없었고, 울리히는 원하기만 하면 모든 것을 그 방향으로 돌려놓으리란 확신이 있었다. 게르다의 배신에 화가 치민 한스는 아직 때가 이르지 못했기 때문에 울리히가 말한 일은 일어날 수가 없다고 반박했다. 첫 번째 영혼은 첫번째 비행기처럼 산에서 이륙하지 요즘처럼 낮은 지대에서 이륙할 수 없다는 것이다. 아마도 그런 높이에 도달하기 전에 누군가 인류를 구속에서 풀어줄 사람이 나와야 할 것이다. 자신이 구원자가 되지 못하리라는 법은 없겠지만 그건 자신의 문제이고 현재의 수준 낮은 영혼의 상태에서 구원자가 나타나기는 어렵다는 게 한스의 견해였다.

울리히는 오늘날 이미 얼마나 많은 구원자들이 있는지에 대해 이야기했다. 그 훌륭한 협동조합의 장들이 그런 사람들 아닌가! 그는 그리스도가 다시 온다고 해도 전보다 잘하진 못할 거라고 생각했다. 도덕적으로 무장한 신문과 북클럽들은 그리스도에게 크게 공감하지 못할 것이고 세계적인 언론은 아예 시선조차 주지 않을 것이다! 그렇게 해서 대화는 처음으로 다시 돌아갔고 게르다는 자신의 내면으로 가라앉았다.

하지만 한 가지는 달랐다. 겉으로 드러내지 않았지만 울리히는 뭔가에 걸려든 느낌이었다. 그의 생각은 말과 일치하지 않았다. 그는 게르다를 바라보았다. 그녀의 몸은 야위었고 피부는 탁하고 피곤해 보였다. 비록 자신을 사랑하는 이 처녀와 가까워지지 못하는 주요한 요인이긴 했지만 나이든 처녀의 한숨은 어느 순간 그에게 분명하게 다가왔다. 반쯤 육체적인 공동체 유토피아를—그것 역시 그녀의 정서 상태와 그리 멀지 않은—공유한 한스도 거기에 영향을 끼쳤다. 게르다가 그리 매력적으로 다가오진 않았지만 울리히는 그녀와 대화를 이어가려고 했다. 그는 그녀를 초청했던 일을 기억해냈다. 그녀는 이 초청을 기억하는 것 같지도, 그렇다고 잊어버린 것 같지도 않았으며 울리히에게도 다시 개인적으로 초청할 기회가 없었다. 그 점이 지나간 위험을 너무 늦게 알아차린 것처럼 불편한 후회로 다가오기도 했고 뒤늦은 평안함을 주기도 했다.

114.
관계는 첨예화되었다. 아른하임은 슈툼 장군에게 관대해졌다.
디오티마는 영원으로 떠날 채비를 했다.
울리히는 책 읽는 사람처럼 살아갈 가능성을 꿈꾸었다

백작 각하는 1870년대 오스트리아 전체를 열광에 빠지게 했던 그 유명한 마카르트 축제행렬을 디오티마에게 전수해주고 싶어했다. 각하는 양탄자로 장식된 자동차들, 호화롭게 치장한 말들, 트럼펫 연주자들, 그리고 일상생활에서 벗어나 중세 복장을 한 자부심 넘치는 사람들을 또렷하게 기억했다. 그래서 디오티마와 아른하임, 울리히는 제국도서관에 가서 동시대인들의 진술을 샅샅이 뒤져야 했다. 디오티마가 입을 삐죽하며 각하에게 이야기했듯이, 이 행사가 어떤 결실을 맺기는 불가능했다. 그런 잡동사니로 사람들을 일상에서 벗어나게 할 수는 없다는 것이다. 그 아름다운 부인은 동반자들에게 햇볕이 좋은 1914년의 어느날, 즉 이미 몇주 전에 시작되어 모든 낡은 시대와 결별할 올해를 기뻐하기 위해 집에 걸어서 가겠다고 말했다. 그러나 그들이 밖에 나오자마자 도서관으로 걸어 들어오는 슈툼 장군과 마주쳤다. 장군은 최고 지식인들을 만나 적잖이 고무되어 집에 가는 동안 디오티마를 경호할 사람들을 더 불러주겠다고 제안했다. 이 말에 디오티마는 몇걸음 가지 못해서 자신이 피곤하며 차가 필요하다는 사실을 깨달았다. 주변에 빈 택시가 없었으므로 그들은 도서관 앞 광장에 서 있었다. 그 광장은 여물통처럼 생긴 사각형의 광장으로 세 면은 근엄한 고대식 벽으로 둘러싸여 있었고 나머지 한 면은 차와 마차들이 빠르게 지나가는 아스팔트 거리—마치 아이스링크처럼 희미하게 빛나는—로 뚫려 있었다. 지나가는 차들 중 어떤 것도 난파선의 선원들처럼 손을 흔드는 네 사람에게 응답하지 않았고 그들은 이윽고 지쳐버려 차가 있는 쪽으로 이따금 무력하게 신호를 보낼 뿐이었다.

아른하임은 팔에 큰 책을 하나 끼고 있었다. 그는 그런 포즈를 좋아했는데 정신을 향한 교만하면서도 공손한 몸짓인 것 같았기 때문이다. 그는 장군과 흔쾌히 이야기를 나눴다. "장군을 도서관에서 뵙게 되다니 기쁩니다. 인간은 정신에 고유한 집을 자주 마련해주어야 합니다." 그는 설명했다. "하지만 요즘 지위가 있는 사람들은 좀처럼 그렇게 하지 않지요."

슈툼 장군은 도서관에 오면 매우 마음이 편하다고 대답했다.

아른하임은 그 말에 공감했다. "오늘날 누구나 작가라고 칭하지만 책을 읽는 사람은 드물지요." 그는 말을 이어갔다. "일 년에 얼마나 많은 책들이 인쇄되는지 들어본 적 있습니까, 장군? 내 기억이 맞다면 독일에서만 하루에 백 권이 넘게 출판된다고 합니다. 매년 천 개가 넘는 잡지도 새로 창간되지요! 모두가 작가입니다. 모든 사람이 다른 사람의 생각을 자기 것인 양 이용하지요. 누구에게도 공동체를 향한 책임감이 없습니다. 교회가 영향력을 상실한 이래 우리의 혼돈을 제어할 어떤 권위도 없습니다. 교육의 모범도 없고 교육의 이상도 없지요. 이러니 당연히 감정과 도덕은 닻도 없이 표류하고 가장 확고한 인간조차 흔들리기 시작하는 겁니다!"

장군은 입이 바짝 마르는 것 같았다. 그에게 말하는 사람은 아른하임 박사가 아니었다. 그는 광장에 서서 크게 사유하는 사람이었다. 장군은 얼마나 많은 사람들이 어디론가 향하는 길에서 혼자 중얼거리는지 생각했다. 그들은 물론 문명인들이었다. 군인이 그랬다면 격리

됐을 테고 장교라면 정신병원에 보내졌을 것이다. 슈툼에게 거주지 한가운데서 공개적으로 철학을 한다는 것은 뭔가 곤혹스러운 일로 여겨졌다. 두 사람과 좀 떨어져 햇빛이 드는 광장 석조 받침대 위에는 동상 하나가 말 없이 서 있었다. 장군은 이제야 처음 보는 그 동상 인물이 누구인지 알지 못했다. 동상을 주의깊게 본 아른하임은 장군에게 동상의 주인공이 누군인지를 물었다. 장군은 죄송하지만 모른다고 대답했다. "우리는 그를 기리기 위해 여기에 동상을 세웠겠지요!" 그 위대한 남자가 말했다. "하지만 현실은 이렇습니다! 우리는 매순간 끄트머리 정도만 아는 계획과 질문과 도전들 사이에서 분주하게 움직이지요. 그 사이에 현재는 멈추지 않고 과거로 흘러갑니다. 이렇게 말해도 좋다면 우리는 바닥을 뚫고 무릎 정도 오는 시간까지 내려가 놓고 거기가 가장 최근의 현재라고 착각하는 거지요."

아른하임은 웃으면서 대화를 이어나갔다. 그의 입술은 햇살 속에서 끊임없이 움직였고 그의 눈빛은 신호를 주고받는 증기선처럼 시시각각 변했다. 슈툼은 점점 불편해졌다. 유니폼을 차려입은 사람들이 우글거리는 광장에 서서 그렇게 다양하게 변하는 대화의 주제에 집중하기가 얼마나 어려운지를 알아차렸기 때문이었다. 보도블록의 터진 틈 사이로 풀이 자라고 있었다. 그건 지난해의 풀이었지만 놀라우리만치 신선해 보였는데 마치 눈 속에 묻힌 시신 같았다. 사실 몇걸음 떨어진 곳은 자동차가 지나다니는 바람에 거리가 광이 나도록 반들반들한데 여기 돌 틈에서는 풀이 자란다는 사실이 기이하면서도 충격적이었다. 장군은 이야기를 더 듣고 있으면 사람들이 지켜보는 앞에서 무릎을 꿇고 풀을 뜯어 먹을지도 모른다는 생각에 사로잡혀 두려워지기 시작했다. 왜 그런지는 잘 몰랐다. 하지만 그는 자신을 막아줄 울리히와 디오티마를 찾아 두리번거렸다.

두 사람은 얇은 그늘막이 둘러쳐진 벽 코너에 서 있었고 목소리를 알아들을 순 없었지만 뭔가 논쟁이 불붙은 듯한 느낌이었다.

"그건 가망 없는 생각이에요." 디오티마가 말했다.

"무슨 말이죠?" 관심이 있어서라기보다는 기계적으로 울리히가 물었다.

"삶에는 여전히 개인적인 것이 존재해요."

울리히는 측면에서 그녀의 눈을 바라보려 애썼다. "맙소사," 그가 말했다. "우리는 그 문제를 이미 이야기했잖아요."

"당신은 마음이란 게 없군요. 그게 있다면 언제나 이렇게 말하진 않을 거예요."

그녀가 부드럽게 말했다. 세상에 존재하지 않고 가까이 할 수도 없는 동상의 다리처럼 긴 치마에 감싸인 그녀의 다리를 타고 보도에서 뜨거운 열기가 올라왔다. 그녀가 뭔가를 알아차린 낌새는 없었다. 그건 어떤 사람이나 남자에게 속한 애무가 아니었다. 그녀의 눈빛은 희미해졌다. 행인들의 시선이 쏟아지는 상황에서 그녀가 행동을 삼갔기 때문이었다. 그녀는 울리히 쪽으로 몸을 돌려 간절히 말했다. "한 여자가 의무와 열정 사이에서 하나를 택할 때 자신의 성격말고 무엇에 의지할 수 있을까요?!"

"당신은 선택할 필요가 없습니다!" 울리히가 대답했다.

"너무 확신하는군요. 그건 내 자신에 대해 하는 말이 아니에요." 그의 사촌이 낮게 웅얼거렸다. 울리히가 대답하지 않자 둘은 서로 냉랭하게 침묵하면서 광장 너머를 한동안 바라보았다. 이윽고 디오티마가 물었다. "당신은 우리가 영혼이라고 부르는 것이 흔히 따라다니는 그림자에서 나오는 게 가능하다고 생각해요?"

울리히는 뜻밖이라는 표정으로 그녀를 바라보았다.

"아주 특별하고 뛰어난 사람들의 경우에 말이에요." 그녀가 덧붙였다.

"결국 당신은 심령을 찾는 건가요?" 믿을 수 없다는 듯 그는 물었다. "아른하임이 그런 걸 일러주던가요?"

디오티마는 실망했다. "나를 그런 식으로 오해할 줄은 몰랐어요!" 그녀는 울리히를 책망했다. "내가 그림자 속에서 나온다고 말한 건 실재하지 않는 것을 의미한 거예요. 우리가 비범한 것을 접할 때 느끼는 희미한 비밀 같은 것이죠. 그건 마치 우리를 괴롭히는 그물처럼 펼쳐지지만 우리를 가두지도 풀어주지도 않으니까요. 뭔가 다른 일이 벌어졌던 시간이 있다고 생각하지 않나요? 내면이 좀더 강해지는 순간이죠. 그때 개인들은 밝아진 길을 걷죠. 한마디로 예전 사람들이 말하듯 거룩한 길을 걷고 기적이 일어납니다. 왜냐하면 그들은 언제나 현실의 다른 존재 방식에 다름 아니니까요!"

디오티마는 현실에 기반을 두지 않고서도 확고하게 말할 수 있다는 사실에 놀랐다. 울리히는 속으로 화가 났지만 사실 깊은 충격에 빠졌다. 이 거대한 여자가 이제는 나와 똑같은 말을 하다니! 그는 디오티마를 보았고 그의 머릿속에선 작은 벌레를 쪼아먹는 큰 암탉의 이미지가 다시 떠올랐다. 거대한 여자에 관한 소년 시절의 근원적 공포가 그를 사로잡더니 또다른 낯선 감각과 뒤섞였다. 일가친척인 여자와 별 생각 없이 같은 생각을 갖게 되어 영적으로 사로잡힌다는 것은 은근히 만족스런 일이었다. 그런 일치는 당연히 우연이고 난센스일 뿐이었다. 그는 같은 핏줄의 마술 따위를 믿지 않았을뿐더러 정신없이 취하더라도 사촌의 말을 진지하게 받아들일 수는 없을 것 같았다. 하지만 최근에 울리히에게 변화가 일어났다. 그는 부드러워졌다. 언제든 공격에 나설 준비가 돼 있던 그의 성격은 부드러움, 꿈, 친밀함에 밀려났고 악한 의지를 품은 그 반대의 성향은 내면에서 이따금 갑작스럽게 터져 나왔다.

그래서 그는 사촌을 조롱했다. "그걸 믿는다면, 당신은 공개적으로든 비밀로든 당장 아른하임의 '원진한' 연인이 되기 위해 달려가야 합니다!"

"제발 입 좀 다물어요. 당신이 뭘 안다고요!" 디오티마가 비난하며 대꾸했다.

"그 문제만큼은 말해야겠어요! 얼마 전까지 나는 당신과 아른하임이 어떤 관계인지 잘 몰랐어요. 그런데 이젠 당신이 진짜 달나라까지 날아가고 싶어하는 사람이라는 걸 확실히 알게 됐죠. 그렇게까지 미친 짓을 할 줄은 정말 몰랐어요."

"내가 얼마든지 경계를 넘을 수 있다고 말했잖아요!" 디오티마는 대담하게 허공을 쳐다보려고 했으나 태양이 눈동자와 눈꺼풀을 비춰서 그녀는 마치 기뻐하는 사람처럼 보였다.

"사랑에 굶주려 착란상태에 빠진 거예요." 울리히가 말했다. "배고픔이 지나가면 사라지게 마련이죠." 그는 아른하임이 사촌과 어찌할 계획인지가 궁금했다. 자신의 제안을 후회하고 웃음거리를 선사하면서 퇴각하게 될까? 하지만 그냥 여기를 떠나서 더이상 돌아오지 않으면 그만 아닌가? 그러려면 무신함이 필요하겠으나 평생을 사업으로 살아온 사람이니 그 정도야 식은 죽 먹기 아닐까? 그는 아른하임에게서 나이든 사람이 풍기는 욕망을 목격했던 기억이 났다. 그의 얼굴은 이따금 정오가 다 되었는데도 정리가 안 된 방처럼 어두운 노란색을 띠면서 힘겹고 피곤해 보였다. 그건 부딪쳐봤자 아무 성과도 없는 똑같은 두 욕망이 충돌하는 상황으로 가장 잘 설명될 수 있었다. 하지만 그는 얼마나 큰 권력욕이 아른하임을 지배하는지를 상상할 수 없었기 때문에 그것과 맞선 사랑이 취해야 할 대비가 얼마나 커야 하는지도 알 수 없었다.

"당신은 이상한 사람이에요!" 디오티마가 말했다. "항상 예상을 벗어나는 사람이지요. 기품 있는 사랑을 말한 것은 당신 아닌가요?"

"그게 현실적으로 가능하다고 믿어요?" 울리히가 심드렁하게 물었다.

"물론 당신이 말한 것처럼은 안 되겠지요!"

"그래서 아른하임이 당신을 기품 있게 사랑하나요?" 울리히는 작게 웃기 시작했다.

"웃지 말아요!" 디오티마는 화가 나서 쏘아붙이듯 말했다.

"내가 웃는 이유를 오해하는군요." 그는 사과했다. "나는 그저 관심이 생겨 웃은 겁니다. 당신과 아른하임은 예민한 사람들이에요. 당신들은 시를 사랑하지요. 확신하건대 당신들은 자주 호흡으로 서로를 스칩니다. 뭔가의 호흡으로 말이죠. 그것이 무엇인지는 모르겠습니다. 또한 당신들은 이상주의를 바탕으로 그 무엇인가의 근원으로 들어가고 싶어합니다!"

"당신은 늘 인간이 정확하고 근원적이어야 한다고만 말하는 건 아닌가요?" 디오티마가 반발하고 나섰다.

울리히는 적잖이 당황했다. "당신은 광기에 사로잡혔군요!" 그가 말했다. "죄송합니다. 당신이 그럴 리가 없죠!"

그사이 아른하임은 장군에게 지난 두 세대 동안 세계는 거대한 혁명을 겪어왔다고 말하고 있었다. 영혼은 종말을 향해 나아가고 있다는 것이다.

그 말은 장군의 가슴을 찔렀다. 맙소사, 또 새로운 주제가 나오는구나! 솔직히 말해서 지금까지 그는 디오티마의 말에도 불구하고 영혼 따위는 없다고 믿었다. 군사학교나 부대에서는 아무도 이런 식의 설교를 떠들어대진 않았다. 하지만 종과 탱크를 만들어내는 이 남자가 마치 영혼이 가까이 보인다는 듯이 나직이 말하는 것이었다. 장군의 눈은 간지러웠고 그들 주변의 투명한 공기 속에서 침울하게 굴러가기 시작했다.

하지만 아른하임은 설명을 요청해주길 기다리지 않았다. 짧게 면도한 코밑수염과 뾰족한 턱수염 사이의 그 창백한 분홍 입술로 말이 흘러나왔다. 그가 말했듯이 영혼은 교회가 무너지기 시작하면서, 그러니까 부르주아 문화가 시작되면서 왜소해지고 낙후되기 시작했다. 그때부터 영혼은 신과 모든 확고한 가치, 이상들을 잃어버렸고 오늘날 우리는 도덕이나 원칙, 실제의 체험이 없는 삶에 이르게 되었다.

장군은 사람에게 도덕이 없으면 왜 체험을 할 수 없는지 이해하지 못했다. 반면 아른하임은 들고 있던 돼지가죽 장정의 큰 책을 펼쳐 보였다. 거기에는 손으로 쓴 원고의 값비싼 복제물이 인쇄돼 있었는데 그 원본은 아른하임 같은 매우 각별한 사람도 도서관에서 가지고나올 수 없는 것이었다. 장군은 두 페이지에 걸쳐 어두운 땅과 금빛 하늘, 겹쳐진 구름처럼 기묘한 색을 배경으로 한 천사가 날개를 수평으로 펼친 모습을 보았다. 그가 보고 있는 그림은 중세 초기 화가의 아주 감동적이고 빼어난 작품이었다. 하지만 그가 아는 그림이라곤 새

사냥 같은 것뿐이었기에 인간도 아니고 도요새도 아닌, 날개를 달고 긴 목을 한 존재는 동행인이 자신의 주의를 끌기 위해 벌인 탈선이 분명할 것이라고 믿었다.

아른하임은 그걸 손으로 가리키더니 신중하게 말했다. "당신은 오스트리아의 행동을 창조한 여신께서 세계로 귀환하려는 것을 보고 있어요…."

"그래요, 그렇군요." 슈툼은 대답했다. 그림을 너무 과소평가했던 그는 이젠 좀더 주의를 기울여 말해야 했다. "이 위대한 표현력과 완벽에 가까운 간결함은," 아른하임은 계속 말했다. "우리 시대가 잃어버린 것을 뚜렷하게 보여주고 있어요. 이에 비해 우리 학문은 어떤가요? 짜깁기에 불과하죠. 우리의 예술은요? 극단적이고 뭔가를 전달하는 실체가 없어요! 우리 정신에는 통합의 비밀이 결여돼 있어요. 보세요. 그래서 세계에 연합과 공통의 사유를 선사하려는 오스트리아의 계획은 나를 끌어당겼죠. 비록 그게 완전히 가능한지는 잘 모르겠지만요. 나는 독일 사람이에요. 전세계는 오늘날 시끄럽고 졸렬하죠. 독일은 특히 더합니다. 모든 나라에서 사람들은 일을 하든 즐기든 아침부터 늦게까지 스스로를 괴롭히죠. 우리의 경우는 더 일찍 일어나고 더 늦게 잠자리에 듭니다. 세계적으로 계산과 권력의 정신은 영혼과의 관계를 잃어버렸어요. 그 와중에 우리 독일은 가장 많은 상인과 가장 강한 군대를 보유하고 있죠." 그는 황홀하게 광장을 둘러보았다. "오스트리아는 그 모든 것이 아직 덜 발전돼 있어요. 여기에는 아직 과거가 있고 사람들은 근원적인 직관을 품고 있죠. 독일 사람들을 이성주의에서 구하는 일은 아마 이곳에서 시작될 수 있을 겁니다. 하지만 내가 두려워하는 바는," 그는 한숨을 내쉬며 덧붙였다. "그건 참으로 어려운 일이라는 점입니다. 오늘날 위대한 이상은 너무 많은 저항에 부딪혀 있어요. 위대한 이상은 단지 서로를 나쁘게 이용하는 것을 막아주는 데 좋을 뿐입니다. 우리는 이른바 이상으로 무장된 도덕적 평화의 상태에 머물러 있는 것이죠."

아른하임은 자신의 농담에 웃었다. 그러자 그에게는 뭔가가 떠올랐다. "당신도 알다시피 방금 이야기한 독일과 오스트리아의 차이는 언제나 당구 게임을 연상시킵니다. 낭구에서도 감각이 아니라 계산에 의존하는 사람은 게임을 망치게 마련이거든요." 장군은 무장된 도덕적 평화라는 표현이 아첨으로 다가오는 것 같았으며 자기가 집중하고 있음을 보여주고 싶었다. 당구에 대해서는 그도 일가견이 있었다. 장군은 말했다. "저도 당구나 볼링을 치지만 독일과 오스트리아의 플레이 방식에 차이가 있다는 말은 들어보지 못했습니다."

아른하임은 눈을 감고 잠시 생각에 빠졌다. "저는 당구를 전혀 치지 않습니다," 그는 말했다. "하지만 저는 공의 높은 쪽 또는 낮은 쪽, 왼쪽 혹은 오른쪽을 친다는 것을 알고 있어요. 또한 목적구의 전체를 맞힐 수도 있고 살짝 스치게 칠 수도 있으며 세게 또는 약하게 힘을 조절하기도 하죠. 강하게 깎아 치거나 약하게 깎아 칠 수도 있습니다. 아마 선택 사항은 그보다 훨씬 많을 거예요. 이런 요소들을 마음대로 선택한다고 보면 무한한 조합 가능성이 존재할 겁니다. 그걸 이론적으로 기술하려면 수학과 통계학적 법칙 외에 고체 역학과 탄성의 법칙까지 필요할 테죠. 물질 계수는 물론 온도의 영향까지도 알아야 할 겁니다. 또한 내 운동 충동의 조화와 단계적 상승을 세밀하게 측정할 수 있는 도구는 물론 부척^{副尺}처럼 거리를 정확히 재는 도구도 필요할 겁니다. 그것을 종합하는 능력은 계산자^{計算尺}보다 더 빠르고 정확해야 하며 계산 오류나 편차 범위조차 허용할 수 있어야 합니다. 그러니까 두 공이 정확하게 만나는 지점은 명확하게 하나로 정의될 수 있는 게 아니라 충분히 개연성 있는 상황에서 주어진 여러 조합 중 평균치에 가까운 것이라 볼 수 있습니다."

아른하임은 천천히 말했고 마치 병에서 유리잔으로 한방울씩 물을 떨어뜨리듯 상대방을 집중시키려 했다. 그는 상대에게 어떤 개입도 허용하지 않았다.

"당신도 알다시피," 아른하임은 말을 이었다. "나한테는 모든 것을 할 능력이 필요한데 사실 그건 불가능하죠. 그런 식으로 당구공을 한 번 치는 데 아마 평생이 걸릴지도 모른다는 사실은 당신이 수학자가 아니라도 알 수 있을 겁니다. 이성은 우리를 혼란스럽게 할 뿐입니다! 그냥 입에 담배를 물고 귀로는 멜로디를 음미하며 모자를 쓴 채 당구대에 다가가 공이 놓인 모양을 애써 살피지 말고 그냥 쳐버리면 끝이란 말입니다! 장군, 이런 일들은 실제 삶에서 무수히 일어납니다. 당신은 오스트리아인일 뿐 아니라, 군인이기도 하니까 내 말을 이해할 겁니다. 정치, 명예, 전쟁, 예술 같은 삶의 결정적 절차들은 이성을 뛰어넘는 영역에서 완성됩니다. 당신은 믿고 싶지 않겠지만, 우리 같은 사업가들도 계산을 하지는 않습니다. 대신 우리는—당연히 일류 기업가들 얘기입니다. 자그만 사업가들은 여전히 푼돈을 세지요—정말 성공적인 사례들에서 신비를 배우지요. 그 신비는 계산을 비웃습니다. 느낌이나 도덕, 종교, 음악, 시, 형식, 훈육, 기사도, 솔직함, 개방성, 인내 같은 것을 좋아하지 않는 사람은—내 말을 믿으세요—큰 사업가가 되지 못합니다. 그래서 저는 늘 군대를 찬미하죠. 특히 오랜 전통을 소유한 오스트리아 군대를 찬미하는데 당신들이 투치 부인 편에 서 있음을 매우 기쁘게 생각합니다. 정말 위로가 되는 일이에요. 우리 젊은 친구와 더불어 당신의 영향은 매우 중요합니다. 모든 위대한 것들은 같은 특성에 의존합니다. 장군의 위대한 헌신에 신의 가호가 있기를!"

그는 뜻하지 않게 슈툼의 손을 잡고 악수를 하더니 다시 말했다. "진정한 위대함은 이성에 기반하지 않는다는 사실을 아는 사람은 거의 없습니다. 제 말은, 모든 깅한 것은 단순하다는 말입니다!" 슈툼 폰 보르트베어는 숨을 참았다. 장군은 그의 말을 한마디도 이해할 수 없었고 다시 도서관으로 돌아가서 몇시간 동안 그 위대한 남자가 자신을 칭찬하며 펼쳤던 견해들에 관련된 책들을 읽어야 할 것만 같았다. 마침내, 이 봄날의 폭풍처럼 머릿속을 뒤흔든 혼란을 뚫고 하나의 놀라운 명료함이 찾아왔다. '맙소사, 그는 나한테 뭔가를 바라고 있어!' 슈툼은 혼자 중얼거렸다. 그는 남자를 힐끗 쳐다보았다. 아른하임은 여전히 책을 손에 들고 있었지만 이제는 진짜 차를 잡으려고 애쓰고 있었다. 그의 얼굴은 방금 누구와 의견을 교환한 사람답게 활기를 띠었고 붉어져 있었다. 장군은 갑자기 위대한 말이 떠오른 사람처럼, 침묵을 지켰다. 아른하임이 그에게 뭔가를 원한다면, 슈툼 장군 역시 위대한 황제폐하의 유익을 위해 아른하임에게 뭔가를 원할 수 있었다. 이런 생각 덕분에 이제 슈툼은 만사에 담긴 진실에 대해 고민하지 않을 수 있었다. 그 책 속의 천사가 날개를 들어올려 영리한 슈툼 장군에게 숨겨진 것을 보여주기만 했다면, 장군은 아마 더 혼란스러워하지도, 기뻐하지도 않을 수도 있었을 것이다.

그사이 디오티마와 울리히 쪽에서는 다음과 같은 질문이 제기되었다. 디오티마처럼 어려운 처지에 놓인 여성은 부적절한 관계로 들어가야 할까 아니면 단념해야 할까, 그도 아니면 육체적으로는 한 남자에 속하면서 정신적으로는 다른 남자에 의존하는, 아니면 누구와도 육체적으로 관계하지 않는 식의 복잡한 제3의 길을 선택해야 할까? 제3의 방식에 관해서는 아직 어떤 오페라의 대본도 나와 있지 않았고 수준 높은 음악만 나와 있을 뿐이었다. 디오티마는 여전히 이것을 자기의 문제가 아니라 '어떤 여성의' 문제로 언급했고 그렇게 이해되기를 바랐으므로 울리히가 그 여성과 디오티마를 하나로 취급할 때마다 울리히는 그녀의 분노에 찬 시선을 받곤 했다.

그래서 그는 에둘러 말했다. "개를 본 적이 있나요?" 그는 물었다. "아마 그렇다고 당신은 믿을 겁니다! 그러나 당신이 본 것은 그저 다소간 개로 간주되는 것일 뿐입니다. 그것에겐 모든 면에서 개의 특성이 있는 것이 아니고 항상 다른 개가 가지고 있지 않은 특성이 있습니다. 그러니 어떻게 우리가 삶에서 '옳은 일'만 할 수 있습니까? 우리는 옳은 일이 아니라 항상 다소간 옳은 무엇인가를 할 수 있을 뿐입니다.

지붕에서 기와가 떨어질 때 언제나 법칙에 씌어진 대로 떨어지나요? 그렇지 않지요! 실험실에서조차 사물은 꼭 그래야 하는 법칙에 따라 움직이지 않습니다. 아무 규칙 없이 모든 방향으로 변화합니다. 그래서 우리가 그걸 실험의 오류로 치부하고 그 중간쯤에 진실한 결과가 있을 거라고 예측하는 것은 완전히 허구입니다.

또는 어떤 돌을 발견하고 그것이 가진 일반적 특성이 다이아몬드라면 그걸 다이아몬드라고 부르기도 하겠지요. 하지만 그중 하나는 아프리카에서 오고, 다른 하나는 아시아에서 왔다면, 즉 하나는 흑인이 자신의 땅에서 캐낸 것이고 다른 하나는 동양인이 동양에서 캐낸 것이라면 어떨까요? 이런 차이가 과연 그 보석의 공통된 특성을 깎아내릴 만큼 중요할까요? '다이아몬드 더하기 주변 상황은 여전히 다이아몬드'라는 방정식처럼 다이아몬드의 사용가치는 매우 커서 주변 상황의 가치를 무력화시킵니다. 하지만 그 반대가 가능한 정신적 상황이라는 것도 얼마든지 생각해볼 수 있습니다.

모든 것은 보편적인 것에 참여하지만 또한 자기 고유의 것을 간직합니다. 모든 것은 전형적이지만 또한 그것에서 벗어나 비교될 수 없는 영역을 가지기도 합니다. 제 생각에 어떤 창조물의 개성이라는 것은 다른 어떤 것과도 일치하지 않는 성질인 것 같습니다. 제가 언젠가 말했듯이, 우리가 좀더 진실을 추구할수록 개성은 더욱 줄어들게 됩니다. 왜냐하면 오랫동안 개인을 향한 전쟁이 있어왔고 그 때문에 개성은 자리를 빼앗겼기 때문입니다. 만약 모든 것이 이성적이 돼버린다면, 마지막에 우리에게 무엇이 남게 될지 저는 잘 모르겠어요. 아마도 아무것도 남지 않겠지요. 하지만 우리가 개성에 부여하던 잘못된 의미들이 사라지고 나면 마치 최고의 모험을 떠나듯 새로운 종류의 의미로 진입할지도 모릅니다.

그래서 당신은 어떤 결정을 하길 원하나요? '한 여성은' 법을 따라야만 하나요? 그렇게 하면 부르주아의 법에 따라갈 수 있겠죠. 도덕은 법적으로 완벽한 평균이자 집합적인 가치이며 문자 그대로 아무 탈선 없이 따를 수 있습니다. 하지만 개개인의 사례는 꼭 도덕적으로 결정되지 않습니다. 개별 사례들은 도덕과는 대부분 상관이 없고 세계의 무한함과 깊은 연관을 가집니다!"

"당신 말은 연설에 가깝군요," 디오티마가 말했다. 그녀는 자신의 상황에 대해 이렇게 수준 높은 대화가 오간 사실에 적잖이 만족하고 있었다. 하지만 그런 거친 말에 휩쓸리지 않음으로써 자신의 우위를 보여주고 싶었다. "그러면 우리가 말했던 상황에서 여성은 어떻게 해야 하나요?"

"되는 대로 내버려둬야죠." 울리히가 대답했다.

"무엇을요?"

"무엇이든요! 그녀의 남편이든, 연인이든, 금욕이든, 뒤섞인 감정이든."

"도대체 뭘 알고나 하는 말인가요?" 디오티마는 아른하임을 단념하겠다는 그녀의 고귀한 결심이 그저 투치와 한 침대에서 잔다는 사실만으로 매일 밤 좌절된다는 사실을 떠올리고는 깊은 고통에 빠진 채 되물었다. 그녀의 사촌도 뭔가 눈치를 챘음에 틀림없었다. 왜냐하면 그는 재빨리 이렇게 물었기 때문이다. "그 해답을 나랑 구해보지 않겠습니까?"

"당신하고요?" 디오티마는 느리게 대답했다. 그녀는 무해한 농담으로 자신을 방어하려 했다. "제안할 것이 있다면 말해보세요."

"어렵지 않죠!" 울리히는 진지하게 대답했다. "당신은 책을 많이 읽죠, 그렇지 않나요?"

"물론이죠."

"그게 무슨 의미일까요? 제가 답까지 드리죠. 당신은 당신한테 맞지 않는 견해는 무시합니다. 저자가 하는 일 또한 그런 겁니다. 당신이 꿈이나 환상에서 현실을 쫓아내는 것과 비슷하지요. 현실을 생략함으로써 우리는 아름다움과 흥분을 불러들입니다. 확실히 우리는 현실 가운데 끼어들어 감정들이 격렬하게 끓어오르지 않도록 방해하는 회색의 중간지대에서 타협을 이뤄내는 게 분명합니다. 그래서 이런 자제심이 부족한 어린아이들은 어른들보다 더 행복하거나 불행한 것입니다. 덧붙이자면 멍청한 사람들도 현실을 벗어납니다. 멍청함은 진정한 행복을 만들어내죠. 그래서 저는 먼저 다음과 같이 제안합니다. 마치 우리가 소설의 한 페이지에서 만난 주인공이라도 된 것처럼 서로 사랑에 빠져보는 겁니다. 그래서 어떤 경우에도 현실을 살찌우는 피둥피둥한 계획 따위는 내다버리는 것이죠."

디오티마는 뭔가 항변을 해야 할 것 같았다. 그녀는 대화를 이렇듯 지나치게 개인적인 문제에서 밀어내게 하고 싶었고 제기된 문제에 관해 뭔가 이해하고 있음을 보여주고 싶었다. "아주 좋아요," 그녀는 말했다. "하지만 예술은 현실에서 벗어난 휴가이고 바로 그 이유로 현실을 새롭게 만드는 것이라고들 하죠."

"몰상식해서 그런지," 그녀의 사촌이 대답했다. "저는 '휴가'라는 게 없어야 한다고 주장했지요! 우리가 휴가라는 날로 인생에 구멍을 내야 한다니 그건 무슨 말인가요! 어떤 그림이 미적 감각을 과하게 요구한다고 해서 거기에 구멍을 내진 않잖아요? 영원한 행복 가운데 휴가기간이 꼭 필요한가요? 잠으로 휴식을 취해야 한다는 생각조차 저는 이따금 받아들이기 어렵습니다."

"아, 보다시피," 기회를 잡은 디오티마가 끼어들었다. "당신이 한 말은 얼마나 부자연스러운가요! 휴식과 쉼을 거부하는 사람이라니요! 이것이야말로 당신과 아른하임의 차이를 말해주는 사례예요. 한 사람은 사물의 어두운 그림자를 알지 못하는 반면, 다른 한 사람은 그림자와 햇빛을 동원해 인간성을 더 완벽하게 발전시키죠!"

"물론 저는 과장을 했어요," 울리히는 차분하게 인정했다. "우리가 좀더 세부적으로 들어가면 당신은 더 명확하게 알게 될 겁니다. 위대한 작가를 한번 떠올려보죠. 우리는 그들의 삶을 모범으로 삼을 수는 있지만 포도즙 짜내듯 짜낼 수는 없지요. 그들은 자신들을 움직이는 것을 확고하게 표현해내기 때문에 넌지시 말할 때조차 마치 잘려진 철판처럼 보이죠. 하지만 위대한 삭가들이 원래 말허러는 바는 아무도 알지 못합니다. 그들조차 그 전부를 한번에 알진 못하죠. 그들은 벌이 날아다니는 들판 같습니다. 그들 자신도 이리저리 날아다니지요. 그들의 사유와 감정은 진실과 오류 사이의 모든 층위를 이루고 필요하다면 반박될 수도 있습니다. 또한 그것들은 우리가 좀더 면밀히 관찰하려 하면 가까이 오거나 멀리 도망갈 수도 있는 가변적인 것이기도 합니다.

  책의 페이지에서 그 책이 담고 있는 사유를 떼어내기는 불가능합니다. 그 사유는 우리 곁을 지나치는 사람들 가운데 불쑥 떠오른 어떤 사람의 얼굴처럼 우리에게 신호를 보냅니다. 다시 한번 조금 과장을 하는지 몰라도 이 질문은 하고 싶군요. 제가 말한 것과 다른 것이 우리 삶에서 일어나던가요? 정확하고 계산 가능하며 정의내릴 수 있는 표현들에 대해서는 침묵하겠습니다. 하지만 우리 삶을 뒷받침하는 모든 개념들은 딱딱하게 굳어진 은유에 불과합니다. 인간성이란 간단한 개념만 해도 얼마나 많은 생각들 속에서 이리저리 부유하며 떠돌아다닙니까? 인간성은 마치 숨을 내쉴 때마다 모양이 바뀌는 입김 같아서 어떤 고정된 것도, 확고한 인상도, 질서도 없습니다. 그래서 제가 말씀드렸다시피 우리에게 어울리지 않는 것들을 문학작품 속으로 내보내기만 해도 우리는 삶의 근원적인 상태로 돌아가는 것과 마찬가지입니다."

  "경애하는 친구," 디오티마는 말했다. "당신의 생각은 나한텐 너무 추상적이에요." 울리히는 한순간 말을 멈추었고, 그녀의 말은 이 멈춤

속으로 가라앉았다.

"그렇군요. 제가 너무 크게 떠든 건 아닌지 모르겠습니다." 그가 대답했다.

"당신은 빠르고 낮게, 그리고 길게 말했어요." 그녀는 약간 조롱을 담아 말했다. "하지만 하고 싶은 말은 한마디도 하지 않았지요. 당신이 '우리가 현실을 제거해야 한다'는 그 말을 반복하는 건 알고 계시죠? 우리가 소풍을 갔을 때 당신에게 이 말을 처음 듣고 저는 오랫동안 잊지 못했어요. 왜인지는 모르겠지만요. 하지만 어떻게 실행해야 할지에 대해선 지금까지 아무 말도 하지 않았죠!"

"제가 분명 이야기를 길게 했던 것 같네요. 하지만 그게 그렇게 간단할 거라고 기대하셨나요? 제 기억이 맞다면 당신은 아른하임과 함께 신성한 곳으로 날아가고 싶어했어요. 당신은 그곳을 다른 종류의 현실이라고 상상했습니다. 하지만 내가 말한 것은 우리가 비현실을 되찾아야 한다는 것이었어요. 현실은 더이상 의미가 없거든요!"

"세상에, 아른하임이라면 아마 절대 동의하지 않을 거예요." 디오티마가 말했다.

"맞아요. 그게 그와 나 사이의 차이점이죠. 그는 자신이 먹고 마시고 잠자는 위대한 아른하임이라는 사실을 알리고 싶었고 자신이 당신과 결혼해야 할지를 몰랐습니다. 또한 그는 의미를 부여하면서 모든 정신의 보물을 모아왔습니다." 울리히는 갑자기 말을 멈추었고, 침묵은 계속 이어졌다.

얼마 후에 그는 달라진 어조로 물었다. "제가 왜 당신과 이런 대화를 하고 있는 걸까요? 갑자기 어린 시절이 떠올랐어요. 믿지 않겠지만 저는 착한 아이였습니다. 따뜻한 저녁달 속의 부드러운 공기 같은 아이였죠. 나는 강아지나 주머니칼과도 심오한 사랑에 빠져들 수 있었죠…" 그는 이 말조차도 끝을 맺지 못했다.

디오티마는 의혹의 눈으로 그를 바라보았다. 그녀는 다시금 그가 한때 얼마나 열렬하게 '감정의 정확성'에 경도됐었는지—지금은 거의 정반대의 편이지만—기억해냈다. 울리히는 아른하임이 감각의 순수함이 부족한 사람이라며 비난했었는데 이제는 그의 넉넉한 감각을 칭찬했다. 또한 아른하임이 인간은 절대 완전하게 미워하거나 완전하게 사랑할 수 없다고 이중적으로 말하는 반면 울리히가 '휴식 없는 감정'을 지지하기에 이르자 그녀는 불편한 마음이 들기 시작했다. 디오티마에게는 이런 생각이 매우 불확실해 보였다.

"당신은 무한한 감정이 있다는 걸 정말 믿나요?" 울리히가 물었다.

"그럼요, 그런 감정은 있지요!" 디오티마는 대꾸했고 발아래 단단한 땅을 다시금 디뎠다.

"아시겠지만 저는 그걸 믿지 못하겠어요," 울리히는 멍하니 말했다. "이상하게도 우리는 무한한 감정에 대해 얼마나 많이 이야기했나요. 하지만 우리는 마치 그것에 빠지기라도 할 것처럼 지금껏 피하려 애써왔죠." 울리히는 디오티마가 경청하지 않고 차를 잡으려는 아른하임을 불안하게 바라보고 있음을 눈치챘다.

"장군에게서 그를 풀어줘야 하는 게 아닌지 걱정이 돼요." 그녀가 말했다.

"제가 차를 잡아서 장군을 데려갈게요." 울리히가 제안하고 돌아서는 순간, 디오티마는 손을 그의 팔에 얹더니 그의 노력에 보답이라도 하듯 부드러운 목소리로 친절하게 말했다. "무한하지 않은 감정이란 모두 가치가 없는 거예요."

115.
네 유두는 양귀비 잎 같다

위대한 안정의 시기 다음에는 격렬한 격동의 시기가 온다는 법칙에 따라 보나데아 역시 병의 재발을 겪고 있었다. 디오티마와 친해지려는 시도는 수포로 돌아갔고 연석과 사이좋게 지냄으로써 울리히를 밀어내고 결국 그를 벌하겠다는 그 아름다운 계획—그녀가 몇번이나 꿈꾸었던—역시 무위로 돌아가고 말았다. 그녀는 연인의 집 문을 다시 두드리면서 스스로 품위를 떨어뜨려야 했다. 하지만 막상 그는 그녀의 끊임없는 방해를 예견한 듯 보였으며 냉랭한 친절함으로—과연 그럴 가치가 있을까 싶은—그녀가 그를 찾아온 이유를 구구절절 늘어놓지 못하도록 입을 막아버렸다. 그에게 뭔가 끔찍한 모습을 보여줘야겠다는 강한 욕구가 있었으나 그녀의 넘치는 예의범절이 감행을 막았고 그래서 그녀는 점차 자신의 장점에 깊은 혐오를 느꼈다. 밤에 채워지지 못한 갈망으로 무거워진 그녀의 머리는 자연의 실수로 원숭이 같은 머리털이 껍질 바깥으로 자란 코코넛처럼 어깨 위에 얹혀 있었고 술병을 빼앗긴 술꾼처럼 대책 없는 울분에 당장 울음을 터뜨릴 지경이었다. 보나데아는 디오티마를 일컬어 역겨운 협잡꾼이라면서 욕을 퍼부었고 그 고귀하고 여성적인 기품—바로 디오티마가 가진 매력의 비밀인—을 냉소적인 말로 무시해버리고 말았다. 그녀에게 그토록 기쁨을 주었던 디오티마 스타일 따라하기는 이젠 하나의 감옥이 되었고, 보나데아는 그 감옥에서 탈출하여 방탕한 자유로 뛰쳐나갔다. 디오티마에게서 하나의 이상향을 만들었던 헤어 아이론과 거울은 그 힘을 잃어버렸고 그녀의 자아를 형성했던 예술적인 의식도 함께 무너져 내렸다. 심지어 인생이 고단할 때조차 달콤하게 즐기던 잠도 이제는 불면증이 온 긴 아닌기 싶을 정도로 오랜 시간 기다려야 겨우 찾아왔다. 또한 중환자가 된 것 같은 느낌이 들었고 마치 부상당한 병사를 전장에 방치해둔 것처럼 정신이 나간 상태가 이어졌다. 보나데아가 작열하는 모래 속에 갇힌 듯 시련을 겪고 있을 때 그녀가 그토록 칭송했던 디오티마의 현명한 말들은 완전히 공허하게 여겨졌으며 그녀는 진심으로 그 말들을 경멸했다.

울리히에게 다시 찾아가야 할지를 결정하지 못하고 있을 때 그녀는 그에게 자연스런 공감을 되찾아줄 묘안을 하나 찾아냈다. 그건 애초부터 결말이 준비된 계획이었다. 보나데아는 울리히가 그 요상한 여자와 함께 있을 때 디오티마의 집에 쳐들어갈 작정이었다. 디오티마와의 대화는 핑계일 뿐 공적인 일을 위해서가 아니라 그저 서로 재미를 보기 위해 둘이 만난다고 보나데아는 생각했다. 그에 비해 보나데아의 계획은 공적으로 시작될 것이었다. 이젠 누구도 모오스브루거에게 관심을 기울이지 않으며 사람들이 허세를 떠는 동안 이 남자는 몰락해버리고 말았다. 보나데아는 자신이 필요로 할 때 모오스브루거가 다시 한번 구원자로 나서줄 것을 전혀 의심치 않았다. 그녀가 모오스브루거에 대해 깊이 생각했다면 아마도 겁을 집어먹었을 것이다. 하지만 그녀의 생각은 그저 '울리히가 그 사람에게 그렇게 관심이 있다면, 적어도 잊어버리지는 않았을 거야!'라는 데 쏠려 있었다. 자신의 계획을 더욱 밀어붙이려는 그녀에게 두 가지 말이 떠올랐다. 울리히는 그 살인자에 관해 이야기하면서 인간에게는 두번째 영혼이 있는데 그것은 언제나 죄가 없다고 주장했다. 또한 판단 능력이 있는 사람은 항상 다른 선택을 할 수 있지만, 그렇지 못한 사람은 그런 선택을 할 수 없다고 말했다. 이 말에서 그녀는 자신이 판단 능력이 없기를 원하며 그래서 죄가 없다는 결론을 내렸다. 하지만 울리히는 판단 능력이 있기 때문에 스스로를 구원할 필요가 있다는 것이다. 그 그룹에 어울리도록 옷을 입고 그녀가 디오티마의 창 앞을 밤마다 수차례 배회한 지 얼마 지나지 않아 뭔가 안에서 벌어지는 일을 암시하듯 모든 창에 환하게 불이 들이왔다. 남편에게는 디오티마의 집에 초대를 받았으나 오래 머물진 않았다고 말했다. 그리고 아직 용기가 부족했던 며칠 동안 아무 용건도 없이 찾았던 그 집의 문 앞에서 그녀의 거짓말과 산책은 갑자기 끓어오르는 충동이 되어 곧장 정문 계단으로 발길을 이끌었다. 아는 사람한테 발견될 수도 있었고 근처를 지나던 남편에게 목격될 수도 있었다. 또는 건물 집사가 알아볼 수도 있었고 경찰이 다가와 검문을 할 수도 있었다. 그녀의 산책이 더 잦아질수록 그런 위험들도 더 커질 것이었고 오래 머뭇거린 대가로 우발적인 사건에 휘말릴 가능성도 더 높아질 것이었다. 사실 보나데아가 수차례 그 집 문으로 스쳐 지나가거나 별로 들키고 싶지 않은 길까지 갔던 것은 사실이었지만 마치 수호천사라도 된 것처럼 그곳에 가야겠다는 절박함이 있었기 때문에 생뚱맞고 환영받을 가능성도 희박한 곳으로 이번만큼은 꼭 들어가야만 했다. 그녀는 무슨 일이 벌어질지 잘 모르는 채 일에 착수한 암살자 같은 기분이 들었고 총소리나 공기를 가르며 날아가는 염산의 번쩍임조차 이것보다는 덜 흥분될 듯한 상황으로 휩쓸려 들어갔다.

    그럴 의도는 없었지만 마침내 그 집의 벨을 누르고 안으로 들어섰을 때 보나데아는 정신이 나간 것 같았다. 그 작은 라헬이 눈에 띄지 않게 울리히에게 다가가 누군가 밖에서 만나고 싶어한다는—그 누군가가 베일을 깊게 드리운 낯선 부인이라는 말은 하지 않은 채—소식을 전했다. 라헬이 그의 뒤에서 살롱의 문을 닫자 보나데아는 얼굴에서 베일을 걷어버렸다. 더 지체하면 모오스브루거의 운명은 다할 것이라는 확신이 들었다. 그녀는 질투 때문에 난처해진 연인이 아니라 숨이 가쁜 마라톤 선수처럼 울리히를 맞이했다. 별로 힘들이지 않고 그녀는 모오스브루거가 구제될 가망성이 거의 없다는 말을 어제 남편에게 들었다고 거짓말을 했다. "나는 이 파렴치한 살인을," 그녀는 마지막으로 말했다. "전혀 혐오하지 않아. 하지만 침입으로 오해받을 것을 무릅쓰고 이렇게 찾아온 것은 당신이 그 부인의 집에 와 있고 영향력 있는 손님들에게 도움을 호소할 수 있기 때문이야. 당신에게 여전히 그럴 의지가 있다면 말이야!" 그녀는 자신이 무엇을 원하는지 알지 못했다. 울리히가 깊이 동감한 나머지 감사해하며 디오티마를 부르고 그래서 그녀가 보나데아와 울리히를 손님이 없는 다른 호젓한 곳으로 데려가는 것? 아니면 디오티마가 그들의 목소리에 이끌려 영접실로 건너와서 보나데아가 울리히의 훌륭한 뜻을 이해하기에 전혀 부족하지 않은 사람임을 깨닫게 되는 것? 보나데아의 눈은 촉촉하게 빛났고 손은 떨렸다. 그녀는 크게 말했다. 울리히는 큰 당혹감에 빠져서 연신 웃으면서 그녀를 조용히 시켰고 어떻게 하면 그녀가 빨리 떠나게 할지를 고민할 시간을 벌었다. 만약 라헬이 도와주지 않는다면 보나데아가 소리를 지르거나 울음을 터뜨리는 지경에 이를지도 모르는 난처한 상황이었다. 작은 라헬은 빛나는 눈을 크게 뜨고 그들 곁에 계속 서 있었다. 그렇게 아름다운 낯선 여자가 온몸을 떨며 울리히에게 대화를 청하는 것을 보고 그녀는 뭔가 아슬아슬한 관계를 상상했다. 그녀는 모든 대화를 엿들었고 특히 모오스브루거라는 이름은 마치 총알처럼 귀를 파고들었다. 비록 이런 감정이 왜 생기는지는 알지 못했으나 격렬하게 동요하는 부인의 목소리에 담긴 슬픔과 열망, 질투가 라헬을 뒤흔들었다. 그녀는 부인이 울리히의 연인이며 그래서 순간 감정이 복받쳤으리라고 짐작했다. 그녀는 마치 온 맘을 다해 노래를 부르는 사람에게 끼어들어 함께 노래를 부르는 것 같은 기분이었다. 그녀는 비밀을 지켜달라는 듯한 눈빛으로 문을 열어서 두 사람을 모임에서 사용하지 않는 방으로 안내했다. 그건 라헬이 드러내놓고 여주인을 속인 첫번째 행동이었고 만약 발각될 경우 어떤 일이 일어날지는 그녀도 잘 알고 있었다. 하지만 세상은 아름다웠고, 이토록 비정상적인 상황에서 끓어오르는 흥분으로 그녀는 앞뒤 가릴 여유가 없었다.

 불이 들어오고 보나데아의 눈에 차츰 주변 사물이 보이기 시작하자 그녀의 다리는 거의 힘이 풀렸고 볼은 질투로 붉게 달아올랐다. 그곳은 바로 디오티마의 침실이었던 것이다. 스타킹이며 머리빗 등이 널려 있는 그곳에는 모임을 위해 머리끝부터 발끝까지 급하게 갈아입고 나간 한 여인의 흔적이 남아 있었다. 하녀에겐 방을 치울 시간이 없었든가 아니면 어차피 그 방은 내일 아침까지 다시 치워야 하니까 그냥 놔둔 것일 수도 있었다. 큰 모임이 열리는 날에는 모든 방을 비워야 하니 침실에까지 가구를 옮겨두었던 것이다. 방은 다닥다닥 붙여놓은 가구들과 분, 비누, 향수 따위의 냄새로 가득 찼다. "하녀가 어리석은 짓을 했네. 여기 있을 수는 없지!" 울리히는 웃으며 말했다. "아무튼 당신은 오지 말았어야 했어. 여기서 모오스브루거를 위해 해줄 수 있는 일은 없어."

"내가 방해가 됐다는 말이군, 그렇지?" 보나데아는 거의 들리지 않게 중얼거렸다. 그녀의 눈은 사방으로 흔들렸다. '그 하녀는 어찌 울리히를 이렇듯 은밀한 곳까지 데려온단 말인가? 자주 있는 일이 아닐까?' 그녀는 고통스럽게 스스로에게 물었다. 하지만 그에게 결백의 증거를 내놓으라고 할 수는 없었고 낮은 목소리로 그를 책망할 뿐이었다. "불의한 일이 벌어지는데 당신은 어떻게 두 발 뻗고 잘 수가 있지? 나는 밤새 한숨도 못 잤고 그래서 당신을 찾아온 거야." 그녀는 뒤돌아서서 아득하고 모호하게 번들거리는 창밖의 풍경을 응시하고 있었다. 그건 나무 꼭대기일 수도, 저 아래의 앞마당일 수도 있었다. 아무리 화가 났다고 해도 그녀는 이 방이 길 쪽을 향하지 않는다는 것쯤은 분간할 수 있었다. 마음만 먹으면 다른 창문에서 여길 내려다볼 수도 있을 것 같았다. 자신이 지금 열린 커튼으로 빛이 들어오는 연적의 침실에서 별로 믿을 수 없는 연인과 함께 있다고 생각하니 그곳은 마치 보이지 않는 청중 앞에 선 무대와 같이 그녀의 마음을 요동치게 했다. 그녀는 모자를 벗었고 외투를 벗어 던졌다. 그녀의 이마와 따뜻한 가슴 끝이 차가운 창유리에 닿았고 연정의 눈물이 눈가를 적셨다. 천천히 그녀는 감정을 수습하고 다시 친구 쪽으로 몸을 돌렸다. 하지만 그녀가 바라보던 곳의 푹신하고 유연한 어둠은 여전히 그녀의 눈에 남아서 뭔가 알지 못할 깊이를 간직하고 있었다. "울리히!" 그녀는 간절하게 말했다. "당신은 나쁜 사람이 아니야! 그저 그렇게 보이도록 애쓸 뿐이지. 당신은 온 힘을 다해 난처한 일을 만들고 있어!"

보나데아의 이렇듯 모순된 말 때문에 상황은 또다시 위태로워졌다. 육체에 의해 지배된 여인이 정신적 고결함에서 위로를 찾겠다는 우스꽝스러운 갈망은 아니었고 오히려 그 아름다운 육체 스스로가 부드러운 사랑의 품위를 얻을 권리가 있음을 주장하는 한마디였다. 울리히는 그녀에게 다가가 팔을 어깨에 둘렀다. 그들은 다시 밖의 어둠을 응시했다. 끝없는 어둠 속에서 집밖으로 새어나온 빛이 마치 두꺼운 안개가 습기로 공기를 가득 채우듯 대기로 퍼져나갔다. 때는 늦은 겨울이었음에도 썩 춥지 않아 10월의 밤을 보는 듯한 인상이 강하게 들었고 전체 도시가 마치 거대한 양모 이불로 덮인 듯 보였다. 그러더니 문득 양모 이불은 10월의 밤 같다고 말해도 괜찮겠다는 생각이 들었다. 그는 부드러운 모호함을 피부로 느끼면서 보나데아를 더 가까이 끌어당겼다.

"다시 저들에게 돌아갈 거야?" 보나데아가 물었다.

"모오스브루거에게 덧입혀진 불의를 벗겨줄 거냐고? 아니, 난 그에게 불의가 가해졌는지도 잘 모르겠어. 내가 그에 대해 뭘 알지? 재판에서 그를 슬쩍 한번 본 적이 있고 그에 관한 글 몇편을 읽었지. 그건 마치 내가 언젠가 당신 유두가 양귀비 잎처럼 생겼다고 꿈속에서 상상한 것과 비슷할 거야. 그렇다고 과연 내가 그걸 믿어도 되는 걸까?"

그는 생각에 잠겼다. 보나데아도 생각에 빠졌다. 그는 중얼거렸다. '사실상, 한 인간이란 아무리 생각해봐도 타인에게 그저 일련의 비유에 불과할 거야.' 보나데아는 숙고한 끝에 결론을 내렸다. "이제 이 집에서 나가자!"

"불가능해." 울리히가 대답했다. "내가 떠나면 사람들이 궁금해할 거고 당신이 왔다는 사실이 새나가면 쓸데없는 주목을 받게 될 거야."

그들은 다시 침묵에 빠져 창밖을 내다보았다. 10월의 밤, 1월의 밤, 양모 담요, 고통 또는 기쁨 따위의 뭐라 규정하기 힘든 것들이 그들을 감싸고 있었다.

"왜 당신은 자연스런 행동을 하지 않지?" 보나데아가 물었다.

그는 최근에 꾸었던 분명한 꿈을 기억했다. 그는 꿈을 잘 꾸지 않는 사람이었고 꾸더라도 기억을 거의 하지 못했다. 그러니 그 기억이 돌연 떠올랐다는 건 기이한 일이 아닐 수 없었다. 그는 꿈에서 산허리를 가로지르려고 했는데 번번이 극심한 현기증 때문에 물러나고 말았다. 굳이 해석하지 않더라도 그 꿈은 전에 없던 모오스브루거에 관한 꿈이었다. 꿈의 형상에는 여러 의미가 있게 마련으로 그 꿈은 또한 정신의 헛된 시도를 육체적 표현으로 드러낸 것이기도 했다. 그건 그가 최근 대화나 모임에서 반복적으로 주장했던 것이며 마치 길도 없는 데를 다니면서 어떤 지점을 벗어나지 못하는 상황을 암시하는 것이었다. 그는 자신의 꿈에 묘사된 그 순진한 구체성에 웃지 않을 수 없었다. 매끄러운 바위와 미끄러운 땅이 밟혔고 쉬어가거나 목표로 삼을 만한 외로운 나무가 있었으며 걸어갈수록 길은 급격하게 가팔라졌다. 그는 더 높거나 낮은 길을 찾는 데 모두 실패했고 이미 현기증에 시달리고 있었다. 그는 함께 가던 사람에게 포기하자고, 저 골짜기 밑에 누구나 다니는 편안하고 평범한 길이 있을 거라고 말했다. 그 의미는 분명했다! 불현듯 울리히에게는 자기가 어울리는 사람들이라면 보나데아와도 잘 지낼 수 있겠다는 생각이 들었다. 또한 그는 분명히 양귀비 잎같이 생긴 그녀의 유두를 꿈에서 보았을 것이다. 그건 마치 넓고 근사한 것을 더듬는 듯이 뭔가 연관이 없는 것, 그러니까 당아욱빛 어두운 청적색이 아직 불이 켜지지 않은 꿈의 틈새로 안개처럼 풀려나오는 것 같았다. 순간 뭔가 표현하기는 어렵지만 어떤 의식의 빛이 들어와 한순간 그 방에서 일어나는 모든 것이 보이는 듯한 느낌이 들었다. 그는 꿈과 그것의 표현 사이의 관계를 잘 알고 있었다. 그것은 자신이 종종 생각했던 것들의 비유이거나 은유에 불과했기 때문이다. 은유는 감정에 완전히 녹아들지 못하므로 진실과 거짓을 다 가지고 있다. 누군가 은유를 그 자체로 취해서 현실의 외양을 띤 의미의 형상을 입힌다면 그는 꿈과 예술을 얻을 것이다. 하지만 꿈과 예술 그리고 실제적인 전체의 삶 사이에는 유리벽이 가로놓여 있다. 만약 누군가 이성을 이용해 증명 불가능한 것을 증명 가능한 것과 분리시킨다면 지식과 진리는 드러나겠지만 감성은 파괴될 것이다. 유기물을 두 조각으로 쪼개는 어떤 박테리아처럼, 인간은 은유의 근원적인 생명체를 현실과 진리라는 확고한 실체, 그리고 직관, 믿음, 예술성이라는 모호한 분위기로 나눈다. 거기에는 제3의 가능성이 없는 것처럼 보인다. 하지만 큰 고민 없이 시작한 일이라도 은연중에 성공하는 경우는 얼마나 많은가! 울리히는 자신의 머릿속과 기분을 이끌어가는 거리의 혼잡에서 마침내 벗어나 모든 길들이 시작되는 중앙 광장에 도달한 느낌이었다. 그는 자신이 왜 자연스럽게 다음 행동을 이어가지 않느냐는 질문에 대답하면서 이 모든 걸 보나데아에게 이야기했다. 그의 말을 다 이해하지는 못했으나 그녀에게 굉장한 날이었음은 틀림없었다. 잠시 생각에 빠져 있던 그녀는 울리히의 손을 세게 쥐면서 이렇게 요약하여 대답했다. "꿈속에서도 당신은 생각을 하진 않잖아. 어떤 사건을 체험할 뿐이지!" 그건 진실에 가까웠다. 그는 그녀의 손을 꼭 쥐었다. 갑자기 그녀의 눈에는 다시 눈물이 가득 고였다. 아주 천천히 눈물은 그녀의 뺨을 타고 흘러내렸고 그 짠 눈물에 잠긴 피부에서 뭐라 설명할 수 없는 욕망의 향기가 풍겨 나왔다. 울리히는 그 향기를 들이마셨고 끈끈하고 모호한 상태, 포기와 망각을 향한 강한 열망을 느꼈다. 하지만 그는 정신을 가다듬고 그녀를 부드럽게 문으로 안내했다. 그 순간 그는 여전히 해야 할 일이 있었고 그걸 내키지 않는 욕망 때문에 날려버릴 순 없다는 사실을 확실히 알았다. "당신은 이제 가야 해," 그는 낮게 말했다. "그리고 나를 화나게 하지 마. 언제 다시 만날 수 있을지 모르겠어. 지금 난 할 일이 너무 많아!"

놀라운 일이 일어났다. 보나데아는 아무런 저항도 하지 않았고 화를 내거나 상처를 드러내지도 않았다. 더이상 질투를 느끼지도 않았다. 그녀는 스스로 이야기 속에 있음을 느꼈다. 그녀는 그를 안고 싶다고 생각했다. 또한 누군가 그를 지상으로 끌어와야 한다는 암시에 사로잡혔다. 그녀는 자기 아이들에게 해주듯 그의 이마에 신의 가호를 비는 십자가 성호를 그어주고 싶었다. 그건 너무나 아름다운 나머지 작별 인사로는 불가능한 일이었다. 그녀는 모자를 쓰고 그에게 키스를 했고, 다시 한번 베일 위로 키스를 했는데 그때 베일은 달궈진 격자 막대기처럼 뜨거워졌다. 문 옆에서 엿들으며 지키고 있던 라헬 덕분에 집안에서 행사가 끝났는데도 보나데아는 눈에 띄지 않고 집을 나설 수 있었다. 울리히는 라헬의 손에 큰돈을 팁으로 쥐여주고는 그녀의 침착함을 높이 칭찬했다. 여기에 용기를 얻은 라헬은 무심코 돈과 함께 그의 손을 한참 동안 붙잡고 있었다. 그는 웃음이 나왔고 이에 그녀의 얼굴이 갑자기 붉어지자 다정하게 그녀의 등을 두드렸다.

116.
인생의 두 나무,
그리고 정확성과 영혼을 위한 사무국 설치 요청

그날 밤 투치 자택에서의 모임은 평소보다 손님이 적었다. 평행운동 모임에 참석하는 사람들이 줄어들었고 다른 사람들도 일찍 자리를 뜬 탓이었다. 마지막에 백작 각하가 나타났지만—아무튼 그는 자신의 일에 반대하는 민족주의자들의 책동에 관한 난감한 소식을 전해들은 터라 수심이 가득하고 얼이 나간 듯한 표정이었다—그 역시 흩어지는 모임을 막지는 못했다. 사람들은 그의 등장으로 뭔가 각별한 소식이 전해지길 기대했으나 그가 어떤 소식도 꺼내놓을 기미를 보이지 않는 데다 사람들에게 거의 신경을 쓰지 않자 그나마 남아 있던 사람들마저 모두 떠났다. 울리히가 돌아왔을 때 그는 방이 거의 비어 있음을 보고 깜짝 놀랐다. 이윽고 '핵심 그룹'만 자리에 남았고 그 사이 집으로 돌아온 투치 국장이 가세했다.

백작은 늘 하던 말을 반복했다. "우리는 물론 88년의 평화적 지배*를 상징으로 삼을 수 있을 겁니다. 거기에는 위대한 사상이 담겨 있지요. 하지만 우리는 또한 정치적 의미를 부여해야 합니다! 그것이 없으면 너무 흥미가 떨어지게 마련이니까요. 말하자면 발등에 떨어진 일에 관해서는 뭐라도 하게 마련입니다. 독일 민족주의자들은 비스니에츠키가 슬라브인 편이라면서 그에게 분노하는 반면 슬라브인들은 그가 관료 재직시 양의 탈을 쓴 늑대 짓을 했다면서 그에게 분노합니다.

---

* 평행운동이 기획한 오스트리아 기념해인 1918년은 황제 프란츠 요제프 1세가 88세가 되는 해이다. 하지만 그는 소설 속 시점으로부터 2년 후인 1916년 사망했다.

하지만 분명한 사실은 그는 정파를 초월한 진정한 애국자였다는 점이고 저는 그를 신뢰합니다. 지금 우리는 그런 경향에 맞서 재빨리 문화적 측면을 보완해서 사람들에게 긍정적인 면을 부각시켜야 합니다. 오스트리아의 해 또는 세계의 해는 정말 훌륭한 생각이지만 어떤 상징이든 점차 현실화되어야 한다는 게 제 주장입니다. 다시 말해서 우리는 상징의 의미를 꼭 이해하지 않고도 깊이 감동할 수가 있습니다. 하지만 시간이 지나면서 감동의 거울에서 벗어나 그사이 내 마음이 찾아낸 뭔가 필요한 일을 하게 되는 것입니다. 제가 하는 말이 이해가 되십니까? 우리의 경애하는 부인이 최선의 노력을 해주셔서 이 집에서 수개월 동안 뜻깊은 토론이 이어졌습니다. 하지만 참석자는 점점 줄어들었고 그래서 이제는 우리가 뭔가를 결정해야 할 때가 온 것이 아닌가 합니다. 그 대상이 뭐가 될지는 잘 모릅니다. 아마 성 슈테판 성당의 두번째 첨탑이나 황제-왕실의 아프리카 식민지가 될 수도 있겠지요. 뭐가 되든 상관없습니다. 왜냐하면 어차피 마지막 순간에는 전혀 다른 무엇이 탄생할 것이기 때문입니다. 중요한 것은 참여자들의 상상력이 물거품이 되기 전에 제때에 활용하는 것입니다."

라인스도르프 백작은 자신이 유익한 말을 했음을 느꼈다. 다른 사람들을 위해 아른하임이 말을 이어받았다. "비록 일시적일지라도 조만간 행동을 취함으로써 사유의 결실을 맺을 필요가 있다는 백작 각하의 말은 매우 현실적인 지적입니다! 여기 우리가 모인 지적인 모임에서 얼마 전부터 하나의 새로운 기운이 감지된다는 사실은 그와 관련해 큰 의미가 있을 겁니다. 처음에 이 모임을 괴롭혔던 불명료함은 사라졌습니다. 이제 새로운 제안은 더이상 나오지 않고 오래된 제안들은 거의 언급되지 않으며 누구도 완고한 고집을 부리지 않습니다.

모든 사람들은 이 운동에 참여하라는 초대에 응함으로써 스스로 동의의 의무를 이행하고 있음을 잘 알고 있습니다. 그러므로 제안이 수용할 만하다면 받아들여질 여건이 마련되었다고 생각합니다."

"박사, 우리가 어떡하면 좋겠소?" 백작은 그사이 찾아낸 울리히를 향해 말했다.

"이미 정리에 들어갔지요?"

울리히는 아니라고 말해야 했다. 서면으로 이뤄지는 의견 교환은 개인적인 접촉에 비해 아주 즐겁게 이어지고 있으며 개선을 제안하는 의견 역시 줄지 않고 있었다. 그래서 울리히는 여전히 연합체들을 구축하고 백작 각하의 이름으로 그들을 정부 각 부처─최근 들어 긍정적으로 응대하는 경향이 급격히 떨어진─에 보내고 있다고 보고했다.

"당연합니다!" 백작 각하는 사람들에게 돌아서며 말했다. "우리 민족에게는 엄청난 애국심이 있습니다. 하지만 그들의 주장을 모든 면에서 만족시키려면 백과사전 같은 지식이 필요할 겁니다. 우리 행정부가 대처하기엔 너무 방대할 테고 그래서 이제 우리가 위에서 개입해야 할 시기가 온 것입니다."

"이런 상황에서," 아른하임이 다시 말을 이었다. "백작 각하는 보르트베어 장군이 최근 위원회에서 주목을 이끌어낸 주제에 관심을 가지실 것 같습니다."

라인스도르프 백작은 처음으로 장군을 바라보았다. "그게 뭐였습니까?" 그는 무례함을 무릅쓰고 양해도 없이 곧바로 물었다.

"참 당황스럽습니다! 그건 제 의도가 전혀 아니었거든요!" 슈툼 폰 보르트베어는 부끄러워하면서 물러나려 했다. "위원회에서 군인의 역할이란 겸손한 임무로 제한돼 있습니다. 그리고 저는 이 원칙을 지켜왔습니다. 하지만 백작 각하께서도 기억하시겠지만 첫번째 모임에서—군인으로서의 저의 임무를 다한다는 생각으로—만약 위원회에 더 좋은 생각이 떠오르지 않는다면 우리 포병에 현대적인 무기가 없으며 우리 해군에도 나라를 지킬 만큼의 충분한 전함이 없다는 걸 기억해주십사 제안드린 적이 있습니다…"

"그리고요?" 백작은 그의 말에 끼어들었고 자신의 불쾌감을 숨김없이 드러내면서 디오티마에게 놀랍고 의아하다는 시선을 보냈다.

디오티마는 아름다운 어깨를 으쓱해 보였고 체념한 듯 다시 어깨를 내렸다. 그녀는 땅딸보 장군이 무슨 알 수 없는 힘에 조종되는지 자기가 가는 곳마다 마치 악몽처럼 불쑥 나타나는 데 이젠 익숙해졌다.

"그러니까," 슈툼 폰 보르트베어는 자신의 겸손 때문에 성공 직전에 다시 움츠러들까봐 서둘러 말했다. "최근에 누군가 그런 제안을 들고나오기만 하면 그것을 지지하려는 목소리가 높아졌습니다. 사람들은 육군과 해군이 보편적인 사상이자 위대한 사상이 될 수 있으며 결국 황제폐하까지도 기뻐하실 거라고 말하고 있습니다. 또한 프로이센도 눈을 크게 뜰 거라고 말입니다. 참, 아른하임 씨에겐 양해를 구해야겠군요!"

"괜찮아요. 프로이센은 전혀 신경을 쓰지 않을 겁니다." 아른하임이 웃으며 말했다. "게다가 오스트리아만의 문제가 제기되는 자리라면 당연히 제가 오지도 않았겠지요. 지금이야 체면을 지키느라 이렇게 듣고 있긴 합니다만."

"그래서 아무튼," 장군은 마무리를 지었다. "가장 간단한 방법은 더이상 말로만이 아니라 군사적 조치를 취해야 한다는 목소리가 점점 커지고 있습니다. 개인적으로 저는 이러한 흐름이 위대한 문명적 사유와 결합되면 좋겠다고 생각합니다. 하지만 말씀드렸다시피, 군인이 끼어들어선 안 되겠고, 여전히 문명적 사유가 더 나은 것을 끌어내지 못한다는 사실 때문에 그런 목소리들이 최상의 지식인 계층에서 점점 커지고 있는 것 같습니다."

백작은 눈을 고정시킨 채 미동도 없이 말을 끝까지 듣더니 내면의 고통스런 갈등을 숨기고 심드렁하게 엄지손가락을 들어 올렸는데, 이는 자신조차도 억누를 수 없는 행동이었다.

평소엔 말을 잘 하지 않던 투치 국장이 낮고 느린 목소리로 끼어들었다. "저는 외무부가 거기에 반대하지는 않을 거라고 믿습니다."

"아, 그럼 그 부서들은 벌써 검토를 했다는 건가요?!" 라인스도르프 백작이 아이러니하면서도 화가 난 투로 말했다. 투치가 친절과 냉정을 잃지 않고 대답했다. "각하가 농담을 다 하시는군요. 국방부는 외무부와 공모하는 것보다는 아마 군비 축소를 더 반길 겁니다." 그는 설명을 더 이어갔다. "백작 각하도 군 참모부에 의해 건의되어서 최근 10년간 축성된 남티롤^{Südtirol} 지역의 방어시설에 관해 알고 계시겠지요? 그 시설은 매우 훌륭하고 최신식이라고 합니다. 당연히 그곳엔 전기로 작동되는 방어 철책과 지하에 묻힌 디젤모터에서 전기를 공급받는 거대한 서치라이트도 설치돼 있습니다. 우리가 뒤처졌다고는 누구도 말할 수 없지요. 한 가지 문제는 그 모터를 포병부대가 주문한 반면 연료는 국방부의 건설부대가 제공하기로 했다는 것입니다. 그건 규정에 따른 것이었는데 결국 그 때문에 그 방어시설은 작동조차 되지 못했다고 합니다. 왜냐하면 두 부대는 기계를 점화할 때 필요한 성냥을 건설부대에서 제공하기로 한 연료로 봐야 할지 아니면 포병부대에서 제공해야 하는 모토의 부속품으로 봐야 할지를 두고서 의견이 일치하지 않았기 때문입니다."

"흥미롭군요!" 비록 투치가 가스모터와 디젤모터를 혼동했고, 성냥 같은 점화 방식이 더이상 사용되지 않는다는 사실을 알았음에도 아른하임은 그렇게 말했다. 재미있는 자기풍자로 관료사회에서 떠도는 이야기를 투치 국장은 재미있게 따라하듯 말했다. 모든 사람들이 미소짓거나 웃었으며 장군이 가장 즐거워했다.

"당연히 진짜 비난받아야 할 것은 정부입니다." 장군은 농담을 좀더 이어갔다. "왜냐하면 우리가 정규예산 밖의 돈을 요구할 경우 재무부는 즉각 우리에게 헌법적 정부의 작동 원리를 모르고 있다고 대답합니다. 그래서—신이 막아주시길 바라지만—회계연도 개시 이전에 전쟁이 발발한다면 기동하는 첫날에 우리는 방어진지의 지휘 장교에게 전신을 보내서 성냥을 구입하라고 해야 합니다. 만약 그 산골 마을에서 성냥을 팔지 않는다면 그 장교의 사환 주머니에 있을지 모를 성냥으로 전쟁을 치를 수밖에 없을 겁니다."

아마도 장군이 좀 멀리 나갔던 탓일까. 농담의 끈이 얇아지자 평행운동이 직면한 심각한 문제들이 다시 전면에 드러났다. 백작이 생각에 잠겨 말했다. "시간이 갈수록…" 어려운 상황에서는 말을 끝내지 말고 다른 이들이 말하게 두는 것이 더 현명하다는 생각이 그에게 떠올랐다. 여섯 사람은 마치 우물 구멍을 물끄러미 쳐다보는 사람들처럼 잠시 아무 말이 없었다.

디오티마가 말했다. "아니, 그건 불가능해요."

"뭐라고요?" 모든 눈빛이 궁금해했다.

"그러면 우리는 독일이 비난당하는 일, 즉 군비 확장을 하게 될 거예요." 그녀는 짧게 말을 마쳤다. 그녀의 영혼은 장군이 주목받는 순간에 붙들린 나머지 방금 오고간 일화를 흘려들었거나 아니면 잊어버렸던 것이다.

"그럼 뭘 해야 하죠?" 라인스도르프 백작이 고마워하면서도 여전히 걱정에 빠져 물었다. "우리는 당장 뭔가를 마련해야 합니다!"

"독일은 비교적 힘으로 가득 찬 단순한 나라입니다." 아른하임이 자신의 친구가 던진 비난에 뭔가 변명을 해야겠다는 듯 말했다. "화약과 슈납스(독일의 독한 술 옮긴이)면 그만이죠."

투치는 굉장히 대담하게 느껴지는 이 비유에 미소를 지었다.

"우리가 다가가려 하는 인사들에게 독일이 점점 더 혐오감을 주고 있다는 건 부인할 수 없는 사실입니다." 라인스도르프 백작은 슬쩍 끼어들 기회를 놓치지 않았다. "유감스럽지만 그 인사들은 다들 그렇게 생각하지요!" 그는 의아하다는 듯 덧붙였다.

아른하임이 그 사실을 이미 알고 있다고 말하자 백작은 놀랐다. "우리 독일인들은," 아른하임이 말했다. "불행한 민족입니다. 우리는 유럽의 심장을 가지고 살아갈 뿐 아니라 이 심장 때문에 고통을 당하고…."

"심장이라고요?" 백작이 내키지 않는 듯 물었다. 그는 심장이 아니고 머리를 기대했고 머리라는 말을 더 쉽게 받아들였다. 그러나 아른하임은 심장을 고수했다. "기억하시나요," 아른하임이 물었다. "얼마 전 프라하 시정부가 프랑스에 엄청난 물량의 물품을 주문했던 적이 있습니다. 물론 우리도 입찰에 나섰고 더 좋은 상품을 더 싼 조건으로 내걸었죠. 일종의 감정적인 차별이 아니었나 싶습니다. 저는 그들을 완전히 이해한다고 말할 수 있습니다."

아른하임이 말을 더 이어가기 전에 슈툼 폰 보르트베어 장군이 기꺼이 말을 꺼냈다. "전세계 사람들은 힘들게 일을 합니다. 그렇지만 독일인만큼은 아니죠." 그는 또 말했다. "전세계 사람들은 시끄럽게 떠들어내시만 단연 독일인들이 최고입니다. 두처에서 사업은 수천년 문화적 전통과의 끈을 잃어버렸지만 독일이 가장 심합니다. 세계 각처에서 최고의 젊은이들이 병영으로 들어갔지만 독일만큼 많은 군대가 있는 곳은 없습니다. 그러니 우리는 형제 나라로서 지켜야 할 의무가 있는데," 그는 결론을 내렸다. "그것은 독일에 너무 뒤처져서는 안 된다는 것입니다. 제 말에 모순이 있다면 양해를 부탁드립니다. 하지만 오늘날 지성인들은 그런 복잡한 문제에 직면해 있습니다."

아른하임이 동의한다는 듯 고개를 끄덕였다. "미국은 아마 우리보다 더 나쁠 겁니다." 그가 덧붙였다. "하지만 미국인들은 그저 완벽하게 순진할 뿐이고 우리 같은 정신적 충돌은 없습니다. 우리 독일인들은 모든 면에서 세상의 추동력이 교차하는 지점인 중간에 위치한 민족입니다. 그 어떤 것보다 우리에게는 종합^{Synthese}이 중요합니다. 우리는 그것을 압니다. 우리에게는 모종의 죄의식이 있습니다. 하지만 제가 처음부터 말씀드렸듯이, 우리도 다른 이들을 위해 고통을 당하고 그들의 잘못을 우리의 모범으로 삼으며 누가 뭐라든 전체 세계를 위해 모욕당하거나 희생당한다고 인정하는 게 옳을 겁니다. 또한 독일의 방향 전환은 아마도 일어날 수 있는 가장 중요한 일이 될 것입니다. 제가 추측하기로 당신이 말한바, 겉으로는 충돌하는 것처럼 보이는, 우리를 향한 열정적인 반대에는 그런 전환에 대한 예감이 들어 있지 않나 생각합니다."

이제 울리히가 대화에 참여했다. "여기 계시는 분들은 친독일적인 흐름을 과소평가하시는군요. 믿을 만한 소식에 의하면 장차 우리 운동을 향한 강력한 반대시위가 있을 것이라고 합니다. 그들은 우리를 독일에 적대적인 모임이라고 여긴다는군요. 백작 각하는 빈의 거리에서 그들 군중을 목격하실 겁니다. 사람들은 비스니에츠키 남작의 등용에 반대해서 일어날 겁니다. 그들은 투치 국장과 아른하임이 은밀하게 연합한다고 믿는 반면, 백작 각하는 평행운동에 미치는 독일의 영향력을 차단한다고 생각합니다."

라인스도르프 백작의 눈은 태연한 개구리 눈 같기도 하고 성난 소의 눈 같기도 했다. 투치는 천천히 눈을 치켜뜨더니 뭔가를 묻는 듯이 울리히를 강렬하게 쳐다보았다. 아른하임은 크게 웃고는 일어섰다. 아마도 그는 백작 각하가 그 둘의 어리석은 암시에 유감을 표하는 의미로 유머러스한 표정을 취해줄 것을 기대했던 것 같은데 막상 그렇지 않자 디오티마 쪽으로 몸을 돌렸다. 투치는 울리히의 팔을 잡고 그런 말을 어디서 들었는지를 물었다. 울리히는 친구 집에서 들었으며 비밀이 아니라 꽤 널리 퍼진 소문이라고 말했다. 투치는 울리히에게 얼굴을 더 가까이 대더니 사람들에게서 좀 떨어지자고 말했다. 거리를 두고서 갑자기 그는 속삭였다. "당신은 왜 아른하임이 여기 있는지 아직 모르나요? 그는 모슈토프^{Mosjoutoff} 제후의 가까운 친구이자 러시아 황제의 측근이에요. 그는 러시아와 밀접하게 지내고 있으며 우리 운동에 평화적으로 기여하고 있습니다. 비공식적이긴 하지만 러시아 황제의 개인적인 심복인 셈이죠. 이건 이념의 문제이기도 합니다. 당신에게 도움이 되면 좋겠네요. 친구!" 그는 조롱하는 투로 말을 맺었다. "라인스도르프는 그것에 대해 아무것도 몰라요!"

투치 국장은 이 소식을 관료들의 조직을 통해 접했다. 그는 평화주의를 아름다운 여인이 가진 신념과 같은 운동이라고 생각했기 때문에 그 소식을 믿었다. 아른하임이 디오티마에게 매료되고, 다른 어느 곳보다 그의 집에서 시간을 보내는 것도 그런 이유 때문이었다. 전에 투치는 거의 질투에 빠진 상태였다. 그는 '정신적인' 친밀함은 그저 어느 정도로만 가능하다고 믿었지만 그 '정도'를 캐내기 위해 교활한 수단을 동원하기는 싫었기 때문에 억지로 아내를 신뢰하기로 했다. 하지만 이러한 남성적이고 반듯한 행동이 성적인 욕망보다 더 강하다는 것을 증명하는 반면, 그 욕망은 여전히 질투를 불러일으킬 수도 있었는데 그 결과 그는 직업을 가진 남자가 자신의 일을 내팽개치지 않는 이상 절대 아내를 감시할 수 없다는 사실을 처음으로 직시하게 되었다. 기관차 운전사조차 자기 아내를 데리고 다니지는 않는데 제국을 경영하는 사람이 질투를 한다는 게 말이 되지 않는다고 그는 생각했다. 하지만 고결한 무관심으로 일관하는 것이 외교관인 그에게는 어울리지도 않았고 자신의 직업적 자존감을 위협하는 일이기도 했다. 그래서 그는 걱정하는 모든 것들을 무탈하게 해명함으로써 예전의 자존감을 회복한 데 대해서 깊이 감사해했다. 자신이 아른하임에 대한 모든 것을 알고 있는 반면 아내는 그의 인간적인 면을 볼 뿐 그가 러시아 황제의 밀사라는 사실을 전혀 예감하지 못한다는 사실이 심지어 아내에게 내려진 작은 형벌처럼 보였다. 투치는 다시금 매우 즐겁게 시시콜콜한 것들을 그녀에게 캐물었고 그녀는 너그러우면서도 조바심을 내며 대답했다. 또한 그는 겉보기엔 무해한 질문들을 생각해냈고 그 대답에서 자신의 결론을 끌어낼 수 있었다. 투치는 '사촌'에게도 기꺼이 그 사실을 말했고 아내에게 아무것도 말하지 않은 채 라인스도르프 백작이 다시 대화의 주도권을 쥘 때 사태가 어떻게 돌아갈지를 궁금해했다. 백작은 혼자 자리에 앉은 채였고 어려움이 쌓여가는 동안 그의 내면에서 무슨 일이 일어나는지 아무도 알아채지 못했다. 그의 투쟁 의지는 다시 돋아나는 듯 보였다. 그는 콧수염을 꼬더니 느리고 확고하게 말했다.

"뭔가 일어나야 합니다."

"백작, 결단을 내리셨습니까?" 사람들이 그에게 물었다.

"나한테는 아무것도 떠오르지 않소." 그는 솔직하게 답했다. "하지만 뭔가가 반드시 일어나야 해요!" 그러고는 자신의 의지가 충족되지 않는 한 자리를 뜨지 않을 것처럼 굳게 앉아 있었다.

그의 태도는 막강한 효과를 발휘했다. 모든 사람들은 마치 저금통을 아무리 흔들어도 동전이 나오지 않을 때처럼 내면에서 달그락거리는 대답을 찾아내기 위해서 쩔쩔매는 듯한 느낌에 사로잡혔다.

아른하임이 말했다. "우리가 그런 일에 휘둘려서는 안 됩니다!"

라인스도르프는 대답하지 않았다.

평행운동에 어떤 내용을 담으려는 제안들의 전체 이야기가 다시금 반복되었다.

라인스도르프 백작은 마치 항상 반대방향을 향하면서도 언제나 똑같은 궤도를 움직이는 진자처럼 반응했다. '교회를 생각하면 안 될 말이오. 자유주의자들을 고려하면 그건 안 되지요. 건축가협회에서 이미 반대했습니다. 아마도 재무부서에서 꺼려할 겁니다.' 그런 식의 지적은 끝도 없이 이어졌다.

울리히는 그곳에서 한걸음 떨어졌다. 그는 돌아가며 말하고 있는 다섯 사람이 자신의 감각이 수개월 몸담았던 혼탁한 흐름에서 말끔히 증발된 것 같은 느낌이 들었다. 그가 디오티마에게 했던 말, 즉 '우리는 비현실을 강조해야 한다'든가 '우리는 현실을 폐기해야 한다'는 말은 도대체 무슨 뜻이었을까? 지금 그녀는 저기 앉아서 그런 말들을 곱씹으면서 그의 모든 것들에 대해 생각할 것이다. 또한 무슨 생각으로 그는 우리가 책에 나오는 등장인물처럼 살아야 한다고 그녀에게 말했던 것일까? 그녀가 이미 오래전에 아른하임에게 그런 일들을 다 말했을 것이라고 그는 확신했다!

하지만 울리히는 동시에 자신이 다른 사람들처럼 지금이 몇시인지 또는 우산값이 얼마인지 정도는 알고 있다고 확신했다. 비록 그가 지금 자기 자신과 다른 사람들의 중간에 자리를 잡고 있다고 해도, 정신이 나가거나 멍한 상태에서나 나올 법한 기묘한 태도를 취하지는 않았다. 오히려 그는 보나데아가 있었을 때 감지한 왕성한 명료함을 느끼고 있었다. 울리히는 지난가을 투치와 함께 경마장에 갔던 일을 떠올렸다. 그날 우연히도 엄청난 베팅 손실이 있어서 평화롭던 군중이 순식간에 성난 파도가 되어 광장으로 밀려들었고 사방에 있는 모든 것들이 파괴되었을 뿐 아니라 매표소가 약탈당하기까지 했다. 경찰이 들이닥쳐서 그들을 평상시의 평화로운 여흥을 즐기려는 인간의 무리로 돌려놓기 전까지 공포의 상황은 이어졌다. 그런 사태에서 인생은 가능하거나 가능하지 않다는 식의 모호한 말놀이나 비유 따위를 떠올리는 건 우스운 일이었다. 울리히는 인생이 거칠고 궁핍하며 오늘 일만으로도 충분히 고단하기 때문에 내일 일을 지나치게 걱정할 필요가 없다는 자신의 생각에서 조금의 오류도 느끼지 않았다. 인간 세계는 공허하게 떠도는 것이 아니라 정도에서 벗어나는 모든 불규칙성을 꺼려한 나머지 엄밀한 확고함을 요청한다는 사실을 어떻게 무시할 수 있는가! 더욱이 어떤 훌륭한 관찰자가 걱정과 본능, 생각들의 이렇듯 생생한 결합이—비록 그 생각이란 잘해봐야 자기합리화로 악용되거나 흥분제로 이용되지만—뭉쳐지고 형성되면서 신념을 자극하여 자연스런 행동과 자제를 이끌어낸다는 사실을 놓치겠는가! 우리는 포도에서 와인을 짜내지만 와인통보다 훨씬 더 아름다운 것은 먹을 수도 없는 거친 땅으로 된 포도밭과 죽은 나무로 만들어진 헤아릴 수 없이 반짝거리는 말뚝들이다! '한마디로 창조란,' 그는 생각했다. '이론에서 생겨난 것이 아니라,' 그는 폭력이라고 말하고 싶었지만 뜻하지 않게 다른 단어가 뒤어나왔고 이렇게 생각을 마무리했다. '오히려 창조란 폭력과 사랑에서 비롯되었으며 이 둘 사이의 세간의 결합은 잘못된 것이다!'

울리히에게 폭력과 사랑은 결코 일반적인 의미가 아니었다. 악과 완고함에 이끌리는 그의 성향은 '폭력'이란 단어 속에 숨어 있었다. 폭력은 회의적이고 사실적이며 의식적인 행위에서 흘러나온 전부를 의미했다. 어떤 완고하고 차가운 폭력성이 직업 성향에까지 영향을 미친 결과 그는 의도적으로 무자비한 수학자가 되기를 원했을 것이다. 그런 숨김은 무성한 나무숲이 줄기를 감추는 것과 비슷했다. 또한 우리가 사랑을 일반적인 의미에서 이야기하는 것이 아니라 그 이름에서 사랑의 결핍 때문에 육체의 원자 속까지 달라진 상태를 갈망한다면, 또는 마치 무^{無}처럼 우리가 모든 특성을 소유할 수 있다고 느낀다면, 또는 삶이—지금, 여기에 대한 망상으로 터질 듯이 가득 차 있으나 매우 불확실하고 대단히 비현실적인 상태인—현실을 구성하는 수십개의 빵틀로 추락하기 때문에 단지 그렇고 그런 일들이 일어나는 것처럼 보인다면, 또는 회전하는 모든 궤도에서 하나가 사라진다면, 혹은 우리가 세워놓은 모든 체계 가운데 그 어느것도 멈춰 서서 쉼의 비밀을 간직하지 않는다면, 그렇다면 이것들은 아무리 서로 다르게 보인다 해도 모든 방향으로 줄기를 감추고 있는 나무의 가지처럼 함께 연결돼 있는 것이다.

이 두 나무에서 그의 삶은 각각 지리났다. 그는 언제부터 그 나무에 거친 혼란의 신호가 등장했는지 알 수 없었다. 하지만 미숙한 나폴레옹식 계획에 이끌려 인생을 꼭 이뤄내야 할 사명으로 바라보던 때였으므로 아마 오래전 일이었을 것이다. 이렇듯 인생을 공격하고 지배하려는 욕구는 언제나 뚜렷하게 드러났기 때문에 그 욕구는 스스로를 현존하는 질서에 대한 거부로, 또는 새로운 질서를 향한 끊임없는 고투로, 또한 논리적이고 도덕적이면서 심지어는 육체적으로도 준비되고 단련된 욕망으로 내보이길 원했다. 그리고 울리히는 일생에 걸쳐 옹색한 정확성에 반항하면서 그 모든 것들을 가능성감각과 에세이즘이라고 불렀다. 역사는 인간에 의해 발견되는 것이고, 우리는 세계 역사 대신에 이념의 역사를 살아내야 하며, 인간은 절대 실행될 수 없는 것들을 점유해야 하고 결국엔 모든 비본질적인 것들을 놓아버린, 마치 현실의 인간이 아니라 책에 등장하는 인물처럼 살아야 하며 그래서 남겨진 것들을 마법적인 전체에 통합시켜야 한다고 그는 요구했다. 이처럼 현실에 적대적이면서 매우 첨예한 그의 생각들은 명백하고 무자비한 열정으로 현실에 영향을 끼치려 한다는 점에서 공통점이 있었다.

그의 삶에 형상을 마련한 다른 나무와의 관계를 파악하는 일은 좀더 그늘지고 꿈같았기 때문에 더욱 어려웠다. 근원적으로 그건 세계를 향한 천진난만한 관계의 기억, 그리고 신뢰와 헌신에 뿌리를 둔 것이었다. 한때 두번째 나무는 광대한 지구를 바라보는 것 같았지만 실은 그저 보잘것없는 도덕이 움트는 작은 화분에 불과했다. 의심할 바

없이 소령 부인과의 어리석은 연애 행각은 그의 부드러운 그늘을 완벽하게 드러내려는 유일한 시도였으며 그 이후 끊이지 않았던 퇴행의 시작이기도 했다. 그때 이후 표면에서 떠도는 잎과 가지들은 시야에서 사라졌지만 아무튼 그가 아직 존재한다는 유일한 신호였다. 이렇듯 활동을 멈춘 그의 반쪽은 활동적이고 분주한 나머지 반쪽의 유용성에 의해 각인된 무의식적인 확신―그의 활동적인 자아에 그늘을 짙게 드리운 확신―에서 구명하게 드러났을 것이다. 모든 일 가운데서―육체적인 욕망뿐 아니라 그 아래의 정신적인 것까지―그는 어떤 결실에도 이르지 못한 채 준비만 하다 끝난 수인囚人 같았고 결국 세월이 가면서 마치 램프에서 기름이 타들어가듯이 자신이 유용하다는 느낌을 점점 잃어버렸다. 그의 발전은 두 길로 뚜렷하게 나뉘었는데, 하나는 대낮의 길이고 다른 하나는 어둠 속에 유폐된 길이었다. 따라서 오랫동안 그를 필요 이상으로 억압한 도덕적 정지 상태는 두 길을 하나로 합치지 못한 탓이었는지도 모른다.

  이제 울리히도 그 결합이 불가능한 이유가 이른바 문학과 현실, 은유와 진실 사이의 불편한 관계로 설명될 수 있다는 사실을 깨달았다. 문득 이 모든 것이 그가 최근 상관없는 사람과 별 목적 없이 나눈 대화에서 얻은 우연한 영감보다 나아봤자 얼마나 나을까라는 생각이 들었다. 비유적인 것과 명확한 것이라는 두 근본 행동양식은 인류 역사를 돌이켜볼 때 언제나 구분될 수 있었다. 명확함은 깨어 있는 사고와 행동의 법칙이며 자신의 의지를 희생자에게 차근차근 강요하는 협박범만큼이나 논리적인 결론을 이끌어내는 법칙이다. 또한 이것은 오로지 상황을 명확히 끌어가지 않으면 재앙에 직면할 만큼 절박한 상황에서 기인한 것이기도 하다. 반대로 비유적인 것은 여러 의미들을 꿈속에서 결합시키는 이미지 같은 것이며 예술이나 종교적 직관의 방식으로 사물과 관계하는 것이다. 비록 삶 속에서 좋아함과 싫어함, 잔성과 반대, 경외, 복종, 통솔력, 모방이나 그 반대의 것들이 있다고 해도 자연과 인간의 다양한 관계들은 순수하게 물질적이지 않거니와 그럴 수도 없으며, 오직 비유로만 파악될 수 있을 것이다. 의심할 바 없이 우리가 더 고귀한 인간성이라고 부르는 것은 비유와 진리라는 이 위대한 삶의 두 양식을 주의깊게 구분함으로써 함께 녹여내려고 노력하는 것이다. 하지만 비유 가운데 진실이 될 만한 모든 것을 거품에서 떼어낸다면, 우리는 아마도 일부의 진실만을 얻게 될 것이며 비유의 온전한 가치는 파괴될 것이다. 이런 식의 분리를 정신의 발전 과정에서 피하기는 어렵겠지만 결국 분리는 물질의 증발이나 증류처럼 내부의 힘과 영혼을 수증기로 날려버리고 만다. 오늘날 도덕적 삶의 개념이나 규칙은 푹 삶아진 비유 같아서 그 주위로 기름진 부엌의 수증기가 혐오스럽게 피어오른다는 말을 피하기가 어려워졌다. 또한 여기서 여담이 허용된다면, 오늘날 모든 보편적인 것에 대한 숭배는 그저 이렇듯 모든 것 위에 모호하게 맴도는 인상에 다름 아니다. 그래서 오늘날 거짓말을 하는 사람은 나약해서가 아니라 인생을 지배하는 사람이라면 거짓말도 좀 할 수 있어야 하기 때문이라고 말한다. 사람들이 폭력적인 이유는, 오랫동안 아무 소용없는 토론을 거친 끝에 폭력의 단순함이야말로 하나의 구원처럼 여겨졌기 때문이다. 개별적인 생각이 오랫동안 하지 못했던 모든 것을 복종 가능하게 해주었기 때문에 우리는 조직으로 모여들었다. 또한 사랑의 감정은 곧 잠이 오게 하는 반면 조직 사이의 적대감은 우리에게 피의 복수라는 끊임없는 상호작용을 일으켰다. 이것은 인간이 선하냐 악하냐의 문제가 아니라 인간이 고귀함과 비천함의 감각을 잃어버렸다는 문제였다. 이런 방향 상실이 가져온 또 하나의 역설적인 결과는 오늘날 지식에 대한 불신을 주렁주렁 매단 지나친 정신적인 치장이다. 세계관을 행위와 연결한다는 취지는 정치가 그렇듯 거의 현실에 녹아들지 못했다. 그건 모든 관점을 입장으로 만들겠다는, 그리고 모든 입장을 관점으로 간주하겠다는 병적 욕망에 지나지 않았다. 마치 거울의 방에서 하나의 이미지가 끊임없이 반시되는 깃처럼 자신에게 부여된 생각을 계속 반복하는 일종의 광적인 욕구처럼 말이다. 널리 퍼진 이런 현상은 사람들이 바라듯 휴머니즘이 아니라, 사실상 휴머니즘의 몰락을 의미했다. 대체적으로 인간관계 속에 잘못 자리잡은 영혼을 완전히 제거해야만 한다는 점이 더욱 뚜렷해졌다. 울리히가 이런 생각을 하던 그때 그는 자신의 삶에 의미가 있다면 그건 인간 존재의 근원적인 두 영역을 각각 분리해서 드러내고 서로를 향해 맞서도록 했다는 것임을 깨달았다. 그와 비슷한 사람들은 분명히 오늘날도 태어나지만 그들은 고립돼 있고 그런 고립 가운데 나누어진 것을 새롭게 결합시킬 수 없었다. 그는 자신의 철학적 실험의 가치에 대해 아무런 허상도 품지 않았다. 비록 그의 생각과 생각 사이에 논리적 일관성을 잃지는 않았지만 그건 마치 사다리 위에 사다리를 놓은 것 같아서 맨 꼭대기는 자연스런 삶의 경지에서 볼 땐 매우 불안하게 흔들렸던 것이다. 그는 이런 일들에 깊은 거부감을 느꼈다.

그리고 아마 이런 이유로 울리히는 갑자기 투치를 쳐다보았을 것이다. 투치가 입을 열었다. 마치 아침에 처음 들리는 소리에 귀를 기울이듯이 울리히는 그의 말을 들었다. "나는 당신이 말한 것처럼 우리 시대가 위대하고 인간적이며 예술적인 성취를 소유하지 못했다고 감히 판단할 능력이 없어요. 내가 확실히 말할 수 있는 건 외교문제가 여기보다 더 어렵게 돌아가는 곳은 없다는 것입니다. 우리의 위대한 기념해에도 프랑스의 외교 정책은 원한을 갚으려는 욕구와 식민지 경영에 의해 움직이리라는 예측이 가능하고, 영국의 경우엔 흔히 전진의 기술이라고 불리는 그들의 방식대로 세계의 장기판에 졸을 내보낼 것이 예상되며, 독일은 늘 그렇듯이 뭐 하나 투명하지 않으면서 밝은 태양 아래 있겠다고 말할 겁니다. 하지만 우리의 노쇠한 제국은 자기만족에 빠져 우리 모두는 어느 방향으로 끌려가는지에 무관심하지요!" 마치 투치는 제동을 걸고 경고를 하려는 것 같았다. 그는 분명히 어떤 아이러니한 의도 없이 말했다. 아이러니의 향기는 오직 순수한 사실성, 즉 이 세계의 자족이 하나의 거대한 위험이라는 생각을 전달하는 그의 메마른 태도에서만 풍길 뿐이었다. 울리히는 마치 커피콩을 씹은 것처럼 투치의 태도에 정신이 번쩍 들었다. 투치는 자신의 경고를 더욱 날카롭게 다듬으면서 말을 마쳤다. "오늘날 누가 감히," 그가 물었다. "위대한 정치적 이상의 실현을 믿겠습니까? 그걸 믿는 사람은 범죄자나 희대의 도박꾼이 분명합니다! 당신들 역시 믿지 않겠지요? 외교는 그저 현재의 상태를 유지하는 것입니다."

"지금 상태를 유지하다가는 전쟁에 이릅니다." 아른하임이 응답했다.

"그럴 수도 있겠네요." 투치가 말했다. "우리가 할 수 있는 단 하나 마지막 남은 것은 우리가 참여할 가장 좋은 때를 선택하는 것입니다! 러시아 황제 알렉산더 2세의 일을 기억하시나요? 그의 아버지 니콜라이는 폭군이었습니다. 하지만 그는 자연사했지요. 반면 알렉산더는 고결한 사람으로서 자유주의적인 개혁을 시도했지요. 그 결과 러시아의 자유주의는 급진주의로 변화되었고 알렉산더는 세 번의 암살기도에서 살아남았지만 네번째 시도 때 죽고 말았습니다."

울리히는 디오티마를 바라보았다.

그녀는 꼿꼿하고 주의 깊게, 진중하고 육감적인 자세로 남편의 말에 수긍했다. "그 말이 맞아요. 우리 토의에서도 나는 지적인 급진성을 감지하고 있어요. 급진주의에 조금만 틈을 주면 아마 전부를 차지하려 할 겁니다."

투치는 아른하임을 상대로 작은 승리를 거뒀다는 생각에 미소가 새어나왔다.

아른하임은 아무 반응 없이 앉아 마치 막 벌어진 싹처럼 입술을 벌리고 숨을 쉬고 있었다. 감옥에 갇힌 것처럼 디오티마는 깊은 계곡 너머의 아른하임을 건너다보았다.

장군이 뿔테 안경을 닦았다.

울리히가 천천히 입을 열었다. "뭔가 삶에 의미있는 일을 위해 부름받았다고 느끼는 사람들이 오늘날 공유하는 것이 하나 있습니다. 그건 우리를 개인적인 견해가 아니라 진실로 이끌 수 있는 그 지점에서 '사유'를 경멸한다는 사실입니다. 모든 것이 결코 소진되는 법이 없는 각자의 견해들에 의존할 때 그들은 입빠른 의견과 반쪽짜리 진실에 집착하는 것입니다."

아무도 여기에 응답하지 않았다. 왜 꼭 대답을 해야만 하는가? 누군가 한 말은, 그저 말일 뿐이다. 문제는 여섯 사람이 한 방에 앉아서 중요한 대화를 나눈다는 것이다. 그들이 한 말이나 하지 않은 말, 그들의 감정, 예감, 가능성 들은 서로 다른 수준에서 이 행위에 녹아들어 있었다. 그건 마치 옷을 잘 갖춰 입은 사람이 중요한 서류에 서명을 하는 순간에도 그의 위와 간은 어둠 속에서 움직이고 있는 것과 비슷한 것이다. 이런 위계질서는 훼손되어서는 안 된다. 그 안에 진실이 있기 때문이나!

울리히의 나이든 친구 슈툼은 이제 안경을 다 닦아 쓰고는 울리히를 바라보았다.

이 사람들 모두와 항상 친밀하게 지내왔다고 믿었지만 울리히는 갑자기 자신이 매우 고립된 것 같은 기분이 들었다. 몇주 전, 또는 몇달 전에도 똑같은 기분이었던 적이 있었다. 창조적으로 내쉬어진 작은 호흡 하나가 자신이 포함된 딱딱한 달빛 풍경을 거스르는 기분이랄까. 울리히는 인생의 모든 결정적인 순간에 그런 충격과 고립의 인상을 받았던 것만 같았다. 그를 괴롭히는 것은 불안이었을까? 그는 자신의 기분을 명백하게 이해할 수 없었다. 그런 기분은 그가 삶에서 지금까지 한번도 진실한 결정을 내리지 않았고 지금이야말로 그런 결정을 내려야 할 때임을 말하고 있었다. 하지만 적당한 단어가 떠오르지 않았고 그저 불편한 감정 속에서 고립감에 휩싸일 뿐이었다. 뭔가가 그를 거기 있는 사람들에게서 떼어내는 것 같았고, 아무 상관없는 그들을 갑자기 손과 발로 억지로 밀어내려는 것 같았다.

그 방에 침묵이 찾아오자 현실정치인으로서의 의무를 깨달은 라인스도르프 백작은 독촉하며 말했다. "그래서 무엇을 해야만 할까요? 비록 일시적일지라도 우리 운동이 마주한 위험에서 벗어나려면 어떤 결정을 해야만 할까요?"

그러자 울리히는 엉뚱한 제안을 내놓았다. "각하," 그가 말했다. "평행운동에는 단 하나의 해야 할 일이 있습니다. 바로 정신의 총체적 재고조사를 실시하는 것입니다! 우리는 1918년이 도래하면 옛날 정신은 파기되고 더 수준 높은 정신이 시작되리라는 것을 반드시 보여주어야 합니다. 황제의 이름으로 영혼과 정확성을 위한 세계 사무국을 설립할 것을 제안드립니다. 다른 모든 사업들은 이미 불가능해졌거나 아니면 허상이 돼버렸습니다!" 그는 생각에 깊이 빠져 있었던 몇분 동안 떠오른 것들을 덧붙였다.

그가 말하는 동안 사람들은 놀란 나머지 눈이 빠져나오는 것처럼 보였고 몸 전체가 앉은 자리에서 들썩거리는 듯 보였다. 사람들은 울리히가 집주인의 전례를 따라서 뭔가 이야기를 이어갈 줄 알았는데, 막상 어떤 위트 있는 말도 나오지 않자 그는 마치 자신의 어리석은 장난 때문에 기울어진 탑에 둘러싸여 낭패를 맛본 어린아이처럼 앉아 있었다. 오직 라인스도르프 백작만이 친근한 표정을 지었다. "지극히 맞는 말이오," 그는 놀란 채 말했다. "하지만 이제 그저 암시에 그쳐서는 안 되고 구체적인 실물이 나와야 합니다. 그 점에서 재산과 교양은 우리를 아주 위태롭게 하고 있어요!"

아른하임은 울리히의 농담에 속아넘어간 귀족 어른을 구출해야겠다고 생각했다.

"우리 친구는 본인의 사상에 빠져 있습니다." 아른하임이 말했다. "그는 옳은 삶을 향한 어떤 화학적인 방법이 있다고 믿습니다. 마치 화학 질소나 고무가 있는 것처럼 말이죠. 하지만 인간의 마음이란," —그는 순간 울리히를 향해 가장 기사도 넘치는 미소를 지어 보였다— "쥐들처럼 실험실에서 길러질 수 없으며 얼마 안 되는 쥐들만 봐도 알 수 있듯이 광대한 곡창이 필요한 법입니다!" 그는 곧장 그런 무모한 비유를 사과했으나 사실 내심으론 꽤 기뻐했는데 라인스도르프처럼 전문적 토지경영을 하는 귀족에게 어울리기도 했거니와 실행에 대한 책임감과 생각만 그런 것 사이의 간격을 적절하게 표현해주었기 때문이다.

하지만 라인스도르프 백작은 화를 내며 고개를 흔들었다. "나는 박사의 말을 잘 알고 있습니다." 그가 말했다. "예전 사람들은 이미 있어 왔던 관계들 속에서 성장해왔고, 그렇게 적응하며 사는 것은 신뢰할 만한 방법이었습니다. 하지만 오늘날 모든 것이 바닥에서부터 흔들리는 역동의 시대에 우리는 아무리 영혼이 중요하더라도 수공업 체제를 공장의 지능적인 체제로 바꿔야만 합니다." 그건 그 귀족 자신에게조차 놀라움을 안겨준 주목할 만한 발언이었다. 그 말을 하기 전에 백작은 자제력을 잃은 표정으로 그저 울리히를 바라만 보고 있었기 때문이다.

"그러나 저 박사 선생이 하는 말은 거의 실현 불가능합니다." 아른하임이 단호하게 말했다.

"왜 그렇게 생각하죠?" 라인스도르프 백작이 단호하고 싸울 듯한 어투로 말했다.

디오티마가 중재에 나섰다. "하지만 백작," 그녀는 마치 사람들이 말하고 싶어하지 않는 것, 즉 정신을 차리라는 요청을 하듯이 말했다. "내 사촌이 말한 것들은 이미 오래전부터 시도됐던 일들이에요! 오늘처럼 길고 격렬한 토론을 거친 후에 어찌 다른 결론이 나오겠습니까?" "그런가요?" 화가 난 백작이 대답했다. "나는 처음부터 똑똑한 친구들에게서 아무것도 나오지 않을 거라고 생각했어요! 정신분석이니 상대성이론이니 하는 것들은 뭐가 됐든 허무한 잡동사니일 뿐입니다. 그들은 모두 특정한 방식으로 세계를 예단하고 싶어하죠. 당신들한테 말하건대 울리히 박사가 완벽하게 자기 의견을 표현하진 못했지만 본질적으론 그가 옳습니다! 새로운 시대가 올 때마다 뭔가 새로운 것들이 만들어지지만 만족할 만한 것은 나오지 않죠!" 평행운동의 실패에서 비롯된 예민함이 표면을 뚫고 나왔다. 라인스도르프 백작은 자신도 의식하지 못한 채 턱수염을 꼬는 대신 엄지손가락을 돌리고 있었다. 그것은 아른하임에 대한 비호감이 겉으로 드러난 것처럼 보였다. 울리히가 '영혼'이라는 말을 꺼냈을 때 라인스도르프 백작은 매우 놀랐지만 그 뒤의 말은 내심 마음에 들었기 때문이다. '아른하임 같은 사람이 그렇게 떠들어대는 영혼은,' 그는 생각했다. '속임수에 불과하지. 그런 건 필요없어. 이미 종교가 있으니까.' 하지만 아른하임 역시 입술이 창백해질 정도로 기분이 좋지 않았다. 지금까지 라인스도르프 백작이 그런 식으로 말을 한 상대는 장군 외에는 없었다. 아른하임은 당하고만 있을 사람은 아니었다! 하지만 단호하게 울리히 편을 드는 라인스도르프 백작을 보면서 그는 깊은 인상을 받았고 울리히를 향한 자신의 쓰디쓴 감정을 떠올리지 않을 수 없었다. 아른하임은 울리히와 직접 그런 일들을 이야기해보고 싶었지만 여러 사람들 앞에서 오늘의 우연한 충돌을 빚기 전까지 그럴 기회가 없었다는 사실이 당혹스러웠다. 그래서 자신이 무시하는 라인스도르프 백작에게 대항하느니 차라리 자신의 성향과 맞진 않지만 격렬한 흥분을 감수하면서 울리히에게 말을 던져보았다. "당신은 지금까지 한 말을 모두 믿습니까?" 그는 격식 따위는 생략하고 단도직입적으로 물었다. "그것이 실행 가능하다고 생각합니까? 우리가 정말 '비유의 법칙'에 따라 살아갈 수 있다고 보시나요? 백작 각하가 완전히 자유를 준다면 당신은 무엇을 하겠습니까? 간절하게 부탁합니다. 말해주십시오!"

더없이 끔찍한 순간이었다. 디오티마는 이상하게도 며칠 전 신문에서 읽은 기사를 떠올렸다. 한 여인이 자신의 나이든 남편이 결혼의 의무를 '완수하지' 않으면서 헤어지지도 않는다는 이유로 연인에게 남편을 살해하도록 간청했으며 그 때문에 사형을 선고받았다는 소식이었다. 이 사건은 그 남자의 의학적인 몸상태와 그것을 거스르는 욕구 때문에 디오티마의 관심을 끌었다. 그런 상황에서는 스스로 뭘 어찌해볼 수 없다는 점에서 그 누구도 비난받긴 어려웠다. 오히려 그런 상황을 만든 반자연적인 상태가 문제일 것이다. 그녀는 순간 왜 그런 생각이 떠올랐는지 알지 못했다. 하지만 최근 울리히가 자신에게 여러 차례 '흔들리며 떠다니는 것'에 대해 이야기했으며 자신이 어떤 뻔뻔스러움을 그것과 연결시켰다며 화를 냈던 순간을 기억해냈다. 그녀 자신조차도 공허 속에서 영혼을 끌어내는 특권층에 대해 이야기했다. 결국 그녀는 사촌이 자신처럼 열정적이면서도 확신이 부족하다는 결론을 내렸다. 그 모든 것은 라인스도르프와의 친선이 깨진 그녀의 머리와 가슴속에 있었고 저 비난받는 기사 속 여인의 이야기와 얽혀 있었다. 그래서 그녀는 입술을 벌리고 앉아서 누군가 아른하임이나 울리히 편을 들면 무서운 일이 벌어지겠지만 그렇다고 아무 편도 들지 않고 간섭하려 한다면 더 무서운 일이 벌어질 것이라는 느낌에 사로잡혔다.

  아른하임이 자신을 공격하는 동안, 울리히는 투치를 바라보고 있었다. 투치는 갈색 주름 사이에 숨겨진 열정적인 호기심을 숨기느라 애쓰고 있었다. 그는 자신의 집에서 벌어진 모든 야단법석이 자기들끼리의 충돌을 거쳐 이제야 정점을 향해 치닫는다고 생각했다. 그는 물론 울리히에게 조금의 동정도 품지 않았다. 울리히가 한 말은 그의 천성과 아주 맞지 않았다. 투치는 한 사람의 가치는 의지나 소명 같은 데 있지 감정이나 사유에 있다고 믿지 않았으며 비유 따위의 엉터리 말을 하는 것은 매우 저속하게 느껴졌기 때문이었다. 울리히는 이런 사실을 어느 정도 예감했는데, 언젠가 자신이 투치에게 인생이 아무 성과 없는 여행처럼 흘러간다면 자살을 할지도 모른다고 말한 적이 있기 때문이었다. 울리히는 그걸 논리적으로 설명하지 않고 그저 고통스러울 정도로 솔직하게 말했으며 지금도 그 말 때문에 부끄러워하고 있었다. 다시금 그는 자기에게 결정의 때가 다가왔음을 정확히 설명할 수 없을 것 같은 느낌이 들었다. 순간 그에게는 게르다 피셀이 떠올랐고 그녀가 찾아와서는 마지막 대화를 이어갈 위험성이 있겠구나 싶었다. 울리히 자신이야 노닥거림에 불과했지만 그들의 대화는 거반 언어의 극단까지 이르렀으며 오직 마지막 한걸음만이 남았음을 알았다. 언제가는 그 처녀의 불안정한 열망에 다정하게 끌려들어가 정신의 허리띠를 풀어버리고 '두번째 성벽'으로 기어오르게 될지도 모르는 일이다. 하지만 그건 미친 짓이었다. 그가 게르다와 그렇게까지 나아간 것은 그녀와 있으면 편안함을 느꼈기 때문이었다. 그는 아른하임의 화난 얼굴을 볼 때마다, 그리고 그에게서 '현실적 감각'이 없다는 비난을 받을 때마다 묘하게 말짱한 것 같으면서도 화가 치미는 흥분에 빠졌다. 그럴 때마다 아른하임은 "죄송하지만 이것도 저것도 아닌 터무니없는 입장은 너무 어린애 같은 태도입니다"라고 말했고 울리히는 그럴수록 어떤 대답도 하고 싶지 않았다. 울리히는 시계를 보았고 마치 상대방을 달래듯이 웃으면서 대답을 하기엔 시간이 너무 늦었다고 말했다.

    그 말로써 그는 다른 사람들과의 관계를 되찾았다. 투치 국장은 심지어 일어섰고 뭔가 도망가듯이 딴청을 피움으로써 울리히의 무례함을 덮어주었다. 라인스도르프 백작도 한동안 가만히 있었다. 그로서는 울리히가 '프로이센인'을 물리쳐주었으면 더 좋았겠지만 그러지 않아도 상관은 없었다. '누군가 마음에 든다면, 그냥 마음에 드는 거지.' 그는 생각했다. '아무리 다른 사람이 똑똑하게 말을 한다고 해도 말이야!' 또한 아른하임의 '전체의 비밀'이라는 생각에 과감하면서도 무의식적으로 접근하면서 그는 순간 전혀 지적으로 여겨지지 않는 울리히의 표정을 바라보았고, 생각을 정리했다. '우리는 친절하고 호감이 가는 사람이 멍청한 말을 하진 않을 거라고 즐겨 말하지.'

모임은 즉시 끝나버렸다. 장군은 뿔테 안경을 벗어 제복 상의에 넣을 곳을 찾아 더듬더니 결국은 바지에 달린 총 지갑에 넣었다. 그는 지혜를 뜻하는 이 문명의 도구를 어디다 두어야 하는지 여전히 알기 어려웠기 때문이다. "이거야말로 무장한 평화 이념 같군요!" 그는 급하게 끝나버린 모임을 슬쩍 비꼬면서 공범자처럼 투치에게 말을 건넸다.

오직 라인스도르프 백작만이 그간 해왔던 논의들을 신중하게 돌아보았다. "그래서 우리가 합의한 것이 무엇이었죠?" 그는 물었고 아무도 대답이 없자 조용히 덧붙였다. "차차 알게 되겠죠!"

117.
라헬의 어두운 날

남성성에 눈뜨면서, 그리고 라헬을 유혹하겠다는 결심이 굳어지면서 졸리만은 마치 사냥꾼이 야생을 대하거나 도축업자가 동물을 대하는 것만큼이나 냉정해졌다. 하지만 졸리만은 자신의 목표가 어디까지인지, 어떤 방식으로 거기에 도달할 것인지, 어떻게 만나서 해결해야 될지를 알지 못했다. 한마디로 말해서 한 남자의 의지는 한 소년의 나약함으로 바뀌는 것 같았다. 라헬 역시 무언가 일어날 것을 알았고 보나데아와의 모험이 있던 날 자신도 모르게 울리히의 손을 잡은 이후로 정신이 약간 나간 것 같기도 하고 매우 강렬한 애욕의 감정에 사로잡힌 것 같기도 했다. 그건 졸리만에게도 행운의 계시 같았다. 하지만 그땐 상황이 좋지 않았고 그래서 시간은 지체되었다. 요리사가 병에 걸리는 바람에 라헬은 집안의 모임을 준비하느라 외출 시간을 빼앗기고 말았다. 아른하임이 자주 디오티마의 집에 방문하긴 했지만 두 청춘을 감시하기라도 하려는 듯 아른하임은 졸리만을 거의 데리고 가지 않았고 그래서 그 둘은 주인들이 있을 때 아주 잠깐 서로의 무표정하고 시무룩한 얼굴을 볼 수밖에 없었다.

  그 무렵 그들은 서로를 증오했는데, 각자가 서로를 너무 짧은 쇠사슬에 묶은 것 같은 고통을 주었기 때문이다. 졸리만은 자신의 끓어오르는 욕망을 폭력적인 일탈로 이끌고 갔다. 그는 주인 모르게 호텔에서 빠져나올 계획을 세우고는 침대 시트 한 장을 훔쳐서 자르고 꼬아서 줄사다리를 만들어 탈출하려고 했다. 하지만 계획이 수포로 돌아가자 엉망이 된 침대 시트를 지하실 통로에 처박아두었다. 그러고는 밤에는 어떻게 하면 건물의 돌출부와 장식을 이용하여 외벽을 오르내릴 수 있을지를 헛되이 연구하는 한편 낮에 길을 걸으면서는 그 유명한 도시의 건축물을 자신이 타고다녀야 할 길로 바리보았다. 반면 라헬은 그가 이런 계획과 어려움을 자신에게 스치듯 속삭여주고 난 후 밤에 불을 끄고 있을 때 종종 그의 얼굴이 검은 보름달처럼 벽 아래서 떠오르거나 수줍어하며 대답해야 할 것 같은 찌르륵거리는 소리가 들리는 것 같았다. 그녀는 밖에 아무도 없는 것을 확인할 때까지 창밖으로 몸을 한껏 내밀어 텅 빈 밤거리를 내다보았다. 그녀는 이 낭만적인 혼란을 불쾌하게 여기지 않았고 오히려 갈망하는 슬픔으로 받아들였다. 이 갈망은 원래 울리히를 향한 것이었다. 졸리만은 누군가의 사랑을 받을 만한 사람은 아니었지만 그럼에도 뭔가를 내주고 싶은 사람임에는 틀림없다고 라헬은 생각했다. 그들이 최근 떨어져 지냈다는 것, 서로의 목소리를 거의 들을 수 없었으며 둘 다 주인들을 별로 좋아하지 않았다는 사실 등등이 마치 연인들 사이의 불확실성, 신비함, 탄식 가득한 밤처럼 작용했다. 그녀는 불타는 유리처럼 자신의 빛나는 상상을 한곳에 모았으며 그 빛은 단순히 기분 좋은 따듯함을 넘어 더이상 견딜 수 없는 강렬한 열기를 뿜어냈다.

  아무튼 라헬은 줄사다리나 벽을 타고 오르는 것에 헛되이 매달리지 않는, 좀더 실용적인 사람이었다. 납치를 당하는 것 같은 비현실적인 꿈은 이윽고 함께 지낼 수 있는 하룻밤으로 바뀌었고 이런 밤조차 불가능하다면 감시당하지 않는 15분이라도 얻어보려 했다. 디오티마도 라인스도르프 백작이나 아른하임도, 성대하지만 남는 것은 없었던 모임이 끝난 후 자기들끼리 한두 시간 함께 머물며 사업의 성과에 대해 염려하곤 했지만 그중 한 시간이 네 번의 15분으로 이뤄져 있다는 생각은 하지 못했다. 하지만 라헬은 촌각을 계산했고 아직 건강이 회복되지 않은 요리사가 일찍 퇴근했기 때문에 젊은 동료에게 돌아가는 부담은 여전했으며 한동안 집안일에서는 좀 놓여나긴 했지만 사람들은 그녀가 어디에 있는지조차 알 수 없었다. 시험 삼아서—마치 자살을 하려는 사람이 여러 시도들을 하다가 그중 하나가 실수로 성공에 이르듯이 — 라헬은 여러 차례 졸리만을 자신의 방으로 끌어들였다. 그녀는 들켰을 때 둘러댈 말들을 준비했고 굳이 건물 벽을 타지 않고도 자기의 방으로 올 수 있음을 그에게 알려주었다. 하지만 지금까지 그 젊은 연인들은 상황을 지켜보면서 대기실에서 하품을 하고 있을 수밖에 없었는데 마침내 내실에서 들려오는 목소리들이 타작하는 소리처럼 끊임없이 이어지던 어느 밤 졸리만은 소설에서 읽은 사랑스런 문장을 끌어내어 이제 더이상 참을 수 없다고 그녀에게 속삭였다.

  방 안에 들어왔을 때 문을 잠근 것은 졸리만이었다. 하지만 그들은 감히 불을 켜지 못했고 마치 한밤중에 공원에 서 있는 두 동상이 그러하듯 앞을 보지 못한 채 모든 감각을 빼앗긴 사람처럼 마주서 있었다. 그는 남성의 정복욕을 발휘해 라헬의 손을 꽉 잡거나 다리를 꼬집어서 소리를 지르게 하고 싶었지만 아무 소리도 내선 안 되었기 때문에 참을 수밖에 없었고, 마침내 소심한 장난을 쳐봤으나 라헬은 참기 힘든 냉담함으로 반응할 뿐이었다. 라헬은 척추 위에서 운명의 손길을 느꼈고 그 손길은 그녀를 점점 앞으로 밀어내 마치 이미 모든 환상을 빼앗긴 것처럼 이마와 코가 차가워졌다. 졸리만 역시 매우 당혹스러워했다. 그는 뼛속까지 서툴렀고 언제까지 그렇게 어두운 곳에서 마주보고 서 있어야 하는지조차 알 수 없었다. 결국 그 행위에는 교양이 있어야 했기에 경험이 더 많은 라헬이 유혹하는 역할을 맡았다. 그녀에게 도움을 준 것은 최근 디오티마에 대한 사랑 대신 자리를 차지한 원한이었다. 이제 그녀는 주인의 행복에 같이 기뻐하기를 멈추고 자신만의 연애에 몰입했다. 그녀는 확연히 달라졌다. 그녀는 졸리만과의 만남을 숨기기 위해 거짓말을 했을 뿐 아니라 디오티마의 머리를 빗기다 일부러 머리카락을 뽑기도 했는데 그것은 자신의 행동을 늘 감시당했던 것에 대한 복수였다. 하지만 그녀를 가장 분노케 한 것은 이전 같으면 기뻤던 것으로, 디오티마가 입던 슈미즈 드레스나 팬티, 스타킹 따위를 얻어입는 일이었다. 이 옷들을 거의 3분의 1이나 줄여서 완전히 고쳐 입었음에도 그녀는 마치 맨몸에다 예의범절의 멍에를 씌운 듯 감옥에 갇힌 기분이 들었다. 하지만 이런 옷가지들이 이번 만큼은 상황에 꼭 필요한 새로운 아이디어를 이끌어냈다. 왜냐하면 그녀는 한참 전에 여주인의 옷을 세탁하면서 속옷가지들의 변화에 대해 졸리만에게 말한 바 있었고, 현재 긴급한 상호간의 친밀감을 위해 그냥 그 속옷들을 보여주기만 하면 되었기 때문이다. "이것 봐, 그들이 얼마나 못됐는지를 보라고," 그녀는 졸리만에게 어둠 속에서 달빛에 비치는 작은 팬티의 솔기를 보여주며 말했다. "그들이 이런 식으로 음모를 꾸며나간다면 우리집에서 계획한 그 전쟁에 관해서도 주인 나리를 속일 게 분명해." 소년은 부드럽고 위험한 팬티를 조심스럽게 만져보았고 그녀는 숨죽이며 말을 이었다. "졸리만, 네 팬티가 너의 피부처럼 검다는 데 나는 돈을 걸겠어. 사람들이 늘 그렇게 말하거든." 그러자 졸리만은 모욕을 가하듯, 그러나 부드럽게 자신의 손톱으로 그녀의 다리를 만졌고 라헬은 몸을 자유롭게 하기 위해 더 가까이 다가갔으며 어떤 적합한 결론도 없는 이러저러한 말들을 늘어놓아야 했다. 하지만 마침내 그녀는 자신의 작고 날카로운 이빨로 졸리만의 얼굴을 마치 커다란 사과라도 되는 듯 깨물었다. 그녀가 이 천진난만한 짓을 반복할 때마다 그의 얼굴은 장난스럽게 그녀의 얼굴에 짓눌렸다. 그때부터 그녀는 긴장을 날려버렸고 졸리만 역시 자신의 서투름을 잊어버렸으며 어둠을 틈타 격렬한 사랑의 몸짓이 사납게 날뛰었다.

　사나운 욕정이 해소되자 두 연인은 바닥에 쿵 하고 누워버렸다. 욕정은 벽 사이로 사라져버리고 어둠은 마치 죄인들이 서로에게 검게 문지른 한줌의 석탄처럼 그들 사이에 깔렸다. 그들은 시간이 엄청 지나간 것으로 착각하여 두려워했다. 라헬의 수줍은 마지막 키스는 졸리만에게는 귀찮게 느껴질 뿐이었다. 그는 불을 켜고는 이제 약탈을 끝냈으니 도망갈 일만 남은 도둑놈처럼 굴었다. 부끄러움에 새빨리 옷을 갖춰입은 라헬은 어떤 목적도 깊이도 없는 눈으로 그를 바라보았다. 그녀의 헝클어진 머리카락이 눈 위로 흘러내렸고 그 너머로 그녀는 다시금 지금까지 잊고 있었던 자신의 명예롭고 큰 이상을 바라보았다. 그녀는 최상의 덕성을 갖추었을 뿐 아니라 잘생기고 부자인데다 도전적인 연인을 꿈꾸어왔는데 지금 그녀 앞에는 여전히 옷을 덜 갖춰입고 끔찍하게 못생긴 졸리만이 있었다. 게다가 그녀는 그가 말한 어떤 이야기도 믿지 않았다. 만약 불이 꺼져 있었다면 그녀는 졸리만의 살찌고 긴장된 얼굴을 헤어지기 전까지 품에 안고 있었을지도 모른다. 하지만 불은 켜져 있었고 그는 그녀의 새로운 연인이자 모든 타인을 배제하는 존재이며 수천 사람의 가능성이 이 작고 우스꽝스런 악마 속에 쪼그라든 존재였다. 이제 라헬은 다시 유혹당할 수 있는 하녀로 돌아갔고 이 일로 생길지도 모를 아이에 대해 극도로 두려워하기 시작했다. 그녀는 이런 변화로 말미암아 탄식을 내뱉을 정도로 위협을 받았다. 졸리만이 허둥대다가 팽팽한 윗도리의 단추를 제대로 끼우지 못하자 그녀는 옷 입는 것을 도와주었다. 하지만 다정함은 없었고 오직 서둘러 아래층으로 내려가기 위한 행동일 뿐이었다. 그녀는 두려울 정도로 모든 것을 내어주었고 여기서 발각된다면 더 견딜 수가 없었던 것이다. 아무튼 그들이 나갈 준비를 다 끝냈을 때, 졸리만은 자부심에 찬 나머지 돌아서서 그녀를 향해 함박웃음을 지어 보였고 문을 열기 전에 그녀는 그에게 속삭였다. "키스를 한번 더 해줘야지!" 그건 당연한 일이었지만 둘 모두에게 키스는 마치 입술에 치약을 묻힌 것 같은 맛이 났다. 대기실에 돌아와서야 그들은 시간에 여유가 있었음에 놀랐다. 문 뒤로 들리는 대화 소리는 이전보다 더 커졌던 것이다. 손님들이 문을 열고 나서자 졸리만은 사라져버렸고 반시간쯤 뒤에 라헬은 거의 예전의 사랑이 느껴질 정도로 엄청 세심하게 여주인의 머리를 빗겨주고 있었다.

"내 훈계가 너한테 통한 것 같아 기쁘구나!" 디오티마는 칭찬했고 그렇게 많은 질문에도 만족을 얻지 못한 부인은 작은 하녀의 손을 친절하게 쓰다듬었다.

118. 그래도 그를 죽여라!

발터는 사무용 복장 중에서 괜찮은 것을 골라 클라리세의 거울 앞에서 넥타이를 매고 있었다. 요즘 취향에 맞게 굴곡진 틀로 꾸며진 거울이었지만 기포가 많은 싸구려 유리 탓에 깊이가 없고 뒤틀린 모습으로 보였다. "사람들 말이 정말 옳아," 그가 화난 음성으로 말했다. "그 유명한 운동은 그저 사기라고!"

"도대체 그들이 소리치는 이유는 뭐지?" 클라리세가 말했다.

"요즘 삶에 이유 같은 게 있나! 거리에 나가면 적어도 줄지어서 행진이라도 하잖아. 서로의 몸이라도 부딪히면서 말이야! 그들은 생각하지도, 쓰지도 않잖아. 벌써 뭔가 될 징조라고!"

"그러니까 네 생각엔 사람들의 분노는 다 그 운동 때문이라는 거지?"

발터는 어깨를 으쓱해 보였다. "신문에서 독일 중재자가 수상에게 떠벌리는 소릴 못 읽어본 거야? 독일 민중에 대한 폄훼라는 둥 차별이라는 둥 하는 소리 말이야. 체코 연맹들의 그 조롱하는 듯한 선언은? 폴란드 유권자들이 선거구에 돌아왔다는 작은 소식은? 행간을 읽을 줄 아는 사람이라면 죄다 엄청난 소식임을 알 거야. 왜냐하면 항상 결정권을 쥐고 있는 폴란드 사람들이 정부를 곤경에 처하게 했기 때문이지! 긴장된 상황이야. 그런 애국주의 운동 따위로 모두를 자극할 때가 아니란 말이야!"

"오늘 아침 시내에 갔을 때," 클라리세가 설명했다. "말을 탄 경찰들이 행진하는 것을 봤어. 한 부대 규모가 나섰더군. 어떤 여자가 그들이 어디엔가 주둔하고 있다고 말했어!"

"물론 군대 또한 병영에서 대기하고 있지."

"뭔가 일이 터질 거라고 봐?"

"그거야 알 수 없지!"

"경찰이 사람들 사이로 밀고 들어갈까? 그 큰 말의 몸뚱어리가 사람들 틈에 있다고 생각하면 얼마나 끔찍한지!"

발터는 넥타이를 풀더니 다시 한번 맸다. "이런 일을 겪어본 적이 있어?" 클라리세가 물었다.

"대학생이었을 때."

"그 이후론 없었고?"

발터는 고개를 저었다.

"넌 언젠가 뭔가 일이 터지면 울리히의 잘못이라고 말한 적이 있지?" 클라리세는 다시 한번 확인하듯 물었다.

"그런 적 없어." 발터는 움찔하며 대답했다. "그에게 정치적 사건은 의미가 없어. 나는 그저 울리히가 그렇게 경솔한 일에 휘말릴 줄 알았다고 말했을 뿐이야. 그는 이 모든 일을 저지른 사람들에 속해 있다고!"

"나도 시내로 나가고 싶어!" 클라리세가 말했다.

"절대 안 돼! 너는 너무 흥분할 거야." 발터는 단호하게 잘라 말했다. 그는 시위 현장에서 일어나는 일들에 대해 사무실에서 들어 알고 있었기에 클라리세가 가지 않았으면 했다. 거대한 군중 속에서 그녀의 히스테리가 심해질 것이 뻔하기 때문이었다. 클라리세는 임신부처럼 다뤄야 했다. 임신이라는 단어를 그저 상상만 했을 뿐인데도 그의 마음은—연인의 냉담함에도 불구하고—모성으로 바보처럼 따듯해졌다. '그런 모순된 관계도 있는 법이지!' 그는 약간의 자부심을 느끼며 중얼거렸고 클라리세에게 제안했다. "네가 원한다면 집에 그냥 있을게."

"아니야," 그녀가 대답했다. "너라도 거기 있어야지."

그녀는 혼자 머물기로 했다. 발터가 다가오는 시위에 대해 말해주고 설명해줄 때 클라리세는 커다란 비늘이 따로따로 움직이는 뱀을 눈앞에 떠올렸다. 그녀는 이런저런 말을 듣는 대신 그 장면을 직접 목격하고 싶었다.

발터는 팔로 그녀를 감쌌다. "내가 집에 있을까?" 그는 다시 물었다.

그녀는 팔을 치우고 시선을 외면하면서 선반에서 책을 한권 꺼냈다. 그녀가 좋아하는 니체의 책이었다. 발터는 나가는 대신 그녀에게 부탁했다. "어디쯤 읽고 있는지 좀 보여줘."

벌써 늦은 오후가 지나고 있었다. 봄의 모호한 기운이 방에 들어찼고 창과 벽을 스며드는 새소리가 들리는 것 같았다. 대지 위에서, 시트와 녹슨 황동 손잡이에서 꽃향기가 스멀스멀 올라왔다, 발터는 책으로 손을 뻗었다. 클라리세는 한 손가락을 펼쳐진 페이지에 끼운 채 두 손으로 책을 잡고 있었다.

이윽고 그들의 결혼생활 내내 있었던 '끔찍한' 장면이 펼쳐졌다. 그 일들은 동일한 전개과정을 겪었다. 그건 마치 불이 꺼진 극장무대 양쪽 사이드에 두 개의 조명이 켜지면서 한쪽에는 발터가, 다른 쪽에는 클라리세가 등장하는 무대와 같았다. 그들은 모든 남자들과 여자들 중에서 선발되었고 그들 사이에는 깊은 어둠의 심연이 보이지 않는 사람들의 온기로 따듯하게 데워져 있었다. 이제 클라리세가 입을 열고 말하면 발터가 대답하며 모든 청중은 숨죽이며 경청한다. 왜냐하면 그들의 대화는 이제껏 한번도 볼 수 없었던 빛과 소리의 장관이었기 때문이다. 그런 장면이 지금 또 펼쳐지고 있었다. 발터가 요청하듯 팔을 뻗었고 몇걸음 떨어진 곳에서 클라리세는 열린 페이지 사이로 손가락을 꽉 끼우고 있었다. 책을 아무곳이나 펼쳐보다가 그녀는 아름다운 문장과 마주쳤다. 문장 속에서 그 거장은 의지의 추락에 따른 빈곤에 대해 말했으며, 삶의 모든 영역에서 전체를 희생하여 개별자들이 번성하는 현상이 뚜렷해진다고 주장했다. "삶은 아주 작은 영역으로 축소돼가고 그 삶에서 남은 것들은 빈약해진다." 이것이 그녀가 기억하는 문장이었고 발터가 끼어들기 전까지 그 대략적인 윤곽만 그려질 뿐 전체적인 맥락은 떠오르지 않았다. 그런데 그렇게 좋지 않은 상황임에도 그녀는 대단한 것을 발견해냈다. 이 문장에서 니체는 모든 종류의 예술, 심지어는 삶의 모든 형식들에 대해 이야기했는데 그가 든 예는 모두 문학뿐이었던 것이다. 그녀는 그런 일반화를 이해하지 못했기 때문에 니체가 사유의 전체적인 영역을 장악하지 못했다고 생각했다. 그건 음악에도 적용될 수 있기 때문이었다! 클라리세에게는 남편의 병적인 피아노 소리가 마치 바로 옆에서인 듯 생생하게 들리는 것 같았다. 그것은 사유가 그녀를 향해 흘러나올 때, 그리고 또다른 거장의 표현에 의하면 '도덕적 추가'의 순간이 내면의 '예술가'를 엄습할 때 손의 터치가 멈칫하면서 나오는 선율, 감정이 풍부한 멈춤이었다. 클라리세는 발터가 조용히 그녀를 갈망할 때의 소리를 알아들을 수 있었다. 또한 그녀는 그의 얼굴에서 풀려나오는 음악을 볼 수 있었다. 그 순간 오직 빛나는 것은 그의 입술이었으며, 그는 마치 손가락이 잘린 채 실신한 사람처럼 보였다. 지금도 그는 그렇게 보였으며 그녀를 향해 팔을 뻗으면서도 긴장된 미소를 지어 보였다. 당연히 니체는 이런 사실을 알 수 없었지만 그녀가 우연히 어떤 페이지를 펼쳤고 그곳을 짚은 것은 하나의 신호였으며, 갑자기 그 모든 것을 보고 듣고 이해했을 때 그녀는 번개 같은 발견의 순간에 충격을 받았고 니체라는 산의—발터를 그 아래 묻어버렸으며 자신의 발바닥 아래 있는—정상에 서게 되었다. 깊은 사유에 다가설 수도 없고 창조적이지도 못한 많은 사람들의 '실용적인 철학과 문학'은 누군가의 위대하고 낯선 사상을 자신들의 사소하고 개인적인 것에 적용해서 만들어지는 것이었다.

그사이 발터는 클라리세에게 다가갔다. 그는 참여하기로 했던 시위를 잊어버리고 그녀와 함께 집에 머물기로 했다. 그는 자신이 다가서자 반감을 품고 벽에 기대 선 그녀를 바라보았다. 한 남자를 피하려는 한 여자의 노골적인 태도는 그에게 혐오감을 전달하기는커녕 그녀가 피하고자 하는 바로 그 원인에 해당하는 남성적인 관념을 깨우는 결과가 되고 말았다. 왜냐하면 남자라면 누구든 저항하는 상대에게 자신의 의지를 강요하고 명령할 준비가 되어 있기 때문이다. 또한 이런 남성성을 증명할 필요성은 남자는 뭔가 특별해야 한다는 젊은 시절 미신의 찌꺼기를 몰아낼 필요성만큼이나 발터에게 의미있게 다가왔다. '인간은 특별할 필요가 없어!' 그는 반항적으로 중얼거렸다. 그런 환상을 몰아내지 못하는 인간이 너무 나약하게만 보였다. '우리 모두에게는 과장하려는 경향이 있지.' 그는 경멸에 빠져 생각했다. '우리 모두에게는 병적인 것, 무시무시한 것, 고독한 것, 사악한 것이 있어. 우리 모두는 자신에게 가능한 것만을 할 수 있는 거야. 그건 아무 의미도 없어!' 그 무시무시한 것들의 파괴적인 성장을 멈추게 하고 유기적으로 분해하는 대신, 또한 점점 더 침묵에 빠지는 시민적 혈관에 뭔가 새로운 생명을 주입하는 대신 그것들을 키워나가야만 하는 인류의 광기에 그는 혐오를 느꼈다. 그래서 발터는 음악과 미술이 단순히 즐겁게 향유되는 세련된 예술을 넘어서는 그날이 오기를 고대했다. 그토록 원하는 아이도 그에겐 이런 새로운 과업에 속했다. 타이탄과 불을 가져온 인간이 되고 싶었던 젊은 시절의 욕망은 약간 과장을 보태자면 이젠 누구든 남들과 같아져야 한다는 믿음으로 바뀌었다. 요즘 그는 아이가 없어서 부끄러웠다. 클라리세와 자신의 수입이 허락했다면 적어도 다섯명의 아이는 낳았을 것이다. 그랬으면 아마도 따듯한 인생의 중반기에 접어들었을 것이다. 그는 삶을 꾸려가는 위대한 보통 사람들의 평균을 평균적으로—이런 욕망이 얼마나 모순적인지는 생각하지 않고—넘어서고 싶어했다. 하지만 그가 생각을 너무 많이 했든지 아니면 옷을 갖춰입고 이런 대화를 나누기 전에 잠을 너무 많이 잤든지, 그의 얼굴은 때마침 뜨겁게 달아올랐다. 그리고 곧장 그녀는 왜 그가 책으로 다가왔는지 알겠다는 신호를 주었다. 그녀의 반감을 드러낸 이렇듯 고통스러운 신호에도 불구하고 서로를 향한 섬세한 공감이 있었다는 사실 덕분에 그의 내면에 숨겨진 잔인함과 단순함은 가라앉고 말았다. "왜 당신이 읽은 부분을 보여주지 않지? 같이 이야기해볼 수도 있잖아!" 그는 주눅이 든 채 요구했다.

"이야기할 수 없어!" 클라리세가 중얼거렸다.

"너무 신경질을 내는군!" 발터가 목소리를 높였다. 그는 펼쳐진 책을 뺏으려 했다. 클라리세는 고집스럽게 그 모습을 바라보았다. 한동안 책을 두고 씨름을 벌이다가 발터는 문득 생각했다. '도대체 이 책으로 뭘 하겠다는 거지?' 그러고는 클라리세를 내버려두었다. 그의 손에서 풀려난 순간 클라리세는 마치 폭력의 위협에서 벗어나기 위해서 빽빽한 덤불을 헤쳐 도망치는 사람처럼 벽을 향해 달려들었다. 그러지만 않았더라도 상황은 쉽게 끝났을 것이다. 그녀는 숨을 쉬지 못한 채 창백해져서는 그를 향해 날카롭게 소리쳤다. "너는 뭔가 해보려고 않고 그저 아이나 만들었으면 하잖아!"

그녀의 입에서 마치 독을 품은 불처럼 이 말이 튀어나오자 발터 역시 자신도 모르게 숨가쁘게 소리쳤다. "이야기를 하자고!"

"말하기 싫어, 네가 역겹다고!" 클라리세가 대답했다. 그녀는 갑자기 자신의 목소리를 최대한 높였고 의도적으로 쥐어짜냈기 때문에 마치 그녀와 발터 사이에 무거운 도자기가 떨어져 깨지는 것 같았다. 발터는 한발 물러서서 놀란 눈으로 그녀를 바라보았다.

클라리세는 그렇게 나쁘게 말하고 싶진 않았다. 다만 그녀는 선량함이나 태만 때문에 적당히 넘어가기가 두려웠을 뿐이다. 그렇게 되면 자신과 발터는 다시 끈으로 묶이게 되고, 그건 지금처럼 단호하게 모든 질문을 제기할 시점에 일어나서는 안 되는 일이기 때문이다. 사태는 정점으로 치달았다. 사람들이 거리로 나서는 이유를 설명할 때 발터가 사용했던 이 '정점'이라는 단어는 그녀의 머릿속에 깊이 각인돼 있었다. 왜냐하면 결혼 선물로 니체의 책을 선물해준 탓에 그 철학자를 떠올리게 하는 울리히가 문제가 생길 때마다 바로 한 정점에 맞선 다른 정점에 서 있었기 때문이다. 니체는 그녀에게 하나의 이미지를 던져주었다. 그녀가 '높은 산'에 오른다면 높은 산이란 그저 땅이 높은 정점으로 솟아오른 것이 아닐까? 사물들이 얽혀 있는 모양은 누구도 풀 수 없는 수수께끼처럼 기묘했고 클라리세 역시도 정확한 해법을 알지 못했다. 하지만 바로 그 이유 때문에 그녀가 혼자 있어야 하고 발터를 집에서 쫓아내야 했다. 순간 그녀의 얼굴에 타오른 거친 분노는 순수하거나 진지한 것이 아니라 인간의 모호한 영역에서 육체적으로 끓어오르는—발터에게도 종종 나타나는—'피아니스트의 분노'였다. 그러자 발터 역시 아내를 한동안 어리둥절해서 쳐다보더니 갑자기 얼굴이 창백해져서는 이빨을 드러내며 맞서 소리를 질렀다. "그 천재를 조심해! 당신은 조심해야 한다고!"

발터는 그녀보다 더 크게 소리를 질렀다. 또한 그의 어두운 예언은 자신도 모르는 어떤 강력함으로 자신의 목구멍에서 터져 나왔고 자신에게조차 너무나 끔찍했기 때문에 마치 일식이라도 일어난 것처럼 방의 모든 것이 캄캄하게 어두워지는 것 같았다.

클라리세 역시 그 말에 충격을 받았다. 잠시 그녀는 입을 다물었다. 일식과도 같았던 감정은 너무도 강렬하여 결코 간단하게 넘길 일이 아니었고 그가 무엇을 의도했든 그 안에는 울리히를 향해 무의식적으로 터져 나온 발터의 질투가 숨겨져 있었다. 발터는 왜 그를 천재라고 했을까? 그 말은 차라리 언제 깨질지 모를 자만심의 표출이었다. 발터는 옛일의 한 장면을 떠올렸다. 울리히가 제복을 입고 귀향했을 때 그 야만인은 벌써 여자와 진짜 관계를 맺고 있었고 발터는 그보다 나이가 많았음에도 여전히 공원의 동상을 보며 시를 짓고 있었다. 울리히는 정확성과 속도, 그리고 강철 같은 정신을 고향으로 가져온 전령이었다. 하지만 인문주의자 발터에게 그의 등장은 야만족의 침입이나 다를 게 없었다. 비록 스스로를 지적으로 생각하는 반면 울리히를 벌거벗은 의지밖에 없는 인물로 바라보았지만 발터는 육체적인 면에서나 결단력에서나 그 어린 친구보다 유약한 자신의 면모에서 묘한 불쾌감을 느꼈다. '발터가 아름다움과 선함에 감명을 받을 때 울리히는 머리를 가로젓고 있다.' 이런 인상은 그들 사이에 늘 존재했으며 점점 더 확고해졌다. 만약 발터가 클라리세와 다투던 그 페이지를 보았다면 아마 그는 거기 씌어진 '붕괴'^{Zersetzung}란 전체에서 비롯된 생의 의지를 개별적인 것으로 몰아가는 것이며 그것이 자신의 예술적 집착에 대한 하나의 비판이 되리라는 것을 클라리세만큼 이해하진 못했을 것이다. 반면 발터는 아마도 그 단어를 친구 울리히에 대한 탁월한 묘사로 받아들였을 것이다. 현대의 경험주의적 미신에서 비롯된 개별적인 것에 대한 과대평가에서부터 결국 그가 울리히를 '특성 없는 사람' 또는 '사람 없는 특성'이라고 이름짓게 한 자아의 야만적인 분열에 이르기까지 고스란히 울리히에게 해당되었기 때문이다. 반면 울리히는 본인의 과대망상 때문에 이런 지적들을 기쁘게 받아들였으리라고 발터는 믿었다. 그것이 바로 발터가 울리히를 비꼬아 일컬어 '천재'라 부르는 사정이었다. 누군가 고독한 개인으로 불려야 한다면 그건 당연히 자신이어야 하는데 그럼에도 발터는 자연스런 인류의 의무를 누리기 위해 그렇게 불리기를 포기했으며 그 점에서 그는 자신의 친구에 앞선 총체적 세대에 속한다고 느꼈다. 자신의 비아냥거림에 대해 클라리세가 한마디도 안하는 동안 그는 생각했다. '만약 그녀가 울리히 편을 들며 단 한마디만 해도 가만있지 않을 거야!' 그러고는 마치 울리히가 자신을 잡아 흔들기라도 하는 것처럼 증오로 몸을 떨었다.

분노가 치민 나머지 그는 모자를 쥐고 밖으로 뛰쳐나가고 싶은 욕망에 사로잡혔다. 그는 아무것도 보지 않고 거리를 내달릴 것이다. 집들은 아마도 바람 속에서 질서 있게 몸을 숙일 것이다. 얼마 있지 않아 그는 속도를 줄여 지나치는 사람들의 얼굴을 바라볼 것이다. 그를 향해 친절한 시선을 보내는 얼굴들 덕분에 그는 마음을 가라앉힐 것이다.

지금 발터는 의식이 이런 환상에 삼켜지기 전에 클라리세에게 자신의 의도를 설명하고자 했다. 하지만 말은 입 대신에 눈 속에서 빛나고 있었다. 인류와 형제 사이에 함께한다는 기쁨을 어찌 말로 설명하겠는가! 클라리세는 아마도 그에게 개성이 부족하다고 말할 것이다. 하지만 자의식에 관한 클라리세의 애착은 뭔가 비인간적인 면이 있었고 그는 자신에게 가해진 그런 교만한 요구를 더이상 따르려 하지 않았다. 무분별한 사랑의 환상이나 인간적인 무법상태로 내몰리기보다는 어떤 질서 안에서 그녀와 함께 있기를 발터는 간절히 원했다. '누군가의 존재와 행위의 모든 것은 비록 다른 사람들과 반대편에 서는 경우일지라도 근본적으로 그들과 함께 움직인다는 느낌이 있어야 한다.' 대체로 그는 이런 식으로 말하고 싶어했다. 발터는 언제나 사람들과 잘 지내왔기 때문이다. 논쟁을 벌이는 와중에도 사람들은 그에게 끌렸고 그는 인간 사회에는 모든 일들에 균형을 부여하는 힘이 내재돼 있어서 항상 결국에는 원형을 되찾는다는 평범한 의견을 가지고 있었으며 그것은 삶에 안정된 확신을 가져다주었다. 그에게 새를 유혹하는 사람이 떠올랐다. 새들은 그런 사람에게 거리낌 없이 날아오고 그 사람들은 심지어 외모조차 새 같은 모습을 하고 있다. 모든 사람에게는 동물성이 있어서 뭔가 설명하기 힘든 방식으로 동물과 연관돼 있다고 그는 믿었다. 그는 언젠가 이런 이론을 숙고해본 적이 있었다. 과학적인 것은 아니었지만 그는 음악적인 사람은 과학을 뛰어넘는 직관을 소유했다고 믿었고 유년 시절부터 자신의 동물성은 물고기에 가깝다고 거의 확신했다. 약간의 두려움을 주긴 했지만 물고기는 언제나 그의 마음을 강하게 사로잡았고 학창 시절의 첫 방학 때부터 그는 물고기에 열광했다. 그는 몇시간이나 물가에 서서 물고기를 낚아챘으며 문득 경악을 자아낼 정도로 혐오감이 들 때까지 그들의 시체를 풀밭 위에 내버려두었다. 또한 부엌에서의 생선도 어린 나이의 그를 끌어당겼다. 살을 발라낸 생선뼈가 배 모양의 그릇에 담긴 채 마치 잔디와 구름처럼 푸르고 하얗게 윤을 내고 있었다. 무슨 이유에선지 부엌의 규칙에 따르면 물고기 뼈는 식사가 다 준비되고 뼈가 쓰레기통에 버려질 때까지 반쯤 채워진 물에 잠겨 있는 게 보통이었다. 물고기가 담긴 그릇은 소년의 마음을 비밀스럽게 끌어당겼기 때문에 항상 그는 아이다운 호기심으로 몇시간이나 그 주변을 맴돌았고 누군가 왜 그러느냐고 물으면 막상 대답할 말을 찾지 못했다. 지금 같으면 두 요소가 아니라 완전히 하나에 속한 물고기의 마법이 작용해서라고 대답할 수 있을 것이다. 또다시 발터는 거울 같은 깊은 수면에서 종종 보았던 것처럼 물고기들을 바라보았다. 그것들은 경계에서 공허한 요소를 마주한 땅 위의 자신처럼 움직이지 않았다. (그건 편안한 상태도, 그렇지 않다고도 할 수 없지. 발터는 이리저리 생각을 짜내보았다. 우리의 어떤 부분은 발바닥 정도의 공간을 차지하는 땅에 속해 있고 다른 부분은 공기 위에 우뚝 솟아 있지. 그래서 우리는 넘어지고 쫓겨날 수밖에 없는 거야.) 하지만 물고기의 땅, 그들의 공기, 음료, 먹이, 적으로부터의 위협, 어렴풋한 사랑의 충동, 그리고 그들의 무덤까지 모든 것은 그들을 묶어주는 하나였다. 물고기들은 자신을 움직이게 하는 것들 안에서 움직였다. 그 움직임은 마치 우리가 꿈속 아니면 안전하고 부드러운 어머니 자궁 속으로의 귀환에서나—이런 믿음 또한 당시엔 유행이 시작되고 있었지만—체험할 수 있는 것이었다. 그러나 왜 그는 물고기를 죽여서 뼈를 발라냈는가? 그건 말도 못할 엄청난 희열을 그에게 안겨주었기 때문이다! 그리고 그는 희열의 이유를 알고 싶지 않았다. 왜냐하면 그 사람, 발터는 수수께끼에 푹 빠진 사람이었기 때문이다! 클라리세는 언젠가 물고기를 물속의 부르주아라고 불렀다. 발터는 이 말에 움찔 놀랐다. 그가 상상에 빠져 행인들의 얼굴을 바라보며 서둘러 길을 가고 있을 때는 낚시하기 딱 좋은 날씨였다. 사실 비가 오진 않았지만 습기가 내려와 그가 처음 본 인도와 차도는 이미 짙은 암갈색을 띠고 있었다. 어딘가로 움직이는 사람들은 칼라 없는 검은 옷을 입었고 뻣뻣한 모자를 쓰고 있었다. 발터에겐 그 모습이 놀랍지 않았다. 아무튼 그들은 부르주아는 아니었고 분명히 퇴근 후 자유롭게 무리지어가는 노동자들이었고, 아직 일을 다 마치지 못했던 다른 사람들은 발터처럼 서둘러 이 무리를 따라가는 것이었다. 그를 불편하게 하는, 뭔가 아주 으스스하게 드러난 그들의 목을 제외한다면 사람들 모습은 매우 행복한 느낌을 주었다. 그러고는 갑자기 비가 쏟아졌다. 뭔가 공기중을 가르면서 흰 빛이 번쩍하자 사람들이 흩어져 달렸고 물고기가 떨어졌다. 그러고는 작은 개를 부르는 소리라고는 믿기지 않는 부드럽게 떨리는 목소리가 들렸다.

이 마지막 장면은 그와는 워낙 상관이 없었기에 그를 깜짝 놀라게 했다. 그는 자신이 꿈을 꾸었던 것인지 알지 못했고 그저 믿을 수 없는 속도로 이미지의 세계를 떠돌아다닌 것 같았다. 그는 여전히 혐오로 일그러진 젊은 아내의 얼굴을 바라보았다. 그는 자신을 믿을 수 없었다. 그는 뭔가 구체적인 불만을 늘어놓으려 했다는 사실을 기억했으며 그의 입은 여전히 열려 있었다. 하지만 그때부터 몇분 혹은 몇초가 지났는지, 아니면 그저 천만분의 일초가 지나간 것에 불과했는지 알 수 없었다. 하지만 그는 뭔가 따듯한 자부심을 느끼기도 했는데 그 느낌은 냉수로 목욕을 한 후에 피부의 떨림이 더 두드러지는 것과 비슷했다. '내가 무엇을 이겨낼 수 있는지 한번 보라고!' 숨겨진 감정이 터져 나오는 순간에 그는 부끄러움을 느꼈다. 그때 그는 정돈된 것, 자신을 제어하는 것, 그리고 거대한 것들 속에서 자신을 삼가는 것들이 일탈보다 정신적으로 훨씬 우월하다고 말하고 싶었다. 또한 그의 확신은 뿌리를 공기중으로 드러냈고 삶의 화산이 뿌려놓은 먼지가 그 뿌리를 뒤덮고 있었다. 그래서 성인이 된 이후 그를 강하게 사로잡은 감정은 바로 공포였다. 그에게는 뭔가 무시무시한 일이 일어나리라는 확신이 있었다. 이런 불안에는 논리적인 이유도 없었다. 그러나 클라리세와 울리히가 자신을 몰아내려 한다는 강한 확신의 이미지는 여전히 남아 있었다. 그는 이런 악몽을 떨쳐버리기 위해 생각에 집중했고 자신의 과격함으로 중단된 대화를 좀더 이성적인 쪽으로 끌어갈 말을 하고 싶었다. 그의 혀는 뭔가 움직일 기미가 보였지만 자신도 인식하지 못하는 말이 제약 없이 튀어나올지도 모른다는 의심이 그를 가로막았고 머뭇거리는 사이 갑자기 클라리세가 자신에게 던진 말을 듣게 되었다. "울리히를 죽이고 싶다면, 죽여버려! 너는 양심의 가책이 너무 많아. 그런 양심을 가지고는 좋은 음악을 만드는 예술가가 될 수 없어!" 발터는 오랫동안 그 말이 이해되지 않았다. 종종 어떤 것들은 스스로 해답을 찾기도 하는데 발터는 자신의 정신 나간 상태가 누설될까 두려워 해답을 주저하고 있었던 것이다. 이 불확실한 순간에 그는 클라리세가 다름 아닌 자신이 지나온 무시무시한 생각들의 근원을 말했다는 사실을 깨달았거나 아니면 그렇게 설득되었다. 그녀가 옳았다. 발터가 원하는 게 있다면 그건 오직 울리히의 죽음을 목도하는 일이었다. 사랑처럼 빨리 식어버리지 않는 우정에 있어서 그런 종류의 일은 아주 드물지 않았다. 그것이 한 사람의 가치를 격렬하게 뒤흔든다면 말이다. 발터에게 살의는 없었다. 울리히가 죽는다는 생각을 하면 이윽고 옛날 친구에 대한 어린 시절의 사랑이 부분적으로 되살아났기 때문이다. 극장 같은 곳에서 그런 악한 행동에 대한 시민적인 억제가 거대한 예술적 감정에 의해 일시적으로 지양되는 것처럼, 발터에겐 비극적인 해결책을 궁리하는 것이 그 의도된 희생자에게는 뭔가 아름다운 역할을 부여한다고 느껴졌다. 그는 겁을 집어먹었고 어떤 피도 볼 수 없었지만 기분만큼은 매우 고양되었다. 그는 울리히의 교만이 한번쯤 산산조각나기를 바라고 있었지만 행동을 취하지는 않았다. 하지만 아무리 많은 것을 덧붙이려 해봐도, 생각이란 천성적으로 논리적이지 않았다. 오히려 환상을 제거한 현실의 저항만이 시적 인간 속의 모순을 잘 드러내주었다. 그래서 지나친 시민적 양심이 예술가에겐 방해가 될 수 있다는 클라리세의 지적이 옳을 수도 있었다. 이 모든 생각이 우유부단하게 아내와 대치중인 발터의 머릿속에 떠올랐다.

하지만 클라리세는 열정적으로 다시 한번 말했다. "그가 너의 일에 방해가 된다면, 그를 제거해도 상관없어!" 그녀는 자극적이고 흥미로운 생각인 듯 다시 말을 내뱉었다.

발터는 팔을 뺄으려 했다. 팔이 마비된 것 같은 느낌 속에서도 그는 그녀 쪽으로 좀더 가까이 다가간 것 같았다. "니체와 예수 그리스도는 그 어정쩡함 때문에 망하고 만 거야!" 그녀는 그의 귀에 속삭였다. 그건 완전 엉터리였다. 예수를 끌어대다니 말이나 되는가! 예수가 어정쩡함 때문에 망했다니, 도대체 무슨 말인가? 그런 비교는 당황스러울 뿐이었다. 하지만 발터는 그녀의 입술이 움직이는 걸 보면서 뭐라 말할 수 없는 선동을 감지했다. 다수의 견해에 확실히 부합하자는, 어렵게 쟁취한 자신의 결정은 특별한 존재를 향한 잠재된 욕구에 끊임없이 미혹되고 있었다. 그는 자신의 힘이 닿는 한 강하게 클라리세를 붙잡아 움직이지 못하게 했다. 그녀의 눈은 마치 두 개의 작은 원판처럼 보였다. "네가 어떻게 그런 생각에 빠질 수 있는지 모르겠어!" 그는 수차례 반복해 말했지만 어떤 대답도 없었다. 그는 자신도 모르는 사이에 그녀에게 점점 더 다가선 것이 틀림없었다. 왜냐하면 클라리세가 더이상 다가오지 못하도록 마치 새처럼 열손가락의 손톱을 그의 얼굴 앞에 펼쳐 보였기 때문이다. '미쳤군!' 발터는 생각했다. 하지만 그녀를 놓아줄 순 없었다. 모든 이해를 거부한 흉측함이 그녀의 얼굴에 드리워져 있었다. 그는 한번도 광기를 목격한 적이 없었다. 하지만, 그것만큼은 광기임에 틀림없다고 생각했다.

그러더니 갑자기 그는 신음하듯 말했다. "너는 그를 사랑하는구나?!" 그건 각별히 독특한 말도 아니었고 그들 사이에서 처음 제기된 논쟁도 아니었다. 하지만 클라리세가 미쳤다고 여기지 않기 위해서라도 그는 그녀가 울리히를 사랑한다고 믿고 싶었다. 이런 자기희생은 아마도 초기 르네상스 시대의 미인에 가까운 얇은 입술의 아내를 칭송해 마지않았던 그의 눈에 클라리세가 생애 처음으로 못생겨 보였다는 사실과 깊은 연관이 있었을 것이다. 이런 추함은 그녀의 얼굴이 그에 대한 사랑으로 부드럽게 감싸이는 대신 자신의 정적을 향한 거친 사랑에 노출되었기 때문일 것이다. 엄청난 혼란이 뒤따랐고 그 혼란은 뭔가 공적이고 사적인 의미로 가득 찬 매우 새로운 것이 다가온 것처럼 그의 심장과 눈 사이를 떨리게 했다. 하지만 그가 아주 비인간적으로 "너는 그를 사랑하는구나"라고 신음하듯 내뱉었다는 사실은 이미 그의 존재가 클라리세의 광기에 전염되었음을 말해주는 게 아닐까? 그런 생각은 그에게 공포를 안겨주었다.

조용히 그의 손에서 풀려난 클라리세는 다시금 그에게로 다가갔고 마치 노래를 부르듯 몇차례 그에게 대답했다. "나는 네 아이를 원치 않아! 나는 네 아이를 원치 않아!" 그러면서 그녀는 도망치듯 빠르게 그에게 키스했다.

그러고는 그녀는 가버렸다.

그녀가 정말 "그가 내게서 아이를 갖고 싶어한다"고 말했을까? 발터는 그녀가 그렇게 말한 기억이 나지 않았지만 그런 가능성이 있었던 것 같기는 했다. 그는 질투에 사로잡혀 피아노 앞에 섰고 뭔가 뜨겁고도 차갑게 밀려오는 공기를 느꼈다. 이것이 천재와 광기의 흐름일까? 아니면 굴복과 미움의 흐름? 아니면 정신과 사랑의? 그는 클라리세에게 길을 열어주고 자신의 마음을 그 길 위에 놓아 그녀가 걸어가게 해줄 수 있을 것 같았다. 또한 강력한 말로 그녀와 울리히를 섬멸할 수 있을 것 같았다. 그는 울리히에게 달려갈지 아니면 그 순간 지구와 별들 사이의 영원한 투쟁이 될지 모르는 자신의 협주곡을 작곡해야 할지, 아니면 금지된 바그너 음악의 물의 요정 같은 저수지에서 먼저 흥분을 가라앉히는 게 좋을지 결정을 하지 못했다. 이런 숙고 덕분에 그가 처해 있었던 표현 못할 상황은 점차 나아져갔다. 그는 피아노 덮개를 열고 담배에 불을 붙였다. 한동안 그의 생각은 멀리 흩어졌고 건반 위의 손가락은 작센의 마법사를 다룬, 척수를 녹이며 일렁이는 음악을 연주하기 시작했다. 이런 느린 도입부가 한동안 계속된 후 자신의 아내와 울리히가 저들의 행동을 책임질 수 없는 상황에 있음을 분명하게 깨달았다. 그는 고통스러웠지만 당장 그녀를 설득하러 찾아가봤자 아무 소용도 없음을 잘 알았다. 갑자기 사람들이 그리워졌다. 그는 모자를 쓰고 자신의 근원적 욕구를 해결하기 위해 도심으로 갔고 찾을 수만 있다면 누구나 즐기는 것들에 뒤섞이고 싶었다. 걸어가면서 그는 마치 자신이 다른 부대와 합류하는 악마적 군사력을 지휘하는 대장이 된 느낌이 들었다. 하지만 전차 안에서 벌써 삶은 완전히 일상으로 되돌아왔다. 울리히가 건너편 상대 진영에서 보인다 해도, 라인스도르프의 저택이 군중들에게 둘러싸인다 해도, 혹은 울리히가 가로등에 매달려 있거나 군중의 발에 짓밟히다가 발터가 그를 떨면서 구조해준다고 해도, 이 모든 것은 기껏해야 미리 정해진 가격, 정거장, 경고음 같은 것들의 질서있고 밝은 체계—이제 다시 조용히 호흡을 되찾은 발터에게는 친숙하기 그지없는—위에서 도망치듯 흘러가는 그림자에 불과할 것이다.

119.
대항 그룹과 유혹

당시 사태는 이제 결말로 치닫는 것처럼 보였고, 끈기있게 아른하임에 맞서 대항책을 마련하며 견뎌오던 레오 피셸 은행장에게도 만족할 만한 시간이 찾아오는 것 같았다. 때마침 부인은 집에 없었고 그래서 그는 최신 주식 시황을 담은 오후 리포트를 손에 들고 게르다의 방으로 갔다. 그는 편안한 의자에 앉아 잡지의 작은 기사를 가리키더니 기분 좋게 물었다. "얘야, 그 유식한 자산가가 왜 여기에 머무는지 아니?"

집에서 피셸은 어떤 식으로든 아른하임을 언급하지 않았는데 진지한 경제인으로서 사람들이 칭송하는 부자 떠버리 따위에 아무 관심이 없다는 것을 보여주기 위해서였다. 혐오가 투시력을 주지는 않지만, 주식시장에서의 소문은 적잖이 옳은 적이 있으며 그 사람에 대한 피셸의 적대감은 떠도는 말과 결합하여 적절한 해명을 던져주었다. "뭐 아는 게 있어?" 그는 다시 물었고 딸의 시선을 자신의 승리에 가득 찬 눈빛에 붙잡아두려 했다. "갈리치아* 지역의 석유를 손아귀에 넣고 싶기 때문이야!"

피셸은 다시 일어서서는 마치 개한테 목줄을 채우는 사람처럼 잡

---

* 현재 폴란드 남동부와 우크라이나 서부 지역으로, 1914년 당시엔 오스트리아-헝가리 제국의 영토였다.

지를 움켜잡더니 밖으로 나갔다. 이런 소식을 확인해줄 사람들에게 전화를 걸어봐야겠다는 생각이 문득 들었던 것이다. 그는 방금 잡지에서 읽은 소식을 오래전부터 생각해온 것 같았다. (주식 정보라는 것은 흔히 빼어난 문학작품 같은 효과를 지닌다.) 또한 그는 그를 떠버리라고 비난하던 것을 완전히 잊어버리고 그렇게 분별있는 남자라면 모든 것을 맡겨도 좋다는 식으로 호의를 갖게 되었다. 그는 게르다에게 자신의 말을 해명하느라 애를 쓰고 싶지 않았다. 말을 보태봤자 사실의 가치만 떨어지고 말 것이다. "갈리치아의 유전 지대를 자신의 손아귀에 넣고 싶은 거라고!" 이 단순한 문장의 무게를 혀로 음미하면서 그는 자리를 떠나 생각했다. '기다릴 줄 아는 사람이 결국 승리하지!' 그건 주식시장의 오래된 규칙이며 다른 모든 진리가 그렇듯 영원한 진실을 보장해주는 말이었다.

그가 밖으로 나가자 게르다는 격정에 사로잡혔다. 그전까지 그녀는 아버지에게 당혹해하거나 놀라는 모습을 전혀 보이지 않았지만 이제는 서둘러 옷장을 열고 외투와 모자를 꺼내 거울 앞에 앉아 머리와 복장을 가다듬으며 의문에 휩싸여 자신의 얼굴을 들여다보았다. 그녀는 울리히에게 달려가기로 작정했다. 아버지한테 그 말을 전해 듣는 순간 그녀는 디오티마의 모임이 돌아가는 사정에 비추어 그 소식이 울리히에게 얼마나 중요한지 알았기 때문에 누구보다도 그가 먼저 소식을 들어야 한다고 생각했다. 그리고 방문을 결정하는 순간, 자신의 내면에서—마치 오랫동안 주저했던 덩어리처럼—어떤 움직임이 다가오는 것을 느꼈다. 지금까지 그녀는 자신이 울리히의 초대를 잊어버린 것처럼 보이려고 애썼으나 그 어두운 감정의 덩어리로부터 첫 번째 실마리가 서서히 풀려나오자 그보다 훨씬 뒤로 물러나 있던 것들이 멈추지 않고 마구 달려나왔고 자신을 돌아볼 새도 없이 이미 결정은 내려져 있었다.

'그는 나를 사랑하지 않아!' 그녀는 최근 들어 더욱 뾰족해진 얼굴을 거울에 비춰 보면서 혼자 중얼거렸다. '이런 모습이니 어떻게 그가 나를 사랑하겠어!' 그녀는 기가 죽어 생각했다. 그러더니 갑자기 당돌하게 덧붙였다. '그는 그럴 만한 가치가 없어. 내 상상일 뿐이라고.'

그녀는 완전히 용기를 잃고 말았다. 지나간 시간이 그녀의 진을 빼고 말았다. 울리히와의 관계를 놓고 볼 때 지난 수년간 그녀는 최선을 다해 아주 쉬운 문제를 복잡하게 만들어온 느낌이었다. 한스는 서툰 연애 감정으로 그녀의 마음을 더 날카롭게 할 뿐이었다. 게르다는 한스를 엄격하게, 요즘 들어서는 이따금 경멸스럽게 대했지만 그는 스스로에게 해를 입히려는 소년처럼 오히려 더 폭력적으로 응답할 뿐이었다. 또한 그를 자제시켜야 할 때면, 그는 그녀에게 팔을 두르고 알 듯 모를 듯 몸을 만지는 바람에 그녀의 어깨는 더 마르고 그녀의 피부는 더 신선함을 잃고 말았다. 그녀가 모자를 꺼내 쓰려고 옷장을 열었을 때 모든 고통은 중단되었고 거울 앞에서의 두려움도 사라져버렸으며 걱정을 그대로 간직한 채 그녀는 다급히 일어나 달려 나갔다.

들어오는 게르다를 보고 울리히는 모든 것을 눈치챘다. 보나데아가 방문할 때처럼 그녀도 베일을 두르고 있었다. 그녀는 온몸을 떨고 있었으나 억지로 꾸며낸 듯한 자연스러움으로—어리석게도 뻣뻣해 보일 뿐인데도—그 사실을 숨기려 했다.

"아버지에게서 매우 중요한 소식을 들었거든. 그래서 온 거야." 그녀가 말했다.

'정말 이상하군!' 울리히는 생각했다. '나한테 말을 놓는 건 처음인

데!' 친근함을 강요하는 듯한 그녀의 말투에 화가 났지만 그는 마치 그녀의 방문이 당연할 뿐 결코 놀랄 일이 아니며 오히려 늦은 감이 있는 것처럼 대함으로써 자신의 기분을 숨기려 했다. 하지만 정반대의 결과가 초래되었으니 그녀는 명백히 극단으로 치닫고 있었다. "오랫동안 친하게 지내왔으면서도 반말을 하지 않은 건 항상 서로를 피해왔기 때문이야." 게르다가 설명했다. 그건 오면서 생각했던 도입부였을 뿐이고 그를 놀라게 해줄 말은 따로 있었다.

하지만 그는 팔을 그녀의 어깨에 얹고 키스를 하는 것으로 짧게 대답했다. 그녀는 초가 녹듯이 무력해졌다. 그녀의 숨결과 그를 잡으려고 내민 손가락은 의식을 잃은 사람의 것과 같았다. 순간 그는 유혹자의 잔인함에 지배된 느낌이 들었고, 그 유혹자는 마치 죄수가 간수의 팔에 붙들려가듯이 아무 저항도 없이 육신에 의해 끌려가는 한 영혼의 우유부단함을 느꼈다. 겨울 오후의 창으로부터 생기 없는 빛이 어두운 방으로 들어왔고 그 밝은 빛의 조각에 서서 그는 처녀를 품에 안고 있었다. 그녀의 머리는 빛의 부드러운 베개 위에서 노랗고 날카롭게 도드라졌고, 얼굴에는 기름 같은 색이 돌아서 그 순간만큼은 마치 죽은 사람처럼 보였다. 그는 그녀의 머리카락과 목 사이에 드러난 여기저기에 천천히 키스했고 마침내 입술에 가까이 다가갔을 때는 한 아이가 어른의 목을 껴안고 있을 때의 연약한 팔이 떠올라서 약간의 거부감이 들기도 했다. 그는 맹금류의 발톱에 찍혀 깃털이 일어선 비둘기 같았던, 고통에 사로잡힌 보나데아의 아름다운 얼굴을 떠올렸고 그가 한번도 향유해보지 못한 디오티마의 동상 같은 사랑을 그려보았다. 이 두 여인이 그에게 선사하는 아름다움 대신 이상하게도 지금 그의 눈앞에는 게르다의 정열로 일그러진, 가녀리고 추한 얼굴이 놓여 있었다.

　하지만 게르다는 이렇듯 멀쩡하게 무력한 상태를 오래 방치하지는 않았다. 그녀는 아주 잠깐 눈을 감았다고 믿었지만 울리히가 자신의 얼굴에 키스하는 동안 마치 별이 시간과 공간의 무한지대에 서 있는 듯 아무런 경계와 지속이 없는 무아지경에 빠졌고, 그가 처음으로 멈칫하는 사이에 정신을 차려 다시 자신의 다리로 버틸 수 있었다. 그건 상상된 열정이 아니라 실제의 첫 키스였고, 그녀의 느낌엔 준 것이 아니라 받은 것이었으며 그녀의 육체에 미친 파장 또한 어마어마해서 그 순간 이미 성숙한 여인이 된 기분이었다. 그 과정은 마치 이를 뽑는 것과도 같았다. 이를 뽑을 때 우리는 비록 육체적으로는 뭔가 손실을 감수하지만 불편함이 궁극적으로 제거되는 더 큰 충만함을 느끼기 때문이다. 그래서 이렇듯 충만한 상황이 찾아오자 그녀는 완전히 새로운 결정을 하게 되었다. "넌 아직 내가 무슨 말을 하러 왔는지 묻지도 않았잖아!" 그녀는 친구에게 말했다.

　"나를 사랑한다는 말이겠지!" 울리히는 어딘가 기가 꺾인 목소리로 대답했다.

　"아니야, 네 친구 아른하임이 네 사촌을 속이고 있다고 말하려던 거야. 그는 완전히 다른 목적을 가지고 연인을 이용하고 있어!" 게르다는 자기 아빠가 찾아낸 바를 그대로 이야기했다. 그 소식의 단순명료함에 울리히는 깊은 인상을 받았다. 그는 터무니없는 실망을 향해 영혼의 날개를 펴고 날아가는 디오티마에게 경고를 해야겠다는 의무감을 느꼈다. 이런 이미지에서 나쁜 만족을 느끼긴 했지만 그는 아름다운 사촌에게 연민을 느꼈기 때문이다. 그는 진심으로 피셀을 존중하고 있었고 비록 그에게 큰 근심을 안겨준 처지이긴 하지만 그의 믿을 만한 데다 빼어난 확신으로 장식된 옛날식 사업 감각에 깊은 존경을 품고 있었다. 그의 옛날 감각은 아주 간단한 설명으로 새롭고 위대한 정신의 비밀을 꿰뚫어보고 있었다. 울리히의 기분은 게르다의 존재가 선사한 부드러운 요구에서 점점 더 멀어지고 있었다. 그는 불과 며칠 전 자신이 그 처녀에게 마음을 열 수도 있겠다고 생각했던 것이 믿기지 않았다. '두번째 성벽을 넘는 것은,' 그는 생각했다. '한스가 말했듯 상사병에 걸린 두 천사의 신성모독적인 만남 같은 거야!' 그리고 그는 마음속으로 손가락을 뻗어 맛을 보듯 오늘날 레오 피셸 같은 사람들의 합리적 노력 덕분에 얻게 된, 현실적인 삶의 그 매끄럽고 딱딱한 표면을 느껴보았다. 그때 그가 할 수 있는 말은 오직 '너의 아빠는 훌륭하다'뿐이었다.

엄청 중요한 소식을 가져온 게르다는 뭔가 다른 것을 기대했다. 그녀는 그 소식이 어떤 효과를 불러올지 몰랐다. 하지만 그건 마치 오케스트라에서 모든 악기가 소리를 뿜어내는 순간이 아닐까 싶었다. 그리고 울리히가 갑자기 내보인 무관심은 다시금 평균, 평범, 현실 등을 내세워 그녀의 기를 죽이던 고통스러운 기억을 떠올리게 했다. 그녀는 이런 것을 소녀 시절에 익히 경험한바, 사랑을 얻기 위한 찔러보기 같은 것으로 이해하려 했다. 하지만 지금 뭔가 유치하게나마 그녀가 추정해보건대 '이미 그들이 서로 사랑하고 있는 경우라면,' 자신의 모든 것을 헌신했음에도 상대 남자가 진지하게 받아들이지 않는다는 것은 분명 받아들일 만한 경고였다. 그 때문에 자신이 획득한 자신감을 상당 부분 잃어버렸다는 건 사실이지만, '진지하게 받아들여지지 않는다는' 점은 그녀에게 한편으로 좋은 일이기도 했다. 거기에는 한스와의 관계를 유지하기 위해 필요했던 긴장이 없었으며 또한 왜 그런지는 모르겠으나 울리히가 아버지를 존경한다는 사실은, 한스 때문에 아빠에게 상처를 주면서 깨뜨렸던 어떤 질서를 다시 세우는 기분이 들게 했다. 자신의 신념을 잃어버림으로써 가족의 품으로 향하는 듯한 이 유순하고 기묘한 귀환은 그녀를 혼란스럽게 한 나머지 울리히의 팔을 부드럽게 물리치고 이렇게 말하게 만들었다. "우리는 서로를 인간적으로 이해하자, 그러면 나머진 알아서 되겠지." 그 말은 이른바 '행동공동체'라는 프로그램에서 유래된 것이며 여전히 한스 제프와 그의 집단에 남아 있는 마지막 선언이었다.

그러나 울리히는 다시금 그녀의 어깨에 팔을 둘렀다. 아른하임에 대한 소식을 듣고는 중요한 일이 앞에 놓인 걸 알았으니 우선 게르다와의 만남부터 정리해야겠다는 생각이 들었기 때문이다. 그 모든 일들을 해결해야 한다는 것이 몹시 불쾌하긴 했지만 그는 거부당했던 팔로 다시 그녀를 감싸며 침묵이 폭력 없이도 강력하게 저항을 억누를 수 있음을 보여주려 했다. 게르다는 자신의 등을 누르는 팔에서 남성성을 느꼈다. 그녀는 머리를 숙였고 마치 자신이 치마 속에서 생각을 모으는 중이라는 듯 무릎 쪽을 유심히 바라보았다. 그 생각 덕분에 그녀는 이른바 절정의 순간이 일어나기 전에 울리히와 '인간적인 이해'에 도달하길 바랐다. 하지만 자신의 얼굴이 텅 빈 껍질처럼 점점 칙칙하고 공허해지는 듯하더니 마침내 붕 떠올라서 그녀의 시선이 유혹자의 시선 바로 밑까지 다가서게 되었다.

그는 몸을 기울이더니 살이 흔들릴 정도로 가차없이 키스를 퍼부었다. 게르다는 저항 없이 일어서 그가 이끄는 대로 움직였다. 대략 열 걸음 정도를 가니 울리히의 침실이 나왔고 처녀는 마치 심각한 부상을 당한 환자처럼 그에게 몸을 의지했다. 그녀가 끌려가지 않고 스스로 걷고 있음에도 내딛는 한발 한발은 마치 남의 것인 듯했다. 그렇게 흥분되면서도 동시에 공허한 경우를 게르다는 이제껏 경험하지 못했다. 마치 모든 피가 빠져나간 것 같았다. 그녀는 얼음처럼 차가웠고 아주 멀리서 비추는 거울을 통해 얼룩덜룩 창백한 자국을 남긴 채 구리처럼 붉어진 자신의 얼굴을 알아볼 수 있었다. 그리고 갑자기 교통사고 순간을 목격했을 때처럼 한순간 대단히 예민해진 시각으로 남자의 닫힌 침실에서 모든 세부적인 것들을 한꺼번에 볼 수 있었다. 순간 그녀는 자신이 더욱 똑똑하고 계산적으로 변해 마치 울리히의 부인이 되어 이 방에 들어온 것 같았다. 그 덕에 매우 행복해질 수도 있었지만 그녀는 여기에 어떤 이익을 바라고 온 것이 아니며 그저 자신을 주기 위해 왔다고 말하고 싶었다. 그러나 그런 말은 나오지 않았고 대신 '어차피 벌어져야 할 일이야!'라고 중얼거리며 옷의 단추를 풀었다.

    울리히는 그녀를 내버려두었다. 그는 연인들이 하듯 부드럽게 도와주지 않았으며 그저 곁에 서서 자기의 옷을 벗었다. 게르다는 야수 같은 힘과 아름다움 사이에서 균형을 잡은 한 남자의 늘씬하게 잘 빠진 몸을 바라보았다. 그녀는 아직 속옷을 걸치고 있었음에도 자신의 몸이 소름으로 뒤덮인 것을 알고 소스라치게 놀랐다. 너무도 비참하게 거기 서 있었던 그녀는 다시금 자신을 도와줄 말을 찾았다. 그녀는 울리히를 자신의 연인으로 만들 만한 말을 하고 싶었다. 그녀의 머릿속에 떠오른 것은 영원한 달콤함 속에 녹아드는 무언가로, 의지가 아니라 개념 속에서만 가능한, 아주 놀라우며 정의되지 않는 말이었다. 순간 그녀는 마치 팬지꽃이 발밑에서 불꽃을 들고 줄을 지어 신호를 보내는 것처럼 양초가 끝없이 늘어선 들판에 그와 함께 서 있는 자신을 떠올렸다. 하지만 그녀는 이런 상상에 대해 한마디도 할 수가 없었다. 그녀는 자신이 추하고 비참하다는 느낌에 부끄러워 팔을 떨었고 결국 옷을 끝까지 벗을 수 없었으며 조용하고 기묘하게 떨리는 움직임을 멈추기 위해 핏기 없는 입술을 다물 수밖에 없었다. 바로 그때 그녀의 고통과 난처함을 목격한 울리히는 지금까지 기울여온 그 많은 인내가 물거품이 될 수도 있음을 알아채고는 그녀의 어깨 끈을 풀었다. 게르다는 마치 소년처럼 침대로 미끄러져 들어갔다. 울리히는 한동안 옷을 벗은 젊은 여자의 움직임을 바라봤다. 그건 물고기의 반짝거림만큼이나 사랑과는 무관한 것이었다. 그는 게르다가 이제 피할 수 없는 일을 가급적 빨리 이겨내기로 결심했다고 믿었다. 또한 그는 그녀를 따라 들어간 낯선 육체로의 열정적인 침입이 비밀스럽고 금지된 장소를 향한 어린아이들의 애착과 과연 얼마나 닮았는지 여전히 알 수 없었다. 그의 손은 불안으로 소름이 돋아 있는 그녀의 피부를 건드렸고 그 역시 매혹보다는 두려움을 느꼈다. 그는 이미 반쯤은 생기를 잃고 반쯤은 미성숙한 그 몸을 원하지 않았다. 그는 자신의 행동이 전혀 이해되지 않았고 침대에서 벗어남으로써 지금 무슨 일이 벌어지는지에 대한 생각을 모아야겠다는 마음밖에 없었다. 절망적인 조급함으로 그는 요즘 사람들이 신실함이나 믿음, 양심이나 만족도 없이 자신을 정당화하기 위해 찾아내는 보편적 이유들을 불러냈다. 그리고 이런 노력 끝에 그는 사랑의 감동 대신에 반쯤 미쳐버린 살육이나 치정 살인, 또는—만약 그런 것이 있다면—삶의 이미지 뒤에 도사린, 공허의 악마에 이끌린 치정 자살 같은 것을 찾아냈다.

    이런 상황과 무슨 연관성이 있는지는 모르겠으나 언젠가 디오티마와 만난 밤, 깡패와 싸움이 있던 일이 떠올랐고, 그래서 이번만큼은 일을 빨리 끝내려고 했지만 순간 뭔가 놀라운 일이 일어나고 말았다. 게르다가 다시 내면의 모든 것을 끌어내 의지로 바꾸었고 그 의지로 자신이 견디고 있던 부끄러운 불안을 눌러버린 것이다. 게르다는 마치 사형을 당하는 듯한 기분이었다. 순간 그녀는 그렇듯 기묘하게 벗은 몸으로 울리히가 바로 옆에서 자신을 만지고 있음을 느꼈고 그녀의 육체는 자신의 모든 의지를 벗어던졌다. 자신의 가슴속 깊은 어딘가에서 그녀는 울리히를 끌어안고 머리카락에 키스하며 숨결을 입술에 포개보고 싶다는, 여전히 말하기 힘든 우정과 부드럽게 떨리는 욕망을 느꼈고 그녀가 실제 그의 존재를 접했을 때 그런 상상은 마치 눈조각이 따뜻한 손 안에서 녹듯이 그녀 안으로 스며들었다. 하지만 울리히는 평상시처럼 옷을 입고 자신의 친숙한 방에 드나들던 사람이지—별로 생각할 시간도 주지 않은 채—옷을 벗은 데다 적대감을 품고 있으며 그녀의 희생에 큰 관심이 없는 남자가 아니었다. 갑자기 게르다는 자신이 소리를 지르고 있음을 알아챘다. 작은 구름이나 비누거품처럼 하나의 비명이 공기에 떠 있었고 다른 비명이 뒤를 쫓아가고 있었다. 뭔가와 격투할 때처럼 가슴에서 솟아나온 작은 비명에 이어 흐느낌에서부터 날카로운 외침이 증폭되어 터져 나왔다. 그녀의 입술은 떨리며 뒤틀렸고 마치 치명적인 욕망에 빠지듯 축축해졌다. 그녀는 뛰어오르고 싶었지만 몸을 일으킬 수 없었다. 그녀의 눈은 말을 듣지 않았고 자신이 허락하지도 않은 신호를 보냈다. 게르다는 벌을 받아야 하거나 의사에게 가야만 하는 아이처럼 관용을 구했으나 비명으로 찢기고 뒤틀려 한발짝도 앞으로 나아갈 수 없었다. 그녀는 손을 가슴에 얹었고 자신의 긴 허벅지를 격렬하게 조이면서 손톱으로 울리히를 위협했다. 자기 자신을 향한 육체의 반항은 끔찍할 정도였다. 그녀는 마치 무대에 선 것처럼 강렬한 느낌을 받았지만 또한 어두운 객석에 홀로 떨어진 관객이기도 해서 자신의 운명이 격렬한 비명 속에서 연기되는 광경을, 다시 말해 자기도 모르게 연기되는 자신을 바라볼 수밖에 없었다.

울리히는 완전히 공포에 빠져 그 작은 학생의 베일에 휩싸인 눈―시선에서 완고함이 뚜렷하게 뿜어져 나오는―을 바라보았다. 그러고는 욕망과 금욕, 영혼과 영혼 없음이 표현하기 어려운 방식으로 한데 얽힌 그녀의 묘한 움직임을 물끄러미 응시했다. 순간 그의 눈에는 창백한 금색 피부와 검은 솜털―촘촘하게 자란 곳은 붉게 변하기도 한―이 들어왔다. 히스테리성 발작을 목격했음이 점차 분명해졌지만 그는 뭘 어찌해야 될지 알지 못했다. 그는 공포와 괴로움을 주는 그녀의 비명이 점점 더 커질까봐 두려웠다. 그는 그럴 때 더 큰 고함을 지르거나 갑자기 뺨을 때리면 비명을 멈출 수 있다는 말을 기억했다. 이런 공포를 이용해 위기를 모면할 수 있다는 막연한 생각이 들자 그는 좀더 젊은 사람이라면 아마 게르다와 섹스를 계속 시도하지 않을까 싶었다. '그렇게 하면 발작에서 벗어날지도 모르지.' 그는 생각했다. '아마 그녀에게 굴복해서는 안 될 거야. 이 어리석은 여자는 너무 나간 거라고!' 그는 아무것도 하지 않았다. 하지만 그가 그녀에게 아무것도 하지 않겠다는 위로의 말을 무의식적으로 끊임없이 속삭이는 동안 그런 식의 분노가 이리저리 따라왔을 뿐이다. 그는 그녀에게 아무 일도 일어나지 않았다고 설명했고 자신을 용서해달라고 했으나 공포 속에서 불려나온 말들은 그에게 너무나 어리석고 천박해 보여서 쿠션을 집어서 도저히 멈추지 않는 비명이 나오는 그녀의 입을 틀어막고 싶은 유혹과 싸워야만 했다.

마침내 발작은 가라앉기 시작했고 그녀의 육체는 안정을 찾았다. 축축하게 젖은 눈을 하고 그녀는 침대에서 몸을 일으켰다. 그녀의 작은 가슴은 아직 정신의 지배를 받지 않은 채 축 처져 있었다. 울리히는 깊은 숨을 내쉬면서 자신이 견뎌내야 했던 비인간적이고 육체적이기만 한 광경에 깊은 혐오를 느꼈다. 그사이 게르다는 일상의 정신을 회복했다. 마치 잠이 깨기까지 한동안 눈을 뜨고 있는 것처럼 그녀의 눈은 멍하게 열려 있었고 몇초 동안 의식없이 앞을 바라보았다. 그러더니 그녀는 자신이 나체 상태로 울리히를 바라보고 있음을 알아차렸고 순간 피가 얼굴 쪽으로 확 솟구쳐 오르는 듯했다. 울리히는 이제껏 속삭여왔던 말을 그녀에게 다시 한번 반복하는 수밖에 없었다. 그는 팔로 그녀의 어깨를 감싸고 자기 가슴 쪽으로 당긴 후 아무 말도 하지 말라고 그녀에게 말했다. 게르다는 자신이 갑자기 발작에 빠지기 전의 그 상황으로 돌아왔지만 이제 펼쳐진 침대며 진지하게 속삭이는 남자의 품에 안긴 알몸의 육체, 그리고 자신을 여기까지 끌고 온 감정 등 모든 것들이 이상하게 창백하고 황량해 보였다. 하지만 그녀는 그사이 별로 기억하고 싶지 않은 뭔가 끔찍한 일이 일어났다는 사실을 알았고 좀더 부드럽게 들리는 울리히의 목소리는 온통 그녀가 아픈 사람이라는 말뿐이었다. 생각해보면 그녀를 아프게 한 건 바로 울리히였다. 하지만 아무 상관없었고 그녀는 한마디 말도 없이 그곳을 떠나고만 싶었다. 그녀는 머리를 숙이고 울리히를 밀치더니 자신의 내의를 집어서 마치 옷 같은 것은 아무 문제가 아니라는 어린아이처럼 머리부터 넣어 입었다. 울리히는 그녀가 옷 입는 것을 도왔다. 그는 스타킹 신는 것도 도와주었는데 그 행위 또한 아이에게 옷을 입혀주는 것과 다르지 않았다. 한참 만에 다시 땅을 밟아보는 사람처럼 게르다는 비틀거렸다. 그녀는 이제 돌아가야 할 부모의 집을 자신이 어떤 기분으로 나섰는지 기억이 났다. 그녀는 시험을 통과하지 못한 사람처럼 매우 비통하고 부끄러웠다. 그녀는 울리히의 말에 아무 대답도 하지 않았다. 아주 오래전 울리히가 '외로움이 자신을 방종으로 이끌었다'고 했던 말이 떠올랐다. 그에게 화가 난 건 아니었다. 그녀는 다만 그의 말을 듣고 싶지 않았을 뿐이다. 그가 택시를 잡아주겠다고 하자 그녀는 고개를 가로저었고 헝클어진 머리에 모자를 쓰고는 그를 쳐다보지도 않고 떠나버렸다. 그녀가 베일을 손에 들고 떠나는 모습을 바라보면서 울리히는 멍하니 서 있는 한 아이가 된 듯한 기분이었다. 아마 그는 그녀를 그렇게 떠나보내지 말았어야 했는지도 모르지만 어떻게 그녀를 잡아야 할지 아무 생각도 나지 않았다. 또한 그녀를 도와주느라 옷을 반밖에 걸치지 못했는데 그건 사람과 무엇을 할지 결정하기 위해선 옷을 완전히 갖춰 입어야 하는 것처럼, 그가 홀로 남겨진 심각한 상황에 대처할 준비가 전혀 돼 있지 않았음을 뜻했다.

120.
평행운동이 혼란을 불러오다

시내에 들어서자 발터는 이상한 공기를 감지했다. 사람들은 여느 때처럼 걷고 있었고 자동차와 전차도 다를 게 없었다. 저기 어디쯤 이상한 움직임이 있는가 싶었지만 그것이 뭔지 알아챌 쯤엔 이미 사라지고 없었다. 모두가 한 방향을 가리키는 아주 작은 푯말을 들고 있는 것 같았고 몇걸음 더 못 가서 발터는 그 푯말이 자신에게 다가오고 있음을 느꼈다. 그는 무리가 이끄는 방향으로 나아갔고 문화부의 관리이자 투쟁하는 화가이며 음악가이자 클라리세의 고통당하는 남편인 그가 이 중 어느것도 아닌 사람에게 자리를 내주고 있다는 느낌을 받았다. 또한 분주함과 화려하고 잘난 척하는 건물들로 가득 찬 거리는 이른바 '기대감에 찬 상태'를 떠올리게 했으며 마치 크리스털의 표면이 액체에 녹기 시작해 더 이전의 상태로 돌아가는 듯한 느낌을 주었다. 비록 미래의 혁신을 거부할 만큼 과거지향적이긴 했지만 그는 기꺼이 현재를 부정할 줄도 알았고 현시대에 감지되는 질서의 파괴에서 좋은 예감을 받기도 했다. 그 거대한 무리에서 만난 사람들은 그에게 최근의 꿈을 떠올려주었다. 그들은 활동적인 분주함을 가진 것 같았고 보통 사람들보다 훨씬 더 자연스러운 유대를 형성했으며 이성, 도덕, 훌륭한 안전으로 보장받았고 자유롭고 느슨한 공동체를 형성했다. 그는 펼쳐도 바로 흩어지지 않는, 끈으로 묶인 큰 꽃다발을 떠올렸다. 또한 누군가 옷을 벗겨놓았는데 아무 말도 하지 않고 나체로 웃고 있는 육체를 떠올렸다. 그는 걸음을 더 빨리하여 앞으로 나아갔고 곧 대기중인 엄청난 경찰 부대와 마주쳤지만 마음에 어떤 동요도 일지 않았다. 그 광경은 경보가 울리길 기다리는 병영처럼 그를 매혹시켰고 그들의 붉은 칼라, 말에서 내린 기병, 자신들의 도착이나 출발을 알리는 개개인들의 움직임은 그의 감각을 호전적으로 고조시켰다.

차단선 뒤쪽은, 아직 격리되진 않았지만 어두침침한 풍경을 하고 있었다. 거리에는 여성들이 거의 없었고 다른 때 같으면 비번을 맞아 근처를 어슬렁거리던 알록달록한 제복의 장교들도 압도적인 불확실함 때문에 어디론가 사라져버렸다. 그처럼 도심으로 향하는 많은 사람들이 있었지만 그 움직임이 만들어내는 인상은 또다른 것이었다. 그는 강한 바람이 불어와 뒤로 흩어진 왕겨와 그 찌꺼기를 떠올렸다. 이제 그는 첫번째 그룹을 바라보았다. 그들은 단지 호기심 때문이 아니라 기이한 열정을 따라갈 것인지 아니면 집으로 돌아갈 것인지를 결정하지 못하고 따로 뭉쳐 있었다. 발터가 질문을 해본 결과 여러 대답이 나왔다. 그가 조언을 구한 어떤 사람들은 애국자들의 거대한 시위가 있었다고 대답했고 다른 사람들은 지나치게 설치는 애국주의자들에 대항하는 시위가 있었다고 믿었다. 또한 그 시위가 슬라브인들의 요구에 순순히 응하는—누구나 그렇게 믿듯이—정부의 나약함에 대항하는 범독일주의자들의 시위인지, 아니면 끊임없는 불안에 맞서 모든 고결한 카카니엔인들이 나서야 한다는 친정부주의자들의 시위인지에 대한 의견도 각각이었다. 그들은 발터 자신과 마찬가지로 방관자들이었고 그가 사무실에서 들었던 말 이상은 들을 수 없었다. 하지만 소문을 듣고 싶은 참을 수 없는 욕구 때문에 또다시 질문을 하고 말았다. 또한 그가 접촉한 사람들이 무슨 일이 벌어지는지 잘 모르거나 그저 호기심으로 치부하고 웃어버리더라도 그가 가까이 다가갈수록 모든 사람들이 하나같이 진지하게 도달하는 결론은, 그것이 무엇인지 설명하려는 사람은 없을지라도 결국 무엇인가가 일어나야만 한다는 것이었다. 그가 계속 접촉할수록 그들의 얼굴에서는 비이성적인 범람과 이성을 넘어서는 흐름이 목격되었다. 그들에게는 자신들을 이곳에서 탈출시키는 뭔가 기이한 것이라면 무슨 일이 벌어지는지, 어디로 흘러가는지는 중요하지 않았다. 비록 '스스로를 탈출시키는'이라는 말이 그저 일상적인 흥분을 일컫는 단어의 순화된 의미로 이해될 수도 있지만 그것은 황홀과 변용이라는, 오래전에 잊혀진 상태와 먼 친족성을 가진 말이고 옷과 피부를 벗어던질 정도의 무르익은 무의식상태로 접어드는 것을 의미했다.

자기 마음에 전혀 들지 않는 예감을 교환하고 이야기를 나누면서 발터는 뭔가를 기다리는 쪼개진 그룹이자 별 목표 없이 나아가던 사람들이 점점 대열을 이뤄가는 무리에 섞여 들었다. 예감에 찬 무대로 향하는 그들은 아직 확고한 의도는 없지만 눈에 띄게 밀도와 힘을 키워가고 있었다. 하지만 여전히 움직임은 저 앞쪽 보이지 않는 곳에서 확실한 소요가 일어 뒤쪽까지 이상한 파문이 전달되면 마치 굴 앞을 서성대다가 자기집으로 쏙 들어가버리는 토끼 같은 면이 있었다. 무리에는 이미 뭔가 행동을 마치고 '전쟁터'에서 귀환한 일군의 학생들과 젊은이들이 합류해 있었다. 알아들을 수 없는 소리, 단절된 소식과 흥분된 물결이 앞에서 뒤로 전달되었고 사람들은 자신의 본성이나 신념에 따라 분노나 불안, 투쟁욕이나 도덕적 명령을 감지했고 이것으로 인해 모여든 사람들은 각자의 머릿속에서 상이한 형식을 띠지만 매우 흔해빠진 상념에 의해 어떤 상태로 이끌려갔으며, 비록 최고의 의식상태에 있다고는 하지만 두뇌보다는 오히려 근육에 호소하는 공통의 생명력에 참여하게 되었다. 이런 대열 한가운데 있던 발터 역시 분위기에 전염되었고 마치 술에 취하기 시작할 때처럼 흥분되면서도 공허한 상태에 빠져들었다. 어떻게 자신의 고유한 의지를 지닌 인간이 한순간에 공동의 의지를 가진 대중—생각하는 능력을 잃은 채 선과 악의 극단적 열광으로 뛰어드는—으로 변모하는지 우리는 알지 못한다. 참여한 개인들은 평생에 걸쳐 절제와 신중함에 헌신하던 사람들인데도 말이다. 아마도 감정을 배출할 출구를 찾지 못한 채 점점 거세진 흥분이 이완된 상태를 뚫고 돌연 가시화되면서 솟구쳤을 것이고 그들 중 가장 흥분되고 예민하며 억압에 취약한 사람들, 그리고 이른바 갑자기 폭력이나 감상적인 의협심에 기우는 극단적인 사람들이 앞장서서 길을 열었을 것이다. 그들은 군중 속에서 가장 머뭇거림이 적은 지점이었다. 하지만 그들에게서 터져 나온 것이 아니라 그들을 뚫고 나온 함성, 어쩌다 그들의 손에 들어간 돌, 그들이 부수고 들어간 감정은 다른 사람들에게로 난 길을 열었다. 그 사람들은 참을 수 없을 지경까지 흥분이 고조돼 있었고 이성을 잃고 밀려가면서 반쯤은 강요된, 그리고 반쯤은 자유로운 체험을 공유하는 군중 행동의 특징을 보여주고 있었다. 모든 스포츠 경기 또는 연설의 현장에서 목격되는 이런 흥분이 중요한 것은 그것이 심리적 발산이어서가 아니라 과연 어떤 원인으로 그런 상태에 도달하느냐는 질문 때문이다. 만약 삶의 감각이 의미있다면, 비록 무감각한 것이라도 의미가 있기에 그것이 반드시 정신박약을 드러내는 것은 아닐 것이다. 발터는 그것을 누구보다도 더 잘 알고 있었고 거기에 대처할 모든 개선안에 관해 많은 생각을 했다. 그래서 그는 건조하고 냉담한 자세로 이런 공동체의 교활함—비록 정신을 고양시키긴 하지만—에 맞섰다. 순간 클라리세 생각이 번뜩 머리를 스쳤다. '그녀가 여기 오지 않길 잘했지.' 그는 생각했다. '아마 그녀는 이런 압박을 견뎌내지 못했을 거야!' 하지만 생각을 이어가자 이내 찌르는 듯한 통증이 엄습했다. 그는 그녀에게서 받은 너무나 뚜렷한 광기의 인상을 기억해냈다. 그는 생각했다. '그렇게 오랫동안 알아채지 못했다니 나도 정신이 나간 게야! 그녀와 계속 살다보면 나도 미치게 될 거야. 아니야, 그렇지 않아.' 그는 다시 생각했다. '하지만 뻔한 일이라고! 내 손 사이에서 그녀의 아름다운 얼굴은 추하게 굳어졌어!' 하지만 회한과 절망이 의식을 현혹시키는 바람에 그는 더이상 생각할 수 없었다. 이런 고통에도 불구하고 거리에서 함께 달리느니 그녀를 사랑하는 게 훨씬 더 아름답다고 그는 생각했다. 그리고는 불안을 떨쳐버리며 자신이 행진하는 줄로 더 깊이 들어갔다.

그러는 사이 울리히는 다른 길을 따라서 라인스도르프의 저택에 도착했다. 문에 들어서자 입구에 이중으로 보초가 서 있었고 마당에는 경찰에서 발행한 경고문구가 붙어 있었다. 자신이 민중의 목표가 되었음을 알고 있는 백작 각하는 그를 태연하게 맞아들였다. "뭔가를 취소해야겠습니다." 백작이 말했다. "당신에게도 말했지만 많은 사람들이 원하는 것은 확실히 쓸모가 있는 법이죠. 물론 예외도 있겠지만!"

잠시 후 집사가 들어와 군중이 저택에 다가오고 있다는 그간의 소식을 보고했다. 집사는 문과 블라인드를 닫아야 할지를 조심스럽게 물었다. 백작은 고개를 흔들었다. "그게 무슨 말인가!" 그는 겸손하게 말했다. "그건 사람들에게 우리가 겁먹고 있음을 보여주는 짓이네. 그들로서는 기뻐할 일이지. 게다가 밖에는 경찰에서 보내준 보초들이 있지 않은가!" 그러나 그는 울리히에게 돌아서서는 도덕적 분개를 담아 말했다. "우리집 창을 부수라고 하라지요! 당신에게 말했지만 지식인들에게서는 아무것도 나올 게 없어요!" 그의 근엄한 조용함 뒤에서는 깊은 분노가 작용하는 듯 보였다.

무리가 다가오자 울리히는 창문에 다가갔다. 길가에서는 정연한 행진의 발걸음에서 피어오른 먼지구름 같은 경찰들이 구경꾼들을 해산시키고 있었다. 저 멀리 뒤쪽으로는 차량들이 꼼짝 못하고 서 있었고 그 주위로 끝도 없이 늘어선 검은 물결 속에 거만한 조류가 흐르고 있었으며 그 위로 밝게 떠오른 사람들의 얼굴이 춤을 추듯 흩어져 있었다. 행진의 선두에서 라인스도르프 저택이 보이기 시작하자 명령이 내려져 속도가 느려지는 것 같았다. 정체된 물결이 뒤쪽으로 이어지더니 전진하던 줄이 서로 뒤엉키기 시작하는 광경은 펀치를 한방 날리기 전에 한동안 응축되는 근육을 떠올리게 했다. 다음 순간 그 펀치는 공기를 가르고 윙윙거리며 다가왔고 매우 기이해 보였는데, 그것은 분노의 외침을 내지르는 소리가 들리기 전에 먼저 그들의 벌어진 입이 보였기 때문이다. 대열이 시야에 들어서자 반복적인 외침에 따라 얼굴들이 위로 젖혀졌고 멀리 뒤편에서 나온 소음이 가까이 다가온 소리에 뒤덮여 아주 멀리서도 이 무언의 연극이 계속 반복되고 있음을 볼 수 있었다.

"민중의 목구멍이군!" 방금 울리히의 뒤로 다가온 라인스도르프 백작이 마치 매일 먹는 빵을 일컫듯 친숙한 언어로 진지하게 말했다. "도대체 뭐라고 부르짖는 것입니까? 나는 소음 때문에 알아들을 수가 없군요."

울리히는 그들이 주로 "멈춰!"라고 외치고 있다고 알려주었다.

"맞아요. 하지만 무슨 말인가 더 있지 않나요?"

울리히는 춤추듯 불분명하게 울리는 '멈춰' 소리 틈에 종종 분명하고 길게 이어지는 "라인스도르프를 타도하라!"라는 말을 들었지만 그에게는 말하지 않았다. 심지어 그는 수차례 "아른하임 만세!"라는 말과 "독일 만세"라는 외침을 번갈아 들었지만 두꺼운 창유리가 소리를 가로막고 있었기 때문에 확신할 수는 없었다.

울리히는 아른하임이 예상 외의 인물임을 드러내주는 이야기를 적어도 라인스도르프에게는 전해줘야 할 것 같아서 게르다가 떠난 직후 바로 이곳에 왔다. 하지만 아직 입을 열지 못하고 있었다. 그는 창문 아래 어두운 무리의 움직임을 바라보았고 장교 시절의 경멸스러웠던 기억이 떠올라 중얼거렸다. '중대 하나로 이 광장을 쓸어버릴 수 있다!' 그는 사납게 격노하던 입들이 두려움으로 급격하게 다물어지는 장면을 떠올렸다. 입은 점점 기가 꺾여 잠잠해지고 입술은 망설이며 이빨을 덮는다. 그의 상상 속에서 그 위협적인 검은 무리는 개에 쫓기는 닭의 무리로 변신했다. 그의 내면에서 모든 사악함이 다시 한번 단단하게 뭉쳐지는 듯 보였지만 도덕적인 사람이 무자비하고 난폭한 사람 앞에서 물러나는 것을 보며 흡족해하는 옛날식 감정은 늘 그렇듯 양날의 칼을 품고 있었다. "당신, 괜찮은가요?" 울리히 뒤에서 왔다갔다하던 백작은 근처에 어떤 물건이 없음에도 불구하고 울리히가 날카로운 것으로 스스로를 찌르는 듯한 움직임을 감지했던 것이다. 아무 대답이 없자 라인스도르프는 선 채로 머리를 흔들더니 말했다. "우리는 경애하는 황제께서 민중에게 공동결정권을 부여한 그 자애로운 최근의 결정을 잊지 말아야 합니다. 모든 면에서 우리 군주의 위대한 관대함에 비해 여전히 미흡한 정치적 성숙을 받아들여야겠지요! 나는 그런 말을 첫번째 만남에서 한 적이 있어요."

이 말을 듣고 울리히는 백작이나 디오티마에게 아른하임의 계략을 말해줘야겠다는 생각을 포기했다. 아른하임에 대한 적대감에도 불구하고 그는 다른 사람들보다 아른하임에게 더 친근함을 느꼈다. 또한 자신이 마치 울부짖는 작은 개를 큰 개가 덮치듯 게르다에게 했던 기억이 되살아나 끊임없이 그를 괴롭혔지만 오히려 그 덕분에 아른하임이 디오티마에게 했던 비열한 행위를 떠올릴 때의 거북함이 덜해진 것도 사실이었다. 조급하게 기다리는 두 영혼 앞에 펼쳐진 소리치는 육체의 무대는 사람들이 보기에 따라서는 우스꽝스러워 보일 수도 있었을 것이다. 그리고 울리히가 라인스도르프에게는 신경을 쓰지 않고 열심히 내려다보는 저 아래 거리의 사람들 역시 그저 코믹한 연극을 보여주는지도 모른다! 울리히를 매혹시킨 것은 바로 그것이었다. 보이는 모습과 달리 사람들은 절대 누구를 공격하거나 파괴하려고 하지 않았다. 그들은 심각하게 분노한 것처럼 보였지만 불을 뿜는 총을 들고 나아갈 정도의 심각함은 아니었다. 심지어 불을 끄는 소방관 정도의 심각함도 되지 않았다! '아니야, 그들이 하는 것은,' 그는 생각했다. '오히려 예배 의식에 가까워. 그건 깊이 모욕당한 감정으로 행하는 신성한 행위이자 개개인이 정확히 이해할 필요가 없는, 반쯤은 문명적이고 반쯤은 야만적인 공동체의 의식 같은 것이야.' 그는 그들을 부러워했다. '그렇게 불쾌해지려고 애를 쓰면서도 저들은 어쩌면 저렇게 유쾌해 보일 수 있을까!' 그는 생각했다. 군중이 보증함으로써 고독으로부터 보호받는 듯한 느낌이 저 아래서 따듯하게 올라왔고 그는 아무 보호 없이 이 위에 서 있어야만 했다. 그는 마치 자신의 형상이 건물 외벽 사이에서 두꺼운 유리 뒤로 보이는 듯한 느낌에 한동안 생생하게 사로잡혀 있었고 그것이 자신의 운명을 표현해준다는 생각이 들었다. 그가 만약 지금 분노의 집단에 참여하거나 아니면 라인스도르프 백작 편에 서서 대기하는 보초들에게 주의를 주거나 그것도 아니라면 사람들과 친밀감을 느낄 수라도 있었다면 자신의 운명은 좀더 나아졌을 것이다. 동료들과 카드놀이를 하고, 흥정하고, 갈등하고, 즐거움을 나누던 사람이 상황이 요구되면 별일도 아닌 것처럼 그들을 쏘아죽이기도 한다. 하지만 모든 사람이 다른 일에 신경쓰지 않고 각자의 일에 몰두하며 각자의 인생을 살아가도록 해주는, 확실한 인생의 화해법이 있을 것이라고 울리히는 생각을 이어갔다. 거기엔 아마도 고유한 규칙이 있을 것이고 그것은 자연적 본능만큼이니 믿을 만한 것이다. 또한 그 규칙에서부터 올바른 인간의 신뢰할 만한 기운이 형성되며 이런 조화의 능력이 없는 사람은 고독하고, 무분별하며, 심각하기만 해서 마치 애벌레가 그러하듯 위험하진 않지만 혐오스런 방식으로 다른 사람들을 불편하게 만들 것이다. 그는 순간 고독한 인간의 부자연스러움과 자신의 즉흥적 사고—아마도 끓어오르는 군중의 자연스럽고 공동체적인 감정에 자극을 받은 것이 분명한—를 향한 깊은 혐오의 감정에 사로잡혔다.

그사이 시위는 한층 더 격렬해졌다. 라인스도르프 백작은 방 뒤편에서 흥분한 채 이러저리 움직였고 때때로 두번째 창을 통해 거리를 내려다봤다. 그렇게 보이지 않으려 노력하는데도 그는 상당히 괴로워 보였다. 그의 돌출된 눈은 두 알의 단단한 석탄처럼 얼굴의 무르고 파인 골에서 튀어나와 있었고 마치 막중한 시련을 겪는 사람처럼 등 뒤로 팔을 교차해 자주 죽 뻗어 보였다. 갑자기 울리히는 계속 창가에 서 있었던 자신이 백작으로 여겨진다는 사실을 깨달았다. 저 아래의 모든 시선은 그의 얼굴을 향하고 있으며 막대기들은 단호하게 그를 향해 휘둘러졌다. 몇걸음 더 저쪽으로 거리가 굽어져서 마치 무대 뒤편으로 사라지는 것 같은 곳에서 사람들은 마치 분장을 지우는 배우처럼 보였다. 관객도 없는 곳에서 으르렁거리는 것은 우스운 일이었던 만큼 사람들은 자연스럽게 얼굴에서 격앙된 표정을 지웠으며 적지 않은 이들은 웃거나 마치 소풍이라도 나온 듯 즐거워 보이기까지 했다. 그걸 바라본 울리히 역시 웃었으나 새로 온 군중들은 백작이 웃는 것으로 착각해 분노가 더욱 무섭게 일어났으며 그 모습을 본 울리히는 이번에는 주체하지 못할 정도로 크게 웃었다.

  하지만 갑자기 그는 역겨움에 사로잡혔다. 그의 눈이 으르렁거리는 사람들의 입에서 밝은 표정의 사람들을 따라가며 움직이는 동안 그의 마음은 이런 광경에 더이상 몰두하지 못했고 기이한 변화가 찾아왔던 것이다. '나는 이런 삶에 더이상 참여할 수 없어. 또한 더이상 반항할 수도 없어!' 그는 생각했다. 동시에 그는 자신의 등 뒤 벽에 걸린 거대한 그림, 긴 제국 책상, 뻣뻣하게 줄지어 선 초인종 끈과 창문 휘장 등을 감지했다. 그 방은 자체로 하나의 작은 무대였고 그 무대 한켠에 그가 서 있었으며 밖에는 좀더 큰 무대가 펼쳐지고 있었다. 두 무대는 그가 그 사이에 있다는 사실과는 상관없이 각자 고유의 결합 방식을 지니고 있었다. 그러더니 그가 등 뒤에서 감지했던 그 방에 대한 상상이 수축되고 뒤집어지더니 매우 푹신한 것이 주위를 감싸듯 그를 뚫고 지나가는 것이었다. '매우 기이한 공간의 역전이군!' 울리히는 생각했다. 사람들은 그의 뒤를 지나갔고 그는 그들을 통과해 어떤 무(無)의 지점에 이르렀다. 아마도 그들은 그의 앞과 뒤에서 나아갔고 그는 한결같이 흘러가는 시냇물 가운데의 돌처럼 그 사이에서 씻기고 있었다. 그건 완전히 이해될 수 없는 체험이었고 울리히에게 떠오른 것은 그저 자신이 처한 투명하고 공허하며 고요한 상황이었다. 그는 생각했다. '사람이 자신의 공간을 벗어나 어떤 숨겨진 장소로 갈 수 있을까?' 잠시 우연히도 비밀스런 연결 문을 통해 나아간 것 같은 기분이 들었던 것이다.

  그는 강하게 전신을 흔들어 꿈에서 빠져나왔고 놀란 채 서 있던 라인스도르프 백작은 그에게 물었다. "오늘 무슨 일이 있는 건가요? 당신은 너무 심각하게 생각하는 게 아닌가 싶소! 나는 여기 머물고 싶어요. 비록 고통스럽더라도 우리는 비독일적인 것으로 독일적인 것을 물리쳐야 해요." 이 말 덕분에 울리히는 다시 웃을 수 있었고 주름과 골짜기로 가득한 백작의 얼굴을 감사하는 마음으로 바라보았다. 그는 비행기가 착륙할 때의 그 각별한 순간을 떠올렸다. 그때 몇시간 동안 딱딱한 등고선으로 축소돼 있던 지상은 다시 둥글고 풍만하게 떠오르고, 땅에서 자라는 지상의 존재라는 오래된 의미가 다시 찾아온다. 하지만 동시에 그에겐 아무 맥락도 없이 범죄를 저지르겠다는 생각이 스쳐 지나갔고 아마도 그건 어떤 상념도 없이 떠오른 실체 없는 이미지에 불과했을 것이다. 아마도 이 상념은 모오스브루거와 연관이 있었을 것이다. 모르는 두 사람이 같은 공원 벤치에 앉게 되듯이 운명의 우연에 이끌려간 그 백치 같은 사람을 돕고 싶은 마음이 그에게 있었기 때문이다. 하지만 '범죄'란 사실 다른 사람들과 평화롭게 지내왔던 삶을 포기하고 자신을 유폐시키려는 강박에 불과했다. 이른바 반국가적이고 반인간적인 태도라고 불리는, 다양한 방식으로 정당화되고 가치를 인정받은 감정은 어디서 비롯되거나 무엇으로도 증명된 것이 아니며 그저 거기 있는 것이었다. 울리히는 비록 강하지는 않더라도 그런 감정을 평생 간직해왔다. 지금까지 세상의 모든 혁명에서 사유하는 사람들은 늘 처참하게 실패했다고 말해도 과언이 아닐 것이다. 그들은 새로운 문명이 도래할 것이라고 약속함으로 시작한다. 그들은 지금까지 인간 영혼이 도달한 것을 마치 적들의 유산인 듯 쓸어버린다. 또한 이전에 성취된 경지에 도달하기도 전에 다음 혁명에 의해 전복되고 만다. 그래서 이른바 문명의 시기라고 불리는 것은 좌절된 시도의 긴 우회로에 다름 아니며 이런 우회로 밖에 자신을 위치시키는 것은 울리히에게 낯선 일이 아니었다. 그런 우회로에 새로운 점이 있다면 결정을 좀더 강력하게 해서 행동을 할 준비가 된 것처럼 보인다는 것이었다. 그는 이런 생각에 조금도 참여하려고 하지 않았다. 그는 지금이 다시금 보편적이고 이론적인 것을 좇는 시대가 아니라는 데—이미 자신이 피로를 느낀 것처럼— 동의했고 이제 해야 할 일은 뭔가 개인적이고 스스로를 피와 살, 팔과 다리가 있는 존재로 충만케 할 활동적인 일이어야 한다고 생각했다. 그는 자신의 의식 밖에 있는 기이한 '범죄'의 순간에 자신은 세상을 인식하시 못하겠지만 신은 왜 그것이 하나의 열정적이고 부드러운 체험인지를 알 것이라고 믿었다. 그것은 방금 전의 기이한 공간적 체험과 연결되어 있었다. 그때 아직도 기억할 수 있는 희미한 메아리가 창문의 이쪽과 저쪽에서 하나로 합쳐져서 세상과 신비하게 흥분된 관계를 맺었고 만약 울리히에게 생각할 충분한 시간이 있었다면, 그것은 자신들이 구애했던 여신에게 잡아먹히고 만 영웅들의 전설적인 성적 충동을 떠올리게 했을지도 모른다.

하지만 한동안 자신의 내면과 투쟁하고 있었던 라인스도르프 백작에 의해 그의 생각은 끊겨버리고 말았다. "나는 이 폭동에 맞서기 위해 여기에 머물러야겠어요." 백작이 말을 이었다. "그래서 나는 떠날 수가 없소. 하지만 친애하는 당신은 당신 사촌이 놀란 나머지 광장에 오지 않은 기자들한테 뭔가 이야기를 하기 전에 가능한 빨리 그녀에게 가시오. 그리고 그녀에게…," 그는 결정을 내리기 전에 잠시 머뭇거렸다. "그래요, 이렇게 말하는 게 좋겠소. 강한 처방이 강한 효과를 낳습니다! 그러곤 이어서 말하세요. 삶을 발전시키려는 사람은 위기에 처했을 때 불태우거나 찌르는 것을 피하면 안 됩니다!" 그는 생각하느라 다시 말을 멈췄고 결단을 내리느라 불안한 모습이었다. 그가 뭔가를 말하려다가 다시 생각에 잠길 때마다 턱수염이 치켜 올라갔다가 수직으로 내려갔다. 하지만 결국 그의 천성적인 선함이 깨어나더니 말을 이었나. "그녀에게 걱정할 필요가 전혀 없다고 전해주세요! 그런 야수 같은 사람들을 두려워할 필요가 없다고 말입니다. 사실에 더 근접할수록 그들은 더욱 현실적 관계에 적응하게 될 겁니다. 당신도 알아챘는지 모르지만 방향키를 넘겨받았을 때 다른 편에 서지 않는 사람은 없었습니다. 이것은 사람들이 생각하듯 뻔한 것이 아닙니다. 제가 감히 말하자면 그것은 정치에서의 현실이자 척도이며 연속성이기 때문에 오히려 매우 중요한 지점입니다!"

121.
토론

울리히가 디오티마 집에 도착했을 때 라헬은 문을 열어주면서 부인은 집에 없으며 아른하임 박사가 그녀를 기다리고 있다고 말해주었다. 울리히는 부끄러운 일을 저질렀던 이 작은 친구가 얼굴을 붉히는 것도 알아채지 못한 채 자기도 들어가겠다고 말했다.

거리에선 아직도 여기저기 소요가 일었고 창가에 서 있던 아른하임은 그에게 인사하기 위해 다가왔다. 주저하면서도 만나기를 원했던 상대와 우연히 마주치자 아른하임의 얼굴에는 생기가 돌았지만 신중하게 접근하고 싶은 나머지 쉽게 입을 열지 못했다. 울리히 역시 갈리치아의 유전 지대에 관해 이야기를 꺼내야 할지 망설였고 결국 첫 인사 후 두 남자는 입을 닫은 채 창가로 다가가 아래에서 벌어지는 소요를 묵묵히 바라보았다.

잠시 후 아른하임이 입을 열었다. "나는 당신을 이해할 수 없어요. 삶에 투신하는 것이 글을 쓰는 것보다 천배는 더 중요하지 않나요?"

"나는 글을 쓰지 않습니다." 울리히가 간단하게 대답했다.

"그렇다면 다행이군요!" 아른하임이 호응하며 말했다. "글쓰기란 마치 진주 같은 일종의 질병이지요. 저길 한번 봐요…," 그는 잘 다듬어진 손으로 거리를 가리켰고 거리의 움직임은 속도에도 불구하고 어딘가 교황의 성호 같은 인상을 주었다. "저들은 각각 무리를 지어 옵니다. 그리고 이따금 그 가운데 입이 하나 벌어져 소리를 지르지요! 그렇지만 언젠가 다른 기회가 오면 그 사람은 이렇게 쓸 겁니다. '그 점에서 당신이 옳습니다!'"

"하지만 당신은 저명한 작가이지 않습니까?"

"아, 그건 중요하지 않아요." 하지만 이 대답 후에, 그렇듯 호의적으로 모든 질문을 열어놓고 아른하임은 울리히 쪽으로 아주 가까이 다가가 가슴을 마주하고 또박또박 간격을 두고 말했다. "뭐 좀 물어봐도 될까요?"

당연히 안 된다고 대답할 수는 없었다. 하지만 울리히가 무의식적으로 약간 뒤로 물러섰기 때문에 그런 수사적인 예의는 그를 다시 끌어당겨 묶는 끈 같은 역할을 했다. "제가 바라기는," 아른하임이 말했다. "지난번 우리의 의견충돌을 나쁘게 받아들이지 말고 비록 당신의 견해가 종종 저와 다르긴 하지만 제가 당신의 생각에 관심이 있다는 좋은 뜻으로 받아들여주면 좋겠어요. 그러니 당신 생각이 정말 그런지 제가 질문을 좀 해보겠습니다. 그러니까 요약해서 말하면 우리가 억제된 현실적 양심을 지니고 살아야 한다는 말인가요? 이게 맞는 표현인가요?"

울리히는 미소를 띠고 대답했다. "잘 모르겠군요. 당신이 무슨 말을 하는지 좀더 들어보겠습니다."

"당신은 두 세계를 망설이며 떠도는 삶을 유동하는 상태에 내맡겨진 삶으로 비유했지요? 당신은 또한 굉장히 매혹적인 것들에 관해 사촌에게 이야기했습니다. 만약 당신이 나를 그런 것들에 무지한 프로이센의 군사·상업주의자로 알았다면 저로서는 매우 모욕적이었을 겁니다. 하지만 당신은 가령 우리의 현실과 역사는 그리 중요하지 않은 우리 자신의 일부에서 비롯되었다고 말했습니다. 그러니까 우리가 일어난 일들의 형식과 유형을 바꿔야 한다고 나는 이해했어요. 당신의 견해에 따르면 이런저런 사람들에게 무슨 일이 일어났는지는 그리 중요하지 않다는 것이죠."

"제 말의 의미는," 울리히가 머뭇거리며 신중하게 개입했다. "현실이란 수천 개의 뭉치로 정교하게 완성된 하나의 직물이라는 겁니다. 하지만 그런 발전을 이뤄낸 고루한 방법에 대해선 아무도 관심이 없다는 것이죠."

"다른 말로 하자면," 아른하임이 끼어들었다. "당신의 주장은 그러니까 현재의 의심할 바 없이 불만족스런 상황은 지도자가 새로운 생각으로 권력의 영역에 침투하는 데 모든 역량을 동원하는 대신, '세계 역사'를 만들어내야 한다고 믿기 때문이라는 것이죠. 그건 아마도 시장을 통제하는 대신 시장의 요구에 따라 상품을 생산해내기만 하는 제조업자와 비교될 만한 일입니다. 당신도 보다시피 그런 생각은 제 견해와도 매우 가깝습니다. 하지만 당신의 이런 생각 때문에 거대한 산업이 움직이도록 끊임없이 관여해야만 하는 저 같은 사람이 끔찍한 괴물로 비춰진다는 사실을 당신은 알아야 합니다! 가령 당신이 우리 행위의 실제적 의미, 즉 우리 행위의 잠정적이면서도 결정적인 특성을 포기하라고 요구한다고 해도—우리 친구 라인스도르프가 황홀해하며 말하듯이—우리는 절대 포기할 수 없을 겁니다."

"나는 아무것도 요구하지 않습니다." 울리히가 말했다.

"아, 당신은 많은 것을 요구합니다! 당신은 실험 정신을 요구하지요!" 아른하임은 활기차고 따뜻하게 말했다. "당신은 책임있는 지도자는 역사를 만들 것이 아니라 더 많은 실험을 하기 위한 기초실험보고서를 작성해야 한다고 요구합니다. 저는 이 생각에 매료됐어요. 하지만 혁명이나 전쟁 같은 건 어떻게 되나요? 당신의 실험이 실행되고 실제의 일에 적용된다면 죽은 사람들이 다시 살아날 수 있나요?"

울리히는 담배를 피우고 싶은 욕망에 굴복하듯이 말을 해야겠다는 유혹에 넘어가고 말았으며 비록 50년 후에 모든 실험이 전혀 가치 없음이 밝혀지더라도 우리는 할 수 있는 모든 것을 진지하게 수행해야만 한다고 대답했다. 하지만 이런 '진지함'에 구멍이 뚫린 것도 그리 이상한 일이 아니었다. 사람들은 인생을 스포츠 같은 시합에 내맡기고도 아무렇지도 않게 지냈다. 심리학적으로 삶은 실험에 내맡겨졌다고 봐도 무리가 아니었다. 결여된 것은 무한책임을 지겠다는 확고한 의지였다. "거기에 결정적인 차이가 있는 것이죠." 울리히는 결론을 지었다. "예전 사람들은 특정한 가정假定에서 출발하는 연역적인 삶을 살았습니다. 그런 시대는 지나갔지요. 오늘날 사람들은 앞서가는 이념 따위에 매달리지 않습니다. 하지만 그렇다고 귀납적인 사고를 하는 것도 아니지요. 그들은 그저 원숭이처럼 그런 시도를 흉내낼 뿐입니다!"

"탁월하군요!" 아른하임이 흔쾌히 동의했다. "하지만 마지막 질문 하나만 하지요. 당신 사촌이 자주 하는 말에 따르면 당신은 정신적으로 매우 위험한 사람들에게 깊은 관심을 보인다고 하더군요. 우연히 알게 됐지만 저는 이 점도 잘 이해하고 있습니다. 그런 사람들을 대하는 올바른 방법이 없고 사회적 대처 역시 수치스러울 정도로 제멋대로죠. 하지만 지금은 이런 사람들을 무고하게 죽이느냐 아니면 다른 무고한 사람을 죽이느냐 하는 선택밖에 남지 않았습니다. 당신은 할 수만 있다면 사형을 당하기 전날 밤 그를 몰래 탈출시키겠습니까?"

"아닙니다!" 울리히가 말했다.

"아니라고요? 정말인가요?" 아른하임은 갑자기 생기를 띠며 말했다.

"모르겠어요. 저는 아니라고 믿습니다. 물론 저는 잘못된 세계에서 내 마음대로 행동할 권리가 없다고 주장함으로써 빠져나올 수 있겠지요. 하지만 제가 뭘 해야 할지 모르겠다는 사실은 인정할 수밖에 없습니다."

"그 사람이 더이상의 해를 끼치지 못하게 해야 한다는 것은 분명합니다." 아른하임이 신중하게 말했다. "하지만 그가 발작을 일으킬 때는 분명히 악마에 사로잡혀 있었을 겁니다. 악마는 언제나 신적인 것과 유사성을 품고 있죠. 예전 같으면 그런 사람이 발작을 일으키면 아마 사막으로 쫓아버렸을 겁니다. 그때부터 그는 살인을 저질렀을지도 모르죠. 하지만 크게 보자면 아브라함이 이삭을 살해하려 한 것과 다르지 않을 겁니다! 바로 그거예요. 우리는 오늘날 그걸 어찌 다뤄야 할지 모르며 더이상 진실하게 대하지도 못하죠!"

아마도 아른하임은 이 마지막 말로 뭔가에 압도당했을 것이며 그래서 자신이 무슨 말을 하는지조차 정확히 알지 못했다. 모오스브루거를 구했겠느냐는 질문에 울리히가 어떤 '영혼과 경솔함'을 담아 주저없이 그렇다고 대답하지 않은 것이 아마도 아른하임의 패기를 자극했을 것이다. 하지만 이 대화에서 라인스도르프 백작의 집에서 한 자신의 '결심'을 우연찮게 떠올리는 징조를 찾아내긴 했지만 울리히는 아른하임이 모오스브루거를 언급할 때의 그 사치스런 수사에 화가 치밀었기 때문에 건조하면서도 집요하게 되물었다. "당신이라면 그를 구해주겠습니까?"

"아니요," 아른하임은 미소를 지으며 대답했다. "하지만 나는 다른 제안을 하고 싶네요." 그러고는 반대할 시간도 주지 않고 말을 이었다. "나는 이 제안을 오래전부터 하고 싶었고 이것으로 당신이 나를 향한 불신—솔직히 내 마음을 상하게 하는—을 버렸으면 합니다. 나는 당신이 내 편을 들어주면 좋겠습니다! 당신은 거대한 경제기업의 내부를 상상해본 적이 있나요? 거기엔 두 지도부가 있지요. 최고경영진과 이사진들이 그것이고 보통 그 위에 당신 나라에서 부르듯이 이사회가 존재하는데 두 대표회의는 거의 매일 만나다시피 합니다. 이사들은 당연히 대주주들의 신뢰를 받는 사람들입니다." 여기서 그는 울리히에게 잠시 틈을 주었고 그가 뭔가 알아챈 것은 아닌지 떠보고자 했다. "제가 말했듯이, 대주주들은 이사진과 이사회에 자신들의 대표를 파견해두지요." 그는 재촉하듯 물었다. "이런 대주주들을 보면 뭔가 떠오르는 것 없나요?"

울리히에겐 아무것도 떠오르지 않았다. 재정에 관해서라면 서기나 계산원, 쿠폰, 옛날식 문서 증명서 따위의 흐릿한 관념밖에 없었다.

아른하임은 한번 더 재촉했다. "당신은 이사진을 선출해본 적이 없나요? 그런 적이 없군요!" 그는 자기 질문에 스스로 대답했다. "당신은 기업의 대주주가 될 의향이 없으니 그걸 생각할 이유도 없겠군요." 그가 너무 확고하게 말했기 때문에 울리히는 그렇게 중요한 특성을 가지지 못해 부끄러움마저 느낄 지경이었다. 쉽게 몇걸음만으로 악마에서 이사진으로 건너가는 것은 아른하임의 착상이기도 했다. 그는 웃으며 말을 이었다. "당신에게 지금껏 한 사람에 대해서 말을 하지 않았는데 어떤 면에서는 가장 중요한 사람입니다. 저는 '대주주'에 대해 말했지요. 그건 별로 위협적으로 들리지 않을 겁니다. 하지만 그 사람은 항상 단 하나의 개인이고 이름도 없이 공공에 알려지지 않은 최대 주주로, 자신 대신 내세운 사람들 뒤에 숨어 있습니다!"

울리히는 비로소 아른하임이 매일 신문에 등장하는 일을 말하고 있음을 깨달았다. 아른하임은 그런 일에도 긴장을 불어넣을 줄 알았다. 울리히는 호기심에 이끌려 로이드 은행의 대주주는 누구냐고 물었다.

"아무도 모릅니다." 아른하임은 조용히 대답했다. "정확히 말하자면 전문가들은 누군지 알지요. 하지만 그걸 밝히는 일은 흔치 않습니다. 그보다는 핵심에 다가가보죠. 한편에 주문자가 있고 다른 쪽엔 제작자가 있는 양분된 권력이 존재하는 곳에서는 자동적으로 가능한 모든 이윤추구 방식이 동원되는 현상이 나타납니다. 그 현상이 도덕적이거나 아름답거나 상관없이 말이죠. 저는 '자동적으로'라는 표현을 썼는데 이는 그런 현상이 높은 차원에서 개인적인 의향과 아무 상관이 없기 때문입니다. 주문자는 제작자와 직접적인 접촉을 하지 않고 일선 업무 조직들은 개인적인 차원이 아니라 한 사람의 공적인 직원으로 대처하면 그만입니다. 당신은 오늘날 이런 관계를 경제 영역

뿐 아니라 도처에서 목격할 겁니다. 가령 우리 친구 투치는 늙은 개 한 마리를 쏘아죽이진 못할망정 고귀한 양심의 평정상태에서 전쟁을 위한 신호를 보낼 수는 있을 겁니다. 또한 당신의 친구 모오스브루거는 수천명에 달하는 사람에게서 사형 선고를 받을 텐데 막상 그걸 제 손으로 실행할 사람은 세 명에 불과하다는 말이지요. 예술의 경지에 다다른 이런 '간접성' 덕분에 전체 사회와 각각의 개인은 양심을 보장받게 된 것입니다. 우리가 누르는 버튼은 항상 희고 깔끔하지만, 그 버튼이 연결된 다른 쪽 끝에서는 다시 그 버튼을 누를 일이 없는, 전혀 다른 사람들의 관심사가 있는 법이죠. 혐오스러운가요? 그런 식으로 우리는 수천명을 죽이거나 근근이 살아가도록 하며 고통의 산을 옮기기도 하지만 뭔가를 해내기도 합니다! 저는 이같은 사회적 분업이라는 형식 속에서—비록 장엄하고 위험한 방식이긴 하지만—승인된 목적과 대가를 지불한 수단이라는, 인간 양심의 고대적 이원론과 정확히 일치하는 인식이 들어 있다고 주장하고 싶습니다."

혐오스럽냐는 아른하임의 질문에 울리히는 어깨를 으쓱해 보였다. 아른하임이 말한 도덕적 의식의 분열은 현대적 삶의 가장 무시무시한 현상이자 오래전부터 있어온 일이었다. 하지만 그런 분열은 오늘날 노동 분업의 결과 끔찍한 마음 상태에 이르렀고 피할 수 없는 것이 되었다. 울리히는 그것에 바로 분노를 표출하고 싶지 않았고 오히려 길가에서 먼지를 뒤집어쓰고 저주를 퍼붓는 도덕주의자 옆을 시속 100km로 달리는 듯한 코믹하고 만족스런 느낌을 받았다. 아른하임이 말을 멈추자 울리히가 먼저 말했다. "모든 노동 분업의 형식은 발전될 겁니다. 그래서 질문은 그것이 혐오스럽냐가 아니라 우리가 과거로 회기하지 않고도 품위 있는 상황에 가닿을 수 있느냐가 되어야 하지요!"

"탈탈 털어버리시는군요!" 아른하임이 끼어들었다. "우리는 노동 분업을 훌륭하게 조직했지요. 하지만 통합에 내한 요청에는 무관심했습니다. 우리는 최신 특허에 따라 도덕과 영혼을 끊임없이 파괴했고 종교적이고 철학적 전통이라는 구식 처방으로 분열을 봉합할 수 있으리라 믿었던 겁니다! 저는 이런 식으로 조롱하고 싶진 않습니다." 그는 태도를 바꿨다. "거기에 대한 농담도 좋다고 할 순 없겠지요. 하지만 우리가 양심을 새롭게 조직해야 한다고 라인스도르프 백작 앞에서 당신이 내놓은 제안은 그저 농담이라고 생각하지 않습니다!"

"그건 농담이었어요," 울리히가 냉담하게 답했다. "저는 그럴 가능성이 있다고 믿지 않습니다. 차라리 악마가 유럽 세계를 건설했으며 신은 그 경쟁자가 마음껏 능력을 발휘하도록 내버려뒀다고 믿고 싶어요!"

"훌륭한 생각이군요!" 아른하임이 말했다. "하지만 그렇다면 내가 당신을 믿으려 하지 않는다면서 왜 그렇게 화를 낸 거죠?"

울리히는 대답하지 않았다.

"당신이 방금 한 말은 올바른 삶을 위해 택해야 할 방법에 관해 얼마 전 언급한 진취적인 발언과도 모순된 것입니다." 아른하임은 조용하고 완고하게 말했다. "세세한 부분에서 당신에게 동의하느냐를 떠나서 당신이 활동적인 경향과 무관심을 동시에 소유하고 있다는 점을 저는 인정할 수밖에 없습니다."

여기에조차 울리히가 대답할 기미를 보이지 않자 아른하임은 무례함에 맞서기라도 하듯 한껏 예의를 갖춰 말했다. "저는 오늘날 거의 모든 것이 걸려 있는 경제적 결정을 함에 있어서도 우리가 얼마나 도덕적 책임을 고려해야 하는지, 그리고 그렇게 결정을 내림으로써 얼마나 환호하는지에 대해 당신이 관심을 좀 가지도록 해볼 작정입니다." 이런 예의바른 책망에도 약간의 억압적인 제안이 담겨 있었다.

"죄송합니다." 울리히가 말했다. "당신의 말을 깊이 생각해보던 중이었습니다." 그러고는 여전히 생각에 잠긴 듯 말을 덧붙였다. "만약 여자가 남편에게 육체를 맡기는 걸 이성적이라고 생각하는 남자가 힌 유부녀의 영혼에 신비로운 감정을 불어넣고 있다면 당신은 그것을 시대에 걸맞은 우회로이자 의식의 분열이라고 여기겠는지 저는 묻고 싶습니다."

이 말에 안색이 약간 변했지만 아른하임은 상황을 통제하는 힘을 잃지는 않았다. 그는 차분하게 대답했다. "당신이 무슨 말을 하는지 모르겠군요. 하지만 만약 당신이 사랑하는 어떤 여자에 관해 이야기하는 거라면 그렇게 말할 수는 없을 겁니다. 왜냐하면 현실의 모습은 원칙이라는 윤곽에 비해 항상 더 풍부한 법이니까요." 그는 창가에서 벗어나 울리히에게 앉기를 권했다. "당신은 쉽게 수긍하지 못하는군요!" 아른하임은 칭찬인지 유감인지 모를 목소리로 계속 말했다. "하지만 저는 당신에게 개인적으로 반대하는 것이 아니라 반대하는 원리를 제시하는 것입니다. 개인적으로 자본주의 최고의 적인 사람이 사업 세계에서는 가장 충실한 부하인 경우도 드물지 않죠. 저 역시 어느 정도는 그런 경우에 속할 겁니다. 그렇지 않다면 당신한테 이런 얘기를 하지도 않겠지요. 단호하고 열정적인 사람들은, 필요하다고 인식하는 순간 아주 현명한 양보의 옹호자가 됩니다. 그래서 저는 제 의도를 끝까지 밀고나가 당신한테 이렇게 제안해보겠습니다. 제 회사에 들어와서 일해보시죠."

이 제안을 하면서 아른하임은 일부러 그리 자극적이지 않게 말했다. 오히려 그는 아무런 강조 없이 빠르게 말함으로써 상대방을 놀라게 하는 싸구려 효과를 줄이려는 것처럼 보였다. 울리히의 놀란 눈빛에 응답하면서 그는 자신의 입장에 관해서는 아무것도 밝히지 않은 채 실행돼야 할 세부 사항으로 곧장 들어갔다. "당연히 당신은 훈련이 돼 있지 않을 테니 처음부터 지도적 위치를 맡을 수는 없을 겁니다." 그는 부드럽게 말했다. "그리고 그런 욕망도 없을 거구요. 그래서 당신이 내 곁에서 맡아줄 만한 자리를 제안하는데, 이른바 책임비서라는 직책으로 당신에게 특별히 마련해주고 싶은 자리입니다. 바라기는 당신이 이 제안을 불쾌하게 여기지 말았으면 합니다. 저는 탐나는 봉급을 드리기 위해 이 자리를 생각한 게 아니에요. 다만 일을 하면서 시간이 지나면 당신이 원하는 만큼의 수입을 받을 수 있을 겁니다. 수년 내에는 당신이 나를 다르게 바라볼 날이 오리라 확신합니다."

말을 마쳤을 때 아른하임은 흥분을 느꼈다. 사실 그는 울리히가 수락한다고 해도 큰 성취가 없으며 거절한다면 그저 웃음거리가 될 게 뻔한 이런 제안을 한 자신이 놀라웠다. 자신 앞에 있는 이 남자가 자신이 이루지 못할 일을 할 수 있다는 희망은 대화를 나누는 사이에 사라져버렸고 남자를 끌어들여 자기 휘하에 두어야겠다는 필요성도 마음을 털어놓는 과정에서 어리석은 일이 돼버리고 말았다. 그가 울리히의 '위트'라고 불렀던 그 무엇을 두려워했다는 사실은 이제 부자연스러워 보였다. 그 남자 아른하임은 위대한 남자였고 그런 남자에게 삶이란 단순해야 하는 법이다! 그는 다른 모든 위대한 사람들과 어울렸고 가능하면 모험에 기대지 않았으며 아무것도 의심하지 않았다.

자신의 본성에 어긋나기 때문이었다. 하지만 다른 한편으로는 당연히 아름답고 모호한 것들이 있었으며 우리는 그것에서 가능한 한 많은 것을 끌어내고 싶어한다. 아른하임은 오늘날 힘과 규율의 빼어난 직조라는 서구 문화의 견고함을 지금처럼 강렬하게 느껴본 적이 없었다. 울리히가 그런 사실을 몰랐다면, 또한 아른하임이 자신을 그런 힘과 규율로 유혹한다는 사실을 몰랐다면, 그는 모험가에 불과할 것이다. 여기서 아른하임은 그 내밀한 속내에도 불구하고 말을 아꼈다. 그는 울리히를 양자로 받아들일 생각이었다는 사실을 명확히 말할 준비가 돼 있지 않았다. 그건 큰 의미는 없는 생각이었다. 수많은 생각과 마찬가지로 책임질 필요가 없는 하나의 생각일 뿐이었고 모든 활동하는 인간에 영향을 주는 삶의 변덕 따위에 떠밀린 것이었다. 인간은 결코 만족을 모르기 때문이다. 아마도 아른하임은 이렇듯 미심쩍은 형태의 생각을 가진 게 아니라 비슷한 충동을 느낀 것일지도 모른다. 아무튼 그는 그 기억을 피하고 싶어했고 울리히의 세대와 자신 세대의 간격이 그리 크지 않다는 점을 머릿속에 쓰라리게 간직했다. 그리고 그 뒤에는 울리히가 디오티마에 대한 경고의 의미로 자신에게 헌신할지도 모른다는, 희미한 두번째 예감이 자리잡고 있었다. 그는 울리히와의 관계가 마치 원분화구에서 감지되는 이상이나 전조를 미리 알려주는 기생화산 같음을 이미 몇번이나 느꼈다. 또한 지금 화산이 터지고 그의 말이 분출되어 삶 속으로 길을 내어 흐르는 것에 마음이 불편해졌다. '무슨 일이 벌어질 것인가?' 아른하임의 머릿속에 문득 생각이 스쳤다. '이 남자가 제안을 받아들인다면?' 자신의 상상 속에서 중요성을 부여해준 그 젊은 남자가 어떤 결정을 내릴지 기다려야 하는 긴장된 시간이 다가오고 있었다. 그는 뻣뻣하게 앉아서 싸움

에 임하듯 입술을 벌린 채 생각했다. '피할 길이 없다면 다스리는 수가 있겠지.'

생각과 감정이 자리를 잡아가는 중에도 상황은 정리되지 않았고 질문과 대답이 끊임없이 이어졌다.

"그럼 사업가의 관점에서는 도저히 정당화될 수 없는 이 제안을 위해서," 울리히가 건조하게 물었다. "제가 어떤 특성을 발휘해야 하나요?"

"당신은 항상 이런 식으로 잘못 판단하는군요." 아른하임이 대답했다. "내 입장에서 사업가적 정당함이란 그저 푼돈이나 세는 게 아닙니다. 당신 때문에 잃는 것은 내가 얻기를 바라는 것에 비하면 아무것도 아니죠!"

"당신은 확실히 호기심을 자극하는군요." 울리히가 말했다. "제가 이익이 된다는 말은 좀처럼 들어본 적이 없어서요. 제가 제 분야에서 작은 기여를 했다고 할 수도 있겠지만 당신도 아시다시피 저는 그 분야에서도 완전히 환멸을 느꼈습니다."

"당신이 뛰어난 지적 능력을 소유했다는 사실은," 아른하임이 대답했다. (여전히 겉으로 드러나는 목소리에는 그의 조용하고 흔들림 없는 확신이 있었다.) "제가 굳이 언급하지 않아도 스스로 잘 알고 있겠지요. 하지만 우리 분야에서 더 날카롭고 더 신뢰할 수 있는 지성을 발휘할 수도 있을 겁니다. 그것이 제가 당신을 제 곁에 두고 싶어하는 이유이며 당신의 개성이자 인간적 특성입니다."

"제 특성이라고요?" 울리히는 웃을 수밖에 없었다. "제 친구 중 하나는 저를 특성 없는 남자라고 부르던데, 그건 모르시나요?"

아른하임은 살짝 조급함을 내보이며 말했다. "그걸 몰랐다니, 한번 얘기해봐요!" 그의 얼굴이 움찔하더니 뭔가 불만족스런 기분이 어깨까지 드러났지만 그의 말만큼은 의도한 대로 착착 흘러나왔다. 울리히는 그 표정을 포착했고 아주 쉽게 아른하임에게 자극을 받아서 지금까지 삼가왔던 태도를 내려놓고 완전히 개방적인 대화로 전환했다. 그 사이 그들은 자리에서 일어났고 울리히는 상황을 더 잘 관찰하기 위해 뒤로 몇걸음 물러나 말했다. "당신은 많은 의미심장한 질문을 했는데 저 역시도 결정을 내리기 전에 알고 싶은 것이 있습니다." 아른하임이 수락하는 몸짓을 보이자 울리히는 단도직입적으로 말을 이었다. "어떤 사람이 말하길 여기서 진행되는 평행운동과 관련된 당신의 참여는—투치 부인과 저 역시도 미력한 힘을 보태고 있지만—갈리치아의 유전에서 많은 지분을 차지하기 위한 것이라고 하던데요."

아른하임은, 변변치 못한 불빛 때문일 수도 있겠지만 어딘가 창백해진 것 같았다. 그는 울리히 쪽으로 천천히 걸어갔다. 울리히는 그런 식의 무례함을 스스로 예견했어야 했다고 생각했고 자신의 신중하지 못한 솔직함 때문에 상대방은 불편한 대화를 순간적으로 피해갈 명분을 얻었다는 사실에 후회가 들었다. 그래서 그는 가급적 상냥하게 덧붙였다. "너무 불쾌해하지 마시길 바랍니다. 우리가 솔직하게 대화를 나누지 않으면 큰 의미가 없기 때문입니다."

몇마디 말로 허비된 시간 덕분에 아른하임은 마음의 평정을 되찾을 수 있었다. 그는 웃으며 울리히에게 다가가서 손을, 아니 더 정확히는 팔을 그의 어깨에 올리고는 비난에 찬 목소리로 말했다. "어떻게 그런 증권가의 루머에 빠져들 수 있나요!"

"저는 루머로 접하지 않고 그 분야를 잘 아는 사람에게 들었습니다."

"그래요, 저 역시 사람들이 말하는 걸 들었습니다. 하지만 당신이 그걸 믿다니요! 당연히 제가 여기에 즐기러 온 것은 아닙니다. 사업을 완전히 멈추게 놔둔 적은 한번도 없지요. 또한—비밀을 좀 지켜주시길 바라지만—몇몇 사람들과 그 유전에 관해 이야기를 나눈 건 부인하고 싶지 않아요. 하지만 그게 본질은 아니죠!"

"제 사촌은," 울리히가 말을 이었다. "당신의 석유에 관해서는 전혀 눈치채지 못하고 있어요. 사람들이 당신이 러시아 황제의 심복이라고 말하는 바람에 그녀는 당신의 체류 목적을 알아내라는 남편의 요청을 받았습니다. 하지만 제가 확신하건대, 그녀는 이런 외교적 임무를 제대로 수행하지 않을 겁니다. 바로 그녀 자신만이 당신이 여기에 머무는 이유라고 굳게 믿고 있으니까요!"

"어찌 그리 무례하신가요!" 아른하임은 팔로 울리히의 어깨를 다정하게 슬쩍 건드렸다.

"항상 어디에나 부차적인 의미라는 게 있는 법이죠. 비록 풍자의 외양을 띠긴 했지만 당신은 학생들에게나 어울릴 법한 막나가는 말을 한 겁니다!"

어깨에 둘러진 아른하임의 팔 때문에 울리히는 어딘가 위태로워 보였다. 우스꽝스럽고 불편해서 딱해 보일 정도였다. 하지만 울리히는 오랫동안 친구가 없었고 그래서 다소 혼란스러웠다. 그는 팔을 치우고 싶었고 자기도 모르게 치우려고 애쓰고 있었다. 하지만 이렇듯 작은 거부의 몸짓을 알아챈 아른하임은 최대한 모른 체하려고 했다. 아른하임의 난처함을 감지한 울리히는 예의상 가만히 있었지만 이젠 점점 더 자신을 누르기 시작해 마치 허술한 제방이 무거운 힘에 터져버릴 것 같은 기분을 견디고 있었다. 울리히는 자신의 주위에 외로움의 벽을 쌓아올렸고, 다른 사람의 맥박을 타고 벽 속의 작은 틈을 뚫고 흘러나온 지금의 삶은 멍청하기도 하고 우습기도 하면서 조금은 흥분되기까지 한 느낌을 주었다.

울리히는 게르다를 떠올렸다. 그는 넓은 세상에 오직 애착과 혐오의 두 극단밖에 없다는 듯 아무 속박 없이 타인과 합일하고자 하는 내면의 욕구를 옛 친구 발터가 끌어냈음을 기억했다. 이 욕구가 마치 물과 공기, 그리고 빛이 하나의 은빛으로 뭉쳐 물결을 이루고 강의 전체에까지 밀려가듯 그의 내면에서 다시 차오르기엔 이미 너무 늦었다. 자신의 모호한 상황 가운데 오해를 불러일으키지 않도록 경계를 늦추지 말아야 하는 것은 매혹적인 일이었다. 하지만 그가 근육에 힘을 주자 보나데아가 했던 말이 떠올랐다. "울리히, 당신은 나쁜 사람이 아니야. 그저 좋은 사람이 되기 어려울 뿐이야!" 그날따라 놀랍게도 영리해진 보나데아는 이런 말도 했었다. "꿈속에서도 당신은 생각을 하지 않잖아. 당신은 꿈을 살아내는 사람이니까!" 그때 울리히는 말했다. "나는 아이였어. 달빛 속의 공기처럼 부드러운⋯." 그는 사실 그때 다른 이미지가 떠올랐음을 기억해냈다. 그 이미지는 타오르는 마그네슘 불꽃의 정점이었다. 불꽃을 튀기며 부서지는 모습에서 자신의 마음을 보았다. 하지만 그건 오래전 일이었고 그런 비유를 입 밖에 꺼낼 확신이 없었으며 그래서 다른 비유를 들었던 것이다. 그런데 방금의 대화는 보나데아가 아니라 디오티마와의 대화였다는 사실이 그에게 떠올랐다. '삶의 차이란 그 뿌리에선 매우 가깝게 자리잡고 있구나.' 그는 그렇게 느끼면서 몹시 불투명한 이유로 친구가 되고자 하는 그 남자를 바라보았다.

아른하임이 울리히의 어깨에 둘렀던 팔을 내렸다. 그들은 대화를 처음 시작했던 창문 앞 오목한 곳에 서 있었다. 저 아래 거리에는 평화롭게 램프가 빛났지만 이미 지나간 행렬의 흥분이 여전히 남아 있었다. 이따금 사람의 무리가 떼를 지어 열띤 대화를 나누며 지나갔고 여기저기서 누군가 입을 열어 위협을 가하거나 깔살내는 웃음 뒤에 '부-부' 하는 외침을 내뱉었다. 사람들은 반쯤은 정신이 나간 것 같았다. 어두워진 방의 풍경을 담고 수직으로 드리워진 커튼 사이로 불안정한 거리의 불빛이 들어왔다. 그는 아른하임의 형상을 보았고 반쯤은 밝고 반쯤은 어두운 이중 조명의 효과를 열정적으로 극대화시키고 있는 그의 존재를 감지했다. 울리히는 문득 들었던, 아른하임을 향한 만세 소리를 기억했다. 아른하임은 벌어진 일들에 개의치 않고 마치 시저 같은 침착함으로 생각에 잠겨 거리를 내려다보았고 이 순간의 화폭 속에 자신의 지배적인 형상을 투사했으며 자신에게 쏟아지는 모든 시선에서 스스로의 존재를 느끼는 듯 보였다. 그의 곁에서 사람들은 자의식을 이해하게 될 것이다. 보통의 의식은 세계의 우글거리고 빛나는 것에 질서를 부여할 수 없다. 왜냐하면 당장은 의식이 날카로워질수록 세계는 더욱 경계를 잃어버릴 게 뻔하기 때문이다. 하지만 자의식은 마치 영화감독처럼 개입해 행복한 장면들을 예술적으로 만들어낸다. 울리히는 그 남자의 행복을 시샘했다. 지금 이 순간 그에게 범죄를 저지르는 일보다 쉬운 것은 없을 것이다. 왜냐하면 이미지를 만들어내야 하는 절박한 요청에 그 남자는 구석 상황까지 무대에 올릴 것이기 때문이다! '칼을 들어서 그의 운명을 완성하라!' 서툰 연기를 펼치는 배우의 목소리가 들리는 듯했는데 울리히는 자기도 모르는 사이 아른하임의 뒤편에 불안하게 서 있었다. 그는 그의 목과 어깨의 어둡고 넓은 면을 보았다. 특히 목은 그를 자극했다. 울리히의 손은 오른쪽 주머니에서 주머니칼을 찾고 있었다. 그는 까치발을 하고 아른하임의 어깨 너머로 다시 한번 거리를 내려다보았다. 반쯤 어두워진 거리에선 물결에 이끌리는 모래처럼 사람들이 몸을 이끌며 나아가고 있었다. 이 시위 이후 반드시 뭔가가 잇따를 것이고 그래서 미래는 물결을 일으킬 것이며 어떤 종류의 초인적이고 창조적인 침투가 일어날 터인데 그것은 항상 그렇듯 부정확하고 경솔한 것이 될 것이다. 울리히는 자신이 본 것에서 그 과정을 감지했고 잠시나마 확신을 가졌지만 더 평가하기에는 욕지기가 날 정도로 피곤했다. 그는 조심스럽게 까치발을 내렸고 별로 중요하지도 않으면서 자신을 흥분하게 했던 잠시 전의 장난스런 생각에 부끄러움을 느꼈다. 그는 아른하임의 어깨에 손을 얹고 이렇게 말하고 싶은 강한 유혹을 느꼈다. '고맙습니다. 저는 새로운 걸 시도해보고 싶습니다. 당신의 제안을 받아들이겠습니다!'

하지만 울리히가 실제 그렇게 하진 않았기 때문에 두 사람은 아른하임의 제안에 대한 대답을 건너뛰었다. 아른하임은 대화 초반의 주제로 다시 돌아갔다. "영화를 자주 보러 가나요? 그래야 마땅하죠!" 그가 말했다. "현재의 형식으로 보자면 영화의 미래는 아주 밝지 않지요. 하지만 좀더 큰 상업적 투자가 이뤄진다면—전기화학이나 염색산업 쪽이 되겠죠—아마 수십년 내에 절대 멈출 수 없는 발전을 목격하게 될 겁니다. 모든 생산 증대 및 확대 수단이 이쪽으로 들어오고 우리 시인과 예술가들도 참여하게 되면 독일전자회사 또는 독일염색업에 의해 후원을 받는 예술이 탄생할지 모릅니다. 황홀한 일이죠! 당신은 글을 쓰나요? 아니, 이미 질문했던 거군요. 하지만 왜 글을 쓰지 않나요? 당신이 옳아요. 미래의 시인이나 철학자는 저널리즘을 딛고 등장할 겁니다! 우리 저널리스트들이 점점 발전하는 반면 시인들은 점점 형편없어지는 게 보이지 않나요? 물어볼 것도 없이 당연한 발전 과정입니다. 저로서는 그런 진행 과정에 일말의 의심도 없습니다. 위대한 개인의 시대는 이제 끝나고 있지요!" 그는 몸을 앞으로 숙였다. "이렇게 나쁜 조명에선 당신이 어떤 표정을 하고 있는지 볼 수가 없군요." 그는 조금 웃었다. "당신은 정신의 재고조사를 요청하셨죠? 그걸 믿습니까? 정신의 삶이 측정될 수 있다고 생각하는 건가요? 당연히 당신은 아니라고 말했죠. 하지만 저는 당신을 믿지 못합니다. 왜냐하면 당신은 인간에 비길 수 없다는 이유로 악마를 껴안을 사람이니까요."

"그런 말이 어디서 나옵니까?" 울리히가 물었다.

"『군도』$^{Die\ R\ddot{a}uber}$(실러의 대표 희곡—옮긴이) 미발표본의 서문에 있지요."

'당연히 미발표본 서문이겠지.' 울리히는 생각했다. '설마 일반인들이 보는 책이겠어!'

"위대한 의지를 위해 끔찍한 악덕에 열광하는 정신들…." 아른하임은 기억이 닿는 한까지 인용을 이어갔다. 그는 다시 상황의 지배자가 된 기분이었고 울리히는 어떤 이유에서든 굴복하는 느낌이 들었다. 더이상 아른하임에게는 적대적인 냉혹함이 없었고 다행히 지나가버린 그 제안에 대해선 이제 언급할 필요도 없었다. 하지만 마치 레슬러가 상대방의 지친 기색을 파악하고 마지막 온 힘을 모으듯이 그는 자신의 제안에 무게를 가득 실어 여지를 남겨두려 했다. "이제 당신이 저를 처음보단 더 잘 이해하리라 믿습니다. 솔직하게 고백하자면 저는 이따금 외로움을 느낍니다. '새로운' 사람들은 지나치게 경제적으로 사고합니다. 사업 가문도 2, 3세대가 지나면 상상력을 잃어버리죠. 그들은 그저 말 잘 듣는 행정가, 성^{城}, 사냥꾼, 군인, 귀족 사위나 만들어낼 뿐입니다. 나는 세계 도처에서 이런 사람들과 알고 지냅니다. 영리하고 우수한 사람들도 있지만 방금 실러 인용에서 언급했듯이 그들은 불안하고 제멋대로이며 불행한 상태에 있어서 하나의 생각조차 끝어낼 수 없을 정도지요."

"죄송하지만 대화를 더 이어갈 수 없을 것 같습니다." 울리히가 말했다. "투치 부인이 친구의 집에서 상황이 가라앉길 기다리고 있지만 저는 이제 가봐야 합니다. 그러니까 당신은 제가 사업을 잘 모름에도 불구하고 사업적인 것을 제거하는 데 요구되는 불안을 간직하고 있다는 점에서 저를 신뢰하는 것인가요?" 울리히는 떠나기 위해 불을 켰고 대답을 기다렸다. 아른하임은 그 행동이 적절한 것이었음을 보여주듯 위엄 있는 우정으로 어깨에 팔을 얹더니 대답했다. "너무 많은 말을 한 것 같아 미안하군요. 외로워서 그랬거니 이해해주세요. 사업은 권력을 향해 나아가고 사람들은 우리가 권력과 무슨 상관이냐고 종종 되묻곤 하지요. 당신이 그걸 나쁘게 보지 않으면 좋겠습니다!"

"오히려 그 반대입니다!" 울리히가 단호하게 말했다. "저는 당신의 제안을 진지하게 생각해보기로 결심했습니다!" 그가 빨리 말을 했으므로 그런 성급함은 흥분으로 받아들여질 수도 있었다. 디오티마를 기다리던 아른하임에게 울리히의 반응은 당혹스럽고 걱정스럽게 다가왔고 그 제안을 거둬들이도록 점잖게 설득하는 일이 이젠 쉽지 않을 것 같았다.

122.
귀로

울리히는 걸어서 집으로 갔다. 아름답지만 어두운 밤이었다. 집들은 크고 오밀조밀하며 기묘하게 모여 탁 트인 거리와 이어졌고 그 위 하늘로 어둠이나 바람, 구름이 지나가고 있었다. 거리는 대낮의 동요가 깊은 잠에 빠지기라도 한 듯 텅 비었다. 울리히가 보행자를 만날 때 발걸음 소리는 마치 중요한 소식을 전해주듯 오랜 시간 뚜벅뚜벅 그에게 다가왔다. 그 밤은 마치 극장에 있는 듯한 기분을 주었다. 사람들은 스스로 세계의 현상이 된 듯했다. 자신보다 더 큰 그림자가 나타나 메아리를 만들고 그 소리가 빛나는 표면을 통과하자 커다란 그림자는 크게 움찔하는 광대처럼 움직였으며 높게 솟아올랐다가 다음 순간 다시 겸허하게 발꿈치로 기어들어갔다. '얼마나 행복한 밤인가!' 그는 생각했다.

그는 돌길 곁의 아치를—두꺼운 기둥에 의해 길과 분리된—통과해 약 열 걸음 정도를 걸었다. 귀퉁이에서 어둠이 튀어나왔고 반쯤 어두운 통로에서는 습격과 살인의 음모가 깜빡이는 것 같았다. 과격하고 고대적이며 잔인하게 장엄한 쾌락이 영혼을 사로잡았다. '이건 너무 지나친 감이 있다.' 울리히는 지금 이곳을 아른하임이 걷고 있다면 얼마나 자만에 빠져 스스로를 연출할까 하는 생각에 문득 빠져들었다. 울리히는 자신의 그림자와 메아리에서 더이상 기쁨을 찾지 못했고 벽에 울리던 유령 같은 음악도 사라져버렸다. 울리히는 아른하임의 제안을 받아들이지 않을 생각이었다. 하지만 지금 그에겐 아연실

색한 채 마땅히 있어야 할 자신의 이미지를 찾지 못하는 유령이 삶의 화랑^{畵廊}에서 길을 잃은 모습이 떠올랐고, 얼마 지나지 않아 덜 위압적이고 덜 웅장한 지역에 이르자 마음은 상당히 편안해졌다.

넓은 거리와 광장은 어둠을 향해 열려 있었고 평화롭게 불빛을 반짝이는 평범한 집들에는 그 어떤 마법적인 것도 없었다. 열린 공간으로 들어가면서 그는 평화로운 공기를 들이마셨고 왜 그런지는 모른 채 최근에 다시 본 어린 시절의 사진첩을 떠올렸다. 그 속에는 어린 시절 일찍 돌아가신 어머니가 있었고, 옛날식 옷을 입은 채 환하게 웃고 있는 그 아름다운 부인 앞에는 작은 소년이 있었다. 그는 소년을 겨우 알아보았다. 사람들이 소년에게 받은 주도적 인상은 용감하고 사랑스러우며 영리한 작은 아이라는 이미지였다. 아직은 완전히 그의 것이 아닌 희망도 보였다. 마치 그를 향해 양 날개를 열고 다가오는 황금 그물처럼 명예롭고 약속된 미래라는 모호한 기대도 있었다. 당시 그 모든 것이 불투명했음에도, 십여년 후에 그 오래된 사진첩은 매우 의미있는 것으로 읽혔으며, 아주 쉽게 현실이 될 수도 있었던 불확실한 확실성의 한가운데서 움직임을 자제하느라 혼란에 빠진 부드럽고 공허한 아이의 얼굴은 울리히 자신을 바라보고 있었다. 그는 아름다운 어머니를 자랑스러워하긴 했지만 아이에게선 어떤 호감도 느끼지 못했으며, 전체적으로 거대한 공포에서 벗어난 것 같다는 인상을 받을 뿐이었다.

마치 접착제가 바짝 마르거나 떨어져 나간 것처럼 옛날 사진 속 자기만족에 휩싸인 자신의 분신이 자신을 응시하는 체험을 한 사람은 아마도 어떻게 접착제가 다른 사람에게는 떨어지지 않고 붙어 있는지를 되묻는 울리히의 심정을 이해할 것이다. 그는 전에 성벽이 있었던, 지금은 링슈트라세가 끊어진 곳을 따라 나무가 무성한 지역에 와 있었고 나무들 위에 길게 걸린 거대한 하늘의 선이 그를 매혹시킨 탓에 방향을 틀어 그것을 따라 나아갔고 가까이 다가가는 듯 보였지만 실제로 가까워지지 않는, 겨울 공원 위 내밀하게 빛을 내뿜는 화관花冠을 향해 다가갔다. '이건 일종의 이성의 주관적 축소로군,' 그는 중얼거렸다. '하루에서 다음 날까지 우리에게 자신과 완전히 일치하는 확고한 삶의 감각을 전해주는 밤의 고요를 만들어내니 말이야. 결국 행복은 대부분의 경우 모순을 해결하는 능력에 있지 않고 그것을 사라지게 하는 데 달려 있어. 긴 가로수 길에서 하늘로 난 작은 틈은 결국 사라지는 것과 마찬가지지. 또한 사물의 시각적 관계에 따라 항상 눈에 일치하는 형상을 만들어내듯이, 아주 가까이 있는 것은 크게 보이고 멀리 있는 것은 크더라도 작게 보이며 틈은 사라지고 전체적인 모습은 매끄러운 윤곽으로 체험되지. 그렇듯 눈에 보이지 않는 관계인 이성과 감각을 통해 우리는 의식하지 못하는 사이에 완전히 대상을 지배하고 있다는 느낌에 가닿는 거야. 이런 과정이야말로 내가 하고 싶다고 그렇게 되는 게 아니야.'

길을 막는 넓은 웅덩이가 나오는 바람에 그는 걸음을 멈췄다. 지금 갑자기 마법에 의해 거리와 마을에 나타난 것은 아마도 발 앞에 놓인 웅덩이거나 양편에 서 있는 빗자루 같은 나무들이었을 것이다. 또한 그것은 그가 어린 시절 처음 감행한 이래 수차례 자신을 유혹하던 시골로의 '탈출 여행'처럼 성취와 헛됨 사이에 자리잡은 단조로운 영혼을 깨웠다. '모든 게 그렇게 소박해지는군!' 그는 느꼈다. '감정은 잠이 들고 생각은 나쁜 날씨 뒤의 구름처럼 풀어지며 영혼에서 갑자기 아름답고 투명한 하늘이 나타나잖아. 그 하늘 아래서 길을 나선 소 한

마리가 빛을 뿜고 있어. 현상들은 마치 세계에 다른 것은 없다는 듯 강렬함을 보여주지. 떠도는 구름은 전 지역에 영향력을 끼치고 싶어 해. 풀은 어두워졌다가 잠시 후 다시 물기를 머금고 반짝거렸어. 다른 어떤 일도 일어나지 않았지만 그건 한 해변에서 다른 해변으로 떠나는 항해 같은 것이었지. 한 노인이 마지막 치아를 상실했고 이 작은 사건은 주변 이웃들에게 삶의 기억을 자아내는 하나의 전환점이 되었어. 매일 밤 해가 저물고 고요가 찾아올 때 새들은 마을 주위에서 똑같이 노래했지만 세상이 태어난 지 아직 7일밖에 안 된 것처럼 새소리는 항상 새롭게 다가왔지. 시골에선 여전히 신들이 사람들에게 다가왔던 거야.' 그는 생각했다. '사람들은 실존하고 무언가를 체험하지만 수많은 사건이 일어나는 도시에서 사람들은 더이상 사건을 자신과 연결지을 수 없게 되었어. 그렇게 악명 높은 삶의 추상화가 시작된 거야.'

이런 생각을 하면서도 울리히는 세부적인 면에서 보자면 추상화가 인간의 권력을 수십배 약화시키는 면이 있지만 전체적으로는 수백배 더 강하게 해준다는 사실 역시 알고 있었다. 그 점에서 과거로의 회귀는 진지하게 검토할 일이 아니었다. 또한 자주 자신의 삶에서 중요하게 여겨지는 뚜렷이 유별나고 추상적인 사유 하나가 떠올랐으니, 사람들이 그것 때문에 부담을 느끼면서도 소박하게 꿈꾸는 삶의 법칙이란 서사의 질서에 다름 아니라는 생각이었다. 거기에 포함된 단순한 질서란 이렇게 말할 수 있을 것이다. "그런 일이 있고 나서 저런 일이 있었다!" 그것은 수학자들이 말하는바, 시간과 공간에서 일어나는 모든 일들을 하나의 끈으로 연결하여 우리를 안심시키는 것으로, 삶의 압도적인 다양성이 1차원으로 제시되는 단순한 일련의 순서를 말한다. 결국 삶의 끈 역시 그 유명한 '서사의 끈'으로 이루어져 있다는 말이다. '언제' '이전에' '이후에'라고 말할 수 있는 사람은 얼마나 안정돼 있는가! 그 사람에게 나쁜 일이 일어날 수도 있고 고통에 휩싸일 수도 있을 것이다. 하지만 일어난 일들을 시간의 순서에 맞춰 배열할 수 있다면 그 사람은 따뜻한 햇볕에 배를 쪼이는 것처럼 편안해질 것이다. 이것이 바로 소설이 사용하는 예술적 기법이다. 방랑자가 몰아치는 빗속에서 말을 타고 시골길을 나아가거나 아니면 영하 20도의 눈길을 헤치고 걸어가더라도 독자들은 편안한 상태에 머문다. 또한 엄마들이 아이를 안심시키는 서사의 영원한 책략이자 이미 증명된 '이성의 주관적인 압축'이 삶 자체의 일부가 아니라면 이해하기 어려운 일이 될 것이다. 대부분의 사람들은 스스로에게 이야기꾼으로 관계를 맺는다. 사람들은 시적인 전개를 좋아하지 않으며 삶의 끈에서 '왜냐하면'과 '그러기 위해서' 같은 매듭이 있더라도 그걸 풀어내기 위해 고민하는 일을 굉장히 싫어한다. 그들은 사건의 질서정연한 순서를 좋아한다. 그래야 필연성이 있는 것처럼 보이기 때문이고 삶이 혼돈에서 벗어나 일정한 '길'을 따라가는 것처럼 보이기 때문이다. 또한 울리히는 사적인 삶이 여전히 집착하는 이런 기본적인 서사가 자신에게 사라졌다는 것을 알아차렸다. 하긴 분명히 모든 것은 이미 서술 불가능하게 돼버렸고, 더이상 하나의 '끈'을 따라가지 않고 끊임없이 직조된 표면을 따라 퍼져나가고 있기도 했다.

 이런 생각을 하면서 다시 나아갈 때 그는 괴테가 예술에 관해 쓴 글이 떠올랐다. "인간은 가르치는 존재가 아니라 살아가는, 행동하며 영향을 끼치는 존재다!" 그는 존경을 담아 어깨를 움찔했다. '배우가 무대나 분장에 대한 생각을 잊어버리고 연기에 몰입하듯이 오늘날 사람들은 자신의 모든 행위의 바탕이 되는 교훈의 불확실한 배경을 잊어버릴 수밖에 없어.' 그는 생각했다. 괴테에 대한 이런 생각은 언제나 그 작가를 맹세용으로 써먹는 아른하임에 대한 생각과 뒤섞였는데, 울리히는 그 남자가 자신의 어깨에 팔을 얹었을 때의 묘한 혼란이 떠올라 순간 불쾌해졌다. 그사이 그는 길가의 나무 밑에 서서 집으로 가는 길을 찾고 있었다. 거리의 이름을 힐끔거리면서 그는 어둠에서 풀려나오는 그림지 속으로 기의 뛰다시피 가다가 길을 막구 나가 서는 창녀를 피하기 위해 급히 걸음을 멈추어야만 했다. 그녀는 자신에게 물소처럼 뛰어든 그에게 화를 내는 대신 그 자리에 서서 웃었고, 울리히는 문득 상술 가득한 웃음이 밤에 작은 온기를 퍼뜨리는 듯한 느낌을 받았다. 그녀는 세상 남자들이 남긴 더러운 쓰레기인 듯 진부한 표현으로 유혹하는 말을 던졌다. "같이 가요, 꼬마!" 그녀는 그런 식의 말을 했다. 그녀의 어깨는 어린아이처럼 기울어 있었고 모자 아래로 금발이 솟아올라 있었으며 가로등불 아래라 그런지 얼굴은 창백해 보였고 이따금 사랑스러워 보이기도 했다. 이토록 어린 여성의 요란한 밤 화장 밑에는 수많은 주근깨가 숨어 있었다. 그녀는 그를 올려다보았고 울리히보다 아주 작았음에도 다시 한번 그를 '꼬마'라고 불렀다. 그녀가 하룻밤에 수백번을 내뱉는 그 말에 어떤 감정도 실려 있지 않다는 것은 전혀 이상한 일이 아니었다.

  울리히는 감동을 느꼈다. 그는 그녀를 밀치는 대신 말을 못 알아들었다는 듯 그녀가 계속 제안을 하도록 내버려둔 채 서 있었다. 그는 뜻하지 않게 아주 작은 보상으로 전체를 내어주겠다는 상대를 만났다. 그녀는 최선을 다해 친절을 다할 것이며 그의 마음에 들지 않는 일은 피할 것이다. 그가 동의의 표시를 해준다면 마치 아무 잘못도 없이 헤어졌다 처음으로 다시 만나는 친구가 그러하듯 그녀는 부드러운 신뢰와 약간의 머뭇거림으로 그와 팔짱을 낄 것이다. 그리고 만약 그녀가 좋은 거래를 성사시켰다는 만족스런 상태에서 돈에 대한 근심 없이 함께 있도록 원래의 가격보다 몇배를 더 약속하고 그 돈을 테이블 위에 놓는다면, 무관심 덕분에 개인적인 편견에서 자유로울뿐더러 감정의 요구에 충실해야 한다는 헛된 혼란도 없는, 순수한 감정의 장점이 부각되는 일이 벌어질 것이다. 반쯤은 진지하고 반쯤은 장난스럽게 이런 생각이 머리를 스쳤고, 그는 거래가 성사되기를 기다리는 그 작은 사람을 완전히 실망시킬 수는 없었다. 심지어 그는 그녀의 관심을 원하는 자신을 깨달았다. 하지만 어리숙하게도 그는 그녀의 직업세계 언어로 말을 거는 대신 한번의 거래에 해당할 만큼의 돈을 지갑에서 꺼내 그녀의 손에 쥐여주고 다시 길을 나섰다. 그는 기이함에 놀라서 거부하는 그녀의 손을 꽉 잡고 몇마디 친근한 말을 건넸다. 그러고는 그 자원자를 머릿속에 둔 채 자리를 떴고, 그녀는 근처 어둠 속에서 소곤대고 있던 동료들에게 가서는 돈을 보여주고 뭔가 알 수 없는 일이 벌어진 것에 조롱을 늘어놓았다.

　이 만남은 마치 몇분 동안 사랑스런 전원에 있었던 것처럼 한동안 생생하게 머릿속에 남아 있었다. 그는 짧게 스쳐 지나간 여자 친구의 미숙한 가난 연기에 속지 않았다. 하지만 그녀가 어떻게 눈을 치켜뜨고 낮고 서툰 탄식을—제때 내뱉도록 훈련받은—내쉬는지를 떠올릴 때 그는 그 조야하고 아무 희망 없이 서툴게 가격을 흥정하는 연기에서 이유는 모르겠지만 깊은 감동을 느꼈다. 그것은 아마도 쓰레기 위에서 펼쳐진 인간 희극이기 때문이 아닐까. 이미 소녀와 이야기를 나눌 때부터 울리히는 자연스럽게 모오스브루거를 떠올렸다. 모오스브루거, 그는 병적인 희극배우이자 이날 밤의 울리히처럼 불운한 밤에 창녀를 만나 끔찍한 살인자가 되었던 것이다. 거리의 벽이 무대장치처럼 흔들리다가 일순간 조용해지자 그는 달밤의 다리 곁에서 그를 기다리던 낯선 존재 앞으로 갑자기 등장했다. 머리끝에서 발끝까지 그에게는 놀라운 체험이었음에 틀림없었을 것이다. 울리히는 순간 그것을 상상할 수 있을 것만 같았다! 마치 파도처럼 무언가 그를 높이 들어올리는 기분이 들었다. 그는 균형을 잃었지만 그 움직임에 맞서 버틸 필요는 없었다. 그의 심장은 오그라들었으나 상상력은 혼란스러워지면서 사방으로 퍼져나갔고 무력화된 관능에서 멈추고 말았다. 그는 흥분을 가라앉히려고 애썼다. 그는 여태껏 하나의 목표 없이 살아왔고 그래서 강박관념에 매달리는 정신병자나 자기 역할에 신념을 가진 자들을 부러워하기까지 했다. 하지만 모오스브루거는 그만이 아니라 다른 모든 사람을 매혹시켰다. 그는 아른하임이 질문하는 목소리를 들었다. "당신은 그를 놓아주겠습니까?" 그러고는 스스로 대답했다. "아니에요. 아닐 겁니다." "절대 안 됩니다!" 그는 이렇게 덧붙였지만 뭔가 극단적인 흥분으로 향하는 환영에 사로잡혔고 욕망과 강요, 의미와 필연성, 최선의 행위와 환희에 찬 영접이 서로 구별되지 못하고 하나가 된 형언할 수 없는 상태에 붙들려 있었다. 그는 모오스브루거와 같은 불운한 창조물은 모든 사람에게 공통된 억압된 본능을 타고난 사람이며 상상 속의 살인과 환상 속의 능욕을 육체로 실현한 사람이라는 견해를 떠올렸다. 그러니 이런 걸 믿는 사람들은 그를 통해 자신의 욕망을 충족시키고 또한 자신의 도덕을 회복하기 위해 다시금 그를 옹호하고 사이좋게 지내고 싶어할 뿐이었다. 그러나 울리히의 불화는 좀 다른 것이었다. 그는 아무것도 억압하지 않았고 그래서 살인자의 형상에서 다른 세계의 형상과 하나도 다를 것이 없는 점을 목격할 뿐이었다. 그들 모두는 자신이 간직한 오래된 형상, 즉 반쯤은 이미 만들어진 의미와, 반쯤은 다시 솟아나오는 무의미로 이뤄져 있었다! 질서의 만연하는 비유. 그것이 모오스브루거가 그에게 남긴 의미였다! 갑자기 울리히는 말했다. "그 모든 것은," 그는 마치 손등으로 뭔가를 밀쳐내는 듯한 동작을 했다. 그는 자기 혼자 중얼거리지 않고 크게 말했으며 입술을 꽉 다물고 말끝에는 침묵을 지켰다. "그 모든 것은 결정이 나야만 해!" 그는 '모든 것'이 무엇을 의미하는지 세세한 부분에 대해선 더이상 알고 싶지 않았다. 그것은 그가 '휴가'를 떠난 이래—마치 꿈꾸는 사람에게는 일어나 움직이는 것 빼고는 모든 게 가능한 것처럼—그를 한곳에 묶어주었던 것이자 그가 몰입했고 괴로워했으며 때로는 기뻐하기도 했던 것이다. 모든 것은 첫번째 날부터 지금 집으로 돌아가는 이 마지막 순간까지 그를 불가능의 영역으로 이끌었다. 울리히는 다른 사람들처럼 도달할 수 있는 목표를 위해 살 것인지 아니면 이러한 '불가능성'을 진지하게 추구해야 할지를 마침내 결정해야 한다는 느낌이 들었다. 이제 집 근처에 거의 도착했으니 그는 뭔가 더 가까이 있다는 각별한 느낌으로 마지막 거리를 서둘러 걸었다. 날개를 단 듯하고 행동을 촉구하는 발걸음이었지만 이렇다 할 내용이 없어서 다시금 독특한 자유를 안겨주는 기분이었다.

그 순간은 다른 많은 일들처럼 흘러갔지만 거리에서 집으로 향하는 골목에 접어들었을 때 그는 몇걸음 떼지 않아서 집 안의 불 켜진 창문을 목격했고 잠시 후 정원 앞 창살문 앞에 이르러 상태를 다시금 확인했다. 늙은 하인은 그날 밤 다른 곳에 사는 친척들과 지낸다며 허락을 구한 상황이었고, 그는 게르다와의 만남 이후 낮시간 동안 집에 돌아온 적이 없었으며 지하에 거주하는 정원사 부부는 자신의 방에 들어왔을 턱이 없었다. 그런데 온 집에 불이 켜져 있었으니 누군가 낯선 사람이 들어왔던 것 같았고 도둑인가 싶어서 그는 깜짝 놀랐다. 울리히는 어리둥절했고 이런 기이한 상황을 피하고 싶지 않았기 때문에 거리낌없이 집으로 걸어 들어갔다. 무슨 일이 벌어질지 알 수 없었다. 그는 창가에서 안으로 움직이는 듯 보이는 한 사람의 그림자를 보았다. 하지만 좀더 많은 사람들일 수도 있었다. 그는 자신이 집으로 들어설 때 누군가 총을 쏘지 않을까, 아니면 자신이 먼저 총을 쏴야 하지 않을까 자문했다. 다른 때 같으면 울리히는 경찰을 부르든지 아니면 뭔가 결행하기 전에 상황을 알렸을 텐데 이번만은 혼자 하고 싶었고 전에 부랑자에게 두들겨맞은 그밤 이후 종종 가지고 다니던 총은 꺼내고 싶지도 않았다. 그는 자신이 무엇을 원하는지 몰랐고 뭔가 일어나기만을 바랐다!

하지만 그가 문을 열어젖히고 들어갔을 때 그렇게 혼란스런 마음으로 마주친 침입자는 다름 아닌 클라리세였다!

123.
방향 전환

아마 처음부터 울리히의 행동은 항상 위험으로 이끄는 최악의 것을 믿지 않으려 했으며 그래서 모든 것을 무해하게 바라보는 사유에 의해 추동되었을 것이다. 하지만 그의 나이든 하인이 안에서 갑자기 튀어나오자 그는 그를 거의 때려눕힐 뻔했다. 다행히도 울리히는 적당한 때 행동을 멈췄고 클라리세가 전보 하나를 받아두었다는 이야기를 하인에게 들었다. 또한 그 젊은 부인은 하인이 떠나기 바로 직전인 한 시간 전에 도착했고 돌아가려 하지 않았으며 그래서 하인은 자신의 외출을 포기하고 집에 머물기로 했다. 하인은—그렇게 말해도 괜찮다면—젊은 부인이 매우 격앙돼 보였다는 이야기를 전했다.

울리히가 그에게 감사를 표하고 방에 들어서자 클라리세는 안락의자에 약간 옆으로 누워 다리를 웅크리고 있었다. 그가 문을 열자 그녀의 쭉 뻗은 날씬한 몸매, 소년같이 짧게 자른 머리, 그리고 팔에 기댄 계란형의 사랑스런 얼굴이 누군가를 유혹하는 모습처럼 나타났다. 그는 도둑이 든 줄 알았다고 그녀에게 말했다. 그녀의 눈에선 브라우닝 자동권총에서 총알이 발사되는 듯 불꽃이 일었다. "그럴지도 모르지!" 그녀가 대답했다. "그 늙고 교활한 하인은 나를 쫓아내려고 하더군. 나는 그에게 가서 자라고 했지만 아래층 어딘가에 숨어 있을 줄 알았지! 이렇게 좋은 집에서 사는구나!" 그녀는 앉은 채로 그에게 전보를 건네주었다. "네가 혼자 집에 들어왔을 때 어떤 모습일지 한번 보고 싶었어." 그녀는 말을 이었다. "발터는 콘서트에 갔어. 자정이 넘어야 돌아올 거야. 하지만 발터에게 여기 온다는 말은 하지 않았어."

울리히는 클라리세의 말을 들으면서 전보를 열어 읽어보았다. 그는 갑자기 창백해졌고 믿기 어렵다는 듯 그 놀라운 내용을 다시 읽었다. 비록 그가 평행운동의 진행과 '감경된 책임능력'을 묻는 아버지의 편지에 답장을 게을리해왔지만, 자신도 모르는 사이에 꽤 오랫동안 어떤 독촉도 오지 않았다. 이제 그 전보는 분명히 생전에 아버지 스스로 격식에 맞춰 정확하게 다듬어두었을 표현으로, 또한 어느 정도는 책망을 숨기지 않으면서도 근엄함을 담아 부친 자신의 죽음을 전하고 있었다. 그들 부자는 서로 호감이 없었고 사실 울리히에게 아버지는 십중팔구 불편한 존재였음에도 그가 그 기묘하고 으스스한 문장을 두 번 읽고나니 '나는 이제 세상에서 완전히 혼자가 되었다!'는 생각이 들었다. 그건 문자 그대로의 의미가 아니었으며 둘의 좋지 않은 관계를 고려해도 그렇게 해석될 수는 없었다. 오히려 놀랍게도 그가 느낀 것은 자신을 묶어두었던 끈이 끊어져 자유롭게 떠돌게 되었다는, 또는 아버지와 마지막 끈을 맺고 있던 세계와 비로소 완전히 낯선 관계를 이루게 되었다는 의미였다.

"아버지가 돌아가셨어!" 그는 클라리세에게 말했고 자기도 모르게 침통함을 담아 전보를 들어 보였다.

"오!" 클라리세가 대답했다. "축하할 일이네!" 그러고는 잠시 신중하게 침묵하다 덧붙였다. "넌 이젠 정말 부자가 되겠다?" 그녀는 유심히 실내를 둘러보았다.

"아버지가 그리 부자는 아니었어." 울리히는 거리를 두며 말했다. "여긴 아버지와 상관없는 곳이야."

클라리세는 마치 무릎을 구부려 절을 하듯 아주 작은 미소로 그 충고에 대응했다. 겉으로 드러나는 그녀의 많은 행동은 사람들에게 자신의 교육 수준을 보여주기 위해 절을 하는 소년처럼 성급했고 작은 공간에 어울리지 않게 과장되었다. 울리히가 고향으로 떠날 채비를 지시하기 위해 잠시 자리를 비워야 했기 때문에 그녀는 다시 방에 혼자 남게 되었다. 발터와의 거친 말싸움 후 그녀는 멀리 가지 못했다. 그들 집에는 방문 앞에서 다락방으로 이어지는, 거의 쓰지 않는 계단이 있었는데 그녀는 남편이 떠나는 소리가 들릴 때까지 거기에 쏠을 두르고 앉아 있었다. 발터가 계단을 내려갈 때 그녀는 극장에서 무대장치를 매달 때 쓰는 다락에 있는 듯한 기분이 들었다. 그녀는 출연히 장면이 없어 쉬는 시간에 숄을 어깨에 두르고 무대 위의 기둥에 앉아서 아래를 내려다보는 여배우를 떠올려봤다. 지금 그녀는 그런 여배우였고 모든 사건은 그녀의 발밑에서 이뤄지고 있었다. 그러자 인생은 하나의 연극 무대라는, 그녀가 좋아하는 예전의 비유가 떠올랐다. '우리는 인생을 반드시 이성으로 파악할 필요는 없어.' 그녀는 생각했다. 그녀보다 아는 게 많은 사람이라도 알면 얼마나 더 알겠는가? 그저 우리는 바다제비처럼 삶에 대한 정확한 본능을 가져야 한다! 우리는 새처럼 팔을—그녀에게는 대화, 키스, 눈물도 포함되겠지만—활짝 펼쳐야 한다. 이런 상상 속에서 그녀는 더이상 발터의 미래를 믿을 수 없다는, 일종의 보상을 얻었다. 그녀는 발터가 방금 내려간 가파른 계단을 내려다보았고 팔을 뻗었으며 할 수 있는 한 그런 상태로 있었다. 그런 식으로 그를 도울 수 있을지도 모른다! '급격한 하강이나 상승은 적대적인 동족 관계이며 결국 같은 것이지.' 그녀는 생각했다. 그녀는 벌린 팔과 계단 아래로의 깊은 시선을 '환호하는 세계의 기울기'라고 이름지었다. 그녀는 몰래 거리의 시위를 보러 가기로 마음먹었다. '대중'을 그녀는 얼마나 좋아했던가. 이른바 사람들의 거대한 드라마가 시작된 것이다!

그렇게 클라리세는 울리히에게 오게 되었다. 도중에 그녀는 둘 사이에서 벌어지는 일에 대해 자신이 더 높은 통찰력을 보이는 순간마다 자신을 미쳤다고 여기던 발터를 생각하며 종종 교활한 미소를 머금었다. 그가 참을성 없이 아이를 원하면서도 막상 두려워했다는 사실은 그녀를 기쁘게 해주었다. 그녀에게 '미쳤다'는 말은 흡사 번개가 되거나 무시무시한 신체가 되어 사람들을 놀라게 하는 것을 의미했다. 그것은 우월함과 지배력이 자라난 것처럼 자신의 결혼생활에서 한걸음씩 발전된 특성이었다. 여하튼 그녀는 자신이 때로 다른 사람들에게 이해받지 못한다는 사실을 알았고, 울리히가 다시 들어오자 그의 삶에 깊게 침입해 들어온 사건은 과연 무엇이었는지에 관해 말해야겠다는 생각이 들었다. 그녀는 안락의자에서 급히 일어나 곁방들을 가로질러 그에게 다가가 말했다. "애도를 표하네, 늙은 친구!"

그녀가 예민해졌을 때 내는 목소리임을 감지하긴 했지만 그 모습에 울리히는 놀랐다. '이따금 그녀는 돌연 상투적이 되는군.' 그는 생각했다. '마치 실수로 다른 책의 한 페이지가 끼어들어간 책 같아.' 그녀는 말을 평소처럼 하지 않았고, 고개를 옆으로 돌려 어깨너머로 내뱉었으며 그건 악센트가 틀린 것이 아니라 뒤섞인 단어를 듣는 듯한 효과를 가중시켜 그녀 자신이 그런 잘못된 단어 배열로 이뤄진 듯한 매우 섬뜩한 인상을 주었다. 울리히가 대답을 하지 않자 그녀는 멈춰 서서 말했다. "이야기를 좀 해봐!"

"기분을 바꿔보는 게 어때." 울리히가 말했다.

거부의 의미로 클라리세는 어깨 높이에서 손을 이리저리 흔들어 보였다. 그녀는 생각을 모아 말을 이었다. "발터는 아이를 가질 생각뿐이야. 이해가 되니?" 그녀는 대답을 기다리는 듯 보였다.

울리히가 뭐라고 대답해야 한단 말인가?

"하지만 난 싫어!" 그녀가 사납게 소리쳤다.

"그렇게 화낼 필요 없어." 울리히가 말했다. "네가 원하지 않으면 그렇게 되지 않을 거야."

"하지만 그것 때문에 그는 몰락할 거야!"

"항상 죽겠다는 사람이 더 오래 사는 법이야! 너와 나는 곧 쭈글쭈글해지겠지만 아마 발터는 기록보관소 소장이 되어 머리가 희게 세더라도 청년 같은 얼굴로 남아 있을 거야."

클라리세는 생각에 잠겨 방향을 틀더니 울리히에게서 멀어졌다. 얼마 떨어지지 않아 그녀는 다시 멈춰 '눈으로' 그를 '사로잡았다.' "손잡이가 사라진 우산을 본 적 있어? 내가 떠나면 발터가 그렇게 될 거야. 나는 그의 손잡이야 그는…," '우산^{Schirm}이야'라고 그녀는 말하고 싶었지만 순간 더 나은 말이 떠올랐다. "그는 나의 보호자^{Schirmherr}야." 그녀는 말했다. "그는 나를 보호해야 한다고 믿어. 그걸 위한 첫 번째 소원이 내 배를 부르게 하는 거지. 그러고는 자연의 어머니는 아이에게 직접 수유를 한다고 연설을 해. 그는 아이를 자신의 방식대로 키우고 싶다는 거야. 너도 그를 잘 알잖아. 그는 권리를 갖길 원하고 그럴 듯한 구실을 대면서 우리 사이에서 속물 하나를 만들고 싶어한다고. 하지만 지금까지 해왔던 대로 내가 거부한다면, 그는 파멸하고 말 거야! 그러니까 나는 그의 모든 것이지."

울리히는 이 과장된 주장을 믿지 못하겠다는 듯 웃었다.

"그는 널 죽이고 싶어해!" 클라리세가 짧게 덧붙였다. "뭐라고? 그건 너의 제안인 것 같은데?" "나는 너의 아이를 가지고 싶어." 클라리세가 말했다. 울리히는 놀란 나머지 이빨 사이로 휘파람을 불었다. 그녀는 버릇없는 요구를 한 어린 소녀처럼 웃었다.

"난 발터처럼 오래 알고 지내온 친구를 배신하고 싶지 않아. 그건 내 성향에 맞지 않아." 울리히가 천천히 말했다.

"그래? 넌 그다지나 행실이 바르구나?" 클라리세는 울리히가 이해하지 못하는 의미를 추가하고 싶어하는 눈치였다. 그녀는 생각에 잠기더니 다시 공격에 나섰다. "하지만 네가 내 연인이 된다면, 그는 너를 손에 넣고 말 거야!"

"무슨 말이지?"

"아주 확실해. 내가 잘 설명을 못할 뿐이지. 너도 그를 신중하게 바라봐야만 할 거야. 그는 우리 둘에게 매우 불쾌하게 대할 테지. 너는 당연히 그를 속일 수 없을 테고 그러니 그에게 뭔가 보상을 해주려 할 거야. 뭐 그런 식이지. 그리고 가장 중요한 것은 네가 그에게 가장 소중한 것을 달라고 할 거라는 사실이야. 너도 부정할 수 없겠지만 우리는 마치 돌덩이에 새겨진 형상처럼 서로 붙어 있거든. 인간은 스스로를 만들어내야 해! 그것을 위해 우리는 서로를 다그쳐야 한다고!"

"그렇군." 울리히가 말했다. "하지만 너는 다가올 일들을 너무 빨리 건너뛴 거 같아."

클라리세는 다시 웃었다. "아마 내가 성급했겠지!" 그녀는 말했다. 그녀는 그에게 다가가 다정하게 팔짱을 끼었다. 하지만 그녀의 팔에 선뜻 자리를 내주지 않은 채 그의 팔은 몸통에 힘없이 걸려 있었다. "내가 마음에 들지 않아? 나를 좋아하지 않니?" 그녀가 물었다. 아무 대답이 없자 그녀가 말을 이었다. "네가 날 좋아하는 걸 알고 있어. 네가 우리집에 올 때 날 바라보는 눈길에서 알게 됐어. 언젠가 내가 너를 악마라고 했던 거 기억나니? 나한텐 그랬어. 생각해봐. 나는 네가 불쌍한 악마라고 한 게 아니야. 너는 악을 이해하지 못한 채 행하려고 한 악마야. 너는 위대한 악마야. 무엇이 선한 줄 알고 네가 하고 싶어 하는 것의 반대를 행했으니 말이야! 너는 우리가 살아가는 삶이 혐오스럽다는 걸 알면서도 삶을 이어가야 한다고 했잖아. 그러고는 완전히 예의 바르게 말하지. '나는 친구를 배신하지 않아!' 하지만 수백번이나 '나는 클라리세를 가지고 싶어'라고 생각했기 때문에 그렇게 말하는 거야. 하지만 네가 악마이기 때문에 네 안에는 신적인 것이 있는 거야, 울로[※](울리히의 어릴 적 별칭 옮긴이)! 위대한 신의 어떤 것! 속이려는 사람에게 사실을 알려줘선 안 되지! 너는 나를 원하고…"

이제 그의 두 팔을 붙잡고 얼굴을 똑바로 들고 그 앞에 서 있는 그녀의 몸은 누군가 건드려 잎이 부드럽게 늘어진 식물처럼 뒤로 젖혀졌다. '이제 그때처럼 그녀의 얼굴은 흠뻑 젖게 될 거야!' 울리히는 두려워졌다. 하지만 그런 일은 없었다. 그녀의 얼굴은 여전히 아름다웠다. 그녀는 평상시의 어렴풋한 미소 대신 마치 자신을 방어하려는 듯 붉은 입술 사이로 이빨이 드러나게 활짝 웃었다. 그녀의 입은 사랑의 신 큐피드의 두 번 구부러진 활처럼 보였으며 그 모습은 이마의 언덕에서 한번, 그리고 투명한 머릿결의 구름에서 또한번 물결쳤다.

"오랫동안 너는 거짓말하는 입으로 나를 데려가길 원했지. 네가 진짜 어떤 사람인지를 보여주려고만 했으면 좋았을 텐데!" 클라리세가 말을 이었다. 울리히는 부드럽게 그녀의 팔에서 벗어났다. 마치 그가 앉힌 것처럼 그녀는 안락의자에 주저앉으면서 그를 잡아끌었다.

"그런 식으로 과장하면 안 돼." 울리히가 그녀의 말을 나무랐다.

클라리세는 그를 놔주었다. 그녀는 눈을 감고 팔꿈치를 무릎 위에 괸 채 두 팔로 머리를 받쳤다. 두번째 공격이 시작되었고 그녀는 차가운 논리로 맞서보리라 다짐했다. "그렇게 단어에 집착할 필요는 없어." 그녀가 대답했다. "내가 신이나 악마라고 한 것은 하나의 표현법일 뿐이야. 하지만 하루종일 집에 혼자 있거나 주위 사람들을 방문할 때 나는 종종 생각했어. '내가 왼쪽으로 가면 신이 나올 것이고 오른쪽으로 가면 악마가 등장할 거야.' 또는 내가 뭔가를 손으로 들어올릴 때도 왼손이냐 오른손이냐에 따라 똑같은 예감을 가졌지. 내가 발터에게 그걸 말했더니 그는 화가 나서는 주머니에 손을 넣더군. 그는 꽃이나 달팽이 같은 것에 행복해하는 사람이야. 하지만 우리가 살아가는 삶은 끔찍하도록 슬프지 않니? 거기엔 신도 악마도 없어. 그래서 나는 일년 내내 돌아다니지. 뭐가 올 수 있을까? 아무것도 없어. 예술이 기적과 변화를 일으키지 않는다면 아무것도 없지."

그 순간 그녀는 아주 온화한 슬픔에 빠진 듯했고 그 모습에 울리히는 그녀의 부드러운 머릿결을 만져보고 싶다는 유혹을 느꼈다. "하나하나로 보면 맞는 말이야, 클라리세." 그는 말했다. "하지만 나는 그 하나하나가 어떻게 튀어나왔는지, 그리고 어떤 관계를 맺고 있는지 모르겠어."

"간단해." 그녀가 똑같은 태도로 대답했다. "시간이 지나면서 하나의 생각이 떠올랐어. 한번 들어봐." 그녀는 일어섰고 갑자기 활기를 되찾았다. "언젠가 네가 우리의 상황은 갈라진 틈으로 가득 차 있고 그 틈을 통해 이른바 불가능한 상황을 내다볼 수 있다고 말하지 않았니? 대답할 필요는 없어, 나는 오래전부터 알고 있었으니까. 우리는 모두 질서 안에서 살기 원하지만 아무도 그렇게 살진 못해! 난 음악을 연주하거나 그림을 그리지. 하지만 그건 벽에 난 구멍을 숨기려 가림막을 세우는 것과 다를 게 없어. 너와 발터 역시 내가 잘 이해하지 못하는 이념을 가지고 있지만 그것 역시 신통치는 않지. 또한 네가 말했듯이 우리는 게을러서든 아니면 습관적으로든 그 구멍을 외면하거나 악한 행동으로 도망가버려. 그래, 대답은 간단한 거야. 우리는 그 구멍으로 들어가야 해! 그리고 나는 할 수 있어! 나에겐 나로부터 빠져나갈 수 있는 날들이 있어. 그러면 우리는―이걸 어떻게 설명해야 하지?—더러운 껍질을 벗겨낸 사물 사이에서 깨끗해진 자신을 보게 될 거야. 또는 마치 샴쌍둥이처럼 공기를 통해 모든 것과 연결된 느낌을 갖게 될 거야. 믿을 수 없을 정도로 멋신 상태지. 모든 것이 음악과 색깔과 리듬으로 변하고 나는 세례받은 시민 클라리세가 아니라 엄청난 행복으로 돌진하는 빛나는 파편이 될 거야. 하지만 너도 모든 것을 알고 있어! 왜냐하면 네가 현실은 불가능한 상태를 그 안에 지니고 있으며 우리의 경험은 내면으로 들어가는 개인적이거나 실제적인 것이 아니라 마치 노래나 그림처럼 밖으로 표출되는 종류의 것이어야 한다고 말했을 때 이미 그런 뜻이 담겨 있었기 때문이지. 나는 네가 했던 말을 그대로 반복할 수 있을 거야!" 그 "종류의 것"이라는 표현은 클라리세가 서둘러 말을 이으려고 할 때 마치 야생의 음률처럼 다시 떠올랐고 규칙적으로 다음과 같은 주장을 덧붙이게 만들었다. "너는 그걸 할 능력이 있지만 하려고 하지 않아. 나는 왜 네가 하려 하지 않는지 모르지만 너를 흔들어 깨우고 말 거야!"

　울리히는 그녀가 말하도록 내버려두었다. 그는 그녀가 말도 안 되는 곳까지 나아가면 묵묵히 고개를 저을 뿐 논쟁을 벌이려고 하지는 않았으며 자신의 손을 그녀의 머리카락 위에 조용히 대고 그 아래서 혼란스럽게 뛰는 생각의 맥박을 손가락 끝으로 감지하고만 있었다. 그는 여태껏 클라리세가 그렇게 격렬하게 흥분한 것을 보지 못했고 그녀의 마르고 강한 육신 속에 한 여인의 빛나는 열정이 매혹적이고 부드럽게 확장되는 공간이 있다는 사실에 깜짝 놀랐다. 모든 것에 닫혀 있다고만 믿었던 여성이 갑자기 자신을 열 때의 그 놀라움은 이번에도 그에게 큰 영향력을 행사했다. 비록 이성을 거슬러 말했음에도 그녀의 말은 그의 마음을 불편하게 하지 않았다. 그녀의 말은 그의 내면에 가까이 다가왔다가 어리석음 쪽으로 다시 물러났고 웅웅거림 또는 윙윙거림처럼 끊임없이 빠르게 움직이는 진동의 강렬함 때문에 듣기에 좋거나 나쁘거나는 별 의미가 없었다. 그녀의 말은 마치 거친 음악을 들을 때처럼 결정이 쉽게 내려지는 것 같았다. 또한 그녀가 말에서 길을 잃어 빠져나오지 못하던 바로 그 순간 그는 정신을 차리게끔 손을 뻗어 그녀의 머리를 흔들었다.

하지만 그의 의도와는 반대의 상황이 벌어졌다. 클라리세가 갑자기 몸으로 그를 밀쳤던 것이다. 그녀가 너무나 빠르게 팔을 그의 목에 두르더니 자기의 입술로 그의 입술을 눌렀기 때문에 그는 저항할 새도 없이 속절없이 당할 수밖에 없었다. 그녀가 재빨리 다리를 끌어올려 그에게 미끄러지듯 올라탔고 결국 그의 무릎 사이에서 무릎을 꿇고 앉았을 때, 그는 그녀의 가슴 끝이 어깨에 닿는 것을 느꼈다. 그는 그녀가 뭐라고 하는지를 거의 알아듣지 못했다. 그녀는 자신의 구원의 능력과 그의 나약함에 관해 더듬더듬 말했고 울리히가 '야만인'이 되었기 때문에 발터가 아니라 그를 통해 세계의 구원자를 임신하게 되리라고 중얼거렸다. 사실상 그녀의 말은 저음의 성급한 중얼거림에 가까웠고, 소통이 아니라 자신과 대화를 나누는 거친 놀이처럼 들렸다. 그리고 그 빙글빙글 도는 소리의 흐름 가운데 이따금 그가 알아듣는 말은 '모오스브루거'나 '악마의 눈' 같은 말뿐이었다. 방어를 위해 그는 작은 압제자의 팔을 붙들어 다시 안락의자에 밀쳐 넣었고 그녀는 다시금 발로 저항하며 머리를 그의 얼굴에 들이대면서 팔로는 그의 목을 필사적으로 감으려 애썼다. "그만두지 않으면 널 죽일 거야!" 그녀는 크고 또렷하게 말했다. 그녀는 애정과 울분이 뒤섞여 물러서지 않은 채 점점 더 흥분에 휩싸이는 소년 같았다. 그녀를 자제시키려는 노력 덕분에 그녀의 몸에서 새어나오는 욕망의 분출은 조금 줄어드는 것 같았다. 그럼에도 자신의 팔로 그녀를 꽉 붙잡고 아래로 누르는 순간 그는 그녀의 성욕을 강하게 느꼈다. 그녀의 육체가 그의 감각을 뚫고 들어올 것만 같았다. 그는 오랫동안 그녀와 알고 지냈고 종종 다소 거친 싸움을 하기도 했지만 낯설고도 친근한 작은 친구와 이렇듯 거칠게 뛰는 심장으로 머리끝부터 발끝까지 접촉해보기는 처음이었다. 그리고 그의 완력에 의해 클라리세의 움직임이 가라앉고 진정되면서 온몸의 이완된 빛이 부드럽게 그녀의 눈에 드러날 때 그가 원하지 않았던 일은 거의 일어날 것처럼 보였다. 그 순간 그는 마치 자기 자신과 끝장을 봐야겠다는 요청에 직면한 사람처럼 게르다를 기억해냈다.

"나는 하고 싶지 않아, 클라리세." 그는 말했고 그녀를 놓아주었다. "이제 혼자 있고 싶어. 떠나기 전에 해야 할 일도 많고."

그의 거부의사를 알게 되자 클라리세는 마치 다른 톱니바퀴가 강한 충격으로 자신의 머릿속에 끼어든 느낌을 받았다. 그녀는 고통으로 일그러진 표정을 하고는 한걸음 떨어져 있는 울리히를 보았고 그가 무슨 말을 하는지 몰랐으나 그의 입술의 움직임을 보고는 점점 더 커지는 혐오감을 느꼈다. 그러고는 자신의 스커트가 무릎 위로 치켜 올라가 있는 것을 발견했다. 그녀는 뭔가를 기억하기 전에 일단 일어서서 마치 잔디에 앉아 있었던 것처럼 머리와 옷을 정돈하고는 말했다. "당연히 짐을 싸야지. 더이상 붙잡지 않을게!" 그녀는 입가의 좁은 틈으로 새어나와 조롱인지 아닌지 구분하기 힘든 원래의 미소를 지어 보였고, 좋은 여행을 기원했다. "네가 돌아올 때면 아마 마인가스트가 와 있을 거야. 그게 내가 원래 하려던 말이었어." 그녀는 덧붙였다.

울리히는 주저하며 그녀의 손을 잡았다.

그녀는 장난치듯 그의 손가락을 문질렀다. 그녀는 무슨 일이 있어도 자기가 무슨 말을 했는지 알고 싶었다. 그렇게 흥분해서 아무것도 기억할 수 없으니 아무 말이나 했을 가능성이 컸다. 그녀는 무슨 일이 있었는지 대충 알 것 같았고 자신은 용감하고 희생할 각오가 돼 있으나 울리히는 소심하다는 걸 알기 때문에 크게 신경쓰지 않았다. 그녀는 그가 어떤 의혹도 품지 않고 여전히 좋은 친구인 채로 헤어졌으면 하는 바람이었다. 그녀는 낮게 말했다. "오늘 만남이나 우리가 나눈 이야기는 당분간 발터에게 말하지 말았으면 좋겠어." 그녀는 현관 앞에서 한번 더 손을 내밀었고 더 나오지 말라고 했다.

울리히가 방으로 돌아왔을 때 그는 정신이 없었다. 자신에게 남겨진 유산을 넘겨받는 데 오랜 시간이 걸릴 테니 그는 라인스도르프 백작과 디오티마에게 편지를 써야 했고 여러 일들을 처리해두어야 했다. 하인이 싸놓은 가방에 자잘한 생활용품이며 책 등을 꾸려넣고 모든 일을 마쳤음에도 잠자리에 들고 싶은 마음이 일지 않았다. 그는 분주했던 하루 때문에 지치고 흥분되었으며 이런 기분은 사라지기는커녕 점점 더 뒤섞이며 고양되었고 극도로 피곤함에도 잠이 오지 않는 상태로 이어졌다. 생각을 하는 것이 아니라 이리저리 떠오르는 기억을 더듬어보다가 울리히는 여러 차례의 인상에서 체험한바, 클라리세는 단순히 비정상이 아니라 이미 정신병적 상태에 있다는 사실을 분명히 인정했다. 하지만 그녀가 발작에 빠져 있는 동안—사람들이 그것을 뭐라고 부르든—그녀는 울리히 자신의 생각과 유사한 말을 쏟아냈다. 이것은 새롭고 근본적인 사유를 불러올 수 있었지만 이미 반쯤 잠에 빠진 그에게는 아직 할 일 많이 남았다는 불쾌한 생각만 떠올랐다. 그가 계획했던 일년 중 반이 훌쩍 지나갔고 어떤 문제에도 아직 해답을 찾지 못했다. 문득 게르다가 책을 씨보라고 했던 기억이 스쳐 지나갔다. 하지만 그는 현실적인 것과 그림자 같은 것 사이에 끼어들어 살고 싶지 않았다. 그는 투치 국장과 나눈 대화를 기억해냈다. 디오티마의 살롱에 서 있는 자신과 투치의 모습에는 뭔가 극적인 무대 같은 면모가 있었다. 그는 자신이 책을 쓰거나 아니면 자살을 하게 될 것이라고 가볍게 말했던 순간을 기억했다. 하지만 죽음에 대한 생각은, 지금 가까이서 숙고해보면 전혀 자신의 상황을 현실적으로 표현한 말이 아니었다. 만약 그가 좀더 나아가 아침에 기차를 타는 대신 자살을 한다고 생각해보면 아버지가 죽었다는 소식을 들은 순간의 그 부적절함처럼 다가올 것이다. 옅은 잠 속에서 그는 상상 속의 형상을 뒤쫓기 시작했다. 그는 어떤 무기의 총신을 들여다보았고 거기에서 그늘진 무^{無}, 저 깊은 곳을 가리는 그림자를 감지했으며 자신의 어린 시절 가장 좋아했던 장전된 총의 똑같은 이미지가 뭔가 알지 못할 타깃을 향해 겨눠지고 날아가는 자신의 의지를 뜻했다는, 드물고도 특이한 우연의 일치를 문득 발견했다. 그의 마음은 그렇듯 권총이나 투치와 함께 서 있는 장면으로 가득 찼다. 이른 아침 목초지의 풍경. 열차에서 바라본, 길게 휘어지는 강 언덕에 짙은 저녁 안개 가득 찬 모습. 유럽의 다른 한쪽 그가 사랑하는 사람과 헤어졌던 곳. 연인의 모습은 잊었지만 흙으로 된 거리와 갈대로 덮인 지붕은 어제처럼 생생하다. 또다른 연인의 겨드랑이 털. 그녀에 대해 오직 단 하나 남은 기억. 조각으로 남은 멜로디. 독특한 움직임. 영혼의 깊은 열정에서 나온 격렬한 말들 때문에 감지될 수 없었던, 그러나 잊혀진 것들

속에서 살아남은 화단의 향기. 그는 여러 길에서 고통스럽게 겨우 서 있는 사람들을 보았다. 마치 오래전에 줄이 끊어진 채 버려진 꼭두각시 인형들 같았다. 사람들은 그런 이미지가 세상 가장 덧없다고 생각하겠지만 어떤 순간 전체 인생은 이미지들 속으로 녹아들어가며 단지 이미지들만이 인생의 길 위에 서 있고 오직 그것들을 통해서 인생은 제 길을 가는 듯 보인다. 또한 운명은 어떤 결정이나 이념이 아니라, 이렇듯 비밀스럽고 만쯤 어리석은 이미지들에 복종하고 만다.

하지만 그가 거의 눈물을 흘릴 정도로 모든 의미없는 헛수고를 자랑스러워하는 동안, 잠을 이루지 못한 지친 상태 가운데 어떤 예감이 떠올랐다. 더 확실히 말하자면, 그를 둘러싸고 놀라운 감정이 펼쳐졌다. 모든 방에는 아직 클라리세가 머물 때 켜놓은 등불이 타고 있었다. 빛의 물결은 벽과 사물들 여기저기를 누비며 흐르고 있었고 그 사이의 공간에 생기있는 무언가를 불어넣고 있었다. 아마도 고통을 상실한 피로에 내재된 부드러움이었을 그 무언가는 몸의 전체 감각을 변화시켰다. 이처럼 항상 무시돼온 육체의 자기각성은 워낙 부정확하게 정의된 나머지 더 유연하고 확장된 상태로 넘어가버렸다. 마치 실로 묶인 제본이 풀리는 듯한 이완이었다. 벽이나 사물에서도 어떤 실제적인 변화는 일어나지 않았고 어떤 신도 이 무신론자의 방에 들어오지 않았다. 또한 울리히는 절대 자신의 명확한 판단을 포기하지 않았으므로(고단함이 그를 속이지 않는 한), 변화를 가져올 수 있는 것은 오직 그와 주변의 관계밖에 없었다. 그 관계는 감각과 이성이라는 적대적인 부분으로 이뤄진 객관적인 것이 아니라 마치 지하수처럼 깊고 폭넓게 퍼진 주관적 느낌으로, 그 위에는 감각과 사유라는 객관적인 기둥이 있었는데 그것들은 오늘날 서로 부드럽게 밀치거나 당기면서 존재한다. 이런 차이는 만들어지는 동시에 그 의미를 잃어버린다. '그건 다른 태도를 말하는 거야. 내가 달라지고 그래서 나와 연결된 것들도 달라지는 것이시!' 울리히는 훌륭한 관찰이라고 생각했다. 하지만 사람들은 그의 고독을—그 자신뿐 아니라 주변에서도 발견되며 그래서 양자가 묶여 있는—말할 수도 있을 것이며 그 스스로도 이런 고독은 점점 두터워지고 커진다고 느끼고 있었다. 그 고독은 벽을 뚫고 나아가고 스스로 몸집을 키우지 않으면서도 도시에서 자라나며 세계로 뻗어나간다. '세계라고?' 그는 생각했다. '그런 세계 따위는 없어!' 그런 개념은 이제 아무 의미도 없다는 생각이 떠올랐다. 하지만 울리히는 항상 충분한 자기통제를 해왔기 때문에 이렇듯 과장된 표현은 순간 그를 불편하게 했다. 그는 더이상 다른 말을 찾지 않았고 오히려 완전한 자각상태에 다가갔으며 몇분 지나지 않아 갑자기 일어섰다. 날이 밝아왔고 그 창백한 빛깔은 빠르게 시들어가는 인공적인 불빛과 섞여들어가고 있었다.

울리히는 일어서서 몸을 쭉 폈다. 그의 몸에는 털어버릴 수 없는 것이 남아 있었다. 그는 눈 위를 손가락으로 문질렀지만 시야에는 부드럽게 가라앉으며 접촉하는 사물이 남아 있었다. 그리고 설명하긴 어렵지만 자신이 수년 전 서 있었던 자리로 돌아가지 않겠다는 부정의 힘이 갑자기 쭉 빠져나가는 것을 느꼈다. 그는 웃으며 고개를 저었다. '소령 부인의 공격이군.' 그는 그 느낌을 조롱하듯 이름 붙였다. 이성적으로 생각해봤을 때 그가 어리석은 짓을 되풀이할 상대가 없었기 때문에 그런 위험은 없었다. 그는 창을 열었다. 별다를 것 없는 공기였고 도시의 첫번째 소음이 울려 퍼지는 평범한 아침이었다. 차가운 공기가 침실을 씻어내는 동안 감정의 몽상에 대한 유럽의 혐오가 분명한 강인함으로 그를 채웠고 그는 필요하다면 최고의 정확함을 가지고 이 상황과 마주하리라 결심했다. 하지만 오랜 시간 아무 생각 없이 아침을 바라보며 창가에 서 있던 그에게는 여전히 반짝이며 미끄러지는 모든 감각이 남아 있었다.

갑자기 하인이 근엄한 표정으로 자기를 깨우러 들어오자 그는 깜짝 놀랐다. 그는 샤워를 하고 재빨리 활기찬 체조를 하고는 역으로 출발했다.

| 1・2권 옮긴이의 말 |

영혼과 정신의 신음

1999년 독일 뮌헨 문학의 집과 베르텔스만 출판사는 99명의 저명한 독일 작가, 비평가, 학자들에게 20세기의 가장 위대한 독일어 소설을 선정해달라는 부탁을 한다. 33명씩 세 그룹으로 나뉜 전문가들이 각각 세 편의 소설을 선정한 결과는 다소 충격적이었다. 독일문학뿐 아니라 세계문학에서도 손꼽히는 작품인 프란츠 카프카의 『소송』, 토마스 만의 『마의 산』을 제치고 오스트리아 작가 로베르트 무질의 『특성 없는 남자』가 가장 많은 표를 얻어 1위를 차지한 것이다. 2002년 노르웨이 북클럽이 전세계 100명의 작가들에게 세계의 문명사에 결정적인 영향을 준 책 100권을 설문한 결과를 발표했는데 여기에도 무질의 『특성 없는 남자』가 선정되었다. 무질과 동시대를 살았던 작가들 중에는 제임스 조이스, 버지니아 울프, D. H. 로렌스, 마르셀 프루스트, 카프카, 토마스 만, 루쉰, 톨스토이 같은 대문호들만 그 명단에 들어갈 수 있었다.

이처럼 로베르트 무질이 20세기 세계문학에서 차지하는 비중은 매우 크다. 특히『특성 없는 남자』는 조이스의『율리시즈』와 프루스트의『잃어버린 시간을 찾아서』와 함께 20세기 현대문학의 걸작으로 일컬어진다. 그러나 무질은 생전에 이러한 명성을 한번도 누려보지 못했다. 오히려 그의 생애는 안타까울 정도의 궁핍과 불운으로 점철된 것이었다. 그런 불행은 이미 태어나기 전부터 예정된 것인지도 몰랐다. 그가 태어나기 4년 전 단 하나의 누이가 될 뻔한 엘자^{Elsa}가 한살도 못 돼 사망했다. 이 사건은 무질에게 깊은 정신적 상처가 되어 평생을 따라다녔으며 여러 작품의 모티브가 되기도 했다. 가정사의 불행은 그것에 그치지 않았다. 무질의 어머니는 매우 복잡하고 예민한 성격의 소유자였다. 게다가 아버지의 묵인하에 다른 남자와 부적절한 관계를 평생 유지했는데 이는 무질의 유년과 청년기를 지배한 또 하나의 깊은 그늘이 되었다.

매우 역설적이지만 무질의 생애에 닥친 최대의 불운은『특성 없는 남자』때문이라고 해도 과언이 아닐 것이다. 첫 소설『생도 퇴를레스의 혼란』을 발표할 때만 해도 그는 평단의 주목을 받는 유망한 젊은 작가였다. 고등군사학교 기숙사 생활의 체험을 소재로 삼은 이 소설에서 무질은 당시로서는 드문 소재인 동성애를 다룸으로써 깊은 인상을 남겼다. 그는 이후 소설을 집필하면서 베를린대학에서 에른스트 마흐$^{Ernst\ Mach}$에 관한 논문으로 박사학위를 받았고 몇차례 교수직을 제의받는다. 그러나 교수직을 거절하고 1차세계대전 직후인 1919년부터『특성 없는 남자』의 집필을 시작해 죽을 때까지 이 미완성 대작에 매달린다. 1930년 베를린 로볼트 출판사에서 1권(1·2부, 1~123장), 1932년 2권(3부, 1~38장)이 연이어 출간되었고 언론과 평단의 뜨거운 반응을 이끌어냈지만 이번에는 시대가 발목을 잡았다. 때마침 정권을 잡은 나치가 그의 작품을 독일과 오스트리아에서 판매금지시킨 것이다. 그나마 평단에서 나오던 반응마저 시들해졌고 그의 작품은 대중에게 잊혀져갔다. 이후 무질은 급격한 경제적 어려움에 빠졌고 나치를 피해 스위스로 거처를 옮긴 후에도 소설을 완성하지 못하고 결국 1942년 뇌졸중으로 제네바에서 숨을 거둔다. 『특성 없는 남자』가 세상에 알려지기 시작한 것은 1950년대 생전의 유고를 수합한 전집이 편집자 아돌프 프리제$^{Adolf\ Frisé}$에 의해 출간되면서부터였고, 이후 세계 각국어로 번역되면서 세계문학의 반열에 올랐다. 그러나 무질의 유고가 워낙 방대하기 때문에 현재까지도 오직 디지털 상태로만 그 전부가 정리돼 있다고 한다.

사유와 소설

무질은 오스트리아 작가지만, 그가 태어날 당시 소속된 나라는 오스트리아-헝가리 제국(1867~1918)이었다. 소설에서 이 나라는 '카카니엔'^{Kakanien}이라는 이상한 이름으로 불린다. 『특성 없는 남자』를 이해하는 데 카카니엔은 각별한 의미를 지니기 때문에 잠깐 짚고 넘어가기로 한다. 무질이 이 소설 도입부(8장)에서 언급하듯이 카카니엔에는 '황제-왕실의'$^{kaiserlich\text{-}königlich}$ 또는 '황제의 그리고 왕실의' $^{kaiserlich\ und\ königlich}$라는 수식어가 따라다녔다. 독일어에서 k는 '카'로 발음되는데 말하자면 이 나라는 두 개의 k(카)로 돼 있어 카카니엔으로 불리게 된 것이다. 이는 오스트리아-헝가리 제국의 독특한 역사 때문인데 이 제국은 오스트리아 황제와 헝가리 귀족이 타협한 결과 오스트리아 황제가 헝가리의 국왕을 겸임했던 것이다. 흔히 이 제국이 이중제국이라고 불리는 것은 바로 이런 역사적 배경 때문이다. 그러니까 『특성 없는 남자』는 단순히 오스트리아를 배경으로 한 소설이 아니라, 헝가리와 체코, 크로아티아, 보스니아 등지를 아우르는 중부 유럽의 거대한 제국이 1차세계대전으로 몰락하기 직전의 마지막 몇 년을 그린 소설인 것이다.

실로 이 제국은 다양한 사상과 이데올로기로 들끓는 용광로 같았다. 특히 소설의 주무대인 제국의 수도 빈^{Wien}은 봉건적 귀족주의와 시민계급의 자유주의, 한창 대두되던 사회주의와 민족주의, 독일식 군국주의와 반유대주의가 도시 전체를 감싼 사상의 집합소와 같은 곳이었다. 또한 이 수도를 중심으로 타오른 학문과 문학예술의 불길은 세계적인 영향력을 보여주었다. 우선 맑스와 쌍벽을 이루는 현대 사상가 프로이트가 빈에서 활동했으며 언어철학자 비트겐슈타인, 과학철학자 에른스트 마흐, 클림트와 실레 같은 화가들, 쇤베르크를 필두로 한 음악가들, 마르틴 부버와 같은 신비주의자들까지 이 도시는 당대 최고의 지성인과 예술인들을 배출한 장소이기도 했다. 이른바 세기의 천재들이 모인 도시 한가운데 바로 무질이 있었고 사방에서 터져나오는 실험적이고 현대적인 시도들은 무질의 문학에도 큰 영향을 끼쳤다.

『특성 없는 남자』를 말할 때 가장 먼저 언급해야 마땅한 '사유^{思惟} 소설'이라는 특징 역시 이러한 빈의 들끓는 사상적 풍경과 어느 정도의 연관성을 가지고 있을 것이다. 그러나 이런 특징은 그저 사상에 대한 소설의 대응이 아니라, 철저하게 의도된 하나의 실험적 시도로 보아야 하다. 무질의 소설에는 당대의 사유들, 즉 과학철학과 심리학, 생철학, 군국주의, 민족주의, 사회주의, 반유대주의에 대한 성찰이 끊임없이 이어진다. 특히 주인공 울리히는 이 모든 사상들에 맞서는 '사유의 영웅'이라 할 만한데, 이는 전시대의 주인공들을 특징짓는 '행위의 영웅'에 비하면 매우 낯설고 독특한 캐릭터였다. 무질의 지지자이자 체코 태생의 현대작가 밀란 쿤데라^{Milan Kundera}는 『특성 없는 남자』의 새로운 시도를 다음과 같이 설명한다.

> 소설의 역사에서 사유가 그렇게 중요한 자리를 차지한 작품은 없었다. 무질은 소설가인 동시에 위대한 사상가였다. 『특성 없는 남자』에서 그의 사유는 당대의 인물, 사회적 조건과 밀접하게 연관돼 있다. 그의 사유는 여러 학문을 답사해 나온 그런 답답한 지식이 아니라, 현실의 실존적 측면에 집중한 결과였다. 한마디로 독특한 소설적 사유였던 것이다. (「나의 20세기 책」, 『차이트』 1999년 1월 21일자)

여러 학문과 사상을 다루고 있는 이 소설이 그저 박식함에 그쳤다면 아마 이렇게까지 세계적인 명성을 얻지는 못했을 것이다. 그런 명성은 무질이 어떤 사상이든 그것을 당시의 인물과 그들이 처한 사회적 조건 속에서 매우 생생하게 그려낸 덕분이었다. 이런 소설적 특징을 일컬어 무질 스스로는 '에세이즘'^{Essayismus}이라고 불렀는데 여기서 에세이의 참된 의미는 "학자의 연구실에서 떨어져나온 부스러기 같은 논문과 논설들"이 아니라 "인간의 내적 삶이 결정적인 사유를 통해 추론해낸 단 하나의 변할 수 없는 형식"(2부 62장)이다. 무질의 작품 도처에서 우리는 이런 '결정적 사유'의 흔적을 발견한다. 가령 역사에 대한 다음과 같은 사유를 보자.

> 우리는 이런저런 사건이 역사에서 이미 자리를 잡았다거나 앞으로 일

어날 것이라는 확신을 가진다. 그러나 이런 사건이 실제로 일어난 것인지는 확신하지 못한다. (…) 사람들은 마치 신문이 그렇듯이 일어난 일을 그때마다 적어두거나, 그 일이 자신의 직업이나 재산 문제에 관련된다는 확신이 없으면 역사에 대해 뭐라고 주장할 수 없게 되었다. 왜냐하면 은퇴까지는 얼마의 시간이 남았는지, 어느 때가 되면 얼마를 벌고 얼마를 쓰는지 같은 것이 더없이 중요한 데다 전쟁조차도 그런 맥락 속에 서야 기념할 만한 사건이 될 수 있기 때문이다. (539면)

무질의 사유가 놀라운 것은, 그것이 학술논문의 엄정함을 간직해서가 아니라 삶 속의 매순간에서 현대사회의 특징을 날카롭게 간파하기 때문이다. 위의 인용은 현대세계의 추상적인 특징을 잘 보여주고 있다. 현대는 모든 것들을 빨아들여 개인과 집단의 실제 삶과 상관없는 무시무시한 추상체계로 바꿔놓는다. 가령 이제는 전쟁조차도 한 집단의 의지가 아니라, 증권시장의 그래프에서 더 큰 의미를 갖는다. 무질은 역사의 이런 추상적 진행을 '그렇고 그런 일이 벌어지다' Seinesgleichen geschieht라는 2부의 제목으로 압축했는데, 이는 어떤 사건도 구체적인 삶으로 체험하지 못하는 동시대에 대한 통렬한 비판을 담고 있다. 더욱 놀라운 것은 무질의 이런 사유가 이미 모더니즘 시대를 넘어서 후기자본주의 사상가들의 사유를 선취했다는 점이다. 인용된 부분은 아마도 기든스[A. Giddens] 같은 사회학자의 '추상체계'라는 개념과 잘 어울릴 것이다. 모오스브루거라는 살인범을 통해 법과 제도의 규율적 측면을 비판하고 광기의 인간적인 면모를 옹호한 무질의 사유는 푸코[M. Foucault]의 문제의식을 선취한 것이라 해도 과언이 아니다. 또한 '현실 인간'에 대립되는 '가능성 인간'에 대한 추구, 그리고

'다른 도덕'을 향한 무질의 실존적 모험은 들뢰즈$^{G.\ Deleuze}$의 '분열된 주체'와 '탈주를 향한 욕망'에 앞서 나온 것이었다.

영혼과 정신의 불완전성

현대소설사에서 『특성 없는 남자』가 차지하는 장르적 위치를 '에세이적 소설', 즉 하나의 독창적인 '사유 소설'로 볼 수 있다면, 주제적 측면에서 주목해야 할 것은 '영혼과 정신의 불완전성'이 될 것이다. 거대 제국 카카니엔의 시대적 운명은 두 방향으로 나아갔는데, 그 하나는 민족주의의 발호에 따른 1차세계대전이었고 다른 하나는 인종주의, 군국주의가 결합된 파시즘이었다. 1차세계대전은 카카니엔의 황태자 페르디난트가 세르비아 민족주의자에게 피살되면서 시작됐으며, 나치 총통 히틀러 역시 카카니엔 출신이었던 것이다. 그런데 왜 세계 지성과 문화의 집합소라는 제국의 수도 빈이 이러한 파국을 막지 못했던 것일까? 남아공 출신 노벨문학상 수상작가인 존 쿠체$^{John\ Coetzee}$는 『특성 없는 남자』가 유럽 자유주의의 몰락을 파헤치면서 파시즘의 대두를 예견했다고 평했다. 다시 말해 이 작품은 그렇게 많은 사상과 문화에도 불구하고 왜 유럽이 야만 상태로 빠져들었는지를 말해준다는 것이다. 파시즘에 관한 수많은 연구들과 구별되는 무질의 독특한 관점은 바로 '영혼과 정신의 불완전성'을 날카롭게 지적해낸 데 있다.

이 소설의 1, 2부의 핵심에는 '평행운동'이라는 애국주의운동이 자리잡고 있다. 카카니엔 황제 즉위 70주년을 기념하여 주변국에 평화의 의지를 알리자는 취지의 이 운동은 물질의 세계의 맞서 구질서를 회복하자는 영혼회복운동의 성격을 띠고 있다. 그러나 시간이 지날수록 원래 취지는 사라지고 운동의 주위로 하나둘 모여든 엘리트들의 서로 다른 입장만이 남게 된다. 시민계급 출신이자 고위관료의 아내인 디오티마에게 평행운동은 '위대한 오스트리아의 문화'를 통해 물질문명의 나락으로 떨어진 세계에 영혼의 숨결을 불어넣는 것이었다. 그러나 그녀의 살롱에 모여든 다종다양한 사람들은 그저 전문가들일 뿐이었고, 현실세계에 대처할 아무런 구체적인 대안도 없는 사람들이었다. 평행운동의 창시자 라인스도르프 백작은 민중의 제안이 황제에게 전달되는 민주적이고 시민적인 군주국을 꿈꾼다. 그러나 그렇게 쏟아져나온 제안들은 자기집단의 이익을 대변하는 것뿐이었으며, 결국 모든 제안들은 관료의 서류더미 속에서 방치되고 만다. 또한 그의 머릿속에는 언제나 프로이센에 대한 적대적 감정이 스며들어 있는데, 이는 언제라도 평행운동의 방향을 군국주의로 전환할 수 있는 폭탄 같은 것이었다. 세계역사에는 어떤 오류도 있을 수 없음을 주장하는 이성주의자이자 거대기업을 소유한 자유주의의 화신 아른하임은 또 어떠한가? 프로이센 출신인 그에게 평행운동은 분명히 어리석은 짓이지만, 그는 사유를 권력의 장에 끌어들이려는 야심을 품고 이 모임에 합류한다.

울리히에게는 이 모든 영혼과 정신의 움직임들은 그저 불완전한 것으로밖에 보이지 않는다. 비록 아름다운 영혼과 정신의 외양을 걸치긴 했으나 평행운동은 '불충분한 근거의 원리'에서 나온 것이며, 그래서 역사진행의 과정을 촉진시키는 촉매의 작용은 할지언정 전쟁이 될지 평화가 될지는 알 수 없기 때문이다. 울리히는 영혼과 정신이 모자란 것이 문제가 아니라, 과잉이 문제라는 점을 확실히 알고 있다. 또한 이러한 문제의식은 계몽주의를 거쳐 정신의 우월함을 주장했고 그것을 문명의 우위로 입증한 유럽인들에게는 하나의 충격으로 받아들여지기에 충분한 것이었다. 울리히는 당대의 정신이 처한 상황을 아래와 같이 웅변한다.

> 그러던 어느날 울리히는 그 희망을 포기하게 되었다. 그때는 이미 축구장이나 권투 링에서의 천재들이 이야기되기 시작했고, 단 하나의 천재적인 센터포드나 위대한 테니스 선수가 잘 보도되지도 않는 열 명의 발명가나 테너, 작가들보다 더 나은 시절이 돼버렸다. 그 새로운 정신은 자기자신을 확실히 느끼지 못했다. 그러나 그때 울리히는 어디선가 '천재적인 경주마'라는 기사를 읽었는데, 그 말은 마치 익기도 전에 떨어져버린 과일 같다는 느낌을 주었다. (70면)

무질이 보기에 바로 이런 것이 현대가 처한 상황이었다. 디오티마가 말끝마다 주장하는 '위대한 이상'은 새롭고 천재적인 사상이나 예술을 수용하고자 하지만, 이미 경주마 한마리가 '천재'로 대접받는 시대에 그런 사상과 예술은 끊임없이 '소비되는 전율' 이상이 되지 못하는 것이다. 이런 정신의 불완전한 과잉상태는 모오스브루거라는 살인범을 처분하는 사회적 시스템에서도 엿볼 수 있다. 이 끔찍한 살인범은 우선 언론에 의해 집중적인 관심을 받다가 대중적인 관심이 흐려지면 전문가들의 손에 넘어간다. 그 결과 법학자들과 심리학자들이 이 살인범을 놓고 자기영역의 우수함을 다투지만 그 어느 영역도 모오스브루거의 내면에 자리한 광기의 의미와 범죄의 사회적 의미를 제대로 밝혀내지 못한다.

결국 이 딱딱한 전문가 사회에서 정신의 과잉은 오히려 대중의 의식을 무감각하게 만들고 말았다. 무질은 이들 전문가 집단을 향해 끊임없이 신랄한 야유를 퍼붓는다. 그 야유는 무엇보다 '특성'을 향한 비판이었다. 서구 역사에서 '신'을 대체한 이 특성은 '자아' 또는 '주체'라는 이름으로 불려왔다. 그러나 우리는 이 '주체'들이 인류역사상 가장 야만적인 전쟁과 학살에 참여한 것을 기억하고 있다. 그리고 모든 재앙은 무질이 살았던 카카니엔에서의 짧은 자유주의 시대가 끝나고 곧바로 찾아왔다. 그리고 지금 우리는 신자유주의의 한복판을 지나 누구도 예상치 못할 역사의 길로 나아가고 있다. 그렇다면 미래는 또 어떤 재앙을 준비하고 있을까? 무질이 지금 살아서 백년 전이나 다름없이 대책없는 질주를 거듭하는 인류를 본다면 무슨 말을 할 것인가? 지금이야말로 정신과 영혼의 신음에 귀를 기울이고 좀더 정확한 영혼에 다가서려는 무질 같은 사람들, '특성 없는 사람'들이 필요한 시기가 아닐까?

20대 후반 대학원 시절 무질을 처음 접하고 그 소설적 깊이에 압도된 역자는 그때부터 공부삼아 이 소설을 조금씩 번역하기 시작했다. 하지만 인생의 기로에서 번역자나 연구자가 아니라 편집자라는 직업을 선택했기 때문에 번역은 계속 늦어질 수밖에 없었다. 그럼에도 늦게나마 작은 결실을 맺게 돼 흥분되는 한편 독자들을 향한 두려움도 앞선다.

이번에 독자들께 선보이는 『특성 없는 남자』 1차분 1, 2권은 1930년 처음 발간된 소설 1권의 83장까지를 번역한 것이다. 사실 이런 형태의 두 권짜리 번역본을 내기까지는 고민이 많았다. 우선 1차분을 먼저 내게 된 계기는 전체 소설의 분량이 워낙 방대하기 때문이다. 전집의 유고를 빼더라도 거의 1천여 페이지(번역원고로는 1,500여 페이지)에 이르는 소설을 한꺼번에 내기는 아무래도 역부족이었고, 사실상 미완성 소설인 데다 스토리보다는 한장 한장의 사유가 더욱 돋보이는 소설을 꼭 한꺼번에 낼 필요는 없겠나는 판단도 있었다. 개인적으로는 이 정도에서 중간결산을 해야지 앞으로의 번역작업을 이어나갈 힘과 용기가 생기겠다는 생각도 들었다. 1차분을 굳이 두 권으로 나눈 것은 좀더 많은 대중들에게 다가가고 싶어서였다. 많은 분량을 한 권으로 낼 경우 독자들의 심적 부담이 크기 때문에 가급적 각권의 분량을 가볍게 하여 누구라도 쉽게 독파하는 책으로 만들고 싶었다. 두 권이 힘들다면, 단 한 권만 읽어도 큰 울림을 줄 수 있겠다는 희망섞인 기대도 있었다.

번역 원서로는 아돌프 프리제가 편집한 로베르트 무질 전집 Gesammelte Werke, Rowohlt 1978을 사용했다. 워낙 묘사와 서술이 치밀한 작품인 데다 무질의 사유를 하나하나 따라가기에도 벅찼기 때문에 작품에 스며든 작은 숨결까지 잡아내기에는 실력이 모자랐음을 고백한다. 미국에서 먼저 나온 훌륭한 번역본인 The Man without Qualities Sophie Wilkins 옮김, Vintage 1995에도 많은 신세를 졌음을 밝혀둔다. 초판에서 부족한 부분은 끊임없이 수정해나가면서 좀더 나은 번역본이 되도록 노력하겠다.

아울러 10여년 전 어리숙한 대학원생에 불과했던 역자에게 용기를 주시고 번역 초반작업에도 많은 도움을 주셨던 안소현 선생님께 감사드린다. 또 이 책의 가치를 인정해주고 번역작업 내내 격려해주면서 원고를 처음부터 끝까지 다듬어준 소설가 김조을해에게도 깊은 감사를 전한다. 늘 친구 같은 성건이는 아빠의 첫 번역소설 『곰스크로 가는 기차』(2010)의 팬이 돼주었는데 이번 소설도 좋아해주었으면 좋겠다.

  부디 이번 번역으로 한국에서 로베르트 무질이 그 명성에 걸맞은 평가를 받기를 기대한다. 또한 한국 독자들에게 사랑받는 작품이 되기를 소원하며, 2차분도 최선을 다해 곧 찾아뵙도록 하겠다.

2013년 4월

안병률

|3권 옮긴이의 말|

영혼과 정확성의 딜레마

지난 2013년 『특성 없는 남자』 1·2권을 펴내고 8년이 지나서야 『특성 없는 남자』 3권을 세상에 내놓는다. 후속 권을 약속해놓고 이렇게 늦어진 데 대해 독자 여러분께 죄송하다는 말씀을 먼저 드린다. 1·2권을 내놓고 3권부터는 공역을 추진하다가 함께 번역하기로 한 분이 중도에 포기하는 안타까운 일을 겪었다. 솔직히 말하면 그때 역자도 포기하고 싶었다. 워낙 내용이 난해한 데다 미완성 대작이라는 분량상의 압박이 다시금 마음을 약하게 했기 때문이다. 반쯤 자포자기 상태에 있는데 후속 권에 대한 독자들의 문의가 끊이지 않았다. 한편으로 죄송하면서도 누군가 이 책을 읽고 있으며 또 기다려준다는 사실에 감동할 수밖에 없었다. 너무나 부족한 능력이지만 독자들의 기대에 부응하고 싶어 조금씩이나마 번역을 이어온 결과 이렇게 3권의 분량이 완성되었다. 이 책이 2권에서 끝나지 않고 독자들과의 약속을 지킬 수 있었던 것은 책을 읽어주시고 기다려주신 분들 덕분이다. 그 분들께 깊은 감사의 인사를 전한다.

3권은 『특성 없는 남자』 제2부의 중후반부에 해당한다. 로베르트 무질은 생전에 『특성 없는 남자』를 전체 3부, 2권의 단행본으로 펴냈는데 이번 번역으로 2부까지가 출간되면서 전체의 3분의 2 정도가 완역되었다. 제3부는 무질도 미완성 상태로 끝을 맺었으니 체계가 어느 정도 갖춰진 부분까지는 완역이 된 셈이라 역자로서 마음의 빚을 조금이나마 던 기분이다.

제국의 현실과 이념

3권에 들어서면서 1차 세계대전이 발발하기 직전 오스트리아-헝가리 제국의 위태로운 역사적 상황은 점점 더 확연하게 모습을 드러낸다. 이 제국의 전신인 오스트리아 제국$^{1804-1867}$은 원래 프로이센을 포함하는 대독일주의의 꿈을 키워가고 있었다. 그러나 소독일주의를 추구한 비스마르크가 이끈 프로이센과의 전쟁에서 패함으로써^{1866} 제국은 서서히 몰락의 길을 걸었고 궁여지책으로 헝가리 왕국과의 국가연합을 타진해^{1867} 무질이 '카카니엔'이라고 부른 오스트리아-헝가리 이중제국이 탄생했다.

영토로는 오스트리아, 헝가리, 체코, 폴란드, 크로아티아, 슬로베니아, 이탈리아 북부 등을 아우르는 대제국의 면모를 여전히 과시했으나 오스트리아-헝가리 제국의 통치 체제는 안정되지 못했다. 프로이센에 굴욕적인 패배를 겪은 탓도 있었지만 각 지역에 뿌리내린 민족주의가 안정된 통치를 방해하는 주원인이 되었다. 제국은 독일인, 마자르인, 슬라브인 등 여러 민족이 뒤섞인 다민족국가였고 1848년 혁명 이후 불붙은 자유주의적 사고가 각 민족의 독립 요구를 촉발하던 중이었다. 이런 갈등 상황은 1914년 극에 달했고 결국 발칸의 민족주의자 가브릴로 프린치프가 사라예보에서 페르디난트 황태자 부부를 저격함으로써 1차 세계대전이 촉발되었다.

『특성 없는 남자』의 인물들은 이런 역사적 상황 속에 실재했던 이념을 대변하고 있다. 라인스도르프 백작은 오스트리아 제국의 구체제, 즉 황제 치하의 '진실한 오스트리아'를 꿈꾸는 귀족으로 독일 황제의 30주년 즉위식에 맞서 오스트리아 황제 70주년 기념행사인 평행운동을 고안한 애국주의적 인물이다. 그의 곁에 오스트리아 문화로 세계 평화에 기여하자는 영혼의 이상주의자 디오티마가 있고, 그녀 곁엔 프로이센 출신의 독일인이자 세계적 자본가로서 디오티마의 영혼에 매혹되어 평행운동에 참여한 아른하임 박사가 있다.

한편 라인스도르프의 애국주의 운동은 오스트리아 내의 독일민족주의인 범게르만주의의 극렬한 반대에 부딪힌다. 독일인의 탁월함과 반유대주의에 기반을 둔 범게르만주의 입장에서는 평행운동이 반독일적으로 보였기 때문이다. 2부의 끝부분에서 라인스도르프 백작 저택으로 모여드는 시위대는 이러한 범게르만주의자나 민족주의자 같은 반대 세력의 움직임을 짐작하게 한다. 청년 한스 제프는 전형적인 범게르만주의자로서 유대인을 멸시하고 독일민족주의의 부활을 꿈꾸는 불안정한 인물로 등장한다. 반면 게르다의 아버지인 유대인 레오 피셸은 한스 제프의 독일민족주의에 맞서면서 평행운동의 국가적 지향에도 동의하지 않는 자유주의적 인물로 그려진다. 여기에 더해 예술적 천재의 탄생을 꿈꾸는 니체주의자 클라리세와 생명과 자연의 건강성을 흠모하는 자연주의자 발터가 있고, 새롭게 부상하는 민중 계급의 아이콘으로 라헬과 졸리만 등이 가세하며 스토리를 확장시킨다. 오스트리아 관료주의의 상징인 투치 국장, 위대한 지식의 지도를 그리려다 실망하고 군국주의적 결론으로 치닫는 슈툼 장군도 주요한 인물이다. 어떤 법적·과학적 담론으로도 포섭되지 않는 문제적 범죄자 모오스브루거, 그리고 이 범죄자를 옹호하는 한편 당대의 욕망을 상징하는 보나데아도 빠질 수 없는 인물들이다.

낡은 영혼, 부족한 정확성

오스트리아-헝가리 제국의 상황에 녹아든 인물 지도는 대략 이 정도로 그려볼 수 있겠다. 그런데 작품에서 우리가 목격하는 것은 신념 넘치는 각 인물의 확고한 정체성이 아니라 그런 신념들을 가능하게 한 부정확한 근거일 뿐이다. 이런 부정확성은 인물의 내면에서 벌어지는 자기분열적 의식에서 드러나기도 하지만, 각 인물의 담론으로 뛰어들어가 그 허위의식을 파헤치는 주인공 울리히에 의해 밝혀지기도 한다. 이 점에서 울리히는 모든 '특성 있는 것'에 대한 부정 정신으로 존재하는 인물이라고 할 수 있다.

가령 울리히가 범게르만주의자이자 반유대주의자 청년인 한스 제프 무리와 '진보'의 의미에 대해 토론을 벌이는 장면을 살펴보자. 울리히가 보기에 단순히 계산적이고 합리적이란 이유로 진보를 부정하는 젊은이들의 태도는 너무 낭만적이고 퇴행적이다. 울리히는 이론적인 판단을 내리는 대신 현상에 숨겨진 본질을 좀더 정확하게 짚어내는 데 주력한다. 가령 진보의 내적 논리에서 울리히는 '평균'의 동력을 발견한다.

지금 시대를 날아다니는 수많은 이념들이 있다고 가정해보는 거야. 그 이념들이 매우 느리고 자동적으로 위치를 옮겨다니면서 어떤 평균값에 도달한다는 것이고 그것이 이른바 진보 또는 역사적 상황이라고 불리는 것이지. 하지만 가장 중요한 것은 우리의 인간적이고 개인적인 운동은 여기서 아무런 역할도 하지 못한다는 거야. 우리는 오른쪽이나 왼쪽으로 갈 수 있고 깊게 혹은 얕게 생각하거나 행동할 수 있어. 또한 신식으로나 구식으로, 예측 불가능하거나 생각한 바대로 할 수도 있지. 그러나 이 모든 것은 평균에는 완전히 무의미해. 신과 시계는 평균에만 관심이 있고 우리에게는 관심도 없다고!"(733면)

울리히는 현대적 진보의 '계산적 특성'이 평균값에 대한 추종을 가져왔다고 주장한다. 울리히가 보기에 현대의 실증주의적 정신은 삶의 모든 변수들을 평균에 위치시키는 특징을 가진다. 가령 '징병대상자가 신체의 일부를 잘라버리는 일정한 비율'이 계산될 수 있다면, 그 현상은 더이상 한 인간이 마주한 실존이 아니라 공동체의 평균적 현상으로 해석될 수 있다는 것이다. 이를 울리히는 "기계적 정확성이 삶의 부정확성까지 대체해버린" 무시무시한 상황이라고 진단한다. 결국 '인간 없이 진행되는 진보'의 냉혹함 가운데 한 개인의 삶과 의지는 무엇인지를 되묻고 있는 것이다.

이처럼 좀더 본질에 다가선 사유로 이념의 정체성을 해체하는 울리히의 시도는 이 작품의 가장 인상적인 장면들이 아닐 수 없다. 이 작품에서 또 하나의 인상적인 시도가 있다면 현대가 처한 아이러니한 상황을 밝혀내는 일종의 고현학^{考現學}이다. 무질이 보기에 현대는 생략과 과장을 통한 부정확성이란 특징을 가진다. 부정확성은 테니스 선수나 경주마를 '천재'로 부르는 시대적 현상으로 드러나며, 그런 현상은 고정된 하나의 적^{敵}이 아니라 어디서나 유령처럼 불쑥불쑥 튀어나오는 현대의 모습으로 존재한다. 이 작품에서 현대성의 유령 같은 측면을 가장 잘 대변하는 인물은 아른하임일 것이다. 그는 특히 '돈'이 가진 반복의 특성을 현대적 규율사회의 권력, 폭력성과 연결하는 대담한 사유를 전개한다.

하지만 돈은 확실히 폭력처럼 인간관계를 유지하는 확실한 수단이며 우리로 하여금 그것의 순진한 사용을 단념하도록 하지 않습니까? 돈은 정신으로 승화된 권력이며, 유연하면서도 고도로 발전한, 창조적이면서도 특별한 권력의 형식입니다. 사업은 간계와 억압, 사기와 착취에 근거하지 않습니까? 또한 이 간계와 억압은 문명화되고 내면화되어 자유의 외양을 걸치고 있지 않습니까? 돈을 마련하는 능력에 따라 권력을 계급화하여 이기심을 조직해낸 자본주의는 가장 위대할 뿐 아니라 가장 인간적인 질서이자 당신의 영광을 드러내는 것입니다. 인간의 행동을 측정하는 데 이보다 더 정확한 도구는 없을 겁니다! (758~9면)

지적인 삶을 산업으로 육성하는 지식인이자 장사와 이상주의를 결합할 줄 아는 부르주아 자본가 아른하임은 도덕과 이성 같은 시민적 덕목이 돈에서 가장 강력하게 구현돼 있음을 발견한다. 그는 이성과 도덕 같은 시민적 덕목이 경찰이나 정부, 군대와 같은 폭력의 형식에 의지해야 마땅하듯이, 돈 역시 자본주의의 위대한 질서이자 자유주의로 승화된 억압과 간계임을 강조한다. 산업 부르주아 아른하임을 내세워 무질은 현대의 자본주의적 삶 속에 숨겨진 파괴적 본질을 날카롭게 진단하고 있는 것이다.

이처럼 담론의 해체 내지는 현대성의 고발이라 할 무질의 실험적 사유를 여기 다 펼쳐놓을 필요는 없을 듯하다. 다만 역자는 무질의 이러한 독특한 사유 소설이 오스트리아적인 현상이 아닐까 생각해보았다. 서구의 동쪽 끝을 차지하고 있던 제국의 몰락은 그저 한 나라의 몰락이 아니라 서구 정신의 몰락이라는 성격을 띤다. 20세기초 빈을 빛낸 프로이트, 후설, 부버 같은 지식인들이 하나같이 고민했던 것이 바로 유럽 정신의 위기였거니와 그것은 시효를 다한 유럽의 과학적이고 실증주의적 정신을 벗어나 새로운 인간성을 찾아내지 못하는 한 인류에게 희망은 없다는 절실한 과제를 담고 있었기 때문이다.

  무질은 이런 정신을 소설로 표현한 또 하나의 오스트리아적 거장이었다. 그가 소설에서 표현한 실험적 사유는 실증적이고 과학적인 사고를 벗어나 현상 속에서 선험적 본질을 밝혀내려 했던 후설의 현상학적 방법, 또한 현대라는 가면 뒤에 숨겨진 사회적 내면을 파악하고자 했던 짐멜의 사회학과 통하는 것이었다. 하지만 그것을 직관이나 현대성 같은 어느 하나의 학문적 용어로 규정하려 할 때 무질이 가진 전체적 세계는 힘없이 무너지고 말 것이다. 무질에겐 아주 작은 비유 하나에도 시적 정확성을 담아내려는 치열한 정신의 힘, 어떤 담론에도 본질을 양보하지 않으려는 부정의 정신 같은 것이 어떤 이론적 탐구보다 중요했을 것이다. 그럼에도 이 장대한 소설을 두 단어로 정리해보라면 역자는 영혼과 정확성이라고 말하고 싶다. 무질에게 영혼은 아름답지만 너무 낡은 것이었고 정확성은 새롭지만 여전히 부족한 것이었다. 영혼과 정확성이 처한 이런 현대적 딜레마를 벗어나기 위해 무질은 '다른 가능성'을 향한 끊임없는 정신적 모험을 시도한 것이 아닐까.

옮긴이의 말을 마치면서 특별한 감사의 말을 전하고 싶다. 사실 역자가 북인더갭 운영자로서 편집 및 출간까지 같이하기 때문에 객관적 입장에서 교정해줄 편집자가 절실했는데 이번에도 소설가 김조을해가 처음부터 끝까지 원고를 읽어주었다. 워낙 어려운 원고인 데다 역자의 부족함이 더해져 많이 힘들었을 텐데 꼼꼼하게 작업해준 노고에 깊은 감사를 전한다. 이 작품이 그나마 읽을 만한 책으로 다가간다면, 그것은 오로지 도와준 이의 수고 덕분일 것이다.

아울러 김조을해 작가의 응원에 힘입어 3권을 내면서 1-3권을 묶은 합본 양장판을 함께 출간함을 알려드린다. 합본 양장판은 1930년에 발간된 원서 1권과 같은 형태의 편집이란 의미가 있고 또 번역-편집상의 몇몇 오류를 수정한 개정판의 의미도 있을 것이다. 1천페이지에 이르는 두꺼운 책이지만, 의지를 갖고 독파할 독자들이 반드시 있으리라고 믿는다.

3권을 번역해놓고 나니 이제 역자도 무질이 이 책을 처음 출간했던 나이인 오십대 초반에 접어들었다. 남은 과제는 무질이 미완성으로 남겨놓은 제3부(원서의 제2권, 1932)인데 이번에는 곧 출간하겠다는 약속을 함부로 드리지 않으려 한다. 먹고사는 틈틈이 번역을 하는 것이 이제 일상이 되었으니 언젠가 나오지 않을까 정도로 말씀드린다. 응원해주시고 기다려주신 덕분에 3권이 나올 수 있었던 것처럼, 4권도 그런 과정 속에서 나올 것이라고 소망할 뿐이다. 독자들께 다시 한번 마음 깊이 감사드린다.

2021년 9월

안병률

로베르트 무질 Robert Musil, 1880~1942

오스트리아 클라겐푸르트에서 태어났다. 빈 기술사관학교, 브륀 공과대학 등에서 수학하면서 니체, 도스토예프스키, 메테를링크, 에머슨 등의 작품을 읽었다. 이후 베를린대학에서 철학과 논리학, 심리학을 공부하면서 첫 소설 『생도 퇴를레스의 혼란』(*Die Verwirrungen des Zöglings Törleß*)을 발표하여 평단의 좋은 평가를 받았다. 1908년 같은 대학에서 에른스트 마흐에 관한 연구로 박사학위를 받았고 이후 철학 교수직을 제의받았으나 거절하고 작가로서의 길을 걷는다. 1930년과 32년 평생의 역작 『특성 없는 남자』(*Der Mann ohne Eigenschaften*) 1, 2권을 출간했으나 1938년 나치 정권에 의해 독일과 오스트리아에서 판매가 금지되었다. 이후 『특성 없는 남자』를 완성하기 위해 스위스로 이주했으나 질병과 생활고에 시달리다가 결국 미완성인 채로 제네바에서 숨을 거두었다. 생전에 평단 외에 큰 주목을 받지 못했던 『특성 없는 남자』는 아돌프 프리제가 유고를 정리한 전집이 출간되면서 세계적인 관심을 끌었고 지금은 20세기에 발표된 가장 중요한 독일어 소설로 꼽히고 있다. 이들 작품 외에 단편집 『합일』(*Vereinigungen*) 『세 여인』(*Drei Frauen*), 희곡 『몽상가들』(*Die Schwärmer*), 문집 『생전의 유고』(*Nachlass zu Lebzeiten*) 등이 있다.

안병률 옮긴이

연세대학교 독문학과를 졸업하고 동대학원에서 석사학위를 받았으며 성공회대학교 사회학과 대학원에서 박사과정을 수료했다. 창비, 민음사 등에서 편집자로 일했으며 현재는 출판사를 운영하면서 번역작업을 하고 있다. 논문으로 「로베르트 무질 '특성 없는 사람' 연구」가 있고 역서로 『곰스크로 가는 기차』, 공역서로 『차브』 『신은 낙원에 머물지 않는다』 『마흔통』 등이 있다.

특성 없는 남자
1-3권 합본 양장판

초판 1쇄 발행 2021년 9월 30일

지은이 로베르트 무질
펴낸이 안병률
펴낸곳 북인더갭
등록 제396-2010-000040호
주소 10364 경기도 고양시 일산동구 고봉로 20-31 617호
전화 031-901-8268
팩스 031-901-8280
홈페이지 www.bookinthegap.com
이메일 mokdong70@paran.com

ⓒ 북인더갭 2021

ISBN 979-11-85359-42-7 03850

* 이 책의 전부 또는 일부를 다시 사용하려면
  반드시 저작권자와 북인더갭 모두의 동의를 받아야 합니다.
* 책값은 표지 뒷면에 표시되어 있습니다.